FOLIO POLICIER

Thierry Jonquet

Romans noirs

Les orpailleurs

Moloch

Mygale

La Bête et la Belle

Préface de Martine Laval

Postface de Patrick Bard

Gallimard

Thierry Jonquet, né en janvier 1954 à Paris, ergothérapeute, enseignant, scénariste, militant engagé durant toute sa vie et dernièrement médaillé de la LICRA en 2007 à l'occasion de la publication d'*Ils sont votre épouvante et vous êtes leur crainte* (Seuil), a commencé sa carrière d'écrivain en 1982 avec *Mémoire en cage* paru dans la collection Sanguine (Albin Michel). Venu très vite à la Série Noire avec l'étonnant *Mygale*, dont les droits de cinéma ont été réservés par Pedro Almodovar, Thierry Jonquet a par la suite écrit *Du passé faisons table rase*, *La Bête et la Belle* (numéro 2000 de la Série Noire) et *Comedia*. C'est avec *Les orpailleurs* puis *Moloch*, tous deux Trophée 813 du meilleur roman de l'année, que s'est confirmé et imposé ce ton si singulier, mélange d'ironie, de férocité et d'empathie. Auteur majeur du genre, c'est aussi dans une volonté farouche de refuser l'effet littéraire trop souligné et le principe de « belles phrases » que Thierry Jonquet a, par la construction impeccable et parfois jubilatoire de ses livres (*La Bête et la Belle*, *La vie de ma mère !*), dynamisé le roman noir français. Il a contribué à son évolution en n'oubliant jamais, au-delà de l'engagement, de raconter des histoires, à la manière d'un conteur respectueux mais sans concession, en faisant exister les personnages et les lieux. Un auteur social donc, touché par l'humain, mais un styliste aussi dans l'épure, auquel les lecteurs et amateurs du genre doivent des instants de pur plaisir, de peur et de complicité rétrospective lorsque s'achève la lecture. Thierry Jonquet, homme de conviction et d'engagements, grand écrivain, est décédé à l'âge de cinquante-cinq ans le 9 août 2009.

PRÉFACE

Noir tendresse

« *Difficile à imaginer, hein ?* » murmure un Rovère presque à bout de souffle, tétanisé devant le spectacle d'une scène de crimes, celle des toutes premières pages de *Moloch*. Rovère, personnage de roman, flic qui joue au blasé, qui cache derrière un humour parfois crétin des blessures à n'en plus finir, qui bataille contre la sauvagerie, celle qui se passe à côté de chez nous, et que l'on découvre dans *Les orpailleurs* ou *Moloch*. Rovère, l'écorché vif, l'inlassable témoin des vilenies de notre vieux monde — meurtres, exterminations, identités flouées, corps torturés, enfances volées. Rovère, un antihéros, un gars presque ordinaire, qui carbure aux sentiments, armé de quelques convictions comme la loyauté — un truc suranné. Rovère, un type que le lecteur a envie de serrer dans ses bras. Un Thierry Jonquet *bis*.

Difficile à imaginer, hein ? que Thierry Jonquet ait tiré sa révérence en août 2009, ait malgré lui jeté l'éponge, lui qui — justement — fonctionnait comme une éponge : lire, regarder, absorber, sentir, mais aussi voir venir, anticiper, dénoncer, crier gare, crier au secours, rire, pleurer, et écrire. Recracher tout ce que notre société a de foutraque dans des romans d'une noirceur éblouissante. Éblouissante est bien le mot, puisque toujours — toujours — contre la déraison, contre l'immonde, l'inimaginable, Thierry Jonquet ouvre le rideau à la tendresse, la fait entrer en scène, mine de rien, au détour d'une phrase. La voilà, sans chichi, pudique, à pointer son nez au pire des drames, quand on ne l'espère plus. Lui qui ne sait pas renoncer, l'appelle à la rescousse, lui offre quelques phrases dérisoires, d'une simplicité désarmante, rien que des pauvres mots : « *Te bile pas, Vieux Léon, maintenant on va être tranquilles, tous les deux, hein, t'es d'accord ?* » (*La Bête et la Belle*). Jonquet la tendresse. On pourrait la nommer autrement, l'appeler compassion ou humanité, de ces mots aujourd'hui avilis, tombés dans le jargon, le consensuel. Jonquet en frémirait de lire cela.

Difficile à imaginer, hein ? tout ce fatras d'obscénités, de vulgarités, de bêtises, de barbaries, d'ignominies, de souffrances qui font notre quotidien et fondent l'œuvre de l'écrivain ? Thierry Jonquet ne les imagine pas, ou si peu. Il les réinvente. Il les puise à la source, les met en littérature. Elles sont là, à portée du regard. Elles sont là, en bas de chez lui, sur les trottoirs de Belleville, les rues de Paris. Là, en banlieue, les lieux perdus, les cités oubliées. Là, dans la presse, grande pourvoyeuse de faits divers aussi extravagants que véridiques. Infatigable arpenteur des chemins de traverse où se débat une humanité meurtrie, un peu flic, un peu journaliste, Thierry Jonquet se tient à l'affût, va sur le terrain, se documente, enquête, interroge les uns, tape la discute avec les autres, hante les palais de justice, les coins malfamés, les paysages diaboliques — Birkenau —, les zones où rôde la mort — hospices, hôpitaux, terrains vagues. Il plonge dans le crapoteux, en fait des romans dans lesquels l'indignation mène la barque.

Jonquet la colère. Avec lui l'inimaginable devient réalité. Réalisme clinique, voyeurisme zéro. Le romancier a un truc, un radar, un GPS spécial délicatesse, une sensibilité exacerbée, et donc douloureuse, qui l'oblige à déceler, déchiffrer l'âme humaine. Il marche — capte, réfléchit, analyse — toujours trois pas devant nous, simples lecteurs, simples quidams. Rien de la sauvagerie ne l'indiffère : guerres, crimes méthodiques, monstruosités au quotidien, « *assassins naïfs, pères incestueux, sadiques débonnaires, pervers rigolards, tortionnaires insouciants* » (*Moloch*). Tout l'émeut. Tout le pique. Tout le contraint à écrire.

Jonquet le visionnaire. N'est-ce pas le propre des écrivains, et donc de la littérature, de batailler contre la cécité généralisée, de révéler nos petites lâchetés ? Si Thierry Jonquet y parvient si bien, sans manichéisme, sans angélisme, c'est qu'il est resté homme parmi les hommes, et pas du genre à s'apitoyer sur la feuille blanche. Il fait dire à l'un de ses personnages : « *Il cherchait les mots pour décrire ce qu'il avait vu dans la maisonnette. Il voulait oublier les images, c'est pourquoi il appelait les mots à la rescousse, à la manière d'un exorcisme. S'il parvenait à nommer les choses, à trouver les outils adéquats — adjectifs, pronoms, adverbes — pour mieux les cerner, les emprisonner, les corseter dans le glacis d'une narration, alors, il parviendrait à "gommer", à blanchir sa mémoire de façon efficace, radicale* » (*Moloch*).

Jonquet la résistance. Rester debout, à hauteur d'hommes. Comme Jean-Claude Izzo et bien d'autres romanciers du macadam, Thierry Jonquet apprivoise les mots, se bagarre avec eux, raconte pour ne pas oublier. Oublier, mission impossible pour lui. En bon artisan, il utilise tous les outils de la narration, langue, rythme, et excelle dans des dialogues « mine de rien » : « — *Durant les années de l'après-guerre, j'ai rencontré de nombreux déportés. Szalcman leur ressemblait. Il savait sourire, écouter, parler, jouer un rôle, mais en fait... — Il était encore... là-bas, n'est-ce pas ? — Oui, c'est cela, tout se passait comme s'il n'était jamais sorti du camp. Il y avait cette vie, qui s'écoulait, jour après jour, parmi nous, une vie factice en vérité, tandis que l'autre, la vraie, continuait, "là-bas" comme vous dites* » (*Les orpailleurs*).

Thierry Jonquet demeure sur les braises, horrifié par ses monstrueuses trouvailles — de la réalité, rien que de la réalité, dénichée dans le passé, ou le présent. La trouille du monstrueux lui sert de moteur, le rire de conjuration, les mots de délivrance, même infime. La trouille, et quelque chose d'autre, de prodigieux, qui serait étonnement, innocence, courage, autant d'aptitudes qu'il a su garder intactes. Ne pas refouler la tendresse. Ne pas accepter l'inacceptable, l'« *inimaginable* ». Sans cesse à questionner le monde, sans cesse à se questionner, à chercher la vérité. Sans cesse à se révolter, à s'insurger. Dire au risque de choquer, déranger, déplaire. Ne jamais abdiquer. Faire vivre la fidélité, ne jamais renier ses choix politiques, ses origines sociales, les gens d'en bas, les gens de peu. Thierry Jonquet, ni un pur, ni un saint (surtout pas !), mais un loyal, trop blessé par les injustices pour se taire, mettre son âme en sourdine, son cœur en berne, ne pas dessiner noir sur blanc des histoires qui racontent son épouvante et ses craintes, les nôtres.

Jonquet l'espérance. Hanté par la mort, subjugué par le génie de l'homme à inventer le mal, l'écrivain dépouille la détresse, celle aux multiples oripeaux, aux multiples visages, ose mettre en scène l'horreur en direct, sans complaisance, sans hypocrisie. Il s'insinue dans le paysage mental de ses personnages, bourreaux et victimes, pénètre dans leur cerveau déglingué de haine ou de douleur, creuse sans relâche leurs failles, nous oblige à raviver nos mémoires en cage, donne à frissonner : « *Tu as mis très longtemps à émerger de ta torpeur. Tes souvenirs étaient flous. Tu avais fait un cauchemar, un rêve hideux, dans ton lit ? Non, tout était noir, comme la nuit du sommeil, mais à présent, tu étais bel et bien éveillé. Tu as hurlé, longuement* » (*La Bête et la Belle*).

Le raconteur d'histoires met ses personnages au pied du mur, les rudoie, leur en fait voir de toutes les misères, les fait se cogner à l'insensé : à ce que d'autres, nos semblables, hommes si souvent banals, sont capables d'« *imaginer* » — de faire. De ses premiers romans, *Mémoire en cage*, *Le bal des débris*, *La vie de ma mère !*, aux plus récents, *Ad vitam aeternam*, *Mon vieux*, et au tout dernier, *Ils sont votre épouvante et vous êtes leur crainte*, Thierry Jonquet — et c'est cela aussi sa « marque » — travaille comme un charpentier. Il échafaude des destins, les imbrique dans une narration à fleur de peau, abjections au coude-à-coude avec d'autres abjections.

Jonquet l'artisan de notre histoire. Peut-être ne voulait-il pas rester seul, Thierry Jonquet, avec toutes ces histoires noires qui l'obsédaient. Peut-être a-t-il essayé comme l'un de ses personnages de se « *passer la cervelle au papier de verre pour tout effacer* ». Peut-être. Mais ça n'a pas marché. Il n'a pas réussi à se défiler. Il en fait des romans, des blues rugueux, incandescents. Rouges comme la vie. Noirs comme la vie.

Martine Laval

LES ORPAILLEURS

Pour Patrick Bard, en souvenir des folles nuits d'Olomuc, de la savoureuse cuisine de l'hôtel Chemik, et du sourire charmeur de Frau Blucher.

Tous mes remerciements à Hervé Defosseux et Frédéric N'guyen pour leur aide, ainsi qu'à Ghislaine Polge pour sa lecture très pointilleuse du manuscrit.

1

— Je vous préviens, c'est un véritable poème… murmura Dimeglio.

Il tenait sa main plaquée sur le bas de son visage. Son teint, d'ordinaire rubicond, était livide.

— Faites attention en montant, c'est pourri ! ajouta-t-il d'une voix étouffée.

Rovère haussa les épaules et continua seul l'ascension. À partir du troisième, l'escalier était à claire-voie. Penché sur les marches gluantes de crasse humide, il constata que certaines d'entre elles avaient été sciées en leur milieu et laissées ainsi, dans l'espoir évident de piéger les intrus suffisamment imprudents pour se risquer jusque-là. On distinguait nettement une fente, probablement tracée par une lame d'égoïne et bordée d'éclats de bois noirci. Le stratagème n'avait pas été inutile : avant d'accéder au palier du quatrième, Rovère dut s'agripper à la rampe pour enjamber les trois dernières marches, effondrées. Il remarqua la présence d'un petit morceau de tissu, de la flanelle grise, accroché à une écharde, et s'en saisit délicatement pour le glisser dans l'étui d'une pochette de Kleenex qu'il fourra dans son blouson.

*

Dimeglio, entraîné par ses cent kilos, poursuivit sa descente tout schuss, atteignit le premier étage, faillit glisser sur le palier de l'entresol, se rattrapa tant bien que mal, et jaillit au-dehors, sous le regard épouvanté de la concierge, une Mme Duvalier, sans aucun rapport avec le dictateur, évidemment. Ladite dame s'était munie d'un de ces masques que portent les maçons afin de se protéger de la poussière, lorsqu'ils poncent les murs, ou dans d'autres circonstances analogues. Bravache, elle se tenait devant sa loge, les deux poings sur les hanches, le bigoudi en bataille. Une nature, la Duvalier ! songea Dimeglio, en serrant les dents.

Il sortit dans la rue, avala quelques goulées d'air frais, puis dévisagea un à un les badauds qui l'observaient, effarés. Ils étaient nombreux malgré l'heure matinale et l'interrogeaient du regard, attentifs, comme s'ils s'attendaient à ce qu'il prononce une allocution.

Une délégation des petites vieilles du quartier, accourues à l'annonce de la nouvelle, portant toutes un cabas vide mais déjà prêt à recevoir les trésors qu'elles iraient glaner sur le marché du boulevard de Belleville, plus tard, à la fin de la matinée, quand les commerçants abandonnent sur le macadam les légumes invendables.

Puis les menuisiers d'un atelier voisin, aux cheveux couverts de sciure, graves et vaguement condescendants ; ils s'étaient résolus, après mille réticences, à abandonner varlope et trusquin pour venir voir œuvrer la flicaille.

Et encore, massés au carrefour, craintifs, prêts à déguerpir au moindre signe hostile, quelques manutentionnaires tamouls employés par les ateliers de confection du quartier, et qui ne lâchaient pas pour autant leurs diables chargés de ballots de tissus bariolés.

Indifférent à leur attente, Dimeglio reprit lentement son souffle. Son regard croisa celui d'un vieillard très raide, qui semblait surveiller la place comme un général le champ de bataille. Malgré la douceur du temps, il portait un curieux manteau de cuir à martingale, dont la coupe évoquait une quelconque origine militaire. Appuyé sur une canne, goguenard, sa casquette vissée sur le front, il toisait les flics d'un air supérieur, mécontent de leur précipitation et en même temps amusé par le spectacle de leur apparente incompétence. Un troisième car de policiers en tenue — Dimeglio disait « les prétoriens » — se faufila sur la petite place et les hommes en descendirent pour se déployer en renfort face aux badauds. Alignés sur le trottoir, ils interdirent l'accès des immeubles proches de celui où l'on avait trouvé le corps. Une camionnette de pompiers occupait déjà le terre-plein de la place, garée au beau milieu d'un quadrilatère formé par des platanes rabougris.

— Le commissaire a pensé que c'était mieux d'envoyer des renforts. C'est un quartier sensible, ici ! expliqua le brigadier, en s'avançant vers Dimeglio.

Celui-ci lui montra l'accès au boulevard, lui demanda de le barrer sans attendre et de faire de même avec les ruelles qui débouchaient sur la place.

*

Une heure plus tôt, le commissaire du Xe arrondissement n'avait pas caché son impatience en téléphonant au poste de commandement de la préfecture de police. Il avait déballé son histoire et insisté pour que l'on fasse vite. Le responsable appela aussitôt l'équipe de permanence de la Brigade criminelle.

— Doucement, la règle, c'est que vous préveniez d'abord la DPJ concernée, protesta Dimeglio, qui souhaitait vivement terminer sa nuit de garde comme elle avait commencé : dans la quiétude.

Deux week-ends durant, il avait assuré la permanence sans dommage, contre toute attente. Il redoutait particulièrement la nuit du dimanche au lundi, qui ne lui portait jamais chance. Une fois de plus, il put constater que la poisse le guettait.

— La DPJ ? Mais elle est déjà sur place, mon vieux ! Ils vous attendent. Le corps est dans un état épouvantable, ça fait des semaines qu'il est là. Pas la peine de traînasser puisque c'est vous, la Crim', qui allez hériter de tout ça, en fin de compte, hein ?

Dimeglio garda prudemment le silence.

— Alors ? Vous y allez tout de suite ? insista le responsable.

— Le Parquet, ils sont déjà au courant ? demanda l'inspecteur, qui espérait gagner du temps.

— C'est plutôt à vous de joindre le proc' ! Faites vite. L'équipe de la DPJ est sur les dents depuis hier matin et les gars de l'arrondissement ont un accident sur la voie publique avec des blessés sur les bras ! répliqua l'autre, d'un ton sans appel. Un quinze tonnes frigorifique qui a dérapé sur plus de vingt mètres avant de percuter la vitrine d'un supermarché, vous voyez d'ici la panique ? Alors n'en demandez pas plus.

Dimeglio raccrocha, fataliste. À peine avait-il reposé le combiné que la sonnerie retentissait de nouveau.

— Dimeglio ? Je viens d'avoir le central, vous êtes au courant pour la rue Sainte-Marthe ? demanda Sandoval, le commissaire responsable de sa section. Je file sur place, vous faites le nécessaire. Sans perdre de temps !

Dimeglio voulut calmer le jeu, mais Sandoval n'était déjà plus en ligne. L'inspecteur prit le temps de boire le café qu'il s'était préparé, rangea l'échiquier de poche qui lui servait à tuer le temps durant les nuits de veille, puis il appela le Palais de justice. Il était encore trop tôt pour qu'un des magistrats de la huitième section du Parquet réponde. Il se fit communiquer le numéro du domicile du substitut de permanence.

Une femme, assez jeune à en juger d'après sa voix, à qui l'inspecteur Dimeglio dressa un bref tableau de la situation : un cadavre, découvert par les pompiers dans un immeuble délabré, place Sainte-Marthe. Pas besoin d'en dire plus. Étouffant un bâillement, le substitut confirma son arrivée. Puis Dimeglio réveilla Rovère, chez lui.

— Une viande froide, entre le boulevard de la Villette et la rue Saint-Maur, annonça-t-il sans plus de fioritures.

— La semaine commence bien. C'est crapoteux ? marmonna Rovère, à l'autre bout du fil.

— Heu... Je crois surtout que ça date, d'après ce que disent les gars du secteur !

— La DPJ est déjà sur place ? demanda Rovère, en bâillant.

— Heu, oui... soupira Dimeglio.

— Tu as mis Sandoval au courant ?

— Il nous attend sur place. Il dit qu'il faut se grouiller.

— Évidemment qu'il faut se grouiller ! ricana Rovère. Il en a de bonnes. Ma voiture est en carafe, je viens en taxi !

Trois quarts d'heure plus tard, l'inspecteur divisionnaire Rovère arrivait sur les lieux. Dimeglio avait eu le temps de prévenir les autres membres du groupe, d'interdire l'accès de l'immeuble, d'en faire déguerpir les occupants, de prévenir l'Identité judiciaire et de cuisiner un peu la Duvalier, sans résultat tangible. Sandoval battait la semelle sous le porche et surveillait de loin l'agitation qui s'était emparée de la rue.

*

Quand il le vit descendre du taxi, Dimeglio comprit que Rovère n'avait guère dû dormir de la nuit. Il traversa la petite place, bousculant au passage les barrières installées par les prétoriens, pour venir à sa rencontre. Pâle, dégingandé, la mine défaite, frissonnant dans son blouson de cuir, Rovère semblait à bout de nerfs. Sa main tremblait quand il alluma la Gitane qui pendait à ses lèvres. Il lissa ses cheveux gris, ébouriffés, étira sa longue carcasse filiforme, bâilla, épousseta quelques cendres de tabac sur son pantalon et prit le bras de Dimeglio.

— Où est le proc' ? demanda-t-il après avoir toussé pour s'éclaircir la voix.

Il fixait Dimeglio de ses yeux injectés de sang et entourés de larges cernes noirs.

— En route, probable ! répondit l'inspecteur, en détournant le regard. C'est une nana, elle doit se pomponner avant de…

Rovère n'attendit pas la fin de la phrase.

— Allez, montre-moi, passe devant ! dit-il en s'avançant vers le porche du dix de la rue Sainte-Marthe.

Il s'agissait d'une construction de quatre étages à la façade gondolée, et maculée de tags. Quelques guirlandes de pauvre linge pendaient aux fenêtres. Au quatrième, une large brèche s'ouvrait dans le mur ; on l'avait colmatée tant bien que mal à l'aide de morceaux de tôle ondulée qu'une végétation hybride, mi-lierre mi-chiendent, n'avait pas tardé à coloniser. De gros madriers de soutènement se dressaient entre les immeubles du dix et du douze ; dans l'interstice, les riverains avaient pris l'habitude d'abandonner divers détritus qui formaient un monticule où s'ébattait une colonie de chats au poil pelé.

— Vous avez failli vous faire attendre, grommela Sandoval en serrant la main de Rovère. Enfin, de toute façon, le substitut n'est pas encore arrivé. Je suis déjà monté, ce n'est vraiment pas un spectacle réjouissant…

Rovère hocha la tête. Sandoval n'appréciait guère le travail de terrain. Il était très jeune et son affectation à la Brigade criminelle ne datait que de quelques semaines. Il n'avait aucune expérience et, jusqu'à présent, il s'en était toujours remis à son équipe pour aller au charbon. Rovère, qui lui trouvait un air de ressemblance avec ces bellâtres que l'on voit se trémousser dans les pubs pour sticks désodorisants, tolérait difficilement d'avoir à travailler sous ses ordres. Il savait par ailleurs que Sandoval avait utilisé ses relations familiales — son père était préfet — pour décrocher son poste en trichant avec la liste d'aptitude. Les deux hommes se dévisagèrent un long moment. Le commissaire, tiré à quatre épingles, raide dans son costume au veston croisé, se hissait doucement sur la pointe des pieds avant de reposer les talons sur le sol, dans une attitude faussement nonchalante. Rovère se cura l'oreille, tira longuement sur sa Gitane, puis réprima un nouveau bâillement.

— Où est la DPJ ? demanda-t-il en regardant autour de lui.

— Heu… je leur ai dit que nous prenions les choses en main dès que je suis arrivé, expliqua Sandoval. Ils sont partis.

Rovère le regarda, navré.

— Mais vous êtes certain qu'il s'agit bien d'un homicide, au moins ?

— De toute évidence, oui ! répondit Sandoval, un peu gêné. Allez-y, montez, je vais attendre l'Identité judiciaire.

Rovère poussa un soupir et jeta sa cigarette. Dimeglio pressa le pas pour le précéder dans l'escalier. Les murs encroûtés de salpêtre étaient couverts de graffitis obscènes. Au troisième, il désigna la porte entrouverte à l'étage supérieur, mais ne put poursuivre. Il eut tout juste le temps de mettre Rovère en garde, à propos de l'odeur, et de redescendre avant que son estomac ne le trahisse.

2

Prenant son courage à deux mains, Dimeglio s'engagea donc de nouveau sous la porte cochère, rabattit soigneusement le col de son imper, comme si ce geste — en fait un tic qui trahissait d'ordinaire son agacement — pouvait l'aider à supporter la puanteur, et au passage, salua la Duvalier d'un hochement de tête furtif.

Là-haut, sous les combles, Rovère avait reçu le secours de l'officier des pompiers. Arrivés les premiers sur place, ceux-ci avaient coiffé leur masque à gaz et Rovère s'était vu gratifier d'un de ces précieux ustensiles. Il contemplait le corps au travers des lunettes grillagées. Ainsi quadrillé, divisé en facettes, son champ de vision ressemblait à celui d'un insecte.

La pièce était minuscule et, à moins d'imaginer un scénario catastrophe, il n'était pas raisonnable de penser qu'elle avait été récemment habitée. Un lavabo fendu en deux par le milieu, et dont l'émail était masqué par des concrétions jaunâtres, s'accrochait à une des cloisons, retenu par une tuyauterie curieusement tordue. La carcasse d'une penderie de toile plastifiée, ornée d'un motif fleuri, gisait renversée sur le sol. De grosses mouches bleues tournoyaient dans le réduit et fuyaient par les trouées du toit ; quelques ardoises ébréchées jonchaient le sol tapissé d'un linoléum crevassé par l'humidité. Le vasistas, à demi arraché, pendait sur ses gonds et une large flaque d'eau croupie occupait le centre de la pièce.

Le cadavre, recroquevillé le long d'un mur, ruisselait d'insectes qui dansaient la sarabande le long des membres. Il était enroulé dans un vieux matelas couvert de taches, si bien qu'on n'apercevait que les deux jambes, le bassin et la moitié inférieure du torse. Échappés des déchirures qui émaillaient la toile, des amas de plumes, agglomérés par une substance poisseuse et d'origine incertaine, voletaient à ras du sol, au gré des courants d'air.

Rovère détailla longuement les jambes. Celles d'une femme, probablement assez jeune à en juger d'après le modelé de la cuisse, du mollet, que la putréfaction n'avait pas encore gommé. Cloportes, punaises et cafards s'étaient infiltrés sous la soie des bas et y grouillaient en plaques ondulantes. L'officier des pompiers frappa le sol du talon de sa botte à plusieurs reprises, déclenchant ainsi une furieuse panique parmi cette foisonnante assemblée.

Le visage trempé de sueur sous l'étau étouffant du masque, Rovère lui fit signe de s'abstenir de ce genre de fantaisie, certes plaisante pour les yeux, mais aux conséquences aléatoires avant l'arrivée du médecin légiste et des techniciens du labo.

À reculons, il quitta la pièce et tituba sur le palier. Il y retrouva son adjoint, à présent stoïque, lui aussi équipé d'un masque, qui écartait précautionneusement les jambes pour éviter de souiller ses chaussures dans une large flaque mousseuse, résultat de sa première incursion dans la chambre.

— Premier prix de la dégueulasserie, hein ? marmonna Dimeglio, avant d'éclater de rire.

Sa voix grasseyante, à demi étouffée par la gangue de caoutchouc du masque à gaz, résonnait comme une crécelle.

— Sandoval a complètement déconné ! répliqua Rovère. Rien n'indique qu'elle a été assassinée. Tant qu'on n'a pas vu le reste du corps... ça peut être n'importe quoi, une camée morte d'overdose, un suicide !

Dimeglio hocha la tête en guise d'approbation.

— Je sais bien, dit-il, mais qu'est-ce que vous voulez, au Central, ils étaient excités, la DPJ voulait foutre le camp au plus vite, et lui, il a foncé droit dans le panneau.

— Et les marches sciées, qu'est-ce que ça veut dire ? demanda Rovère.

— Sais pas, la bignole m'a parlé d'une histoire de squatters, paraît que c'est le proprio qui a voulu les dissuader.

— Ah oui ? Pourquoi pas de l'huile bouillante ? On est en plein Moyen Âge ?

Un pas lourd secouait l'escalier, deux étages plus bas. Bientôt apparut la silhouette de Pluvinage, un quinquagénaire au visage couperosé encadré de bajoues flasques et piquetées de poils épars, trop clairsemés pour suggérer à leur propriétaire la nécessité d'un rasage quotidien. Avant que Rovère ne songe à le prévenir, le nouveau venu glissa sur une des marches sabotées, qui céda brusquement sous son poids, et se cramponna de justesse à l'un des barreaux de la rampe.

— Joyeux accueil, salut Rovère ! maugréa Pluvinage en se redressant. Parce que je suppose que c'est vous ? Je vous reconnais pas, là, sous votre déguisement.

Il tapota amicalement le masque de l'inspecteur et

pénétra dans le cloaque, sans autre formalité. Pluvinage était médecin légiste. La nature, prévoyante, l'avait affligé d'une anosmie intégrale ; la plus extrême pestilence le laissait de marbre. Aussi étudia-t-il avec indifférence le corps étalé à ses pieds, sans toutefois le manipuler. De la pointe de son stylo — un vulgaire bic au capuchon copieusement mâchonné — il effleura la soie des bas sous laquelle pullulaient les insectes et remonta de la cuisse à l'entrejambe. À la jointure de la jarretelle, le pourrissement des chairs, attisé par l'humidité ambiante, dessinait un liseré de boursouflures noirâtres dont il apprécia le dessin en connaisseur. Un fourreau de lamé, retroussé jusqu'aux hanches, habillait le buste, mais le matelas, jeté en travers de la poitrine, en dissimulait encore la majeure partie. Pluvinage, pensif, agaça la dentelle noire qui recouvrait le pubis, suscitant par là même un nouveau maelström chez les coléoptères. Il fut dérangé dans ses méditations par l'arrivée des photographes de l'Identité judiciaire alertés par Dimeglio.

Ceux-ci se mirent à l'ouvrage avec une méticulosité exemplaire. Ils flashèrent abondamment les jambes, les cuisses ouvertes, sans oublier les chaussures, des hauts talons au cuir très fin, moisi par le séjour dans le réduit, et qui gisaient sur le lino, à quelques centimètres des pieds de la morte.

Tandis qu'ils travaillaient, Rovère entraîna le capitaine des pompiers sur le palier de l'étage inférieur. Les deux hommes ôtèrent leur masque et s'essuyèrent le visage d'un revers de manche. Dimeglio les imita. Pluvinage les rejoignit.

— C'est vous qui l'avez trouvée ? demanda Rovère.

— Oui, répondit le capitaine, on a été appelés pour une fuite de gaz sur le pâté de maisons voisin ! C'était pas facile de passer parce que… enfin, bref, un de mes gars a coupé par les toits pour gagner du temps. Il a aperçu la… la fille, là, en jetant un coup d'œil par le vasistas ! J'ai aussitôt prévenu le commissariat du Xe.

— C'est vous qui avez cassé les marches ?

— Non ! On est tous descendus dans la chambre par le vasistas. Et on a appelé le commissariat par radio. Vous pensez bien qu'on a fait attention, on a l'habitude.

— Bien, vous pouvez nous laisser, merci, murmura Rovère.

Le capitaine récupéra les masques, et ses hommes descendirent à la file indienne, agrippés à la rampe, prenant garde de ne pas poser le talon de leur botte sur l'une des marches effondrées.

— Vous faites dégager le matelas, qu'on voie un peu mieux ? demanda Pluvinage.

Il alluma une mentholée et en tira une longue bouffée.

— Non, on attend le proc', répondit Rovère. On a déjà eu la faiblesse de laisser filer la DPJ, autant ne pas aggraver notre cas. Dimeglio ? Qu'est-ce qu'elle fout ?

— Sais pas… grommela l'inspecteur.

— Et les autres, ils sont arrivés ? demanda Rovère, de plus en plus agacé.

— Un peu avant vous. Dansel a commencé à s'occuper des voisins.

À cet instant, une sirène fit entendre son hululement dans la rue. Rovère ouvrit une fenêtre dépourvue de vitres mais obturée par des cartons, qui grinça en pivotant et dont la crémone faillit bien lui rester dans la main. Il aperçut une Clio blanche équipée d'un gyrophare, qui longeait la rue et tentait de se faufiler entre les voitures de pompiers et les cars des prétoriens.

*

Maryse Horvel rencontra d'abord Sandoval. Il s'avança vers elle, la salua et dévisagea cette jeune femme menue, qui portait un ensemble de jean et un sweat décoré du logo d'UCLA. Son visage enfantin, parsemé de taches de rousseur, semblait encore chiffonné de sommeil.

– Vous... vous êtes le substitut ? demanda le commissaire, étonné.

Maryse Horvel hocha la tête. Son cartable sous le bras, elle suivit Sandoval qui l'accompagna jusqu'au porche du dix.

– Vous pouvez monter, dit-il. Moi, j'ai déjà eu ma dose, vous allez voir, rien de bien passionnant.

Elle monta l'escalier. Le comité d'accueil l'attendait sur le palier du troisième.

Un type obèse, au cheveu rare, mal fagoté dans un imper fripé, lui tendit la main pour l'aider à sauter les dernières marches, impraticables.

– Inspecteur Dimeglio, c'est moi qui vous ai appelée, dit-il en grimaçant un sourire qui dévoila ses dents jaunies et plantées de guingois.

– Pluvinage, je suis le légiste. Vous avez été coincée dans les embouteillages ? demanda le second.

Quand sa main fut prisonnière de celle du médecin, elle réprima un frisson au contact de la peau moite, couverte de sueur glacée.

– Inspecteur divisionnaire Rovère, Brigade criminelle, annonça le troisième.

Maryse Horvel le salua d'un simple mouvement du menton. Il n'avait pas un visage antipathique mais elle fut gênée par son regard inquisiteur. Il la toisa un long moment, sans qu'elle puisse deviner s'il lui adressait un reproche muet pour son retard, ou s'il cherchait à lui en imposer.

— Excusez-moi, dit-elle, je... je viens de l'autre bout de Paris, le XVe, et...

— Ça se passe là-dedans ! trancha Rovère en montrant la porte de la chambre. Nous n'avons touché à rien. Nous vous attendions.

— Je vous préviens, madame le Substitut, susurra Pluvinage, obséquieux, ça n'est pas très joli.

— Le corps est là depuis un bon moment, précisa Dimeglio en se pinçant le nez dans un geste qu'il voulait éloquent.

Maryse Horvel haussa les épaules, irritée par ces prévenances hypocrites. Elle sortit de son cartable un flacon de Baume du Tigre. De la pulpe de l'index, elle en cueillit une copieuse noisette, s'en humecta le pourtour des narines ainsi que le bord de la lèvre supérieure, et prit une profonde inspiration. Elle se tourna vers Rovère, qui poussa la porte du réduit.

*

Enjambant la flaque de vomissure laissée par Dimeglio, Maryse Horvel s'avança prudemment dans la pièce. Elle fit le tour du matelas qui recouvrait le cadavre, resta un long moment penchée sur le corps, réprima un haut-le-cœur et quitta calmement la pièce.

— Vous êtes certain qu'il s'agit bien d'un homicide ? demanda-t-elle à Rovère.

Il remarqua le léger tremblement qui agitait sa lèvre inférieure.

— Dieu que ça pue, soupira-t-elle en plongeant de nouveau le doigt dans son flacon de Baume.

— Prenez l'air à la fenêtre, ça ira mieux après, proposa l'inspecteur en lui tenant le coude pour la guider sur le palier. Un homicide ? Non, on ne sait pas encore. Le Central était un peu heu… agité, ce matin ! Si bien qu'au lieu de la DPJ, c'est nous qui récoltons le colis !

— Pour en savoir plus, il faudrait enlever le matelas, expliqua Pluvinage, impatient.

— Bien ! Allez-y, dit Maryse. Je suppose que vous avez déjà fait faire des clichés ?

Rovère cligna des yeux pour la rassurer.

— Restez ici, je crois que ça vaut mieux, dit-il en s'efforçant d'effacer de sa voix toute ironie malveillante. Vous me passez votre truc ? Ça a l'air efficace.

Il s'humecta le nez de pommade, renifla comme s'il était atteint d'une crise d'asthme, entra dans la chambre, et, d'un claquement de doigts, incita les gens de l'IJ à dégager le corps. De leurs mains gantées de caoutchouc, ils saisirent le matelas, l'arrachèrent avec ardeur, à l'unisson, le visage tendu par l'effort, comme s'ils avaient affaire à une plaque de fonte. Rovère, Dimeglio et les photographes détournèrent la tête. Pluvinage ralluma sa cigarette. Le mégot coincé dans la commissure des lèvres, il assista à l'opération, les yeux grands ouverts. Il y eut un froissement de tissu, aussitôt suivi d'un chuintement liquide et d'un nouveau déferlement de puanteur. La peau de l'abdomen, la trame de la robe de lamé et la toile du matelas s'étaient unies, solidarisées dans les macérations, si bien que le conglomérat des viscères fut libéré dans un flux informe.

— Rovère, vous avez vu ? demanda Pluvinage en tirant sur sa cigarette.

L'inspecteur se résigna à lancer un bref regard sur le cadavre.

— Eh bien ? demanda-t-il, révulsé par le spectacle de ce corps éventré.

— La main droite, bon sang ! bougonna Pluvinage.

Les poignets étaient liés derrière le dos. Rovère aperçut la cordelette qui les unissait. Elle enserrait les avant-bras jusqu'aux coudes, de telle sorte que le buste, déjeté vers l'avant, formait avec le bassin un angle d'environ 45 degrés. Mais la main droite manquait, tranchée net au niveau du canal carpien. Une large auréole brunâtre de sang coagulé, jusqu'alors masquée, avait imbibé toute la bourre du matelas. Rovère, maîtrisant son dégoût, s'accroupit près du corps, à la recherche de la main manquante, puis, constatant son absence, chercha un sac à main ou tout objet de ce genre. Il n'y en avait pas. Pluvinage fit un pas de côté, se pencha sur la tête et, avec mille précautions, ôta doucement la poche de plastique, un vulgaire sac de Prisunic, qui la retenait prisonnière. Elle avait agi à la façon d'une serre, générant un surcroît d'humidité, si bien que le travail des insectes avait été plus rapide que sur le reste du corps. Il ne subsistait que quelques lambeaux de chair accrochés à la mâchoire. La masse des cheveux, un paquet brun aux reflets roux, couvrait le crâne à la manière d'une perruque disloquée, le cuir chevelu n'ayant pas résisté à la furie dévastatrice des milliers de mandibules qui s'en étaient régalées en guise de festin. Une grosse balle de mousse était enfoncée entre les dents et des résidus de sparadrap pendaient le long des tempes.

— On l'a bâillonnée, constata Rovère.

Il entraîna Pluvinage hors du réduit.

— C'est bien un meurtre, annonça-t-il au substitut.

— Pas de pot, c'est pour nos pommes. Elle est restée combien de temps là-haut ? demanda Dimeglio, accablé.

— Sur le lino, il y a des chrysalides vides, expliqua le légiste. Quand la décomposition commence, les diptères arrivent, se mettent à tout bouffer, puis pondent. Il y en a au moins cinq ou six générations, il faut bien trois semaines pour en arriver là.

— Il n'y a pas d'arme ? demanda Maryse.

— Non… du moins je n'ai rien remarqué, dit Rovère. Pluvinage ? Vous avez vu quelque chose, vous ?

Le légiste secoua négativement la tête.

— Une main tranchée, pas d'arme, reprit Rovère, pas de sac à main, pas de papiers, et dans l'état où elle est, je ne vois pas comment on va l'identifier ! Pluvinage, vous poursuivez tout seul ? Nous, on va descendre. À moins que madame le Substitut… ?

— Mademoiselle ! corrigea Maryse Horvel. Non, je crois qu'on peut laisser M. Pluvinage travailler.

— Pour moi, c'est presque terminé, enfin, pour le moment, mais les gars du labo en ont pour deux bonnes heures, dit le légiste.

Ils s'écartèrent pour laisser passer un des techniciens qui sortait de la chambre et trimbalait un seau de plastique rempli d'une matière gélatineuse et sanguinolente. Un autre vint à leur rencontre. Il portait, pliée sur son avant-bras, une grande housse grise, pourvue d'une fermeture éclair et destinée à emporter le corps.

*

Sur le trottoir, ils rejoignirent la Duvalier qui cabotinait face à une équipe de FR3 ; les journalistes étaient arrivés par hasard, en route pour filmer un sujet sur les cantines scolaires et, bien plus alléchés par ce que racontaient les badauds, s'étaient décidés à rester. Rovère arracha la bignole à ces débuts prometteurs pour l'entraîner dans sa loge. Sandoval et Maryse le suivirent.

Il y eut des protestations, modérées de la part du public, véhémentes de celle du journaliste qui tenait le micro. Dimeglio, d'une voix de stentor, le pria de se calmer.

Impressionné, l'autre n'insista pas. Le pépère à la canne et au manteau de cuir approuva d'un mouvement de menton énergique l'intervention de l'inspecteur et, certainement pour montrer l'exemple, s'éloigna d'un pas rapide. Avant de tourner le coin de la rue, il se retourna, hocha de nouveau la tête, ôta sa casquette et s'essuya le front à l'aide d'un large mouchoir à carreaux.

Dimeglio pénétra dans la loge garnie de chromos criards, un écrin kitsch où trônait un superbe buffet Henri III. Rovère, coincé entre deux piles de linge et un fer à repasser des plus modernes, était assis face à une longue table où s'étalait une pattemouille, et griffonnait ses premières notes sur un calepin. Sandoval, qui cherchait à se donner une contenance, feuilleta un cahier défraîchi sur lequel la Duvalier épinglait les reçus de loyer et les avis de passage d'EDF. Maryse Horvel s'était installée dans un recoin de la pièce, sur une chaise de camping que la concierge lui avait offerte. Un chat pansu vint lui lécher la main.

— L'odeur, nom de dieu, l'odeur ! criait Rovère, au moment où Dimeglio poussait la porte. Vous avez bien dû la sentir, depuis le temps, hein, madame Duvalier ?

— C'est condamné à partir du troisième, personne n'y va jamais ! rétorqua-t-elle, outrée. Et puis ces derniers temps, il a pas fait si chaud. Humide, oui, ça, je dis pas, mais chaud, non. Pour un mois de septembre, avec toute la pluie qui est tombée, on n'a pas été gâtés. Alors votre histoire d'odeur, hein…

Elle s'interrompit un instant pour régler le jet de vapeur de son fer à repasser, qui sifflait en clignotant.

— Ma femme a le même, nota finement Dimeglio. Il est bien, non ?

— « Condamné à partir du troisième », on peut le dire, oui, ricana Rovère. Pourquoi les marches ont-elles été sciées ?

– À cause des squatters, expliqua la Duvalier.

– Ah oui, les squatters, j'avais oublié. Qu'est-ce que c'est que cette salade ?

– Vous demanderez au propriétaire, moi, j'en sais pas plus !

– Admettons, soupira Rovère. Et les gens du troisième étage, ils n'ont rien remarqué ?

– Les gens du troisième ? Il n'y a qu'un locataire, là-haut, et il a disparu de la circulation, reprit la Duvalier.

– Comment ça, disparu ? ! s'écria Sandoval, ravi de pouvoir se manifester. Mais pourquoi ne l'avez-vous pas dit plus tôt ?

– Parce que personne me l'a demandé ! On est le 20 septembre et je ne l'ai pas vu depuis le mois de juillet ! M. Djeddour, Bechir Djeddour, un célibataire, si vous voulez savoir : il travaillait à Citroën-Aulnay, à la chaîne. Aucune nouvelle de lui ! Et puis j'ai pas que ça à faire, moi, je m'occupe aussi du 12, du 8 et du 14. Je tire les poubelles sur le trottoir et je mets le courrier dans les boîtes aux lettres, c'est tout ! Tout le pâté de maisons doit être rasé dans les six mois, c'est la mairie qui nous a donné l'avis. Alors…

– D'accord, admit Rovère, radouci. Le propriétaire, où peut-on le trouver ?

La Duvalier sortit un bristol d'une boîte de carton décorée de coquillages collés et le lui tendit. Rovère s'en saisit du bout des doigts, le lut et le montra au commissaire.

– On va voir les résultats de l'autopsie et en attendant, on ira interroger ce… Vernier. Vous voyez autre chose ? demanda prudemment Sandoval en se tournant vers le substitut.

La jeune femme réfléchit un instant avant de répondre par la négative.

– On fera convoquer les voisins, conclut Rovère.

Avant de sortir, il caressa la tête du matou qui se prélassait sur la pile de linge. Quand il franchit le seuil de la porte cochère, il cligna des yeux sous les flashes des photographes à présent accourus en plus grand nombre.

— Dimeglio, tu les éjectes, s'il te plaît ? demanda-t-il.

L'inspecteur siffla les prétoriens, et, d'un geste auguste du bras, leur enjoignit de repousser les curieux. Ce qu'ils firent. Les Tamouls furent les premiers à déguerpir, suivis des menuisiers, bientôt imités par le quarteron de petites vieilles. Les journalistes, frustrés, comprirent que la séance était terminée. Tout ce petit monde reflua à contrecœur, sans pour autant s'éloigner de plus d'une cinquantaine de mètres. Sandoval donna l'ordre au brigadier de l'arrondissement de ne pas bouger de la place tant que les techniciens de l'IJ n'auraient pas terminé leur travail.

Maryse Horvel, suivie par Rovère, se dirigea vers sa voiture de fonction, dont les pompiers avaient légèrement rayé la carrosserie en dégageant leur propre véhicule. Sandoval les rejoignit, mains dans les poches.

— Je rentre au Palais. Qu'est-ce que vous en pensez, au jugé ? demanda Maryse avant de mettre le contact.

Rovère, penché au-dessus de la Clio, se gratta la joue, perplexe.

— Vous avez vu comment la fille était habillée ? Le lamé ne sortait pas du Prisunic, c'est le moins qu'on puisse dire, ni les bas. C'était de la soie, hein ?

— Et les chaussures, la même chose, un modèle assez luxueux. Alors je me demande ce qu'elle venait faire dans un endroit aussi pourri, ajouta Sandoval, qui voulait montrer qu'il ne s'était pas déplacé pour rien.

— On lui a peut-être donné rendez-vous ? dit Maryse.

— Vous accepteriez un rencard dans le coin, vous ? répliqua Rovère.

— Non, effectivement !

— Ce qui me tracasse un peu, c'est cette histoire de squatters, reprit Sandoval.

— Ah oui ? s'étonna Maryse Horvel. Moi, c'est plutôt la main coupée qui m'intrigue !

Rovère haussa les épaules.

— Ça, c'est du folklore, on en tirera sans doute quelque chose, concéda-t-il. Mais les squatters, oui, pour l'instant, ça me paraît plus urgent !

Sandoval acquiesça en silence, satisfait du soutien de son adjoint.

— Je ne crois pas qu'une femme qui s'habillait de cette façon ait eu quoi que ce soit à voir avec des squatters, objecta le substitut. Enfin, vous verrez bien. Je suis de permanence à la huitième section toute la semaine. On reste dans le cadre de l'enquête flagrante, n'est-ce pas ? Ce Djeddour ?

— Évidemment, on va essayer de lui mettre la main dessus, ça tombe sous le sens. Je vous tiendrai au courant, annonça Sandoval.

Elle démarra. Rovère se dirigea vers les policiers en tenue qui continuaient de barrer le passage et appela un civil au teint cireux, dont la tenue évoquait celle d'un clergyman.

— Dansel ! cria-t-il d'une voix forte, pour couvrir le brouhaha. Les voisins, tu les ratisses, tous jusqu'au dernier, ceux de l'immeuble et les numéros attenants. Et tu forces les portes du troisième, la concierge a parlé d'un locataire qui a disparu. Tu vois avec elle.

Dansel inclina doucement la tête et se fendit d'un sourire morose. Il appela les autres inspecteurs placés sous l'autorité de Sandoval et leur distribua le travail. Le commissaire lança un coup d'œil circulaire sur la place.

— Tout dépend de l'identification de la fille, hein ? dit-il.

Rovère, comprenant à demi-mot ce qu'insinuait Sandoval, contempla le bout de ses chaussures, pensif.

— Oui, dit-il, si on a affaire à une paumée, ce n'est pas la peine de s'énerver. Mais on ne sait jamais.

— Je rentre à la Brigade, annonça Sandoval. Je vous fais confiance ?

— Au fait, en montant là-haut, tout à l'heure, vous n'avez pas cassé une marche ? demanda Rovère.

— Non, non, j'ai fait attention. Pourquoi ?

— Rien, j'ai trouvé un morceau de tissu, c'est sans importance.

Le commissaire s'éloigna vers le boulevard, où était garée sa voiture. Rovère descendit la rue Sainte-Marthe, entraînant Dimeglio dans son sillage. Le spectacle n'était guère réjouissant. Des gosses au nez souillé de morve jouaient sur les trottoirs, juchés sur des skates bricolés ; ils zigzaguaient avec une étonnante maestria entre les poubelles et les tas de gravats. Une file de crève-la-faim attendait devant une boutique, tenue par une certaine Mission Évangélique, où l'on servait un bol de soupe. De nombreuses fenêtres murées par des parpaings aveuglaient les façades où de larges trouées de couloirs sombres, pareilles à des soupiraux, jaillissaient à ras de la chaussée, et laissaient entrevoir des conduites de gaz éventrées, des amas de fils électriques déchiquetés, et plus loin, dans les courettes dont ils révélaient l'existence presque à contrecœur, un fouillis d'ordures, une quincaillerie sauvage amassée là sans motif avouable.

Ils tournèrent à gauche dans la rue Saint-Maur, retrouvant ainsi un semblant de civilisation. Les kebabs des fast-food turcs, alignés en rang d'oignons, ruisselaient de graisse brûlante sur leur broche verticale. Puis, sans dire un mot, ils remontèrent la rue du Faubourg-du-Temple pour rejoindre le carrefour Belleville. Les livreurs d'une boucherie halal obstruaient le passage, tandis qu'un peu plus loin, le traiteur antillais déchargeait ses barils de queues de cochon marinées dans la saumure.

– C'est vrai qu'elle était drôlement sapée, marmonna Dimeglio afin de meubler le silence. Et la main coupée, ça c'est pas banal, hein ?

Rovère ouvrit son blouson et tira de la poche intérieure une flasque argentée dont il dévissa lentement le bouchon. Il s'arrêta un instant, indifférent aux passants auxquels il barrait la route, et avala une longue rasade d'alcool. Dimeglio l'observait à la dérobée, réprobateur mais trop prudent pour risquer une remarque. Ils reprirent sur la gauche le boulevard de la Villette et revinrent dans la rue Sainte-Marthe.

– Alors ? demanda l'inspecteur.

– À ton avis ? répondit Rovère, avec un sourire mi-narquois mi-affectueux.

– Vous allez chez ce Vernier, et l'autopsie, c'est moi qui me la tape ?

– Voilà, tu as tout compris ! Asticote un peu Pluvinage ; des fois, il bâcle, surtout s'il a beaucoup de boulot. Attends, ce n'est pas tout !

Rovère sortit l'étui de Kleenex de son blouson et lui montra le morceau de flanelle qu'il avait prélevé sur une des marches cassées près du palier du quatrième étage.

– Tu donneras ça au labo. S'ils peuvent en tirer quelque chose !

Dimeglio empocha l'objet et s'éloigna de son pas lourd, poings dans les poches, sa grosse tête chauve rentrée dans des épaules d'haltérophile fatigué.

3

Le flic de ronde, flottant dans une blouse de nylon bleu pâle trop grande pour lui, bâillait voluptueusement. Il longeait la rangée de cellules dont la porte grillagée permettait d'observer l'intérieur, tout l'intérieur.

À la vingt-trois, tout était calme, les prévenus dormaient sur les châlits dépourvus de couverture. Ils s'étaient engueulés au moment de la distribution du casse-croûte mais on ne les avait pas entendus depuis.

À la vingt-quatre somnolait un toxico qu'on avait isolé et menotté pour la nuit. Il ne s'était pas calmé pour autant ; de ses ongles, il avait lacéré le capitonnage de la cellule, du moins ce qu'il en restait.

À la vingt-cinq, des Zaïrois en djellaba palabraient à voix basse, tous coffrés après une partie de bonneteau qui avait mal tourné.

À la vingt-six, un type d'une trentaine d'années, en costume, assez élégant, se soulageait, accroupi au-dessus de la tinette à la turque, face à la porte. Quand son regard croisa celui du flic de ronde, il eut un mouvement pour se rajuster, gêné d'être surpris en si piteuse posture, mais il était trop tard ; il baissa la tête, espérant que l'homme à la blouse bleue n'allait pas s'attarder. L'homme à la blouse bleue s'attarda un instant, comme à son habitude en pareil cas, puis s'éloigna, satisfait.

Il inspecta la vingt-six, la vingt-sept, la rangée complète, jusqu'à la trente-cinq, prit l'escalier en colimaçon qui menait aux cellules du premier étage, arpenta le chemin de ronde, tout comme il l'avait fait au rez-de-chaussée, et redescendit du même pas pesant à l'autre extrémité de la coursive. Il revint en sens inverse jusqu'à la cage de verre où somnolait le brigadier de garde. Il

minutes plus tôt, assurait qu'il n'avait absolument pas frappé le flic qui l'avait tiré de sa voiture « sans ménagement ».

— J'étais ivre, certes, mais je n'ai pas frappé ce policier, protestait-il.

— Vous habitez où ? demanda le substitut.

— À l'hôtel, je suis momentanément demandeur d'emploi.

— Chômeur, hein ? Et la voiture, elle n'était pas à vous !

— Un moment d'égarement, elle était rangée le long du trottoir, le moteur tournait, je n'ai pas pu résister, un geste stupide.

— Ben voyons... On résume, vous tirez une bagnole et vous cognez sur le premier flic qui vous arrête ! Vous avez déjà été condamné ? Ne racontez pas de salades, on vérifie tout de suite au casier !

Maryse Horvel quitta la pièce, et ouvrit la troisième porte. Un type effondré, au veston constellé de taches de vomissure, sanglotait devant le substitut.

— J'avais un peu bu, c'est sûr. Mais je ne voulais pas me mettre en colère, je vous assure.

— Oui, mais vous l'avez frappée, elle a été admise aux urgences à Saint-Antoine, et sa sœur a porté plainte.

— Mais on pourrait tout recommencer, chacun en y mettant de la bonne volonté, non ? pleurnicha le type.

Écœuré, le substitut ferma le dossier bleu qui contenait le rapport de police, et tapa du poing sur la table.

— Allez, dehors !

Le gendarme qui accompagnait le prisonnier saisit celui-ci par le col de son veston et le poussa vers la sortie.

— Je... je vais en prison ? Tout de suite ? balbutia le prévenu.

— Mais non, vous pensez bien qu'on va vous juger, avant, s'esclaffa le substitut.

— Mais quand ?

— Dès cet après-midi, si vous acceptez, ou sinon dans quelques jours. De toute façon vous irez au trou.

— André, s'il te plaît, juste une seconde ?

Maryse souriait d'un air angélique. André Montagnac, un type solide, au visage barré d'une moustache de Gascon, se tourna vers elle surpris par sa présence. Il vit ses traits creusés par la fatigue.

— Je ne t'avais même pas vue entrer, dit-il. Tu as entendu cette ordure ? Sa femme, douze points de suture sur le crâne, il l'a tabassée avec un antivol de moto, tu te rends compte ? Qu'est-ce qui t'arrive ?

— Cette nuit, la permanence, tu peux la prendre à ma place ? J'en ai ma claque, on est lundi, et depuis samedi soir, ça n'arrête pas, j'ai eu droit au sadomaso du bois de Boulogne, à la putain du périphérique, à l'incendie de l'Euromarché de Clignancourt, trois cadavres calcinés, plus une petite vieille poignardée square Réaumur, et ce matin, à sept heures, ça a remis ça !

— Ça doit être la pleine lune, soupira Montagnac.

Maryse déposa son bipeur Eurosignal ainsi que les clés de la voiture de fonction sur le bureau et se fendit d'un soupir affreux, censé exprimer une infinie détresse.

— Je peux passer ton numéro aux flics, pour ce soir, juste pour ce soir ?

Montagnac ne fut pas dupe mais donna son accord. Ragaillardie par cette promesse d'une nuit de sommeil paisible, Maryse quitta la huitième section. Dans la cour de la Sainte-Chapelle, un groupe de touristes japonais attendait son tour de visite, sous la pluie. Elle traversa le boulevard du Palais, puis la Seine, et se dirigea vers la station de métro Châtelet.

4

À chaque fois que Dimeglio prenait l'escalier carrelé menant au premier étage de l'Institut médico-légal, quai de la Rapée, il croisait inévitablement Istvan, un des garçons morguistes, qui, croyant lui faire plaisir, l'accueillait avec un dicton de circonstance, quelques mots d'italien, les seuls qu'il connaissait :

— *Aqua fresca, vino puro, fica stretta, cazzo duro !* claironnait-il, l'index pointé vers le visiteur.

De l'eau fraîche, du bon vin, une figue mûre, la bite bien dure. Que demander de plus, en effet ? songeait l'inspecteur.

— *Ecco*, Dimeglio, quel mauvais vent t'amène ? ajoutait invariablement Istvan, avant d'éclater de rire.

Dimeglio souriait poliment et ne manquait pas de se laver discrètement la main après qu'Istvan la lui eut serrée. Istvan usait ses journées à nettoyer les tables d'autopsie, à classer les bocaux destinés à contenir les prélèvements et à ranger les corps dans les tiroirs frigorifiques après les avoir recousus. En dépit de longues années passées dans ce lieu sinistre, Istvan savait faire preuve de jovialité. D'origine hongroise, il était arrivé en France en 1956, à vingt-deux ans, pour fuir l'occupant russe. Les autorités universitaires parisiennes n'avaient pas daigné prendre en compte ses certificats de médecine décrochés à la faculté de Budapest, aussi avait-il été contraint d'accepter cet emploi à l'IML, pour survivre. Depuis, il ne l'avait plus quitté.

— Tu viens pour quoi ? demanda-t-il à l'inspecteur. La putain du périph ? On l'a amenée avant-hier matin, la pauvre, jolie comme un cœur, c'est malheureux de voir ce qu'ils lui ont fait !

— Non, la rue Sainte-Marthe, corrigea Dimeglio.

— Ah oui, je vois, dit tristement Istvan. Pluvinage va s'en occuper d'ici une demi-heure, dès qu'il aura terminé la putain. Viens, c'est par là.

Il le conduisit jusqu'à la salle d'autopsie où travaillait le légiste. Au passage ils croisèrent un autre employé de l'IML, qui poussait un chariot sur lequel reposait le corps d'une vieille femme couvert de moisissures verdâtres, et dégoulinant d'eau boueuse.

— Passent les jours et passent les semaines… et la Seine… heu… comment c'est déjà ? demanda Istvan.

— C'est autrement. Laisse la Seine couler tranquille, marmonna Dimeglio en tirant sur le col de son imper.

— Et pourtant, elle en vient, insista Istvan en montrant le cadavre. Trois noyées, déjà, depuis la fin août. L'automne sera chargé.

*

Dimeglio détestait cette corvée. Il avait mis longtemps, très longtemps, à s'y habituer, mais s'y était malgré tout résigné. Si bien qu'à la Brigade, il se trouvait toujours un petit malin pour donner son nom dès qu'un juge d'instruction demandait qu'un OPJ file à la Rapée…

— Alors Dimeglio, s'écria Pluvinage, on n'a pas eu le temps de parler ce matin, comment ça va, la famille ?

— Ça roule, ça roule, soupira l'inspecteur en s'asseyant près d'une paillasse vide.

— Le petit dernier, ça marche, l'entrée en sixième ? Vous voulez du café, Dimeglio ?

L'inspecteur déclina l'offre. Pluvinage, un bistouri à la main, incisait le thorax d'une jeune femme, presque une adolescente. Un photographe de l'Identité judiciaire prenait des clichés de chacune des étapes du travail. Un OPJ que Dimeglio ne connaissait pas et qui suivait l'affaire de la fille du périphérique était assis dans un coin, plongé dans une grille de mots croisés.

— J'ai presque fini celle-là, dit Pluvinage. C'était facile, elle a pris trois coups de poignard dans le dos, vous voyez le truc d'ici ? Elle tapine sur le périph' à deux heures du matin, un type s'amène en bagnole, elle monte sur le siège du passager avant, il se gare un peu plus loin, elle commence à lui faire une pipe, penchée sur lui, et crac, il lui enfonce sa lame ! Il lui pique son fric et la balance. On l'a retrouvée affalée sur la glissière de sécurité, près de la porte de Vanves !

Dimeglio patienta quelques minutes avant que Pluvinage ne s'attaque au cas qui l'intéressait. L'inspecteur qui avait assisté à la première autopsie quitta la salle, sans un mot. Istvan, sifflotant, emporta le corps de la prostituée sur une table aux roues mal huilées.

Celui de la rue Sainte-Marthe reposait sur une paillasse voisine, encore prisonnier de sa housse grise. Le médecin défit la fermeture éclair, et, avec une moue de contrariété, examina longuement le cadavre. Istvan revint avec un plateau garni de scalpels et de monoblocs propres. Il aida Pluvinage à enfiler une nouvelle paire de gants puis disparut après avoir adressé un clin d'œil à Dimeglio.

— J'ai déjà envoyé les prélèvements de viscères à la chromatographie. Vous savez, quand on a retiré le matelas, il y a eu des dégâts, on n'a eu qu'à ramasser, précisa le médecin en tranchant délicatement le col de la robe de lamé qui serrait le cou décharné de la morte. On aura les résultats dans deux jours.

Dimeglio le regardait opérer et ne pouvait s'empêcher d'admirer la précision de ses gestes. Le photographe prit quelques clichés et rangea sa pellicule dans une mallette avant de recharger son appareil.

— Si je pouvais tout de suite avoir l'étiquette des vêtements, ça permettrait de gagner du temps, grommela Dimeglio, alors que Pluvinage poursuivait sa découpe, dénudant le tronc, du cou jusqu'au pubis.

— Vous les aurez, vous les aurez, la robe, le porte-jarretelles, la culotte, avec un peu de chance, ça aidera à l'identification. Les chaussures sont déjà répertoriées. Elles viennent de chez Charles Jourdan, elle ne s'emmerdait pas, cette fille.

Pluvinage, de la pointe de son scalpel, souleva une chaînette plaquée à même la peau, et que le tissu de la robe l'avait jusqu'alors empêché de voir.

— C'est de l'or, on dirait !

Dimeglio se pencha sur l'objet et scruta le pendentif accroché à la chaîne.

— Une « main de Fatma », hein ? murmura-t-il.

— Oui, ça me semble intéressant. Enfin, ça, c'est votre cuisine à vous.

Le médecin dégagea le bijou qu'il plongea dans un bain désinfectant avant de le glisser dans un étui de plastique qu'il remit à Dimeglio.

— Et la main ? demanda celui-ci, je veux dire la vraie, celle du cadavre, avec quoi elle a été tranchée ?

— Je ne sais pas, répondit sèchement Pluvinage en saisissant le moignon. À première vue, c'est un travail très propre. Une lame fine, introduite dans le canal, à la jointure des métas et de l'extrémité distale des os du carpe. Mais si vous me posez sans arrêt des questions, je vais prendre du retard.

Dimeglio se tut. Le légiste saisit un long couteau à lame convexe et poursuivit ses investigations.

5

Maryse Horvel leva les yeux vers le plafond, dont les poutres apparentes étaient couvertes de toiles d'araignée. Le séjour, lumineux, vide de tout meuble, paraissait très grand. La chambre, à laquelle on accédait par un couloir biscornu, était de taille bien plus réduite et plus sombre, aussi ; elle donnait sur une courette étriquée alors que les fenêtres du living s'ouvraient sur la rue. Un balcon étroit longeait toute la façade. L'appartement était situé rue de Tourtille, à quelques numéros du croisement avec la rue de Belleville.

— Qu'est-ce que tu en penses ? Quatre mille cinq, charges comprises, ça te paraît raisonnable ? lui demanda la jeune femme qui visitait le deux-pièces en sa compagnie.

— Signe tout de suite, c'est une affaire, assura Maryse. Tu peux emménager quand ?

— Demain, cet après-midi, si je veux.

Nadia Lintz était arrivée à Paris trois semaines plus tôt. Comme Maryse, elle était magistrate. Elle avait travaillé à Tours durant cinq ans au tribunal pour enfants, avant de demander sa mutation à Paris, comme juge d'instruction. Les deux jeunes femmes se connaissaient depuis les bancs de l'École nationale de la magistrature de Bordeaux où elles avaient suivi leurs études, dans la même promotion.

Nadia était hébergée chez son amie et cherchait désespérément un appartement à louer à un prix raisonnable ; elle tenait à quitter au plus vite le deux-pièces de Maryse, rue de la Convention — où elle campait depuis son arrivée à Paris — pour ne pas la déranger plus longtemps. Les quelques affaires qu'elle avait rapportées de Tours s'entassaient dans la cave. À plusieurs reprises, elle avait connu l'épuisante corvée des files d'attente dans les escaliers, lors des visites collectives d'appartement proposées par les agences, sans rien trouver qui lui convienne.

— Où est le proprio ? demanda Maryse.

— Au café, en bas de la rue. Il m'a conseillé de prendre mon temps, de bien réfléchir. Il attend. C'est un petit vieux, assez sympa.

— Alors tu fonces ! Je t'assure que c'est une affaire !

— Comment tu me trouves ? demanda Nadia.

Elle faisait sauter le trousseau de clefs dans sa main et plissait le nez, la tête légèrement penchée de côté, dans une attitude de réflexion qui lui était familière. À la voir ainsi, mal à l'aise, retranchée derrière l'écran de ses lunettes, raide comme un mannequin dans le tailleur gris qu'elle avait revêtu pour venir au rendez-vous, on l'aurait jugée sévère, pour ne pas dire abominablement coincée. Elle plaqua une mèche rebelle qui s'échappait de son chignon, plia la jambe gauche pour ôter un instant le mocassin à boucle qui lui irritait la peau du talon et se figea, songeuse, dans cette posture inconfortable, avant d'enfiler de nouveau sa chaussure.

— On te donnerait le bon Dieu sans confession, dit Maryse. Signe, tu ne trouveras pas mieux.

*

Isy Szalcman attendait à la terrasse de la Vielleuse, la grande brasserie située à l'angle de la rue et du boulevard de Belleville. Très grand, large d'épaules, ventru, il portait une salopette bleue rapiécée aux genoux et une chemise à carreaux. Un verre de rouge posé devant lui, il sifflotait en regardant les passants. Szalcman avait un visage rond, au front plissé de rides, aux yeux proéminents, auréolé d'une tignasse blanche, coiffée à la diable, parsemée d'épis. Ses mains, puissantes, massives, couturées de cicatrices et de crevasses, reposaient bien à plat sur la table de bistrot.

Il n'était pas seul. Assis à ses côtés, un de ses amis achevait de déjeuner. Aussi grisonnant que Szalcman, mais d'une mise plus soignée, maigre, élancé, il savourait une part de tarte sans bouder son plaisir. Il repoussa bientôt son assiette, s'essuya les lèvres, tira un cigare d'un petit étui en cuir, l'humecta de quelques coups de langue, et l'alluma. Ils restèrent ainsi, absorbés par le spectacle de la rue, sans échanger un seul mot.

— Tiens, regarde, la voilà, s'exclama soudain Isy en désignant les deux femmes qui descendaient le trottoir et avançaient dans la direction de la brasserie.

— C'est laquelle ? La blonde avec le jean ? demanda son compagnon.

Il avait saisi une canne et jouait avec un chat potelé qui s'était aventuré près d'eux ; le matou fit un pas de côté, le dos hérissé, puis bondit sur l'embout de la canne qu'il lacéra de ses griffes.

— Non, la brune, celle avec le tailleur, précisa Isy.

— Elle est jolie. Mais ne te fais pas rouler, comme avec la précédente.

— Pas de danger qu'elle déménage à la cloche de bois, crois-moi, celle-là, je vais lui serrer la vis, chuchota Isy.

Maryse et son amie se tenaient à présent devant eux et affichaient un sourire de circonstance.

— Monsieur Szalcman, je… je pense que je suis d'accord, annonça enfin Nadia en triturant la monture de ses lunettes.

Elle ne tenait pas à manifester un enthousiasme excessif, dans l'intention de se ménager une marge de négociation à propos des charges locatives.

— Eh bien, asseyez-vous ! proposa Szalcman. Vous n'allez pas discuter debout.

Elles tirèrent chacune une chaise et se serrèrent près de lui.

— Mon ami Maurice Rosenfeld, annonça Isy en désignant son voisin.

Le chat s'éloigna. Rosenfeld fit une dernière tentative pour capter son attention en lui agaçant l'arrière-train du bout de sa canne, en vain. Puis il ouvrit un journal après avoir adressé un sourire aux nouvelles venues.

— J'ai apporté tous les papiers, dit Nadia en ouvrant son sac à main.

Szalcman étudia posément les documents qu'elle lui présentait et constata qu'ils étaient conformes à ce qu'elle lui avait annoncé au téléphone. Elle souleva la question des charges, sans trop montrer de conviction. Szalcman acquiesça à ses remarques et ratura le contrat dans le sens qu'elle indiquait. Nadia signa enfin le chèque de caution ainsi que celui du loyer pour le mois en cours.

— Les clés sont à vous, conclut Szalcman, si vous voulez, je vous donnerai un coup de main pour vous installer.

Il se leva, salua sa nouvelle locataire, puis remonta la rue. Il avançait d'un pas alerte, tandis que Rosenfeld boitillait à ses côtés, appuyé sur sa canne.

— Pas de risque avec elle, mon vieux ! dit Szalcman en pouffant de rire. Tu sais ce qu'elle fait comme boulot ?

Rosenfeld l'interrogea du regard, les sourcils froncés.

— Elle est juge d'instruction. Ouais, comme je te le dis !

Rosenfeld secoua la tête, incrédule, avant d'éclater de rire à son tour.

Les deux femmes étaient restées à la terrasse de la brasserie et achevaient de relire le contrat de location. Nadia ôta ses lunettes et, soulagée, les rangea dans son sac à main. Elle ne les portait que lors des interrogatoires qu'elle menait dans son cabinet du Palais de justice. La monture d'écaille, très épaisse, un tantinet rétro, faisait partie de la panoplie qui lui permettait de se conformer à l'image de sévérité que ses interlocuteurs attendaient d'elle en de telles circonstances.

– Le quartier n'est pas désagréable. Il est en pleine rénovation, expliqua Maryse. Montagnac a eu le nez fin.

C'était en effet grâce à lui que Nadia avait eu vent de l'annonce de Szalcman ; il l'avait repérée à la vitrine d'une agence du boulevard Magenta. Elle balaya du regard les trottoirs où s'alignaient commerces et restaurants asiatiques. Un camion stoppa près de la terrasse de la Vielleuse ; dès que le hayon fut abaissé, un détachement de pousseurs de diables s'aligna sur le trottoir dans un ordre impeccable. En moins d'une minute, les sacs de riz et de poisson séché furent déchargés pour disparaître dans les profondeurs d'un parking voisin.

– Ce matin, je suis venue constater un homicide, à cinq minutes d'ici, dans un immeuble qui va bientôt être rasé, reprit Maryse. Une fille, retrouvée dans un taudis, complètement putréfiée, avec un poignet tranché, tu aurais vu le travail... Immonde, vraiment immonde !

– Tu les collectionnes, ma parole. Je ne t'avais pas dit : c'est moi qui ai hérité de la fille du périphérique.

– Alors ?

Nadia haussa les épaules et ferma les yeux un bref instant. Depuis son arrivée à Paris, elle se voyait chargée d'affaires qui n'avaient rien de commun avec les problèmes de gamins fugueurs dont elle s'était occupée à Tours.

6

Après avoir quitté Dimeglio, Rovère se rendit à l'adresse indiquée sur le bristol que lui avait remis la Duvalier, rue Damrémont. Un inspecteur désigné par Dansel l'accompagna. Tout en conduisant, Rovère se tourna vers son adjoint et le toisa d'un œil courroucé.

— Choukroun, qu'est-ce que j'ai déjà dit ?

Le jeune homme, un nouveau venu à la Brigade, rougit jusqu'aux oreilles, sans comprendre.

— Discret, Choukroun, discret, murmura Rovère, entre ses dents.

L'inspecteur abaissa le pare-soleil et examina son visage rasé de frais dans la glace.

— La vie d'ma mère, chef, j'suis nickel ! protesta-t-il d'une voix mal assurée.

Rovère stoppa au feu rouge et saisit l'imposante étoile de David en or massif qui pendait au cou de Choukroun. Celui-ci l'enfouit précipitamment dans l'échancrure de sa chemise Naf-Naf, confus.

— Primo, reprit Rovère, cesse de m'appeler chef à tout bout de champ, secundo, laisse ta pauvre mère tranquille, Choukroun.

Vexé, celui-ci baissa les yeux et essuya une tache de terre sur le bout ferré de ses santiags en croco.

— Tu m'attends là, dit Rovère en sortant de la voiture.

Il fut surpris de trouver la façade d'un restaurant oriental. À l'intérieur, il découvrit un décor très chargé, qui se voulait inspiré d'un conte des *Mille et Une Nuits*. Une fontaine de faux marbre glougloutait près du vestiaire ; quelques massacres de gazelles accrochés au mur y voisinaient avec des peaux de chèvre et des pétoires à la crosse damasquinée. Rovère s'avança dans la salle, assez vaste, et écarta les tentures aux teintes criardes qui cloisonnaient l'espace en autant de petites loges où étaient dressées les tables garnies de bouquets de jasmin. Quand il demanda à l'employé qui se tenait derrière la caisse s'il pouvait rencontrer Vernier, celui-ci fronça les sourcils.

— M. Vernier n'est pas là, dit-il. Aujourd'hui, c'est lundi. Et nous n'ouvrons qu'à midi, monsieur.

Comme s'il s'attendait à ce que l'information dissuade le visiteur d'insister, l'employé plongea de nouveau dans son livre de comptes. Rovère en fut agacé. Il sortit sa carte barrée de tricolore et la planta sous le nez du type.

— Il... il fallait le dire tout de suite, bredouilla celui-ci.

— Où est Vernier, le lundi ? demanda Rovère.

— Au hammam, monsieur le commissaire. Rue des Rosiers.

Rovère nota l'adresse.

— Qu'est-ce qu'il fait, Vernier, ici ? demanda-t-il.

— Mais c'est le patron, monsieur, répondit l'autre, offusqué, comme s'il s'agissait là d'une évidence.

Avant de quitter le restaurant, Rovère téléphona à la Brigade et tomba sur Dansel.

— Tu es déjà revenu de la rue Sainte-Marthe ? demanda-t-il, étonné.

— Oui, les gars du labo ont expédié le boulot très vite.

— Et les voisins ?

— Je n'en ai trouvé que trois, je veux dire trois qui habitent l'immeuble et qui traînaient dans le quartier ce matin. Ils n'ont rien vu, rien entendu. J'ai laissé cinq gars sur place, ils continuent avec les occupants des autres immeubles. Ils travaillent, ces gens-là, il faudra attendre ce soir pour les interroger.

— Et le type du troisième, celui qui a disparu ?

— Djeddour ? Sa piaule est effectivement vide. J'ai téléphoné chez Citroën, ils confirment qu'il ne s'est pas présenté au boulot depuis juillet.

— Dimeglio n'est pas rentré de l'autopsie ? poursuivit Rovère.

— Pas encore. On attend le premier compte rendu du labo.

— Autre chose ?

— Je suis monté dans la chambre, après le départ des gars de l'IML, reprit Dansel, du même ton placide. À mon avis, c'est dommage d'avoir laissé tout le monde prendre l'escalier, si vous me permettez, cette histoire de marches sciées, ça valait la peine de s'attarder un peu. Maintenant, évidemment, avec les pompiers, les gens du labo qui sont passés dessus, et, si j'ai bien compris, le légiste qui lui aussi en a cassé une, je crains qu'on ait laissé passer une chance d'y voir plus clair.

— D'accord, Dansel, admit Rovère, mais on n'allait quand même pas sortir le cadavre par le vasistas, hein ? Et puis on n'est pas certain qu'il y ait un rapport entre le meurtre, les marches sabotées et les squatters, non ?

— Effectivement. Enfin, c'est à vous de décider.

— Je suis arrivé le premier sur place et j'ai trouvé un morceau de tissu accroché à un éclat de bois, je l'ai donné à Dimeglio, expliqua Rovère.

— Alors c'est parfait ! conclut Dansel.

— On se retrouve tous à quinze heures à la Brigade, ajouta Rovère, avant de raccrocher.

En quittant la rue Damrémont, il passa le volant à Choukroun. Ils se rendirent au hammam de la rue des Rosiers. Rovère y pénétra, seul. Il monta au premier étage, qui abritait un restaurant où quelques hommes en pagne blanc prenaient une collation, et appela le garçon qui s'occupait des cabines du vestiaire.

— Police, dit-il sans attendre. Vous pouvez m'appeler M. Vernier ? Ça doit être un de vos clients.

Le garçon se dirigea vers un micro et lança une annonce que les haut-parleurs répercutèrent dans les différentes salles qui composaient l'établissement. Rovère se laissa tomber dans un sofa de rotin encadré de fausses plantes en vinyle. Il huma avec plaisir l'odeur douceâtre d'eucalyptus qui montait du sauna et, moins d'une minute plus tard, vit arriver un type d'une cinquantaine d'années, massif et aux cheveux coupés en brosse, couvert de sueur, sanglé dans un peignoir rose bonbon. Rovère se présenta et expliqua les raisons de sa visite.

– Je n'ai rien à voir avec cette histoire ! s'écria aussitôt Vernier. Je n'ai jamais vu une fille avec une robe de lamé traîner dans les parages, vous pensez bien. D'ailleurs je ne suis même plus propriétaire de l'immeuble. J'ai revendu le terrain il y a à peine quinze jours à une SCI qui va le...

– Monsieur Vernier, vous allez m'écouter ! l'interrompit Rovère. Je me fous de l'immeuble, à qui il appartient, comment vous l'avez acquis, d'où venait l'argent, où il est allé, vous saisissez ?

Vernier acquiesça. Il introduisit une pièce dans un distributeur de boisson et but une gorgée d'orangeade avant de s'asseoir face à l'inspecteur.

– La seule chose qui m'intéresse, reprit Rovère, c'est cette histoire de squatters. La concierge m'a expliqué que vous aviez vous-même scié les marches menant au quatrième étage pour les empêcher de s'installer là-haut ?

Vernier prit une profonde inspiration et épongea la sueur qui perlait à son front.

– Écoutez, autant être franc, parce que de toute façon, vous l'apprendriez par les locataires, oui, il y avait des types, et des filles, enfin autant qu'on puisse les distinguer, hein ?

– Des types et des filles, répéta Rovère, intéressé.

– Ils s'étaient installés là-haut, vers la fin du mois de juin, et vous imaginez le genre que c'était, hein ? Moi, j'avais la responsabilité de l'immeuble, quand même.

— Et vous n'avez pas voulu vous dérober à vos responsabilités, c'est bien ça ?

Vernier fixa Rovère droit dans les yeux, irrité par l'ironie sous-jacente à la question.

— Alors, un soir, pour le bien, la... la tranquillité des locataires qui règlent honnêtement leur loyer, je les ai priés de déguerpir ! Et ensuite, j'ai scié quelques marches, pour les dissuader de monter, si toutefois ils s'avisaient de revenir, expliqua-t-il, en pesant chacun de ses mots.

— Priés de déguerpir ? Vous-même ?

— Oui, oh, je sais, je n'aurais pas dû.

— La police est là pour ça, en effet.

Rovère chercha où jeter son mégot, et ne trouva pas de cendrier. Hésitant à esquinter la moquette, il se leva, fit un pas vers le bac de fleurs artificielles et l'écrasa discrètement dans le compost de billes de plastique qui garnissaient le pot. Quand il revint près de Vernier, celui-ci se tordait les mains et se mordillait la lèvre inférieure.

— Donc, reprit Rovère en s'asseyant de nouveau sur le sofa, vous me disiez que vous les aviez priés de déguerpir ?

— Oui, ils étaient plus d'une dizaine !

— Vous les avez « priés » comment, monsieur Vernier ?

Vernier hésita un instant, se massa le cou et montra le paquet de Gitanes que Rovère avait déposé sur une tablette.

— Je peux ? demanda-t-il.

Il prit une cigarette. Rovère lui tendit son briquet allumé.

— Qu'est-ce que vous auriez fait à ma place, inspecteur ? Vous seriez monté là-haut en leur disant voilà, je suis désolé, mais vous n'avez rien à faire ici ?

— Oh non, s'ils avaient été une dizaine, j'aurais pris mes précautions, dit Rovère, d'un air très pénétré.

Vernier sembla tout d'abord rassuré mais se rembrunit aussitôt.

— J'aurais bien voulu vous y voir, grimaça-t-il. Je ne savais pas comment ils pouvaient réagir, alors... je... j'ai... il fallait bien faire comme ça, alors je...

Il ne trouvait plus ses mots. Sa pomme d'Adam tremblotait et la Gitane lui échappa des mains. Il la ramassa précipitamment et se brûla les doigts.

— Vous n'y êtes pas allé seul, vous étiez armé, et vous leur avez cassé la gueule ! s'écria Rovère pour mettre fin à ces tergiversations. Ces squatters, vous pouvez me les décrire ?

— Heu, le type arabe, lança Vernier sans hésiter. Tous, les garçons, les filles ! J'ai vu ça au premier coup d'œil !

— Ah oui ? C'était le soir, ils étaient plus d'une dizaine, mais « au premier coup d'œil », vous avez pu constater qu'ils avaient « tous » le type arabe ?

— Je suis très physionomiste, inspecteur, répliqua sèchement Vernier.

— Oui, et il est certain que vous êtes particulièrement qualifié pour identifier les sujets d'origine maghrébine, admit Rovère, d'un ton très neutre.

Vernier haussa les épaules et lui adressa un regard mauvais.

— J'ai vécu là-bas, en Algérie, dit-il d'une voix sourde, alors vous pensez si je les connais ! Quand il a fallu partir, en 61, j'ai acheté des immeubles à Paris, et après, j'ai ouvert mon restaurant. Je suis un type honnête, moi. Il faut pas venir m'emmerder, c'est tout.

— Bon, vous allez me suivre, on va mettre tout ça sur le papier, annonça Rovère.

— Qu'est-ce que ça veut dire ? protesta Vernier. Je suis inculpé ?

— Mais non, mon vieux. Je voudrais simplement gagner du temps, dans votre intérêt et surtout dans le mien.

— Mais cette fille que vous avez trouvée, elle n'avait peut-être rien à voir avec ces salauds ! Ça date de plus longtemps, l'histoire des squatters, s'étrangla Vernier.

— Peut-être, on ne sait jamais, vous ne croyez pas ? Allez, habillez-vous !

Rovère montra la sortie. Affectant l'indifférence, Vernier tourna les talons. Rovère rejoignit Choukroun, qui se morfondait dans la voiture. Il lui expliqua rapidement ce qu'il attendait de lui.

— Tu lui fais signer une déposition mais avant tu prends ton temps, hein ? En cas de besoin, tu demandes conseil à Dansel, d'accord ?

Choukroun acquiesça. Vernier sortit précipitamment du club, le visage trempé de sueur et boudiné dans un costume de serge grise. Un pan de sa chemise dépassait de son pantalon. Il le rajusta à la hâte.

— Ah, monsieur Vernier, une dernière chose, tâchez de vous rappeler les noms des « amis » qui vous ont accompagné dans cette petite expédition ? Et très vite, ça nous arrangerait de les voir dès cet après-midi, hein ? lui dit Rovère en lui montrant la voiture.

Vernier avala bruyamment sa salive et monta sur le siège du passager avant.

*

Rovère les regarda s'éloigner puis poursuivit son chemin à pied. Tout en se repassant mentalement le film de son entrevue avec Vernier, il marcha jusqu'au métro Saint-Paul. D'un geste machinal, il plongea la main dans la poche de son blouson et en tira la flasque, constata qu'elle était vide, entra dans un café et demanda un cognac au comptoir. Puis un deuxième. Il était onze heures trente. D'ici à ce que Dimeglio revienne de l'IML, il avait encore un peu de temps devant lui. Il poursuivit jusqu'au lycée Charlemagne, tout proche.

Le pion qui surveillait les allées et venues des potaches ne prêta pas attention à lui quand il pénétra dans l'établissement. Il se faufila dans la cohue des classes qui se dirigeaient vers la cantine, rejoignit la salle des profs, resta planté à l'entrée et scruta les visages des présents. Quelques-uns d'entre eux discutaient autour de la machine à café, tandis que d'autres commentaient avec animation le texte d'une affiche syndicale appelant à une prochaine grève. Il y avait les pour, les contre, les indécis, sans compter l'intrigante espèce de ceux qui s'en foutaient mais tenaient mordicus à le faire savoir. Un type en survêtement, qui avait remarqué son entrée, s'écarta du groupe et s'approcha de Rovère.

– Bonjour, ça ne sert à rien d'attendre ici, je crois qu'elle est à « l'annexe », dit-il d'un ton très prévenant. Vous connaissez le chemin ?

Rovère le remercia d'un sourire, quitta la pièce et traversa la cour cerclée d'arcades. Des gosses jouaient au ballon ; d'autres, un peu plus âgés, baratinaient les filles assises sous une verrière. Rovère s'arrêta un instant pour les observer, puis gagna la sortie et se dirigea vers une brasserie voisine.

Après avoir contourné le zinc, il aboutit dans une arrière-salle enfumée et emplie du vacarme des flippers sur lesquels s'acharnaient quelques matheux à la blouse blanche striée de formules absconses. Il s'assit près d'une femme qui corrigeait des devoirs, une gabardine jetée sur ses épaules. Elle avait les cheveux taillés court et son visage, très pâle, reflétait un état de grande fatigue.

– Qu'est-ce que tu viens faire ici ? lui dit-elle sans lever les yeux de son paquet de copies.

— Je… je passais dans le coin, alors je me suis dit…

— C'est inutile, je t'ai déjà expliqué cent fois ! Allez, laisse-moi, j'ai du travail.

— Une fois, rien qu'une fois, je ne vois pas pourquoi tu t'obstines à refuser ! murmura Rovère en approchant son visage du sien.

Elle eut un mouvement de recul et jeta un coup d'œil furtif sur les gamins affalés sur les banquettes, et qui ne prêtaient pas attention au nouveau venu.

— Tu sens l'alcool, chuchota-t-elle.

Il ricana silencieusement et plongea la main dans le sac à main posé sur la table ; il en tira une boîte de Témesta.

— Et ça, tu crois que ça vaut mieux ? souffla-t-il avant de remettre les médicaments à leur place.

— Je t'en prie, supplia-t-elle dans un murmure. Va-t'en !

— J'ai déménagé, tu sais ? insista-t-il. J'ai loué un pavillon, à Montreuil, il y a un jardin, un grand mur tout autour, ça serait mieux, tu ne crois pas ? Claudie, tu m'entends ?

— Va-t'en ! répéta-t-elle plus fort, la voix brisée par un sanglot.

À la table voisine, un couple de lycéens se pelotait sans vergogne. Repoussant son copain, la fille, une punkette à l'oreille transpercée d'une épingle à nourrice, toisa Rovère d'un œil réprobateur, et il en fut gêné. Il s'affaissa sur lui-même, les épaules voûtées, l'espace d'un instant, puis se redressa.

— Comme tu voudras, soupira-t-il en fouillant dans la poche de son blouson pour en sortir une carte de visite. Enfin, si jamais tu changeais d'avis, voilà mon nouveau numéro de téléphone, tu peux appeler à n'importe quelle heure, il y a un répondeur.

7

Il était quinze heures passées quand il fut de retour à la Brigade. Dansel lui montra les dépositions des riverains de la rue Sainte-Marthe. Des immigrés, turcs, maghrébins, portugais pour la plupart. Il n'y avait presque rien à tirer des éléments consignés dans les PV. Rovère fut déçu.

— J'ai laissé cinq gars sur place et ils continuent le boulot. Reste la concierge, nota Dansel. Ce matin, vous l'avez braquée. Mais j'ai malgré tout réussi à lui tirer les vers du nez.

La Duvalier, effectivement, s'était montrée assez loquace. Sa déposition à propos des squatters méritait qu'on s'y attarde.

— C'était à moitié du bidon, expliqua Dansel.

— À moitié ? s'étonna Rovère, en parcourant les feuillets de papier pelure.

— Oui, vous voyez bien, d'après elle, ce n'était pas vraiment un squat, mais simplement une planque, où une bande se réunissait une fois de temps en temps, ajouta Dansel. Mais au fait, ce type qu'a amené Choukroun ? Le proprio ?

— Vernier ? Il faut l'avoir à l'œil, c'est un drôle de marlou mais je ne pense pas qu'il soit mêlé au meurtre. Il a donné les noms des types qui l'ont accompagné quand il a fait sa petite expédition punitive chez les squatters ?

— Oui, Choukroun est en train d'essayer de les ramener ici. Vernier râle tant qu'il peut. On peut le placer en garde à vue, mais c'est un peu limite.

— On le garde au bluff, ne serait-ce que comme témoin, au moins jusqu'à ce qu'on ait toute la fine équipe, décida Rovère, après un instant d'hésitation. L'important, c'était de le cueillir à chaud. Le juge d'instruction décidera.

Il appela la huitième section du Parquet, demanda Maryse Horvel et la mit au courant. Moins d'un quart d'heure plus tard, Dimeglio fit son apparition, une grande enveloppe de papier kraft sous le bras. Il se laissa tomber sur un fauteuil qui gémit sous la charge.

— La fille était très jeune, une vingtaine d'années à tout casser. Dentition intacte, pas la moindre carie, annonça-t-il d'une voix monocorde. Le seul élément d'identification qu'on ait pour le moment, c'est une fracture des os de l'avant-bras, mais c'est très ancien, probablement quand elle était gosse. Pluvinage a fait tout son possible mais étant donné l'état du corps, on ne pouvait pas s'attendre à un miracle. Ah, si, il y a ça, aussi…

Il s'interrompit un instant, plongea la main dans son enveloppe et en sortit la pochette de cellophane qui contenait le pendentif. Il le brandit tel un trophée.

— Voilà le résultat du charcutage, annonça-t-il, d'un ton glacial.

— Une main de Fatma, constata Dansel. C'est une Arabe ?

— Elle portait ça ? Je ne l'ai même pas vu, soupira Rovère en retournant le bijou dans sa main.

— Moi non plus, mais on pouvait pas, c'était glissé sous la robe, expliqua Dimeglio.

— Et la cause de la mort ? demanda Dansel.

— Elle s'est vidée de son sang, tout simplement. Il n'y en avait plus une goutte dans les veines. Tout a coulé dans le matelas, ça a dû être atroce, d'après Pluvinage. Toujours d'après lui, le type qui lui a tranché la main s'y est très bien pris, ce n'était pas un boucher, vous comprenez ? Il savait comment pratiquer.

Rovère fit quelques pas, de long en large dans le bureau, pensif.

— Et le reste, la came, les maladies ? demanda-t-il.

— Il faut attendre les résultats de la chromato, ça peut prendre quarante-huit heures.

Sandoval toqua à la vitre du bureau et poussa la porte, l'air soucieux. Rovère lui dressa un rapide tableau de la situation.

— Qu'est-ce que vous en pensez ? dit le commissaire en se tournant d'abord vers Dansel.

L'inspecteur Dansel travaillait à la Brigade criminelle depuis plus de trente ans. Il avait dépassé l'âge de la retraite mais s'était toujours débrouillé pour obtenir des « rallonges » de la hiérarchie. On ne lui connaissait qu'une seule marotte : les concerts d'orgue à Notre-Dame, où il passait tous ses dimanches. Rovère le soupçonnait vaguement d'être homosexuel sans que rien ne vienne sérieusement étayer ce sentiment. Dansel avait participé à un nombre impressionnant d'enquêtes et savait faire preuve d'un flair étonnant sans pour autant la ramener. Sa modestie l'avait dissuadé de passer les concours administratifs pour acquérir du galon.

— On va patauger avec cette histoire de squats, dit-il, dépité. Cette fille est une traînée et ceux qui la côtoyaient ne s'inquiéteront pas de sa disparition. S'ils s'en préoccupent, de toute façon, ils ne viendront pas nous en parler. Vous m'objecterez sa tenue : la robe de lamé, les bas… mais des filles comme ça, un peu putain, un peu chef de bande, on en a déjà vu, hein ? Une aristocrate de la zone ! Elle faisait des passes pour se payer ses sapes. On ne l'identifiera jamais, ce n'est pas la peine de se décarcasser.

— Donc on met la pédale douce ? gloussa Sandoval, ironique, les yeux mi-clos, comme s'il cherchait une approbation à la suite de sa remarque, un peu provocatrice.

— Ce n'est pas ce que j'ai voulu dire, rectifia Dansel. On peut tirer le fil du squat, mais dans ce cas, vous savez bien dans quelle merde on met les pieds.

— OK, et vous ? reprit Sandoval en s'adressant à Dimeglio.

— Heu, selon moi, enfin, sans vouloir jouer les devins, hein, eh bien la fille n'avait rien à voir avec ces minables, je sens pas ce coup-là, moi, je vois plutôt le crime crapuleux, le geste de sauvages, pour la voler, d'ailleurs on n'a rien retrouvé, pas de papiers, pas de sac à main. En mettant le nez dans le fichier des femmes disparues, on va tomber sur elle, c'est réglé comme du papier à musique.

La perspective n'avait pas l'air de le réjouir. Il fixa Dansel, désolé, comme pour s'excuser de l'avoir contredit.

— Dans l'expectative, on peut s'attarder sur Djeddour, reprit Sandoval. La fille portait un bijou arabe, il habitait l'étage au-dessous et il a eu la judicieuse idée de disparaître.

— Il a pu retourner au Maroc, chez lui, dit Dansel.

— Justement, un mandat d'arrêt international, ça prend toujours du temps ! ajouta Sandoval.

— Ah ? Parce que vous croyez que les autorités marocaines vont l'extrader ? tiqua Rovère. Pour le moment, on peut chercher d'autres éléments. Dimeglio, tu as bien les coordonnées des vêtements ?

L'inspecteur inclina sa grosse tête en tapotant l'enveloppe de papier kraft qui reposait près de lui.

— Tu vas essayer de reconstituer ça dès demain hein ? Toi, Dansel, tu verras avec le fichier des disparues : pour l'instant, on en termine avec l'enquête de voisinage.

Dimeglio ramassa son enveloppe et s'installa à l'écart pour taper son rapport.

— Je retourne rue Sainte-Marthe, annonça Dansel en enfilant sa veste. S'il y a du nouveau, j'appellerai. Mais ça m'étonnerait.

Choukroun fit irruption dans le bureau sans même frapper et annonça que le commando antisquatters était au complet dans la pièce voisine. Rovère s'y rendit. Sandoval resta seul à parcourir les PV d'interrogatoires de Vernier et des premiers locataires sur lesquels Dansel avait réussi à mettre la main.

Dans le couloir, Rovère découvrit une brochette de quinquagénaires tremblant de trouille, assis en rang d'oignons sur une banquette. Ils étaient six.

— Tout le monde reconnaît avoir participé à l'opération, annonça Choukroun, non sans fierté.

— Monsieur le commissaire, c'est sans doute un malentendu ! s'écria un gros type chauve qui s'exprimait avec un léger zézaiement.

Il s'était redressé et agrippait Rovère par la manche de son blouson.

— Je vous ai demandé quelque chose ? rétorqua celui-ci, d'un ton glacial.

L'autre, douché par l'accueil, se rassit, décontenancé. Rovère les dévisagea l'un après l'autre, longuement.

— Par ordre alphabétique, dit-il enfin.

— Allez, toi, viens par ici ! cria Choukroun en saisissant par le col le dernier de la rangée.

— Correct, Choukroun, correct, protesta Rovère, sans trop de conviction.

Ils défilèrent tous, un à un, dans un bureau exigu, pour y être confrontés avec Vernier. Choukroun s'était installé face à une machine à écrire, tandis que Rovère, confortablement calé dans un fauteuil, toisait les nouveaux venus sans même chercher à dissimuler son mépris. Vernier se tenait debout dans un coin de la pièce, raide et hostile.

— Allez, Choukroun, tu notes ? *Nous, inspecteur divisionnaire Rovère, Brigade criminelle, agissant dans le cadre de l'enquête flagrante, faisant comparaître devant nous le nommé...* Choukroun ? Comment il s'appelle, celui-là ? demanda Rovère.

— Comment vous appelez-vous ? répéta Choukroun en s'adressant au gros homme chauve qui s'était permis de protester.

— Lartigues, Jacques Lartigues. Mais, encore une fois, commissaire...

— On poursuit, Choukroun, tu as noté ? *Faisant comparaître devant nous le nommé Lartigues Jacques, l'interrogeant à propos de l'agression commise par lui sous la direction de Vernier Henri et sur la personne d'individus dont l'identité nous est inconnue...* Tu y es, Choukroun ?

L'inspecteur martelait consciencieusement les touches de sa machine sans parvenir à suivre le rythme.

— Attendez, attendez, là, vous parlez d'agression, mais je signerai jamais ça, moi ! s'étrangla Lartigues, d'une voix aiguë.

— Vous vous êtes bien rendu rue Sainte-Marthe en compagnie de Vernier, ici présent, le 8 août au soir pour tabasser des squatters ? s'étonna Rovère.

— Ah non, je signerai jamais ça !

Rovère, affectant une profonde lassitude, tendit la main vers la chemise qui contenait la déposition de Vernier.

— Je cite : *Ayant décidé que la présence de squatters était de nature à mettre en danger la sécurité des locataires honnêtes, j'ai convaincu quelques amis de m'aider à les chasser.* Suit la liste des « amis ». En troisième position, je lis : Lartigues Jacques, ça, c'est ce qu'a déclaré

Vernier. Votre nom figure parmi cette liste, monsieur Lartigues. Vous n'êtes pas d'accord avec Vernier ?

— Laisse tomber, Jacques, maugréa celui-ci. C'est une ordure, mais on le baisera !

— Je tape qu'ils veulent vous baiser ? demanda ingénument Choukroun.

— Non, je sais que ça te ferait plaisir, mais on va s'en passer, ricana Rovère.

Lartigues secoua la tête et poussa un profond soupir.

— D'accord, j'étais là le soir du 8 août.

— Tu notes, Choukroun ? *Je reconnais avoir été présent le soir du 8 août lors du tabassage des squatters...*

— Ah non, s'écria Lartigues, pas du tabassage ! N'écrivez pas ça !

— Comment voulez-vous caractériser l'action que vous avez menée ce soir-là, monsieur Lartigues ? répondit Rovère, patient. Vous les avez molestés ? Battus ?

— Heu, disons « corrigés », si vous écrivez « corrigés », je signerai, déclara Lartigues.

— Va pour « corrigés », admit Rovère. Tu as noté, Choukroun ? Corrigés avec quel instrument, monsieur Lartigues ?

— Avec un nerf de bœuf, murmura celui-ci.

— Tu y es, Choukroun ? Un nerf de bœuf qui vous appartient en propre, monsieur Lartigues ?

— Oui, pour me défendre.

— Tu suis toujours, Choukroun ? *Avec un nerf de bœuf qui m'appartient en propre et destiné à ma défense personnelle, je me suis rendu au 10 de la rue Sainte-Marthe pour corriger des squatters sous la direction d'Henri Vernier !* Eh bien on avance à grands pas. Vous signez ? Choukroun ? Tu appelles le suivant de ces messieurs.

*

La confrontation dura jusqu'à vingt et une heures. Aucun des amis de Vernier n'avait pu, ou voulu, fournir des précisions à propos de la fille à la robe de lamé. Rovère était convaincu que cette séance n'avait servi à rien, sinon à garantir les arrières au cas où l'identification du cadavre déciderait la hiérarchie, Sandoval en tête, à s'intéresser de plus près à l'affaire de la rue Sainte-Marthe. Vernier et sa bande de ratonneurs furent donc relâchés.

Rovère et Choukroun récupérèrent Dimeglio à l'instant même où il s'apprêtait à partir. Il avait les doigts tachés d'encre et de colle : avec une patience d'écolier appliqué, il avait confectionné un petit dossier contenant les photographies de l'autopsie, les premières indications données par Pluvinage, ainsi que son rapport concernant la découverte du cadavre.

— Tu nous abandonnes ? demanda Rovère. On va boire un pot.

— Allez, juste un verre, alors, admit Dimeglio.

Ses yeux clignaient de fatigue. Il suivit Rovère jusqu'au bistrot de la place Dauphine où ils avaient l'habitude de se retrouver. Rovère tendit machinalement sa flasque vide à la serveuse, qui, tout aussi machinalement, la lui remplit de cognac. Ils burent plus d'un verre, et il était plus de vingt-deux heures quand ils quittèrent le bar. Dimeglio se dirigea vers sa voiture.

— Dimeglio, c'est pas sérieux, dit Rovère en le retenant par la manche de son imper. Le temps de rentrer chez toi, de toute façon, ta soirée est foutue, et Choukroun nous invite à manger chez son beauf' !

Choukroun sursauta mais renonça à protester. Son beau-frère Élie tenait effectivement une pizzeria boulevard de Ménilmontant, et le restaurant servait bien souvent de point de chute à l'équipe. L'ardoise de Rovère s'allongeait de jour en jour sans que le pauvre

Choukroun n'ose évoquer le sujet... Dimeglio consulta sa montre et se dandina d'un pied sur l'autre. Il lui fallait plus d'une heure pour regagner Lesigny, le village de Seine-et-Marne où il vivait.

— Je me suis encore fait piéger, grogna-t-il en suivant le mouvement.

8

Ce lundi, Nadia Lintz ne gaspilla pas une seule minute de son après-midi. Sitôt après son rendez-vous avec Isy Szalcman, elle se rendit chez le premier concessionnaire Hertz et loua un break. Arrivée rue de la Convention, elle se changea, quitta son tailleur pour enfiler un jogging, après quoi, avec l'aide de Maryse, elle ramassa ses affaires à la hâte et les enfourna dans la camionnette. Le cortège d'un chef d'État en visite à l'Hôtel de Ville bloquait tout le centre de Paris, et, du XVe arrondissement, il leur fallut plus de deux heures pour gagner Belleville. Et plus d'une heure encore pour monter le chargement dans l'appartement de la rue de Tourtille. Essoufflées, elles restèrent quelques minutes assises à même le parquet, à contempler l'amas de cartons entassés au centre du séjour.

— Je te souhaite bon courage, dit Maryse en allumant une cigarette.

— Vas-y, je ne voudrais pas te retarder davantage, approuva Nadia.

Depuis son installation chez Maryse, elle se sentait abominablement gênée. L'appartement de la rue de la Convention était minuscule et la cohabitation dans un espace si restreint avait presque atteint son point de rupture. Maryse entretenait une relation amoureuse des plus tordues avec un certain Butch, originaire de Dallas, qui venait d'installer un restaurant « tex'mex' » rue de la Roquette, dans le nouveau quartier branché de la Bastille. Butch était une brute néandertalienne qui s'adonnait aux joies du body-building ; l'appartement de Maryse était saturé d'appareils de musculation, jusques et y compris les toilettes, truffées de poids et haltères. Butch subjuguait Maryse grâce à des talents érotiques hors pair. Après avoir concocté ses tacos, ses enchiladas ou ses brownies, il lui restait de l'énergie à revendre et Nadia devait en subir les conséquences sonores trois fois la semaine, malgré la décision prise de rentrer très tard ces soirs-là. Quand elle regagnait la rue de la Convention après avoir traîné au cinéma et dans les brasseries du quartier, elle entendait encore Maryse gémir dans son sommeil.

*

Enfin seule, Nadia prit rendez-vous avec l'EDF et les Télécoms pour régler les formalités de réabonnement, se rendit chez Darty pour commander une machine à laver, un téléviseur et quelques autres babioles, puis chez l'assureur le plus proche pour y souscrire un contrat tous risques. Revenue rue de Tourtille, elle s'étonna de croiser Maurice Rosenfeld dans l'escalier.

— Isy ne vous a pas prévenue ? J'habite à l'étage au-dessus, nous sommes voisins, lui dit-il. Vous n'avez pas vu le caducée, sur la façade ?

Elle se souvint alors de la plaque qui annonçait la présence d'un cabinet médical dans l'immeuble.

— Ah oui, je n'avais pas fait le lien, dit-elle. Le docteur, c'est vous.

— Plus pour très longtemps. Il faut laisser la place aux jeunes, expliqua-t-il. Bonsoir, mademoiselle.

Nadia lui rendit son salut, ouvrit la porte de son appartement, déroula son matelas de futon au beau milieu du fouillis et s'endormit, trempée de sueur.

Il était plus de vingt et une heures quand elle s'éveilla. La nuit était tombée. Les techniciens de l'EDF ne devaient passer que le lendemain pour rétablir le courant, aussi fit-elle une fois encore le tour de son nouveau domaine à l'aide d'une torche électrique. Elle contempla son visage épuisé dans le miroir de la salle de bains, renonça à prendre une douche, enfila un vieux parka et sortit faire un tour dans le quartier. La rue était encore très animée, presque comme en plein jour. Elle pénétra dans le premier restaurant chinois qu'elle trouva sur son chemin, monta au premier étage, et s'assit à une table isolée. Une chanteuse en robe archi-moulante, fendue jusqu'à la taille, roucoulait de vieux standards de Sinatra, accompagnée par un synthétiseur. Nadia passa la commande et s'aperçut alors qu'Isy Szalcman, son propriétaire, l'observait, amusé, à une table proche. Il avait terminé son repas et fumait un cigare. Elle le salua en inclinant la tête et il lui rendit son sourire, avant d'appeler le serveur. Moins d'une minute plus tard, celui-ci surgissait près de la jeune femme, une bouteille de champagne et deux coupes à la main. Tandis qu'il la débouchait, Isy ramassa sa canadienne plus que fatiguée et vint s'asseoir près de Nadia.

— Trinquons à votre installation ! dit-il d'une voix autoritaire en lui tendant la coupe que le serveur venait de remplir.

Surprise et amusée, elle leva son verre avant d'y tremper les lèvres.

— Un dom pérignon avec du canard laqué, j'aurais pu faire mieux, constata Szalcman en lorgnant vers l'assiette de Nadia.

Il resta interdit l'espace d'un instant, se pinça la joue et considéra la jeune femme, penaud. Il s'apprêtait même à se lever, l'air confus, ou du moins s'efforçant d'en donner l'impression.

— Excusez-moi, vous vouliez peut-être rester seule ? dit-il en rougissant. La compagnie d'un vieux croûton comme moi, et la journée si pénible que vous avez eue ?

— Mais non, monsieur Szalcman, je vous en prie, répliqua-t-elle, à moitié dupe, et réalisant que, de toute façon, il n'avait nullement l'intention de s'en aller.

Il resta donc à la regarder manger. Sans qu'elle le lui eût demandé, il se lança dans une description exhaustive des charmes du quartier, à son avis gâtés par la fâcheuse propension des Asiatiques à le transformer en une annexe du Chinatown de l'avenue d'Italie. Elle l'écouta sans mot dire vanter les mérites d'un marchand de vin de la rue des Envierges, du seul fromager du quartier, installé rue Rébeval, et d'un boucher émérite qui faisait venir sa viande directement du Charolais, sans intermédiaire.

— Vous vous plairez ici, annonça-t-il, péremptoire. D'ailleurs pour vous, c'est très pratique, la ligne de métro est directe jusqu'au Palais de justice, puisque c'est bien là que vous travaillez, n'est-ce pas ?

— Mais oui, monsieur Szalcman.

— J'ai été très étonné, voyez-vous, tout à l'heure, je veux dire, cet après-midi, n'est-ce pas, une jeune fille, juge d'instruction, c'est un peu surprenant, pour le profane que je suis…

Nadia resta silencieuse quelques secondes. Il était difficile de savoir si le vieil homme jouait encore la comédie ou si sa question était sincère.

— Une jeune fille ? Vous en faites un peu trop, dit-elle enfin. J'ai trente-cinq ans, monsieur Szalcman, qu'est-ce qui vous surprend ?

— Mais que vous ayez affaire à ce monde, la… la crapulerie, la prison, à vous voir comme ça, ce soir, un petit peu fatiguée certes, mais évidemment, avec vos lunettes de gendarme, c'est une autre paire de manches !

Elle ne put s'empêcher de rire, amusée par le compliment. Il la dévisagea avec nostalgie.

— Pardonnez-moi ma naïveté, je ne suis qu'un vieil homme et il y a si longtemps que je n'ai essayé de plaire à une femme.

— Plaire à une femme ? Eh bien, monsieur Szalcman, vous n'y allez pas par quatre chemins.

— Oh, n'y voyez pas malice, Nadia, vous permettez que je vous appelle Nadia ?

Elle acquiesça et saisit la bouteille de champagne pour remplir à nouveau les coupes.

— Je suis vieux, reprit-il en posant sa main marbrée de taches de son sur la sienne. Totalement inoffensif, rassurez-vous. Mais j'aime la compagnie des femmes. Je suis surtout un bavard assommant, méfiez-vous de moi, parfois, je m'ennuie tellement que je serais bien capable de vous empoisonner la vie simplement pour avoir à qui parler.

Il marqua un temps, tracassé. Le serveur amena la note, qu'il empocha d'un geste sans appel. Nadia renonça à protester.

— Quand même, de mon temps, les juges, c'étaient des hommes, dit-il en hochant la tête, sentencieux.

— De « votre temps », monsieur Szalcman ?

— Quand j'étais jeune, oui. Je lisais les journaux, je me suis toujours passionné pour les faits divers, vous savez, eh bien, un juge, c'était « Un » juge ! Enfin, les temps changent, comme on dit. Et dites-moi, au Palais, ça existe toujours, la Souricière[1] ?

— La Souricière existe toujours, monsieur Szalcman ! confirma Nadia.

1. La Souricière : salle de détention du Palais de justice.

— Le Dépôt, les couloirs souterrains, rien n'a changé ?

— Rien n'a changé, monsieur Szalcman.

— J'avais lu un reportage là-dessus, il y a bien longtemps.

Nadia hocha la tête, le regard perdu dans le vague. Elle revit les photos du cadavre de la prostituée du périphérique, qu'on lui avait présentées le matin même. Puis sa mâchoire se crispa pour réprimer un bâillement. Szalcman se leva précipitamment et, d'un geste empreint d'une grâce désuète, déploya le parka qu'elle avait jeté sur son siège, comme s'il s'agissait d'un manteau de princesse. Elle se prêta au jeu, et enfila les manches, l'une après l'autre, avec une solennité appliquée. Isy lui prit familièrement le bras et la conduisit jusqu'à la sortie. Ensemble, ils remontèrent la rue de Belleville. Nadia constata que Szalcman boitait. À chaque pas, il grimaçait de douleur. Quand il l'avait quittée, le matin même, il marchait d'un pas assuré.

— Vous vous êtes blessé ? demanda-t-elle.

— Non, c'est ma vieille sciatique qui se réveille, ricana Isy. À chaque automne, c'est la même ritournelle.

Arrivé au coin de la rue de Tourtille, il lui tendit la main.

— Vous avez vu Maurice ? dit-il en conservant sa paume dans la sienne.

— Oui, tout à l'heure, nous nous sommes croisés dans l'escalier.

— Il occupe tout l'étage au-dessus de chez vous. Son cabinet et son appartement. Si vous avez besoin de quoi que ce soit, vous pouvez aussi faire appel à lui. C'est un ami de longue date.

— Je vous remercie.

— Bonne nuit, Nadia, murmura-t-il avant de s'éloigner.

9

Un clodo frissonnant, soulagé de trouver un lit à sa convenance, s'allongea sur un banc de la place Sainte-Marthe, tout près de l'endroit où l'on avait découvert le cadavre le matin même. Il était deux heures. Un nuage masqua le quartier de lune, et bientôt il plut. Recroquevillé sur son lit de fortune, le clodo leva un poing vengeur vers le ciel dans un geste emphatique.

Maryse Horvel dodelinait de la tête, heureuse et alanguie, en caressant la tête de Butch, enfouie entre ses cuisses. Elle oubliait la putain du périphérique, la petite vieille poignardée square Réaumur, toute cette galerie des horreurs ordinaires, consignée sur les registres de la huitième section du Parquet, et s'abandonnait à son plaisir.

Rue de Tourtille, Nadia Lintz savourait sa première soirée de tranquillité. Elle défit quelques cartons, déballant en vrac vêtements et bibelots à la lumière de sa torche, qui ne tarda pas à manifester des signes de faiblesse. Elle se déshabilla complètement et s'étendit sur son lit, après avoir allumé une cigarette. L'enseigne de néon du restaurant Cok Ming, une effigie de dragon bleue qui crachait des flammes roses, clignotait de l'autre côté de la rue et noyait la pièce de flashes intermittents, avec une régularité de métronome. Nadia songea aux contes de son enfance, ceux que lui lisait son père tous les soirs, et qu'il puisait dans des livres joliment colorés et peuplés de monstres pittoresques. Elle sursauta soudain : d'une fenêtre de l'immeuble en vis-à-vis, de l'autre côté de la rue, on l'observait. Un vieillard au visage émacié, blafard. Chez lui, les lumières étaient éteintes et la pénombre ambiante ne faisait que renforcer sa pâleur presque fantomatique. Nadia plongea sous ses draps et éteignit sa torche. L'homme resta encore quelques minutes posté derrière sa fenêtre ; il s'épongea le front à l'aide d'un grand mouchoir à carreaux, puis disparut. Nadia frissonna et décida d'installer des rideaux dès le lendemain.

Il était deux heures du matin. Une pluie fine tombait sur toute la région parisienne. Rovère se servit un dernier verre et le but d'une traite. Après quoi, en bras de chemise, dédaigneux du crachin, il sortit dans le jardin de son pavillon, tout près de la Croix-de-Chavaux. L'humidité le fit frissonner. Il longea le mur, le haut mur qui faisait le tour du jardin, plaqua ses paumes sur les briques froides, couvertes de mousse, et revint dans la maison. Un désordre indescriptible y régnait. Les anciens propriétaires avaient abandonné des meubles dont ils ne voulaient plus, et lui-même n'avait pas encore rangé les siens. Il s'allongea sur le lit de camp qu'il avait dressé au beau milieu du chantier, éteignit la lampe de chevet brinquebalante qui trônait sur une malle et chercha le sommeil sans le trouver.

Il était deux heures du matin. L'inspecteur Dansel suait dans ses draps. Il se retourna, étreignit tendrement le corps qui reposait à ses côtés et lui tournait le dos, recroquevillé en chien de fusil. Sa main descendit le long du torse, rencontra le sexe dressé dans une érection involontaire, le palpa avec douceur. Le garçon protesta d'une voix pâteuse et s'allongea sur le ventre. Dansel n'insista pas, avala un verre d'eau et ferma les yeux.

Choukroun ne parvenait pas à dormir. L'œil rivé sur le cadran du réveil, il contemplait le défilé obsédant des paillettes de quartz et serrait les dents, les poings rivés sur ses oreilles. Les boules Quies dont il faisait une consommation immodérée ne suffisaient plus à amortir le vacarme. Choukroun vivait à Argenteuil, dans une tour de la ZUP. Son studio était encerclé par des fêtards de tout acabit. Un foyer de postiers occupait tout le huitième ; exilés de leur province pour cause de chômage, ils noyaient leur nostalgie dans le pastis après chaque changement d'équipe au centre de tri. Une tribu de Béninois, dont les hommes, employés sur des chantiers, travaillaient en 3 × 8, campait au dixième. Sur le palier du neuvième, l'appartement mitoyen, à gauche, abritait un atelier clandestin où une dizaine de Turcs s'escrimaient sur leur machine à coudre du coucher au lever du soleil. Grâce à d'astucieux travaux d'insonorisation, Choukroun était malgré tout parvenu à endiguer le désastre. Le cas des deux voisins de droite était cependant désespéré… Affidés d'une bande locale, les Blacks Dragons, ils passaient leur nuit à s'entraîner au full-contact ou à écouter du raggamuffin sur une chaîne à bout de souffle, dont les baffles crachaient autant d'effets larsen que d'accords de guitare. Excédé, Choukroun jaillit de son lit et cogna de toutes ses forces sur la cloison. La musique s'arrêta aussitôt. Il en fut surpris.

— C'est le keuf d'à côté qui cherche l'embrouille, s'écria une voix empâtée par l'alcool.

— Zarma, y nous prend la tête, là-çui ! C'est un céfran ?

— Vas-y, là-çui, c'est pas un céfran, c'est l'feuj'qu'on a vu l'aut'jour.

— Vos gueules ! hurla Choukroun.

— Nique ta mère, nique ta race, lui répondit-on, avec un manque d'entrain évident.

Il s'ensuivit un long moment de silence que Choukroun mit à profit pour plonger dans ses rêves.

Il était deux heures du matin. Dimeglio rentra enfin chez lui, à Lésigny, après avoir crevé un pneu à la sortie du carrefour Pompadour. Il l'avait changé sous la pluie, furieux de constater que le cric ne fonctionnait plus ; il avait dû arrêter un car de la PS qui passait par là et solliciter l'aide des « prétoriens ». La lumière de la cuisine était encore allumée et son fils Gabriel s'était endormi sur ses devoirs. Le petit déjeuner était déjà prêt pour le lendemain matin ; le paquet de biscottes, la plaque de beurre, les quatre bols et le sachet d'Ovomaltine étaient à leur place. Dimeglio se pencha sur le cahier du gamin, vit qu'il s'agissait d'une histoire de déclinaison latine, de verbes déponents, et hocha la tête, ému. Avec prévenance, il souleva son fils et l'emporta jusqu'à la chambre. Il le déposa sur le dernier étage du lit superposé puis rabattit la couverture sur lui. Sa sœur Élodie s'était agitée dans son sommeil ; l'édredon avait valsé sur le parquet et Dimeglio le remit en place. Après quoi il quitta la chambre et revint se préparer un café dans la cuisine. Il examina le calendrier sur lequel sa femme notait les nuits où elle était de service à l'hôpital. Il en restait encore deux avant la fin de la semaine.

10

Il était deux heures du matin. Allongé sur le dos, immobile, les mains crispées sur la poitrine, dans l'obscurité, il luttait contre l'insomnie. En passant près de la rue Sainte-Marthe, le matin même, il avait vu l'attroupement sur la petite place et savait donc à quoi s'en tenir.

Ainsi, ils avaient fini par la retrouver. Il imaginait sans peine dans quel état elle devait être, à présent. Et à quel point elle donnerait du fil à retordre au médecin légiste qui entreprendrait de la « faire parler ». Trois semaines. Un temps de chien. Et ce réduit infect… Il avait eu l'occasion de voir de nombreux cadavres au cours de sa vie et savait avec quelle rapidité, quelle avidité, la mort ronge les chairs à l'abandon.

Il posa ses deux mains sur son visage, ferma les yeux, appuya fortement des deux paumes sur ses paupières, et fit ainsi jaillir un scintillement d'éclairs écarlates qui chassèrent l'image du corps supplicié qui le visitait toutes les nuits.

Rouge, rouge était la couleur. Rouge le sang qui fuyait du moignon de la main tranchée, pour se noyer dans la bourre putride du matelas où il avait emprisonné sa victime.

Il ouvrit ses yeux endoloris et la revit alors, telle qu'elle lui était apparue la première fois, arrogante et si belle, insolente de jeunesse, une jolie moue de mépris dessinée sur ses lèvres. Il revit sa bouche, sa bouche rouge. Carnassière.

Il n'avait jamais cru aux rendez-vous fixés par la fatalité, tracés d'avance dans on ne sait quels livres obscurs, aux rencontres savamment préparées par quelque génie malfaisant, à toutes ces foutaises. Il n'avait jamais cru au destin.

Et pourtant, dans ce bar pour noctambules, près des Champs-Élysées, un endroit où s'affichait un mauvais goût ostentatoire, elle lui était apparue, dans une robe de soie d'un rouge vermeil. La couleur était le rouge. Lui sortait d'un concert à la salle Pleyel. Elle, Dieu sait d'où elle venait ? Toujours à traîner, errer, rôder, égérie de la zone en vérité, mais vipère qui savait opérer sa mue à la demande, et ajuster sa mise à la conformité ambiante. Ce soir-là, donc, elle, toute de rouge parée, très à l'aise dans les simagrées des convenances.

Et rouge, la tache sur sa main, la tache en forme d'œil, d'un rouge tout à fait aveuglant pour lui. Il frissonna, longuement, brusquement réchauffé par la fièvre qui l'envahissait, et ne put, durant une longue minute, détacher ses yeux de cette main aux longs doigts si fins, aux ongles teintés de rouge.

Revenu de son hébétude, il lui avait souri, timidement. Elle était habituée, rompue à tous les rituels d'approche. À celui de l'innocence, comme il semblait le suggérer, comme à d'autres, plus sauvages. Il saisit aussitôt quel était le but de sa présence dans ce bar à une heure si tardive. Elle se faisait appeler Aïcha. Elle portait une petite main de Fatma accrochée à une chaînette en or, autour du cou.

Après quelques minutes de palabres inconsistants, simple prélude à l'obscénité qui devait suivre, elle le conduisit dans un hôtel tout proche. Arrivée dans la chambre, elle se dévêtit aussitôt, abandonnant sa robe, ses hauts talons à même le tapis, pour se jeter à plat ventre sur le lit, les cuisses écartées, les genoux fléchis, dans une attente nonchalante. Il contempla les bas, le trait noir du porte-jarretelles qui lui barrait les reins, la peau soyeuse qui s'offrait dans le sillon des fesses et où luisaient quelques gouttes de sueur, puis son regard, irrésistiblement, remonta vers la tache rouge qui irradiait de la main droite, cet œil vermillon, grand ouvert, qui semblait le fixer avec ironie.

Il se déshabilla à son tour, tout d'abord surpris et heureux de constater que son sexe se dressait à la simple vue de cette nudité offerte. À tout prendre, autant ne pas l'effaroucher dès le premier soir, se dit-il en s'efforçant d'oublier le dégoût de lui-même que son désir faisait naître.

Il la pénétra avec prévenance ; elle se prêta au jeu, simulant le plaisir avec toute la perfidie dont elle savait faire preuve. Quand il se retira d'elle, il constata que les lèvres de son sexe étaient ourlées de petites perles de sang. Elle eut un sourire faussement désolé, et s'excusa.

Avant qu'ils ne quittent la chambre, il lui baisa longuement la main. Son regard, encore une fois, s'attarda sur la tache, la tache rouge, l'œil dont l'éclat l'obsédait depuis si longtemps. Aussi loin qu'il pouvait fouiller dans sa mémoire, il se souvenait de cet œil, posé sur lui.

Dans ses cauchemars, la tache rouge se diluait, se morcelait, se multipliait à l'infini en autant de points, puis les points dessinaient des lignes, et les lignes, folles, tortueuses, rebelles à toute discipline, traçaient un entrelacs d'ornements macabres autour des visages d'êtres disparus et dont il ne savait plus, parfois, vraiment, s'il les avait réellement côtoyés, dans une autre vie, lointaine, si lointaine.

Ce sentiment d'irréalité, obsédant et irrépressible, qu'il lui fallait vaincre à tout prix, s'il voulait vraiment savoir, il l'avait tant de fois ressenti, avec une acuité si mordante, qu'il avait bien souvent failli basculer dans la démence. Mais ce soir, ce soir surtout, il devait résister, avec toute sa lucidité, centrer son attention sur l'œil rouge. Rouge était la couleur.

*

Il revint le lendemain à la même heure dans le bar, mais elle n'était pas là. Puis le surlendemain et ainsi tous les soirs de la semaine, désespéré, se morfondant déjà d'avoir peut-être laissé filer l'occasion. Elle réapparut au bout de huit jours, aussi éblouissante que lors de leur première rencontre, dans sa robe de soie écarlate. Et la tache étincelait à son doigt.

Il la paya de nouveau et il eut droit à la même séance, dans la même chambre d'hôtel. Elle lui demanda s'il souhaitait qu'ils se donnent rendez-vous, pour la prochaine fois. Elle lui dit que s'il la payait davantage, elle serait carrément salope. Ce furent ses termes, « carrément salope ». Il accepta. Tout, le rendez-vous, le tarif plus élevé. Elle proposa le lundi suivant. Il donna son accord. Tandis qu'elle disparaissait dans la salle de bains, il lorgna vers le sac à main qu'elle avait laissé sur la table de chevet. Il voulait savoir qui elle était, quel était son nom, bien d'autres choses encore, et surtout d'où venait la tache rouge sur sa main. Mais il était encore trop tôt. Il ne fallait pas l'effaroucher.

Ils se retrouvèrent plus d'une dizaine de fois, dans la même chambre. Le garçon de la réception ne s'étonnait plus de les voir arriver ensemble. Un soir, enfin, il décida que c'en était assez. Il sortit avant elle et attendit dans la rue qu'elle quitte l'hôtel à son tour. Il la suivit, en voiture. Elle monta dans une petite Austin toute cabossée, qu'elle conduisit à la diable. Elle quitta le quartier des Champs-Élysées pour gagner le périphérique et se diriger vers Montreuil ; elle passa le reste de la nuit à danser dans un bar manouche en compagnie de types tatoués, qui la pelotaient sans vergogne. Il la guetta jusqu'au petit matin, puis disparut, de peur qu'elle ne l'aperçoive. Une autre fois, elle rejoignit une bande de cinglés qui menaient un rodéo à moto sur le terrain d'une usine désaffectée, quelque part vers La Courneuve. Il escalada la clôture, se cacha parmi les détritus métalliques et la vit, frissonnante, debout près d'un brasero ; à chaque acrobatie des motards, elle applaudissait comme une enfant émerveillée devant une piste de cirque envahie par les clowns. Une autre fois encore, elle roula toute la nuit dans Paris, et fit de nombreuses escales dans les gares, de Montparnasse à Saint-Lazare, à boire et à manger, à s'empiffrer avec une boulimie stupéfiante. Jamais il ne parvint à découvrir l'endroit où elle vivait, si tant est qu'il y en eût un.

Ce ne fut que plus tard, après lui avoir fait plusieurs fois l'amour en éprouvant toujours plus de dégoût, qu'un soir du mois d'août, il se décida enfin à lui parler de la tache rouge, sur sa main. Il lui expliqua ce qu'il voulait. Elle ne parut guère surprise. Il devait apporter l'argent le lendemain soir ; il fallait se donner rendez-vous. Elle proposa bizarrement de se retrouver au Quick du boulevard de la Villette, à vingt-deux heures. Il acquiesça, et le lendemain, à l'heure dite, il attendit, le cœur battant, une grosse enveloppe pleine de billets de banque sous le bras. À vingt-deux heures trente, elle n'était toujours pas là. À vingt-trois heures, il crut qu'elle ne viendrait plus, qu'elle avait changé d'avis, mais un jeune beur d'une quinzaine d'années vint lui annoncer qu'elle l'attendait, tout près de là. Le gosse le conduisit jusqu'à la rue Sainte-Marthe.

Ils furent plus d'une dizaine à l'accueillir, là-haut, au quatrième étage, dans une pièce minuscule qui empestait le moisi. Elle était présente, vêtue cette fois d'une combinaison de cuir très étroite, dont le zip ouvert laissait presque voir ses seins. Elle éclata de rire quand les autres se ruèrent sur lui et le frappèrent. Quand il s'éveilla, couvert de sang, tuméfié, blessé à la cuisse par un coup de couteau, le jour se levait. Elle avait disparu, et la petite bande de cogneurs à ses ordres avec elle. Il descendit l'escalier à grand-peine, perclus de douleurs, et rentra chez lui se soigner.

Il était inutile de se lamenter sur sa naïveté, de regretter d'être venu dans ce coupe-gorge sans prendre ses précautions. À présent, il lui fallait la retrouver. Et cette fois, qu'elle le veuille ou non, elle parlerait de la tache rouge, lui dirait tout ce qu'elle savait à ce propos.

De longues nuits d'errance commencèrent. Il retourna à Montreuil, près du bar des Manouches, à La Courneuve, aussi, où les jobards à moto continuaient de se livrer à leurs jeux ridicules. Elle ne se montrait pas. Il commença à désespérer. Mais un soir, très tard, ou plutôt déjà très tôt, alors qu'il faisait la tournée des restaurants où il l'avait vue s'empiffrer, il l'aperçut à une table de l'Européen, la grande brasserie de la gare de

Lyon. Elle ne faisait que commencer son repas. Il repéra l'Austin toute cabossée, garée rue de Chalon. Quand elle eut ouvert la porte pour s'installer au volant, il jaillit à ses côtés et lui enfonça son poing ganté droit dans la gorge. Elle eut un hoquet de douleur puis ses yeux chavirèrent. Il la fit basculer à l'arrière et mit le contact. Il tenait à l'amener rue Sainte-Marthe, là où elle avait tant ri de le voir souffrir. La rue était déserte, sinistre comme à l'accoutumée. Il la prit dans ses bras et la porta comme on porte un enfant. Si d'aventure quelqu'un avait surgi sur leur passage, il aurait juré qu'il s'agissait là d'un couple de fêtards dont la dame avait forcé sur la bouteille.

Quand elle s'éveilla, elle réalisa qu'on lui avait lié les avant-bras derrière le dos ; elle gisait sur un matelas crasseux et humide. Le micheton qu'elle avait levé dans le bar des Champs-Élysées, plusieurs semaines auparavant, ce pauvre type qui semblait s'être sérieusement entiché d'elle, tenait une petite torche électrique, très puissante, et la lui braquait droit dans les yeux. Elle n'avait jamais été effrayée à l'idée de la mort. L'existence aventureuse qu'elle menait témoignait de son mépris pour le danger. Elle reconnut l'endroit où elle se trouvait, crut pouvoir se tirer d'affaire et s'efforça de garder son calme.

Il lui parla avec douceur. Il ne tenait pas à récriminer à propos de son argent perdu puisqu'à présent, de toute façon, il allait obtenir ce qu'il voulait. Il le lui expliqua. Elle refusa, lui cracha au visage, lui promit une vengeance terrible s'il osait lui faire du mal, et se mit à crier. Alors il lui enfonça un gros objet mou dans la bouche, la tourna sur le côté et lui trancha la main droite avec une lame très fine. L'opération ne lui prit que quelques secondes. Il savait où poser la lame, à quel endroit inciser, dans quelle direction précise appuyer.

Le sang s'échappa des artères d'Aïcha, à jets réguliers mais ténus. Tétanisée sous l'effet de la panique qui faisait s'emballer son cœur, elle ne ressentit pourtant aucune douleur. Elle éprouvait la plus grande peine à respirer ; le bâillon — une balle de mousse qui lui collait au palais, à la langue, et qu'elle ne parvenait pas à cracher malgré la nausée qui lui tordait l'estomac — bloquait l'air qu'elle tentait d'avaler. Elle s'étouffa, et vit de petites lueurs blanches scintiller devant ses yeux.

Il posa la main, c'est-à-dire sa propre main tranchée, tout près de son visage, son visage à elle, et lui dit qu'il n'était pas trop tard, qu'en fait les liens agissaient à la manière d'un garrot, qu'il suffisait qu'il les resserre un peu plus pour arrêter l'hémorragie. Elle secoua la tête, cligna des yeux pour donner son accord. Il ôta la balle de mousse souillée de glaires. Elle parla après avoir repris son souffle.

Quand elle eut achevé sa confession, il lui serra le cou, fourragea dans sa bouche et lui glissa de nouveau le bâillon entre les mâchoires. Il dévida une bobine de sparadrap autour de sa tête, fixant ainsi solidement la balle de mousse, qu'elle mordit désespérément dans l'espoir vain de la morceler, pour l'avaler et s'en défaire. Elle parvint à en arracher un bout, qui resta bloqué dans son arrière-gorge.

*

Elle le vit alors saisir délicatement la main, sa main à elle, ce morceau de chair qui ne lui appartenait plus, et la ranger dans un sac de plastique qu'il avait sorti de la poche de son veston. Elle attendait, le visage convulsé par la douleur, par la terreur. Il sortit un second sac de plastique et le lui enfonça sur la tête. Après quoi, il replia le matelas sur elle, et l'abandonna dans l'obscurité du réduit. En descendant l'escalier, il posa le pied sur une marche qui se rompit soudain sous son poids. Il jura entre ses dents. Des échardes s'enfoncèrent dans la peau de sa cheville, au pied droit, et il constata, une fois dehors, que son pantalon s'était déchiré.

Il fallait laisser Aïcha mourir, lentement, très lentement, il fallait attendre que tout son sang la quitte, que le sommeil de la mort l'engourdisse. À présent qu'il avait coupé la main, la souillure était effacée.

Il récupéra l'Austin qu'il avait garée sur la petite place, et l'abandonna, toutes portières ouvertes, un peu plus loin, près du canal de l'Ourcq, après quoi il rentra chez lui. Assis devant son bureau, il resta longtemps face à la main tranchée. Il lui sembla que l'œil pleurait, pleurait des larmes rouges. Alors il le délivra. Au petit matin, il sortit de chez lui et jeta la main enveloppée de chiffons dans une poubelle ; une benne à ordures remontait la rue. Aïcha avait parlé. Elle n'était pas morte pour rien. Grâce à elle, il allait enfin savoir. Du moins l'espérait-il.

*

Trois semaines s'étaient écoulées. Les autres n'allaient pas tarder à découvrir le second cadavre, sans doute. Il savait qu'il ne pourrait pas dormir sans aide, et s'empara d'une boîte de somnifères.

11

Le mardi matin, Nadia Lintz fila à son cabinet dès neuf heures, sans même prendre le temps de déjeuner. Sa greffière n'était pas encore arrivée quand elle pénétra dans la petite pièce tout en longueur dont les fenêtres s'ouvraient sur la terrasse du tabac du Palais. Elle soupira en voyant les classeurs qui s'entassaient à même le sol.

Elle venait de clore l'instruction du dossier d'un violeur multirécidiviste que les victimes avaient identifié grâce à ses vêtements ; toute la garde-robe du type était là, enfermée dans de gros sacs-poubelle gris, ficelés et fermés par des sceaux de cire. Elle tira les sacs dans le couloir et appela un appariteur pour qu'il les déménage, après quoi elle passa une demi-heure à trier la paperasse qui s'accumulait à une vitesse étonnante. Depuis son arrivée à Paris, elle s'était quelque peu laissé déborder. Parmi la soixantaine de prévenus dont elle avait la charge, plus de la moitié étaient incarcérés. Nadia désirait instruire les affaires dans un délai raisonnable et ne pas les maintenir en détention provisoire plus d'un an. La plupart d'entre eux pouvaient d'ailleurs se préparer à une peine bien plus lourde, si bien que l'attente de quelques mois avant le procès ne devait guère les effrayer.

Elle se plongea dans le dossier de la prostituée du périphérique, dont on ne lui avait transmis les premières pièces que le samedi : la déposition du chauffeur de taxi qui avait aperçu le cadavre sur la glissière de sécurité, celle d'une autre fille qui tapinait dans les parages, et les résultats de l'enquête concernant la famille de la victime. Nadia crut lire un de ces mauvais romans écrits à la fin du siècle dernier et destiné à l'édification des classes laborieuses... Le père alcoolique, la mère orpheline, la nombreuse fratrie, rien ne manquait. Delphine, c'était le prénom de la morte, avait vécu une adolescence sordide dans les corons du Nord jusqu'à ce que la fermeture des mines ne jette la famille dans le dénuement. Elle était venue à Paris pour tenter la chance.

Le rapport d'autopsie était très suggestif quant aux circonstances exactes du décès. Il était notamment question de traces de sperme dans la bouche de la victime. Nadia prit quelques notes, décida de convoquer le taxi et la « collègue » de Delphine, en attendant mieux. Puis elle passa à un autre dossier, plus complet celui-là. Gardel, un employé de guichet de la gare Montparnasse qui avait assassiné sa fille, âgée de huit ans, et sa femme. La fille en premier, qu'il noya dans la baignoire, avant de la sodomiser post mortem. L'épouse travaillait elle aussi à la SNCF ; il l'avait étranglée à l'aide du cordon électrique d'un sèche-cheveux. Lors de la première comparution, Gardel s'était montré très calme, racontant son histoire comme s'il s'agissait d'un entrefilet lu dans le journal quelques minutes auparavant et qui ne l'aurait en rien concerné. Il confirma point par point le contenu des interrogatoires de police dont Nadia disposait. Elle avait demandé une reconstitution, qui devait avoir lieu l'après-midi même.

La greffière, Mlle Bouthier, arriva à dix heures et se mit aussitôt au travail. C'était une femme d'une maigreur étonnante, toujours vêtue de robes à fleurs d'un mauvais goût extravagant, et qui parvenait au cours d'une seule journée à avaler une quantité de sucreries défiant l'imagination. Elle travaillait depuis plus de vingt ans au greffe, était passée du parquet à l'instruction, des mineurs à l'application des peines, et ne tarissait pas de ragots concernant les menues intrigues du Palais. Joviale, insouciante, vieille fille, elle avait pris Nadia en affection et s'activait de son mieux pour lui faciliter la tâche.

— Pour la reconstitution, là, vous savez, dans l'affaire Gardel, tout va bien, annonça-t-elle de sa voix flûtée. On aura un mannequin pour figurer la gamine, la Brigade criminelle l'a confirmé hier après-midi.

— Mais… et pour l'épouse ? On n'aura pas de mannequin ? Comment on fait ? demanda Nadia.

— Eh bien, moi ou le substitut, ou un inspecteur, c'est comme vous voudrez, répondit la greffière, étonnée que ce détail pose problème.

Nadia la dévisagea, effarée. Mlle Bouthier lui tendit une pochette de bonbons avec un sourire désarmant.

— Gardel sera là à treize heures, le bulletin d'extraction de la Souricière est sur votre bureau, il faut le signer. La reconstitution a lieu rue de la Roquette, chez lui, il faut partir d'ici vers treize heures trente. Pas plus tard, reprit la greffière.

Nadia acquiesça, referma le dossier et quitta le cabinet. Elle se rendit à la buvette du Palais où elle retrouva Maryse Horvel et son collègue Montagnac.

— C'est vraiment stupéfiant, ricanait celui-ci, il suffit que Maryse prenne la permanence et aussitôt l'apocalypse se déchaîne : on trucide le quidam dans tout Paris ! Je l'ai remplacée cette nuit. Eh bien, c'était le calme plat.

— Dormez braves gens, Montagnac veille ! grimaça Maryse. Je reprends le collier dès ce soir. On verra bien si tu as raison.

Puis elle questionna Nadia à propos de son installation rue de Tourtille. Celle-ci lui raconta sa soirée passée en compagnie d'Isy Szalcman et le curieux accueil qu'il lui avait réservé.

— Une crémaillère est prévue ? demanda Montagnac. La cérémonie aura lieu dans la plus stricte intimité ? Je serai invité ? Après tout, c'est grâce à moi si tu as pu trouver un nid aussi douillet.

Peu après son arrivée à Paris, au cours d'une fête chez un de leurs collègues, Montagnac l'avait draguée à la hussarde. Coincée dans l'encoignure d'une porte, elle avait dû le gifler pour qu'il consente à lâcher prise. Il avait un petit coup dans le nez et s'excusa aussitôt, penaud comme un gamin surpris à reluquer sous les jupes de la maîtresse.

Nadia lui promit qu'il serait de la partie. Il fut agréablement surpris de constater qu'elle ne lui tenait pas rigueur de sa conduite passée. Elle avala sa tasse de café, regagna son cabinet et occupa le reste de la matinée à préparer la reconstitution du double assassinat de la fille et de l'épouse Gardel.

12

Sandoval affichait un sourire béat. Un de ses inspecteurs venait de lui remettre l'extrait de casier de Djeddour, condamné en 86 pour une agression à l'égard d'une petite vieille. Le commissaire appela aussitôt Dansel, occupé à classer les PV de la bande des ratonneurs qu'avait dirigée Vernier.

— Ce Djeddour, il faut mettre le paquet pour le retrouver, dit-il. Rovère n'est pas encore là ?

— Heu… Il a prévenu qu'il arriverait tard, bredouilla Dansel, peu enclin à discuter.

Sandoval jeta un coup d'œil dans le couloir et ferma doucement la porte. Dansel comprit qu'il n'allait pas couper à une de ces petites séances d'explication qu'il exécrait, mais dont le commissaire raffolait.

— Ça va, le groupe, en ce moment ? Dites-moi franchement votre avis, Dansel ? dit Sandoval.

— Ça va bien, ça tourne, on est un peu secs sur l'affaire du foyer des étudiants, mais en dehors de ça, rien à dire.

— Ah oui, oui, les étudiants ! On n'a pas retrouvé l'arme, c'est bien cela ?

Dansel hocha la tête. Le mois précédent, le groupe de Rovère avait pris en charge une sombre histoire entre résidents étrangers à la Cité universitaire. Un Cambodgien avait été retrouvé égorgé dans sa chambre, sans qu'on puisse établir s'il s'agissait d'un règlement de compte politique ou d'une vulgaire affaire crapuleuse.

— Et dites-moi, le nouveau, là, Choukroun, il s'intègre bien ? Je n'aime pas trop la façon dont il s'habille. Je le trouve un peu... un peu voyant, vous ne croyez pas ?

— Pas de problèmes avec Choukroun ! trancha Dansel. Il manque d'expérience, mais ça va venir.

Sandoval alluma une cigarette, et contempla la braise en prenant tout son temps. Dansel pianotait de la main droite sur le bureau, impatient.

— Et Rovère, comment vous le trouvez ? Vous êtes le plus ancien, ici, Dansel ? Donnez-moi franchement votre avis. Il ne va pas très bien, n'est-ce pas ?

— C'est le moins qu'on puisse dire, rétorqua l'inspecteur. Mais dans le cadre du travail, on n'a rien à lui reprocher.

— Oui, je n'aimerais pas être à sa place, murmura Sandoval, d'un air faussement compatissant. Il picole toujours autant ?

— Dans le cadre du travail, on n'a rien à lui reprocher, s'entêta Dansel.

— Je vois, je vois, enfin, tenez-moi au courant ! conclut Sandoval en se levant.

Il resta un long moment, dans l'entrebâillement de la porte, sans se décider à s'éloigner, à tirer nerveusement sur sa cigarette.

— Compte là-dessus, marmonna Dansel quand il eut enfin disparu.

À treize heures, il quitta les locaux de la Brigade criminelle et se rendit au petit restaurant de la place Dauphine. Il y retrouva Dimeglio et Rovère. Tout en mangeant, Dimeglio raconta ses pérégrinations dans les boutiques de prêt-à-porter qu'il avait visitées durant la matinée. Muni des étiquettes de vêtements prélevées sur le cadavre de la rue Sainte-Marthe, il avait écumé les magasins où la morte avait fait ses emplettes. Les vendeuses de Kookaï s'étaient presque toutes évanouies quand il avait sorti les photographies de l'IML.

— Y en avait quatre dans les pommes ! J'ai fait grande impression, dit-il sobrement en levant son verre.

À la description de l'essaim de créatures, exclusivement nourries au yoghourt extra-light, qu'il se targua d'avoir secourues, rassurées, soutenues d'une main toute paternelle, Rovère le soupçonna d'enjoliver un peu.

— Bref, conclut Dimeglio, j'ai tout retrouvé : la robe, le slip et les fanfreluches, les godasses, mais ça ne nous avance pas beaucoup : entre les chèques, les cartes bleues, et celles qui payent en liquide, on n'est pas sorti de l'auberge.

— Surtout si c'est son mec qui lui a offert tout ça, admit Rovère.

— Ou si elle a volé une carte ou un chéquier, renchérit Dansel.

Dimeglio écarta les assiettes et posa sur la table quelques catalogues de vêtements et sous-vêtements, dont il avait coché certaines photos. Rovère reconnut la robe de lamé et contempla un instant la fille qui posait sur le papier glacé, contorsionnée dans une des poses qu'affectionnent les photographes chargés de réaliser ce genre de travail. Elle était blonde, maigre à en faire rêver un bataillon d'adhérentes à un stage de WeightWatchers, et souriait face à l'objectif, d'un air profondément niais.

Dansel commanda une seconde bouteille de vin. Il n'avait pas la faconde de Dimeglio et les quelques heures qu'il avait passées à consulter, sans résultat, le fichier des femmes disparues ne l'inspiraient guère. Il en fit un récit plat, et décourageant.

— En cas de disparition, expliqua-t-il, les familles donnent toujours un signalement vestimentaire précis, un anorak rouge, un costume bleu, une écharpe tricotée par la grand-mère, mais là, sur les centaines de cas répertoriés, il n'y a aucune fille qui corresponde à la nôtre.

Après le dessert, Rovère offrit une tournée de cognac. Lui-même s'était longuement entretenu avec le responsable du service chargé de la surveillance des squats et il n'avait rien trouvé concernant une fille, d'une vingtaine d'années probablement, elle-même marginale dans ce milieu de marginaux…

— Admettons que votre personnage ait existé, lui dit l'inspecteur qui l'avait reçu. Dans cette faune, après tout, on rencontre des gens étonnants, des paumés qui ont réussi un coup et cherchent à se planquer, ou des mineurs en fugue, ça oui, en pagaille, sans compter les bargeots qui échouent là-dedans sans trop savoir pourquoi, bref, tôt ou tard, ça revient à nos oreilles, le milieu est pourri de camés et on a plein d'indics ! Je n'ai rien, mais si j'entends quelque chose, je vous préviendrai.

Rovère l'avait remercié poliment.

— Voilà, on en est là, conclut-il en appelant la serveuse pour demander l'addition.

— Pas tout à fait, annonça Dansel. L'ami Djeddour a un casier éloquent.

En quelques mots, il leur fit part de la trouvaille de Sandoval.

— Je ne miserai pas un radis là-dessus, mais le patron a l'air d'y croire, ajouta-t-il avec une moue réprobatrice.

Ils rentrèrent à la Brigade sans trop se presser.

13

Gardel, un petit homme bedonnant, au crâne dégarni, vêtu d'un jogging neuf, dardait sur Nadia un regard perdu, comme s'il n'avait pas encore saisi la raison de sa présence ici, chez lui. Ou plus précisément à l'endroit où il avait vécu. Il n'était plus chez lui. L'appartement, mis sous scellés, avait été laissé en l'état. La vaisselle sale reposait dans l'évier de la cuisine et un cendrier plein de mégots gisait, renversé sur le tapis, face au téléviseur.

Ils pénétrèrent tous deux dans la salle de bains, suivis d'un inspecteur qui surveillait l'inculpé, impassible. Mlle Bouthier se tenait dans l'encadrement de la porte, un calepin à la main, en compagnie d'un photographe de l'Identité judiciaire. Un petit mannequin de plastique reposait dans la baignoire.

— Monsieur Gardel, dit Nadia d'une voix tremblante, il est donc dix-sept heures, le 20 juillet 91, votre fille Nathalie rentre du centre de loisirs et vous décidez de lui donner le bain, c'est bien ça ?

Gardel, raide, tétanisé, comme frappé de catalepsie, semblait incapable d'effectuer le moindre geste. Nadia repoussa la mèche, toujours la même, qui retombait sur son front, rajusta ses lunettes et tourna les yeux vers Gardel, pour le supplier de sortir de sa léthargie. Il s'ébroua enfin, remua les épaules comme lors d'un exercice d'assouplissement, et se dirigea vers la baignoire.

— Oui, elle sait que je lui donne le bain, quand c'est moi qui la garde, juste une fois tous les quinze jours, parce que vous savez, je n'ai le droit de…

— Monsieur Gardel, s'étrangla Nadia, je ne vous interroge pas sur le contexte familial, je… je vous demande de reconstituer, avec exactitude, les gestes qui vous ont amené à… à tuer votre fille !

Elle tourna la tête, un peu affolée, vers Mlle Bouthier, qui, compréhensive, l'encouragea d'un sourire.

— J'arrive près de la baignoire, reprit Gardel, ma fille est dans le bain, elle est allongée sur le ventre. Elle joue avec ses poupées. Je pose la main sur sa nuque…

— Posez votre main sur la nuque du mannequin, monsieur Gardel ! ordonna Nadia.

Gardel s'exécuta.

— Là, j'appuie. Elle se débat, elle étouffe, elle boit de l'eau, beaucoup d'eau, ça dure deux, trois minutes, je ne sais plus. Elle ne se débat plus.

Nadia adressa un signe au photographe de l'IJ, qui saisit sur la pellicule le geste de Gardel.

— Quand je suis certain qu'elle est morte, je la sors de l'eau, je l'enveloppe dans une serviette pour la sécher, et je la serre dans mes bras, pour lui demander pardon pour ce que je lui ai fait.

Nadia ferma les yeux. Gardel s'était exprimé d'une voix claire, assurée. Avec ce présent de narration proprement insupportable qui renforçait encore la crudité des situations évoquées. Elle entendait son souffle, tout près d'elle, une respiration régulière, tranquille.

— Ensuite, monsieur Gardel ?

Il saisit le mannequin de plastique et l'allongea sur le ventre, par-dessus le rebord de la baignoire ; la face touchait la bonde, les fesses étaient tendues vers le plafond.

— Voilà, je la place comme ça, précisa Gardel.

Nadia sentit ses jambes flageoler. Elle se raidit, toussota, se tourna vers le photographe pour qu'il prenne un cliché du mannequin, ainsi disposé.

— Ensuite, je quitte la salle de bains, je vais dans le salon, reprit Gardel. Je m'assieds un instant, là, dans le fauteuil. Je réfléchis, j'ai besoin de réfléchir.

— Photographiez, photographiez ! murmura Nadia.

— Je reviens dans la salle de bains, continua Gardel, je pense à tout ce que ma femme a dit de moi, je m'approche de ma fille.

Gardel montra le mannequin et posa la main sur les fesses de plastique. Il attendait, ne sachant jusqu'à quel degré de réalisme Nadia comptait pousser la reconstitution.

— Vous la sodomisez, et ensuite ? dit-elle, d'une voix blanche.

— Je reviens dans le salon, je m'assois. J'attends le retour de ma femme, vous comprenez, j'ai la garde de Nathalie jusqu'au soir, je suis sûr qu'elle va venir la chercher. J'en suis certain, elle va arriver. Je prends le sèche-cheveux, je vérifie que le fil est solide.

Gardel avait saisi le sèche-cheveux et, d'une traction, mimait la « vérification ». Le flash du photographe illumina une nouvelle fois la pièce.

— Ma femme sonne, je pose le sèche-cheveux, je vais lui ouvrir. Elle entre.

Gardel attendait devant la porte. Il semblait plein de bonne volonté et dévisageait les présents un à un.

— Inspecteur ? Vous voulez bien figurer Mme Gardel ? demanda Nadia.

— Elle s'assied, là, dans le fauteuil, elle regarde la télé, la télé est allumée, indiqua Gardel.

L'inspecteur obtempéra, totalement indifférent, les deux mains posées sur les accoudoirs du fauteuil, assis à la place qu'on lui avait désignée.

— Vous vous êtes parlé, votre femme et vous, à ce moment-là ? demanda Nadia.

— Non… pas elle ! Elle, elle ne dit rien. Moi, je lui explique que la petite est en train de s'habiller dans la salle de bains, j'y vais, je reviens avec le sèche-cheveux.

La greffière le lui tendit. Gardel s'en empara, contourna le fauteuil et, utilisant le fil à la manière d'un garrot, le passa autour du cou de l'inspecteur.

— Ça ira très bien comme ça, conclut Nadia, épuisée.

14

Sandoval fut prévenu à dix-huit heures trente le mardi soir. Le responsable du poste de commandement de la Préfecture l'informa en quelques mots : un cadavre de femme venait d'être découvert rue Clauzel, dans le IXe arrondissement, entre Pigalle et Saint-Georges.

— Ah, au fait, essayez de retrouver les types qui ont couvert la rue Sainte-Marthe hier matin, précisa-t-il avant de raccrocher. Enfin, ça vaudrait mieux, la femme a une main coupée. Je veux dire, elle aussi !

Sandoval reposa lentement le combiné sur son support. Il se rendit jusqu'au bureau de Rovère et le mit au courant.

— Ah, ça recommence, constata celui-ci, stoïque.

— Pas exactement, celle-là, on a son nom : Martha Kotczinska ! dit Sandoval en articulant avec difficulté. Elle était locataire de l'appartement… J'y vais tout de suite !

Rovère battit le rappel des inspecteurs disponibles et les expédia immédiatement sur place. Il passa au Palais prévenir le substitut et ne fut pas surpris de tomber sur Maryse Horvel.

— Décidément, c'est une habitude, dit celle-ci en ramassant ses affaires.

Ils filèrent en voiture jusqu'à Pigalle et durent mettre en marche le gyrophare pour se frayer un chemin à travers la rue Monnier. Un cordon de flics en tenue barrait la place Toudouze où débouchait la rue Clauzel.

Maryse se gara tant bien que mal sur le terre-plein, et son pare-choc heurta une colonne Morris. Les badauds, agglutinés sur les trottoirs, étaient nombreux.

Au 31, ils pénétrèrent dans un immeuble à la façade fraîchement ravalée et grimpèrent jusqu'au cinquième étage, sous les toits, précédés d'un inspecteur de l'arrondissement. Une porte unique s'ouvrait sur le palier. Ils découvrirent alors un espace assez vaste, résultat de la réunion de plusieurs chambres de bonne, après qu'on eut abattu les parois qui les séparaient. Les murs étaient couverts d'un crépi blanc ; de grands velux s'ouvraient sur la façade, si bien qu'en plein jour l'appartement devait être très lumineux. On apercevait la coupole du Sacré-Cœur, derrière les toits des maisons en vis-à-vis.

La pièce était en fait un atelier d'artiste. Un large canapé posé sur un tapis de coco occupait le centre. Des sculptures et des toiles s'y trouvaient en grand nombre, ainsi qu'un bric-à-brac de sacs de terre, d'outils, de pinceaux et de tubes de couleurs. Une forte odeur de térébenthine flottait dans l'air. Sandoval, qui s'était assis sur un vieux fauteuil de cuir aux accoudoirs griffés, observait un modelage inachevé, un corps féminin au bassin hypertrophié, un peu à la manière de certaines statuettes préhistoriques, et aux bras tendus vers l'avant dans un geste de défense. Les toiles indiquaient un goût assez morbide ; on y voyait des créatures androgynes aux yeux écarquillés, prostrées, accouplées dans des attitudes bouffonnes.

— C'est à la victime qu'on doit ces chefs-d'œuvre, ça vous plaît ? demanda Sandoval.

— Je ne connais rien à la peinture, où est le corps ? répondit Rovère.

— Là, derrière, dit le commissaire en montrant une tenture de velours usée.

Rovère se tourna vers Maryse puis se dirigea vers le fond de l'atelier. Il découvrit une alcôve dont le lit était défait.

— Au fond, tout au fond, poussez la porte, précisa Sandoval.

Rovère obéit et s'avança dans une salle de bains minuscule équipée d'une baignoire sabot. Martha Kotczinska était une femme d'une trentaine d'années à la chevelure blonde, au visage anguleux mais non dépourvu de grâce. Ses yeux étaient grands ouverts et Rovère remarqua qu'ils étaient de teinte différente : le droit très bleu, le gauche tirant nettement vers le gris. Son regard mort n'en était que plus étrange. Elle gisait, nue, assise dans la baignoire, adossée à la paroi où était fixé le support de la douche. Son avant-bras droit reposait sur le pubis, tranché au niveau du poignet. Une flaque de sang coagulé recouvrait l'émail et poissait les cuisses. Ce ne fut que dans un second temps que Rovère vit la main coupée, étendue sur le carrelage, près du pied du lavabo.

Il frissonna puis revint vers Maryse, qui attendait dans l'alcôve.

— C'est… C'est comment ? demanda-t-elle en essuyant ses mains moites sur son jean, prête au pire.

— À côté de celle d'hier, ça peut aller, souffla Rovère en s'effaçant pour la laisser passer.

Maryse s'avança d'un pas et tendit le cou pour jeter un rapide coup d'œil dans la salle de bains. Elle se retourna aussitôt et revint près de l'inspecteur.

— Effectivement ! dit-elle en s'efforçant de sourire. C'est drôle, vous avez vu son visage, il a l'air serein, comme si elle n'avait pas souffert.

— Détrompez-vous, quand la rigidité cadavérique s'estompe, au bout d'un certain temps, les chairs se détendent. Enfin, le légiste vous expliquera ça mieux que moi.

— Et son regard ? C'est indéfinissable, mais…

— Vous n'avez pas remarqué ? Les yeux ne sont pas de la même couleur.

Maryse resta un instant immobile, sans plus penser à rien. Rovère s'était montré prévenant, comme la veille, n'avait pas cherché à rouler des mécaniques à l'instar d'autres flics qui, dans des circonstances analogues, ne se seraient pas privés de rigoler grassement. Elle lui en fut reconnaissante, sans songer à le lui dire. Ils revinrent au centre de l'atelier où Sandoval continuait de contempler les toiles.

— Qu'en pensez-vous ? demanda celui-ci.

— Qui l'a découverte ? répondit Rovère après avoir haussé les épaules.

— Une demoiselle Noémie Mathurin, native de la Guadeloupe, expliqua crânement Sandoval après avoir consulté une feuille de papier qu'il sortit de la poche de sa veste.

— Alors ? On prend les mêmes et on recommence ? claironna une voix.

Rovère se retourna et aperçut Pluvinage qui venait d'entrer. Il lui montra la direction de la salle de bains et sortit sur le palier. En se penchant par-dessus la rampe, il vit Dansel qui lui fit signe de descendre.

— Le témoin est chez le voisin : elle est un peu secouée ! dit l'inspecteur quand Rovère l'eut rejoint sur le palier du quatrième.

Rovère entra dans un appartement propret qui embaumait l'encaustique et la lavande. Des patins étaient disposés dans l'entrée mais il s'en aperçut trop tard. Il avança jusqu'au milieu du séjour, laissant sur le parquet de larges traînées de poussière, de la terre que ses semelles avaient ramassée dans l'atelier. Un pépère en robe de chambre consolait de son mieux Noémie Mathurin, une plantureuse mulâtre qui pleurait tout son saoul ; il lui proposait un petit verre d'alcool en vain, et lui tapotait paternellement la nuque, sans parvenir à la calmer.

— Elle venait trois fois par semaine faire le ménage de la fille, expliqua Dansel. Elle l'a trouvée dans la baignoire à dix-huit heures, elle jure qu'elle n'a touché à rien.

— À rien ! Je l'ai entendue pousser un hurlement, mais un hurlement... Vous ne pouvez pas imaginer ! Elle est tout de suite descendue chez moi et j'ai appelé le commissariat, assura le pépère.

— Votre voisine, vous la connaissiez ? Elle habitait là depuis combien de temps ?

— Depuis 89. Pour autant que je me souvienne.

— Dansel, je remonte, dit Rovère. Tu demandes à monsieur le nom du propriétaire de l'appartement, le signalement des gens qu'il a vus monter là-haut, et la suite, pas la peine de te faire un dessin.

Il rejoignit Sandoval et Maryse, qui assistaient, immobiles, au manège des techniciens de l'identité judiciaire. Pluvinage ressortit de la salle de bains.

— Elle est morte depuis deux jours, annonça-t-il. La main coupée est présente. C'est une consolation.

— Oui, c'est bien la différence avec la rue Sainte-Marthe, n'est-ce pas ? dit Sandoval. On a affaire au même client ?

— C'est tranché d'une façon identique, expliqua Pluvinage. Un travail très propre... ça peut être le même type. À part ça, elle se camait. Il y avait une seringue dans la baignoire, vous ne l'avez pas vue, elle était derrière la cuisse. J'ai examiné le creux du bras gauche, il y a des marques de piqûres en pagaille, et aussi entre les orteils. Et sur le rebord du lavabo, voilà ce que j'ai trouvé.

Il montrait une ampoule pharmaceutique brisée qu'il tenait dans sa paume ouverte, enveloppée d'un Kleenex. Rovère s'en saisit et renifla, sans parvenir à déceler une odeur particulière. Il la confia à un technicien du laboratoire.

— Il n'y a pas de trace de coups. Juste une rougeur sur le larynx, reprit Pluvinage. Pas d'hématome, juste les pétéchies habituelles sur le dos, mais rien de plus normal, puisque le corps est resté dans cette position, c'est quand même assez étrange !

— Qu'est-ce que vous voulez dire ? demanda Maryse.

— Moi, si on me coupait la main, je me débattrais, enfin il me semble, mademoiselle le substitut, répondit Pluvinage, d'un ton méprisant.

— Puisque vous affirmez qu'elle était toxico, on peut imaginer qu'elle s'est fait assassiner en plein fix, auquel cas elle n'était vraiment pas en mesure de se rendre compte de ce qui se passait, non ? rétorqua Maryse, sans montrer plus de colère.

Quand les gens de l'IJ eurent emporté le corps, Rovère, aidé par d'autres inspecteurs, dont Choukroun, entreprit de fouiller l'atelier de fond en comble. Dans un secrétaire dont les tiroirs avaient été fracturés, il trouva un trousseau de clés et un classeur qui contenait des relevés bancaires. Martha était criblée de dettes. Elle avait contracté plusieurs emprunts et son compte accusait un découvert très important. Le dernier chèque qu'elle avait encaissé, d'un montant de vingt mille francs, datait du mois de juin. Rovère mit également la main sur un billet d'avion, un Paris-Varsovie dont le retour datait de quatre jours, et quelques billets de mille zlotys froissés.

Il sonda ensuite le plafond, retourna le matelas, vida les tiroirs d'une commode qui se trouvait dans l'alcôve, découvrit une boîte de préservatifs à moitié vide, cachée sous une pile de culottes, avec quelques gadgets érotiques.

Il revint vers Sandoval et lui montra son butin. Le commissaire joua distraitement avec un godemiché aux formes très réalistes puis le confia à Choukroun qui rougit jusqu'aux oreilles avant de le glisser dans un sac que lui tendait un autre inspecteur. Maryse était à ses côtés, debout, serrant son cartable dans ses bras et prenant garde de ne toucher à rien.

– Le secrétaire a été forcé, dit Rovère. On lui a volé quelque chose. Je n'ai pas retrouvé de carnet d'adresses, ni d'agenda, rien de ce genre : pour une fille comme elle, c'est un peu surprenant ! Autre chose, elle a passé quinze jours en Pologne, très récemment.

Sandoval s'empara du billet de la compagnie LOT, vérifia les dates et l'empocha.

– On va tout mettre sous scellés et chercher les points de comparaison avec la rue Sainte-Marthe, dit-il.

– Sage décision, en effet ! opina sentencieusement Rovère.

Le commissaire blêmit, ulcéré, mais contint sa colère en affichant un sourire crispé. Maryse détourna les yeux, faillit pouffer de rire et feignit une quinte de toux. Choukroun poussa alors un cri triomphal. Les regards convergèrent dans sa direction. Il avait ouvert un placard encombré de toiles et en extrayait une de grande dimension. Quand il l'eut installée sur un tréteau, Rovère comprit aussitôt.

Une femme nue y figurait dans une attitude lascive, la main droite enfouie au creux des cuisses, la gauche couvrant à demi les seins dans un geste faussement pudique. Le modèle avait posé dans l'alcôve voisine, que l'on reconnaissait au premier coup d'œil. Son visage, recouvert d'une voilette noire, était tourné vers le spectateur.

— Eh bien ? demanda Sandoval, perplexe.

— La main de Fatma ! Là, entre les nichons… heu… les seins ! s'écria Choukroun en posant le doigt sur la toile. Regardez, c'est la même que celle que Dimeglio a rapportée de l'autopsie !

— Pas de précipitation, c'est un bijou très commun, corrigea Rovère.

Il s'approcha de la toile et l'examina longuement. Une petite cicatrice, presque invisible, était peinte sur l'avant-bras droit. Pluvinage se pencha à son tour sur le tableau.

— La fille de la rue Sainte-Marthe s'était cassé les deux os de l'avant-bras, précisa-t-il. Une fracture ouverte, très ancienne, probablement. Ce qui expliquerait la cicatrice.

— Bon, on embarque le tableau ! décida Rovère.

Il donna quelques consignes aux inspecteurs qui continuaient le travail.

— Demain matin, je ferai le point, décréta Sandoval.

Il lorgnait en direction de Rovère, prêt cette fois à lui clouer le bec à la première remarque impertinente.

— Pour la rue Sainte-Marthe, vous avez quelque chose ? lui demanda Maryse.

— Un suspect, oui, le voisin du dessous, il a disparu de la circulation, et il a un casier qui correspond au profil qu'on recherche, répondit Sandoval. Si la première victime connaissait celle-ci, il a très bien pu passer de l'une à l'autre. En attendant de s'attaquer à une troisième, qui sait ?

Rovère s'apprêtait à partir. Maryse le suivit dans l'escalier. Sandoval leur emboîta le pas. Sur le trottoir, il les salua et monta dans sa voiture. Maryse resta seule avec Rovère.

— Je vous dépose quelque part ? proposa-t-elle.

— Merci, je vais prendre un taxi, mais je vous offre un verre, avant de rentrer ?

Ils aboutirent dans une brasserie de la rue de La Rochefoucauld. Quelques prostituées mangeaient un morceau au comptoir, avant d'aller prendre leur faction dans les bars des environs. Rovère commanda un cognac, qu'il but d'un trait. Maryse l'imita. Elle remarqua le tremblement qui agitait ses mains quand il alluma sa cigarette.

— Je ne vous avais jamais vue avant hier matin, ça fait longtemps que vous êtes à la huitième section ? demanda-t-il.

— Deux ans. C'est le hasard qu'on ne se soit jamais croisés, pourtant, je n'ai pas de chance.

Elle lui expliqua sa déveine constante lors de ses tours de permanence, et ils en rirent.

— Vous pensez qu'il va y en avoir d'autres, comme Sandoval ? C'est sérieux, son histoire de suspect ? demanda-t-elle ensuite.

— Je ne sais pas : le type s'appelle Djeddour, il a disparu, et à sa place je me ferais du mauvais sang.

— Qu'est-ce qu'il fait dans la vie ?

— OS à Citroën-Aulnay. Déjà condamné pour agression. Cela dit, il est un peu tôt pour conclure. Premièrement, ça ne ressemble pas à un meurtre crapuleux…

— Il y avait ce secrétaire fracturé ! objecta Maryse.

— Oui, le type qui a fait ça a sans doute volé quelque chose, mais ce n'était pas le mobile principal.

— Du fric ? suggéra Maryse. Des billets, ça peut traîner n'importe où.

— Elle était fauchée, mais elle avait peut-être un peu de liquide, admit Rovère.

– Une vengeance, alors ?

– Il faut l'espérer.

– Comment ça ?

– Quand il aura fini de régler ses comptes, il s'arrêtera. Sinon, il peut tuer au hasard…

15

Nadia Lintz se remit difficilement de la reconstitution du meurtre de la fille et de la femme de Gardel. En quittant la rue de la Roquette, elle renonça à revenir au Palais et rentra rue de Tourtille. Elle scotcha une de ses cartes de visite sur la boîte aux lettres qui lui était réservée, puis, une fois chez elle, ouvrit encore quelques cartons de vêtements, reçut les employés des Télécoms qui passèrent rétablir la ligne ainsi que les livreurs de chez Darty, brancha le frigo et la machine à laver. Elle se décida enfin à parer au plus pressé : elle ne tenait pas à déambuler plus longtemps en petite tenue sous les regards du mateur qui s'était rincé l'œil la veille au soir. Elle se rendit donc à la quincaillerie la plus proche, acheta des tringles, des vis et des chevilles, loua une perceuse, compléta ses achats avec des rideaux de cretonne très laids mais qui feraient l'affaire en attendant mieux.

Elle prit son courage à deux mains et se mit au travail. En moins d'une demi-heure elle avait placé la première tringle et, juchée sur un empilage de cartons, s'attaquait à la deuxième fenêtre quand la mèche de la perceuse rompit brusquement, brisée net. Nadia bascula vers l'avant, son front heurta le mur et elle eut le visage couvert de poussière de plâtre et d'éclats de bois. Elle jura, s'essuya le front d'un revers de manche et ressentit une vive douleur à l'œil droit. Elle courut à la salle de bains, s'aspergea le visage d'eau froide, mais la douleur allait en s'amplifiant. Clignant des paupières devant la glace, elle se tamponna à l'aide d'un coton à démaquiller pour ôter la poussière de plâtre qui dessinait des traînées blanches jusque sur ses joues. La douleur ne s'atténuait pas. Elle ferma les yeux, trépigna quelques minutes, les poings sur les tempes et comprit qu'elle ne pouvait rester ainsi. Maudissant la précipitation qui l'avait poussée à se débrouiller seule, elle sortit de chez elle, monta à l'étage supérieur, en tenant le coton sur son œil blessé et sonna chez Rosenfeld.

Le médecin lui fit aussitôt traverser la salle d'attente pour la guider vers son cabinet. Elle s'allongea sur la table d'examen tandis qu'il branchait le scialytique et préparait divers instruments.

— Vous ne perdez pas de temps, vous, au moins ! lui dit-il après qu'elle lui eut expliqué ce qui lui était arrivé. La locataire qui vous a précédée a campé pendant plus de six mois dans un fouillis indescriptible avant de disparaître du jour au lendemain. C'est vous dire si votre voyeur a dû prendre de bonnes habitudes.

Il examina la blessure ; une écharde était plantée dans la paupière. Nadia poussa un cri quand elle vit la pince qui s'approchait de sa rétine.

— La cornée est intacte, mais vous avez eu chaud, constata Rosenfeld. Vous avez failli perdre un œil pour ne pas montrer vos jolies petites fesses. Je le connais votre type : la soixantaine, très pâle, très maigre ?

— Oui, c'est cela ! En pleine nuit, il m'a fait peur, confirma Nadia, surprise par la rudesse du médecin. Je ne me suis pas méfiée : à Tours, j'habitais une maison et je n'avais pas de vis-à-vis.

D'une main très sûre, Rosenfeld entreprit d'extraire la pointe de bois. Après quoi il versa quelques gouttes de collyre et posa une compresse stérile. Nadia se cramponna à la table d'examen et serra les dents durant toute l'opération.

— Votre maniaque, c'est Bagsyk, un type qui habite le quartier avec sa sœur depuis plus de quarante ans, expliqua Rosenfeld. Vous le croiserez certainement dans la rue, un jour ou l'autre. La sœur est paralytique et ne sort jamais.

— Bagsyk ? articula Nadia, les yeux clos.

— Oui, un Polonais… il est arrivé en France après la guerre. Je ne pense pas qu'il ferait du mal à une mouche, mais il a une réputation de vieux toqué.

Nadia s'assit sur le rebord de la table et se massa le cou.

— Isy est au-dessous de tout. Il aurait pu vous demander si vous aviez besoin d'aide, reprit Rosenfeld en regagnant son bureau.

— Mais je peux me débrouiller toute seule ! répliqua Nadia.

— La preuve. Le plâtre, vous savez, ce n'est pas comme le fond de teint !

Elle avait encore trop mal pour songer à s'offusquer de la remarque. Rosenfeld saisit un formulaire pour rédiger une ordonnance.

— Il est vrai que vous devez l'impressionner, ce cher Isy, ajouta-t-il en lui tendant le papier.

— L'impressionner ? Mais pourquoi donc ? demanda Nadia en grimaçant.

Le collyre lui picotait la cornée mais la douleur s'estompait peu à peu.

— Vous avez dîné avec lui hier soir ? Il ne vous a pas dit ? reprit le médecin, étonné ou feignant de l'être.

— Qu'aurait-il dû me dire ? s'étonna Nadia.

— Je pensais qu'il vous avait confié tous ses secrets. Bah, vous verrez bien !

Calé dans son fauteuil, il la toisait d'un œil ironique et tripotait machinalement son stéthoscope.

— Ses secrets ? Mais qu'est-ce que vous me racontez ? reprit Nadia, avec une pointe d'agacement dans la voix.

— Demandez-le-lui. Mais attendez un peu, il mérite qu'on l'engueule !

Rosenfeld décrocha son téléphone. Nadia remarqua la présence, parmi les livres de médecine et les échantillonnages de médicaments empilés dans le plus grand désordre sur le bureau, d'un petit automate aux joues rebondies qui représentait un médecin coiffé d'un bonnet pointu et muni d'un clystère. Intriguée, elle l'examina, hésita à déclencher le mécanisme puis se figea : Rosenfeld engueulait vertement Szalcman, lui racontant l'accident, l'abreuvant de reproches.

— Vraiment, tu vieillis mal, je t'ai connu plus inspiré. Tu sais ce qu'il te reste à faire ? conclut-il, avant de raccrocher.

— Je suis très gênée ! protesta Nadia, vraiment, je ne vois pas de quel droit je...

Il l'arrêta d'un geste et s'approcha d'elle en montrant l'automate.

— Bel objet, n'est-ce pas ? dit-il.

Il saisit une petite clé et remonta le ressort. Le personnage s'agita aussitôt, comme s'il dansait la gigue. Il brandissait son clystère, actionnait le piston, plus vite, toujours plus vite.

— Un cadeau d'Isy, expliqua Rosenfeld. N'hésitez pas à lui forcer la main, il gagne à être connu. Et je suis persuadé que vous avez des tas de choses à vous dire, vous et lui.

*

Peu après, Szalcman sonnait chez Nadia, rouge de confusion. Il posa sa canne sur le lit et constata les dégâts.

— Aïe, aïe, aïe, quel désastre ! s'écria-t-il en arrachant la mèche plantée dans le mur. Laissez-moi faire !

— Il n'en est pas question, avec votre jambe, protesta Nadia.

— Il faut soigner le mal par le mal, et croyez-moi, j'en ai vu d'autres !

Il sortit et, moins d'un quart d'heure plus tard, revint avec une boîte à outils et un escabeau. Sans ajouter un mot, il retroussa ses manches et se mit au travail. Elle vit alors le numéro tatoué sur son avant-bras droit. Assise sur un carton, elle le regarda fixer la tringle, poser le rideau et vérifier qu'il coulissait bien.

— Je m'occupe de la suite. Dites-moi ce qu'il vous faut, et je m'y mets, s'écria-t-il quand il eut terminé.

— Monsieur Szalcman, voyons ! C'est très gentil, mais vraiment, je vous assure, je vais faire appel à un artisan.

— Un artisan ? Pour qu'il vous arnaque ? Non, non, non, pas question, je m'en charge !

Elle refusa de céder mais il s'entêta tant et si bien qu'ils se retrouvèrent attablés au bistrot voisin, devant les mesures qu'ils avaient prises ensemble, concernant la pose d'une série d'étagères dans la cuisine et l'installation d'une bibliothèque dans le séjour. Nadia était confuse mais Szalcman mettait un tel entrain à préparer son affaire qu'il était inutile de tenter de le faire revenir sur sa décision.

— Marché conclu ? On est mardi, à la fin de la semaine, c'est réglé, décréta-t-il en pliant les papiers avant de les enfouir dans la poche de sa salopette.

— Je vous vole votre temps, je suis horriblement confuse, bredouilla Nadia.

Szalcman posa la main sur la sienne et fronça méchamment les sourcils.

— Bon, alors il ne me reste plus qu'à vous inviter à dîner, proposa-t-elle. Il est hors de question que vous refusiez.

*

Ils retournèrent au restaurant asiatique où ils s'étaient rencontrés la veille au soir, mais, cette fois, prirent soin de s'éloigner de l'estrade où sévissait la chanteuse. Tout en mangeant, Szalcman raconta les nombreux déboires qu'il avait connus avec ses précédents locataires, mauvais payeurs, fauteurs de tapage et autres empoisonneurs ; il pimenta son récit d'anecdotes toutes plus saugrenues les unes que les autres. Puis il se tut.

— Au fait, vous le connaissez, vous, mon voyeur ? demanda Nadia.

— Bagsyk ? Tout le monde le connaît, oui ! Un vieux fou, croyez-moi ! Comme sa sœur ! Avant, ils tenaient un restaurant, tous les deux. Il a pris sa retraite il y a cinq ou six ans. Il y passe des journées entières, à sa fenêtre, à épier les allées et venues des gens du quartier. Ils sont les seuls à habiter encore leur immeuble, bientôt il sera rasé.

— Vous n'avez pas l'air de l'apprécier beaucoup, constata Nadia.

Szalcman eut une grimace dégoûtée et se servit un verre de vin.

— Et dites-moi, monsieur Szalcman, quand votre ami Maurice m'a soignée, tout à l'heure, il a tenu des propos étranges, reprit Nadia, après un long moment de silence.

— Étranges ? Oh, vous savez, Maurice est un type bizarre, il ne faut pas trop l'écouter. Je ne sais pas ce qu'il vous a dit, mais avec lui, il faut toujours faire le tri, heu, entre le vrai et le faux !

Isy s'était penché vers elle et parlait à voix basse, en surveillant discrètement les clients installés aux tables voisines.

— Si, si, je vous assure : il a sous-entendu certaines choses… me concernant, vous concernant… insista Nadia, amusée.

— Ah oui ? Je ne vois pas, reprit Szalcman, en faisant mine de chercher une réponse. Me concernant ? Vous concernant ? Il n'a quand même pas…

— Je pense qu'il voulait faire allusion à mon travail.

— Bon, soupira Szalcman. Autant vous le dire tout de suite : quand vous m'avez appris que vous étiez juge d'instruction, j'ai eu une première réaction de curiosité, oui, d'abord, de curiosité. Puis une autre, ensuite, de…

Il ne parvint pas à achever sa phrase et implora du regard l'aide de la jeune femme.

— De méfiance ? De dégoût ? Pire, peut-être ? suggéra-t-elle.

Szalcman prit le temps de réfléchir et vida son verre de vin avant de répondre. Il la contemplait avec tristesse et son regard, d'ordinaire si prompt à laisser deviner ses sentiments, s'obscurcit tout à coup.

— Non. Ni de méfiance, ni de dégoût. Disons que ça m'a rappelé de mauvais souvenirs. Vous comprenez ?

— Je pense, oui ! « De mon temps, les juges, c'étaient des hommes »… dit-elle, répétant les paroles qu'il avait lui-même prononcées lors de leur précédente rencontre.

Szalcman pâlit et baissa les yeux. Elle s'en voulut aussitôt de jouer ainsi au chat et à la souris, mais évacua bien vite son sentiment de culpabilité, en invoquant rétrospectivement l'attitude de Rosenfeld, qui avait insinué que le passé de son ami méritait d'être dévoilé, et, par ses indiscrétions calculées, suggéré qu'il le fût.

— Après tout, pourquoi ne pas en parler ? J'ai tiré six ans à la Santé. De 54 à 60, avoua Szalcman.

— Excusez-moi ! dit Nadia.

— Oh, vous n'avez pas à vous excuser. C'est du passé.

— Six ans, pourquoi ?

— J'avais besoin d'argent et je suis allé le prendre là où il était. Évidemment, vous, vous ne pouvez pas comprendre ces choses-là.

Il eut un geste de la main, impérieux et définitif, pour signifier qu'il ne tenait pas à s'épancher davantage.

— Je ne peux pas comprendre « ces choses-là » ? Ah oui ? Je passe pourtant ma vie à essayer ! répliqua Nadia, piquée au vif.

*

À la suite de l'échange aigre-doux de la fin du repas, Szalcman s'était muré dans un silence boudeur. Il avait raccompagné sa locataire jusqu'à la rue de Tourtille, décidé à terminer la soirée sur quelques politesses de circonstance, mais, alors qu'il lui serrait la main pour lui dire bonsoir, s'était brusquement récrié.

— C'est trop bête de se séparer comme ça. Allez, je vous offre le coup de l'étrier chez moi, c'est à deux minutes !

Soulagée de le voir sortir de son mutisme, elle avait accepté de le suivre. Elle découvrit son repaire, un peu plus haut dans la rue de Belleville. Szalcman vivait dans un appartement assez vaste, sobrement meublé mais encombré de jouets, d'instruments de musique mécaniques et surtout d'automates de toutes tailles. Au jugé, Nadia en évalua le nombre à plus d'une cinquantaine.

De vieux abat-jour qui n'avaient pas connu le plumeau depuis belle lurette diffusaient une lumière jaunâtre, quasi fantomatique, sur ce théâtre qui ne demandait qu'à s'animer. Nadia examina les personnages inertes, vêtus de costumes chamarrés, réalisant peu à peu leur valeur. Szalcman alluma un cigare et la laissa faire le tour de son petit musée. Elle s'était arrêtée devant un couple de bergers. Isy remonta le mécanisme. Une musique aigrelette, aux accords dissonants, accompagna la danse des personnages, qui se bécotaient en tournant sur eux-mêmes. Puis elle passa à un clochard, qui sortait un litron de vin de son chapeau et buvait au goulot, s'attarda devant un chasseur qui épaulait maladroitement son fusil tandis que son chien lui mordillait le mollet, s'émerveilla devant un Pierrot qui écrivait une lettre à sa Colombine...

— C'est fantastique, monsieur Szalcman, dit-elle, avec une grande sincérité. Je n'y connais rien, mais je suis persuadée que c'est une collection unique. D'où les tenez-vous ?

— Hé, hé, c'est moi qui les ai fabriqués ! déclara-t-il, en tétant son cigare.

— Vous ? ! Mais...

— Dites tout de suite que vous ne m'en croyez pas capable.

— Monsieur Szalcman, vraiment, jamais...

— Mais oui, c'était mon métier, poursuivit-il, je les vendais aux magasins, pour orner les vitrines, à Noël, ou à certains amateurs particuliers, mais maintenant, c'est passé de mode. Aujourd'hui, c'est tout électronique. Alors ceux-là sont restés ici. Tenez, regardez-le, le petit juge !

Il montrait un gnome bossu, au visage bouffi, en robe et toque de magistrat.

— Allez-y, faites-le marcher, ordonna-t-il.

— Je crains le pire, monsieur Szalcman ! déclara sentencieusement Nadia en tournant la manivelle.

Le juge s'agita, leva les bras au ciel, puis pointa soudain le pouce vers le sol, très méchamment, à plusieurs reprises. Nadia éclata de rire.

— Je vous l'offre, décréta Isy. C'est comme s'il avait été fabriqué pour vous.

— Il n'en est pas question.

— Allons donc, il sera mieux chez vous qu'à rouiller ici.

D'autorité, il le lui colla dans les mains. Elle resta un instant ainsi, interdite.

— Vous l'emporterez tout à l'heure, je vous l'envelopperai, dit Szalcman en reprenant le jouet.

— Et celui-ci, il fonctionne ? demanda Nadia en se tournant vers un ecclésiastique qui confessait une pécheresse agenouillée devant lui.

— Ah non, il est cassé ! s'écria Isy, épouvanté.

— Cassé ? Qu'est-ce que vous me racontez encore, monsieur Szalcman ?

— C'était une commande, d'un… d'un évêque ! Hélas, il est décédé avant d'avoir pu en prendre livraison, si bien que je l'ai gardé. C'est une curiosité sans intérêt.

Nadia avait découvert une clé dissimulée dans la robe du prélat et la tourna furieusement. Les personnages s'animèrent avec des gestes saccadés. L'ecclésiastique ouvrit sa robe ; un sexe dressé jaillit sous le nez de la pécheresse, qui inclina la tête en clignant des yeux pour s'en saisir et le porter à sa bouche.

— Monsieur Szalcman… murmura Nadia, faussement offusquée. Puis-je savoir dans quelles circonstances est décédé le commanditaire ?

— Eh bien, au bordel ! expliqua Isy en rougissant jusqu'aux oreilles.

*

Il lui tendit un petit verre de vodka au poivre et leva le sien pour trinquer. Ils avaient fait le tour des automates, puis s'étaient attablés l'un en face de l'autre, fatigués, sans pouvoir se résoudre à conclure la soirée par un simple au revoir.

— Lechaïm, Nadia ! Attention, c'est fort !

— À votre santé, monsieur Szalcman.

— Voilà, vous savez tout de moi, dit-il en reposant son verre, vide.

— Vous sautez les étapes. Puisqu'on en est aux confidences, pourquoi…

— Pourquoi vivez-vous seule ? reprit-il brusquement.

— Je n'ai pas toujours vécu seule. C'est un peu pour ça que je suis venue à Paris. Pour rompre les ponts avec le passé. Et vous, où avez-vous appris à fabriquer les automates ?

— Quand j'étais jeune.

— En prison ?

— Non, pas en prison, avant, bien avant, Nadia. Mais en prison, j'ai eu tout le temps de me perfectionner.

— La prison, monsieur Szalcman ? demanda-t-elle, maintenant persuadée que le malaise qui s'était installé entre eux à la fin du repas s'était totalement dissipé.

— C'est très simple, dit-il. Vous voyez cette boîte de cigares ? Imaginez que c'est un bureau de poste, avenue Daumesnil, dans le XIIe arrondissement. Vous connaissez ?

— Je ne connais pas, mais j'imagine.

— Bien, ce cendrier, disons que c'est un camion, le camion d'un teinturier : tous les vendredis soir, il vient charger les vêtements pour les porter à l'usine où on les nettoie. Le camion se gare exactement au coin de la rue Taine, comme ceci. Et moi, moi…

Szalcman rectifia la position de la boîte de cigares, du cendrier, se retourna, saisit sur une étagère un soldat de plomb, un poilu de la guerre de 14-18 en pantalon garance, et le plaça entre la boîte de cigares et le cendrier.

– Voilà, dit-il, c'est le 15 mars 1954, il est sept heures du soir, Isy Szalcman a repéré le manège des employés du bureau de poste de l'avenue de Reuilly, il sait que le teinturier vient prendre son chargement à l'heure où le receveur sort avec la recette de la semaine, et se gare toujours en travers de la rue ! Ainsi, il barre le passage.

Ses doigts agiles déplaçaient le soldat sur la table, lui faisant faire des allées et venues. Il en prit un second et le plaça devant la boîte de cigares.

– J'avais tout vérifié, calculé. Alors, quand l'employé de la poste sort avec la recette, je l'assomme, je prends le sac ! dit-il, en précipitant les deux figurines l'une contre l'autre. Et je commence à courir pour descendre l'avenue. Seulement voilà, ce lundi-là, le teinturier n'avait rien à charger et il est parti plus tôt. Si bien que la rue n'est pas barrée. Un car de flics qui ne devait pas être présent mais qui l'est malgré tout débarque au coin de l'avenue, et ne rencontre aucun obstacle !

– Pas de chance, dit Nadia en saisissant la bouteille de vodka.

Elle s'en servit une nouvelle rasade et réalisa que la tête commençait à lui tourner.

– Comme vous dites ! J'avais garé mon vélo, avec une remorque, un peu plus loin. J'ai tout juste eu le temps de sauter dessus et de commencer à pédaler. Ils me sont tombés dessus à plus d'une dizaine ! J'en ai quand même sonné trois. Au trou, Szalcman !

— Six ans ? La Cour n'y a pas été de main morte.

— À l'époque, ça ne rigolait pas ! Et puis j'avais des antécédents. Le procès, je m'en souviens comme si c'était hier. Le juge, ses assesseurs, et moi, dans le box des accusés, je n'en menais pas large, vous pouvez me croire. Une heure, ça a duré une heure, montre en main. J'avais déjà fait cinq mois de préventive et ils m'en ont collé pour six ans ! C'était le 12 juillet. À partir de là, j'ai compté les jours.

Il rangea les soldats, la boîte de cigares, et épousseta les cendres qui étaient tombées durant la « reconstitution ». Nadia aurait désiré en savoir plus sur les fameux antécédents, mais préféra s'abstenir.

— Et c'est en prison que vous vous êtes perfectionné, pour les automates ? demanda-t-elle alors qu'il remplissait les verres, une fois de plus.

— Oui, un coup de chance ! Le directeur de la Santé en avait un dans son bureau. Un gendarme qui coursait un voleur, vous voyez le genre ? Il était en panne. Un jour, il y a eu une bagarre dans ma cellule, alors j'ai été convoqué. Ça sentait le roussi pour moi et pour l'amadouer, je lui ai parlé de son automate... que j'ai réparé ! Après, les matons m'ont foutu la paix, j'ai même réussi à obtenir des outils et un peu de matériel pour en fabriquer d'autres. Et puis le temps a passé. Six ans... c'est quand même long, vous savez.

Nadia réprima un bâillement et rougit aussitôt.

— Je vous avais prévenue, je vous ennuie avec mes histoires, gloussa Szalcman.

— Pas du tout, mais il est déjà très tard et j'ai eu une journée éprouvante.

Malgré ses protestations, il la raccompagna chez elle après lui avoir remis le petit juge soigneusement empaqueté dans un morceau de tissu. En chemin, il la questionna sur son travail ; elle lui fit un récit de la reconstitution de l'après-midi, sans omettre aucun détail.

– Drôle de métier ! bougonna-t-il. On ne m'ôtera pas de l'idée que ce n'est pas un travail de femme.

De retour chez elle, Nadia n'alluma pas la lumière mais se posta derrière le rideau. À la fenêtre en vis-à-vis, elle aperçut le visage de Bagsyk, toujours aussi imperturbable. Il lui rappela les automates de Szalcman, immobiles et figés dans leurs mécanismes engourdis. Elle balaya du regard les autres fenêtres de l'immeuble, presque toutes obturées par des parpaings. Soudain, la lumière s'alluma chez Bagsyk. Nadia distingua un intérieur vieillot et très fouillis. Des piles de journaux montaient presque jusqu'à hauteur d'homme et serpentaient le long des murs. Un second visage apparut à côté de celui de Bagsyk. Celui d'une femme, emmitouflée dans une robe de chambre à fleurs, assise dans un fauteuil roulant ; elle semblait très âgée et ses cheveux ébouriffés, tout blancs, n'avaient certainement pas connu le peigne depuis bien longtemps. Nadia se souvint qu'Isy avait parlé d'une sœur… Elle invectivait son frère en agitant les bras, en proie à une colère incompréhensible. Nadia eut l'impression de voir un de ces films muets, où les acteurs compensaient l'absence de dialogue par un jeu exacerbé. La sœur montrait la fenêtre de Nadia, et son visage se tordait sous l'effet de la colère. Bagsyk tapa du poing sur la table, enfila un manteau de cuir, coiffa une casquette et disparut. Quelques secondes plus tard, Nadia le vit franchir le porche de l'immeuble et remonter la rue de Belleville. Sa sœur resta quelques minutes plantée devant sa fenêtre, à guetter. Puis elle renonça, éteignit la lumière et disparut.

– Pauvres vieux, soupira Nadia, avant de se coucher.

16

Comme prévu, le mercredi matin, Sandoval réunit ses inspecteurs. Il leur montra la presse. Quelques entrefilets mentionnaient la découverte du cadavre de Martha Kotczinska.

— Ils n'ont pas fait le lien avec la rue Sainte-Marthe, mais ça ne saurait tarder. Toutes les conditions sont réunies pour que les journalistes s'excitent, leur dit-il. Des meurtres de femmes, le rituel de la main coupée, vraiment, on ne voit pas pourquoi ils se priveraient. Ce qui signifie que nous nous mobilisons exclusivement sur cette affaire… Pour le moment, le suspect officiel est le dénommé Djeddour. Nous allons donc tenter d'étayer cette thèse de la façon la plus convaincante qui soit. Vous me suivez ?

Un murmure parcourut la salle, mi-approbateur, mi-dubitatif. Sandoval dressa un rapide bilan des éléments dont il disposait et conclut son exposé en proposant un planning de travail des plus routiniers, sans chercher à dissimuler son inquiétude.

Rovère n'arriva qu'à la fin de la réunion, livide et hagard comme à son habitude. Les présents le dévisagèrent, gênés. Sandoval lui adressa un regard lourd de reproches et l'entraîna à l'écart.

— Je n'aime pas ça, on croirait que vous vous foutez de tout ! lui dit-il. Je comprends votre situation, mais je ne peux pas admettre que vous n'en fassiez qu'à votre tête.

— J'ai entendu la conclusion de votre petit discours, excusez-moi, mais je crois que vous vous fourrez le doigt dans l'œil, répliqua Rovère, sans aucune agressivité.

Choukroun, qui passait près d'eux, détourna la tête et s'éloigna précipitamment, confus d'avoir assisté à l'échange, bien malgré lui. Sandoval blêmit, attira Rovère dans son bureau et ferma la porte.

— Vous vous prenez pour qui ? s'écria-t-il en maîtrisant sa colère. Il est temps qu'on se parle franchement ! Vous croyez que je vais vous laisser semer la zizanie dans le service ? Vous êtes sur une mauvaise pente, Rovère. Jusqu'à présent j'ai fermé les yeux, mais la situation ne peut pas s'éterniser.

Il s'ensuivit un long moment de silence. Sandoval, certes soucieux de préserver son autorité, ne tenait pas pour autant à rompre les ponts. Il mit en marche la cafetière automatique et regarda fixement le liquide tomber goutte à goutte. Il tendit bientôt un gobelet fumant à Rovère.

— Je vous écoute, murmura-t-il. Vous avez l'intention d'arrêter de picoler ? Vous voulez vous mettre en congé ?

— On aura l'air fin si le fameux Djeddour est mort depuis un mois, ou si le juge d'instruction ne vous suit pas, rétorqua Rovère, impassible.

— Le juge ? Pas de nouvelles du Palais, pour l'instant. Il est encore tôt. Mais Djeddour a un casier. En 86, il a commis une agression sur une petite vieille ! Six mois fermes ! Qu'est-ce que vous demandez de mieux ?

— Je sais, votre type a le bon profil, admit l'inspecteur. Mais à votre place, je me méfierais.

Les doigts de Sandoval se crispèrent sur le gobelet de plastique ; il fit pivoter son fauteuil à plusieurs reprises, d'une saccade du pied, revenant à chaque fois à sa position initiale.

— D'accord, dit-il, je vous laisse Dimeglio. Mais Dansel va pister Djeddour.

— Je vous remercie, monsieur Sandoval, conclut Rovère en se levant.

17

Nadia Lintz arriva à son cabinet à onze heures. Son œil ne la faisait plus souffrir ; elle s'était maquillée et le fard masquait la discrète rougeur qui colorait encore sa paupière. Elle portait un paquet, qu'elle déposa sur son bureau et s'empara des formulaires que Mlle Bouthier lui présenta.

— À seize heures, vous avez le taxi, vous savez, le témoin pour la prostituée du périphérique, expliqua la greffière. Et à dix-sept heures, la fille qui faisait le tapin porte de Vanves en compagnie de la victime.

— Et le beau-frère de Gardel ? On a reçu l'expertise de crédibilité ?

Mlle Bouthier la lui remit. Nadia parcourut les quelques feuillets, en diagonale, sans y prêter attention.

— À première vue, c'était une famille de cinglés, vous ne pensez pas ? demanda-t-elle.

Mlle Bouthier éluda la question d'une moue évasive.

— Je le reçois demain. On verra bien. Regardez, dit Nadia. Elle déballa son colis avec précaution… Qu'est-ce que vous en pensez ?

— Magnifique ! Il fonctionne ? s'écria Mlle Bouthier, en découvrant l'automate de Szalcman. Il faut en prendre soin, regardez dans quel état il est.

D'une main experte, elle épousseta la robe couverte de poussière, lissa les plis froissés. Nadia actionna la manivelle et l'automate se mit aussitôt à frétiller. Il s'agita, mimant la colère, puis acheva sa danse échevelée, en pointant le pouce vers le sol, à l'instar des empereurs romains.

— Formidable, non ? s'écria Nadia, dans un grand éclat de rire. C'est un cadeau. Je vais l'installer ici.

Elle déplaça quelques dossiers volumineux que Mlle Bouthier avait classés dans l'attente de leur renvoi à la chambre d'accusation et déposa l'automate sur son bureau, très satisfaite de l'effet produit.

– J'ai un service à vous demander, mademoiselle Bouthier, un service personnel, reprit-elle, après un instant d'hésitation.

La greffière se trémoussa sur son siège, émoustillée par la promesse d'une confidence. Depuis l'arrivée de Nadia au Palais, elle était parvenue à saisir quelques bribes de conversation ayant trait à sa vie privée, et ne désespérait pas d'en apprendre davantage.

– Je voudrais que vous alliez aux archives, dit Nadia. Dès que vous aurez un moment. Si vous pouviez récupérer les minutes d'un procès.

Elle s'interrompit, le temps de griffonner quelques mots sur un post-it.

– Szalcman, le 12 juillet 54 ? Eh bien, ça ne nous rajeunit pas, marmonna Mlle Bouthier, déçue, en rangeant le feuillet dans un classeur.

Elle reprit sa place face à sa machine à écrire, plongea la main dans un sachet décoré d'une toque de pâtissier, en tira un caramel qu'elle avala prestement et glissa un formulaire dans la fente de l'Olympia.

– Veillot, vous le maintenez en détention ? demanda-t-elle. Il faut prolonger le mandat, on arrive au terme de la mesure. Dans le dossier, c'est la cote 78 !

Veillot était commerçant ; il était incarcéré pour vol avec violence. Son avocat veillait au grain et l'on pouvait compter sur lui pour se précipiter dans la moindre faille de procédure.

– Merde, je l'avais oublié, celui-là ! lança Nadia en se frappant le front d'un geste théâtral. Il est à Fleury-Mérogis, n'est-ce pas ? Vous êtes sûre, pour la date ?

Mlle Bouthier piqua un fard, à demi vexée que l'on mette sa vigilance en doute. Nadia ouvrit le placard où elle rangeait les dossiers des affaires en cours, retrouva celui de Veillot, constata que sa greffière n'avait pas commis d'erreur. Si l'on n'y prenait garde, il serait libérable sous quinzaine ; la mesure arrivait à échéance. Confuse, elle appela le Parquet pour qu'un substitut vienne requérir son maintien en détention.

— Vous les convoquez d'urgence, lui et son avocat, ordonna-t-elle. Avant mardi prochain, sinon c'est cuit.

18

Martin Morençon ressemblait à un maquignon endimanché en rupture de bistrot campagnard, plus qu'à un directeur de galerie d'art. Son costume de tergal, affreusement démodé, trop grand pour lui, bâillait aux aisselles et pochait aux genoux ; la teinte d'un bleu passé jurait avec la cravate de soie pourpre qu'il triturait de ses doigts jaunis par le tabac. Rovère remarqua même une tache graisseuse sur le plastron de sa chemise. Le visage couvert de sueur, rougeaud, perpétuellement essoufflé, Morençon s'éventait à l'aide d'un catalogue, bougon et méfiant. Une rampe de spots éclairait d'une lumière crue les toiles exposées. Rovère transpirait.

— La climatisation est foutue, on étouffe ici, soupira Morençon, Ah, Martha, cette pauvre Martha ! Je la savais sur une mauvaise pente, mais croyez-moi, si j'avais pu soupçonner qu'elle en était à se piquer, j'aurais fait quelque chose. Tenez, ça, c'est sa dernière livraison.

Il dégagea un tableau à demi dissimulé par un panneau de bois, tout au fond de la salle, une cave aux voûtes très basses où deux visiteurs déambulaient parmi les objets exposés, avec des hochements de tête entendus, accompagnés d'un chuchotis presque imperceptible.

L'inspecteur examina la toile que Morençon lui montrait. Un couple de créatures à la morphologie évoquant celle de batraciens, mais à demi couvertes de plumes, et occupées à batifoler sur un tas d'ordures qu'elles lacéraient de leurs pattes griffues. À son air consterné, Morençon ne put retenir un mauvais ricanement.

— Et le titre, vous avez vu le titre ?

Rovère se pencha sur une petite plaque de cuivre gravé.

— « Chtoniens » ?

Oui, les divinités infernales, vous voyez le style ? Elle était frappée, la pauvre Martha ! Complètement hors du coup. Invendable, cette croûte, totalement invendable. Je l'ai prise pour lui faire plaisir, juste pour lui faire plaisir. On peut aller au bistrot d'à côté, si vous voulez, on sera plus à l'aise pour discuter, proposa Morençon.

Rovère accepta l'offre. La galerie était située rue de Seine, tout près des quais. Morençon prévint ses clients qu'il devait fermer et monta derrière eux le petit escalier de pierre qui menait au rez-de-chaussée. Rovère avait trouvé les coordonnées de la galerie en interrogeant la banque de Martha à propos du dernier chèque encaissé.

Ils prirent place sur une banquette, tout au fond d'un bar à vins voisin.

— Je la connaissais depuis son arrivée en France, expliqua Morençon après avoir trempé les lèvres dans un ballon de brouilly. Elle était venue me voir avec une toile qu'elle avait peinte là-bas, en Pologne. Elle n'avait pas d'autre bagage. À l'époque, sa production était assez intéressante. Je l'ai prise sous contrat et on a travaillé ensemble pendant plus de cinq ans… elle a fait une demande d'asile politique, elle a obtenu la nationalité française, bref, ça allait bien !

— Elle est arrivée quand, dites-vous ?

— En 79. À ce moment-là, une artiste de l'Est, on en avait très peu, c'était à la mode. Il y avait un public. Elle me donnait des toiles assez torturées mais moins déconnantes que son histoire de Chtoniens, ça, croyez-moi, c'est de la merde !

— Pendant cinq ans, vous l'avez vue régulièrement ? poursuivit Rovère, en prenant des notes.

— Oui, après, on s'est engueulés. Sa peinture se vendait, certes, mais il n'y avait pas de quoi fouetter un chat. Et elle, elle voulait du fric, toujours plus… elle est allée voir ailleurs ! Je ne l'ai pas revue jusqu'en 87. Là, ça allait mal. Elle n'avait pas le sou, elle était à la rue. Elle couchait à droite à gauche. C'est moi qui lui ai trouvé l'atelier de la rue Clauzel, c'est à un ami qui vit à Barcelone, un gros industriel. Il veut jouer au mécène. Autant ne pas le décevoir, n'est-ce pas ?

— Vous alliez la voir, dans son atelier ?

— Eh oui, il fallait bien, confirma Morençon. Je ne tenais pas à ce qu'elle débarque à la galerie. Quand une toile me paraissait potable, je prenais.

Il vida son ballon, appela le serveur et renouvela la commande. Rovère but à son tour le verre de vin qu'il n'avait pas encore touché.

— Vous lui connaissiez un… un ami, enfin, je veux dire quelqu'un qui…

— Je vous l'ai dit, elle couchait à droite à gauche, répondit Morençon en baissant la voix. Pour tout vous dire, moi-même, un soir, on revenait du restaurant…

— Je sais qu'elle s'est rendue en Pologne, tout récemment, à Varsovie, pour être exact, vous étiez au courant ? reprit Rovère, satisfait de la franchise de son interlocuteur.

— Non ! Elle avait sa famille, là-bas. Je n'en sais pas plus.

— Je vois. Dites-moi, la toile qui est chez elle, et qui représente une femme, nue, allongée dans l'alcôve, avec une voilette sur le visage…

— Aïcha ? ! Elle était en train d'y travailler la dernière fois que je lui ai rendu visite, rue Clauzel, s'écria Morençon. C'était mieux que le reste, mais malgré tout pas très convaincant. Pauvre Martha !

Il secouait la tête, absent, et faisait tournoyer le peu de vin qui restait au fond de son verre.

— Attendez, la fille, Aïcha, le modèle, vous l'avez vue ? insista Rovère, soudain troublé.

— Je viens de vous le dire ! Quand je suis arrivé chez Martha, elle était en train de poser. Une belle fille, d'ailleurs, une belle fille. Vous en reprenez un autre ?

Il levait déjà le bras en direction du comptoir.

— Monsieur Morençon, c'est important, dit Rovère en lui secouant l'épaule. Cette fille, que vous appelez Aïcha, vous avez vu son visage ?

— Oui, à un moment, elle s'est levée pour boire un verre d'eau. Elle a ôté sa voilette et m'a regardé d'un drôle d'air. Un peu putain, si vous voyez ce que je veux dire !

— Et vous êtes resté longtemps chez Martha, ce jour-là ? C'était quand ?

— Vers la mi-juillet, je crois, dit Morençon, d'un ton évasif. Si je suis resté longtemps ? Oui, j'ai même passé quelques coups de fil, de chez elle.

— Après la séance de pose, Aïcha s'est habillée ? Essayez de vous souvenir.

— Oui, à la fin, elle en avait ras le bol. Et Martha me montrait d'autres toiles, si bien qu'elle ne faisait plus trop attention à elle.

— Ses vêtements, essayez de me décrire ses vêtements.

Morençon ferma les yeux un long moment.

— Elle est allée dans la salle de bains et en revenant, elle… portait une robe, très serrée !

— Serrée ?

— Oui, vous savez, un de ces trucs qui brillent. Nom de dieu, avec ça sur les fesses, elle aurait allumé n'importe qui !

— Une robe comme celle-ci ? insista Rovère en lui montrant le catalogue que Dimeglio avait rapporté de ses pérégrinations.

Morençon confirma.

19

En revenant à la Brigade, Dansel heurta Sandoval au détour d'un couloir. Il tenait une photographie protégée par un cache de plastique et la montra au commissaire.

— J'arrive de Fresnes, c'est là que Djeddour a purgé sa condamnation en 86. Voilà sa bobine, expliqua-t-il alors que Sandoval s'emparait du document.

L'agrandissement, tiré de l'original du dossier pénitentiaire, était de mauvaise qualité. Djeddour fixait l'objectif, un peu ahuri. Son visage ovale, barré d'une fine moustache, n'exprimait rien d'autre que l'incompréhension.

— Bon, on va lancer un mandat de recherche, décida Sandoval.

— Ça veut dire qu'on garde l'affaire ? demanda Dansel.

— Oui, le Parquet a appelé tout à l'heure. Si on en était resté à la rue Sainte-Marthe, ils auraient attendu un peu, mais là… le secrétariat de l'instruction a déjà désigné un juge. Je viens de recevoir la commission rogatoire. Lintz, Nadia Lintz, vous connaissez ? J'espère que ce n'est pas une chieuse.

Dansel s'éloignait déjà. Sandoval resta planté dans le couloir, sa photographie à la main, scandalisé par tant d'indifférence.

– À Fresnes, ils m'ont donné les coordonnées d'un cousin de Djeddour, alors je vais le voir… je serai vite revenu, c'est à Barbès, expliqua patiemment l'inspecteur, avant de disparaître.

Moins de dix minutes plus tard, Rovère arrivait, accompagné de Morençon. Il appela les spécialistes de l'Identité judiciaire et leur confia le directeur de la galerie, afin qu'ils établissent un portrait-robot d'Aïcha.

Dans une pièce voisine, Choukroun prenait la déposition de Noémie Mathurin, tandis que le pépère qui habitait à l'étage au-dessous de chez Martha patientait en attendant son tour. Seul dans son bureau, Rovère composa un numéro de téléphone. Dépassé par les événements, Sandoval errait de place en place, tantôt à surveiller la préparation du portrait-robot, tantôt à jeter un œil sur le PV que tapait Choukroun. Quand il revint près du bureau de Rovère, il perçut les bribes d'une conversation violente, hésita à écouter, mais ne put résister à la tentation.

– Mais enfin, docteur, vous pouvez comprendre ça, bon dieu ! s'écria Rovère en s'efforçant de maîtriser sa colère. Trois mois, ça fait trois mois que je ne l'ai pas vu !

Il y eut un moment de silence, ponctué par les soupirs agacés de l'inspecteur. Sandoval, figé dans le couloir, fit semblant de feuilleter un paquet de circulaires.

– Écoutez, vous pourrez rester avec moi dans la chambre, reprit Rovère, d'une voix plus pondérée. Je veux le voir, simplement le voir. Vous n'avez pas le droit de me l'interdire !

Rovère écouta la réponse. Sandoval entendit le téléphone valser sur le sol. Quand il pénétra dans le bureau, affectant une mine soucieuse, ses circulaires à la main, il vit Rovère saisir sa flasque d'alcool et en avaler une large rasade. L'inspecteur revissa le bouchon de la flasque, la rangea dans son blouson et se passa la main sur le visage. Sandoval fit semblant de ne pas remarquer que ses yeux étaient rougis de larmes. Ils restèrent face à face, un long moment, chacun hésitant à rompre le silence.

— Vous écoutez aux portes, maintenant ? ricana amèrement Rovère.

Sandoval ouvrit la bouche pour répondre mais Dimeglio pénétra dans le bureau et s'assit lourdement, hors d'haleine.

— Une panne de métro, expliqua-t-il. J'ai cavalé pour revenir. Les résultats de la chromato sont arrivés, pour le corps de la rue Sainte-Marthe. Pas de trace de toxiques. En pleine santé, la fille !

Sandoval le mit rapidement au courant des derniers événements.

— Je savais bien que ça collait pas, l'histoire des squatters, murmura Dimeglio. Les deux filles se connaissaient, et il faut chercher du côté de la seconde, puisqu'on a son identité.

— C'est aussi mon avis, approuva Rovère.

— Ah ! au fait, vous avez le bonjour d'Istvan, reprit Dimeglio, soudain hilare.

— *Aqua fresca, vino puro, fica stretta...* déclama Rovère.

— Et la suite ! s'esclaffa Dimeglio l'avant-bras plié, poing serré, dans un geste obscène. N'empêche, j'en ai ras le bol de la place Mazas, la prochaine fois, on envoie Choukroun, il faut le former, ce petit !

— D'accord ! admit Rovère, mais au début tu iras avec lui, pour ménager la transition !

— *Aqua fresca ? Vino puro ?* Qu'est-ce que ça signifie ? demanda Sandoval, soudain soucieux de partager leur complicité.

— *Private joke !* objecta Rovère, en se levant. Allons voir où en est le portrait-robot.

*

Morençon contemplait stupidement les rhodoïds qui défilaient sous ses yeux et figuraient toutes les formes possibles de nez, sans parvenir à se décider.

Rovère étudia le visage qui peu à peu se dessinait. Le cou, très fin, allongé, les oreilles bien découpées, le menton pointu, la chevelure bouclée, abondante, d'un brun très prononcé, avec quelques reflets roux.

— Celui-là, dit enfin Morençon en pointant le doigt sur un profil de nez camus.

— Parfait, les yeux, à présent, dit l'inspecteur chargé de l'aider à reconstituer le visage d'Aïcha ; il décolla le rhodoïd et le scotcha sur l'ébauche. Verts, marron, gris, en amande, ronds, saillants, petits ?

— Très grands, d'un bleu très pur, corrigea Morençon.

— Vous hésitiez pour le nez mais vous êtes catégorique en ce qui concerne les yeux ! tiqua Sandoval.

— Chez une femme, certains s'intéressent aux seins, mais moi, ce sont les yeux qui me fascinent, rétorqua Morençon, très mécontent. Vous avez vu ceux de Martha ? Elle avait un regard très étrange… impénétrable.

Quelques minutes plus tard, le portrait-robot était complet. Rovère fit reconduire le directeur de la galerie.

— Vous avez vérifié son alibi, à ce type ? demanda Sandoval. Il ne me plaît pas !

— Rien à craindre, il est rentré ce matin de l'étranger. Il était à New York depuis une semaine. Il ne reste plus qu'à publier ça, conclut Rovère en montrant le portrait.

— Les journaux ? Vous croyez ? Le juge d'instruction décidera, tempéra le commissaire, peu enclin à utiliser la presse.

— On ne dirait pas une Arabe. Aïcha, ça sonne curieux, avec un visage comme celui-là, nota Dimeglio.

Sandoval en convint à contrecœur.

— Aïcha, Djeddour, ça faisait exotique, mais là, ça a l'air de se compliquer ! Et Kotczinska, c'est pas franchement maghrébin comme patronyme, hein ? renchérit Rovère, décidé à remuer le couteau dans la plaie.

Sandoval haussa les épaules. Rovère fit quelques photocopies du portrait-robot et appela Choukroun.

— Tu files rue Sainte-Marthe, chez la Duvalier, lui dit-il, et tu lui montres ça.

Choukroun démarra au quart de tour. Rovère le retint alors qu'il enfilait son Chevignon.

— Attends ! Tu fais la même chose avec Vernier et ses copains, précisa-t-il.

Choukroun acquiesça et cette fois disparut pour de bon.

— On va déjeuner ? proposa Dimeglio.

— Mais, et la suite ? s'étonna Sandoval.

— J'ai désigné deux gars pour éplucher les finances de Martha, ils sont à l'agence de la BNP où elle avait son compte, ne vous inquiétez pas, répondit Rovère.

20

Au milieu de l'après-midi, un garde pénétra dans le cabinet de Nadia Lintz, le képi à la main. Il annonça l'arrivée du chauffeur de taxi, témoin dans l'affaire de la prostituée du périphérique. Nadia lui demanda de patienter quelques minutes, le temps de relire la déposition, puis le fit entrer. Ils eurent une brève conversation au cours de laquelle elle le pria de préciser quelques points de détail concernant la découverte du corps. Le taxi était très excité et se montra intarissable. En moins d'un quart d'heure, il parvint à évoquer ses problèmes financiers, les déboires de la profession, et consentit enfin à répondre aux questions qu'on lui posait. Nadia dicta un bref compte rendu de l'entretien à sa greffière et lui proposa de le signer. Le témoin examina le procès-verbal, interloqué.

— Qu'est-ce qui vous étonne ? s'énerva Nadia. Il n'y a rien contre vous, là-dedans.

— Je… je suis astigmate, et je n'ai pas mes lunettes !

— Et vous conduisez la nuit ? Bravo ! Je vais donc vous le lire. *Le 22 septembre, devant nous, Nadia Lintz, juge d'instruction au tribunal de grande instance de Paris, assistée de Mlle Bouthier, greffier assermenté, étant en notre cabinet au Palais de justice…*

Le taxi écoutait d'une oreille attentive, le front plissé dans un effort de concentration auquel il n'était pas habitué.

— *Je ne suis ni parent ni allié des parties, ni à leur service*, poursuivit Nadia. Ce qui signifie que cette fille, vous ne l'aviez jamais vue et que vous ne connaissez pas ses parents ! Ça vous va ?

Elle continua sa lecture, de plus en plus excédée.

— *J'arrive sur les lieux vers trois heures un quart.*

— Voilà, c'est ça qui me gêne ! Je n'ai le droit de travailler que jusqu'à deux heures, bredouilla le taxi, honteux. Vous comprenez, si les boers ont votre papier entre les mains, moi, j'écope d'une amende !

— Vous m'emmerdez ! s'écria Nadia. Je m'en fous de l'amende. Vous avez dit trois heures un quart, et cela correspond à la déposition de la… de la collègue de la victime et des policiers qui sont arrivés sur les lieux moins de cinq minutes plus tard. *Lecture faite, persiste et signe avec nous et le greffier !* Allez, pas de discussion, vous signez.

Épouvanté, le taxi saisit le stylo que la greffière lui tendait, parapha les feuillets et sortit du cabinet à reculons.

— Faites entrer la fille, dit Nadia en se tournant vers Mlle Bouthier.

La sonnerie du téléphone retentit alors. Elle décrocha. Rovère était au bout du fil et demandait à la rencontrer d'urgence. Il se présenta et lui parla aussitôt du dossier.

— Ah oui, la rue Sainte-Marthe, les femmes aux mains coupées, n'est-ce pas ? C'est tout nouveau pour moi. Venez tout de suite. Je suis en audition, mais ça ne sera pas long, proposa-t-elle.

La prostituée qui tapinait en compagnie de Delphine pénétra dans le cabinet et prit place dans un fauteuil, avant qu'on ne l'y autorise. C'était une brune d'une vingtaine d'années, délurée et d'abord jovial. Boulotte, maquillée en dépit du bon sens, elle alluma une cigarette et croisa les jambes après avoir tiré sur sa jupe de cuir, très étroite, qui lui moulait étroitement les fesses.

— Ne vous gênez pas, je vous en prie. Vous êtes en tenue de travail, là ? demanda Nadia.

Elle s'en voulut aussitôt d'avoir laissé transparaître son agressivité, voire son mépris.

— Et moi qui étais contente d'avoir affaire à une femme, soupira la fille, en écrasant sa cigarette sur la semelle d'un de ses hauts talons.

Elle resta un moment indécise, le mégot à la main. Mlle Bouthier lui proposa un cendrier.

À l'issue d'une demi-heure d'entretien, Nadia n'en savait pas plus que ce qu'elle avait appris à la lecture des rapports de la Brigade criminelle.

— Vous savez, madame le Juge, conclut la fille, Delphine, ça m'étonne pas qu'elle se soit fait poisser, elle montait avec n'importe qui. Les michetons, faut les jauger au premier coup d'œil, sinon, on court droit aux emmerdes !

— C'est ça, faut les jauger au premier coup d'œil, répéta Nadia, songeuse, alors que la fille sortait du cabinet.

Rovère patientait dans le couloir. Il entra.

— J'ai à peine lu le dossier, lui avoua Nadia. Le secrétariat de l'instruction ne m'a saisie qu'en fin de matinée. Si j'ai bien compris, vous avez un suspect ?

— On avait, rectifia Rovère. Un ouvrier de chez Citroën, disparu depuis deux mois et qui habitait l'immeuble où l'on a découvert la première victime. Vérification faite, il est à l'hôpital depuis la mi-août, et dans l'état où il est, il serait étonnant qu'il ait pu s'échapper.

Il lui fit part de la visite de Dansel chez le cousin de Djeddour, qui tenait une épicerie boulevard Barbès.

— Djeddour s'est fait renverser par un camion. Il est en réanimation à la Pitié, expliqua-t-il. Exit l'ennemi public numéro 1 ! Je l'ai appris il y a à peine une heure. Le service du personnel de Citroën n'a pu fournir plus de précisions dès le premier contact : Djeddour a démissionné à la fin juillet, précisément pour travailler avec son cousin, dans la supérette.

— Pas de suspect et deux victimes qui apparemment se connaissaient : la première servait de modèle à la seconde, une peintre polonaise, c'est bien cela ? résuma Nadia.

— Martha Kotczinska. Naturalisée française. Tous ses papiers sont en règle…

— Cette artiste, elle avait des amis, sans doute ?

— Sans doute, oui, mais je n'ai pas retrouvé d'agenda, ni rien qui puisse y ressembler.

— Et pour le premier cadavre ?

— On a marqué un point : le portrait-robot établi grâce aux indications du directeur de la galerie correspond bien au corps non identifié de la rue Sainte-Marthe, affirma Rovère.

Choukroun s'était rendu chez la Duvalier, comme prévu. La concierge avait formellement identifié Aïcha, qui traînait parfois dans le quartier. Un voisin était d'ailleurs du même avis. Il l'avait aperçue à plusieurs reprises, sur un banc de la petite place, en compagnie des fameux squatters.

— Des témoins l'ont reconnue, mais ils nous ont dit qu'elle ne portait pas de robe de lamé, plutôt une combinaison de cuir… ça cadre mieux avec le look des squatters. Si vous nous y autorisez, on peut publier le portrait-robot et lancer un appel à témoin ? précisa Rovère en lui montrant le document. En ce qui concerne Martha Kotczinska, on essaie de joindre la famille, un frère, à Varsovie.

— Va pour l'appel à témoin ! approuva Nadia. Dès que j'aurai suffisamment pris connaissance du dossier, je vous reverrai. En attendant, je vous fais confiance.

Rovère lorgnait vers l'automate planté sur le bureau.

— Il est drôle, vous ne trouvez pas ? dit Nadia. Attendez, je vais le faire fonctionner.

L'inspecteur assista à la danse ridicule du petit juge, et sourit, indulgent. Quand il fut sorti, Nadia adressa un regard interrogatif à Mlle Bouthier.

— Vous l'avez déjà rencontré, ce Rovère ? demanda-t-elle.

— À plusieurs reprises, oui. C'est un type assez sérieux. Au fait, j'ai eu le temps de passer aux archives, voilà ce que vous m'avez demandé.

Elle lui remit une chemise poussiéreuse qui contenait les minutes du procès Szalcman, en date du 12 juillet 54. Nadia attendit le départ de sa greffière pour s'y plonger. Ce qu'elle découvrit était conforme au récit d'Isy, mais un point la fit sursauter. L'avocat de la défense se nommait Montagnac. Elle appela la huitième section et demanda André. Ce fut Maryse qui répondit.

— Montagnac requiert à la 23e chambre, on ne peut pas le joindre, expliqua-t-elle.

— Il est déjà tard, il en a encore pour longtemps ?

— Ce matin, le dépôt était plein comme un œuf, on a eu une sacrée fournée. Qu'est-ce que tu lui veux ?

— Rien d'important.

— Je vois, je vois… susurra Maryse, d'un ton évocateur.

— Tu ne vois rien du tout ! Est-ce que tu sais s'il y a un avocat, dans la famille ?

— Un Montagnac avocat ? Mais son père, bien entendu. Tu ne connais pas ? Un monsieur très vieille France, charmant.

Maryse cita quelques procès d'Assises assez célèbres des années cinquante, et s'étonna de l'ignorance de son amie.

— Je n'avais jamais fait le lien, admit Nadia.

Elle raccrocha, ramassa ses affaires, quitta les galeries de l'instruction et traversa le Palais pour rejoindre la 23e chambre correctionnelle.

Elle y retrouva Montagnac, en robe noire, assis sur une estrade, à la droite du président et de ses assesseurs. Face à lui, encadrés par des gendarmes, une poignée de prévenus s'agitaient dans le box ou adressaient de petits signes à leur famille, présente dans la salle parmi un public hétéroclite ; un petit groupe de mémères, véritables groupies des audiences de la vingt-troisième, tricotaient en écoutant la plaidoirie d'un des avocats commis d'office. Nadia tressaillit alors : son voyeur de la rue de Tourtille était assis dans la première travée réservée au public. Bagsyk n'avait pas ôté son manteau de cuir et transpirait. Il sortit un mouchoir de sa poche, pour s'éponger le front, comme il le faisait chez lui, à l'affût derrière sa fenêtre. Nadia l'observa un long moment, amusée. Il n'était certainement pas venu pour la voir, puisqu'elle n'avait a priori rien à faire là.

Le président jetait des coups d'œil furtifs sur sa montre tandis qu'un des assesseurs somnolait, les yeux clos, le menton appuyé sur ses deux mains jointes. On jugeait un des prévenus, accusé de vol à l'étalage dans un supermarché. Montagnac avait demandé un mois avec sursis, voire un travail d'intérêt général.

— Jugement après suspension ! annonça le président. Dossier suivant.

Montagnac avait remarqué l'entrée de Nadia, qui lui adressa un petit signe de la main. Dans le box, un nouveau prévenu s'était levé. Mal rasé, blafard, sale après vingt-quatre heures passées dans la cellule du dépôt. Le président lut les rapports de police en s'adressant à lui.

— Les faits sont établis, vous êtes accusé de vol de voiture et récidiviste. Je vous ai déjà vu, en effet ! De plus, vous avez frappé le policier qui vous a arrêté.

— Il m'a arraché de la voiture ! Alors forcément, dans ces cas-là, on se bouscule un peu, vous comprenez, monsieur le Président ? De là à dire que je l'ai frappé…

— Vous l'avez frappé, c'est écrit dans le PV que vous avez signé au commissariat. De plus vous étiez en état d'ivresse. Acceptez-vous d'être jugé immédiatement ou préférez-vous un délai pour préparer votre défense ? reprit le président.

— Le délai, je le passe en prison ? demanda le type.

— Évidemment, vous connaissez la maison puisque vous y avez vos habitudes.

On entendit quelques gloussements de satisfaction dans la salle. Bagsyk semblait aux anges. Le juge se rengorgea, très fier de cette connivence avec ses admirateurs.

— Alors tout de suite… marmonna l'accusé.

— Monsieur le procureur, nous vous écoutons, s'écria le juge.

Montagnac se leva et prit aussitôt la parole. Il insista sur le danger que représentait le prévenu, qui avait grillé trois feux rouges et embouti une voiture avant qu'on puisse le maîtriser, et demanda six mois fermes. Après quoi il se rassit. La plaidoirie de la défense dura exactement quarante-cinq secondes. L'avocat, persuadé de se livrer à un numéro de figuration totalement inutile, s'appesantit sur les antécédents psychiatriques de son client, espérant ainsi amadouer la cour.

— Jugement après suspension, la séance est suspendue, décréta le président.

La salle se vida. Bagsyk sortit dans le hall, sa canne et sa casquette à la main et passa devant Nadia. Il inclina légèrement la tête et lui sourit, signifiant ainsi qu'il l'avait reconnue. Nadia ne put réprimer un mouvement de surprise, qu'elle regretta aussitôt. Montagnac vint la retrouver et l'entraîna au-dehors. Ils s'assirent sur un banc de bois, à l'écart.

— Je suis crevé, dit-il, on en a expédié plus d'une vingtaine dans l'après-midi.

— Je vois que tu n'y vas pas de main morte, dans tes réquisitions.

— Qu'est-ce que tu veux, à chaque fois, c'est le même défilé de pauvres types qui racontent les mêmes salades ! soupira Montagnac. Si de temps en temps, je sens qu'il y en a un qui émerge du lot, j'essaie de calmer le jeu, mais sinon... De toute façon, le président n'en fait qu'à sa tête. Mais au fait, qu'est-ce que tu viens faire ici ?

— Attends, tu vois le petit vieux, là ? Celui avec le manteau de cuir et la canne ? demanda Nadia.

— Il assiste à presque toutes les audiences. Il y a quelques cinglés, comme ça ! C'est un spectacle « live », ici, c'est mieux que la télé. C'est tout juste s'ils n'applaudissent pas quand la sentence est rendue. Tu t'intéresses à la faune du Palais ? Il y a d'autres spécimens plus pittoresques.

— Je... je voulais surtout te parler de ton père.

— Ce héros au sourire si doux ? Et qu'est-ce que tu lui veux ?

— Lui demander quelques précisions, à propos d'un procès qu'il a plaidé, en 54, tu crois qu'il se souviendra ?

— Il a une mémoire d'éléphant, et d'ailleurs ses archives sont très bien tenues, assura Montagnac. Mais qu'est-ce que c'est que cette histoire ? C'est professionnel ?

— Personnel, strictement personnel ! Je peux le rencontrer ?

Montagnac se lissa la moustache et lui adressa un sourire gentiment carnassier. Elle s'attendait à un marchandage. Il ne tarda pas à en énoncer les termes : une soirée en sa compagnie, en échange de l'entrevue avec son père.

— Je suppose que je n'ai pas le choix ?

— Absolument pas ! murmura-t-il à son oreille. Demain soir ?

— Ton père vit à Paris ?

— Bien entendu : place des Vosges.

— Alors on va lui rendre visite en quittant le Palais. Demain ?

— Tu ne comptes pas passer la soirée chez lui ? s'inquiéta Montagnac.

— Bien sûr que non. Disons une heure ou deux. Tu vois, ça laisse du temps… pour après !

Très satisfait, il la quitta pour retourner à l'audience. Il esquissa même un petit pas de valse mais se figea, pour de nouveau adopter une attitude des plus guindées. Bagsyk entra lui aussi dans la salle après s'être retourné vers Nadia, qui n'avait pas quitté son banc.

21

Quand elle rentra rue de Tourtille, elle put constater que Szalcman n'avait pas épargné sa peine. La cuisine était aménagée selon ses vœux. Les étagères, le plan de travail, la niche destinée à recevoir un four à micro-ondes, rien ne manquait. Une caisse à outils, des planches et des tasseaux encombraient le séjour. Il y avait aussi un bouquet de violettes disposé dans un vase, à même le plancher.

Elle songea aux feuillets jaunis et poussiéreux que Mlle Bouthier lui avait rapportés et ressentit une certaine honte à s'immiscer dans le passé du vieil homme en utilisant des moyens aussi peu reluisants que celui qui consistait à fouiller les archives, mais évacua ses scrupules d'un haussement d'épaules. Sa curiosité n'était motivée par aucune intention malveillante.

Elle avait quitté très tard le Palais mais ne tenait pas à retourner au restaurant ; aussi se rendit-elle chez le traiteur voisin pour acheter un assortiment de barquettes à réchauffer. Elle prit une douche, passa un peignoir et installa sa chaîne hi-fi. Elle dut éventrer plusieurs cartons pour retrouver celui qui contenait ses CD, s'énerva, trébucha sur un fil électrique qui courait en travers de la pièce et se promit de demander à Szalcman s'il s'y connaissait en électricité.

*

Assise en tailleur sur son lit, elle picorait dans son assiette en écoutant une cantate de Bach, quand le téléphone sonna. Elle redouta un instant que Montagnac n'ait renoncé à patienter jusqu'au lendemain ; il était tout à fait capable de débarquer d'une minute à l'autre. Elle laissa le répondeur se mettre en marche. Le message enregistré qui annonçait son retour imminent défila.

— Allô Nadia ? Je sais que tu es là.

Elle reconnut aussitôt la voix et hésita à décrocher. Elle s'attendait à cet appel, tôt ou tard. Elle aurait préféré s'y préparer, mûrir les réponses dans sa tête au lieu d'improviser, comme elle allait y être contrainte.

— Bon dieu, Nadia, ne fais pas l'enfant, je sais que tu es là ! nasilla la voix.

Elle resta un instant immobile, la main posée à plat sur le combiné, puis s'en saisit d'un geste rageur.

— Marc ? Comment as-tu obtenu mon nouveau numéro ? demanda-t-elle, sans chercher à dissimuler sa colère.

— J'ai appelé chez ta copine, rue de la Convention, et j'ai eu un type à l'accent américain.

— Butch... soupira Nadia, accablée.

Elle avait donné des consignes très strictes à Maryse, mais Butch n'en faisait qu'à sa tête.

– Je suis en bas de chez toi, à la station de métro. Je monte.

– Tu ne montes pas du tout ! C'est moi qui descends ! Reste où tu es, attends-moi près du kiosque à journaux. Je t'y retrouve, ordonna-t-elle d'une voix qui ne souffrait pas la contradiction.

– C'est absurde, il faut qu'on se parle, je viens !

– Je n'ouvrirai pas, tu es prévenu, si tu montes, je crie !

Elle enfila un jean, un sweat-shirt, se recoiffa à la hâte et descendit les escaliers en sautant quelques marches. Dans le hall d'entrée de l'immeuble, elle croisa Rosenfeld, qu'elle bouscula.

– Un ennui ? s'inquiéta-t-il, en voyant sa mine soucieuse.

– Rien, mon œil va bien, je vous remercie, lança-t-elle avant de claquer la porte.

*

Les passants qui émergeaient en grappes serrées de la bouche de métro se hâtaient sous le crachin. Un Noir aux mensurations herculéennes, emmitouflé dans un poncho, leur proposait des épis de maïs qu'il faisait cuire sur un réchaud de fortune, un bidon percé de quelques trous et sous lequel il avait glissé un butagaz ; le tout reposait sur un caddie de supermarché. Un homme d'une quarantaine d'années, grand et au visage finement dessiné, faisait le pied de grue à la station de métro et tambourinait nerveusement sur la rambarde ; il rabattit le col de son imperméable, s'essuya le visage d'un revers de manche et jeta un coup d'œil sur sa montre. Nadia resta un instant derrière lui, inspira à plusieurs reprises pour calmer les battements de son cœur et lui toucha le coude. Il se retourna d'un bloc, sourit et posa ses deux mains sur ses épaules. Elle eut un mouvement de recul, très vif.

— Tu ne me touches pas ! siffla-t-elle. Et tu fous le camp, nous n'avons rien à nous dire ! Strictement rien !

— On se calme, tu veux ? s'écria Marc. Je préfère discuter de vive voix plutôt que de t'envoyer mon avocat.

— Un avocat, mais je t'en prie ! J'ai quitté le domicile conjugal, tu obtiendras le divorce sans aucune difficulté.

Une ménagère encombrée de paquets se retourna, surprise par la violence du propos, et feignit de fouiner dans son cabas, l'oreille aux aguets.

— Si tu y tiens, je peux même me faire sauter par mon amant en flagrant délit, poursuivit Nadia. Tu veux une date ? Demain soir ! Tu as l'adresse ? Alors ne te gêne pas !

Elle éclata d'un rire nerveux, à l'idée d'attirer Montagnac dans ce piège digne des pires vaudevilles, plongea la main dans la poche de son manteau, sortit un paquet de cigarettes froissé, et en porta une à ses lèvres. La ménagère s'éloigna. Nadia demeura un instant ainsi, au beau milieu du trottoir, indifférente à la bruine. Marc lui tendit son briquet qu'il alluma avec difficulté, contempla son visage déformé par la colère tandis qu'elle aspirait la première bouffée, puis ébaucha une caresse sur sa joue luisante de pluie. Elle lui saisit le poignet pour écarter son bras.

— C'est ridicule, Nadia, gémit-il.

Ses cheveux mouillés pendaient sur son front et un filet d'eau dégoulinait de son nez. Il était pitoyable. Nadia n'était cependant pas décidée à se laisser prendre au jeu de l'amoureux transi.

— Ridicule ? Je te l'accorde. Mais je ne reviendrai pas sur ma décision, dit-elle en exhalant un nuage de fumée.

— Tu pourrais mettre de l'eau dans ton vin, plaida-t-il, d'une voix plus ferme. Pas pour moi, j'y ai renoncé, mais pour lui. C'est la fin, son médecin veut tenter une dernière…

— Je m'en moque, lança Nadia, sans attendre la suite. Épargne-moi les sentiments, je sais très bien où tu veux en venir.

Elle frissonna et fit quelques pas en direction de l'allée protégée par des arcades qui bordaient le début de la rue de Belleville. Marc la suivit. Ils se retrouvèrent face à la vitrine d'un restaurant asiatique. Un grand aquarium où s'ébattaient des poissons exotiques ornait la devanture.

— Il souffre, il réclame ta présence ! Il est prêt à te pardonner, insista Marc.

— À me pardonner ? Tiens donc ! s'esclaffa Nadia en tournant les talons. Excuse-moi, je t'ai tout dit, je rentre chez moi.

Elle s'éloigna d'un pas décidé, percutant au passage une gamine qui sortait de la boulangerie, et rattrapa au vol sa baguette de pain avant qu'elle ne tombe sur le bitume. Marc la suivit, traversa la rue en courant derrière elle, et se fit engueuler par un camionneur qui l'évita de justesse. Un poivrot s'accrocha à lui, le tirant par la manche. Il eut un mal de chien à s'en débarrasser, y parvint malgré tout et constata alors que sa femme avait disparu. Il arpenta le trottoir, de long en large, furieux d'avoir précipité les événements. Il se reprocha sa maladresse, échafauda une nouvelle stratégie de rencontre, plus sereine. Un taxi passa tout près. Il y monta.

22

Rovère avait passé la soirée à relire et trier les pièces du dossier. Choukroun, redoutant qu'il ne l'agrippe au passage pour l'emmener dîner, s'était éclipsé sur la pointe des pieds.

Le portrait-robot d'Aïcha reposait sur son bureau, près d'une photographie de Martha Kotczinska, tirée du rapport d'autopsie. Un simple croquis d'un côté, un visage de chair, réel, de l'autre. Rovère les inversa, à plusieurs reprises. Aïcha à gauche, Martha à droite, ainsi de suite. Les images se brouillèrent devant ses yeux. Il ferma le classeur. Puis il joignit les mains, entrecroisa ses doigts, les serra les uns contre les autres, jusqu'à ce qu'ils blêmissent. Il se leva, et resta un long moment à contempler le tableau qui représentait Aïcha, posant nue dans l'alcôve de la rue Clauzel. À l'aide d'une lampe de bureau, Dimeglio avait bricolé un éclairage approximatif, qui durcissait les traits, meurtrissait les couleurs, écrasait la perspective. Du bout des doigts, Rovère caressa l'épaule, les seins, les hanches rebondies, les cuisses serrées dans un élan de pudeur hypocrite.

Il quitta le quai des Orfèvres à minuit passé, longea le Palais de justice jusqu'à la Seine, avala un sandwich et une portion de frites dans une gargote turque près du Forum des Halles, fit le plein de cognac dans un bistrot où il avait ses habitudes, puis récupéra sa voiture. Par le boulevard de Sébastopol, le canal de l'Ourcq et la Grange-aux-Belles, il fila jusqu'à Belleville, se gara près du métro et poursuivit à pied. Un vent tiède balayait le sol, soulevait les feuilles mortes et les détritus, en rafales soudaines.

Rovère atteignit la rue Sainte-Marthe, déserte. Quelques fenêtres — aux vitres obturées par des rideaux de chiffons, et derrière lesquelles tremblotait une lumière falote — formaient autant de trouées dans la pénombre coagulée par le silence. Il s'assit sur un des bancs de la place et vida d'un trait sa flasque de cognac. Un vieil homme appuyé sur une canne remontait la rue ; il adressa un bref salut à l'inspecteur, traversa la place et disparut derrière le pâté de maisons. Rovère resta un long moment à contempler la façade de l'immeuble où était morte Aïcha.

La main coupée suggérait la préméditation. On n'improvise pas une telle cruauté... songea-t-il. Il faut haïr pour tuer ainsi. Ou être fou. Rue Clauzel, l'assassin était entré chez Martha sans forcer la porte. Il connaissait les lieux. De même ici. Il était déjà venu dans ce taudis, au quatrième étage, savait qu'il ne serait pas dérangé.

La pluie se fit plus insistante. Rovère se leva, quitta la place, revint sur le boulevard de la Villette et arpenta le terre-plein désert, où les commerçants du marché installeraient leurs étals le lendemain matin. À une cinquantaine de mètres devant lui marchait le vieil homme qu'il avait vu traverser sur la place deux minutes plus tôt.

Une moto surgit alors sur le trottoir et lui barra la route. Le passager arrière, coiffé d'un casque intégral, armé d'un couteau à cran d'arrêt, descendit de selle et menaça le vieil homme, tandis que le pilote faisait ronfler le moteur. Rovère sursauta, plongea la main dans son blouson pour en tirer son arme et courut vers eux. Emporté par son élan, il dérapa sur des épluchures de légumes échappées d'une poubelle que des chiens avaient renversée, et faillit s'étaler de tout son long. Alors qu'il récupérait péniblement son équilibre, il assista à la scène qui se jouait à quelques pas.

Le voyou agitait sa lame sous les yeux de sa victime qui reculait, le dos courbé, le bras craintivement dressé devant le visage. Soudain, il se redressa, et d'un large mouvement de sa canne, cingla le torse de son agresseur. Un deuxième coup de canne, asséné avec une grande violence sur la main du voyou, lui fit lâcher le couteau. Rovère arriva à l'instant même où l'agresseur, décontenancé, remontait sur la moto, qui démarra en zigzaguant.

— Ça va ? Vous n'êtes pas blessé ? demanda-t-il d'une voix haletante.

— Les salauds, les salauds ! murmurait le vieil homme en se penchant pour ramasser le cran d'arrêt.

Il dévisagea le nouveau venu, avisa le revolver qui pendait à son bras, ferma le cran d'arrêt et le mit dans sa poche.

— Vous êtes flic, constata-t-il, le sourcil froncé.

— Oui ! Excusez-moi, à cinq secondes près, on les coinçait. Vous vous en êtes bien tiré, dites donc !

Le vieil homme haussa modestement les épaules.

— Je vais par là, dit-il en montrant la direction du carrefour Belleville.

Il manifestait un calme étonnant, comme si l'agression qu'il venait de subir n'avait été qu'un incident sans importance. Rovère lui emboîta le pas.

— C'est vous que j'ai vu passer tout à l'heure, place Sainte-Marthe ? reprit-il. Vous devriez éviter des coins aussi déserts, surtout en pleine nuit.

— J'étais allé faire un billard, dans une salle, rue Saint-Maur, et j'aime bien passer par là : tout le pâté de maisons va être rasé d'ici quelques mois. J'habite le quartier depuis plus de quarante ans. Ce n'est pas à mon âge que je vais modifier mes habitudes !

Ils étaient arrivés près de la station de métro. Le vieil homme s'apprêtait à tourner vers la gauche pour remonter la rue de Belleville.

— Attendez, s'écria Rovère. Vous y passez souvent, rue Sainte-Marthe ? Vos parties de billard, c'est fréquent ?

— Trois fois par semaine. Des fois plus, dès fois moins, je ne trouve plus très souvent des joueurs disponibles. Pourquoi ?

— Vous savez qu'on a retrouvé une fille, assassinée, rue Sainte-Marthe justement ? demanda Rovère.

— Ah oui, il y a deux jours, j'ai entendu ça. Eh bien ?

— Certains voisins parlaient de squatters. Enfin, des types qui traînaient dans le quartier, sur les bancs, là où vous m'avez croisé, tout à l'heure.

— Ils étaient toute une smala, oui, confirma le vieil homme. Ils avaient une grosse radio, comme tous les gamins, en ce moment. Cet été, ils faisaient le chambard sur la place, mais ça n'avait pas l'air très méchant. Ils dansaient comme des… des automates !

— Il y avait une fille avec eux ? Grande, brune, assez belle, très bien habillée ? Une robe de lamé, vous savez, très moulante. Ou bien une combinaison de cuir ?

— Il faudrait savoir ! Une robe moulante ? Ah non, je l'aurais sans doute remarquée, dit le vieil homme, d'un air égrillard. Je ne rate jamais une occasion de regarder les jolies femmes.

— Bon. Excusez-moi. Bonne nuit, murmura Rovère.

Il s'éloigna. Une bande assez joyeuse sortait d'un restaurant chinois et envahit la chaussée pour stopper les taxis qui descendaient la rue.

23

En arrivant à la Brigade, le jeudi matin, Rovère passa tout d'abord par le bureau de Dansel, qui avait assuré la permanence de nuit. Il apprit que certains journaux avaient déjà publié le portrait-robot d'Aïcha.

— Est-ce que quelqu'un est resté rue Clauzel ? demanda-t-il, préoccupé.

— Non... mais c'est sous scellés, répondit Dansel.

— Envoie du monde, je voudrais qu'on ait un type sur place trois ou quatre jours, plus si c'est possible. On n'a retrouvé aucun carnet d'adresses, tu sais ? Si elle avait de la visite, autant qu'on soit au courant.

— Bien, ça sera fait ! nota Dansel.

Dimeglio vint à leur rencontre, un paquet de feuilles à la main.

— Le résultat des analyses pour la rue Clauzel, annonça-t-il. Pluvinage ne s'était pas trompé : Martha était bien camée à l'héro. Cela dit, ce qu'elle s'est injecté dans les veines avant de mourir, c'est du temgesic. On en a aussi retrouvé dans la seringue, et dans l'ampoule qui était sur le lavabo.

— Du temgesic ? s'étonna Rovère. Elle cherchait à décrocher ?

— Sais pas. En tout cas, c'était une dose à assommer un cheval. Quand on lui a tranché la main, elle n'a rien dû sentir, toujours d'après Pluvinage ! Ah, il y a autre chose : les prélèvements sous les ongles de la main droite, tranchée... le labo a retrouvé des fils de flanelle, comme sur l'échantillon que vous aviez ramassé dans l'escalier, rue Sainte-Marthe.

— Ils en sont certains ? demanda Rovère.

— Oui, vous lirez le rapport, il y a une histoire de poussières et de pollen de marronnier. Parisiens, pour être tout à fait précis.

— Des pollens de marronnier ? répéta Dansel, dubitatif. Comment peuvent-ils en être certains ?

— Il paraît qu'ils ont une espèce de maladie. La pollution, je n'en sais pas plus ! Enfin, le principal, c'est qu'on soit certains qu'on a bien affaire au même tueur.

Rovère tourna la tête vers Sandoval, qui venait d'entrer.

— Bogdan Kotczinska, le frère de la victime, est arrivé ce matin de Varsovie ; il y a un vol direct. Je l'ai fait accompagner à la morgue par Choukroun, pour qu'il reconnaisse le corps, dit-il en feuilletant les journaux étalés sur le bureau de Rovère. Il va falloir patienter pour l'interroger, il ne parle pas un mot de français ! J'ai fait demander un interprète.

— Pas la peine ! rétorqua Dimeglio.

— Mais si, enfin ! protesta Sandoval. Elle vivait en France depuis près de dix ans, mais on peut chercher des éléments dans son passé.

— Non, je voulais dire : pas la peine de demander un interprète, corrigea Dimeglio.

— Ah oui ? Vous parlez polonais, vous ? lança Sandoval, avec un sourire méprisant.

— Couramment, oui ! dit l'inspecteur, en caressant doucement sa calvitie.

*

Dansel se faufilait dans les embouteillages. Rovère était assis à l'arrière de la voiture, à côté de Dimeglio. Durant la première partie du trajet, ils avaient ri aux larmes en évoquant la gêne de Sandoval après que Dimeglio lui eut révélé ses talents de linguiste, pour le moins inattendus. Le commissaire s'était répandu en excuses filandreuses, que l'inspecteur avait traitées avec dédain.

— Mais ta femme, elle a toujours vécu en France ? demanda Rovère, surpris.

— Oui, ça n'empêche pas ! Depuis qu'on est mariés, entre nous, on parle français, et italien, et polonais, comme ça, les gosses auront un sacré bagage, précisa l'inspecteur, non sans fierté.

— Longwy ! Si j'avais su qu'avec un nom comme le tien, tu étais de Longwy, ricana Dansel. Moi je te voyais plutôt napolitain, avec des tas de cousins dans la Mafia.

— Pour faire tourner les aciéries, il en fallait du monde, expliqua Dimeglio. Mon vieux est arrivé en Lorraine en 35, avec des tas d'autres paumés qui venaient de Toscane, comme lui ! On vivait dans un coron, la moitié de la rue, c'étaient les Ritals, l'autre moitié, les Polacks. À l'école, dans la cour de récré, on se foutait sans arrêt sur la gueule.

— Et un beau jour, tu as voulu jouer Roméo et Juliette et tu as dragué une Polonaise ! s'écria Rovère en lui assénant une claque sur la cuisse.

— Voilà, conclut Dimeglio. Si vous êtes sages, un jour, je vous montrerai des photos.

*

Bogdan Kotczinska patientait, assis sur un banc, dans le hall de l'Institut médico-légal. Grand, très maigre, avec un visage osseux dont les yeux sombres s'enfonçaient dans les orbites, il avait un certain air de ressemblance avec sa sœur. Il portait un costume fripé et triturait nerveusement la courroie d'un sac de voyage, posé sur ses genoux. Choukroun, très agité, marchait de long en large, grillant cigarette sur cigarette.

— Y a un mec louf, ici ! Il dit que vous êtes son copain, expliqua-t-il à Rovère, quand celui-ci s'approcha d'eux. Il m'a montré des trucs dégueulasses, des bocaux avec des tripes, ça pue, la vie d'ma mère, je peux pas rester ! La vérité !

— Tu as tort, Istvan est un type très bien. Qu'est-ce que ça donne, le frangin ? demanda Rovère, à voix basse.

— Il a vu le corps, il a signé le papier disant que c'était bien sa sœur, mais ça lui a pas fait grand-chose.

Dimeglio s'était approché de Bogdan. Ils parlèrent durant quelques minutes. Les autres attendirent.

— Il y a trois ans qu'il ne l'avait pas vue, expliqua l'inspecteur en revenant près de ses collègues. Ils étaient fâchés. Il n'a pas grand-chose à nous dire. À Varsovie, elle travaillait avec lui, dans une petite imprimerie qui appartenait à la famille : le boulot ne la passionnait pas. Elle voulait vivre de sa peinture et elle a préféré venir tenter sa chance ici.

— Attends ! Elle s'est exilée il y a dix ans : ils avaient déjà le droit de posséder une entreprise, là-bas ? s'étonna Rovère.

— Oui, ça n'est pas très surprenant, reprit Dimeglio. N'importe qui avait le droit d'investir son fric là-bas. Pour les Polonais, il y avait des tas de combines pour tourner la loi.

— Par exemple ?

— Se marier avec un étranger, allemand, américain ou javanais, et le bombarder P-DG. Comme ça, les apparences étaient sauves.

— Et quand elle est allée à Varsovie, tout récemment, ils ne se sont pas vus ? poursuivit Rovère.

Dimeglio traduisit la réponse, négative.

— Qu'est-ce qu'elle faisait dans l'imprimerie ? demanda Dansel.

— Elle s'occupait de la partie pratique, et lui, il prospectait les clients. Après le départ de sa sœur, il a eu du mal à retrouver un technicien compétent, expliqua Dimeglio, après avoir questionné Bogdan.

— Je comprends qu'il lui fasse la gueule, admit Rovère. Elle l'a planté, avec sa boîte.

Bogdan reprit la parole. Dimeglio l'écouta attentivement.

— Il dit aussi qu'en quittant la Pologne pour s'exiler en France, elle lui a piqué du fric, reprit-il.

— Joyeuse ambiance ! apprécia Dansel.

Dès que les formalités de rapatriement du corps furent réglées, ils ramenèrent le frère de Martha à la Brigade et lui firent signer sa déposition. Dimeglio l'aida ensuite à trouver un hôtel.

Peu avant midi, Sandoval réunit tous ses inspecteurs et fit le point sur les démarches effectuées. Certains avaient ratissé la rue Sainte-Marthe, le portrait-robot d'Aïcha en main, dans l'espoir de remonter sa piste, mais ils rentrèrent bredouilles. Si plusieurs riverains se souvenaient de l'avoir vue traîner dans le quartier, ils étaient incapables de fournir des informations plus précises. D'autres s'étaient offert une tournée des principaux squats, sans plus de résultats. Le commissaire donna quelques consignes de routine et ses adjoints se dispersèrent. Il appela Rovère qui le suivit dans son bureau.

— Point mort sur toute la ligne, hein ? grimaça-t-il en lui faisant signe de s'asseoir. Le juge d'instruction a téléphoné. Elle veut nous rencontrer. Elle a eu le temps de faire le point. Cet après-midi, j'ai une réunion à la préfecture, vous pouvez vous en charger ?

Il n'était pas nécessaire d'être devin pour saisir que Sandoval se sentait dépassé par les événements et ne tenait pas à se placer en première ligne. La fameuse réunion à la préfecture n'était qu'un prétexte diplomatique pour éviter de se mouiller auprès du juge. Rovère acquiesça.

24

À treize heures trente, ce jeudi, Nadia reçut Lucien Sangier, le beau-frère de Gardel, un type d'une quarantaine d'années, au visage fermé, et dont les gestes, brusques et saccadés, dénotaient une certaine brutalité intérieure, très contrôlée. Il semblait mal à l'aise dans son blazer bleu sombre, et portait une grande attention au pli de son pantalon. Comme tous les visiteurs qui pénétraient dans le cabinet, il remarqua la présence de l'automate et s'en amusa. Nadia s'était levée ; elle ouvrit la fenêtre pour aérer la pièce, sortit un instant dans le couloir, puis revint dans le cabinet, les mains dans les poches de sa jupe, une cigarette fichée au coin des lèvres. Sangier la jaugea d'un coup d'œil, la trouva jolie, à son goût, se cala dans le fauteuil face au bureau, et fit craquer les articulations de ses doigts, l'une après l'autre, tandis qu'elle parcourait le dossier Gardel.

— Cessez ce bruit, ça m'agace ! lança-t-elle sans lever les yeux de ses papiers.

Sangier obéit, et croisa les bras sur sa poitrine, en bombant le torse. Nadia l'interrogea sur ses activités professionnelles — il tenait un magasin de vêtements dont il avait obtenu la gestion franchisée — ainsi que sur la journée qui avait suivi la découverte des cadavres de sa sœur et de sa nièce. Il répondit avec précision, sans chercher ses mots.

— J'ai là un des derniers interrogatoires de votre beau-frère, Louis Gardel, reprit Nadia, en chaussant ses grosses lunettes à monture d'écaille. Vous avez vécu chez votre sœur et votre beau-frère il y a trois ans, lors de votre arrivée à Paris ?

— Exact, confirma Sangier. J'avais besoin d'un point de chute, l'hôtel coûte cher, ils m'ont hébergé. Deux mois.

— Votre beau-frère a déclaré que durant ce laps de temps, votre sœur et vous dormiez dans le même lit, tandis qu'il passait ses nuits sur le canapé du salon. Est-ce exact ?

— Je ne comprends pas le sens de la question.

— Vous voulez que je la répète ?

— Non, je voulais dire que je ne voyais pas en quoi mon séjour chez ma sœur et mon beau-frère peut intéresser la justice. Trois ans avant que ce salaud ne les tue toutes les deux ! articula Sangier.

Il s'était penché en avant, et son visage se crispa dans un rictus haineux.

— Je cherche simplement à saisir le contexte familial, expliqua posément Nadia. C'est tout à fait normal. D'ailleurs, un dimanche matin, une voisine est entrée, pour apporter du lait et des croissants, c'est votre nièce qui lui avait ouvert la porte, et elle vous a trouvés, vous et votre sœur, dans la chambre. J'ai ici sa déposition. Durant votre séjour chez eux, dormiez-vous fréquemment dans le même lit que votre sœur ?

— Ça a pu arriver, oui. Mon beau-frère travaillait parfois la nuit, et ma sœur et moi, nous avions des relations d'une grande tendresse, dit-il, après un long moment de réflexion.

Nadia se tourna vers la greffière. Mlle Bouthier, impassible, mit en marche sa machine à écrire.

— *Sur interrogation : Durant mon séjour chez ma sœur, je passais mes nuits dans sa chambre, je partageais son lit*, dicta Nadia.

— Je récuse cette formulation ! cria Sangier.

— À votre guise. Proposez-en une autre.

— Écrivez ce que j'ai dit : ma sœur et moi, nous étions très proches l'un de l'autre.

La négociation dura plus d'un quart d'heure. Nadia ne capitula pas et la première version fut consignée dans le procès-verbal, accompagnée des commentaires souhaités par Sangier.

— On continue, dit-elle. Est-il exact qu'à la fin de votre séjour chez votre sœur, votre beau-frère ne prenait plus ses repas en votre compagnie, mais dans la cuisine, seul ?

— Il était très taciturne, c'est possible qu'il ait cherché à s'isoler, je ne me souviens plus. Trois ans, c'est long.

— Toujours selon la même voisine, décidément très serviable, qui vous proposait parfois des plats qu'elle avait préparés, votre nièce Nathalie lui a déclaré, je cite sa déposition : *Tonton ne voulait plus que mon papa mange avec nous parce qu'il faisait du bruit avec sa bouche*. Est-ce exact ?

Sangier se leva. Son teint vira au violet et il frappa du poing sur le bureau.

— Cette ordure a étranglé ma sœur et sa fille… sa fille, il l'a noyée et enculée, et vous vous en prenez à moi ? ! hurla-t-il, au bord de l'apoplexie.

— Vous vous calmez ou j'appelle les gardes ! prévint Nadia.

Elle renversa la tête en arrière et s'efforça de fixer Sangier d'un œil indifférent. Il se rassit, tremblant de la tête, et se mit à pleurer.

— Vous êtes de son côté, alors ? sanglota-t-il. Les juges qui protègent les assassins, ça c'est vraiment dégueulasse.

— Monsieur Sangier, votre beau-frère a avoué, reprit Nadia, d'une voix rageuse. Il est en prison. Il y restera longtemps, très longtemps. Mon rôle, c'est d'aider les juges à comprendre.

Elle serra une règle dans ses mains jusqu'à s'en meurtrir les doigts.

— Vous êtes de son côté, répéta Sangier, en essuyant les larmes qui coulaient sur ses joues.

— Il a avoué. Tout avoué ! martela Nadia en frappant de sa règle sur le plateau du bureau. Il a étranglé votre sœur, après avoir noyé et… « enculé » la petite

Nathalie ! C'est établi, prouvé par l'autopsie ! Je veux simplement savoir si vous, son beau-frère, êtes partiellement ou non responsable d'avoir bousillé sa vie au point de l'amener à cette folie !

Sangier s'effondra sur son siège. Il blêmit et papillota des yeux à tel point que Nadia crut qu'il allait s'évanouir, mais il se reprit.

— Monsieur Sangier, nous allons consigner dans le procès-verbal ce que vous voudrez bien signer. Uniquement ce que vous voudrez bien signer.

Sangier acquiesça dans un hoquet.

— Passiez-vous vos nuits dans la chambre de votre sœur ?

*

Une heure durant, Nadia ne lâcha pas prise. Elle ne parvint pas à déstabiliser Sangier au point de lui faire avouer qu'il « couchait » avec sa sœur, mais ses réponses, tortueuses, contradictoires, dessinaient un tableau d'inceste que le plus réticent des jurés ne pourrait ignorer.

— Dans le mille ! dit-elle avec un sourire amer, lorsqu'il eut quitté le cabinet.

Il était sorti soutenu par un garde, qui lui fit traverser la galerie et l'accompagna jusqu'à la sortie. Nadia posa ses lunettes sur le bureau, épuisée.

— Ça n'excuse en rien le geste de Gardel, nota Mlle Bouthier en plongeant la main dans un paquet de bonbons au miel.

— Je sais… murmura Nadia, les yeux perdus dans le vague. Mais s'il avait eu assez de courage pour casser la gueule de ce salaud, la gosse serait encore en vie. Il n'a pas su s'en prendre aux adultes, alors c'est la petite qui a trinqué. Je sors m'aérer un peu, j'en ai besoin !

Elle était déjà dans le couloir quand la greffière la rappela.

— Que se passe-t-il ? demanda-t-elle.

— Vous avez convoqué le type de la Brigade criminelle... heu, Rovère. Mais ne vous inquiétez pas, je le ferai patienter. D'autre part...

— D'autre part ?

— Votre collant est filé, chuchota Mlle Bouthier, toute rose de confusion.

Nadia constata les dégâts et réalisa, contrariée, qu'elle n'aurait pas le temps de passer chez elle avant de retrouver Montagnac. Elle quitta le Palais, traversa la Seine, se promena le long du quai de la Mégisserie en s'efforçant de ne plus penser à Gardel, à son beau-frère, ni aux photos contenues dans le rapport d'autopsie de la petite Nathalie. Elle acheta un collant neuf à la Samaritaine, ainsi qu'un flacon de vernis à ongles d'un rouge tout à fait éclatant, revint au Palais par le hall de Harlay et disparut quelques minutes dans les toilettes pour se changer. Elle se peignit les ongles, agita les doigts pour faire sécher le vernis, puis regagna son cabinet.

Rovère l'attendait. Il lui fit un compte rendu précis des démarches entreprises, sans cacher son pessimisme.

— Vous ne pensez pas retrouver de témoins grâce au portrait-robot d'Aïcha ? s'étonna-t-elle.

— Comment vous dire ? soupira l'inspecteur. Vous n'avez pas vu le tableau qui la représente : elle est nue mais porte une voilette... D'autre part, certains témoins, rue Sainte-Marthe, l'ont aperçue, vêtue d'une combinaison de cuir, du genre de celles que portent les motards. Rien à voir avec la robe de lamé, non ? J'en conclus qu'elle aimait les masques, le mystère, vous comprenez ? Elle pouvait changer de visage, simplement en se maquillant, ou avec une perruque.

— Une maniaque du déguisement, n'est-ce pas ? répondit Nadia, dubitative. Martha a pu mettre en scène sa toile comme elle l'entendait, auquel cas son modèle n'aura fait que lui obéir, vous ne croyez pas ? J'aimerais me rendre sur les lieux, rue Sainte-Marthe et rue Clauzel, et voir votre fameux tableau. Vous m'y accompagnerez. Demain, vendredi, ça irait ?

Rovère donna son accord. Ils prirent rendez-vous pour dix heures. Elle se leva, contourna son bureau et raccompagna l'inspecteur jusque dans le couloir. Elle lui tendit la main dans un geste spontané et il hésita un instant avant de la lui serrer. Nadia remarqua sa surprise. Elle revint dans son cabinet et toussota pour attirer l'attention de sa greffière, plongée dans les pièces du dossier Gardel.

— Dites-moi, Mlle Bouthier, vous qui avez l'habitude : la Brigade criminelle, on les tient à distance ? demanda-t-elle.

— Votre prédécesseur était très… froid. Mais c'est comme vous voulez.

— Je vois…

— Demain à quatorze heures, vous avez les parents de Delphine, ils viennent de Béthune, avec leur avocat. Ils ne savent toujours pas s'ils vont se constituer partie civile, reprit la greffière.

— Demain est un autre jour ! s'écria Nadia, soudain enjouée.

Elle se planta devant la glace qui surplombait la cheminée, ôta la barrette qui retenait son chignon, secoua la tête pour libérer ses cheveux, ramassa sa gabardine et quitta le cabinet après avoir salué Mlle Bouthier. Moins de trente secondes plus tard, le téléphone sonnait. La greffière décrocha.

— Nadia, je n'y tiens plus, murmura la voix enamourée de Montagnac.

— Mme le juge est déjà sortie, répondit Mlle Bouthier avec un tout petit filet de voix.

25

Bastien Montagnac vivait rue de Birague, à deux pas de la place des Vosges. Un bottier à l'ancienne tenait boutique au rez-de-chaussée de l'immeuble, dont le vaste escalier, dallé de marbre, bordé d'une rampe de bois sculpté, évoquait des fastes révolus.

Un domestique souffreteux accueillit André et Nadia et les fit pénétrer dans un curieux salon orné de meubles annamites. Les rideaux étaient tirés, si bien que la pièce baignait dans une demi-pénombre, assez lugubre. Ils prirent place sur des fauteuils dont les accoudoirs figuraient des museaux de buffles.

— Il a fait le Tonkin, ça marque son homme, chuchota André.

— Quand tu étais gosse, tu as vécu ici ? demanda Nadia.

André hocha la tête, accablé. Elle admira les laques et les bas-reliefs tourmentés qui représentaient des scènes champêtres. Dans un coin de la pièce, quelques couples de perruches pépiaient dans une grande volière en forme de pagode.

Après quelques minutes d'attente, le domestique vint les chercher et leur fit gravir un minuscule escalier en colimaçon qui menait à l'étage supérieur. Nadia pénétra dans un bureau garni d'une imposante bibliothèque qui tapissait les murs, jusqu'au plafond. Elle embrassa d'un regard les rayonnages abritant des volumes anciens pour la plupart et dont la tranche reliée de cuir était couverte d'une fine couche de poussière. Un petit vieillard très sec, vêtu d'une veste d'intérieur en soie, la salua.

— Père, voici Nadia Lintz, dont je vous ai parlé, annonça André, d'un ton très déférent.

Bastien Montagnac s'inclina, saisit la main de Nadia et l'effleura de ses lèvres.

— Prenez place, je vous prie, dit-il.

Elle s'assit face au bureau, les fesses sur le rebord de son fauteuil, posa son sac à main sur ses genoux et se composa un sourire angélique. L'avocat se tourna vers son fils.

— J'ai cru comprendre que ton amie désirait me consulter seule à seul. Laisse-nous, je te prie !

André obéit aussitôt et referma la porte sans un bruit. Nadia se mordit la lèvre pour réprimer le fou rire qui la gagnait.

— Je vous écoute, mademoiselle.

Elle s'abstint de corriger le « mademoiselle » et expliqua en quelques mots le motif de sa visite.

— Szalcman, 1954 ? Je me souviens, en effet, reprit Montagnac.

Elle craignit d'avoir à en dire davantage sur ses motivations, et n'y tenait pas. Elle constata cependant que l'avocat s'était préparé à l'entrevue. Un dossier cartonné reposait devant lui.

— Que désirez-vous savoir au juste ?

— Ce Szalcman, d'où venait-il, comment avez-vous été amené à prendre sa défense ? balbutia-t-elle, brusquement intimidée par les petits yeux gris qui la fixaient avec insistance.

Elle eut l'impression, fort désagréable, de se trouver face à un entomologiste à l'affût derrière la vitre du vivarium, observant sa créature prisonnière.

— Puis-je vous demander ce qui motive cette curiosité ?

— Non. C'est purement personnel, mais j'y attache une certaine importance.

Elle se détendit, croisa les jambes, lissa sa jupe et sortit son paquet de Craven. Montagnac eut un petit rire de gorge.

— Si vous ne voulez rien me dire, nous en restons là, ajouta-t-elle. Auriez-vous du feu ?

— Eh bien, André a trouvé à qui parler ! gloussa Montagnac en lui tendant un briquet enchâssé dans un bloc d'onyx. Jusqu'à présent, il ne me présentait que des pimbêches invertébrées. Je suis ravi de faire votre connaissance.

Elle aspira une bouffée, souffla doucement la fumée, les lèvres arrondies, et, comprenant que la partie était gagnée, couva son interlocuteur d'un œil de velours.

— Méfiez-vous de mon fils, reprit Montagnac, ravi de constater qu'elle prenait l'initiative de rompre ainsi le cérémonial guindé de l'entretien. C'est un bon à rien ! Il lui a fallu presque huit ans pour terminer son droit, et au lieu de reprendre mon cabinet, il s'est entiché de la magistrature. Il finira premier substitut dans un tribunal de banlieue : exaltante perspective !

Montagnac tendit la main vers un pot de terre cuite qui contenait quelques pipes, en bourra une, l'alluma et fit naître un nuage de fumée qu'il dissipa de quelques revers de la main.

— Il vous plaît vraiment, ce grand nigaud ? poursuivit-il, avec une moue étonnée, riche de sous-entendus.

Nadia comprit que le fils Montagnac était allé un peu vite en besogne auprès de son père. Elle inclina la tête de côté, plissa le nez, faussement attendrie, et sourit, évasive, surprise de sa capacité à jouer ainsi la comédie. Elle se jura de lacérer de ses ongles les joues d'André, sitôt qu'ils se retrouveraient.

— Vous êtes vraiment charmante…

— Si nous en revenions à Szalcman ? proposa-t-elle.

Montagnac ouvrit le dossier qui reposait sur son bureau et chaussa ses lunettes.

— Je n'ai pas brillé aux Assises, avoua-t-il. J'ai plaidé le passé de mon client, en vain. L'avocat général demandait dix ans fermes, les jurés ont opté pour six.

— Attendez, qui a réglé vos honoraires ? Je crois savoir que Szalcman n'avait pas le sou ?

— Un de ses amis, tout à fait indépendant du monde de la petite pègre où évoluait Szalcman : un certain Rosenfeld, étudiant en médecine… Il avait de l'argent, enfin, un peu.

— À l'instant, vous parliez du passé de Szalcman ? Qu'en est-il ? demanda Nadia.

— C'est ce qui m'a motivé à prendre en main l'affaire. Szalcman avait tout juste vingt-trois ans à l'époque des faits, c'est-à-dire en 54. Il est arrivé en France en 45. Il sortait de Buchenwald. À quatorze ans, vous vous rendez compte ? Cela, vous le saviez sans doute ?

— Non… De quelle origine est-il ? Allemande ?

— Pas du tout, il est né à Cracovie, corrigea Montagnac.

— Buchenwald est en Allemagne. Près de Weimar.

— Exact ! approuva Montagnac. Toute sa famille a été gazée à Auschwitz, d'après ce que j'ai pu comprendre. Il a toujours refusé d'en parler. Szalcman a réussi à s'enfuir du ghetto, il s'est caché dans la campagne, mais il a été dénoncé par des paysans polonais, et a abouti à Auschwitz, en mars 1944.

Nadia s'agita sur son siège, puis se leva. Elle contourna le bureau et vint près de l'avocat, qui releva la tête de ses papiers et l'interrogea du regard.

— Il a donc vécu le transfert des survivants valides jusqu'en Allemagne, murmura-t-elle, en s'emparant des feuillets.

Elle s'arrêta un instant, confuse, réalisant ce que sa conduite avait d'inconvenant.

— Je vois que vous vous êtes penchée sur la question, constata Montagnac, qui ne se formalisa pas de son geste. C'était à l'hiver 45, l'Armée rouge grignotait peu à peu le territoire polonais, les nazis ont jeté sur les routes ceux de leurs prisonniers qui étaient encore capables de marcher. Ils les ont traînés au petit bonheur la chance en continuant de les massacrer. Ce qui explique que Szalcman n'ait été délivré qu'à Buchenwald. Lisez, vous avez sous les yeux le compte rendu d'un entretien à la Santé, peu avant les Assises.

Nadia s'approcha de la fenêtre et feuilleta fébrilement la paperasse.

Szalcman, libéré par les Américains avec quelques centaines d'enfants enfermés dans la baraque 66 de Buchenwald, avait été rapatrié en France par les soins de l'OSE, une organisation d'entraide juive qui possédait un château à Taverny. Il y était resté quelques mois.

Nadia découvrit quelques coupures de journaux jaunies qui relataient l'arrivée des rescapés à la gare de l'Est. Durant le voyage, quelques badauds qui assistaient au passage du train s'étaient émus. Les enfants portaient en effet des uniformes de la jeunesse hitlérienne ; c'étaient là les seules frusques que l'on avait dégottées pour les vêtir.

— L'acclimatation n'a pas été facile, reprit Montagnac. Ces gosses, c'étaient des sauvages. Ils avaient crevé de faim, on les avait battus, torturés, enfin, vous imaginez. Ils en voulaient à la terre entière, se méfiaient de tout le monde. Un jour, à Taverny — cela, Szalcman me l'a raconté —, on leur a donné du fromage : du camembert. À l'odeur, ils ont cru qu'on voulait les empoisonner et ont déclenché une véritable émeute…

— Et ensuite ? demanda Nadia. Il a quitté Taverny ?

— Oui, ils ont tous quitté Taverny, confirma Montagnac, troublé à l'évocation de ce souvenir. Durant la préparation du procès, j'ai retrouvé une monitrice qui avait travaillé là-bas... une demoiselle Schmulevitch, qui vit à présent à Tel-Aviv. Je l'ai décidée à venir témoigner aux Assises. Notre homme était une forte tête, d'après ce qu'elle m'a dit. Cabochard, indiscipliné, fugueur... il faisait le mur pour aller piller les fermes des environs. Il n'a pas su se réadapter à une vie normale. Il a vécu en marge, durant quelques années. De temps à autre, il revenait à Taverny, voir cette demoiselle Schmulevitch, avec laquelle il s'entendait bien. Il travaillait chez un fabricant d'automates, près de la place de la Bastille, mais ça n'était pas un emploi très régulier.

— Il a eu d'autres condamnations ?

— Il s'est fait attraper deux fois par la police dans des histoires de vol, en 49, je crois. La première fois il s'en est tiré par un non-lieu, mais la seconde, il a écopé de trois mois fermes. Bref, en 54, il a braqué un employé de la poste, boulevard de Reuilly. De plus, il a blessé trois policiers ! J'ai plaidé les circonstances atténuantes, eu égard à son passé, mais...

Bastien Montagnac n'acheva pas sa phrase.

— Les jurés étaient des salauds, trancha Nadia.

Elle reposa les feuillets sur le bureau et regagna son fauteuil.

— Et Rosenfeld, celui qui a réglé vos honoraires, comment l'a-t-il connu ? reprit-elle.

— Je l'ignore, dit Montagnac. Szalcman était en prison, Rosenfeld est venu me voir, un beau jeune homme, si mes souvenirs sont exacts. Un maintien très... aristocratique ! Durant l'instruction, je les ai rencontrés, tous les deux, à tour de rôle, mais ils ne voulaient pas se confier.

L'avocat se tut et referma la chemise qui contenait les notes et les coupures de presse.

– Et quel souvenir gardez-vous de lui ? insista Nadia.

Montagnac s'était levé et rangea le dossier dans la bibliothèque, parmi des cartons d'archives soigneusement étiquetés, année par année. Il revint près de son bureau et actionna une sonnette.

– Quel souvenir ? répéta-t-il, songeur. Durant les années de l'après-guerre, j'ai rencontré de nombreux déportés. Szalcman leur ressemblait. Il savait sourire, écouter, parler, jouer un rôle, mais en fait…

– Il était encore… là-bas, n'est-ce pas ?

– Oui, c'est cela, tout se passait comme s'il n'était jamais sorti du camp. Il y avait cette vie, qui s'écoulait, jour après jour, ici, parmi nous, une vie factice en vérité, tandis que l'autre, la vraie, continuait, « là-bas », comme vous dites. À part cela, c'était un bel homme, grand, vigoureux, une force de la nature !

Le domestique pénétra dans la pièce, suivi d'André. Son père l'autorisa à s'asseoir près de Nadia. Il fit servir un porto et les questionna sur les menus potins du Palais, auxquels il continuait de s'intéresser. Ils le quittèrent une demi-heure plus tard. Il pleuvait à verse. Dès qu'ils furent sortis dans la rue, Nadia ouvrit son parapluie et engueula André.

– Primo, la première fois que tu me rencontres, tu te jettes sur moi dans l'intention manifeste de me sauter, secundo, trois semaines plus tard, tu me présentes à ton père comme ta maîtresse, ça commence à faire beaucoup ! s'écria-t-elle en marchant à grandes enjambées. Je te préviens, tu peux faire le guignol comme il te plaît, mais je te jure que si j'entends le moindre ragot au Palais, je t'arrache les yeux !

Il la suivit, décontenancé, cherchant à fourrer sa tête à l'abri du parapluie. Il s'aperçut alors qu'elle riait.

— Monsieur le substitut, terrible, vindicatif, menaçant la piétaille des flagrants délits, se fait tout petit devant son *pôpa*, lança-t-elle avec une perfidie goguenarde.

— Qu'est-ce que tu t'imagines ? répliqua Montagnac, vexé. C'était un tyran ! Dès l'âge de dix ans, il me faisait monter dans son bureau, me montrait sa robe et me parlait de ses procès. Moi, j'aurais voulu faire de la botanique, oui, de la botanique. Je t'en fous, j'ai dû m'inscrire à la fac de droit. Après, il était trop tard pour reculer.

— Il te prédit une fin de carrière alléchante : premier substitut dans un tribunal de banlieue !

— De province, corrigea Montagnac, cynique. Tours, Romorantin, Nantua, voire Pougues-les-Eaux : la sinécure.

Nadia s'arrêta brusquement et il buta contre elle, manquant de la faire trébucher.

— Au fait, où va-t-on ? demanda-t-elle.

Il proposa un restaurant polonais, près de la place Sainte-Catherine.

— Blinis, caviar, anguille fumée, platzski ! dit-il, les yeux mi-clos, déjà perdu dans son rêve gastronomique. Ma voiture est à deux pas, mais si tu veux continuer de marcher sous la pluie…

— Polonais ? Décidément ! murmura Nadia. Soit !

*

Durant tout le repas, Montagnac ne tarit pas d'anecdotes, toutes plus terrifiantes les unes que les autres, à propos de son enfance vécue sous la férule paternelle. Il raconta les soirées passées à attendre le retour de l'avocat, lors des grands procès d'Assises, les fêtes données à l'occasion de ses victoires, l'atmosphère lugubre qui s'installait durant des semaines quand par malheur il avait perdu. Nadia l'écouta, amusée par ses pitreries. Il évita toute allusion aux motifs de l'entrevue avec son père et, tout au long du repas, ne lésina pas sur le vin hongrois dont il avait commandé une bouteille, ni sur la vodka. Ils étaient attablés dans le recoin d'une cave aux voûtes tapissées de tentures sombres ; le serveur, blafard, famélique, ressemblait à Bela Lugosi. Nadia jouait machinalement avec la cire qui gouttait de la chandelle, et dont elle détournait le cheminement de la pointe de son couteau, créant ainsi de petites sculptures aux formes tarabiscotées. À plusieurs reprises, Montagnac lui avait effleuré la main. Quand ils quittèrent la table, il l'aida à enfiler sa gabardine et risqua une caresse plus précise, laissant ses doigts s'attarder sur son cou, sans qu'elle proteste. Ils prirent place dans sa voiture et regagnèrent Belleville. Montagnac évita tout geste précipité et, quand ils furent arrivés au coin de la rue de Tourtille, attendit qu'elle lui propose de monter chez elle.

Nadia se contenta de l'embrasser furtivement, avant d'ouvrir la portière. Lorsque ses lèvres effleurèrent les siennes, il faillit bien lui saisir la nuque et l'attirer contre lui, mais s'en abstint.

— Bonne nuit, m'sieur l'proc' ! murmura-t-elle à son oreille.

Montagnac attendit qu'elle ait poussé la porte de son immeuble pour embrayer. Il accéléra joyeusement et fit trois fois le tour du pâté de maisons avant de rentrer chez lui, boulevard Voltaire.

*

Szalcman avait grandement avancé ses travaux. Les crémaillères qui devaient supporter les rayonnages de la bibliothèque étaient déjà toutes solidement chevillées au mur. L'avant-veille, Nadia avait fait une visite éclair au faubourg Saint-Antoine pour acheter un canapé, un tapis ainsi qu'une table basse. Les livreurs étaient passés dans l'après-midi. Isy s'était chargé d'installer le tout et avait même fait disparaître les plastiques d'emballage.

Nadia ôta ses vêtements, enfila un peignoir, s'assit en tailleur sur le sofa, palpa avec plaisir le cuir très doux des coussins, alluma une cigarette, renonça à écouter ses messages sur le répondeur, de peur d'entendre la voix de Marc la supplier de nouveau, ferma les yeux et se détendit.

Le souvenir des œillades enamourées de Montagnac la fit sourire. Elle l'avait tout d'abord jugé avec sévérité et s'était prêtée à ce petit marivaudage dans la seule intention de soutirer des renseignements à son père ; avec une franchise dénuée de tout calcul, il lui avait permis de discerner des faiblesses, sinon des fragilités tout à fait séduisantes.

À l'encontre des conquistadores en robe noire qui hantaient les couloirs du Palais, et dont les dents raclaient furieusement le plancher, Montagnac était dépourvu de toute ambition malsaine. Elle bascula sur le canapé, s'emmitoufla dans une couverture qui traînait sur le plancher et s'endormit. Tard dans la nuit, elle ouvrit soudain les yeux, grelottante, trempée de sueur. Elle avait rêvé de Bagsyk et de sa sœur. Ils étaient là, tous les deux, assis sur le canapé, à la regarder dormir. Puis Bagsyk s'avançait vers elle et lui faisait des propositions obscènes. Elle tentait de le repousser sans parvenir à faire le moindre geste. Il ôtait son manteau de cuir et se glissait à ses côtés, dans le lit, tandis que sa sœur applaudissait. Elle battait des mains au ralenti, de vieilles mains déformées par l'arthrite qui produisaient un son mat, obsédant.

Elle réalisa alors qu'un bruit, bien réel celui-là, s'était substitué à celui du théâtre macabre qui avait envahi ses rêves, et ne tarda pas à l'identifier : une canne martelait le sol, comme en écho d'un pas régulier, à la sonorité plus étouffée. À l'étage au-dessus, chez Rosenfeld. Le médecin, sans doute en proie à une crise d'insomnie, arpentait les couloirs de son appartement.

Nadia se leva pour se servir un verre d'eau. Elle tenta d'analyser le sens de son cauchemar, en vain. Poussée par la curiosité, elle alluma la lumière et tira le rideau de sa fenêtre. En face, les deux vieux devaient dormir. La lumière était en effet éteinte, mais, moins de trente secondes après qu'elle eut pointé le nez derrière la vitre, le visage de Bagsyk se découpa dans l'obscurité. Nadia sursauta, rabattit violemment le rideau, puis éclata de rire en se souvenant de ses frayeurs de petite fille, des monstres qu'elle croyait discerner dès qu'elle traversait un bois à la tombée du jour, ou bien encore dans la pénombre de sa chambre, dont les meubles manifestaient une fâcheuse propension à abriter toutes sortes de diables…

– Je n'ai pas grandi, constata-t-elle, en renonçant à se demander si elle devait s'en féliciter.

Elle regagna son lit, se pelotonna dans sa couverture et ne tarda pas à se rendormir.

26

La lampe de chevet était allumée et diffusait une lumière très douce. Il avait disposé un foulard sur l'abat-jour, un foulard de soie beige, aux teintes passées. Un foulard qui lui avait appartenu, à elle. Quand tout avait été terminé, après, longtemps après, il était revenu dans la chambre, là où ils s'étaient aimés. Il ne restait qu'un foulard. La porte avait été forcée, on avait emporté le lit, le cosy-corner, le petit guéridon de bois de rose, le coffret de santal où elle rangeait ses bijoux. Rien, il ne restait rien que cette fragile étoffe couverte de poussière, glissée le long d'une plinthe, et qui n'avait pas retenu l'attention des pillards.

Son regard se posa sur le foulard, et bientôt il lui sembla entendre une musique dissonante. Il se souvint du vieux monsieur qui poussait sa carriole dans les allées du jardin du Luxembourg, une carriole de guingois où était juché un orgue de Barbarie. Ils se donnaient toujours rendez-vous près du bassin où les gosses s'amusaient avec leurs petits bateaux à voile, et échangeaient quelques baisers en écoutant les ritournelles que le musicien jouait sur son limonaire. Puis ils allaient dans sa chambre à elle, rue Gay-Lussac, sous les combles, pour s'aimer avec des gestes maladroits. Ensuite, ils descendaient le boulevard Saint-Michel jusqu'à la Seine, et flânaient le long des quais. Ils s'asseyaient sur un banc, face à Notre-Dame, pour y rester enlacés jusqu'au soir. Il lui récitait alors des poèmes d'une voix tremblante, redoutant par avance l'instant de la séparation. *Voici des fruits, des fleurs, des feuilles et des branches, et puis voici mon cœur, il ne bat que pour vous…* Elle l'écoutait, les yeux clos, sa main serrée entre les siennes, blottie tout contre lui. Il ne parvenait pas à trouver le repos. Allongé sur le dos, il serra convulsivement la couverture, les draps, relâcha soudain son étreinte et demeura ainsi, les bras le long du corps. Ses doigts tremblaient. Il posa l'index de sa main gauche sur son poignet droit et compta les battements de son cœur. Une minute, une si longue minute, cent vingt pulsations. Il ne bat que pour vous. Il ferma les yeux, les rouvrit, les ferma, à plusieurs reprises, très vite. Les images qui se bousculaient dans sa mémoire se brouillèrent. Il revint dans le présent.

Il avait vu le portrait-robot, dans le journal du matin. Un dessin assez grossier, malhabile, mais qui permettrait sans doute à la police de recueillir quelques renseignements concernant Aïcha. Si le veilleur de l'hôtel où ils avaient l'habitude de se rendre, rue La Boétie, tombait sur ce document, sans doute ferait-il le rapprochement. Il téléphonerait aux responsables de l'enquête, leur parlerait de ce curieux couple qui se retrouvait une fois la semaine, le soir, pour une heure ou deux. Dès lors, si sa mémoire était bonne, il pourrait fournir les éléments qui serviraient à établir un second portrait-robot : le sien !

Encore fallait-il que le hasard condescende à placer sous les yeux du veilleur la page de ce journal, où s'étalait le visage d'Aïcha, involontairement caricaturé : les flics manquaient de savoir-faire. La jeune femme n'avait pas le nez si court, et ses lèvres n'étaient pas si charnues. Ses lèvres rouges. Le dessin était en noir et blanc.

Qui d'autre les avait vus ensemble ? Les clients du bar où il l'avait rencontrée le premier soir ? De ceux-là il n'y avait rien à redouter. Trop absorbés par leurs petits potins pour s'occuper de lui, trop versatiles pour se souvenir de ses traits, plus de trois mois après.

Qui d'autre ? La bande de petites frappes qu'Aïcha dirigeait et qui l'avaient tabassé rue Sainte-Marthe ? Jamais ils n'oseraient avouer à la police leur participation au guet-apens.

Qui d'autre ?

Personne. Et quand bien même…

Il s'en moquait. À présent, il était persuadé de toucher au but. Les flics ne pourraient l'arrêter en si peu de temps. Aïcha lui avait donné les coordonnées de

Martha. Martha… quel gâchis ! Il n'avait pas voulu la tuer.

Il n'était pas responsable. Elle l'était. Il connaissait l'adresse, rue Clauzel. Aïcha la lui avait donnée. Elle était l'amie de Martha. Échaudé par sa première expérience, il avait pris ses précautions, cette fois… Il l'avait guettée dans la rue, reconnue grâce à la description fournie par Aïcha, s'était même rendu à la galerie de la rue de Seine pour voir ses toiles. Puis il l'avait épiée, une semaine durant, afin de connaître ses habitudes. Elle se levait très tard, avalait un café à une terrasse de la place Toudouze, et prenait place dans le petit bus qui remontait de Pigalle jusqu'à la place du Tertre. Là, elle traînait parmi les rapins qui aguichaient les touristes en leur proposant des portraits express, au fusain ou à la gouache. Elle mangeait un morceau avec certains d'entre eux, puis vers le milieu de l'après-midi, rentrait chez elle, à pied, et s'installait sans doute devant son chevalet.

*

Un coup de chance lui permit de visiter l'atelier. Un appartement était en vente, au troisième étage de son immeuble, au 31 de la rue Clauzel. De nombreux visiteurs, ameutés par l'annonce apposée sur la façade, franchissaient le portail sans que personne ne s'en émeuve.

Sachant Martha en vadrouille, il prit l'escalier à son tour, feignit de se tromper d'étage et monta au cinquième. La porte était fermée. Il sonna, sans obtenir de réponse. À tout hasard, il actionna la poignée de la porte, qui s'ouvrit. Il pénétra chez Martha, examina les lieux, les toiles, les sculptures, poussa même la curiosité jusqu'à tirer le rideau qui masquait l'alcôve et se trouva nez à nez avec une solide Antillaise qui portait un walkman, et l'accueillit avec un cri d'effroi. Elle avait les bras encombrés par un paquet de linge trempé qu'elle s'apprêtait à étendre pour le faire sécher. Elle laissa tomber son linge et débrancha son walkman. Il la rassura d'une voix très calme et lui demanda si l'appartement était bien à louer. Elle crut à une erreur et lui expliqua qu'il devait descendre deux étages pour trouver ce qu'il cherchait. Satisfait, il s'excusa et quitta la pièce. Peu après, il vit Martha longer la rue Henri-Monnier et regagner son domicile…

Le soir venu, il se posta près de la fontaine Wallace, au beau milieu de la place Toudouze et, assis sur un banc, ouvrit un journal.

*

Martha quitta l'immeuble vers vingt et une heures. Elle semblait nerveuse, préoccupée. Mal fagotée dans un imper couvert de taches de peinture, elle arpentait le trottoir d'un pas décidé. Elle marcha jusqu'à Barbès, sans se soucier de la pluie, une pluie d'orage, chaude et poisseuse. Ses cheveux dégoulinants d'eau lui collaient au visage ; sans ralentir son allure, elle les rabattit en arrière, les doigts écartés en guise de peigne, et les noua à l'aide d'un bandana.

Accroché à ses pas, il se faufila sur le terre-plein du boulevard, encombré de baraques foraines, et ne perdit pas sa trace, parmi les stands de tir, les pistes d'autos tamponneuses et les chapiteaux où l'on invitait le chaland à assister à un spectacle de strip-tease. De nombreux cars de touristes occupaient la chaussée, provoquant ainsi un embouteillage phénoménal.

Il peinait à la suivre. Le coup de couteau qu'il avait reçu à la cuisse, lors du traquenard qu'Aïcha lui avait tendu rue Sainte-Marthe, le faisait toujours souffrir. La blessure, qu'il avait lui-même soignée tant bien que mal, s'était infectée. Appuyé sur sa canne, il claudiquait en grimaçant et prenait garde aux passants qui n'hésitaient guère à le bousculer.

Martha piétina à la devanture d'une brasserie, près des magasins Tati. L'heure de la fermeture avait sonné depuis bien longtemps. Quelques rastas squattaient le trottoir, rassemblés autour d'un des leurs qui jouait un air de calypso sur son saxophone. Un type entre deux âges, aux tempes grisonnantes et au crâne dégarni, ne tarda pas à la rejoindre. Son visage aux joues rondes et couperosées, souligné d'un double menton charnu, indiquait un tempérament de viveur. Replet, affublé d'un parapluie multicolore, vêtu d'un blouson de sport bariolé, d'un jean effrangé et de baskets fluo, le nouveau venu ne semblait pas obsédé par le souci de discrétion. Il entraîna Martha un peu à l'écart. Elle sortit une enveloppe de la poche de son imper et la lui remit. Il en examina rapidement le contenu, hocha la tête, satisfait, et empocha les documents. Il éclata de rire, passa alors un bras autour des épaules de sa compagne et déposa un baiser sur sa joue. Martha ne semblait pas partager son enthousiasme. Ils firent quelques pas, bras dessus, bras dessous.

*

Il se tenait à distance mais ne perdait rien de leur manège. Bien qu'ils fussent assez éloignés de lui, il avait mémorisé le visage rondouillard de l'homme. À présent, Martha semblait protester. Elle piétinait rageusement, secouait la tête, invectivait même son compagnon, qui temporisait, cherchait à la calmer…

Il s'approcha d'eux, les croisa même jusqu'à les frôler, mais les conducteurs coincés au carrefour jouaient furieusement de leur klaxon, si bien qu'il n'entendit rien de leur conversation. L'homme au blouson bariolé céda enfin, et entraîna Martha près d'un distributeur automatique, à la devanture d'une agence du Crédit Lyonnais. Il introduisit sa carte bleue dans l'appareil et ne tarda pas à récupérer quelques billets de deux cents francs qu'il remit à la jeune femme. Ils se séparèrent alors.

*

Martha remonta le boulevard Barbès en sens inverse. Il la suivit. Elle marchait à grandes enjambées, la tête rentrée dans les épaules, les mains enfoncées dans les poches de son imper. Il s'enhardit une nouvelle fois, l'approcha, fit quelques pas à ses côtés, et constata qu'elle avait le regard perdu dans le vague, curieusement exalté. Un tic secouait sa lèvre supérieure ; elle éclata soudain de rire, sans ralentir son allure. Il la fila ainsi jusqu'à la place Clichy. Elle descendit dans le métro, et sur le quai de la ligne Nation-Dauphine retrouva un jeune beur attifé d'un survêtement trop grand pour lui, et coiffé d'un keffieh.

*

Il se figea, et esquissa un pas en arrière pour se dissimuler derrière un groupe de touristes italiens qui étudiaient un plan, à la recherche de la station Invalides. Le beur au keffieh faisait partie de la bande qui l'avait tabassé, dans le réduit de la rue Sainte-Marthe !

Martha discuta rapidement avec lui, lui remit les quelques billets de deux cents francs que son compagnon avait tirés au distributeur automatique vingt minutes plus tôt, puis s'assit sur un siège, tandis que la rame arrivait à quai. Les Italiens se chamaillaient à propos du trajet à suivre et la laissèrent redémarrer sans y prendre place. Le type au keffieh avait disparu. Il revint deux minutes plus tard, alors qu'une nouvelle rame, bondée, débouchait du tunnel.

*

Dans la bousculade qui s'ensuivit, il faillit bien perdre la trace de Martha. Inquiet, il inspecta le quai, constata qu'elle n'était plus là, mais aperçut la tache claire de son imperméable, dans l'escalier qui menait à la surface.

Elle s'éloigna de son même pas rapide, plus rapide encore. Il s'essouffla à la suivre, peu à peu rassuré quant à sa destination, au fur et à mesure du trajet qui la menait vraisemblablement vers la rue Clauzel.

Assis sur le banc, au pied de son immeuble, il contempla longuement les lumières allumées chez elle avant de prendre sa décision… Il monta l'escalier, en s'appuyant à la rampe, sans croiser personne. Arrivé sur le palier du cinquième étage, il hésita un instant, faillit sonner comme il l'avait fait lors de sa première incursion, mais s'aperçut que la porte était restée entrouverte. Il la poussa doucement, s'avança dans l'atelier, toussota pour attirer l'attention, en vain. Il s'enhardit alors, tira le rideau de velours qui masquait l'alcôve et découvrit Martha, prostrée sur le lit. Un filet de sang coulait d'entre les orteils de son pied droit. Dans la salle de bains, il vit une seringue ainsi qu'une cuiller, qui reposaient sur le sol à côté d'un minuscule réchaud butagaz. Martha le fixa d'un regard absent, éclata de rire, secoua la tête et se tourna contre le mur.

Il haussa les épaules, revint sur ses pas, ferma la porte qui donnait sur le palier, puis s'assit dans un vieux fauteuil de cuir aux accoudoirs griffés. Une toile reposait près du chevalet ; il y reconnut Aïcha, masquée d'une voilette de tulle noir, s'amusant à minauder dans une attitude qui lui était si familière. Il prit une profonde inspiration, maîtrisa son envie de lacérer la toile et parvint à recouvrer son calme. Il attendit, en jouant nerveusement avec sa canne. Il se familiarisa peu à peu avec les odeurs, imprégna sa mémoire des objets qui l'entouraient et commença à espérer, espérer follement, contre toute raison.

Une heure plus tard, Martha fit son apparition dans l'atelier, après un long passage dans la salle de bains. Il avait entendu différents bruits, celui de la douche, de la chasse d'eau, et enfin la voix de la jeune femme, qui chantonnait d'une voix rauque une vague complainte, un air empreint de nostalgie et dont il ne comprit pas les paroles.

D'une pâleur extrême, vêtue d'un chandail au maillage très lâche qui lui arrivait à mi-cuisse et laissait deviner la toison de son pubis, la pointe rose de ses seins, elle lui fit face sans même s'émouvoir de sa présence.

— Qui êtes-vous ? demanda-t-elle simplement.

— La porte était entrouverte, je suis entré, vous me pardonnerez...

— Je suis distraite, et fâchée avec les serrures ! reprit-elle, indolente, en s'asseyant en tailleur, face à lui, sur le canapé.

Elle saisit un fume-cigarette, y enchâssa une Dunhill, et aspira une longue bouffée. Il détourna les yeux, confus. Elle réalisa alors que ses cuisses écartées offraient au visiteur une plongée panoramique sur son intimité, haussa les épaules et tira la laine du chandail qu'elle rabattit sur son entrejambe.

— Timide ? gloussa-t-elle, amusée. Qui vous a donné mon adresse ? Aïcha ? Vous verrez, je vais m'occuper de vous aussi bien qu'elle. Vous voulez faire une petite toilette, avant ?

— Non… ce n'est pas elle ! Je ne connais pas d'Aïcha, répondit-il, après un court moment d'hésitation.

Il regretta aussitôt ce mensonge. Il avait eu peur, stupidement peur, alors que personne ne pouvait savoir ce qui était arrivé à Aïcha. Il aurait pu avouer qu'elle lui avait bien donné l'adresse de la rue Clauzel, sans aucun risque. La question de Martha suggérait cependant qu'il y eût d'autres possibilités, et il tenait à les connaître.

— Dans ce cas, vous me pardonnerez cet accueil, dit-elle.

Elle réprima un petit rire de gorge, glissa sur le coussin de cuir du canapé, vers l'avant, croisa les jambes dans une attitude moins provocante et se passa la main sur le visage, comme pour changer de masque. Une putain du même genre qu'Aïcha, songea-t-il.

— Excusez-moi, murmura-t-elle. Alors c'est Jacek, n'est-ce-pas ?

— Oui, c'est Jacek ! confirma-t-il, résolu à bluffer. Il ne vous a rien dit ?

— Non, je l'ai pourtant vu tout à l'heure, nous avons parlé d'autre chose. Mais Jacek est parfois très distrait, lui aussi.

Il apprit ainsi le prénom de l'homme au blouson bariolé, qui avait fourni à Martha l'argent destiné à acheter sa ration de poison, sans préjuger de l'utilité de ce renseignement. Martha se leva, disparut derrière le rideau de velours et revint après avoir enfilé un jean. Elle lui proposa un verre, qu'il accepta. Il la regardait aller et venir, chercher une bouteille de scotch à moitié vide, démouler des glaçons, et s'efforçait de réfléchir à toute vitesse.

— Il y a des problèmes, en ce moment : les délais sont assez longs, reprit la jeune femme. Vous avez apporté des originaux ?

— Non, je voulais simplement nouer un premier contact, dit-il avant de tremper les lèvres dans son verre.

— Sans les originaux, je ne peux pas vous donner une idée du prix, précisa Martha, après avoir, à son tour, avalé une gorgée d'alcool. Quand pourrez-vous me les montrer ?

— Eh bien, je ne sais pas, demain ? Je suppose qu'il est trop tard ce soir ? bredouilla-t-il. Je veux dire, pour faire un aller-retour depuis chez moi ?

Elle le fixa d'un regard étonné. Il comprit alors, qu'emporté par sa curiosité, il venait de commettre une erreur qui risquait d'être lourde de conséquences.

— Voulez-vous que nous appelions Jacek ? Il pourra nous aider à évaluer le montant ? proposa-t-elle, sans paraître nourrir le moindre soupçon.

— Je vous en prie…

Il n'était plus temps de reculer. Elle décrocha, composa un numéro et attendit. Si ce Jacek répondait, il se verrait contraint de passer à un autre registre et évalua rapidement les risques : la porte était fermée, Martha n'était pas de taille à se défendre…

— Il n'est pas chez lui ! annonça-t-elle en reposant le combiné.

— Dans ce cas, je reviendrai demain, avec les… originaux. Vers vingt heures, cela vous convient-il ? D'autre part, j'aimerais vous entretenir d'un sujet plus personnel. Ce tableau est-il à vendre ?

Il pointa sa canne vers le portrait d'Aïcha.

— Il n'est pas achevé.

— C'est une de vos amies ?

— Oui, une amie, confirma-t-elle. Êtes-vous vraiment certain de ne pas la connaître ?

Il secoua la tête, en s'efforçant de sourire.

— Vous comptez le lui offrir, sans doute ? demanda-t-il.

— Je ne pense pas, j'avais seulement besoin d'un modèle, et elle a accepté de poser. La toile n'est pas terminée, quand elle le sera, nous pourrons éventuellement discuter d'un prix, monsieur… ?

— Je ne me suis pas présenté, vous me pardonnerez.

— Avec les gens que m'envoie Jacek, j'ai l'habitude, acquiesça-t-elle. J'admets parfaitement que vous teniez à une certaine discrétion. À propos, il vous a sans doute averti : les paiements s'effectuent exclusivement en liquide.

Il se leva, salua Martha après avoir confirmé le rendez-vous pour le lendemain soir, et sortit. Il fit le tour du quartier, descendit la rue des Martyrs, remonta la rue Saint-Georges, avant de revenir sur ses pas, ne sachant que faire, furieux contre lui-même. Il aurait suffi qu'il avoue le motif réel de sa visite pour que, peut-être, tout s'arrange. À l'évidence, Martha lui promettait du fil à retordre. Il s'attendait à des ennuis semblables à ceux qu'il avait rencontrés auprès d'Aïcha, mais n'était pas résigné à abandonner.

Le lendemain soir, il revint rue Clauzel mais téléphona d'une brasserie qui faisait le coin de la rue. Une voix d'homme lui répondit. Il comprit qu'il s'agissait de Jacek, à son accent, semblable à celui de Martha. Il raccrocha sans dire un mot. Une fois encore, il maudit sa maladresse. Martha et Jacek se livraient sans doute à des trafics parfaitement inavouables, mais il s'en moquait. À présent, à cause de son erreur de la veille, Jacek s'interposerait entre lui et la jeune femme, quoi qu'il fasse !

Plusieurs jours durant, il réfléchit à ce problème. Il appela Martha, sans relâche. Tantôt il n'y avait personne, tantôt Jacek répondait. Il raccrochait alors. Son mutisme devait alimenter la colère du protecteur de Martha… Après bien des hésitations, il prit donc la décision de provoquer une rencontre. Il donna rendez-vous à Jacek, dans une brasserie de la place de la République, un vendredi à dix-neuf heures. Près de deux semaines s'étaient écoulées depuis sa première visite rue Clauzel.

Il arriva avec une demi-heure de retard, après s'être assuré que Jacek était seul. Il inspecta la salle de la brasserie, pleine de consommateurs, y pénétra, s'accouda au comptoir, sans réaction de la part de l'ami de Martha. Il n'avait pas sa canne. Il avait pensé que, dans le signalement fourni par la jeune femme, ce détail effacerait tous les autres. À juste titre : Jacek attendait un sexagénaire porteur d'une canne, et guettait l'entrée de la salle, assis près d'un flipper.

Quand il tira une chaise pour s'asseoir face à lui, Jacek sursauta et esquissa un geste de protestation.

— Nous avons bien rendez-vous, lui dit-il.

— Je vous écoute, murmura Jacek en le fixant d'un œil froid.

— Je veux voir Martha.

— Elle n'est pas « disponible » ! Je ne vous connais pas, je ne vous ai jamais vu. C'est Aïcha qui vous a donné son adresse ?

— Oui…

— Alors, pourquoi avoir menti, grand-père ? poursuivit Jacek, d'un ton moins agressif.

— Eh bien, c'est assez délicat !

— Vous voulez la baiser, c'est pourtant pas compliqué. Pas la peine de faire des simagrées.

— Oui… je… je vous promets que je ne m'intéresse pas à vous ! Tout ça ne me regarde pas.

Jacek éclata d'un rire aigre. Il comprit que ses arguments étaient pitoyables, qu'en piétinant ainsi il n'avancerait jamais.

— Je pourrais la voir ? insista-t-il, sachant qu'il s'enfonçait davantage.

— Écoute, grand-père, rétorqua Jacek. Des filles comme Martha, il y en a plein les rues. Trouves-en une autre et laisse tomber celle-là.

— Je ne peux pas, c'est important pour moi, balbutia-t-il après s'être épongé le front, une fois encore.

Il sentait la sueur filer le long de son dos, suinter au creux de ses paumes, tenta de maîtriser le tremblement qui agitait ses mains, mais n'y parvint pas.

— Où est Martha ? Je vous en supplie, dites-le-moi !

— En Pologne. À Varsovie. Une petite visite chez des amis, reprit Jacek, doucereux. Tu ne veux pas simplement la baiser, grand-père, tu veux autre chose.

— Oui, mais cela ne regarde qu'elle et moi. Je peux vous donner de l'argent ! proposa-t-il, désormais certain d'être entraîné dans une spirale dont il redoutait l'issue.

— Me payer ? ! Uniquement pour la voir ? s'étonna Jacek.

— Je vous jure qu'après, vous n'entendrez plus parler de moi ! Quand rentre-t-elle ?

— Dès que je lui demanderai. Dans deux jours, si tu le souhaites, grand-père. Pour te dire la vérité, j'ai décidé de la mettre un peu « au vert », après ta première visite. Mais tu parlais d'argent ?

— Cinquante mille, ça irait ?

Il avait proposé cette somme à l'aveuglette, convaincu qu'elle suffirait à appâter son interlocuteur.

— Tu gagnes à être connu, grand-père. Je t'offre à boire ! s'écria Jacek en lui assénant une bourrade sur l'épaule.

Il leva le bras en direction du serveur et commanda deux vodkas.

— *Nazdrowie*, grand-père ! dit-il en levant son verre. Tu payes avant, tu la vois après. Si tu tiens parole, tu ne seras pas déçu.

— Demain soir, je viendrai chez elle, avec l'argent. Vers neuf heures. Vous lui téléphonerez, devant moi, et vous lui direz de rentrer à Paris, d'accord ? Ne me mentez pas, je peux avoir confiance ?

Cinq minutes plus tôt, il désespérait d'aboutir, et enrageait de constater que Jacek le tenait à sa merci. Désormais déterminé à balayer tous les obstacles, il jouait avec sa propre faiblesse, se montrait vulnérable, naïf, en espérant qu'il parviendrait ainsi à persuader Jacek de sa totale ingénuité. À la façon dont son adversaire le toisa, il saisit que la partie était presque gagnée. Un sourire méprisant sur les lèvres, l'ami de Martha se leva et lui serra longuement la main.

— Affaire conclue, ne joue pas au plus malin avec moi, grand-père ! souffla Jacek en se penchant sur lui. Tu viens seul, avec l'argent, où tu ne revois pas Martha.

Il quitta la brasserie, les mains dans les poches, sifflotant et reluquant au passage une fille qui pénétrait dans la salle.

*

Le lendemain, à l'heure dite, il se présenta rue Clauzel. Jacek l'accueillit, hilare. Il mangeait une pêche dont le jus lui dégoulinait jusque sur le menton. Il avait fait très chaud toute la journée, un orage couvait. Jacek était en nage.

— Ah, je vois que tu as retrouvé ta canne, grand-père, constata-t-il. Mais as-tu l'argent ?

— Dans… dans ma voiture… sur le boulevard !

— Tu as laissé cinquante mille francs dans ta voiture ? Tu es cinglé, grand-père !

— Téléphonez d'abord, nous irons le chercher ensuite.

— Tu as tort de te méfier, grand-père, soupira Jacek. Je ne suis pas un enfant de chœur, mais je n'ai qu'une parole.

Il décrocha le combiné, composa le numéro de l'international, et patienta. Il dut s'y reprendre à quatre reprises avant d'obtenir sa communication.

— Je l'ai déjà appelée ce matin, pour la prévenir, expliqua-t-il, crispé. Elle attend notre appel. Mais à Varsovie, tout fonctionne mal.

Il se mit à parler en polonais, demanda Martha, attendit de nouveau. Son visage se détendit.

— Martha ? C'est moi… notre ami veut vérifier que je ne lui ai pas menti : dis-lui toi-même que tu rentres demain.

Il entendit la voix de la jeune femme, lointaine, lui confirmer les dires de Jacek.

*

Sur le boulevard de Clichy, les trottoirs étaient saturés de touristes qui flânaient devant les vitrines des sex-shops et des théâtres pornos. Un groupe de Japonais, bardés de Nikon et chaperonnés par un guide qui leur vantait les charmes du Moulin-Rouge, formait une masse compacte, inerte et caquetante. Ils ne comprirent rien de ce que disait l'homme qui tentait de les écarter en agitant sa canne. Il montrait son compagnon, prostré sur le trottoir, à genoux. Quand ils virent l'auréole de sang qui poissait sa chemise en s'élargissant à toute vitesse, ils se mirent à pousser des hurlements et refluèrent jusque sur la chaussée. Une moto qui remontait la file de voitures en zigzaguant le long du trottoir les percuta violemment, avant de chuter sur le macadam. Les blessés hurlaient, les automobilistes, furieux de ne plus pouvoir avancer, invectivaient le guide qui cherchait à rétablir un semblant d'ordre ; les badauds hésitaient entre la peur qui les poussait à fuir et la curiosité qui les incitait à s'approcher… Il y eut un coup de tonnerre, et une pluie très dense s'abattit soudain. Les gens coururent pour se mettre à l'abri, bousculant les Japonais ; les cris redoublèrent.

Dans la confusion qui s'ensuivit, il était presque impossible de comprendre ce qui avait déclenché cette panique. L'homme à la canne appelait éperdument au secours. Il se pencha sur le blessé, l'allongea délicatement sur le sol, le coucha sur le côté, puis s'adressa au tenancier d'un sex-shop voisin qui était sorti de sa boutique.

— Vite, la police, il faut appeler la police ! cria-t-il. Il vient de recevoir un coup de couteau… un type, là, qui passait ! Vite, faites vite !

Le nouveau venu resta hébété, sans parvenir à faire le moindre geste.

— Là-bas ! Un car de police ! Je vais les chercher ! reprit l'homme à la canne. Ne bougez pas, occupez-vous de lui !

Il traversa le boulevard et se faufila entre deux rangées de voitures engluées au carrefour. Le gérant du sex-shop resta seul avec le blessé dont le sang se diluait dans la pluie inondant le bitume. Un quart d'heure plus tard, un car de la PS se gara le long du trottoir.

*

Il marcha aussi vite qu'il le pouvait, indifférent aux trombes d'eau, remonta vers la butte Montmartre par la rue Houdon, arriva bientôt place des Abbesses et prit un taxi auquel il indiqua la première direction qui lui vint à l'esprit : la place de la République.

Tout le temps que dura le trajet, il s'efforça de respirer avec calme, les deux mains posées sur ses genoux, le torse bien droit, le dos calé contre le siège, et sentit les battements de son cœur ralentir peu à peu. Le chauffeur lança une remarque sur le temps qu'il faisait, l'impéritie de la Météo, incapable de prévoir les orages, mais, devant l'indifférence de son passager, renonça.

Arrivé à bon port, il pénétra dans la brasserie où il avait donné rendez-vous à Jacek, la veille au soir. Il s'assit à l'endroit même où celui-ci l'avait attendu et commanda un cognac, qu'il but à petites gorgées, l'esprit vide. Sitôt après avoir planté la lame de son couteau dans le cœur de Jacek, il avait cessé de penser. Il recommença lentement à assembler les images qui s'entrechoquaient dans sa mémoire, à la manière d'un puzzle.

*

Avant de se rendre rue Clauzel, il avait échafaudé plusieurs hypothèses pour résoudre le problème que posait Jacek. Il n'était pas question de rentrer dans son jeu, de lui remettre l'argent, puis d'attendre ses diktats, pour se retrouver sous sa coupe… Le tuer, il fallait le tuer. Jacek n'aurait jamais lâché prise de son plein gré, aucun argument n'aurait pu l'en convaincre. Le tuer. Comment s'y prendre ?

Les yeux clos, allongé sur son lit, chez lui, il s'était imaginé tuant Jacek chez Martha, chargeant le cadavre dans une malle, tirant la malle dans l'escalier… ou découpant Jacek en autant de morceaux qu'il irait jeter aux quatre coins de Paris, comme un tueur de grand guignol. Il avait éclaté de rire à cette idée. Il se vit ensuite dans un endroit désert à souhait, dont il aurait repéré chaque parcelle de terrain afin de mieux tendre son piège… et rit encore de sa propre naïveté. Jacek n'était pas un enfant de chœur. Il l'avait dit lui-même. Jamais il ne se serait laissé entraîner dans un traquenard si ridicule.

La rue. Il ne restait que la rue. Un endroit passant, où l'on se bouscule. Quand il se trouva face à Jacek, il joua à merveille son rôle de crétin, et se répéta une à une les consignes qu'il s'était données en préparant sa venue rue Clauzel. Prétexter que l'argent était dans sa voiture — il était arrivé à pied —, entraîner Jacek sur le boulevard pour récupérer l'argent promis. Profiter de la cohue…

En sortant de chez Martha, Jacek sifflotait en marchant à ses côtés. Son blouson était ouvert. Le Polonais portait un tee-shirt douteux et croquait une nouvelle pêche. Dès qu'il aperçut le groupe de Japonais, il prit sa décision. Dans sa poche droite, il serrait le couteau. Il pivota brusquement et fit face à Jacek, qui maugréait contre les touristes en essayant de les écarter. Il enfonça la lame, fourra aussitôt le couteau dans sa poche, puis se mit à crier en agitant sa canne.

*

Il eut un petit rire enfantin, émerveillé de son audace, et appela le garçon pour lui demander de renouveler sa consommation. Il s'aperçut alors qu'une petite tache de sang souillait sa veste. Rien d'important. Il palpa le manche du couteau, à travers le tissu, puis fouilla sa poche gauche. Le trousseau de clefs de Jacek s'y trouvait. Il le lui avait pris en l'allongeant sur le trottoir. À sa forme assez particulière, il reconnut celle qui permettait d'entrer chez Martha. Lors de sa première visite rue Clauzel, il avait pris soin d'examiner la serrure.

Il quitta la brasserie, prit un nouveau taxi et lui indiqua la rue Clauzel. Seul chez Martha, il fit un inventaire rapide des lieux, en prenant soin de ranger correctement tous les objets qu'il déplaçait. Il découvrit les gadgets érotiques dissimulés dans la commode, ne parvint pas à ouvrir le petit secrétaire, examina les toiles puis s'assit sur le canapé pour réfléchir.

Il répétait déjà les arguments grâce auxquels il parviendrait à convaincre Martha de lui parler quand il réalisa soudain qu'il était en grand danger. S'il avait pensé à récupérer les clefs de l'atelier, l'idée de « confisquer » les papiers de Jacek ne l'avait même pas effleuré ! Emporté par sa précipitation, effrayé par les menaces de Jacek, il s'était débarrassé de l'obstacle que représentait le protecteur de la jeune femme sans prévoir toutes les conséquences de son geste. Si la police remontait jusqu'à Martha avant qu'il n'ait le temps de la persuader de s'entendre avec lui, tout était fichu. Après ? Après, si Martha le dénonçait, si tout allait trop vite... il ne fallait pas penser à après. Arpentant l'atelier de long en large, il fouetta l'air de sa canne à plusieurs reprises, en se réprimandant lui-même pour sa légèreté. Il se remémora la bouffée de fierté puérile qui l'avait submergé moins d'une heure plus tôt, et eut un rire amer.

– Pauvre vieille cloche sénile, murmura-t-il entre ses dents. Et pauvre Martha...

Il ouvrit un des velux et aspira quelques goulées d'air tiède, lentement, espérant ainsi apaiser la douleur qui lui taraudait la poitrine.

*

Quand Martha rentra chez elle le lendemain matin, il l'attendait, dissimulé derrière le rideau qui masquait l'alcôve. Il la vit déposer son sac de voyage et se déshabiller. Elle quitta ses vêtements un à un, avec lassitude, puis vint droit sur lui, vers la salle de bains, mais se ravisa soudain. Elle regagna le centre de l'atelier, prit le téléphone et composa un numéro ; la bande d'un répondeur se mit en marche.

— Jacek, Jacek ? Tu es là ? dit-elle après avoir attendu la fin du message. Non ? Écoute, je suis rentrée, dis-moi vite ce que je dois faire ! J'ai peur. Appelle-moi, je ne bouge pas.

Elle s'étendit sur le canapé, et resta ainsi, les deux mains plaquées sur le visage. Il surgit alors et se jeta sur elle. Martha tenta de se débattre ; ses ongles griffèrent maladroitement le dos de son agresseur, labourant le tissu de sa veste, en vain. Il lui enserra le cou d'une poigne ferme, et maintint la pression jusqu'à ce que le regard de la jeune femme se voile.

Quand elle s'éveilla, elle dodelina de la tête et réalisa qu'elle ne pouvait plus bouger. Elle aurait tant voulu se lever mais ses membres restaient inertes. Elle crut qu'elle flottait au-dessus de son propre corps, qui lui était devenu étranger. C'était une sensation agréable, elle ressentait une grande chaleur, apaisante... Elle reconnut le visage penché au-dessus d'elle et se demanda pourquoi elle n'était pas effrayée. Elle se concentra du mieux qu'elle put et ordonna à ses jambes de s'étendre, à ses mains de saisir le rebord de la baignoire pour se redresser, sans résultat.

— Je vous ai fait une piqûre, dit-il. Du temgesic, vous connaissez certainement ?

Martha tenta de se souvenir de la peur. Que ressentait-on ? Elle devait avoir peur, elle le devait. Peur ? Qu'est-ce que c'était, déjà ? Elle était si bien, si bien. Jamais elle n'avait éprouvé une telle quiétude.

Il lui parla longuement.

— Il faut tout me dire, vous voyez, je ne veux pas grand-chose, conclut-il. Tout ! Vous voulez bien me parler ?

Elle cligna des yeux en guise d'assentiment, fatiguée. Elle aurait voulu dormir.

— Vous avez tué Aïcha ? demanda-t-elle.

— Non…

— Vous ne connaissiez pas Jacek, c'est donc elle qui vous a parlé de moi ! insista Martha, dans un sursaut de lucidité.

Elle tenta, une fois de plus, d'allonger les jambes. Le rebord de la baignoire lui meurtrissait les omoplates. La bonde lui raclait les fesses. Elle sentait tout cela ; tout se passait comme si la douleur avait été présente, mais hors d'elle, prisonnière de ce corps qu'elle ne parvenait plus à habiter et qui lui adressait pourtant des messages de détresse.

— Oui, c'est Aïcha, avoua-t-il.

— J'ai essayé de l'appeler, je n'ai pas réussi, où est-elle ? balbutia Martha, les yeux vitreux.

— Je ne sais pas… je… je vous promets que je ne l'ai pas tuée.

Ils parlèrent longtemps, presque à voix basse. Peu à peu, Martha comprit qu'il mentait, qu'Aïcha était morte. Après ce qu'il lui avait révélé, c'était tout à fait probable. Elle aussi lui cacha la vérité. Un soir, quelques semaines auparavant, Aïcha l'avait invitée au restaurant. Elle sortait des liasses de son sac à main et s'amusait à allumer ses cigarettes en enflammant des billets de cinq cents francs. Aïcha avait toujours aimé la frime. Elle s'était vantée de la provenance de tout cet argent : un vioque minable, un micheton qu'elle avait fait tabasser par la bande de petites frappes à ses ordres avant de le détrousser. Une super dépouille ! avait dit Aïcha. Martha s'en souvenait.

Maintenant, le vioque minable, le micheton, la tenait à sa merci. Malgré cette situation, elle eut des mots très durs envers lui. Il laissa toute cette haine se dévider, sans manifester la moindre colère, parut même sincèrement contrarié de tant d'inconscience, puis, sans se départir de son calme, il lui saisit le bras et lui montra sa seringue. Elle se débattit du mieux qu'elle put, du moins en eut-elle l'impression. En fait, elle ne bougea presque pas. Il était trop tard.

— Vous savez comment Aïcha est morte ? demanda-t-il ensuite.

Elle secoua la tête. Il le lui expliqua et posa doucement sa main sur la sienne.

— Vous ne souffrirez pas, je vous le jure !

Il choisit une zone vierge de toute piqûre, sur l'avant-bras droit, enfonça l'aiguille puis pressa le piston. Martha sentit une nouvelle vague de bien-être profond l'envahir. Une voix lointaine, très lointaine, s'adressait à elle, sans qu'elle puisse discerner à qui elle appartenait. Elle crut être redevenue enfant, bébé ; quelqu'un la berçait, la berçait et lui parlait très doucement. Elle répondit d'une voix pâteuse à toutes les questions que la voix lui posait. Puis elle sentit que sa main la chatouillait et elle se mit à rire. Ce n'était plus une chatouille, à présent, mais une brûlure, une sensation de chaleur très agréable, comme celle qui vous prend devant un feu très vif, après un long séjour dans le froid. Ensuite il y eut du rouge, tout autour d'elle, devant ses yeux, une ligne rouge qui ondoyait, ondoyait, se courbait sur elle-même et dessinait un soleil aveuglant, un grand soleil qu'elle voulut contempler, contempler encore. Elle ne le put. Sa tête bascula sur le côté et elle s'endormit.

*

Il resta longtemps devant la baignoire, immobile, partagé entre l'apaisement et la frayeur. Il avait pris plaisir à tuer. La souillure avait été lavée, une seconde fois. Et il savait. Il s'ébroua, fractura le petit secrétaire pour chercher le carnet dont Martha lui avait signalé la présence, l'empocha et quitta rapidement l'appartement.

*

La lampe de chevet était allumée et diffusait une lumière très douce. Il avait disposé un foulard sur l'abat-jour, un foulard de soie beige, aux teintes passées. Un foulard qui lui avait appartenu, à elle.

Il regarda l'œil rouge, qu'il avait placé dans un écrin tapissé de soie blanche, et qui reposait sur la table de chevet, tout près de lui. Pour la première fois depuis sa rencontre avec Aïcha, il réussit à s'endormir sans s'abrutir de somnifères. À cet instant intermédiaire entre la conscience et la veille, où l'on a parfois l'impression de régner en maître sur les rêves, de les provoquer, de les diriger, il appela le vieux monsieur qui poussait sa carriole dans les allées du jardin du Luxembourg, une carriole de guingois où était juché un orgue de Barbarie.

Le musicien obéit à son appel. Puis elle arriva à son tour, près du bassin où les gosses s'amusaient avec leurs petits bateaux à voile. Ils échangèrent quelques baisers en écoutant les ritournelles que le musicien jouait sur son limonaire. Puis ils se rendirent dans la chambre sous les combles, rue Gay-Lussac, pour s'aimer avec des gestes maladroits. Ensuite, ils descendirent le boulevard Saint-Michel jusqu'à la Seine, et flânèrent le long des quais.

27

Le vendredi matin, à dix heures comme prévu, Rovère passa chercher Nadia Lintz à son cabinet du Palais de justice. Elle ne s'y trouvait pas. Rovère consulta ostensiblement sa montre et ne cacha pas son irritation, aussi Mlle Bouthier déploya-t-elle des trésors de séduction pour l'amadouer.

– Mme Lintz vient d'appeler. Votre rendez-vous n'est pas annulé. Vous pouvez la joindre chez elle, expliqua la greffière, en lui tendant un post-it sur lequel était inscrit un numéro.

– Excusez-moi, inspecteur, dit Nadia dès que Rovère l'eut composé. Nous pouvons commencer par la rue Sainte-Marthe : je n'avais pas réalisé, mais j'habite à deux pas. C'était absurde de venir au Palais, n'est-ce pas ? Retrouvons-nous à Belleville. La Vieilleuse, le grand café au coin de la rue, vous connaissez ?

Rovère acquiesça. Elle l'y attendit devant un café crème en parcourant la presse du matin. Elle constata que *Le Parisien* avait consacré un article assez important aux deux affaires qui l'occupaient, et relatait en détail les premières conclusions policières après la publication du portrait-robot d'Aïcha. Son nom était cité. Le journaliste indiquait simplement qu'elle avait été saisie du dossier, en guise de conclusion. C'était la première fois que ce genre de mésaventure lui arrivait ; elle en imagina à l'avance les désagréments, si par malheur l'enquête ne progressait pas.

Elle replia le journal et se tourna vers le comptoir pour demander un autre crème. Les employés de la poissonnerie voisine cassaient la croûte, avec leur tablier taché de sang et d'écailles, en compagnie d'autres habitués des lieux, parmi lesquels un quarteron de poissardes à la mine farouche, équipées de caddies rafistolés, et qui se remontaient le moral à coup de blanc-cassis avant d'aller affronter la foule du marché du boulevard de Belleville. Avec leur tignasse en bataille et leur trogne couperosée, elles ressemblaient à des gorgones en perdition, échappées du tournage d'un péplum au budget étriqué.

Tout à l'extrémité du zinc, indifférent aux cris des poissonniers et de ces harpies, Bagsyk sirotait un petit verre d'alcool. Sans qu'elle y eût réfléchi, Nadia lui adressa un bref signe de tête. Il le lui rendit aussitôt, et son visage, ordinairement figé dans une indifférence hautaine, grimaça un sourire sardonique, pareil à celui qu'il avait eu en la croisant à la 23e Chambre correctionnelle. Le serveur s'approcha. Nadia lui passa sa commande et replongea dans son journal, confuse. Ce vieux vicelard me mate dès qu'il en a l'occasion et maintenant, il va croire que je lui fais du gringue ! songea-t-elle.

Bagsyk leva cérémonieusement le coude, vida son marc cul sec et passa devant Nadia, son manteau de cuir plié sur son bras, sa canne à la main. Avant de quitter la brasserie, il inclina sèchement la tête, de nouveau, en lorgnant dans sa direction. Cette fois, Nadia feignit d'être absorbée par la lecture de la page des sports du *Parisien*, et ne lui rendit pas son salut. Cinq minutes plus tard, Rovère pénétra dans la salle de la brasserie et s'assit à côté d'elle.

*

Rue Sainte-Marthe, Nadia fit connaissance avec la concierge, Mme Duvalier, qui les reçut dans sa loge. Ils montèrent au quatrième étage, franchirent les marches de l'escalier effondrées après le sabotage organisé par

Vernier, le propriétaire de l'immeuble, et pénétrèrent dans la cambuse où les pompiers avaient découvert le corps d'Aïcha. Les marques de craie, tracées par les techniciens de l'Identité judiciaire pour baliser l'emplacement du cadavre, s'étaient presque effacées sous l'effet de l'humidité ambiante ; les meubles, ou plutôt leurs vestiges, étaient restés à leur place. La faune d'insectes qui peuplait l'endroit, momentanément dérangée par les intrusions policières, n'avait pas tardé à reprendre possession des lieux. Nadia fit de son mieux pour s'imprégner de l'atmosphère sinistre qui régnait dans la chambre. Rovère, qui s'efforça de se montrer courtois en dépit du temps qu'elle lui faisait perdre, lui montra le vasistas par lequel les pompiers étaient descendus.

Ils s'assirent ensuite un moment sur un des bancs de la petite place. Rovère garda le silence, et tout dans son attitude démontrait qu'il ne goûtait guère ce pèlerinage. Ils regagnèrent le carrefour Belleville et prirent place dans sa voiture, qu'il engagea sur le boulevard de la Villette, afin de gagner Pigalle. Ils avaient à peine dépassé la Chapelle, quand le téléphone fit entendre une sonnerie stridente. L'inspecteur décrocha.

— Rovère, j'écoute, lança-t-il, tout en cherchant à contourner un camion aux dimensions imposantes, qui barrait le passage sans parvenir à négocier son virage vers une ruelle étroite. Allô, c'est toi, Dansel ?

Nadia ne perçut que les bribes d'une conversation à laquelle elle ne comprit pas grand-chose, sinon qu'elle concernait Martha Kotczinska. Rovère répondit à son interlocuteur par une suite de grognements approbateurs. Au fur et à mesure de l'échange, son visage s'éclaira d'un sourire satisfait.

— Tu nous le gardes au chaud et tu commences à prendre sa déposition, on se retrouve sur place, s'écria-t-il enfin. Attends, je note !

Nadia le vit tendre la main vers la boîte à gants, saisir un carnet et griffonner une adresse, sans pour autant renoncer au gymkhana auquel il se livrait afin de contourner le quinze tonnes lourdement échoué au carrefour. Rovère donna un brusque coup de volant sur la gauche ; les pneus de la voiture gémirent en escaladant le terre-plein qui scindait le boulevard par son milieu et bientôt, il remonta celui-ci en sens inverse.

— La rue Clauzel, ce sera pour plus tard, expliqua-t-il en accélérant brusquement. Il y a du nouveau !

— Je vous écoute, dit Nadia.

— Chez Martha, je n'ai trouvé aucun carnet d'adresses, aucun agenda, rien de ce genre.

— Oui, je me souviens, acquiesça Nadia en se cramponnant au tableau de bord.

— Pour une fille comme elle c'est plutôt surprenant ! Une artiste, ça ne vit pas dans l'isolement, reprit Rovère. On ne sait rien de ses amis, mais d'après ce que m'a dit le directeur de la galerie où elle exposait, elle traînait pas mal.

L'inspecteur effectua un virage osé pour dépasser une benne à ordures, et fila le long de la ligne du métro aérien, pied au plancher.

— N'allez pas si vite ! s'écria Nadia, à l'avance effrayée par le numéro de voltige qu'il semblait ravi de lui infliger.

— Excusez-moi, dit-il, en ralentissant sagement. Après tout, vous avez raison, on n'est pas à une heure près.

— Alors ?

— J'ai laissé un inspecteur sur place, chez Martha, pour voir. Il devait répondre à ses coups de fil, accueillir les visiteurs éventuels.

— Eh bien ? Ça a donné des résultats ?

— Plutôt, oui ! confirma Rovère. Un type s'est présenté chez elle, ce matin. Il lui louait un appartement, un petit deux-pièces, à Joinville. Elle n'avait pas payé le loyer des deux derniers mois, alors il est venu réclamer son dû.

— Une résidence secondaire, en quelque sorte ? Dans le rapport que vous m'avez transmis, vous disiez qu'elle n'avait pas le sou et qu'elle ne déboursait rien pour son atelier de la rue Clauzel ? s'étonna Nadia.

— Oui, c'est bien ce qui m'intrigue ! Et d'après ce que me dit Dansel, ça vaut le coup d'œil !

— Dansel ?

— Un de mes adjoints.

— Qu'y a-t-il dans cet appartement ? demanda Nadia, tout étonnée de partager l'excitation de Rovère.

— Vous savez ce que Martha faisait, en Pologne, avant d'émigrer en France ? Non ? Elle tenait une imprimerie, eh bien, elle n'a pas perdu la main !

À cet instant, le téléphone sonna de nouveau. Nadia se saisit du combiné pour éviter que l'inspecteur ne lâche le volant et écouta.

— C'est pour vous, une communication personnelle, dit-elle en lui tendant l'appareil.

Ils avaient déjà dépassé le Père-Lachaise et filaient vers Nation.

— Rovère, j'écoute.

Elle vit son visage se décomposer, tandis qu'il garait la voiture en double file, indifférent aux coups de klaxon que son brusque changement de direction suscitait de la part des automobilistes qui les suivaient sur l'avenue Philippe-Auguste.

— Qu'est-ce que tu racontes, Claudie ? demanda-t-il d'une voix blanche, quasi sépulcrale. Ce matin ? Et pourquoi j'ai pas été prévenu plus tôt ? D'où appelles-tu ? Allô ? Allô ?

La communication avait été coupée. L'inspecteur reposa lentement le combiné sur son support et alluma une Gitane d'une main fébrile. Il resta un long moment, le regard fixe, puis se pencha vers Nadia pour ouvrir la portière du côté passager.

— Boulevard Guynemer à Joinville, au 18. Vous y trouverez Sandoval, le commissaire qui a l'affaire en charge. Descendez et prenez un taxi, ordonna-t-il d'un ton sans appel.

— Que se passe-t-il ? demanda Nadia, stupéfaite.

— Un ennui personnel, allez-y, ils ont besoin de vous, là-bas.

Elle obéit à contrecœur, troublée, remonta l'avenue sur une vingtaine de mètres et se posta près de la station de métro. Le premier taxi qu'elle aperçut fila sans même la regarder. Le second s'arrêta à sa hauteur, mais dès qu'il sut qu'elle voulait gagner la banlieue, accéléra sans même un mot d'excuse. Le troisième se pencha à la vitre, et lui expliqua qu'il avait terminé sa journée.

— Désolé, ma poule, claironna-t-il d'une voix gouailleuse. Fais du stop : roulée comme t'es, ça m'étonnerait que tu poireautes longtemps !

Le quatrième se rangea en tête de station, mais, alors qu'elle montait déjà à l'arrière de la voiture, il jaillit de son siège et se mit à vociférer que c'était l'heure du casse-croûte et qu'il avait droit à ce qu'on lui foute la paix.

Elle s'apprêta à prendre le métro, et descendit les premières marches de la station quand un flot de voyageurs excédés lui barra le passage en remontant les escaliers. Elle apprit qu'une avarie sur une des rames de la ligne avait stoppé le trafic. En désespoir de cause, elle se résigna à faire un bout de chemin à pied, et ne tarda pas à dépasser la voiture de Rovère, qui n'avait pas bougé. Elle le vit s'énerver au téléphone, raccrocher, composer un nouveau numéro, raccrocher rageusement, une fois encore.

Il sortit sa flasque et avala une longue gorgée de cognac. Il s'aperçut alors que Nadia était restée en plan, imagina la tête de Sàndoval s'il lui annonçait qu'il l'avait larguée, fourra la flasque dans la poche de son blouson, embraya et vint se garer près d'elle.

– Les taxis sont semble-t-il en grève, le métro est en panne. Je crois que je vais rentrer au Palais à pied ! À moins que je trouve un bus ? dit-elle d'un ton qu'elle voulut détaché.

– Non, je vais vous conduire à Joinville, c'est important que vous y alliez. Vous allez avoir des décisions à prendre pour la suite de l'enquête. Mais avant on va faire un crochet par Saint-Maurice, c'est tout près. Je ne pense pas en avoir pour longtemps !

Il accéléra dès qu'elle eut pris place à ses côtés.

– Vos ennuis, c'est grave ? demanda Nadia.

– Mon fils… il a eu un accident !

– Je suis désolée. C'est complètement idiot, je ne sais pas quoi vous dire. Quel âge a-t-il ?

– Treize ans.

– Un accident au collège ?

– Non, il ne va pas au collège.

Nadia hocha la tête, désemparée, et comprit qu'il valait mieux qu'elle se taise. Ils dépassèrent la place de la Nation, arrivèrent en bordure du bois de Vincennes, qu'ils longèrent par l'avenue de Gravelle, avant d'obliquer dans une petite rue où s'ouvraient les grilles d'un hôpital. Ils traversèrent un parc boisé où se promenaient des malades en robe de chambre. Rovère se gara devant un bâtiment de plain-pied, tout au fond du parc, et descendit.

– Je ne serai pas long, dit-il, penché à la portière. Enfin, j'espère !

– Je vous en prie, prenez votre temps.

— C'est un peu bête. Si vous voulez, gardez la voiture, c'est moi qui rentrerai en taxi, proposa-t-il.

— Je ne sais pas conduire, avoua-t-elle, avec un sourire désolé.

Ce n'était pas la seule raison ; Rovère semblait être la cheville ouvrière de l'enquête. En tout cas, jusqu'à présent, il était son interlocuteur privilégié et elle tenait à sa présence. Elle le lui dit.

Il pénétra dans le bâtiment peu avant qu'une escouade de gosses n'en sortent. Nadia sentit un frisson d'horreur lui parcourir l'échine. Juchés sur des fauteuils roulants, sanglés sur des chariots plats ou harnachés d'appareils de marche, de minerves et de corsets de cuir, ils avançaient en rang, encadrés par des animatrices, et se chamaillaient comme tous les enfants. Ils s'éloignèrent et entonnèrent en chœur *La Fille du coupeur de paille*. Nadia détourna la tête, les yeux embués de larmes. Elle n'avait jamais supporté ce genre de spectacle.

Elle patienta. Un quart d'heure passa sans que Rovère ne réapparaisse. Elle fouilla dans son sac à main, en sortit son agenda et appela un magasin de musique situé près de la Bastille, où elle avait acheté un piano dès son arrivée à Paris, durant la première semaine de son séjour chez Maryse Horvel. Elle informa le vendeur de sa nouvelle adresse et prit rendez-vous pour le lendemain samedi afin qu'on vienne le lui livrer.

Un nouveau quart d'heure s'écoula. Elle sortit pour se dégourdir les jambes et le regretta aussitôt. La petite troupe de gamins éclopés était de retour. Un blondinet d'à peine cinq ans, ligoté par de larges lanières de cuir sur son chariot, et dont le torse était prisonnier d'une épaisse gangue de plâtre, s'approcha d'elle en actionnant les roues de sa voiture avec une grande dextérité.

— Qui t'es, toi, une maman ? demanda-t-il en lui prenant la main.

— Non, je… je ne suis pas une maman, lui dit Nadia en fléchissant les genoux pour amener son visage à hauteur du sien.

— T'es une grande sœur, alors ?

— Non plus… je…

L'animatrice qui accompagnait les enfants perçut la gêne de Nadia et récupéra le petit curieux, qu'elle propulsa vers l'entrée du bâtiment. Sans réfléchir, Nadia les suivit. Elle découvrit un hall décoré de dessins d'enfants et de personnages de Walt Disney découpés dans du carton. Elle vit d'autres enfants qui s'escrimaient à accomplir de mystérieux exercices dans une salle de kinésithérapie. Rovère, accompagné d'une femme au visage défait, qu'il soutenait en la tenant par le bras, apparut alors au détour du couloir.

— J'arrive tout de suite, dit-il à l'adresse de Nadia qui eut un geste apaisant pour lui signifier de ne pas se presser.

Un infirmier appela l'inspecteur et l'entraîna dans un bureau voisin.

— Juste une minute, lança-t-il avant de disparaître. Claudie, tu m'attends aussi ?

Nadia resta seule avec la nouvelle venue, qui essuya ses larmes, prit une cigarette d'une main tremblante et fouilla ses poches à la recherche d'un briquet. Nadia lui tendit le sien.

— Ce n'est pas trop grave ? demanda-t-elle, désireuse de meubler le silence.

— Non… enfin, ç'aurait pu être pire…

— Que s'est-il passé ? poursuivit Nadia, emportée par un élan de compassion aussi maladroite qu'inutile.

— Il s'est électrocuté avec un fer à repasser qui traînait dans la salle des éducatrices. C'est de leur faute, expliqua Claudie.

Elle dévisagea Nadia, lui sourit tristement et réprima un nouveau sanglot.

— Il… il ne m'avait jamais parlé de vous ! dit-elle en détournant le regard.

Nadia sentit son visage s'empourprer. Elle posa sa main sur celle de Claudie et toussota, au comble de la gêne.

— Écoutez, vous vous méprenez, je travaille avec votre… votre mari ?

— Ah ? Excusez-moi, j'avais cru que… bafouilla Claudie en rougissant à son tour.

Elle se tut, souffla une bouffée de fumée, et éclata d'un rire nerveux. Rovère réapparut dans le couloir. Nadia s'éloigna, sortit et prit place dans la voiture. Rovère serra sa femme dans ses bras, lui caressa doucement la nuque et déposa un baiser rapide sur son front avant de la quitter. De retour dans la voiture, il examina rapidement un plan de la banlieue, repéra l'avenue Guynemer, à Joinville, où Sandoval devait se ronger les sangs, et démarra, les mâchoires crispées.

— Vous me pardonnerez, je n'ai pas pu faire autrement, dit-il alors qu'ils quittaient le parc de l'hôpital.

— Votre femme m'a dit que ce n'était pas trop grave, risqua Nadia, en sachant fort bien que dans ce genre de circonstances, on éprouve le besoin de parler.

Rovère saisit l'occasion qui lui était offerte et débita son histoire d'une voix sourde, sans quitter la route des yeux. Nadia apprit le passé de son fils, les premières années de son enfance, parfaitement heureuses, puis la méningite survenue à l'âge de huit ans.

— Depuis, c'est un légume, conclut l'inspecteur avec un sourire aigre. Il végète dans ce mouroir et personne n'est foutu de m'expliquer s'il comprend un traître mot de ce qu'on lui dit. Les médecins prétendent qu'il est débile, qu'il ne se rend même pas compte de son état.

Moi, je suis persuadé du contraire. J'ai voulu l'arracher de là, le prendre chez moi, mais ma femme ne veut pas.

— Vous êtes séparés ? demanda Nadia.

— Oui, à cause de ça !

— Je comprends.

— Non, vous ne comprenez pas ! rétorqua Rovère, subitement excédé. D'ailleurs, ça n'a aucune importance, descendez, nous sommes arrivés.

Il lui ouvrit la portière. Dimeglio faisait les cent pas sur le trottoir en tirant nerveusement sur le col de son imper.

28

Sandoval attendait Nadia en compagnie du propriétaire de l'appartement que louait Martha. L'immeuble ne comportait que deux étages et se dressait dans une petite rue bordée de pavillons de meulière. Dimeglio la guida, et elle fit connaissance avec le commissaire, tandis que Rovère restait en retrait. Les présentations furent rapides.

Sandoval avait totalement changé d'attitude depuis le début de la semaine. Après le camouflet subi à la suite du fiasco de la piste Djeddour, il avait dû s'en remettre au savoir-faire de Rovère. La découverte du corps de Martha et surtout la publicité accordée à l'affaire par la presse avaient attiré l'attention de la hiérarchie, à sa grande inquiétude ; les derniers développements de l'enquête ne le rassuraient pas plus… Pour faire bonne figure, il s'efforça d'accueillir Nadia en affichant un flegme dont elle perçut immédiatement toute l'hypocrisie.

— M. Boyer. Il est propriétaire de l'immeuble et avait cédé le rez-de-chaussée à Martha… tout cela depuis deux ans, annonça-t-il, en désignant un quadragénaire joufflu, qui n'en menait pas large. Il habite lui-même le premier étage.

Nadia fit le tour de la pièce. Elle était meublée de façon sommaire et n'avait pas été balayée depuis longtemps ; de gros moutons de poussière jonchaient le plancher. Sandoval poursuivit ses explications et confirma ce que Nadia avait appris de la bouche de Rovère : Boyer encaissait le loyer en liquide et, surpris de ne pas avoir de nouvelles de sa locataire, s'était décidé à lui rendre visite rue Clauzel, où l'attendait un inspecteur de la Brigade.

— Je vous jure que je ne savais pas ce qu'elle faisait ici ! s'écria Boyer.

— Taisez-vous, on vous sonnera quand on aura besoin de vous, lui répondit Sandoval en s'effaçant pour laisser passer la jeune femme.

Elle poussa la porte de la seconde pièce et découvrit un matériel de reprographie, plusieurs machines à écrire, un attirail servant à confectionner des tampons, des appareils photo, ainsi que des casiers contenant des plombs d'imprimerie et une petite presse.

— Rudimentaire, mais efficace ! dit Sandoval. Toute la panoplie du petit faussaire. Tenez, voici quelques spécimens du travail de Martha.

Il montra un classeur contenant des cartes d'identité, des permis de conduire, des cartes grises, et des documents dûment estampillés de cachets de services officiels. Nadia les parcourut rapidement.

— C'est édifiant ! constata-t-elle en tournant les pages. Des certificats des services vétérinaires. Regardez, ceux-ci sont rédigés en anglais. Eh bien, ça promet ! Et ceux-là ? Vous savez ce que c'est ?

Sandoval fit signe à Dimeglio de s'approcher et le pria de traduire les documents polonais.

— Ce sont des bordereaux pour l'exportation de viande. En principe, c'est la douane qui les délivre, expliqua l'inspecteur.

— Elle était mêlée à ce genre de trafic ? s'étonna Nadia.

— Oui, il faut le croire, mais les fausses cartes d'identité laissent aussi penser qu'elle avait une clientèle diversifiée, approuva Sandoval.

Il referma le classeur puis le confia à Dimeglio. Nadia retourna dans la première pièce où Boyer l'attendait en compagnie de Rovère.

— Je vous jure que je ne savais pas ! pleurnicha-t-il.

— Évidemment. Vous lui louiez cet appartement, elle n'y habitait pas mais ça ne vous a pas étonné ! lui lança Nadia, excédée. Qu'est-ce que vous faites, dans la vie, monsieur Boyer ?

— Je suis inspecteur des PTT. Qu'est-ce que vous voulez, moi, je n'ai pas à me mêler de la vie privée des gens, je ne...

— Ça suffit ! Répondez avec précision ! Elle venait souvent ici ?

— Elle devait passer deux... trois journées par semaine, des fois plus, des fois moins, ça dépendait.

— Elle venait toujours seule ? Elle recevait de la visite ? reprit Nadia.

— Non, enfin, je veux dire oui, il y avait un type qui passait de temps en temps. Avec un accent polonais. Toujours vêtu de façon très voyante. Vous savez, ces trucs fluo qu'on fait maintenant. Je le croisais et on se disait bonjour. Mlle Kotczinska et ce... ce monsieur avaient l'air d'être en bons termes.

Soucieux de ne pas décevoir Nadia, qui l'intimidait beaucoup, il donna un signalement assez précis du visiteur. Elle conclut ce premier interrogatoire en demandant à Sandoval d'embarquer Boyer pour lui faire établir un portrait-robot du visiteur, à tout hasard. Les inspecteurs se mirent à déménager le matériel qu'ils rangèrent dans les coffres de leurs voitures et placèrent des scellés sur les portes de l'appartement. Nadia sortit dans la rue, s'adossa à une camionnette garée devant la maison et assista à leur manège, songeuse, les bras croisés. Rovère fit monter Boyer dans sa voiture et, accompagné de Dimeglio, quitta les lieux. Le commissaire, perplexe, jouait avec son trousseau de clefs.

— C'est incohérent, cette histoire, remarqua Nadia.

Sandoval eut un sourire crispé, lui montra sa BM garée un peu plus loin et lui proposa de la raccompagner au Palais. Elle accepta.

*

En début d'après-midi, comme prévu, Nadia reçut en audition les parents de la prostituée poignardée sur le périphérique. De pauvres gens dépassés par la situation, hébétés, qu'elle parvint non sans difficulté à convaincre de se porter partie civile. Ils ne comprirent pas la raison de cette demande ; leur fille était morte, et ils acceptaient sa disparition avec résignation, comme une touche supplémentaire au tableau sinistre de leur vie de grisaille. Ils craignaient surtout d'avoir à payer les frais du procès si l'on parvenait à mettre la main sur l'assassin.

À dix-sept heures, Rovère lui passa un coup de téléphone.

— On a établi le portrait-robot d'après la description de Boyer, et on est allés le montrer à tous les témoins qu'on a pu joindre, expliqua-t-il.

Il en énuméra la liste. Le visiteur de Joinville était inconnu rue Sainte-Marthe. Ni la Duvalier ni les voisins de Djeddour ne l'avaient vu rôder dans le quartier.

Idem pour Vernier et les brutes de son commando anti-squatters... Morençon, le directeur de la galerie où Martha exposait, donna la même réponse. Par contre, Noémie Mathurin, la femme de ménage, l'avait croisé à plusieurs reprises rue Clauzel. Elle apporta un nouvel élément : son prénom, Jacek. Elle ignorait son nom de famille.

— On épluche les histoires de faux papiers que des collègues ont pu lever ces derniers temps, en essayant de vérifier si les documents ne provenaient pas de chez Martha, mais c'est assez coton ! poursuivit Rovère. J'ai laissé un inspecteur en faction à Joinville et un autre rue Clauzel, mais ça ne pourra pas s'éterniser, les effectifs ne le permettent pas.

— On verra bien, conclut Nadia, fataliste. Au revoir... non, attendez !

— Quoi d'autre ? demanda-t-il avec un soupir de lassitude.

— Votre fils, ça va ?

— Oui, je ne vous ai même pas expliqué : le fer lui est tombé dessus quand il s'est approché de la table, et il a saisi le fil à pleines mains. Il est très secoué, mais les médecins disent qu'il va récupérer assez vite. Je vous remercie de m'avoir attendu, ce matin.

Nadia lui adressa quelques paroles d'encouragement, raccrocha, puis attendit que Mlle Bouthier s'en aille avant de passer d'autres coups de téléphone. Le premier fut pour Maryse, qu'elle voulait inviter le lendemain soir, avec Butch, pour fêter son installation rue de Tourtille. Elle avait déjà quitté le Palais mais n'était pas encore rentrée rue de la Convention, aussi Nadia lui laissa-t-elle un message sur son répondeur. Elle appela ensuite Montagnac, qui roucoula comme un collégien à l'annonce de sa proposition.

— Ne te fais pas d'illusions ! lui dit-elle, nous ne serons pas seuls !

Elle compléta ses invitations avec deux de ses collègues de l'instruction, qu'elle connaissait encore fort peu mais avec lesquels elle espérait nouer des relations dépassant le cadre professionnel.

29

Szalcman n'avait pas parlé à la légère. Il avait promis qu'en moins d'une semaine, les travaux que Nadia lui avait confiés seraient achevés, et c'était chose faite. Quand elle rentra rue de Tourtille, il l'attendait, très fier de lui. Impeccablement assemblés, poncés, polis à l'aide d'une cire odorante, les rayonnages de la bibliothèque occupaient tout un pan de mur dans la pièce principale. Nadia apprécia le résultat avec un sifflement admirateur puis se laissa glisser sur le canapé, moulue de fatigue. Elle raconta sa journée à Isy, qui l'écouta avec une grande attention… et lui conseilla de changer de métier.

— Ne parlons plus de tout cela ! dit-elle en montrant les cartons amassés dans le couloir et qui contenaient ses livres. Je vais l'installer, cette bibliothèque !

Aussitôt, Szalcman se saisit du premier carton et le porta au centre de la pièce.

— Votre sciatique va mieux ? demanda-t-elle.

— Oubliée pour aujourd'hui, elle reviendra peut-être demain, dit-il en déposant son fardeau sur le canapé.

Nadia ouvrit le colis et en sortit quelques traités de droit qu'elle rangea tout en haut des rayonnages.

— Vous avez raison, comme ça, on les verra moins ! approuva Szalcman.

Nadia déballa son Universalis, rassembla ses romans, classa ses ouvrages historiques, ménagea une place de choix pour les livres d'art, sous le regard approbateur de son hôte, qui avait allumé une pipe et la regardait s'affairer, satisfait du résultat. Le téléphone sonna alors. Nadia laissa se dévider la bande de son répondeur et attendit. Elle pensa que Maryse l'appelait pour accepter son invitation, mais ne tenait malgré tout pas à être dérangée. Elle sursauta en entendant la voix de Marc qui retentit bientôt, haut et clair.

— Nadia… je pense que tu es là ? Réponds, bon sang !

Elle lança un regard paniqué en direction d'Isy, se précipita vers l'appareil, voulut baisser le volume sonore mais ne trouva pas la molette qui le permettait. Elle retourna le répondeur, s'énerva avec fébrilité, sous le regard gêné de Szalcman, qui hésita un instant avant de se précipiter vers la cuisine.

— Bien ! Tu agis à ta guise, mais cette fois, je te signale que les carottes sont vraiment cuites. Ta mère est venue à Paris, j'espère que tu n'auras pas la cruauté de refuser de la voir ! cria Marc, avec colère. Ta conduite est insensée, tu devrais avoir honte ! Dans ces moments-là, on peut faire preuve… de… de pitié. Au moins de pitié. Nadia ? Tu m'écoutes ?

Après une attente de quelques secondes, il raccrocha. Nadia arracha nerveusement la prise, serra les poings, blême de rage et de confusion, et fit quelques pas dans la pièce, de long en large, en s'efforçant de se calmer.

— Isy, où êtes-vous passé ? dit-elle quand elle eut le sentiment d'y être parvenue.

— Je n'entends rien ! hurla-t-il du fond de la cuisine, qu'est-ce que vous racontez ?

Elle sourit, sans être dupe de cette ficelle grosse comme une corde. L'appartement était très sonore et elle savait fort bien que Szalcman n'avait rien dû perdre des paroles de Marc.

— J'ai pensé qu'un thé vous ferait plaisir, j'en prépare un, reprit-il, dans un grand bruit de vaisselle qu'il manipulait sans ménagement, et à dessein.

Il revint avec un plateau, deux tasses fumantes et un citron qu'il découpa avant de le presser pour le mélanger au thé.

— Vous ne continuez pas ? demanda-t-il en montrant les cartons auxquels elle n'avait pas encore touché.

— C'était mon mari, soupira Nadia.

— Ah oui ? Qu'est-ce qu'il voulait ? lança Szalcman d'un ton badin.

Il lui tourna le dos, s'accroupit face à la bibliothèque et commença à déballer les derniers livres. La jeune femme hésita.

— Je l'ai quitté et ça ne lui plaît pas beaucoup. Isy, vous m'entendez ?

— Écoutez, Nadia… dit-il gravement. Je ne le connais pas, ce type-là, mais tout ce que je sais, c'est que c'est un foutu crétin. Quand on a une femme comme vous, on ne la laisse pas filer. Je vous dis les choses comme je pense.

Elle rougit, confuse et flattée par ce compliment aussi naïf que sincère, prit sa tasse de thé et le but à petites gorgées.

— Tenez, moi c'est exactement l'inverse ! reprit Szalcman. J'ai été marié une fois, avec une véritable chipie que j'aurais bien voulu mettre à la porte tout de suite. Vous pourrez demander à Rosenfeld, il l'a bien connue. C'est même lui qui me l'a présentée quand… quand je suis sorti de prison. Eh bien, elle ne voulait pas foutre le camp, elle s'accrochait. Ah mais oui !

— Alors ?

— C'est moi qui ai mis les voiles, et sans lui dire où j'allais. J'ai travaillé à Monaco, il y a un grand musée d'automates, là-bas, le plus connu, dans le monde. Quand je suis rentré, au bout d'un an, elle venait tout juste de filer. À quelques jours près, elle me remettait le grappin dessus !

À voir sa mine épouvantée à l'évocation de cette sinistre perspective, Nadia ne put s'empêcher de rire. Elle s'agenouilla près de lui et saisit un à un les volumes qu'il sortait de leur emballage. Tout en plongeant les mains dans les cartons, il compléta le portrait de sa mégère avec ses talents de conteur habituels. Mais, peu à peu, une expression d'étonnement se dessina sur son visage. Les volumes que Nadia rangeait à présent sur les rayonnages avaient tous trait à la déportation. Il les lui passa un à un, sans ajouter un mot, se contentant simplement de jeter un rapide coup d'œil sur la quatrième de couverture. Nadia en possédait une quantité impressionnante, plus d'une centaine, récits autobiographiques de rescapés aussi bien qu'ouvrages généraux sur l'histoire des camps.

— Vous vous intéressez à tout cela ?

— Vous le voyez, ça vous surprend ? demanda-t-elle.

— Vous êtes née bien après la guerre, pourtant ? Vous avez eu des déportés, dans votre famille ?

— Non, pas du tout. Je pense simplement que c'est important. Tout le monde doit réfléchir là-dessus ! Vous ne croyez pas ?

Szalcman haussa les épaules avec une moue circonspecte.

— Dans quel camp étiez-vous, Isy ? reprit-elle, navrée de devoir mentir.

Il n'était pas question de mentionner les petites recherches auxquelles elle s'était livrée dans les archives du Palais et auprès de Bastien Montagnac. Le vieil homme garda le silence en montrant un recueil de souvenirs de survivants d'Auschwitz :

— Là, dit-il simplement.

— Pardonnez-moi mon... indiscrétion, j'avais vu le tatouage, sur votre bras, quand vous avez retroussé vos manches pour vous mettre au travail, l'autre jour.

— Oh, ce n'est pas un secret.

— Vous étiez très jeune. Vous ne voulez peut-être pas en parler ?

— Si vous y tenez, un jour. Mais en échange, vous m'expliquerez ce qui vous passionne tant dans ces histoires ?

Il se leva, vida sa pipe de ses cendres avant de la bourrer de nouveau. Nadia comprit qu'il ne valait mieux pas insister.

— Dites-moi, reprit-elle, demain soir, j'ai invité quelques amis à pendre la crémaillère. Vous serez des nôtres ?

— Vos amis ? Des gens du Palais, je parie ? bougonna-t-il, méfiant.

— Oui, ce sont les seuls amis que j'ai à Paris. Mais vous savez, les magistrats sont des gens très fréquentables !

Il hésitait. Nadia tenta de plaider sa cause durant quelques minutes mais ne réussit qu'à lui arracher une promesse du bout des lèvres. Avant de la quitter, il l'avertit qu'il devait réfléchir et qu'il l'appellerait le lendemain pour lui faire part de sa décision.

Tard dans la soirée, avant de se coucher, Nadia se livra à ce qui était presque devenu un rituel : elle écarta discrètement les rideaux et jeta un coup d'œil à l'immeuble d'en face. Il y avait de la lumière chez les Bagsyk. La sœur, toujours assise dans son fauteuil roulant, découpait des articles dans un journal à l'aide de gros ciseaux de tailleur, tandis que le frère, fidèle au poste, était planté derrière sa vitre, impassible et sévère. Il s'aperçut que Nadia était là et hocha longuement la tête, comme s'il voulait manifester par cette mimique sa satisfaction de la savoir présente.

30

Le lendemain matin, les livreurs de piano se présentèrent rue de Tourtille vers dix heures. L'escalier était étroit et ils durent faire preuve de patience autant que de force pour hisser leur chargement jusque chez Nadia. Elle croisa Rosenfeld sur le palier du second ; il partait en visite chez un de ses malades et semblait pressé.

— J'espère que la musique ne vous dérangera pas, vous et les autres locataires, lui dit-elle.

Il la rassura en lui expliquant que sa voisine du dessous était sourde comme un pot. Quant à lui, il appréciait beaucoup le piano.

— À condition qu'il n'y ait pas de fausses notes, précisa-t-il, d'un ton très pince-sans-rire, avant de se faufiler au-dehors.

Jusqu'au milieu de l'après-midi, elle prit un grand plaisir à jouer. Elle connaissait par cœur un certain nombre de morceaux classiques, avec un faible pour les variations Diabelli, qu'elle avait tout particulièrement travaillées. Elle avait dû abandonner ses partitions à Tours, lors de son départ précipité, et se promit d'en reconstituer le stock, puisqu'il était hors de question qu'elle remette les pieds chez son mari.

Elle sortit ensuite pour faire des courses, et, alors qu'elle revenait chez elle, réalisa qu'il était peut-être préférable d'avertir Rosenfeld que la soirée serait un peu agitée. Quand elle l'avait rencontré le matin même, l'idée de cette démarche de simple courtoisie ne lui était pas venue. Elle déposa ses paquets chez elle et monta à l'étage supérieur pour sonner chez le médecin. Elle crut qu'il n'était pas là, devant le silence qui suivit. Par simple acquit de conscience, elle sonna de nouveau. Il se passa un long moment avant qu'elle ne perçoive le bruit de ses pas, accompagné de celui de la canne ; elle entendit bientôt des voix mais ne put distinguer les paroles. La porte s'ouvrit alors.

Nadia fut stupéfaite de se retrouver nez à nez avec Bagsyk, qui esquissa un bref salut avant de descendre l'escalier. Rosenfeld se tenait dans l'encadrement de la porte, manifestement peu enclin à bavarder.

— Excusez-moi, je vous ai dérangé, balbutia Nadia. Vous étiez sans doute en consultation ?

Rosenfeld fut évasif et lui demanda le motif de sa visite. Elle le lui expliqua.

— Je vous en prie, ne vous tracassez pas pour moi ! dit-il, en s'efforçant de sourire. Cet immeuble est si triste, si vous pouvez y apporter un peu de gaieté.

31

Ce samedi, à seize heures, Rovère reçut un coup de téléphone du centre de rééducation de Saint-Maurice. L'interne qui soignait son fils lui apprit que l'état de celui-ci s'était aggravé dans la matinée. Il présentait de graves troubles du rythme cardiaque.

— J'arrive, dit simplement Rovère.

— Attendez ! Nous avons préféré le transférer à l'hôpital Trousseau, ils ont un service spécialisé, précisa l'interne.

Rovère sauta dans sa voiture et s'y rendit en moins d'un quart d'heure, le pied au plancher. Il retrouva sa femme, que l'on avait prévenue avant lui. Elle portait une blouse et des chaussons stériles, ainsi qu'un masque. Il dut enfiler une tenue identique avant d'être admis à pénétrer dans le service de réanimation. Il s'assit sur une chaise, près de Claudie, et lui prit la main. Ils restèrent ainsi, devant le lit de leur fils, perfusé et placé sous assistance respiratoire.

32

Maryse Horvel, flanquée de l'inévitable Butch, arriva rue de Tourtille à vingt heures, avec un grand bouquet de fleurs exotiques.

— Tu as l'air fatiguée, lui dit Nadia en constatant sa pâleur.

— Une semaine de garde, ça crève, surtout avec les nuits que je me suis tapées, soupira Maryse, accablée. Demain, c'est fini, je touche du bois pour avoir la paix ce soir. Samedi, c'est un mauvais jour.

Montagnac ne fut pas en retard et apporta un magnum de champagne. Nadia l'attira aussitôt à l'écart, dans la cuisine.

— Mon proprio va peut-être venir, lui expliqua-t-elle. Ne parle surtout pas de ton père !

Montagnac la contempla, ahuri. Il ne saisissait absolument pas quel lien pouvait unir les deux hommes, et se gratta la tête, à la recherche d'une réponse logique.

— Ne te tracasse pas, tu ne peux pas comprendre, chuchota Nadia en lui adressant un clin d'œil.

Quand ils revinrent dans le salon, les bras chargés de victuailles, ils découvrirent Butch à plat ventre, occupé à effectuer quelques pompes, sous le regard idolâtre de Maryse.

Les deux collègues de Nadia arrivèrent peu après. Elle fit patienter tout le monde en guettant l'heure, espérant que Szalcman n'avait pas renoncé à les rejoindre ; il n'avait pas appelé comme il l'avait promis. À vingt et une heures trente, il était évident qu'il ne viendrait plus, aussi fit-elle passer ses invités à table.

La conversation s'égara dans des méandres confus, habituels à ce genre de soirée. On parla de la situation de l'immobilier à Paris, Nadia raconta ses démarches pour trouver un appartement, puis on commenta les polémiques suscitées par la réforme prochaine de l'instruction. Butch, que ce genre de sujet ne passionnait guère, s'endormit sur le canapé avant le dessert, puis Montagnac, un peu éméché, s'installa au piano. Nadia l'accompagna dans un ragtime à quatre mains, sous les applaudissements.

— Chante-nous *Frédo* ! lança soudain Maryse.

— *Frédo* ? s'étonnèrent les autres.

— Son plus grand succès, vous ne connaissez pas ? dit Maryse.

— Je ne suis pas en voix, ce soir, protesta hypocritement Montagnac, dans le but de se faire prier.

Il se décida enfin, plaqua quelques accords ténébreux sur le clavier, prit un air farouche et entama le premier couplet.

— On l'connaît d'puis la communale, l'gars qu'est là, sur la photo !

— À la première page du journal, mais on l'reverra pas d'sitôt !

— Il a saigné deux vieilles mémères, et buté deux flics des costauds !

— Certainement sur un coup d'colère, vu qu'il est pas méchant Frédo !

Il y eut un éclat de rire général ; encouragé, Montagnac poursuivit, désormais solidement installé dans son rôle d'apache.

— Il a liquidé sa frangine, un'salope, un'rien du tout !
— Pasqu'y voulait pus qu'elle tapine, elle a calanché sur le coup !
— Ça, c'est des histoires de famille, ça regarde pas l'populo,
— Et puis c'était jamais qu'un'fille, à part ça l'est gentil Frédo !

Ce fut le délire. Maryse riait à gorge déployée, les larmes aux yeux. Butch, qui s'était réveillé, ne comprit rien aux paroles et repartit pour une série de pompes. Montagnac, au mieux de sa forme, attaqua la suite.

— Il a pillé la banqu'de France, pour rend'service à des copains !
— Pour améliorer leurs finances, faut bien qu'tout'l'monde, y gagne son pain.
— Y a deux, trois employés d'la banque, qu'ont pris d'la mitraille plein la peau,
— Bon dieu dans ces cas-là on s'planque, mais c'est pas sa faute à Frédo !

Il s'interrompit soudain. Un bourdonnement tenace provenait de l'entrée. Maryse se précipita sur la patère, décrocha son imperméable et montra à Nadia le bipeur eurosignal qui lançait son appel.

— Je le savais, je le savais ! C'est toujours sur moi que ça tombe, murmura-t-elle, comme écrasée par un fardeau.

Montagnac leva les yeux au ciel et se dirigea vers le téléphone. Il composa le numéro du Palais, obtint le Parquet et passa le combiné à Maryse. Elle écouta longuement son correspondant et griffonna une adresse sur un calepin posé près de l'appareil.

— Et merde, dit-elle après avoir raccroché. Dis donc, Nadia, les deux filles à la main coupée, c'est bien toi qui instruis ? Il y en a une troisième, la Brigade criminelle m'attend. C'est sur le cours de Vincennes.

Elle attendait sur le pas de la porte. Nadia hésita un instant. Montagnac l'encouragea à se rendre sur place, imité par les autres invités. Ils quittèrent tous l'appartement et se séparèrent au bas de l'immeuble. Les deux femmes prirent place dans la Clio de Maryse, qui enclencha la première d'un geste sauvage. Les pneus gémirent au démarrage.

— Puisque c'est le cirque, autant respecter le folklore, s'écria-t-elle en fixant le gyrophare amovible sur le toit de la voiture.

Elle remonta à vive allure la rue de Belleville pour couper sur la droite par celle des Pyrénées. Au passage, Nadia aperçut les lumières allumées chez Szalcman ; avec le tour qu'avaient pris les événements, elle ne regretta pas qu'il se soit abstenu d'accepter son invitation.

33

L'inspecteur Dansel étudiait minutieusement le corps étendu à ses pieds. Celui d'une femme d'une cinquantaine d'années, allongée à plat ventre sur un tapis persan, au beau milieu d'une mare de sang qui s'étalait sur plus d'un mètre carré. Le cadavre était vêtu d'une robe du soir en mousseline qui dénudait les bras et les épaules. Elle était retroussée et laissait voir les jambes de la morte, jusqu'à mi-cuisses. Le fermoir d'un collier de perles barrait la nuque, piquetée de taches de rousseur. La masse des cheveux d'un brun soutenu masquait à moitié le visage. La main droite, tranchée, gisait sur le plateau d'un guéridon dont la marqueterie dessinait un échiquier ; certaines pièces étaient tombées sur le sol mais la majeure partie d'entre elles étaient encore à leur place, comme pour un début de partie. Le pouce voisinait avec le roi noir, l'index, orné d'une bague de saphir, était pointé vers un des fous blancs. Une seringue en tous points semblable à celle retrouvée chez Martha reposait sur le tapis, près du cadavre.

— Tu fais les présentations ? demanda Dimeglio, encore essoufflé après avoir grimpé les trois étages qui menaient à l'appartement.

Il n'avait pu prendre l'ascenseur, dans lequel les gens de l'Identité judiciaire avaient entassé leur matériel. L'immeuble se dressait dans une contre-allée du cours de Vincennes, tout près de la place de la Nation.

— Helena Wirschow ! Polonaise ! annonça Dansel. Elle travaillait à l'ambassade. Attachée commerciale, si j'ai bien compris.

— Pas mal conservée, la rombière, constata Dimeglio.

Il regarda autour de lui, avisa un fauteuil de cuir et y prit place.

— Une polack, hein ? Comme Martha ! On va peut-être finir par y comprendre quelque chose ? Ce soir, juste ce soir, c'était l'anniversaire de ma femme, soupira-t-il. J'ai essayé de prévenir Rovère, mais il n'y a pas moyen de le joindre. Le proc' arrive. Sandoval est là ?

Dansel lui désigna la pièce voisine, d'un mouvement du menton. À cet instant, les photographes de l'IJ arrivèrent et commencèrent à déballer leur fourbi. Dansel se releva et rejoignit le commissaire, qui interrogeait un jeune homme blond, vêtu d'un smoking. Ils se trouvaient dans une chambre dont le lit, rond, entouré de miroirs, était recouvert d'une courtepointe rose. Sandoval avait pris place sur un pouf, tandis que son interlocuteur était assis face à une coiffeuse décorée de motifs bucoliques et encombrée de flacons de cosmétiques et de parfums. Dansel faillit éclater de rire.

— Elle était inquiète, ces derniers temps ; je veux dire, vous la sentiez différente ? demanda le commissaire.

Le jeune homme hésita. Dansel scruta son visage imberbe, délicatement dessiné et d'où émanait une grande douceur. Avant de répondre à la question, son regard affolé croisa celui de l'inspecteur, qui détourna les yeux.

— Elle était plutôt nerveuse, oui, confirma-t-il.

— Vous étiez son secrétaire, n'est-ce pas ? reprit Sandoval. Mais tout à l'heure, vous m'avez expliqué qu'inquiet de son retard, vous êtes venu ici, vous avez ouvert la porte et vous l'avez trouvée… dans l'état où elle est. Vous aviez les clefs de son domicile ?

Le jeune homme bredouilla quelques mots incompréhensibles. Sandoval réitéra sa question, sans obtenir un résultat plus clair.

— Il faut vous mettre les points sur les i ? On vous demande si vous couchiez avec elle, s'écria Dansel. Ce n'est pas un crime et ça expliquerait très bien que vous ayez un double des clefs !

Le jeune homme acquiesça, en proie à une panique grandissante. Ses mains tremblaient ; il contemplait fixement le tableau, suspendu au-dessus de la tête du lit, un nu de femme d'une facture très classique.

— Le proc' est arrivé, annonça alors Dimeglio.

— Dansel, je vous le confie, dit Sandoval en se levant.

L'inspecteur dédaigna le pouf et secoua le bras du jeune homme.

— Comment tu t'appelles ? demanda-t-il.

— Marek… Marek Kurniewski.

— Bon, Marek, on ne va pas perdre de temps : Helena, tu la tringlais, oui ou merde ?

Le jeune homme acquiesça d'un hochement de tête, abasourdi par la grossièreté de la question.

— Ben voilà, c'est pas difficile ! Hein, mon petit Marek ? C'était pour le plaisir ou contre rémunération ? Allez, dis vite !

— C'est… c'est grâce à elle que j'ai obtenu un poste à l'ambassade, souffla Marek, d'une voix presque inaudible. Ce soir, il y avait une réception, un cocktail organisé par les services culturels. Je devais passer la prendre à huit heures, elle ne venait pas. Je lui ai téléphoné, quelqu'un a décroché, mais sans répondre. Je suis monté… et…

Il n'acheva pas sa phrase. Ses yeux mouillés suppliaient Dansel, qui lui montra une boîte de coton à démaquiller. Il essuya ses larmes et attendit, la tête courbée.

— Tu disais qu'elle était nerveuse ? reprit l'inspecteur, en se penchant sur lui. Tu as une idée plus précise ?

— Je vous jure que non !

Dansel lui saisit le menton et lui releva la tête.

— Quel âge as-tu ? demanda-t-il d'une voix radoucie.

— Dix-neuf ans. Helena est une amie de ma mère. En Pologne, la vie n'est pas si facile qu'ici…

Dansel haussa les épaules et s'éloigna en demandant au jeune homme d'attendre la suite, sans bouger.

Dans le salon régnait l'agitation habituelle déclenchée par l'intervention des techniciens du laboratoire. Dimeglio et Sandoval assistaient au remue-ménage autour du corps, sans dire un mot, en compagnie de Nadia et de Maryse. Sandoval avait été surpris de les voir arriver ensemble, sans comprendre la raison de la présence prématurée de Nadia ; il l'attribua à un geste de méfiance de sa part. Dès que le Parquet l'a alertée, elle a rappliqué pour m'emmerder, songea-t-il, fermement décidé à l'avoir à l'œil.

— Alors, le petit mignon, c'était bien son gigolo ? demanda Dimeglio, à voix basse, quand Dansel l'eut rejoint.

Celui-ci confirma d'un simple battement de paupières. Un des techniciens du labo retourna alors le cadavre et balaya les quelques mèches de cheveux qui recouvraient le visage. Dansel revint précipitamment dans la chambre. Il se dirigea vers le tableau représentant le nu, reconnut aussitôt les traits de la morte, et examina de près la signature. Celle de Martha... Il appela Sandoval et lui fit part de sa découverte.

— Eh bien voilà au moins un point positif ! s'écria Nadia, quand on l'eut mise au courant.

— Aucun doute, il s'agit bien de la même affaire, conclut Maryse. À toi de jouer ! Je vais te délivrer un réquisitoire supplétif.

Elle sortit un formulaire de son sac à main, y griffonna quelques mots avant de le tendre à son amie.

— Puisque tout est en règle, je rentre me coucher, ajouta-t-elle en bâillant.

Nadia empocha le réquisitoire et lui adressa un rapide salut.

— Vous connaissez la personne qui a peint ce tableau ? demanda Sandoval en s'adressant à Marek.

Celui-ci secoua la tête en signe de dénégation. Il fallut attendre plus d'une demi-heure encore avant que les gens du labo ne libèrent la place. Le docteur Pluvinage était parti en week-end, aussi un de ses collègues le remplaçait-il. Il ne releva aucune trace de coups sur le corps d'Helena lors de son premier examen, très rapide. Sandoval insista pour que Pluvinage se charge de l'autopsie, dès son retour, le lundi matin. Avec l'assentiment de Nadia, il mit ses hommes au travail. Les tiroirs des différents meubles furent fouillés, ainsi que la garde-robe d'Helena. Dans la table de chevet, Dansel découvrit un exemplaire de *France-Soir* datant de l'avant-veille. La dernière page comportait un article relatant la mort de Martha.

— Elle a pleuré en le lisant, regardez, dit l'inspecteur en le tendant à Nadia. Le papier était gondolé et portait des taches de fond de teint.

— Marek ? Tu sais quelque chose là-dessus ? demanda Dansel, en se tournant vers le jeune homme, toujours pétrifié sur son siège, et qui jura une fois encore n'être au courant de rien.

Dimeglio, qui poursuivait ses investigations, brandit soudain un agenda téléphonique ; les coordonnées de Martha y figuraient. Sandoval s'assit prudemment sur le lit et étudia les documents. Il téléphona ensuite chez lui pour décommander un repas de famille prévu pour le lendemain dimanche, distribua les consignes et s'enquit des raisons de l'absence de Rovère, sans obtenir de réponse.

— Celui-là, je l'embarque à la Brigade, décréta Dansel en désignant Marek. Il est en garde à vue, n'est-ce pas ?

— Bien entendu ! s'empressa d'approuver Sandoval. On emporte aussi le tableau.

Nadia quitta les lieux après avoir pris rendez-vous pour le lundi matin. Avant de partir, elle donna son numéro personnel à Sandoval et le pria de la tenir au courant dès qu'il aurait du nouveau, sans qu'il hésite à la déranger chez elle.

34

L'inspecteur Choukroun fut tiré du sommeil très tôt le matin par un coup de fil de Dimeglio, qui lui demanda de rappliquer sans tarder à la Brigade. Il protesta.

— Quel jour sommes-nous ? demanda patiemment Dimeglio, dans un grand élan pédagogique.

— Dimanche, vous vous rendez compte, un peu ? s'écria Choukroun, qui crut, l'espace d'un instant, couper court à la corvée promise.

— Heureux de te l'entendre dire, Choukroun ! Eh bien moi, Luigi Dimeglio, fils de la sainte Église, catholique, apostolique et romaine, je sèche la messe et comme c'est parti, je risque aussi de louper les vêpres ! Alors tu files droit, sinon je te colle de permanence vendredi soir !

— Vous feriez pas ça, s'étrangla Choukroun, indigné et surtout affolé à l'idée de manquer le repas de shabbat auquel son beau-frère Élie, admirateur des rabbis de Loubavitch, le conviait immanquablement.

Il dut s'incliner et passa sa matinée à monter et descendre quelques escaliers, rue Sainte-Marthe et rue Clauzel, pour montrer une photographie d'Helena aux riverains, voisins et curieux de toute espèce qui acceptèrent d'y prêter attention. Dimeglio l'expédia ensuite à Joinville s'acquitter de la même tâche auprès de Boyer, le propriétaire de l'appartement dans lequel Martha avait installé son atelier de faussaire.

Choukroun eut un mal de chien à mettre la main sur Morençon, qui ne se trouvait ni à sa galerie de la rue de Seine ni à son domicile, mais dormait à l'hôtel Nikko, où il se remettait d'une nuit d'agapes en compagnie d'esthètes japonais intéressés par ses tableaux. Quand il revint à la Brigade, l'inspecteur annonça le résultat de ses allées et venues à Sandoval et à Dimeglio : personne, parmi tous ces gens, ne connaissait Helena Wirschow.

Rovère était présent. Il avait quitté l'hôpital Trousseau dans la nuit pour gagner le Quai des Orfèvres tôt dans la matinée, après deux ou trois heures d'un sommeil agité.

— Martha est le seul lien entre Aïcha et Helena, nota Sandoval. C'est à partir d'elle qu'il faut essayer d'orienter les recherches.

Il avait tracé trois cercles sur un tableau noir et esquissé de savants diagrammes qui les reliaient. Les noms des différents témoins interrogés faisaient l'objet d'un traitement particulier, avec des couleurs appropriées selon leur degré d'intimité avec l'une ou l'autre des victimes. Le bilan était maigre. Rovère, un moment amusé par les talents de logicien de son supérieur hiérarchique, s'était peu à peu mis sur la touche et contemplait les quais de la Seine, debout dans un coin du bureau, face à une grande fenêtre.

— Je pense que vous faites erreur… dit-il enfin, sans même se tourner vers Sandoval, qui le fusilla du regard.

— Il faut vous supplier pour que vous daigniez donner votre avis ? demanda le commissaire, excédé.

— On n'a rien sur Aïcha. Rien, expliqua Rovère. Vous vous contentez d'une relation totalement aléatoire ! Martha connaissait et Aïcha et Helena, OK, et alors ? Ce n'est pas parce qu'elle leur a tiré le portrait à toutes les deux qu'il faut la placer au centre de nos préoccupations. Elle était mêlée à un trafic de faux papiers, OK, et alors ? Aïcha est morte la première. Je pense que le type qui leur a fait ça remonte une espèce de filière : il cherche quelque chose. Un objet, un nom, un renseignement quelconque, je ne sais pas.

— À chaque fois, il progresse ! renchérit Dimeglio. Le point de départ, c'est Aïcha. Quand on en saura plus sur elle, on y verra plus clair.

Il se tut brusquement. Sandoval contempla son diagramme, perplexe.

— Et Dansel ? Qu'est-ce qu'il fout ? reprit Rovère.

— Il cuisine le gigolo, ça peut prendre du temps, mais il y arrivera, assura Dimeglio.

— Excusez-moi, il faut que je passe un coup de téléphone à Trousseau, dit Rovère après avoir consulté sa montre.

Il quitta le bureau.

35

Peu après onze heures, Nadia sortit de chez elle et se dirigea vers les Buttes-Chaumont toutes proches. Elle s'était promis de consacrer ses dimanches matin au jogging et avait revêtu une tenue ad hoc.

Les allées du parc grouillaient de coureurs qui transpiraient en trottinant le long des pentes bordées d'arbres dont les feuilles commençaient à tomber. Elle fit six fois le tour du lac au petit trot, zigzaguant entre les poussettes, les gosses qui jouaient aux ricochets et les pêcheurs qui les engueulaient. À bout de souffle, elle s'assit sur un banc et se reposa. Sur le chemin du retour, elle croisa Szalcman, attablé à la terrasse d'un des restaurants installés à l'intérieur du jardin. Il sirotait un verre de vin blanc, seul mais entouré de familles qui prenaient un apéritif avant de rentrer à la maison sacrifier au rite du déjeuner dominical. Il invita la jeune femme à prendre place à ses côtés.

— Vous m'avez fait faux bond, hier soir, lui dit-elle, boudeuse.

Isy eut un sourire gêné et évasif.

— Vous avez eu raison, ça s'est plutôt mal terminé ! poursuivit Nadia.

Elle lui expliqua en quelques mots la conclusion de la soirée puis se proposa de rentrer chez elle.

— Restez donc déjeuner avec moi, dit-il en se tournant vers la tonnelle garnie de tables fleuries aménagée dans la cour du restaurant. C'est l'automne, les derniers dimanches agréables de l'année, il faut en profiter. Je réserve un couvert toutes les semaines dès que le temps le permet.

Elle montra son jogging trempé de sueur, ses cheveux qui lui collaient au front et prétexta un travail urgent. Szalcman se pencha vers elle, lui tira doucement l'oreille, lui dit qu'il l'attendait, et la renvoya rue de Tourtille en lui faisant jurer de ne pas mettre une heure à se pomponner…

*

Durant tout le repas, elle parla de sa soirée de la veille et de la série de meurtres dont elle avait à s'occuper, et qui ne semblait pas devoir prendre fin. Isy l'écouta avec gravité, et ils évoquèrent ensemble quelques grandes affaires criminelles où la police s'était cassé les dents. Il n'avait pas menti lors de leur première discussion et gardait effectivement en mémoire une quantité étonnante de faits de ce genre. Nadia en fut surprise. Isy lui expliqua qu'à sa sortie de prison, il était devenu un fanatique des chroniques judiciaires.

— Vous êtes trop jeune pour avoir connu cela, dit-il. Les rendez-vous de Pottecher à la radio, je ne les loupais jamais.

— C'est curieux, reprit Nadia, songeuse. L'autre jour, au Palais de justice, j'ai croisé par hasard mon voyeur, vous savez : Bagsyk ! Eh bien figurez-vous qu'il passe des après-midi entiers à la 23e Chambre correctionnelle, les flagrants délits, si vous préférez. Il y a un petit public d'habitués, comme lui. Ils arrivent vers quatorze heures et assistent aux audiences, comme à un spectacle.

— Ce que vous dites ne m'étonne pas ! grommela Szalcman.

Il se tut. Nadia avait déjà remarqué qu'il ne tenait guère à s'étendre sur le sujet. Cette fois, elle l'interrogea du regard avec une telle insistance qu'il se décida à en dire plus.

— C'est à cause de sa sœur, vous l'avez sans doute aperçue ?

Nadia confirma d'un hochement de tête. Le serveur vint rendre la monnaie de l'addition. Szalcman ramassa sa canne puis se leva.

— Faisons quelques pas, proposa-t-il. La marche, pour moi, c'est comme un médicament, si je reste assis trop longtemps, ça va mal. La mécanique rouille.

Ils quittèrent la tonnelle et descendirent le long des allées, en direction du lac.

— La sœur de Bagsyk est une vraie sorcière, soupira Szalcman en bourrant sa pipe. Une pauvre femme ! Elle a cette saloperie, vous savez, la sclérose en plaques. Avant ils tenaient un restaurant. Le peu d'argent qu'ils avaient économisé a fondu très vite avec tous les charlatans, les soi-disant guérisseurs qui leur sont tombés dessus et dieu sait s'il y en a eu. Au début, c'est Maurice qu'ils avaient consulté. Dès qu'elle a eu les premiers symptômes. Il lui a fait faire toute une série d'examens, et puis il lui a expliqué ce qu'était sa maladie. Sans rien lui cacher. Là-dessus, elle n'a pas supporté qu'il lui dise la vérité, elle a même passé quelques mois dans un pavillon de dingues, à Sainte-Anne ! Depuis, Bagsyk est persuadé que si l'état de sa sœur a empiré à ce point, c'est de la faute de Rosenfeld.

— Mais c'est totalement absurde ! s'écria Nadia.

— Je ne vous le fais pas dire, mais il n'y a pas moyen de lui sortir ça de la tête. Sa sœur lui mène une vie impossible. Très souvent, la nuit, elle le chasse de chez elle et il passe des heures à marcher dans les rues. Alors, pour se distraire, vous voyez, il n'a rien trouvé de mieux à faire que d'aller voir condamner ces pauvres types. C'est pour ça qu'il traîne ses guêtres au Palais. Le malheur des autres, ça console !

Szalcman s'arrêta un instant pour décrocher à l'aide de sa canne le cerf-volant d'un gamin, perché sur la branche d'un arbre. Peu à peu, la foule envahissait de nouveau le parc, comme tous les dimanches après-midi.

— Et votre ami Maurice, qu'en pense-t-il ? demanda Nadia.

— Que voulez-vous qu'il en pense ? Ils lui ont fait une réputation épouvantable dans le quartier, enfin, disons plutôt qu'ils ont essayé. C'est un très bon médecin, vous savez.

— Vous le connaissez depuis longtemps…

Nadia avait lancé sa remarque sur le mode affirmatif, et d'un ton presque indifférent. Szalcman ne s'y trompa pourtant pas. Il éclata de rire et lui prit le bras.

— Dieu que vous êtes curieuse, dit-il. Jamais je n'aurais dû vous avouer que j'avais fait de la prison ! Voilà que vous nous regardez, tous les deux, Maurice et moi, comme des comploteurs…

— Pas du tout ! Je vous aime bien et je… oui, je suis assez curieuse, avoua-t-elle, confuse. C'est un vilain défaut, n'est-ce pas ?

— Un défaut professionnel, surenchérit Szalcman.

Il la tenait toujours par le bras et, à les voir déambuler ainsi, à rire et bavarder avec une grande complicité, personne n'aurait pu deviner qu'ils se connaissaient depuis si peu de temps.

— Ah oui, Maurice et moi, nous avons fait un sacré bout de chemin ensemble, reprit Isy, avec une inflexion de voix nostalgique.

— Comment l'avez-vous rencontré ? demanda Nadia, à présent certaine qu'elle allait obtenir une réponse.

— En 49, dans un tripot mal famé. Il jouait au poker et moi je picolais au bar. Comme je vous le dis ! Ça va, le film vous plaît ? Je vous taquine, mais c'est la vérité. À l'époque, je vagabondais un peu, je ne sais pas si je dois vous le dire à vous, mais mes sources de revenus… heu, il n'aurait pas fallu qu'un juge y regarde de trop près ! Donc, c'était un soir du mois de mars, il était déjà très tard, moi, j'étais entré dans ce bar, rue Blanche, parce qu'il y avait des filles… et lui, il venait s'encanailler, mais il n'était pas vraiment à la hauteur. Les types qui jouaient à sa table le plumaient en trichant, vous auriez vu ça ! Il ne se rendait compte de rien. Quand il n'a plus eu un sou en poche, il a mis sa montre sur le tapis, et il a encore perdu. Alors il a voulu quitter le tripot, mais les autres voulaient l'accompagner chez lui, pour aller chercher l'argent qu'il leur devait !

Szalcman racontait la scène comme s'il la vivait, mimant les gestes des différents protagonistes avec un grand réalisme.

— À l'époque, Maurice, c'était plutôt du genre freluquet, tout maigre et blondinet, vous lui auriez appuyé sur le bout du nez, il en serait sorti du lait, ajouta-t-il. Il avait une trouille bleue et je voyais venir le coup qu'une fois chez lui, ça allait être sa fête ! Alors, les types qui l'entouraient, je suis allé les voir et je leur ai expliqué qu'il valait mieux laisser tomber. Le héros au grand cœur, quoi ! Et tout à coup, il s'est mis à pleuvoir des gnons dans tous les sens ! Ils étaient tous sur moi, mais c'est pas pour me vanter, ils faisaient pas le poids, les lascars ! J'en ai sonné trois, et Maurice m'a donné un coup de main en cognant sur le crâne du quatrième avec une bouteille. On s'est sauvés tous les deux dans la rue. Voilà comment on s'est connus. Une vraie bagarre de western !

Il riait en silence. Nadia l'observait, inquiète à l'idée qu'il ne continue pas son récit.

— En quelque sorte, vous lui avez sauvé la vie ? dit-elle pour l'encourager.

— Un vrai héros, je vous dis ! On est allés chez lui, boulevard Saint-Michel. Il vivait tout seul dans l'appartement de ses parents. Moi, des palaces dans ce genre-là, j'en avais jamais vu. Il y avait des tas de pièces, des recoins et des couloirs et des…

— Ses parents ? dit Nadia en regrettant aussitôt de l'avoir interrompu.

— Drancy, et puis Auschwitz. Avec ses deux petits frères.

Isy avait énoncé le fait avec une singulière placidité, qu'en d'autres circonstances on aurait pu attribuer à de l'indifférence.

— Vous les avez peut-être connus, je veux dire, là-bas ? reprit la jeune femme.

— Ah… non, Nadia, non, c'est impossible. Ils sont partis en 43 et moi je ne suis arrivé à Birkenau qu'au mois de mai 1944. Bref, on s'est installés tous les deux chez lui. Je n'avais pas où loger, alors j'ai joué les pique-assiette. On a bien rigolé, on faisait venir des filles, des tas de filles, si je vous racontais en détail, vous seriez horrifiée ! On claquait l'argent, heu… surtout le sien.

— Qu'est-ce que vous avez fait, à Birkenau ? demanda Nadia.

Szalcman se tourna alors vers elle et lui caressa doucement la joue.

— Ils m'ont mis à travailler au « Canada », murmura-t-il en fourrant précipitamment sa main dans la poche de sa canadienne, comme s'il regrettait ce geste.

— Au « Canada » ? Vous avez trié les biens de ceux qui… qui arrivaient sur la rampe ? dit-elle.

— Ah oui, j'avais oublié que vous êtes une spécialiste, reprit Isy, en fixant la surface du lac où un essaim de mouettes venait de se poser. On s'est bien amusés pendant quelques mois, Maurice et moi. Et puis il a dû vendre l'appartement pour payer ses études de médecine. Il s'est fait rouler, cette andouille, mais enfin, ça lui permettait de voir venir. Et moi… moi… Bah, vous connaissez la suite !

— Il vous a aidé, quand vous avez été arrêté, c'est cela ? dit Nadia, anticipant sur les confidences du vieil homme, grâce aux éléments que lui avait fournis Bastien Montagnac.

— Oui, il a payé un avocat, et durant toute ma détention, il est venu me voir. Quand je suis sorti, il m'a prêté de l'argent, et j'ai pu me mettre à mon compte pour fabriquer mes automates. Après, bon an mal an, les affaires ont bien marché, ce qui me permet de me la couler douce en vous faisant payer le prix fort pour votre boui-boui !

Il ponctua sa remarque par un nouvel éclat de rire puis regarda soudain sa montre.

— Il est déjà trois heures et j'ai ma partie de billard, s'écria-t-il. Je file, mes copains n'aiment pas que je sois en retard.

Il s'éloigna d'un pas rapide, abandonnant Nadia près du kiosque à musique et, comme pour s'excuser de tant de désinvolture, se retourna en faisant des moulinets de sa canne, dans une imitation approximative de Chaplin.

36

Dimeglio ne s'était pas trompé. Il pratiquait Dansel depuis trop longtemps pour douter de sa capacité à faire craquer Marek Kurniewski, le secrétaire d'Helena. Quand Sandoval apprit les résultats de l'interrogatoire, au début de l'après-midi du dimanche, il se sentit pousser des ailes. Il était désormais en mesure de présenter au commissaire divisionnaire qui coiffait sa section un résultat concret, et ce dans un délai record, si l'on tenait compte de la date de découverte du premier cadavre, qui ne remontait qu'au lundi précédent. Mais plus encore, il avait le sentiment de tenir un coup sensationnel, ce qui le remplissait d'aise pour un début de carrière qu'il imaginait plus terne.

Marek était effondré. Son visage enfantin accusait la fatigue des longues heures passées sous la coupe de Dansel. Hagard et fébrile, il fixait Sandoval de ses yeux injectés de sang, où l'on pouvait lire le soulagement de s'être confessé, en même temps que la crainte des conséquences de ses aveux. Dansel avait le triomphe modeste. Sitôt son rapport tapé, il était rentré dormir chez lui. Dimeglio emmena Marek, en s'adressant à lui en polonais.

— Je vais lui donner à manger et lui faire faire un brin de toilette, on part aussitôt après, expliqua-t-il d'un ton très paternel.

— Ne tardez pas. Choukroun vient d'appeler : la camionnette sera prête dans moins d'un quart d'heure, lui dit Sandoval.

— On va mettre les pieds dans un terrain plutôt marécageux ! maugréa Rovère en parcourant les feuillets parsemés de fautes de frappe que lui avait remis Dansel. Il faut se couvrir par rapport au juge. Et tout de suite.

— Je sais, admit Sandoval. Mais je n'arrive pas à la joindre. Elle n'est pas chez elle.

— Il n'y a que les flics qui travaillent le dimanche…

— Vous voyez, reprit Sandoval, d'un ton moqueur, finalement, c'est bien grâce à Helena que nous allons progresser.

L'inspecteur ne releva pas. Sandoval prit ce silence comme une preuve d'allégeance. Choukroun fit irruption dans le bureau, très excité, un trousseau de clefs et un plan de Paris à la main.

— C'est place Maurice-Barrès, s'écria-t-il en désignant un point sur sa carte. On y sera en moins de deux.

Dimeglio revint quelques minutes plus tard. Marek s'était aspergé le visage d'eau et mordillait dans un sandwich. Rovère se leva, écarta les bras et s'étira longuement. Choukroun quitta le bureau le premier et ouvrit ainsi la marche.

*

Sandoval aurait bien voulu les accompagner, mais un diplomate de l'ambassade avait appelé la Brigade pour demander une entrevue. Sitôt l'interrogatoire terminé, Dansel avait autorisé Marek à passer quelques coups de téléphone et à prévenir un avocat. Ne sachant trop que faire, le jeune homme avait joint la permanence de l'ambassade pour expliquer qu'il était placé en garde à vue…

Le diplomate arriva moins d'une demi-heure plus tard, tendit sa carte au commissaire et s'assit face à lui, avec l'intention manifeste de lui en imposer. C'était un homme d'une cinquantaine d'années, aux cheveux bouclés et grisonnants ; il jeta un coup d'œil panoramique sur la pièce, plissa les lèvres dans une moue dégoûtée en voyant les gobelets de plastique remplis de cendres et de restes de café qui encombraient le bureau.

— Monsieur Folland, je vous écoute, lui dit Sandoval en rangeant le bristol dans un classeur.

— Helena Wirschow faisait partie du personnel de notre ambassade, expliqua le diplomate d'une voix particulièrement suave. Marek Kurniewski également et, si j'ai bien compris, certaines charges semblent être retenues contre lui. Nous aimerions savoir lesquelles.

— Je suis désolé, seul le juge d'instruction, Mme Lintz, pourrait répondre à cette requête, répondit Sandoval. Vous pourrez la rencontrer demain au Palais de justice. Pour ce qui me concerne, eu égard aux développements ultérieurs de l'enquête, je me trouve dans l'impossibilité de vous satisfaire.

— Commissaire Sandoval, reprit Folland, ulcéré, vous réalisez sans doute les complications qui pourraient résulter d'un refus de la police française — ou de la justice ! — de nous tenir informés ?

Sandoval eut un geste apaisant. Folland ouvrit un porte-cigarettes en argent et alluma une blonde. Il prit le temps de choisir ses mots.

— Je ne vous demande pas de me communiquer les pièces du dossier, précisa-t-il. Voici ce que je sais : premièrement, Helena Wirschow a été assassinée dans des circonstances particulièrement atroces. Deuxièmement, Marek Kurniewski semble impliqué puisqu'il est placé en garde à vue. S'agit-il d'un drame purement privé ? J'ai cru lire dans la presse, ces derniers jours, la relation de meurtres ayant obéi au même rituel, n'est-ce pas ? Il y avait notamment le cas d'une jeune femme d'origine polonaise, bien que naturalisée française. Le jeune Kurniewski est-il accusé ?

— Non, répondit simplement Sandoval.

— Que lui reprochez-vous, dans ce cas ?

— À lui, pas grand-chose. Mais par contre, nous avons des charges sérieuses contre Helena Wirschow.

Folland ne cacha pas sa surprise, et s'entêta, sans toutefois parvenir à fléchir son interlocuteur.

Il quitta les locaux de la Brigade criminelle avec un sourire crispé et lourd de rancœur. Peu après son départ, Sandoval parvint à joindre Nadia Lintz, chez elle. Il la mit rapidement au courant.

— Vous avez des preuves matérielles ? demanda-t-elle aussitôt.

— Non, bien entendu. Il n'y a rien chez Helena. Quant à perquisitionner dans son bureau, à l'ambassade, il n'en est pas question. Par contre, Marek est formel : Helena fournissait les autorisations d'exportation à Martha, qui n'avait plus qu'à les bricoler à sa convenance. Ce qui leur permettait de faire transiter la viande en toute impunité !

— Et le petit gigolo était au courant de tout ? s'étonna Nadia.

— Helena avait un peu perdu la tête, d'après ce qu'il nous a dit. Elle était folle de lui : les confidences sur l'oreiller, c'est un grand classique. Il circulait librement dans l'ambassade et a lui-même dérobé quelques documents pour les remettre à Helena.

— Et ce type dont il a donné les coordonnées, vous allez pouvoir le coincer rapidement ? reprit-elle.

— Rovère est parti sur place, mais on marche sur des œufs. Je voudrais éviter le scandale.

Nadia l'approuva. Il lui fit également part de la démarche de Folland. Elle sut donc à quoi s'en tenir.

37

Choukroun était au volant et remontait la rue Saint-Honoré en roulant presque au pas. Il se tourna vers Dimeglio, assis à ses côtés, et lui adressa un sourire ironique.

— Alors vous voyez, dit-il, les vêpres, finalement, vous allez pas les louper !

— Trêve de galéjades, mon petit, gloussa l'inspecteur en lui montrant la rue. Passe doucement une fois devant, on reviendra en faisant le tour par la rue Cambon.

Il scruta le parvis de l'église polonaise de Paris, située au coin de la rue Saint-Honoré et de la place Maurice-Barrès. Installé à l'arrière de la camionnette en compagnie de Marek, Rovère fit de même en toute sécurité, protégé des regards indiscrets par des glaces sans tain.

Le long des grilles entourant l'édifice se pressait une petite foule de fidèles et de vendeurs de journaux polonais, mais aussi de badauds qui semblaient attendre un hypothétique rendez-vous.

— C'est tous les dimanches comme ça ? demanda Rovère en se tournant vers Marek.

— Oui, les gens viennent à l'office mais c'est surtout un lieu de rencontre pour toute la communauté, confirma le jeune homme.

Choukroun dépassa l'église, obliqua sur la droite et fit un détour par la Madeleine pour revenir sur la place. Il trouva à se garer tout près du monument.

— Tu vas rester ici, je vais aller faire un tour, annonça Dimeglio.

— Pourquoi je viendrais pas ? Il est peut-être dangereux, ce mec-là ! lança Choukroun, déçu.

— À ton avis, Choukroun ? murmura Dimeglio.

— Je passe inaperçu, non ?

Il avait troqué son jean, son Chevignon et ses santiags contre un costume prince-de-galles, des mocassins, et arborait même une cravate d'un rose pastel assez plaisant.

— Tout à fait, assura Dimeglio, pourtant peu convaincu. Mais… disons que tu manques encore un peu d'expérience.

Dimeglio cogna contre la paroi qui les séparait de Rovère.

— Je devrais y arriver tout seul, dit-il, mais en cas de pétard, il faudra rappliquer en vitesse, hein ?

Rovère le rassura. Dimeglio régla le volume du micro-émetteur qui était glissé dans le col de sa veste, puis ouvrit la portière. Il se dirigea vers le parvis, acheta au passage un exemplaire de *Gazeta* qu'un vendeur lui proposa, le fourra dans sa poche, puis franchit les marches qui menaient à l'église. Un prêtre disait la messe en latin devant une assemblée nombreuse et recueillie. Dimeglio se signa machinalement, s'assit sur un banc et balaya l'assistance du regard. Tout près de lui, une adolescente agenouillée à même la dalle de pierre priait avec ferveur. Un peu plus loin, une file d'attente de quelques personnes se tenait devant un confessionnal garni d'affiches de Solidarnosc.

Dimeglio détailla un à un les visages qui l'entouraient, à la recherche du détail que Marek avait indiqué : une tache de vin sur le cou et la joue droite d'un homme d'environ trente-cinq ans, moustachu et de grande taille. Il ne vit rien de tel. Après un moment d'hésitation, il se leva alors que le prêtre, accompagné par un harmonium, entonnait le cantique du Kyrie, longea les travées de bancs de bois, se faufila jusqu'à la sacristie et profita d'un instant où il se retrouva seul dans un petit couloir pour appeler Rovère.

— Le type n'est pas là, chuchota-t-il en tirant sur le col de sa veste pour approcher le micro de sa bouche.

— Marek, qu'est-ce que ça veut dire ? demanda Rovère, qui brûlait d'impatience.

Le micro fonctionnait mal en raison des interférences produites par l'amplificateur de l'harmonium.

— Il passe tous ses dimanches dans l'église, il donne des rendez-vous. Je vous le jure ! balbutia le jeune homme, affolé.

Rovère entendit alors toussoter Choukroun, toujours assis devant son volant. Un distributeur de tracts s'était approché et lui tendait le prospectus d'une agence de voyages qui proposait un aller-retour Paris-Varsovie à un tarif avantageux.

— Huit cents francs, tout compris, par Prague, Cracovie et Katowice, expliqua le type.

— Merci, dit Choukroun.

Le distributeur de tracts lui souriait avec insistance. Choukroun glissa le papier dans la boîte à gants et se fendit d'une grimace qu'il espérait avenante.

— Vous cherchez autre chose ? insista l'homme aux prospectus.

— Non, non ! assura Choukroun après s'être raclé la gorge.

— Des bons ouvriers, des bons peintres, maçons, carreleurs, plombiers, pas cher, pour vos travaux ?

— Ah non, je n'ai rien de prévu. Merci quand même, s'écria Choukroun.

— Une femme de ménage ? Vingt francs de l'heure. Baby-sitting, repassage ?

— Non, non, vraiment, merci !

— Des icônes ? s'entêta l'autre. Authentiques. Provenance d'URSS garantie, direct, vraiment pas cher !

— Les icônes, c'est pas mon truc, s'énerva Choukroun.

— Caviar, alors ? Extra premier choix. Trois cents francs le kilo !

Il avait sorti de sa poche une boîte ronde, de couleur bleue, sur le couvercle de laquelle était dessiné un superbe esturgeon.

— Non... j'attends... ma fiancée ! lança Choukroun, à bout d'arguments.

Le marchand de caviar s'éloigna, avec un haussement d'épaules méprisant. L'inspecteur poussa un soupir de soulagement.

À l'intérieur de la sacristie réaménagée en librairie, Dimeglio feuilleta les livres pieux qu'une sœur proposait à la vente, parmi des portraits de Jean-Paul II et des effigies de la Vierge noire de Czestochowa. Il inspecta une petite salle attenante où un marché plus trivial semblait s'être installé. On vendait en vrac des vêtements déposés à même le sol, près d'un bureau où une autre nonne remplissait les papiers administratifs, dossiers de Sécurité sociale aussi bien que demandes de renouvellement de cartes de séjour, que des familles désemparées venaient lui apporter.

Dimeglio retourna dans la nef centrale. Les fidèles s'approchaient de l'autel à la queue leu leu, yeux clos et bras croisés, pour communier. Il parvint à faire le tour de l'église, sans que personne ne remarque ses allées et venues. Marek n'avait pas menti ; les gens se donnaient rendez-vous dans l'église et il y régnait une agitation permanente en dépit de la dévotion dont l'assistance faisait preuve.

L'inspecteur sortit sur le porche où d'autres échanges avaient lieu. Les automobilistes en partance pour la Pologne récupéraient des colis destinés aux amis restés au pays ou tentaient de trouver des passagers afin de remplir leur véhicule pour amortir les frais du voyage. Dimeglio refusa poliment toutes les offres et fit quelques pas en direction de la camionnette banalisée, qui n'avait pas bougé. La voix de Rovère, hachurée de parasites, retentit à son oreille.

– Dimeglio, tu m'entends ? Les troquets, fais un tour jusqu'au bout de la rue, le gamin dit qu'il peut se trouver là-bas.

Dimeglio obtempéra et se dirigea vers une brasserie située à l'angle de la rue Cambon et de celle du Mont-Thabor. Il dut jouer des coudes pour se frayer une place au comptoir, colonisé par des Polonais qui fêtaient le jour du Seigneur avec des ingrédients plus roboratifs que l'hostie consacrée, et commanda une bière. La vodka mais aussi le whisky coulaient à flots. Il en était de même dans l'arrière-salle saturée de fumée et pleine à craquer.

L'inspecteur sursauta soudain et renversa son demi sur le comptoir. Un type dont la description correspondait en tous points à celle fournie par Marek venait de se lever et se faufilait entre les tables pour se diriger vers l'escalier menant au sous-sol.

Obnubilé par la tache de vin dont avait parlé Marek, Dimeglio n'avait tout d'abord pas prêté attention à lui en dépit de sa très grande taille et de la moustache poivre et sel, très fournie, qui ornait sa lèvre supérieure. Assis tout au fond de la salle, sur la droite, il offrait son profil gauche, et dissimulait ainsi involontairement l'angiome qui lui couvrait l'autre moitié du visage. Dimeglio usa de sa corpulence pour écarter un adolescent qui voulait emprunter l'escalier et, dans sa précipitation, faillit glisser sur la première marche.

L'homme à la tache de vin se glissa tout d'abord dans un réduit étroit où étaient installés des urinoirs, et y séjourna un moment. Puis il tira de sa poche une poignée de pièces de monnaie et se planta près de l'unique poste de téléphone de l'établissement, occupé par une jeune fille. Dimeglio l'imita et se plaça derrière lui. La jeune fille, polonaise, chuchotait des mots d'amour à son correspondant et lui promettait qu'elle serait à l'heure au rendez-vous. Dimeglio fit mine de s'impatienter, et lança une remarque obscène. L'homme à la tache de vin l'approuva par un grognement et, quand le poste fut enfin libéré, s'en empara. Dimeglio sortit un calepin de sa poche et s'ingénia à le feuilleter, à la recherche d'un numéro imaginaire, sans rien perdre des paroles qui s'échangeaient. L'homme à la tache de vin s'efforçait de rassurer un certain Tadeusz, et le suppliait de ne pas s'affoler. Il parla de Jacek qu'il ne parvenait pas à rejoindre, ajouta quelques paroles d'encouragement, puis raccrocha. Tandis qu'il remontait l'escalier, Dimeglio se colla face à l'appareil, décrocha le combiné, mais appela Rovère en actionnant la touche de son émetteur portatif.

— Il est dans le troquet, annonça-t-il. Vous venez me rejoindre et on le cravate à la sortie, vite !

Il grimpa les marches quatre à quatre, bousculant au passage deux consommateurs qui descendaient aux toilettes. À son grand soulagement, l'homme à la tache de vin était retourné à sa place, au fond de la salle. Dimeglio regagna le comptoir. Quelques secondes plus tard, Rovère arriva, essoufflé.

— Il faudrait essayer de le rabattre en douceur vers la camionnette, sinon il va ameuter tout ce beau monde et on se retrouvera avec un incident diplomatique sur les bras, murmura-t-il quand Dimeglio lui eut montré le gibier.

— Ouais… surtout s'il cavale jusque dans l'église, soupira l'inspecteur. Attention, il se lève !

Dimeglio jeta un billet de cinquante francs sur le comptoir et précéda Rovère dans la rue. L'homme à la tache de vin sortit de la brasserie en compagnie d'un type râblé et hirsute qui portait un imperméable kaki et de grosses chaussures de chantier. Ils se dirigèrent vers l'église et dépassèrent la camionnette banalisée. Choukroun avait abandonné le volant pour monter à l'arrière afin de garder Marek ; celui-ci, terrorisé, ne songeait certainement pas à s'enfuir, mais Rovère tenait à prendre toutes les précautions.

Les deux hommes s'arrêtèrent devant un break dont la carrosserie avait essuyé bien des tempêtes. L'homme à la tache de vin ouvrit le hayon et inspecta les bidons de plastique qui se trouvaient à l'intérieur.

– Allez, maintenant ! cria Rovère en dégainant son arme.

– Police, ne bougez pas ! ajouta Dimeglio.

Il plaqua sa main large comme un battoir sur l'épaule de l'homme à la tache de vin mais celui-ci fit un pas de côté, se retourna d'un bloc, lui expédia un violent coup de pied dans le bas-ventre et se mit à courir. Rovère, qui avait ceinturé son compagnon, eut plus de chance et parvint à le traîner sans dommage jusqu'à la camionnette, où l'accueillit Choukroun, son arme de service à la main.

Quand Rovère se retourna, il aperçut Dimeglio qui galopait dans la rue Saint-Honoré, mais ne tarda pas à ralentir. Il revint sur ses pas, penaud et se déhanchant curieusement sous l'effet de la douleur.

– L'ordure, il m'a pas loupé, en plein dans le mille, souffla-t-il en se massant l'entrejambe, quand il eut rejoint ses collègues.

38

Le lundi matin, Nadia se leva d'assez bonne heure. Sandoval lui avait téléphoné une nouvelle fois dans la soirée pour lui faire part de l'opération à moitié manquée que Rovère et Dimeglio avaient menée à l'église polonaise. Le type qu'ils avaient coincé refusait de parler. Il détenait une fausse carte de séjour au nom de Jan Gotielka, et qu'avait probablement confectionnée Martha. Avouant sa faute et arguant de sa situation de clandestin, il réclamait qu'on le reconduise à la frontière ! L'analyse du contenu des bidons de plastique saisis dans son break était en cours.

Nadia enfila un tailleur, chaussa des hauts talons, démêla ses cheveux, passa un bandeau, mais renonça à se vernir les ongles. L'idée de recevoir Folland ne l'enchantait guère. Le président du Tribunal, qui traînait une réputation de trouillard, s'affolerait sans aucun doute dès qu'elle lui annoncerait qu'une huile de l'ambassade demandait à la voir.

Au moment où elle s'apprêtait à quitter son appartement, un postier se présenta avec un paquet recommandé, de la taille d'une boîte à chaussures. Il avait été expédié la veille au bureau de la rue du Louvre, ouvert durant tout le week-end. Nadia n'attendait rien de tel. Son porte-documents dans une main, le paquet dans l'autre, elle se contorsionna pour signer le formulaire que lui tendait le postier, qui ne s'attarda pas.

Intriguée, elle crut tout d'abord à une farce de Montagnac, revint dans le salon, déposa le colis sur une table et déchira le papier kraft qui l'enveloppait. Il s'agissait effectivement d'une boîte à chaussures dont le couvercle était soigneusement scotché. Elle le défit à la pointe de ciseaux et découvrit un sac de plastique isotherme, du type de ceux que proposent les supermarchés pour transporter les produits surgelés. S'attendant à un gag, elle sortit le sac de la boîte, l'ouvrit et poussa un cri strident avant de le laisser tomber à terre. Il contenait une main tranchée net au niveau du poignet. Une main qui semblait en parfait état de conservation, bien que la chair en fût bleuie.

Elle secoua la tête, crut à une hallucination, ou encore à un de ces accessoires de mauvais goût que l'on trouve dans les magasins de farces et attrapes, et de la pointe de sa chaussure, rabattit le plastique. Il s'agissait bien d'une main humaine. Celle d'une femme. Un pas secouait l'escalier.

— Madame Lintz ? Vous avez des ennuis ? demanda la voix de Rosenfeld.

Dans sa précipitation, elle avait laissé la porte ouverte et le médecin attendait sur le palier, sa sacoche à la main, bourrée d'échantillons de médicaments, et d'où dépassait un stéthoscope. Elle le dévisagea sans parvenir à articuler le moindre son. Il traversa l'entrée, s'avança jusque dans le salon et lui prit doucement le bras.

— Qu'est-ce qui vous arrive, encore ? dit-il, inquiet.

Les yeux révulsés, elle lui montra le plastique qui s'était à moitié refermé. Il se pencha dessus et faillit le saisir à pleines mains.

— N'y touchez pas ! cria-t-elle. Il y a peut-être des empreintes !

— Des empreintes ? répéta Rosenfeld, stupéfait.

De nouveau, elle entrouvrit le sac, cette fois-ci à l'aide des ciseaux dont elle s'était servie pour couper le scotch. À la vue de son contenu, le médecin pâlit, se redressa et lui passa un bras autour des épaules. Ils restèrent ainsi un long moment, l'un contre l'autre.

— Ça va aller ? demanda-t-il enfin. Vous voulez quelque chose, un calmant ?

— Dans la cuisine, la bouteille de gin, servez-m'en un verre…

Il obéit et, à son retour dans le salon, la trouva près du téléphone.

— La Brigade criminelle ? Nadia Lintz, juge d'instruction ! Passez-moi l'inspecteur Rovère, s'écria-t-elle d'une voix hachée.

Elle dut attendre quelques instants, puis ordonna à Rovère de venir immédiatement chez elle sans lui révéler la raison de cette demande. Elle s'empara ensuite du verre que Rosenfeld lui tendait et le vida d'un trait.

— Ne restez pas ici, lui dit-elle.

— Eh bien vous, dites donc, vous êtes une voisine un peu particulière, marmonna le médecin.

— C'est sans doute en relation avec une affaire dont je m'occupe, expliqua Nadia, encore sous le coup de la stupeur. Écoutez, il ne faut pas en parler. Vous n'avez rien vu. Ce n'est pas un service personnel que je vous demande, vous saisissez ? D'une certaine façon, vous êtes… un témoin !

— Tout à fait ! Vous pouvez compter sur moi.

— Merci, je vous fais perdre votre temps. Vous partiez pour vos visites ? poursuivit-elle, plus calme.

— Oui, il y a un début d'épidémie de rhinite. C'est la saison. Vous êtes sûre que vous n'avez besoin de rien d'autre ? insista-t-il.

Elle l'accompagna jusqu'à la porte, la referma et vint s'asseoir sur le canapé, sans pouvoir détacher son regard du sinistre colis. Rovère arriva une demi-heure plus tard.

*

— Ce qui me surprend le plus, c'est que j'ai emménagé ici il y a moins d'une semaine et que très peu de gens connaissent mon adresse ! lui dit-elle après qu'il eut, à son tour, entrouvert le sac.

— Le téléphone ? suggéra-t-il. Certains journaux ont cité votre nom, et avec le Minitel, c'est très facile de…

— Non ! Je viens d'appeler les Télécoms pour vérifier. Mon nom, et par conséquent mon adresse, ne figureront sur la liste des abonnés que la semaine prochaine. Vous... vous pensez qu'il s'agit de la main d'Aïcha ?

— C'est la seule qu'on n'ait pas retrouvée. De toute façon le labo nous le dira, murmura-t-il, les yeux rivés sur le sac.

— Vous allez emporter cette saleté à l'IML, reprit Nadia. Vous voulez un café ?

Rovère accepta ; la jeune femme disparut dans la cuisine. Quand elle revint, un plateau à la main, elle vit qu'un sourire énigmatique flottait sur le visage de l'inspecteur. Elle lui en demanda la raison. Il lui fit part de ses divergences de vue avec Sandoval.

— On en a beaucoup appris sur Helena, mais j'ai toujours pensé qu'Aïcha était plus importante, dit-il. S'il s'agit bien de sa main, on ne tardera pas à en avoir la confirmation. Dites-moi, votre mari est au courant ?

Nadia ne put s'empêcher de rougir et expliqua qu'elle vivait seule.

— Autant ne pas s'affoler, mais quelqu'un de suffisamment gonflé pour expédier ce genre de colis chez un juge, on doit le prendre au sérieux, poursuivit Rovère. Ce qui signifie que vous déménagez jusqu'à ce qu'on l'ait arrêté, ou que vous hébergez un inspecteur ! Je préférerais la première solution, non ?

Nadia acquiesça. Cet aspect des choses ne l'avait tout d'abord pas inquiétée.

— Vous pensez que... je... enfin, qu'il va s'en prendre à moi ? balbutia-t-elle, soudain angoissée.

— Vous êtes une femme, et il tue des femmes. Je ne veux pas vous affoler, mais votre histoire d'adresse me tracasse un peu, dit-il gravement. Je vous accompagne au Palais ?

Elle prit son porte-documents et attendit que Rovère enveloppe le colis contenant la main à l'aide d'un morceau de tissu qu'elle lui avait fourni. Il confectionna un baluchon grossier et se dirigea vers la porte. À cet instant, un vacarme épouvantable les fit sursauter. Ils en comprirent bientôt la raison ; un bataillon de terrassiers avaient envahi la rue et éventraient le trottoir sur plus d'une trentaine de mètres à l'aide de marteaux-piqueurs et de pelleteuses mécaniques, mettant ainsi au jour un enchevêtrement serré de canalisations et de tubulures aux fonctions incertaines. Nadia dut raser les murs et suivre un chemin de planches en prenant garde de ne pas déraper sur la pointe de ses talons aiguilles, pour rejoindre la voiture de Rovère garée en double file, et qu'une aubergine s'apprêtait à verbaliser.

39

Dimeglio ne capitula pas. Choukroun eut beau menacer de se faire porter pâle, il écopa de la corvée tant redoutée ; la mort dans l'âme, il se rendit place Mazas pour assister à l'autopsie d'Helena Wirschow.

Assis près de la paillasse où reposait le corps, il serrait les dents tandis que Pluvinage pratiquait une résection de la calotte crânienne, quand Rovère pénétra soudain dans la salle. Il déposa son colis et en expliqua la provenance au médecin. Pluvinage appela Istvan, et le chargea d'effectuer des prélèvements sur les tissus de la main sectionnée, afin de les comparer avec ceux provenant du cadavre d'Aïcha. Rovère quitta aussitôt les lieux, après avoir adressé un clin d'œil encourageant à Choukroun.

*

Pluvinage acheva l'autopsie en une petite heure. Grâce à l'analyse de la seringue retrouvée chez elle, il savait déjà qu'Helena avait reçu une injection d'une dose massive de temgesic avant de mourir. Il releva des traces de contusions sur le cou, identiques à celles qu'il avait mises en évidence sur le cadavre de Martha. Il pratiqua une laryngotomie et brandit un bloc sanguinolent sous le nez de l'inspecteur.

— Il commence par les étrangler, uniquement pour qu'elles tombent dans les vapes. Alors il les pique, tranquillement, expliqua-t-il à un Choukroun au bord de l'évanouissement. Ensuite, l'anesthésique agit et la mort est très lente… elles partent en douceur, sans se rendre compte. Voilà, vous pouvez vous en aller, c'est terminé !

Pluvinage se dirigea vers une autre table de dissection où Istvan venait d'installer un nouveau corps, celui d'un homme, cette fois. Il sortit une paire de gants chirurgicaux de leur emballage, et alluma une cigarette en attendant qu'Istvan apporte un jeu d'instruments stériles qui refroidissait dans l'autoclave.

Choukroun, soulagé, prépara le formulaire qu'il devait faire contresigner par le médecin, et qui attestait de sa participation à l'autopsie. Quand il s'avança vers Pluvinage pour le lui présenter, il ne put s'empêcher de jeter un rapide coup d'œil sur le corps que celui-ci s'apprêtait à charcuter. Il crut le reconnaître, frissonna comme s'il s'agissait d'un proche au dépeçage duquel il serait condamné à assister, mais attribua cette impression à l'angoisse diffuse qui ne l'avait pas quitté depuis son arrivée à l'IML. La nuit précédente, il avait eu un sommeil agité, nourri des images de films « gore » qu'il regardait en compagnie de son neveu Samuel, à l'insu de son beau-frère Élie. Il se reprit, et, dès que Pluvinage eut apposé son paraphe sur le papier, l'empocha avant de tourner les talons en grommelant un vague salut.

Il traversa la place Mazas au pas de course et pénétra dans le premier café venu pour y boire un whisky sec au comptoir. Ce ne fut qu'en s'asseyant au volant de sa voiture qu'il réalisa son erreur. Il traversa comme un fou le hall d'accueil de l'IML et fit irruption dans la salle d'autopsie qu'il venait de quitter.

— N'y touchez plus ! cria-t-il en se précipitant sur Pluvinage.

Il l'écarta sans ménagement. Le légiste n'avait pas perdu son temps. Le thorax du cadavre était fendu en deux et laissait voir la masse des poumons, le cœur et les côtes, sciées à la jonction avec le sternum. La face était encore indemne. Choukroun se pencha au-dessus du visage et le fixa intensément.

— D'où il vient, celui-là ? demanda-t-il, très excité.

— C'est un retard de la semaine dernière, le 612, expliqua Istvan, comme si cette information suffisait par elle-même à satisfaire la curiosité de l'inspecteur.

— Je m'en fous de savoir si c'est le 612 ou le 3217, je veux savoir d'où il vient ! Et quand il est mort, insista Choukroun.

Pluvinage contint sa colère, abandonna le monobloc souillé qu'il tenait à la main, ôta ses gants et saisit le registre sur lequel étaient consignés les renseignements concernant les corps qu'il était chargé de disséquer. Il le lut. Choukroun se précipita sur le téléphone, appela la Brigade et demanda Rovère.

— La vie d'ma mère, chef, j'ai retrouvé Jacek ! s'écria-t-il, triomphal.

Rovère écouta ses explications, lui demanda de faire suspendre l'autopsie et annonça son arrivée.

*

Vingt minutes plus tard, il pénétra dans la salle, précédé de Marek et de Jan Gotielka. Dimeglio les accompagnait. Rovère examina le cadavre et tira d'une chemise plastique le portrait-robot dressé d'après les indications de Boyer, le propriétaire de l'appartement que Martha louait à Joinville. Aucun doute n'était possible. Il s'agissait bien de Jacek. Quand Dimeglio contraignit Marek à s'approcher de la paillasse, celui-ci faillit vomir. Il n'avait jamais vu Jacek et protesta de sa bonne foi avec une conviction telle que Dimeglio ne mit pas sa parole en doute. Gotielka fut moins impressionné par la vue du corps mais accusa sévèrement le coup.

– Toi, tu le connaissais, hein ? cria Dimeglio en lui assénant une claque dans le dos.

Le visage de Gotielka s'assombrit. Il détourna les yeux et hocha affirmativement la tête.

– Bravo ! Il n'y a que le premier pas qui coûte ! le félicita Dimeglio. Maintenant, tu vas nous raconter la suite.

Il poussait déjà ses ouailles vers la sortie en les tenant chacun par un bras. Rovère se tourna vers Pluvinage et s'excusa du dérangement.

– Je vous en prie, faites comme chez vous, revenez quand vous voulez, vous pouvez même amener des amis, ricana le médecin.

*

En fin de matinée, Rovère fila au Palais de justice. Il croisa Mlle Bouthier dans le couloir qui menait au cabinet de Nadia et lui annonça qu'il devait voir celle-ci de toute urgence.

– C'est impossible, s'écria la greffière. Elle va recevoir M. Folland d'une minute à l'autre, il est déjà arrivé avec un avocat.

— Folland ? s'étonna Rovère.

— C'est un diplomate de l'ambassade polonaise, vous ne vous rendez pas compte, on ne peut pas le faire poireauter.

— Justement ! Il faut que je la voie avant ! renchérit l'inspecteur. Allez la prévenir tout de suite !

Tandis que Mlle Bouthier regagnait le cabinet, Rovère fit une incursion dans la petite salle qui le jouxtait et où les prévenus, leurs avocats ou les témoins convoqués avaient l'habitude d'attendre. Il y aperçut Folland, dont Sandoval lui avait parlé, sans toutefois citer son nom. Le diplomate était assis sur une banquette et fumait ; il s'efforçait d'afficher un grand calme mais sa mâchoire inférieure se crispait régulièrement, dans un rictus qui en disait long sur son état d'esprit. L'avocat qui l'accompagnait annotait un journal du matin. Rovère lui sourit, prit place à ses côtés et s'aperçut qu'il s'agissait d'un article relatant la découverte du cadavre d'Helena Wirschow. Quelques instants plus tard, Nadia invita l'inspecteur à entrer dans son cabinet.

40

Le vol 715 de la LOT, annoncé pour minuit, n'arriva à Roissy qu'à une heure du matin en raison d'une grève perlée des contrôleurs aériens…

Victor Sosnowski avait été alerté le dimanche en fin de matinée, à son domicile de la rue Zeromskiego, à Varsovie. Ce coup de téléphone totalement imprévu le plongea dans une rage noire : il ne s'était pas accordé un seul instant de repos depuis des semaines. Il n'était cependant pas question de refuser. Il prépara rapidement sa valise et, avant de quitter la capitale, joignit ses collègues de Cracovie pour les prévenir de son arrivée.

Sosnowski avait passé toute sa jeunesse à Cracovie. Il n'y était pas retourné depuis des années, il fit rapidement le tour de la vieille ville et fut surpris de voir à quel point elle avait changé. La place du Grand Marché était désormais bordée de magasins aux vitrines clinquantes. Salamander voisinait avec Benetton, et un concessionnaire Hitachi s'était arrogé le droit d'accrocher une enseigne aux couleurs criardes sur sa façade, juste en face du restaurant Wierzynek. Les marchands de fleurs avec leurs voitures de quatre-saisons tenaient encore le haut du pavé, mais les groupes de hard-rock, équipés de sono de fortune, leur disputaient la vedette parmi les touristes. Sosnowski s'éloigna du centre-ville et gagna le siège de la Brigade criminelle, avenue Mogilska. Deux heures plus tard, il le quitta et se dirigea vers l'aéroport de Balice.

*

Il n'aurait jamais cru qu'il remettrait si vite les pieds à Paris. Dès la chute de Jaruzelski, il avait quitté la France, après y avoir passé trois années. Durant le trajet en taxi depuis Roissy, Sosnowski s'interdit de songer au motif de son voyage et se prit à évoquer ses souvenirs d'exil. Dès qu'il fut installé dans sa chambre d'hôtel, avenue de La Motte-Picquet, il revint cependant à des préoccupations plus terre à terre.

41

Folland annonça la couleur dès le début de l'entretien : Helena Wirschow avait une sœur, qui vivait à Cracovie. Il était parvenu à la persuader de se constituer partie civile et montra à Nadia le fax qu'elle lui avait expédié, lui demandant de la représenter en attendant sa venue en France. Maître Deléage, l'avocat qui accompagnait le diplomate, avait accepté de l'assister. À ce titre, il pourrait exiger qu'on lui communique les pièces du dossier. Nadia ne se formalisa pas. Elle laissa Folland récriminer contre l'accueil assez froid qui lui avait été réservé au Quai des Orfèvres la veille, puis proférer à son encontre quelques menaces bien senties quoique enrobées de miel, si d'aventure elle ne cédait pas à ses exigences. Elle l'encouragea même à préciser le fond de sa pensée et ne s'offusqua pas le moins du monde quand le diplomate se vanta de la faire mettre au pas par l'intermédiaire de ses relations au Quai d'Orsay.

— Mon pays et le vôtre entretiennent d'excellentes relations, expliqua-t-il. Nous ne tolérerons pas que soit salie la réputation de la communauté polonaise de France. Une de nos ressortissantes a été assassinée dans des circonstances inexplicables, et la ressemblance avec le meurtre de cette prétendue artiste, Martha Kotczinska, qui vivait d'expédients, peut alimenter les rumeurs.

— Je vous ai entendu, monsieur Folland, dit Nadia à la fin de sa tirade.

— Une dernière chose. J'ai prévenu la police polonaise. Un commissaire de la Brigade criminelle de Varsovie, M. Sosnowski, est arrivé à Paris. En aucun cas, évidemment, il ne pourra se substituer aux services que dirige le Parquet, mais il serait… correct de le tenir informé des progrès de l'enquête, ajouta le diplomate.

— J'allais y venir ! poursuivit Nadia, en chaussant ses lunettes.

Retranchée derrière les verres épais qui la vieillissaient tant et conféraient à son regard une sévérité permanente qu'elle eût été bien en peine de simuler, elle prit tout le temps de classer les PV que lui avait remis Rovère, laissant ainsi Folland mariner dans son jus.

— Helena Wirschow n'est pas au centre de nos préoccupations, dit-elle en détachant soigneusement ses mots, ce qui eut pour effet de mettre du baume au cœur du diplomate.

Il se détendit, esquissa un pâle sourire, et se tourna vers l'avocat, comme pour signifier à Nadia que c'était à lui qu'elle devait s'adresser en priorité.

— Si je résume nos conclusions, dit-elle, voici ce que je peux vous révéler, nonobstant le secret de l'instruction : Martha Kotczinska, qui, comme vous le disiez si justement, « vivait d'expédients », arrondissait ses fins de mois en fabriquant de faux papiers… et de faux documents d'importance diverse.

Elle brandit les pièces saisies à Joinville. Folland et l'avocat se penchèrent sur le bureau et les examinèrent, circonspects.

— Il semblerait que Martha effectuait ce travail pour un de vos ressortissants, monsieur Folland. Un certain Jacek Durmala.

Elle brandit alors une des photographies du cadavre que Rovère s'était procurée à l'IML et la leur montra.

— Ce Durmala a été assassiné la semaine dernière, juste avant Martha, mais différemment : un coup de poignard dans le cœur, en plein boulevard, sous les yeux de nombreux passants. Le meurtrier a pris la fuite. Durmala était en rapport avec un second ressortissant polonais, monsieur Folland. Le connaissez-vous ?

Folland scruta attentivement le portrait anthropométrique de Jan Gotielka, que la jeune femme glissa ensuite dans un classeur.

— La Brigade criminelle interroge en ce moment même Gotielka, lequel a été arrêté hier dimanche à proximité de l'église polonaise de Paris alors qu'il s'apprêtait à livrer à un troisième ressortissant polonais un chargement d'« Argès » contenu dans des bidons de plastique, que voici.

Folland s'avança pour examiner un cliché de l'intérieur du break saisi rue Saint-Honoré. L'avocat fit de même.

— Savez-vous ce qu'est l'« Argès », monsieur Folland ? demanda gentiment Nadia. Non ? Eh bien je vais vous le dire ! Il s'agit d'un mélange de formol et d'acide acétique.

Folland se tassa un instant sur son siège mais reprit aussitôt de sa superbe.

— Je ne suis pas venu suivre un cours de chimie, madame Lintz, dit-il sans se départir de son sourire. Mais je ferai preuve de patience.

— À la bonne heure ! s'écria Nadia. L'Argès est parfois utilisé comme désinfectant alimentaire, malgré les dangers qu'il présente : il peut causer des maux d'estomac bénins mais aussi provoquer des hépatites. Certains commerçants peu délicats en usent pour rendre à des viandes impropres à la consommation un semblant de fraîcheur. Vous me suivez, monsieur Folland ?

— Je n'apprécie guère les rébus, soupira le diplomate.

— J'irai donc à l'essentiel ! Au centre du dispositif nous avons Jacek Durmala, aujourd'hui décédé. Il organisait un trafic de viande en provenance de pays… indéterminés, pour la vendre en France, illégalement, s'entend. Pour ce faire, il avait besoin de documents : on ne fait pas traverser les frontières, même celles de la Communauté européenne, à des camions chargés de gigots et de jambons sans montrer patte blanche, n'est-ce pas ? Martha Kotczinska fournissait ces documents, tampons et certificats d'origine, à Jacek Durmala. Par ailleurs, elle connaissait fort bien Helena Wirschow. À preuve ce portrait d'Helena, retrouvé chez elle et portant sa signature.

Nadia sortit machinalement une photographie du nu saisi dans l'appartement du cours de Vincennes. Folland eut un geste agacé.

— Vous reconnaissez Helena Wirschow ? C'est assez ressemblant, n'est-ce pas ? Martha, qui « vivait d'expédients », comme vous le faisiez si judicieusement remarquer, n'en avait pas moins du talent. Je continue, si vous m'y autorisez. Helena travaillait au département commercial de votre ambassade et s'occupait notamment des importations alimentaires en provenance de Pologne. Vous suivez toujours, monsieur Folland ? Si vous souhaitez connaître mon avis, Helena était mêlée jusqu'au cou à ce trafic ! Ce que nous confirme la déposition d'un autre employé de vos services, Marek Kurniewski.

Écrasé, Folland toussota et demanda à sortir quelques instants.

— Vos remarques, Maître ? reprit Nadia en attendant son retour.

— Je suis simplement présent pour m'informer, répliqua prudemment l'avocat en lorgnant vers la porte.

Folland revint, pâle comme un linge. Il réintégra sa place et, d'un geste, pria Nadia de poursuivre.

— Je vous expliquais à l'instant, monsieur Folland, que le jeune Marek Kurniewski, secrétaire et amant d'Helena Wirschow, nous a été d'un précieux secours. Grâce à lui, nous avons pu nous mettre sur la piste d'un certain Tadeusz, dont voici le portrait-robot.

Folland s'empara du document, dessiné en noir et blanc, mais orné de rayures rouges qui figuraient l'angiome.

— Ce Tadeusz — nous ignorons son nom de famille — rencontrait parfois Helena Wirschow le dimanche, à l'issue de l'office célébré à l'église de la place Maurice-Barrès. Le jeune Kurniewski nous l'a confirmé.

— Tous les Polonais de Paris se rendent à la messe le dimanche, murmura piteusement Folland, sérieusement ébranlé.

— Autre chose, connaissez-vous cette femme ? reprit Nadia en lui proposant le portrait-robot d'Aïcha.

Le diplomate l'examina longuement mais secoua négativement la tête.

— Tadeusz est dans la nature. Les hommes du commissaire Sandoval ont bien failli l'arrêter mais il est parvenu à prendre la fuite. D'après ce que nous a confié Gotielka, les bidons d'Argès étaient destinés à « traiter » une cargaison de viande en souffrance que Jacek Durmala avait fait venir en France. C'était sans doute lui le « cerveau » de ce réseau. Sa mort inopinée a dû plonger ses complices — dont Tadeusz — dans l'embarras. D'où l'initiative prise par ce dernier de prolonger un peu la « durée de vie » de certaines carcasses entreposées dans un endroit dont nous ignorons les coordonnées. Ai-je répondu à votre attente, monsieur Folland ?

Nadia avait asséné sa démonstration avec une grande sérénité et, sans l'extérioriser, ne boudait pas son plaisir de voir l'adversaire, tantôt si insolent, à présent totalement défait.

— Bien entendu, vous pouvez autoriser votre monsieur Sosnowski — de la Brigade criminelle de Varsovie, c'est cela ? — à prendre contact avec moi ! Son aide nous sera probablement d'un grand secours, lança-t-elle pour porter l'estocade.

Folland se leva, imité par Deléage, inclina sèchement la tête et quitta le cabinet. Dès qu'ils eurent refermé la porte, Nadia partit d'un grand éclat de rire, sous l'œil admiratif de Mlle Bouthier. Elle enclencha le mécanisme de l'automate que lui avait offert Szalcman et assista à ses gesticulations avec une joie accrue.

La greffière lui passa alors le téléphone, avant de quitter le cabinet pour se rendre à une réunion syndicale.

— L'inspecteur Dimeglio vous demande.

— Pluvinage vient de me prévenir, lui dit-il. La main coupée, c'était bien celle d'Aïcha ! Elle a séjourné dans un congélateur mais il n'y a aucun doute : le groupe sanguin est le même, et il m'a raconté une histoire de phénotype à laquelle je n'ai rien pigé. Bref, ça confirme.

Nadia encaissa en silence. L'excitation qu'elle avait ressentie durant l'entrevue avec Folland tomba tout à coup. Elle prévint Dimeglio de l'arrivée du commissaire Sosnowski ; il reçut la nouvelle avec une certaine perplexité.

— Et Gotielka, vous arrivez à en tirer quelque chose ? reprit-elle.

— Il reconnaît avoir acheté le désinfectant grâce à une autorisation bidon que lui a procurée Martha, mais il nous fait le coup du lampiste : il connaissait Jacek et Tadeusz, ça, c'est sûr, il ne nie pas ! Mais pour lui tirer les vers du nez à propos de l'endroit où ils stockaient leur bidoche, c'est plutôt coton !

— Ne le lâchez pas, dites-lui que je vais le coller au trou et qu'il n'est pas prêt de rentrer en Pologne, ça l'incitera à se montrer coopérant ! s'écria Nadia.

— Espérons-le… soupira Dimeglio, qui promit de faire le maximum.

Nadia appela alors Montagnac, à la huitième section.

— Tu es bien accroché à ton siège ? demanda-t-elle. Alors écoute : nous allons vivre ensemble !

Un long silence s'ensuivit.

— Tu veux bien répéter ? balbutia André après avoir avalé sa salive.

Elle lui fit part de l'incident de la main tranchée, et de ses conséquences.

— Disons pour une semaine, en attendant d'y voir plus clair, ça colle ? proposa-t-elle. D'après ce que je sais, monsieur Ton Père t'a offert un appartement assez vaste pour accueillir une pauvre pécheresse en perdition, non ? En tout bien, tout honneur, cela va sans dire. Je ne tiens absolument pas à retourner chez Maryse.

Avant de raccrocher, elle lui fit jurer qu'il ne parlerait à personne de ce séjour, à la fois parce qu'elle craignait les commérages, mais aussi en raison des recommandations de Rovère qui lui avait conseillé la plus extrême prudence.

Elle se plongea ensuite dans le dossier de la prostituée du périphérique. Une tapineuse qui officiait dans la même zone s'était fait coincer dans des circonstances analogues mais avait réussi à s'enfuir à temps. Une patrouille de police s'était chargée de l'emmener à la Brigade criminelle. On avait préservé avec soin le Kleenex souillé qu'elle serrait convulsivement dans sa main pour le soumettre à différentes analyses. Nadia parcourut le rapport du laboratoire d'expertise médicale qui résumait les éléments de comparaison avec les traces de sperme retrouvées dans la bouche de Delphine lors de l'autopsie. Elle se perdit dans les réactions de phosphatase acide, mettant en évidence la présence d'antigènes A et HO et d'autres formules tout aussi ésotériques, puis referma bientôt la chemise, écœurée.

Elle quitta son cabinet, traversa la cour de la Sainte-Chapelle et passa devant l'entrée de la huitième section pour se rendre au self, près du hall de Harlay. Montagnac la cueillit au vol. Durant le repas, elle lui fit part de la visite de Folland et lui raconta les derniers développements de l'enquête.

— Fais très attention, ma belle, lui dit-il. Si ton dossier n'est pas bien ficelé, le Parquet va te tomber dessus ! Les diplomates, on les ménage.

Elle accueillit cette remarque frappée au coin du bon sens avec placidité. Montagnac scruta son visage tendu.

— La main, ça te fout la trouille, hein ?

— Oui, je n'y comprends plus grand-chose, avoua Nadia. Je suis persuadée que cette petite bande de magouilleurs n'a rien à voir avec mon problème.

— Saigner des femmes jusqu'à ce qu'elles en meurent, c'est bien des méthodes de boucher, ou de trafiquant de viande, remarqua Montagnac.

— Je sais ! Mais il y a autre chose : tout ça ne colle pas, vraiment pas du tout !

42

Sandoval n'arriva à la Brigade qu'en milieu d'après-midi. Il avait dormi très tard pour récupérer de sa nuit de veille, passée à interroger Gotielka, sans résultat. Celui-ci parlait un sabir franco-polonais des plus malaisés à décoder, et manifestait peu d'entrain à tenter de comprendre le sens des questions qu'on lui posait. Découragé, Sandoval s'était résigné à l'abandonner entre les mains de Dimeglio, non sans lui avoir recommandé de traiter le prévenu avec toutes les précautions requises… Quand Dansel le mit au courant de la trouvaille de Choukroun concernant Jacek, le commissaire tomba des nues.

— Comment ? Ce cadavre est à la morgue depuis la semaine dernière et personne ne nous a prévenus ! ? s'emporta-t-il.

— C'est plutôt normal, on est lundi et la liaison hebdomadaire n'arrive des différents services que demain, plaida Dansel. Les gars de la 6e DPJ ont fait leur boulot ; ils ont ramassé le corps sur le boulevard et relevé son identité. Maintenant, le temps qu'on soit avertis et qu'on fasse le recoupement…

— On a son adresse ? poursuivit Sandoval, à moitié satisfait par ces explications.

— Un studio, rue de Charonne. Choukroun y est allé, mais c'est « nickel », comme il dit. Un peu d'argent liquide, des vêtements, rien que de très normal. Il avait une planque, ailleurs.

Le commissaire s'enferma dans son bureau et relut à tête reposée tous les PV dressés depuis la découverte du cadavre d'Aïcha, rue Sainte-Marthe, le lundi précédent, pour tenter d'en faire la synthèse. Il ne tarda pas à rappeler Dansel, qui passa la tête dans l'entrebâillement de la porte.

— Dimeglio s'occupe toujours de Gotielka ? demanda-t-il.

— Oui… il lui parle du pays. Il lui en parle même assez fort ! confirma l'inspecteur, évasif.

— Et Rovère, qu'est-ce qu'il fout ?

— Il a dû s'absenter.

Sandoval prit une profonde inspiration, posa ses deux mains à plat sur son bureau et laissa mûrir la colère qui montait en lui. Dansel referma soigneusement la porte derrière lui, s'avança vers le commissaire et pointa le doigt dans sa direction.

— Écoutez, dit-il, vous avez peut-être vos nerfs, mais je vous jure que vous allez lui foutre la paix ! Vous savez ce qui est arrivé à son fils, hein ? Eh bien, c'est plus grave que ce qu'on pouvait craindre : le gosse est dans le coma. Depuis ce matin.

Sandoval se sentit pâlir et bafouilla quelques mots d'excuses.

— Ce n'est pas tout, ajouta Dansel.

Il fit part à Sandoval de l'arrivée chez Nadia Lintz du colis contenant la main d'Aïcha. Dimeglio pénétra alors en trombe dans le bureau, en bras de chemise, essoufflé mais ravi.

— Gotielka s'est allongé, j'ai l'adresse ! annonça-t-il. Un hangar, à Bonneuil, dans la zone industrielle. Il paraît que c'est là-bas qu'ils stockaient la barbaque avant de la refiler en douce à Rungis. Ils se faisaient des couilles en or, ces salopards. Ils payaient à peine cinq francs le kilo de viande à l'achat en Pologne, et faisaient plus de quatre fois la culbute. En débitant la camelote à la tonne, vous imaginez un peu le bénef' ?

Sandoval se rendit dans la pièce voisine. Effondré sur un siège, Gotielka sanglotait comme un enfant. Sandoval le saisit sous l'aisselle pour le contraindre à se lever.

— On y va ! décréta-t-il.

Dimeglio et Dansel échangèrent un regard inquiet. Les autres inspecteurs de la Brigade étaient tous sortis.

— Avec Choukroun, nous sommes quatre, je ne vois pas où est le problème, leur lança le commissaire.

43

Nadia quitta son cabinet vers dix-sept heures trente. Elle avait rendez-vous avec Montagnac rue de Tourtille, pour prendre quelques affaires avant de s'installer chez lui, boulevard Voltaire. Le garde chargé d'orienter les visiteurs la retint à l'entrée de la galerie.

— Une dame est venue pour vous voir, madame Lintz, lui dit-il. Irène Sénéchal... Comme elle n'avait pas de convocation, je lui ai demandé d'attendre.

Il désigna une femme assise tout au bout du couloir, sur une des banquettes de bois où les prévenus avaient l'habitude d'attendre. Nadia sentit le sang refluer de son visage. Elle remercia le gendarme et s'avança en direction de la visiteuse, qui se balançait doucement d'avant en arrière, tassée sur elle-même, en essuyant les larmes qui inondaient ses joues.

— Joli numéro de pleureuse ! lança Nadia. Allez, lève-toi !

— Il… il est mort hier soir, sanglota Irène.

Elle se redressa avec difficulté et chancela un instant, avant de retrouver un équilibre incertain.

— Je suis heureuse de l'apprendre, murmura Nadia. Ne reste pas ici. La sortie, c'est par là.

Elle poussa sa mère vers un escalier en colimaçon. Il pleuvait et, dans la cour de la Sainte-Chapelle, des employés de Lenôtre déchargeaient des victuailles destinées à une réception d'entreprise qui devait se tenir dans la salle de la Conciergerie. Vaincue et résignée, Irène Sénéchal obéit à sa fille, et se dirigea vers le boulevard.

— Il aurait tant voulu te voir, dit-elle d'une voix douce, exempte de tout reproche. Jusqu'au dernier moment, il a parlé de toi.

— Tu sais bien que la question est réglée depuis longtemps ! soupira Nadia.

— Les obsèques auront lieu chez nous, à Tours, tu viendras, n'est-ce pas ? insista Irène.

— Il n'en est pas question, trancha Nadia.

Elles étaient arrivées devant les grilles du Palais. Nadia hésita un instant.

— Tu vas à la Pitié, maintenant ? demanda-t-elle.

— Oui, la levée du corps a eu lieu cet après-midi. Marc s'est occupé de tout, mais il faut encore que je signe un papier, je ne sais pas lequel exactement.

— Eh bien, tu prends le taxi, il y a une station place du Châtelet, de l'autre côté de la Seine, dit Nadia.

— Non, Marc m'attend, expliqua Irène, la voix brisée par un nouveau sanglot. Heureusement qu'il est là.

Nadia aperçut alors son mari qui patientait sur le trottoir d'en face, près de la brasserie des Deux Palais. Il traversa le boulevard en faisant sauter ses clefs de voiture dans sa main et rejoignit les deux femmes.

— Je me disais aussi, ce cher Marc, toujours aussi serviable ! lança Nadia avec un rire aigre.

Sans ajouter un mot, elle s'éloigna à grandes enjambées. Marc la poursuivit, lui saisit le coude et la força à se retourner. Elle se dégagea mais lui fit face.

— Ta mère t'a dit ? Avant-hier, il a fait venir son notaire à l'hôpital, annonça-t-il.

— En bon charognard, voilà dix ans que tu guettes le magot, j'espère qu'il t'a récompensé ? siffla Nadia, avec une lueur haineuse dans le regard.

— Exactement ! s'écria Marc.

— Les masques finissent toujours par tomber, murmura-t-elle. Maintenant laisse-moi, je n'ai pas de temps à perdre !

Tandis qu'elle s'en allait, il resta planté sur le trottoir, les bras ballants, déçu de la rapidité et de la banalité de cette scène d'adieux, qu'il savait définitifs.

44

Dimeglio avançait sous une pluie battante en direction d'un hangar de béton dont le toit, couvert de plaques de tôles rouillées, avait subi bien des dégâts à la suite des violents orages qui s'étaient abattus sur la région parisienne depuis la fin du mois d'août. Il longeait un chemin de terre dont Gotielka lui avait indiqué le tracé, et qui se perdait dans une maigre broussaille. En bordure de la Marne, dans ces parages immédiats du port de Bonneuil, les berges de la rivière étaient encombrées de déchets divers, barils éventrés, épaves de camions, squelettes de grues à demi dépecées par toute une faune de ferrailleurs à la petite semaine qui trouvaient là une manne propice à satisfaire leurs modestes appétits. Dimeglio avait délaissé le micro-émetteur dont il s'était servi lors de son escapade à l'église polonaise et portait un talkie bien plus puissant. Une rafale de vent rabattit vers lui des effluves écœurants. Il se boucha le nez, avala une grande goulée d'air, la bouche ouverte, et franchit les derniers mètres qui le séparaient du hangar. Sandoval et Dansel s'en approchaient eux aussi, mais par la nationale en bordure de laquelle il se dressait, évitant ainsi ce détour chaotique. Choukroun, préposé à la garde de Gotielka, était resté dans la voiture.

— Je suis juste derrière le hangar, il y a une fenêtre cassée ! annonça soudain Dimeglio, alors que Dansel inspectait la grande porte d'entrée, cadenassée par une chaîne.

— On ne pourra pas passer par là, constata Sandoval.

Dansel lui montra un escalier extérieur menant à un balcon qui tournait à l'angle du bâtiment. Sandoval acquiesça en voyant une rangée de fenêtres garnies de stores à crémaillère dont certains claquaient au vent.

— Tadeusz ! Nom de dieu, il est là-dedans ! s'écria Dimeglio d'une voix presque inaudible.

— Qu'est-ce qu'il fout ? lui répondit Dansel en s'efforçant de protéger son talkie de la pluie qui redoublait d'intensité.

— Il y a un camion. Il décharge des carcasses de viande avec un autre type. Ils les balancent par terre ! Ça pue, c'est à gerber !

— Dimeglio, tu peux rentrer ? reprit Dansel, tout en escaladant les marches.

Il progressa sur le balcon, à la recherche d'un store suffisamment esquinté qui lui permette de jeter un coup d'œil à l'intérieur du hangar. Le talkie émit un sifflement. Il répéta sa question.

— Si je peux entrer ? ! Mais je suis déjà dedans, expliqua Dimeglio. Il y a tout un bordel de caisses. On peut se planquer derrière. Je suis juste en face de la plate-forme de déchargement. Je les vois au poil ! Si vous ne pouvez pas entrer par l'avant, venez ici !

Dansel hésita, s'arrêta devant la troisième fenêtre, saisit le store qui bâillait vers le bas, s'arc-bouta pour le soulever encore plus et aperçut le camion dont parlait Dimeglio. L'avant était tourné vers l'entrée du hangar, si bien qu'il lui masquait la vue. Sandoval avait déjà dépassé l'angle du balcon et l'appela pour lui montrer une porte qui avait été forcée et pendait sur son gond inférieur. Ils se glissèrent tous deux par l'ouverture et, courbés en deux, longèrent une coursive à claire-voie qui courait tout le long du hangar. Une odeur pestilentielle leur fouetta le visage. Sandoval s'agrippa à la rambarde et reprit posément son souffle, le cœur au bord des lèvres. Ils descendirent au rez-de-chaussée par une échelle et se trouvèrent bientôt près de la cabine du camion, un quinze tonnes frigorifique dont la carrosserie était couverte de boue. Ils entendirent le bruit mou produit par les carcasses de viande que Tadeusz, juché sur la plate-forme du camion, projetait sur le ciment détrempé. Elles s'y empilaient les unes par-dessus les autres. À mesure que l'on approchait, la puanteur devenait plus insupportable.

— On est dedans, annonça Dansel, la bouche plaquée contre le micro du talkie. Quand tu nous verras arriver, tu sors de ton trou et on les coince !

Il longea la carrosserie du camion par la droite, tandis que Sandoval le contournait par la gauche. À l'abri derrière le battant de la plate-forme de déchargement, il sortit son pistolet de la poche de son imperméable, réprima la nausée qui lui tordait l'estomac, respira calmement durant quelques secondes, puis s'avança à découvert. Dès qu'il le vit, Dimeglio jaillit de la pile de caisses derrière laquelle il avait trouvé refuge et bondit vers le camion. Tadeusz laissa tomber la carcasse qu'il portait en travers de l'épaule et sauta à terre. Vêtu d'un tablier blanc couvert de taches rouges, chaussé de lourdes bottes de caoutchouc, ses deux poings tendus devant lui, il percuta Dansel qui bascula en arrière et atterrit sur le coccyx, puis courut en direction de l'échelle que l'inspecteur venait d'emprunter pour descendre au rez-de-chaussée du hangar. Dimeglio se précipita à ses trousses en prenant garde de ne pas déraper sur les flaques d'eau croupie éparpillées sur le sol. Sandoval se tourna vers l'intérieur du camion et pointa son arme en direction du compagnon de Tadeusz, qui s'immobilisa.

– Dansel, ça va, rien de cassé ? demanda-t-il.

L'inspecteur s'assit à grand-peine et grogna une vague réponse ; l'espace d'un instant, Sandoval baissa sa garde. Dansel, encore sonné par sa chute, le vit fléchir lentement les genoux et s'affaisser au beau milieu d'une mare putride, formée par les rigoles de pluie qui dégoulinaient du tas de viande et le noyaient en entraînant des caillots de sang. Ce ne fut que dans un second temps qu'il aperçut le croc de boucher planté dans sa gorge. L'agresseur posa un pied sur le cou de Sandoval, arracha le croc et s'avança vers Dansel. Sans réfléchir, celui-ci empoigna son arme et vida le chargeur. L'homme recula de quelques pas, d'une démarche saccadée, et tomba à la renverse, sans avoir lâché le crochet d'acier qui, dans sa chute, émit un son mat en cognant sur le sol. Dansel se retourna et aperçut Dimeglio, installé à califourchon sur la poitrine de Tadeusz, au pied de l'échelle vers laquelle celui-ci s'était rué en espérant fuir. De ses deux poings, il lui martelait le visage avec une rage méthodique. Dansel se traîna à quatre pattes vers le talkie qui avait glissé sous une roue du camion et appela Choukroun. Ensuite, il s'accorda le droit de vomir.

45

Montagnac attendait Nadia au Comédien, un petit bar à vins situé rue de Belleville, à quelques mètres du croisement avec la rue de Tourtille. Le ballet des terrassiers qui avait commencé le matin même venait juste de prendre fin et l'aspect de la chaussée et des trottoirs évoquait un paysage de bataille. La circulation était totalement bloquée du fait de la présence d'un escadron de pompiers stationné au carrefour. Nadia toqua à la vitre du bistrot. André vida son ballon de pouilly et la rejoignit au-dehors. Elle se hissa sur la pointe des pieds et déposa un rapide baiser sur sa joue.

— On monte ? Je n'en ai pas pour longtemps, tu es garé loin d'ici ? demanda-t-elle, sans même écouter la réponse.

Arrivée chez elle, elle disparut dans la salle de bains. Montagnac entendit couler l'eau de la douche ; il patienta en feuilletant quelques livres puis se planta devant la fenêtre pour observer le manège des pompiers, qui avaient déployé leur grande échelle afin d'atteindre une fenêtre située au troisième étage de l'immeuble en vis-à-vis. Nadia revint dans le salon et jeta un sac de voyage ainsi qu'une pile de linge sur le canapé. Elle ne portait qu'un tee-shirt bien trop grand pour elle et qui lui arrivait à mi-cuisses. Elle s'était séchée à la hâte ; le tissu encore humide lui collait à la peau.

— Qu'est-ce que tu as ? demanda-t-elle, surprise de voir Montagnac la fixer avec insistance.

Il détourna la tête, confus. En apercevant son reflet dans le miroir, elle comprit la raison de son trouble, s'avança vers lui et posa son front contre sa poitrine. Il en fut si surpris qu'il ne sut que faire de ses mains.

— Serre-moi dans tes bras, m'sieur le proc' de mes deux, souffla-t-elle.

Il l'enlaça et lui caressa doucement la nuque.

— André, ne fais pas l'imbécile, dit-elle dans un murmure, toujours blottie contre lui. Selon toute probabilité, tu vas me sauter un de ces jours, mais il faut que tu comprennes que je vais mal. Je suis un peu paumée à Paris… et aujourd'hui mon père est mort. Et comme si ça ne suffisait pas, il y a cette histoire de main coupée que ce dingue m'a envoyée. Alors je t'en prie, prends soin de moi !

Au fur et à mesure de sa tirade, sa voix s'était raffermie. Elle leva les yeux vers Montagnac. De son pouce, il essuya les deux grosses larmes qui perlaient à ses paupières et l'embrassa sur le front. Elle frissonna, lui adressa un sourire qu'elle aurait voulu ironique, et reprit ses préparatifs.

Dix minutes plus tard, elle avait bouclé son sac et s'était rhabillée. Affalée sur le canapé, elle alluma une Craven et ferma les yeux.

— Tu nous sers à boire ? dit-elle en exhalant la fumée.

Montagnac obtempéra avec une célérité exemplaire. Ils restèrent quelques minutes, assis l'un en face de l'autre, leur verre à la main, s'abstenant de prononcer la moindre parole sans pour autant que ce silence ne génère un quelconque malaise.

— Qu'est-ce que tu en penses de cette histoire ? reprit brusquement Nadia. Ce dingue, s'il m'envoie la main d'Aïcha, c'est qu'il cherche à me parler, non ?

— N'y pense plus pour ce soir, je crois que tu as eu ta dose, assura Montagnac.

— Tu as raison. J'espère que tu vas m'inviter au restau ? Tu me parleras de ton père, ça m'évitera de penser au mien, dit-elle, le regard perdu dans le vague. Tu as un piano, chez toi ?

— Oui, un vieux clou, purement décoratif. Mais je l'ai fait accorder il y a deux mois, à tout hasard. J'ai été bien inspiré, non ?

Nadia se leva, passa son sac en bandoulière et se dirigea vers le palier. Montagnac claqua la porte et boucla la serrure. Ce ne fut qu'en arrivant dans la rue que la jeune femme sembla remarquer la présence des pompiers. Ils avaient dû repousser les badauds pour dégager le passage et chargeaient dans une ambulance deux civières recouvertes de couvertures. La pluie s'était calmée. Le barman du Comédien se tenait sur le trottoir, face à son bistrot, les poings sur les hanches, pensif. Nadia le questionna.

— C'est deux vieux qui se sont fait rectifier chez eux, enfin, je crois, lui dit-il. Ils auraient pu pourrir là-haut sans que personne ne s'inquiète, mais justement le syndic de l'immeuble est passé cet après-midi. Du coup, il les a trouvés raides morts. Paraît que c'était pas beau à voir !

Montagnac montrait quelques signes d'impatience. Nadia ne voulut pas abuser de sa gentillesse et le suivit. Ils remontèrent la rue de Belleville sur une cinquantaine de mètres et prirent place dans sa voiture. Au passage, en apercevant les lumières allumées chez Szalcman, Nadia se promit de lui téléphoner dès le lendemain pour l'avertir de son absence momentanée. À ses côtés, Montagnac conduisait en silence. Il avait branché son autoradio sur FIP ; Sarah Vaughan chantait *When Lights are Low*. Elle posa la tête contre son épaule.

46

Rovère déambulait dans les allées du parc de l'hôpital Trousseau, une cigarette aux lèvres. Il avait dû sortir du bâtiment abritant le service de réanimation pour pouvoir fumer sans avoir à subir les remontrances de la surveillante. La pluie avait cessé et une odeur de terre mouillée montait des bosquets. Il s'assit sur un banc après l'avoir essuyé d'un revers de manche et resta quelques minutes ainsi, l'esprit vide. Claudie sortit à son tour et prit place à ses côtés.

— Rentre, tu n'en peux plus, lui dit-il.

— Tu peux rester, toi ? Je ne veux pas qu'on le laisse seul !

— Oui, je vais passer la nuit, assura Rovère. Tu prendras le relais demain matin. Tu as demandé un congé, au lycée ?

Elle confirma d'un mouvement de la tête, attendit encore quelques instants, se leva et caressa la joue de Rovère.

— Je te remercie… murmura-t-elle.

— Je ne veux pas que tu me remercies. Je veux que tu me pardonnes, souffla-t-il en lui embrassant la main.

Elle s'éloigna d'un pas lent. Rovère regagna le service de réanimation. La chambre de son fils se trouvait tout au bout d'un long couloir, au deuxième étage. Les médecins avaient dû pratiquer une trachéotomie et la canule émettait un sifflement lancinant. Une infirmière s'approcha de Rovère et lui proposa un café.

— Vous pensez qu'il va mourir ? lui demanda-t-il. Dites-moi la vérité !

L'infirmière hésita et préféra garder le silence.

— Cette saleté est capable de le maintenir en vie pendant des mois, hein ? poursuivit Rovère en désignant l'appareil de monitoring dont les écrans indiquaient l'état du rythme cardiaque et des différentes fonctions vitales.

— Demain vous pourrez demander à voir un interne, expliqua prudemment l'infirmière.

Rovère arpenta le couloir jusque tard dans la nuit. À quatre heures, il finit par s'endormir sur une des banquettes de la salle d'attente, décorée de dessins d'enfants. On le réveilla au changement d'équipe. Claudie le relaya à huit heures. Il quitta l'hôpital avec la migraine, téléphona à la Brigade depuis un bistrot de l'avenue Michel-Bizot et apprit les dernières nouvelles de la bouche de Choukroun. Sandoval allait s'en tirer. Par miracle, le croc de boucher avait épargné la carotide ; les dégâts étaient malgré tout sérieux et on pouvait craindre qu'il ne retrouve jamais l'usage de la parole.

— Mais pourquoi avez-vous accepté de vous lancer dans un cirque pareil ? s'emporta Rovère. Toi encore, je veux bien, mais Dansel ou Dimeglio ? Il fallait y aller à une dizaine et attendre qu'ils en sortent, de leur foutu hangar !

— Sandoval était déchaîné, plaida Choukroun. On a essayé de le calmer. Il avait la trouille d'arriver trop tard !

Rovère lança une bordée d'insultes totalement injustifiées, simplement destinées à évacuer un trop-plein d'exaspération. L'inspecteur ignora sa colère et poursuivit son compte rendu. Tadeusz et son complice attendaient les ordres de Jacek concernant le chargement du camion… La viande pourrissait sur pied, et le désinfectant saisi dans le break, rue Saint-Honoré, devait permettre de sauver ce qui pouvait l'être. En désespoir de cause, ils s'étaient donc résignés à sacrifier la marchandise.

— Sans Jacek, ils étaient cuits, ajouta Choukroun. C'est lui qui se chargeait de dispatcher la barbaque aux revendeurs.

— Si j'ai bien compris, on va se coltiner un flic polonais, mais évidemment, ces deux branques n'ont pas touché à Helena, ni à Martha ! affirma Rovère, à l'avance certain de la réponse.

— Non, là-dessus, on n'a pas avancé, admit Choukroun.

47

Les mains crispées sur le volant, il conduisait en scrutant la route quasi déserte. Il avait quitté Paris au milieu de la matinée du lundi et ne s'était arrêté qu'une heure à peine, peu après avoir franchi la frontière allemande. Les amphétamines qu'il avait absorbées produisaient leur effet, un peu euphorisant, mais surtout remarquablement efficace dans la lutte contre la fatigue. L'exaltation qu'il ressentait n'était pas seulement motivée par la prise des médicaments. Sa volonté farouche de remonter le fil du temps pour arriver à la source de son malheur, nourrie à la fois de haine et d'amour, lui procurait un sentiment de puissance absolue. Il avait tué. Tué Aïcha, tué Martha, tué Jacek, tué Helena… et il tuerait encore s'il le fallait. Il y était résolu. Il n'avait nul besoin d'invoquer des excuses. Aïcha s'était cruellement moquée de lui, quant à Martha, elle avait appelé Jacek à son secours !

Auprès d'Helena, il crut rencontrer un peu de compréhension. Il avait trouvé ses coordonnées sur l'agenda de Martha. Les deux femmes s'étaient connues en Pologne, au lycée. Martha avait été l'élève d'Helena. Après quelques années d'enseignement, celle-ci avait profité de l'appel d'air provoqué par l'épuration du personnel communiste pour briguer un poste au ministère des Affaires étrangères. Sa mutation à Paris datait de 1989.

*

Elle était terrorisée. Quand il l'avait appelée, elle avait aussitôt accepté de lui donner rendez-vous. Elle craignait que la police ne découvre sa participation au petit trafic.

Le réseau d'achat de la viande, les faux certificats d'origine fournis par Martha, il n'ignorait plus rien de la combine de Jacek. La pauvre Helena était persuadée que la mort de son amie était liée aux sales histoires dans lesquelles celui-ci l'avait entraînée.

Quand il lui eut expliqué le motif réel de sa visite, Helena reprit confiance en elle et lui livra toutes les informations qu'il souhaitait. Il la regarda alors avec tristesse. Il ne pouvait pas la laisser derrière lui. Elle eut un regard suppliant, en réalisant qu'elle était elle aussi condamnée. Elle se traîna à ses pieds, le visage ruisselant de larmes, invoqua sa clémence, lui jura qu'elle se tairait, lui proposa même de l'argent. En désespoir de cause, dans un geste ridicule, elle alla jusqu'à s'offrir à lui, abandonnant toute pudeur, mue par un instinct animal. Quand il lui prit le bras pour la contraindre à se redresser, elle fut secouée de la tête aux pieds par un spasme. Il lui asséna un violent coup sur le larynx. Elle s'évanouit. Il l'allongea sur le tapis et enfonça doucement l'aiguille au creux de son avant-bras. Le temgesic coula dans ses veines et la plongea aussitôt dans un état semi-comateux. Elle n'esquissa pas le moindre geste de défense quand la lame s'approcha de sa main.

Il l'avait contemplée alors qu'elle se vidait de son sang, durant quelques longues minutes, satisfait de n'éprouver aucune pitié. Le sang lavait la souillure. Une large tache qui allait en s'élargissant, de seconde en seconde. La couleur était rouge. Puis le téléphone avait sonné.

Une voix masculine, qui lui était inconnue, s'inquiétait du retard d'Helena. Il était question d'un cocktail à l'ambassade. Il reposa le combiné sans répondre et quitta l'appartement, apaisé.

*

Peu après Munich, il fit une halte dans un relais autoroutier, pour manger un morceau. La nuit était tombée depuis plus d'une heure. Quelques camionneurs buvaient au comptoir en jouant au 421, visiblement peu pressés de reprendre le collier. Il s'installa à une table au fond de la salle et commanda un menu type, composé de choucroute et d'une paire de saucisses. Avant que la serveuse ne vienne lui apporter son plat, il étudia la carte. Le chemin le plus court passait par le sud de la Tchécoslovaquie. Il calcula le nombre de kilomètres qui le séparaient de Vienne, et traça un trait droit qui passait par Znojmo, Brno, Olomouc et Ostrava.

Puis il mangea rapidement, avant de se diriger vers la boutique attenante au restaurant, où l'on vendait des disques, quelques confiseries et des revues. Un tourniquet offrait un choix de journaux assez étendu, dont quelques-uns en anglais et en français. Il trouva un exemplaire de *Libération* qui datait du lundi matin et ne comportait qu'un entrefilet des plus laconiques à propos d'Helena Wirschow… Il jeta le journal dans la première poubelle venue et amena sa voiture près de la station à essence située à la sortie du parking.

Depuis la découverte du corps d'Aïcha, il avait vécu dans la crainte de voir l'enquête aboutir. Durant toute la période pendant laquelle Martha était à Varsovie, il avait guetté la moindre nouvelle, dans la presse. À présent il était persuadé de toucher au but bien avant que la police ne parvienne à démêler l'écheveau du réseau de trafiquants dirigés par Jacek. Ce qui l'avait tant troublé était devenu son atout principal dans sa course contre le temps : les enquêteurs s'épuiseraient en tentant de recouper les informations concernant Jacek, Martha et Helena, à la recherche d'un élément permettant d'expliquer leur mort, et il y avait fort à parier que jamais ils n'y parviendraient. Le trafic de viande agissait comme un leurre…

Il reprit le volant. Vienne n'était plus qu'à 200 kilomètres. Et Znojmo, le poste frontière tchèque, à une heure de la capitale autrichienne. Le pied au plancher, il fonçait sur la voie de gauche, dépassant les grosses limousines allemandes dont les conducteurs s'évertuaient à respecter la limitation de vitesse. Il alluma la radio et parvint à capter un programme de musique classique. Il identifia aussitôt le *Lux aeterna* du *Requiem* de Mozart et sourit, heureux de ce présage. Il avait vu tant de gens mourir. Se débattre à l'approche du moment fatal, ou s'y préparer avec sagesse. Sa mémoire était emplie de visages ravagés par l'angoisse, ou, au contraire, porteurs d'une sérénité à nulle autre pareille. Il connaissait toutes les figures de la mort. La mort. Il en avait joui. Il l'avait donnée comme on donne le plaisir. À Aïcha, à Martha, à Helena…

Les Bagsyk, ç'avait été autre chose. Un geste de pure charité. Il les avait délivrés du poids de cette existence inutile qu'ils traînaient si misérablement. La sœur, en premier, le frère ensuite. La folle était seule chez elle quand il s'y présenta. Elle lui ouvrit la porte et l'accueillit avec un ricanement sarcastique. Dans la rue, les terrassiers d'un chantier de l'EDF s'en donnaient à cœur joie sur leurs marteaux pneumatiques, dans un vacarme assourdissant. Quand il s'approcha d'elle, Olga Bagsyk vit la lame qu'il tenait dans sa main. Elle hurla de toutes ses forces, clouée dans son fauteuil de paralytique, qu'il repoussa jusque dans la chambre. Le cri s'étouffa dans la gorge tranchée d'Olga.

Il attendit le frère, deux heures durant. Celui-ci pénétra dans le petit appartement où flottait une odeur de cuisine rancie et de médicaments, et appela Olga. Devant l'absence de réponse, il répéta son appel, et crut qu'elle n'avait rien entendu à cause du tapage produit par le chantier. À l'entrée de la chambre, une main lui saisit le cou. Il était trop tard pour qu'il puisse se défendre.

Il les abandonna ainsi, baignant dans leur sang sans même attendre la fin de leur agonie. Pauvres Bagsyk, pitoyables crétins qui s'étaient crus autorisés à se dresser en travers de sa route.

Il se prenait parfois à imaginer les traits des vivants sous leur futur masque mortuaire. Les yeux clos, la peau blême, les lèvres légèrement bleuies. Une telle anticipation du destin commun le plongeait dans une rêverie trouble et délétère. Il n'y avait qu'un visage qui refusait de se prêter à cette fantasmagorie, un visage dont il gardait un souvenir obstinément souriant. Des yeux pétillants de gaieté, un teint rose, des lèvres charnues, si douces à ses baisers. Un instant de silence suivit le *Requiem*. Une voix annonça la suite du programme dans une langue qu'il ne comprit pas. Il était question de Schubert. Dès les premières mesures, il allongea la main vers l'autoradio et coupa le son. Il ne tenait pas à entendre *La Jeune Fille et la Mort*…

Il ne s'arrêta pas de la nuit, sauf au passage de la frontière où les douaniers tchèques jetèrent un vague coup d'œil sur son passeport. Le jour se levait quand il quitta les faubourgs de Brno.

48

Le mardi matin, Nadia se leva de très bonne heure. Montagnac l'avait réveillée en frappant doucement à la porte de la chambre d'amis qu'il lui avait réservée. Elle prit le petit déjeuner en sa compagnie et parcourut la presse du matin. André l'avait fait avant elle et tenta de la ménager du mieux qu'il put.

— Tu es une vedette, lui dit-il en lui tendant les journaux. On ne parle que de toi. À ta place, je serais assez fier !

Comme elle s'y attendait, *Le Parisien* relatait à la une la découverte du cadavre d'Helena Wirschow et résumait à grands traits les éléments du dossier. Il n'était pas fait mention de la main d'Aïcha ; Rovère avait soigneusement verrouillé l'information.

Nadia put cependant constater que Folland avait pris les devants. Dans une interview qui occupait plus d'un quart de page, il disculpait le personnel de l'ambassade de tout lien avec l'affaire. Il y évoquait son entrevue avec le juge Lintz et, en conclusion, le rédacteur de l'article insistait sur le fait que la nomination de Nadia au Palais de justice de Paris ne datait que de quelques semaines. Un bref aperçu de son passage au Tribunal pour enfants de Tours — pour enfants était souligné — complétait le tableau, tout en perfidie. Son éventuelle incompétence était ainsi clairement suggérée.

— Ma parole, ce salaud lui a graissé la patte, ou quoi ? murmura Nadia, effarée, en biffant le nom du journaliste signataire du papier.

— Les journalistes fonctionnent à l'épate, ma chère, répondit Montagnac. Et un diplomate, ça en jette plus qu'un juge !

Avant de gagner le Palais, ils firent un saut rue de Tourtille. Elle déchira les prospectus publicitaires qui se trouvaient dans la boîte aux lettres, puis monta chez elle écouter la bande du répondeur, qui ne contenait aucun message.

*

Elle débarqua dans son cabinet alors que Mlle Bouthier achevait à peine de classer le courrier du matin. Elle l'examina, à tout hasard, s'attendant à y découvrir une allusion au colis qu'elle avait reçu la veille, chez elle. Il n'y en avait pas.

— L'inspecteur Rovère vous attend, lui dit la greffière. Je... je crois qu'il y a du nouveau ! Il est parti prendre un café à la buvette ! D'autre part, un monsieur... Sosnowski a tenté de vous joindre, il y a moins de dix minutes.

Nadia saisit le papier que sa greffière lui tendait et composa immédiatement le numéro. Elle obtint le standard de l'hôtel dans lequel Sosnowski était descendu et dut patienter quelques instants avant qu'on lui passe sa chambre. Sosnowski parlait un français très acceptable, quoique marqué par un fort accent.

— Je peux vous recevoir en fin de matinée, à mon cabinet, proposa-t-elle dès qu'il se fut présenté. Au Palais de justice. Disons midi, cela vous convient-il ?

Elle raccrocha, puis quitta la galerie pour se rendre à la buvette. Rovère, installé au fond de la salle, lui adressa un signe de la main.

— Folland ne vous a pas loupée ! lui dit-il en guise de bienvenue.

Il replia *Le Parisien* et sourit avec fatalisme.

— Mais rassurez-vous, si ça peut vous consoler, moi aussi, je suis dans le pétrin, ajouta-t-il.

Elle fronça les sourcils, étonnée. L'inspecteur lui fit part du bilan mitigé de l'expédition de Bonneuil.

— Pour le moment, personne n'est au courant, précisa-t-il.

— Vous auriez pu m'avertir ! rétorqua Nadia, avec une certaine agressivité. Je vous avais laissé un numéro où me joindre.

— Je ne le savais pas moi-même jusqu'à ce matin, dit simplement Rovère.

Il n'avait manifesté aucune colère ni ressentiment. Nadia comprit qu'elle avait gaffé, et, pour s'excuser, s'enquit de l'état de santé de Sandoval. Rovère la rassura.

— À votre place, lui dit-il en montrant l'article au vitriol du *Parisien*, je ne me laisserais pas faire…

Nadia réfléchissait déjà à toute vitesse au contre-feu qu'il convenait d'allumer pour battre en brèche les allégations contenues dans l'article. Elle fit un saut à la huitième section. Montagnac l'aiguilla sur un des journalistes qui traînaient au Palais, dans l'attente hypothétique d'un scoop.

*

Deux heures plus tard, elle descendit de la voiture que Rovère avait garée face à l'entrepôt de Bonneuil, dans un terrain vague cerné de ronces qui fit office de parking. Tout le périmètre était gardé par des gendarmes qui battaient la semelle le long de la route et près des bords de Marne. Dimeglio, assis sur une chaise à l'entrée du hangar, bâillait à s'en décrocher la mâchoire.

Folland ne tarda pas à rejoindre les lieux à bord d'une imposante Mercedes. Il en descendit et prit garde de ne pas souiller ses chaussures dans la boue. Nadia se dirigea vers lui. Le diplomate, mécontent de constater la présence d'une équipe de télévision qui avait installé son barda le long de la nationale, se tourna vers un homme d'une trentaine d'années, au visage poupin et surmonté d'une épaisse tignasse rousse, qui l'accompagnait.

— Madame Lintz... M. Sosnowski, dont je vous ai annoncé la venue, dit-il en clignant des yeux sous les flashes des photographes.

Sosnowski, prudent, se tenait en retrait. Nadia lui serra sèchement la main et le toisa un bref instant.

— Désolée de ce changement de programme ! lui dit-elle. Pour un premier contact, c'est un peu brutal.

Sosnowski inclina la tête de côté, avec une mine contrite, dont Nadia eut quelque peine à évaluer la sincérité. Après avoir décommandé le premier rendez-vous, elle les avait invités à se rendre à Bonneuil sans leur révéler le motif de sa requête, leur laissant simplement entendre qu'elle désirait leur présenter de nouveaux éléments. Folland, échaudé par sa première visite au Palais, s'était tout d'abord récrié, mais, après une courte discussion, Sosnowski l'avait convaincu d'accepter la rencontre.

Dimeglio, qui avait quitté son siège, les conduisit à l'intérieur du hangar. Dès qu'ils eurent franchi le seuil, la puanteur les submergea. L'inspecteur leur montra l'amas de carcasses que Tadeusz avait abandonnées sur place.

— La plaque minéralogique et les papiers du camion ont été grossièrement trafiqués, précisa-t-il. L'immatriculation en Grande-Bretagne, c'est du pipeau. Dans la boîte à gants, on a retrouvé des factures d'essence. La cargaison venait de Pologne, via l'Allemagne et la Tchécoslovaquie !

Catastrophé, Folland battit en retraite pour prendre l'air au-dehors. Nadia tendit à Sosnowski les papiers que Dimeglio lui avait remis. Il les examina rapidement. Katowice-Ostrava-Olomouc-Brno-Vienne-Munich : il ne fallait pas être grand clerc pour reconstituer le trajet effectué par le camion…

— Votre avis ? demanda ingénument Nadia.

— Ne comptez pas sur moi pour être indulgent à l'égard de ceux de mes compatriotes qui se livrent à de telles pratiques ! répondit froidement Sosnowski.

Elle l'attira à l'écart tandis que l'équipe de télévision zoomait l'amas de viande qui achevait de pourrir sur le ciment détrempé.

— Je vais vous dire franchement mon sentiment, monsieur Sosnowski, annonça Nadia. M. Folland a eu l'impudence de me prendre de haut, de très haut, vous me suivez ?

Sosnowski acquiesça. Il fit quelques pas supplémentaires en direction de la sortie. Nadia le suivit, soulagée de quitter les lieux. Les journalistes se succédaient dans le hangar. Dès le journal télévisé de treize heures, le scandale de la viande trafiquée serait étalé sur la place publique.

— Vous comprendrez que grâce à cette petite exhibition, il n'est plus en mesure de distribuer les cartes, comme il pensait pouvoir le faire ? reprit-elle, une fois parvenue au-dehors. J'entends mener l'instruction de cette affaire à ma guise, sans que quiconque me mette des bâtons dans les roues.

— J'appartiens à la Brigade criminelle, madame Lintz, expliqua posément Sosnowski. Et quoi qu'en pense M. Folland, ma hiérarchie n'a aucun compte à rendre à la sienne.

Nadia appela Rovère, lui proposa de regagner le Palais de justice et convia Sosnowski à une petite séance de bilan, à tête reposée. Celui-ci s'aperçut alors que

Folland s'était éclipsé. La Mercedes tournait déjà au carrefour, en direction de Créteil.

49

Ce mardi après-midi, la 23e Chambre correctionnelle ouvrit ses portes dès quatorze heures. Maryse Horvel, débarrassée de la corvée de permanence de nuit à la huitième section du Parquet, écopa de celle qui consistait à requérir contre la petite cohorte de traîne-misère que les gardes introduisaient dans le box des accusés, à raison d'une fournée de six tous les trois quarts d'heure. Il faisait très doux et les rayons du soleil pointaient au travers des vitres, illuminant le bas-relief représentant la Justice armée de sa balance, qui trônait derrière le fauteuil du président du tribunal. Comme à l'accoutumée, les assesseurs somnolaient gaillardement, relevant parfois la tête quand un éclat de voix les tirait de leur rêverie.

Maryse se leva à trois reprises, pour réclamer des peines d'emprisonnement ferme à l'encontre des membres d'une bande de zoulous qui sévissaient sur la ligne B du RER. Le prévenu suivant, un jeune beur porteur d'un keffieh, avait été arrêté par la Brigade de surveillance du métro place Clichy, après une course-poursuite sur le quai de la ligne Nation-Dauphine. En tentant de s'enfuir, il s'était débarrassé des sachets de poudre qu'il gardait sous son tee-shirt, et qui avaient atterri sur la voie.

L'interrogatoire ne dura que quelques minutes. L'avocat évoqua le passé du prévenu, un fils de harki ayant subi durant toute son enfance les violences paternelles à raison d'un tabassage hebdomadaire. Le jeune homme — il se nommait Kateb Nedjnoun — suivit les débats avec une certaine angoisse. C'était la première fois qu'il se faisait prendre, et, quand le président lui demanda d'expliquer sa version des faits, il se lança dans un exposé laborieux, d'où il ressortait qu'un de ses amis lui avait remis un paquet qu'il lui avait demandé de garder en attendant son retour.

— Vous pourriez faire preuve d'un peu plus d'imagination, monsieur Nedjnoun, soupira le président. Nous ne sommes que mardi, mais c'est la quatrième fois cette semaine que j'entends ce genre d'histoire… Le nom de cet ami ?

— J'sais pas, m'sieur l'président ! s'écria Kateb. Entre nous, on l'appelle Farid, c'est un kem d'La Courneuve.

— « Un kem d'La Courneuve ? » répéta ironiquement le président, en forçant le trait. Le moins qu'on puisse dire, c'est que vous n'êtes guère précis. « Entre nous », qu'est-ce que ça signifie, exactement ?

— Ben, ceux qui zonent dans l'tromé, heu, dans l'métro ! Y m'a dit tu gardes ça, j'reviens ! Moi j'lui ai pas fait un plan galère, à Farid : j'y ai pris, son paquet ! Mais j'veux pas aller à Fleury, m'sieur l'président, parole, j'ai vu l'assistante sociale, elle m'a trouvé un stage d'insertion !

L'avocat demanda la parole pour confirmer les dires de son client et, une fois de plus, attira l'attention des juges sur l'âge de Kateb, qui venait tout juste d'avoir dix-huit ans. Maryse s'ennuyait ferme.

— Le problème, monsieur Nedjnoun, reprit le président, c'est que, si j'en crois la Brigade de surveillance du « tromé », comme vous dites, les sachets d'héroïne dont vous vous êtes débarrassé étaient scotchés sous votre tee-shirt, à même la peau : les sparadraps qui servaient à les retenir ont été placés sous scellés. De même, l'examen médical que vous avez subi atteste d'ailleurs de la présence de traces poisseuses sur votre flanc droit.

Votre ami Farid vous a donc fourni un nécessaire à pharmacie en même temps que ces sachets de poudre ?

Les badauds qui assistaient à la session apprécièrent tout particulièrement cette dernière réplique en la saluant d'un rire discret et complice.

— Vous auriez pu vous montrer plus méfiant, monsieur Nedjnoun ! dit le président. Moi-même, si un inconnu me demandait de conserver un paquet, en admettant que j'accepte de lui rendre ce service, j'en vérifierais le contenu avant de me le coller sur la poitrine.

— C'est pas vrai ! J'sais rien ! La vérité, m'sieur l'président ! insista Kateb, qui chancelait dans le box, et dut s'asseoir.

Maryse fut invitée à prononcer son réquisitoire. Kateb ne lui inspirait aucune sympathie. Elle savait cependant qu'un séjour en prison n'était d'aucune utilité ; elle se résigna à demander trois mois fermes assortis d'une période probatoire, un minimum au regard de la gravité des faits. Le président acquiesça et annonça une suspension de séance. Les magistrats disparurent par une porte située au fond de la salle.

— J'veux pas aller à Fleury ! hurla le jeune homme, que les gardes durent maîtriser.

*

Sosnowski avait suivi l'exposé de Nadia avec une grande attention. Alors qu'elle n'y était en rien obligée, elle lui avait présenté toutes les pièces du dossier. Sosnowski se montra sensible à cette marque de confiance. Il l'informa de sa rencontre avec Jadwiga Wirschow, la sœur d'Helena.

— Mes collègues de Cracovie l'ont convoquée pour me la présenter, expliqua-t-il. C'est une femme à la santé fragile, je veux dire, nerveusement. Je l'ai longuement interrogée avant de prendre l'avion pour Paris. Elle était sérieusement ébranlée et Folland a dû insister pour qu'elle consente à se constituer partie civile.

Cette version des faits battait en brèche celle du diplomate, qui avait au contraire prétendu que l'initiative venait bien de Jadwiga. Nadia prit cette confidence de Sosnowski comme le gage d'une réelle volonté de collaboration, dénuée de toute préoccupation tacticienne.

– Madame Lintz, pensez-vous sérieusement qu'il y ait un rapport entre ce trafic de viande et la série d'assassinats ? demanda-t-il enfin.

– Sincèrement, non, soupira Nadia. Je ne crois pas me tromper en vous disant que l'inspecteur Rovère partage cet avis...

Celui-ci confirma d'un hochement de tête. Nadia livra une dernière information, qu'elle avait tue jusqu'à présent. Elle parla de la main tranchée qu'elle avait reçue par la poste. Sosnowski accusa le coup, sidéré. Mlle Bouthier entra alors dans le cabinet pour annoncer à Nadia qu'on la demandait au téléphone. Elle avait débranché sa ligne pour ne pas être dérangée durant l'entrevue avec Sosnowski et fut agacée par l'intervention de sa greffière.

– C'est important ! précisa Mlle Bouthier. Mlle Horvel insiste.

Nadia rebrancha la prise, décrocha le combiné et écouta longuement Maryse.

– Votre arrivée nous porte peut-être chance, monsieur Sosnowski ! dit-elle en se levant.

Ils quittèrent le cabinet et se dirigèrent tous les trois vers le dépôt, à l'autre extrémité du Palais. En chemin, Rovère s'adressa à Sosnowski pour lui demander où il avait appris à si bien parler français.

– Je l'ai étudié au lycée, mais j'ai surtout vécu trois ans à Paris, expliqua-t-il. De 82 à 86 ! Je venais tout juste de terminer mes études de droit quand Jaruzelski a décrété l'état d'urgence. À la faculté, j'étais secrétaire de la section de Solidarité. Si bien qu'on m'a mis en prison. À ma sortie, j'ai préféré quitter le pays. Et, après la chute des communistes, la police avait besoin d'un peu de sang neuf. Vous comprenez ?

Nadia lui sourit, impressionnée. Ils étaient arrivés dans le grand hall garni de coursives où s'ouvraient les cellules du dépôt. Maryse les attendait.

— Ton type est à la 28, je te préviens, il est un peu agité ! dit-elle à Nadia. C'est un dealer minable, mais quand il a entendu sa condamnation, il s'est brusquement excité et a hurlé qu'il voulait parler. À part ça tu vas voir, il est très fin, très délicat...

Nadia haussa les épaules, fit ouvrir la serrure et pénétra la première dans la cellule. Kateb avait le visage couvert de larmes. On lui avait confisqué sa ceinture et il retenait son jean, trop grand pour lui, d'une main tremblante. Ses baskets dépourvues de lacets bâillaient à ses chevilles et il trébucha en faisant un pas vers la porte.

— Ce n'est pas la peine de vous lever, lui dit Nadia, qui ne tenait pas à l'humilier davantage.

— J'veux pas aller à Fleury, sanglota-t-il en s'asseyant sur le châlit de fer nu scellé au mur. C'est vous la juge qu'elle m'a parlé, l'aut'meuf ?

— Oui ! Je m'intéresse à la fille qui a disparu. Vous avez vu son portrait-robot dans le journal, c'est bien ça ? lui dit Nadia, écœurée à la vue de la cuvette souillée des toilettes.

— Ouais, Aïcha ! J'l'ai vu l'dessin, la vérité, mais j'pouvais pas aller aux keufs ! confirma Kateb, avec une lueur d'espoir dans le regard. J'pouvais pas, vous comprenez ? Y z'auraient cherché l'embrouille !

— Je m'en fous, des keufs et de l'embrouille ! trancha Nadia. Dites-moi ce que vous savez sur elle.

Kateb avoua son appartenance à la petite bande qu'Aïcha s'amusait à réunir et dont les membres semblaient lui vouer un véritable culte.

— Elle s'appelait pas Aïcha, son vrai nom c'est Cécile ! affirma-t-il.

— Où vivait-elle ?

— J'sais pas… personne savait ! Son père, il est à Montreuil. C'est un céfran, son père. C'est pas un reubeu. Cécile, c'était son vrai nom !

— Tu es déjà allé rue Sainte-Marthe ? lui demanda Rovère. Vous aviez une planque là-bas, hein ?

— On s'voyait dans la piaule, ouais, c'était plutôt destroy.

— « On se voyait » ? Tu n'y es pas retourné ?

— Bah non, y avait l'proprio, ou j'sais pas qui, laçui, il a scié les marches ! Va-z-y, on pouvait plus y aller, dans la piaule, c'était chaud ! Et pis d'toute façon…

— De toute façon ?

Kateb marqua un temps d'hésitation ; il semblait regretter ses premières paroles. Rovère s'avança vers lui. Nadia faillit s'interposer entre eux mais s'en abstint. Le jeune homme prit peur. Tout comme Nadia, il se méprit sur le sens du geste de l'inspecteur, qui comprit que les gardes du dépôt n'avaient guère dû être tendres. Kateb se blottit tout au fond du lit, contre le mur, et protégea sa tête de ses deux bras croisés. Rovère s'assit à ses côtés et lui proposa une cigarette. Kateb l'accepta.

— Il faut tout lui montrer, les photos de Martha, d'Helena… Vous pouvez demander qu'on le sorte d'ici ? demanda l'inspecteur.

Nadia fit la moue. La perspective d'avoir à affronter la machine administrative ne l'enchantait pas. Elle imaginait déjà les démarches nécessaires à la levée d'écrou, mais finit pourtant par céder.

— Tu vois, Kateb, reprit Rovère en lui passant un bras autour des épaules, tu as eu beaucoup de chance de tomber sur nous. Alors tu ne vas pas nous décevoir, hein ?

Malgré la menace qui pointait dans la voix de l'inspecteur, Kateb se détendit et grimaça un vague sourire.

50

Nadia resta au Palais, avec Sosnowski, pour régler le cas de Tadeusz et de ses complices. Dans les locaux de la Brigade criminelle, Rovère ameuta ses inspecteurs et leur demanda d'assister à l'interrogatoire de Kateb. Il savait qu'il n'avait pu conserver en mémoire tous les menus événements survenus depuis le début de la semaine précédente et tenait à ce que chacun puisse mettre son grain de sel. Kateb, nourri par les soins de Dimeglio, avait repris du poil de la bête.

— Ne le laissez pas trop se reposer, conseilla Dansel, en aparté. Il va se croire le plus malin.

Rovère rassura son adjoint d'un geste apaisant.

— Vernier arrive bientôt ? demanda-t-il.

— Le proprio de la rue Sainte-Marthe ? Oui, Choukroun est parti le chercher, confirma Dansel.

Kateb était assis face à ses interlocuteurs : on devinait à sa mine concentrée qu'il avait parfaitement conscience de jouer gros.

— Allez, on y va, décréta Rovère. Décris-nous un peu ta bande de copains, ceux de la rue Sainte-Marthe !

Il n'y eut guère de surprise. Kateb débita son histoire, banale et sordide. La vie misérable dans les barres HLM de la cité des 4000 de La Courneuve, et la dérive inexorable vers la délinquance. Il en vint à évoquer leur rencontre avec Aïcha, lors d'un concert de rap. À leurs yeux, elle incarnait un monde inaccessible. Elle avait échappé à leur univers grâce à la prostitution, sans toutefois passer par les réseaux auxquels elle aurait pu sembler condamnée…

— Elle se faisait beaucoup de types ? demanda Dimeglio.

— Ah non ! Rien que des richards, des céfrans ! Et elle leur tirait toute leur thune, expliqua Kateb, profondément admiratif.

— Elle dealait ?

— Ouais, au début, c'est elle qui nous a branchés sur la dope. Après on avait nos fournisseurs. Pour elle, ce qui comptait, c'était taper la frime, les sapes, la thune, elle claquait tout ! Et pis, elle rev'nait nous voir, avec sa main de Fatma et du henné plein ses tifs ! Et pour s'foutre de la gueule des céfrans, elle nous laissait la…

Kateb suspendit sa phrase, dans un accès de pudeur totalement inattendu.

— Un peu putain, un peu chef de bande, j'avais vu juste, ricana Dansel en s'adressant à Dimeglio.

— Tout le monde le savait, qu'elle ne s'appelait pas vraiment Aïcha ? demanda celui-ci.

— Ouais… c'était pas un secret, confirma Kateb.

Rovère tenta de lui faire préciser l'adresse de son père. Kateb donna une description approximative d'un pavillon situé sur les hauts de Montreuil.

— Vous pouvez pas vous tromper. Y a une bagnole tout en haut d'un pylône ; avant, il faisait la casse, c'est là qu'elle a grandi, Aïcha.

— Alors dis-nous ce qui s'est passé rue Sainte-Marthe ? Un soir, vous vous êtes fait tabasser, c'est ça ? poursuivit Rovère.

Kateb raconta la soirée de défonce qu'ils avaient organisée à la fin du mois d'août. Et la survenue du commando de brutes qui les avaient sérieusement amochés. Il défit même son tee-shirt pour montrer les marques des coups qu'il avait reçus. De larges ecchymoses bleuissaient encore sa peau, sous les omoplates et dans la région lombaire.

— Ce soir-là, Aïcha n'était pas avec vous ? reprit Dansel.

— Non, elle venait plus depuis…

— Depuis ?

— Moi j'l'ai pas touché, le ieuv', j'vous l'jure ! cria le jeune homme avec la même expression terrorisée que celle qu'il avait eue dans la cellule du dépôt.

— Le vieux, quel vieux ? grogna Dimeglio.

Kateb se prit le visage dans les mains et s'affaissa sur lui-même. Rovère lui tapota doucement l'épaule pour l'encourager.

— C'est un soir, Aïcha, elle nous a dit qu'on allait se faire un max de thune ! Nous, on comprenait pas ! Elle nous a filé rencard dans la piaule en nous disant qu'y avait un vieux qu'allait venir ! Même qu'elle a envoyé Mouloud, le frère à Saïd, pour le chercher au Quick de Belleville ! Alors le vieux, il est arrivé, et ils lui sont tous tombés dessus pour lui tirer sa thune ! Mais pas moi, j'vous jure !

Aucun des inspecteurs présents ne fut dupe de ce pauvre mensonge. Dansel ne put s'empêcher de rire, ce qui eut pour effet de plonger Kateb dans un accès de colère. Il s'agita sur son siège, et se lança dans un monologue incompréhensible, ponctué d'insultes destinées à la terre entière. Puis il se calma aussi soudainement qu'il s'était emporté et s'efforça de faire bonne figure.

— C'est entendu, le vieux, tu ne l'as pas touché, reprit Dimeglio, conciliant. L'argent, il y en avait beaucoup ?

— Une grande enveloppe, avec plein de scalpas dedans !

— Le vieux, tu pourrais nous le décrire ? demanda Rovère, en s'efforçant de maîtriser son impatience.

— La vérité, y f'sait noir, m'sieur ! J'l'ai pas vu ! On se l'est bien donnée avec lui et après on s'est tous tirés avec la thune ! Aïcha en a pris un peu mais elle nous a filé le pacson !

— Il était habillé comment ? insista Dimeglio.

— Ringardos, un vieux, quoi, assura Kateb.

Rovère eut un geste d'agacement. La conception que Kateb avait de l'élégance vestimentaire ne correspondait en rien à celle en vigueur dans les magazines de mode. Il ne servait à rien de chercher à lui tirer les vers du nez sur ce terrain.

— Après ce coup-là Aïcha, elle nous a dit de nous barrer du quartier, mais nous, on aimait bien la piaule, alors on y est rev'nus. Et on s'est fait pecho par le proprio ! Et pis après, j'ai vu le dessin, là, le portrait-robot, dans un journal… y traînait sur le comptoir du Balto, le bar-tabac d'la cité, la vérité ! Voilà, j'sais rien d'autre. Me balancez pas à Fleury, j'vais crever, moi, là-bas !

Choukroun arriva alors, excité comme à son habitude, mais ravi. Il annonça la présence de Vernier dans le bureau adjacent. Rovère le fit entrer.

— Tu le reconnais ? demanda-t-il à Kateb. Celui-ci leva les yeux vers le nouveau venu et hocha affirmativement la tête. Vernier se tenait raide comme un I. Rovère lui fit signe de disparaître. Choukroun l'accompagna.

— Et elle, tu la connais ? demanda Rovère, en montrant une photographie de Martha.

— Ouais, c'est une copine d'Aïcha. Elle venait m'acheter de la dope dans le métro.

Dansel contint une quinte de toux tandis que Dimeglio déchirait nerveusement une feuille de papier…

— Et celle-ci ? reprit Rovère, en sortant cette fois-ci une photo d'Helena.

Il avait pris soin de choisir un cliché retrouvé chez elle, plutôt qu'un de ceux qui figuraient dans le rapport d'autopsie. Kateb se concentra un long moment pour démontrer son souci de coopération, mais répondit par la négative.

— Tu es sûr ? insista Dansel. Elle s'appelle Helena, et celle-ci, Martha. Helena connaissait Martha, qui connaissait Aïcha.

— J'sais pas si elles s'connaissaient, mais moi j'ai jamais vu la vioque, la dernière ! dit Kateb en posant un doigt sur la photo d'Helena.

Les tableaux saisis rue Clauzel et dans l'appartement du cours de Vincennes, tous deux signés de Martha, reposaient dans un coin du bureau. Kateb fit la relation entre les toiles et les documents qu'on lui présentait.

— Ça, c'est Aïcha, dit-il, troublé, en s'avançant vers le nu à la voilette.

— Tu en es bien certain ? lança Dansel. On ne voit même pas son visage !

Kateb eut un sourire triomphant.

— Si j'vous dis qu'c'est elle, va-z-y, faut m'faire confiance, assura-t-il.

— Allez, petit, continue, qu'est-ce que tu voulais nous dire ? murmura Dimeglio en retenant son souffle.

— La bague rouge ! La vioque, elle porte une bague rouge, sur la peinture, reprit Kateb, à présent planté devant le portrait d'Helena.

Rovère s'approcha du tableau. Helena portait effectivement une bague, un gros rubis curieusement taillé en forme d'œil.

— Eh bien, elle y est, la bague, s'écria-t-il sans comprendre.

— Ouais, mais c'te bague, elle était à Aïcha ! Elle la portait toujours ! C'est sur cette peinture-là qu'elle devrait être ! Celle d'Aïcha !

— Attends, répète-nous ça, balbutia Dansel, interloqué.

Kateb obéit. Rovère lui fit préciser une nouvelle fois : Aïcha avait l'habitude de porter la bague qui figurait sur la toile représentant Helena en nymphe alanguie dans un décor verdoyant. Il examina la date qui accompagnait la signature de Martha : le tableau datait de 1988. Il était donc largement antérieur à celui retrouvé rue Clauzel.

— Nom de dieu, articula lentement Rovère, après avoir dégluti.

Il se précipita sur le téléphone, fouilla dans son calepin, dénicha le numéro de Morençon et le composa. Rovère consulta rapidement sa montre. Il était tard, mais avec un peu de chance, la galerie de la rue de Seine serait encore ouverte. Morençon décrocha à la quatrième sonnerie. Rovère se rappela à son souvenir et ne tarda pas à constater qu'il avait un coup dans le nez. Sa voix était pâteuse et son élocution incertaine.

— Bordel de merde, Morençon, vous allez faire un effort et m'écouter ! cria-t-il. Souvenez-vous : vous avez vu Aïcha poser rue Clauzel. Martha travaillait à son portrait. C'est clair ?

Morençon bredouilla à l'autre bout du fil. Oui, il voyait à quoi l'inspecteur faisait allusion.

— Est-ce qu'Aïcha portait une bague, une bague rouge, un rubis taillé en forme d'œil ? Oui, un œil, O-E-I-L !

— Mais non, vous vous gourez ! À propos d'œil, vous vous foutez le doigt dedans. Ce n'était pas Aïcha, répondit Morençon, subitement dégrisé. Cette bague, je l'ai toujours vue au doigt de Martha !

— Morençon, ne me racontez pas de salades, vous êtes certain de ce que vous avancez ? protesta Rovère.

Le directeur de la galerie s'énerva. Il proposa à Rovère de le rejoindre aussitôt. Il se ferait un plaisir de lui montrer le catalogue tiré à la suite du vernissage de la première exposition parisienne de Martha. On la voyait en gros plan, lever sa coupe de champagne, sa foutue bague au doigt !

— Et pourquoi ne m'en avez-vous pas parlé avant ? soupira l'inspecteur.

— Mais parce que vous ne me l'avez pas demandé ! Et puis vous connaissez les bonnes femmes, mon vieux ? Tantôt c'est une bague au doigt, tantôt une plume dans le cul. Si on devait faire attention à ce genre de détail, on n'en sortirait jamais…

Rovère le remercia, puis fit part à ses adjoints des derniers éléments dont il venait de prendre connaissance.

— Helena a offert la bague à Martha, qui à son tour l'a offerte à Aïcha, conclut Dansel. Aïcha est morte la première, puis ça a été le tour de Martha, et ensuite d'Helena !

51

La nuit tombait quand Dimeglio et Choukroun dénichèrent enfin le pavillon dont avait parlé Kateb, et où était censé vivre le père d'Aïcha. Comme il l'avait indiqué, une 4L était hissée sur un piédestal de béton, à l'entrée d'un terrain où s'entassaient des carcasses de voitures dont certaines depuis fort longtemps, à en juger d'après la végétation qui les avait à demi recouvertes. Le quartier, perdu sur les hauts de Montreuil en bordure de l'autoroute, ne risquait guère d'attirer les curieux ; des bandes de gosses aux pieds nus couraient dans les rues, et, avec le flair que procure l'expérience, ils eurent tôt fait d'identifier les visiteurs.

– Tu restes ! ordonna Dimeglio alors que Choukroun s'apprêtait à ouvrir la portière. Sinon, on va récupérer la voiture sans pneus, et on aura du mal à trouver un taxi dans les parages !

Il poussa une grille et s'avança vers un vieux pavillon de meulière qui, au beau milieu des bicoques préfabriquées, faisait presque figure de petit château. Une odeur de cuisine lui parvint jusqu'aux narines. Il frappa à la porte et attendit. Personne ne vint ouvrir, aussi se décida-t-il à contourner la maison en direction d'un appentis d'où s'échappaient des bruits sourds. Il aperçut les pieds d'un homme glissé sous une camionnette et qui en démontait visiblement le pot d'échappement. Dimeglio cogna du poing sur la carrosserie pour attirer l'attention du bricoleur. Celui-ci jaillit alors de sous la voiture, couché sur un chariot à roulettes. Il se redressa, fit face à Dimeglio, qu'il dépassait d'une bonne tête, et tangua lourdement d'un pied sur l'autre en essuyant ses mains couvertes de cambouis sur un chiffon. L'inspecteur scruta son visage, un visage ravagé par la fatigue, les coups durs. Une vie marquée par la guigne… songea Dimeglio. L'homme le regardait avec un mélange de crainte et de lassitude. Lui aussi savait reconnaître les flics au premier coup d'œil. Quand l'inspecteur lui montra sa carte, il haussa les épaules et marmonna une vague imprécation à l'encontre de la police, puis se tut, patient et à l'avance résigné.

– Comment vous appelez-vous ? lui demanda Dimeglio.

— Flament, Lucien. Qu'est-ce que vous me voulez, encore ?

— À vous, rien ! Vous avez une fille, monsieur Flament ?

— Cécile, oui, mais vous savez, elle vadrouille, elle fait sa vie, la gosse. Je l'ai pas vue depuis le mois de juin.

— Quand elle vient, elle est toujours seule ?

Flament ne répondit pas immédiatement. Dimeglio comprit sa méfiance ; le père devait se douter que sa fille ne menait pas une vie très rangée…

— Elle a jamais amené personne.

— Dites-moi, quand elle était petite, elle s'est cassé le bras, le bras gauche ? reprit l'inspecteur.

Flament fronça les sourcils, surpris. Dimeglio tenait à cette question. En dépit des affirmations de Kateb et du témoignage de Morençon, il n'y avait en effet aucun élément d'identification formelle du cadavre découvert rue Sainte-Marthe. Le rapport de Pluvinage établissait la présence de séquelles d'une blessure de ce type ; si Flament confirmait, cela permettrait de lever définitivement le doute.

— Oui, une voiture l'a renversée juste en face d'ici ! Elle avait treize ans, c'était pas beau à voir, l'os sortait de sous la peau ! dit Flament.

— Votre fille est morte…

Dimeglio avait préféré asséner la vérité sans précautions supplémentaires ; son interlocuteur lui était de toute façon hostile et n'aurait été en rien reconnaissant si l'inspecteur s'était avisé de le ménager. Flament accusa le coup mais se reprit très vite, par fierté ou tout simplement parce qu'il n'avait pas encore pleinement réalisé. Il posa quelques questions auxquelles Dimeglio apporta des réponses aussi franches que concises.

— Ses amis l'appelaient Aïcha, vous le saviez ? demanda-t-il à son tour.

— Oui, c'était à cause de… de ma femme, celle qui l'a élevée. Sa vraie mère, elle, elle était française. Elle a foutu le camp peu après sa naissance en me la laissant sur les bras. Et moi, je me suis mis à la colle avec une Kabyle : elle s'appelait Aïcha. Cécile, elle l'aimait beaucoup. Et puis elle est morte, Aïcha ! Ça lui en a foutu un coup, à Cécile.

Flament alluma une cigarette et en proposa une à l'inspecteur, qui l'accepta ; il s'enquit des formalités à remplir pour récupérer le corps.

— Je voudrais que vous me montriez ses affaires, reprit Dimeglio.

Flament hésita. Il expliqua que Cécile ne passait que rarement le voir ; elle avait une chambre qui lui était réservée, au premier étage de la maison.

— C'était comme qui dirait chez elle. Attention hein, moi, j'y rentrais jamais, précisa-t-il, de nouveau méfiant.

— Ne vous en faites pas, mon vieux ! Vous n'êtes responsable de rien, assura Dimeglio en le poussant vers le perron du pavillon.

Il découvrit une chambre de petite fille. Une grande poupée reposait sur le lit, assise sur un large napperon tricoté au crochet. Une de ces poupées grossières que l'on gagne au tir à la carabine, dans les fêtes foraines. Des jouets en peluche étaient soigneusement alignés sur un cosy, à côté d'une photographie, celle d'une femme qui portait une main de Fatma autour du cou et un tatouage bleuté sur le front.

— C'était Aïcha, expliqua Flament. Enfin, je veux dire, ma femme…

Dimeglio fit le tour de la pièce, les mains dans les poches. Puis il ouvrit l'armoire et sortit quelques vêtements ; des robes, des tuniques, qui toutes provenaient de boutiques de prêt-à-porter haut de gamme. Il se dirigea ensuite vers un petit bureau d'enfant dont les tiroirs étaient fermés à clef. Flament lui expliqua qu'il n'en détenait pas le double. Avec un sourire désolé, Dimeglio saisit fermement la poignée du premier tiroir et le força. Il mit la main sur un album de photos. Les premières dataient de l'enfance de Cécile. Toutes étaient classées dans l'ordre chronologique. Tournant les pages les unes après les autres, Dimeglio la vit en quelque sorte vieillir en accéléré et se familiarisa ainsi avec ce visage dont il ne connaissait qu'une grossière caricature, celle du portrait-robot établi suivant les indications de Morençon.

Sur l'une des dernières pages de l'album, Cécile figurait en compagnie de Martha, à la terrasse d'un restaurant de la place du Tertre. Il s'agissait d'un de ces clichés que les photographes ambulants prennent au polaroid en faisant la tournée des bistrots, avant de les proposer aux touristes.

Dans le second tiroir, Dimeglio découvrit des lettres, très anciennes, maladroitement calligraphiées, ainsi qu'un curieux carnet sur lequel étaient notées des sommes d'importance diverse, dans le plus grand désordre. Il le feuilleta rapidement ; quelques bristols, une douzaine, s'en échappèrent pour tomber sur le lino. Dimeglio les ramassa ; il s'agissait d'hôtels de grand standing, tous situés à Paris, et sur la rive gauche. Tout au fond du tiroir enfin se trouvait un portefeuille, vide à l'exception d'une carte d'idendité. La photographie était celle de Cécile, mais le nom était faux. Un cadeau de Martha, sans aucun doute…

— Monsieur Flament, j'emporte tout ça, annonça l'inspecteur. Ce qui pourra vous être restitué le sera dans les plus brefs délais.

Il quitta le pavillon. Choukroun était sorti de la voiture et tentait d'éloigner la meute de gosses qui s'en étaient approchés. Ils se mouchaient dans leurs doigts et prenaient un malin plaisir à étaler de longs filets de morve sur la carrosserie. Dès que Choukroun en attrapait un, les autres se pendaient à son blouson, et de petites mains fort habiles effectuaient de rapides incursions dans ses poches. Le retour de Dimeglio produisit l'effet d'une apparition d'épouvantail dans un champ infesté de moineaux…

– Tu vas avoir une soirée bien remplie ! dit-il en s'installant au volant.

Choukroun étudia le contenu de l'enveloppe que Dimeglio lui avait fourrée entre les mains.

– Primo, tu portes la fausse carte d'identité au labo, pour qu'ils vérifient si elle provient bien de l'atelier de Martha. Deuxio, les hôtels. Tu as l'adresse sur les bristols : je mettrais ma main au feu que c'est là qu'elle faisait ses passes. Si c'est le cas, quelqu'un la reconnaîtra ! Tu montres sa trombine aux portiers, aux grooms, aux femmes de ménage et tu leur demandes de te parler de ses michetons… compris, Choukroun ? S'ils te branchent sur des types de moins d'une cinquantaine d'années, tu laisses tomber. Pour le moment, tu t'intéresses uniquement aux vieux.

– Et vous, pendant ce temps-là, qu'est-ce que vous faites ? demanda innocemment Choukroun.

– Je dors, mon petit, je dors ! répondit Dimeglio en bâillant si voluptueusement qu'il faillit bien griller un feu rouge.

52

Chez Montagnac, Nadia ne ferma pas l'œil de la nuit. Lassée de chercher le sommeil sans parvenir à le trouver, elle avait enfilé un kimono pour sortir de sa chambre et s'était rendue sur la pointe des pieds dans le salon. André possédait une riche collection de disques de jazz… Elle en choisit un, brancha le casque, s'assit en tailleur sur un canapé et actionna la commande à distance. Coltrane jouait *My Favourite Things*. Elle tenta de faire le vide dans son esprit, en vain.

Le film des événements de la journée, dont les séquences se succédaient au mépris de la chronologie mais défilaient en continu, lui revenait perpétuellement en mémoire, dans un désordre obsédant dont elle ne parvenait pas à maîtriser l'éclatement.

Rovère l'avait rejointe juste avant qu'elle ne quitte le Palais. Il lui avait fait part de son hypothèse à propos du lien qui unissait les trois femmes assassinées : la bague, qui avait transité de la main d'Helena à celle de Martha, puis de la main de Martha à celle d'Aïcha… Nadia s'était montrée intéressée, sans pour autant faire preuve d'un enthousiasme excessif. Durant trois longues heures, en compagnie de Sosnowski, elle avait verrouillé le dossier de Tadeusz et de ses associés ; à présent, quoi que Folland puisse entreprendre, il était impossible de faire machine arrière et Nadia n'avait pas caché sa satisfaction en annonçant ce résultat à Rovère, avant de lui proposer un rendez-vous en fin de matinée.

Un point la tourmentait. Seule dans l'obscurité, la tête emplie des plaintes du saxophone, elle échafaudait des scénarios qui permettraient d'expliquer la raison de l'arrivée de la main d'Aïcha chez elle, rue de Tourtille. Aucun ne fonctionnait. Elle passa de Coltrane à Ben Webster, puis à Lee Konitz… Le jour se levait. Ses paupières se firent de plus en plus lourdes et elle s'allongea sur le sofa, enroulant ses bras autour d'un coussin de cuir.

Quand Montagnac la secoua, du plus doucement qu'il put, elle dormait d'un sommeil profond. Elle ouvrit un œil, faillit crier en voyant le visage d'André au-dessus d'elle et crut un bref instant qu'elle avait passé la nuit dans son lit ; les cheveux ébouriffés, vêtu d'un tee-shirt et d'un pantalon de pyjama, Montagnac soupira de dépit.

— Voilà que je te fais peur, maintenant ? On te demande au téléphone. Un certain Sosnowski, lui dit-il.

— Sosnowski ? ! balbutia Nadia, abasourdie, en clignant des yeux.

— Oui ! Il est à peine sept heures. Un vrai dingue. C'est un mordu, ce type !

— Mais tais-toi, il pourrait t'entendre ! protesta Nadia.

Elle s'aperçut que son kimono bâillait sur sa poitrine et le rajusta.

— J'héberge une femme fatale ! Fatale, mais hélas vertueuse, soupira André, sur un ton faussement accablé.

Elle se redressa brusquement et se dirigea vers le combiné d'un pas mal assuré.

— Nadia Lintz, j'écoute, dit-elle en s'efforçant de clarifier ses idées.

— Désolé de vous déranger, madame Lintz, il y a du nouveau, annonça Sosnowski. Je viens de recevoir un coup de téléphone de Cracovie.

— Eh bien ? haleta Nadia, à présent tout à fait réveillée.

— La sœur d'Helena, Jadwiga Wirschow, a été retrouvée morte chez elle, la main tranchée ! Il y a à peine une heure.

— Répétez, je vous prie… souffla Nadia.

— Vous avez bien compris.

— Vous ne l'aviez pas fait protéger ?

— Et pourquoi l'aurais-je fait ? reprit Sosnowski, piqué au vif. Je rentre en Pologne par le premier avion, dix heures à Roissy, je crois. Que comptez-vous faire ?

— Je viens ! dit-elle sans davantage réfléchir aux conséquences qu'une telle décision impliquait.

La poursuite de l'instruction hors du territoire national était tout à fait envisageable. Il lui faudrait cependant vaincre les réticences du président de la septième section, solliciter l'aval de la Chancellerie, secouer la machine administrative pour obtenir une autorisation qui permettrait à une équipe de la Brigade criminelle de l'accompagner. Sosnowski lui dicta alors le numéro où elle pourrait le joindre à Cracovie, puis la salua en formulant ses vœux de la revoir bientôt.

Dès qu'elle eut raccroché, elle relata à Montagnac les informations que Sosnowski venait de lui transmettre. André apprécia en connaisseur.

— Partir en Pologne ? Tu es allée un peu vite en besogne, lui dit-il. Tu vas mettre au moins une semaine à décrocher les autorisations. Laisse ce Sosnowski se débrouiller, non ? Enfin, tu fais ce que tu veux. En attendant, je vais te préparer un café…

Il disparut en remontant le pantalon de pyjama qui tire-bouchonnait sur ses chevilles. Nadia compulsa son agenda et appela Rovère, chez lui. Une voix féminine lui répondit.

Pour éviter de regagner la lointaine banlieue où elle vivait, Claudie était venue dormir chez lui, après avoir passé une bonne partie de la nuit au chevet de son fils. Nadia la reconnut et se présenta. Les quelques paroles de compassion qu'elle s'apprêtait à prononcer restèrent bloquées dans sa gorge, aussi demanda-t-elle à parler à l'inspecteur.

— Il n'est pas là, mais si c'est vraiment urgent, vous pouvez le joindre au service de réanimation, à l'hôpital Trousseau, répondit Claudie. Il doit y rester jusqu'à neuf heures ! Ensuite, je ne sais pas…

En dépit de son détachement superficiel, la voix de Claudie laissait filtrer une infinie souffrance. Nadia la remercia avant de raccrocher. Elle prit quelques instants pour réfléchir. L'aide de Rovère lui était indispensable mais, selon toute évidence, elle devrait s'en passer. Quoi qu'il en soit, elle tenait à faire le point avec lui. L'idée d'aller le déranger à l'hôpital la remplissait de honte mais la matinée s'annonçait chargée et il valait mieux ne pas perdre une seule minute.

Après avoir déjeuné à toute vitesse, elle s'habilla, embrassa Montagnac et sauta dans un taxi pour se faire conduire à Trousseau. C'était l'heure de la relève des équipes et une jeune infirmière à qui elle avait demandé son chemin l'accompagna jusqu'au bâtiment qui abritait le service de réanimation, où elle était elle-même affectée. Nadia la questionna.

— Vous êtes de la famille ? répondit l'infirmière, méfiante.

— Non, une relation de travail.

— Après tout, je peux vous en parler puisque les parents sont au courant. C'est affreux : ce pauvre gosse ne peut pas s'en sortir, reprit la jeune femme. Il est condamné.

Nadia marqua le pas un instant, désemparée, puis, surmontant ses réticences, suivit son guide. Elles franchirent les quelques marches qui menaient à l'étage. Nadia vit Rovère, tout au fond du couloir, debout, le front appuyé contre la vitre qui isolait la chambre. Bouleversée, elle faillit tourner les talons et se sauver, mais il s'aperçut de sa présence et la rejoignit.

— L'infirmière m'a mise au courant, murmura-t-elle, au comble de la gêne.

— Épargnez-moi vos simagrées, c'est plutôt une bonne nouvelle ! dit-il avec un sourire qui n'avait rien de cynique mais exprimait une sorte de désespoir tranquille, un abandon docile et quasi serein.

Nadia le contempla, médusée.

— Je ne suis pas un monstre, rassurez-vous, ajouta Rovère en lui prenant le bras pour l'entraîner vers l'escalier. Sortons, j'ai besoin d'un café.

Ils se retrouvèrent attablés l'un en face de l'autre dans l'arrière-salle d'un bistrot voisin. Rovère commanda un express ainsi qu'un cognac, qu'il vida d'un trait. Nadia cherchait les mots pour lui parler et ne les trouvait pas.

— C'est vraiment affreux... bredouilla-t-elle.

— Ah, pas de pitié, je vous en prie, surtout pas de pitié ! murmura-t-il d'une voix sourde mais dépourvue d'agressivité. Si vous me racontiez plutôt ce qui se passe ?

Elle le lui expliqua. Rovère but sa tasse de café à petites gorgées, les yeux mi-clos.

— Je compte me rendre en Pologne le plus tôt possible, dit-elle en conclusion.

— Vous n'avez pas confiance en Sosnowski ? s'étonna Rovère.

— Je crois que si, mais j'ai des craintes. Tant qu'on restait en France, tout allait bien. Mais là-bas... Folland a le bras long et si la petite bande de Tadeusz est responsable de cette tuerie, il fera tout pour que l'enquête n'aboutisse pas ! Ou si elle aboutit, il y a fort à parier que les résultats ne nous parviendront pas. D'autre part, je comptais sur votre aide...

— Je vais venir, annonça Rovère. On emmènera Dimeglio. Il sera comme un poisson dans l'eau, à Cracovie. Et si on nous raconte des bobards, il nous donnera la version sous-titrée !

Nadia secoua la tête, les yeux écarquillés.

— Je ne peux pas accepter, dit-elle, interloquée. Votre place est à...

— Je viens ! trancha-t-il, avec une telle détermination qu'elle renonça à protester.

Ils sortirent du bistrot. Rovère abandonna Nadia à l'entrée de l'hôpital pour aller prévenir Claudie, qui devait déjà être arrivée. Dix minutes plus tard, il était de retour. Nadia scruta son visage marqué par sa nuit de veille, mais dont l'expression témoignait d'un intense soulagement. Il lui montra sa voiture garée au carrefour et ils y prirent place.

— Il va mourir, dit-il après qu'ils eurent démarré. C'est à ma femme de prendre la décision, elle autorisera les médecins à débrancher leur foutu appareil et on n'en parlera plus.

Nadia regardait obstinément les boutiques qu'ils croisaient sur leur passage. Elle fouilla avec fébrilité dans son sac à main, prit une Craven et dans sa précipitation faillit se brûler avec l'allume-cigares.

— Au début, je veux dire, après sa méningite, on l'a gardé chez nous ! poursuivit Rovère. Je vivais encore avec ma femme... c'est vite devenu insupportable. Je ne pouvais plus. Le voir, amorphe, avec un filet de bave qui lui coulait en permanence sur le menton... cloué sur son fauteuil !

— Arrêtez, ça ne me regarde pas ! s'écria Nadia.

— Mais si ! Je ne voudrais pas que vous me preniez pour un salaud. Si je laisse Claudie seule, c'est parce que...

Il s'interrompit un instant, la voix brisée.

— Le médecin nous assurait qu'il ne se rendait pas compte de son état, et moi, j'étais certain du contraire. Un... un soir, j'ai essayé d'en... d'en finir. J'étais seul avec lui. J'avais préparé des médicaments, pour les lui faire prendre... vous comprenez ?

— La dernière fois que je vous ai dit que je comprenais, vous m'avez engueulée, répondit Nadia, faisant ainsi allusion à leur visite à Saint-Maurice. Et vous aviez raison : je crois que personne ne peut comprendre.

— Ma femme est arrivée… ça a été terrible ! Alors on s'est séparés et elle l'a placé à Saint-Maurice ; nous ne sommes pas mariés, elle avait l'autorité parentale, bref, tous les droits. Le temps a passé. Je voulais qu'on vive ensemble de nouveau, avec lui, j'ai même loué un pavillon, avec un jardin. Elle n'acceptait pas ! Elle m'a même interdit d'aller le voir… Voilà.

— Et vous ne voulez pas rester avec elle pour prendre la… décision ? demanda Nadia en butant sur le dernier mot.

— Non ! Je serais bien incapable de vous expliquer pourquoi. Je ne veux pas, c'est tout, affirma-t-il. Ni assister à l'enterrement, d'ailleurs. Alors vous voyez, la Pologne, ça tombe à pic ! Je ne vous ai pas trop ennuyée, avec mes salades ?

53

Dès son arrivée au Palais, Nadia dicta à sa greffière un courrier destiné à la Chancellerie. Pour gagner du temps, elle le fit porter place Vendôme par un appariteur et demanda une entrevue au vice-président chargé de l'instruction.

Elle monta en épingle le scandale qu'avait produit la visite de la presse dans l'entrepôt de Bonneuil et les réactions des organisations professionnelles de producteurs de viande français, qui réclamaient avec force que toute la clarté soit faite sur le trafic. Leurs dirigeants avaient même tenu une conférence de presse pour faire part de leur colère et dénoncer le laxisme des services douaniers.

Persuadée que les meurtres d'Aïcha, de Martha et d'Helena devaient être dissociés de cette affaire, elle mentit par omission et tut soigneusement cette conviction à son interlocuteur. Pour renforcer son argumentation, elle rappela l'agression dont Sandoval avait été victime ; en aucun cas, les milieux policiers ne toléreraient que le Parquet fasse preuve de légèreté en se dérobant à ses responsabilités.

Après une demi-heure de palabres, elle parvint à obtenir l'appui de sa hiérarchie. De retour dans son cabinet, il ne lui restait plus qu'à régler les préparatifs du départ, aussi chargea-t-elle Mlle Bouthier de se renseigner à propos des horaires des vols pour la Pologne. Il y en avait un, au départ de Roissy, l'après-midi même à dix-sept heures trente. Elle téléphona à Rovère, qui lui confirma que Dimeglio les accompagnerait. La greffière fila aussitôt au siège d'Air France munie d'un double de la commission rogatoire, afin de bloquer trois réservations.

Après bien des déboires, Nadia parvint à obtenir la communication avec le siège de la Brigade criminelle de Cracovie, et put joindre Sosnowski qui venait tout juste d'arriver. Il n'avait rien de neuf à lui annoncer et craignait que la ligne soit coupée, aussi se contenta-t-il de lui promettre qu'il viendrait l'accueillir le soir même, à son arrivée à l'aéroport de Balice.

Le petit juge de Szalcman trônait toujours, inerte sur son bureau. Elle remonta le mécanisme et assista à sa danse farfelue en se souvenant que le vieil homme avait vécu son enfance à Cracovie. Le récit du voyage ne le laisserait certainement pas indifférent.

54

Dimeglio bougonnait dans la salle d'attente, sa carte d'embarquement à la main. Nadia et Rovère n'étaient pas encore arrivés. L'absence de ce dernier ne surprit pas l'inspecteur. Quand ils s'étaient vus au début de la matinée, Rovère lui avait fait part de sa situation. Dimeglio s'était bien gardé de lui donner le moindre conseil. Perdu au beau milieu d'un groupe de scouts qui partaient en pèlerinage à Czestochowa, il battait la semelle, doutant de la venue de Rovère et mécontent du retard de Nadia.

Il était passé à la Brigade avant de se rendre à l'aéroport pour y rencontrer Choukroun, qui continuait de pister Aïcha dans les hôtels où elle avait l'habitude de se rendre ; le personnel n'était pas dupe et fermait les yeux sur les activités de la jeune femme. Jusqu'à présent, pourtant, Choukroun n'était pas parvenu à dénicher un témoignage correspondant aux attentes de Dimeglio, qui l'avait vertement encouragé à ne pas lâcher prise. Dansel ne devait pas quitter les locaux du Quai, pour assurer la liaison avec « l'équipe polonaise ». Si le besoin s'en faisait sentir, il pourrait fournir les renseignements qu'on lui demanderait.

Nadia pénétra dans le hall, essoufflée, furieuse contre le taxi, un Asiatique débutant dans le métier, qui l'avait baladée d'un bout à l'autre de l'aéroport avant de trouver le terminal adéquat. Elle portait un gros sac de voyage ainsi qu'une serviette qui contenait le double du dossier d'instruction. Elle avait chargé Mlle Bouthier d'opérer un tri pour n'emporter que les pièces essentielles, dans le but de les présenter à son homologue polonais.

Ils attendirent ensemble. Quand l'hôtesse invita les voyageurs à se rassembler près de la porte d'embarquement, Rovère n'était toujours pas là. Ils s'engagèrent sur la plate-forme mobile qui menait à la cabine du DC 10. À peine avaient-ils pris place sur leur siège qu'ils aperçurent la haute silhouette de Rovère se profiler à l'accès avant de l'appareil.

– C'est bien ; mieux vaut qu'il quitte Paris, murmura Dimeglio, pour lui-même.

– Difficile à dire ! J'aurais préféré qu'il reste auprès de sa femme, marmonna Nadia.

L'inspecteur se tourna vers elle sans chercher à dissimuler sa surprise. La remarque de la jeune femme indiquait que Rovère s'était confié à elle. Il en éprouva une vague jalousie.

Le voyage fut rapide. Le DC 10 se posa sur la piste de Balice à dix-neuf heures trente. Comme prévu, Sosnowski attendait ses hôtes près du tapis roulant où l'on déchargeait les bagages.

– Je vous ai réservé des chambres d'hôtel dans le centre-ville, leur dit-il. Nous pouvons y passer tout de suite et ensuite aller au siège de la Brigade criminelle. Vous pourrez consulter les photographies du corps de Jadwiga. Le juge qui va être saisi vous attend. En fait, sa nomination est encore officieuse, il ne sera désigné que demain matin. Chez nous, vous savez, ce genre de décision prend beaucoup de temps !

Ils s'installèrent à bord d'une petite camionnette Fiat Polski que Sosnowski pilota avec maestria pour échapper aux embouteillages. Il mit en marche la sirène et s'engagea sur la rocade qui reliait Balice à Cracovie, pied au plancher. À plusieurs reprises, ses passagers furent durement secoués, ce qui ne sembla pas l'émouvoir outre mesure.

L'hôtel Saski se trouvait rue Slawkowska, tout près de la place du Grand Marché. C'était un bâtiment ancien, au charme un tantinet désuet. Rovère, Dimeglio et Nadia prirent un vieil ascenseur décoré de boiseries peintes dont les armatures laissaient échapper de sourdes plaintes à chaque étage franchi. Dans sa chambre, Nadia se rafraîchit le visage et s'allongea un instant sur le lit après avoir avalé un grand verre d'eau. Elle avait eu la nausée durant tout le vol, et le gymkhana que leur avait infligé Sosnowski n'avait rien arrangé. Dès qu'elle se sentit mieux, elle quitta la chambre, la serviette contenant le double du dossier d'instruction à la main, se planta devant un grand miroir installé au coin du couloir, lissa les plis de sa jupe, tenta de rafistoler son chignon qui avait souffert durant le trajet depuis l'aéroport, y renonça et dénoua ses cheveux.

En conduisant avec la même débauche de coups de freins et de brusques accélérations, Sosnowski quitta le centre-ville engorgé, dépassa le parc Planty et fila sur l'avenue Mogilska. Le siège de la Brigade criminelle, une grande bâtisse moderne flanquée d'une caserne de la milice, était situé au numéro 109. Un garde armé d'une mitraillette se tenait à l'entrée, près d'un panneau éclairé par un projecteur.

— Komenda Wojewodska Policji ! Nous y sommes. C'est moins célèbre que votre Tour Pointue, mais j'espère que nous serons à la hauteur ! s'écria joyeusement Sosnowski.

Ils montèrent au quatrième étage et croisèrent quelques prisonniers très jeunes, menottés, et dont la mine indiquait à l'évidence qu'ils venaient de subir un interrogatoire des plus rudes.

— Ce sont des inconscients. Des petits salopards qui ont joué avec le feu, expliqua Sosnowski tout en poursuivant son chemin. Depuis l'année dernière, les Roumains arrivent ici en pagaille. Ils squattent la gare centrale et les tunnels. Ils vendent des bricoles qu'ils ont rapportées de chez eux. Et la grande mode chez nos étudiants, c'est de photocopier des dollars et de les leur fourguer ! Ces nigauds de Roumains n'en avaient jamais vu, je veux dire, des vrais, et ils n'ont pas fait la différence. Jusqu'au jour où ils s'en sont rendu compte ! La réaction n'a pas tardé : avant-hier ils ont lancé une expédition punitive dans un foyer universitaire. Il y a eu trois morts, et les Roumains n'ont pas dit leur dernier mot.

Il ouvrit une porte et s'effaça pour laisser passer Nadia. Un homme d'une cinquantaine d'années, chauve, bedonnant et au visage entouré de gros favoris poivre et sel, attendait, assis. Il se leva pour saluer les nouveaux venus.

— Krysztof Horak, Nadia Lintz, annonça Sosnowski. Le juge chargé du dossier Wirschow…

Sosnowski acheva les présentations. Horak parlait un français hésitant ; il l'avait appris au lycée mais ne l'avait jamais manié dans la vie courante. Il montra à Nadia les photographies du cadavre de Jadwiga. On l'avait découverte chez elle, rue Zacisze, au petit matin, en chemise de nuit et baignant dans une flaque de sang. Son voisin, un employé de la voirie, qui occupait ses nuits à sillonner la ville au volant d'un gros camion-citerne destiné à noyer les trottoirs sous un déluge d'eau, avait aperçu un filet de sang s'écouler sous la porte de l'appartement de Jadwiga, alors qu'il rentrait chez lui. Il avait aussitôt alerté le commissariat de Bialy Domek, situé tout près de là… Le cadavre gisait dans l'entrée, presque totalement saigné, et la main droite tranchée. Les flics de base dépêchés sur les lieux alertèrent sans tarder les inspecteurs de la Brigade criminelle. Dès que ceux-ci eurent constaté la similitude de mise en scène avec celle dont Sosnowski leur avait fait part lors de son bref passage dans leurs locaux, ils l'appelèrent à Paris.

— Je résumais pour vous : Jadwiga est libraire, expliqua le juge Horak, dans son français approximatif. Sa boutique est placée sous son logement. Jadwiga est une femme qui vit sans problèmes. Elle est âgée de trente-cinq ans, restait célibataire. À chaque fois qu'Helena vient à Cracovie, elles se côtoyaient. Elles ont des relations bonnes.

— Mes hommes épluchent son passé, ajouta Sosnowski. Nous avons saisi sa correspondance, son agenda. Vous savez comme moi qu'il peut s'écouler beaucoup de temps avant qu'on aboutisse à un résultat !

Nadia prit la parole. En quelques phrases, elle résuma l'hypothèse de Rovère concernant la bague qui avait transité de la main d'Helena à celle de Martha, avant d'aboutir au doigt d'Aïcha. Horak se montra vivement intéressé.

— Dans ce cas, il serait judicieux de vérifier si Jadwiga a bien, elle aussi, porté ce bijou ! s'écria Sosnowski, visiblement séduit. Au moins, nous savons quoi chercher.

La dissociation entre le trafic de viande des plus médiocres initié par Jacek, et la série de meurtres, le remplissait d'aise. Il saisit aussitôt l'opportunité qui lui était offerte de rebondir d'une affaire à l'autre, et de tirer ainsi son épingle du jeu en bousculant les embûches que Folland, via ses appuis au sein du ministère des Affaires étrangères, s'était obstiné à dresser sur son chemin. Si la raison d'État suggérait d'étouffer l'affaire Jacek — ce qu'il redoutait en dépit des garanties qu'il avait données à Nadia lors de son séjour à Paris — il se faisait fort de mener l'enquête jusqu'à son terme en jouant sur l'émotion créée par la sauvagerie des assassinats, dont la liste n'était peut-être pas close.

— L'appartement de Jadwiga est sous scellés, rien de plus facile, s'empressa d'ajouter Horak, en polonais. Nous pouvons y faire un saut.

Il se tourna vers Nadia pour lui traduire ce qu'il venait de dire, mais Dimeglio s'en chargea.

— Vous avez cherché du côté de Martha ? demanda Rovère en s'adressant à Sosnowski.

— Oui, évidemment. Dès que j'ai été averti, avant même de venir à Paris, répondit celui-ci. Mes inspecteurs tentent de vérifier si on peut établir un lien entre Jadwiga et Martha d'une part, mais aussi entre elles, Tadeusz, Jacek et compagnie, il ne faut rien laisser au hasard. S'il y a le moindre point commun, ils le trouveront.

— Jadwiga a été piquée au temgesic, comme les autres ? demanda Nadia.

— On n'a pas retrouvé de seringue et l'autopsie n'a pas encore été pratiquée, reprit Sosnowski, contrarié. J'aurais voulu gagner du temps pour en être sûr, mais cette histoire de Roumains nous en a fait perdre ! Le fils d'un des notables de la ville est mouillé dans l'affaire ; je n'ai pas besoin de vous faire un dessin, n'est-ce pas ? De plus, nous sommes à Cracovie, pas à Paris : le seul laboratoire dont nous disposions est celui de l'École de médecine, avenue Grzegorzecka, et ils sont plutôt débordés. Nous aurons les résultats demain après-midi. Il va de soi que vous pouvez assister à l'autopsie, si vous le désirez.

Horak avait quelque peine à suivre. Sosnowski prit le temps de le mettre au courant. Rovère suggéra à ce dernier de l'accompagner chez Jadwiga, rue Zacisze, tandis que Dimeglio resterait avec Nadia et Horak pour les aider à mieux se comprendre. Ils pourraient ainsi survoler le dossier d'instruction ensemble. Sa proposition fut acceptée.

Sosnowski renonça à s'aventurer en voiture jusqu'aux abords de la place du Grand Marché. Il se gara près de la Barbacane, le rempart qui entoure la vieille ville, et entraîna Rovère dans un dédale de petites rues où se pressaient des groupes de touristes à la recherche d'un restaurant. Ils longèrent la halle aux draps, contournèrent les étals des marchands de fleurs, de maïs et de souvenirs qui se succédaient jusque sur le parvis de l'église Mariale en dépit de l'heure tardive. Rovère n'était pas d'humeur à s'émerveiller devant les trésors d'architecture dont Sosnowski lui vantait la beauté, et il dut faire un effort sur lui-même pour ne pas le décevoir. Ils quittèrent Stare Miasto, traversèrent les allées boisées du Planty et parvinrent rue Zacisze. L'immeuble dans lequel avait vécu Jadwiga Wirschow était sombre et vétuste. La façade ornée de bow-windows s'écaillait en maints endroits. Une petite lanterne perchée au-dessus de la porte cochère jetait sur le trottoir une lueur blafarde ; la façade de la librairie, protégée par une grille de fer, n'était pas éclairée. Rovère s'engagea dans un passage obscur et suivit Sosnowski, qui semblait fort bien connaître l'endroit. Ils prirent un escalier dont la rampe branlait dangereusement, et qui n'avait d'autre fonction que décorative…

— La ville se délabre, il n'y a pas assez d'argent pour restaurer, c'est un désastre, maugréa Sosnowski en saluant le planton chargé d'interdire l'accès à l'appartement de Jadwiga.

Il tâtonna quelques instants dans l'entrée, ne parvenant pas à trouver le commutateur. Rovère posa le pied juste au milieu du contour que les enquêteurs avaient tracé à la craie et qui figurait l'emplacement où l'on avait trouvé le cadavre. Ils n'avaient pas nettoyé les traces de sang qui s'écoulaient en longues rigoles jusque sur le palier et formaient un enchevêtrement semblable à celui du delta d'un fleuve. Poussant plus avant, Rovère découvrit un mobilier poussiéreux et hétéroclite. Dans le salon, une causeuse tapissée de velours sombre voisinait avec une table grossière sur laquelle se trouvaient encore une théière à moitié vide, une tasse poissée de sucre et un morceau de brioche. Une harpe occupait tout un coin de la pièce et faisait face à un téléviseur de fabrication récente. Les murs étaient couverts d'étagères garnies de livres. Jadwiga s'était passionnée pour la musique, à en juger d'après l'abondance de biographies et d'études consacrées à ce sujet.

Sosnowski montra un gros médaillon placé sur le linteau de la cheminée. On y voyait une photo de Jadwiga en compagnie d'un jeune homme ; ils se tenaient enlacés et souriaient face à l'objectif. La photo datait d'une bonne dizaine d'années, à en juger d'après les traits de la jeune femme.

— La main droite… dit simplement Sosnowski.

Rovère se pencha sur le médaillon. La main de Jadwiga reposait sur l'épaule de son compagnon, bien à plat, les doigts tendus. Rovère saisit la photographie et l'approcha d'une lampe. Jadwiga portait une bague au majeur, une grosse bague de forme ovale, qui évoquait celle d'un œil.

— CQFD ! marmonna Rovère.

— Pardon ? demanda Sosnowski.

— Il faut faire un agrandissement, centré sur la bague, et demander à ses proches d'où elle venait. Si elle l'a achetée, ou qui la lui a offerte. Peut-être ce type, non ? Faites vite, Sosnowski !

— Vous êtes formel ? reprit Sosnowski. Ce n'est plus une hypothèse… c'est une certitude ? N'est-ce pas ?

Rovère acquiesça.

— Je vais appeler la Brigade, dit Sosnowski.

Il se dirigea vers le téléphone. Tandis qu'il parlait, Rovère poussa la porte qui menait à la chambre. Le lit était défait. Jadwiga s'était levée, avait pris son petit déjeuner — la présence de la théière et de la tasse l'attestait — puis, sans doute, on avait sonné à sa porte. L'assassin savait qui contacter. Aïcha l'avait mis sur la piste de Martha, qui l'avait aiguillé sur Helena, laquelle avait fourni les coordonnées de sa sœur… au prix de quelles tortures, il n'était pas difficile de l'imaginer.

Une demi-heure plus tard, un inspecteur arriva de l'avenue Mogilska. Sosnowski lui remit le médaillon et ordonna qu'on en tire quelques copies pour les remettre aux hommes qui fouillaient le passé de Jadwiga. Puis il s'adressa à Rovère.

— Maintenant, il va nous falloir faire preuve de patience ! Je ne vois pas ce que nous pouvons faire de plus ce soir, lui dit-il. J'ai réservé une table en ville. Vous êtes mes invités. Le Wierzinek était hélas complet ! C'est un peu notre Tour d'Argent… J'espère que vous ne serez pas déçus.

Ils se retrouvèrent tous une heure plus tard dans un restaurant assez guindé, rue Szpitalna. L'atmosphère était quelque peu lugubre. La salle, très vaste, très haute, ornée d'un plafond à caissons et de grands miroirs, baignait dans une demi-pénombre ; des chandelles éclairaient les tables, très éloignées les unes des autres, et qui formaient ainsi autant d'îlots de lumière dans l'obscurité ambiante.

Tout au long du repas, Sosnowski raconta des anecdotes sur la criminalité qui sévissait en Pologne. Certaines étaient assez cocasses, d'autres franchement sordides. Le mois précédent, on avait ainsi arrêté un prêtre qui faisait la tournée des petits kiosques installés à de nombreux coins de rue et où l'on vendait des journaux, du parfum à bon marché ainsi que... des préservatifs !

– L'abbé menaçait les boutiquiers des feux de l'enfer, expliqua-t-il. Oh, il n'exigeait pas qu'on retire les capotes, mais simplement qu'on perce les emballages d'un coup d'épingle !

Tout n'était pas si rose. De nombreux gangs russes, en liaison avec la mafia d'Odessa, étaient arrivés en ville, et avaient mis la main sur les réseaux de prostitution.

– Tôt ou tard, il faudra bien régler le problème, poursuivit Sosnowski. Le hic, c'est que ces types-là sont des déserteurs de l'armée d'Afghanistan. Ils ont emporté leur kalachnikov en mettant la clef sous la porte !

– Eh bien, espérons que nous n'allons pas rencontrer vos cow-boys en rentrant à l'hôtel, conclut Nadia, qui ne tenait pas à ce que la conversation s'éternise.

Elle n'avait quasiment pas desserré les dents de toute la soirée et redoutait que Rovère ou Dimeglio ne se lancent à leur tour dans le récit de leurs aventures. Sosnowski eut la galanterie de ne pas prolonger la discussion. Ils se séparèrent devant l'hôtel Saski. Une réunion de synthèse des enquêteurs qui travaillaient sur le meurtre de Jadwiga et sur le réseau de Jacek devait avoir lieu à quatorze heures, le lendemain.

– Vous avez quartier libre jusque-là, décréta Sosnowski. Profitez-en pour faire un peu de tourisme. Visitez le Wawel, vous ne serez pas déçus. On se retrouve avenue Mogilska en début d'après-midi ?

55

À neuf heures, Rovère descendit à la réception de l'hôtel pour prendre un petit déjeuner. On le dirigea vers une salle où était déjà attablée Nadia. Le personnel était averti de la « qualité » des trois visiteurs, aussi le service fut-il exemplaire.

— Dimeglio ne nous rejoint pas ? demanda Nadia.

— Non, il est crevé, je crois qu'il va faire la grasse matinée. Il ne l'a pas volée, expliqua Rovère. Et vous, que comptez-vous faire ? Suivre le conseil de Sosnowski ?

— Oui, mais je n'irai pas visiter le Wawel. Je me suis renseignée à la réception. J'ai changé un peu d'argent. Le camp d'Auschwitz n'est qu'à une soixantaine de kilomètres. Et ça se visite, ça aussi ! J'ai commandé un taxi.

— Inutile, Sosnowski nous a réservé une voiture. Elle est garée au coin de la rue.

— J'ai une carte. C'est dans la direction de Bielsko-Biala, reprit Nadia. Auschwitz est le nom allemand, en polonais, on dit Oswiecim.

Rovère hésita. Il avait essayé de joindre Claudie mais n'avait pas réussi. La perspective de passer la matinée à Auschwitz ne le séduisait guère mais il ne tenait pas à rester seul. Il acquiesça. Après avoir avalé une tasse de café, il se leva et sortit quelques centaines de francs de sa poche.

— Je vais changer, moi aussi, et acheter des cigarettes. On se retrouve à la réception dans vingt minutes ? proposa-t-il.

Il quitta l'hôtel après avoir troqué ses billets contre une poignée de zlotys, et longea la rue Slawkowska en direction de la place du Grand Marché. Un fiacre était garé devant ce qui lui sembla être un tabac ; le cocher, assis sur le siège arrière, braillait une chanson qui devait être assez leste, à en juger d'après la mine offusquée des nonnes qui sortaient d'un salon de thé et pressèrent le pas pour protéger leurs chastes oreilles. Rovère sourit, amusé, pénétra dans la boutique et dut renoncer à ses Gitanes habituelles. Il fit la grimace devant les paquets de Marlboro que la serveuse lui montrait, en prit malgré tout un, se souvint que Nadia fumait des Craven et lui en acheta à tout hasard. Il avait encore un peu de temps devant lui et fit quelques pas en direction de la halle dressée au beau milieu de la place. Des étalages de marchands de souvenirs étaient alignés de part et d'autre du bâtiment, sous de grands écussons frappés des armoiries des principales villes polonaises. On y vendait des jouets et des statuettes en bois, des colliers d'ambre, des gilets brodés et des pulls de laine, le tout très bon marché, même au cours du change officiel. Rovère flâna quelques minutes puis décida de faire demi-tour. Quelqu'un le bouscula alors sans même prendre la peine de s'excuser et s'éloigna dans la direction opposée à la sienne.

Rovère renonça à protester et s'apprêta à quitter la halle. À peine avait-il fait quelques pas qu'il sursauta et se retourna, interdit. La silhouette de l'homme qui l'avait bousculé disparaissait déjà à l'autre extrémité du bâtiment. À la voir ainsi, de dos, Rovère eut un doute. Il avait cru reconnaître le vieil homme qu'il avait croisé le mercredi soir de la semaine précédente, alors qu'il s'était rendu rue Sainte-Marthe, seul, après avoir quitté la Brigade. Celui-là même qui s'était fait agresser par les voyous à motos, et qu'il avait mis en fuite à coups de canne ! Il se lança à sa poursuite et déboucha sur la place, face à l'embranchement de la rue Bracka. Plusieurs cars de touristes étaient garés là, et leur guide rassemblait ses ouailles à l'aide d'un mégaphone, provoquant ainsi une belle pagaille. Rovère arrêta de courir. S'il s'agissait bien de l'homme à la canne — mais d'ailleurs, en avait-il une ? — il avait eu tout le temps de disparaître dans la cohue.

Il revint sur ses pas, troublé et doutant de lui-même. Sa mémoire ne lui avait-elle pas joué un tour ? Il rejoignit Nadia qui l'attendait sur le perron de l'hôtel Saski et, par crainte de paraître ridicule, décida de ne pas lui parler de l'incident.

Il prit le volant de la 205 que Sosnowski avait eu la délicatesse de mettre à leur disposition, et, sur les indications de la jeune femme, quitta rapidement Cracovie en direction du sud-ouest. Trois quarts d'heure plus tard, ils pénétrèrent dans les faubourgs d'Oswiecim, une ville triste et grise, industrieuse. L'air, saturé de vapeurs de soufre et de charbon, piquait la gorge. Nadia était tendue. Durant tout le trajet, elle n'avait cessé de fumer. Rovère l'avait remarqué dès leur départ de Cracovie et avait mis cette nervosité sur le compte de l'inquiétude suscitée par le déroulement de l'enquête. Il savait qu'elle risquait gros, à la suite de son inflexibilité face à Folland.

Ils tournèrent longtemps en rond dans le centre-ville, et prirent plusieurs fois, dans les deux sens, le pont qui enjambait la Wisla avant d'apercevoir enfin un panneau qui indiquait la direction du camp.

— C'est là ! dit soudain Nadia en montrant une enceinte de béton derrière laquelle on apercevait des bâtiments de briques rouges.

Un grand drapeau fait d'une pièce d'étoffe rayée pareille à celle dont étaient vêtus les déportés flottait tout en haut d'un mât qui émergeait de l'enceinte. La voiture parcourut encore quelques dizaines de mètres puis Rovère tourna sur la gauche, s'engageant ainsi vers l'entrée du musée aménagé dans l'ancien camp. Une enseigne publicitaire vantant les mérites d'une marque de vodka était plantée à proximité d'un des miradors d'angle. Nadia se retourna brusquement, tandis que Rovère, roulant à présent au pas, franchissait l'entrée du parking où stationnaient déjà de nombreuses voitures ainsi que des cars. La grande croix érigée par les carmélites avait attiré son regard. Elle haussa les épaules avec une moue dégoûtée, puis, le regard perdu dans le vague, contempla le parvis du bâtiment qui se trouvait devant eux, à l'entrée duquel des touristes faisaient la queue.

— Nous y sommes. Vous descendez ? dit l'inspecteur pour la tirer de sa rêverie.

Elle obéit avec des gestes saccadés et prit son tour dans la file d'attente. Il y avait des Allemands, des Espagnols, et même un groupe de Russes, un peu empotés et qui se serraient les uns contre les autres, de peur de s'égarer. Une classe de collégiens polonais chahutait tout près d'eux, en mangeant des glaces. Ils s'avancèrent dans un hall tout en longueur, décoré de grands posters représentant des vues du camp, et où s'ouvraient des guichets. Une femme à l'apparence revêche s'efforçait d'aiguiller les groupes de différentes nationalités vers les guides qui attendaient tout près et se répartissaient les arrivants suivant la langue parlée.

— Pas de visite en français avant une heure, annonça-t-elle à Nadia. Mais vous pouvez entrer sans guide.

Elle lui tendit un prospectus où figurait un plan du camp et se saisit du billet de 10 000 zlotys que la jeune femme sortit de son sac à main.

Suivie de Rovère, Nadia s'engagea sur le chemin qui menait à la véritable entrée du camp, à moins d'une centaine de mètres. La grille en fer forgé, surmontée de l'inscription *Arbeit Macht Frei*, remportait un grand succès. On s'y faisait photographier avant de commencer la visite.

— C'est un peu obscène, enfin, je trouve, vous ne croyez pas ? murmura Rovère.

Nadia hocha la tête en souriant, soulagée de constater que son compagnon partageait son malaise.

— Mais… je ne comprends pas, j'ai vu les images d'archives, comme tout le monde, reprit-il en montrant les allées alignées à angle droit et bordées des bâtisses de brique rouge qu'ils avaient déjà aperçues depuis la route. Pour moi, Auschwitz, c'était l'image de la voie ferrée, et d'un portail sous lequel elle disparaissait…

— Ça, c'est à Birkenau, à trois kilomètres d'ici, lui expliqua Nadia. Oui, vous avez raison, tout le monde a cette image en mémoire ! Ici, nous sommes à Auschwitz 1, le camp originel ! Une ancienne caserne de l'armée polonaise, en fait ! Les nazis ont commencé à remplir Auschwitz 1, et ensuite ils ont construit Birkenau… la rampe, les sélections, l'extermination en masse, les crématoires, les fosses pleines de cendres, c'est à Birkenau.

Rovère, surpris par le savoir de la jeune femme, résolut de se taire. Ils pénétrèrent dans le premier bloc visitable, portant le numéro 4, et se faufilèrent entre les visiteurs pour regarder les photographies qui y étaient exposées. Une grande urne emplie de cendres était installée dans une niche et rappelait le sort des détenus que l'on avait raflés dans toute l'Europe pour les traîner jusqu'à Oswiecim. Dans la salle suivante, ils défilèrent devant les photos d'enfants suppliciés par Mengele, les livres d'écrou, et les fiches anthropométriques des déportés, qui tapissaient les murs des couloirs, par centaines. Tous avaient un regard halluciné ; leurs yeux écarquillés exprimaient une terreur dont aucun mot ne pourrait réussir à restituer l'intensité.

Rovère suivait docilement Nadia. Elle arpentait les salles d'un pas décidé, contournant les visiteurs qui obstruaient le passage, mais prenait le temps de s'attarder devant les documents présentés. Il vit ses mâchoires se crisper peu à peu, une pâleur extrême envahir son visage, ses lèvres se réduire à un simple trait de chair. La souffrance ne l'enlaidissait pas, bien au contraire. Jusqu'à présent, il n'avait jamais prêté attention à elle, du moins de cette façon. Depuis leur première rencontre, elle lui avait fait l'effet d'une jeune femme exaltée, fonceuse, certes compétente mais incapable de dissimuler ses faiblesses, ses doutes, ce qui ne présageait rien de bon dans les relations de travail qui les réunissaient. Ils quittèrent le bloc 4. Nadia s'adossa à un mur pour y reprendre son souffle, puis épongea son front couvert de sueur.

— Ça ne va pas, vous vous sentez mal ? Nous ferions mieux de partir, proposa Rovère, désemparé et mécontent de s'être fait piéger.

Il ne tenait pas à ce que la matinée s'achève chez le médecin, après une crise nerveuse dont il discernait les prémices à la vue des premiers symptômes qu'il avait parfaitement reconnus.

— Attendez-moi sur le parking, si vous voulez, moi je continue, répliqua-t-elle, d'une voix presque inaudible en feuilletant le prospectus qu'on lui avait remis à l'entrée.

Rovère leva les yeux au ciel, catastrophé. Il était hors de question de l'abandonner dans de telles circonstances, ne serait-ce que pour la ramener à l'heure dite au rendez-vous fixé par Sosnowski ! Ils poursuivirent leur périple jusqu'au bloc 11, la prison du camp, sans respecter le parcours recommandé par le prospectus. Dans la cour se trouvait le mur devant lequel on exécutait les déportés, nus, après un simulacre de procès, une mise en scène du tribunal de la Gestapo. Nadia pénétra dans le bloc. L'accès de la pièce où l'on pratiquait les injections de phénol était obstrué par un plexiglas ; on pouvait y apercevoir les seringues, disposées sur un bureau. Nadia s'était un peu ressaisie et descendit d'un pas assuré les quelques marches qui menaient aux sous-sols. Des cellules s'y alignaient. Exiguës, plongées dans une obscurité évocatrice des tortures endurées par leurs occupants. L'une d'elles, soigneusement éclairée et décorée de cierges et d'images pieuses, attirait tout particulièrement les touristes. Celle du prêtre Kolbe, mort après avoir proposé d'échanger son sort contre celui d'un de ses compagnons de misère, déjà condamné par les SS. Nadia ne s'y attarda pas. Elle quitta les lieux, toujours aussi pâle. Rovère ne cessait de l'épier, inquiet.

Après avoir consulté le prospectus, elle fit demi-tour, franchit de nouveau les portes du bloc 4 qu'elle avait quitté un quart d'heure plus tôt, et cette fois monta les marches qui menaient au premier étage. Rovère découvrit une maquette des chambres à gaz et des crématoires de Birkenau, emplie de petites figurines en plâtre incarnant les familles arrivées sur la rampe et dirigées vers la mort immédiate. Des bidons de granules de zyklon B, exposés juste à côté, résumaient l'horreur de la scène évoquée.

Nadia passa dans la salle suivante. Derrière une vitrine d'une dizaine de mètres de long reposaient des cheveux. Des cheveux de femmes, à en juger d'après leur longueur. Des milliers, des dizaines de milliers de chevelures, enchevêtrées, entassées en une masse compacte, terrifiante. Le regard de Nadia se centra sur des nattes de petite fille, qui portaient encore un papillon de soie.

Rovère s'arrêta devant la vitrine, lui aussi, et sentit sa gorge se serrer. Quand il se tourna vers Nadia, il constata qu'elle pleurait. Elle restait les yeux grands ouverts, les bras le long du corps. Les larmes coulaient sur ses joues, sans qu'elle n'esquisse le moindre geste pour les essuyer. Elle demeura ainsi de longues minutes, toujours aussi immobile. Ses pleurs ne tarissaient pas. Rovère n'osait la déranger. Les collégiens qu'ils avaient croisés à l'entrée du musée pénétrèrent alors dans la salle, suivis de leur professeur. Les gamins lorgnèrent en direction de cette jeune femme figée devant la vitrine et qui ne semblait pas avoir remarqué leur arrivée ; ils se poussaient du coude pour se la montrer, malgré les reproches de leur accompagnateur.

Rovère prit le bras de Nadia et l'entraîna vers l'escalier. Quand ils furent sortis du bloc, elle tira une pochette de Kleenex de son sac à main et essuya ses yeux rougis.

– Je... je voudrais rester seule ! dit-elle. Attendez-moi ici.

Elle s'éloigna d'une démarche incertaine, le long de la grande allée menant à la place d'appel. Tout au fond, elle s'arrêta près d'un mirador, resta quelques instants devant les barbelés, puis revint sur ses pas. Son visage avait retrouvé une expression plus sereine mais on la sentait encore très fragile. Elle marcha à côté de Rovère, en direction du portail. Avant de franchir le seuil, elle se retourna et fixa une dernière fois les blocs, le no man's land entre les deux alignements de poteaux tendus de barbelés et équipés de lampes. Arrivée sur le parking, elle consulta sa montre. Il était presque midi.

– Nous n'avons pas le temps de visiter Birkenau, murmura-t-elle, déçue.

Rovère lui ouvrit la portière, soulagé. Ils quittèrent rapidement Oswiecim sans échanger un seul mot. Elle cala sa nuque contre l'appui-tête et resta immobile, le regard perdu, les mains posées à plat sur les genoux tandis que la voiture filait en direction de Cracovie.

– Je m'excuse de vous avoir infligé ça... dit-elle, après qu'ils eurent parcouru une vingtaine de kilomètres.

– Je vous en prie... je comprends ! répondit Rovère.

— Ah oui ? Vous comprenez quoi ?

L'inspecteur la regarda, surpris.

— Vous êtes juive ? demanda-t-il après s'être éclairci la voix.

— Non.

— Un de vos parents a été déporté à Auschwitz, sans doute ?

Elle garda le silence avec un sourire empreint de tristesse, durant plus d'une minute.

— J'ai vécu une enfance très heureuse, reprit-elle soudainement. Mes parents avaient une grande maison, près de Tours. Quand je me suis mariée, j'ai emménagé tout près de chez eux. Durant des années, j'ai appris le piano... Il y en avait un, chez nous, un Steinway, magnifique ! Ni mon père ni ma mère n'en jouaient, alors ils me l'ont offert, il y a un peu moins d'un an. On l'a apporté chez moi. J'en avais un, bien sûr, mais pas si beau. J'ai dû faire réaccorder le Steinway, c'était nécessaire, après le transport.

Rovère l'écoutait attentivement, et conduisait avec une prudence exemplaire. Ses confidences de la veille avaient créé entre lui et Nadia une étrange intimité ; elle l'avait entraîné à Auschwitz en toute connaissance de cause, sachant fort bien à quel point la visite risquait de la troubler, témoignant ainsi d'une confiance égale à celle dont il avait lui-même fait preuve.

— L'accordeur est passé, un samedi après-midi. Le même que celui qui venait chez mes parents. Il est aveugle. Je ne l'avais jamais regardé travailler. Il a ouvert le couvercle, pour accéder au cadre. J'étais tout près de lui. Il a commencé à changer quelques feutres, à nettoyer les étouffoirs... Au fond du coffre, j'ai vu une petite pièce de tissu, collée à même le bois. Je l'ai ôtée. Dessous il y avait un papier, tout jauni. C'était un certificat d'achat. 1938. Un certain Grynbaum, Samuel

Grynbaum. 62 rue des Archives, à Paris. J'ai joué sur ce piano durant toute mon enfance. Le lendemain, j'ai demandé à mon père où il l'avait acheté, son Steinway. Il a été assez évasif. Il prétendait ne plus se rappeler exactement… J'ai fait ma petite enquête. À Paris. 62 rue des Archives. Je suis allée chez Bernard Grynbaum, le fils de Samuel. Il se souvenait parfaitement du piano. En 1944, au mois de mai, les auxiliaires français de la Gestapo sont venus rafler toute la famille. Direction Drancy, puis Auschwitz. Là d'où nous venons. Enfin, je dis Auschwitz, mais c'était sans doute Birkenau. Il y avait une petite fille, la sœur de Bernard, Rachel. Douze ans à l'époque. C'est peut-être ses nattes que j'ai vues tout à l'heure, sur le tas de cheveux. Son frère m'a montré sa photo, rue des Archives : elle portait des nattes, la petite Rachel. Elle jouait du piano.

Nadia se tut brusquement. Sa respiration s'était accélérée au cours de son récit. Elle ouvrit la fenêtre, pencha la tête de côté pour laisser ses cheveux flotter au vent et les caressa longuement. Rovère l'encouragea à continuer, d'un sourire.

— Bernard Grynbaum se souvenait très bien de l'arrivée des gens de la Gestapo, reprit Nadia. Français. Tous. Il se souvenait également des démarches qu'il avait entreprises après la guerre pour tenter de récupérer le mobilier qui avait été pillé chez lui. Le type qui avait tout récupéré s'appelait Sénéchal. Sénéchal est mon nom de jeune fille. C'est-à-dire celui de mon père. J'ai continué à chercher, toute seule, pendant trois mois. Les meubles, les tableaux, l'argent, tout… tout, vous entendez ? Il a tout volé… Oh, lui-même, il n'a jamais frappé personne ! Il travaillait en collaboration avec la milice, la Gestapo, et leur versait une commission. Et j'ai grandi là-dedans. Grosse fortune, mon père. Il dirigeait une entreprise de transport. Ses camions sillonnaient toute l'Europe. Tout le monde savait, sauf moi. Ma mère, mon mari… un copain de la fac, avocat, spécialiste de droit commercial. Il s'appelle Marc. Il est entré au service de mon père, peu après notre mariage. Une fois installé dans la place, il n'a pas tardé à fouiner dans les vieux livres de comptes. Il était impossible d'établir la provenance des millions injectés à la création de l'affaire, en 48. Il savait. Nous avons vécu huit ans ensemble et il ne m'en a jamais parlé. Vous vous rendez compte ? Dire que si j'avais joué du violon, je n'aurais jamais rien appris !

Elle s'interrompit, secouée par un éclat de rire nerveux, irrépressible.

— Avant, je ne m'étais jamais intéressée à tout cela, poursuivit-elle. Depuis, j'ai énormément lu : les témoignages des déportés, les études historiques, en quelques mois, j'ai avalé des milliers de pages ! Parfois, je passe des week-ends entiers à visionner les films d'archives. Jusqu'à la nausée… Je suis partie. Je les ai tous laissés, mon mari, ma mère… Mon père a eu une première attaque cérébrale au mois de juin. Il vient de mourir. Dans son lit, à l'hôpital de la Pitié. Paisiblement. L'enterrement a lieu ce matin, à Tours. Je ne vous ai pas trop ennuyé, avec mes salades ?

56

Sosnowski, en bras de chemise, faisait les cent pas dans le bureau et consultait sa montre avec fébrilité. Dimeglio tenta de le rassurer : Rovère et le juge Lintz n'allaient sans doute pas tarder à arriver. Nadia lui avait laissé un message à la réception de l'hôtel, avant leur départ pour Oswiecim.

— Drôle d'idée... maugréa Sosnowski, quand l'inspecteur lui eut appris le but de leur excursion.

Il était déjà midi trente et ils patientaient tous deux dans les locaux de l'avenue Mogilska. La pièce dans laquelle ils se trouvaient offrait une vue imprenable sur les cheminées de la centrale thermique, qui perçaient le ciel d'un bleu limpide et crachaient une vapeur laiteuse dont les volutes, rabattues par un vent de nord-est, s'égaraient sur les toits de la ville.

Le juge Horak s'était agité pour faire pression sur les responsables de l'École de médecine, afin que l'autopsie du corps de Jadwiga Wirschow fût traitée en priorité. Elle était en cours. Dès la fin de la matinée, les inspecteurs expédiés par Sosnowski sur la trace des complices de Jacek avaient commencé à téléphoner. Quand il ne « voyageait » pas, Tadeusz vivait à Poznan, ainsi que Jacek. L'examen des numéros de série de fabrication du camion saisi à Bonneuil menait à une coopérative agricole située dans cette ville. Il y avait fort à parier que c'était là que les deux loustics avaient volé le frigorifique. De ce point de vue, on avançait à grands pas.

À treize heures, Sosnowski reçut un appel de Bielsko-Biala. Un de ses adjoints, muni d'un tirage du médaillon découvert chez Jadwiga, s'était rendu chez un ami de celle-ci, dont le nom et le numéro de téléphone étaient mentionnés à de nombreuses reprises sur un agenda saisi rue Zacisze. Il s'agissait d'un des anciens amants de Jadwiga, avec lequel elle avait conservé de solides relations d'amitié. Il s'appelait Piotr Kafin, était originaire de Plawy, un petit village voisin d'Oswiecim, et déclarait ne rien savoir de la bague. Kafin était déjà en route pour Cracovie. Dimeglio accueillit la nouvelle avec sa placidité coutumière. Sosnowski se montra de plus en plus nerveux, sans que Dimeglio ne parvienne à discerner les raisons de cette agitation.

Il tenta d'appeler le Quai des Orfèvres, et, malgré l'autorité dont fit preuve Sosnowski auprès des standardistes, la communication fut coupée à deux reprises ; à la troisième, il réussit à s'entretenir avec Dansel. Il était treize heures trente.

— Choukroun a fait un boulot formidable, lui annonça celui-ci dès que la liaison fut établie. Il a ratissé toutes les adresses qui figuraient sur les bristols que tu as trouvés chez Aïcha ! On a un portrait-robot d'un de ses clients. Et qui colle avec la description de Kateb ! Il l'a sautée à plusieurs reprises, courant juillet, dans un quatre étoiles de la rue La Boétie. Grand, grisonnant, la soixantaine bien tassée.

— Envoie-moi un fax, nom de dieu ! s'écria Dimeglio.

— Ça fait deux heures que j'essaie, soupira Dansel, avant de raccrocher.

Sosnowski donna des consignes très strictes pour que personne n'utilise l'unique télécopieur dont il disposait, jusqu'à ce que le document transmis depuis Paris ne soit parvenu à destination. Ils attendirent, plantés devant l'appareil, qui bourdonnait paisiblement mais ne semblait pas décidé à se mettre en marche.

— Passons à autre chose. Combien de temps lui faudra-t-il, au copain de Jadwiga, pour arriver de Bielsko-Biala ? demanda Dimeglio, déprimé à l'idée de dépendre des caprices des Télécoms parisiens, et plus encore de leurs homologues polonais.

— C'est à une cinquantaine de kilomètres, ils ne vont plus tarder, répondit Sosnowski après avoir consulté sa montre.

À cet instant, l'interphone relié à la réception l'avertit que Rovère et Nadia attendaient au poste de garde. Il ordonna qu'on les laisse monter.

Ils firent le point ensemble. Le portrait-robot promis par Dansel retint tout particulièrement l'attention de

Rovère. À l'énoncé du nom de Plawy, Nadia sursauta sur son fauteuil. Sosnowski, qui ne quittait pas le télécopieur des yeux, ne put remarquer son geste, qui n'échappa pourtant pas à Dimeglio. Un planton fit alors irruption dans le bureau et annonça l'arrivée de l'inspecteur qui s'était rendu à Bielsko-Biala chercher Piotr Kafin, l'ex-amant de Jadwiga. Sosnowski accueillit celui-ci avec une surprenante brutalité. Kafin était un homme d'une quarantaine d'années, grassouillet et maniéré ; au visage poupin, d'une grande douceur. On l'avait tiré du lit à une heure inhabituelle ; il semblait hébété de sa présence en un tel lieu. Nadia apprit de la bouche de Sosnowski que Kafin gagnait sa vie en donnant des cours privés de mathématiques, et occupait tout son temps libre à jouer de la harpe. C'est ainsi qu'il avait connu Jadwiga, quinze ans plus tôt, au conservatoire municipal de Cracovie.

Sosnowski le soumit à un feu roulant de questions. Quelle avait été la nature de sa relation avec Jadwiga, la voyait-il fréquemment depuis leur rupture, connaissait-il sa sœur Helena, etc. L'entretien eut nécessairement lieu en polonais, aussi Dimeglio traduisit-il les réponses de Piotr, au fur et à mesure. Sosnowski en vint à évoquer la bague. Le visage de Kafin s'assombrit tout à coup. Il ne pouvait nier avoir vu le bijou au doigt de Jadwiga, mais se ferma totalement quand Sosnowski s'avisa d'insister.

— Elle l'a achetée ? Oui ou non ? Si c'est non, qui la lui a offerte ? hurla celui-ci, brusquement déchaîné, en frappant du poing sur le bureau. C'est toi ? Si c'est toi, dis-le ! Vous filiez le parfait amour ! Rien de mal à cela ! Un cadeau, ça n'est pas un crime !

Piotr se tassa sur son siège, épouvanté. Sosnowski se tourna vers Nadia.

— Pardonnez-moi, lui dit-il en s'efforçant de maîtriser sa colère, mais je vais vous prier de me laisser seul avec lui. Je vous revois dès que j'en ai terminé.

Interloquée, Nadia interrogea Rovère d'un bref regard. L'inspecteur acquiesça à la demande de Sosnowski et se leva. Dimeglio le suivit. Nadia dut s'incliner. Ils se retrouvèrent dans le couloir.

Rovère sortit de son blouson le paquet de Marlboro qu'il avait acheté sur la place du Grand Marché. Il en alluma une, d'un air dégoûté.

— Il perd son sang-froid, notre ami Sosnowski, murmura-t-il, encore sous le coup de la surprise.

— Non ! Je crois qu'il sait quelque chose, et qu'il nous le cache ! soupira Dimeglio.

De la pièce qu'ils venaient de quitter leur parvinrent de nouveaux cris, de plus en plus violents. Nadia renonça à questionner Dimeglio, qui ne faisait d'ailleurs aucun effort pour tenter de saisir ce qui se disait de l'autre côté de la paroi. Aux cris succédèrent des bruits sourds. L'interrogatoire dura plus d'une demi-heure. Lassé d'attendre, Rovère s'éloigna en direction d'un distributeur de boissons situé au coin du couloir et s'escrima à trier la monnaie qui tapissait ses poches pour faire l'appoint. Les pièces de vingt zlotys étaient rares et celles qu'il glissa dans la fente de l'appareil lui furent implacablement restituées. Rovère faillit renoncer, mais s'entêta. Un liquide pompeusement nommé « kawa » s'écoula enfin dans un gobelet. De gros grains noirs, charbonneux, flottaient à la surface du breuvage. Le gobelet fuyait. L'inspecteur le jeta à la poubelle. Dans le bureau de Sosnowski, les cris redoublèrent d'intensité. La porte s'ouvrit alors à la volée. Éjecté dans le couloir, Kafin heurta le mur de plein fouet. Son visage était couvert d'ecchymoses. Sosnowski le rattrapa, et Nadia crut qu'il s'apprêtait à le frapper de nouveau.

— Ça suffit ! cria-t-elle.

Sosnowski s'immobilisa. Le sang avait reflué de son visage et ses mains tremblaient.

— J'ai honte, madame Lintz, souffla-t-il. Non de ce que j'ai fait, mais de ce qui va suivre ! Nous partons !

Il prit sa veste accrochée à une patère et l'enfila. Puis, saisi d'un nouvel accès de rage, il agrippa Kafin par les cheveux et le propulsa vers la sortie. Nadia le suivit, catastrophée. Rovère haussa les épaules et l'imita. Dimeglio, qui avait laissé son imperméable dans le bureau, y fit une brève incursion et poussa un cri.

— Le fax ! beugla-t-il, en tirant la feuille que l'imprimante commençait tout juste à cracher.

Sosnowski abandonna Kafin aux mains de Rovère et fit demi-tour. Il examina le document que lui montrait Dimeglio. Un visage grossièrement ébauché y figurait.

— Ça vous dit quelque chose ? demanda Sosnowski.

— Jamais vu, répondit Dimeglio avant de confier le portrait-robot à Nadia, qui était venue à leur rencontre.

Elle s'empara du feuillet, reconnut le visage qui y figurait, s'efforça de dissimuler sa stupeur, et le rendit à l'inspecteur.

— Vous nous annonciez du nouveau, monsieur Sosnowski, il me semble ? Alors, autant ne pas perdre de temps, dit-elle, les poings serrés.

Sosnowski fit quelques pas en direction de l'ascenseur, sans prêter attention à Nadia, qui demeura sur place, comme pétrifiée, incapable d'effectuer le moindre geste. Dimeglio se pencha vers elle, lui prit le bras et la secoua. Elle s'ébroua, repoussa sa main, et se dirigea à son tour vers l'ascenseur où les attendait Rovère. Pendant que la cabine descendait au rez-de-chaussée, celui-ci étudia le fax.

— J'ai l'impression que Sosnowski va faire une connerie ! marmonna Dimeglio. J'aimerais comprendre. Madame Lintz ? Quand il a parlé de Plawy, vous avez sursauté. Et quand il vous a montré le portrait-robot, vous avez tiré une de ces têtes… si vous nous disiez ce qui se passe ?

Nadia éluda la question. Les portes de l'ascenseur s'ouvrirent. Sosnowski piétinait sur le parking, devant la camionnette bleue avec laquelle il était venu les chercher à Balice. Deux gardes entouraient Kafin. Celui-ci était déjà menotté, assis à l'arrière, encadré par ses cerbères ; Rovère et Dimeglio prirent place sur des strapontins, tandis que Nadia s'installait sur le siège du passager avant. Sosnowski embraya.

— Où allons-nous ? demanda Nadia.

— À Plawy ! C'est à une soixantaine de kilomètres. Vous y êtes peut-être déjà passée ce matin ? C'est tout près de Brzezinka ! Birkenau, si vous préférez !

Nadia leva les yeux vers le rétroviseur. Son regard croisa celui de Rovère, impassible. Dimeglio semblait très absorbé par la contemplation du paysage.

— J'espère me tromper, reprit Sosnowski. Quoi qu'il en soit, vous pouvez compter sur ma loyauté, madame Lintz ! Je… je vous promets de faire mon possible pour…

— Ne promettez rien ! trancha Nadia. Vous n'êtes pas là pour tenir je ne sais quelle promesse.

— Ce n'est pas Kafin qui a offert la bague à Jadwiga, expliqua-t-il. C'est un autre type, qui habite le village : Plawy ! Quand ils étaient adolescents, ils la courtisaient tous les deux. Mais c'est Kafin qui a finalement emporté le morceau.

Sosnowski se tut. Un silence des plus pesants s'installa qu'un message radio vint toutefois interrompre, alors qu'ils roulaient déjà depuis plus d'une demi-heure. Le juge Horak appelait de l'École de médecine de Cracovie ; les premiers examens pratiqués sur le cadavre de Jadwiga Wirschow confirmaient qu'elle avait bien subi une injection de temgesic avant de succomber. Sosnowski coupa la communication.

— Maintenant, on s'en fout ! trancha-t-il. Je... je vous jure que rien ne me fera céder. Rien ni personne ! Si vous craignez que je cède devant Folland, vous...

— Taisez-vous, je vous en prie, lança Nadia, excédée.

*

Elle reconnut bientôt le pont qui enjambait le nœud ferroviaire d'Oswiecim. Ils dépassèrent une file de cars de touristes se dirigeant vers le musée du camp, et se faufilèrent dans un entrelacs de ruelles où s'alignaient des pavillons et des petits jardins proprets. Une vaste étendue leur apparut soudain. Hérissée de barbelés et de miradors. Comparé à celui d'Auschwitz, le camp de Birkenau paraissait immense. Ils suivirent la route qui le bordait. Un attelage de chevaux tirant une carriole remplie à ras bord de choux et de betteraves les contraignit à ralentir.

Nadia contempla l'entrée du camp, la tour du poste de garde, le porche ovale sous lequel s'engouffraient les rails de chemin de fer, pour aboutir à la rampe, envahie d'herbes folles. Cette vision ne dura que quelques secondes ; Sosnowski avait viré à gauche au premier carrefour et contournait déjà un mirador près duquel somnolaient quelques moutons.

Il s'engagea sur une petite route de campagne, paisible et déserte. Nadia vit de nouveaux miradors, de nouvelles lignes de barbelés interrompues à certains endroits, et, derrière cette haie de ferraille rouillée, les carcasses des baraquements, trapues et délabrées. Certaines en dur, d'autres en bois, ces dernières à l'état de ruines. À l'infini. Tout au bout de la route, à quelques dizaines de mètres du dernier mirador, se dressait un panneau qui indiquait l'entrée du village de Plawy.

Sosnowski stoppa brusquement et serra le frein à main, devant la cour d'une ferme encombrée de ballots de paille, et où s'ébattait toute une basse-cour. Des poules et des canards s'aventurèrent jusqu'à la camionnette. Un cochon couina dans son enclos et leva son groin vers les nouveaux venus. Sosnowski descendit, ouvrit la portière arrière et arracha littéralement Kafin de son siège. Il le traîna sur le bitume, en proie à une nouvelle crise de fureur, pareille à celle dont il avait fait preuve dans les bureaux de l'avenue Mogilska. Kafin se mit à crier en appelant à l'aide.

Un paysan, alerté par les grognements du cochon autant que par les cris du prisonnier, pointa le bout du nez à sa fenêtre. D'autres l'imitèrent. Moins de trente secondes plus tard, ils furent plus d'une dizaine à se masser au coin de la rue, séduits par l'attraction sensationnelle qu'on leur présentait pour ainsi dire à domicile. Ils reconnurent Kafin, qui avait passé toute son enfance à Plawy. L'un d'eux l'interpella en lui demandant ce qui se passait, et lui promit par avance son soutien.

— Rentrez chez vous ! Et plus vite que ça ! rétorqua Sosnowski, en sortant son arme, un vieux calibre 9 mm.

Les paysans disparurent soudainement. Les deux flics qui avaient fait le chemin depuis Cracovie dans la camionnette n'en menaient pas large.

— Qu'est-ce qu'il leur a dit ? demanda Nadia, qui n'osait quitter son siège.

Dimeglio traduisit, sans cacher l'inquiétude qui le gagnait. D'autres badauds étaient arrivés. Certains montraient à présent des signes de franche hostilité et ne semblaient pas disposés à obéir. Sosnowski les repoussa en les insultant.

— Qu'est-ce qu'on fait ? murmura Rovère.

— Il déconne ! On y va avant que ça tourne mal ! décida Dimeglio en sautant à terre.

Il apostropha un des flics en uniforme qui les avaient accompagnés et le somma de lui remettre son pistolet. Le type obtempéra. Rovère fit de même avec le second. Au beau milieu de la rue parsemée de bouses de vaches, Sosnowski braqua son arme sur la tempe de Kafin.

— Allez, montre-moi le chemin ! cria-t-il.

Le canon d'un fusil de chasse apparut à l'une des fenêtres des maisons toutes proches. Dimeglio fit face, bravement, la trouille au ventre.

— Vous, ne bougez pas ! ordonna Rovère, en s'adressant à Nadia.

Elle lui obéit. Il s'approcha d'elle, lui mit la main sur la nuque et la força à s'allonger sur la banquette avant. Elle resta ainsi, la joue plaquée sur le skaï du siège.

Sosnowski fit quelques pas en direction d'une courette où s'entassaient des pneus de tracteurs, à côté d'un tas de fumier. Kafin lui montra la porte d'une maison de parpaings dont on n'avait pas encore pris soin de crépir la façade. Ils y pénétrèrent. Rovère patienta quelques instants, hésitant à abandonner Dimeglio. Sosnowski ressortit précipitamment. Il s'appuya contre le chambranle et vomit tout son saoul, sans pour autant lâcher Kafin.

— Le client du portrait-robot est là-dedans, il est mort ! souffla-t-il en s'essuyant la bouche. On est arrivés trop tard ! Faites attention, il y a un autre type… armé et bien vivant !

Rovère s'avança à son tour. Il franchit le seuil d'une cuisine proprette. Un grand poster de Jean-Paul II était scotché au-dessus du linteau de la cheminée. Dans la pièce voisine, une salle à manger, gisaient trois cadavres. Deux d'entre eux étaient dans un état épouvantable. Éventrés. Une pelle reposait sur le carrelage, dans une flaque sanglante.

Il s'agissait de deux hommes, un vieillard, et un autre bien plus jeune, de l'âge de Kafin. Le troisième, Rovère le reconnut aussitôt. Sosnowski avait dit vrai. Le portrait-robot qu'il avait vu en quittant les locaux de l'avenue Mogilska était fidèle. Le corps reposait près des deux autres. Une auréole noirâtre couvrait sa tempe droite.

Un quatrième personnage se balançait doucement dans un rocking-chair, un revolver dans la main droite. Il tenait la gauche crispée contre sa poitrine, bien qu'elle ne fût apparemment pas blessée. Rovère secoua la tête, éberlué. Il ne s'était pas trompé quand, le matin même, parmi la foule qui se pressait sous la halle de Stare Miasto, il avait cru reconnaître l'homme à la canne qui avait mis les voyous en fuite sur le boulevard de la Villette, le mercredi précédent. Celui-ci ne manifestait aucune intention hostile et déposa même son revolver sur le sol, à la vue de celui que tenait Rovère.

— Vous êtes venus jusqu'ici… soupira-t-il. Est-ce que… est-ce que Nadia est avec vous ? Nadia Lintz ?

— Oui, elle est là ! confirma Rovère, sans chercher à comprendre.

— Je voudrais lui parler. N'ayez pas peur, tout est fini. Dites-lui de venir. Je vous en prie, dites-lui de venir !

Rovère sortit de la pièce à reculons. Au-dehors, la tension avait encore monté d'un cran. Les paysans, d'abord intimidés par la détermination de Sosnowski, n'avaient pas tardé à se ressaisir. Leurs rangs s'étaient encore étoffés, si bien qu'ils étaient plus d'une cinquantaine, agglutinés près de la camionnette de police sans toutefois oser s'en approcher. Une petite foule qui menaçait de ne pas rester longtemps inerte. Dimeglio leur adressa quelques paroles apaisantes mais garda son arme tournée vers eux.

Sosnowski s'évertuait à appeler des renforts, sur la radio de bord. L'officier de police qui commandait le détachement d'Oswiecim tardait à obtempérer. Kafin était assis à l'arrière du véhicule, les mains sur la tête. Rovère s'approcha de Nadia, qui n'avait pas bougé. Elle se redressa, la joue marquée par les striures qui tapissaient le siège de skaï.

— Là-dedans, il y a un type qui veut vous voir, lui dit-il.

— Celui du portrait-robot ? demanda-t-elle, les larmes aux yeux.

— Non, celui-là, il est mort ! Vous le connaissez, lui aussi ?

— Oui… souffla Nadia.

— Vous auriez pu le dire ! Vous saviez depuis longtemps ?

— Je vous jure que non. Seulement depuis que le fax est arrivé.

Ils attendirent ainsi durant de longues minutes. Sosnowski scrutait la route qui menait à Brzezinka. Trois camionnettes semblables à la leur apparurent bientôt à la lisière du bois qui jouxtait le camp.

— Vous avez failli nous mettre dans une sacrée merde ! lui lança Rovère, soulagé. Qu'est-ce qu'ils ont, ces bouseux ?

Il montrait la petite cohorte de paysans, qui refluèrent en désordre dès que les renforts pénétrèrent dans le village. Dimeglio sentit ses genoux faiblir et baissa la garde. Sa main tremblait encore.

— C'est un secret de polichinelle, balbutia Sosnowski. Dès que j'ai appris que Kafin avait vécu ici, j'ai redouté le pire ! Vous savez, c'est une drôle d'histoire… ce type, là, dans la maison, je ne sais pas qui c'est, mais je comprends. Vous savez…

— Je veux le voir ! s'écria Nadia, lui coupant ainsi la parole.

Rovère la conduisit vers la maison, en jetant un regard noir à Sosnowski.

— Vous avez le cœur bien accroché ? demanda-t-il quand ils arrivèrent devant le seuil de la ferme.

— Laissez-moi seule ! ordonna Nadia. Il n'y a rien à craindre, je vous l'assure.

Rovère hésita mais finit par céder. Elle traversa la cuisine, passa la tête dans l'entrebâillement de la porte de la salle à manger. Elle vit les cadavres étalés à ses pieds, dont celui de Maurice Rosenfeld. Et Szalcman, qui se balançait toujours sur son rocking-chair. Il ouvrit sa main gauche. Une bague rouge, en forme d'œil, reposait dans la paume.

57

— Si vous m'expliquiez ? demanda Rovère. Qu'est-ce que c'est que cette histoire de… de secret de polichinelle ?

Sosnowski, à présent plus détendu, l'avait rejoint dans la cour de la ferme. Les policiers débarqués sur la route s'étaient déployés tout le long du village et en barraient les accès.

— Regardez autour de vous ! dit Sosnowski. Vous voyez ces champs, ces vergers ? C'est rassurant, n'est-ce pas ? Eh bien chassez cette image de votre tête, mon vieux ! Vous vous trouvez dans le plus grand cimetière du monde ! Il n'y a pas une seule motte de terre, pas une seule, vous entendez, qui ne renferme des cendres humaines ! Des millions, des millions de cadavres… brûlés, enterrés sous cette herbe si tendre ! On apercevait les flammes des crématoires à plus de vingt kilomètres à la ronde !

Il se tourna vers les rares curieux que ses hommes n'étaient pas encore parvenus à disperser.

— Et ces gens-là vivent ici, dans ce... ce charnier ! Heureux ! Tranquilles ! reprit-il d'une voix saccadée. Ah, ils l'ont retournée, cette foutue terre ! Et ils n'ont pas trouvé que des os ! Sur le chemin des chambres à gaz, les gens enterraient à la hâte les quelques biens qui leur restaient... ceux qui avaient pu échapper à la fouille ! Alors une bague...

— C'est de la folie ! balbutia Rovère, interloqué.

— La recherche, je veux dire, la recherche méthodique a commencé tout de suite après la guerre, ajouta Sosnowski. Ils se réunissaient sur la grande place d'Oswiecim, avec des pelles, des pioches et ils venaient jusqu'ici, en chantant pour se donner du courage, les salauds ! Dieu sait sur combien de kilos d'or ils ont pu mettre la main ! Vous savez, les dents... et puis les bijoux, les diamants, enfouis dans la glaise. Ils chargeaient la terre dans des sacs et la tamisaient dans les éviers de leurs cuisines.

— Exactement comme des orpailleurs ! murmura Rovère, consterné.

— Dégueulasse, hein ? Ces salauds ont trouvé un Eldorado à leur mesure. Et ça a continué jusqu'à aujourd'hui ! Oh, plus avec des pelles, avec des détecteurs de métal ! Tout le monde le sait. C'est un secret tellement honteux... personne n'en parle ! Kafin m'a avoué que quand il était gosse, il allait jouer autour des fosses, avec son copain, celui dont vous avez vu le cadavre. L'autre, c'était son père ! Il connaissait le camp comme sa poche ! La pauvre Jadwiga n'a jamais su d'où venait la bague.

— Ni les autres, acquiesça Rovère. Et elles ont pourtant tenu à s'en débarrasser, Helena tout comme Martha !

— Une intuition, peut-être ? ricana Sosnowski.

*

Nadia ressortit de la maison. Szalcman se tenait derrière elle, les mains dans les poches. La jeune femme scruta les rues du village, rassurée par le dispositif mis en place par Sosnowski.

— Rovère, vous nous suivez ? J'ai à parler avec... avec le témoin, dit-elle d'une voix ferme. L'assassin s'est suicidé après avoir tué les deux... enfin ceux qui sont là-dedans !

— Le témoin ? ! Qu'est-ce que ça signifie ? bredouilla Sosnowski.

— L'affaire est close. Vous m'avez bien comprise. Je suis persuadée que le juge Horak se rangera à mon avis, rétorqua Nadia.

Ils se défièrent un long moment. Sosnowski ouvrit la bouche pour protester, mais se tut, impressionné par le regard que lui lançait la jeune femme. Elle fit quelques pas sur la route. Szalcman la suivit. Rovère leur emboîta le pas, en gardant ses distances, tenant toujours son arme à la main. Ils s'engagèrent dans un sous-bois vallonné, planté de bouleaux et dont les allées étaient bordées de ronces.

— Isy, pourquoi avez-vous attendu ? Vous êtes fou ! Il fallait partir... murmura Nadia, effondrée.

L'angoisse dans laquelle l'avait plongée la découverte du portrait-robot de Rosenfeld, l'attente sous la menace des paysans, la vision des cadavres et enfin l'effort qu'elle avait dû consentir pour imposer son autorité à Sosnowski l'avaient épuisée. Elle buta sur une pierre et faillit perdre son équilibre. Szalcman la retint.

— Partir ? Bien sûr que j'allais partir ! soupira-t-il. Maurice les a tués, l'un après l'autre, le père d'abord, le fils ensuite. Après, il s'est tiré une balle dans le crâne. J'aurais bien voulu m'en aller, et tout de suite ! Mais je ne pouvais pas faire le moindre geste… je ne pouvais pas. J'ai vu votre camionnette arriver sur la route, j'ai pris le revolver de Maurice, et si… si… enfin si vous n'aviez pas été là, j'étais décidé à en finir, moi aussi.

— C'était ici ? souffla Nadia quand ils se furent éloignés d'une centaine de mètres.

Szalcman contemplait le paysage qui l'entourait d'un air absent, presque halluciné.

— Je n'aurais jamais cru que je reviendrais, murmura-t-il en attirant Nadia contre lui.

Il lui passa un bras autour des épaules et ils continuèrent de marcher d'un pas lent, serrés l'un contre l'autre. Rovère ne les quittait pas des yeux. Soudain le bois fit place à une immense clairière hérissée de croix catholiques et de grandes étoiles de David.

— Ce sont les fosses, expliqua Isy. Mes parents… mon petit frère : ils sont là. Moi, ils m'ont dirigé vers la droite ! *Rechts !* Et eux : *Links !* Viens, Nadia, viens !

Il fit demi-tour et l'entraîna à l'intérieur du camp, qu'aucun enclos ne séparait de la clairière. Des miradors en ruine, envahis par le lierre et le chiendent, se dressaient de place en place, le long du petit chemin creux. Elle se souvint du musée d'Auschwitz, si soigneusement entretenu, si jalousement gardé. Birkenau ressemblait à un terrain vague, un dépotoir du souvenir.

— Tu sais, reprit-il, ce pauvre Maurice n'aurait jamais imaginé qu'il en arriverait là. Il a vu la bague, au doigt de cette petite putain, et il est devenu fou. Si encore il m'avait dit tout de suite, mais non, il a gardé ça pour lui ! Pendant des années, j'ai essayé de le persuader qu'il n'y avait plus d'espoir. Il avait tant attendu…

Elle s'appelait Marie. Il y a une photo d'elle, chez lui, je te la montrerai. C'était la fille d'un de ses voisins. Il allait au lycée avec elle, à Henri-IV, tu sais, au Quartier latin. Ils s'aimaient… Elle avait deux ans de plus que lui, mais ça n'empêchait pas. Quand sa famille à lui a été raflée, il s'est caché, d'abord chez les parents de Marie ; ensuite dans une chambre qui leur appartenait, rue Gay-Lussac.

Ils arrivèrent près des vestiges des crématoires. Des panneaux plantés de guingois recommandaient de ne pas s'aventurer sur les décombres, à cause des risques d'éboulement. Les roues des tracteurs des paysans de Plawy, qui empruntaient fréquemment ce chemin pour gagner les champs situés de l'autre côté du camp, avaient creusé de larges fondrières dans la terre meuble, tout autour des ruines.

— On a cherché, tous les deux, pendant des années, reprit Szalcman. Il ne voulait pas accepter que Marie soit morte, ici. En 53, juste avant mon arrestation, on est même allés à Allrosen, en Allemagne, il y a un grand centre avec des centaines de milliers de fiches de déportés. Certains avaient disparu, on les croyait morts, mais on les a retrouvés après des années, des années, en 50, 52, plus tard, parfois, tu comprends ? Mais pas de traces de Marie…

— Et pourquoi a-t-elle été… pourquoi est-elle arrivée ici ? demanda Nadia.

— C'était une fille bien, la petite Marie, tu sais. Avec quelques copains, dans son lycée, elle imprimait des tracts, enfin, des bêtises, non… pas des bêtises ! C'est injuste, de dire ça. La police les surveillait. Maurice ne pouvait pas rester à Paris. Il y avait des contrôles, sans arrêt. Marie lui a trouvé des faux papiers… il ne voulait pas partir, mais il a fini par accepter.

Ils longèrent une vaste étendue désolée, où prospérait une végétation touffue. Des trouées incrustées dans la verdure indiquaient qu'on y avait jadis érigé de grands bâtiments dont il ne subsistait quasiment plus rien.

— Ici, c'était le Canada, murmura Isy, en fermant les yeux. C'est difficile à imaginer, mais ça montait jusqu'au ciel. Les vêtements, les jouets, les valises... Viens.

Leurs pas les menèrent vers les baraquements de brique situés tout au fond du camp. L'herbe, très haute, rendait la progression difficile et le terrain était boueux. Ils pénétrèrent dans l'un d'eux. Aucune porte n'en interdisait l'accès. Une odeur de moisissure se mêlait à celle des champs de colza qui s'étendaient au-delà des barbelés. À l'intérieur de la baraque, le sol de terre battue était jonché de canettes de bière et d'emballages de chips. Des graffitis obscènes s'étalaient sur les murs et voisinaient avec des croix gammées, grossièrement tracées sur le plâtre. Les châlits de bois, promis à la putréfaction, étaient couverts de plaques verdâtres. Szalcman regardait tout cela avec le même air absent que celui dont il avait fait preuve lorsqu'ils avaient franchi l'enceinte des fosses.

— Ce grand couillon de Maurice ne pouvait s'en aller comme ça, c'était mal le connaître, poursuivit-il. Il voulait lui faire un cadeau d'adieu, à la petite Marie. Alors il est retourné dans l'appartement de ses parents, boulevard Saint-Michel. Les flics avaient tout piqué, mais, juste avant la rafle, sa mère avait pu cacher un petit sac de bijoux. Elle l'avait planqué sous une dalle du carrelage, dans la cuisine.

Il fouilla dans la poche de son pantalon et en sortit la bague. Une grosse bague ornée d'un rubis dont la forme évoquait celle d'un œil.

— C'était à sa mère. Maurice l'avait toujours vue au doigt de sa maman, et il a voulu l'offrir à Marie. Alors il lui a donné rendez-vous, juste avant de prendre le train pour Perpignan : il devait passer en Espagne, et d'ailleurs, il a réussi ! Ils se sont retrouvés au jardin du Luxembourg… il a donné la bague à Marie. En gage d'amour, tu comprends ?

Nadia s'était adossée à l'un des châlits. Elle refoula les sanglots qui montaient dans sa gorge. Szalcman s'assit sur une travée et continua son récit, en tapotant machinalement une des pièces de bois rongée par la pourriture.

— S'il n'avait pas eu cette idée, Marie serait peut-être encore vivante. Le rendez-vous au Luxembourg l'a mise en retard. Elle aussi, avait décidé de s'enfuir : deux copains de son réseau avaient déjà été arrêtés. Elle devait juste passer chercher sa valise chez ses parents. C'était en mars 44, tu comprends ? Ils se sont séparés, et elle est rentrée chez elle, mais à dix-huit heures, au lieu de dix-sept. La Gestapo l'attendait. Mais depuis cinq minutes, seulement. Enfin, bref, on peut tourner la question comme on veut, elle s'est fait prendre à cause de Maurice !

— Il s'est senti coupable… murmura Nadia.

— Oui, tu peux le dire. Quand je l'ai connu, il forçait souvent sur la bouteille, et quand il était saoul, il racontait à qui voulait l'entendre qu'il était le seul Juif à avoir expédié une goy à la mort ! Enfin, à la mort… il refusait d'y croire. Viens, ne restons pas ici.

De nouveau, il passa son bras autour des épaules de la jeune femme et l'entraîna le long d'une allée qui longeait la rampe, dont le tracé rectiligne partageait le camp en deux. Les traverses et les rails de la voie ferrée traversant l'esplanade dans toute sa longueur disparaissaient presque sous les herbes qui poussaient sur le ballast. Nadia se retourna furtivement, à la recherche de Rovère, qui avait disparu.

— Ne te tracasse pas ! lui dit Szalcman. Il est juste derrière nous : la baraque qu'on vient de dépasser.

Elle aperçut effectivement la silhouette de l'inspecteur, qui empruntait un chemin parallèle au leur, de l'autre côté de la rampe. Nadia, se méprenant sur les derniers mots prononcés par Isy, et craignant qu'il n'interprète son geste comme une marque de méfiance, se cabra et voulut protester. Szalcman la serra encore plus fort contre lui et haussa les épaules, avec ce sourire enfantin, inimitable, dont il avait fait preuve lors de leurs précédentes rencontres.

— En 53 toujours, reprit-il, juste avant que je plonge à la Santé, il a retrouvé la trace d'une fille qui avait été déportée en même temps que Marie. Elle est restée avec elle, là, dans le camp des femmes, jusqu'à l'évacuation, avant l'arrivée des Russes.

Il montra un alignement de baraques de bois, encore plus abîmées que les autres, à la lisière des barbelés. Ils entrèrent dans l'une d'elles. La charpente s'effondrait et on voyait les nuages à travers les planches disjointes du toit. Des inscriptions sinistres, tracées en lettres gothiques, lançaient des injonctions absurdes. *Ein Laus dein Tod ! Sauberkeit ist Gesundheit*[1] *!*

— Je t'en fous, des poux ! ricana Szalcman. Elles en étaient couvertes, les pauvres filles. Et la propreté… Je venais parfois par ici. Je travaillais au Canada, là où… enfin, tu as vu ! Il y avait de tout, là-dedans, pas seulement des vêtements, de la boustifaille, de l'argent, aussi. On trafiquait comme des fous, c'est comme ça que je m'en suis tiré. Il ne faut pas juger, tu sais !

— Personne ne juge, Isy, personne ne juge !

— Personne, c'est vite dit, reprit-il avec ce même sourire désarmant. J'en rêve toutes les nuits, du Canada.

1. Un pou, ta mort ! La propreté, c'est la santé !

Pourquoi moi, je suis revenu, et pas elles ? Tu peux me l'expliquer ? Enfin bref, cette fille qui avait connu Marie, elle s'appelait Fabienne. On va la voir, tous les deux, Maurice et moi, chez elle, à Rouen. Et Fabienne nous assure que Marie a pris part à l'évacuation du camp. Comme moi. Jusqu'à Buchenwald, tu vois ce que je veux dire ? Et plus fort encore, elle nous jure que Marie avait encore la bague ! Comment elle s'était débrouillée pour passer au travers des fouilles, ça, mystère, mais tu sais, ici, on en a vu tellement. Alors là, déchaîné, Maurice, tu penses bien ! Si Marie n'était pas morte ici, tout redevenait possible ! La route est longue, jusqu'en Allemagne, je lui ai dit ! Et puis, tu sais, ici, les filles étaient rasées, maigres, avec leurs… leurs loques ! Il n'y a pas de mot pour dire comme elles étaient. Pas de mot. Et sur la route, j'en ai vu mourir des centaines.

— C'était peut-être une autre ? Fabienne a pu se tromper ? Sans le faire exprès ? Peut-être tout simplement pour ne pas faire de peine à Maurice ? suggéra Nadia.

Szalcman prit une profonde inspiration. Il cligna des yeux, ébloui par le soleil dont les rayons inondaient crûment le toit des baraques et l'enceinte de barbelés.

— Et puis ça a été mon procès, et on n'en a jamais reparlé, de Marie. J'ai cru qu'il avait fini par l'oublier. Jusqu'à hier matin. Il m'a téléphoné chez moi, rue de Belleville, et il m'a expliqué qu'il fallait que je rapplique dare-dare à Cracovie !

— Et vous avez obéi, murmura Nadia, atterrée.

— Je n'avais rien à lui refuser, rien ! Il avait retrouvé la piste de cette fille, Jadwiga, et il l'a tuée. Comme les autres ! Elle avait appris le français, même si elle le parlait mal. Mais pour interroger ces salopards de péquenots, à Plawy, il lui fallait quelqu'un qui sache le polonais, forcément ! Szalcman Isy, présent à l'appel !

J'ai pris le premier avion pour Cracovie. Et là, il m'a tout raconté. J'aurais été le dernier des salauds si je l'avais laissé tomber, non ?

— Le dernier oui, confirma Nadia en s'efforçant de sourire.

Ils revinrent vers la rampe, tout près du portail sous lequel la voie ferrée achevait sa course.

Szalcman était essoufflé. Il s'assit sur un banc placé le long du bâtiment de l'ancien corps de garde SS et laissa son regard errer sur le long ruban goudronné qui filait jusqu'aux ruines des crématoires, à l'autre bout du camp.

— Attendez, lui dit Nadia, qui avait pris place à ses côtés. Aïcha, Martha, Helena, Jadwiga, et… les péquenots, comme vous dites, ça je comprends. Mais la main, la main d'Aïcha, pourquoi me l'a-t-il fait parvenir ?

— Mais ce n'est pas lui ! C'est les Bagsyk ! protesta Isy. Ce vieux fou passait ses nuits à errer dans les rues, quand sa sœur le foutait dehors ! Un matin, très tôt, voilà qu'il aperçoit Maurice sur le boulevard de Belleville, un paquet sous le bras ! Il le voit le jeter dans une poubelle et déguerpir comme s'il avait… je ne sais qui aux fesses. Bagsyk n'y tient pas, et récupère le colis. Une main de femme ? Bah, on n'est pas délicat, chez ces gens-là, hein ? Ils la collent au congélateur…

— Et ensuite, Bagsyk traîne au Palais, il me reconnaît ! Et il voit mon nom, sur la boîte aux lettres, c'est ça ?

Szalcman acquiesça d'un battement de paupières.

— Ils lui en voulaient tellement, tous les deux ! Depuis sa maladie, à elle ! Alors ils se sont imaginé qu'ils tenaient un moyen de le faire chanter. C'était son fric, qu'ils voulaient, enfin, son appartement, juste au-dessus de chez vous, expliqua-t-il, renouant soudain avec le vouvoiement qu'il avait abandonné depuis que la jeune femme était venue le rejoindre dans la ferme de Plawy. Bagsyk est allé le voir et l'a menacé. Maurice n'a pas cédé ! Mais quand il est arrivé chez vous, le matin où vous avez reçu le colis, il a compris qu'il n'avait plus le choix ! Le plus triste, vous savez, c'est que si cette petite putain…

— Aïcha ?

— Oui, Aïcha. Eh bien, si elle ne l'avait pas fait tabasser par ses copains, il lui aurait tranquillement racheté la bague. Évidemment, vous me direz, après, il serait fatalement tombé sur cette bande de salauds !

— Oui, fatalement ! approuva Nadia.

Szalcman se leva et embrassa du regard la perspective du camp. Il fit quelques pas en direction de la rampe et foula le macadam qui la recouvrait. Il se courba en avant et effleura le sol de sa main.

— C'était de la terre… de la terre battue, des milliers, des centaines de milliers de chaussures, de godasses, de pieds nus… de galoches ! murmura-t-il quand Nadia l'eut rejoint.

Une dernière fois, il contempla les baraquements alignés à perte de vue derrière les enceintes de barbelés, qui scindaient l'espace en autant d'enclos à la géométrie macabre, leva les yeux vers le sommet de la tour de garde. Il saisit la main de Nadia, la serra très fort et y glissa la bague qui avait rendu fou son ami Rosenfeld. La bague de Marie.

— Je vais partir, dit-il. J'ai encore quelques années à vivre, après tout !

— Allez-y, vite ! souffla Nadia.

— Mais toi… toi, tu ne m'as pas tout dit, hein ? Les livres, chez toi ?

— Plus tard, plus tard… murmura-t-elle.

Il s'éloigna d'un pas lent et franchit le portail du camp, les épaules voûtées. Rovère s'approcha. Nadia pleurait, seule sur la rampe, la rampe de Birkenau.

MOLOCH

Ce roman est une fiction. Toute ressemblance avec des événements ou personnages réels serait une pure coïncidence.

JEUDI

1

Ils étaient là, pataugeant dans la boue, hébétés, certains pleurant, d'autres hagards, les mains tremblantes, la gorge nouée par le dégoût, la pitié, la colère, la honte, un mélange confus de ces sentiments si voisins, tous à scruter le ciel gris-bleu, dans ce matin de printemps, tous à songer à ce qu'ils avaient fait une demi-heure, une heure plus tôt, quand le téléphone avait sonné chez eux pour les tirer du sommeil et les convoquer devant cette maisonnette d'apparence si banale, dressée au fond d'un terrain vague. À tous on avait donné la même consigne. Rendez-vous illico presto à deux minutes de la porte de la Chapelle, à l'entrée d'une ruelle éventrée de part en part, labourée par les pelleteuses, où s'alignaient encore quelques façades intactes de vieux immeubles, vidés de leur substance par les grues à boule qui les avaient surpris à revers. Ne subsistait qu'un décor chaotique, sauvage. Ici, des pans de murs striés de tracés noirs, ceux des conduits de cheminées qui d'étage en étage s'échelonnaient en chicanes pour former un réseau aux ramifications savantes. Là, un escalier en vrille, suspendu dans le vide, accroché comme un serpentin à une poutrelle et menaçant de s'effrondrer d'un instant à l'autre. Et partout des lambeaux de papier peint claquant au vent, rongés par l'humidité, qui s'effilochaient en de grossiers confettis. Cette rue ne portait même plus de nom, elle n'était plus qu'une trace sur un plan. Le point B12/A15 sur celui de la préfecture de Police, dont chaque inspecteur détenait un exemplaire, et qui quadrillait Paris à la manière d'un jeu de bataille navale, un filet aux mailles serrées. Impossible de se tromper. Le type de permanence au Central avait bien pris soin de préciser la topographie des lieux : le pavillon se trouvait au fond du terrain vague, juste derrière le chantier. Une de ces bicoques modestes, comme il y en avait tant, jadis, dans les arrière-cours parisiennes. La façade se lézardait en maints endroits, la toiture n'était pas de la première jeunesse, mais l'ensemble avait encore fière allure, et, signe qu'elle avait été habitée jusqu'à une date assez récente, elle était équipée de volets métalliques coulissants au lieu de ceux de bois qu'on voyait d'ordinaire sur ce genre de construction.

*

L'inspecteur Dimeglio ferma les yeux. Il avait été le premier de l'équipe à pénétrer dans la maison, le seul édifice encore intact dans ce décor dévasté. C'était plus qu'il ne pouvait supporter. Paupières closes, il tentait d'effacer de sa mémoire les images qui s'y étaient inscrites. Dès la première seconde, dès le premier pas dans le séjour, sitôt dépassée l'entrée, il avait compris qu'il lui faudrait de longues semaines pour oublier, pour gommer. Dimeglio parvenait toujours à gommer, c'était le terme qu'il employait, « gommer ». Râper avec application, comme on dit d'une tache d'encre rebelle sur un cahier d'écolier…

Avec le temps, vingt-sept annuités de service — plus

que treize à tirer avant la retraite ! –, l'inspecteur Dimeglio avait appris à « gommer ». Il tenait cette faculté pour une grande qualité professionnelle. Une compétence *sine qua non*. Le b-a ba du métier de flic. Apprendre à gommer, à effacer, à éclaircir l'écran de la mémoire, sinon, on ne tenait pas le coup en rentrant chez soi. Non, on ne tenait tout simplement pas le coup en face des gosses qui disaient bonsoir papa, qu'est-ce que tu as fait aujourd'hui, qu'est-ce que tu as vu, est-ce que les bandits, tu les as arrêtés ? Les garnements qui réclamaient qu'on leur lise un conte avant de s'endormir. Et qui, plus tard, vous collaient des tas de soucis sur le dos, avec les devoirs de maths bâclés, les amourettes d'ados qui finissent toujours mal, les menues insurrections contre l'autorité paternelle. Depuis l'époque des contes, les enfants de Dimeglio avaient grandi. La plus jeune venait d'entrer en cinquième. Les enfants, ses enfants. Les nuits de veille durant une rougeole, une coqueluche, les couches achetées au supermarché, les gâteaux d'anniversaire, les rendez-vous avec les instits à chaque fin de trimestre… Une poussière de petits souvenirs insignifiants qui traçaient malgré tout, en s'enchevêtrant les uns aux autres, la trame d'une vie. Celle de Dimeglio, inspecteur principal à la Brigade criminelle, indice 320. Une vie sans histoires.

Mais là, tout près, on avait écrit autre chose. Une histoire, précisément. Au singulier. Avec une chute abrupte, irrémédiable. L'inspecteur Dimeglio, de toutes ses forces, s'acharnait à gommer les images. Il cherchait les mots pour décrire ce qu'il avait vu dans la maisonnette. Il voulait oublier les images, c'est pourquoi il appelait les mots à la rescousse, à la manière d'un exorcisme. S'il parvenait à nommer les choses, à trouver les outils adéquats – adjectifs, pronoms, adverbes – pour mieux les cerner, les emprisonner, les corseter dans le glacis d'une narration, alors, il parviendrait à « gommer », à blanchir sa mémoire de façon efficace, radicale. Dimeglio n'avait pas peur des mots, seulement des images. Il songeait déjà aux bribes du rapport qu'il rédigerait : un corps au point A près de la fenêtre, en décubitus dorsal, un autre au point B, près de la porte d'un placard, en décubitus ventral. Un autre encore, assis comme en tailleur au beau milieu de la pièce, les bras recroquevillés le long du torse. Un quatrième, à l'arrière du pavillon, côté cuisine, engagé jusqu'aux deux tiers inférieurs du rachis sous le rideau de fer presque totalement abaissé qui obstruait l'une des fenêtres. Le torse intact, émergeant à l'extérieur de la maison, le visage figé dans la douleur, mais le reste du corps quasiment détruit, de la ceinture pelvienne jusqu'aux orteils. Rachis, décubitus, ceinture pelvienne. À force de côtoyer les techniciens de l'Institut médico-légal, Dimeglio avait fini par assimiler quelques termes empruntés à leur jargon. Une performance.

Des bribes, oui, un fouillis, un brouillon, une esquisse. C'était encore trop tôt, en effet. Dimeglio le savait. Il ne faisait qu'anticiper. Les mots viendraient lentement. Chacun en temps voulu. Il faudrait décanter, trier, tamiser. Ses rapports étaient hautement appréciés, à la Brigade. Parmi tous ses collègues, il était celui qui savait le mieux extraire le suc des faits pour en restituer un tableau d'une grande neutralité. On lui faisait totalement confiance. Absorbé par cet exercice de méditation, Dimeglio se passa la main sur le visage et tira nerveusement sur le col de son imper. Un geste machinal, un tic qui trahissait d'ordinaire son agacement.

*

Tout aussi pensif, l'inspecteur Dansel se résolut à rejoindre Dimeglio. Il dut traverser une partie du no man's land qui entourait la maison, un terre-plein hérissé de débris hétéroclites, machines à laver désossées, carcasses de mobylettes soigneusement disséquées, tubulures à l'origine incertaine, en bref tout un conglomérat de ferraille déjà à demi enfoui dans la glaise, mais qui semblait jaillir du sol dans un ultime effort, comme pour protester de son abandon. Des plants de rhubarbe sauvage, de pissenlit, voire de laitue, s'épanouissaient alentour, en touffes compactes, timides, frileuses, mais cependant avides de conquêtes territoriales, résolues à ne pas s'en laisser conter par la gent métallique majoritairement maîtresse des lieux.

Dansel pataugea dans des flaques de boue irisées par des résidus d'huile de vidange, ou nappées de reflets grisâtres échappés d'un amas de fûts de peinture industrielle, dont une palette entière achevait de rouiller en se fendillant, à quelques mètres à peine de l'entrée de la maison. Les bidons suintaient leur jus, d'un goutte-à-goutte presque imperceptible, qui esquissait le lit d'une rivière, creusait des méandres, encerclait des îlots de terre sèche, pour se fondre bientôt dans un tracé aléatoire, obstiné et gluant.

Dansel avait pénétré dans la maison, lui aussi. Quelques minutes après la première incursion de Dimeglio. Il avait vu les corps, repéré en quelques coups d'œil la géographie du lieu, impassible comme à son habitude. Il s'était retiré aussitôt, à reculons.

La veille, il s'était acheté une paire de Paraboots au rayon Chasse et Pêche de la Samaritaine. Des godasses à toute épreuve, du cuir cousu main, ocre-roux, le genre de croquenot qui autorise toutes les facéties, de la déambulation pépère en ville jusqu'à la randonnée en forêt. À chacun de ses pas dans la boue du terrain vague, les

Paraboots de l'inspecteur Dansel imprimaient une trace profonde, bien nette, du talon jusqu'à la pointe du pied. Un véritable chemin, balisé, comme un sentier tracé sur une carte d'état-major. S'approchant de Dimeglio, Dansel lut dans le regard de son collègue un soupçon de reproche. Il haussa les épaules.

— Tout le monde a pataugé ici, soupira-t-il, contrit, alors un peu plus un peu moins…

Dimeglio hocha la tête, indulgent. Dansel avait raison. Un employé de banque matinal, qui avait l'habitude de promener son chien dans les parages, avait aperçu des flammèches s'échappant de la maison et aussitôt alerté une patrouille — deux clampins à mobylette — croisée sur le boulevard. Les pauvres gars, des « képis » habitués à régler des problèmes de circulation, avaient investi les lieux, abasourdis. Après leur découverte, ils avaient piétiné les environs immédiats, effaçant d'éventuels indices, si bien qu'il était inutile de prendre des précautions supplémentaires. Il n'y avait pas grand-chose à regretter. De toute façon, au pire, ce serait l'affaire des gens du labo de démêler à qui appartenaient les empreintes de pas.

Dimeglio s'était adossé à l'épave d'une Renault Espace délestée de tout son aménagement intérieur qui gisait sur ses essieux dans le terrain vague. Dansel l'y retrouva. Ils restèrent un long moment côte à côte, silencieux.

— À ton avis, avec quoi ils ont fait ça ? demanda Dansel.

Dimeglio avait beau fouiller sa mémoire, il ne parvenait pas à trouver de réponse. Il n'avait jamais rien vu de semblable. Il tira un calepin de sa poche, esquissa un plan grossier du séjour, de la cuisine, des toilettes, du petit couloir, en fait de simples rectangles qu'il agrémenta d'étoiles pour désigner l'emplacement des corps. Il se souvenait parfaitement du premier, à gauche en entrant. Les jambes étaient intactes, seuls le torse, la tête et les membres supérieurs avaient été atteints. Le deuxième, au centre de la pièce, celui-là était totalement carbonisé. Une large tache noire avait essaimé sur le sol carrelé, dessinant de vastes pétales tout autour de lui, comme une corolle. Le troisième, idem. Le quatrième, c'était l'inverse du premier. Les membres inférieurs avaient été rongés par les flammes, mais la victime avait tenté de s'échapper, et était restée coincée sous le rideau de fer côté cuisine, si bien que le thorax, la tête, les bras, les mains, étaient indemnes. Dimeglio s'ébroua. En faisant le tour du pavillon, par-derrière, il avait croisé le regard fou de la victime, un regard qu'il ne parviendrait jamais à décrire. Dans son rapport, plus tard, il mentionnerait simplement l'emplacement exact du corps. Pas le regard. Dansel s'empara du calepin et compléta le croquis.

— Tu as vu les éclats de verre, sur le sol ? Il y en avait un peu partout, ça fait penser à des bouteilles incendiaires, des cocktails Molotov… c'est peut-être ça ? hein ?

Dansel resta pensif un long moment. Son regard avait été attiré par les corps, si bien qu'il n'avait pas aperçu les morceaux de verre. Mais maintenant que Dimeglio lui rappelait ce détail, il lui sembla qu'il lui devenait plus facile de reconstituer une vue d'ensemble, plus précise.

— Oui, oui… Tu as raison, je me souviens, j'ai vu le culot d'une bouteille, juste devant le premier corps, à côté des chaînes.

Ce fut au tour de Dimeglio d'être étonné.

— Des chaînes ? Tu es certain qu'il y en avait plusieurs ?

— Non, une seule, en fait, très lâche, qui les entravait tous par les chevilles, avec des colliers en guise de menottes ! confirma Dansel. Comme des gros colliers de plomberie ! Le tout raccordé à la tuyauterie du radiateur, ici, près du placard.

Il traça une croix sur la feuille du calepin. Dimeglio approuva. Il se souvenait des menottes.

— Celui qui a réussi à se faufiler sous le rideau de fer en portait aussi, ajouta-t-il, concentré.

— Oui, effectivement, il a bien failli s'échapper, d'ailleurs.

— Dommage pour lui... soupira Dimeglio.

Ils contemplèrent leur croquis, de nouveau. Satisfaits de constater qu'ils étaient d'accord. Comme d'habitude. Depuis plus d'une dizaine d'années qu'ils travaillaient ensemble, Dimeglio et Dansel ne s'étaient jamais engueulés. Ils avaient eu de menus différends, bien entendu, mais rien de grave. Ils formaient une curieuse équipe.

Physiquement, ils étaient aussi dissemblables qu'on puisse l'imaginer. Dimeglio mesurait plus d'un mètre quatre-vingts et affichait cent kilos sur la balance. Cent cinq les mois d'hiver : il se constituait alors une couche de graisse protectrice qui fondait dès les premiers beaux jours. Son crâne chauve et bosselé suggérait une longue carrière de catcheur, mais Dimeglio n'était jamais monté sur un ring. Son visage rond, jovial, était alourdi par des bajoues marquées par la couperose. La silhouette de Dansel, au contraire, évoquait la fragilité. Petit, malingre, pâlot, le cheveu abondant et grisonnant, il se déplaçait avec parcimonie, légèreté et discrétion dans un perpétuel costume de Tergal noir, la pomme d'Adam meurtrie par des chemises blanches strictement boutonnées jusqu'au col, presque à la limite de l'étranglement. De temps à autre, il glissait son index droit dans l'encolure, entre la peau et le tissu, comme pour se donner un peu d'air. À l'inverse, enveloppé d'un imper fripé, été comme hiver, flottant dans de larges pantalons de velours, le torse emmailloté de gros pulls qui semblaient avoir servi de griffoir à un chat, Dimeglio pilonnait le sol de toute sa masse, les bras agités dans une boulimie de mouvement, déterminé à bousculer un décor trop étroit pour laisser sa carrure s'y épanouir à ses aises.

Dimeglio lança un bref coup d'œil vers l'entrée du passage garni de pavés qui permettait d'accéder au terrain vague. Une palissade taguée séparait la maison du chantier. On commençait à entendre le bourdonnement de la circulation automobile, autour de la porte de la Chapelle, toute proche. Les banlieusards entraient dans Paris. Les ouvriers maçons qui travaillaient sur le chantier arrivaient, un à un, étonnés de se voir accueillis par les flics que Dimeglio avait postés en faction à l'entrée du passage. On les embarquait dans un Algeco situé de l'autre côté de la palissade du chantier.

— Il faut les coincer, ceux-là ! marmonna Dansel. Ils bossent du matin au soir à proximité, ça serait étonnant qu'ils n'aient rien aperçu.

— Et surtout rien entendu ! renchérit Dimeglio. Moi, si j'étais enchaîné dans une baraque abandonnée, je gueulerais !

— Les marteaux-piqueurs, la bétonneuse ?

— N'importe quoi ! Quand j'étais gamin, j'y ai bossé sur les chantiers, avec mon vieux ! Crois-moi, on fait des pauses ! C'est un boulot de chien, mais on s'accorde des instants de répit. Merde alors !

L'évocation des vacances scolaires passées sous la férule paternelle à trimer en maniant la truelle ou la pioche plongeait toujours Dimeglio dans des accès de colère froide. Il ouvrit les mains, comme dans un geste de prière, et contempla ses paumes meurtries de cicatrices et de crevasses. Des mains qui n'avaient pas oublié.

— Ou alors, c'était la première nuit, reprit Dansel, conciliant. On les a enchaînés là-dedans hier soir et cramés tout aussitôt ! On les a amenés ici pour les tuer. Juste pour les tuer.

Il garda le silence un instant, et décolla la boue d'une de ses semelles à l'aide d'une tige de métal ramassée sur le sol.

— Non, corrigea-t-il, c'est complètement idiot ce que je viens de dire !

— Ah ouais ? Pourquoi ? demanda Dimeglio, séduit par l'hypothèse.

— Les cartons, à droite en entrant, près de la cheminée, tu les as vus ? Il y avait des bouteilles d'eau, des paquets de chips, d'autres babioles... De quoi les nourrir pendant quelques jours. On n'aurait pas amené de la bouffe juste pour leur offrir une petite collation avant de les arroser à coups de cocktails Molotov, ça ne tient pas debout ! Ils ont appelé. C'est évident.

Dimeglio acquiesça. Les victimes avaient hurlé. Il faudrait trouver une explication au silence des maçons qui bossaient sur le chantier. Une excuse quelconque pour pardonner leur indifférence alors que, peut-être, ils entendaient les cris depuis des jours. Des cris d'appel au secours.

— Ou alors, ils étaient à moitié endormis, on leur faisait avaler n'importe quelle saloperie pour les faire tenir tranquilles, reprit pensivement Dansel.

— C'est à voir.

Un jeune homme avait franchi le barrage de flics à l'entrée du passage et s'avançait vers eux. Il portait un blouson bariolé Toggs Unlimited, une paire de jeans 501 et des santiags ultra-pointues en imitation croco. Les traits tirés, les yeux entourés de cernes, les joues noircies par une barbe naissante, il sautillait d'une flaque d'eau à une autre, pour ne pas souiller ses bottes.

— Toujours en retard, hein, mon petit Choukroun ? susurra Dimeglio.

— La vie de ma mère, c'est pas humain de bigophoner à une heure pareille ! J'ai pas dormi ! Juste à peine trois heures, la vérité ! protesta le nouveau venu.

— Ah oui… désolé ! Tu vois, les criminels ne respectent pas le shabbat ! Ils ne respectent rien, d'ailleurs.

— Allez, ça va, ça va ! Vous allez pas me la jouer grave, hein ? rétorqua l'inspecteur Choukroun. C'est quoi, le plan ?

— « Le plan », c'est la baraque. Tu vas y faire un tour, et tu reviens nous voir, mais surtout, tu ne touches à rien !

Choukroun s'éloigna en haussant les épaules. Comme s'il était dans ses intentions de toucher à quoi que ce soit ! Avec son bizutage sournois et ses plaisanteries fines, Dimeglio lui tapait sur le système. Il ne lui en tenait pourtant pas rigueur. Chaque fois que Choukroun avait réellement besoin d'aide, Dimeglio arrangeait le coup.

— Tu es dur avec lui ! maugréa Dansel. Hier soir, ce n'était pas shabbat, on est jeudi ! C'était Pessah ! La Pâque juive… Notre ami Choukroun a dû passer une bonne partie de la nuit à écouter les récits de la Haggadah !

— Ah merde, alors j'ai gaffé ? s'excusa Dimeglio, sans saisir exactement la gravité de sa bévue. Il était sincèrement navré.

Choukroun vivait sous la coupe de son beau-frère Élie, restaurateur spécialisé dans la pizza casher, et fervent adepte de la secte des Loubavitch. Il respectait scrupuleusement les rites, autant qu'il le pouvait, en fonction de ses obligations de service à la Brigade. Et la veille au soir, effectivement, Choukroun avait écouté le récit de la Haggadah, la fuite des Hébreux hors d'Égypte. Toute la famille s'était réunie pour le Seder, afin de commémorer la fin de l'esclavage sous la férule de Pharaon. En quoi cette nuit est-elle différente de toutes les autres nuits ? demandait le plus jeune garçon de l'assistance, au début de la soirée. La nuit entière ne suffisait pas à répondre à ses questions. On détaillait les exploits de Moïse, déterminé à entraîner son peuple vers le pays de Canaan. Une saga interminable entrecoupée de dégustations diverses, les herbes amères pour commémorer la souffrance multiséculaire des esclaves juifs, le miel pour célébrer leur arrivée sur la Terre promise…

Choukroun, obéissant, se dirigea vers le pavillon. En quoi cette nuit est-elle différente de toutes les autres nuits ? maugréa-t-il. C'est qu'elle débouche sur une matinée de merde !

Dimeglio, victime d'un petit trou de mémoire, s'apprêtait à solliciter les lumières de Dansel à propos de la fameuse Haggadah quand une voix les interpella. Celle de leur chef, l'inspecteur divisionnaire Rovère. Il s'était approché sans qu'ils s'en rendent compte, contournant par l'arrière l'épave de voiture à laquelle ils s'étaient adossés. Rovère les dévisagea. Grand, dégingandé, le cheveu grisonnant, un mégot de Gitane planté dans la commissure des lèvres, frissonnant dans son duffel-coat.

— Je viens juste d'arriver. Vous y êtes allés, vous ? demanda-t-il en désignant le pavillon. Il paraît que c'est franchement dégueulasse…

— Ouais… répondit Dimeglio. On vient même d'y expédier Choukroun. On attend qu'il sorte.

Rovère jeta son mégot, alluma une nouvelle cigarette, les yeux perdus dans le vague.

— Le voisinage ? demanda-t-il.

— On n'a pas eu le temps de s'en occuper.

— Racontez-moi, avant que j'y aille, reprit Rovère.

Il se passa la main sur le visage, bâilla, épousseta quelques cendres qui venaient de tomber sur son épaule.

— Ben, c'est un peu difficile à décrire ! risqua Dimeglio, en montrant le croquis qu'il avait commencé à tracer sur son calepin, quelques minutes auparavant.

— Combien il y en a, au juste ?

— Quatre, à moins qu'on se soit gourés, des fois qu'il y en ait un de planqué dans un coin. On sait jamais.

— Non, non, assura Dansel, j'ai vérifié le placard, les toilettes, plus une autre petite pièce, à droite du séjour.

À cet instant, Choukroun jaillit hors du pavillon. Livide, tremblant, il avança d'une démarche incertaine, les bras ballants, et pataugea sans s'en rendre compte dans un trou d'eau graisseuse qui poissa le cuir de ses santiags. Il semblait éprouver quelque difficulté à respirer et, le torse penché en avant, s'appuya de la main droite contre une pyramide de bidons métalliques pour reprendre son souffle. Rovère fit quelques pas pour le rejoindre.

— Ça va aller, Choukroun ? demanda-t-il à voix basse, compatissant.

— Les salauds, les salauds… murmura simplement l'inspecteur, les yeux mouillés de larmes.

Rovère se décida alors à pénétrer à son tour à l'intérieur de la maison. Il prit une profonde inspiration et s'avança avec prudence, un mouchoir plaqué sur la bouche et le nez, en prenant garde de ne rien déranger. À l'encontre de Dimeglio, il n'appelait pas les mots à la rescousse. Il n'avait que faire des descriptions, des béquilles de la syntaxe, des enluminures du vocabulaire pour imprégner sa mémoire du spectacle qui lui était offert. Bien au contraire. Ses yeux agissaient à la manière d'un appareil photographique ; ils flashaient en rafale le tableau d'ensemble, cadraient des détails isolés, bâtissaient une trame tout d'abord hésitante, puis de plus en plus précise avant de constituer une vision satisfaisante de la scène, par corrections, mises au point et adjonctions successives. Cette gymnastique mentale ne devait rien à l'instinct, mais obéissait à un savoir-faire, une technique acquise sur le tas, qu'aucun manuel ne saurait jamais enseigner. Et quelque part dans sa tête, en un point qu'il eût été bien incapable de localiser, une mystérieuse instance archivait instantanément tous ces clichés. À jamais. Rovère ne savait pas « gommer ». Il essayait, en vain, et enviait Dimeglio d'y parvenir… Sonné lui aussi, il fit demi-tour et retrouva ses adjoints.

— Le proc' est en route, annonça Dimeglio, on ne devrait pas tarder à pouvoir s'y mettre.

Les techniciens du laboratoire de l'Identité judiciaire attendaient dans une camionnette garée à l'entrée du passage. Tout leur fourbi était prêt. Dimeglio les avait avertis de ce qui les attendait, et ils avaient hoché la tête, longuement.

— On essaiera de faire du zèle, avait assuré leur responsable, d'une voix empreinte de modestie.

Son équipe était rompue aux exercices les plus éprouvants et s'acquittait de sa tâche avec toute la minutie requise. Ils avaient déjà recueilli des noyés en grand nombre, au corps boursouflé par le séjour dans l'eau, examiné sous toutes les coutures des cadavres mutilés, récupéré des jeunes femmes aux chairs putréfiées, en lambeaux, abandonnées dans des mansardes sordides ou au coin d'un bois, décroché des pendus, rassemblé dans des sacs de plastique des débris inidentifiables, mais la corvée qui allait leur être infligée ce matin-là, ils la détestaient par-dessus tout.

— Il y a au moins quelque chose qu'on peut décider sans le substitut, décréta Rovère, agacé d'avoir à poireauter ainsi.

Il se dirigea vers le brigadier qui avait atterri sur les lieux, sur le conseil du promeneur de chien. Un gros type moustachu, d'apparence débonnaire, au cheveu rare, qui avait dû commencer sa carrière dans les années 60, comme hirondelle, à vélo, avec une pèlerine, un képi et un bâton blanc. Un dénommé Langrier.

— En trente-sept ans de carrière, annonça-t-il après que Rovère lui eut serré la main, j'en ai vu des vertes et des pas mûres, mais ça, jamais... Dire que je me tire à la retraite à la fin du mois ! Dans le Perche, vous connaissez ? J'ai acheté une maison avec un petit magot gagné au Loto, parce que avec notre retraite, hein...

Rovère lui sourit avec tristesse. Langrier sortit un mouchoir à carreaux assez douteux de la poche de son pantalon et à grand bruit libéra les mucosités qui lui encombraient les sinus.

— J'sais plus où on va, bougonna-t-il sitôt l'opération, plutôt laborieuse, achevée. D'année en année, ça part de plus en plus en eau de boudin. J'en ai ma claque. J'habite en grande banlieue, tous les soirs, quand je rentre à la maison, les gosses de ma cité se foutent de ma gueule, me traitent de sale keuf, y en a même qui... qui chient sur mon paillasson, je mens pas, c'est déjà arrivé plusieurs fois ! En plus, mon toubib vient de m'apprendre que j'ai un glaucome... alors, hein...

Il essuya deux grosses larmes qui perlaient à ses paupières. Rovère haussa les épaules, machinalement. Il regretta ce geste incontrôlé, qui pouvait passer pour une cruelle indifférence envers les malheurs du brigadier.

— Dites-moi comment ça s'est passé... murmura-t-il en lui posant une main sur l'épaule, un signe d'apaisement, de commisération sincère bien que tardive.

— Ben rien, le type avec le chien nous a dit que ça cramait dans le coin. J'ai avancé dans le passage avec mon stagiaire, on est entrés dans la baraque et on a vu… Il a été drôlement secoué, le petit !

Langrier désignait un car de la PS où se morfondait un jeune homme. Un de ces gamins qui effectuaient leur service militaire dans la police, aisément repérables grâce au liséré vert ornant la casquette et les pattes d'épaule.

— Dites-moi, Langrier, demanda Rovère, le gars avec le chien, vous avez relevé son identité ?

— Ben non, on longeait le trottoir, avec nos mobylettes, il nous a juste dit deux, trois mots, j'y ai même pas pensé.

— C'est pas grave. Revenons-en à la maison. La porte a été renforcée par un blindage, je l'ai vu en entrant. Elle était ouverte quand vous êtes arrivé ?

— Oui, oui, grande ouverte… Vous… vous pouvez pas savoir… bégaya le brigadier, ça fumait encore, c'était, c'était…

— Vous n'avez touché à rien ?

— À rien, à rien, pensez donc, protesta Langrier, sincèrement blessé que son interlocuteur puisse penser le contraire. J'ai l'habitude, quand même ! Les lascars comme vous, je les ai déjà vus bosser, fatalement, depuis que j'use mes godasses dans la Maison, j'ai appris la leçon ! Seulement voilà, on a été secoués, forcément, alors on a traîné un peu autour de la baraque, histoire de voir s'il y en avait pas d'autres, éparpillés dans le terrain vague, hein, c'est humain… vous comprenez ?

Dimeglio, en arrivant sur les lieux, avait tout de suite appelé des renforts et organisé des tours de garde autour d'un périmètre assez vaste pour éviter précisément de confronter le brigadier et son adjoint à la curiosité des badauds qui menaçaient de s'agglutiner dans les parages.

— Venez, Langrier, soupira Rovère. On va le voir, votre stagiaire.

Il monta à bord du car.

— Écoute, dit-il, vraiment tu n'as pas eu de bol, seulement voilà, le problème, c'est que je voudrais bien pouvoir compter sur ta discrétion. La presse pourrait venir fouiner et il est plus que souhaitable que ces gens-là n'apprennent rien de ce qui s'est réellement passé ici. Tout du moins dans l'immédiat. Dans les heures qui viennent, en fonction du boulot que mon équipe va accomplir, on peut avancer, vraiment avancer. Pour accumuler le maximum d'indices qui nous permettront de coincer les ordures qui ont fait ça. Et moins il y aura de pub autour de ce qu'on apprendra, mieux ça vaudra. C'est une question d'efficacité. Vu ?

Langrier crut bon de souligner les propos de Rovère d'une mimique éloquente, qui consista à se pincer vigoureusement les lèvres entre le pouce et l'index. Le stagiaire fit signe qu'il avait bien enregistré la leçon.

— C'est important, insista Rovère. Je ne sais pas ce qu'on va trouver, vraiment pas, mais vous deux, fermez-la le plus longtemps possible. Croyez-moi, ça ne sera pas inutile !

Il toisa le gamin, sans illusion. Un de ces petits malins qui avait cru bon d'échapper à la cour de la caserne et aux corvées de chiottes en endossant l'uniforme de flic et devait bien avoir une copine auprès de laquelle il tenait à se faire mousser, alors, une occasion pareille, il n'allait certainement pas la louper.

Rovère ferma les yeux, l'espace d'un instant, et se passa la main sur le visage. L'intérieur du car puait. À bien y réfléchir, les paupières closes, Rovère constata même qu'il empestait carrément. La sueur, les restes de sandwichs abandonnés enfouis sous les banquettes, les résidus tenaces de dégueulis d'alcoolos coffrés au hasard des rondes, les déjections de la petite mémé trahie par ses sphincters, transportée la veille aux urgences après une agression à coups de cutter… Le tout dilué dans un flot de détergent passé à la hâte, à grand renfort de balai-brosse et de serpillière, poil de crin et cristaux de Javel raclant la tôle rebelle. Un car de flic banal. Rovère rouvrit soudainement les yeux, l'attention de nouveau mise en éveil par Dansel qui tambourinait contre une des vitres du fourgon.

— Le proc' est arrivé, annonça celui-ci d'une voix neutre.

— Qui est-ce ?

— La petite Horvel, c'est pas le mauvais cheval, toussota Dansel en désignant une toute jeune femme au visage enfantin, couvert de taches de rousseur, vêtue d'un jean, d'un sweat-shirt rose et d'un fly-jacket de cuir noir, qui venait de descendre d'une Clio et avançait vers eux, cornaquée par Dimeglio.

*

Maryse Horvel, substitut du procureur, avait été alertée, à la fin de la première nuit de la permanence d'une semaine qu'elle effectuait en roulement avec ses collègues, par l'appel du Central de la préfecture de Police reçu sur son portable. Tendue, inquiète de ce qu'elle allait devoir constater, les sens en alerte, et malgré tout distraite, comme égarée dans ce décor sinistre, la jeune magistrate trébucha sur un débris de parpaing placé en embuscade sous ses pas incertains. Dimeglio, d'un geste réflexe, machinal, lui agrippa le bras sous l'aisselle et l'aida à retrouver son équilibre, sans le moindre effort apparent, comme s'il n'avait soulevé qu'une feuille de papier emportée par le vent. Elle le remercia d'un hochement de tête. Et fit face à Rovère qui la gratifia d'un sourire dans lequel elle crut lire une douce ironie, mêlée de fatalisme.

Ils se connaissaient. À quelques reprises, ils s'étaient croisés dans des circonstances analogues. Un cadavre à visiter au petit matin, une vie, une existence brusquement cassée, saccagée, broyée, dont il allait falloir renouer les fils déchirés, sonder les mystères, fouiller les tripes, au propre comme au figuré, pour connaître le fin mot de l'histoire, une fin et une histoire sans éclat, la plupart du temps. La prostituée retrouvée égorgée sur le bitume du périph, la bouche pleine de sperme, le gosse famélique abandonné dans le local à vélos d'un HLM, mort par strangulation, une pompe à vélo enfoncée dans l'anus, le SDF éventré sous un abribus, emmailloté dans son paquet de *Réverbère*, et même la drag-queen en guêpière et cuissardes de Skaï rose fluo, au pif blanchi à la coke, défenestrée du haut de son duplex, dix-septième étage, Front de Seine...

En quelques mots, Rovère mit Maryse au courant. Elle écouta avec attention, dévisageant l'un après l'autre les hommes qui entouraient la maison. Une vingtaine. Toute l'escouade de flics devait attendre qu'un représentant du Parquet donne son feu vert avant de pouvoir se mettre au travail.

— Les journaleux ? demanda-t-elle.

— Rien à craindre, c'est vous qui ferez un point de presse, si vous le voulez...

— OK, on y va.

Maryse sortit de la poche de son blouson la fiole emplie de *Baume du Tigre* qui ne la quittait jamais et s'enduisit la lèvre supérieure avant d'inspirer puissamment. Son visage s'empourpra, ses yeux se mirent à larmoyer. Elle rangea sa fiole.

— Il faudra que vous me disiez où vous achetez ça, dit Rovère en poussant du pied la porte du pavillon.

Quoique… vous allez pouvoir le constater, le problème, aujourd'hui, ce n'est pas vraiment l'odeur… enfin, pas principalement !

— J'ai cru comprendre ! lança-t-elle en se forçant à sourire.

Elle s'arrêta un instant, fixant la serrure avec attention.

— Aucune trace d'effraction. Voilà.

— Mon Dieu… murmura Maryse, sitôt franchi le seuil.

D'un geste machinal, elle agrippa le bras de Rovère et le serra vigoureusement. Il la laissa faire et contempla quelques secondes les ongles rouge carmin qui s'enfonçaient dans la laine bleue de son duffel-coat.

— Excusez-moi, balbutia-t-elle, livide, en se forçant à enfouir ses deux mains dans les poches de son blouson.

Les murs de la maison, les plafonds étaient noircis par les flammes qui les avaient léchés sans parvenir toutefois à embraser l'ensemble. Il n'y avait aucun meuble, les pièces étaient intégralement vides, le sol carrelé de dalles rouges. Les fenêtres étaient closes et les rideaux de fer baissés. De minces rais de lumière s'insinuaient pourtant au travers, emplissaient la pièce principale et le corridor menant à la cuisine d'une clarté diffuse. Dans un premier temps, Maryse ne put détacher son regard du cadavre qui se trouvait au centre de la pièce. Assis en tailleur, totalement carbonisé.

— Avec quoi ont-ils fait ça ?

— Des bouteilles incendiaires, de toute évidence : il y a des débris de verre partout !

Maryse hocha affirmativement la tête. En sus de l'odeur répugnante de la chair brûlée, son odorat fut assailli par des effluves d'essence. Elle eut la nausée, faillit sortir précipitamment, mais parvint à dominer son dégoût. À présent que ses yeux s'étaient accoutumés à la demi-pénombre, elle aperçut les tessons qui jonchaient le sol.

— Quel… quel âge lui donneriez-vous ? reprit-elle, en désignant le corps qui se trouvait au centre de la pièce.

— Six-sept ans, pas plus ? Non ?

— Pauvre gosse. Regardez-le… cette espèce d'anorak qu'il portait. Il a totalement fondu…

Des traînées de plastique bleuâtre dégoulinaient en effet du torse jusqu'au sol. Le petit corps semblait irréel, ainsi noirci, recroquevillé, prostré dans une attitude qui n'évoquait même pas la souffrance, les bras croisés le long du torse, comme si, curieusement, il avait eu soudain très froid.

Maryse se souvint d'un jour où, petite fille, elle jouait dans le salon, chez ses parents. La télévision était allumée. Son père, assis dans un canapé, lisait son journal. Les images d'un documentaire défilaient sur l'écran. Maryse, son nounours dans les bras, suçotant son pouce, s'était soudain arrêtée de chantonner en contemplant l'homme qui brûlait au beau milieu de la rue. Un bonze vietnamien qui venait de s'asperger d'essence et se consumait, assis en tailleur, sous le regard effaré des passants. Maryse n'avait pas compris ce que faisait ce monsieur aux yeux bridés, au crâne rasé. Son père, affolé, l'avait serrée dans ses bras, détournée de l'écran, cajolée. Elle avait deviné, confusément, qu'elle venait d'assister à un spectacle interdit, sans doute réservé aux grands. Et donc particulièrement attractif. Il lui sembla entendre avec une grande netteté la voix affectueuse de son père, alors qu'à présent, trente ans plus tard, elle fixait ce petit corps carbonisé à moins de deux mètres d'elle.

Rovère montra des résidus de verre brisé sur les épaules, et le goulot d'une bouteille, qui gisait entre les jambes de l'enfant.

— Ça a éclaté directement sur lui, il a dû s'embraser en une seconde !

Maryse écarquilla les yeux. Rovère disait vrai. Elle vit également le collier de métal qui enserrait ce qui restait de la cheville droite, relié à une chaîne.

— Les deux autres, par contre, ils se sont débattus dans les flammes, poursuivit-elle après avoir toussoté pour s'éclaircir la voix.

Il y avait sur le carrelage de larges traînées noires, signe d'une agitation intense, d'une reptation frénétique. L'un des corps était lui aussi totalement carbonisé, alors que l'autre n'avait été atteint qu'au torse et à la tête : les cuisses, le bassin et les jambes étaient intacts. Il portait un pantalon de pyjama. Et la même chaîne, reliée à un collier, attachait encore les petites victimes à la canalisation d'un radiateur.

— Il y en a un quatrième, disiez-vous ?

Rovère confirma, et se dirigea vers la cuisine. Vide de toute installation, à l'exception d'un évier. La fenêtre était grande ouverte. Il laissa à Maryse tout le temps d'observer et vit la jeune femme déglutir avec difficulté. Elle ouvrit la bouche à plusieurs reprises, comme si elle manquait d'air, puis se maîtrisa. Elle semblait si secouée, si meurtrie, que Rovère faillit bien lui prendre la main. Rien de tel que le contact charnel pour partager la colère, la souffrance. Exactement comme elle avait elle-même étreint son bras, quelques instants auparavant. Une pulsion qu'il réprima aussitôt. Le geste eût paru totalement déplacé. Maryse aurait pu croire qu'il cherchait à la protéger. À l'épargner. Pire encore, qu'il profitait d'un moment de faiblesse pour asseoir son pouvoir, sa suprématie. Lui, le flic aguerri, elle, la petite magistrate toute frétillante, en début de carrière, à qui il convenait de tendre une main secourable, charitable, pour mieux la mater. Bref, elle aurait pu imaginer qu'il outrepassait son rôle, lequel se bornait à lui présenter des cadavres et à attendre les ordres. Il se contenta donc de se gratter la tête, puis laissa retomber son bras pour saisir dans la poche de son pantalon un paquet de cigarettes à moitié vide, qu'il se mit à triturer mécaniquement.

— Difficile à imaginer, hein ? lança-t-il pour rompre le silence qui devenait pesant.

— Oui, ce doit être long, très long, de mourir comme ça…

Elle ne pouvait voir que le bassin, les fesses et les membres inférieurs de l'enfant, ou tout du moins ce qu'il en restait. Deux petites colonnes de chair calcinée, de peau éclatée. Une sculpture noirâtre, desséchée, avec toutefois quelques résidus graisseux, qui s'obstinaient à pendouiller sur leur substrat charbonneux, et dessinaient encore des rondeurs, des galbes, une tentative tout du moins, en fait un amas suintant de bulles, de boursouflures, d'ampoules, dont l'éclatement libérait un liquide mordoré étalé en une flaque visqueuse sur le sol.

Maryse ne semblait pas décidée à s'extraire de cet exercice de contemplation oppressant. Rovère n'osait la brusquer. Elle s'ébroua enfin, avisant le paquet de Gitanes qu'il malmenait sans parvenir à se décider à en allumer une.

— Je peux vous taper ? J'ai oublié mes Marlboro dans ma voiture.

— La dernière fois qu'on s'est croisés, vous parliez d'arrêter ! nota Rovère.

— Promesse d'ivrogne ! J'ai essayé, mais j'y arrive pas ! confia-t-elle avec un pâle sourire.

Leurs mains s'effleurèrent autour de la flamme du briquet. Ils restèrent encore un long moment côte à côte. Rovère désigna un morceau de planche brisée, qui gisait sur le carrelage, près de la fenêtre.

— C'est sans doute avec ça qu'on a forcé le volet… en faisant levier, dit-il en exhalant une bouffée de fumée.

— Vous voulez dire de l'intérieur ? Je ne comprends pas !

Elle chercha la manivelle qui aurait permis de lever le volet et n'en vit aucune.

— C'est une vieille maison, reprit Rovère, mais elle était dotée d'un système de fermeture de sécurité à commande électrique centrale… Comme on a dû couper le courant depuis belle lurette, tout est resté coincé en l'état. Vous verrez, dans la pièce principale, il y a une plinthe arrachée sur une cinquantaine de centimètres. En l'occurrence, cette planche…

Maryse baissa les yeux sur la latte de bois que lui désignait l'inspecteur puis son regard remonta vers le cadavre du gosse.

— Ce gosse était bien trop petit pour avoir la force de faire ça !

— Alors quelqu'un d'autre…

— OK, ce qui est certain, c'est qu'il s'est retrouvé coincé sous le volet coulissant en tentant de fuir, ce qui signifie que l'autre moitié du corps est intacte, au-dehors ? reprit Maryse d'une voix plus affermie.

— Exact ! On ne peut rien vous cacher.

— Pas la peine de me vanner, hein, c'est le b-a ba de la déduction ! Alors ? On va voir ?

— À vos ordres !

Le stress s'était évanoui. Maryse sentit son estomac se dénouer, Rovère essuya ses paumes moites sur son pull-over. Ils reculèrent. En passant de nouveau dans le couloir, ils lancèrent un regard sur les autres corps. Rovère pointa l'index en direction d'un recoin du séjour. Il désignait un carton avachi recelant quelques paquets de chips et bouteilles d'Évian que les flammes avaient épargnés. Ainsi qu'un seau de plastique. Maryse s'approcha. Le seau était à demi empli d'urine et d'excréments.

— OK, admit-elle, on les nourrissait, donc on ne les a pas enfermés ici simplement pour les brûler vifs !

— CQFD, on est sur la même longueur d'onde, conclut Rovère.

Avant de franchir le seuil, il montra la plinthe arrachée, qui étayait son hypothèse concernant la tentative d'effraction du volet par l'intérieur. Ils se retrouvèrent tous deux au-dehors, clignant des yeux sous les rayons du soleil, un peu hébétés. Dansel griffonnait une grille de mots croisés, Dimeglio se curait les ongles, Choukroun, à l'aide d'un Kleenex, tentait de nettoyer ses santiags. Rovère leur adressa un bref signe de la main, pour leur signifier d'avoir à patienter encore un peu, et contourna la maison. Maryse le suivit, la tête rentrée dans les épaules, d'un pas assuré.

Elle avait épuisé toute sa réserve de pitié, de révolte, à l'intérieur de la maison, aussi le spectacle qui l'attendait à l'extérieur la laissa-t-elle presque indifférente. Elle s'en voulut, s'adressa des reproches, tenta de mobiliser ses dernières ressources, se força, s'administra mentalement une belle volée de coups de pied au cul, mais rien n'y fit. Le gosse — il paraissait à peine six ans — qu'elle avait vu à demi carbonisé à l'intérieur, dans la cuisine, la fixait d'un regard halluciné, les yeux grands ouverts, sans parvenir à lui arracher une larme. C'était fini. Elle avait donné tout ce qu'elle avait pu. Il n'y avait plus rien. Plus rien à présent que des réflexes purement professionnels.

— Il... il s'est arraché les cheveux par poignées tellement il souffrait... parvint-elle toutefois à balbutier.

— Oui, il s'est griffé les joues, vous voyez bien, concéda Rovère, qui en était arrivé au même stade de renoncement.

Hagards, ils contemplèrent les doigts tordus, les ongles sanguinolents, les mâchoires crispées, les muscles du cou tendus comme des cordes, qui faisaient saillir la peau sur les clavicules, la langue, coincée entre les incisives, à demi tranchée, les filets de vomissures qui souillaient le menton, la peau du torse marbrée de taches violettes. Et les yeux, exorbités, qui n'en finissaient plus de fixer le ciel bleu. Ce fut Maryse qui tourna les talons la première. Rovère suivit. Ils se retrouvèrent face à l'escouade de flics et de techniciens de l'Identité judiciaire qui n'attendaient qu'un geste pour se lancer à la curée.

— Allez-y ! décréta Maryse. On reste dans le cadre de l'enquête flagrante, c'est à moi que vous rendrez compte.

Rovère lança son bras droit en avant, l'index dressé, et effectua un moulinet avant de claquer des doigts. Le signal que tous guettaient. Un quinquagénaire bedonnant, au visage épais, piqueté de poils épars, trop clairsemés pour suggérer à leur propriétaire la nécessité d'un rasage quotidien, se rua en premier à l'intérieur du pavillon. Croisant Rovère, il le gratifia d'un sourire qui se voulait jovial.

— Dimeglio m'a tuyauté, paraît que ça fristouille pas mal, là-dedans, hein, Rovère ?

Pluvinage était un des médecins légistes qui effectuaient les permanences à l'Institut médico-légal dans l'attente du « matériel » fourni par la Brigade criminelle. Un curieux bonhomme, de prime abord rêche, méfiant, voire hargneux, jaloux de sa compétence, mais tenace, fiable… et non dépourvu d'humour. Créateur de néologismes : « fristouiller », par exemple, verbe inédit du premier groupe, exclusivement réservé à la corporation des légistes, et qui, dans sa bouche, suggérait bien des turpitudes, des promesses de fil à retordre, du cas d'école en puissance, bref du cadavre rebelle aux aveux, de la viande à secret. Rovère pratiquait Pluvinage depuis tant d'années qu'il savait, au besoin, rester sourd à ses facéties d'un goût parfois douteux.

— Ça fristouille, oui, ça, pour fristouiller, on ne peut pas dire… confirma-t-il dans un murmure, sans que l'intéressé l'entende.

À la suite de Pluvinage, le ballet des spécialistes s'engouffra dans le pavillon. Les mains gantées de latex ultra-fin, les gens de l'Identité judiciaire investirent la place. Les lieux furent photographiés sous tous les angles, le sol, les murs, grattés, raclés, inspectés à la recherche d'empreintes digitales, le contenu du carton de nourriture, le seau hygiénique, les poussières, la suie, les débris de cocktails Molotov soigneusement déposés dans des sachets de cellophane, les liquides aspirés dans des pipettes puis recueillis dans des éprouvettes, les résidus humains, enfin, dûment étiquetés, numérotés, enfouis dans de grandes housses de plastique gris expédiées à la morgue du quai de la Râpée aux fins d'expertise.

Rovère rassembla son équipe. Dimeglio allait se charger des ouvriers du chantier, Dansel de la maison. Même s'il y avait peu de chances pour que le propriétaire ait quoi que ce soit à voir avec le drame, il fallait tout de même vérifier. Restait la corvée suprême. L'autopsie. La procédure réglementaire exigeait qu'un OPJ y assistât. Rovère se tourna vers Choukroun, qui se mit à blêmir.

— Ne t'inquiète pas, je viens avec toi. C'est sans doute de ce côté-là qu'il y a le plus à apprendre. En route tout le monde ! On fera un premier point à la Brigade en milieu d'après-midi.

Rovère passa un bras autour des épaules de Choukroun, lui sourit et lui montra sa voiture. Ils s'éloignèrent sous le regard de Dansel et Dimeglio.

— Il tire un peu moins la gueule, ces derniers temps, ou je me goure ? demanda celui-ci.

— Tu n'es pas au courant ? Il revoit sa femme, assez régulièrement, je crois ! répondit Dansel en étouffant un bâillement.

Dimeglio s'ébroua. Le fait que Rovère se réconcilie avec Claudie était incontestablement une bonne nouvelle. La première de la journée.

2

À l'instant même où l'inspecteur divisionnaire Rovère quittait ce chantier perdu dans le secteur de la Chapelle, Françoise Delcourt descendit de son wagon de métro, en compagnie de son fils Laurent, à huit heures tapantes, comme tous les jours. Ils habitaient le Marais, rue des Écouffes, et prenaient la ligne Vincennes-Neuilly à la station Saint-Paul, jusqu'à Porte-de-Vincennes. La mère, une femme menue au visage rond encadré de cheveux grisonnants, coupés très court, filait alors à droite vers l'avenue Arnold-Netter, pour rejoindre l'hôpital Trousseau, tandis que le gamin franchissait les grilles du lycée Hélène-Boucher où il était inscrit en classe de seconde. Durant le trajet, Françoise Delcourt questionnait prudemment son rejeton à propos des devoirs de français, des interros écrites de maths, des thèmes et des versions d'allemand… Laurent n'était pas mauvais élève mais, de tempérament volontiers cyclothymique, il agaçait nombre de profs avec ses résultats en dents de scie. Ce matin-là, il évoqua un conflit qui germait depuis plusieurs semaines avec l'enseignant de physique, réputé pour noter à la tête du client et qu'il se promettait de moucher au prochain conseil de classe. Laurent s'était fait élire délégué des élèves en début d'année. Françoise Delcourt fronça les sourcils. Les velléités revendicatrices de son fils l'inquiétaient. Elle redoutait qu'emporté par ses plaidoiries en faveur des copains, il ne s'attire la hargne, voire la rancœur du corps enseignant. Mais comment le dissuader de prendre des risques ? Elle-même avait été une des dirigeantes du comité de grève des infirmières durant le grand mouvement revendicatif des années passées ! On l'avait à plusieurs reprises interviewée à la télévision lors des sit-in devant le ministère de la Santé, et Laurent avait ressenti une grande fierté de voir sa mère tenir tête à la hiérarchie et manifester pour la bonne cause. Dans ces conditions, comment réfréner ses élans de révolte devant la bêtise, le sadisme du prof de physique ? Françoise Delcourt vivait seule avec Laurent depuis la mort de son mari dans un accident de voiture, sept ans plus tôt. Le gamin avait vaillamment surmonté l'épreuve. Il avait refoulé son chagrin, s'était endurci, et si, aujourd'hui, il tenait à assumer des responsabilités qui lui conféraient un statut de protecteur, d'avocat, envers ses copains de classe, sa mère ne se sentait pas d'humeur à l'en dissuader, et en éprouvait au contraire une certaine satisfaction. Bon sang ne saurait mentir.

Ce matin-là, Françoise Delcourt avait en tête d'autres soucis que les démêlés de son fils avec le proviseur, le censeur, le conseiller d'éducation, les profs et les pions du lycée Hélène-Boucher. Prévenir Vauguenard. Le Patron du service. Avec un grand P, totalement superflu. Vauguenard était un type bien. Il se foutait des majuscules, des titres, du protocole, et dirigeait le service où Françoise était surveillante. Prévenir Vauguenard. Depuis plusieurs jours, elle y songeait. Un doute, une vague impression de malaise, voilà ce qu'elle avait ressenti, tout au début. Un sentiment diffus, ce qu'elle n'osait appeler une intuition. La sienne. Féminine, purement féminine. Et par conséquent suspecte. Les mères, n'est-ce pas, ça ne demande qu'à fabuler : elle entendait déjà Vilsner, le psy du service, retenir un petit gloussement discrètement sarcastique, tout en sous-entendus, blessant…

Dans le service du professeur Vauguenard, on ne recevait que des cas dits « lourds ». Sur les tableaux des salles d'attente où les parents venaient consulter, les spécialités des différents médecins étaient soigneusement codifiées à l'aide d'un jargon obtus, destiné à masquer la réalité, à l'enrober d'une prose onctueuse, apaisante par la simple magie de son opacité. Le maître mot était oncologie. Ne jamais dire tumeur, cancer, chimiothérapie : pour ce dernier terme, l'abréviation aurait suffi à déclencher une vague de panique. Chimio, deux syllabes maudites, à proscrire à tout prix.

– *Chimio*, évitez, on comprend assez vite. Surtout pour les *mioches*, vous me suivez, *mioches-chimio*, ça sonne trop bien, évitez, souvenez-vous, l'inconscient est structuré comme un langage, alors il y a des associations de sonorités malencontreuses, évitez, ça peut traumatiser les géniteurs, roucoulait Vilsner, très fier de son sinistre petit jeu de mots.

Vauguenard lui avait octroyé quelques matinées de vacations hebdomadaires durant lesquelles il recevait les familles, à la demande, ou les enfants, suivant un plan plus systématique. Une fois par semaine, le vendredi matin, il animait également une réunion destinée à armer le personnel soignant contre l'angoisse qui couvait dans le regard des parents. Françoise le détestait. Éviter Vilsner, prévenir Vauguenard. Elle pénétra dans la loge, enfonça son carton de présence dans la fente de la pointeuse, enfouit au fond de sa poche un tract CFDT qu'elle se promit de lire à tête reposée, et se dirigea vers les vestiaires du pavillon Laennec, où elle enfila sa blouse avant de prendre connaissance du cahier de liaison tenu par la garde de nuit. En tant que surveillante, elle avait en charge une vingtaine de petits patients. Elle pénétra dans les chambres, l'une après l'autre, distribua des bisous, des caresses, vérifia le plateau contenant les médicaments du matin, engueula Ernestine, une fille de salle qui n'avait pas nettoyé une flaque de jus d'orange étalée sur le sol de la 18, nota qu'à la 15 la courbe de température n'avait pas été correctement relevée, et commença à préparer le programme de la matinée. La fiche pour le scanner de la 9, le bon radio pour la 12, le bulletin de sortie de la 13, la préparation de salle d'op' pour la 6, l'ablation des fils pour la 2, la biopsie de contrôle de la 7, etc. Il fallait faire vite. À dix heures, il y avait réunion. Heureusement, Vilsner ne serait pas présent. Tous les jeudis matin, il animait un atelier de réflexion pour des personnels de la DDASS, en banlieue.

Françoise était hautement intéressée par l'ordre du jour. Un projet proposé par Vauguenard en personne : la visite régulière de clowns dans le service. De vrais artistes de cirque, un blanc et un auguste, avec tout leur attirail de godasses démesurées, de faux nez, de chapeaux à ressorts, de cravates à pouêt-pouêt, de langues de belles-mères, de pièges à souris planqués dans le fond des poches, etc. Le rire en tant qu'arme thérapeutique. Vauguenard était sérieux. Françoise pensait qu'il avait raison et le soutenait à fond, contre vents et marées : ça jasait ferme dans les couloirs. Nombreux étaient ceux qui tenaient la dernière lubie du patron pour un gadget déplacé.

— Les gosses ont besoin de rire, plaidait-il, c'est peut-être irrationnel, ça ne remplacera jamais les médicaments, mais c'est ainsi. Un môme qui ne rit pas, c'est un infirme. D'ailleurs, je ne sais pas si vous avez remarqué, mais plus on vieillit, moins on a de fous rires. Je me trompe ? Non ? Alors vous voyez. Avec tout ce qu'on leur fait subir, on leur doit au moins ça.

La décision était arrêtée. Restait à préparer la venue des artistes. À faire en sorte que leur intrusion dans les chambres des malades soit correctement balisée, annoncée, qu'ils ne tombent pas comme un cheveu sur la soupe dans cet univers aseptisé. Si on leur faisait la gueule à chaque coin de couloir, fatalement, leur numéro risquait fort de s'en ressentir. Françoise les avait déjà rencontrés, en costume de ville, morts de trouille, morts de trac, dans le bureau de Vauguenard. Deux types très jeunes, ex-étudiants d'HEC qui un beau matin s'étaient réveillés avec une gueule de bois terrible, existentielle. Un flot de lucidité leur avait inondé les neurones, les décidant à tout plaquer : les statistiques du second marché, les cours du yen et du mark, les dissertations toutes plus creuses les unes que les autres sur la culture d'entreprise, la stratégie du management, les fourberies du marketing… Deux braves gars imbibés d'altruisme jusqu'à la glotte, fourvoyés chez les croquants de la finance et qui brusquement avaient freiné des quatre fers pour prendre un virage décisif. Chapeau bas, avait songé Françoise en les écoutant narrer leur CV plus qu'atypique. École du cirque, stage chez Pinder, galas dans les ZUP, les ZEP, galère à la banque, et, au finish, ce numéro de Paillasse et Gugusse qu'ils tentaient de vendre dans les hôpitaux. Banco, avait tranché Vauguenard en chargeant Françoise d'arrondir les angles auprès des grincheux de l'Assistance publique.

Françoise consulta sa montre. Il était neuf heures dix. La routine expédiée, il lui restait cinquante minutes avant la fameuse réunion. Elle s'enferma dans son bureau et sortit le dossier de la chambre 10. Valérie Lequintrec. Huit ans. Admise dans le service douze jours auparavant après un véritable marathon provincial et des hospitalisations répétées à Lorient et à Rennes. Le rapport d'admission était signé de la main de Cantrot, l'adjoint de Vauguenard, par ailleurs farouche opposant à la venue des clowns dans le service. Françoise poursuivit la lecture du document qu'elle connaissait quasiment par cœur.

... l'enfant est transférée 48 heures au centre hospitalier de Rennes pour surveillance avant retour au domicile. Surgissent alors des accès d'hypoglycémie, à divers moments de la journée. Ces nouveaux signes motivent une réhospitalisation à Lorient. Après observation, on confirme qu'il existe des accès d'hypoglycémie anarchiques, aussi bien à jeun qu'une à deux heures après les repas. Le diagnostic d'hyperinsulinisme est suggéré. Dès l'arrivée dans notre service est mis en place un cathétérisme du système veineux péri-pancréatique. Apparaissent deux points d'hypersécrétion, évoquant une tumeur localisée de la queue et de l'isthme du pancréas. Une intervention chirurgicale est décidée. Laquelle sera effectuée par le Pr Lornac, et consistera en une pancréatectomie partielle de la queue et de l'isthme. Les suites opératoires sont simples. Les accès d'hypoglycémie disparaissent complètement.

Le rapport de Cantrot était nickel. À l'en croire, la gosse, charcutée dans les grandes largeurs, était guérie. Pourtant, depuis quatre jours, de nouveaux accès d'hypoglycémie étaient apparus. Françoise avait les résultats sous les yeux. Des dosages hors normes, plus de 4 800 micro-unités/ml. Incroyable. Incompréhensible après une pancréatectomie. L'enfant n'était pas guérie. Vraiment pas.

Les parents, désespérés, avaient pris une chambre d'hôtel dans le quartier de la Nation et venaient tous les après-midi voir leur fille. Une adorable gamine blonde, fragile, toujours souriante, encaissant avec un stoïcisme sans égal les tortures qu'on lui faisait subir. Françoise, à chacune de ses prises de service, visitait toujours sa chambre en premier, lui tapotait la joue, lui embrassait le front, après avoir ramassé les poupées qu'elle avait fait tomber. Valérie ne se plaignait jamais.

Les parents étaient eux aussi adorables. Un curieux couple. Elle, Marianne Quesnel, la trentaine maigrichonne mais jolie, aide-soignante dans une maison de retraite à une quarantaine de kilomètres de Lorient, au Faouët, un gros bourg perdu dans les profondeurs du Morbihan, et lui, Saïd Benhallam, plus jeune de sept ans, externe en cinquième année de médecine, à Vannes. Saïd n'était pas le père de Valérie, simplement le second mari de sa mère, mais il semblait très attaché à la gamine, née d'un premier mariage. D'origine algérienne, il avait acquis la nationalité française en épousant Marianne. La petite portait le nom de son père, Georges Lequintrec, lequel ne s'était pas manifesté.

Françoise, agacée, enfermée dans son bureau, ressassait les éléments du dossier de Valérie. Plus de 4 800 micro-unités/ml en post-opératoire, c'était vraiment du jamais vu. Elle décrocha son téléphone. Le jeudi matin, tous les patrons de service se réunissaient chez le directeur de l'hôpital pour discuter gros sous. Vauguenard lui avait déjà raconté ces séances de palabres dont il sortait harassé, au cours desquelles on ne cessait de s'empailler autour du budget. Une règle absolue : ne pas déranger ; sous aucun prétexte. En cas d'urgence, se démerder avec les internes. Françoise était résolue à rompre le tabou. On refoula son appel, dans un premier temps. La standardiste avait été sermonnée en ce sens. Hors de question de perturber le conclave. Françoise menaça de débouler sur place, au culot. Elle finit par apprendre que Vauguenard n'assistait pas à la sacro-sainte réunion. Il était alité avec la fièvre depuis la veille au soir. Un virus qui traînait un peu partout dans les services. Il fallait prévoir quelques jours d'absence. Elle appela ensuite la secrétaire de Cantrot, le boss adjoint, qui lui apprit que celui-ci venait de partir en vacances pour une semaine, un reliquat de congés auxquels il pouvait prétendre depuis trois mois au moins. En cas de nécessité absolue, on pouvait lui adresser un fax dans son hôtel des Canaries. Françoise renonça. Le service était aux mains des internes. Elle quitta son bureau, et se propulsa deux étages plus haut, en chirurgie, où officiait le Pr Lornac. Une femme d'une cinquantaine d'années, célébrée dans le milieu pour son talent. À peine arrivée en chirurgie, Françoise fut refoulée par un vigile et priée en des termes peu amènes de déguerpir au plus vite. Elle l'envoya paître d'un ton sans appel. Une grande confusion régnait dans le hall qui menait aux blocs ; des internes en grand nombre étaient réunis devant la salle de conférences. Françoise aperçut les membres d'une équipe télé qui enfilaient des blouses stériles et préparaient leur matériel. Une collègue surveillante lui révéla le pourquoi de cette agitation. Le Pr Lornac s'apprêtait à procéder à une opération plus que délicate, la séparation de deux sœurs siamoises âgées de trois ans… un acte inédit, hautement risqué. Une des deux sœurs pouvait bien y laisser sa peau. Françoise leva les yeux au ciel. Elle avait entendu parler de l'événement et même lu une interview des parents. Tous deux catholiques intégristes, qui avaient appris l'anomalie dès le début de la grossesse et avaient refusé l'avortement. L'opération allait être filmée pour France 2, et insérée dans un reportage sur la vie des deux enfants avant et après la séparation. Françoise soupira, agacée, mais nullement découragée. Retenir l'attention de Lornac dans de telles conditions risquait fort de relever de l'exploit. Elle fonça, écartant les journalistes, se faufilant entre les internes, et aboutit dans la salle de conférences où Lornac faisait face à un tableau sur lequel elle présentait le protocole opératoire, entourée de ses assistants. Elle acheva sa démonstration en évoquant le sort des siamois qui avaient dû vivre, jadis, soudés l'un à l'autre durant des décennies…

— Les plus célèbres sont sans conteste les frères Chang et Eng, qui faisaient partie des attractions du cirque Barnum, expliqua-t-elle. Ils se détestaient et se battaient fréquemment. Un jour, l'un d'eux faillit même étrangler l'autre mais s'arrêta à temps, en comprenant que le meurtre lui serait fatal… Ils moururent à soixante-trois ans, Chang le premier, veillé par force par son frère, qui sentit la mort l'envahir peu à peu, les toxines du cadavre de son jumeau envahissant son propre cerveau. Heureusement, la chirurgie permet aujourd'hui d'éviter de tels drames !

On l'applaudit avec chaleur et admiration. Françoise serra les dents et se dirigea droit sur elle. Le Pr Lornac la toisa avec surprise. Françoise se présenta.

— La petite Lequintrec, il y a quelque chose de très surprenant, annonça-t-elle enfin.

— Lequintrec ? Connais pas.

— Une pancréatectomie que vous avez pratiquée il y a huit jours, précisa Françoise.

— Oui, j'ai beaucoup travaillé depuis, eh bien ?

Françoise tendit les résultats des derniers examens.

— Plus de 4 800 micro-unités/ml ? Il s'agit d'une erreur, c'est tout à fait impossible, trancha Lornac en lorgnant vers un de ses assistants qui la pressait de venir rencontrer l'équipe de France 2.

— Il ne s'agit pas d'une erreur. J'ai vérifié.

— Désolée, je ne suis pas chargée des suites postopératoires. C'est une patiente de Vauguenard ? Alors voyez avec lui.

— Il est absent.

— Eh bien réglez le problème avec le chef de clinique, ou les internes ! lança Lornac, irritée par l'insistance de son interlocutrice.

— Je me permets de faire appel à vous, c'est très inquiétant et je...

Françoise laissa sa phrase en suspens. Le Pr Lornac l'avait abandonnée. Elle tourna les talons, rejoignit son service et tomba à bras raccourcis sur Vitold, l'interne de garde, à qui elle montra les documents.

— Ce sont des dosages ahurissants, convint-il. Il faut surveiller attentivement.

— Il faut peut-être faire plus que surveiller !

— Qu'est-ce que tu veux dire ?

— Je ne sais pas. Le médecin, c'est toi.

Vitold fronça les sourcils. Il promit de passer voir la petite, de relire le dossier, mais il était évident qu'en l'absence de Vauguenard il ne tenait pas à monter au créneau.

— À part ça, demanda-t-il, c'est sérieux cette histoire de réunion à propos des clowns ?

Françoise le planta au milieu du couloir. Mathurin l'attendait devant son bureau. Mathurin était brancardier et délégué CGT du pavillon.

— Dis donc, tu as encore engueulé Ernestine, tout à l'heure ! lança-t-il d'un ton grinçant. Tu t'acharnes sur elle, c'est pas possible… elle est venue me voir, elle chialait. Tu pourrais mettre un bémol, quand même.

Françoise sentit une froide colère monter en elle. Ce n'était pas la première fois qu'elle passait un savon à Ernestine, et non plus la première fois que Mathurin se croyait autorisé à contester son autorité.

— Écoute, je sais que son boulot n'est pas marrant, personnellement, je ne verrais aucune objection à ce qu'elle soit payée mille francs de plus, mais il y a une chose qu'elle devrait se fourrer dans le crâne, c'est qu'ici on bosse avec des mômes très lourdement atteints et qu'on doit leur donner tout le confort auquel ils ont droit. La propreté des locaux en fait partie.

— Je sais, mais comme par hasard, il n'y a qu'elle que tu engueules… nota perfidement Mathurin.

— Parce qu'il n'y a qu'elle qui fait des conneries ! Je n'ai pas envie de discuter, je te vois venir : dans cinq minutes, tu vas me dire que je suis raciste ! Ce n'est pas moi qui suis allée chercher Ernestine à Pointe-à-Pitre pour la faire vivre dans une barre HLM à Sarcelles. Je sais qu'elle ne s'adapte pas ici, qu'elle est malheureuse, mais qu'est-ce que tu veux que j'y fasse ?

— On en reparlera, conclut Mathurin avec un soupçon de menace dans la voix. Nous, les Antillais, on n'a pas à vous servir de souffre-douleur !

— Nous y voilà ! Je ne m'étais pas trompée !

Françoise pénétra dans son bureau et lui claqua la porte au nez. Elle se laissa tomber sur son fauteuil et rangea la feuille de relevés qu'elle avait montrée à l'interne dans le dossier de la petite Lequintrec. La veille, les parents de Valérie lui avaient apporté un grand bouquet de roses qu'elle n'avait pas encore eu le temps de placer dans un vase. Elle le fit. Ils avaient également offert une grande boîte de chocolats à Vauguenard. À la suite de l'opération, elle savait qu'ils avaient aussi fait porter des fleurs au Pr Lornac. Ils restaient de longues heures au chevet de leur fille, n'hésitant pas à rendre service aux autres parents, toujours prêts à prêter une carte téléphonique, un stylo, voire une peluche à un autre petit malade. Françoise avait sympathisé avec la mère qui sortait parfois de la chambre, effondrée, pour aller pleurer en silence dans le hall d'accueil.

Il était l'heure de se rendre à la réunion à propos des clowns. Alors qu'elle traversait le couloir, Françoise croisa Ernestine, poussant un chariot de linge vers l'ascenseur. Elle le prit en sa compagnie.

— Je n'ai pas voulu te brusquer, lui dit-elle, mais ça a été plus fort que moi, les chambres doivent être propres même si les gosses font des cochonneries.

Ernestine contempla obstinément le bout de ses chaussures tandis que l'ascenseur s'ébranlait.

— Je l'avais pas vue, la tache de jus d'orange, à la 18 ! finit-elle par articuler.

Le mensonge était grossier, mais c'était peut-être une amorce de repentir, une proposition d'armistice. Françoise faillit lui rappeler que la veille, elle n'avait pas vu, pas senti, pas vidé le bassin de la 15, mais s'abstint.

— C'est vrai, c'est quand même beaucoup de travail, vous me félicitez jamais, reprit Ernestine. Tenez, la petite du 10, elle arrête pas de détraquer sa perf', ça coule partout, je nettoie, je change les draps, l'oreiller, c'est du boulot en plus, mais ça, vous le voyez pas !

Les portes de l'ascenseur s'ouvrirent à l'étage inférieur. Stupéfaite, Françoise appuya sur le bouton qui permettait de le bloquer.

— Qu'est-ce que c'est que cette histoire de perf' qui fuit ?

— C'est comme ça tous les soirs depuis quatre jours.

Ernestine poussa son chariot au-dehors. Françoise libéra le bouton et remonta d'un étage. Elle se dirigea vers la chambre de Valérie, contempla le visage de la gamine qui somnolait, s'approcha sans bruit et examina la perfusion. Elle était intacte. Ernestine aurait pu inventer n'importe quelle salade pour se faire pardonner ses bourdes, mais pas un incident de cet ordre. Françoise appela Joelle, l'infirmière de jour qui s'occupait des chambres de numéro pair.

— Dis-moi, demanda-t-elle, c'est vrai, cette histoire de perf' qui fuit, à la 10 ?

— Oui, rassure-toi, je la change, la gosse doit tirer dessus, je sais pas... confirma sa collègue.

Françoise resta perplexe. Si Valérie tirait sur le tube, il aurait pu rompre, se déboîter carrément du cathéter, mais fuir ? Elle s'apprêtait à redescendre à l'étage inférieur mais s'arrêta une nouvelle fois. Outre les accès d'hypoglycémie avec ces dosages aberrants, il y avait un détail qui l'avait intriguée dans le dossier Lequintrec. Lors de son admission, les parents n'avaient pas présenté le carnet de santé de Valérie. Depuis son transfert de Bretagne, aucun médecin ne le leur avait demandé, mais d'ordinaire les parents le faisaient spontanément. Françoise décrocha le téléphone et appela l'hôtel où ils s'étaient installés. Elle demanda que, lors de leur visite de l'après-midi, ils apportent le carnet. La mère parut étonnée, mais acquiesça.

— Et maintenant, au tour des clowns ! soupira Françoise en reposant le combiné.

3

Sitôt Rovère parti, Dimeglio resta dans les parages de la maison et arpenta nerveusement le terrain vague. Il se sentait en grande forme. La colère qu'il avait ressentie en découvrant les cadavres, à présent décantée, lui donnait des ailes. Deux des inspecteurs qu'il avait sous ses ordres partirent chercher le surveillant du chantier voisin. Un dénommé Alvarez. Chevelu et râblé. L'air discrètement abruti. Qui arriva en tenue de travail, bottes de caoutchouc, combinaison verte et casque jaune. Dimeglio lui fit présenter ses papiers, les examina, le prit par le bras et lui montra la maison dans laquelle on avait trouvé les corps.

— Ça fait combien de temps qu'il tourne, votre chantier ?

— Trois mois, mais attention, moi je m'occupe que de l'immeuble qu'on construit, là-derrière !

Dimeglio avisa un bâtiment de quatre étages dont on avait terminé le gros-œuvre. Quelques tiges de métal saillaient encore du béton brut, mais dans l'ensemble la bâtisse était prête pour les finitions.

— C'est pas la même boîte qui démolit les vieilleries, là ? poursuivit l'inspecteur, en désignant les grues à boule qui avaient réduit quasiment à néant tout le pâté de maisons avoisinant.

— Si, si, confirma Alvarez, c'est la SEFACO, mais moi je suis responsable que de ce chantier-là !

— OK, admit Dimeglio, conciliant, mais dites-moi, Alvarez, tout à fait entre nous, pour exercer votre art, vous devez bien posséder quelques notions de géométrie, hein ? Oui ? À la bonne heure ! Alors vous êtes à même d'apprécier les distances. La maison qui se trouve devant vous, la seule encore debout, celle qui vous bouche présentement la vue, ne regardez pas ailleurs, Alvarez ou je vais me fâcher, cette maison, elle est à quelle distance de votre chantier ? Au pif, je vais pas chipoter sur les centimètres…

— Quinze mètres, à tout casser ? Non ?

— C'est vous le spécialiste, quinze si vous le dites. Je suis plutôt bon gars, je vous fais confiance. Reculez jusqu'à votre immeuble, Alvarez, et moi, je vais aller me placer juste à l'entrée de la maison. Exécution !

Ahuri, Alvarez obéit. Dimeglio s'éloigna lui aussi et, à peine parvenu sur le seuil du pavillon, poussa un hurlement tonitruant. Après quoi il fit demi-tour.

— Vous m'avez bien entendu gueuler, Alvarez ? demanda-t-il une fois qu'il eut rejoint le témoin.

— Oui, oui, vous avez vraiment crié fort.

— Dans ce cas, Alvarez, j'aimerais beaucoup savoir si par hasard, ces derniers jours, vous n'auriez pas entendu des cris en provenance de cette maison ? Les cris que poussaient sans doute quatre... quatre personnes enfermées là et qu'on a assassinées cette nuit !

Le visage du surveillant de travaux s'illumina d'un sourire béat. Alvarez ôta son casque jaune, rejeta son abondante chevelure en arrière et extirpa de ses oreilles deux prothèses auditives.

— J'ai été blessé aux tympans dans une explosion de dynamite, sur un chantier de montagne, on ouvrait une route, il y a cinq ans. Depuis j'entends plus que dalle ! expliqua-t-il benoîtement. Je mets mes appareils juste pour discuter avec mes gars, mais pendant le boulot, je les enlève, avec le boucan qu'il y a autour, de toute façon, ils serviraient à rien. Et puis les piles, mine de rien, ça s'use vite et ça coûte cher !

Il remit ses prothèses en place. Dimeglio le fixait d'un œil rond, la bouche entrouverte.

— Ça démarre mal, bougonna-t-il, j'étais sûr de mon coup et je viens de me faire mettre en beauté !

— Pardon ? demanda Alvarez en recoiffant son casque.

— Rien, rien... Reprenons, vous, vous êtes sourd comme un pot, mais vos employés, vos carreleurs, vos plâtriers, ils ne le sont pas, hein ? C'est que ça ferait une drôle de coïncidence, vingt sourdingues réunis en soviet !

— Soviet ? répéta Alvarez, troublé.

Dimeglio se dirigea vers l'Algeco dans lequel il avait demandé qu'on fasse patienter le personnel du chantier.

— Houlà, s'écria-t-il en y pénétrant, à propos de soviet, c'est carrément l'Internationale, ici !

Une petite douzaine de pauvres bougres apeurés se morfondaient autour d'un Nescafé. Des Africains, des Maghrébins, des Tamouls, deux Asiatiques.... Il s'adressa à un grand gaillard à la peau noire comme le jais.

— Vous, vous avez vos papiers ?

— Il les a perdus hier, répondit un jeune type au teint un peu moins foncé.

— Il peut répondre tout seul, non ? rétorqua sèchement Dimeglio.

— Il parle pas français, y en a aucun, ici, qui parle bien... faut vous faire un dessin ? Les papiers, vous savez... plaida celui qui faisait office d'interprète.

— Alvarez, soupira Dimeglio, il va falloir que vous vous expliquiez.

— Je m'occupe que du chantier, pas du recrutement du personnel ! Je fais avec ce qu'on me donne.

Salaud, bougre de salaud, songea Dimeglio, tu fais trimer cette pauvraille et tu leur files leur salaire en liquide, à la tête du client, après t'être sucré, et si je m'amuse à tenter de remonter la filière, j'en ai pour un mois, avec l'avocat de la SEFACO qui va me les briser menu, me faire traîner la procédure, tout ça pour rien. Et tu le sais, Alvarez, tu le sais, tu sais que je suis là pour tout autre chose, que je m'en tape, de tes sales petites combines, alors tu t'en fous.

Il lui expédia une grande claque dans le dos en éclatant d'un rire aigre. Une claque qui projeta l'intéressé contre la paroi de l'Algeco.

— Vous êtes sourd, Alvarez, et eux ils ne peuvent pas parler ! La boucle est bouclée.

Dimeglio, attristé, contempla l'un après l'autre les « employés » réunis autour de leurs tasses de café clair, de leurs maigres sandwichs. Puis il quitta brusquement la baraque, les poings crispés.

— Alvarez, vous me suivez !

Il fit quelques pas dans la boue du terrain vague. Se ravisa, ouvrit à la volée la porte de l'Algeco, se planta en plein milieu et s'adressa à « l'interprète » en frappant du poing sur la table.

— Expliquez-leur que je m'appelle Dimeglio, que c'est pas un nom français, que j'ai bossé sur les chantiers, moi aussi, avec mon vieux ! Un sale Rital dont tout le monde se foutait ! Son accent de merde, ses bondieuseries, son haleine qui puait l'ail ! Avec mes frangins et mes frangines, on vivait à huit dans un trois pièces, à Longwy, et on avait honte ! Vous allez pouvoir traduire ?

Le type acquiesça, interloqué.

— C'est bien, c'est bien, je compte sur vous, conclut Dimeglio, très calmement, avant de sortir retrouver Alvarez.

Il l'accompagna jusqu'à une des voitures de la Brigade, le fit asseoir à l'arrière et ordonna à l'un de ses inspecteurs de le conduire au Quai.

— Vous m'entendez, Alvarez ? demanda-t-il en se penchant à la vitre avant que la voiture ne démarre. Alors écoutez bien. J'ai un boulot à accomplir et pour le moment vous êtes mon seul témoin présentable. S'il s'est passé quelque chose dans cette maison, quelque chose que vous ayez aperçu, ne serait-ce que par hasard, il va falloir me le dire, sourdingue ou pas sourdingue, parce que de toute façon, vous n'êtes pas aveugle ! Si vous n'avez rien entendu, vous avez peut-être vu ! Je vous retrouverai tout à l'heure. Il n'y a vraiment rien qui puisse m'aider ?

Alvarez commençait à comprendre que cette brute épaisse était bien capable de l'emmerder jusqu'à plus soif. Il voulut se montrer conciliant.

— En arrivant ce matin, on m'a demandé de rassembler les gars dans l'Algeco. Mais moi j'ai eu le temps de faire un petit tour dans l'immeuble. Au deuxième étage, il y a une pièce, avec une porte cadenassée et des coffres en ferraille, c'est là qu'on range le matériel, les perceuses, les ponceuses, tout l'outillage électrique. On nous a tout piqué. C'est cette nuit que ça s'est passé, c'est sûr. Mais ça a sans doute pas de rapport ?

La voiture s'éloigna. Dimeglio se gratta la tête. Un petit casseur était passé durant la nuit. OK. Mais à quelle heure ? Avant le passage des lanceurs de cocktails Molotov ? Sans doute. Ou au même moment... Les « prétoriens » — ainsi Dimeglio surnommait-il les flics en tenue — étaient arrivés sur les lieux alors que les flammes mouraient à peine. Peut-être s'étaient-ils croisés ? En tout cas, si on mettait la main sur lui, il pourrait peut-être apporter des éléments.

— Les types dans l'Algeco, qu'est-ce qu'on en fait ? demanda l'inspecteur qui secondait Dimeglio.

— Tu les largues dans la nature, aujourd'hui, c'est congé, si on a besoin d'eux, on demandera leurs coordonnées à l'employeur !

Dimeglio, resté seul au beau milieu du terrain vague, se gratta pensivement la bedaine et libéra un pet qui lui fouaillait l'intestin depuis bientôt une heure. En arrivant sur les lieux, après le coup de fil du Central, il avait croisé à moins de cent cinquante mètres de là, sur le boulevard de la Chapelle, une petite épicerie asiatique, une échoppe minable, où se ravitaillaient sans doute les ouvriers du chantier. Au fond de sa poche se trouvait, protégée par un sachet de cellophane, une note de soixante francs quarante que les gens du labo avaient extraite du carton de nourriture retrouvé dans la maison, à côté des cadavres. Dimeglio avait déjà vérifié, la note provenait bien de l'épicerie. Il s'y rendit à pied.

La boutique était poussiéreuse à souhait, étriquée. Dimeglio ne put retenir un petit sourire en apercevant, perchée sur un pan de mur, couverte de toiles d'araignée, de chiures de mouche, une vieille publicité pour l'apéritif Dubonnet. Il se souvint de son arrivée à Paris, le jour de ses dix-neuf ans, de sa première balade dans le métro, des tunnels obscurs où s'égrenaient de curieux messages en lettres géantes, Dubo, Dubon... En provincial attardé, tout juste débarqué de sa Lorraine natale, il n'en avait tout d'abord pas déchiffré le sens. La boutique était tenue par une Vietnamienne hors d'âge, édentée, qui ne comprenait qu'à demi le français et le parlait encore plus mal. Elle était occupée à éplucher des gousses de gingembre à l'aide d'un coutelas de dimensions impressionnantes. Dimeglio lui montra sa carte barrée de tricolore, déclenchant par là même un accès de panique irrépressible : en représailles, la vieille femme exhiba une carte d'identité flambant neuve ainsi que la patente de l'épicerie, et poussa des cris stridents.

— On se calme, on se calme... supplia Dimeglio, en vain.

Les cris attirèrent une jeune fille absolument ravissante, asiatique elle aussi, qui surgit soudain de l'arrière-boutique en peignoir, pieds nus, la tête enveloppée d'une serviette de bain. Le peignoir béait et Dimeglio aperçut un sein menu, l'espace d'un instant. Il ne tarda pas à apprendre que la nouvelle venue était la petite-fille de l'épicière, Mme Truong, et par ailleurs étudiante en deuxième année de droit... Il lui sourit, ragaillardi par sa présence. Après son altercation avec Alvarez à propos des clandestins, il se sentait prêt, devant cette apparition providentielle, à composer une ode célébrant les vertus de l'intégration.

— Expliquez à votre grand-mère que je voudrais bien savoir si elle se souvient d'une personne qui est venue hier acheter des paquets de chips, trois bouteilles d'Évian, et des tranches de jambon sous plastique... Cette personne a emporté ses achats dans un carton. Tenez, voilà le ticket de caisse, faites-y très attention.

La jeune fille se saisit du cellophane et traduisit. La vieille femme hocha vigoureusement la tête en parlant à toute vitesse.

— Elle dit que c'était un homme, d'une trentaine d'années, avec une moustache, expliqua la jeune fille, et accompagné d'une fillette de dix ou douze ans. Ils sont passés hier soir vers vingt heures.

— Attendez, pas de précipitation ! Des gens qui viennent acheter des chips et du jambon, Mme Truong doit en voir passer beaucoup, non ? Insistez pour qu'elle m'explique pourquoi elle n'hésite pas à répondre aussi catégoriquement !

Il y eut un conciliabule entre les deux femmes. La grand-mère se dandina curieusement, esquissant ce qui ressemblait à un vague pas de danse, en roulant des yeux. Dimeglio patienta.

— C'est à cause de la gamine, elle avait une attitude bizarre, reprit la jeune fille. Ma grand-mère dit qu'elle se tenait derrière l'homme, qu'elle semblait très nerveuse. Elle lui agrippait le bas de sa veste, et elle-même était très sale, ses mains, son visage ; et elle était vêtue très misérablement. Tandis que l'homme faisait son choix dans les rayons, elle le suivait partout, sans lâcher sa veste. À un moment, l'homme, agacé, a levé la main, et la petite s'est protégé la tête, de ses bras. Ma grand-mère pense qu'il devait la frapper souvent.

— Ce que vous me dites est très précieux ! Votre grand-mère pourrait-elle décrire cet homme avec plus de détails ? Se souvient-elle de son visage ?

La réponse fut positive. De plus, à l'en croire, le type ne parlait pas français. Ou très mal.

— Ma grand-mère ne peut pas donner une idée de la langue parlée, ou de l'accent qu'avait cet homme. Pour elle, c'est difficile. Mais elle est certaine qu'il ne s'agissait pas d'un Français.

— Il faut que vous m'accompagniez toutes les deux à la Brigade criminelle pour enregistrer ce témoignage, expliqua Dimeglio. Là-bas, nous essaierons de dresser un portrait-robot. Je pourrais demander un interprète, mais ça me ferait perdre du temps. Vous êtes d'accord pour venir avec votre grand-mère ?

*

Chargé de recueillir des éléments sur le propriétaire de la maison, Dansel avait contacté le siège de la SEFACO, la société qui avait acquis les immeubles avoisinants pour les détruire afin d'ériger à la place une résidence de quatre bâtiments, une cinquantaine d'appartements de grand standing au total. Le terrain vague, un ancien potager, et le pavillon avaient eux aussi été rachetés et l'on devait y aménager, une fois le chantier achevé, un jardin privatif avec des jeux pour les enfants. La maison n'en avait plus que pour quelques semaines avant de voir ses murs céder sous le choc des grues à boule. Elle avait appartenu à un certain Verqueuil, André. L'acte de vente remontait à onze mois. L'adresse que l'on donna à Dansel était l'hôpital Dupuytren, à Draveil. Dansel s'y rendit.

Descendu de sa voiture après trois quarts d'heure de route, il embrassa du regard le bâtiment d'apparence très banale et frissonna longuement ; Dansel, volontiers hypocondriaque, détestait les hôpitaux. Il se présenta à la loge, montra sa carte, demanda qu'on le conduise auprès de Verqueuil. Le liséré tricolore et l'évocation de la Brigade criminelle fit si grande impression que le directeur en personne l'accompagna. En chemin ils croisèrent quantité de petits vieux en pyjamas qui se traînaient le long des couloirs. Certains étaient recroquevillés au fond de fauteuils roulants.

— Nous ne recevons que des patients du troisième âge, expliqua gravement le directeur.

Dansel s'étonna de voir plusieurs « patients » porter une pancarte de carton avec un numéro autour du cou.

— Ils se perdent facilement et oublient le numéro de leur chambre. Je sais qu'il s'agit là d'un procédé qui peut paraître choquant, mais quand il faut rassembler tout ce petit monde, ça permet de gagner du temps.

— Alzheimer ? demanda Dansel.

Le directeur, affligé, confirma d'un battement de paupières. Ils empruntèrent un ascenseur au plancher souillé par une large flaque douteuse, malodorante. Les joues du directeur s'empourprèrent et il bredouilla quelques mots d'excuse. La chambre de Verqueuil se trouvait au second étage. Dansel y découvrit un vieillard amorphe, desséché, au regard vide, au visage parcheminé, tassé au fond de son lit. La surveillante d'étage accourut, tout essoufflée.

— Ça ne sert peut-être pas à grand-chose que je le questionne ? chuchota Dansel.

— Il ne parle plus depuis un an, depuis qu'il est arrivé ici, en fait. Il était encore assez valide, vadrouillait dans les couloirs, comme ceux que vous avez dû croiser, mais il ne se lève plus depuis le mois dernier, expliqua la surveillante. Il ne se souvient de rien. Ni de sa vie antérieure, à vingt ans de distance, ni de ce qui vient de se produire il y a dix minutes....

— C'était un grand journaliste, précisa le directeur. Avant guerre, il a écrit quantité d'articles, de reportages, dans la presse... heu... communiste.

Il avait prononcé ce dernier mot avec une sorte de gêne, comme s'il s'agissait là d'une obscénité. Dansel, furieux d'avoir ainsi perdu son temps, s'apprêtait à faire demi-tour quand il aperçut, sur la table de chevet, un livre à la couverture jaunie. *Le Rêve brisé*. André Verqueuil en était l'auteur. L'ouvrage datait de 48. Dansel le feuilleta. Il s'agissait du récit d'une rupture, d'une autobiographie politique qui s'achevait dans l'amertume, le dépit. Dansel reposa le livre à sa place et s'adressa à la surveillante.

— Il a de la famille ?

— Un fils, oui. Guy. Qui ne vient jamais le voir.

— Le médecin responsable a signé le certificat lui permettant d'obtenir la curatelle afin de disposer des biens de son père. Enfin, tout du moins à entamer les démarches dans ce but, ajouta le directeur.

Dansel sortit de la chambre après avoir adressé un bref salut de la tête à l'homme — ou plutôt son fantôme — qui achevait sa vie entre les quatre murs de cette chambre. Il quitta le mouroir avec les coordonnées de Guy Verqueuil. Rue de la Grange-aux-Belles, à Paris...

4

Après sa pénible visite sur le chantier de la Chapelle, Maryse Horvel ne rejoignit pas tout de suite le palais de justice. Elle en prit la direction mais fit un crochet par le quartier de la Bastille où elle pénétra dans un restaurant tex-mex, El Rancho, situé au tout début de la rue de la Roquette. Il était encore bien trop tôt pour que les consommateurs y affluent, comme ils le faisaient tous les midis.

Elle se faufila parmi les caisses de Corona, les caissons de crèmes glacées Häagen Dazs, les cageots de poivrons qu'un livreur déchargeait, pour gagner la cuisine où officiait le maître des lieux, Butch, occupé à surveiller la préparation du chili, des tacos et des enchiladas inscrits au menu. Butch mesurait un mètre quatre-vingts. Mâchoire en galoche, nez camus, cheveux demi-ras, ce n'était pourtant pas son visage qui captait de prime abord le regard des demoiselles... les milliers d'heures passées dans les salles de body-building n'avaient en effet pas été gaspillées en vain.

Maryse lui sourit, ignora le soupçon de reproche qui pointait dans son regard, empoigna sa cravate et l'attira contre elle. Butch la laissa faire et consentit même à desserrer les lèvres quand elle l'embrassa en se dressant sur la pointe des pieds.

— J'ai envie tout de suite, murmura-t-elle à son oreille.

Pour mieux souligner l'urgence d'une réponse appropriée, elle se plaqua encore plus fort contre lui. Il leva les yeux au ciel, puis lorgna en coin vers ses cuistots qui commençaient à glousser, habitués aux visites intempestives de la jeune femme.

— Viens dans ton bureau, vite ! ordonna Maryse, dans un souffle.

Il la suivit dans une petite pièce attenante à la salle de restaurant, encombrée de piles de paperasses et de tout un attirail de musculation, haltères, appareils de traction, sangles et poids à l'usage incertain. Sans perdre plus de temps, elle envoya ses mocassins valdinguer à travers la pièce et tortilla des reins pour ôter son jean.

Quelques minutes plus tard, quand, allongée à même la moquette, elle sentit le plaisir monter en elle, elle n'était toujours pas parvenue à oublier le regard fou du petit garçon mort qu'elle avait vu une heure plus tôt, ni le tableau abject qu'offraient ses jambes, ses cuisses calcinées. Elle en ressentit un certain dépit. Butch se rajusta sans un mot, désigna d'un coup de menton éloquent la direction de la cuisine, et quitta la pièce. Une bouteille de mezcal traînait sur le bureau, à côté d'un verre douteux. Maryse s'en servit une large rasade, l'avala cul sec, grimaça quand l'alcool lui brûla l'estomac, puis partit à la recherche de son jean et de ses chaussures.

*

Il était plus de onze heures et demie quand elle pénétra dans le grand hall de la huitième section du Parquet, au palais de justice. Le spectacle y était immuable, jour après jour. Des pauvres types — coffrés la veille ou l'avant-veille par les services de police, embarqués au commissariat le plus proche du lieu où le délit avait été commis, puis enfermés au dépôt du palais dans une cellule insalubre, traînés dans le dédale des souterrains de la Souricière, les poignets menottés et rattachés à une longe tenue par un gendarme — se retrouvaient là, dans la lumière blafarde déversée par des néons anémiques. Assis sur des bancs de bois, humbles, recueillis, comme des pèlerins en visite dans une cathédrale. Mais ici, pas de vitraux devant lesquels s'émerveiller, de reliquaires à contempler, de Vierges de marbre attendant l'offrande d'un cierge. Rien qu'un ennui sans fin, une charge pesant sur les épaules au point de faire plier les plus robustes, avec au creux du ventre l'angoisse devant le jugement à venir. Reclus dans de petits bureaux, les substituts du procureur faisaient appeler les clients un par un. Un dossier contenant le rapport de police — deux ou trois feuillets dactylographiés — servait de partition à cette liturgie sinistre, sans grandeur aucune. Voleurs à la tire, camés, dealers, alcooliques irascibles, maris violents, ils se présentaient un à un devant les magistrats du Parquet. Lesquels, suivant la gravité des faits, décidaient de classer sans suite, de différer le jugement ou, au contraire, de diriger le prévenu devant la vingt-troisième chambre correctionnelle, dite de comparution immédiate. Laquelle siégeait l'après-midi même et distribuait des peines de prison ferme à tour de bras. Maryse ne savait plus ce qu'elle préférait. Le ronron ordinaire, monotone, de ces matinées où défilaient devant elle quelques-uns de ces spécimens de délinquants minables, ou au contraire les permanences aléatoires — tantôt paisibles, tantôt échevelées — lors desquelles elle n'avait qu'à attendre qu'on lui présente un cadavre. Voire plusieurs d'affilée.

Elle croisa un grand gaillard au visage carré, barré par une épaisse moustache, qui sortait d'un des bureaux où officiaient les substituts. André Montagnac, un de ses collègues de la huitième. Il comprit aussitôt qu'elle ne tournait pas très rond. En quelques formules sèches, d'une voix dégagée de tout affect, elle lui dressa un rapide compte rendu de son incursion matinale dans le secteur de la Chapelle. Montagnac hocha longuement la tête. Apitoyé. Il ne demandait qu'à protéger Maryse des turpitudes engendrées par le train-train professionnel. À maintes reprises, il avait tenté de l'encourager à quitter la huitième section pour rejoindre un poste moins stressant.

— Moi, ce matin, j'ai eu un cas rigolo, expliqua-t-il. Un type arrive à Lariboisière, aux urgences, à deux heures du mat', avec une blessure à coups de couteau à l'aine. Il explique aux toubibs qu'il s'est planté tout seul en essayant de découper un poulet mal décongelé. C'est du flanc, mais ils s'en foutent, ils recousent. Bon, tu suis ? Au même moment, une nana arrive au commissariat du treizième, à deux pas de là où le type habite, et explique qu'elle vient de tenter d'émasculer son mec après une dispute. Les flics la défèrent, je l'entends, elle s'obstine dans ses déclarations. Là-dessus le type, à peine sorti de l'hosto, alerte son avocat, déboule ici avec lui et me raconte que tout ça c'est des conneries, sa nana est dépressive, elle s'accuse de n'importe quoi !

— Qu'est-ce que tu as fait ?

— J'ai aussitôt libéré la fille, et je les ai retrouvés tous les deux au troquet d'en face dix minutes plus tard. Elle a chialé, il a chialé, ils se sont roulé un patin devant moi, et basta. C'est pas tous les jours qu'on arrive à recoudre les couples en détresse, hein ? Si ça se trouve, j'ai sauvé un grand amour. Je me suis toujours vu en Cupidon. Tu sais, le bébé aux fesses bien rebondies qui vise les cœurs !

Montagnac se déhancha avec une grâce insoupçonnée et décocha une flèche imaginaire en direction d'un gendarme qui se renfrogna, croyant qu'on se foutait de lui. Maryse ne put s'empêcher d'éclater de rire.

— Si je te fais marrer, c'est déjà ça.

La jeune femme s'éloigna à grands pas vers le bureau des permanences. Montagnac se retrouva seul face au gendarme qu'il avait visé quelques instants plus tôt, et qui continuait à le fixer avec des yeux haineux. Il vit la silhouette de Maryse se fondre dans la petite foule des avocats commis d'office qui, une fois leur besogne achevée, s'éloignaient eux aussi dans un froufrou de robes noires.

Il y a un détail que tu as oublié de me raconter, songea-t-il. C'est que tu t'es fait mettre par ce rustaud de Butch pour oublier toute cette dégueulasserie ! Il te baise tant qu'il veut et moi, j'en crève d'envie.

Montagnac bomba le torse, s'étira puissamment, avala une grande goulée d'air vicié par les effluves de tabac froid, de pieds sales, de désinfectant.

— Je vais quand même pas me convertir au culturisme, faire de la gonflette, ça serait trop con, vous trouvez pas ? demanda-t-il au gendarme qui s'obstinait à le toiser avec méfiance.

— Hein ? grogna l'intéressé, une discrète lueur d'effroi dans le regard.

— Le culturisme, c'est réservé aux demeurés, vous êtes bien de mon avis ? Affirmatif ?

— Affirmatif ! confirma le gendarme, soucieux de ne pas décevoir.

— Vous êtes d'accord avec moi... ça me rassure. Merci !

5

Choukroun pénétra seul dans les locaux de l'Institut médico-légal. Rovère l'avait abandonné sur le perron, après avoir réalisé que son paquet de Gitanes était vide.

— Je fais un saut au tabac du coin et je te rejoins, allez, Choukroun, haut les cœurs !

Choukroun savait ce que cela signifiait. Rovère allait prendre tout le temps de siroter un café au comptoir en lisant le journal du matin, tandis que lui-même se coltinerait Pluvinage. Abattu, résigné, Choukroun emprunta l'escalier carrelé qui menait au premier étage et croisa aussitôt Istvan, un des garçons morguistes. Il était occupé à pousser un chariot recouvert d'une housse de plastique gris.

— Choukroun ? Quel mauvais vent t'amène ? s'écria celui-ci. Surtout ce matin ?

— Pardon ?

— Hier, c'était bien Pessah, ou je me trompe ? *Ma nichtana ha layla hazot*, chantonna Istvan dans un hébreu hésitant. *Chag sameach'!*

— *Chag sameach'!* C'est ça, « bonne fête », foutez-vous de ma gueule, ça mange pas de pain... Mais au fait, comment vous connaissez tout ça, vous ?

Il dévisageait interloqué cet homme aux cheveux d'argent, grand, élancé, aux mains très fines, qui flottait dans sa longue blouse d'un blanc douteux.

— Quand j'étais gosse, chez moi, à Budapest, expliqua tristement Istvan, j'habitais à la lisière du quartier juif. Les nuits de fête — Yom Kippour, Hanouka, Pourim — j'entendais les rabbis chanter. Je n'ai pas oublié. Je les ai tous vus partir en 44...

Dimeglio avait déjà briefé Choukroun à propos du passé d'Istvan Szabo. Jeune étudiant en médecine en 56, lors de l'insurrection hongroise, il avait fui avec son père durant la répression qui s'était abattue sur le pays. Arrivé à Paris, complètement perdu, il avait accepté un poste de garçon morguiste à la Râpée. Qu'il n'avait jamais quittée. Quarante ans plus tard, au seuil de la retraite, il ne demandait rien d'autre que d'évoquer ses souvenirs auprès de qui voulait bien les écouter.

Choukroun baissa les yeux sur le chariot que convoyait Istvan. Le renflement de la housse indiquait qu'elle recouvrait un corps de dimensions modestes.

— Un des petits de la Chapelle, précisa Istvan, c'est pour ça que tu es venu ?

— C'est pour ça, c'est bien pour ça, confirma la voix de Rovère.

Choukroun se retourna, étonné. Rovère lui tendit un paquet de cigarillos. Lui-même en avait un coincé dans la commissure des lèvres, allumé.

— Ils sont pas casher, mais je te conseille d'en griller un avant d'entrer ! s'écria-t-il en désignant la salle d'autopsie. Tu croyais que j'allais sécher la séance, hein ? Ne dis pas le contraire, hypocrite ! Allez, en avant ! Alors, ça roule comme tu veux, Istvan ?

— On fait aller, répondit sobrement l'intéressé.

Rovère poussa une lourde porte à battants qu'il maintint ouverte tandis qu'Istvan y glissait son chariot. Il salua Pluvinage. Celui-ci marchait de long en large, impatient, devant les tables de marbre qui jalonnaient son curieux domaine. Tirant sur son cigarillo comme un baba-cool sur son pétard, Choukroun suivit. Un photographe de l'Identité judiciaire attendait dans un coin de la pièce, tout son matériel fourbi.

— Il y a quelque chose d'assez intéressant pour vous, du moins je crois, annonça le légiste. Regardez !

Il pointait son doigt ganté de caoutchouc sur le petit corps carbonisé retrouvé assis en tailleur sur le carrelage du pavillon. Istvan, sitôt le sinistre colis livré, en avait pris grand soin. Il l'avait déposé sur une des tables d'autopsie en prenant garde à ne pas le rudoyer tant il semblait près de rompre, de se disloquer.

— Approchez, approchez, ordonna Pluvinage, si vous restez à distance, vous n'y verrez rien !

Il saisit un couteau à la lame effilée et la dirigea vers ce qui restait des lèvres de l'enfant. Une mince boursouflure dans un conglomérat de chairs dévorées par les flammes, quasiment réduites à l'état de cendres, qui menaçaient de tomber en poussière au moindre geste malencontreux. Le photographe arma son flash et prit un premier cliché.

— Vous ne voyez pas ? insista Pluvinage.

Rovère et Choukroun écarquillèrent les yeux, en retenant leur souffle, la gorge bloquée. Une puanteur de chair grillée leur fouettait les narines. La pointe du bistouri que manipulait Pluvinage s'insinua prudemment dans le modelé de résidus noirâtres et en dégagea un long filament poisseux. Nouveau flash. Un lambeau nettement plus substantiel suivit, effiloché, se détachant de son support millimètre par millimètre, au fur et à mesure de la poussée imprimée par le scalpel.

— Vous voyez la trame ? Il n'en reste quasiment plus rien, mais on la distingue encore assez bien ! La chance est avec nous !

Sa main droite avait abandonné le scalpel pour une pince aux bords effilés à l'aide de laquelle il se saisit de sa découverte. Il la déposa sur une lame de verre et fit quelques pas pour la placer sous une lampe inclinable de forte puissance.

— Du sparadrap ? s'étonna Rovère, il avait du sparadrap sur la bouche ?

— Ça y ressemble fortement, et ce n'est pas tout ! Regardez !

Pluvinage revint vers le cadavre. Ainsi que Dimeglio, Dansel et Rovère l'avaient constaté, l'enfant avait brûlé avec les bras serrés, croisés, le long du torse, comme immobile, alors que la logique d'une telle situation suggérait qu'il se fût violemment agité, à l'instar de ses petits compagnons. Le scalpel de Pluvinage s'insinua dans la mousse rigide, grumeleuse, que formait le plastique fondu de l'anorak ; elle s'était amassée au niveau des poignets et dans le bas du dos. Pluvinage, de la pointe de son instrument, dégagea un filin qui enserrait le poignet droit, courait au ras des reins pour faire le tour du torse et joindre le poignet gauche, avant de repartir en sens inverse. Troisième flash. Il en suivit lentement le trajet, tranchant au passage dans la peau et les tissus calcinés. Des déchets tombèrent en pluie sur la table de dissection.

— Du fil électrique, constata Rovère. Il reste quelques morceaux de la gaine plastique.

Pluvinage en avait fait sauter quelques écailles qu'il récupérait au fur et à mesure dans un petit plateau métallique.

— Pas mal, hein ? s'écria-t-il en se redressant. Le gosse était ligoté, à la manière d'une camisole. S'il tirait sur ses liens, ça devait lui cisailler aussi sec la peau des poignets. Cruel mais efficace, non ? Ça, plus le sparadrap sur la bouche, il ne risquait pas de faire du chambard, celui-là !

— Pourquoi lui seulement ? s'étonna Choukroun.

— Il était sans doute agité, ou rebelle, suggéra Rovère. Pour les autres, le collier à la cheville et la chaîne reliée au radiateur devaient suffire à les faire tenir tranquilles. Vous vous en êtes déjà occupé ?

Pluvinage secoua négativement la tête.

— À part les prélèvements et les analyses de la chromatographie, je ne vois pas ce que je vais pouvoir en tirer. Le bol alimentaire pour celui-là, on verra s'il y a des toxiques…

Il se tourna vers le petit qui avait tenté de se glisser sous le rideau de fer. Il gisait à présent sur le dos, les deux mains dressées vers le plafond, comme dans une attitude de supplication, due à la rigidité cadavérique. Pluvinage souleva une paupière, examina rapidement la pupille, la cornée, pointa un abaisse-langue à l'intérieur de la bouche, se redressa avec une moue chagrine.

— Au pif, comme ça, je pense qu'il avait six ou sept ans, et présentait quelques signes de malnutrition. Les dents sont cariées à soixante pour cent.

Rovère désigna l'enfant dont, à l'inverse de celui-là, le thorax avait brûlé mais dont le bassin et les membres inférieurs étaient intacts.

— Des traces de violences sexuelles ?

— Non, aucune, c'est la première chose que j'ai vérifiée quand on me l'a livré, annonça Pluvinage.

Il ouvrit ensuite la fermeture Éclair de la housse qui recouvrait le chariot qu'Istvan venait d'introduire dans la salle.

— Quant à celui-ci, il est encore trop tôt pour dire quoi que ce soit. Sept, huit ans, mêmes traces de malnutrition, regardez la maigreur, on lui voit les côtes.

— OK, je vais rentrer au Quai, conclut Rovère. Toi, Choukroun, tu restes jusqu'à ce que ce soit terminé !

Il lui lança son paquet de cigarillos et disparut derrière la porte à battants, qui couina longuement sur ses gonds avant de s'immobiliser.

6

Guy Verqueuil habitait un curieux appartement, situé de plain-pied dans une arrière-cour de la rue de la Grange-aux-Belles. Il s'agissait en fait d'un ancien atelier d'imprimerie sommairement réaménagé. Quelques machines mises au rancart encombraient un cabanon, dans un coin de la cour. Ce fut une femme de ménage africaine qui vint lui ouvrir. Guy Verqueuil était sorti mais devait revenir incessamment. Dansel décida de l'attendre. Il prit place dans un canapé défraîchi, placé au beau milieu d'une vaste pièce qui semblait servir à la fois de séjour, de chambre à coucher et de labo photo :

des pellicules en grand nombre étaient suspendues à des crochets, des planches-contacts traînaient en vrac sur une large table à tréteaux, un agrandisseur reposait sur une pile de cartons. Un sac de linge sale était renversé près du lit. Ce qui attira le plus l'attention de Dansel, ce furent les tableaux qui ornaient les murs. Des toiles ultra-réalistes datant des années cinquante, qui toutes montraient des prolétaires en bleu de chauffe, brandissant leurs outils avec un regard illuminé, rivé sur la tache rouge du soleil levant qui émergeait hardiment des collines. Des paysans souriant dans la blondeur des champs de blé, avec, au détour d'un chemin, une banderole portant un slogan en caractères cyrilliques. Ou des meetings qui réunissaient les uns et les autres, sous des tribunes ornées du buste de Staline. Dansel quitta son canapé et vint examiner les signatures. Les artistes lui étaient totalement inconnus. Il entendit toussoter derrière lui et se retourna.

— Guy Verqueuil ? demanda-t-il à l'homme qui lui faisait face, un quinquagénaire corpulent, au visage empâté, vêtu d'un costume de velours noir assez ample.

Il se présenta et annonça brièvement le motif de sa visite. Verqueuil parut abasourdi.

— Quatre… quatre cadavres calcinés dans la maison de mon père ? bégaya-t-il, visiblement choqué.

Dansel, respectant en cela les consignes de Rovère, avait soigneusement tu qu'il s'agissait d'enfants.

— Qu'est-ce… qu'est-ce que je peux faire pour vous ? reprit Verqueuil, les bras ballants au milieu de la pièce. Cette maison, mon père l'a quittée pour aller à l'hôpital, vous savez, il est atteint de cette saleté, la maladie d'Alzheimer…

— Je sais, c'est vous qui avez vendu la maison à la SEFACO ?

Verqueuil confirma. Il désigna une bouteille de scotch, près de la table à tréteaux.

— Vous en prenez un ?

L'inspecteur déclina l'offre. Verqueuil s'en servit une large rasade.

— Merde alors… ça me fait quelque chose, ce que vous me dites, ça me secoue. Cette maison, j'y ai passé toute mon enfance !

— Vous y retourniez parfois ?

— Jamais, qu'est-ce que j'aurais pu y faire ? Le quartier a été bousillé par les promoteurs. Les souvenirs que j'avais là-bas ont tous disparu.

Dansel garda le silence un long moment. Verqueuil s'était assis sur le canapé et fixait le sol, d'un œil vide.

— Dites-moi, les volets métalliques, ils sont assez modernes, c'est vous qui les avez fait installer ? reprit l'inspecteur.

— Oui, les derniers mois que mon père a passés là-bas, il était complètement perdu, il croyait qu'on venait le voler, il ne dormait plus, il passait ses journées enfermé, avec un tisonnier à la main, au cas où… vous voyez le topo ? J'ai appelé une boîte spécialisée dans les portes blindées, les serrures renforcées, les volets ce genre, j'ai pensé que ça pouvait le rassurer de se sentir protégé. Ils ont installé tout un système assez performant, mais mon père déraillait complètement, ça n'a servi à rien… Pourquoi ?

— Rien, simple question de routine. Durant le laps de temps qui s'est écoulé entre le départ de votre père pour l'hôpital et la vente de la maison à la SOFACO, vous ne savez pas si elle était fréquentée ?

— Fréquentée ? s'étonna Verqueuil.

— Par des squatters, des SDF, je ne sais pas, moi… des choses de ce genre ?

— Aucune idée. J'ai déménagé les meubles de mon père, ses cartons de livres, ses vêtements, et ensuite… c'était assez pénible comme ça, alors basta. Je ne sais pas. J'ai vu un notaire pour la vente, c'est tout.

— Bien, je crois bien que je vous ai dérangé pour rien.

Dansel se leva et vint se planter devant les toiles exaltant la solidarité du prolétariat et de la paysannerie.

— C'est très kitsch, non ? Ça se vend pour une bouchée de pain à Drouot ! expliqua Verqueuil. Vous vous intéressez à la peinture ?

— Un peu, mais ça, ça n'est pas ma tasse de thé. J'aime bien les surréalistes, les cubistes. Je vois bien que ça vous étonne, hein, un petit flic…

— Et la peinture contemporaine ? insista Verqueuil.

— Holà, ça me dépasse, l'art conceptuel, vous voulez dire ?

Verqueuil ne répondit pas, distrait par la femme de ménage qui lui faisait signe qu'elle s'en allait.

— Votre père était communiste, n'est-ce pas ? reprit Dansel.

— Oui, il a pas mal donné. Les gens de l'hôpital vous ont expliqué ?

— Tout à fait. Et vous ?

— Moi ? Je l'ai été, aussi. Et puis tout s'est cassé la gueule !

— Mais votre père a rompu très tôt avec ce… ce monde ? Non ? reprit Dansel en désignant les toiles. J'ai vu l'exemplaire de son livre, dans sa chambre. En 48, si je ne fais pas d'erreur, n'est-ce pas ?

Verqueuil écarta les bras avec un sourire empreint de tristesse.

— Oui, dit-il, on s'engueulait. Moi j'étais jeune et je le traitais de renégat, lui, il me traitait de jeune con, enfin, vous voyez le genre…

Dansel hocha la tête, s'apprêta à sortir, prévint Verqueuil qu'il serait éventuellement convoqué pour témoigner mais que cela n'était pas certain. Sur le seuil de la porte, il se retourna, montra l'agrandisseur, les objectifs, les planches-contacts.

— Vous êtes photographe professionnel ?

— Oui, je fais surtout des books d'artistes plasticiens.

— Des « books » ?

— Les catalogues photos qui présentent leurs toiles, pour les galeries, les magazines, les revues spécialisées, si vous préférez…

Dansel balaya du regard l'appartement qui ne payait guère de mine.

— Et ça nourrit correctement son homme ? demanda-t-il.

— Les temps sont durs pour tout le monde, soupira Verqueuil. Dites-moi, à propos de boulot, je dois partir à Londres, justement, pour une commande urgente… quelques jours, une semaine tout au plus… ça n'est pas gênant ? Je veux dire par rapport à votre convocation ?

Dansel répondit par la négative et s'en alla.

7

Quand le Gros René vit la mobylette de Charlie pénétrer dans la cour du dépôt, il ne put retenir un petit rire sarcastique.

— Qu'est-ce qu'il m'a encore dégoté, ce fada ? bougonna-t-il.

Il referma le capot de la camionnette qu'il était en train de réparer, un « tube » Citroën hors d'âge, et essuya ses doigts tachés de cambouis sur un chiffon. Charlie gara son engin poussif, une vieille Motobécane bleue à laquelle était attachée une remorque bâchée, et s'avança vers le Gros René. Le dépôt était situé dans un ancien corps de ferme, à la sortie du village de Flavigny, à la lisière du Val-de-Marne et de la Seine-et-Marne. Le Gros René y entassait tout le matériel qu'il revendait le week-end sur les marchés aux puces de Clignancourt et de Montreuil, aussi bien les surplus de l'armée US, la quincaillerie, la fripe, les meubles et même quelques livres. Sept personnes travaillaient sous ses ordres. Il disposait de trois stands, un à Saint-Ouen, deux à Montreuil, avec patente en bonne et due forme. Il tournait également sur certaines foires régionales.

Charlie lui serra la main et, non sans fierté, défit la bâche qui recouvrait sa carriole. Le Gros René poussa un petit sifflement admiratif. Charlie se saisit d'une perceuse à percussion d'un modèle dernier cri encore à l'abri dans son boîtier, puis d'une ponceuse, neuve elle aussi. Il les déposa aux pieds du Gros René et poursuivit son déballage. Il y avait d'autres ponceuses, des mèches à béton en quantité, un dérouleur de câble, un assortiment de tournevis électriques, trois scies sauteuses, et enfin, tout au fond de la remorque, un marteau-piqueur !

— Où tu as pris tout ça, Charlie ? demanda le Gros René en fronçant les sourcils.

Il était affligé d'un strabisme divergent massif qui rendait son regard difficilement soutenable.

— Un artisan qui fait faillite, il m'a fait un prix ! J'ai pensé que ça pourrait t'intéresser, assura Charlie.

Il n'avait lancé ce bobard que pour la forme. Le Gros René était d'humeur capricieuse, et, s'il ne nourrissait guère d'illusions sur la provenance du matériel que lui proposaient des gars comme Charlie, mieux valait ménager sa susceptibilité. Quand il faisait la tournée de ses stands, le week-end, il promenait sa silhouette boudinée de troquet en troquet, prenait un pot avec les concurrents ou les flics chargés de surveiller les marchés, avant tout soucieux de respectabilité. Son business était au point, ses comptes à jour, son entrepôt assuré contre le vol. Il savait manier une abondante paperasse grâce à laquelle il se faisait fort de présenter les certificats d'acquisition des différents objets qu'il proposait. Toutes ces combines, il les avait apprises sur le tas, quand, gamin, il traficotait avec les GI's de la base près de laquelle habitaient ses parents, près de Bar-le-Duc.

— Alors, demanda Charlie, combien pour le lot ?

— Trois mille, c'est tout ce que je peux faire ! Le matériel est bon, mais en ce moment les clients ont des oursins plein les poches !

Le marché fut conclu sans palabres superfétatoires. Avec le Gros René l'offre était toujours à saisir, jamais à négocier. Charlie referma sa main sur la poignée de billets froissés que son interlocuteur venait de sortir de la poche ventrale de sa salopette. Il l'aida à transporter le fourbi dans l'entrepôt, remonta sur sa mobylette, pédala vigoureusement pour la faire démarrer et quitta la cour de la ferme dans une pétarade assourdissante. La remorque, à présent vide, bringuebalait sur les pavés.

Charlie faillit bien s'arrêter boire un canon au tabac de l'Église mais il avait mieux à faire. Il ressentait une curieuse impression : il se sentait utile, responsable. Pour la première fois depuis bien longtemps, il avait en tête un souci autre que celui d'aller s'obscurcir la conscience à grands coups de ballons de blanc sec. Il suivit les bords de Marne un long moment, dépassa Joinville, traversa le bois de Vincennes, et, arrivé place de la Nation, poussa une des portes des magasins du Printemps. Il se rendit au deuxième étage, au rayon des vêtements pour enfants et, un rien empoté, examina les robes de fillette, les culottes, les chaussures. Il ne parvenait pas à se décider, hésitait entre les modèles, se perdait dans les tailles. Peu à peu il mit une pagaille totale dans les rayonnages, et resta désemparé.

La vendeuse, émue par tant de maladresse, décida de se porter à son secours. Elle l'observait depuis plusieurs minutes, tentant de comparer son visage avec celui des paumés qui rôdaient parfois dans son secteur, mais Charlie ne ressemblait à aucun des voleurs habituels. Grand, assez beau gosse, jeune, vingt-cinq ans ou guère plus, le visage émacié, avec de petits yeux noirs, des pommettes saillantes, des lèvres très fines qui dessinaient une moue permanente, de dépit ou de méfiance. Il portait une veste de cuir élimé ouverte sur un tee-shirt douteux, des pantalons de treillis bariolés et de grosses bottes pareilles à celles des pompiers. Il se grattait la tête, passant nerveusement ses doigts écartés dans ses cheveux coupés demi-ras. La vendeuse finit par s'avouer à elle-même que si cet inconnu suscitait en elle tant d'intérêt, voire d'attirance, c'était tout simplement parce qu'il ressemblait à son fils. Le même port de tête bravache, la même violence rentrée, que l'on devinait à fleur de peau… elle n'avait plus de nouvelles de lui depuis deux ans. Il avait disparu un beau matin, quittant sa chambre en emportant ses affaires. Et puis plus rien. Elle frissonna longuement, s'ébroua et fendit la petite foule des chalands pour se rendre auprès de Charlie.

— Je peux vous aider, monsieur !

Ce n'était pas une question, mais bien une affirmation. Charlie la dévisagea avec un mouvement de recul, plongea la main dans la poche de sa veste de cuir et en sortit une poignée de billets.

— J'ai de quoi payer, il ne faudrait pas croire que…

— Je ne crois rien, monsieur, l'interrompit la vendeuse, je vous propose de vous aider dans votre choix. Un homme, c'est toujours maladroit.

Charlie expliqua qu'il voulait acheter une robe pour une fillette d'environ douze ans, et des tas d'autres vêtements, aussi. Et des chaussures. Il voulait de la qualité, pas de la camelote et quelque chose de joli, de gai. La vendeuse le questionna sur la taille de la fillette. Il expliqua qu'elle était assez maigre et « grande comme ça », en levant la main à hauteur de sa propre poitrine. La vendeuse proposa une robe de cotonnade aux couleurs vives. Charlie accepta. Il choisit également des chaussettes, des culottes, et, faute de pouvoir préciser la pointure, acheta trois paires de mocassins identiques, 36/37/38. La vendeuse l'accompagna à la caisse, dégrafa les spatules antivol accrochées aux différents articles, fourra le tout dans un sac et lui tendit le ticket de caisse. Charlie lui remit trois billets de cinq cents francs et faillit bien partir sans attendre sa monnaie.

— Au revoir, monsieur… dit-elle alors qu'il s'engageait sur l'escalier mécanique.

Il resta muet mais la gratifia d'un sourire reconnaissant. Il y avait très longtemps qu'on ne l'avait appelé Monsieur. Son sac sous le bras, Charlie retrouva le trottoir du cours de Vincennes. Il pénétra dans une pâtisserie, hésita entre un gros gâteau au chocolat, un fraisier, puis finit par commander un assortiment de religieuses, d'éclairs, de mokas. Après quoi il déposa soigneusement son carton plein de gâteaux au fond de sa remorque, le cala avec des journaux, le recouvrit du sac contenant les vêtements, et reprit sa route, juché sur sa mobylette.

Il fila vers le nord, en direction de la porte de la Villette. Sitôt dépassé celle-ci, il s'engagea sur la piste cyclable qui longe le canal de l'Ourcq en direction de Bobigny. Depuis bientôt deux ans qu'il avait élu domicile dans les parages, il connaissait par cœur le paysage désolé qu'offrait cette ancienne zone industrielle, avec ses gigantesques entrepôts en ruine, ses usines à l'abandon, ses hangars désertiques. Les graffeurs n'avaient même pas à se cacher ou à attendre la nuit pour barioler leurs fresques aux motifs abscons sur les murs de cette cité crépusculaire. Charlie quitta la rive du canal et engagea sa mobylette dans un vaste terre-plein boueux. Il la gara entre deux tas de copeaux métalliques rouillés sur lesquels quelques pieds de lierre avaient jeté leur dévolu, récupéra ses colis et recouvrit l'engin à l'aide d'une toile de tente récupérée dans la caverne d'Ali Baba du Gros René. C'était là un bien trop précieux pour qu'il n'en prenne pas le plus grand soin. Il fit quelques pas en direction d'une vaste halle qui quelques années plus tôt avait dû servir d'entrepôt frigorifique. Le vent chargé des effluves de vase du canal s'engouffrait sous la voûte, effleurait les poutrelles en sifflant, charriait au passage des nuages de poussière et de détritus, puis allait se perdre Dieu sait où. Charlie se hissa sur la pointe des pieds, déposa ses paquets sur une rampe surélevée où les camions venaient autrefois se ranger pour accueillir leur chargement, puis, les doigts agrippés au rebord de la rampe, opéra une traction des bras pour se rétablir sur celle-ci. Une échelle de corde reposait derrière un muret, dissimulée aux regards par des fûts que Charlie était allé chercher un à un dans un entrepôt voisin ; tous étaient ornés d'une tête de mort entourée d'un cercle rouge. Charlie pensait à juste titre que ce stratagème éloignerait les petits curieux qui se seraient risqués jusque-là.

Il déroula l'échelle, un véritable bijou que le Gros René lui avait cédé à bas prix, sans deviner l'usage qu'il lui réservait. Il leva les yeux vers une longue plate-forme percée de fenêtres, haut perchée en encorbellement sur le mur, à une dizaine de mètres du sol. Une coursive bordée d'une rambarde en faisait le tour complet.

Quand l'entrepôt fonctionnait, elle faisait office de bureaux d'où les responsables pouvaient surveiller le chargement des camions, leurs entrées et leurs sorties. L'escalier qui en autorisait l'accès avait été arraché de ses supports et récupéré par des ferrailleurs, si bien que la seule façon d'y grimper était cette échelle. Charlie en avait fait l'acquisition après avoir visité les lieux une première fois, très intrigué par la plate-forme, intuitivement persuadé qu'il pourrait s'y réfugier, y installer ses pénates sans craindre quiconque. Ni les flics, ni les skins qui se livraient à la chasse aux SDF. Et encore moins les autres vagabonds qui squattaient dans les parages, en solo ou en meute.

Il fit tournoyer une cordelette lestée d'un grappin au-dessus de sa tête, et visa la rambarde. Après avoir décrit une lente parabole, le grappin s'arrima sur un des montants d'acier. Charlie dévida la cordelette et hissa peu à peu son échelle jusqu'à la coursive. Il gravit alors les barreaux en prenant soin de ne pas malmener son carton de gâteaux, puis, une fois parvenu à destination, récupéra l'échelle, qu'il replia avant de la déposer sur le sol de la plate-forme. L'opération, assez acrobatique, lui était familière. Il sortit un trousseau de clés de sa poche, ouvrit un cadenas et pénétra dans une première pièce où se trouvaient une table de camping, des fauteuils, un réchaud Butagaz, des étagères garnies de boîtes de conserve. Sans oublier quelques caisses de bouteilles de vin, certaines vides, d'autres pleines. En enfilade s'ouvrait une seconde porte. Celle de la chambre. Charlie la repoussa prudemment.

La petite dormait. Charlie l'avait installée dans son lit, un matelas posé à même le sol. Il l'avait enveloppée de couvertures. Il songea qu'à présent qu'elle était là, il devrait en récupérer au moins une paire, de toute urgence. Le visage de la gosse émergeait du magma de tissu, sale, crispé malgré le sommeil. Un léger spasme agitait la lèvre inférieure. Une lippe de petit enfant. Comme si elle avait envie de pleurer et refrénait ses larmes. Charlie resta quelques longues minutes à la contempler, son paquet de gâteaux dans la main. Il le déposa sur la télé, un modèle portable pour lequel il avait bricolé une batterie, faute de prise électrique. La petite sursauta, se redressa dans le lit et, d'un geste instinctif, se protégea le visage de son avant-bras dans l'attente des coups. Ils ne vinrent pas. Charlie restait immobile.

— Tu te souviens ? Dis, tu te souviens ? Regarde-moi, chuchota Charlie. Tu n'as pas mal ?

Elle baissa sa garde et dévisagea l'homme qui lui faisait face. Sans comprendre. Charlie ouvrit son carton de gâteaux et le lui tendit. La gamine hésita un instant, redoutant probablement un piège. Charlie l'encouragea du regard. Alors elle saisit à pleines mains les éclairs, les religieuses, et s'empiffra avec une boulimie dévastatrice. Elle ne dégustait pas des friandises, elle engouffrait la nourriture avec voracité. La crème et le chocolat lui coulaient sur le menton. Quand elle eut terminé, elle émit un rot sonore. Elle se tortilla dans ses couvertures, se leva, fixa l'inconnu qui lui faisait face et jeta des coups d'œil inquiets dans les recoins de la pièce, avec de petits grognements.

— Qu'est-ce que tu veux ? demanda Charlie, tu as encore faim ?

Elle se dandinait à présent en tenant son ventre à deux mains.

— Ah, d'accord ! acquiesça Charlie, viens, viens…

Il traversa la pièce, ouvrit une troisième porte, et montra à la gosse un seau hygiénique qui se trouvait sur la coursive de la plate-forme. Quand elle mit le nez au-dehors et qu'elle aperçut le vide au-dessous d'elle, la petite eut un hoquet de terreur et s'accrocha à la rambarde.

— Merde, tu as le vertige ? Il manquait plus que ça... Faudra que ça te passe, parce qu'ici...

La petite domina sa peur, ferma les yeux et s'accroupit au-dessus du seau. Elle commença à se soulager sans aucune pudeur. Gêné, Charlie rentra précipitamment dans la chambre, laissa la porte entrouverte et lui tendit un rouleau de papier hygiénique. Quand elle revint dans la pièce, elle se tint contre le mur du fond, les yeux baissés, les mains plaquées le long des cuisses.

— Tu ne veux pas me parler ? demanda Charlie. Tu te rappelles ce qui s'est passé ? La maison, les... tes copains qui brûlaient ?

*

Charlie sentit sa gorge se nouer à l'évocation de ce souvenir. Il revit les corps embrasés, les flammèches qui leur rongeaient la chair, les ombres projetées sur les murs...

— Héléna ? Tu te souviens ?

Elle ne réagit pas en entendant prononcer son prénom. Charlie était pourtant sûr de lui. « Héléna ! Héléna ! » criait le type, furieux. Il claudiquait dans le terrain vague et, avant de remonter dans sa voiture, il avait même gueulé une dernière fois, en détachant les syllabes : Hé-lé-na !

— Tu te souviens ? s'entêta Charlie.

Il avait repéré le chantier de la Chapelle depuis plusieurs jours, noté les horaires de départ des ouvriers, s'était assuré qu'il n'y avait pas de veilleur de nuit ni de ronde de flics, et enfin il s'était décidé. Escalader la palissade ne lui demanda aucun effort. Forcer les coffres dans lesquels les gars rangeaient leurs outils non plus.

Il lui fallut deux voyages pour transporter son butin dans sa remorque. Le jour commençait à peine à se lever. Charlie ne traitait jamais ses affaires en pleine nuit. Il préférait attendre cinq ou six heures pour se mêler au flot des prolos à mobylette qui envahissaient les boulevards… C'est alors qu'il s'apprêtait à déguerpir qu'il aperçut la fillette. Ébahi, il vit sa tête puis son torse émerger de sous le rideau de fer qui obstruait la fenêtre de la maison, du côté opposé au perron. Elle se contorsionna tant et si bien qu'elle parvint à s'extraire totalement de la trouée. Elle atterrit les mains en avant dans la boue du terrain vague, resta un instant accroupie, les sens aux aguets.

Charlie s'accroupit derrière la carcasse d'une Renault Espace échouée au beau milieu du terrain vague. La gosse écarquillait les yeux, hésitante. Puis, progressant comme un petit animal sauvage, elle commença à inspecter le domaine qui l'entourait. Lorsqu'elle entendit la voiture qui s'approchait, elle s'affola, courut de droite à gauche et finit par se plaquer contre un tas de planches. Charlie la vit se mordre les poings tandis que le conducteur descendait de sa voiture.

Un type d'une trentaine d'années, costaud, un peu court sur pattes, moustachu, au visage très commun, légèrement empâté. Il boitait en se tenant la cuisse, grimaçait sous la douleur. Son pantalon était déchiré et Charlie distingua un vague pansement de fortune, rougi par le sang. Le nouveau venu ouvrit la porte du pavillon avec une clé, entra. Charlie perçut quelques cris, assez faibles. De petites voix d'enfants ? Et celle, plus affermie, de l'homme qui appelait Héléna. Il fit le tour de la maison, sans cesser de crier. Alors qu'il passait non loin de lui, Charlie, toujours dissimulé derrière son abri, put détailler son visage. Animé par une fureur froide, une rage violente. Toujours en boitillant, il revint vers sa voiture, une Opel à la carrosserie passablement déglinguée, ouvrit le coffre et en sortit quatre bouteilles emplies d'un liquide mordoré. Il les tenait par le goulot, deux dans chaque main, et se dirigeait de nouveau vers la maison.

Charlie sursauta en entendant la première explosion. Les trois autres suivirent en rafale. L'homme ressortit précipitamment, se força à courir vers l'Opel malgré la douleur qui lui tenaillait la cuisse, appela Héléna une dernière fois, puis monta à bord de son tacot avant de démarrer en faisant hurler la boîte de vitesses.

Tout s'était passé si vite... Charlie se redressa et marcha vers la maison, les jambes cotonneuses. Il en franchit le seuil et resta interdit devant ce spectacle. Il comprit immédiatement qu'il était trop tard pour agir. Tout autre que lui aurait peut-être risqué un geste pour secourir le petit dont les jambes enflammées gigotaient encore convulsivement dans la cuisine. Certainement pas Charlie. L'expérience de ce qu'il avait vécu lui avait au moins enseigné cela : ne rien tenter d'inutile, économiser ses forces, se préserver, rester attentif. Il recula avec lenteur, la gorge assaillie de senteurs âcres, les yeux rougis par la fumée.

*

Héléna le fixait toujours d'un regard craintif, le dos collé au mur de la chambre. De ses ongles crasseux, elle tortillait sa petite jupe dont des fils se détachaient.

— Attends, attends, lui dit-il, si tu ne veux pas parler tout de suite, ça ne fait rien, on a tout le temps, regarde !

Il vida sur le lit le sac qui contenait ses achats au Printemps. La robe de cotonnade, les chaussures, les culottes, les socquettes. Héléna essuya du revers de la main un filet de morve qui lui dégoulinait du nez et sembla s'intéresser aux vêtements.

— Je… je passe à côté, et tu t'habilles, tu te changes, d'accord ?

Charlie referma soigneusement la porte, s'assit dans un de ses fauteuils de camping et attendit. Il n'avait rien bu depuis la veille au soir et considéra qu'après toutes ces émotions il avait bien le droit de s'octroyer un petit coup de blanc ! Il décapsula une des bouteilles rangées sur les étagères et se servit un verre à ras bord. Durant tout le temps de sa course jusque chez le Gros René, il n'avait cessé de penser à la gamine…

*

Sitôt qu'il était sorti de la maison, il l'avait cherchée dans le terrain vague, croyant tout d'abord qu'elle serait restée à l'abri de sa cachette, derrière le tas de planches. En vain. Charlie entendit alors des couinements, pareils à ceux d'un animal blessé. Il contourna le pavillon. Héléna fixait le petit corps pris au piège du rideau coulissant, et dont les bras s'agitaient encore spasmodiquement. Charlie marcha droit sur elle, l'agrippa par les épaules et la contraignit à détourner son regard. Il la serra contre lui, lui caressa les cheveux. Il la sentit trembler, incapable lui-même du moindre geste, hypnotisé, tétanisé par l'agonie de ce gosse dont les yeux se révulsèrent peu à peu.

Charlie frissonna, saisit Héléna à bras-le-corps et l'entraîna vers l'extrémité du terrain vague, là où il avait garé sa mobylette. Il la coucha dans la remorque, rabattit la bâche et démarra à fond de train. Elle s'était laissé faire sans opposer de résistance, en état de choc. Quand il parvint au seuil de son repaire, une demi-heure plus tard, il constata qu'elle avait toujours les yeux grands ouverts mais qu'elle était incapable de la moindre réaction. Ce n'était pas la première fois que Charlie était confronté à ce genre de situation, y compris avec des enfants. Aussi ne s'en émut-il pas outre mesure.

Quand il la fit basculer sur son épaule, elle ne tressaillit même pas. Il déploya son échelle, et gravit les barreaux en prenant garde de ne pas trop la secouer. Après quoi il l'installa du mieux qu'il put au creux du lit, borda les couvertures, s'accroupit auprès d'elle et la contempla.

Charlie avait besoin de temps pour négocier son butin auprès du Gros René. Trois heures, pas plus, juste le temps d'un aller-retour jusqu'à Flavigny. Il n'avait d'autre solution que celle à laquelle il avait lui-même recours quand il souhaitait s'abrutir dans le sommeil : prendre une bonne cuite. Il saisit une bouteille de rhum à moitié pleine qui traînait près du lit, et la fit boire. Pas plus que dans le terrain vague, la petite n'opposa de résistance. C'était à croire qu'elle était habituée à ce genre de traitement. Elle avala l'équivalent d'un grand verre de Négrita, dodelina doucement de la tête, agita ses jambes, puis ferma enfin les yeux. Charlie attendit encore quelques minutes avant de lui soulever les paupières, l'une après l'autre. Des copains biturés jusqu'à la glotte, il en avait vu quelques-uns, dans la chambrée, à la caserne. Héléna était à présent dans le même état de léthargie profonde. Il se sentit soulagé. La gosse ne se réveillerait pas de sitôt, du moins pas avant son retour. Il fila chez le Gros René, serein.

*

La porte de la pièce qui faisait office de chambre dans le repaire de Charlie s'ouvrit lentement. Héléna fit une apparition timide, vêtue de la robe qu'il lui avait achetée au Printemps. Parmi les trois paires de mocassins, elle en avait trouvé une à sa convenance. Le résultat, honorable, laissait toutefois à désirer. En fait, Héléna avait surtout besoin d'un bain pour nettoyer la crasse qui lui couvrait les genoux, les bras, le cou, la face.

— Un bon coup de savon, ça te ferait pas de mal, tu crois pas ? On verra ça, assura joyeusement Charlie, en lui montrant les jerricans d'eau qu'il tenait toujours en réserve. Alors dis-moi, si on parlait un peu, tous les deux ?

La gosse, rassurée, épiait chaque recoin de la pièce, balayant le maigre espace du regard, dans des va-et-vient panoramiques, sans pouvoir s'empêcher de lorgner vers les fenêtres.

— Viens, je vais tout t'expliquer…

Charlie l'entraîna sur la coursive, lui montra le sol de l'entrepôt, en contrebas, la rampe d'accès des camions, l'échelle grâce à laquelle on accédait au repaire, et qu'il prenait soin de ranger sur la plate-forme…

— Tu vois, on est en sécurité, ici, tous les deux. Personne ne peut venir nous déranger ! Pigé ?

La petite, encore effrayée par la hauteur à laquelle elle se trouvait perchée, s'agrippait à la rambarde sans parvenir à dominer totalement sa phobie du vide. Elle s'accoutuma peu à peu.

— J'ai bien galéré avant de trouver cette planque, assura Charlie, mais maintenant, je suis peinard ! Hein, qu'est-ce que t'en penses ? Et toi, tu es ma petite invitée, ici, personne viendra te faire de mal ! Je te le jure !

Héléna se contenta de hocher la tête. Pour la première fois, Charlie remarqua qu'elle avait les joues pleines de taches de rousseur. Et de jolies fossettes au coin des lèvres.

— Héléna, tu ne dis rien ? Tu sais, moi je suis bien content de t'avoir rencontrée…

La gosse ouvrit grand la bouche et poussa un cri inarticulé, en même temps qu'elle montrait sa gorge. Ses mains s'agitèrent en décrivant des arabesques en apparence désordonnées mais qui obéissaient à une sorte de rythme, de rituel dont Charlie s'efforça de déchiffrer le sens.

— Merde, tu es muette, c'est bien ça ?

Il se pinça les lèvres entre ses doigts, se passa le poing sur la bouche à plusieurs reprises, essayant de répondre de manière appropriée aux mimiques de la petite. Elle secoua vigoureusement la tête, avec le sourire.

— Mais comment on va se comprendre, tous les deux ? demanda-t-il, désarçonné. Attends, attends, viens par ici.

Il l'attira dans la chambre, fouilla sous un tas de journaux et brandit un cahier à spirale ainsi qu'un assortiment de stylos.

— Essaie de me raconter ce qui t'est arrivé, d'accord ?

La gosse considéra le cahier avec satisfaction et commença aussitôt à dessiner. Une fillette qui se tenait près d'une voiture.

— Mais non, protesta Charlie, c'est pas ce que je te demande…

Il traça quelques mots sur une des pages. *Je m'appelle Charlie, toi Héléna, je suis content qu'on se soit rencontrés.* Elle écarta les bras en signe d'impuissance. Charlie comprit qu'elle ne savait pas lire, ni écrire. Il l'encouragea à terminer son dessin.

8

Les visites à l'hôpital Trousseau étaient autorisées à partir de quatorze heures, et, depuis que leur fille avait été admise dans le service, les parents de la petite Valérie Lequintrec ne manquaient jamais au rendez-vous. Pourtant, cet après-midi-là, ils ne se présentèrent pas.

Françoise Delcourt était occupée à régler les papiers d'admission de deux nouveaux gamins quand Vitold, l'interne qu'elle avait durement secoué le matin même, pénétra dans son bureau, la mine soucieuse.

— Je me suis penché sur le dossier de la 10 comme tu me l'avais demandé, expliqua-t-il. C'est effectivement très troublant. On ne peut pas joindre Vauguenard ?

— Il est au fond de son lit avec quarante de fièvre, il va falloir faire sans…

— Et Cantrot ?

— Monsieur le chef de clinique se prélasse aux Canaries. Il a bien de la chance. Alors ?

Vitold se gratta la tête. Françoise ne l'appréciait guère. Depuis le début de sa carrière, elle avait vu défiler quantité d'internes et avait appris à les jauger. Vitold n'avait pas l'étoffe d'un praticien hospitalier fiable. Trop hésitant, toujours en retrait, en attente de l'avis de ses confrères.

— Si on reprend depuis le début, marmonna-t-il en feuilletant le dossier, c'est le bordel. Médicalement, il n'y a pas d'explication raisonnable qui puisse expliquer la reprise des crises d'hypoglycémie.

— Je sais, acquiesça Françoise. On lui a enlevé la queue et l'ithsme du pancréas, toute la région suspecte d'abriter une tumeur, tout de même !

— On a les résultats de l'ana-path ?

— Les prélèvements ont été expédiés en Suisse, tu sais bien… on ne récupérera rien avant au moins une semaine.

Vitold hocha la tête. Vauguenard avait donné son accord pour participer à un programme de recherche international sur les tumeurs du pancréas chez l'enfant et toutes les pièces prélevées étaient expédiées chez un spécialiste de Genève.

— Il y aurait bien une hypothèse : l'opération a été trop tardive, il y a déjà, hélas, des métastases au foie, insulino-sécrétantes, ce qui justifierait le tableau actuel, bredouilla Vitold.

— Merde, la pauvre gosse, tu penses vraiment ? Alors ? la marche à suivre ?

— Une artériographie hépatique, ça permettra de vérifier !

— Tu signes ? demanda Françoise en lui tendant le cahier de prescription.

Vitold s'exécuta avec réticence. Elle appela aussitôt le service concerné. En tout état de cause, il était trop tard pour pratiquer l'examen le jour même, et elle dut batailler ferme pour bouleverser le planning du lendemain. Vitold était parti. Elle resta seule dans son bureau, surprise et inquiète de constater que les parents de Valérie n'arrivaient toujours pas.

9

Au même moment, Rovère réunissait toute l'escouade qui avait participé aux opérations à la Chapelle, dans les locaux de la Brigade criminelle, au quai des Orfèvres. Sandoval, le commissaire responsable du groupe, assistait à la réunion. Rovère fit un bref rapport de la découverte des corps.

— La presse ? s'inquiéta Sandoval.

— On a réussi à la tenir à l'écart. Officiellement, il y a quatre morts, point ! précisa Rovère. Pour le moment, personne ne sait qu'il s'agit d'enfants. Les photographies des cadavres, enfin, celles qui sont exploitables, ont été présentées aux collègues de la brigade des Mineurs. Sans résultat.

Il passa la parole à ses adjoints.

– On a le signalement du lascar qui a acheté la bouffe chez la Chinoise, une certaine Mme Truong, expliqua Dimeglio en montrant un portrait-robot dont tous les présents s'accordèrent à penser qu'il n'était guère exploitable.

Une photocopie circula de main en main. L'esquisse du visage qui y figurait était d'une atroce banalité.

– Pourtant, tu l'as bien cajolée, la petite-fille de l'épicière. Ta tonkiki, ta tonkinoi-zeu... ricana un des présents.

– Eh ben quoi, hein ? rétorqua Dimeglio, j'ai fait le boulot, j'ai rapporté des éléments, même si notre lascar reste dans le flou, on a au moins une précision : il était accompagné d'une fillette d'une douzaine d'années. Et c'est pas un Français !

Il se rencogna dans son fauteuil, un rien vexé. Sandoval ordonna la transmission du document à tous les services, avec un avis de recherche, sans enthousiasme. La photocopie allait atterrir à des centaines d'exemplaires, punaisée dans les couloirs des commissariats, et personne n'y prêterait attention.

– La fillette, on n'a pas de portrait-robot ? reprit Sandoval.

– J'ai essayé avec la mémé chinoise, elle était vraiment coopérante, mais elle s'emmêlait dans ses descriptions. J'ai abandonné, ça menait à rien. Tout ce dont elle est sûre, c'est que la môme est de type européen. Enfin, à peu près...

– Et Alvarez, ton conducteur de travaux ? insista Rovère.

– Un abruti de première, je l'ai gardé au chaud, mais sincèrement, je crois pas qu'il puisse nous être utile. Il a parlé d'un casse sur son chantier mais ça n'a sans doute pas de rapport.

À son tour, bloc-notes en main, Dansel fit le compte rendu de ses démarches auprès de la SEFACO et de Verqueuil père et fils.

— R.A.S. de ce côté-là, du moins à mon avis, résuma-t-il, laconique.

— Choukroun, l'autopsie ? demanda Rovère en réprimant un bâillement.

L'inspecteur lut les premières conclusions de Pluvinage d'une voix monocorde.

— Pas de traces de violences sexuelles sur le… sur le seul corps qu'il a pu correctement examiner ? s'étonna Sandoval.

— Vous êtes déçu ? lança Rovère.

— Pardon ?

— J'ai dit « déçu ».

— Il n'y a pas lieu d'être déçu ni non plus de se réjouir, que je sache ! rétorqua Sandoval d'une voix soudain haut perchée. Je note simplement que si les gosses avaient subi des violences sexuelles, cela nous permettrait d'orienter plus sûrement les recherches.

Les prises de bec entre Rovère et son supérieur hiérarchique étaient si fréquentes que personne n'y prêtait plus aucune espèce d'attention. Rovère détestait Sandoval. Celui-ci avait cherché à lui rendre la vie impossible à l'époque, récente, où il se débattait dans des problèmes personnels assez douloureux et puisait au fond de maintes bouteilles de cognac un antidépresseur à même de lui soutenir le moral… Rovère lui avait d'autant moins pardonné ce manque de tact que Sandoval ne pouvait aligner que de maigres états de service. Parachuté à la Brigade à la suite d'intrigues de couloir sordides, il ne faisait pas le poids, professionnellement parlant, face à l'équipe que Rovère avait su souder autour de lui.

— Orienter les recherches ? répéta celui-ci, avec une pointe d'ironie. Déjà ? Et dans quelle direction, s'il vous plaît ?

— Eh bien, reprit Sandoval, pour brûler vifs quatre gosses, il faut avoir un motif sérieux. Crapuleux, de toute évidence.

— On écarte donc le crime passionnel ? demanda ingénument Dimeglio.

Sandoval l'ignora. Comme il ignora le petit rire de gorge que Dansel s'évertua à dissimuler en feignant une soudaine quinte de toux.

— Nous avons quatre gosses enchaînés, suppliciés de la manière la plus horrible qui soit. Les liens qui les entravaient suggèrent fortement un kidnapping. C'est là un euphémisme. Les chaînes, n'est-ce pas... Pas d'objection ? Dans quel but peut-on enlever des enfants ? Chantage envers les parents ?

— Peut-être, lança Dimeglio. Vous vous souvenez, l'an dernier, les Vietnamiens qui se faisaient racketter dans le treizième et qui voulaient pas casquer ? Leur gosse avait salement dégusté !

— Quatre d'un coup, ça serait étonnant ! Et d'après ce que nous dit le légiste, nous n'avons pas ici affaire à des enfants asiatiques, un groupe ethnique dans lequel les pratiques de kidnapping des proches sont effectivement monnaie courante.

— Et les Turcs qui faisaient trimer des mômes dans les ateliers de confection, les collègues des Mineurs en ont trouvé plus d'une vingtaine enfermés dans un parking en septembre dernier ! risqua timidement Choukroun.

— Séquestrés mais gardés en bonne condition pour qu'ils puissent travailler, précisément ! trancha Sandoval. Alors ?

— Les pédophiles ? lança une voix, au fond de la salle. Mais, justement, sur le seul cadavre que le légiste a pu examiner, il n'y avait rien, hein, Choukroun ?

— Rien quoi ? répondit une autre voix. Les pédophiles, c'est pas forcément l'enculade qui les branche !

— Ou alors, les gosses n'avaient pas encore été heu… consommés ? suggéra un autre inspecteur. Ils étaient en attente.

— Je dirais plutôt « en souffrance », nota Sandoval.

Rovère, accoudé à une fenêtre qui donnait sur la Seine, fronça discrètement les sourcils. Il savait que Sandoval suivait attentivement les informations relatives au tourisme sexuel. Sans doute rêvait-il d'agrémenter son plan de carrière grâce à un coup d'éclat mené dans les eaux fangeuses de ce milieu.

— Je comprends pas, grommela Dimeglio, si on se dirige vers une histoire de pédophiles, la petite fiesta à coups de cocktails Molotov, ça n'a pas de sens ! Ces gens-là adorent la chair fraîche, mais pas en barbecue !

— Quoi qu'il en soit, il est trop tôt pour retenir une piste plutôt qu'une autre, affirma Rovère. Le labo n'a pas encore donné tous ses résultats.

Sandoval hocha la tête, contrarié. Il n'avait cependant pas la moindre idée de ce qu'il convenait de faire, la moindre proposition à formuler, aussi quitta-t-il la pièce. Il y eut un brusque relâchement dans l'assistance. Des cigarettes jaillirent, les pieds qui s'entortillaient sous les fauteuils atterrirent soudainement sur les bureaux en signe de décontraction, quelques grilles de Loto se mirent même à circuler. Puis les troupes s'égaillèrent d'un pas lourd. Ne restèrent que Dimeglio, Dansel, et Choukroun que Rovère avait retenu par la manche alors qu'il s'apprêtait lui aussi à déguerpir.

— On respire mieux, non ? nota Rovère.

*

Ils se retrouvèrent bientôt accoudés au comptoir d'un bar de la place Dauphine où ils avaient leurs habitudes. Aucun d'entre eux n'avait eu le temps de déjeuner, aussi, malgré l'heure tardive, commandèrent-ils le plat du jour. Rovère offrit une bouteille de juliénas.

— C'est quoi, ça ? demanda Choukroun, suspicieux, quand la serveuse lui présenta l'assiette.

— Petit salé aux lentilles, de quoi requinquer son homme ! s'exclama Dimeglio en se pourléchant les babines. On dira rien à ton beauf, tu peux y aller !

Choukroun était si fatigué qu'il se sentit autorisé à faire une entorse à la *Halacha*, l'ensemble des commandements qui régissent la vie des Juifs pieux.

— Se taper un petit salé en revenant d'une autopsie, nota sentencieusement Dansel, c'est quasiment une *mitzva* !

— Une quoi ? demanda Dimeglio, la bouche pleine.

— Une bonne action, au sens théologal du terme, expliqua Dansel, pince-sans-rire. Moutarde ?

Ils dégustèrent en silence. Prirent ensuite un fromage, puis burent un café.

— Quand même, soupira soudain Choukroun, je trouve qu'on est un peu légers, ces pauvres gosses cramés, moi, ça m'a fait mal aux tripes. On devrait mettre le paquet, non ?

— Tu n'as pas confiance en Sandoval ? susurra Dimeglio.

— Qu'est-ce qui t'inquiète ? intervint Rovère. Ce matin, on s'est coltiné un boulot dégueulasse, et je suis comme toi, j'aimerais bien pouvoir foncer dans le tas, seulement voilà, ce n'est pas nous qui distribuons les cartes. Le salaud qui a fait ça les a toutes en main, et il va falloir patienter avant qu'il se manifeste de nouveau, d'une façon ou d'une autre.

Choukroun contempla piteusement le fond de sa tasse de café, jeta un billet de cent francs sur le comptoir et sortit sans attendre la monnaie. Dansel l'imita. Rovère et Dimeglio sirotèrent un digestif, puis firent quelques pas côte à côte, sur les quais. Rovère contemplait les eaux grises de la Seine, les yeux perdus dans le vague. Dimeglio garda le silence durant quelques secondes.

— Heu, dites-moi, c'est vrai ce que Dansel m'a dit ? Que vous… que vous… je sais pas si je dois parler de ça…

Il peinait à terminer sa phrase.

— Qu'est-ce qu'il t'a dit, Dansel ?

— Que vous revoyiez votre femme… Ça… ça me fait plaisir, c'est peut-être con à dire, mais c'est sincère ! C'est vraiment trop moche, ce qui vous est arrivé !

— Quelle langue de concierge, ce Dansel. Oui, c'est vrai, on l'a croisé dimanche dernier, sur les grands boulevards, il sortait du cinéma, on y entrait. Je revois Claudie, oui, c'est tout récent.

— Vous allez revivre ensemble ?

— J'en crève d'envie, mon vieux, mais c'est plutôt duraille de la persuader. Sur le fond, elle ne m'a pas pardonné. Quoi qu'elle en dise.

Dimeglio se gratta la tête, pensif. Il se souvint du petit cimetière de campagne, de la route en lacet qui y menait. Des quelques copains de la Brigade qui avaient fait le déplacement en sa compagnie. De la gerbe de fleurs, des œillets rouges, qu'il avait lui-même achetée après avoir réuni l'argent de la collecte. Quand le cercueil était descendu en terre, Claudie avait appuyé sa tête contre l'épaule de Rovère, et ils étaient restés un long moment, soudés l'un à l'autre devant la fosse. Dimeglio était certain que Claudie avait accordé son pardon. Le contraire eût été trop injuste.

Dans les locaux de la Brigade, sous les combles, ils se partageaient une pièce minuscule, avec deux bureaux contigus. Chaque fois que Dimeglio se penchait pour transmettre ou récupérer un document, il voyait le portrait du gamin, encadré sous verre, sur celui de Rovère. Qui, tous les matins, passait un rapide coup de chiffon sur le cadre pour ôter la poussière, puis le reposait avec précaution.

— Et toi, tes gosses, ça va ? demanda Rovère.

— Le grand commence vraiment à faire chier, mais c'est de son âge, le genre cheveux teints en rose et rien que des trucs comme ça. La petite se plaît pas trop au collège, enfin, pour le moment, rien de grave…

— Tu vas leur raconter ce qu'on a vu ce matin ?

— D'habitude, ils me posent des tas de questions, mais je crois que ce soir, je vais avoir mal au crâne, ça les dissuadera ! Ils me prennent pour un cow-boy, alors là, j'aurais vraiment trop de mal à frimer…

10

Il était plus de dix-huit heures quand Marianne Quesnel et Saïd Benhallam se rendirent au chevet de leur fille, à l'hôpital Trousseau. Françoise les vit traverser le long couloir qui menait aux chambres. La petite Valérie avait bien de la chance. Nombre de parents, submergés par leurs soucis professionnels ou familiaux, le plus fréquemment éloignés par leur lieu de résidence, ne parvenaient pas à dégager le temps nécessaire à ces rendez-vous quotidiens et ne se déplaçaient que le dimanche. Les enfants se morfondaient, cloués au fond de leur lit, dans l'attente de la visite dominicale. Françoise attendit que Marianne Quesnel vienne toquer à la porte de son bureau pour lui apporter le carnet de santé de la petite, comme convenu.

— Nous avons été retardés par des démarches administratives auprès de notre mutuelle, expliqua-t-elle avec un sourire qui reflétait une grande lassitude. Comme si ça ne suffisait pas. Vous comprenez, ma fille dans cet état, et toute cette paperasserie, tous ces dossiers à remplir, les pièces qui manquent, enfin, vous devez avoir l'habitude… mais ça ne vous empêche pas d'en rajouter, hein ? Il vous le fallait vraiment, ce carnet ?

Françoise encaissa ces reproches. Blindée. Stoïque. Elle se saisit du document et, seulement dans un second temps, serra la main de la maman.

— Je l'avais oublié chez mes parents, en Seine-et-Marne, poursuivit celle-ci, il a fallu que j'y passe ce matin, deux heures de train aller-retour, ça vous amuse de nous faire perdre notre temps ?

Françoise sentit ses joues s'empourprer, ses jambes flageoler. Ne pas fléchir. *La distance est la plus sûre des protections*. Il lui sembla entendre la voix suave de Vilsner ressasser son baratin. Le credo du soignant naufragé dans un océan de douleurs insondables. Vilsner qui dissertait volontiers sur le *travail du deuil* mais n'avait jamais tenu la main d'un petit bout de chou leucémique de six ans durant son agonie.

— Ça ne m'amuse absolument pas, c'était tout simplement nécessaire ! rétorqua-t-elle, d'un ton neutre.

Marianne haussa les épaules, rejoignit Saïd qui attendait dans le hall et se dirigea vers la chambre de sa fille. Françoise ouvrit aussitôt le carnet de santé et l'étudia. Valérie avait certes de la chance d'avoir des parents aussi attentionnés, mais c'était par contre une véritable poisse qui semblait s'être abattue sur elle depuis sa naissance. À l'âge de deux ans, elle était tombée d'un fauteuil, avec comme conséquence plusieurs dents fracturées, et ensuite des difficultés à articuler et à ingérer certains aliments. Un peu plus tard survint un traumatisme crânien bénin, lors d'une nouvelle chute. L'examen courant du vingt-quatrième mois, pratiqué par le pédiatre de la crèche, évoquait sans plus de détails une fracture du radius droit. À l'âge de cinq ans, elle fut victime d'une fracture de l'humérus. À l'âge de six ans, à la suite d'une nouvelle chute, ce fut le genou droit qui fut lésé. Une entorse simple mais dont la rééducation allait susciter quelques complications. Son genou droit n'en finissait plus de la tourmenter. Françoise retrouva également les traces de plusieurs luxations du poignet, toutes dues à de nouvelles chutes. Puis des ennuis à la cheville… en fait une fracture de l'extrémité inférieure du péroné. Un hématome aux paupières à la suite d'une mauvaise réception d'un ballon était également signalé. Sans oublier un hématome au pied gauche après qu'elle eut reçu une machine à laver sur le pied au cours d'un déménagement. Françoise ne releva aucune trace de demande d'examen concernant une éventuelle maladie susceptible de provoquer ces fractures à répétition. Enfin, deux mois avant sa nouvelle série d'hospitalisations pour ses crises d'hypoglycémie, la petite avait été admise aux urgences de l'hôpital de Lorient après s'être coincé la main dans une portière de voiture…

– C'est carrément n'importe quoi… soupira Françoise, atterrée.

Elle quitta son bureau et fit appeler Vitold. En l'attendant, elle se rendit devant la chambre de Valérie. Les parents étaient assis de chaque côté du lit et tenaient chacun une main de la petite. Marianne chantait une comptine que sa fille reprenait en riant. Elle montra une série de dessins qu'elle avait faits le matin même. Ils la félicitèrent, lui donnèrent des nouvelles, excellentes, de Doudou, le petit caniche qui batifolait dans le jardin de leurs voisins, en Bretagne, et que Valérie avait représenté avec une dextérité certaine pour une enfant de son âge.

— On va le colorier, tu veux bien ? proposa Saïd. Regarde, on t'a apporté une nouvelle boîte de pastels. C'est très facile de colorier, avec ça, et les couleurs sont douces ! Tu veux ?

Valérie battit des mains pour montrer son enthousiasme. Françoise sursauta quand Vitold lui toucha l'épaule. Elle s'éloigna de quelques pas en l'entraînant à sa suite et lui montra le carnet de santé.

— C'est dingue, non ? murmura-t-elle, dans l'attente de son approbation.

— C'est ce qui s'appelle ne pas avoir de bol, confirma Vitold. Et alors ?

— Et alors ? je… je me demandais si… si… tu comprends, moi, je ne crois pas au hasard, toutes ces fractures à répétition, ces chutes, je…

Les mots s'entrechoquaient dans sa gorge. Elle ne parvenait pas à exprimer ses soupçons. Vitold la contemplait, agacé par ses bafouillages.

— Je me demandais si ça n'est pas un tableau de maltraitance, voilà ! finit-elle par articuler à voix basse.

Vitold la fixa avec des yeux ronds.

— Tu déconnes, là, ou quoi ?

— Non, ça se pourrait, on a déjà vu des cas, je sais que c'est toujours délicat d'évoquer ça mais…

— Basta ! Primo cette gosse est arrivée ici avec une tumeur du pancréas, secundo demain matin, après l'examen, on saura s'il y a des métastases au foie et en cas de diagnostic positif, il faudra bien l'annoncer à ces pauvres gens, et toi tu viens me les briser avec des salades de doigts coincés dans des portières de bagnole ? De bobos au gros orteil pour des histoires de machine à laver qui se renverse ? Tu es dingue ou quoi ? Regarde-les, mais regarde-les !

Françoise tourna les yeux vers les parents qui embrassaient leur fille, lui couvraient les mains de baisers, la cajolaient. Dans la précipitation, Saïd bouscula d'un coup d'épaule la tige qui supportait la poche de perfusion. Le dispositif chuta sur le sol. Il le redressa maladroitement. Françoise pénétra à l'intérieur de la chambre et l'aida.

— À demain, Valérie, et surtout sois très sage, papa et maman comptent sur toi ! lança Marianne avant de sortir.

Françoise revissa la tubulure de la perfusion, déboîtée durant la chute. Elle caressa la joue de Valérie.

— Elle est… très gentille avec toi, ta maman, n'est-ce pas ? lui souffla-t-elle.

— Oh oui, confirma la gamine, c'est dommage qu'elle peut pas dormir ici. On pourrait peut-être demander l'autorisation, vous croyez pas ? Des fois, la nuit, quand je me réveille, je fais des cauchemars…

— Il faut appeler l'infirmière de garde, tu as le droit, tu sais ?

— Ben non, comme je suis grande, je dois faire des efforts pour me rendormir toute seule !

— C'est bien, Valérie, c'est bien. Maintenant repose-toi un peu, tu veux que je t'allume la télé ?

La petite confirma d'un battement de paupières. La surveillante quitta la chambre à son tour.

— Alors ? C'est terminé ton petit accès de parano ? ironisa Vitold. Il faut te calmer, n'oublie pas que tu as des responsabilités, ici ! Tu devrais parler à Vilsner, de temps en temps, au lieu de lui lancer sans arrêt des vacheries en réunion. Sincèrement, je crois que ça te ferait du bien.

Ils se séparèrent. Vingt minutes plus tard, harassée, Françoise s'apprêtait à quitter sa blouse quand la sonnette d'alarme du poste de garde retentit. Le voyant de la chambre 10 clignotait. Françoise bouscula les filles qui poussaient un chariot contenant les plateaux-repas du soir et fit irruption auprès de Valérie. Elle se plaignait de violents maux de ventre, demandait qu'on lui tende un haricot pour vomir.

— Pardon, madame, je peux pas me retenir, s'excusa-t-elle dans un hoquet.

11

Nadia Lintz quitta son fauteuil et vint observer le boulevard du Palais, par la fenêtre de son cabinet, au premier étage des galeries d'instruction. Les arbres commençaient à reverdir. Deux avocates discutaient sur le trottoir, leur robe noire froissée sous le bras comme un vulgaire chiffon. Elles portaient des corsages décolletés, des jupes ultra-courtes que le vent soulevait au gré de ses caprices, pour le grand plaisir des gendarmes en faction devant les grilles. Quelques ados juchés sur des VTT remontèrent à toute allure la chaussée à contresens, en direction de Saint-Michel, provoquant ainsi une volée de coups de klaxons rageurs.

La greffière, Mlle Bouthier, achevait de taper sur ordinateur la déposition des deux hommes que Nadia venait de confronter. L'un était expert-comptable, l'autre « commercial » dans un magasin d'informatique. Une patrouille les avait surpris sur un quai de métro aux Halles, tard le soir, alors qu'ils discutaient avec véhémence. Le comportement des deux types, soudain paniqués à l'approche de la patrouille, avait attiré l'attention des flics. Ils cherchaient à se refiler mutuellement un sac de plastique contenant une cassette vidéo sans étiquette. L'expert-comptable jura que le sac appartenait au « commercial », et inversement. Intrigués, les flics leur avaient demandé leurs papiers et c'est alors que le « commercial » s'était débiné à toutes jambes à travers les couloirs. Il s'était fait cueillir après avoir dérapé sur une flaque de vomi déversée par un ivrogne qui roupillait à même le sol, non loin de là. Une fois embarqués au commissariat de la porte Lescot, à la sortie du Forum, les deux zigotos s'étaient réfugiés dans le mutisme le plus total. Parmi les nombreuses « prises de guerre » qui encombraient les couloirs du commissariat figuraient quelques magnétoscopes en parfait état de marche. L'inspecteur chargé de la procédure décida de visionner la cassette que les deux hommes tentaient désespérément de se repasser au jeu de la patate chaude et vit défiler des images de partouzes banales, puis soudain une scène très hard dans laquelle figuraient des gosses d'une dizaine d'années à peine.

Quinze jours plus tard, après les premières démarches opérées par le Parquet, les deux hommes venaient de comparaître, libres, pour la première fois devant un juge d'instruction. Ils s'enferraient dans leurs dénégations et juraient ne pas se connaître. À les croire, leur rencontre sur ce quai du métro n'était due qu'au hasard. Le commercial affirmait que l'expert-comptable l'avait abordé pour lui proposer la cassette, et vice versa. L'un des deux mentait. Pour le moins. Les perquisitions menées à leurs domiciles respectifs avaient permis de découvrir, chez l'un comme chez l'autre, de nombreuses autres cassettes « naturistes » ou pornographiques, sans toutefois que des enfants y figurent. De plus, l'examen de son compte en banque l'attestait grâce au relevé des factures de carte bleue, le « commercial » s'était offert plusieurs séjours en Thaïlande et au Sri

Lanka, deux pays particulièrement prisés par les pédophiles.

La greffière lut à haute voix le compte rendu de leurs déclarations. Aucun des deux hommes n'avait tenu à se faire assister par un avocat. Cette attitude avait à leurs yeux valeur de preuve d'innocence. Durant tout l'énoncé des faits, Nadia Lintz leur tourna résolument le dos. Avec des gestes machinaux, elle lissait la robe du petit automate, un juge au visage grimaçant, qui reposait sur son bureau. Il suffisait de remonter le mécanisme pour le voir s'agiter dans une danse frénétique et abaisser son pouce, poing fermé, impitoyable… il ne lui manquait que la parole. Elle invita les prévenus à signer le procès-verbal d'interrogatoire, s'abstenant toujours de leur faire face. Ils s'exécutèrent sans rechigner, de bonne grâce. Nadia récupéra les formulaires, les parcourut en diagonale, satisfaite, et s'assit face à eux.

Elle les dévisagea l'un après l'autre, les trouva minables, presque attendrissants dans leur désarroi. Ils baissèrent les yeux à l'unisson, intimidés, humiliés, meurtris. Nadia ne fut pas dupe ; elle avait appris à s'endurcir. À son arrivée à Paris, trois ans auparavant, elle s'était sentie fragile, vulnérable. Elle dissimulait alors son regard derrière d'épaisses lunettes à monture d'écaille, censées la vieillir. Comme si l'âge avait pu la conforter dans ce rôle de juge dont elle ne se sentait pas pleinement investie. Au fil du temps, elle avait abandonné les lunettes : l'accessoire était devenu superflu. Son visage accusait à présent quelques rides au coin des yeux.

Après un début de carrière au tribunal des mineurs, à Tours, elle s'était trouvée projetée dans un univers d'une violence aussi inouïe qu'insoupçonnée : le quotidien de l'instruction dans une ville telle que Paris. La valse des dépravations, de la sauvagerie, du crime, un carnaval sinistre où s'agitaient des monstres ordinaires :

assassins naïfs, pères incestueux, sadiques débonnaires, pervers rigolards, tortionnaires insouciants, tous frappés de stupeur à l'énoncé des faits qui leur étaient reprochés quand — par malchance la plupart du temps — ils se retrouvaient soumis à la *question* dans son cabinet. Combien d'entre eux, en effet, échappaient à la sanction et poursuivaient leur périple parsemé d'atrocités, en toute quiétude ?

L'expert-comptable et le « commercial » n'avaient pas eu cette chance. Ils semblaient épuisés par la confrontation. Questions, réponses, affirmations, dénégations, protestations, serments, la moindre de leurs paroles avait été captée par la greffière et aussitôt consignée dans la mémoire de l'ordinateur. À chaque phrase prononcée, le nœud s'était resserré, inexorablement. Nadia avait visionné la cassette incriminée en compagnie d'un inspecteur de la brigade des Mineurs. Elle n'était pas prête à lâcher le morceau. Elle alluma une cigarette et contempla longuement la flamme de son briquet jusqu'à ce qu'elle ressente une forte sensation de brûlure sur la pulpe des doigts.

Il lui arrivait souvent de rêver à de multiples supplices — les brodequins, la roue, le pal —, autant de stratagèmes des plus efficaces pour extorquer des aveux. Parfois, la nuit, elle s'éveillait, trempée de sueur, au fond de son lit, hébétée, horrifiée par ses propres fantasmes, ne parvenant pas à démêler l'univers de la réalité de celui de ses cauchemars. Un copain de lycée, devenu psychiatre et rencontré par hasard dans un restaurant, s'était permis de remuer le couteau dans la plaie en dissertant sur la composante fortement sadique de la personnalité des magistrats.

— Tu prétends incarner la loi et infliger la punition, en situation de toute-puissance, c'est très chargé, ma vieille ! Et comme par hasard, le cérémonial s'accompagne d'un accoutrement — la robe, la toque — en tout point comparable, symboliquement parlant, à la panoplie des cinglés qui prennent leur pied à fouetter leur partenaire !

Nadia avait éclaté de rire. L'espace d'un instant, elle s'était imaginée affublée d'une combinaison moulante de latex noir, la cravache à la main, martyrisant de pauvres prévenus exsangues, qui en redemandaient. L'instruction n'avait que peu de rapports avec ce folklore de sex-shop. Elle quittait souvent son cabinet le cœur au bord des lèvres, accablée. Un dossier bouclé, avec une promesse d'incarcération, n'équivalait en rien à une victoire. Ce n'était qu'un pas supplémentaire vers un tourbillon obscur, bouillonnant, dans lequel elle redoutait de se noyer. Quand elle marchait dans la rue, elle se prenait parfois à dévisager les passants avec insistance, cherchant à deviner quelle était leur profession. Celui-là, un dentiste ? Celui-ci, un notaire, et cet autre, un chauffeur de bus ? Elle guettait dans leur physionomie le détail, l'indice qui aurait permis de déchiffrer un destin, d'en élucider le secret. Avant de contempler son propre reflet dans le miroir, ébahie, incrédule, à deux doigts de la révolte. La vie l'avait déguisée en juge. Elle ne savait pas très bien s'il fallait en rire ou en pleurer.

On frappa à la porte du cabinet. Un avocat impatient qui venait s'enquérir du suivi d'un dossier. Nadia plissa le front dans un effort de mémoire. Le nom du « client » ne lui disait rien.

— Le non-lieu est en cours, non ? demanda-t-elle à la greffière.

— Toujours au règlement, confirma celle-ci.

L'avocat s'éclipsa. Nadia se retrouva seule avec ses deux amateurs de cassettes pédophiles. Ils gigotaient sur leurs fauteuils dans l'attente d'une décision. Elle garda le silence un long moment. Cajola son automate inerte, rangea quelques papiers épars.

— Ce n'était que le premier pas, leur annonça-t-elle enfin. Vous recevrez une nouvelle convocation en temps utile. D'ici là, vous aurez eu tout le temps de réfléchir.

Les deux types pâlirent. Elle leur avait déjà décrit ce qui les attendait au début de l'entretien. Une enquête approfondie de personnalité, quelques investigations sur leur lieu de travail, entre autres réjouissances. Le « commercial » était fiancé à une jeune fille de bonne famille, l'héritière d'une dynastie de bijoutiers poitevins ; le mariage promettait d'être d'un excellent rapport. L'imparfait était de circonstance. Nadia avait déjà convoqué la « promise », à toutes fins utiles.

— Sortez, murmura-t-elle enfin, les yeux mi-clos.

Ils obéirent.

— Ça ne devrait pas être trop difficile de les coincer, ces deux-là, enfin, je vous fais confiance ! annonça la greffière quand la porte se fut refermée.

— Si vous le dites…

Nadia quitta son fauteuil, défroissa la jupe de son tailleur et s'étira avant d'enfiler sa veste. Il était dix-sept heures.

— À chaque jour suffit sa peine, annonça-t-elle avec un sourire qui se voulait jovial. Qu'est-ce qu'on a, demain matin ?

— Les deux frères architectes qui violaient leur nièce, l'affaire de La Celle-Saint-Cloud. Vous avez convoqué la mère à dix heures.

— Ah oui, celle qui ne « savait » rien… Eh bien, quelle semaine !

Elle rafla son sac à main, quitta la pièce, longea le long couloir bordé de bancs de bois où s'alignaient les cabinets d'instruction et prit l'escalier qui menait au parvis du Palais. Elle traversa la Seine et se retrouva place du Châtelet, prête à descendre dans le métro. Elle aperçut alors Montagnac et Maryse Horvel en grande conversation, attablés à l'intérieur de la brasserie Sarah-Bernhardt. Montagnac s'agitait, grimaçait sans aucune retenue, mimant à l'évidence une scène riche en péripéties. Les consommateurs voisins se retournaient, interloqués par sa prestation. Face à lui, Maryse ne parvenait pas à contenir son fou rire. Nadia pénétra dans la brasserie et les rejoignit. Montagnac lui montra un article du *Nouvel Obs* qui relatait la nouvelle vogue en matière de procès aux États-Unis. Pour mieux séduire les jurés, les plaignants aussi bien que les parties civiles faisaient appel à des sociétés de production audiovisuelle qui, à coups d'images virtuelles ou de dessins animés, réalisaient des clips illustrant les moments forts de l'acte d'accusation…

— Tu vois ça d'ici ? gloussa Montagnac. Tu instruis une affaire de viol bien crapoteuse, et au lieu de te débiter les balivernes habituelles, de t'expliquer que la fille l'a excité, qu'il n'a pas pu se retenir, bref que c'est la faute de la nana si elle s'est fait défoncer la rondelle dans un parking à deux heures du mat', le violeur te présente un cartoon style Tex Avery, avec le petit Chaperon Rouge qui se trémousse en porte-jarretelles, devant le loup affolé par tant de luxure !

Il accompagna son propos d'une imitation du loup très réussie, se frappant la nuque du plat de la main, les yeux exorbités, la langue pendante, haletant avec application.

— Et la partie civile, qu'est-ce qu'elle réplique ? Eh bien, elle balance dans les dents du jury un cartoon du même tonneau où l'on apprend qu'en fait le loup est un sacré récidiviste, et on le voit aussi sec, *horresco referens*, en train de sodomiser les trois petits cochons ! Hardi, hardi, il les besogne à tour de rôle, sans débander, une véritable bête de sexe, le mec ! Des petits cochons, tu vois d'ici le pervers ? Zoophile plus plus plus... Le montage est très « cut », on zoome soudain sur de vrais porcs cloîtrés dans leur enclos, avant leur départ pour l'abattoir ! Ça couine à tout va, ça suinte la détresse, moment dramatique ! Le loup, très pro, débite ses proies en rondelles et les transforme en saucisses sèches, boudin et filet mignon ! On va lui coller trente ans incompressibles, à ce salaud, seulement voilà...

— Son entreprise de charcuterie s'apprête à embaucher une quinzaine de chomedus en fin de droits ? suggéra Nadia. Alors l'avocat du loup insiste lourdement : des petits cochons, il y en a à la pelle, mais des entreprises saines, par les temps qui courent... Là-dessus, le jury se retire pour délibérer, suspense insoutenable !

— Tatatata... la *Neuvième*, musique ad hoc, fondu au noir, renchérit Maryse.

— Le président revient en session et annonce le verdict en chantant *qui craint le grand méchant loup, méchant loup, grand loup noir*, crac, le violeur est acquitté ! assena Nadia.

— Mais la victime, en guise de compensation, est embauchée comme figurante à EuroDisney ! précisa Maryse.

— Exact, avouez que ça nous changerait un peu des réquisitoires tristounets et des plaidoiries à l'eau de rose ! Ah, chienne de vie ! Autant boire pour oublier !

Il avala d'un trait son ballon de bordeaux. Nadia remarqua que Maryse avait commandé un scotch, à peine entamé. Le regard vide, elle agitait son verre en faisant tinter les glaçons.

— Alors, Nadia, la journée a été joyeuse ? demanda Montagnac. Tu es ressortie de ton cabinet confiante en l'avenir de l'humanité ? Rassérénée par l'élan de fraternité irrésistible qui nous fait tous frémir d'enthousiasme chaque matin que le Bon Dieu fait ? *Hosanna, hosanna in exelcis deo !*

— *No comment !* Je rentre, tu fais un bout de chemin avec moi ?

La question ne s'adressait pas à Montagnac, mais à Maryse. Qui acquiesça.

— Alors c'est irrémédiable, protesta Montagnac, vous me laissez tomber ? Je connais un petit restau libanais, près de La Motte-Picquet, avec des danseuses du ventre, on leur glisse des billets dans le soutien-gorge, c'est assez canaille, je suis sûr que ça vous plairait ! hein ?

— Un de ces quatre, peut-être, mais pour l'instant, désolée, le planning est un peu encombré ! rétorqua Maryse.

— Vous me condamnez à errer dans les lieux de perdition, à souiller mon corps, à l'avilir de turpitudes sans nom alors qu'il vous est par avance consacré, qu'il ne demande qu'à s'abandonner à la caresse de vos mains virginales ?

— *Considérant l'obsédé sexuel Montagnac, toujours prêt à dissimuler sa véritable nature sous des dehors calamiteux aux fins de mieux tromper ses proies éventuelles…*, récita Nadia, sentencieuse.

— *Considérant que ses manœuvres louches, déjouées à maintes reprises par lesdites proies*, ajouta Maryse sur le même ton, *ne l'ont pas incité à s'amender, mais au contraire l'ont encouragé à persévérer dans des conduites répréhensibles au regard de la morale publique, article lambda du Code pénal…*

— *Considérant que le dénommé Montagnac est accessible à toute sanction pénale et parfaitement réadaptable…*, poursuivit Nadia.

— *Par ces motifs, ordonnons…* qu'il passe la soirée seul comme une âme en peine, alors que deux gonzesses aux fesses charnues à souhait lui explosent la libido au point de lui faire perdre tous ses moyens intellectuels ! C'est bien ça ?

— Tu connais parfaitement la musique ! confirma Nadia. *Certifions avoir étudié le dossier, examiné l'inculpé, nous être entouré de tous renseignements utiles et avoir consigné les résultats de nos investigations dans le présent rapport que nous affirmons sincère et véritable !*

— Bon courage, t'es foutu, m'sieur l'Proc'! ricana Maryse en vidant son verre de scotch.

— Ne vous réjouissez pas si vite, je peaufine déjà la riposte : lesdites heu... demoiselles*, étant liées professionnellement au prévenu, nonobstant leur mode de vie vertueux, peuvent légitimement être suspectées de harcèlement sexuel sur la personne dudit prévenu !...* heu... merde, je sèche ! J'étudierai la jurisprudence !

Les deux jeunes femmes avaient déjà disparu. Montagnac, soudain seul au milieu des clients de la brasserie, se mit à feuilleter son *Nouvel Obs* pour ne pas perdre contenance. Il s'intéressa à la rubrique des petites annonces. *F 40 a. jolie chtn yx bleus et. sup. tdre soumise ch H libre sérieux gentil fantasque.* Bof, songea-t-il en cochant l'annonce, ça mange pas de pain, mais c'est pas Byzance... La ligne suivante attira son attention. *La fessée, le mot vs trouble ? Tout comme la lecture de Sade ou de Masoch ? Juriste 35 a. raff. Je vs attends.* Juriste ? Avec un *e* au masculin ou au féminin ? Mystère. Dans le doute... Sous le sous-titre « Méli-Mélo », on proposait d'autres réjouissances. *Gentils loups cherchent deux femmes Naf Naf pour jouer aux petits cochons. Écrire journal réf. 786/7G.*

— Merde alors, bougonna-t-il, ça, ça s'invente pas, quand même ! Je devrais me lancer, que je suis con, mais que je suis con, des fois, vraiment !

Maryse et Nadia remontèrent bras dessus bras dessous le boulevard de Sébastopol jusqu'à la rue des Lombards qu'elles prirent à gauche en direction de Beaubourg. La façade du Centre Pompidou était ornée d'un énorme calicot annonçant l'exposition FÉMININ-MASCULIN, *Le sexe de l'art.*

— On y va samedi après-midi, si tu veux, suggéra Maryse, j'ai lu un article, ça a l'air assez rigolo !

— Rigolo ?

— Ben ouais, c'est rien que du cul, mais attention, pour mater, y a plein d'alibis, tu vois le genre, la psychanalyse, le ça du surmoi piégé par le moi du sur-ça, et inversement, la sublimation, le non-dit du refoulé, ou le contraire, je me rappelle plus, tous ces trucs-là, bref, le blablabla intello, pas de bile à se faire, on peut se rincer l'œil sans culpabiliser. OK ? Tu connais Favrier, le premier substitut de la section financière ? Il y est allé, tu vois pas qui c'est ? Le genre grand bellâtre un peu fatigué. C'est le style par ici poulette, je te montrerai mes estampes japonaises, carrément ! Il est tombé à bras raccourcis sur toutes les minettes qui traînent au Palais, son tableau de chasse favori, c'est les petites avocates commises d'office à la vingt-troisième !

Étourdie par le bagout dont Maryse faisait preuve, Nadia hocha la tête, vaguement approbative. Elles arrivèrent devant la station de métro Rambuteau.

— Viens jusque chez moi, il y a un nouveau thaïlandais qui a ouvert rue de Belleville, proposa Nadia.

— Pas ce soir : j'accompagne Butch à l'Élysée Montmartre !

— Il va encore défiler en string, barbouillé d'huile de monoï des pieds jusqu'à la tête en montrant ses biscoteaux ? C'est ça ? s'esclaffa Nadia, qui avait vu un poster de ce genre chez Maryse.

— Ben oui, qu'est-ce que tu veux, moi j'ai fini par apprécier ! Au début, je voyais pas trop l'intérêt, mais maintenant…

— Un jour, il faudra quand même que tu m'expliques ce que tu lui trouves !

— Tu veux vraiment que je te fasse un dessin ? demanda ingénument Maryse avant d'ouvrir la porte d'un taxi qui venait de stopper près d'elles.

12

Serge Vilsner habitait le onzième arrondissement mais recevait sa clientèle libérale dans un minuscule studio situé rue du Figuier. Les fenêtres s'ouvraient sur le Pont-Marie et les tourelles de l'hôtel Forney. Le loyer lui coûtait une véritable petite fortune. Il ne s'agissait pas d'un caprice mais en quelque sorte d'un investissement commercial : un psychanalyste établi boulevard Barbès, voire rue de la Goutte-d'Or, pour ne citer qu'un exemple à la limite de la caricature, avait statistiquement moins de chances de drainer une clientèle digne de ce nom qu'un confrère ayant pignon sur rue dans le Marais. Vilsner ne s'était installé que depuis quelques mois et comptait très peu de clients, six exactement. Il savait qu'il lui faudrait s'armer de patience avant que le bouche à oreille commence à fonctionner et que son nom circule dans les milieux intéressés. Autant par goût que par souci d'économie, il avait opté pour un aménagement très spartiate des lieux. Mobilier minimal, murs nus, éclairage halogène très cru, bibliothèque raisonnablement fournie mais non pléthorique : une atmosphère quasi monacale. Depuis trois semaines, le jeudi soir à dix-neuf heures, Vilsner recevait la visite d'un nouveau client. Maximilien Haperman, un

Américain d'une soixantaine d'années, établi en France depuis 1980, parfaitement bilingue. Sa mère était française. Il avait pris contact avec Vilsner absolument par hasard : se promenant dans les parages, il avait vu la plaque de cuivre vissée sur la façade de l'immeuble et s'était décidé à presser la touche de l'interphone.

Haperman était peintre. Dans les années soixante, en dépit de son jeune âge, il avait, à l'en croire, connu son heure de gloire avec quelques rétrospectives dans de grandes galeries américaines. Ses toiles se vendaient alors à prix d'or, ce qui lui permit d'amasser une confortable fortune. Dès leur première rencontre, Vilsner fut très intrigué, pour ne pas dire fasciné par le personnage. Haperman avait un visage d'une pâleur étonnante, éclairé par des yeux d'un bleu intense, auréolé d'une épaisse tignasse grise. Très grand, légèrement voûté, il se vêtait sans recherche particulière mais faisait preuve d'une grande élégance naturelle. Il ne pouvait s'empêcher d'agiter les mains pendant qu'il parlait et ses longs doigts très fins décrivaient des courbes gracieuses, exactement comme si elles avaient tracé des lignes sur un tableau. L'entrée en matière fut des plus surprenantes.

— Dans quelques mois, une année tout au plus, je me suiciderai… annonça Haperman avec une grande assurance. Je souffre d'une maladie dégénérative du cristallin. Cruelle pénitence pour un peintre, ne trouvez-vous pas ? Je ne tolérerai pas de végéter, aveugle, à cogner ma canne blanche à chaque coin de mur, aussi suis-je certain qu'il me reste très peu de temps à vivre puisque je l'ai décidé.

Interloqué, Vilsner lui fit aussitôt remarquer que dans ces conditions, entreprendre une analyse n'avait guère de sens. Haperman haussa les épaules.

— Entreprendre une analyse ? Mon but est tout autre. Disons que je souhaite simplement éclaircir certains points avant de faire le grand saut, murmura-t-il avec un sourire empreint d'une grande tristesse. Mon temps est très précieux, je comprendrais parfaitement que vous refusiez de me venir en aide ! Mais si votre réponse, comme je l'espère, s'avérait positive, alors monsieur Vilsner, de grâce, épargnez-moi le charabia habituel à ce genre de situation. J'ai lu quelques ouvrages relatifs à... à votre art ! Je n'ai besoin que d'une écoute. Simplement d'une écoute. Pas d'interprétations vaseuses, de jargon, de discours abscons à propos de mon inconscient que je pressens... comment dire, assez volcanique ? Je vais bientôt mourir, j'assume le fait, je ne réclame qu'une présence. Disons que je veux faire le point, comme un navigateur égaré au milieu de l'océan. Et je ne sais pas me servir d'un sextan. Ai-je été clair ?

Vilsner avait accepté. Pour voir, comme on dit au poker. Soit ce type était un pervers particulièrement gratiné et la situation se décanterait rapidement, soit il était sincère, auquel cas l'expérience méritait d'être vécue. La discussion, toujours très délicate, à propos du montant des honoraires ne posa aucun problème. Haperman n'avait que faire de l'argent. Dès son arrivée, il posait sur le bureau de Vilsner une épaisse liasse de billets de cinq cents francs. Chacune des séances permettait de régler le loyer du cabinet pour un mois complet. Haperman s'allongeait sur le divan, fermait les yeux, et se montrait très loquace...

*

— Depuis notre dernière rencontre, expliqua-t-il ce jour-là, j'ai beaucoup pensé à un moment de ma vie qui a constitué un véritable tournant dans mon travail... à moins que ce ne soit l'inverse : mon travail déterminant les lignes de force de ma vie ? Bref, je veux parler du début des années soixante-dix, je vivais alors à New York. Après une période durant laquelle je m'étais beaucoup intéressé à l'hyperréalisme, j'avais soudainenent abandonné toute représentation figurative. Cette volte-face ne doit pas vous surprendre. La forme n'avait pas d'importance. J'ai toujours été très préoccupé par le matériau avec lequel on peut recouvrir une toile. Une de mes amies, de mes maîtresses, dois-je préciser, artiste elle aussi, utilisait son sang menstruel… le résultat était saisissant. J'allais fréquemment la voir travailler. Le geste pictural, ainsi enrichi par la matière elle-même, acquérait une force, une vérité insoupçonnées… pourquoi ? Parce que le sang est un élément d'emblée très collectif : si l'on greffe un organe, le corps le rejette violemment, alors que si l'on transfuse du sang du même groupe, il n'y a aucun problème. Le sang inclut d'emblée la notion de partage, de communion ! Avec l'aide d'un médecin je recueillis mon propre sang, dans une seringue de fort calibre. Quelques précieux centilitres… de quoi peindre une toile minuscule. Ce fut un échec. Le procédé, l'artifice par lequel je m'étais procuré la matière n'avait rien d'authentique. J'avais triché… je n'ai pas été le seul à explorer ce domaine. Avez-vous entendu parler d'Yves Klein ?

Vilsner resta silencieux. Haperman s'interrompit durant plus d'une minute, puis reprit son monologue.

— Yves Klein a beaucoup tâtonné dans cette direction. Il organisait des séances publiques durant lesquelles il utilisait le corps de jeunes femmes en guise de pinceau. Il les appelait d'ailleurs les « femmes-pinceaux ». Elles étaient nues et il enduisait leur corps de peinture avant de le presser contre la toile. En négatif se dessinaient les seins, les hanches, les cuisses, la toison pubienne. Klein obtint un fameux succès grâce à ce procédé. Il voulut pousser plus loin. Il avait engagé une prostituée, à Pigalle, afin de réaliser des… des *impressions* du même type. Le sexe de cette femme aurait façonné diverses surfaces, papier, tissu, que sais-je encore, à la manière d'une presse d'imprimeur, et en guise d'encre, Klein escomptait cette fois utiliser le sang de ses règles, vous saisissez ? La fille était bien payée mais elle fut prise d'une sorte de répulsion avant de passer à l'acte, et se sauva en courant. Klein se rabattit piteusement sur un de ses modèles habituels et lui enduisit l'entrecuisse de sang de bœuf. Pitoyable stratagème, n'est-ce pas ? Plus récemment, j'ai pu voir au musée Ludwig d'Aix-la-Chapelle une… performance tout à fait extraordinaire. Savez-vous ce que j'entends par performance, monsieur Vilsner ?

Celui-ci acquiesça. Haperman avait gardé les yeux clos en posant sa question.

— Il s'agissait d'une artiste bien plus jeune que moi, Orlan, dont j'ignorais tout. Elle s'est exhibée dans une sorte de cabine ouverte au public, durant la période de ses règles. Elle restait là, des heures durant, les cuisses ouvertes, le sexe à nu, écartée, écartelée devant les visiteurs, sanguinolente… c'était un moyen encore plus radical de souligner le propos. L'important, dans ce cas, n'était plus de représenter quoi que ce soit, mais bien de mettre l'accent sur la matière avec laquelle, potentiellement, on peut le représenter. Le sang était vrai, c'était l'essentiel. Le sang d'une femme. Les femmes saignent à date fixe. C'est une fatalité incontournable, une sorte d'ascèse qui leur est imposée par la nature. Elles évacuent leurs impuretés. Je les envie. Je suis un homme. Pour faire saigner un homme, il faut le blesser. Mon idée de piqûre, de ponction, était simplement ridicule. Un simulacre de blessure puéril. Je manquais totalement de sincérité dans ma démarche. Depuis cette expérience plutôt humiliante, je n'ai plus jamais louvoyé.

Durant plus d'une demi-heure, Haperman parla ainsi. Ses souvenirs s'associaient les uns aux autres, réminiscences de blessures oubliées, d'images enfouies issues de sa jeunesse ou de son enfance, qui toutes avaient trait au sang, de la simple écorchure après une chute jusqu'à une hémorragie après l'ablation d'une dent… Il parla surtout, et très longuement, de la mort de sa sœur cadette, Tracy, à la suite d'un accident de voiture durant lequel elle avait perdu énormément de sang. Il évoqua les séances de prière avec ses parents, adeptes de la religion baptiste, dans les couloirs de l'hôpital.

— Rien n'y a fait, malgré les transfusions, le savoir-faire des chirurgiens, elle est sortie de la salle d'opération agonisante. Nous l'avons veillée plusieurs heures durant. J'étais présent dans la voiture, au moment de l'accident. Je m'en suis sorti sans la moindre égratignure mais j'ai vu ma pauvre petite sœur se vider avant l'arrivée des secours…

Il se tut enfin, se passa lentement la main sur le visage, et rouvrit les yeux. Sans que Vilsner l'y invite, il se leva, signifiant par là même que la séance était terminée. Vilsner se contenta de toussoter, faute de trouver une réaction plus appropriée. Haperman le salua d'un petit hochement de tête quand il quitta le cabinet après avoir fixé un nouveau rendez-vous pour le surlendemain samedi. Après quoi, encore sous le choc, Vilsner ouvrit la fenêtre et aspira une grande goulée d'air frais. Il n'avait absolument pas compris ce qu'attendait réellement Haperman de ces séances, mais se sentait déjà prisonnier, otage, de la relation étrange qui s'était instaurée entre eux. À la fois enthousiaste et inquiet. Il craignait de ne pas être à la hauteur, de manquer d'expérience. Il referma la fenêtre, enfila son imperméable et quitta l'immeuble. Il marcha le long des quais, d'un pas lent, songeur, et prit bientôt le boulevard Henri-IV qu'il remonta sur toute sa longueur pour arriver place de la Bastille. Il n'avait aucun projet pour la soirée ; après la séance éprouvante que lui avait infligée Haperman, il ne souhaitait pas rentrer immédiatement chez lui. Il pénétra dans un cinéma, au hasard, vit un film inepte, puis, à la sortie de la salle, vers vingt-deux heures, l'estomac agacé par l'appétit, poussa la porte du restaurant tex-mex El Rancho... Il commanda des enchiladas ainsi qu'une demi-bouteille de vin californien, et mastiqua lentement le contenu de son assiette en écoutant d'une oreille distraite la musique country que déversait la sono.

Vilsner n'avait guère l'habitude de boire. Un peu étourdi par l'alcool, il s'engourdit dans une rêverie cotonneuse. *Haperman ou les « règles » de l'art.* Le titre serait volontairement insolent, iconoclaste, provocateur. Il imaginait déjà la couverture du livre, les séances de signature qui s'ensuivraient, les interviews dans la presse, la mine envieuse de ses confrères, et surtout la rancœur de son père, psychiatre de la vieille école, organiciste irréductible, qui tenait l'analyse pour une somptueuse escroquerie intellectuelle. Pour que le rêve devienne réalité, il suffisait qu'Haperman tienne ses promesses. Vilsner était prêt à parier sur lui, comme un turfiste sur une pouliche. Il fallait le soigner aux petits oignons, le couver, le dorloter. Recueillir scrupuleusement l'intégralité de sa confession. Vilsner était persuadé que son nouveau patient allait lui livrer sur un plateau un de ces cas d'école propre à ébranler quelques dogmes solidement enracinés dans la cervelle de ses maîtres... Il fut dérangé dans ses pensées par une troupe assez joyeuse qui envahit alors le restaurant. Un type à la carrure de titan, que les serveurs applaudirent avec empressement, déposa sur le comptoir une coupe d'argent aux dimensions impressionnantes. Dans le vacarme qui s'ensuivit, Vilsner ne saisit que des bribes de conversations décousues. Il était question d'un concours de body-building remporté par le patron des lieux, un certain Butch. Magnanime, celui-ci offrit une tournée générale de mezcal. Définitivement grisé, Vilsner se laissa tenter. Butch lui servit lui-même un verre plein à ras bord avant de lui assener une grande claque qui se voulait amicale entre les épaules.

Ce fut d'un pas légèrement titubant que Serge Vilsner descendit la rue de la Roquette pour rentrer chez lui, place Léon-Blum. Il était bien trop absorbé dans ses pensées pour s'apercevoir qu'on le suivait.

13

Nadia Lintz était allée souper seule dans le restaurant thaïlandais dont elle avait parlé à Maryse. On y servait un potage de poulet à la citronnelle et du poisson cuit à la vapeur, enveloppé dans des feuilles de bananier, entre autres spécialités. La salle était décorée de posters vantant les charmes de plages aux noms enchanteurs, Pattaya, Phuket, etc. Elle rentra ensuite chez elle, dans la résidence où elle avait emménagé, au tout début de la rue de Belleville. Un immeuble sans âme habité par des cadres, des médecins, des avocats.

Elle s'était décidée à quitter le petit deux pièces que lui avait loué Isy Szalcman lors de son arrivée à Paris, estimant qu'il valait mieux cesser toute relation avec le vieil homme, du moins pendant quelque temps[1]. Ils en

1. Voir *Les orpailleurs*.

furent peinés aussi bien l'un que l'autre, et, lorsqu'ils se croisaient dans le quartier, ils s'adressaient un salut discret. Puis le temps avait accompli son œuvre, et ils se voyaient désormais assez souvent. Elle lui rendait visite dans le vieil appartement encombré d'automates qu'il entretenait toujours avec un soin jaloux. Nadia avait un projet un peu fou en tête : encourager Isy à écrire ses mémoires et même l'y aider. Son enfance en Pologne, la déportation, l'arrivée en France, sa vie de truand, son séjour en prison, et ce curieux métier de facteur d'automates…

La première fois qu'elle lui en parla, Isy éclata de rire. Il prétendit que sa vie n'avait rien d'extraordinaire, qu'elle ne méritait certainement pas qu'on lui consacre un livre. Mais, petit à petit, il consentit à parler devant un magnétophone. À raconter des anecdotes, sans aucun souci de la chronologie. Il y prit goût. Se laissa même aller à un certain cabotinage. Dès que Nadia l'appelait pour une nouvelle « séance », il était toujours disponible. Elle stockait les cassettes, les rangeait peu à peu par années. Isy était très disert sur son enfance, ou sa vie à Paris après guerre, les années passées derrière les barreaux de la Santé, mais refusait toujours obstinément d'aborder son séjour à Birkenau.

En retour, Nadia lui avait avoué pourquoi elle-même « collectionnait » les documents sur les camps nazis, pourquoi elle détenait tant de vidéos sur le sujet, pourquoi elle lisait tant de livres consacrés à la question. Elle avait avoué le passé honteux de son père, appris par hasard, en apercevant un jour, au fond du piano sur lequel elle avait joué durant toute son enfance, l'adresse d'une famille juive, rue des Archives, à Paris. Ce piano « confisqué » comme d'autres biens juifs par la Milice, avant le départ des Grynbaum pour Drancy, puis Auschwitz… Isy dut déployer des trésors d'éloquence pour persuader Nadia qu'elle devait cesser de se tourmenter à cause de cette histoire dans laquelle elle ne portait aucune responsabilité. En vain.

Nadia avait orné un des murs de son séjour avec l'agrandissement d'une photo étrange. On y voyait quelques gaillards en bras de chemise, coiffés de bérets, occupés à transbahuter des meubles à l'intérieur d'un bâtiment d'allure plutôt cossue. Les types arboraient un sourire de circonstance, des trognes de déménageurs épuisés par la tâche mais décidés à en venir à bout. Il s'agissait en fait d'un des centres de tri des biens juifs raflés au petit bonheur la chance par la Milice. Nadia était persuadée que le second milicien à partir de la gauche, un tout jeune homme porteur de lunettes à monture d'écaille, était son père. La photographie était perdue au milieu d'autres, d'apparence tout aussi anodine, dues à Robert Doisneau ou à Willy Ronis. Il en existait des milliers d'exemplaires identiques dans bien des appartements parisiens.

Peu à peu, Isy comprit que ce projet de livre dans lequel elle cherchait à l'entraîner ressemblait en fait à une sorte de thérapie, à un exorcisme. La quête éperdue d'un pardon pour des fautes qu'elle n'avait pas commises.

— Je ne connais rien de rien à la psychanalyse, déclara-t-il avant la première séance d'entretien au magnétophone, mais il me semble qu'il y a quelque chose qui ne tourne pas rond ! C'est moi qui raconte mes souvenirs, mais c'est toi qui te soignes ! C'est le monde à l'envers !

Il s'asseyait toujours face à elle, un petit verre de vodka à la main, et racontait. Tantôt les souvenirs du ghetto de Cracovie, ses quatre cents coups de gosse des rues, tantôt les soirées de bal-musette au Balajo, dans les années cinquante, les mauvais garçons qui guinchaient au son de l'accordéon… Ou les promenades interminables dans la cour de la Santé, durant ses longues années de détention. Nadia écoutait, reformulant mentalement les phrases dans le but de les coucher ultérieurement par écrit. Elle avait d'ailleurs déjà commencé à le faire, maladroitement, et détenait l'ébauche de quelques chapitres.

Ce jeudi soir, elle rentra chez elle, mit un CD sur la platine, les sonates pour piano de Beethoven, et ouvrit le dossier qui contenait les premiers feuillets rédigés.

14

Ce même jeudi soir, Françoise Delcourt resta très tard au chevet de la petite Valérie Lequintrec, qui souffrait beaucoup. L'interne Vitold était effaré des résultats des dernières analyses de glycémie qui frôlaient les 0,30 mmol, un chiffre situé dans une zone considérée comme mortelle. Malgré des injections répétées de glucagon intramusculaire, la situation ne s'améliora que très lentement. Il fallut attendre vingt et une heures avant de voir les courbes revenir à la normale. Épuisés, Vitold et Françoise transmirent les consignes à la garde de nuit, puis sortirent prendre un pot dans une brasserie de l'avenue Netter. Ils ne s'appréciaient guère mais la tension nerveuse qu'ils avaient subie durant les dernières heures les avaient rapprochés.

— Cette gamine a des métastases hépatiques, c'est la seule explication, résuma Vitold, affalé sur la banquette de moleskine, un verre de gin-fizz à la main. Auquel cas, elle n'en a plus que pour quelques semaines. Dis-moi, ça fait combien de temps que tu bosses dans le service ?

— Dix ans pile !

— Tu… tu as compté le nombre de gosses que tu as vus mourir ?

— Non. Pourquoi ? J'aurais dû ? Après tout, tu as raison, je devrais tailler des encoches sur le tiroir de mon bureau ! Tu sais, comme dans les films de guerre : on voit les aviateurs qui peignent des petites croix sur le fuselage de leur avion à chaque ennemi abattu, hein ? En dix ans, j'en ai vu pas mal, mais j'ai pas la manie des chiffres. Surtout ceux-là !

— À question idiote, réponse stupide, concéda Vitold.

— Excuse-moi, ça n'est jamais facile, je veux simplement dire qu'on ne s'y fait pas. Ou alors, il vaut mieux aller voir ailleurs. Quand je suis arrivée chez Vauguenard, j'ai tout de suite compris. Il y avait une surveillante assez blindée, qui ne se rendait même plus compte de ce qu'elle faisait. Elle devenait carrément dégueulasse. Elle traitait les mômes et les parents comme s'il s'était agi de… de vulgaires objets ! Elle tenait à ce que tout fonctionne au quart de poil, et crois-moi, ça tournait, mais en fait elle était devenue dingue. On se serait cru dans un garage : tant de carburateurs, de pots d'échappement, de culasses réparés, et tant de bagnoles envoyées à la casse. Un trait bleu pour les sorties, un trait rouge pour les épaves expédiées au broyeur, enfin, à la morgue… Vauguenard l'a éjectée en douceur, en nous expliquant qu'il ne fallait pas en vouloir à cette femme, mais au contraire méditer son exemple. Un an après, on a appris qu'elle s'était suicidée. On s'est tous sentis assez cons. On n'avait pas pigé qu'il fallait réagir tant qu'il en était encore temps, trouver les mots pour lui venir en aide. C'est une leçon que je ne suis pas près d'oublier.

— Si Vilsner avait été là, il aurait tout de suite pris l'affaire en main, non ? glousa Vitold, sarcastique.

— Ah celui-là… j'en ai ras le bol de le voir traîner dans les couloirs, crois-moi !

— Il faut pas lui en vouloir, il fait ce qu'il peut pour justifier sa présence !

— Ah oui, quoi par exemple ?

— Eh bien, il drague la petite diététicienne, c'est déjà pas si mal, non ?

— Kadidja, la Beurette ? Il est pas le seul à avoir tenté le coup, ou je me trompe ? Ne joue pas les cyniques, vous avez tous voulu la sauter, et vous vous y êtes cassé les dents !

— Décidément, il n'y a rien qui t'échappe.

Françoise rentra chez elle, épuisée, à vingt-trois heures. Son fils s'était préparé à manger tout seul et dormait profondément, recroquevillé en chien de fusil en travers de son lit, tout habillé et entouré de feuilles éparses, couvertes d'équations, issues de son classeur de maths. Françoise lui caressa la joue sans qu'il se réveille et lui fredonna une berceuse, sans cesser de penser à la petite Valérie. Elle se fit ensuite réchauffer un plat surgelé au micro-ondes et dîna seule face à son poste de télé. À la fin du journal du soir, sur France 2, défilèrent quelques images — exclusives ! — de l'intervention pratiquée par le Pr Lornac sur les deux sœurs siamoises, séparées le matin même dans le service de chirurgie de l'hôpital Trousseau. Le commentaire était dithyrambique. L'opération avait été *mise en scène* par les réalisateurs du reportage. Le scalpel manié de main de maître incisait la chair sous l'éclat des sunlights. Les viscères soumis à l'incursion de la lame captaient irrésistiblement le regard du spectateur, prisonnier de ce tableau vivant, animé, dont la couleur dominante était rouge sang. Écœurée, Françoise éteignit le poste, avala un cachet de somnifère et se coucha.

15

Héléna avait dormi plus de dix heures d'affilée. Elle s'était agitée à de nombreuses reprises durant la nuit sans toutefois s'éveiller. Charlie n'avait cessé d'observer le visage tourmenté de la fillette, qui émergeait des couvertures. En temps ordinaire, Charlie veillait jusqu'au petit matin ; il tournait en rond des heures durant, dans son repaire haut perché, angoissé par l'obscurité, hanté par ses propres cauchemars. Chaque soir, il allumait une lampe de camping-gaz, une cartouche de rechange à portée de main en cas de besoin. Durant l'hiver précédent, il en avait utilisé une quantité impressionnante. Un véritable gouffre pour son maigre budget. L'arrivée du printemps l'avait soulagé. Les nuits devenaient plus courtes.

Allongé dans un transat, il s'était finalement assoupi, lui aussi. Quand la petite fille s'éveilla enfin, il sursauta, effrayé. Le froissement du tissu des couvertures suffit à mettre ses sens en alerte. Sa main droite agrippa instinctivement le long poignard au manche de corne, à la lame gainée de cuir, qu'il portait toujours sous sa chemise, à même la peau. Un des rares souvenirs qu'il avait préservés de sa vie d'avant. D'avant la chute, d'avant la fuite. Un cadeau des copains du régiment, des « lascars » de sa section. Des braves mecs, les copains, finalement, une fois oubliés les engueulades dans la chambrée, les concours de pets qui n'en finissaient pas, les bitures au mess assorties de dégueulades fétides.

Fred le Chtimi, l'obsédé de la formule 1, avec sa collec' d'autographes de coureurs, Lauda, Mansel, Berger, il les avait tous, ce con ! Nono, le gars de Saint-Nazaire, un vrai poème, celui-là, il racontait toujours des histoires de putes qui jouissaient rien qu'en le suçant, *per-*

sonne y croit eh, banane, ça gueulait à tout va dans la chambrée ! Et puis Steph, ce brave Steph, qui ne savait pas pourquoi il était là puisqu'il avait décroché un CAP de pâtissier avant de signer le formulaire d'engagement sur un coup de tête, un jour de cuite sévère. Pauvres bidasses mal préparés au sale tour que la vie leur avait joué. Elle les avait brutalement promus sauveurs, alors qu'ils n'étaient pas programmés pour ce genre de tâche. On leur avait appris à conduire des camions, à construire des ponts, à réparer des pistes d'atterrissage endommagées, bref, tout un tas de trucs utiles qui pourraient resservir, une fois redevenus civils. Le baratin officiel. En cas *1) de tremblement de terre, 2) de raz de marée, 3) de cyclône, 4) d'explosion de centrale nucléaire*, ainsi que le précisait le manuel que détenait l'adjudant instructeur. Après tout, pourquoi pas ? Charlie y avait cru mordicus, aux salades de l'adjudant. Pour de vrai ! Croix de bois, croix de fer, si je mens, je vais en enfer ! Il y avait cru, Charlie, à ces astuces, à ces combines. À ces mensonges. Il avait appris la leçon par cœur. Il ne demandait qu'à rendre service. Mais sauver des gens, au bout du compte, ce n'était pas un boulot de militaire. Trop compliqué. Un business pareil, ça devrait être réservé à des spécialistes, *à des gonzes préparés à ce genre de taf*, comme avait dit Fred, un soir où ils étaient allongés côte à côte, sous la tente, assaillis par les moustiques, malgré la gaze censée les en protéger. À des spécialistes, oui. Pas à des amateurs. Les croix de bois, il aurait fallu avoir le temps de les tailler, avant de les planter en terre. L'adjudant ne racontait que des salades. Total, Charlie s'était retrouvé en enfer.

Il ne s'en était jamais remis. Il se demandait souvent ce qu'ils étaient devenus, les copains de sa section. Fred, Nono et Steph. Les potes inséparables, deux ans après. On peut en faire, un sacré bout de chemin, en deux ans. Charlie avait cru devenir soldat, manque de bol, la vie l'avait déguisé en paumé. En SDF ? Ah non alors, il récusait ces initiales infamantes. De toutes ses forces. Un domicile, il en avait un. Conquis de haute lutte contre l'adversité. Ce perchoir dans lequel il avait entassé ses maigres biens.

*

La fillette n'osait affronter son regard. Elle semblait terrorisée par le poignard que tenait Charlie. Il répara sa bévue en le rangeant aussitôt, et s'adressa à Héléna d'une voix apaisante. Elle ne pouvait comprendre les mots qu'il prononçait mais le ton très doux dont il usait ne pouvait mentir. L'homme qui se tenait en face d'elle ne lui voulait aucun mal. Elle se détendit. En se redressant, Charlie fit tomber le cahier à spirale qu'il avait confié à Héléna la veille, et qu'il avait tenu sur ses genoux durant son sommeil. Elle avait rempli les pages de petits croquis naïfs en essayant de raconter son histoire. Le résultat laissait à désirer. Charlie eut l'impression d'avoir à déchiffrer une série de hiéroglyphes. Héléna n'avait pourtant pas épargné sa peine. Une vingtaine de feuilles étaient couvertes de saynètes colorées, encadrées, reliées entre elles à la manière d'un album de bandes dessinées. Charlie n'y comprenait pas grand-chose. De l'ensemble se dégageait une impression de grande violence. Des personnages en frappaient d'autres, il y avait des bâtons, des yeux d'où s'écoulaient des larmes, en abondance, des visages d'enfants meurtris, des gribouillages censés représenter des combats. Charlie sourit à sa petite pensionnaire et déposa le cahier sur le lit.

— Faudra qu'on essaie de faire mieux, d'accord ? Mais d'abord, je suis sûr que tu as faim, non ?

Héléna ne comprenait pas. Charlie agita sa main devant sa bouche et se massa le ventre en faisant « miam-miam ». La gamine sourit et hocha affirmativement la tête. Il disparut dans la pièce voisine et s'affaira à préparer un chocolat chaud. Il retrouva une boîte de gâteaux secs sur une étagère, mit le tout sur un cageot qui servait de plateau et revint dans la chambre. Quand il s'approcha d'elle pour lui tendre le bol et les petits-beurre, Héléna eut un nouveau sursaut instinctif, un geste de protection incontrôlé, l'avant-bras craintivement replié devant le visage.

— T'en as bavé, hein ? murmura Charlie, mais rassure-toi, maintenant, il t'arrivera plus rien de mal, t'as confiance en moi ?

Héléna avait saisi les gâteaux et les enfournait goulûment dans sa bouche, l'un après l'autre, comme elle l'avait fait avec les pâtisseries la veille au soir. Elle faillit se brûler en portant le bol de cacao à ses lèvres.

— Prends tout ton temps, on est pas aux pièces… lança joyeusement Charlie.

Il alluma une cigarette et laissa la petite terminer son repas. Elle ne semblait pas décidée à sortir du lit, sans doute parce que la chaleur lui procurait une sensation de sécurité. Charlie la débarrassa du bol et épousseta les miettes de gâteaux. Il reprit le cahier contenant les dessins.

— Tu veux bien essayer de m'expliquer encore ?

Héléna acquiesça et se cala le dos avec une couverture roulée en boule. Elle s'apprêtait à se saisir du cahier mais Charlie ne le lâcha pas.

— C'est moi qui vais dessiner, OK ? Et toi tu vas m'aider !

Il traça un croquis de la maison dans laquelle les petits compagnons d'Héléna avaient péri brûlés vifs. Pour mieux souligner le propos, il approcha la flamme de son briquet de la feuille de papier.

— Le monsieur qui a fait ça, c'est qui ? Tu pourrais me le dire ? Tu le connais ?

Héléna fronça les sourcils. Charlie dessina un grossier bonhomme qui lançait une bouteille, et, une nouvelle fois, alluma son briquet.

— Boum ! s'écria-t-il. Tu as pigé ? Le monsieur, c'était qui ?

Il était évident que la petite avait compris la question mais qu'elle ne savait par quel moyen y répondre. Elle montra ses dessins à elle. Et notamment l'un des tout premiers, où l'on voyait une fillette, parfaitement reconnaissable à sa robe, à ses tresses, plantée à côté d'une voiture. Héléna mima le geste d'essuyer quelque chose. Elle avait saisi un morceau de couverture et frottait dans le vide, consciencieusement. Puis elle tourna son pouce vers sa poitrine.

— Une voiture, tu as lavé une voiture ? s'étonna Charlie, décontenancé.

Elle montrait le « monsieur » qu'avait dessiné Charlie, le lanceur de cocktails Molotov et la voiture, de nouveau. Après quoi elle tendit la main avec un sourire et, dans un geste universellement compréhensible, frotta la pulpe de son index contre son pouce.

— Tu as gagné de l'argent en lavant une voiture, qu'est-ce que c'est que ce cirque ?

Héléna poursuivit ses mimiques, suggérant que l'argent gagné était remis au « monsieur ». À voir la mine effarée de Charlie, la petite se mordilla la lèvre inférieure, désolée. Un long moment de silence s'ensuivit. Héléna se frappa alors le front et s'agita, fouillant la pièce du regard. Ses mains dessinèrent un rectangle, dans le vide. Elle prit une page vierge sur le cahier et dessina ce qui ressemblait à une rame de métro. Ses yeux interrogèrent Charlie, tandis qu'elle traçait un rectangle constellé de petits points.

— Un plan de métro, tu veux un plan de métro ! J'ai pigé.

Emporté par l'enthousiasme, il saisit le visage de la petite et s'apprêtait à déposer un baiser sur son front quand elle se raidit, de nouveau tétanisée par la peur. Charlie recula promptement et se fit le plus rassurant possible. Il se leva, passa dans la pièce voisine et décrocha un vieux calendrier des PTT que les précédents occupants du local avaient abandonné. Il en feuilleta les pages et trouva un plan de la RATP. Quand il le présenta à Héléna, elle pointa son doigt vers la station Auber sans la moindre hésitation. Charlie frappa dans ses mains à plusieurs reprises.

— Bravo ! Faut me pardonner, des fois, je suis un peu dur à la détente.

Héléna ne savait pas lire, mais elle pouvait identifier certains mots qui lui étaient familiers. « Auber » faisait partie de la liste. Charlie ne posa plus de questions sur cette histoire de voiture à laver. À maintes reprises, il avait aperçu les nuées de gosses crasseux qui, en certains points de Paris, stationnaient aux feux rouges et se précipitaient pour passer un coup d'éponge sur les pare-brise en échange d'une pièce de monnaie. Héléna avait fait partie d'une de ces bandes. Charlie savait également qu'il s'agissait de gosses roumains. Leurs frères ou leurs petits cousins mendiaient dans les gares ou jouaient de l'harmonica dans le métro…

— Et ce mot-là, tu le connais ? demanda Charlie en traçant POLICE en lettres capitales.

Héléna roula des yeux affolés. Charlie déchira aussitôt la page. Il écrivit, toujours en lettres capitales, le mot ROUMANIE. Héléna secoua la tête ; ça ne lui disait rien.

— Rou-ma-nie… articula lentement Charlie. D'une

voix geignarde, aiguë, imitant une femme tenant un bébé dans ses bras, il psalmodia en roulant les *r* : *mesdames et messieurs, j'arrive de Roumanie, donnez-moi à manger pour mon petit enfant...*

Ce fut au tour d'Héléna d'applaudir. Elle éclata de son rire muet, brandit le poing, pouce levé, et envoya une claque sur l'épaule de Charlie.

— On progresse. Et dis-moi, ça fait longtemps que tu es arrivée ici ? À Paris ? Auber, si tu préfères !

Nouvelle perplexité. Charlie montra le calendrier, les semaines et les mois. Il fit tourner son index autour de sa montre.

— Depuis quand ? Heu... combien de Noël ? Merde, comment on peut bien dire Noël en roumain ? Le petit Jésus, tu vois pas ?

Héléna avait capté les mots au vol. Elle ferma le poing en sortant le pouce et l'index. Deux ans. Charlie revint aux premiers dessins du cahier, ceux qui montraient Héléna près de la station Auber, occupée à laver les pare-brise des voitures arrêtées au feu rouge.

Il ne lui fallut pas moins de deux heures pour reconstituer l'histoire, à tâtons. Encore Charlie n'était-il pas certain d'avoir tout saisi. De nombreux points obscurs demeuraient. Il y avait toutefois un point sur lequel la fillette ne transigeait pas. Le « monsieur » qui était entré dans la maison du terrain vague de la Chapelle pour y lancer ses bouteilles incendiaires sur les enfants méritait selon elle un châtiment. À plusieurs reprises, Héléna avait désigné le poignard de Charlie, puis le dessin du « monsieur », sur le cahier. Le geste était éloquent. L'expression que Charlie put lire sur le visage de sa petite compagne ne démentit pas cette impression. Elle ne se contentait pas d'avoir été sauvée. Elle réclamait justice.

— On se calme, on se calme... bredouilla Charlie, effaré.

VENDREDI

1

Françoise Delcourt arriva très tôt au service le vendredi matin. La petite Valérie avait passé une assez bonne nuit, d'après l'infirmière de garde. Son visage était reposé et elle souriait, comme toujours. Françoise pénétra dans la chambre, s'assura que tout était en ordre et, quand elle en sortit, croisa Ernestine qui effectuait sa tournée habituelle, avec son chariot de serpillières, de désinfectant et de balais-éponges.

— Pas de fuite de la perf à la 10, cette nuit, tout est propre ! annonça-t-elle, fièrement.

Françoise lui adressa un sourire forcé et pénétra dans son bureau pour préparer les formulaires destinés au service qui allait effectuer l'artériographie hépatique sur Valérie, suivant la prescription de Vitold. Un fax lui apprit que Vauguenard, remis de sa fièvre, serait de retour le lendemain. On emmena Valérie à dix heures. Françoise la regarda partir, assise sur un fauteuil roulant, le cœur serré.

Peu après, elle aperçut Vilsner qui passait dans le couloir, désœuvré, et lui fit signe d'entrer.

— Dis-moi, lui demanda-t-elle, tu as jeté un œil sur le dossier Lequintrec ?

Vilsner plissa le front. Il savait le peu d'estime dans lequel le tenait la surveillante et redoutait un piège. Il avait consacré quelques visites à la petite Valérie. Trois heures au total, peut-être un peu plus. Le temps de prendre contact. Françoise attendait la réponse.

— Ses dessins sont très frappants. Elle ne m'en a donné que deux. Sans couleurs. Très stéréotypés. Des caricatures de dessins d'enfants. Comme si elle avait compris ce que j'attendais d'elle et qu'elle répondait de façon purement, heu... protocolaire, tu vois ? Elle se protège. J'ai eu l'impression de faire face à un mur.

— Alors ? insista Françoise.

— Elle semble refuser de situer ses parents. Elle m'a expliqué qu'elle a oublié son vrai père, ce qui me paraît invraisemblable. Quant à son beau-père, Saïd, elle l'expédie en quelques mots, en jurant qu'il est très gentil, point ! Par contre, elle dit adorer sa mère. Ce qui me frappe, vraiment, c'est ce manque total de spontanéité, le contrôle d'elle-même qu'elle manifeste avec une grande froideur. Elle ne s'est en rien livrée au travers de ces tests. En fonction des éléments dont je dispose, je ne vois pas quoi dire d'autre.

— Tu crois qu'il pourrait y avoir des problèmes entre elle et ses parents ?

— Des problèmes entre les parents et les enfants, il y en a toujours ! rétorqua sobrement Vilsner. Quels types de problèmes ?

Françoise faillit évoquer le contenu du carnet de santé et son hypothèse d'une maltraitance, mais elle eut peur de se faire rabrouer par Vilsner comme elle l'avait été par Vitold. Aussi éluda-t-elle la réponse. Vilsner sortit du bureau, perplexe. Il croisa Kadidja, la diététicienne, qui s'affairait dans la salle où l'on préparait les plateaux-repas.

Moins d'une demi-heure plus tard, Vitold, qui avait assisté à l'artériographie hépatique de la petite Valérie, la raccompagna dans le service. Il la déposa dans son lit, tassa les oreillers dans son dos, rangea les peluches qui encombraient la table de chevet et quitta la chambre. Il s'assit sur une des banquettes du hall d'accueil et se mit à mâchonner lentement un chewing-gum, l'air absent. L'envie de griller une cigarette le tenaillait mais l'interdiction était formelle. Il avait beau se torturer les méninges, faire appel au plus infime de ses souvenirs de cours, se réciter mentalement le résumé des dossiers similaires qu'il avait eu à traiter depuis le début de son internat, rien ne collait. Ernestine lui bouscula les pieds en passant son balai-éponge sur le lino sans parvenir à le tirer de son apparente léthargie. Vilsner, empressé, traversa le hall accompagné de Kadidja. Un pâle rayon de soleil inonda la pièce. Les ombres et les lumières se répartirent aussitôt en de savants dosages. Vitold enregistra le dessin du soutien-gorge et du string de la jeune femme, ces deux traits foncés qui pointaient sous la blouse blanche largement échancrée. Une petite allumeuse, cette Kadidja. Elle n'avait vraiment pas besoin de se mettre quasiment à poil pour calculer les proportions de vitamines, de lipides ou de glucides contenues dans les purées de légumes ou les compotes servies aux mômes, mais bon…

— Merde, c'est pas la question ! marmonna-t-il en frissonnant.

— C'est quoi, la question ?

Vitold sursauta. Françoise lui faisait face.

— Alors l'artério, ça donne quoi ?

— Absolument normale. J'y pige plus rien. Il n'y a pas de métastases au foie. La gosse va vivre.

— Mais… les crises d'hypoglycémie à répétition, il y a quand même une explication, ça tombe pas du ciel ?

— Sais pas… soupira Vitold.

— Un peu court, comme réponse !

— Je te dis que je comprends pas ! La médecine, c'est pas une science exacte ! Et crois-moi, ça m'énerve !

Il frissonna de nouveau.

— Merde, cette saleté de virus, si je l'ai chopé, il faut pas que je traîne dans le service…

— Tu fais comme tu le sens, concéda Françoise, mais avant de te faire porter pâle, tu rédiges un compte rendu circonstancié de tes observations à propos de la 10. Quand Vauguenard sera de retour, il faudra qu'il dispose de tous les éléments, OK ?

Vitold acquiesça. Il se leva, sentit ses jambes cotonneuses qui commençaient à refuser de lui obéir, et se précipita droit vers les toilettes pour vomir. Françoise avait bien trop à faire pour s'attendrir sur son cas. Comme tous les après-midi, Marianne et Saïd se présentèrent à l'accueil pour rendre visite à leur fille. Elle vint à leur rencontre dans le hall et leur annonça le nouvel examen que Valérie avait subi le matin même. La maman fronça les sourcils, mécontente de n'avoir pas été prévenue.

— Même si ça va très mal, nous devons être avertis ! protesta-t-elle. Quand nous avons vu le professeur Vauguenard pour la première fois, c'est bien ce qui avait été convenu avec lui !

— Je suis sincèrement désolée, reprit Françoise, nous ne voulions simplement pas vous affoler. Je ne fais que vous apprendre une bonne nouvelle. L'artériographie est totalement normale. Valérie doit être très fatiguée, si elle veut dormir, je vous conseillerais de la laisser se reposer…

— Je peux parfaitement juger de la conduite à tenir avec ma fille !

Marianne Quesnel s'engagea dans le couloir menant aux chambres sans plus prêter attention à Françoise. Durant le bref échange, Saïd s'était tenu à l'écart. Depuis l'admission de Valérie, Françoise n'avait quasiment pas entendu le son de sa voix. Valérie n'était pas sa fille, mais l'enfant d'un autre. Peut-être était-ce la raison de sa discrétion ? Françoise aurait aimé s'entretenir seule à seul avec lui. Sa qualité d'externe en cinquième année de médecine lui permettait de suivre le dossier avec un œil assez compétent. Aussi ne pouvait-il rester indifférent devant les suites plus que surprenantes de l'opération. Il avait sans doute plongé le nez dans ses manuels, étudié la pathologie dont souffrait la petite. Inévitablement, il devait se poser des questions. Il avait pourtant choisi de se taire et de laisser sa compagne gérer les relations avec l'équipe médicale.

2

Rovère avait confié à Dimeglio le suivi des comptes rendus du labo de l'Identité judiciaire concernant le « ménage » opéré dans la maison de la Chapelle. Ce vendredi matin, il se leva tard. Il avait posé une journée de congé depuis la semaine précédente et ne tenait pas à se la faire carotter. Depuis sa séparation d'avec sa femme, il vivait dans un pavillon, près de la Croix-de-Chavaux, à Montreuil. Le mur d'enceinte du jardin était mitoyen de celui de la cour d'une école primaire, et, à chaque récréation, il entendait les cris des gosses qui jouaient à la « déli-délo », à la marelle, à grand-mère veux-tu ?, etc. Au tout début de son installation dans les lieux, ce voisinage lui fut très pénible. Il ravivait trop de souvenirs. Peu à peu, pourtant, il s'y habitua. Les voix enfantines le faisaient à présent sourire.

Peu avant onze heures, il quitta son domicile et se rendit à Paris en voiture. Claudie terminait ses cours au lycée Charlemagne à midi. Il l'attendit dans un bistrot voisin, le cœur battant et les paumes moites.

*

Depuis la mort de leur fils, ils ne s'étaient quasiment pas revus. Claudie s'était plongée dans son travail avec un acharnement quasi obsessionnel. Elle organisait des sorties, des voyages pour ses élèves, animait des stages, participait à quantité de réunions. Rovère patientait. Très récemment, elle l'avait appelé. Ils avaient longuement parlé. Au téléphone, tout d'abord, puis de vive voix, en terrain neutre, dans un café. Claudie ne parvenait pas à oublier ce soir, près de quatre ans plus tôt, où elle avait surpris Rovère préparant un cocktail de barbituriques qu'il s'apprêtait à faire ingurgiter à leur enfant. Il y avait là de quoi le tuer en douceur. Elle l'avait frappé avec tous les objets qui lui tombaient sous la main. Il s'était laissé faire, sans même chercher à parer les coups. Le gamin les observait de ses yeux vides. Ils s'étaient retrouvés épuisés, face à lui. Rovère était parti. Il ne croyait absolument pas aux affirmations des médecins selon lesquelles son fils était devenu totalement débile au point de ne pas souffrir de son état. La méningite qui l'avait frappé à l'âge de neuf ans l'avait laissé pantelant, inerte, impotent. Condamné à finir ses jours dans un fauteuil sans même se rendre compte du temps qui filait. Rovère mettait en doute les certitudes médicales et passait de longues heures à guetter dans le regard de son fils les brèves lueurs de détresse qu'il croyait y déceler… Un appel au secours. Une supplication : celle d'en finir au plus vite. Il avait tenté d'y répondre, mais Claudie était rentrée trop tôt, ce jour-là.

*

Claudie arriva un peu en retard au rendez-vous. Elle paraissait détendue quoiqu'un peu fatiguée. Quand elle fut assise face à lui, Rovère sortit de la poche de son veston un petit écrin. Il contenait une bague ornée d'un diamant que Claudie contempla longuement.

— Tu es complètement fou… murmura-t-elle, les larmes aux yeux.

— Pas du tout, vingt ans, ça fait exactement vingt ans aujourd'hui que je t'ai rencontrée. Comment veux-tu que j'oublie ?

Il lui passa la bague au doigt et tint un long moment sa main dans la sienne sans qu'elle proteste, avant de lui proposer d'aller déjeuner au restaurant. Il faisait assez beau et ils optèrent pour une terrasse de la place des Vosges. Ils firent le trajet à pied. Rovère passa son bras sous celui de Claudie, qui lui parla de ses élèves. Il l'écoutait avec attention. Alors qu'ils traversaient la rue, une voiture grilla un feu rouge et ils durent se séparer brusquement. Lorsqu'elle revint aux côtés de Rovère, ce fut Claudie qui lui prit le bras, dans un geste spontané. Il avança avec prudence, craignant de heurter un passant, soucieux de ne pas rompre ce contact qu'il savait fragile. Il se prit à sourire, au souvenir de ses premiers émois de collégien amoureux, qui craignait lui aussi de voir sa petite amie se dérober à ses avances. Le moindre effleurement de la main, le plus pâle sourire, le battement de paupières le plus imperceptible prenaient alors des allures de signes cabalistiques qu'il convenait de décoder avec le plus grand soin. Claudie avait cessé de parler de ses élèves, des préparations du bac, d'une visite à Rome qu'elle projetait avec sa classe de prépa.

— Et toi, ça a l'air d'aller plutôt bien ? remarqua-t-elle.

— Ça va, ça va ! confirma Rovère en se sentant rougir.

3

À la fois effrayée et amusée par l'exercice, comme l'aurait été n'importe quel enfant, Héléna suivit les consignes de Charlie pour quitter le perchoir qui lui servait d'abri. Elle se laissa glisser le long de l'échelle de corde, à sa suite, l'observa la replier puis la ranger derrière le muret qui la dissimulait à la curiosité d'un éventuel rôdeur. Vus à ras du sol, les ex-bureaux du hangar semblaient parfaitement abandonnés. Charlie prenait garde à ne laisser traîner aucun objet sur la coursive.

— Tu vois, il n'y a vraiment rien à craindre, ici, personne ne pourra venir te faire du mal, tu me crois ? s'écria Charlie en posant ses mains sur les épaules de la petite.

Pour la première fois, elle ne répondit pas à ce geste par un mouvement de recul craintif. Charlie y vit un signe encourageant. Il l'avait convaincue de procéder à une toilette complète avant de revêtir les vêtements qu'il lui avait achetés. Le résultat était satisfaisant. Héléna ne ressemblait plus à une petite mendiante. Elle se laisserait peu à peu apprivoiser, Charlie en était certain. Il lui fit visiter les environs immédiats du hangar, les amas de déchets métalliques qui l'entouraient, les berges du canal de l'Ourcq tout proche et enfin sa mobylette dissimulée sous la toile de tente dérobée dans l'entrepôt du Gros René. Héléna découvrit ce domaine avec des yeux étonnés mais perçants, très attentive aux détails, à la topographie, à l'atmosphère lugubre qui régnait alentour. Elle écouta l'écho étouffé de la circulation automobile, le clapotis de l'eau du canal, le sifflement d'une rame de métro qui filait à l'air libre, sur l'autre rive, en direction de Bobigny. Charlie ne la quittait pas des yeux. Elle était là, les sens en éveil, aux aguets, prête à détaler au moindre danger. Il sortit la mobylette de sa cache, la délesta de sa roulotte, l'enfourcha et mit le moteur en marche.

— Viens, monte derrière moi ! Tu vas voir, je vais te faire une surprise !

Héléna obéit. Ils filèrent jusqu'à la porte de Pantin en empruntant un dédale de routes qui serpentaient entre les entrepôts abandonnés, et arrivèrent bientôt sur les boulevards extérieurs. Charlie roula tranquillement jusqu'à la porte Dorée. Il attacha son engin à une grille de métro, tendit la main et entraîna Héléna vers le bois de Vincennes. Ils longèrent le lac Daumesnil et arrivèrent sur la pelouse de Reuilly où se tenait la Foire du Trône. La musique tonitruante, ponctuée de claquements de pétards et du boniment des forains, fit grimacer Charlie. Héléna resta bouche bée devant les attractions. Elle se tordit le cou pour apercevoir le sommet de la Grande Roue, éclata de rire face aux monstres de pacotille qui ornaient le fronton des trains fantômes, frissonna devant la course folle des chariots du grand huit, écarquilla les yeux en contemplant la ronde cahotique des autos tamponneuses.

Charlie l'accompagna dans chacun de ces manèges. Trois heures durant, ils s'étourdirent, se firent bousculer, chahuter, et faillirent même se perdre dans le labyrinthe du palais des glaces. Héléna semblait épuisée. Elle titubait, traînait ses pieds chaussés des souliers neufs qui lui écorchaient les talons. Ses socquettes étaient souillées d'une large auréole de sang à la jointure de la cheville. Elle s'en défit et poursuivit son chemin pieds nus, ce qui ne parut nullement la déranger. Charlie réalisa alors qu'il aurait mieux valu lui offrir un survêt' et une paire de Reebock au lieu de ce costume de petite fille modèle, et se promit de faire mieux la prochaine fois... Un photographe se planta soudain devant eux, avec son Polaroid et ses échantillons de clichés qui montraient des pères de famille souriant parmi leur progéniture devant les marchands de petits cochons en pain d'épice.

— Une petite, juste une petite, proposa-t-il à Charlie, allez, quoi, merde, ça lui fera plaisir, à la gosse !

Charlie faillit bien envoyer une beigne à ce parasite, mais capitula en voyant la mine réjouie d'Héléna, qui se jeta à son cou en souriant face à l'objectif.

— D'accord, après tout, faut bien que tout le monde croûte, lança-t-il en tendant un billet de cent francs au photographe.

Une minute plus tard, celui-ci lui remit deux clichés encore humides, aux couleurs criardes. La petite les contempla quelques secondes, assez satisfaite, malgré leur qualité plus que médiocre, mais son attention fut de nouveau distraite par les merveilles qui l'entouraient. Charlie l'entraîna vers une baraque à frites bordée d'une tonnelle sous laquelle étaient installées quelques tables. Il commanda deux saucisses-frites, une bière et un Coca. Ils mangèrent en échangeant des clins d'œil. Héléna avait posé ses mocassins à côté de son assiette et raclait la moutarde en se poissant les doigts. Charlie sentait son cœur battre la chamade. Jamais de sa vie il n'avait été aussi heureux. Héléna ne pouvait prononcer le moindre mot mais ses mimiques étaient éloquentes. Il appela le serveur et demanda une crème glacée.

— Je suis un paumé, tu sais, Héléna, murmura Charlie d'une voix étranglée, tandis qu'elle plongeait sa cuiller dans l'amas de crème Chantilly à moitié fondue qui débordait de la coupe. Et toi, t'es pas arrivée en retard le jour de la distribution des emmerdes, c'est rien de le dire ! Alors, normal qu'on se soit rencontrés, hein ?

Héléna lui tendit sa cuiller emplie à ras bord. Il avala la noisette de chocolat et la remercia d'un salut de la tête avant d'allumer une cigarette. Il feignit de s'être irrité les yeux avec la fumée de sa Gitane pour essuyer ses paupières où perlaient deux grosses larmes.

— On va être bien, tous les deux, tu vas voir, si tous les gens qui ont pas eu de bol se serraient les coudes, la vie serait un peu moins dégueulasse, tu crois pas ?

Ils quittèrent la guinguette en se donnant la main. Charlie débarrassa Héléna de ses mocassins inutiles et les enfouit au fond d'une des poches de son blouson. Ils traversèrent les allées de la Foire pour regagner le bois. Près du lac Daumesnil, Charlie sentit soudain la main de la fillette se raidir dans la sienne. Il était perdu dans ses pensées et fut surpris par ce geste. Héléna s'était arrêtée devant un accordéoniste installé sur un pliant, à l'ombre d'un platane, près de la guérite où patientaient les amateurs de canotage qui attendaient qu'on leur attribue une barque. Ils n'étaient guère nombreux. Quelques couples d'amoureux qui se bécotaient tendrement, voire se pelotaient sans vergogne. Charlie crut tout d'abord qu'Hélena avait, elle aussi, envie d'aller faire un tour de barque. Il était prêt à tout pour satisfaire ses caprices. Mais la fillette lorgnait avec insistance en direction de l'accordéoniste. Afin de dissiper le malentendu, elle mima les attitudes du musicien qui triturait son piano à bretelles, écartant les bras avant de les rassembler dans un geste qui ne souffrait pas l'ambiguïté. Pour parfaire sa démonstration, elle tendit la main vers les badauds qui traînaient dans les parages.

— OK, OK, acquiesça Charlie, qui se souvenait de la

« bande dessinée » qu'il l'avait encouragée à tracer quelques heures auparavant, sur le petit cahier d'écolier, tout là-haut dans son repaire. Tu veux me parler d'un accordéoniste, d'accord ! C'est quelqu'un d'important, l'accordéoniste ?

Le visage d'Héléna se voila de tristesse. Faute de cahier et de stylo, elle ne savait comment s'exprimer. Elle suivit Charlie qui regagna la sortie de métro près de laquelle il avait attaché sa mobylette. Héléna lui montra alors le plan de la RATP et mima de nouveau le geste de l'accordéoniste manipulant son instrument.

— Tu veux me montrer où est l'accordéoniste, c'est ça ?

La gamine s'agitait sans cesser de lorgner vers le plan. Elle se hissa à genoux sur la selle de la mobylette et pointa le doigt sur la porte de Clignancourt, tout en haut à droite de la carte.

— C'est à croire que tu as passé ta vie dans le métro… Porte de Clignancourt, c'est les Puces… les Puces, c'est bien ce que tu veux dire ? Hein LES PUCES ? articula Charlie, lentement.

Héléna hocha la tête, satisfaite. Elle avait reconnu la sonorité du mot. Charlie connaissait parfaitement l'endroit pour s'être rendu à plusieurs reprises au stand du Gros René. Il savait également que certains cafés accueillaient des musiciens.

— Écoute, aujourd'hui on est vendredi et les Puces sont fermées. On ira voir demain, d'accord, tous les deux ? Toi et moi ?

Il accompagna sa proposition de gestes appropriés, désignant tour à tour sa montre, puis sa propre poitrine avant celle d'Héléna. La fillette secoua vigoureusement la tête. Sa réponse était négative. Elle ne voulait pas aller aux Puces.

— À cause de l'accordéoniste ? demanda Charlie.

Héléna fouilla dans la poche de Charlie et en sortit un briquet qu'elle alluma avant de faire mine de le jeter droit devant elle.

— À cause du « monsieur » qui a lancé les bouteilles…

Charlie marqua un temps, perplexe. Héléna était suspendue à ses lèvres, aux mots qu'il pourrait prononcer et dont elle ne comprenait pas le sens.

— Le « monsieur » connaît l'accordéoniste, c'est ce que tu veux me faire comprendre…

Il avait nettement distingué son visage, tout à fait banal, barré d'une moustache assez fournie, lorsque l'inconnu était descendu de voiture pour pénétrer dans le pavillon, au milieu du terrain vague de la Chapelle. Charlie se lança dans une pantomime grotesque qui intrigua les passants. Lesquels le virent tour à tour agiter son briquet, crier « boum », imiter un accordéoniste, puis frotter ses deux index l'un contre l'autre, dans un signe évoquant le mariage. Héléna applaudit.

— Reçu cinq sur cinq, t'en fais pas, je le reconnaîtrai ! assura Charlie en pointant deux doigts en fourchette devant ses propres yeux.

Héléna lui sourit. Charlie avisa deux flics qui longeaient la chaussée, leur carnet de contraventions à la main, à quelques mètres de là. Mieux valait ne pas s'attarder dans les parages. Ils s'éloignèrent, soudés l'un à l'autre sur la selle de la mobylette. Chemin faisant, Charlie réalisa, angoissé, que la petite l'entraînait dans un jeu des plus dangereux.

4

En début d'après-midi, le responsable de l'équipe du laboratoire d'Identité judiciaire qui avait traité l'affaire de la Chapelle rendit visite à Dimeglio, dans son bureau du quai des Orfèvres. Il lui apprit que l'on avait pu relever des empreintes sur quelques débris de verre provenant des bouteilles incendiaires. Lesquelles étaient classiquement emplies d'essence et munies, autour du goulot, d'un dispositif détonateur à base de chlorate de potasse.

— Il suffit d'un chiffon imbibé de cette poudre, et ça pète, expliqua l'homme de l'art. Des empreintes identiques figuraient sur les échantillons de nourriture — paquets de chips, emballage plastique de jambon et bouteilles d'eau — retrouvés dans les cartons épargnés par les flammes.

— Notre client n'a pris aucune précaution, nota Dimeglio. Soit c'est le roi des cons, soit il n'a jamais écopé de la moindre condamnation. Inconnu au fichier, ni vu ni connu, j't'embrouille. Encore que, l'un n'empêche pas l'autre, ça s'est déjà vu !

— Sur les paquets de chips et les emballages de jambon, il y avait également d'autres empreintes. De petites empreintes. Celles d'un enfant.

— Vous les avez comparées avec celles que détient Pluvinage ? demanda Choukroun.

— Oui, et elles ne correspondent pas. Mais elles appartiennent peut-être à un des gosses qui a cramé.

— Peut-être, admit Dimeglio, songeur.

Il s'empara du dossier que le type lui tendait, une chemise cartonnée de rose à laquelle étaient agrafés quelques feuillets de papier pelure. Il les parcourut en diagonale.

— Vous avez retrouvé des échardes de bois sous le volet métallique de la cuisine ? demanda-t-il en s'arrêtant à la troisième page.

— Oui, elles proviennent bien du morceau de plinthe arraché dans le séjour. Une des... des victimes a de toute évidence utilisé cette latte de bois pour faire levier sous le rideau de ferraille dans le but de le soulever de l'intérieur. On en a relevé des particules en pagaille, une vraie poussière, comme de la sciure, partout sur le pourtour du chambranle. Vous pigez ?

— Vous avez fait du bon boulot, mais ça fait pas vraiment avancer le schmilblick, conclut Dimeglio. Merci quand même.

Le type du labo n'était pas habitué aux louanges. Modeste, il fit contresigner le double de son rapport avant de prendre le large. Après son départ, Dimeglio appela la morgue du quai de la Râpée et demanda à parler à Pluvinage. Il obtint d'abord Istvan, qui ne se priva pas de l'apostropher avec les seuls mots d'italien qu'il connaissait, une maxime d'inspiration gaillarde.

— *Ecco, Dimeglio, come va ? Acqua fresca, vino puro, ficca stretta, cazzo duro !*

De l'eau fraîche, du bon vin, une figue bien mûre, la bite bien dure. La figue « bien mûre » étant entendue sous l'angle métaphorique, en relation avec le dernier terme de l'aphorisme.

— Ça baigne, Istvan, ça baigne, soupira Dimeglio.

La voix grasseyante de Pluvinage retentit bientôt dans l'écouteur.

— Vous venez aux nouvelles pour les gosses ? Rien de bien intéressant ! Un tableau classique de malnutrition, comme je l'avais pressenti. Il n'y avait même pas besoin de prélèvements sanguins pour déceler des carences diverses. Par contre, on a relevé des traces de sédatifs dans l'estomac, du moins chez ceux dont l'état rendait l'examen possible. Vous avez des gosses, Dimeglio ? Vous leur avez déjà donné une petite cuillerée de Théralène pour faciliter le dodo ? Eh bien dans le cas qui nous occupe, on y est plutôt allé à la louche ! Voilà. Je vais mettre tout ça par écrit et vous aurez le rapport lundi. Je ne peux rien faire de mieux.

Dimeglio raccrocha après avoir remercié. On avait endormi les gosses, dont acte. « On » les nourrissait après les avoir enchaînés et « on » veillait à ce qu'ils se tiennent tranquilles en les assommant de somnifères. Voilà la raison pour laquelle, sans doute, les ouvriers du chantier voisin, placés sous les ordres de ce crétin d'Alvarez, n'avaient entendu aucun cri.

Choukroun pénétra alors dans le bureau. Dimeglio lui montra les documents et résuma ce que lui avait appris Pluvinage.

— Même mis KO avec le somnifère, un des mômes a quand même trouvé la force de tirer sur ses chaînes pour tenter de soulever le volet de la cuisine avec la planche, nota Choukroun.

Dimeglio secoua la tête, agacé. Choukroun le dévisagea craintivement. Il pressentait qu'il allait encore se faire engueuler. Ce qui ne manqua pas de se produire.

— Il faudrait quand même qu'un de ces jours tu te décides à te souvenir que tu as une cervelle et qu'il faut t'en servir ! Ne serait-ce qu'une fois de temps en temps, mon petit Choukroun !

— J'ai dit une connerie ?

— Si tu étais enchaîné en prison, qu'est-ce que tu ferais d'abord, avant de chercher à scier les barreaux de ta cellule pour te faire la belle ?

— Les chaînes ! s'écria Choukroun. Vous avez raison, ça colle pas ! Le gosse qui a essayé de se tirer aurait dû d'abord s'occuper de... des espèces de menottes qu'on a vues autour des chevilles ! Cela dit, un gosse, ça raisonne pas toujours logiquement. Non ?

— Non, en effet, concéda Dimeglio. T'as pas une autre idée ?

Choukroun demeura silencieux un long moment.

— Je vais te dire ce que je pense, reprit Dimeglio. Il y avait un autre gosse, dans la baraque. Et celui-là, il a réussi à se tirer, en s'attaquant au volet de la fenêtre, justement !

— Alors pourquoi on n'a pas retrouvé un autre collier relié à la chaîne ? rétorqua aussitôt Choukroun, fier de son effet.

— Mais parce qu'il n'était pas enchaîné, lui !

— Et qu'est-ce qu'il foutait là, alors ?

— Je pense qu'il s'occupait des autres. Qu'il leur donnait de la bouffe, qu'il veillait à ce que tout se passe bien. Quand je dis « il », je me comprends. Je pense plutôt qu'il s'agissait d'une fillette.

— Celle qu'a signalée votre épicière chinetoque ?

— Exactement ! Tu remontes dans mon estime, mon petit Choukroun.

Dimeglio quitta son fauteuil, enfila son imper et observa un moment le tableau de service où étaient mentionnées les gardes du week-end.

— C'est toi qui t'y colles dimanche, remarqua-t-il.

— Ah non, on m'a fait le coup trois fois d'affilée, c'est Dansel qui prend le relais ! rétorqua vertement Choukroun.

*

Dimeglio rentra très tôt chez lui, à Lésigny, évitant ainsi les embouteillages du départ en week-end. Il trouva sa fille Élodie occupée à faire ses devoirs, bizarrement installée, à moitié accroupie, à moitié à genoux près de la table basse du salon. Elle avait l'air maussade, renfrognée alors qu'elle était toujours assez enjouée. Et, contrairement à ses habitudes, elle ne posa aucune question sur les bandits que son père avait ou non arrêtés durant la journée.

— Quelque chose qui ne va pas ? demanda Dimeglio.

Elle répondit par un vague grognement sans quitter des yeux son livre de maths.

— Ton frère n'est pas encore rentré ?

— Si, si… il est dans sa chambre…

Quand Gabriel pénétra à son tour dans le salon, Dimeglio sentit ses jambes se mettre à flageoler.

— Qu'est-ce que c'est que ce cirque ? gronda-t-il en serrant les poings.

— C'est… c'est le piercing, c'est cool, c'est à la mode, p'pa ! argumenta le jeune homme.

— Des boucles d'oreilles dans les lèvres, c'est la mode ? Je rêve, dites-moi que je rêve… Et ça s'enlève comme tu veux, au moins ? Tu vas pas garder ça pour manger ?

— Ben si, p'pa !

Dimeglio perdit le peu de sang-froid qui lui restait.

— J'le savais, qu'ça chaufferait, protesta Élodie en se bouchant les oreilles.

5

À dix-huit heures, la sonnerie retentit dans le bureau de Françoise Delcourt. Elle se figea, les yeux clos, fit pivoter lentement son fauteuil, persuadée que l'appel provenait de la chambre 10. Quand elle rouvrit les yeux pour consulter le tableau lumineux sur lequel chaque chambre était représentée par un voyant rouge, elle constata que son intuition ne l'avait pas trompée. Elle consulta sa montre. Les parents de la petite Lequintrec avaient quitté le service trois quarts d'heure plus tôt. Françoise avait croisé la mère dans le couloir alors qu'elle sortait de la chambre de sa fille pour jeter l'emballage d'un nouveau cadeau dans la poubelle. Les deux femmes avaient échangé quelques mots. Elle se précipita dans la chambre après avoir bipé Vitold qui ne tarda pas à la rejoindre. Sa fièvre de la veille n'avait été qu'une fausse alerte, il se sentait parfaitement en forme.

Valérie se plaignait de terribles maux de ventre. Elle vomit et eut un accès diarrhéique très violent. Sa température avait grimpé à trente-neuf sept. La magnifique poupée que ses parents lui avaient offerte une heure plus tôt était souillée de vomissures.

— Tu vas reprendre les injections de glucagon ? demanda Françoise en commençant à changer les draps.

— Non, enfin pas tout de suite.

— Elle souffre !

— Simplement le temps de faire une prise de sang !

Vitold prépara une seringue, caressa le front de Valérie et lui expliqua qu'il allait lui faire un peu mal avec sa piqûre mais que cela était nécessaire. Valérie avait les yeux vitreux et se tordait de douleur. Elle n'avait sans doute rien compris de ce que lui disait Vitold mais ne protesta pas quand il enfonça son aiguille. Quand le prélèvement fut effectué, il confia le tube empli de sang à Françoise.

— Il faudrait bousculer le labo pour qu'ils fassent le boulot le plus tôt possible. Demain matin, tu es là ?

Elle confirma d'un battement de paupières. Elle était de garde tout le week-end.

— Moi, je serai absent, je peux pas faire autrement, un repas familial, la communion de ma sœur, je ne peux pas y échapper… enfin, dès que tu auras le résultat, tu aviseras. Vas-y, je t'expliquerai tout à l'heure.

Elle fonça ausitôt au labo, confia le prélèvement à la collègue qui répartissait les analyses provenant des différents services, et lui expliqua qu'il s'agissait d'une urgence absolue. Pendant ce temps, Vitold prépara une nouvelle seringue pour une injection de glucagon, le seul moyen de calmer la crise d'hypoglycémie de Valérie. Une demi-heure plus tard, celle-ci put enfin se rendormir. Françoise resta à ses côtés, à lui tenir la main, puis la retira doucement. Elle inspecta machinalement le matériel de perfusion, sans y détecter de fuite. Elle rejoignit ensuite Vitold dans le bureau des internes. Il avait ressorti le dossier et l'étudiait.

— Tu… tu as un diagnostic possible ? lui demanda-t-elle.

— Pas vraiment, je me demandais si… mais c'est un truc vraiment dingue !

— Dis-moi quand même.

— La seule explication, ce serait l'insuline exogène… Il n'y a rien d'autre qui puisse expliquer la reprise des crises d'hypoglycémie.

— Hein ? L'insuline exogène ?

— Qu'on la lui injecte, tu as très bien pigé ! précisa Vitold.

— Mais ça risque de la tuer, ni plus ni moins ! protesta Françoise, incrédule.

Elle se laissa tomber sur une chaise. Vitold referma posément le dossier.

— J'ai bien réfléchi, je ne vois rien d'autre. On vérifiera avec l'analyse de sang. Tu te souviens de tes cours ? L'insuline pancréatique est sécrétée sous une forme de précurseur, la proto-insuline, clivée en insuline active…

— Et en peptide C ! l'interrompit Françoise. Et il y a normalement dans le sang autant d'insuline active que de peptide C.

— Bravo ! Au contraire, l'insuline exogène, artificielle, ne comporte que la partie active et pas de peptide C !

— Donc, si le peptide C est effondré dans le prélèvement que tu viens de faire, ça voudra dire que l'origine de l'insuline est bel et bien exogène !

— Et que quelqu'un s'amuse à lui en injecter ! Un — ou une — cinglé qui se balade dans les couloirs, une espèce de psychopathe, ça s'est déjà vu ! Tu te rappelles, ce fait divers, en Angleterre, il y a deux ou trois ans, l'infirmière qui avait assassiné une dizaine de bébés avant qu'on ne lui mette la main dessus ?

Françoise réalisa toutes les implications de cette hypothèse. L'enquête qui s'ensuivrait, la surveillance qu'il faudrait exercer sur tous les membres du personnel, le climat exécrable qui ne manquerait pas de s'installer. Elle se prit la tête entre les mains, les coudes en appui sur ses genoux, penchée en avant, et resta prostrée ainsi durant plus d'une minute.

— Il faut que tous les prélèvements qui ont été effectués depuis l'admission de la gosse soient préservés par le labo, précisa Vitold. Pour vérifier depuis combien de temps cette situation dure.

— Dès que Vauguenard sera de retour, je lui parlerai ! promit Françoise, en se redressant.

6

Après leur virée à la Foire du Trône, Charlie et Héléna étaient sagement rentrés à l'entrepôt voisin du canal de l'Ourcq. La fillette, désormais parfaitement familiarisée avec les lieux, s'était amusée de voir son protecteur tirer l'échelle de sa cachette, la déployer et l'arrimer sur les hauteurs, comme l'aurait fait un chevalier à l'assaut d'un château fort. Du haut de la « tanière », elle fit le tour de la coursive, les mains solidement agrippées à la rambarde, sous le regard attentif de Charlie. Puis elle décida de rentrer, de replonger au fond du lit. Elle s'installa confortablement, reprit son cahier, ses crayons et entreprit de compléter sa bande dessinée, la mine studieuse, concentrée. Charlie, pressentant qu'il valait mieux la laisser seule, disparut dans la pièce voisine. Sur le chemin du retour, il avait acheté l'édition du jour du *Parisien.* La découverte macabre dans le secteur de la Chapelle y était mentionnée dans un entrefilet en dernière page. Le rédacteur, sans doute parce qu'il l'ignorait, n'avait pas précisé que les corps carbonisés étaient ceux de jeunes enfants. Charlie découpa l'article et le punaisa sur un mur. Il se servit un verre de vin, s'assit dans son transat et tenta de réfléchir. Depuis le temps qu'il vivait au jour le jour, sans projet, sans amis, dans l'isolement le plus total, il avait quelque peu perdu l'habitude de ce genre d'exercice.

Tout s'était passé très vite. Il avait agi par réflexe. Le casse dans le chantier de l'immeuble en construction, la vision étrange de la gosse, perdue au beau milieu du terrain vague, dans la pâle clarté du petit matin, et puis l'irruption de la voiture, les cris de l'inconnu appelant Héléna, l'explosion des bouteilles incendiaires, la découverte des corps carbonisés… Il se repassa mentalement le film des événements, en accéléré. En s'efforçant de n'omettre aucun détail. Le bilan le laissa perplexe. Il n'était certain que d'une chose : il avait sauvé la gamine. Rien à regretter. Depuis la veille, il s'était laissé étourdir par la joie de jouer au grand frère ou au papa, au choix. Mais cela pouvait-il durer ? Il aurait bien aimé en parler à ses copains de la section, Steph, Fred et Nono, mais c'était évidemment impossible. Oui, à tout bien réfléchir, sa vie avait de nouveau un sens autre que sa propre survie. Charlie pouvait montrer à tous ceux qui l'avaient méprisé qu'il n'était pas qu'un paumé en fin de course. Qu'il était toujours resté le Charlie d'autrefois. Celui qui roulait des mécaniques, en uniforme dans les rues du village, à chaque perm'. Celui qui avait baisé toutes les nanas des bleds alentour, d'Abbeville jusqu'au Tréport ! Il but de nouveau, sans toutefois s'enivrer.

Il quitta son transat et passa la tête dans l'entrebâillement de la porte qui s'ouvrait sur la chambre. Héléna s'était endormie, son stylo à la main. Il récupéra le cahier sans bruit et examina les nouveaux dessins. Il reconnut une silhouette porteuse d'un accordéon, des tables et des chaises, l'intérieur d'un café, avec un comptoir, un percolateur. L'accordéoniste était accompagné d'un chien. Une laisse pendait à son poignet et le reliait à une espèce de caniche. Un détail supplémentaire était censé aider Charlie : l'accordéoniste était barbu. Héléna avait mobilisé tout son savoir-faire pour parvenir à ce résultat. Elle croyait en Charlie. À son sauveur. Elle était persuadée que, grâce à lui, son désir de vengeance serait exaucé…

Quand elle s'éveilla, presque à la nuit tombée, il prépara un repas qu'il voulut fastueux. Il n'avait qu'un Butagaz et quelques conserves à sa disposition mais mit tout son cœur à l'ouvrage. Il disposa la table, avec en guise de nappe un linge propre, des assiettes et des couverts en fer-blanc dégotés chez le Gros René, et agrémenta le tout avec des bougies.

— On va se faire un festin aux chandelles ! annonça-t-il en se forçant à rire. Tu aimes ça, le cassoulet ?

La petite renifla le fumet qui montait de la casserole. Cela ne sembla pas lui déplaire. Une boîte de macédoine de fruits fit office de dessert. Charlie n'avait pas faim. Il se contenta de regarder manger sa petite invitée en grillant cigarette sur cigarette. Rassasiée, elle rota à plusieurs reprises et s'essuya les lèvres avec la nappe.

D'ordinaire, quand le temps était assez clément, Charlie passait ses soirées à se balader le long du canal. Il croisait des promeneurs de diverses obédiences, des joggers ou des cyclistes, des beaufs accompagnés de leur chien, des ados qui n'avaient d'autre refuge que les amas de parpaings pour s'envoyer en l'air ou pour tirer sur leur pétard, sans oublier d'autres rôdeurs aux mœurs moins anodines… Il hésita. Il ne tenait pas à ce que les abonnés des lieux le voient en compagnie de la gosse. Du moins pas tout de suite. Même si personne ne pouvait connaître son repaire, mieux valait ne pas attirer l'attention. On l'avait toujours vu seul. Taciturne. On se saluait, entre habitués. On échangeait même parfois quelques mots. Des bêtises dont Charlie se contrefoutait. Des mondanités de pauvres gens. Il fouilla dans un des sacs qui encombraient la pièce et en sortit un jeu de 52 cartes.

— Une bataille ? proposa-t-il. Tu vas voir, je vais t'apprendre !

Héléna écarquilla les yeux, s'empara des cartes, les battit vigoureusement et entreprit de montrer sa dextérité à les manier. Malgré une attention soutenue, Charlie ne parvint pas à saisir comment elle faisait jaillir les quatre as à volonté, ni pourquoi les rois disparaissaient d'un simple claquement de doigts. Puis Héléna choisit deux valets et un huit, et les retourna avant de fixer son protecteur d'un œil interrogatif.

— Le bonneteau, tu connais ça ? J'avais vraiment l'air d'un con, avec ma bataille ! Heureusement que t'as rien pigé, hein ? Il est là, le huit, c'est la carte de gauche ! Facile !

Charlie la retourna. Perdu. Héléna les agença de nouveau, à toute vitesse. Charlie se trompa encore une fois. Puis vingt fois de suite. Il fit signe qu'il abandonnait. Il ne put réprimer un bâillement et joignit ses deux mains contre sa joue en murmurant « dodo ». Héléna hocha doucement la tête. Charlie l'aida à retaper le lit.

— Bon, eh bien t'es chez toi, bonne nuit, lui dit-il.

Elle ôta prestement sa robe. Il vit alors les traces qui marbraient son torse, ses cuisses maigrichonnes. Des traces de coups. Des zébrures noirâtres. Des points violacés qui évoquaient des brûlures de cigarette. Héléna le dévisagea avec insistance. C'était à dessein qu'elle s'était dévêtue devant lui. Elle disparut sous l'amas de couvertures. Il ne voyait plus que sa petite bouille de farceuse qui l'avait roulé au bonneteau. Quand il fit mine de sortir, elle battit du plat de la main sur le sol et lui montra toute la place qu'il restait à ses côtés.

— Après tout, t'as raison, murmura-t-il, on va pas jouer aux aristos, on est pas à Versailles, ici.

Il sortit pisser au-dehors, du haut de la coursive, scruta les lieux déserts, comme il le faisait tous les soirs, puis rentra dans la chambre. Il ôta ses chaussures, son pull, et se glissa à côté de la petite. La pièce minuscule était éclairée par le halo d'une lampe de camping-gaz. Il fouilla sous le matelas, en sortit une torche électrique, la déposa à ses côtés en cas d'urgence durant la nuit, la routine, puis éteignit son camping-gaz.

— Fais de beaux rêves, Héléna, chuchota-t-il.

Il resta immobile dans l'obscurité, couché sur le dos. Il entendait la respiration de la gamine, régulière, paisible, et se souvint des premiers gestes qu'elle avait eus en s'éveillant dans ce lit, la veille. Vingt-quatre heures auparavant. Des gestes craintifs, qui trahissaient sa hantise des coups. Cela semblait si loin. En moins d'une journée, il était parvenu à l'apprivoiser, à l'amadouer, à la persuader qu'il ne lui voulait aucun mal. Il n'était pas peu fier du résultat. Quelques minutes plus tard, il sentit la gamine se rapprocher de lui. La main d'Héléna glissa le long de son torse, descendit jusqu'au nombril, hésita un instant et se plaqua brusquement contre sa braguette. Charlie sursauta violemment, chercha sa lampe-torche à tâtons, l'alluma.

La gosse s'était réfugiée à l'autre extrémité du lit. Il évita de lui braquer le faisceau de la torche en pleine face mais l'orienta de telle façon qu'il puisse malgré tout distinguer son visage. Elle le toisait d'un œil surpris. Nullement honteuse. Elle eut alors une mimique limpide, un geste de la main et de la bouche sur lequel il était impossible de se méprendre. Elle paraissait sincèrement étonnée de l'attitude de Charlie, de son refus. Celui-ci sentit une sueur glacée lui envahir le front. Il se leva.

— Merde alors, s'écria-t-il, sans savoir s'il devait céder à la colère qui l'envahissait.

Il était trop tard. Dans sa précipitation, il avait rejeté la fillette avec une violence spontanée, incontrôlable. Elle l'observait attentivement, sans comprendre. Elle répéta la proposition obscène, avec une gentillesse, une naïveté dans le regard qui bouleversa Charlie. Puis elle haussa les épaules, désolée, avant de se réfugier de nouveau sous ses couvertures. Charlie passa dans la pièce voisine, alluma une cigarette, se servit un verre, et tourna en rond dans l'espace réduit, en se cognant aux différents objets qui encombraient les lieux. Il finit par se calmer, s'assit sur son transat et fit le tri dans ses pensées. Peu à peu, il songea que si la gosse lui avait fait cette proposition, c'était tout simplement parce qu'elle y était habituée. C'était en quelque sorte sa manière à elle de remercier, d'être gentille. De lui témoigner sa reconnaissance. On avait dû lui enseigner à se comporter ainsi. Lui apprendre cette dégueulasserie à coups de ceinture, de brûlure de cigarette. La honte le submergea. Il éteignit sa torche, regagna la chambre en tremblant, s'allongea sur le matelas, et attira Héléna contre lui. Il passa les bras de la petite autour de son cou, lui couvrit le front de baisers et lui caressa la nuque en la berçant du mieux qu'il put. C'est alors qu'il la sentit fondre en larmes.

SAMEDI

1

En arrivant à l'hôpital, Françoise Delcourt fila directement au laboratoire chargé des analyses. Le résultat de la prise de sang de Valérie n'était pas encore prêt. Elle insista pour qu'il soit traité en priorité, fonça ensuite relever la collègue qui avait effectué la garde de nuit, et prépara le récapitulatif des soins pour tous les malades du service. Elle ne put s'empêcher de dresser une liste des différents personnels qui avaient eu accès à la chambre 10 depuis l'hospitalisation de la petite Lequintrec. Une dizaine de noms d'infirmières et d'aides soignantes sans oublier Kadidja, la diététicienne. Il lui fallut ajouter Ernestine et Clara, l'autre fille qui faisait le ménage dans les chambres, en alternance. Elle contempla sa feuille de papier, horrifiée par ses soupçons. Une demi-heure plus tard, elle reçut un coup de fil du labo, comme elle l'avait demandé. Vitold avait vu juste. Les crises d'hypoglycémie de Valérie, du moins la dernière, présentaient la curieuse particularité d'un peptide C totalement effondré. Elle prit son courage à deux mains, appela Vauguenard à son domicile et lui dressa un compte rendu détaillé de toute l'affaire. Vauguenard écouta avec attention et promit qu'il serait là dans les plus brefs délais.

Françoise plia soigneusement la feuille sur laquelle elle avait noté les noms, la fourra dans la poche de sa blouse et sortit faire le tour des chambres. À peine avait-elle commencé qu'elle entendit un hurlement strident en provenance du hall d'accueil. Elle sortit précipitamment, traversa le couloir et se trouva face à Ernestine qui continuait de crier en se tenant la main. Le contenu de la poubelle de plastique bleu qu'elle était en train de vider était renversé à terre. L'incident avait commencé à provoquer un certain émoi. Des enfants pointaient la tête hors de leur chambre et deux des infirmières de service étaient accourues à la rescousse. Françoise frappa dans ses mains pour rétablir le calme et renvoya chacun dans ses pénates. Ernestine se tut mais tremblait convulsivement, de la tête aux pieds. Elle avait arraché ses gants de caoutchouc.

— Calme-toi et explique-moi ce qui t'arrive ! ordonna Françoise, d'une voix qui ne souffrait pas la contradiction.

— Je me suis piquée avec une seringue en vidant la poubelle ! Elle était dedans, je me suis pas méfiée, j'ai pris le sac, comme d'habitude, pour le jeter dans le chariot, et voilà…

Françoise la fit asseoir sur un fauteuil et examina la paume de sa main où perlait effectivement une goutte de sang, avant de fouiller le contenu de la poubelle avec prudence. Elle y retrouva des emballages de friandises, des mouchoirs, le papier cadeau qui enveloppait la poupée que les parents de Valérie avaient offerte la veille à leur fille, ainsi qu'une petite seringue pareille à celles que les pharmacies délivrent aux diabétiques. Elle replaça le tout dans le sac, prit Ernestine par le bras et l'entraîna dans son bureau dont elle referma la porte.

— Je vais avoir le sida, sanglotait Ernestine.

— Mais non, qu'est-ce que tu racontes, c'est complètement stupide ! rétorqua Françoise en lui nettoyant la main avec un coton imbibé d'antiseptique. Allez, tu vas rentrer chez toi, te reposer et on en discutera lundi. D'ici là, repose-toi ! On fera tous les examens pour te tranquilliser. Et pour le ménage du week-end, je me débrouillerai ! Allez, file !

Ernestine sortit, sans cesser de sangloter. Françoise enferma le sac de la poubelle dans une armoire et garda la clé du cadenas.

*

Vauguenard se passa la main sur le visage en refermant le carnet de santé de Valérie Lequintrec. Dès son arrivée, il était allé voir la petite, puis il s'était longuement entretenu avec Françoise qui lui avait montré le document ainsi que le contenu de la poubelle. La seringue avec laquelle Ernestine s'était accidentellement blessée reposait sur son bureau.

— On n'utilise pas ce modèle dans le service, précisa la surveillante.

— Ni dans aucun hôpital de l'Assistance publique, enfin, à ma connaissance, acquiesça Vauguenard.

Il lissa la feuille qui récapitulait les noms de tous les membres du personnel qui avaient pénétré dans la chambre 10 et la déchira posément, à la grande surprise de Françoise.

— C'est vous qui avez eu l'idée de demander à la mère d'apporter le carnet de santé ?

— Oui, je ne sais même pas pourquoi… la gosse avait ces crises d'hypoglycémie, je savais qu'il n'y avait pas d'explication rationnelle, alors je… je ne sais pas… je me suis dit… et quand j'ai lu c'est vraiment bête, j'ai pensé à un tableau de maltraitance. Et puis Vitold a demandé des analyses, et voilà ! On n'utilise pas ce type de seringue, dans l'hôpital, elle vient du dehors ! Il faut déclencher une enquête, non ?

— Ce papier cadeau, c'est bien celui qui enveloppait la poupée de la petite ?

— J'en suis certaine ! J'étais présente quand les parents l'ont apportée, j'ai vu la mère le jeter une fois la poupée déballée.

Vauguenard tambourina doucement sur le plateau de son bureau.

— La mère est aide-soignante et le père, enfin, son concubin est étudiant en médecine, c'est bien cela ?

Françoise confirma. Vauguenard saisit un linge et enveloppa précautionneusement la seringue.

— Vous serez là tout le week-end ? Eh bien moi aussi. Nous allons surveiller la mère durant les visites.

— Vous croyez que… enfin qu'elle aurait pu… bredouilla Françoise, épouvantée, sans parvenir à achever sa phrase.

— L'histoire médicale de Valérie est incohérente et j'ai commis l'erreur de ne pas m'y intéresser. La perfusion a eu des fuites pour le moins curieuses, le peptide C est effondré, signe irréfutable que les crises sont provoquées par des injections d'insuline, et enfin on retrouve cette seringue dans l'emballage cadeau… qu'est-ce que vous voulez que je croie ?

— Mais pourquoi ? C'est complètement fou, cette femme est très gentille, sa gamine vit un véritable martyre… et…

— On surveille, et très attentivement !

— Mais enfin, si la mère avait osé faire ça, elle aurait dissimulé la seringue autre part que dans la poubelle du service, ça paraît incroyable !

— Oh, ça ne paraît pas, *c'est* incroyable ! assura tranquillement Vauguenard.

Il décrocha son téléphone et appela un des médecins biologistes responsables du labo. Qui fut surpris d'être dérangé un samedi matin.

— Vous venez à l'hôpital, je vous le demande, c'est à la fois personnel et professionnel. Et vous reprenez tous les prélèvements de la petite Lequintrec. Tous, depuis son arrivée. Vous recherchez le peptide C. Et puis aussi…

Il hésita un moment.

— Le peptide C et quoi encore ? s'énerva le biologiste.

— On verra plus tard, pour le moment, l'urgence, c'est le peptide C. Pour le reste, on a le temps.

Vauguenard passa plus de deux heures au téléphone. Après le biologiste de Trousseau, il contacta ses confrères de Lorient et de Rennes, où avait été hospitalisée Valérie. En les suppliant de pratiquer des examens similaires. Certains étaient partis en week-end, et la tâche fut des plus ardues.

2

Charlie tranquillisa Héléna avant de la laisser seule. Elle avait eu une nuit agitée de cauchemars, et à plusieurs reprises il avait dû la cajoler pour la calmer. Ce ne fut qu'au petit matin qu'elle trouva un sommeil serein. À son réveil, Charlie lui prépara un petit déjeuner, versa de l'eau tirée d'un jerrican dans une cuvette, sortit un morceau de savon et déchira une pièce de tissu qui pourrait faire office de gant de toilette. Héléna acquiesça. Charlie lui expliqua tant bien que mal qu'il serait absent durant plusieurs heures et qu'elle devrait l'attendre sans faire de bruit. Il lui montra le cahier empli de dessins et l'ouvrit à la page qui contenait celui de l'accordéoniste.

— Il me faut du temps, tu comprends ? lui demanda-t-il. Mais je te promets que je vais essayer !

Avant qu'il n'enfile son blouson, elle lorgna vers le poignard qui reposait dans son étui sous l'aisselle de Charlie. Il posa sa main sur la joue de la fillette, lui sourit, puis sortit sur la coursive de son perchoir pour déployer son échelle de corde. Une fois parvenu sur la rampe du hangar, il dissimula l'échelle dans sa cachette habituelle et leva les yeux. Héléna l'observait, accoudée à la rambarde, tout là-haut. Il lui fit signe de rentrer, de fermer la porte des anciens bureaux, de rester bien calfeutrée dans la planque.

Il était près de midi quand il arriva aux abords des Puces de Saint-Ouen. Il attacha l'antivol de sa mobylette à la grille du métro porte de Clignancourt, se faufila parmi les badauds, passa sous le pont du périphérique et arriva au marché Malik. Les allées étaient encombrées des stands habituels, marchands de fripes ou de meubles, brocantes plus ou moins douteuses, voire simples déballages de vieilleries sans valeur aucune, ou assortiment de prétendues statuettes africaines fabriquées à la chaîne et vieillies à l'acide. Il croisa même un stand où l'on vendait, pêle-mêle, des accessoires de piercing et de curieuses pipes en bambou, qui ne pouvaient servir qu'à fumer du crack. Charlie connaissait parfaitement les lieux et il évita soigneusement les stands du Gros René. Il ne tenait pas à le rencontrer, à supporter sa conversation vaseuse, ses questions, sa fausse sollicitude, et encore moins à aller boire un canon en sa compagnie. Le Gros René, volontiers paternaliste, ne dédaignait pas son petit personnel. Maître dans son domaine, il aimait montrer sa munificence en régalant son monde à coups de tournées générales. Il calait alors sa bedaine contre le comptoir et distribuait force claques entre les épaules de ses invités. Puis, fin cuit après quelques bouteilles vidées, il partait faire la sieste au fond de l'un de ses stands, affalé sur un hamac, entre deux piles de bottes de la Wehrmacht et une montagne de masques à gaz rescapés de la guerre du Golfe.

Charlie visita un à un les troquets des environs, la Brocante, le Picolo, le Baryton, dans lesquels il avait déjà croisé des musiciens. Guitaristes manouches, saxophonistes nécessiteux, accordéonistes sur le retour qui trouvaient là un public indulgent. Entre deux tournées de moules-frites arrosées de muscadet, on poussait la chansonnette en fredonnant *La Valse brune* ou *Le Dénicheur*. Au fur et à mesure de ses pérégrinations, Charlie croisa quelques connaissances, des types qui comme lui vivaient de combines pas vraiment avouables et venaient proposer leur camelote à qui voulait bien l'acquérir. Il les évita et vida en solitaire quelques bocks de bière sans croiser le moindre accordéoniste barbu ou accompagné d'un caniche. Il se prit à ricaner de sa propre vanité. Qu'était-il venu chercher ? Une silhouette, un dessin d'enfant. Il se trouva pitoyable. Héléna, du fond de sa détresse, lui avait bourré le mou. Il allait rentrer à son refuge, la convaincre gentiment d'oublier le passé. Ils pourraient vivre ensemble, sans trop de soucis. Charlie n'avait aucun avenir et ne se faisait aucune illusion à ce propos. Mais si la chance lui accordait ne fût-ce que quelques mois de tranquillité, de semblant de bonheur avec la petite, alors il accepterait de quitter la piste sans rancune. Quand son voisin de comptoir, percevant son trouble, lui offrit un Ricard bien tassé, Charlie accepta le verre que le loufiat lui tendait. Il le vida cul sec, sans y ajouter un trait d'eau claire. L'alcool lui réchauffa les tripes. La vie était laide, il le savait depuis longtemps. Ricard après Ricard, il écopa d'une cuite sévère et resta à demi somnolent au fond du bistrot, où il avait finalement trouvé refuge sur une banquette, la station debout près du comptoir devenant trop périlleuse. De temps à autre, il éclatait d'un rire aigre, sans raison apparente.

Au beau milieu de l'après-midi, enfin dégrisé, la bouche pâteuse, il se décida à quitter le bistrot et reprit son errance dans les allées chamarrées du marché aux Puces. Il titubait mais retrouva peu à peu une démarche plus assurée. Près du marché Vernaison, il croisa deux gamines guère plus âgées qu'Héléna, qui déambulaient en tendant la main devant les passants. Aussi crasseuses qu'elle, aussi effrontées. Chaque fois qu'elles essuyaient un échec, elles tendaient le majeur dans un geste éloquent, dans le dos du quidam qui avait refusé de leur accorder l'aumône. Il leur fila le train, à tout hasard. Quand elles eurent amassé quelques piécettes, elles partirent remettre le pactole à un type d'une trentaine d'années qui grignotait des cacahuètes, assis sous le pont du périph'. Il empocha la comptée et ordonna aux deux fillettes de repartir au turbin. Charlie hésita avant de se décider à s'accroupir à ses côtés. Le type ne parut pas surpris et continua d'éplucher paisiblement ses cacahuètes de ses ongles endeuillés. Autour d'eux, les voitures filaient sur le bitume, lâchant au passage quelques effluves de gas-oil.

— Alors mon salaud, ça marche, ta combine, ça te gêne pas de faire marner des mômes pendant que tu te la coules douce ? demanda soudainement Charlie.

Le type, vaguement troublé, répondit par un grognement dont l'interprétation pouvait se révéler hasardeuse. Il entreprit de se curer le nez avec application.

— Non, je disais ça comme ça, reprit Charlie avec le sourire. Des fois que ça me prenne, l'envie de te péter la gueule, histoire de t'apprendre à vivre, tu crois pas ?

Un long silence s'ensuivit, ponctué de coups de klaxons.

— Tu veux pas me répondre, hein ? poursuivit Charlie, soudain gagné par une grande lassitude.

— Yougoslavie, beaucoup malheur… moi, pas comprendre… grimaça le type en dévoilant des incisives cariées.

Nauséeux, Charlie se leva et se mêla à la foule, les poings dans les poches de son blouson.

3

Marianne Quesnel arriva à quatorze heures dans le service du professeur Vauguenard. Le samedi était un jour très agité. Les familles résidant en province prenaient le train ou la voiture dans la nuit du vendredi, et passaient la journée à Trousseau avant de reprendre la route le soir même. Une petite éclaircie dans une longue semaine d'attente. Le hall d'accueil s'animait, résonnait des cris des petits frères ou des grandes sœurs des malades. Ils patientaient avec leurs consoles Nintendo ou leurs GameBoy, le plus souvent inconscients du drame qui se jouait à quelques mètres de là, parfois étonnés de constater les résultats de la chimio, un amaigrissement spectaculaire, une calvitie tout aussi incongrue…

Françoise l'accueillit avec un sourire très protocolaire. Elle lui apprit que la petite avait eu une nouvelle crise la veille au soir. La mère fondit en larmes.

— Saïd n'est pas venu, aujourd'hui ? demanda Françoise.

— Il a fallu qu'il rentre en Bretagne, il a tous ses examens à préparer, sinon, il va rater son année de médecine.

Elle se sécha les joues avec un Kleenex, prit une profonde inspiration et remercia la surveillante de sa franchise, avant de pénétrer dans la chambre. Françoise l'y accompagna.

— Tu sais, murmura Marianne après avoir embrassé sa fille, les beaux jours sont revenus. Saïd va acheter un bateau, un petit Zodiac, comme ceux que tu as vus l'année dernière, à Pâques, quand on est allés se balader dans le golfe du Morbihan. Tu te souviens ? Eh bien, cet été, quand tu seras guérie, vous irez à la pêche, tous les deux, tu veux bien ?

Françoise quitta la chambre sans pour autant s'en éloigner. Elle se plaça à l'angle du couloir, d'où l'on pouvait apercevoir par la baie vitrée tout ce qui s'y passait. Jamais elle n'avait vécu de circonstances similaires. Elle balançait entre la honte et la rage. La honte si l'hypothèse soulevée par Vauguenard se révélait fausse… La rage dans le cas contraire. Si cette mère attentive, aimante, était folle au point d'avoir empoisonné sa propre enfant, alors elle méritait… Françoise entendit soudain Vauguenard toussoter derrière elle et interrompit ses réflexions sans pouvoir préciser la nature du châtiment.

— Allez-y, moi je crois que je vais craquer, chuchota-t-elle en lui cédant la place.

— Vous avez bien noté le numéro ? La brigade des Mineurs ? Si… si quelque chose se passe, moi je l'embarque dans mon bureau, et vous, vous prévenez tout de suite les flics, d'accord ?

Françoise hocha silencieusement la tête. Elle n'avait jamais dissimulé son admiration pour Vauguenard. Chaque fois qu'elle faisait visiter le service à un nouveau venu — de l'aide soignant à l'interne — elle parlait du patron avec respect et chaleur. Depuis dix ans, elle l'avait souvent vu veiller des nuits entières au chevet de gosses à l'agonie, consoler des parents accablés de chagrin, avec ses pauvres mots, qui n'avaient d'autre valeur que leur sincérité. Elle l'avait parfois vu pleurer, seul, tard le soir dans son bureau, fou de désarroi devant son impuissance quand un petit patient était sur le point de mourir.

Il pénétra dans la chambre, à son tour.

Françoise le vit jouer avec Valérie, lui présenter le tour de magie qu'il affectionnait tant et qui consistait à faire disparaître, d'un simple souffle, deux grosses billes de verre, pareilles à celles qu'utilisent les gosses dans la cour de récré, et qui ne quittaient jamais la poche de sa blouse. Les billes réapparaissaient absolument n'importe où, à volonté, derrière l'oreiller, sous le drap, voire dans la poche de l'imperméable de la maman. Ou dans les cheveux de l'infirmière qui passait par là. Succès assuré. Puis il sortit.

— On reste dans les parages, je crois qu'elle est tranquillisée, murmura-t-il.

— J'ai honte de ce que je suis en train de faire ! chuchota Françoise.

— Et moi donc, j'aimerais tant me tromper ! assura Vauguenard.

4

Comme convenu, en début d'après-midi, Maryse Horvel et Nadia Lintz se retrouvèrent dans un café, près du Centre Pompidou, pour aller visiter l'expo *Le sexe de l'art.* Elles patientèrent dans la file d'attente, et, après une demi-heure, purent enfin pénétrer dans le Centre. L'expo était très spectaculaire. Entièrement centrée sur les relations entre la sexualité et l'art, elle proposait quantité de tableaux, de sculptures, mais aussi de photographies et de vidéos. Elle s'ouvrait par le tableau de Courbet, *L'Origine du monde*, représentant une femme aux cuisses écartées, au visage invisible mais au sexe figuré en gros plan.

— Houlà, ça démarre très fort, on aurait dû inviter Montagnac, ça l'aurait inspiré, gloussa Maryse.

— Je crois qu'il faut arrêter de se foutre de lui, répondit Nadia, malgré toutes ses déconnades, il est assez déprimé...

— Tu as eu une petite liaison avec lui, je crois que c'est pas top secret ?

— Oui, et j'ai vite arrêté, du coup, il m'en veut un peu. Sans le montrer.

— Pourquoi ?

— On est venues voir une expo, ou potiner ? demanda Nadia en suivant les visiteurs.

— OK, *no comment*.

De Cranach, Rembrandt à Picasso, en passant par Georg Grosz, Dalí ou Magritte, jusqu'aux artistes contemporains, Sophie Calle, Allen Jones, Robert Gober, toutes les facettes de la vie sexuelle, de sa représentation en images, étaient évoquées au fil des salles. Les multiples perversions, du voyeurisme au sadomasochisme, voire à la scatophilie y trouvaient leur place. Le public, parfois décontenancé, ne savait quelle attitude adopter devant l'urinoir de Duchamp baptisé *Fontaine* ni devant les montages de bidets ou de sièges de WC de Paul-Armand Gette, qui leur faisaient écho.

*

Maryse resta songeuse devant la *Princesse X*, un bronze poli de Brancusi représentant un sexe masculin — verge dressée et testicules gonflés — d'une soixantaine de centimètres de hauteur.

— Là, tu rêves… lui susurra Nadia. Même si Butch se bourre d'anabolisants, ça m'étonnerait qu'il arrive à ce résultat !

— L'espoir fait vivre !

Les représentations phalliques étaient nombreuses. Allusives, comme le bronze doré de James Lee Byars, *Golden Towers*, ou au contraire clairement explicites, à l'instar du moulage en latex de Louise Bourgeois, sobrement intitulé *Fillette*… Les organisateurs de l'exposition avaient réservé une large place au thème du travestissement, avec les aventures de Rrose Sélavy, le double fantasmatique de Duchamp, ou les autoportraits de Pierre Molinier en guêpière et bas de soie noire.

— L'autre jour, murmura Maryse à l'oreille de son amie, à la vingt-troisième, on m'a amené un prof de maths qui s'était fait coincer sur le coup de trois heures du mat' dans une bagarre de travelos, au bois de Vincennes. À poil, avec un porte-jarretelles et des bas à filets, le pauvre, il s'était fait dépouiller par des loubards et avait perdu un de ses talons aiguilles. Les flics du dépôt lui ont prêté une blouse, c'était pitoyable…

— S'il était resté au chaud chez lui devant son Polaroid, comme Molinier, il serait peut-être devenu célèbre ? Qu'est-ce que tu as fait ?

— Il m'a émue, cet imbécile ! Je lui ai filé cent balles pour qu'il rentre chez lui en taxi. Il m'a envoyé une carte postale pour me remercier. Mais il m'a pas remboursé mes cent balles !

— Tu imagines la tête de sa concierge, quand il est passé devant la loge en petite tenue ? demanda Nadia, un sourire au coin des lèvres.

*

Maryse s'attarda longuement devant une création plastique signée de Charles Ray qui montrait toute une famille, le père, la mère, et leurs deux enfants, garçon et fille, nus, se tenant par la main, côte à côte. Le spectateur ne pouvait qu'éprouver un malaise certain devant la taille des différents personnages, rigoureusement identique. Comme si les enfants avaient grandi trop vite ou, plutôt, comme si, tétanisés par la croissance de leur progéniture, les parents s'étaient mis à rétrécir pour leur ressembler, dans une tentative désespérée d'abolir le temps qui leur annonçait leur propre vieillissement.

Les deux jeunes femmes déambulèrent un peu au hasard, avant d'arriver à l'entrée d'une salle où étaient accrochées des photographies retraçant la genèse d'une série d'*Anthropométries* réalisées par Yves Klein. Elles dataient de 1960 et avaient été prises au cours d'une « performance » à la Galerie internationale d'art contemporain de Paris, ou dans l'appartement de l'artiste, rue Campagne-Première. Klein utilisait un modèle féminin dont il enduisait le corps de peinture, avant de le plaquer sur une toile, en négatif.

— *Anthropométrie ?* On sort pas du boulot, c'est un adepte de Bertillon ! ricana Maryse, faisant ainsi allusion à l'inventeur du procédé de fichage des empreintes digitales utilisé par la police judiciaire.

Une des photos de Klein, présentant le modèle de profil, devant l'impression de ses seins sur la toile, était intitulée *Femme-pinceau.* Une autre montrait le même modèle accroupi sur un banc, cuisses écartées, se barbouillant le sexe d'une matière indéterminée déposée sur un linge, avant d'aller s'asseoir sur un autre support prêt à recueillir la marque, à la manière d'un tampon d'imprimeur.

— Il y a des types inventifs, quand même… soupira Maryse.

Elle rejoignit Nadia qui s'était arrêtée devant un moulage de cire de Kiki Smith, une femme grandeur nature, vue de dos, à demi tournée vers le spectateur. De longs colliers de perles rouges s'échappaient d'entre ses jambes et s'étalaient en filaments sur le plancher, en une traînée sanglante. La pâleur du corps, grisâtre, quasi fantomatique, entrait en résonance avec la violence des filaments rouges qui s'écoulaient de son sexe. Maryse resta bouche bée, saisie par la force étrange, captatrice, qui émanait de ce montage.

— Au fait, tu sais, murmura-t-elle, d'une voix blanche, je… je crois bien que je suis enceinte !

— Tu crois ou tu es sûre ?

— C'est pas un retard, j'ai fait le test ! Je *suis* enceinte !

— De Butch ?

— Mais pour qui tu me prends ? protesta Maryse, à voix basse, tu t'imagines que je me fais sauter à tous les coins de rue par le premier venu ? Enceinte de qui ? Non mais je rêve ! De Butch ! Évidemment !

— *Ay, caramba !* s'écria Nadia. La bonne nouvelle !

— Une bonne nouvelle ? C'est à vérifier ! Je sais pas très bien où j'en suis ! confia Maryse, sincèrement désemparée.

Elle suivit Nadia, qui se dirigeait à présent vers une série de petites cabines dans lesquelles des vidéos de « performances » passaient en boucle sur des écrans télé. Les spectateurs piétinaient devant chacune de ces mini-salles de projection, à la fois mal à l'aise et aguichés d'avoir à patienter pour satisfaire leur voyeurisme. Nadia pénétra dans l'une d'elles. Une bande-annonce rapide présentait la « performance » réalisée dans une galerie new-yorkaise au début des années soixante-dix par un certain Maximilien Haperman. L'artiste était nu face à une toile vierge, couchée sur le sol. Il montra une lame de rasoir que la caméra saisit en gros plan, et se lacéra franchement la poitrine. Le sang se mit à perler le long des entailles, puis à couler avec générosité. Haperman se pencha sur la toile, et l'arrosa, en appui sur les mains, le torse animé d'un mouvement circulaire, le visage crispé dans un rictus douloureux. Nadia sortit précipitamment de la cabine.

— N'y va pas, c'est à gerber... soupira-t-elle en prenant son amie par le bras. On est tombées au sex-shop rayon sado-maso, je me croirais au boulot, ça suffit ! On s'en va ?

— Si tu veux, acquiesça Maryse, hagarde. Tu sais, ça m'a remuée, la sculpture de la fille, avec ses règles qui coulaient sur le sol.

— Eh oui, dans ton cas, ça tombait à pic !

Elles quittèrent le Centre Pompidou et prirent place à la terrasse d'une brasserie, près de l'église Saint-Merri. Le garçon s'approcha et leur décocha un sourire enjôleur. Deux touristes espagnols, attablés tout près de là, leur adressèrent un salut éloquent en levant leur coupe de champagne.

— Parties comme on est, on pourrait faire un carton, remarqua Maryse en plissant les yeux sous les rayons du soleil. Si on les baratine bien, demain matin on se retrouve à Barcelone, sur les *ramblas*, ça te dit ? Non, OK, j'arrête de déconner !

Elle commanda une tequila, et Nadia, un café. Maryse alluma une Marlboro et prit la main de son amie. Les deux touristes espagnols, se méprenant sur le sens de ce geste, détournèrent la tête, dédaigneux.

— Qu'est-ce que je fais ? demanda Maryse en se tapotant le ventre.

— Si tu veux le garder, tu te décides vite d'arrêter de picoler et de cloper tes deux paquets par jour ! Sinon tu vas accoucher d'un Martien !

Maryse sirota une gorgée de tequila, exhala une bouffée de fumée, les yeux mi-clos.

— Je m'y vois pas, et en même temps, merde, qu'est-ce que ce serait bien… un bébé, tu te rends compte ? Tu me le garderais, de temps en temps, pour que je puisse quand même aller au cinoche ?

— Butch ! Butch le langerait, le cajolerait, lui chanterait une berceuse, pendant qu'on irait au cinoche, toutes les deux !

— Ah oui, j'avais oublié, il pourrait faire ça, je suis sûre qu'il serait d'accord, enfin, il s'arrangerait, avec son restau, c'est quand même tout un pataquès, des responsabilités, aïe, aïe, aïe…

— Ça demande effectivement beaucoup de boulot, enfin, d'après ce que j'ai entendu dire !

— Ben voyons ! conclut Maryse en vidant son verre. Tu doutes que je puisse élever un gosse. À vrai dire, moi-même je ne me sens pas capable de faire grand-chose.

— Toi, tu nous couverais une petite déprime que ça ne serait pas trop étonnant.

— Mais non, rassure-toi, ma grande ! affirma Maryse. C'est juste un petit coup de blues. Je n'arrive pas à me sortir de la tête une affaire dégueulasse, des gosses cramés dans un chantier, vers la porte de la Chapelle, j'y ai eu droit avant-hier, pendant ma permanence.

Elle évoqua la vision d'horreur de ce petit garçon dont les jambes, le bassin étaient carbonisés, mais dont le torse, la tête et les membres supérieurs étaient intacts.

— Je n'avais jamais rien vu de pareil ! ajouta-t-elle d'une voix étranglée. Si j'avais su ce qui m'attendait, quand j'avais dix ans et que je jouais à la marelle dans la cour de récré, avec mes petites tresses, ma jupe à carreaux, mes petits souliers vernis. Procureur de la République, non, mais je rêve, ou quoi ?

5

— Regardez, nom de Dieu ! s'écria soudain Vauguenard.

Françoise Delcourt écarquilla les yeux. Ils étaient en faction dans leur coin de couloir depuis plus de deux heures. Le traditionnel chahut du week-end qui agitait le service les avait à la fois servis et gênés. Françoise avait dû déployer tout son talent de négociatrice pour éloigner les curieux, éluder les questions, rétablir un semblant de routine. Marianne Quesnel leur tournait le dos et s'affairait autour de la poche de perfusion, près du lit de Valérie.

— On y va ! s'écria Vauguenard, en ouvrant la porte de la chambre à la volée.

Il se précipita sur elle et lui saisit la main droite qui tenait une seringue dont l'aiguille était enfoncée dans la poche de perfusion. La petite Valérie dormait.

— Tout va se passer dans le calme, ne vous agitez pas ! chuchota Vauguenard.

Marianne se raidit, tétanisée.

— Françoise ? Vous récupérez la seringue... donnez-la, madame Quesnel, desserrez doucement le poing !

Il y eut quelques secondes de flottement durant lesquelles Françoise craignit le pire. Une crise nerveuse, des hurlements qui auraient réveillé Valérie, une bagarre, le début d'une panique. Marianne obéit. Françoise récupéra la seringue.

— Venez, Marianne, nous sortons de la chambre, nous allons dans mon bureau pour parler, reprit Vauguenard, d'une voix dépourvue de toute agressivité.

Elle fléchit les épaules, hocha la tête et suivit le médecin, qui lui donnait la main, comme à un enfant.

— Françoise ? Appelez tout de suite le numéro que je vous ai donné, dit-il avant de disparaître.

*

— Qu'est-ce qui s'est passé ? demanda-t-il. Comment en êtes-vous arrivée là ?

Marianne était assise face à lui, le regard absent. La seringue reposait sur le plateau du bureau, dans un haricot de métal habituellement destiné à recueillir les pansements souillés.

— Je sais ce qu'il y a dans cette seringue. De l'insuline.

— Non... non, c'est du fortifiant, des vitamines... protesta Marianne.

— Madame Quesnel, je vais vous dire ce que je pense de vous. Je crois, je ne crois pas, je suis sûr que vous êtes malade, vous souffrez d'une maladie mentale qui vous a amenée à empoisonner votre fille... Je pense également que pour mettre au point un tel scénario, aussi sophistiqué, vous êtes certainement quelqu'un de très intelligent. Autant me dire tout de suite ce qui vous a poussée à agir ainsi. Ne me parlez pas de vitamines, je vous en prie. Je vais évidemment faire analyser le contenu de la seringue. Dans moins de vingt minutes, les policiers seront là et il faudra que vous vous expliquiez.

Marianne, si abattue quelques instants plus tôt, retrouva soudain toute sa pugnacité.

— Vous m'accusez ? rétorqua-t-elle. Vous n'êtes pas capable de soigner ma fille, que j'aime plus que tout, alors vous inventez n'importe quoi ? Cette histoire de piqûre d'insuline ? Ah oui, ça serait trop beau ! Vous voulez cacher la vérité, professeur Vauguenard ! Vous avez commis une erreur, une lourde faute médicale, un diagnostic erroné, vous avez fait opérer Valérie et ça n'a pas marché, la preuve, les crises d'hypoglycémie continuent ! Alors vous avez monté une petite mise en scène avec cette seringue que vous avez remplie d'insuline, et vous espérez faire croire à ma culpabilité ! Je me défendrai ! Vous entendez, je me défendrai ! On n'a pas le droit d'attaquer une mère comme vous le faites ! Vous êtes un salaud !

Elle s'était levée et martelait ses arguments en frappant du poing sur le bureau. Vauguenard écarta prudemment le haricot qui contenait la seringue et l'enfouit dans un tiroir.

— Je ne suis pas seul à vous avoir vue pratiquer l'injection ! nota-t-il. La surveillante, Françoise Delcourt, pourra confirmer mes dires.

— Évidemment ! C'est votre subordonnée, n'est-ce pas ? Qu'est-ce que vous lui avez fait miroiter pour qu'elle accepte de jouer ce rôle pourri ? C'est votre maîtresse ?

— Il y a vos empreintes sur la seringue, répliqua Vauguenard. Je ne suis pas policier, mais ça me paraît être une preuve suffisante !

— C'est vous ! Vous, et cette Delcourt qui ne cesse de me persécuter, qui me l'avez mise entre les mains, cette seringue, alors évidemment, mes empreintes y sont ! Ainsi que les vôtres, les siennes ! C'est un complot, un complot destiné à couvrir votre incompétence ! Avouez, avouez tout de suite, professeur Vauguenard, quelle erreur avez-vous commise dans le traitement de ma petite Valérie ?

Vauguenard sentit sa gorge se nouer. Il imagina la confrontation qui ne manquerait pas de se produire, le face-à-face avec un juge quelconque, parole contre parole. Lui ou Marianne. Le doute atroce qui s'insinuait à la manière d'un virus dans un organisme sain. Il se souvint d'un article récent, paru dans *Le Quotidien du médecin*, qui égrenait la liste des procès intentés par des plaignants victimes de bavures médicales, réelles, ou inventées par des imposteurs habiles, épaulés par des avocats pervers. La presse qui envenimait les débats. La souillure définitive, le soupçon rédhibitoire, quel que soit le résultat des investigations.

— Nous n'avons plus rien à nous dire, énonça-t-il d'une voix assourdie par l'angoisse. Rien d'autre à faire qu'attendre l'arrivée de la police.

*

Trois inspecteurs de la brigade des Mineurs, deux hommes et une femme, ne tardèrent pas à se présenter. Françoise les mit rapidement au courant. L'un d'eux resta enfermé dans le bureau du patron avec Marianne tandis que Vauguenard et Françoise s'entretenaient avec les autres dans le bureau de la surveillante.

— Il faut l'isoler immédiatement, demanda Vauguenard, après leur avoir dressé un rapide tableau des événements.

— Vous... vous l'avez réellement vue la seringue à la main ? demanda l'un des inspecteurs, dubitatif.

— Je sais que ça peut paraître incroyable, mais c'est la vérité !

— J'étais présente, je suis entrée dans la chambre au même moment, renchérit Françoise. Elle avait enfoncé l'aiguille dans la poche de perfusion et se préparait à pousser sur le piston. Depuis plusieurs jours, il y a des fuites à répétition dans le cathéter. Nous avons cru à des incidents dus à un défaut de matériel, sans penser à les mettre en relation avec les crises d'hypoglycémie... Il aurait fallu être un peu fou pour soupçonner la mère ! Et pourtant...

— L'accusation est très grave, reprit l'inspecteur.

— Je suis professeur agrégé de médecine, je dirige ce

service depuis quinze ans, croyez-vous que je pourrais m'avancer à la légère ? demanda doucement Vauguenard.

Les deux flics échangèrent un regard circonspect.

– Je sais, vous pouvez mettre ma parole en doute. Mme Quesnel va vous jurer que c'est moi qui ai monté une machination contre elle... Après tout, pourquoi pas ? Je ne demande qu'une chose, qu'elle soit placée en garde à vue et qu'on perquisitionne dans sa chambre d'hôtel ainsi qu'à son domicile. Pour rechercher les ordonnances qui lui ont permis d'obtenir l'insuline et, éventuellement, d'autres médicaments !

– Et si elle est elle-même diabétique ? reprit l'un des inspecteurs. Si elle s'apprêtait simplement à s'injecter le médicament à elle-même ?

– Mais enfin, vous ne comprenez pas, explosa Françoise, nous l'avons *vue* piquer la poche de perfusion, il n'y a aucun doute, aucun ! Depuis plusieurs jours, il y avait des fuites et nous avons cru que le cathéter se déboîtait parce que la petite tirait dessus !

– Si nous avons raison, les crises d'hypoglycémie vont cesser, plaida Vauguenard. Pas de piqûre, pas de crises, c'est simple, non ?

– Alertez le Parquet, trancha l'inspecteur. Tout de suite. Vous téléphonez, et nous, on sera couverts.

– Mais bien entendu, acquiesça Vauguenard en décrochant le combiné. Je peux même me rendre immédiatement au palais de justice si ça nous permet d'accélérer.

Les flics se concertèrent et finirent par opter pour cette solution. Vauguenard se débarrassa de sa blouse et enfila sa veste.

*

À son arrivée au Palais, on l'aiguilla vers un des substituts de la huitième section, André Montagnac, qui le reçut sans tarder. Quand il lui eut résumé la situation, le magistrat contempla Vauguenard d'un air effaré.

— Vous… vous êtes certain de ce que vous avancez ? demanda-t-il d'une voix tremblante.

— Je comprends votre scepticisme. Mais il n'y a aucun doute. Hélas.

— Je suis tout à fait disposé à vous croire, reprit Montagnac. Vous pourriez me rédiger une lettre, un résumé des faits.

Le médecin s'exécuta. Montagnac lut le document à haute voix.

— Bien, pour la forme, je vais ouvrir une information « contre X ».

— Contre « X » ? s'étonna Vauguenard. Il faut placer la mère en garde à vue, je ne sais pas, je ne connais rien au droit, à la procédure, mais enfin, il me semble… Écoutez, en cas d'erreur, c'est de toute façon moi qui en subirai les conséquences, non ? J'assume. Si elle m'attaque en diffamation, on verra bien. J'ai un témoin, la surveillante, Françoise Delcourt. Il faut me croire.

Montagnac réfléchit durant quelques secondes. Puis il décrocha son téléphone, demanda qu'on lui passe la brigade des Mineurs, et ordonna une perquisition dans la chambre d'hôtel qu'occupaient Marianne Quesnel et Saïd Benhallam. Vauguenard précisa l'adresse, rue de Picpus, près de la place de la Nation. Suivant les conseils du médecin, Montagnac transmit un ordre similaire au SRPJ qui couvrait la région de Lorient pour que soit aussi « visité » l'appartement des parents de Valérie.

— C'est très important, insista Vauguenard. Il faut établir s'il n'y a pas eu une intoxication médicamenteuse beaucoup plus ancienne.

— Soyez rassuré, je vous tiens au courant, approuva Montagnac. Si jamais on trouve quelque chose de suspect, alors la procédure suivra son cours.

— Vous prenez vos responsabilités, moi, je prends les miennes. Quel que soit le résultat de vos investigations, j'interdirai tout nouveau contact entre les parents et l'enfant. Faites vite, je vous en prie. De mon côté, je vais faire procéder à d'autres examens. Je suis persuadé que l'intoxication est ancienne, je veux dire antérieure à l'hospitalisation de la petite dans mon service.

Montagnac acquiesça, impressionné par la détermination dont faisait preuve son interlocuteur.

— Je suis de permanence tout le week-end, ajouta-t-il. Vous pourrez me contacter à n'importe quel moment.

Vauguenard quitta le Palais, les épaules voûtées, la gorge nouée par le dégoût et une violente colère envers lui-même. Jamais il ne pourrait se pardonner de ne pas être venu plus tôt au secours de Valérie. Il prit un taxi pour rentrer à Trousseau où il fit une incursion au labo. Il y apprit que toutes les analyses de sang postérieures à la pancréatectomie de la petite présentaient un peptide C effondré.

Il revint dans le service.

— Les flics ont embarqué la mère, lui apprit Françoise.

Vauguenard fit quelques pas dans le couloir, avisa un grand bouquet d'œillets que des parents avaient offert au personnel, en détacha une tige avec délicatesse et la glissa dans la boutonnière du col de la blouse de Françoise.

— Ça vous va à merveille, remarqua-t-il. Le rouge, c'est votre couleur préférée, n'est-ce pas ?

Il fredonna *L'Internationale*, en souvenir du jour où il avait accompagné la délégation des infirmières en grève sur le parvis du ministère de la Santé.

— Vous vous souvenez ? C'était la première fois depuis 68 que je bousculais un CRS ! Le temps passe… Au fait, comment va votre fils ? La sixième, c'est un cap difficile, les gosses sont paumés à la sortie du primaire, toute cette cohorte de profs qui débarquent en rang d'oignons, au lieu du vieil instit' traditionnel, la transition est parfois difficile.

— Laurent est en seconde, et ça tourne plutôt bien, répondit timidement Françoise.

Vauguenard hocha la tête avec un sourire désolé. Il plongea les mains dans les poches de sa blouse, en extirpa un bonbon au réglisse, le croqua machinalement.

— J'ai toujours été gaffeur, excusez-moi, balbutia-t-il, confus. J'oublie, j'oublie tout… Ça fait combien de temps qu'on travaille ensemble ?

— Dix ans.

— Vous ne m'en voulez pas, Françoise ? Rentrez chez vous, je vous remercie.

— Non, je ne vais quand même pas vous laisser seul !

Une demi-heure plus tard, installés dans le bureau des surveillantes, ils mastiquaient en silence une pizza mal cuite que Françoise avait commandée chez un livreur du quartier. La bière qui l'accompagnait était tiède.

— Le pire, ce n'est peut-être pas les injections d'insuline, soupira Vauguenard. Ils ont très bien pu lui fabriquer tous les symptômes qui ont entraîné l'opération et nous, comme des naïfs, nous sommes tombés dans le panneau. Au point de charcuter cette pauvre gosse. Peut-être pour rien.

— C'est impossible !

— Non, absolument pas ! Je n'avais jamais rencontré de cas précis, depuis le temps que je porte une blouse blanche. Les psychiatres appellent ça le syndrome de Münchhausen. Ils ont toujours le mot pour rire, ces braves psys. Le baron passait sa vie à inventer des histoires toutes plus rocambolesques les unes que les autres. Eh bien, il existe de doux dingues qui étudient les livres de médecine et s'amusent ensuite à simuler des symptômes divers, abracadabrants, mystérieux. Parfois, c'est tout à fait bénin, il suffit de se faire prescrire une analyse d'urine, de se piquer le doigt pour faire perler le sang, d'en faire tomber quelques gouttes dans le tube et c'est parti pour toute une série d'investigations qui au finish ne donneront évidemment rien. Le médecin est désemparé, il ne comprend pas ce qui se passe, doute de son diagnostic, bref, on s'amuse. La personne atteinte de ce syndrome prend littéralement son pied en narguant la médecine.

— Ça n'a pas de sens, protesta Françoise. C'est même absurde.

— La maladie n'a généralement pas grand sens. Vous pouvez me dire si une leucémie chez un gosse de cinq ans n'est pas le comble de l'absurdité ? Parfois, ça va beaucoup plus loin ! On cite des cas de septicémies provoquées par des injections intraveineuses d'eau souillée par des matières fécales. Charmant, non ?

— Mais alors ces gens-là peuvent mettre leur vie en danger, juste pour provoquer leur médecin ? balbutia Françoise, toujours incrédule.

— Exactement. Ils sont à la fois profondément masochistes, et en même temps, quand ils se retrouvent hospitalisés, ils sont entourés de soins, maternés, choyés, ils deviennent un centre d'intérêt, alors que par ailleurs leur vie n'est guère plaisante. Ils régressent en se faisant souffrir et ainsi captent un simulacre d'amour qu'ils ne seraient pas capables de susciter par ailleurs ! Votre fils n'a jamais fait traîner une grippe pour que vous vous occupiez davantage de lui ?

— Si bien sûr, mais de là à… ça n'a quand même rien à voir ! Là, il s'agit d'une gosse ! Comment des parents peuvent-ils en arriver là ?

— Ne me demandez pas de vous l'expliquer. On évoque alors un syndrome de Münchhausen « par procuration ». Ce sont toujours les psys qui parlent. Il faudrait en toucher deux mots à ce cher Vilsner, il doit connaître la question !

— Marianne adore Valérie, elle s'est mise en congé sans solde, a pris une chambre d'hôtel pour rester près d'elle, elle la couvre de cadeaux ! rétorqua Françoise, qui se refusait toujours à admettre la vérité.

— Nous aussi, elle nous a couverts de cadeaux, comme vous dites ! Des fleurs, des boîtes de chocolats, ce sont toujours des parents absolument exemplaires ! Charmants, soumis. Pas un mot plus haut que l'autre.

— Mais alors, il faut les enfermer pour des années !

— C'est aux magistrats de décider !

— Et le père, enfin, Saïd, il est étudiant en médecine, quel rôle il joue là-dedans ?

— Oui, et la mère est aide-soignante... Je ne voudrais pas gloser sur la formation des couples, l'alchimie de l'amour, les barrières sociales, etc., mais c'est quand même assez étonnant, non ? Toujours à propos de ce syndrome, les psys décrivent des couples aussi curieux, un père assez absent, une mère qui tient les rênes, et qui généralement travaille en milieu hospitalier. Vous voyez, tous les éléments sont réunis !

Françoise se mit à marcher de long en large dans le bureau, abasourdie. Vauguenard consulta une nouvelle fois sa montre, et les voyants lumineux du tableau d'appel. Celui de la chambre 10 restait obstinément éteint.

— C'est fou, j'en viendrais presque à souhaiter que ça sonne chez Valérie, murmura-t-elle.

— Rassurez-vous, ça ne sonnera pas !

Vauguenard se leva pesamment et rejoignit son bureau. Françoise longea le couloir jusqu'à la chambre 10 et observa la fillette qui dormait. L'infirmière de garde arriva alors et demanda quelles étaient les consignes.

6

Après sa déconvenue au marché aux Puces, Charlie n'osa pas regagner immédiatement son repaire. Il traîna le long du canal de l'Ourcq, indécis. Il redoutait le regard lourd de reproches que ne manquerait pas de lui adresser Héléna. Elle lui avait confié une tâche impossible. L'homme aux bouteilles incendiaires pouvait très bien s'être évaporé dans la nature, et le seul indice qui permettait de retrouver sa trace, l'accordéoniste des Puces, ne s'était pas montré. Charlie pouvait fort bien passer des heures entières dans le marché, week-end après week-end, sans jamais croiser son chemin. Dans sa petite tête de gosse paumée, Héléna se représentait le monde, et a fortiori une ville telle que Paris, d'une bien curieuse façon, difficilement cernable pour un esprit adulte.

*

Quand enfin il se décida à la rejoindre, en début de soirée, il constata qu'Héléna avait non seulement fait sa toilette, mais qu'elle avait récuré la cambuse avec ardeur. Jamais depuis que Charlie y avait installé ses pénates, l'endroit n'avait paru si accueillant. La petite lui souriait, partagée entre la fierté du travail accompli et un reste de timidité à son égard. Il la félicita et faillit s'étrangler de rire en constatant qu'elle avait également tenté de repriser une paire de ses chaussettes en piteux état. Il lui montra le stock de chaussettes neuves qu'il détenait, enfouies au fond d'un vieux sac de toile kaki.

— Tu vois, je suis peut-être dans la dèche, mais j'ai encore mes aises, lui dit-il.

Sur le chemin du retour, il s'était arrêté dans une boucherie pour acheter des steaks. Héléna écarquilla les yeux en découvrant les deux énormes tranches de bavette bien saignantes. Ils mirent la table. Charlie fit frire ses steaks dans une noix de beurre tandis qu'Héléna attendait, sagement installée devant son assiette.

Quand elle eut fini de manger, elle toisa Charlie d'un regard interrogatif. Le moment qu'il redoutait. À l'expression qui se dessina sur son visage, elle comprit que l'expédition à la porte de Clignancourt s'était soldée par un échec.

— Ne m'en veux pas, Héléna, supplia Charlie, j'ai traîné là-bas tout l'après-midi… Ton « monsieur », tu sais, je crois bien qu'on le retrouvera jamais, tu comprends ? Autant pas se faire d'illusions ! On passe l'éponge et on essaie de vivre peinards ?

Elle ne se laissa pas démonter, disparut un instant dans la pièce voisine et en revint avec son cahier et ses stylos. Charlie découvrit les dessins qu'elle avait réalisés durant son absence. Elle l'avait représenté en colosse capable de tout écraser sur son passage, tranchant la gorge de ses ennemis, piétinant leurs cadavres sous ses bottes. Un détail très particulier attira son attention. Sur l'un des dessins, il portait un béret rouge et une chemise camouflée dont les épaules s'ornaient de deux barrettes. Héléna affronta son regard interrogateur.

— T'es une vraie petite femme, hein ? T'as pas pu t'empêcher de fouiller partout ?

Charlie plongea la main sous une pile de journaux tassés sur une étagère et en sortit son portefeuille de cuir. Un cadeau de ses parents pour ses dix-huit ans.

— T'as regardé là-dedans, pas la peine de baratiner ! C'est même pour ça que t'as fait le ménage ! Vous êtes bien toutes les mêmes !

Héléna ouvrit le portefeuille et en extirpa une photo sur laquelle il figurait au milieu des copains de la section. Tout fier d'exhiber ses galons de caporal décernés la veille, en grande pompe dans la cour de la caserne, avec la fanfare du régiment, les gants blancs du colonel et tout le tremblement.

— C'était juste avant qu'on monte dans l'avion ! ricana Charlie. Ils avaient même pensé à nous filer des pilules des fois qu'on ait le mal de l'air, ces salauds, tu te rends compte ? Et alors qu'est-ce que tu crois ? Tu me prends pour Rambo ? Si tu savais…

Elle tourna la page du cahier et montra le dessin de l'accordéoniste. Obstinée, patiente, déterminée.

— T'es têtue comme une bourrique ! lança Charlie, excédé. Je l'ai pas vu, ton lascar, tu piges ? Il y était pas, aux Puces ! Et même si je l'avais croisé, qu'est-ce que j'aurais fait, hein ? Tu peux me le dire ? Non, tu peux pas, forcément, t'es muette !

Elle frappa de ses deux petits poings sur la table, furieuse, enragée.

— Ça suffit, Héléna, on va pas s'engueuler, quand même, on est pas bien, ici, tous les deux ? Pourquoi qu'on irait s'attirer des emmerdes ? Tu veux que je te dise ? Je vais pas le chercher ton « monsieur », tu saisis ? J'ai déjà donné, crois-moi !

Il feuilleta nerveusement le cahier d'Héléna, s'arrêta à un des dessins qui représentait le type qui avait lancé ses cocktails Molotov sur les gosses dans le chantier de la Chapelle, et le déchira. Il s'acharna sur la feuille de papier jusqu'à la réduire en une poussière de confettis.

— Il faut oublier, c'est la seule chose à faire ! reprit-il d'une voix adoucie, chaleureuse. J'essaie d'oublier, moi, j'y arrive pas, mais au moins, j'essaie ! C'est le seul moyen pour pas devenir dingue ! Tu veux que je te dise, si je pouvais me passer la cervelle au papier de verre pour effacer tout ce que j'ai vu, je le ferais !

La gamine hocha longuement la tête, accablée. Elle se leva, cracha sur le sol et ouvrit la porte qui donnait sur la coursive.

— C'est ça, s'écria Charlie, tire-toi, après tout, t'es libre, à chacun sa merde…

Il alluma rageusement une cigarette, se versa un verre de blanc et le vida d'un trait. C'est alors qu'il entendit le cri, précédant d'une fraction de seconde un bruit mou, en contrebas. Il se précipita à la rambarde. La nuit était tombée. Il saisit sa torche électrique et braqua le faisceau sur le sol bétonné et couvert de détritus du hangar.

7

André Montagnac reçut les inspecteurs de la brigade des Mineurs qui avaient perquisitionné dans la chambre d'hôtel de Marianne Quesnel et de Saïd en début de soirée. Ils lui firent un bref compte rendu de leurs investigations. Plusieurs seringues d'insuline avaient été retrouvées dans le tiroir de la table de chevet et aussitôt mises sous scellés. Il téléphona ensuite en Bretagne et ne tarda pas à apprendre que l'appartement de Marianne aurait pu servir d'officine pharmaceutique tant elle recelait de médicaments en tout genre.

— Merde, murmura-t-il, le toubib n'était pas parano !

Une heure plus tard, la mère de Valérie était déférée au dépôt du palais de justice tandis que Saïd bénéficiait d'un hébergement comparable à l'hôtel de police de Lorient.

Montagnac quitta les locaux du Parquet, traversa la cour de la Sainte-Chapelle et rejoignit le dépôt. Il traversa le secteur réservé aux hommes. Il y flottait en permanence une odeur insupportable, excrémentielle, cocktail de vomissures, d'effluves corporels, de vinasse et de tabac froid. Les responsables prétendaient que de mystérieuses remontées d'égouts incontrôlables généraient une telle puanteur. Mais, curieusement, à quelques mètres de là, à peine franchie la porte séparant les cellules dévolues aux femmes de celles où s'entassaient les hommes, l'atmosphère s'assainissait soudainement, comme par miracle. Le dépôt des hommes était à la charge de la préfecture de police, tandis que celui des femmes, à la suite d'une curieuse survivance de pratiques ancestrales, relevait d'un petit bataillon de nonnes en cornette. Sans doute fallait-il en conclure que les prières de ces créatures étaient plus à même de combattre la puanteur environnante que le stock de détergents mis à la disposition des flics. Montagnac fut reçu par sœur Cécile, minuscule bout de femme à la silhouette fragile, au sourire radieux, qui régnait sur cet étrange domaine avec un mélange de grâce et de fermeté. À chacune de leur rencontre, il ne pouvait s'empêcher de s'extasier à la contemplation de ce visage angélique, tout en douceur.

— Royal, comme fantasme, songeait-il parfois, retrousser la robe de bure d'une nonne, s'émerveiller de son émoi… non, pas royal, mieux encore : divin !

Il s'inquiéta de l'état psychologique de Marianne Quesnel, après son interpellation. Sœur Cécile lui assura qu'elle faisait preuve d'une grande sérénité.

— Elle est persuadée qu'il s'agit d'une erreur judiciaire, qu'elle est victime d'un monstrueux malentendu, expliqua la nonne.

— J'espère qu'elle a été fouillée et qu'il n'y a pas de risque de…

— Non, rassurez-vous. Elle a simplement demandé un sédatif, et je le lui ai donné. Elle dort. Si j'ai bien compris, il s'agit d'une histoire de maltraitance à enfant ?

— C'est hélas un petit peu plus compliqué, soupira Montagnac, sans dissimuler qu'il ne tenait pas à en dire plus.

La nonne respecta son souci de discrétion. À travers le judas, Montagnac jeta un coup d'œil sur la cellule où était enfermée Marianne. Elle dormait, effectivement.

— Je... je peux ? demanda-t-il ensuite en désignant l'entrée de la petite chapelle qui jouxtait le dépôt.

— Je vous en prie, confirma sœur Cécile, en rosissant, avec vous, c'est toujours un plaisir !

Montagnac pénétra dans la chapelle, s'installa face à l'harmonium, régla les touches, les pédales, et plaqua ses doigts sur le clavier. Il joua le *Stabat mater*, enchaîna avec les premières mesures du *Dies irae* du *Requiem* de Mozart, et, pour faire plaisir à la sœur, termina par un cantique plus trivial.

— *Je m'avancerai jusqu'à l'autel de Dieu, la joie de ma jeunesse*... chantèrent-ils tous deux, en chœur.

— J'aime bien aussi quand vous interprétez *Parle, Commande, Règne* ! risqua timidement la nonne.

Montagnac s'exécuta, docile. Il entonna le cantique de sa voix de baryton.

Dix minutes plus tard, rassasiés par tant de merveilles, Montagnac et la nonne sirotèrent un café dans la petite cellule qui faisait office de bureau, et d'où les sœurs veillaient sur les femmes qui leur étaient confiées. Putes, gamines toxicos, poivrotes à bout de souffle, mères infanticides, il y avait là tout un purgatoire d'âmes en souffrance, dans l'attente d'un rachat.

— Merci, murmura sœur Cécile.

Montagnac apprécia le compliment à sa juste mesure. Il tendit sa main. La nonne hésita avant de lui confier la sienne. Ils restèrent ainsi un long moment, unis par ce contact charnel, chaleureux. La petite paume de sœur Cécile palpitait de moiteur.

— Venez, venez plus souvent, vous serez toujours le bienvenu ! précisa la voix de la nonne, alors qu'il s'éloignait au détour du couloir.

— Arrête, arrête, protesta Montagnac, entre ses dents.

— Que Dieu vous garde ! insista sœur Cécile.

8

— Vous continuez, je vous en prie, supplia Vauguenard.

Le confrère biologiste qu'il avait en quelque sorte réquisitionné la veille au soir s'épuisait depuis plusieurs heures devant sa collection d'éprouvettes et de réactifs. Tous les prélèvements sanguins de la petite Valérie Lequintrec étaient réunis sur la paillasse.

— Je suis crevé, protesta le biologiste en réprimant un bâillement.

— Moi aussi, assura Vauguenard. Continuez.

Il se tourna vers la fenêtre. Le soleil commençait à se lever sur une brume laiteuse qui entourait les bâtiments de l'hôpital. Vauguenard sortit dans le couloir et batailla contre la machine à café qui prétendait lui refuser son expresso, en dépit des pièces de deux francs qu'il avait introduites dans la fente. Il revint dans la pièce où officiait le biologiste.

— Bon, c'est positif, murmura celui-ci, planté devant l'écran de son ordinateur. Cela dit, j'ai procédé en urgence, il faudrait confirmer par une seconde série d'examens. Surtout s'il s'agit d'une affaire… heu… litigieuse !

— Alors ?

— Le glibenclamide. Vous ne vous étiez pas trompé. Il y a des traces significatives. Avant l'opération. Plusieurs jours avant. Dans chacun des prélèvements.

Vauguenard vérifia le listing qui sortait de l'imprimante. Les dates correspondaient effectivement à la période d'observation précédant la pancréatectomie, durant laquelle la petite Valérie Lequintrec avait été admise dans le service. Le biologiste rangea les supports qui contenaient les éprouvettes dans le compartiment d'un frigo.

— Personne n'y touchera ? demanda Vauguenard, inquiet.

— Vous voulez peut-être que je mette un scotch sur la porte ?

— Pourquoi pas ? Et si vous pouviez signer au bas de chaque feuillet, ça me rassurerait. Vous paraphez chaque page, n'est-ce pas, et vous inscrivez la date, votre nom, à la suite, et là, votre signature en toutes lettres. Et le tampon du labo… c'est… c'est important pour moi !

Le biologiste acquiesça, consterné. Vauguenard vérifia le résultat, feuillet après feuillet.

DIMANCHE

1

Vauguenard traversa à pied la place du Châtelet, totalement déserte. À quelques mètres de là, malgré l'heure très matinale, le quai du marché aux Fleurs était agité de va-et-vient fébriles. De nombreux commerçants forains venaient s'y ravitailler avant d'aller rejoindre leurs stands, aux quatre coins de la région parisienne. De pleines brassées de lilas, de roses, de glaïeuls, d'œillets, valsaient de main en main avant d'atterrir dans les camionnettes. Vauguenard contourna le bâtiment du tribunal du commerce, contempla les grilles du palais de justice, avec leurs pointes dorées, et ne put contenir un haussement d'épaules fataliste. Il consulta sa montre. À peine huit heures. Le substitut qu'il avait rencontré la veille lui avait assuré qu'il serait présent aux premières heures de la journée. Vauguenard se dirigea vers la guérite du poste de garde et présenta sa carte d'identité. Le gendarme de faction contacta par talkie-walkie ses supérieurs, lesquels se mirent en relation avec Montagnac, qui autorisa le visiteur à pénétrer dans l'enclos du Palais. On l'escorta jusqu'à un bureau où l'attendait le substitut.

— Vous pourrez vous vanter de m'avoir pourri mon week-end, dit celui-ci en serrant la main du médecin.

D'habitude, j'attends tranquillement chez moi, avec mon portable sur la table de chevet. Votre histoire m'a tellement remué que je me suis déplacé ! Vous prenez un café ?

Vauguenard accepta. Les deux hommes s'installèrent face à face, de part et d'autre d'une petite table près de laquelle sifflotait une cafetière électrique.

— La mère a bien dormi… toute la nuit… annonça Montagnac. Je viens de m'en assurer en passant au dépôt.

— Les policiers que vous avez envoyés perquisitionner son hôtel, qu'est-ce qu'ils ont rapporté ?

Montagnac montra les PV consécutifs aux perquisitions menées à l'hôtel de la rue de Picpus et au domicile de Marianne Lequintrec, à Lorient.

— C'est arrivé par fax, les gars de la brigade des Mineurs ont mis tout le paquet !

Vauguenard s'en empara et feuilleta le paquet de documents. Des photocopies d'ordonnances, d'emballages de médicaments.

— *Xynoxil* et *Pertilex*, c'est évident, j'avais raison ! Pertilex 5 mg, cent comprimés. Cent comprimés, vous vous rendez compte ? Ils ont acheté ça à la pharmacie centrale, à Lorient, un mois avant les premiers troubles hypoglycémiques… Il faut consigner tout cela dans… dans le dossier, vous notez tout, n'est-ce pas ?

— Les PV de la brigade des Mineurs sont tous conservés, ça va de soi ! Vous m'expliquez ?

— Le Pertilex et le Xynoxil sont des médicaments très fréquemment administrés par les médecins… du… du coin de la rue ! Par les généralistes, il n'y a rien d'extraordinaire ! Ce sont des sulfamides hypoglycémiants.

— Excusez-moi, pour ce qui me concerne, c'est de l'hébreu.

— On utilise ces substances pour le traitement des diabétiques, expliqua patiemment Vauguenard. Elles agissent sur le pancréas ! Le problème, c'est que leur prise à haute dose peut simuler une tumeur pancréatique ! C'est ce qui s'est produit avec Valérie ! La mère a *fabriqué* la maladie de sa fille, de A à Z ! Elle présentait tous les symptômes et on l'a opérée.

— « On », c'est-à-dire vous ?

— Non, pas moi. Je me suis contenté de signer le diagnostic et de donner le feu vert pour l'intervention.

— Pardon ?

— En clair, je vous affirme que Valérie Lequintrec n'avait rien ! Vous comprenez ? Je me suis fait bluffer ! Les symptômes ont été fabriqués. Fa-bri-qués. Vous n'avez pas de secrétaire, enfin, de greffier, je ne sais pas, moi, pour noter tout ce que je vous dis ? C'est pourtant capital !

— Monsieur Vauguenard, si je vous entends bien, vous êtes en train de m'expliquer que vous avez charcuté cette pauvre gosse en lui ôtant la moitié du pancréas pour rien ?

— Oui.

— C'est impossible.

— Non. Les symptômes étaient patents, et dans ce cas, le chirurgien respecte un protocole opératoire établi par l'expérience. Qu'est-ce que vous voulez que je vous dise ? On suspecte le danger, les métastases éventuelles, alors on… on coupe !

— On coupe ?

— Oui, on coupe !

— On ouvre le ventre d'une gamine qui est peut-être parfaitement saine, et on coupe ?

— Exactement. Je conçois parfaitement que cela puisse paraître choquant aux yeux du profane, mais c'est la vérité !

— Mais quand le chirurgien ouvre le ventre, excusez-moi, il me semble que... que la tumeur, il la voit ? Non ? Et s'il ne voit rien, il peut se donner un temps de réflexion ? Hein ?

— La tumeur n'est pas forcément visible à l'échelon macroscopique, à l'œil nu, si vous préférez, il faut des examens beaucoup plus poussés pour obtenir une certitude. Il y a les symptômes, le protocole, alors le chirurgien fait le nécessaire. Les prélèvements ont été expédiés en Suisse. Mon service participe à un programme international de recherche sur les tumeurs du pancréas chez l'enfant. Je n'ai pas encore reçu les résultats.

Les deux hommes se dévisagèrent, aussi effarés l'un que l'autre.

— Vous avez peut-être fait une erreur ? demanda Montagnac après quelques secondes de réflexion. Nous sommes seuls dans ce bureau. Je... je perçois votre angoisse, je peux vous aider. Enfin peut-être ? Autant le dire tout de suite au lieu d'accuser aussi fermement la mère ?

Vauguenard s'affaissa sur son siège. Il se passa la main sur le visage, ferma les yeux, étendit ses jambes.

— Vous pouvez me faire incarcérer tout de suite, j'y suis prêt, allez-y, murmura-t-il. Ce n'est pas moi qui ai opéré la gosse, mais j'accepte d'endosser toute la responsabilité de l'affaire ! Alors je vais vous résumer, une fois de plus tout ce que je sais, tout ce dont je suis persuadé, et ensuite vous prendrez votre décision.

Il répéta toute l'histoire, patiemment, en cherchant ses mots, avec toute la pédagogie nécessaire.

*

— C'est incroyable ! s'entêta Montagnac. Il doit bien exister des moyens de détection, des examens, je ne sais pas, moi, des radios, des analyses !

— Le glibenclamide… c'est tellement monstrueux que personne n'y a pensé ! balbutia Vauguenard, abasourdi. Non ! Il aurait fallu être complètement paranoïaque pour évoquer une telle hypothèse !

— Attendez, en ce qui me concerne, j'ai accepté d'ouvrir une information contre X pour empoisonnement à l'insuline, sur la foi de votre témoignage et de celui de votre surveillante. Mais ce que vous me dites là, c'est tout à fait différent ! Mme Quesnel, ou son mari, chez qui on a effectivement retrouvé des boîtes de Pertilex et de Xynoxil sont peut-être eux-mêmes diabétiques ou réservaient ces médicaments à des personnes de leur entourage souffrant de cette maladie ? Non ? De là à établir que la petite Valérie ait pu être intoxiquée à l'aide de ces produits, il y a une marge !

— J'ai passé ma nuit au laboratoire d'analyses de l'hôpital, avec un médecin biologiste. Nous avons analysé les prélèvements de la gosse depuis son admission à Trousseau. Les traces de glibenclamide sont patentes ! Regardez !

Montagnac saisit la liasse de feuillets-listings que lui tendait le médecin.

— Le biologiste a signé à ma demande ! précisa Vauguenard, à bout de souffle. Il n'y a aucun doute… aucun ! Je n'ai commis aucune erreur, j'ai été trompé… trompé par une mère totalement folle et qui a su venir me combattre sur mon terrain : celui de la médecine. Quand on a un adversaire reconnu, on peut se défendre. Mais elle ? Si vous l'aviez vue pleurer, à la veille de l'opération, vous n'auriez jamais osé formuler l'hypothèse d'un empoisonnement. Je vous le jure !

— Je vous plains, soupira Montagnac.

2

Lorsqu'il avait retrouvé le corps d'Héléna, la nuque brisée sur la rampe du hangar, au bas de sa tanière, Charlie, fou de chagrin et de culpabilité, comprit que sa seule rédemption serait désormais de venger la petite. Il n'était certes pas responsable de la mort des autres gosses. Mais s'il s'était montré plus compréhensif, plus patient, et surtout moins lâche, Héléna ne se serait jamais enfuie et ne serait pas tombée du haut de la coursive. L'idée qu'elle aurait pu volontairement se donner la mort ne l'effleura même pas. C'eût été trop lourd à supporter.

Toute la journée du dimanche, il retourna traîner au marché aux Puces de Clignancourt, dans les cafés, les allées, à la recherche de l'accordéoniste. En vain. Il se sentait prêt à revenir le lendemain, puis tous les autres week-ends, jusqu'à obtenir satisfaction. Ce fut sur le chemin du retour, quand il arriva près du métro Porte-de-Clignancourt, qu'il fronça les sourcils en regardant le grand M jaune qui surplombait l'entrée de la bouche. Il enfourcha précipitamment sa mobylette et traversa presque Paris du nord au sud pour rejoindre le secteur de l'Opéra. Là, il dévala les escaliers mécaniques de la station Auber jusqu'au premier niveau et arriva dans le grand hall au fond duquel était installée une cafétéria. C'est celle-ci qu'Héléna avait tenté de figurer sur ses dessins, et non les brasseries des Puces ! Le percolateur, le comptoir, les chaises, tout y était. Y compris l'accordéoniste barbu, accompagné d'un caniche et installé sur un pliant, qui jouait à l'entrée du couloir voisin, perdu dans le flot des voyageurs qui se dirigeaient vers les quais du RER. Charlie sentit le sang refluer de son visage. Il s'accouda au comptoir et commanda un café. L'accordéoniste s'accorda un moment de repos et grilla une cigarette. L'homme était âgé d'une soixantaine d'années, et tout dans ses traits accusait la fatigue de longues années passées à trimer dur pour gagner sa pitance. Charlie le dévisagea à distance, perplexe. Il ne pouvait l'accoster ni le sommer de s'expliquer sur ses relations avec le salopard de la Chapelle. Il se résigna à patienter. L'accordéoniste ne prêtait aucune attention à ce qui l'entourait. Il s'était remis à jouer son pot-pourri de valses musettes d'un air morne, sans conviction. Quelques pièces tombaient de temps à autre dans la coupelle déposée à ses pieds.

Deux heures passèrent. Charlie fit les cent pas dans le hall, s'abritant derrière les piliers, les panneaux publicitaires, pour éviter de se faire repérer. L'accordéoniste se leva enfin, rangea son instrument dans un étui, ramassa son pliant et, tenant la laisse de son chien, se dirigea vers la sortie. Charlie le suivit à distance dans les escaliers mécaniques. Arrivé à la surface, l'accordéoniste contourna le Palais-Garnier et pénétra dans une brasserie rue de la Chaussée-d'Antin. Charlie l'imita. Il ne tarda pas à apercevoir le salopard de la Chapelle, installé au fond de la salle, occupé à lire un magazine de turf. Charlie sentit ses jambes flageoler. Il était certain de ne pas se tromper. C'était bien le même visage, un peu empâté, barré par une moustache fournie. Le type serra la main de l'accordéoniste, qui s'assit sur la banquette. Puis il se leva pour gagner les toilettes en sous-sol. Charlie le vit boitiller fortement. Son pantalon présentait un renflement à hauteur de la cuisse. Il avait eu le temps de s'occuper de sa blessure, mais souffrait toujours.

Les deux hommes quittèrent la brasserie un quart d'heure plus tard, après avoir vidé un demi. Charlie leur emboîta le pas. Ils firent quelques mètres en direction de la rue de Provence et s'arrêtèrent près d'une Opel à la carrosserie cabossée, celle-là même que Charlie avait aperçue dans le terrain vague. Et qui démarra bientôt. Charlie resta en plan sur le trottoir. Il partit au petit trot en sens inverse, vers la station Auber, pour récupérer sa mobylette. Après quoi il fonça en direction de la porte de Clignancourt, la poignée dans le coin. Dans ses explications, Héléna avait mentionné le lieu. Charlie avait certes confondu la cafétéria de la station Auber avec les troquets des Puces, mais il n'y avait aucun doute, il existait un lien entre l'accordéoniste et le marché de la porte de Clignancourt. La nuit était tombée quand il y parvint. Les stands étaient fermés, mais quelques rares badauds erraient encore dans les ruelles. Il demeura quelques instants, interdit, à l'entrée de ce labyrinthe. Prenant son mal en patience, il y déambula au fil de son inspiration.

« Si Héléna a tant insisté sur les Puces, songea-t-il, et puisque maintenant, les boutiques sont fermées, alors il n'y a qu'une explication, c'est que l'accordéoniste crèche dans le coin ! »

Il aurait bien voulu en être sûr, et redoutait une nouvelle erreur d'interprétation des dessins de la petite. Il leva des yeux inquiets vers les immeubles hauts de plusieurs étages qui se dressaient alentour et abritaient des centaines de logements, refusant de se laisser décourager. Patiemment, il sillonna les abords des marchés Malik, Serpette, Vernaison, à la recherche de l'Opel. Après plus de deux heures d'errance hasardeuse, il était prêt à capituler et à rebrousser chemin, quand soudain il l'aperçut, garée dans un passage ouvert sur la rue Paul-Bert, près du marché Jules-Vallès. La voiture jouxtait un pavillon misérable, vermoulu, au toit rafistolé de tôle ondulée. Un des rares rescapés de la frénésie immobilière qui, depuis plusieurs années, avait conduit à l'éradication de ses semblables dans tout le secteur. Comme à la Chapelle.

Charlie s'en approcha avec une prudence de chat et se plaqua contre la façade. Il lança quelques coups d'œil de part et d'autre de la ruelle pour s'assurer que personne n'y traînait, puis s'enhardit jusqu'à s'approcher d'une fenêtre éclairée. Il scruta l'intérieur d'une pièce misérablement meublée où étaient attablés l'accordéoniste et le « monsieur ». Ils dînaient tranquillement, en silence, face à face. L'accordéon était rangé sur un trépied destiné à cet usage et des photos de bal musette ornaient les murs.

Charlie s'éloigna. Pour réfléchir. À présent qu'il avait « logé » son client, il pouvait se le permettre. Il eut envie de boire un coup pour fêter l'événement. Rien ne pressait. Il avait tout son temps. Il convenait de mûrir une stratégie, de ne rien précipiter au risque de commettre un impair. D'un pas guilleret, il se dirigea vers le Baryton, qui restait ouvert jusque très tard dans la nuit. C'était en quelque sorte le quartier général du Gros René mais à cette heure-ci, il ne courait aucun risque de le rencontrer.

Il s'installa sur une banquette, près de la vitrine, et commanda un calva qu'il sirota doucement, le sourire aux lèvres. Un juke-box jouait un air de rock. Deux filles dansaient en faisant tressauter leurs seins sous leur tee-shirt. Quand la musique prit fin, elles s'embrassèrent à pleine bouche. Charlie les applaudit, à l'instar des autres clients. Le calme revenu, il ferma les yeux et soupira d'aise. Son adversaire ne se doutait absolument pas qu'il était repéré : il avait donc l'avantage de la surprise. Le type était de surcroît blessé, d'autant plus vulnérable. Il convenait d'apporter un correctif à cet accès d'optimisme.

« Rien ne prouve qu'il habite là, se dit-il, il vient peut-être voir l'accordéoniste quand ça lui passe par la tête. Ce soir, il est là, mais demain ? »

Charlie rouvrit les yeux. Il ne craignait pas d'avoir à affronter les deux hommes en même temps. L'accordéoniste était vieux, chétif, et son « client », éclopé. Ils pouvaient cependant déclencher un sacré chambard s'il pénétrait au culot dans le pavillon ! Et il y avait peut-être une arme qui traînait quelque part ? Charlie plongea la main sous son pull-over et caressa le manche de son poignard. C'est alors que la porte du bistrot s'ouvrit. Le salopard de la Chapelle s'approcha du bar et commanda des cigarettes, en jetant un paquet de Gitanes vide sur le sol couvert de sciure. Charlie eut un haut-le-cœur, se leva et frôla le comptoir avant de sortir. Une fois dans la rue, il marcha d'un pas rapide en direction du pavillon. Il s'embusqua derrière une camionnette garée non loin de l'Opel et attendit.

LUNDI

1

Quand il regagna les abords du canal de l'Ourcq, le lundi matin à l'aube, Charlie gara sa mobylette dans sa planque habituelle mais ne grimpa pas tout de suite dans sa tanière. Il remonta la rive sur environ deux cents mètres et s'arrêta à la hauteur d'un pylône électrique qui lui servit de point de repère. Il lança alors un petit bouquet de fleurs dans les eaux noires. Elles se délièrent et une risée de vent les dispersa.

— Excuse-moi, Héléna. Si j'avais compris plus tôt ce que tu essayais de me dire, on n'en serait pas là…

C'est à cet endroit qu'il avait jeté le corps de la fillette dans le canal, enveloppé d'un linge, ficelé et lesté à l'aide de quelques parpaings, au beau milieu de la nuit, après s'être assuré que personne ne rôdait dans les parages. Il aurait souhaité lui offrir une sépulture digne de ce nom mais c'était impossible. L'ensevelir dans un des terrains vagues qui s'étalaient alentour — outre le fait que creuser une tombe de fortune eût augmenté ses chances de se faire repérer — n'aurait guère été plus digne. Il avait donc opté pour la solution la plus facile. Héléna l'aurait sans doute approuvé, c'est ce dont il parvint à se persuader, maintenant qu'il venait lui annoncer la bonne nouvelle. Charlie ne croyait pas en

Dieu, mais il était convaincu qu'un mort ne disparaît jamais tout à fait. Quelque chose, à son avis, continuait de flotter autour des vivants qui l'avaient aimé, une présence diffuse, qui pouvait encore manifester ses sentiments, sa joie comme sa souffrance.

— Tout va bien, Héléna, tout va bien ! murmura-t-il en fixant la surface du canal. Mais c'est pas fini ! Je vais continuer, jusqu'au bout, tu verras, tu ne seras pas déçue ! Au revoir, Héléna !

2

Quand le chef de travaux Alvarez arriva sur son chantier à six heures et demie, il fut surpris de constater que la porte de la maison voisine claquait au vent. Pourtant, une fois tout leur cirque terminé, les flics l'avaient soigneusement verrouillée avant d'y apposer des scellés. De plus, deux plantons avaient monté la garde durant la journée du vendredi et même du samedi. Ce jour-là, Alvarez et toute son équipe durent rattraper le temps perdu la veille, en raison de la décision de l'inspecteur Dimeglio de le faire poireauter pour interrogatoire au Quai des Orfèvres.

Alvarez, intrigué, s'avança prudemment. Il poussa la porte, pénétra dans le couloir et avança jusque dans la cuisine. Il écarquilla les yeux, recula précipitamment et courut jusqu'à l'Algeco où était installée une ligne de téléphone. Il composa le numéro que lui avait donné Dimeglio, au cas où il se souviendrait d'un élément pouvant intéresser l'enquête.

Au Quai, l'inspecteur Dansel achevait sa seconde nuit de permanence. Comme à son habitude, il emportait une bible et tuait le temps en relisant certains passages. Il avala les dernières gouttes de son énième café, et fronça les sourcils quand il entendit sonner le téléphone dans le bureau de Dimeglio et Rovère, tout au bout du couloir. Les coups de fil de l'extérieur transitaient par le standard de la préfecture et, durant la nuit, aboutissaient en principe à un poste unique, celui devant lequel Dansel avait passé tout son week-end. Il fallait que quelqu'un possède le numéro de la ligne directe pour appeler Dimeglio ou Rovère à une heure si matinale. Dansel quitta son fauteuil et partit décrocher. Dans sa précipitation, l'infortuné Alvarez donna ses explications en espagnol et dut se reprendre. Dansel l'écouta posément, un crayon à la main.

— Ne touchez à rien, et éloignez-vous de la maison, conclut-il avant de raccrocher.

Il saisit de nouveau le combiné, consulta sa montre, ouvrit un calepin dans lequel étaient consignés les numéros personnels des membres du groupe, et sourit en pointant celui de Choukroun. Le hasard de la liste alphabétique voulait qu'il figurât en tête de liste. Il fut donc le premier à être réveillé.

*

Une heure plus tard, toute l'équipe était réunie dans le terrain vague de la Chapelle. Choukroun arriva le dernier.

— Tu vois, lui dit Rovère, il n'y avait pas de raison de s'impatienter, on nous apporte du neuf sur un plateau…

— Vous avez l'air content, alors, que ça recommence ? s'étonna Choukroun. La vie de ma mère, vous êtes maso !

— Laisse ta pauvre mère tranquille, Choukroun ! Tu es allé voir ? demanda Dimeglio.

— Ben, faut me laisser le temps, pour ce genre de trucs, je suis pas trop pressé.

— Passe par-derrière et vise la fenêtre de la cuisine, lui conseilla Dansel. Choukroun s'exécuta. Il revint quelques secondes plus tard, blême et fébrile.

— C'est dégueulasse... bredouilla-t-il, le cœur au bord des lèvres.

— Tu l'as reconnu, au moins ? demanda Dimeglio en sortant une feuille de papier de la poche de son imper. Il la déplia, la défroissa sur le plat de sa cuisse et montra le portrait-robot de l'homme qui était allé acheter des victuailles chez la vieille épicière chinoise.

— Merde, vous avez raison, approuva Choukroun, ça a l'air de coller !

— Voilà le proc', lança une voix, à l'entrée du passage qui menait à la rue et dans lequel s'engageait la Clio du substitut Maryse Horvel.

Elle descendit de sa voiture et avisa Rovère d'un œil inquiet. Il s'avança vers elle, la main tendue, le sourire aux lèvres. Surprise par cet accueil, elle fronça les sourcils.

— Ça n'est pas très réjouissant, lui dit-il, mais ça va peut-être nous permettre de progresser !

Il l'accompagna jusqu'à la maison. Maryse découvrit le cadavre d'un homme coincé sous le volet de la cuisine. Ses jambes, ses cuisses, son bassin étaient totalement calcinés, jusqu'aux premières vertèbres lombaires. Un bidon d'essence reposait sur le sol, près de la fenêtre.

— Il a subi le même sort que le gosse qui avait tenté de fuir, souligna Rovère. Le reste est totalement intact, de l'autre côté !

— Une idée de son identité ?

Rovère secoua négativement la tête, mais précisa que le visage de la victime correspondait au portrait-robot obtenu par Dimeglio, avec une marge d'erreur minime.

— Œil pour œil, dent pour dent, ricana Maryse sans parvenir à réprimer un frisson. Ce qui signifie que quelqu'un a eu connaissance du sort réservé aux gosses.

— Et les a vengés, ajouta Rovère. Au point de faire crever ce type dans des souffrances aussi atroces.

Ils ressortirent pour examiner l'autre moitié du cadavre. La partie supérieure du corps reposait sur le glacis de la fenêtre, tête pendante, un chiffon enfoncé dans la bouche.

— On ne lui a laissé aucune chance, constata Maryse, en voyant les mains de la victime, liées dans le dos par un savant laçage de fil électrique. L'assassin a dû étudier l'art du matelotage.

Elle s'était penchée sur le corps et scrutait les liens, très serrés.

— Une double clé avec un rabat en boucle, joli travail ! On appelle ça un nœud d'étresillon. Je connais parce que je fais de la voile pendant mes vacances ! reprit-elle en rougissant.

— Le détail ne manque pas d'intérêt, apprécia Rovère. Je ne parle pas de vos vacances, ça va de soi !

— On avance, enfin, pas nous, mais les événements ! Il est manifeste que les deux affaires sont étroitement mêlées, on sort de l'enquête flagrante, maintenant, le dossier va passer à l'instruction ! Pour moi, c'est terminé !

Rovère acquiesça et lança l'escouade des techniciens du labo à la curée. Il rejoignit Dansel et Dimeglio qui attendaient à l'écart et les interrogea du regard.

— Belle panade, assena Dansel, on a un tour de piste dans la vue et on va mettre du temps à combler le retard !

Dimeglio hocha la tête, approbatif.

— Si le cadavre ne parle pas, il faudra attendre la suite…

*

En début d'après-midi, le cadavre « parla ». On put l'affubler d'un nom. Constantin Dimitriescu. Un immigré clandestin d'origine roumaine qui s'était fait coffrer deux ans auparavant dans une sombre affaire de trafic de voitures volées et expédiées en direction de l'Est. Jugé en comparution immédiate, il avait écopé de trois mois fermes et d'une expulsion hors des frontières avec interdiction de séjour. Son identité ne faisait aucun doute. Les photos du fichier et les empreintes digitales correspondaient. Sitôt transmis les rapports de la Brigade criminelle, le secrétariat de l'instruction confia le dossier à Nadia Lintz.

3

À dix heures, le lundi matin, Vauguenard profita de la réunion hebdomadaire qui réunissait tous les intervenants du service pour les avertir de la situation. Il préférait couper court aux rumeurs qui ne manqueraient pas de se propager s'il gardait l'affaire secrète. Le psy, Serge Vilsner, était présent. Au fur et à mesure de l'exposé de Vauguenard, les visages s'allongèrent.

— Voilà, conclut-il, il y a d'abord eu une intoxication au glibenclamide contenu dans les médicaments administrés par la mère à Valérie, intoxication qui a simulé une tumeur pancréatique, et ensuite, l'administration d'insuline *après* la pancréatectomie. C'est horrible, mais c'est la vérité. En ce qui nous concerne, l'affaire est close. Tout ce dont nous pouvons nous féliciter, c'est que Valérie soit encore en vie. Méditons la leçon, tous autant que nous sommes. Je dois préciser que, quelles que soient les suites de cette affaire, je ne chercherai pas à fuir mes responsabilités !

Il quitta la salle. Les regards se tournèrent vers Vilsner, qui se vit contraint, *ès qualités*, d'improviser un topo sur le syndrome de Münchhausen. Il chercha ses mots.

— C'est… c'est une pathologie particulièrement déroutante, auto-provoquée, factice, en quelque sorte. On la désigne également sous le vocable de pathomimie, ou imitation de maladie. Ces malades utilisent leur propre corps comme un instrument, oui, exactement comme un instrument, un accessoire, comme au théâtre, mais là, ils veulent jouer au malade. Ils veulent montrer leur corps en état de souffrance, du moins avec toutes les apparences de celle-ci ! Il existe des cas, disons, bénins. L'exemple le plus courant est celui des laxatifs, administrés à haute dose par une mère obsessionnelle à des fratries entières sous prétexte de « purifier » l'intestin des chers petits. Le syndrome de Lasthénie de Ferjol est aussi très fréquent. Il porte ce nom à cause d'une héroïne de Barbey d'Aurevilly. Il s'agit d'anémie provoquée par des saignements volontaires, dus à des incisions parfois indécelables. Des blessures vaginales, par exemple. À l'inverse, on mentionne, en milieu hospitalier, des cas d'hématémèse — des vomissements de sang — à la suite d'absorption de flacons, heu… de sang, précisément !

Un frisson parcourut l'assistance. Les gens présents eurent l'impression de voir leur monde vaciller.

— Mais dans le cas de Valérie, enfin, de sa mère, qu'est-ce qui s'est passé ? demanda Joëlle, une des infirmières qui avaient constaté les fuites du cathéter de perfusion.

— Il s'agit du même syndrome, mais déplacé… en l'occurrence sur l'enfant. Il faudra étudier le passé médical de la mère. Je ne serais pas étonné d'apprendre qu'elle a subi elle aussi de multiples traitements et opérations diverses ! Elle a en quelque sorte transféré sa propre pathologie sur le corps de sa fille. Par défi vis-à-vis de nous. C'est difficile à admettre, mais elle a éprouvé une certaine jouissance à nous mener en bateau. Par défi, ou peut-être pour une autre raison qu'une psychothérapie permettrait d'élucider ? Hélas, ce genre de malades se refusent d'ordinaire à toute investigation concernant leur personnalité profonde.

— Comment peut-on faire ça à son propre enfant ? demanda Kadidja, la diététicienne.

— Avec l'enfant d'un autre, ça paraîtrait plus acceptable ? rétorqua Vilsner, regrettant aussitôt cette repartie, qui fit rougir Kadidja.

— C'est complètement barjot, cette histoire, lança une voix. Comment on explique ça ?

— On n'explique pas, répondit modestement Vilsner, on constate.

— Mais vous, le spécialiste, puisque vous étiez au courant de ce genre de risque, pourquoi vous ne vous en êtes pas préoccupé plus tôt ? répliqua Joëlle avec une certaine agressivité. Les crises d'hypoglycémie de la gosse étaient inexplicables !

Vilsner, piqué au vif, ne sut que répondre. Joëlle avait posé la question qui brûlait sur bien des lèvres. Ce fut Françoise qui vint à son secours.

— La question me semble déplacée, dit-elle, nous étions tous concernés, inutile de chercher un bouc émissaire ! Vous l'avez entendu tout à l'heure, Vauguenard lui-même assume et tient à rester en première ligne ! Alors basta !

Vilsner inclina doucement la tête, reconnaissant. Les participants à la réunion quittèrent la salle. Françoise vint à la rencontre de Vilsner.

— Merci, lui dit-il, c'était très sympathique de votre part. Cela dit, je m'attends à en prendre… heu… plein la gueule ! Le vilain psy qui traîne dans les couloirs, avec ses petits dessins d'enfants, son jargon incompréhensible et qui ne voit même pas le sadique embusqué au coin du bois. Tout le monde est en droit de lui demander des comptes. C'est la règle du jeu, n'est-ce pas ?

— Pas du tout ! affirma tranquillement Françoise.

4

Quand Mlle Bouthier, la greffière, apprit à Nadia que Rovère patientait afin d'être reçu, celle-ci quitta son fauteuil et ouvrit elle-même la lourde porte capitonnée du cabinet. L'inspecteur était assis sur une des banquettes de bois, parmi les prévenus ou les témoins convoqués par les collègues de Nadia, sous la surveillance tatillonne des gendarmes. Elle se dirigea vers lui.

— Très heureuse de vous revoir.

Le ton était des plus sincères. Ils échangèrent une longue poignée de main. Nadia et Rovère s'étaient croisés à maintes reprises aux abords du Palais ou dans les brasseries voisines, mais ne s'étaient plus adressé la parole depuis l'affaire dont ils s'étaient occupés, trois ans plus tôt[1]. Les confidences qu'ils avaient alors échangées avaient fait naître entre eux un courant de sympathie réel, sans pour autant les décider à nouer des relations plus étroites. Les liens autres que professionnels entre flics et magistrats n'étaient pas si fréquents.

— Je viens pour le dossier de la Chapelle, annonça Rovère.

1. Voir *Les orpailleurs*.

— Je sais ! J'ai tout juste eu le temps de lire les premiers PV ! Écoutez, si on allait boire un verre au lieu de moisir ici ? Je sors d'une série de confrontations assez pénibles et j'étouffe dans ce cloaque. C'est surchauffé, et on respire le gas-oil des bus qui filent sur le boulevard !

Rovère acquiesça. Nadia récupéra son sac, sa gabardine et avertit Mlle Bouthier de son départ. Ils quittèrent la galerie d'instruction, descendirent les marches du grand escalier du Palais et aboutirent aux Deux Palais, un des bistrots que Nadia avait en ligne de mire depuis les fenêtres de son cabinet. Attablés devant un café, ils restèrent un moment silencieux. Rovère se décida à briser la glace.

— Alors maintenant, vous héritez des dossiers concernant les mineurs ?

— Oui, vous savez, avant de venir à Paris, j'étais juge des enfants, dans ma Touraine natale. Je sermonnais les petits voleurs de mobylette, les caïds de quinze ans qui sèment la terreur dans leur cage de HLM, ce genre de galéjades. Alors ma hiérarchie, dans sa grande sagesse, a estimé que j'avais le profil idéal pour m'occuper des dossiers de pédophilie, de maltraitance, et autres joyeusetés. À longueur de journée, je n'arrête plus de voir défiler des pervers, des sadiques, et surtout de pauvres gosses déglingués.

— Et vous tenez le coup ?

— Pour le moment, oui. Quand j'en aurai ma claque, je demanderai une mutation à l'application des peines, ou au trafic des œuvres d'art ! J'aurai l'impression de prendre des vacances !

Ils restèrent un moment silencieux, de nouveau.

— La Chapelle, c'est vraiment dégueulasse, reprit Rovère.

— J'ai vu les photos de l'autopsie, effectivement, c'est le mot ! Votre sentiment, c'est quoi ? Les violences familiales, c'est exclu. Il ne reste que l'hypothèse pédophile, non ?

— Si on veut. On peut penser à un conflit qui aurait opposé les membres d'un réseau. Les fournisseurs et les acquéreurs…

— Faute d'un accord, on se résigne à bousiller la marchandise ? suggéra crûment Nadia.

Rovère la fixa d'un œil ahuri.

— Je vous l'ai dit, cinquante heures par semaine en compagnie des monstres, ça vous trempe un caractère ! assena-t-elle d'un ton cynique. À votre avis, pour la Chapelle, qu'est-ce que je dois faire ?

— Vous nous passez des commissions rogatoires et on donne quelques coups de pied dans la fourmilière des clandestins roumains, proposa Rovère. Puisqu'on a identifié le… le dénommé Dimitriescu, autant jeter un œil de ce côté-là, mais enfin, ça ne mènera pas bien loin.

— Je vous fais confiance. L'audition des témoins, Alvarez et Mme Truong, l'épicière, ça vaut la peine ? Non ?

— Inutile de vous presser.

Ils se levèrent, quittèrent le bistrot et firent quelques pas, côte à côte, le long du trottoir de la préfecture.

— Et… et votre fils ? demanda soudain Nadia, après avoir retenu son souffle.

— Il est mort. Il y a trois ans. Ma femme a pris la décision d'autoriser les médecins à arrêter la réanimation. C'est mieux comme ça. Beaucoup mieux. Je… je vous remercie de m'avoir posé la question.

— Je vous en prie.

Ils étaient arrivés devant les grilles du Palais, prêts à se séparer.

— Arrêtez-moi si je suis trop indiscrète, reprit-elle. Mais avec votre femme, précisément, ça… ça s'est arrangé ? Je veux dire, vous vous revoyez ?

— Depuis peu. C'est peut-être en bonne voie. Peut-être… On ne sait jamais, non ?

— C'est bien, c'est bien, balbutia Nadia, avant de marquer un temps d'arrêt. Excusez-moi, c'est complètement idiot, ce que je viens de dire !

— Mais non, protesta Rovère, ému. Au contraire, de votre part, je ne m'attendais pas à…

— Ne me regardez pas comme ça, lança Nadia, honteuse. Je suis toujours empotée dans ce genre de circonstances !

Il lui saisit le bras avec douceur.

— Vous êtes très surprenante, murmura-t-il. J'aurais cru que vous aviez oublié.

Elle détourna la tête, au comble de la gêne. Rovère, penaud, enfouit sa main au fond de la poche de son duffel-coat. Il contempla sa silhouette menue qui traversait à grandes enjambées la cour du Palais, et se décida soudain à la rejoindre. Nadia sursauta quand il lui effleura l'épaule.

— Et dites-moi, Szalcman, ce vieil homme, que nous avions retrouvé à Cracovie, qu'est-il devenu ? demanda-t-il.

— Isy ? Je le revois toujours !

— Pour lui, c'était sans doute un moment très pénible.

— Isy a le cuir solide, je ne vois pas ce qui pourrait l'affecter ! Il va bien, il va très bien ! Le temps a passé, pour lui comme pour nous. Le temps efface tout. Enfin, presque tout.

— Bien, ma question était indiscrète, c'est à moi de m'excuser, soupira Rovère, je suis aussi empoté que vous. Vous ne m'en voulez pas ?

— Non, non, pas du tout ! Au contraire. Bon. Eh bien, puisqu'on est d'accord, les commissions rogatoires concernant la filière des Roumains, je vous les transmets demain matin. Au revoir.

Elle s'éloigna. Rovère resta seul, ballotté parmi un groupe compact de touristes américains venus assister à un concert à la Sainte-Chapelle. Sous la houlette de leur tour-opérateur muni d'un fanion fluorescent, ils s'apprêtaient à rejoindre dare-dare le bateau-mouche qui les attendait pour les transporter jusqu'à la tour Eiffel.

5

Après avoir quitté la réunion de service à Trousseau, Serge Vilsner, très éprouvé par l'hostilité dont le personnel avait fait preuve à son égard, fila directement jusqu'à son cabinet de la rue du Figuier, dans le Marais. Désireux d'effacer de sa mémoire les récriminations larvées des infirmières, il plongea dans les notes concernant les patients qui venaient le consulter en analyse. L'exercice fut salutaire. Il s'y consacra tout l'après-midi et recouvra peu à peu tout son calme. Rasséréné, il se sentait prêt à accueillir Maximilien Haperman, qui lui avait donné rendez-vous à dix-huit heures. Haperman était toujours très ponctuel et ne dérogea pas à son habitude. Il arriva à l'heure dite, déposa une liasse de billets sur le bureau et s'allongea aussitôt sur le divan. Vilsner s'assit derrière lui, à la tête du divan, de façon à rester invisible.

— Où en étions-nous ? murmura Haperman, les yeux clos.

— Vous me parliez d'expériences picturales dont le sang était la matière, le support, bredouilla Vilsner, son carnet de notes en main.

— Oui, cette artiste, Orlan, qui restait des heures durant, les cuisses ouvertes, le sexe à nu, écartée, écartelée devant les visiteurs, sanguinolente, exposant le sang de ses règles… c'est bien là que nous en étions restés. Les femmes, je veux parler des artistes, m'ont toujours beaucoup impressionné par la sincérité absolue de leur démarche. Elles ne trichent pas. Avez-vous entendu parler de Gina Pane ?

Vilsner s'abstint de répondre. Le nom ne lui était pas étranger, mais il eût été totalement incapable de préciser s'il s'agissait d'une chanteuse de rock ou d'une danseuse classique.

— Gina Pane est sans doute l'artiste dont je me sens le plus proche, reprit Haperman. Elle est morte voici quelques années, en 90. J'ai toujours salué son courage. En 75, je l'ai vue se « maquiller » à l'aide d'une lame de rasoir, lors d'une performance. Et croyez-moi, il n'y avait rien de feint. Le sang, toujours le sang, monsieur Vilsner. On n'en sort pas. Le sang perlait de la bouche de Gina Pane comme plus tard il a coulé des lèvres du sexe d'Orlan. Orlan a subi plusieurs opérations de chirurgie plastique, modelant son corps, son visage, à volonté. Sous anesthésie. Et sous l'œil de caméras attentives. Orlan a toujours refusé la souffrance. Sans doute parce qu'elle s'affirme délivrée de la détestable morale judéo-chrétienne qui ne peut s'empêcher d'accorder à cette sacro-sainte douleur je ne sais quelle vertu rédemptrice des péchés commis. Gina Pane, au contraire, plaçait la souffrance au cœur de son travail d'artiste, la revendiquait avec force. Elle se mutilait en fondant sa démarche sur la notion de « blessure-signe », expliquant que l'image de son corps endolori, totalement morcelé, se détachait d'elle, progressivement, pour se reconstruire dans le regard des spectateurs. Je vous entends déjà saliver, monsieur Vilsner. Quel bel aveu pour un thérapeute de votre envergure, n'est-ce pas ?

Vilsner ne releva pas. Haperman s'agita sur le divan, se tourna un instant sur le côté, face au mur, avant de reprendre sa position d'origine, allongé sur le dos.

— Gina Pane, soupira-t-il. Il faudrait que vous puissiez voir les photographies qui témoignent d'une des plus extraordinaires mises en image de sa souffrance, monsieur Vilsner. Cela s'appelle *Action Escalade non anesthésiée*. Gina a gravi, pieds nus, mains nues, une échelle dont les barreaux étaient hérissés de picots tranchants. Elle s'y est écorchée, meurtrie, tout le poids de son corps reposant sur la plante de ses pieds, en appui sur les picots. L'ascension a pris beaucoup de temps. Comprenez-vous ce que cela signifie ? Le travail que cela implique pour dominer ainsi son corps, et exiger qu'il obéisse sans renâcler ? Oui, sans doute, mais vous avez décidé de rester muet. Alors je vais poursuivre… c'est important pour vous, pour moi… pour ce qui nous rassemble, ce lien de dépendance stupide que vous espérez voir s'établir entre nous. Moi vous fournissant le matériau brut de mes fantasmes, et vous, vous, monsieur Vilsner, m'en révélant le sens obscur quand vous l'aurez décidé. Hein ? C'est bien ce que vous vous êtes imaginé !

Vilsner se figea. Depuis la première de ces séances de confession, jamais Haperman n'avait haussé le ton, jamais il n'avait laissé transparaître la moindre agressivité. Le ricanement qui ponctua ses dernières paroles présageait-il une rupture de ton ?

— Je vous présente mes excuses, monsieur Vilsner, reprit Haperman après un long moment de silence. Je suis venu solliciter votre attention, votre aide, et voilà que je vous agresse. Vous m'en voyez désolé.

— Si vous préférez remettre à plus tard, je n'y verrais aucun inconvénient, proposa Vilsner, il peut parfois se produire des incidents de ce genre sans que cela n'entrave la poursuite du…

— Non ! s'écria Haperman. J'ai commencé à vous parler de Gina Pane, il faut conclure sur ce chapitre. Gina Pane était pour moi un modèle. J'ai éprouvé un réel chagrin à l'annonce de son décès. C'est alors que j'ai décidé de prendre le relais. J'ai peint quelques toiles en les aspergeant de mon sang, après m'être tailladé le torse à l'aide d'un rasoir. J'étais déterminé à utiliser mon corps comme un instrument, oui, exactement comme un instrument, un accessoire, je voulais le montrer dans sa nudité blessée et demander aux spectateurs, *alors, qu'en pensez-vous ?* Au fond, qu'est-ce qui peut réellement, sincèrement nous réunir, vous et moi, nous qui ne nous connaissons pas, nous qui nous croisons sans même nous adresser la parole, oui, qu'est-ce qui peut bien nous unir, en dehors de la souffrance ? Nous tous, vous comme moi, sommes condamnés, un jour ou l'autre à voir ce corps se déliter, nous offrir le spectacle de sa décrépitude, alors pourquoi ne pas commencer dès aujourd'hui ? À quoi d'autre l'Art — l'art avec un A majuscule excusez-moi du peu — pourrait-il nous servir, monsieur Vilsner, sinon à nous préparer à la mort ? Je parle en connaissance de cause, pour moi, l'échéance est proche.

Atterré et à la fois profondément bouleversé par la confession d'Haperman, Vilsner se leva de son siège et vint se planter devant la fenêtre. Il hésita à l'ouvrir pour aspirer une goulée d'air frais, mais renonça.

— Si vous préférez remettre à plus tard, je n'y verrais aucun inconvénient, susurra Haperman, qui n'avait pas bougé de son divan, il peut parfois se produire des incidents de ce genre sans que cela n'entrave la poursuite du…

— Votre ironie est parfaitement déplacée ! l'interrompit Vilsner. Poursuivez ! Si toutefois vous y êtes prêt ?

— Soit ! J'obéis à votre injonction ! reprit Haperman, en se levant.

Vilsner, sidéré, le vit se dénuder. Posément. Haperman ôta sa veste, puis sa chemise. Le spectacle était impressionnant.

— Mes premières tentatives de suspension remontent au début de 91, expliqua-t-il. Le 20 février, pour être tout à fait précis. Avant chaque séance, un de mes amis médecin me cousait les lèvres et les paupières avec du fil chirugical et je me plaçais en équilibre sur deux cordes tendues à quelques centimètres du sol, de part et d'autre de la salle. Je m'allongeais sur les cordes, tout simplement. Elles se balançaient doucement, puis s'immobilisaient. Je « m'exposais » dans la galerie — j'allais oublier de mentionner le lieu, cela se déroulait à New York — des heures entières, ainsi condamné au mutisme et à la cécité. Les spectateurs passaient devant moi. Il ne s'agissait que d'un travail de préparation. Une ouverture, comme on dirait d'une symphonie. Quelques semaines plus tard, en effet, toujours sous le contrôle d'un médecin, deux autres assistants me tirèrent la peau, dans le dos, le creux des cuisses, les aisselles, et y enfoncèrent des crochets d'acier stérilisés, avant de les relier à un savant jeu de filins, pareil à une toile d'araignée dans laquelle je me trouvais prisonnier. Cela permettait de me placer dans une sorte d'état d'apesanteur. Il fallait environ dix-huit points d'insertion pour que cela reste supportable, de manière à répartir tout le poids du corps le long des axes de sustentation. Il s'agissait d'un travail des plus minutieux.

Vilsner, épouvanté par les cicatrices qui parsemaient

le torse de son patient, ne put s'empêcher de sortir de sa réserve…

— C'est insensé, murmura-t-il, vous avez mis votre vie en danger ! Une rupture d'un de ces crochets, je veux dire de la peau, une hémorragie, un de vos assistants aurait pu, involontairement, blesser une artère, je…

Haperman l'ignora.

— J'ai répété l'opération à maintes reprises, avant de parvenir à calculer au plus juste l'équilibre entre la douleur acceptable, ma détermination à mener à bien l'opération, et sa faisabilité. Il s'agissait d'un compromis à négocier. Entre mes assistants, les spectateurs, et moi-même.

— Les… les spectateurs ?

— Oui, ils étaient peu nombreux, mais triés sur le volet. Des mécènes très généreux, lassés de contempler des toiles où ne s'étalaient que quelques griboullis abscons, et donc vivement intéressés par les promesses du *body art.* Je dois vous avouer, monsieur Vilsner, que ces petites facéties ont confortablement étoffé mon compte en banque. Je leur offrais un spectacle assez piquant, à ces milliardaires texans ou californiens, crevant d'ennui, rongés par leur artériosclérose ou leur diabète, et ils payaient pour me voir mettre ma vie en danger, exactement comme au cirque, quand on redoute que le trapéziste ne chute sur la piste et qu'on se donne du frisson à le voir narguer la mort qui l'attend, si par malheur il rate les mains de son partenaire, prêtes à le recueillir en plein vol. Voilà tout. Finalement, tout se réduisait à un enjeu aussi infantile. J'étais tombé dans le piège. Dans leur piège.

Après avoir exhibé ses cicatrices, Haperman se rhabilla et s'assit sur le divan, vaincu par une fatigue extrême. Il se couvrit le visage de ses deux mains jointes.

– C'était une sorte de dérive, poursuivit-il d'une voix sourde. Une impasse artistique dans laquelle je me suis fourvoyé, en dépit de la pureté de ma démarche. Je me souviens des premiers manifestes de l'*art corporel*, ainsi que nous le désignions, moi et mes amis, nous qui avions décidé de payer le prix fort pour balayer les petites compromissions des artistes en cour, avec leurs toiles bien proprettes, leurs sculptures bien lissées ! Nous avions une profession de foi, un credo. *Le corps est le donné fondamental.* Le plaisir, la souffrance, la maladie, la mort s'inscrivent en lui et, au fil de l'évolution biologique, façonnent l'individu socialisé, c'est-à-dire mis en *condition de satisfaire à toutes les exigences du pouvoir en place.* Vous voyez, monsieur Vilsner, il y avait un petit parfum subversif dans nos happenings. Mais il ne faudrait pas me juger trop vite, m'épingler comme un papillon exotique sur l'album des révoltés pitoyables, abonnés aux causes perdues d'avance. J'ai beaucoup souffert lors de ces séances qui se sont répétées une fois par mois, durant une année entière. Durant les deux années qui ont suivi, je suis resté totalement improductif. Et progressivement, je suis revenu à la peinture figurative. Je vous en parlerai la prochaine fois.

Haperman se leva et tendit la main à son « thérapeute » avant de quitter la pièce. Vilsner s'adossa à la porte et s'épongea le front avant de se précipiter sur son bloc-notes.

6

Tous les lundis soir, à dix-huit heures, l'inspecteur Dansel se rendait chez sa sœur cadette, rue Pixérécourt. Il y dînait rapidement en compagnie de son neveu Félix, âgé d'une douzaine d'années, puis accompagnait celui-ci au temple protestant de la rue du Jourdain. Le pasteur animait un séminaire hebdomadaire de réflexion sur les écrits bibliques. L'assistance, très studieuse, réunissait principalement des adultes. Les tables étaient disposées en arc de cercle, des bouteilles de jus de fruits et des thermos de café étaient tenus à la disposition des participants. Le pasteur, volontiers iconoclaste, évoquait semaine après semaine les grands thèmes de l'Ancien Testament, la Genèse, la naissance d'Abraham, l'ivresse de Noé, la tour de Babel, etc. Dansel l'appréciait beaucoup. Il n'hésitait pas à étoffer son discours d'une pointe d'humour tout à fait salutaire. Ce soir-là, il avait décidé de traiter du sacrifice d'Isaac.

– L'histoire est célèbre, commença-t-il, et les traces iconographiques fort nombreuses. Ce thème du sacrifice a inspiré, entre autres, Rembrandt et le Caravage. Dieu apparaît donc à Abraham à Bersabée et lui ordonne d'emmener un de ses fils sur une montagne dans le pays de Moriah, sans lui cacher qu'il va lui demander de sacrifier l'enfant en holocauste. Obéissant, Abraham, qui ne fait jamais les choses à moitié, choisit celui de ses rejetons qu'il aime le plus, Isaac, et emporte un couteau, des fagots, ainsi que des braises dans un pot de terre. Hardi, hardi, il entreprend l'ascension de la montagne ! Inutile d'entrer dans les détails, vous connaissez tous la progression dramatique, le suspense est insoutenable. Jusqu'au dernier moment nous croyons qu'Isaac va vraiment mourir ! Cecil B. De Mille a réglé la mise en scène, imaginez le soleil implacable, son reflet étincelant dans la lame du couteau, zoom, gros plan sur la gorge palpitante d'Isaac, travelling avant sur le visage torturé du père, et patatras… Juste avant l'instant fatidique, une voix caverneuse venue du ciel s'adresse soudain à Abraham et lui dit : « Dépose ton couteau, ne fais aucun mal à l'enfant ! Puisque tu ne m'as pas refusé un si grand sacrifice, je sais que ton cœur est parfait. » Isaac est donc épargné ! *Happy end !* Musique sirupeuse, dans un recoin du décor, nous voyons s'accoupler deux serpents à sonnettes !

Un rire discret parcourut l'assistance. Le pasteur reprit son souffle, avala une gorgée d'eau, et lissa du plat de la main le Livre qui reposait sur la table, devant lui.

— Le plus étonnant dans cette affaire, reprit-il, c'est qu'Isaac était consentant ! Après que son père eut érigé l'autel sur lequel devait avoir lieu le sacrifice, il lui dit : « Serre bien mes liens, père, pour que je n'aille pas reculer devant le couteau et rendre ton offrande inacceptable à Dieu ! » Il va même beaucoup plus loin en déclarant : « Ensuite, prends les cendres et dis à Sarah, ma mère : ces cendres attestent la saveur exquise de la chair sacrificielle d'Isaac ! » Nous sommes bien évidemment dans la légende — souvenez-vous par exemple que Sarah aurait accouché d'Isaac à l'âge de quatre-vingt-dix ans ! — mais le sens profond de cette anecdote ne doit pas nous échapper. De tels sacrifices rituels, concernant des enfants, étaient monnaie courante dans l'Antiquité. Il en reste de nombreuses traces écrites : le roi moabite Mésa brûla ainsi son fils en sacrifice au dieu Camos — vous trouverez la référence en *Rois III* — de même les Araméens de Sépharwaïm, ou les Ammonites, tous sont, si j'ose dire, « crédités » de pratiques semblables. Il n'y a donc aucune raison de penser qu'il ne s'agissait pas là de rituels extrêmement fréquents. Et même jusqu'à Salomon — référence en *Rois XI* — qui introduisit à Jérusalem le culte du dieu Moloch, pour lequel on brûlait des enfants en sacrifice dans la vallée du Topheth, alias la Géhenne, référence en *Rois XXIII*… Moloch est la divinité la plus fréquemment citée dans ce registre quelque peu barbare. Moloch était un citoyen assez peu fréquentable. Lors de leurs fêtes, les Carthaginois chauffaient sa statue de métal à blanc avant de déposer dans ses bras un très jeune garçon qui se débattait en se consumant dans d'atroces souffrances. Les initiés qui assistaient à la cérémonie prétendaient pouvoir lire l'avenir en interprétant les gestes désordonnés de la victime… Dès lors la « parabole » du sacrifice d'Abraham prend tout son sens. À première vue, le dieu de la Bible, le dieu des Hébreux, est insensible à la souffrance des hommes, exige leur obéissance absolue mais se distingue de Moloch, puisqu'il renonce in extremis « à l'ordonnance qui n'était pas bonne ». En d'autres termes, il se détache peu à peu du tronc commun des autres dieux, et ce, de façon radicale, à savoir en faisant preuve de miséricorde, bien qu'il emprunte, au départ, les us et coutumes assez sadiques de ses hum… « collègues »… C'est donc quand il paraît le plus cruel qu'il se révèle pleinement, dans sa différence. On trouve dans le Lévitique d'autres allusions à Moloch, telles que celle-ci : *L'Éternel parla à Moïse et dit : Tu diras aux enfants d'Israël : si un homme des enfants d'Israël ou des étrangers qui séjournent en Israël livre à Moloch l'un de ses enfants, il sera puni de mort.* Et plus loin : *Si le peuple du pays détourne ses regards de cet homme, qui livre ses enfants à Moloch, et s'il ne le fait pas mourir, je tournerai, moi, ma face contre cet homme et contre sa famille, et je le retrancherai du milieu de son peuple, avec tous ceux qui se prostituent comme lui en se prostituant à Moloch.* La conclusion est évidente, je le répète, l'holocauste annulé d'Isaac prend la valeur d'une condamnation sans appel des rites sacrificiels divers auxquels les Hébreux étaient confrontés au contact d'autres peuplades, et qu'ils étaient tentés d'imiter ! Il est assez piquant de constater que, pour le sens commun, le Dieu d'Abraham, au travers de cet épisode, apparaisse encore comme une brute sanguinaire qui s'amuse à torturer son serviteur en lui faisant croire qu'il va le pousser à assassiner son fils, alors qu'il s'agit précisément du contraire ! Dieu soumet Abraham à l'épreuve, pour mieux lui démontrer, hum, disons… qu'il ne mange pas de ce pain-là !

La causerie se poursuivit par un échange assez savant à propos des échos de ce mythe dans les cultures plus tardives. Un des participants, professeur d'histoire hellénistique, établit notamment un parallèle avec les personnages cadméens Athamas et son fils Phrixos. La contrée était ravagée par une sécheresse catastrophique et ne retrouverait sa fécondité que si Athamas sacrifiait son rejeton. Au moment où il levait son couteau, Héraclès lui apparut soudain en déclarant : « Mon père, Zeus, a en horreur les sacrifices humains »… Puis on en vint au Nouveau Testament, au sacrifice de Jésus de Nazareth sur la croix. La soirée s'acheva sur une question troublante : pourquoi, alors que Yavhé avait suspendu le geste sacrificiel d'Abraham, le Dieu des chrétiens n'avait-il pas fait de même pour épargner son propre fils ? Il était pour le moins troublant qu'il l'ait laissé gravir la Via Dolorosa, jusqu'à l'agonie finale, sans intervenir.

Félix, le neveu de Dansel, notait tout dans son cahier mais éprouvait quelque peine à suivre le fil de la discussion. À la fin de la séance, Dansel le raccompagna jusque chez ses parents. En chemin Félix posa quelques questions.

— Aujourd'hui, ça existe plus ce genre de religion, comme le Moloch ?

— Non, je ne crois pas !

— Et personne fait plus de sacrifices humains, hein ? Sauf dans les sectes, j'ai vu un reportage sur Planète là-dessus, reprit le gamin, songeur.

— Sauf dans les sectes, évidemment, approuva gravement Dansel. Dis-moi, c'est ton anniversaire la semaine prochaine, qu'est-ce qui te ferait plaisir ?

— La compil' de Tonton David ! s'écria Félix, sans l'ombre d'une hésitation.

— Hein ? Ton... ton qui ? balbutia Dansel.

— Un Black qui fait du rap !

Dansel lui embrassa le front et redescendit la rue de Belleville d'un pas très lent. Il monta dans un taxi et se fit conduire chez lui, rue Saint-Sulpice. Il vivait, seul, au dernier étage d'un immeuble bourgeois, dans un vaste studio né de la réunion de plusieurs chambres de bonne qu'il avait rachetées une à une. Il se servit un porto et contempla quelques instants, le cœur serré, la photographie de Jeffrey, le jeune étudiant anglais qu'il avait hébergé quelques semaines durant l'été précédent. Puis il ouvrit sa vieille bible, l'édition Segond datant de 1910, que lui avait léguée son père. Il s'assit dans un fauteuil, feuilleta les pages du Lévitique, et retrouva l'avertissement à Moïse que le pasteur avait mentionné : *Tu diras aux enfants d'Israël : si un homme des enfants d'Israël ou des étrangers qui séjournent en Israël livre à Moloch l'un de ses enfants, il sera puni de mort...* Dansel soupira en regrettant que l'Éternel n'ait pas cru judicieux de préciser par qui.

7

Dimeglio ne parvenait pas à trouver le sommeil. Il se retournait constamment dans son lit, tirait sur les draps, malaxait son oreiller, malmenait les couvertures, à tel point que sa femme finit par se réveiller. Elle vit le cadran du réveil à quartz qui marquait deux heures trente.

— Avale un Lexomil, sinon, demain matin tu vas encore marcher au radar ! bougonna-t-elle d'une voix pâteuse.

— J'en ai déjà pris deux ! Non, tu comprends, là, Gabriel, il en fait vraiment trop. Quand il s'est teint les cheveux en rose, j'ai fermé les yeux, mais ses histoires de… de boucles d'oreilles dans les lèvres, ça commence à faire beaucoup, les voisins vont nous prendre pour des cinglés !

— Ça lui passera… Plus tu t'énerves, et plus il te provoque !

— N'empêche, son scooter, il peut toujours se brosser pour qu'on lui offre ! trancha Dimeglio.

— Tu crois qu'il attend après toi ? Il a déjà les sous, ça fait un an et demi qu'il décharge des cageots tous les dimanches matin au supermarché, alors…

— Merde, merde, merde ! Eh ben tiens, je vais lui sucrer son carnet de chèques ! ricana Dimeglio, fermement décidé à mettre la menace à exécution.

— Sale flic, murmura sa femme, avant de se rendormir.

MARDI

1

Le mardi matin, Charlie se leva très tôt, quitta son repaire, acheta *Le Parisien* à un kiosque de la porte de Pantin et pénétra dans un café. Il commanda un crème, parcourut attentivement le journal et tomba sur une brève qui annonçait qu'une certaine Nadia Lintz, juge d'instruction, avait désormais en charge le dossier des « suppliciés » de la Chapelle. On donnait également le nom de la dernière victime, Constantin Dimitriescu. Charlie ne put s'empêcher de sourire. Il aurait bien voulu la rencontrer, cette Mme Lintz. Il sortit du café et chercha une papeterie. Il en trouva une un peu plus loin sur l'avenue Jean-Jaurès. Il acheta un luxueux coffret contenant un stylo à plume calligraphique, un buvard et un bloc de papier à lettres. La vendeuse lui proposa un emballage cadeau, qu'il refusa. Il régla son achat avec un billet de cinq cents francs. Dimitriescu en portait une pleine liasse sur lui au moment de leur rencontre.

Au collège, Charlie avait séché les cours de français plus souvent qu'à son tour. Et, même quand il y assistait, il se tenait au fond de la classe, à rêvasser, sans parvenir à se passionner pour les mystérieuses règles grammaticales qui exigeaient qu'on mette un *s* ici, un *e* à tel endroit, un *x* à tel autre, etc. À la caserne, il avait suivi quelques cours de mise à niveau, sans grande conviction. Il le regretta un peu quand, une fois rentré dans sa tanière, il se retrouva plume en main devant la feuille blanche.

2

Comme promis, Nadia Lintz avait transmis une commission rogatoire destinée à l'équipe de Rovère et lui enjoignant de diriger ses recherches dans le milieu des Roumains. Rovère scinda son groupe en une série de « doublettes » et les expédia sur tous les points où les clandestins roumains avaient l'habitude de se regrouper. Les Puces de Clignancourt, de Montreuil, quelques secteurs à l'entrée du périphérique où les gosses se ruaient sur les voitures à l'arrêt pour laver les pare-brise, les stations de métro sur lesquelles la mendicité était rationnellement organisée par des « chefs de famille » qui récupéraient la comptée en tête de ligne, sans oublier quelques garages un peu louches où l'on maquillait des voitures volées avant de les confier à des chauffeurs chargés de les convoyer vers l'Est. C'était d'ailleurs ainsi que Dimitriescu s'était signalé à l'attention de la justice la première fois.

— On cherche à retracer le parcours de notre client, mais attention, on y va tout doux, expliqua Rovère, il s'agit avant tout de faire de la procédure ! Cela dit, on ne sait jamais, avec un peu de chance ou pourrait décrocher quelque chose ! Bon courage !

Les « doublettes » se dispersèrent, pourvues d'une photocopie du portrait de Dimitriescu. Rovère lui-même se rendit au fichier de la préfecture en compagnie de Dimeglio pour dresser la liste de tous les détenus d'origine roumaine qui auraient pu croiser Dimitriescu durant son incarcération. Si un « gang » s'était constitué avant ou après son séjour à Fleury-Mérogis, cela vaudrait la peine d'aller rendre visite à ses membres…

Cette démarche ne donna aucun résultat. Rovère ne s'en formalisa pas. À midi et demi, il partit déjeuner avec Dimeglio, qui, durant tout le repas, parla de la dernière lubie de son fils, le piercing. Il était très remonté.

— Dites-moi franchement, vous le laisseriez faire des conneries pareilles ? demanda-t-il en touillant le sucre dans sa tasse de café.

— Si j'avais encore un fils, je le laisserais faire toutes les conneries, répondit doucement Rovère.

— Ah merde, excusez-moi. Après tout, vous avez raison, c'est pas forcément grave. N'empêche que ça m'énerve ! C'est plus fort que moi !

Quand ils furent de retour dans les locaux de la brigade, on leur transmit une note leur indiquant que Nadia Lintz demandait à les voir de toute urgence. Ils traversèrent les couloirs reliant le Quai des Orfèvres au palais de justice et se présentèrent au cabinet d'instruction. Nadia les reçut sans tarder.

— On oublie la commission rogatoire de ce matin, lisez ! leur dit-elle en montrant une feuille de papier noircie d'une écriture serrée, déposée sur son bureau.

Épaule contre épaule, les deux hommes se penchèrent pour prendre connaissance du document.

— Merde, murmura Rovère, en se redressant. C'est arrivé comment ?

— Dans cette enveloppe. Un coursier l'a déposée à mon nom au poste de garde, devant les grilles, juste en bas !

— Un coursier ? répéta Dimeglio.

— Oui, j'ai tout de suite fait venir le gendarme qui en a pris possession. Le type qui lui a donné l'enveloppe portait un casque intégral et avait garé une mobylette sur le trottoir. Il y avait également ceci à l'intérieur de l'enveloppe.

Nadia montra une photographie. Celle d'un jeune homme en compagnie d'une fillette, dans les allées d'une fête foraine. Et quelques dessins d'enfant assez confus. On y distinguait un accordéoniste, des scènes de bagarres, des voitures garées devant un feu rouge. Rovère et Dimeglio se repassèrent les documents. Nadia demanda à sa greffière de les photocopier en plusieurs exemplaires avant de ranger les originaux dans son enveloppe. Elle remit le paquet de copies aux deux inspecteurs et attendit leur commentaire. Rovère relut la lettre à haute voix. Le texte était émaillé de fautes d'orthographe et de grammaire, mais la syntaxe était aisément compréhensible.

Madame le Juge,

C'est moi qui ai tuer Constantin Dimitriescu, dont la police a retrouvé le cadavre dans le chantier près de la porte de la Chapelle. Je me nomme Charlie Grésard, et sincèrement, je ment pas. Si je vous écris, c'est pour vous rassurer, vous tracassez pas pour votre boulot, les coupables vont être puni. Tout va rentré rapidement dans l'ordre. Dimitriescu avait tué les pauvres petits que la police a aussi retrouver dans le pavillon. Pour vous prouver que je raconte pas de bobards, je peu vous dire qu'il y en avait quatres. Trois dans le séjour et un dans la cuisine, qui a seulement brulé sur les jambes, le pauvre. Pour moi, si vous voulez mon avis, Madame le Juge, faire soufrir des gosses, c'est ce qu'il y a de pire, c'est mon opinion. Si vous voulez en apprendre plus sur ce salaud de Dimitriescu, vous pouvez envoyé la police rue Paul-Bert, à Saint-Ouen, numéro 10, la ou il y a une impasse, vous trouverez un accordéoniste, une vrai ordure, c'était chez lui que vivait Dimitriescu, mais maintenant c'est fini pour eux, puisqu'ils ont payé. C'est Héléna, ma petite Héléna qui m'a tout racontez, enfin, elle a essayer, mais comme elle était muète, elle m'a fait des dessins. Je vous adresse des exemplaire pour bien prouver que je baratine pas. Je vous met aussi une photo d'Héléna, pour que vous voyez comme elle était belle et gentille. Vous avez peut-être des enfants, vous, Madame le Juge, alors vous comprendrez, les mamans comprennent toujours mieux ses choses-là. C'était une gosse adorable, Héléna. Je me suis pas assez bien ocupé d'elle et c'est pour ça qu'elle a voulu mourir. J'ai cru que je pouvai jouer au papa, mais j'étais même pas foutu d'y arriver. On parlera de tout ça plus tard, Madame le Juge, j'ai tout ratté dans ma vie, mais maintenant je vais me rattraper, je vais comme qui dirait devenir juge, mais pas comme vous, parce que la Justice avec un grand J, j'ai pas confience, mais vous verrez, ça sera bien quand même. Maintenant que Dimitriescu est crevé, je vais pas m'arrété en si bon chemain, ses copains vont payer pour les gosses. Je vous contacterai plus tard pour vous dire ou j'en suis, mais vous pouvez d'orzédéja savoir que le caporal Charlie Grésard, cette fois, ne vas pas rater sa mission… j'aimerai bien vous rencontrer, pour tout vous expliquez à fond, Madame le Juge, quand toutes cette salade sera terminées.

— Primo, c'est pas du bluff, il y a là-dedans la mention d'éléments que seul quelqu'un qui a pénétré dans le pavillon de la Chapelle peut connaître, résuma Rovère. Secundo, le ton est assez posé, il n'y a aucun indice de délire, au contraire, c'est très rationnel. Tertio, ce type nous affirme, enfin, *vous* affirme qu'il n'a plus rien à perdre. Implicitement.

— La presse, ce matin, a mentionné mon nom en précisant que j'instruisais, ajouta Nadia. La lettre a donc été rédigée « à chaud ».

— Il cherche à nouer le contact, ça peut être important pour la suite… nota Dimeglio.

— Charlie Grésard, caporal Charlie Grésard…. reprit Rovère. Il faut vérifier que le nom n'est pas bidon.

— Qu'est-ce que vous suggérez ? demanda Nadia.

— En principe, c'est vous qui dirigez les opérations.

— Je vous en prie, je vous dispense de ce genre de remarque ! rétorqua Nadia, nullement vexée. J'appelle le ministère de la Défense ?

— Oui, allez-y, et secouez-les parce que j'ai un peu peur qu'ils fassent traîner !

Après plus de trois quarts d'heure de palabres téléphoniques, de renvois de poste en poste, de déconvenues, d'interruption de communication, Nadia, excédée, finit par coincer au bout du fil un certain colonel Herblain. Celui-ci demanda à Nadia de lui transmettre ses coordonnées, avant de raccrocher. Dix minutes plus tard, elle l'avait de nouveau en ligne, après qu'il l'eut demandée en passant par le standard du palais de justice. Une petite précaution qui ne la scandalisa pas outre mesure. L'officier lui demanda de lui expédier un fax explicitant les motifs de sa démarche, ce qui occasionna une nouvelle attente. Elle se garda bien de préciser la raison exacte de sa demande, se contentant de suggérer qu'une enquête criminelle en cours risquait fort de mener à une mise en examen du caporal Grésard. Pendant ce temps, Rovère utilisa une autre ligne pour récupérer ses doublettes parties à la chasse aux clandestins roumains.

— Dimeglio ? Tu fonces à cette adresse, rue Paul-Bert, à Saint-Ouen ! Et tu fais le nécessaire.

L'inspecteur quitta le cabinet.

— Alors ? demanda Rovère, en se tournant de nouveau vers Nadia.

Elle eut une grimace éloquente. Le colonel Herblain lâchait ses renseignements au compte-gouttes.

— Un certain Charlie Grésard s'est engagé le jour de ses dix-huit ans, et a été affecté au 45e régiment du génie de l'armée de l'air, cantonné à Istres, dit-elle en couvrant de sa main le combiné téléphonique. Une unité spécialisée dans le soutien logistique. Grésard a quitté l'armée il y a deux ans. J'ai demandé les coordonnées de sa famille, ainsi que celles des officiers qui l'ont eu sous leurs ordres.

À l'autre bout de la ligne, le colonel Herblain consultait l'écran de son ordinateur. Nadia eut l'intuition qu'une gêne certaine s'était emparée de son interlocuteur. Elle actionna la touche haut-parleur de l'appareil, de telle façon que Rovère ne perde rien de l'échange.

— Madame le juge, lança la voix hésitante du colonel, il y a une personne qui serait à même de vous donner tous les renseignements souhaitables à propos du soldat Grésard.

— Je vous écoute.

— Il s'agit du médecin-major Taillade, à l'hôpital du Val-de-Grâce, à Paris. Grésard y a été hospitalisé trois mois, de janvier à mars 1994. Le médecin-major Taillade dirige le service de... de... psychiatrie...

Nadia remercia avant de raccrocher.

— Il faut y aller tout de suite, décida-t-elle.

Ils sortirent du cabinet. À peine Nadia avait-elle quitté la galerie où s'alignaient les cabinets d'instruction qu'elle croisa le président de sa section, chargé de répartir les différentes affaires au fur et à mesure de leur transmission par le Parquet.

— Madame Lintz, lui demanda-t-il, le dossier Blanchot est bouclé, n'est-ce pas ?

— J'ai transmis hier matin à la chambre d'accusation, confirma Nadia.

— Et l'infanticide, le bébé noyé dans la baignoire, j'ai le nom sur le bout de la langue ?

— Léonard ! C'est terminé aussi. Je n'en suis pas mécontente : aux assises, la défense pourra toujours s'amuser à plaider l'accident, ça ne fera pas un pli ! assura-t-elle.

— Bien, alors, puisque vous avez recouvré une certaine disponibilité, je vous confie une autre affaire, c'est le substitut Montagnac qui a ouvert, vous connaissez ?

— Tout à fait, acquiesça Nadia, sans dissimuler son impatience.

— Vous partez ? Alors je transmets les premiers PV à votre greffière, c'est une histoire de maltraitance assez sophistiquée. Lequintrec, Valérie Lequintrec, une petite fille de huit ans. La mère est en garde à vue.

*

Rovère roula sagement au volant de sa voiture de service. Ils décrivirent tout un périple par le Pont-Neuf, le quai Conti, la rue Bonaparte et la rue de Rennes, avant de rejoindre le carrefour Port-Royal, en direction du Val-de-Grâce. Durant tout le trajet, ils n'échangèrent pas une seule parole, concentrés à se remémorer les termes de la lettre du caporal Grésard. Rovère se gara devant l'hôpital et descendit précipitamment ouvrir la portière droite. Nadia fut surprise de ce geste un peu désuet, empreint d'une galanterie presque surannée. Rovère s'en aperçut et ne put s'empêcher de rougir.

Il leur fallut montrer patte blanche aux différents postes de garde, affronter la méfiance de plantons, de sous-officiers, puis d'officiers qui faisaient barrage aux différents échelons de la hiérarchie, avant de pouvoir enfin rencontrer le médecin-major Taillade, responsable du service de psychiatrie. Lequel avait été entre-temps prévenu de l'imminence de leur visite par le colonel Herblain, confortablement embusqué dans son bureau du ministère. Taillade affichait une cinquantaine débonnaire, bedonnante, mâchonnait un mégot de cigare et se trémoussait sur un fauteuil dont les jointures de cuir grinçaient à l'envi.

— Bon, autant jouer la carte de la franchise, annonça-t-il dès que Rovère eut résumé le motif de l'entrevue, Grésard, le caporal Grésard, c'est un cas assez lourd. Je me souviens très bien de lui, il a passé trois mois ici, un brave type, vraiment un brave type. J'ai le dossier.

Il désignait un classeur de toile d'une épaisseur appréciable posé sur un coin de son bureau, dont il sortit une photographie. Nadia s'en saisit. Il n'y avait aucun doute, il s'agissait bien du même homme photographié en compagnie de la fillette, dans les allées de la fête foraine. Grésard souriait face à l'objectif, l'air vaguement arrogant mais nullement antipathique.

— Pourrais-je voir un échantillon de son écriture ? demanda Nadia.

Le médecin lui tendit une lettre destinée à ses parents, que le caporal avait rédigée la veille de sa disparition. Nadia examina brièvement l'écriture, la barre des T, le dessin assez régulier des O. La calligraphie assez méticuleuse. Elle ressemblait en tout point à la lettre remise par les gardes du Palais.

— Le problème du caporal Grésard, c'est le PTSD, expliqua le médecin. *Post traumatic stress disorder*... un syndrome qui frappe les victimes de chocs émotionnels intenses. Je m'explique. Grésard a servi durant l'opération humanitaire Turquoise, au Rwanda, en 94. Son régiment a été expédié à Goma au mois de juillet. Vous avez peut-être vu les images à la télé ? Les Tutsis qui poussaient devant eux des dizaines de milliers de civils hutus, hagards, terrorisés.

Nadia et Rovère confirmèrent d'un vague hochement de tête.

— Vous n'avez rien vu, rien que des images édulcorées, triées, même si elles vous ont paru atroces. Quand l'état-major, sur la foi des rapports qui lui parvenaient, a réalisé ce qui se passait réellement là-bas, on a décidé d'envoyer sur place une équipe de psychiatres. En urgence. J'en étais. Je suis allé à Goma, à la fin de ce mois de juillet. C'est là que pour la première fois j'ai rencontré le caporal Grésard. De tous les gars que j'ai débriefés à chaud, excusez-moi, c'est le terme que nous utilisons dans notre jargon, il m'a paru comme un des plus solides, un des moins éprouvés. Ce n'est que dans les mois qui ont suivi qu'il a brusquement décompensé. Une dépression sévère. Hallucinations, crises d'angoisse, insomnies rebelles, et même troubles locomoteurs. Son séjour à Goma l'avait cassé. Ce n'est pas un terme médical, mais il convient parfaitement. Cassé.

Le médecin ouvrit son dossier et le feuilleta machinalement. Le téléphone se mit à sonner mais il décrocha la prise sans plus de manières.

— Par où commencer ? L'intervention au Zaïre nécessitait une logistique impeccable. Le problème numéro un, c'était la piste d'aviation de Goma, par laquelle devaient transiter tous les transports de troupes ou de matériel. Elle était totalement défoncée. Le 1er juillet, le 45e bataillon des travaux du Génie a embarqué à bord d'un Antonov. La fin du parcours, c'était assez sportif.... la piste de l'aéroport de Goma était parsemée de nids-de-poule, d'ornières, les trains d'atterrissage s'y rompaient. Bon, les gars se mettent au boulot. Charlie Grésard est du nombre. En moins de trois jours, ils remblaient tout, déplacent des tonnes de graviers, s'épuisent à combler les trous à la lumière de projecteurs. Rien que de très normal, ils ont été formés à ce genre de tâche. Ils savent conduire des engins mécaniques, pelleteuses, excavatrices, c'est leur job. Les gars peuvent souffler, une fois le boulot accompli. Le FPR, le Front patriotique rwandais, pendant ce temps-là, continue sa progression. On fait état de dizaines de milliers de réfugiés qui se dirigent vers la frontière zaïroise. Des dizaines de milliers... parmi lesquels des femmes et des enfants. Beaucoup d'enfants. Mademoiselle, enfin, madame, est-ce que je peux fumer ?

Nadia fit signe qu'elle n'y voyait aucun inconvénient. Taillade ouvrit une boîte de Davidoff, la proposa à Rovère, qui déclina l'offre, en alluma un et se cala contre le dossier de son fauteuil.

– Ce qui suit, je ne l'ai pas vu, enfin, je veux dire personnellement, je n'ai vu que les conséquences, mais le soldat Grésard, lui, s'est trouvé en première ligne. Bien, trois cent à cinq cent mille personnes marchent de Ruhengeri, droit sur Goma. C'est le 13 juillet. Grésard et ses copains préparent la revue, qu'est-ce que vous voulez, on est dans l'armée française, n'est-ce pas, alors le jour de la fête nationale, c'est sacré, on astique les cuirs, on nettoie les armes, on se pomponne en vue de la fiesta du lendemain. C'est à l'aube du 14 que les premiers réfugiés arrivent. En éclaireurs, si j'ose dire. Des hommes, des femmes, des enfants. Épuisés. Ils marchent comme des fantômes. Ils n'ont plus faim, plus mal, ils marchent. C'est tout. Ils ne savent même plus dans quelle direction. On les parque petit à petit dans des camps de fortune, des villages de tentes, on met en place des pompes qui puisent de l'eau dans le lac Kivu, on la filtre, la stérilise... Bon. Trois jours passent. Le 17 juillet au soir, le FPR tire au mortier sur tout le secteur. C'est la panique. Mais on la jugule assez facilement. Le caporal Grésard est toujours aux avant-postes. Et soudain, à la suite de cette attaque, c'est le flot qui se déverse, des milliers, des milliers de réfugiés qui envahissent les environs de la ville, et avec eux, les premiers cas de choléra. Vous connaissez les symptômes ?

– Je crois savoir, oui, murmura Nadia en rougissant.

Elle se souvint d'une sortie, récente, au cinéma en compagnie de Maryse.

– C'est très à la mode, ricana Taillade, les spectateurs se sont rués dans les salles pour voir le film tiré du roman de Giono : *Le Hussard sur le toit* ! Le bel Angelo qui ne craint pas la mort et parvient à sauver sa belle… Magnifique, cette scène où il lui frictionne les cuisses, les seins. C'est comme s'il lui faisait l'amour ! Dans la réalité, c'est un peu différent. Le choléra, c'est l'épouvante. Ce n'est pas de la littérature. Ni du cinéma. Le choléra, ça pue, ça pue horriblement. C'est au-delà des mots, bien au-delà, au-delà des images, aussi ! Bon, je reprends, dès le début de l'épidémie, l'état-major fait distribuer aux soldats français des comprimés de doxycycline…

Taillade s'interrompit, le temps de tirer sur son cigare, d'exhaler une épaisse bouffée de fumée.

– Et la vague continue, poursuivit-il. 700 morts le 21, 1 700 le 22, 2 000 le 23, 2 200 le 24, jusqu'à 2 500 le 25 juillet. Les réfugiés qui continuent d'arriver sont dénutris, déshydratés, sidéens, paludéens, au choix, ou bien tout à la fois, et en plus, le choléra les infecte ! Le soldat Grésard a vu des gens à bout de souffle aller de leur plein gré s'allonger sur les tas de cadavres. La ville en est remplie. On a parlé de 50 000 morts à l'est du Zaïre, de 500 000 au total. Les chairs putréfiées pourrissent au soleil, risquant ainsi de démultiplier l'épidémie. Détail piquant, le sol de la région est constitué de roche volcanique, très dure. Les soldats du 45e bataillon du Génie, dont Grésard, vont devoir, des jours durant, creuser des fosses pour ensevelir une masse de corps considérable. La pelle de leurs bulldozers en charrie littéralement à la tonne. À la tonne. Et tout cela, évidemment, dans une odeur épouvantable, une véritable infection que les masques à gaz ne parviennent pas à endiguer. Il faut bien ménager une petite part de rêve, et la télévision française, je ne me souviens plus quelle chaîne, s'y est employée. Elle a monté en épingle le cas de ce légionnaire qui a soudain aperçu un petit bras d'enfant qui remuait dans une fosse qu'on allait recouvrir de chaux, et qui s'est précipité pour récupérer une gamine qu'on a pu sauver… ou un petit garçon ? Bah, peu importe ! Non, c'était un petit garçon, il l'a d'ailleurs surnommé Angelo, le petit ange, ça a un côté un peu naïf, mais dans de telles circonstances, on n'évite pas les effets faciles… Angelo ! Rien que ça ! Le brave légionnaire n'a sans doute pas lu Giono ! Enfin, ça m'étonnerait…

— Si je résume, lança Nadia d'une voix qu'elle eût souhaité plus assurée, le caporal Grésard a été soumis à une pression psychologique insupportable ?

Elle se tut soudain, consternée par la banalité de sa remarque.

— On peut dire que vous avez le sens de la formule, reprit Taillade d'une voix indulgente. Pour tous les jeunes soldats expédiés là-bas, et qui n'ont sauvé personne, qui se sont simplement contentés d'ensevelir les morts pour éviter une contagion plus grande, l'épreuve a été terrible. Terrible. Depuis les faits, ils sont tous suivis, régulièrement, par le service de santé des armées. Ils ne l'acceptent pas facilement. Surtout ceux du 45e du Génie, cantonné à Istres. Ceux-là, vraiment, ils ont dégusté et ne tiennent pas à évoquer leurs souvenirs.

Un long moment de silence suivit l'exposé du docteur. Nadia et Rovère ne cherchèrent pas à le rompre, trop préoccupés par la relation qu'ils étaient à même d'établir avec le courrier parvenu au cabinet d'instruction au début de l'après-midi.

— Grésard a commencé à présenter des troubles assez sérieux six mois après, poursuivit le psychiatre. Il était devenu totalement insomniaque, caractériel, se battait fréquemment avec ses copains. Quand il rentrait chez lui en permission, en Picardie, c'était pire. Il buvait comme un trou, provoquait les gendarmes, enfin, bref… Il a fallu user de beaucoup de persuasion pour le décider à accepter de séjourner ici, au Val-de-Grâce. Je l'ai longuement entendu. Il ne refusait pas les entretiens, se prêtait volontiers aux tests, mais sur le fond, il se dérobait. Il parlait surtout des cadavres d'enfants qu'il poussait dans la fosse, avec son bulldozer. C'était là le thème récurrent de ses cauchemars. Et puis un jour il a disparu. Sans prévenir. Je lui avais autorisé quelques sorties. Des « permissions ». Il allait au cinéma, ou boire une bière au quartier Latin avant de rentrer sagement dans sa chambre. À l'issue de l'une de ces sorties, il n'est pas revenu. Plus personne n'a eu de nouvelles de lui. Évanoui dans la nature. Je sais que vous ne me croirez pas, mais je pense souvent à lui.

— Je vous crois, protesta Nadia.

— Avez-vous lu Platon ? La *République* ? Grésard me fait penser au mythe d'Er, ce soldat qu'on a cru mort sur le champ de bataille et qui est allé visiter les Enfers. Il en revient marqué à jamais, sans parvenir à faire partager son expérience à quiconque, et pour cause…

— Je réviserai mes cours de philo, promit Nadia

— Alors, qu'a-t-il fait, ce pauvre Charlie ?

— Je dirais qu'il est persuadé d'avoir commis une faute, et qu'il essaie de se racheter. Il aurait voulu sauver un enfant, lui aussi, comme ce légionnaire dont vous venez de nous parler.

— Sauver un enfant, c'est redonner sens au chaos... affirma gravement Taillade. Je crois qu'il n'avait pas tort.

— Je vais faire saisir ce dossier pour le placer sous scellés, précisa Nadia en montrant la chemise cartonnée que détenait le médecin.

— Il est à vous. Dites-moi franchement, Charlie a fait une grosse bêtise ? Il a tué quelqu'un ?

— Oui, confirma Nadia. Mais après toutes les explications que vous venez de nous fournir, je crois qu'on pourra lui accorder les circonstances atténuantes. Quand on lui aura mis la main dessus, évidemment.

*

Dès qu'ils eurent regagné la voiture, dans la cour de l'hôpital, Rovère chercha à joindre Dimeglio par la fréquence radio réservée à la brigade. La voix nasillarde de l'inspecteur ne tarda pas à crachoter dans l'appareil.

— C'était pas du flan ! On a l'accordéoniste, et c'est assez croquignolet ! Rappliquez dare-dare, ça vaut le coup d'œil !

Rovère embraya, colla son gyrophare sur le toit de la voiture et descendit tout le boulevard Saint-Michel, le pied au plancher et sirène hurlante.

— C'est pas tous les jours qu'on joue aux cowboys, s'excusa-t-il d'une voix grinçante.

Nadia se cramponnait d'une main à sa ceinture de sécurité, et de l'autre au tableau de bord.

— Étonnant, ce toubib, non ? reprit Rovère en donnant un nouveau coup d'accélérateur. Je me souviens de ceux que j'ai croisés à l'armée, ils n'étaient pas taillés dans le même bois !

— Il a été éprouvé, lui aussi, soupira-t-elle. On l'aurait tous été, non ? Grésard n'a pas supporté la mort des enfants, c'est l'évidence. Je veux parler de ceux qu'il a vus mourir à Goma, et des petits de la Chapelle... ça l'a rendu fou.

— Vous en connaissez beaucoup, vous, des gens que le spectacle de la mort d'un enfant ne rend pas fous ? répondit Rovère en s'engageant sur le Sébastopol.

Nadia se mordilla la lèvre inférieure, consciente d'avoir gaffé. Un quart d'heure plus tard, après avoir dépassé Barbès et remonté le boulevard Ornano, ils parvenaient dans les ruelles, désertes en semaine, du marché aux Puces de Saint-Ouen. Rovère aperçut les voitures de la brigade qui barraient l'entrée d'une petite rue, près du marché Jules-Vallès. Il se gara, serra son frein à main et se tourna vers Nadia.

— Ça va ? demanda-t-il, vous n'avez pas été trop secouée ?

— Pas trop, non, merci !

Dimeglio les accueillit à l'entrée du pavillon. Il y flottait une odeur d'encaustique et d'eau de Javel, mais, dès qu'il en eut franchi le seuil, Rovère en perçut une autre, bien plus entêtante.

— C'est où ? demanda-t-il.

— Là, dans la piaule, vous poussez la porte.

— Ah oui, OK d'accord, soupira Rovère en pénétrant dans la pièce.

Nadia, qui s'y était engagée à sa suite, ne put réprimer un frisson de dégoût. Le corps, nu, émasculé, d'un homme d'une soixantaine d'années gisait sur le sol couvert de lino au milieu d'une vaste mare de sang. Son sexe tranché à ras du pubis, verge et testicules, reposait près de la tête. Un jeu de photographies avait été éparpillé autour du cadavre. Rovère se pencha pour les étudier, bientôt imité par Nadia.

— C'est la petite qui figure sur la photo que vous a transmise l'ami Grésard, nota Rovère.

Sans y toucher, elle détailla les clichés, l'un après l'autre, en serrant les poings. Une gamine d'une dizaine d'années à peine y figurait en compagnie de l'accordéoniste, nue, dans diverses poses pornographiques. Plusieurs d'entre elles représentaient Héléna, occupée à pratiquer une fellation

— Dimeglio ? demanda Rovère. La gosse ?

— C'est déjà vérifié ! Dès qu'on a débarqué ici, j'ai pas voulu perdre de temps, alors je me suis dit, bon, faut prendre l'initiative, j'ai piqué une photo au hasard et j'ai envoyé Choukroun chez Mme Truong, mon épicière de la Chapelle. Elle l'a formellement reconnue. C'est bien la môme qui accompagnait Dimitriescu quand il est venu acheter ses provisions dans l'épicerie.

— Exact, confirma Choukroun, elle en est sûre et certaine, sa petite-fille m'a traduit toutes les réponses.

— L'identité de l'accordéoniste ?

— Michel Detancourt. Soixante ans, annonça Dansel. Condamné à trois reprises dans des affaires d'atteinte à la pudeur sur mineur de moins de quinze ans.

— Pluvinage arrive, il a bigophoné, précisa Dimeglio. Mais je vois pas ce qu'il pourrait nous apprendre de plus.

— Alors ? demanda Rovère, en se redressant.

Nadia, désemparée, le fixait d'un œil rond. Il sortit de la pièce où reposait le cadavre. Elle le suivit. Ils firent quelques pas dans la ruelle.

— Qu'est-ce que vous me conseillez ?

— On a le profil de notre client. Un paumé qui en a bavé et qui cherche à tout prix à finir en beauté. Il veut être reconnu comme un type bien. Et il a pris la peine de vous écrire. Il tient à vous. Dans sa lettre, il postule même au titre d'homologue, de juge sauvage, si vous préférez, celui qui instruit et qui administre directement la peine, la sentence. C'est à vous qu'il cherche à parler. D'une façon ou d'une autre, il faut que vous parveniez à nouer le contact.

— Un point de presse ? C'est ce que vous suggérez ? mumura Nadia, réticente.

— Oui… au début, quand on a découvert les corps des gosses, dans le pavillon de la Chapelle, j'ai tout verrouillé pour que les journalistes ne viennent pas nous traîner dans les pattes, mais à présent, je serais plutôt d'un avis contraire. Il faut lui assurer que son message a été reçu. Qu'il a un interlocuteur. Vous, en l'occurrence.

Nadia poursuivit son chemin, seule. Ses talons s'enfoncèrent dans les interstices des pavés, comblés par de la terre couverte de mousse. Elle faillit trébucher. Rovère la rejoignit.

— Voilà plus de vingt ans que je fais ce boulot de flic, et des dingues, croyez-moi, j'en ai vu défiler quelques-uns ! Charlie, c'est autre chose.

— Vous approuvez ce qu'il a fait ?

— Ça restera entre nous ? Je n'approuve pas, je comprends… avoua Rovère. S'il s'avère qu'il s'est lancé sur la piste d'un réseau de salopards mouillés dans la pédophilie, et qu'il les liquide un à un, ça ne me fera ni chaud ni froid qu'on arrive chaque fois avec un temps de retard. Il déblaie le terrain, et après tout, c'est tant mieux. À froid, évidemment, et là, c'est le « citoyen » Rovère qui parle, je préfère au contraire voir la justice suivre sereinement son cours… à chacun ses contradictions, ses problèmes de conscience, non ? Vous avez vu les photos, là, chez l'accordéoniste, et celles du dossier des gosses de la Chapelle ? Et encore, vous avez eu la chance de ne pas assister à l'autopsie ! Dites-moi, droit dans les yeux, ce que vous en pensez. Hein ?

— Arrêtez ! supplia Nadia.

— Dont acte.

— Reprenons. Je montre ma bobine à la télé, c'est ça ? Pour qu'il morde à l'hameçon ?

— Oui, ça peut se concevoir ! Qu'est-ce que vous risquez ? Réfléchissez, vos collègues des affaires financières n'ont aucun scrupule à s'adonner à ce genre de…

— D'exhibition ? Moi, je déteste !

— Après tout, ça fait pourtant partie de votre boulot, non ?

Il revint sur ses pas, vers l'entrée du pavillon où l'attendait Dimeglio, et s'entretint à voix basse avec lui, le mettant au courant des éléments révélés par le psychiatre Taillade. Nadia resta seule dans le passage, indécise. Elle vit les techniciens de l'Identité judiciaire pénétrer à l'intérieur de la maison pour prendre possession du corps et relever tous les indices.

— D'accord, je marche, dit-elle, en s'adressant à Rovère.

Il consulta sa montre.

— Le temps que Pluvinage et le labo aient fini leur boulot, il y en a pour plus d'une heure. Il suffit de passer un coup de fil aux journalistes accrédités au Quai des Orfèvres et, dans une demi-heure, on a toutes les télés.

Ils patientèrent à l'entrée de l'impasse, barrée par de longs rubans de plastique portant le sigle de la préfecture de police.

— Venez, dit Rovère, en s'adressant à Dansel et Dimeglio. On va tenter de faire le point… j'attends vos lumières, messieurs !

Nadia ne put s'empêcher de sourire en voyant ce curieux symposium de flics blanchis sous le harnais qui évitaient son regard, non par méfiance, mais par timidité.

— Dimitriescu s'est servi de la petite comme garde auprès des gosses qu'il avait enfermés dans le pavillon de la Chapelle, ça me paraît plus que probable, suggéra Dimeglio. Seulement voilà, Héléna s'est fait la malle. En forçant le rideau métallique de la cuisine de l'intérieur.

— Héléna, c'est le nom de la petite qui taillait des pipes à l'accordéoniste ? demanda Dansel, qui n'avait pas assisté à l'ouverture du courrier de Charlie dans le cabinet d'instruction.

Il croisa le regard de Nadia et se sentit gêné.

— Ne vous en faites pas, je ne sors pas du couvent des Oiseaux, lui dit-elle.

— Une sorte de nounou, c'est ça ? reprit Rovère, songeur.

— Ça paraît cadrer ! approuva Dimeglio. Dimitriescu devait l'avoir en permanence à ses côtés et l'utiliser comme une bonne à tout faire. Vraiment à tout faire ! Le salaud ! Au départ, j'y croyais pas, à la piste pédophile, mais maintenant, si. Dimitriescu a pu importer les mômes de Roumanie, là-bas, c'est la misère, les gens sont prêts à tout… même à vendre des gosses !

— Reste à comprendre pourquoi il les a grillés vifs après les avoir lui-même installés dans le pavillon, et nourris ? tiqua Dansel.

— Ça, Charlie le sait sans doute. Il est dans la nature, il a livré son nom, sa photo, il se doute qu'on ne va pas le lâcher mais il s'en fout ! ajouta Nadia.

— On peut lancer un avis de recherche, un appel à témoins, non ? risqua Dimeglio.

— Avec Rovère, nous pensions plutôt intervenir dans la presse pour l'amener à se confier davantage, expliqua Nadia.

— Pourquoi pas ? De toute façon, il est dans la nature, comme vous dites, et on peut mettre des semaines avant de le retrouver, grogna Dimeglio, en se mouchant.

— Et l'accordéoniste, qu'est-ce qu'il vient faire là-dedans ? demanda Rovère.

— Dimitriescu était clandestin, en cavale. Il lui repassait la petite et en échange il avait une planque, un point de chute, suggéra Dansel.

Dimeglio hocha la tête, approbatif.

Les premières voitures de presse arrivèrent à l'entrée de la rue Paul-Bert. Des journalistes équipés de micros et même de caméras marchèrent vers l'impasse, filtrés par Choukroun.

3

Isy Szalcman sonna chez Nadia peu après vingt et une heures. Ils s'étaient donné rendez-vous tous les mardis soir pour travailler au projet de « mémoires » du vieil homme.

— Alors, on devient une vedette de la télé ? Je t'ai vue tout à l'heure sur France 2 ! s'écria-t-il en déposant sur la table du séjour un gros sac de papier d'où dépassait le goulot d'une bouteille de vodka.

Il ôta la vieille veste de cuir râpée qu'il traînait depuis des années et rangea sa canne en appui contre un coin de mur.

— Wyborowa, à l'herbe de bison, c'est la meilleure ! précisa-t-il en montrant la bouteille. Je suis allé chercher une petite collation chez Sacha Finkelstajn, le traiteur de la rue des Écouffes.

Il déballa le reste des victuailles, du tarama à l'aneth, quelques tranches de pickel-fleish, de la charcuterie casher, des cornichons molossol, du pain aux oignons, du foie haché, du gâteau au fromage, ainsi que deux barquettes emplies de pâtes crémeuses.

— Une merveille, précisa-t-il, Finkelstajn appelle ça la « croisière jaune », c'est de la chair de poisson au curry, et l'autre, l'espèce de yaourt rouge, c'est une spécialité de fromage hongrois au paprika.

— Isy, protesta gentiment Nadia, tous les mardis soir, vous débarquez ici avec de quoi ravitailler un régiment. Je mets plusieurs jours à finir les restes, j'en donne même des Tupperware à ma greffière !

— Je vais convertir tous tes collègues du Palais à la bonne cuisine juive ! ricana Szalcman. Ils m'ont collé au trou ? Eh bien ma revanche, ce sera de leur boucher les artères, de leur mitonner un bon cholestérol ! Enfin… non, tous ceux à qui j'ai eu affaire sont à la retraite ! Il y en a même beaucoup qui doivent dormir au cimetière, la conscience tranquille…

Il déboucha la bouteille de vodka, emplit deux petits verres et en tendit un à Nadia.

— *Lechaïm !* lança-t-il joyeusement.

— *Lechaïm !* reprit Nadia avant d'y tremper ses lèvres.

— *Nu ? wous mit gescheft*[1] *?* demanda-t-il en prenant ses aises sur le canapé.

— Le « gescheft » ne désemplit pas ! Les « clients » s'y bousculent… il faudrait ouvrir des succursales pour les accueillir tous !

— Je t'ai vue à la télé, mais le son ne marche plus très bien, qu'est-ce qui s'est passé ?

Nadia s'assit à ses côtés et lui fit brièvement le récit de sa journée.

— Il faut que tu fasses un autre boulot ! Tu ne tiendras pas longtemps comme ça… murmura-t-il en lui prenant doucement la main. Ce… ce n'est pas un métier pour

1. Expression yiddish : « Alors, comment va la boutique ? »

une femme ! Oh, je sais, tu vas encore me dire que je suis un vieux macho ! Quand même, de mon temps, les juges, c'étaient des hommes !

Elle ne put s'empêcher de rire.

— Je sais, soupira-t-il, ça doit faire la cinquantième fois que je te chante le même refrain : peut-être qu'à force de le répéter, tu finiras par céder ? Comme les murailles de Jéricho ! Il suffit de tourner autour, sans relâche, jusqu'à ce qu'elles s'écroulent.

— Mais je l'aime, ce boulot, Isy, je l'aime, j'en ai rêvé longtemps, et maintenant que j'y suis, je ne veux pas le lâcher. De toute façon, je ne sais rien faire d'autre. Si on mangeait ?

Ils s'installèrent à table. À la fin du repas, Isy désigna le petit magnétophone sur lequel ils avaient l'habitude d'enregistrer ses confessions.

— Je ne t'ai jamais parlé de Dédé ? s'écria-t-il d'un ton enjoué. Un truand de la vieille école, un apache, un vrai de vrai ! Un dur des fortifs ! Je l'ai connu en 52 et un peu plus tard, on s'est retrouvés à la Santé, dans la même division. Je crois que ça serait pas mal, dans ton livre, les aventures de Dédé.

— Dans *votre* livre, Isy, corrigea malicieusement Nadia.

— Mouais… Enfin, bref, c'est qu'il en a forcé, des coffres-forts, le Dédé ! Un cambrioleur de génie !

Nadia acquiesça. Elle mit en marche le magnétophone tandis qu'Isy servait une nouvelle tournée de vodka. Elle l'écouta évoquer l'existence haute en couleur d'André Lacombe, dit Dédé-les-mains-de-fée, ses exploits, puis sa chute à la suite d'une dénonciation.

— Le fourgue, précisa Isy, il s'est pas méfié assez du fourgue. Chez les monte-en-l'air, le point faible, c'est toujours le fourgue. Enfin bref, un jour, dans la cour de promenade, à la Santé, voilà-t-il pas qu'il réussit à tirer le trousseau de clés du maton qui nous regardait tourner en rond… y avait du projet d'évasion dans l'air !

Nadia s'accouda à la table, le menton entre les mains, attendrie. Isy possédait de tels talents de conteur qu'il en était irrésistible. Pourtant, après un quart d'heure d'écoute ponctué d'éclats de rire, Nadia ne put maintenir son attention. Les images du cadavre qu'elle avait vu dans le pavillon de la rue Paul-Bert s'imposèrent à elle. Et d'autres encore, qui découlaient du récit du docteur Taillade, au Val-de-Grâce.

– Tu es fatiguée, ce soir, remarqua Isy en appuyant sur la touche off du magnéto. Et moi, je te casse les oreilles avec mes salades.

– Mais non, continuez, c'est bête, protesta-t-elle sans grande conviction, je commençais tout juste à faire connaissance avec votre Dédé !

– Non ! tu penses à ces gosses dont tu m'as parlé… et moi j'ai l'air d'un vieux clown !

Il se leva, son verre à la main, et se dirigea vers la baie vitrée qui donnait sur un square. Malgré l'heure plus que tardive, des gamins y jouaient au foot. Il les contempla longuement.

– Tu sais, quand… quand les Américains sont arrivés à Buchenwald et qu'on a été libérés, j'en ai vu beaucoup, des soldats qui n'en revenaient pas, de… de nous voir comme nous étions ! Ils étaient prêts à se mettre en quatre pour nous faire plaisir.

Nadia se figea. Depuis leur rencontre, c'était la première fois qu'Isy évoquait ses souvenirs des camps.

– Plus tard, au début des années cinquante, j'allais souvent dans un bar de Pigalle, là, je te parle de ça, j'étais déjà devenu un vrai marlou. Dans ce bar, il y avait des… des putes, quoi, tu vois le genre de bar ? Il y en avait une petite, une brune mignonne, elle s'appelait Eugénie, tu parles d'un nom… Elle aurait pas été contre que je m'occupe d'elle, que j'attende à jouer aux cartes au tabac du coin qu'elle me ramène le pognon qu'elle gagnait avec ses passes, mais moi, le pain de fesses, ça a jamais été mon fort !

Nadia craignit qu'il ne se dérobe, une fois de plus, que son récit bifurque sur d'autres sentiers de la mémoire. Isy continuait de regarder les gosses jouer au foot dans le square. Il appuya son front contre la vitre.

— Dans le bar, il y avait un pilier de comptoir, un Anglais, un type très jeune, même pas trente ans. Il en paraissait cinquante. Des mains qui tremblaient, des yeux de malade, injectés de sang, un ventre énorme. On a fait une petite partie de poker, et machinalement, j'ai retroussé les manches de ma chemise pour être plus à l'aise. Il a vu mon tatouage. Brusquement il s'est mis à chialer. Il en avait un sacré coup dans le nez, forcément, depuis le temps qu'il descendait cognac sur cognac, et il m'a raconté sa vie. C'était un fils à papa, son vieux avait une usine de… de je sais plus quoi, du côté de Manchester, si je me souviens bien. Mon Angliche, il s'était engagé en 43. Avec ses relations, son paternel aurait pu lui dégoter une planque à l'état-major, mais non, il voulait aller à la castagne, direct. Total, il s'est retrouvé affecté dans le Génie. Il aurait préféré autre chose, mais bon, on choisit pas, dans ces cas-là. Bref, en 45, avec son régiment, il… il est entré à Bergen-Belsen. Les gars du Génie ont dû creuser les fosses. On s'est baladés dans Paris, tous les deux, jusqu'au petit matin. On est descendus de Pigalle jusqu'aux quais, à pied. Il s'appelait Winston, tiens, maintenant ça me revient, Winston, comme Churchill ! Il me parlait des fosses. Des fosses de Belsen. Avec son bulldozer, il… il a poussé les cadavres à l'intérieur. On s'est séparés devant Notre-Dame. Il est parti, tout vieux, tout voûté, tout seul. Depuis des années, il traînait, à droite, à gauche, son paternel lui envoyait des mandats pour qu'il survive. C'est complètement con, avant qu'on se sépare, il m'a demandé pardon. Tu te rends compte ? J'y étais pour rien, moi, s'il était devenu dingue, je pouvais pas l'aider.

Isy se tut mais resta le front appuyé contre la vitre. Nadia respecta son silence.

— Alors tu vois, ce type-là... ton Charlie ? Il faut essayer de le comprendre. Ce n'est sûrement pas un salaud.

— C'est bien mon avis ! assura Nadia.

— Oui, sauf que ton boulot, c'est de le coller au trou !

Nadia se servit un verre de vodka et l'avala d'un trait. Isy vint vers elle et lui caressa doucement la nuque.

— Et toi, reprit-il, des enfants, quand est-ce que tu vas en faire ?

— J'y pense, ça viendra en temps voulu !

— Justement, encore faut-il qu'on le veuille ! Ce n'est pas en m'écoutant radoter que tu vas recruter le futur papa, murmura le vieil homme en lui pinçant tendrement la joue.

— Isy, une misérable petite soirée par semaine..

— C'est encore une de trop !

— Isy, une promesse est une promesse...

Il enfila sa veste et se dirigea vers l'entrée. Nadia quitta son canapé et vint lui ouvrir la porte.

— Je suis un homme de parole ! Bon, d'accord, alors à mardi prochain ! Ne fais pas de mauvais rêves, Nadia !

Elle le vit sortir de l'immeuble, traverser le square, dribbler quelques secondes le ballon que les gamins se disputaient. Il disparut au coin de la rue, et, sachant qu'elle l'observait, leva sa canne en l'agitant d'un moulinet, sans se retourner.

MERCREDI

1

Nadia fixa avec attention la jeune femme que les gardes avaient escortée jusqu'à son cabinet et qui se tenait assise, face à elle, les poignets encore entravés par des menottes. Elle ordonna qu'on les lui ôte. Marianne Quesnel la remercia d'un signe de tête discret. Elle avait accepté de comparaître sans l'aide d'un avocat, renonçant ainsi par avance aux « nullités » qu'une telle absence pouvait entraîner, au regard du Code de procédure pénale. Elle ne semblait pas avoir trop souffert de sa détention au dépôt. On ne lui avait pas confisqué son nécessaire de maquillage et les nonnes l'avaient sans doute autorisée à repasser le pantalon et le chemisier qu'elle portait lors de son arrestation, si bien qu'elle se présenta devant le juge sans avoir à pâtir de l'image désastreuse, dégradée, saccagée, que bien des prévenus affichaient habituellement après vingt-quatre heures de garde à vue. En dépit de ce qu'elle savait du dossier, Nadia était résolue à le traiter comme s'il se fût agi d'une affaire ordinaire. Elle ne tenait pas à se laisser submerger par le dégoût ou la pitié. En tout état de cause, elle garderait une attitude strictement neutre, adopterait un regard clinique, et s'en tiendrait aux faits. Avant de rejoindre son cabinet, elle s'était longuement entretenue avec Montagnac. Elle savait que Marianne protesterait de son innocence.

— Il n'y a que le témoignage de Vauguenard et de la surveillante. Je dois prendre une décision rapide, lui avait-elle dit, soit la renvoyer dos à dos avec le médecin, soit l'incarcérer : j'ai un doute.

— Tu n'as pas lu les PV ? Ils sont totalement accablants ! Fourre-la au trou ! protesta Montagnac.

— Et si les toubibs se sont plantés et cherchent à se couvrir ?

— Alors, tu auras tout le temps de rattraper le coup. Après tout, c'est sur la base des PV que je t'ai transmis que tu vas décider. À ta place, je n'hésiterais pas une seconde.

*

— Madame Quesnel, les charges retenues contre vous sont extrêmement lourdes, énonça Nadia d'une voix neutre, en montrant les PV réunis par la brigade des Mineurs.

Elle détenait également un bref mémorandum rédigé par Vauguenard, dans lequel le médecin récapitulait les hypothèses d'intoxications médicamenteuses ayant pu entraîner les troubles dont souffrait Valérie.

— Laissez tout cela. Comment se porte ma fille ? C'est tout ce qui m'intéresse !

Nadia contempla le visage de son interlocutrice, ses traits creusés, ses yeux injectés de sang, nota le tremblement des mains. Marianne répéta sa question. Pathétique. Suppliante.

— Aux dernières nouvelles, Valérie n'a pas eu de nouvelles crises, précisa Nadia.

— Alors tout va bien… c'est formidable… la pauvre petite, elle a déjà tellement souffert, je suis contente, très contente ! Depuis le début de sa maladie, j'étais rongée par l'angoisse... Si aujourd'hui elle est guérie, je ne demande rien d'autre, cette enfant, c'est tout ce que j'ai au monde. Le reste, je m'en moque !

Elle se détendit, releva une mèche de cheveux qui pendait sur son front, s'efforça de sourire.

— Je vous parlais des charges retenues contre vous, insista Nadia. Du témoignage catégorique du docteur Vauguenard, des...

— Il n'y a là qu'affabulations ! On m'a enfermée dans une cellule, avilie, humiliée, souillée, on m'a arrachée à ma fille. Avez-vous des enfants, madame le juge ?

— Non ! Enfin, pas encore.

— C'est dommage, vous comprendriez mieux ma détresse. Je suis néanmoins très contente d'avoir affaire à une femme, vous verrez, nous allons très bien nous entendre. Il s'agit d'un coup monté, d'une manipulation. Le professeur Vauguenard a commis une erreur médicale, alors il cherche à se couvrir en m'accusant, c'est honteux ! Honteux et accablant. Mais vous allez très vite rétablir la vérité, je vous fais totalement confiance.

Au cours de cette brève tirade, Marianne s'était rapprochée du bureau derrière lequel Nadia se tenait assise. Sans précipitation aucune, avec des gestes assurés, mesurés, elle avait progressivement avancé son propre siège, pour venir au contact. Par petites touches. Elle souriait. S'intéressait même au petit automate inerte qui reposait sur le plateau.

— Reculez votre chaise, je vous prie, ordonna sèchement Nadia. Remettez-la à l'endroit où elle se trouvait lorsque vous vous y êtes assise. Et n'en bougez plus.

Marianne se retourna et examina la moquette qui tapissait le sol du cabinet. Les pieds de la chaise y avaient laissé quatre empreintes bien distinctes, à leur emplacement habituel. Elle soupira et finit par obéir. Les deux femmes se toisèrent, de nouveau séparées par un no man's land de moins d'un mètre cinquante, mais dont l'exiguïté ne réduisait en rien la charge symbolique.

— Vous avez été surprise par le professeur Vauguenard et Mme Delcourt, la surveillante du service, alors que vous vous apprêtiez à injecter de l'insuline dans la poche de perfusion de votre fille. Qu'avez-vous à répondre ?

— Accusation absurde ! J'avais effectivement dans mon sac des seringues emplies d'insuline, que j'avais achetées dans une pharmacie de la place de la Nation. Elles étaient destinées à une cousine de mon mari, Salima. Elle vit en Algérie, à Blida et là-bas, j'espère que vous le comprendrez, il n'est guère aisé de se procurer des médicaments en urgence. Salima est diabétique. Nous comptions les lui expédier dans les plus brefs délais. Le reste n'est qu'inventions. Divagations du professeur Vauguenard et de cette Delcourt ! Comment une mère pourrait-elle empoisonner sa fille ? Puisqu'il s'agit bien d'une accusation d'empoisonnement, n'est-ce pas ?

Le ton était posé. Nadia eut l'impression que Marianne s'appliquait à jouer un rôle, celui de la victime d'une erreur judiciaire, avec le maximum de professionnalisme requis en de telles cirsconstances.

— Les chefs d'accusation qui peuvent être retenus contre vous sont vol, recel de vol, cela concernant les médicaments qui ont été découverts chez vous, faux en écriture privée, puisqu'il a bien fallu que vous falsifiiez des ordonnances pour vous les procurer, et, enfin, empoisonnement. J'ai là une photocopie de l'ordonnancier de la pharmacie Vignot, place de la Nation. Avec la mention de ces achats, le numéro des chèques. Et la photocopie des ordonnances. Paraphées de la main de Saïd Benhallam. Avec un en-tête de l'hôpital de

Lorient où il suit un stage de gastro-entérologie. Vous admettez donc avoir acquis ces médicaments de façon frauduleuse ? Votre compagnon, étudiant en médecine, n'est en effet pas habilité à signer des ordonnances.

— Cela, je le reconnais ! concéda Marianne. Nous avons fraudé. Pour rendre service à sa cousine, Salima. Par pure générosité. C'est moi qui ai pris la décision, puisque j'ai signé les chèques.

— Et lui l'ordonnance ?

— Tout cela n'a rien à voir avec ma fille ! À ma place, vous n'auriez pas agi de la même façon ?

— Je ne sais pas. Tout ce que je sais, tout ce que vous venez de me dire, c'est que vous avez acheté de l'insuline grâce à des ordonnances illicites. Et je sais par ailleurs que votre fille Valérie a été intoxiquée à l'insuline. Je m'en tiens aux faits. Uniquement aux faits. D'autre part, après la perquisition menée à votre domicile, il apparaît que d'autres médicaments saisis chez vous ont été achetés dans diverses pharmacies de Lorient, de Vannes, d'Auray, dans les semaines qui ont précédé ou suivi l'hospitalisation de votre fille Valérie. Je veux parler du premier séjour, à Lorient. Ces faits sont à rapprocher avec la reprise des crises d'hypoglycémie de votre fille après son opération, symptômes totalement irrationnels.

— Ah, parce que vous croyez que la médecine est toujours rationnelle ? s'esclaffa Marianne.

— Je ne crois rien, madame Quesnel. Je constate. Toutes les ordonnances retrouvées chez vous proviennent de services où Saïd Benhallam effectue des gardes en qualité d'externe en médecine. Vous le reconnaissez ?

Marianne fondit brusquement en larmes. Nadia attendit qu'elle se calme et lui tendit même une pochette de Kleenex pour qu'elle se sèche le visage. Elle était pitoyable, les joues soudain couvertes de traces de rimmel, de fond de teint.

— Au regard des diverses pathologies dont a eu à souffrir votre enfant, certains de ces médicaments, parmi la masse retenue — les inspecteurs chargés de la perquisition évoquent, je cite, *une véritable pharmacie privée* —, revêtent une importance particulière. Notamment le Xynoxil et le Pertilex. Tous deux de la famille des sulfamides hypoglycémiants. Qu'avez-vous à dire à ce propos ?

— Pour le Xynoxil, il s'agit d'un médicament que je prends quand j'ai mangé trop de sucre ! On me l'a prescrit quand j'ai été opérée de l'estomac, il y a dix ans….

— Soit. Tout sera vérifié. Et en ce qui concerne le Pertilex ?

— C'est différent ! Les boîtes, je les ai achetées pour Salima, la cousine de mon compagnon. Elle est diabétique, je vous l'ai déjà dit. Nous lui en avons expédié plusieurs petits colis, très discrètement.

— Vous avez conservé les traces de ces envois ? Je suppose que pour expédier des colis, même légers, en Algérie, vous avez pris certaines précautions. Des recommandés internationaux ?

— Oui, bien entendu, mais je n'ai pas conservé les avis de réception. La paperasse, vous savez, on ne la garde pas ! Du moment qu'il s'agit de rendre service ! Quand la santé est en jeu…

— Donc, le Xynoxil, c'était réservé à votre propre usage, et le Pertilex, pour la cousine Salima ? Et l'insuline, c'était également pour Salima ?

— C'est bien ça… soupira Marianne, épuisée.

— Admettons. Durant la perquisition opérée chez vous, les inspecteurs de la brigade des Mineurs ont aussi saisi des emballages d'autres médicaments, ainsi que les ordonnances correspondantes, toujours falsifiées, en provenance du service où travaille votre compagnon. Il s'agit cette fois de Limodrax. Exact ?

— Je... je ne me souviens pas très bien ! Mais si vous le dites... vous avez certainement raison.

— J'ai tous les documents. Le Limodrax est un diurétique extrêmement puissant, utilisé dans les accidents cardio-vasculaires et l'œdème du poumon. Entre autres manifestations secondaires — hypokaliémie, chute de tension — il provoque une élévation de la glycémie lors d'une administration courte et intense. Votre fille a présenté un tableau clinique avec élévation de la glycémie.

— Vous êtes médecin pour affirmer tout cela ? demanda Marianne avec un reste de défi dans le regard.

— Je m'appuie seulement sur le rapport transmis par le docteur Vauguenard, et qui sera bientôt corroboré ou infirmé par un expert que je ne tarderai pas à désigner.

— Vauguenard ? Ah oui ? Il est juge et partie, à présent ? Les médecins sont tous solidaires les uns des autres dès qu'il s'agit de couvrir une bavure ! Or ma fille a été victime d'une bavure. Ils lui ont arraché à coups de scalpel la moitié du pancréas, par erreur, et maintenant, ils cherchent à me rendre coupable ! Vous ne voyez pas clair dans leur scénario ? Vous êtes juge, et je me soumets à votre autorité, mais enfin, le doute est permis, non ? On m'enferme, on m'accuse, et eux, ils tirent les ficelles à leur guise. Madame Lintz, je tiens à vous avertir solennellement, vous n'êtes qu'une marionnette qu'on manipule !

— J'évoquais les effets secondaires indésirables du Limodrax, reprit posément Nadia.

— Vous êtes folle ! bredouilla Marianne.

— Comment expliquez-vous que des boîtes de Limodrax aient été saisies à votre domicile, madame Quesnel ?

— Vous êtes jolie, vous êtes même belle, madame le juge. Je vous envie. Bien des femmes doivent vous envier. Vous avez sans doute la chance de jouir d'une parfaite santé… ce n'est hélas pas mon cas. Le Limodrax, j'en prends régulièrement pour ses propriétés diurétiques, précisément.

— Un médecin vous a-t-il prescrit ce médicament ?

— Non, je reconnais avoir falsifié des ordonnances. La médecine n'est pas une science exacte. Je suis aide-soignante depuis plus de dix ans. J'ai vu… j'ai vu les médecins commettre de telles erreurs que c'en est à pleurer. Alors j'estime que je suis à même de juger de ce qui est bon pour moi. C'est mon droit le plus strict. Mais pour ce qui concerne ma fille, je n'y suis pour rien, Vauguenard devra payer. Je vais me constituer partie civile. Contre lui et contre le professeur Lornac !

Nadia se tourna vers sa greffière et lui dicta un bref compte rendu de l'échange, en s'efforçant de retranscrire quasiment au mot à mot les affirmations de Marianne.

— Relisez, je vous prie, demanda-t-elle.

Mlle Bouthier s'exécuta, récitant d'une voix monocorde le texte qui s'était affiché sur l'écran de son ordinateur.

— Rien à préciser ?

Marianne demanda que soient rectifiées quelques phrases, reprenant ses accusations envers Vauguenard.

— Si vous y tenez…

Nadia, une nouvelle fois, dicta au mot à mot. L'imprimante cracha la version définitive.

— Vous signez ? C'est exactement ce que vous avez déclaré.

— Oui, de toute façon, Vauguenard finira par avouer. Je n'ai aucune inquiétude à ce sujet. Pour l'instant, il bénéficie de la protection que lui confère son statut, mais le masque finira par tomber. Alors ? Que va-t-il se passer maintenant ?

Nadia récupéra les feuillets paraphés et fit appeler Montagnac pour procéder au débat contradictoire, ainsi que l'exigeait la procédure. Il arriva quelques minutes plus tard. Nadia lui lut la déposition de Marianne. Le ton était très protocolaire, et Montagnac répondit de même. La conclusion était évidente.

— Vous voulez dire que je retourne au dépôt ? balbutia Marianne.

— Non. Cette fois, vous allez en prison.

— Pourquoi ?

— Parce que je viens de le décider. Vous êtes placée en détention provisoire, suite aux injections d'insuline dans la poche de perfusion. C'est suffisant pour motiver une telle décision. Pour ce qui est du reste, je veux parler des éventuelles intoxications antérieures, la suite de l'instruction nous en apprendra davantage.

Marianne se tassa sur sa chaise.

— Et ma fille ? sanglota-t-elle.

— Valérie reste à l'hôpital.

— Vous *décidez* que je vais en prison, vous *décidez* que ma fille reste à l'hôpital, vous *décidez* de séparer une mère de son enfant, mais qui êtes-vous pour *décider* ainsi ?

Marianne s'était soudain redressée, le poing brandi. Elle fixait Nadia d'un regard fou, où la haine le disputait à l'incrédulité. Les gardes qui étaient restés présents durant tout l'entretien s'approchèrent. Ils durent la ceinturer et la traîner dans le couloir tandis qu'elle se débattait. Nadia ferma les yeux en écoutant ses hurlements, qui décrurent progressivement en intensité. Une collègue de l'instruction qui officiait dans un cabinet voisin, intriguée par le chambard, se risqua à pousser la porte. Nadia lui résuma brièvement les faits.

— Münchhausen… soupira la collègue. Ma pauvre Nadia, tu sais pas où tu mets les pieds, c'est l'épouvante ! Un vrai plan de dingue, j'ai eu un dossier similaire, l'an dernier. À Saint-Vincent-de-Paul. Une mère totalement frappée, tu sais ce qu'elle a fait à son fils ? Attention, hein, quatre ans, le môme. Figure-toi qu'elle l'a bourré de suppositoires d'Histalidon ! Arrivé à l'hosto, c'était carrément le tableau d'occlusion intestinale ! Aussi sec le chirurgien y va à grands coups de bistouri, charcute le petit et lui pose un anus artificiel !

— Et ensuite ?

— Attends, ça, c'est juste l'entrée en matière. Après l'opération, la délicieuse maman remmène son bambin à la maison. Il ne pouvait plus s'alimenter normalement, tu piges ? Donc les toubibs lui prescrivent des poches de soluté préparées à l'hôpital. Une semaine plus tard, septicémie massive, le petit risque d'y laisser sa peau. Perplexité générale, enquête, bref, je te la fais courte, tu sais ce qu'elle bricolait, la mère ? Avec les poches de soluté ?

Nadia, épouvantée, dut avouer son ignorance.

— Elle y injectait de l'eau du bocal de la tortue de Floride ! Tu connais, les tortues de Floride, ces petites choses dégueulasses, verdâtres, visqueuses, qu'on voit dans toutes les classes de maternelles et chez les pauvres parents qui ne savent pas résister à la mode ? On en vend à la tonne sur le quai de la Mégisserie, les mômes en sont dingues. De l'eau de son bocal, à la tortue, dans la poche de soluté du gosse, je te jure que je ne mens pas. Avec une seringue ! Tranquille ! Non mais je rêve ? Et le pire, c'est que la charmante maman a bien failli me convaincre que tout ce cirque, c'était une bavure médicale et qu'on cherchait à lui faire porter le chapeau. J'ai passé des nuits entières à me culpabiliser parce que je l'avais envoyée à Fleury-Mérogis ! Alors crois-moi, la tienne, tu lui serres la vis, et tu lâches pas ! Allez, je retourne au charbon, moi j'ai un père incestueux… il se morfond dans mon cabinet. Il a sauté sa fille cadette mais sans doute aussi les deux aînées, j'allais juste le faire avouer quand ta cliente a fait diversion en nous jouant la charge de la brigade légère ! Salut !

2

Quand Nadia pénétra dans la chambre de Valérie, celle-ci dormait profondément. Vauguenard l'avait fait transférer dans un autre bâtiment de l'hôpital, en réanimation, bien que son état ne le justifiât pas : comme il l'avait annoncé à Nadia, il ne s'agissait que d'une simple précaution, d'une mise à l'écart. Ils restèrent un moment à contempler son visage apaisé. Nadia sentit sa gorge se nouer et, gagnée par un sentiment d'étrangeté, d'irréalité, ne put réprimer un frisson. D'un côté, il y avait les hurlements, les imprécations de la mère, de l'autre, l'enfant, sa fragilité, son abandon dans le sommeil. La fureur et la sérénité.

— Plus aucune crise, la glycémie est normale, murmura Vauguenard. Elle va s'en sortir. Avec des séquelles, mais elle va s'en sortir.

Ils sortirent de la chambre. Françoise Delcourt les rejoignit dans le couloir et Vauguenard la présenta à Nadia.

— Les grands-parents, le concubin et même le père, enfin, le vrai, M. Lequintrec, ne savent rien, expliqua le médecin. Tant que la gosse est ici, je suis rassuré, mais il faut étudier une mesure de placement ! La DDASS ?

— Vous êtes persuadé de la complicité des membres de la famille ? demanda Nadia.

— Je ne parle que de Saïd Benhallam. Il étudie la médecine et le susbstitut m'a affirmé que leur appartement, à Lorient, regorge de médicaments. Il est impossible qu'il ne se soit pas, au moins à un moment, posé quelques questions. Il est complice. Mais je ne sais pas à quel degré.

— Le SRPJ de Rennes me l'amène jusqu'au Palais, je le verrai en fin d'après-midi. Mais dites-moi, M. Lequintrec, le père de Valérie, il n'est jamais venu voir sa fille ?

Françoise répondit par la négative. Elle précisa qu'il n'avait même jamais téléphoné. Ils quittèrent tous trois le bâtiment et se retrouvèrent dans les jardins de l'hôpital. Les inspecteurs de la brigade des Mineurs qui avaient accompagné Nadia les rejoignirent, les bras chargés de cartons isothermes qui contenaient les prélèvements sanguins de Valérie, et qu'ils chargèrent précautionneusement à bord de leur camionnette.

— Il y aura une contre-expertise, c'est la règle, expliqua Nadia.

— Autant que vous le voudrez, soupira tristement Vauguenard. N'importe quel biologiste pourra vous le certifier, la gosse a été intoxiquée au glibenclamide.

— Tous les soignants qui ont été en contact avec Valérie seront convoqués, reprit Nadia. Ce qui prendra des semaines, c'est une affaire au long cours. Mais j'aimerais d'abord vous entendre, vous, monsieur Vauguenard, ainsi que le professeur Lornac. Le plus tôt serait le mieux.

— Quand vous le voudrez. Je préviendrai Lornac.

— Si j'ai bien compris, reprit Nadia, le… le morceau de pancréas « prélevé » sur Valérie a été expédié à l'étranger ? En Suisse ?

— Oui, je vous faxerai les coordonnées du laboratoire, à Genève, assura Vauguenard. Plus d'une dizaine de jours se sont écoulés depuis l'opération, ils devraient déjà pouvoir donner quelques précisions.

— « Déjà » ? s'étonna Nadia.

— Ce délai n'a rien d'extraordinaire, je vous l'assure !

Vauguenard se tourna vers Françoise, guettant son approbation. Celle-ci dévisagea Nadia et confirma d'un hochement de tête.

3

Il s'éveilla lentement. Ouvrit un œil, puis l'autre. Ne distingua tout d'abord que quelques formes vagues, dans la demi-pénombre. Il aperçut une trouée de verdure, au-dehors. Un volet claquait au vent sur une fenêtre dont les carreaux brisés étaient couverts de toiles d'araignée. Il distingua des chaînes, des poulies, une meule ou quelque chose d'approchant, un gros disque de pierre pourvu d'une manivelle, en tout cas. Puis d'autres outils évoquant les travaux des champs, faucilles, râteaux, bêches et binettes, alignés contre une paroi de planches. Une saute de vent entrouvrit la porte du réduit. Les rayons du soleil s'immiscèrent au ras du sol. Il perçut des odeurs de bois, d'herbe grasse, de terre mouillée.

Il se souvint des quelques pas qu'il avait faits dans la rue, en sortant du cercle de jeu, au petit matin. Des mains qui lui avaient soudain enserré les épaules par l'arrière, du genou qui s'était enfoncé dans le creux de ses reins.

Peu à peu, il comprit qu'il était ligoté sur une table, en fait un établi couvert de copeaux de bois. Un énorme maillet reposait près de son front. Son nez pouvait presque en toucher le manche. Un insecte indéterminé effectuait des allées et venues devant ses paupières, se lissait les antennes, les ailes, et risqua même un coup de patte pour tâter ses sourcils. Il frissonna. L'insecte, épouvanté, préféra déguerpir.

Il resta ainsi, plongé dans un demi-sommeil, engourdi par des douleurs diffuses, des élancements lointains, des fourmillements le long des membres, des brûlures à l'origine incertaine mais qui semblaient bien prendre naissance dans ses entrailles. Peu à peu, toutes ces poussières de souffrance éparses se décidèrent à s'unir en un seul flux, comme si elles avaient cherché patiemment leur chemin, tâtonné de neurone en neurone, d'artère en artère, de viscère en viscère, avant de se frayer une voie jusqu'au cortex. L'épicentre de la douleur logeait quelque part au creux de l'aine, des vertèbres lombaires, de la ceinture pelvienne. Il tenta de se redresser, en vain. Ses jambes, ses cuisses ne répondaient pas à ses appels. Quant à ses mains, ses bras, ils refusaient également de lui obéir. De s'écarter, de battre l'air comme il l'aurait souhaité. Il ressentit une violente brûlure aux poignets et une sensation de froidure, de gel, intense, paradoxale, dans ses phalanges, sur la pulpe de ses doigts. Il ferma les yeux, affolé. Se concentra sur le trajet des liens. Une cordelette — ou un filin — lui entravait les deux mains, plaquées le long du torse, et courait dans son dos, de telle sorte qu'il se tenait les bras croisés, comme un enfant sage, endormi. Ses doigts étaient engourdis, privés de sang, peut-être déjà nécrosés. La cordelette — ou le filin — lui cisaillait la peau des poignets à chaque tentative de mouvement. Il ne put réprimer le tremblement qui agita ses membres inférieurs et sentit ses intestins se tordre dans un spasme irrépressible. Une douce sensation de chaleur, apaisante, lui envahit le bassin ; l'odeur qui monta aussitôt jusqu'à ses narines l'emplit pourtant d'effroi. Il ne sut pas s'il avait crié, mais la porte de l'appentis s'ouvrit alors. La silhouette qui se dressait devant lui lui sembla gigantesque. Aveuglé par la lumière, il n'en distingua pas le visage, seulement le torse. Avec un curieux harnais de cuir qui contenait un poignard à manche de corne.

— Vlad, mon pauvre Vlad, te voilà réveillé ? Il va falloir m'aider... murmura la voix de Charlie. Dimitriescu m'a juré que tu parlais français. C'est vrai ?

4

Rovère avait rassemblé toute son escouade dans la salle de conférence de la brigade, sous l'autorité du commissaire Sandoval. Sur les murs étaient scotchés des agrandissements de la lettre de Grésard à Nadia Lintz, des dessins d'Héléna qui l'accompagnaient, ainsi que du polaroid pris à la Foire du Trône. Choukroun avait retrouvé le photographe, parmi la petite vingtaine qui vivotaient autour des manèges, grâce à un numéro de série au dos du cliché, mais le type ne se souvenait que très vaguement de Charlie et ne put donner aucun renseignement intéressant. Le portrait du caporal Grésard avait été expédié dans tous les commissariats avec un avis de recherche spécial. Sandoval se tourna vers Dimeglio.

— Il est évident, dit-il, si j'en crois les termes de la lettre qui est parvenue chez le juge, que Grésard est bien le cambrioleur du chantier de la Chapelle ! Auquel cas, il faut se mettre sur la piste d'éventuels receleurs. Si Grésard s'est donné la peine de rafler ce matériel, c'était bien pour le revendre, non ?

— Il y a des milliers de clandestins dans le bâtiment, soupira l'inspecteur, des centaines de boîtes qui utilisent du matériel volé en pagaille, sans oublier les loueurs de machines aux particuliers, qui eux non plus ne se privent pas de recycler la camelote piquée sur les chantiers… Tout ça pour vous dire que ça vaut pas le coup de chercher de ce côté-là… sauf si on se dit qu'on en a pour cinq ans. Moi, je veux bien, notez !

— Bon, alors prenons la piste par l'autre bout : l'accordéoniste. Il a bien été condamné pour pédophilie ?

— Exact ! confirma Dansel. On a fait le voisinage, les commerçants du quartier, il avait la réputation d'un type tranquille qui jouait de son instrument dans les couloirs du métro. Sa dernière condamnation remonte à plus de dix ans, une fillette qu'il a tripotée dans les douches, à la piscine Molitor, ça ne cadre pas. C'est un élément annexe, une pièce rapportée, j'en suis persuadé.

— Pourquoi ?

— L'accordéoniste était un minable. Pas Dimitriescu. Pour cramer quatre gosses à coups de cocktails Molotov, il faut en vouloir. Nous savons qu'Héléna s'en occupait, de ces petits, qu'elle leur servait de nounou, qu'elle servait aussi de petite pute à l'accordéoniste et que Dimistriescu se faisait héberger rue Paul-Bert, à Saint-Ouen. Mais ça ne nous dit pas *pourquoi* Dimitriescu a liquidé les gosses… et ça, Charlie le sait sûrement !

— On dispose d'éléments, on doit pouvoir en tirer quelque chose, d'une façon ou d'une autre ! insista Sandoval, angoissé.

— On a à peu près le scénario, concéda Dimeglio. Grésard est le témoin de l'exécution des gosses par Dimitriescu tout simplement parce qu'il cambriole le chantier. Ce qu'il voit le rend dingue. Il se met en chasse et punit Dimitriescu comme il a *puni* l'accordéoniste, ce sont ses propres termes ! Il est évident qu'il s'agit d'une affaire ayant trait à la pédophilie. Le hic, c'est que Charlie est dans la nature. Et tant qu'il n'aura pas fait une connerie, on devra se résigner à attendre.

Sandoval s'abstint de répondre. Il caressa la vilaine cicatrice qui courait le long de sa gorge, de la pomme d'Adam jusqu'au creux de la clavicule, comme s'il avait voulu, par ce geste, rappeler aux présents ses états de service[1]. Son regard croisa celui de Rovère. Qui resta silencieux.

— Charlie, c'est l'aiguille dans la botte de foin. OK, oublions-le pour le moment… annonça le commissaire après s'être raclé la gorge pour s'éclaircir la voix. Mais Dimitriescu c'est différent. Il avait sans doute quelques habitudes au marché aux Puces, puisqu'il logeait chez l'accordéoniste ? C'est peut-être là qu'il a « recruté » Héléna et les autres gosses ? Non ? Vous n'y êtes jamais allés ? Il y a des milliers de promeneurs, des centaines de commerçants… ça pullule de gamines qui font la manche… de petits garçons, aussi ! Des Roumains pour la plupart. Ceux qui lavent les pare-brise des voitures à l'entrée du périph', vous ne les avez jamais croisés ? Donc, on peut lancer un coup de chalut par là, avec des photos de la petite d'une part, de Dimitriescu d'autre part. Au travail !

L'évocation du fameux « coup de chalut » fit sourire les inspecteurs présents. C'était là une des expressions préférées de Sandoval. Il voulait toujours agiter les bas-fonds, les racler pour provoquer le maximum de remous. Dimeglio lui avait un jour raconté l'épopée de ces fragiles plongeuses hawaiiennes qui partent, nues, en apnée, à la recherche de perles rares et ramènent entre leurs doigts fluets de minuscules coquillages. Patiemment. Sans troubler l'onde pure. Avec un délicieux mouvement des reins, cambrure et ondoiement, au moment de l'immersion. Sandoval s'était étonné.

1. Voir *Les orpailleurs*.

— Je sais, avait admis Dimeglio, bonhomme, je n'ai pas le profil d'une naïade, et pourtant, je préfère leur technique à celle du chalut !

— C'est juste une métaphore... avait souligné Dansel.

Dans les jours qui suivirent, les bureaux de la brigade s'ornèrent de posters aux couleurs enchanteresses, de photos de lagons baignés d'eau turquoise, et d'autres images à connotation nettement érotique.

Sandoval se tourna vers Rovère, en quête d'une approbation.

— On est mercredi, précisa celui-ci. Les Puces ne sont ouvertes que le week-end et le lundi. Le reste de la semaine, c'est désert. C'est comme la marée, si vous préférez... votre filet, vous risqueriez de le jeter sur le sable. Ou de le déchirer sur les hauts-fonds.

— Donc, on attend ? grimaça le commissaire avec une pointe d'amertume dans la voix.

Rovère consulta sa montre, sans même prendre la peine de feindre le moindre intérêt pour les interrogations de Sandoval. La perspective d'un rendez-vous avec Claudie pour le soir même ne l'incitait guère à la patience. Ni à l'indulgence.

5

Depuis leur séparation, Claudie avait emménagé dans un minuscule studio situé tout près de l'entrée du lycée Charlemagne, rue du Figuier. Les fenêtres s'ouvraient sur les quais de la Seine et les tours de l'hôtel Forney. Le loyer était plus que ruineux, mais Claudie consentait à ce sacrifice de bon cœur. Le matin, elle rejoignait sa salle de cours en moins de cinq minutes, montre en main. Dès l'arrivée des beaux jours, elle prenait ses paquets de copies sous le bras, traversait la Seine, et s'installait tranquillement sur un banc, à la pointe de l'île Saint-Louis, pour les corriger. Rovère n'était jamais venu visiter les lieux, faute d'invitation.

Ce soir-là, après qu'il eut retrouvé Claudie à la sortie du métro Saint-Paul, elle l'entraîna tout d'abord vers la rue des Rosiers. Entre deux colles avec ses classes de khâgne, elle grignotait souvent un falafell en guise de repas de midi, mais fréquentait aussi, et assidûment, les boutiques de *delikatessen*, dont elle s'était entichée. Ils firent quelques provisions chez Goldenberg pour le souper, avant de rejoindre le studio de Claudie, bras dessus bras dessous.

Rovère dégusta quelques spécialités casher. Il ne put s'empêcher de sourire en pensant aux tourments de Choukroun. Le pauvre garçon avalait des sandwichs jambon-beurre à longueur de semaine, au hasard de ses permanences, terrorisé à l'idée que son beau-frère Élie ne découvre le pot aux roses.

Claudie était détendue. Elle plaisantait, mangeait avec gourmandise, assise en tailleur au milieu du salon encombré de livres. Rovère ne l'avait pas vue aussi apaisée depuis bien longtemps. Il mesura l'ampleur du chemin qu'elle avait parcouru et en conçut, à sa grande honte, une vague jalousie. Pour lui, le temps semblait s'être figé. Le sablier refusait de digérer les grains de sa détresse. Claudie parlait, riait. Rovère restait silencieux, s'efforçait de sourire. Il mourait d'envie de la prendre dans ses bras. Les souvenirs affluèrent en ordre dispersé. Chaotiques. La première rencontre au resto U du centre Bullier, à Port-Royal, ce plateau-repas franchement dégueulasse, la purée froide et l'ersatz de crème caramel qui tremblotait dans une soucoupe ébréchée. Un premier sourire échangé dans la file d'attente. Claudie était inscrite à la Sorbonne, lettres classiques, Rovère à Assas en première année de droit. Des lascars qui s'efforçaient de prendre des mines de conspirateurs vendaient à la criée *Lutte ouvrière* à l'entrée du réfectoire. Claudie en avait toujours un exemplaire dans sa serviette. Tous les lundis soir, elle se rendait à une réunion d'un cercle de sympathisants. Lisait les classiques du marxisme, citait à foison Lénine ou Engels. À l'entendre, sa future mission de prof promise aux collèges des cités ouvrières équivalait à un sacerdoce.

Rovère ferma les yeux, l'espace d'un instant. Il revit les soirées avec ces copains guitaristes dont il avait oublié le nom et qui connaissaient par cœur le répertoire de Simon et Garfunkel. Claudie marchant sous la pluie d'orage, un soir du mois de juin, une balade au Luxembourg, après les exams de fin d'année. La piaule de bonne près des Gobelins, où ils avaient fait l'amour pour la première fois. Les photos de vacances, une semaine en Grèce, la visite de Plaka, les cheveux longs, les pétards fumés sur la plage de Naxos. Et plus tard, bien plus tard, l'attente interminable, dans les couloirs du service d'obstétrique, à Saint-Vincent-de-Paul. La tronche de l'interne venant annoncer que l'accouchement s'était bien passé. Claudie épuisée, avec le bébé dans les bras. Le paquet de linges souillé de sang que la fille de salle avait oublié dans la chambre de la jeune maman.

Vingt ans avaient passé. Claudie parlait, riait, et Rovère crut réentendre les bribes d'un dialogue qui avait pesé lourd dans sa vie.

« Voilà, ras le bol de la fac, mes vieux peuvent pas me filer le fric pour glander des années en amphi, je me suis inscrit au concours de la préfecture, je vais devenir flic… après tout, pourquoi pas ?

— Bon, et alors ?

— Alors, ça te fait rien de penser que tu vas passer ta vie avec un chien de garde du Capital ?

— Passer ma vie ? Tu y vas fort.

— Il s'agit pourtant de prendre une décision. C'est oui, c'est non ? »

Claudie avait dit oui.

Elle était là, aujourd'hui, devant lui. Avec quelques rides au coin des yeux. Vingt longues années. Rovère ferma les yeux pour endiguer la sensation de vertige qui le gagnait. Il sentit la main de Claudie qui effleurait la sienne, et tressaillit à ce contact.

— Écoute, dit-elle, je suis très heureuse que nous puissions de nouveau nous revoir et parler, comme ce soir, mais…

— Mais ?

— Il n'y a plus rien à attendre, murmura Claudie. Je… je devine ce que tu espères d'une soirée comme celle-ci, je ne veux pas que tu te fasses d'illusions. Le chemin que nous avions à suivre, ensemble, il est derrière nous. Pas devant. C'est fini, tu entends, fini ! Ce serait franchement stupide de continuer à nous faire du mal, après tout ce que nous avons vécu, mais je ne crois pas pour autant que nous puissions nous faire du bien.

Rovère prit une profonde inspiration et bloqua son souffle au fond de sa gorge. Il eut le sentiment d'avoir à plaider une cause désespérée.

— Tu ne veux vraiment pas essayer ? demanda-t-il. On… on pourrait faire un enfant, de nouveau ?

— J'ai quarante-deux ans, il est déjà trop tard.

— Alors on en adoptera un ! Ça n'est pas ce qui manque. En trois semaines ça peut être réglé, il suffit d'un billet d'avion pour le Brésil, le Vietnam… ou la Roumanie. Des gosses, il y en a à vendre. Partout.

— Non, murmura doucement Claudie. Oublie tout ça. Toi et moi, il faut qu'on rebondisse différemment. Chacun de notre côté.

Rovère préféra ne pas s'attarder.

JEUDI

1

Saïd Benhallam fut introduit dans le cabinet de Nadia Lintz en début de matinée. Tout comme sa compagne, il avait les traits tirés, la mine blafarde. Sa nuit de garde à vue à l'hôtel de police de Lorient l'avait éprouvé, et, au dire des gendarmes, il ne s'était même pas assoupi durant tout le voyage en train. Contrairement à Marianne, il ne chercha absolument pas à nouer le contact avec Nadia. Il se contenta de contempler le bout de ses chaussures tandis qu'elle rassemblait les pièces du dossier, le rapport du substitut, les PV de la brigade des Mineurs déjà cotés par la greffière, sans oublier les quelques scellés rassemblés en vrac dans un grand sac de plastique : les seringues trouvées dans la poubelle, l'emballage-cadeau de la poupée, la poche de perfusion, bien évidemment vidée, mais dont la trame était entourée d'un trait rouge à l'endroit où avait été pratiquée la piqûre.

— Monsieur Benhallam, commença Nadia, vous savez pourquoi vous êtes là, mais si vous le voulez bien, nous allons tous les deux avoir une petite conversation préliminaire avant que l'interrogatoire proprement dit ne commence… Mlle Bouthier, ma greffière, ne consignera vos dires que dans un second temps. Êtes-vous d'accord ?

Saïd acquiesça. Tout dans son attitude attestait d'une profonde soumission à l'autorité que réprésentait le juge. Et à toute autre autorité potentielle, Nadia en eut bientôt l'intuition.

— Vous savez que votre épouse a été incarcérée ? Que vous ne pourrez communiquer avec elle ? Qu'en pensez-vous ?

— C'est sans doute injuste, mais c'est vous qui prenez les décisions.

— Vous vivez avec Marianne Quesnel depuis deux ans, c'est bien cela ? Vous avez vingt-six ans et elle trente-deux. Comment vous êtes-vous rencontrés ?

— Dans un café, près de l'hôpital, à Lorient. Je venais d'arriver en France, pour mes études. Ma famille, en Algérie, avait des relations à l'ambassade de France... J'ai pu venir à Paris, obtenir l'équivalence du bac, et passer la sélection de la première année de médecine.

— Et ça... ça a tout de suite marché avec Marianne ?

— Tout de suite, oui...

— Vous vous êtes mariés moins de six mois plus tard. Pardonnez-moi, monsieur Benhallam, mais dans l'affaire, vous avez acquis la nationalité française. C'était important, pour vous ?

— Ma famille m'a encouragé dans cette démarche. C'était préférable de terminer ma médecine en France. Vous connaissez la situation en Algérie.

— Mais vous, qu'en pensiez-vous ?

— J'étais d'accord avec ma famille.

— Pour terminer vos études en France, ou pour épouser une Française ?

— J'étais d'accord avec ma famille, et d'accord avec Marianne.

— C'est ça, soupira Nadia, du moment que ça ne contrarie personne, vous ne voyez d'inconvénient à rien ?

— Pourquoi vous êtes agressive avec moi, madame le juge ? se rebiffa soudain Saïd. Parce que je suis d'origine arabe ? Je ne suis pas un Français à part entière, à vos yeux ?

— Si, bien entendu… j'enregistre simplement avec une certaine satisfaction que vous avez une opinion affirmée sur au moins un sujet : votre nationalité actuelle. Vous vous êtes donc marié avec Marianne Quesnel, qui a préféré, de façon usuelle, conserver son nom de jeune fille. Ce… cet élément ne vous a pas gêné ? Ni vous, ni votre famille ?

— Je m'appelle Benhallam, dans la France d'aujourd'hui, ce n'est pas forcément un nom agréable à porter. Autant s'appeler Quesnel. Non ?

— Tout à fait… concéda Nadia. Votre… votre union avec Marianne était-elle pleinement satisfaisante ?

— Vous employez l'imparfait, nota Saïd. De quel droit posez-vous ce genre de question ? Je viens d'un pays où les hommes n'ont aucun compte à rendre aux femmes, surtout de… de ce point de vue !

— Eh oui, monsieur Benhallam, mais maintenant, vous êtes français, et vous répondez aux questions d'un juge, même s'il s'agit d'une femme.

— Qu'est-ce que vous insinuez ? Que j'ai accepté de me marier avec une Française uniquement parce que, ipso facto, je devenais français moi aussi ? Qu'est-ce que ça signifie ? C'est scandaleux !

— Je n'insinue rien, monsieur Benhallam, je m'interroge. C'est mon travail. Maintenant vous répondez à mes questions simplement par oui ou par non ! Compris ? Madame la greffière, vous prenez note ?

Saïd tressaillit, désemparé, avant de lisser ses paumes sur le tissu de son pantalon et de courber la tête.

— On a retrouvé chez vous des quantités importantes de médicaments qu'on ne peut se procurer que sur ordonnance. Les pharmacies concernées nous ont transmis la photocopie de quelques-unes de ces ordonnances. Elles proviennent toutes de services hospitaliers où vous avez effectué des stages en qualité d'externe. La question est simple. Est-ce vous qui avez rédigé ces ordonnances ?

— Non. S'il y a des expertises graphologiques, elles confirmeront mes dires !

— Est-ce votre épouse, Marianne Quesnel ?

— Je ne sais pas.

— Écoutez, monsieur Benhallam, les faits pour lesquels vous vous trouvez dans ce cabinet, complicité éventuelle d'empoisonnement, relèvent de la cour d'assises et j'essaie d'établir votre part de responsabilité. Vous comprenez ce que ça signifie ? Je répète ma question : est-ce votre épouse qui a rédigé et signé ces ordonnances ?

— Je pense, oui.

— Les formulaires provenaient des services où vous étiez en formation. Vous les y avez dérobés ?

— Il ne s'agit pas de vol, tout le monde emporte des papiers, il a pu arriver que j'en ramène à la maison.

— Ces médicaments, vous en avez constaté la présence à votre domicile ?

— Oui.

— Commençons par le Limodrax. Votre femme en avait-elle l'usage ?

— Elle a toujours pris beaucoup de médicaments.

Nadia leva les yeux au ciel. Les inspecteurs du SRPJ de Lorient lui avaient transmis par fax la copie du dossier de Sécurité sociale de Marianne. Le nombre de consultations médicales auxquelles elle s'était soumise depuis une dizaine d'années était totalement incroyable, sans compter ses séjours à l'hôpital. Elle avait subi plusieurs interventions chirurgicales, appendicectomie, vésicule, ablations de grains de beauté, qui toutes avaient entraîné des complications, si bien qu'au bout du compte, elle avait passé presque plus de temps à « se soigner » qu'à travailler. Seules la naissance de Valérie et les suites de couches semblaient s'être déroulées sans problème.

— Le Limodrax ne doit pas s'administrer sans un suivi médical attentif, reprit Nadia. En tant que médecin, ne trouv...

— Je ne suis pas médecin, simplement étudiant en médecine.

— Soit, en tant qu'étudiant en médecine, ne vous inquiétiez-vous pas de voir votre femme prendre du Limodrax alors qu'elle ne présentait aucune pathologie suffisamment grave pour le justifier ?

Saïd se mit à bredouiller. Nadia répéta la question et il déclara qu'il n'avait pas de commentaires à faire. Il adopta la même attitude lorsqu'elle évoqua directement les piqûres d'insuline administrées, via le cathéter, à la petite Valérie. À chaque interrogation, il expliqua qu'il ne savait rien ou qu'il n'avait aucun commentaire à formuler. Il insista sur le fait qu'au moment où Vauguenard et la surveillante avaient surpris sa femme la seringue à la main, lui-même n'était pas présent. L'argument était de poids. Non pas d'un point de vue moral, mais bien juridique.

— Et dites-moi, monsieur Benhallam, reprit Nadia, le carnet de santé de la petite, vous y jetiez un coup d'œil, de temps en temps ? Ça ne vous a pas surpris, toute cette succession étrange d'accidents, de maladies atypiques ?

— Valérie n'est pas ma fille, je laissais sa mère s'occuper d'elle.

— Bien entendu. Il y a un autre fait qui m'intrigue. Votre cousine Salima est bien diabétique ?

— Absolument.

— Votre épouse m'a expliqué que vous lui expédiiez des médicaments qu'il est difficile de se procurer rapidement en Algérie. En l'occurrence de l'insuline et du Pertilex.

— Tout à fait.

— Monsieur Benhallam, j'ai rapidement consulté un médecin avant notre entretien de ce matin. Un médecin de ville. Pas un spécialiste. Un expert sera commis dans les plus brefs délais pour étudier le stock de médicaments que vous déteniez à votre domicile. Le généraliste avec lequel je me suis entretenue m'a aussitôt déclaré que l'administration simultanée, et d'insuline, et de Pertilex, n'avait aucune justification d'un point de vue médical. C'est même totalement contradictoire. Soit on prend de l'insuline, soit du Pertilex, jamais les deux simultanément. Il s'agit d'une absurdité qu'un praticien ne se risquerait pas à prescrire. À moins que vous ne reconnaissiez que vous avez expédié n'importe quoi, je répète, *n'importe quoi*, à votre cousine, comment justifiez-vous l'achat simultané de ces drogues ? Répondez, je vous prie. Dans l'attente du verdict d'un expert, votre réponse ne sera pas consignée au dossier.

Saïd s'épongea le front et évita le regard de Nadia.

— Je n'ai rien à déclarer à ce propos.

— Bien, reprit Nadia, une autre question. Cette fois, la réponse sera consignée. Les policiers ont également retrouvé à votre domicile une étude sur les tumeurs du pancréas. Les représentants d'un laboratoire pharmaceutique ont effectué une visite dans le service où vous étiez en stage au mois de novembre. Ils y ont distribué des brochures concernant le diabète chez l'enfant. Les avez-vous étudiées ?

Elle montra les différentes brochures que la brigade des Mineurs avait jointes aux scellés et attendit la réponse.

— Non. Les labos distribuent toujours de la pub, on ne s'en soucie pas toujours…

— Votre épouse en a-t-elle pris connaissance ?

— Nous habitons un petit appartement, je ne cache aucun document.

— Monsieur Benhallam, savez-vous que le Pertilex et le Xynoxil sont, parmi d'autres, les dénominations commerciales du glibenclamide ?

— Oui.

— Savez-vous qu'il ne s'agit pas d'une substance naturelle contenue dans le sang, qu'elle est utilisée dans le traitement des diabétiques et qu'elle agit directement sur le pancréas ? Savez-vous qu'elle peut simuler une tumeur pancréatique en cas d'administration non justifiée ? Savez-vous que les précautions d'emploi la concernant stipulent que l'absorption est particulièrement dangereuse chez l'enfant ?

— Je… je sais tout cela, admit Saïd.

— Vous vous occupiez peu de Valérie. Soit. Par contre, savez-vous si votre épouse lui faisait absorber certains des médicaments qui ont été retrouvés à votre domicile ?

— Je ne sais pas. Je suis très peu présent. Je suis très pris par mes études.

— Le contraire m'eût étonnée. En somme, monsieur Benhallam, dans toute cette histoire, vous n'avez joué qu'un rôle de figurant. Vous admettez que votre épouse ait pu falsifier certaines ordonnances, vous admettez la présence plus qu'étrange de certains médicaments à votre domicile, vous admettez que Valérie ait souffert d'une pathologie paradoxale, vous l'admettez, n'est-ce pas ?

— Je l'admets. Mais je ne suis pas médecin, je vous le répète.

— Vous admettez tout ce qui vous arrange, tout ce qui permet de dégager votre responsabilité éventuelle, mais vous n'en savez pas plus ! Reconnaissez-vous au moins vous être rendu au chevet de Valérie à l'hôpital Trousseau en compagnie de votre épouse ?

— Naturellement. Mais pas le jour où l'on a retrouvé la seringue d'insuline, je le répète.

— J'ai bien noté, soupira Nadia.

Elle mit fin à l'entretien quelques minutes plus tard, après avoir établi avec précision les dates et horaires des visites que Saïd, seul ou avec Marianne, avait effectuées dans le service du professeur Vauguenard.

— Vous allez pouvoir rentrer chez vous, monsieur Benhallam, mais sachez d'ores et déjà que vous n'êtes pas quitte de vos actes vis-à-vis de la société, de la justice, me comprenez-vous ? L'instruction, qui ne fait que démarrer, établira sans doute votre degré exact de responsabilité dans ce qui est arrivé à Valérie.

Quand il ressortit du cabinet, libre, Nadia sourit avec tristesse à sa greffière.

— Il n'y a pas grand-chose à se mettre sous la dent. De simples vols de documents à l'hôpital... Pour le reste, on ne pourra jamais rien prouver contre lui, et pour s'en sortir, je suis prête à jurer qu'il chargera sa femme au maximum. C'est elle qui le dominait, mais il a suffisamment d'instinct de survie pour la rejeter. Quant à elle, elle arrivera bien à persuader un expert psychiatre qu'elle est complètement folle. Et, qui sait, la chambre d'accusation la déclarera irresponsable ! Elle a réussi à rouler les médecins dans la farine, je ne vois pas pourquoi elle échouerait avec les magistrats, non ?

— Vous êtes bien pessimiste, protesta Mlle Bouthier.

— Simplement lucide !

2

Une heure plus tard, à la cafétéria du Palais, Maryse Horvel hocha longuement la tête en écoutant Nadia lui brosser un rapide portrait de Marianne et de Saïd.

— Je ne t'ai jamais vue dans cet état, remarqua-t-elle.

— Tu comprends, des gens comme ça, on en croise tous les jours, dans le métro, à la charcuterie du coin de la rue, dans la salle d'attente du dentiste, ce sont des gens terriblement ordinaires, épouvantablement ordinaires… et ce qui m'esquinte, c'est que ce petit salaud d'étudiant en médecine de merde, il va me filer entre les pattes ! Je n'ai rien pour le coincer. Elle, Marianne, elle va plonger, mais lui ? Dans deux ou trois ans, il sera médecin, il aura son petit cabinet en ville, les mères de famille viendront lui présenter leur môme, il soignera les coqueluches, les rougeoles…

— Y a pas d'justice, ma pauv'dame ! ricana Maryse d'une voix faussement geignarde. Bon, c'est fini, tes états d'âme ? Tu m'accompagnes, ou pas ?

— Bien sûr que je viens. Comment tu te sens ?

— Mal. Enfin, juste un peu. Rassure-toi, je crois que je vais très bien supporter.

Elles montèrent dans un taxi. Maryse avait rendez-vous dans une clinique des Lilas, où l'on pratiquait les IVG. Sa décision était arrêtée. La voiture fila à travers les embouteillages, jusqu'au périphérique. Quand elles en descendirent, Nadia prit le bras de Maryse et l'embrassa avec tendresse.

— Tu es certaine de ne pas regretter, au moins ? demanda-t-elle en lui tapotant le ventre.

— J'ai juste un peu la trouille que ça fasse mal, c'est tout. Et arrête de me faire des papouilles, ça pourrait devenir gênant.

— Butch aurait pu se déplacer, quand même !

— Il avait rencart à la banque, pour un prêt. Et puis toute cette… ce cérémonial, les blouses blanches, ça le dégoûte !

— Ah oui ? Monsieur ne se sent pas responsable ?

— Tu lui en veux vraiment, ou quoi ? Nadia, par moments, tu me surprendrais presque. Butch me saute quand j'en ai envie, et le résultat, c'est chaque fois trois gouttes de sperme ! Et tagadac, les petites bestioles cheminent vers leur destination, alors il suffit d'une aspiration en sens inverse pour annuler le voyage, point. On va m'enfoncer une grosse canule dans le minou, tirer le piston en arrière et ça sera terminé.

Maryse creusa les joues, et, du bout des lèvres, émit un chuintement obscène, évocateur d'une puissante succion.

— Ah ouais ? Résumé en ces termes, ça paraît simple, effectivement.

— Nadia, ne me dis pas que tu espères qu'in extremis un commando d'abrutis de cathos intégristes viendra gâcher la cérémonie ? Tu comptes pas avoir tes vapeurs, des fois ? En classe de sciences nat', tu supportais déjà pas qu'on torture des grenouilles, alors là, ça risque de pas être triste… On y va, oui ou non ?

— C'est toi qui t'y colles, ou je me trompe ?

— De Fallope ! Excuse-moi, c'est parti tout seul.

— Qu'est-ce qu'on rigole ! En avant !

*

Durant toute l'intervention, Nadia se tint aux côtés de son amie et lui serra la main. Au moment fatidique, elle ne put s'empêcher de lorgner vers le piston translucide de la seringue, qui s'emplissait progressivement d'un liquide rougeâtre. Le médecin lui adressa un sourire contrit.

— Voilà, c'est fini, murmura Nadia.

À la sortie de la salle, Maryse resta allongée durant plus de deux heures sur une civière. Sonnée par les antalgiques, apaisée par les anxiolytiques, totalement lucide. Nadia fit quelques pas dans les couloirs voisins. De jeunes femmes à l'abdomen distendu y patientaient dans l'attente d'une séance d'initiation à l'haptonomie. Elles parlaient à voix basse, les mains jointes sur le ventre, échangeant des conseils, des recettes, sous l'œil attentif des futurs papas, tassés contre le mur comme des écoliers, fébriles à quelques minutes de l'entrée en classe pour une compo de calcul. Nadia ne put s'empêcher de leur adresser un sourire d'encouragement. Elle sortit prendre l'air au-dehors. Bouleversée par le spectacle auquel elle venait d'assister et qui l'avait affectée, bien plus qu'elle n'aurait pu le croire, elle resta seule, quelques instants, la gorge serrée.

3

Vilsner attendait Haperman avec une certaine appréhension. La dernière séance, qui remontait au lundi précédent, l'avait éprouvé. Le spectacle des séquelles des mutilations que son client s'était volontairement infligées ne pouvait laisser personne indifférent. Vilsner se demandait vers quel nouvel abîme de noirceur Haperman risquait de l'entraîner. Il était allé consulter quelques ouvrages relatifs aux pratiques « corporelles » comparables à celles auxquelles s'était astreint Haperman, sans trouver de réponse satisfaisante. Les fakirs et autres chamans qui parvenaient à une sorte d'ascèse par la souffrance enveloppaient leur discours de références mystico-religieuses dont Haperman n'avait pas fait la moindre mention. Sa démarche était purement névrotique, la jouissance qu'il tirait de la gêne, ou du plaisir assez trouble éprouvé par les spectateurs invités à ses exhibitions, semblait bien être le seul objectif recherché. La blessure en tant que spectacle. Haperman ne trichait pas. Pas de faux-semblants. C'était en quelque sorte son credo. Il avait soumis son corps à la question. Sans obtenir de réponse.

Il fut ponctuel, comme à son habitude. Il arriva souriant, détendu, presque nonchalant, déposa une liasse de billets sur le bureau et prit aussitôt place sur le canapé après s'être débarrassé de sa veste. Il conserva ses lunettes noires, comme à chacune des séances.

— La dernière fois que je vous ai rendu visite, monsieur Vilsner, je vous ai annoncé que je ferais le point sur mon parcours artistique. Si vous avez la patience de vous y intéresser, vous y trouverez sans doute le point nodal qui vous permettra de mener à bien la « cure » que je suis venu entreprendre avec votre aide si précieuse. Qu'en pensez-vous ?

Vilsner demeura obstinément silencieux.

— Après les performances dont je vous ai donné le compte rendu, j'avais tellement souffert qu'il me fallait marquer une pause. Comme je vous l'avais déjà dit, je m'étais décidé à user de moyens plus classiques : la toile, les pinceaux, les couleurs. J'ai vécu à Londres, à Madrid, Buenos Aires, Mexico, j'ai beaucoup vagabondé. Je n'avais aucun souci matériel, je veux dire pécuniaire. Mes… « frasques » passées avaient considérablement étoffé mon compte en banque. Cela peut vous paraître immoral, mais c'est ainsi. Lors d'un voyage en Norvège, j'ai été amené à visiter le Nasjonalgallereit, à Oslo. J'y ai vu pour la première fois les toiles d'Edvard Munch.

Ce fut un choc, une révélation. Connaissez-vous Munch, monsieur Vilsner ?

Cette fois, Vilsner se décida à sortir de sa réserve. Il répondit par l'affirmative, l'attention brusquement mise en éveil par l'aveu qui venait de lui être fait.

– Munch, reprit Haperman, dans un soupir. L'archétype de l'artiste maudit. Une vie de souffrance avant d'aboutir à la gloire…

Vilsner se remémora son propre séjour à Oslo, à la suite d'un échange culturel, en classe de première. Une étudiante scandinave, Olga, était venue loger dans l'appartement de ses parents, avenue de Versailles, avant qu'il ne séjourne à son tour chez elle, quelques mois plus tard. Vilsner en avait conservé une rancune certaine. Olga, en dépit de la réputation assez libérée des filles du Nord, était désespérément coincée. Il n'avait obtenu d'elle qu'une pénible branlette, concédée du bout des doigts. Elle l'avait par contre copieusement baladé dans les salles du Nasjonalgallereit, pour y admirer, entre autres, les toiles de Munch.

– *Le Cri*, avez-vous vu *Le Cri*, monsieur Vilsner ?

Vilsner ferma les yeux durant quelques secondes. Il revit le tableau. Sur un pont, une créature chauve, au visage famélique, cadavérique, dont les yeux se réduisent à deux orbites floues, se couvre les oreilles de la paume des mains, tout en gardant la bouche grande ouverte, exprimant ainsi une détresse, une angoisse absolument poignante. En arrière-plan, deux silhouettes s'éloignent du malheureux, indifférentes à sa souffrance. L'impression de malaise que ressent le spectateur ne provient pas de la précision du dessin, assez grossier, mais de la violence des couleurs, du tourbillon du fleuve qui coule en contrebas, et dont les eaux noirâtres semblent se mêler, à l'horizon, avec le rougeoiement du ciel, comme embrasé par un incendie d'une grande fureur dévastatrice.

— Huile détrempe et pastel sur carton, cela date de 1893, précisa Haperman. Je n'ai jamais rien vu de plus violent, de plus pathétique. Savez-vous que le personnage qui figure sur ce tableau n'est autre que Munch lui-même ? L'épisode que révèle cette toile est autobiographique. Munch a expliqué qu'il traversait ce pont avec deux amis quand il ressentit soudain une bouffée de mélancolie. Il était las à en mourir. Au-dessus de la ville et du fjord d'un noir bleuté, il vit du sang et des langues de feu. Ses amis ne s'aperçurent pas de son trouble. Munch a précisé qu'à ce moment, il perçut comme un grand cri interminable déchirant la nature. Ce n'est pas le personnage qui hurle, comme on pourrait le croire de prime abord, c'est le monde. Le monde hurle sa souffrance, mais seuls quelques-uns peuvent percevoir son appel désespéré. Dans la plupart de ses œuvres on retrouve ce même désir de restituer des moments absolument cruciaux de notre vie psychique, des instants où tout semble pouvoir basculer. Le lien entre la vie et l'au-delà de la vie. Pour parvenir à ce résultat, il ne faut pas louvoyer. Tout art, toute littérature, disait Munch, toute musique doit naître dans le sang de notre cœur. L'art *est* le sang de notre cœur. Le sang, monsieur Vilsner, vous voyez, décidément, je n'en sors pas. Si, avant de mourir, je pouvais avoir la force de peindre une toile d'une force équivalente à celle du *Cri*, j'accepterais de quitter la scène sans aucune amertume. Depuis quelque temps je suis revenu à la peinture figurative. Je tâtonne, avec la douloureuse impression d'avoir une épée plantée au creux des reins. Je n'ai plus de temps à perdre, bientôt ma vue aura décliné à un point tel que je ne pourrai plus distinguer les couleurs.

— Et quels sont les motifs que vous avez choisi de représenter ? se risqua à demander Vilsner.

— Diverses scènes d'une grande rudesse, tirées de mes expériences passées. Après tout, la souffrance que j'ai endurée doit pouvoir être rentabilisée, ne croyez-vous pas ? Durant mes « performances », j'ai été filmé, photographié, sous tous les angles, oserais-je dire, « sous toutes les coutures » ? Je travaille sur ces documents, j'ai amassé une collection d'autoportraits « en situation » tout à fait intéressante, du moins je le crois…

Une longue minute passa sans qu'Haperman ne desserre les lèvres. Il semblait plongé dans une rêverie douloureuse.

— Je vous effraie parce que je ne suis pas venu quémander une quelconque guérison… d'ailleurs, de quelle maladie ? Mais bien parce que je ne vous parle que de ma mort prochaine ? Vous ne parvenez pas à saisir ce que j'attends de vous, n'est-ce pas ?

— Je dois admettre que parmi tous mes patients, vous êtes assez déroutant, avoua Vilsner.

— N'ayez pas pitié de moi, monsieur Vilsner, ce serait bien le dernier service que vous puissiez me rendre. J'exècre la pitié. Je vais mourir ? La belle affaire ! J'évoquerai ici une autre des « maximes » de Munch, totalement en rapport avec *Le Cri. Nous ne mourons pas, c'est le monde qui meurt en nous.* Qu'en pensez-vous ?

Vilsner se garda bien de répondre. Après une brusque quinte de toux, Haperman reprit son monologue. Vilsner était perplexe. Son patient se contenta de disserter longuement sur la vie de son idole. Il en connaissait la biographie absolument par cœur, jusque dans ses moindres détails. Il s'attarda sur d'autres œuvres du maître, ayant toutes trait à la mort. *La Mort à la barre*,

La Mère morte, *La Mort dans la chambre de la malade*, etc.

— On pourrait dire à propos de toutes ces œuvres que les personnages représentés sentent la présence silencieuse d'une existence qui ne se trouve pas parmi eux d'ordinaire et transforme toute chose y compris la vie elle-même. Ce n'est plus la mort qui prend possession d'une personne, mais la personne qui prend possession d'une identité diffuse, qui se l'approprie pour en faire sa propre mort. Munch m'est essentiel pour m'aider à franchir le pas. Me suivez-vous, monsieur Vilsner ?

— Vous faites allusion à votre volonté de vous suicider, murmura celui-ci, bouleversé.

Il avait à présent l'impression d'avoir devant lui un pauvre type miné par l'angoisse et qui, malgré ses rodomontades, cherchait désespérément une bouée de sauvetage. Il éprouva un sentiment de honte au souvenir de son enthousiasme après la première visite d'Haperman. Il escomptait alors en tirer une solide étude, un de ces essais qui vous assoient une carrière, qui vous trempent une réputation, alors que son rôle, s'il s'en tenait aux règles déontologiques, et, au-delà, à la simple compassion, consistait humblement à aider un homme à mourir.

Haperman se leva, enfila sa veste et se dirigea vers la porte.

— Écoutez, lui dit Vilsner, je compatis à votre détresse, j'imagine que pour un peintre, la perspective de perdre la vue est la plus cruelle des peines, mais je doute que je puisse vous venir en aide. Je suis prêt à vous écouter, autant que vous le voudrez, mais…

— Vous doutez de pouvoir me venir en aide ? l'interrompit Haperman avec un sourire indulgent. Ne doutez pas, monsieur Vilsner, ne doutez pas, vous comprendrez en temps utile. Et votre aide me sera précieuse.

La porte du cabinet se referma. Vilsner réalisa que son patient l'avait quitté sans prendre soin de fixer un nouveau rendez-vous. Il faillit le suivre sur le palier mais entendit la lourde mécanique de l'ascenseur se mettre en marche. Après tout, Haperman laisserait en temps voulu un message sur le répondeur… Vilsner quitta à son tour le studio, traversa le Marais en direction de la rue Saint-Antoine et marcha jusqu'au Centre Pompidou. Il comptait se rendre à la librairie et y acquérir une biographie aussi détaillée que possible d'Edvard Munch. Chemin faisant, il se remémora l'entretien qui venait d'avoir lieu et, soudain, ne put s'empêcher d'éclater d'un rire aigre.

— Bravo le psy, s'écria-t-il, au grand étonnement d'une jeune femme qui croisait son chemin. Dire que je n'avais rien entendu… Munch. Haperman et son corps lardé de cicatrices hideuses. Comme celles que le baron de Münchhausen s'enorgueillissait d'avoir récoltées sur maints champs de bataille, purement imaginaires ! D'où le nom du syndrome, à en croire certains auteurs ! Munch, Münchhausen, c'est con, totalement con, mais c'est limpide.

Il y avait bien un point commun entre cette mère folle, Marianne Quesnel, qui avait utilisé sa propre fille pour mettre en scène une souffrance destinée à des spectateurs triés sur le volet, à savoir Vauguenard et ses assistants, et Haperman, qui s'était infligé de terribles blessures, dans le seul but de satisfaire quelques amateurs pervers. La blessure-spectacle. Dans un cas comme dans l'autre.

Cette constatation emplit Vilsner d'une bonne humeur goguenarde. Le hasard l'avait placé au confluent de deux pathologies mentales rarissimes, mais dont la similitude, la parenté, ne faisait guère de doute. Et, oubliant la pitié qui l'avait submergé à la suite de la confession de son patient, il se reprit de nouveau à rêver du livre qu'il ferait bientôt paraître, avec un peu de chance. De facto, le propos s'en trouvait élargi. Ce serait une étude comparative. Audacieuse. À visée synthétique. Il pourrait y adjoindre quelques remarques sur les cinglés qui se fouettaient jusqu'au sang lors de remake de la Passion du Christ, à chaque fête pascale, élargir encore la perspective avec un petit chapitre sur les nouvelles pratiques en vogue dans certaines franges de la jeunesse, tel le piercing, y discerner, mine de rien, une nouvelle attitude face au corps, la volonté obtuse de renouer avec des coutumes ancestrales, apanage de tribus primitives, scarifications, mutilations diverses.

Ce fut en sifflotant qu'il longea les travées de la librairie du Centre Beaubourg. Comme il se l'était promis, il y fit l'acquisition d'une biographie illustrée de Munch, parue aux éditions Flammarion, et due à un certain Reinhold Heller. Il s'installa à la terrasse d'une des brasseries voisines et commença à feuilleter le recueil. Il rechercha tout d'abord la reproduction du *Cri*, qu'il étudia longuement. La toile exerçait une fascination indéniable. Elle exprimait une douleur indicible, une souffrance absolue, avec une économie de moyens confondante : le visage du personnage était à peine esquissé. C'était dans son attitude prostrée, la paralysie qui semblait l'avoir gagné, la force qui semblait le tétaniser, qu'il fallait chercher l'explication au fait que le spectateur se sentait prisonnier, comme si, lui-même, il entendait le cri.

Puis, au hasard des pages, il glana quelques renseignements qui recoupaient les dires d'Haperman. Edward Munch avait vécu une existence d'artiste maudit. La critique officielle l'avait traité de dégénéré, s'était même employée à contrecarrer ses projets d'exposition, il était devenu alcoolique, avait vu sa vie affective se réduire à une peau de chagrin, s'était consolé dans les bras de prostituées... jusqu'à ce qu'enfin on reconnaisse son talent. Il avait, tel un funambule, traversé le gouffre de la folie, sans jamais y sombrer totalement. Rien que de très banal, après tout. Comme l'avait souligné Haperman, on ne peint pas une toile d'une force telle que celle qui émanait du *Cri* en se contentant de la fréquentation des salons huppés. Munch était un malade, un écorché, un malheureux qui portait sa souffrance en bandoulière. Toutefois, au fil de sa lecture, deux points intriguèrent fortement Vilsner. D'une part, Munch avait décidé de devenir peintre à la suite du décès de sa sœur Sophie. Emportée par une maladie pulmonaire, et à l'agonie de laquelle il avait été, tout jeune garçon, contraint d'assister. Des années durant, il avait retravaillé une toile intitulée *L'Enfant malade.* Les différentes versions qu'il en avait données tournaient toutes autour de la même scène traumatisante. Une fillette à l'agonie, clouée dans son lit, et différents personnages se succédant à son chevet. On priait éperdument. Et Dieu restait indifférent. Vilsner souligna le passage dans lequel le biographe expliquait que *plutôt qu'une représentation de sa sœur sur un lit de mort, le tableau devient une manière de compenser émotionnellement cette mort, le peintre incitant le spectateur à partager l'expérience de son propre échec...* Il ajoutait plus loin : *Comme c'est souvent le cas lorsqu'on survit à la mort d'un proche, Munch se sentit coupable d'être encore en vie alors que Sophie était morte. Ce sentiment rend sans doute compte de ses multiples tentatives identifiables tant dans sa peinture que dans ses écrits, pour expérimenter la mort à travers elle, par procuration.*

Les mots s'enchevêtraient à la manière des pièces d'un puzzle. Lors de la première séance, Haperman avait parlé de la mort de sa sœur Tracy, à la suite d'un accident de voiture, et de l'image de son sang, s'écoulant de ses blessures, qui n'avait jamais cessé de l'obséder.

D'autre part, et c'était le second point commun entre Munch et Haperman, le maître norvégien, à la fin de sa vie, avait eu à souffrir de graves problèmes oculaires. Atteint de kystes à la cornée, il s'était révolté contre la cécité qui le gagnait peu à peu. Il n'en fallait guère plus pour se poser la question, évidente entre toutes, d'une identification délirante d'Haperman à son idole. Une tentative désespérée, après une carrière artistique parsemée d'errances et d'échecs, de se raccrocher à un modèle idéal, à l'approche de la fin.

Vilsner s'épongea le front. Expérimenter la mort par procuration. Durant quelques secondes, il se répéta mentalement la formule, jusqu'à la nausée. L'humiliation qu'il avait ressentie lors de l'AG des membres du personnel soignant, dans le service de Vauguenard, lui était restée en travers de la gorge. L'accusation stupide selon laquelle son manque de discernement concernant la mère de la petite Valérie avait été à la source de la catastrophe, le rôle de bouc émissaire qu'on cherchait implicitement à lui faire endosser, toute cette boue qui ne demandait qu'à se déverser sur son dos lui parut encore plus répugnante. Face à des personnalités aussi complexes, aussi énigmatiques, que celle de Marianne Quesnel, qu'on pouvait soupçonner d'avoir mis en place une telle stratégie – expérimenter la mort par procuration, avec sa propre fille ! – quel était le pouvoir d'un petit psychiatre vacataire ? Vaugenard l'avait toujours considéré de haut. De très haut. Il fallait un psy dans le décorum du service. C'était en quelque sorte un accessoire. Un gadget, comme les clowns qu'il était à présent question de balader dans les chambres des mômes cancéreux, dernière lubie du patron. Quelle sinistre farce !

Vilsner se détendit et se reprit à feuilleter l'ouvrage. Un autre détail biographique, plus anodin, le fit sourire. De retour d'un séjour en Allemagne, selon ses propres souvenirs, Munch avait fait la rencontre d'un curieux personnage sur le ferry le ramenant chez lui.

« Vous allez loin ? demanda l'inconnu.

— Oh non, jusqu'à Copenhague, seulement. Je suis nerveux, très nerveux. Depuis longtemps. Il faut que j'essaie de faire quelque chose.

— Clinique ?

— Je ne sais pas.

— Les nerfs, c'est embêtant. Long traitement. Régime. Vie de schizophrène.

Drôle d'oiseau, précisait Munch. Il s'intéresse à moi.

— Je suis un artiste, lui dis-je, et vous ?

— Psychanalyste, à Vienne ! »

Vilsner considéra qu'il s'agissait là d'un heureux présage, referma lentement le livre, avala la dernière gorgée de bière qui tiédissait au fond de son verre et quitta la brasserie. Il était tellement fasciné par l'univers qu'il venait de découvrir qu'il ne se rendit pas compte qu'une nouvelle fois on lui filait le train…

VENDREDI

1

Durant toute la soirée de la veille, à la suite de la comparution de Marianne et de Saïd, Nadia s'était plongée dans le dossier jusqu'à une heure très avancée de la nuit. Elle s'accorda une matinée de repos et arriva au Palais en début d'après-midi. Elle contempla l'automate que lui avait offert Isy Szalcman, ce petit juge au visage cramoisi, en remonta le mécanisme et l'observa s'agiter, avec sa robe noire, son poing serré, au pouce tendu vers le sol, à la manière des empereurs romains qui prononçaient leur sentence, invitant ainsi les gladiateurs à exécuter leurs camarades vaincus, sur le sable de l'arène.

– Si seulement c'était si simple… si cruel mais si simple…

– Pardon ? demanda Mlle Bouthier, qui venait de faire son entrée dans le cabinet.

– Rien, je… je divaguais !

La greffière fit un commentaire acerbe sur la qualité des repas qu'on servait au self du Palais, s'installa face à son ordinateur, tendit la main vers la boîte de bonbons qui reposait sur son bureau et présenta à Nadia le courrier du matin, qu'elle avait eu le temps de trier. Il n'y avait rien de particulièrement passionnant.

Nadia attendit Georges Lequintrec, le père de Valérie, séparé de Marianne depuis sept ans. Il avait appris ce qui était arrivé à sa fille par l'intermédiaire de Vauguenard, qui lui avait envoyé une longue lettre. Il arriva à quatorze heures. C'était un homme de petite taille, de forte carrure, au teint rougeaud, au tempérament probablement sanguin. Très intimidé, il s'assit face à Nadia en jetant de petits coups d'œil furtifs sur tous les objets qui parsemaient le décor plutôt austère du cabinet. Elle lui résuma le contenu provisoire du dossier. Il l'écouta avec attention, les sourcils froncés.

— Depuis combien de temps n'avez-vous pas vu votre fille, monsieur Lequintrec ? demanda-t-elle ensuite.

— Trois ans.

— Trois ans, c'est très long.

— Oh oui… quand nous nous sommes séparés, ma femme et moi, j'ai obtenu un droit de visite, mais elle me rendait la vie tellement insupportable que petit à petit j'ai espacé. C'étaient des cris, encore des cris, et des engueulades à n'en plus finir, et puis vous comprenez, le plus terrible, c'est qu'elle montait la petite contre moi, elle lui disait que j'étais méchant, elle lui demandait si… si je ne la tripotais pas… vous vous rendez compte, moi, faire ça à ma fille… alors… Mais si elle va en prison, moi je veux bien m'en occuper de Valérie, hein, ça il faut le marquer dans vos papiers ! Après tout, c'est moi le père, c'est pas l'autre !

Sa voix s'était brisée à l'énoncé de la dernière phrase. Il prit une profonde inspiration.

— Finalement, reprit-il, j'ai pensé qu'une fois que Valérie serait grande, elle reviendrait peut-être un peu vers moi, parce que son nouveau papa, comme elle l'appelait, elle l'aimait bien, il avait fini par prendre ma place, et puis lui il était étudiant, alors que moi je suis qu'un simple ouvrier, alors… Ah, si j'avais pu prévoir qu'un jour elle en viendrait là... c'est vrai tout ce qui est écrit, dans la lettre que m'a envoyée le docteur ? Parce que si c'est vrai, alors là, alors là...

Nadia lui fit un signe apaisant pour l'inviter à se calmer. À voir ses mains qui tremblaient, sa lèvre inférieure secouée de tics, ses yeux embués de larmes, il était évident que cet homme avait vécu un véritable enfer. S'il avait fini par renoncer à voir sa fille, ce n'était sans doute pas à cause de l'argument assez raisonnable selon lequel le temps finirait par arranger les choses, mais bien parce qu'il avait été vaincu, laminé par le combat qui l'avait opposé à Marianne. Nadia le questionna sur le passé « médical » de sa femme.

— Ah ben c'est bien simple, s'exclama-t-il, elle dépensait plus chez le docteur ou le pharmacien qu'à Auchan pour remplir le frigo, toute sa paye y passait ! C'était vraiment dingue. Et puis c'est qu'elle s'y connaissait, elle passait des soirées entières à lire son Larousse médical, elle le savait par cœur, et des tas d'autres bouquins... au lieu de regarder la télé avec moi. C'était pas une vie, non, c'était pas une vie...

Nadia se tourna vers la greffière, et, en quelques questions concises, amena le témoin à consigner ce qu'il venait de déclarer. Il parapha cette première déposition.

— Monsieur Lequintrec, reprit-elle, je vais à présent aborder un sujet plus délicat, et vous n'êtes pas obligé de répondre. Au début, vous vous entendiez bien avec Marianne, je veux dire, sexuellement ?

Il rougit jusqu'aux oreilles, au comble de la gêne.

— Ça vient faire quoi, dans l'enquête ? demanda-t-il d'une voix peu assurée.

— Ça peut simplement m'aider à comprendre la personnalité de votre femme. Vous n'êtes pas obligé de répondre, je vous le répète.

— Oh, et puis après tout, au point où on en est… soupira-t-il, accablé. Au début, oui, ça allait à peu près, mais ça a mal tourné, très vite. Et puis dès qu'elle a été enceinte, ç'a été complement fini. Zéro. Voilà. Rien d'autre à dire. R.A.S.

— Je vous remercie de votre franchise, monsieur Lequintrec.

Il se tassa sur sa chaise, à la fois soulagé d'avoir parlé et honteux de s'être laissé amener à évoquer de telles blessures intimes. Nadia respecta son silence.

— Il… il y a autre chose… murmura-t-il. S'il faut vraiment déballer son sac, hein, pourquoi pas aller jusqu'au bout ?

— Autre chose ?

— Sa famille, à elle… mes beaux-parents, quoi ! C'est des drôles de gens. Surtout lui. Le beau-père.

— Je vous écoute.

— Ça, vous le marquez pas, ça peut rester entre nous ?

Nadia adressa un regard en coin à sa greffière. Mlle Bouthier sursauta sur son fauteuil, se leva et annonça à Nadia qu'elle partait chercher le dossier Vuibert, oublié au secrétariat. Le dossier Vuibert était purement imaginaire. Elle sortit du cabinet.

— Quand on allait chez eux, le dimanche, Marianne et moi, reprit le père de Valérie, des fois, y avait des choses que j'avais du mal à comprendre.

— Oui ?

Georges Lequintrec se raidit et fixa Nadia d'un air effaré, suppliant. L'aveu était trop difficile à formuler, il ne parviendrait à en livrer la teneur que si on le lui arrachait lambeau par lambeau, question après question.

— Ces choses, que vous aviez du mal à comprendre, monsieur Lequintrec, elles se passaient fréquemment ?

— Tous les dimanches.

— Elles se passaient entre qui et qui ?

— Entre… entre ma femme et son père.

— Elles se passaient comment, monsieur Lequintrec ?

— Eh ben, ma femme et lui… comment dire ? On mangeait en famille, tous ensemble, et à la fin du repas, ils partaient dans le jardin, tous les deux, et lui, il l'embrassait dans le cou… il lui faisait des tas de caresses dans les cheveux, dans le dos, enfin, je sais pas si vous voyez, moi, j'étais là, avec ma fille, à faire ses coloriages, je savais plus trop où j'en étais, quoi !

— Et votre belle-mère, que faisait-elle, durant ces moments-là ?

— Oh, elle, elle tricotait. Elle sait rien faire d'autre que tricoter. Il était avec Marianne, dans le jardin, il la tripotait, il n'y a pas d'autre mot, il la tripotait… je trouvais que c'était pas normal. Un père, ça peut aimer sa fille, mais quand même, mais quand même, à cet âge-là, ça se fait pas !

— Vous n'en avez jamais parlé avec Marianne ?

— Ah bah, déjà à la maison j'avais qu'à la boucler, alors chez mes beaux-parents, j'étais même pas chez moi ! Hein, quand on est chez les autres, on est pas le maître ! Et puis…

— Et puis ?

— Et puis il y a eu un dimanche, Valérie jouait dans le jardin, ma belle-mère tricotait, Marianne était partie dans la cuisine, faire la vaisselle, avec son père… moi je fumais ma cigarette en regardant la télé, bref, mon cendrier était plein, alors j'ai voulu aller le vider dans la poubelle. Quand j'ai poussé la porte de la cuisine… je peux en allumer une, de cigarette ?

— Je vous en prie, assura Nadia en poussant vers lui le cendrier qui traînait sur son bureau.

Il alluma une Gitane, contempla un instant la flamme de son briquet, prit sa cigarette dans la main gauche et mima le geste de pousser une porte, de la main droite.

— J'ai juste entrouvert, ils ont pas pu me voir. Je suis resté là, mon cendrier plein à la main. Lui, il se tenait derrière elle. Marianne, elle avait les mains plongées dans le bac à vaisselle, avec de la mousse partout. Et…

Cette fois, les mots se bloquèrent dans sa gorge. Il éclata en sanglots, se détourna, le visage enfoui dans les mains. Il lui fallut plus d'une longue minute pour reprendre son calme.

— Et ce jour-là, risqua Nadia, vous avez vu votre beau-père avoir un geste plus… plus grave que d'habitude avec sa fille, n'est-ce pas ?

— Oui… oui, il avait la main sous sa jupe. Elle était comme ça, debout devant l'évier, et lui, il la caressait, carrément sous sa jupe, mais assez haut… et elle, elle écartait les cuisses, ça avait l'air de lui plaire, enfin je sais pas, mais toujours est-il qu'elle faisait rien pour protester… murmura Georges Lequintrec, apoplectique, les yeux rivés sur le sol dallé du cabinet. Alors vous comprenez, quand, après, elle disait que c'était moi qui tripotais Valérie, j'ai trouvé ça un peu fort !

— Je vous remercie, monsieur Lequintrec. Comme vous me l'avez demandé, ces derniers éléments ne figureront pas au dossier. Pour le moment. Mais un jour, plus tard, je serai peut-être amenée à y revenir. Je ne veux pas vous tourmenter, réveiller de pénibles souvenirs, simplement savoir la vérité, toute la vérité.

— J'en avais parlé à personne, jamais, balbutia-t-il, mais fallait que ça sorte, fallait que ça sorte, je pouvais plus garder ça pour moi.

Elle l'invita à quitter le cabinet après avoir évoqué l'avenir de Valérie. Avec prévenance, elle l'avertit que les démarches qui l'attendaient s'il souhaitait réellement récupérer la pleine autorité parentale risquaient d'être longues, épuisantes. Il ne l'écouta que d'une oreille distraite, visiblement soulagé d'avoir pu confesser ce qui lui tenait le plus à cœur. Il s'agissait là d'une toute petite vengeance à l'encontre de ce qu'il avait subi des années durant.

Mlle Bouthier fut de retour quelques minutes plus tard. Nadia la mit au courant.

— Le plus terrible, dit-elle en conclusion, c'est qu'il n'a pas l'air de se poser la question essentielle ! La seule qui vaille !

— Vous voulez dire que la petite Valérie pourrait être la fille de… de son grand-père ? chuchota la greffière, effrayée par sa propre question, en se retournant instinctivement vers la lourde porte capitonnée qui fermait le cabinet, comme si elle craignait de pouvoir être entendue.

— Bien sûr. Ce qui éclairerait peut-être l'attitude de Marianne. Elle aime sa fille, comme n'importe quelle mère, mais en même temps, elle veut la tuer, pour effacer la souillure. Elle la livre aux médecins à la fois pour qu'ils la soignent *et* pour qu'ils la tuent. Parce qu'elle n'ose pas le faire elle-même. Je ne suis pas psy, mais il me semble que ça tient debout !

Nadia ne put s'empêcher de frissonner. Épouvantée par cette hypothèse, par ce qui risquait d'émerger peu à peu, plus tard, au fil de l'instruction, des expertises psychiatriques qu'elle allait devoir mettre en branle.

— La pauvre gosse a survécu à l'empoisonnement, à l'opération, mais si je suis amenée à établir qui est le vrai père, cette fois, c'est moi qui risque de lui porter un coup fatal.

— Elle n'en saura rien. Elle n'a que huit ans ! protesta Mlle Bouthier.

— Les secrets de famille, même les plus épouvantables, finissent toujours par revenir aux oreilles des enfants, je peux vous l'assurer, mumura Nadia, les yeux perdus dans le vague, ça peut prendre dix, vingt ans, mais la vérité sort du puits, un jour ou l'autre. Toute nue, et pas forcément jolie à voir.

Elle frappa rageusement du poing sur son bureau.

— Il y a douze juges dans cette galerie, douze, et il a fallu que ça tombe sur moi !

— Ah, au fait, je suis allée prendre un café en cherchant le « dossier Vuibert ». Il y avait encore un pli, au courrier de ce matin. Il avait abouti par erreur à l'étage du dessous…

Nadia décacheta l'enveloppe de papier kraft, en tira quelques feuillets et reconnut aussitôt l'écriture appliquée de Charlie Grésard.

2

— Ah, ça fristouille ! Bravo, Rovère, pour fristouiller, ça fristouille ! Vous m'embarquez toujours dans des coups à la con ! Vous cherchez à battre un record, ou quoi ? grommela Pluvinage en sortant de la cabane.

Boudiné dans un smoking, ses escarpins vernis crottés de boue, il ne décolérait pas et triturait son nœud papillon d'un doigt rageur. Dimeglio, Dansel, toute l'équipe sans oublier Choukroun piétinait autour d'une bicoque en bois, à moitié effondrée, située au fond d'un champ, à proximité de Flavigny, petit village perdu de Seine-et-Marne. On voyait le clocher de l'église émerger au-dessus d'une rangée de hêtres.

— Ce soir, je m'apprêtais à fêter paisiblement mes trente ans de mariage, j'avais rendez-vous à Poitiers, un petit resto qui a eu deux étoiles au Michelin, et vous avez le culot de venir me les briser ! ajouta Pluvinage.

— Toutes mes excuses, on travaille parfois dans l'urgence. Alors ?

— Alors, votre lascar a eu les vertèbres lombaires brisées. Comme si ça ne suffisait pas, vous avez vu qu'on l'a ligoté, hein ? Comme le gosse de la Chapelle, le petit brûlé, et comme votre Roumain, Dimitriescu. Dimitriescu, c'est bien ça, celui qu'on a retrouvé dans le même pavillon ? Ligoté suivant le même cérémonial, ça crève les yeux.

Rovère acquiesça.

— Vous voulez savoir de quoi il est mort ? Je sais pas ! La fracture des vertèbres a entraîné une paraplégie, c'est pour ça que les sphincters ont lâché. La paraplégie aurait pu provoquer des complications très rapidement mortelles, mais le gars a tenu le choc, c'est tout ce dont je suis sûr. Il a dû survivre un jour, peut-être deux. Il a connu une mort atroce ! Est-ce que ça vous va ? Vous me le mettez au frais, vous me le livrez lundi matin à l'IML, et je pourrai vous en dire plus, mais vous voyez, Rovère, si j'ai choisi la médecine légale, c'est précisément pour ne pas bosser aux urgences, c'est clair ? Sur ce, salut !

Pluvinage claudiqua dans l'herbe grasse, en évitant les mottes de terre, les nids de taupe, les bouses de vache, jusqu'au coupé Mercedes qui l'attendait au bout du chemin.

— Parfois, il n'est pas commode, s'excusa Rovère en se tournant vers Nadia.

— On a tous nos défauts.

Sitôt reçue la lettre de Charlie Grésard, elle l'avait alerté. Ils l'avaient relue ensemble. Charlie avait pris soin de dessiner un plan assez détaillé de l'endroit où reposait le corps. Il suffisait de quitter la nationale à la sortie de La Queue-en-Brie, de prendre la départementale vers Flavigny, de tourner à gauche au premier embranchement, de s'engager sur un petit chemin de terre et de suivre le bord de la rivière. On débouchait sur un champ bordé de ronces, de peupliers et de saules pleureurs. La cabane se trouvait tout au bout. L'arrivée de la caravane des voitures de la brigade et des techniciens de l'Idendité judiciaire avait aussitôt alerté la curiosité des riverains. Ils s'étaient approchés, timidement. Certains tenaient un chien en laisse, d'autres avaient carrément amené les gosses. Ils mâchonnaient un brin d'herbe, un rien ébahis du spectacle proprement phénoménal qui leur était proposé à domicile. Les petits se tordaient le cou pour apercevoir Navarro…

Dimeglio était parti glaner les premiers renseignements.

— C'était là que le père Cochu vivait, jusqu'au mois dernier, lui apprit un des villageois. Jusqu'à ce qu'on l'emmène à l'hospice.

— C'était qui, le père Cochu ?

— Un vieux du coin, il bricolait pour les gens du village, un coup il réparait les outils, une tondeuse par-ci, une débroussailleuse par-là, une autre fois, il changeait un carreau, réparait une serrure. Paraît même qu'il était vaguement rebouteux. Dans le temps, quand y avait encore des fermes, il était bien utile, bien serviable, mais des fermes, y en a plus qu'une… À part un coup de rouge qu'il venait se siffler au tabac de la mairie, on le voyait pas trop. C'est bien simple, on l'avait presque oublié.

Dimeglio finit par obtenir les coordonnées du mouroir où avait abouti le père Cochu. L'hôpital Dupuytren, à Draveil. Trois semaines plus tôt, il avait eu une « attaque » en sortant d'un des bistrots du village, face à la mairie. Dimeglio expédia quelques « doublettes » dans le village. Les inspecteurs étaient munis d'une photographie de Charlie Grésard.

— Vous allez à la pêche, essayez de me rapporter du gros ! Charlie était peut-être connu dans le coin, leur expliqua-t-il. Il y a sans doute un de ces bouseux qui pourra nous renseigner sur son compte… En piste !

Il revint d'un pas lourd vers les abords de la cabane. Nadia et Rovère en faisaient l'inventaire. Le cadavre d'un homme d'une cinquantaine d'années reposait ligoté sur un établi de menuisier. Il était totalement nu, mais un paquet de vêtements reposait sur le sol couvert de sciure et de copeaux. Des essaims de mouches tournoyaient dans le réduit encombré d'un fatras d'outils agricoles, fourches, faux, binettes, serpettes, etc., tous soigneusement entretenus. La cabane était divisée en deux parties, séparées par une simple couverture en guise de rideau. D'un côté, « l'atelier » du père Cochu, de l'autre, ce qu'il fallait bien appeler sa chambre. Un matelas rongé par les mites reposait sur le sol de terre battue. Un ballot de vêtements, des ustensiles de cuisine en fer-blanc, un miroir ébréché ainsi que quelques accessoires de toilette complétaient le décor.

— J'en ai assez vu, j'ai besoin de prendre l'air ! lança Nadia, le cœur au bord des lèvres, en se dirigeant vers la sortie.

Rovère lui emboîta le pas. En attendant que les gens du labo aient fini de s'occuper du corps qui gisait sur l'établi, à l'intérieur de la cabane, ils s'assirent côte à côte dans la voiture de Rovère. Nadia déplia la seconde lettre que lui avait fait parvenir Charlie Grésard. Une nouvelle fois, il s'était offert le luxe de venir la déposer lui-même à l'un des postes de garde du Palais.

Madame le Juge,

Je vous est vue à la télé et aussi votre photo dans le Parisien. Je crois que vous êtes quelqu'un de très bien. J'ai beaucoup avancé dans mon travail à propos de Dimitriescu. Je vous done les coordonnées d'un nouvel en-

droit où vous pourré retrouver quelqu'un d'autre, un des salopards qui voulaient faire du mal à Héléna.

Suivait un plan assez détaillé, tracé au feutre sur une feuille de papier millimétré, qui permettait d'arriver jusqu'à la cabane du père Cochu.

Voilà où j'en suis, Madame le Juge : c'est Dimitriescu qui a ramené les gosses de Roumanie. Il parait que là-bas, on en trouve tant qu'on en veut, et pour pas cher ! Il devait les livrer à celui que vous allez trouvez si vous suivez bien mon plan. Il s'appelait Vlad. Dimitriescu devait empoché pas mal de fric en échange des gosses. Seulement voilà, Vlad a pas été réglo, il a pas voulut donner tout l'argent promi a Dimitriescu. Il se son engueulés, ça a mal tourné, alors Vlad a tiré sur Dimitriescu. Alors Dimitriescu a compris qu'il s'était fait roulé. Qu'est-ce qu'il s'est dit, Dimitriescu ? Puisque j'aurai pas mon fric, Vlad aura pas les gosses. Alors il est retourné dans le pavillon de la Chapelle, et là, vous savez déjà ce qui s'est passer, malheureusement. Y a que ma petite Héléna qui a réussi à se faufiler au dehors. Vlad, il sera surement crevé quand vous le trouveré. On a pas mal discuter et maintenant j'ai compris comment faire pour aller un peu plus loin et punnir toute cette bande d'ordures, comme ils le mérite. Voilà, c'est tout ce que je voulais vous dire pour aujourd'hui mais je vous tindré au courant bientôt.

CHARLIE.

— Il a pris de l'assurance, remarqua Rovère.

— Vous croyez vraiment qu'il ne se fait pas de cinéma ? Je veux dire, qu'il remonte réellement une filière ?

— Ça en a tout l'air.

Nadia hocha longuement la tête, en retournant la lettre entre ses mains. À cet instant, les inspecteurs d'une des « doublettes » envoyées par Dimeglio jusqu'au village revinrent vers la cabane, encadrant un clampin qui portait un tablier de toile bleue.

— Le patron du rade de la place de l'Église, annonça l'un d'eux. Il dit qu'il a souvent vu Charlie venir boire un coup en compagnie du père Cochu.

Le bistrotier confirma aussitôt.

— Ben, on le voyait souvent, au village, Charlie. Il garait sa mobylette avec sa carriole devant mon café, et il buvait son coup, c'est pas sorcier. Il s'entendait bien avec le père Cochu.

— Une mobylette avec une carriole ? Qu'est-ce qu'il trimbalait, là-dedans ?

— Ah ça, je sais pas !

— Il habitait dans le coin ?

— Je crois pas... Ici, c'est la campagne, on connaît tout le monde.

— Qu'est-ce qu'il venait faire dans le coin ?

— Moi, je sers tous les gars qui se présentent à mon comptoir, mais je leur en demande pas plus.

Dansel s'approcha. Il avait étudié le contenu des poches du costume qui reposait, chiffonné, près du cadavre, dans la cabane, et tenait un petit sachet de plastique dans lequel il avait rangé divers objets.

— La moisson est bonne...

— Résume ! ordonna Rovère.

— Une carte d'identité française au nom de François Durand, la photo correspond avec la bobine du macchab', mais je crois qu'on peut passer là-dessus. C'est manifestement un faux. À part ça, un trousseau de clés, un agenda téléphonique, et la carte d'un cercle de jeu, l'Excelsior, rue Frochot, dans le neuvième.

Les techniciens de l'Identité judiciaire achevaient leur travail et transportaient une grande housse noire contenant le cadavre à l'intérieur d'une camionnette. Rovère consulta sa montre. Il était dix-neuf heures. Rovère s'empara du sachet que lui tendait Dansel.

— Bien, messieurs, il faut secouer le cocotier. Dimeglio, tu vas éplucher l'agenda de ce monsieur Durand, alias Vlad, d'après ce que nous dit Charlie. Dansel, tu files à l'hospice où est hébergé le père Cochu, et tu essaies de le faire parler de Charlie… s'il est en état de te répondre.

— J'ai pas l'adresse…

— Hôpital Dupuytren, c'est à Draveil, dans l'Essonne, précisa Dimeglio en montrant son calepin.

— Encore ? protesta Dansel.

— Comment ça, encore ?

— Eh bien, j'y suis déjà allé, c'est là qu'est hospitalisé le père du proprio de la maison de la Chapelle ! Verqueuil !

— Un hasard, trancha Rovère. Toi, Choukroun, tu files rue Frochot, dans le cercle de jeu, et tu essaies de te rencarder sur Vlad. En piste ! Et nous nous retrouvons tous demain matin à neuf heures à la brigade, avant de traîner nos guêtres au marché aux Puces de Clignancourt !

— Les Puces ? s'étonna Dimeglio.

— Sandoval, il y tient, à son fameux coup de chalut, tu avais oublié ?

— Ah, ça m'était complètement sorti de la tête ! Charmant week-end en perspective !

Ils se dispersèrent. Rovère s'était séparé de l'agenda et de la carte du cercle de jeu pour ne conserver que les deux trousseaux de clés qu'il examina machinalement. Choukroun traînait ses santiags dans l'herbe grasse et shoota rageusement dans un caillou. Dansel ne manqua pas de remarquer son peu d'empressement à obéir aux consignes.

— Ça va pas, Choukroun ?

— C'est la merde, c'est vraiment la merde, il est plus de sept heures et on est vendredi soir, avec cette connerie de cercle de jeu, je suis bon pour bousiller toute ma soirée !

— Ah oui, c'est shabbat, acquiesça Dansel. Si tu veux, on échange ? Moi, je me tape le cercle de jeu, et toi, tu vas à l'hosto. Qu'est-ce que t'en dis ? Un cercle de jeu, ça ouvre pas avant au moins vingt-deux heures, tandis que l'hôpital, tu fais juste un aller-retour, et tu as presque le temps de rentrer chez toi pour la bénédiction ?

— Vous... vous feriez vraiment ça pour moi ? balbutia Choukroun, éperdu de reconnaissance. La vie de ma mère, j'oublierai jamais !

— Si je te le dis, mon petit Choukroun, c'est que c'est sincère...

Pas tant que ça : Dansel préférait de loin une virée à Pigalle à une nouvelle visite dans les locaux plus que déprimants de l'hôpital.

Le jeune homme fonça jusqu'à sa voiture, dont la lunette arrière était ornée d'un bandeau adhésif fluorescent à la gloire de « *Machiah'* », le Messie, à l'arrivée duquel les loubavitchs croyaient dur comme fer. Son beau-frère Élie s'était montré très ferme à ce propos. Chaque adepte devait afficher sa foi et pratiquer un prosélytisme intransigeant, quelles que soient les circonstances de la vie quotidienne.

3

Le champ qui abritait la cabane du père Cochu retrouva peu à peu toute sa quiétude. Les villageois, déçus par la banalité du spectacle, étaient tous rentrés chez eux. Rovère resta seul au volant de sa voiture, Nadia à ses côtés.

— Je vous raccompagne à Paris, si vous voulez ? proposa-t-il.

— Je ne vois pas le moyen de faire autrement, à moins que vous n'ayez les coordonnées d'un loueur d'ânes ? Sur la place du village, peut-être ?

Rovère éclata de rire.

— Excusez-moi, j'ai pris une série de décisions sans même penser à vous demander votre avis. Je vous avais presque oubliée.

— Je vous ai transmis une commission rogatoire en bonne et due forme, vous êtes libre de l'exécuter comme bon vous semble, enfin, presque.

— On y va ?

La voiture tressauta violemment.

— Si vous voulez vraiment démarrer, suggéra Nadia, il faut d'abord desserrer le frein à main. Je n'ai pas mon permis, mais je suis certaine d'avoir lu ça quelque part…

Trois quarts d'heure plus tard, ils arrivaient à Paris, après avoir patienté dans les embouteillages du départ en week-end. Rovère s'arrêta en double file en bas de la rue de Belleville, tout près de la sation de métro. Nadia le remercia et disparut après lui avoir donné son numéro de téléphone personnel. Si son équipe collectait de nouvelles informations d'ici au lundi matin, il pourrait ainsi la joindre.

Rovère trouva une place au début de la rue du Faubourg-du-Temple. Les enseignes lumineuses des restaurants asiatiques avaient attiré son attention. Il avait sauté le repas de midi, et préféra souper dans les parages plutôt que de rentrer chez lui où l'attendaient quelques boîtes de conserve.

*

Le voyant lumineux du répondeur de Nadia indiquait plusieurs messages. Elle les écouta. Le premier émanait de Maryse, qui lui indiquait qu'elle avait loué un voilier pour les vacances de Pâques et qu'elle l'invitait à une petite croisière en Bretagne. Nadia secoua la tête, amusée. Le second était d'Isy. Qui la conviait le lendemain à déjeuner dans un restaurant des Buttes-Chaumont pour fêter la venue du printemps. La troisième voix était celle de Mlle Bouthier, sa greffière. Elle demandait simplement de la rappeler, après avoir annoncé qu'il s'était passé « quelque chose de grave ». Nadia composa le numéro.

— Ah c'est vous ? bredouilla Mlle Bouthier. Vous êtes partie en coup de vent cet après-midi, et à peine un quart d'heure plus tard le directeur de Fleury-Mérogis a cherché à vous joindre !

— Eh bien ?

— Marianne Quesnel, elle s'est suicidée !

— Comment ? demanda Nadia, d'une voix blanche.

Les cellules de la section des femmes étaient équipées de telle façon qu'une probabilité de ce genre était difficilement envisageable. Les meubles étaient scellés au sol, il n'y avait pas de barreaux où se pendre, mais des verres blindés aux fenêtres, les couverts distribués lors des repas étaient en plastique, etc.

— Il semblerait qu'au cours d'une promenade, elle ait acheté une lame de rasoir à une codétenue… une toxico. Malgré toutes les fouilles, il paraît que ça circule.

— Elle n'a pas perdu de temps, soupira Nadia. Enfin, c'était la meilleure façon pour elle de signer des aveux. Elle n'a pas laissé de lettre ?

— Rien. Il paraît que c'était assez horrible. Les veines des poignets, des chevilles, la gorge, elle ne s'est accordé aucune chance, ce n'était pas du cinéma.

— Je vous en prie, n'en rajoutez pas !

— Bien, je vous laisse, alors ?

— Oui, merci d'avoir appelé.

Nadia tourna en rond dans son séjour et avala un petit verre de la bouteille de vodka qu'Isy avait abandonnée lors de sa dernière visite. Elle s'en servit un deuxième et se laissa tomber sur son canapé. Il n'y aurait pas d'autre interrogatoire, d'expertise psychiatrique, de complément d'information, rien qu'un secret emporté dans un tourbillon de sang. Saïd Benhallam était tiré d'affaire. Elle appela Vauguenard, à son domicile, pour lui faire part de la nouvelle et lui proposa de lui rendre visite le lendemain. Puis elle resta prostrée quelques minutes, incapable du moindre geste. Il lui sembla réentendre les hurlements de Marianne à l'instant où les gardes l'avaient extraite du cabinet et ne put supporter de rester enfermée seule entre quatre murs.

Après avoir fait quelques pas dans la rue, elle poussa la porte du Président, le grand restaurant asiatique situé à l'angle de la rue du Faubourg-du-Temple, et monta au premier étage. Des dragons de pierre se dressaient à chaque coin de la salle et tout un assortiment d'aquariums, où s'ébattaient des homards aux pinces cerclées d'élastiques afin d'éviter qu'ils ne s'entre-tuent dans leur prison liquide, venait compléter le décor. Les serveurs accoururent, empressés, afin de la diriger vers une table libre. Son regard balaya la salle et rencontra soudain celui de Rovère, qui venait de commander un café. Il n'était pas possible de l'ignorer. Il faillit détourner la tête, mais parvint aussitôt à la même conclusion. Il eût été stupide de feindre l'indifférence. Nadia se dirigea vers lui.

— Décidément, on ne se quitte pas… murmura-t-elle.

— J'allais partir.

Il appela un des employés en lui faisant signe de préparer sa note.

— Ne partez pas, restez, restez un peu, ajouta-t-elle en prenant place face à lui. Vous n'êtes pas si pressé. On vous attend ?

— Personne ne m'attend.

— Alors, vous voyez bien !

Elle jeta un bref coup d'œil sur la carte et commanda deux plats au hasard. Rovère lui suggéra le tavel qui figurait sur la liste des vins. Elle fut elle-même surprise de manger avec appétit.

— Les émotions, ça creuse, non ?

— Vous voulez parler de cet après-midi ? C'est une question d'habitude, à force, on n'y fait même plus attention !

— Non, je ne pensais pas à Charlie…

Elle lui résuma à grands traits l'histoire de Marianne Quesnel. Ou plutôt de Valérie.

— La petite, c'est à elle qu'il faut d'abord penser, conclut-elle en levant son verre. À ce que sera sa vie à partir d'aujourd'hui. Avec toutes les séquelles, dans les tripes et dans la tête… Je bois à sa santé. Tout du moins à ce qu'il en reste.

— Cette femme a sciemment intoxiqué sa fille avec des médicaments, elle l'a pour ainsi dire amenée jusqu'à la salle d'opération *pour rien* ? murmura Rovère, effaré. Et elle a continué après en la piquant à l'insuline !

— Difficile à croire, n'est-ce pas ? Il a fallu tout un faisceau de circonstances pour que cela soit possible, le concubin étudiant en médecine, le retard dans l'analyse des prélèvements, le hasard qui a voulu que la fille de salle se pique le doigt avec la seringue jetée à la poubelle, sans quoi on n'aurait rien soupçonné…

— Non, protesta Rovère, si je vous ai bien suivie, un jour ou l'autre, les bilans médicaux auraient fini par établir que la gosse n'avait rien !

— Oui, sans doute, mais au rythme où les injections d'insuline se poursuivaient, ça serait arrivé trop tard, Valérie avait tout le temps d'y passer !

— OK, la mère s'est suicidée presque en sortant de votre cabinet et je conçois que ça soit assez difficile à supporter pour vous, mais l'essentiel, c'est la petite, vous lui avez sauvé la mise !

— Oh non, pas moi : le patron du service, et la surveillante. Ce sont des gens très bien.

— « Sauver un gosse, c'est redonner sens au chaos », vous vous souvenez de ce que disait le psy, au Val-de-Grâce ? Les psys ont toujours le sens de la formule.

— Parfois, ça sonne un peu creux, répliqua Nadia avec une moue dubitative.

Les serveurs débarrassèrent et apportèrent deux minuscules bols emplis d'alcool de riz au fond desquels on pouvait apercevoir une femme nue.

— Je vous ai raconté tout cela sans aucune précaution, reprit-elle, confuse. Je sais quel genre de souvenirs ça peut réveiller chez vous. Pardonnez-moi.

La vodka en guise d'apéritif, les trois verres de tavel, et à présent l'alcool de riz commençaient à lui tourner la tête.

— Peu importe ce qui m'est arrivé, murmura Rovère, ça n'a aucun rapport. Moi, j'ai essayé d'en finir avec mon fils parce que je ne voulais plus le voir souffrir, vous mélangez tout, je n'aurais jamais dû vous confier tout ça !

Nadia sentit ses joues s'empourprer. La main droite de Rovère reposait bien à plat sur la nappe. Elle laissa ses doigts errer sur la table, tripota la bouteille de sauce pimentée, la boîte de cure-dents, le présentoir de serviettes en papier.

— Je ne vous en veux pas, assura-t-il en serrant brusquement le poing. Je crois que je suis aussi maladroit que vous, je vous l'ai dit, l'autre soir, quand on s'est croisés dans la cour du Palais.

— Je me souviens, on était aussi empotés l'un que l'autre…

— Et alors, qu'est-ce que ça veut dire ?

— Rien. Vous venez ?

Il la suivit jusqu'à la sortie. La pluie s'était mise à tomber. Une giboulée qui se fit de plus en plus violente. Nadia fit quelques pas au-dehors, se retourna et sourit, le visage mouillé. Sur les trottoirs alentour, des vendeurs de maïs remballaient à la hâte la marchandise qu'ils proposaient au chaland, sur des caddies de supermarché bricolés. Le dispositif était rudimentaire mais efficace. Un bidon d'huile scié en son milieu servait à abriter des braises qui maintenaient les épis de maïs au chaud, enveloppés dans leurs feuilles. D'épaisses volutes de vapeur montaient de ces étuves de fortune. Les grêlons qui martelaient à présent le bitume dispersèrent les plus acharnés des adeptes de ce commerce de fortune.

— J'étouffais, à l'intérieur, je me sens beaucoup mieux ici ! assura Nadia. Pas vous ?

Rovère resta figé, le visage dégoulinant d'eau. Il fit un pas en avant. À cet instant, un des vendeurs de maïs bouscula Nadia en poussant sa précieuse marchandise vers l'encoignure d'une porte cochère. Elle perdit l'équilibre et faillit basculer à la renverse. Rovère la recueillit dans ses bras. Ils restèrent soudés l'un à l'autre, quelques longues secondes. Le temps de subir l'averse qui ne se décidait pas à décroître en intensité.

— Vous… vous alliez tomber, alors, je vous ai retenue… balbutia Rovère en s'écartant.

— Je vous remercie, vraiment, j'aurais pu me faire mal. Mais vous, vous êtes complètement trempé, maintenant !

— Pas tant que vous. Tenez, protégez-vous !

Il ôta son blouson et en couvrit la tête, les épaules de Nadia. Il tendit le bras pour l'envelopper et la sentit se blottir contre lui. Après une brève accalmie, l'averse redoubla de violence. Les grêlons roulaient sur le macadam comme une nuée de gravier emportée par la marée, avant de refluer vers les caniveaux.

— Chez moi, on sera au sec, c'est à deux pas, proposa Nadia.

Elle pianota sur les touches du digicode de son immeuble. Ils prirent l'ascenseur et gardèrent les yeux rivés sur le sol.

— Vous avez le petit cabinet de toilette, là, à droite, il y a tout ce qu'il faut, prenez tout votre temps, assura Nadia dès qu'ils eurent pénétré dans l'appartement

Rovère ôta sa chemise, la fourra dans le sèche-linge, enfonça la touche *on*, et s'essuya le visage. Dix minutes plus tard, il revint dans le salon. Sa chemise était un peu froissée, mais présentable. Il s'était brossé les cheveux, lavé les mains, rafraîchi le visage. Nadia s'affairait dans une pièce voisine. Il s'attarda près du piano, en effleura les touches, balaya des yeux la bibliothèque. Nadia réapparut enfin. Elle avait quitté son tailleur pour revêtir un jean et un sweat-shirt et s'était enveloppé les cheveux dans une large serviette rose. Toute trace de maquillage avait disparu.

— Je vous sers à boire ? J'ai de la vodka à l'herbe de bison. C'est la meilleure. Je dis ça, mais en fait je n'y connais rien en matière de vodka.

Rovère acquiesça et prit place sur le canapé. Elle vint s'asseoir à ses côtés. Un silence pesant s'installa entre eux.

— Vous vivez seule ? demanda enfin Rovère.

— Oui.

— Vous n'avez pas d'enfant ?

— Non.

— Vous n'en voulez pas ?

— Si, mais ce n'est peut-être pas la question, ce soir ?

— Je n'avais pas compris qu'il y avait une question.

Nadia dénoua la serviette qui lui enserrait les cheveux. Elle inclina la tête de côté, ferma les yeux. Rovère sursauta soudain en montrant son blouson qui dégoulinait, suspendu sur une chaise. Les gouttes tombaient une à une sur une pile de CD posée à même la moquette. Il se leva précipitamment pour les mettre à l'abri. Son blouson entre les mains, il chercha un endroit où le poser. Il le soupesa, étonné d'entendre un cliquetis.

— Les clés, les clés de Vlad, je les avais oubliées... s'écria-t-il en sortant d'une des poches le sachet de plastique que lui avait transmis Dansel.

— Eh bien ? s'étonna Nadia en arrondissant les yeux.

— Regardez-les !

Le trousseau était composé de deux pièces de forme très sophistiquée, de celles qui permettent d'ouvrir les verrous à pompe. Nadia ne comprenait pas.

— Vous n'êtes pas allée au pavillon de la Chapelle ? Vous avez simplement lu le dossier. Il faut vérifier.

Il enfila son blouson trempé avec une grimace.

— Vous venez avec moi ? En voiture, on en a pour un quart d'heure....

— Vous êtes surprenant, très surprenant, répondit Nadia. Vous poussez vraiment la conscience professionnelle jusqu'à ses extrêmes limites. Mais soit !

Elle rassembla ses cheveux, noua un bandana, enfila une paire de baskets, saisit un blouson en jean, et rafla un paquet de Craven qui traînait sur un des rayonnages de la bibliothèque. Rovère la toisa, des pieds à la tête, vaguement amusé.

— C'est bête, remarqua-t-il, habillée comme ça je vous trouve beaucoup moins intimidante…

— Intimidante ? Ah oui, vous croyez ? Je me disais aussi, il y a bien une raison…

— Une raison à quoi ?

*

Rovère, les sourcils froncés, ne desserra pas les dents de tout le trajet. Il gara sa voiture le long du chantier et fonça vers le pavillon où l'on avait découvert les corps calcinés des enfants. Nadia le suivit en évitant les flaques d'eau. Rovère introduisit les clés de Vlad dans les deux verrous. Elles fonctionnaient.

— Dimitriescu avait accès à la planque, Vlad également, murmura-t-il.

— C'était là ? demanda Nadia en montrant le couloir plongé dans l'obscurité.

— Oui, il y avait de quoi tomber dans les pommes, croyez-moi !

— Qu'est-ce que vous en concluez, à propos de cette histoire de clés ?

— Simplement que notre ami Charlie ne se trompe pas. Mais alors pas du tout. C'est curieux, cette maison… isolée, promise à la démolition. Ces verrous.

Il fit sauter les clés dans la paume de sa main, songeur, avant d'opérer un demi-tour.

— Attention, il y a des parpaings partout, vous pourriez tomber ! s'écria-t-il en marchant vers sa voiture.

— Oh, vous m'aideriez à me relever, n'est-ce pas ? répondit-elle en sautillant derrière lui.

Installé devant son volant, il hésita quelques secondes avant de démarrer.

— Il y a une station de taxis un peu plus loin, je vous y dépose, moi je vais à Pigalle.

— Comment ça, à Pigalle ? protesta Nadia.

— Rue Frochot. Retrouver Choukroun, un de mes inspecteurs, avec un peu de chance, il doit être au cercle de jeu que fréquentait Vlad. Il est à peine vingt-deux heures, c'est juste l'ouverture.

Arrivé à la station de taxis, il descendit, ouvrit la portière à Nadia et s'adressa au chauffeur de la voiture qui stationnait en tête de file.

— Vous déposez madame au carrefour Belleville ! ordonna-t-il. Au revoir, je téléphonerai s'il y a du nouveau.

Nadia s'installa sur la banquette arrière et alluma une cigarette. Le chauffeur l'observa dans son rétro.

— Vous venez de vous faire plaquer ? Faut pas vous faire de bile, ça peut p't-être encore s'arranger…

— C'est ça ! ricana Nadia.

— Le principal, c'est de préserver les gosses, ajouta le taxi. Il… il y en a, des enfants ?

— Laissez-moi tranquille !

— Holà, d'accord, moi, c'que j'en disais, c'était juste histoire de vous remonter le moral. Si on peut même plus parler…

4

Rovère fut surpris de retrouver non pas Choukroun, mais Dansel occupé à interroger le barman de l'Excelsior, un cercle de jeu situé en bas de la rue Frochot.

— On a échangé, expliqua Dansel, le vendredi soir, pour Choukroun, c'est sacré. Bon, le prétendu « François Durand » était bien connu dans le coin, sous le nom de Vlad. Il venait presque tous les soirs. Il perdait beaucoup, gagnait parfois. Le poker. Il était roumain, comme Dimitriescu. Il parlait assez bien français. J'ai discuté le coup avec quelques habitués, ils n'en savent pas plus, c'était un type assez discret. Maniéré, toujours très bien sapé. Rien à voir avec Dimitriescu. Il paraît qu'il avait des ardoises dans les troquets du coin. Un fêtard, l'ami Vlad, quand il s'était rempli les poches, il ne lésinait pas sur les bouteilles de champ' !

— Essaie de ratisser plus large, si tu peux, conclut Rovère. Remonte toutes les boîtes de la rue, les bars, enfin, tu vois.

Il se dirigea vers une cabine téléphonique située près du jet d'eau de la place Pigalle et composa le numéro de la brigade.

— J'essaie de vous joindre depuis plus de deux heures, s'écria Dimeglio. Je l'ai épluché, l'agenda de Vlad, c'est bourré d'adresses de bars à putes, d'hôtels, mais il y a un renseignement intéressant ! Verqueuil ! Le proprio de la maison de la Chapelle : son numéro y figure !

Rovère garda le silence durant quelques instants. Le temps de saisir toutes les implications. Charlie avait d'abord pisté Dimitriescu, qui l'avait amené jusqu'à Vlad. Et Vlad conduisait tout droit à Verqueuil. Verqueuil auquel Dansel était allé rendre visite la semaine précédente, sans résultat. Les enfants avaient été séquestrés dans le pavillon dont Verqueuil était le propriétaire.

— L'adresse ? demanda Rovère.

— 25 rue de la Grange-aux-Belles.

— Bon, on s'y retrouve dans une demi-heure, rameute du monde.

Rovère redescendit la rue Frochot à grands pas et ne tarda pas à croiser Dansel, qui poursuivait son travail de fourmi auprès des prostituées embusquées derrière leurs vitrines. Il le mit rapidement au courant. Dansel pâlit et se passa la main sur le visage.

— Excusez-moi, j'ai fait une connerie, mais ce type m'a paru assez clair. On a discuté. De peinture, je me souviens.

— De peinture ?

— Oui, il est photographe, spécialisé dans les boulots artistiques. Je veux dire qu'il prend des photos pour les peintres, il réalise des albums pour les expos, les galeries. Il préparait un voyage en Angleterre, et moi, comme un con, je l'ai laissé filer. Son voyage, c'était du flan ! Il est parti se planquer, oui, ce salaud !

— Allez, ne t'en fais pas, tu ne pouvais pas savoir, viens, soupira Rovère en montrant sa voiture.

5

Le téléphone sonna longuement. Toute la famille de Choukroun était réunie autour de la table illuminée par les bougies du shabbat. Son beau-frère Élie fronça les sourcils. Personne parmi leurs relations ne se serait permis d'appeler un tel jour, à une telle heure. L'interdit était formel. On ne pouvait toucher à un quelconque appareil électrique jusqu'au lendemain matin ! Les convives se figèrent, interloqués. La bande enregistreuse du répondeur se mit en marche. Choukroun tressaillit en reconnaissant la voix de Dimeglio.

— Choukroun, si t'es là, tu décroches, merde, ça urge !

L'inspecteur se leva avec lenteur et s'essuya les lèvres avec sa serviette. Élie le foudroya du regard. D'une main tremblante, Choukroun s'empara du combiné, un modèle sans fil, et disparut dans la cuisine.

— Ça va pas, non ? protesta-t-il en chuchotant. Vous êtes vraiment dingue, vous respectez rien !

Dimeglio ne voulut rien savoir. Il donna les coordonnées de l'appartement de Verqueuil, rue de la Grange-aux-Belles. Choukroun, pâle comme un linceul, la nota mentalement et revint dans le séjour. Sous l'œil réprobateur de toute la famille, il récupéra son blouson.

— Je peux pas refuser, Élie, je peux pas !

Son beau-frère l'accompagna jusque dans l'entrée.

— Tu t'es rasé les tempes, tu refuses de te laisser pousser la barbe, je suis sûr que tu ne portes pas ta kippa tous les jours, mais t'en aller en plein milieu du repas de shabbat, tu n'avais jamais osé. Il faudra en discuter avec le rabbi !

— C'est ça, acquiesça Choukroun, on verra avec le rabbi.

— Où tu vas, maintenant ? Courir dans des endroits louches, après des femmes de mauvaise vie ?

Choukroun ne put réprimer un petit rire de gorge qui agaça encore plus Élie. Il se souvint d'une conversation récente avec Dansel, à propos d'un extrait de la Bible.

— *Tu diras aux enfants d'Israël : si un homme des enfants d'Israël ou des étrangers qui séjournent en Israël livre à Moloch l'un de ses enfants, il sera puni de mort,* murmura-t-il.

— Lévitique, XX ! rétorqua Élie, sans l'ombre d'une hésitation.

— Eh bien voilà, pour que tu comprennes, disons que je vais à la chasse au Moloch ! C'est casher, comme ça ?

Il claqua la porte et dévala les escaliers sans même se retourner.

6

L'irruption de Rovère et de son équipe ne passa pas inaperçue, malgré l'heure tardive. Dimeglio, arrivé sur les lieux le premier, avait pris l'initiative de faire barrer les accès de l'immeuble par deux cars de « prétoriens ». De même, il ne s'était pas embarrassé pour briser les vitres d'une fenêtre de l'appartement de Verqueuil, ce qui lui avait permis d'en actionner la crémone. Il évacua d'un revers de manche les débris de verre et, après avoir enjambé le rebord, il se retrouva à l'intérieur, alluma les lumières, examina le fouillis qui régnait dans la pièce principale, tâta du bout de ses chaussures les ballots de linge sale entassés dans un coin, en se gardant bien de ne rien déranger. Il déverrouilla la porte d'entrée, et accueillit Rovère quand celui-ci arriva sur place en compagnie de Dansel.

— J'ai averti Sandoval, annonça Rovère. Il ne devrait pas tarder à nous rejoindre. On va l'attendre.

Il se débarrassa de son blouson encore trempé et déambula dans la pièce en bras de chemise, les mains dans les poches. Il examina les toiles réalistes-socialistes accrochées aux murs, les planches-contacts étalées sur la table à tréteaux, les boîtes de papier, les réactifs.

Quand Choukroun arriva, Rovère l'interrogea du regard.

— Je l'ai vu, à l'hosto, le père Cochu ! La vie d'ma mère, c'est pas croyable, là-bas ! C'est un vrai camp de concentration pour petits vieux, on les met là en attendant qu'ils crèvent, rien de plus !

— Alors ? Qu'est-ce qu'il t'a raconté ?

— Il déconne à plein tube, le pépé ! Les toubibs m'ont expliqué, son attaque, ça lui a pété les neurones, bref, il a le centre du langage bousillé, mais il arrête quand même pas de tchatcher ! Le coup de vice, c'est qu'on entrave que dalle à ce qu'il raconte…

— Aphasie de Wernicke, résuma Dansel. Les sons jaillissent, dans l'anarchie la plus totale, sans qu'on puisse en percer le sens, si toutefois il y en a un !

— Ouais ! C'est exactement ce que m'ont dit les toubibs ! approuva Choukroun, surpris par le diagnostic posé par son collègue.

Ni Rovère ni Dimeglio ne s'étonnaient plus du savoir quasi encyclopédique de Dansel. À maintes reprises, il les avait étonnés par des remarques aussi savantes qu'inattendues.

— Tu lui as montré la photo de Charlie ? insista Dimeglio.

— J'étais allé là-bas pour ça, quand même, bien sûr que je la lui ai montrée ! Total, ça lui a fait ni chaud ni froid.

— Bon, eh bien, on n'est pas plus avancés ! résuma Rovère en consultant sa montre. Qu'est-ce qu'il fout, Sandoval ? Il devrait se grouiller.

Il avisa une bouteille de whisky posée sur une étagère.

— On s'en jette un à la santé de Verqueuil ?

— La santé de Verqueuil ? ricana Dimeglio. J'ai comme un doute. Si Charlie lui met la main dessus, il pourra toujours consulter Pluvinage pour ses petits bobos. Il aura plus à se tracasser pour ses hémorroïdes. Mais moi, si ! Seulement mon cul, je le montrerai pas à Pluvinage !

— Vous avez raison, des fois qu'il vous le mette dans un bocal de formol ! s'esclaffa Choukroun. On sait jamais !

Il se tut aussitôt, le rouge aux joues, effrayé par l'audace de sa remarque.

— Eh, c'est qu'il se dessale, le petit nouveau ! gloussa Dimeglio. Mon cul sur la commode, je connaissais déjà, mais dans un bocal…

Rovère saisit quatre verres près de l'évier et y versa de copieuses rations de Glenfiddish. Il vida d'un trait le sien avant de le remplir de nouveau. Dimeglio lui jeta un regard réprobateur.

— *Shabbat shalom*, murmura Dansel en trinquant avec Choukroun.

— *Shabbat shalom.*

Quelques secondes plus tard, le commissaire Sandoval franchit le seuil de l'appartement et s'entretint avec Rovère.

— Choukroun, voyons, tu es en service ! chuchota Dansel.

— Ah ouais ? J'avais pas remarqué ! Et alors ?

Dansel leva la main au-dessus de sa tête et décrivit un petit mouvement rotatif, du bout des doigts. Choukroun écarquilla les yeux, sans comprendre.

— Ta kippa, insista Dansel.

— Ah merde, j'avais oublié ! Merci !

Confus, il défit la barrette qui fixait la calotte de soie sur le sommet de son crâne et fourra prestement celle-ci au fond de la poche de son pantalon.

Sandoval, à son tour, arpenta la grande pièce qui servait à la fois de séjour, de chambre à coucher et de débarras où s'entassaient les travaux en cours. Il s'arrêta devant les tableaux suspendus aux murs, examina quelques planches-contacts, puis se figea devant la porte d'un cagibi aménagé en labo de développement.

— Vous avez tout vérifié, y compris là-dedans ? demanda-t-il.

— Vérifié quoi ? s'étonna Rovère. On vient juste d'arriver et on vous attendait.

— Eh bien, s'il n'y a pas de prises de vues à caractère pédophile ! Comme chez l'accordéoniste de Saint-Ouen ! C'est toujours la piste numéro un, que je sache !

Rovère comprit que Sandoval ne démordrait de son hypothèse qu'à la condition qu'on lui démontre noir sur blanc qu'elle était pour le moins bancale. Dimeglio et Choukroun se chargèrent du travail. Ils prirent tout leur temps pour étudier les négatifs accumulés par Verqueuil sans rien y trouver de suspect. Il n'y avait là que des prises de vues anodines, des tableaux, des portraits, des reportages effectués lors de vernissages d'expo, de cocktails, etc.

Pendant ce temps, Rovère demanda à Dansel de lui brosser un bref compte rendu de son entretien avec Verqueuil. L'inspecteur s'exécuta.

— Il avait l'air sincèrement bouleversé que la maison de la Chapelle, dans laquelle il a passé toute son enfance, ait pu abriter quatre cadavres. Je ne lui ai pas dit qu'il s'agissait de gosses… Là-dessus, il a embrayé sur la maladie de son père, et m'a donné une explication tout à fait satisfaisante à propos du système de protection du pavillon. Il l'avait fait installer pour sécuriser son père, qui commençait sérieusement à perdre la boule. À part ça pas grand-chose. Il m'a expliqué qu'il était photographe professionnel, et qu'il naviguait principalement dans les milieux des galeries.

— Il est mouillé jusqu'au cou dans l'histoire, résuma Sandoval. Tout colle parfaitement. Dimitriescu fournit les enfants à Vlad, qui les héberge chez Verqueuil ! Et quand ça commence à chauffer, celui-ci se fait la valise ! Bon, il faut lancer un avis de recherche. La presse n'a pas été informée de la découverte du cadavre de Vlad, n'est-ce pas ?

— Absolument pas, confirma Rovère.

— Qu'est-ce que vous suggérez ? demanda Sandoval, brusquement à court d'inspiration.

— On a un temps de retard sur Charlie, depuis le début. Je ne vois pas comment le court-circuiter rapidement. Cela dit, si on en apprenait davantage sur Verqueuil, son passé, son cercle de relations, je pense qu'on pourrait avancer…

— Faites comme vous voulez. Vous avez la nuit pour cela ! Mais demain matin, je veux voir tout le monde aux Puces de Clignancourt ! C'est là que Dimitriescu avait un point de chute. Si on peine à avancer avec Verqueuil, au moins qu'on ne reste pas bloqués avec Dimitriescu !

Rovère grimaça, contrarié. Il fallait en convenir, l'argument se tenait. Il se garda pourtant de le reconnaître. Sandoval quitta la rue de la Grange-aux-Belles, heureux d'avoir marqué un point, persuadé qu'un jour ou l'autre plus personne ne contesterait son autorité.

— Bien, messieurs, au boulot ! s'écria Rovère dès que le commissaire eut disparu.

Tout ce que l'appartement comptait de tiroirs, de secrétaires, de classeurs fut passé au crible. Les courriers de l'agence de la BNP dans laquelle Verqueuil avait domicilié son compte firent apparaître une fâcheuse tendance au découvert chronique. Verqueuil passait son temps à batailler avec les huissiers, le fisc et quantité d'autres rapaces. Dimeglio s'intéressa aux relevés téléphoniques. Rovère mit également la main sur un dossier où était consignée une procédure de divorce récente, assez laborieuse. Lise Verqueuil, qui avait repris son nom de jeune fille, Dolléans, habitait près de la Croix-de-Chavaux, à Montreuil.

— C'est à deux pas de chez moi, annonça-t-il à ses adjoints. Demain matin, j'arriverai en retard aux Puces de Clignancourt. Mais vous, surtout soyez à l'heure !

SAMEDI

1

Tous les samedis matin, Serge Vilsner quittait son appartement de la place Léon-Blum pour se rendre en voiture à Bry. Deux heures durant, en solitaire, il suait sang et eau à bord d'un skiff, sillonnant la Marne, entre Joinville et Champigny aller et retour. Le bateau était remisé dans un hangar où Vilsner louait une place à l'année. Il y laissait le sac qui contenait son survêtement, du linge de rechange, des serviettes-éponges et une bouteille de Volvic, avant de mettre son embarcation à l'eau.

En fin de matinée, un groupe de promeneurs qui longeaient l'île des Loups furent étonnés d'apercevoir un skiff qui dérivait le long des quais, sans personne à son bord. Inquiets, ils alertèrent le poste de secours du port de Nogent. On entreprit des recherches, en vain. Si le propriétaire du skiff s'était noyé, conclurent les pompiers, son corps, emporté par le courant, ne manquerait pas de dériver et d'échouer sur un quelconque barrage situé en aval, ou, au contraire, de mettre deux ou trois jours avant de remonter à la surface, au cas où il aurait coulé au fond d'un trou.

2

À neuf heures, Dimeglio rejoignit ses collègues qui patientaient près du métro Porte-de-Clignancourt. Dansel et Choukroun, perdus au milieu des autres, battaient la semelle en observant la foule clairsemée qui commençait à envahir peu à peu le marché aux Puces. Sandoval, averti du retard probable de Rovère, se décida à diriger lui-même les opérations. Suivant la tactique habituelle, il forma plusieurs « doublettes » qu'il expédia aux quatre coins du marché. Les inspecteurs, résignés à ce travail de fourmi, détenaient tous un jeu de photographies de Dimitriescu et de Charlie Grésard. Au petit bonheur la chance, ils interrogèrent les commerçants, les cafetiers, en leur présentant les documents. Jusqu'à onze heures, le « chalut » de Sandoval ne rapporta strictement rien. Mais, quand Dimeglio et Dansel pénétrèrent au Picolo, le bar de la rue Jules-Vallès, ils comprirent aussitôt que le commissaire n'avait pas eu tort d'insister. Le patron, retranché derrière son comptoir, tiqua en voyant le portrait de Charlie.

— Si vous le connaissez, il faut le dire tout de suite ! s'écria Dimeglio. Allez, répondez vite et pas de salades !

Sur la photo, Charlie avait fière allure, avec son béret rouge, ses épaulettes de caporal et sa chemise kaki.

— Il a beaucoup changé, acquiesça le bistrotier. Mais il traînait souvent dans le coin, avec sa mobylette et sa remorque. Il venait souvent picoler ici, parfois il forçait même un peu la dose. Il y a quelqu'un qui pourrait vous rencarder, c'est le Gros René, le type qui tient les stands de surplus US, vous pouvez pas vous tromper, c'est juste à l'entrée du marché Malik !

Sans préciser le motif de sa visite, Dimeglio farfouilla dans les lits de camp encombrés de piles de vêtements, de bottes, de gourdes, de sacs de toile et de casques. Dans une annexe du magasin, il aperçut des outils en grand nombre, de la simple pioche à la perceuse à percussion. Un type à la panse impressionnante somnolait au fond de ce capharnaüm, affalé sur un hamac. Sans prendre plus de précautions, Dimeglio lui brandit la photo de Charlie sous le nez. Le Gros René s'apprêtait à protester contre ces vilaines manières mais se radoucit à la vue de la carte barrée de tricolore que le nouveau venu baladait à présent devant ses yeux.

— Vous fermez la boutique, tout de suite ! ordonna Dimeglio.

Dansel était allé chercher Sandoval, qui ne tarda pas à rappliquer, très excité. En quelques minutes, le Gros René passa aux aveux. Charlie lui livrait du matériel qu'il allait piquer sur des chantiers.

— Il livrait ici ? demanda Sandoval.

— Non, j'ai un entrepôt, à Flavigny, en Seine-et-Marne.

— Eh bien nous y voilà ! Le père Cochu, vous connaissez ?

— Évidemment, il vivait dans une cabane, au bord de la rivière. Un pauvre vieux qu'il a fallu amener à l'hôpital, le mois dernier. Une attaque cérébrale. Charlie et lui étaient assez copains, ils buvaient souvent un coup ensemble…

— Écoutez, reprit Sandoval, vos salades, on peut fermer les yeux dessus. Quoique, recel de vol, ça colle assez mal avec le maintien de votre inscription au registre du commerce ! En échange, il faut nous donner un moyen de remonter jusqu'à Charlie. Vous savez où il habitait ?

— Charlie était ce qu'on appelle un SDF…

— Oui, mais il avait bien une planque, un endroit où il avait installé ses pénates. S'il vivotait avec ses petites combines, c'est qu'il ne se débrouillait pas trop mal. Il avait peut-être une cabane, comme le père Cochu ? Du côté de Flavigny, pourquoi pas ?

— Je ne sais pas, je vous jure que je ne sais pas, assura le Gros René d'une voix tremblante.

— Il va falloir vous creuser les méninges, murmura Dimeglio, méfiant.

— Je vous assure, je l'ai souvent questionné, et je suis pas le seul, il a jamais voulu me dire où il créchait !

— Bon, vous allez venir avec nous, signer une déposition. De vous sentir en confiance, dans nos locaux, ça vous rafraîchira peut-être la mémoire !

Ils traversèrent les allées du marché qui à présent grouillaient de badauds.

3

Au milieu de la matinée, Rovère se rendit chez l'ex-épouse de Verqueuil, Lise Dolléans. Une femme d'une cinquantaine d'années, au visage fatigué, alourdi de cernes noirs, lui ouvrit sa porte. En quelques mots, il la mit au courant, sans rien dire sur l'essentiel. Quand il eut pénétré dans l'appartement, un trois pièces HLM assez décati, il ne fut pas surpris par les affiches qui ornaient les murs. Prague, Varsovie, Sofia, Bucarest, les posters glanés lors de maints voyages dans les pays de l'ex-bloc socialiste achevaient de jaunir imperturbablement, punaisés à même le papier peint. Sur les étagères de la bibliothèque, des ouvrages politiques voisinaient avec des babouchkas gigognes, des badges du MRAP, de SOS racisme, des photos de manif. Rovère reconnut aussitôt, à leur tranche d'un vert bouteille inimitable, quelques volumes des *Œuvres complètes* de Lénine, qu'en d'autres temps Claudie collectionnait, elle aussi, dans sa piaule d'étudiante.

— Alors comme ça, il a fait le con… murmura Lise, accablée, dans un profond soupir.

— Pour le moment, nous n'avons rien de bien précis contre votre ex-mari, corrigea prudemment Rovère. Simplement quelques doutes. Je suis venu vous voir pour que vous me parliez de lui.

Elle invita son visiteur à prendre place dans un sofa recouvert d'une large pièce de tissu bariolé. Sur une petite table en osier reposaient une bouteille de rhum cubain déjà largement entamée ainsi qu'un cendrier empli à ras bord de mégots. Un paquet de tracts gisait sur le parquet, à côté de quelques numéros froissés de l'*Huma*. La porte d'un cagibi, entrouverte, permit à Rovère d'apercevoir un seau, des balais et des paquets de colle en poudre.

— Excusez le désordre, toussota Lise en allumant une cigarette, il y a eu une réunion ici, hier soir.

À cet instant, le téléphone sonna. Lise décrocha et écouta son interlocuteur, d'un air agacé. Elle s'excusa de ne pouvoir venir au rendez-vous fixé. Il était question d'une expulsion dans un foyer d'immigrés, d'un rassemblement de protestation, d'une délégation à envoyer à la préfecture.

— Alors comme ça, il a fait le con… répéta-t-elle après avoir raccroché. Je ne suis pas surprise, ça devait arriver un jour ou l'autre !

Elle saisit la bouteille de rhum et en proposa un verre à l'inspecteur. Rovère accepta.

— Je vous écoute, dit-elle, après s'être servie elle-même.

— Non, c'est moi qui vous écoute. Votre mari, enfin, votre ex-mari est photographe ?

— Oui. Au départ, il était journaliste, il effectuait des reportages, un peu partout.

Elle désigna les différents posters, les livres, d'un geste d'une grande amplitude, sans préciser davantage.

— Il a acquis, si j'ose dire, ses lettres de noblesse avec une série de photos sur les troupes de l'Armée rouge entrées à Prague, en 68. Leur vie quotidienne, leurs relations très amicales avec la population tchèque en dépit du caractère un peu désagréable de leur mission, enfin, bref, vous voyez le genre, j'ai pas besoin de vous faire un dessin. Ensuite, il a beaucoup séjourné au Vietnam. C'est quelqu'un d'assez courageux, physiquement. Il a rapporté des photos des bombardements US, des ravages causés par les bombes au napalm larguées par les B 52. Il fallait oser les faire, ces photos, oser sortir des souterrains où les gens se terraient pour aller fixer l'épouvante sur la pellicule.

Elle fouilla dans une cantine et en sortit un dossier contenant quelques spécimens de ce travail. Rovère apprécia.

— Tout ça, ça date, remarqua-t-il. Qu'a-t-il fait, ces dernières années ?

— Eh bien, quand tout a commencé à se déglinguer, là-bas, il a de plus en plus mal supporté. Il faut nous comprendre, lui et moi, nous avions mis toute notre existence dans la balance. On y croyait. Dur comme fer. C'est assez difficile d'admettre qu'on s'est plantés sur toute la ligne.

— Pourtant, vous, vous ne semblez pas avoir renié quoi que ce soit ! remarqua Rovère.

— Non… vous connaissez les vers d'Aragon ? *Qu'on nous trompe, qu'on nous leurre, nous donnant le mal pour bien, celui qui n'en savait rien, et qui le mal pour bien tient, n'est-ce pour le bien qu'il meurt ?*

Rovère frissonna bien malgré lui. Un flot de souvenirs lui revinrent en mémoire. Des débuts de la vie commune avec Claudie. Elle préparait son mémoire de maîtrise sur les poètes de la Résistance et récitait à longueur de soirée les vers de Desnos, d'Eluard, tandis qu'il s'échinait à ressasser les paragraphes abscons du manuel du parfait petit enquêteur.

— Ce n'est pas parce que là-bas tout s'est cassé la gueule qu'il faut admettre tout ce qui se passe ici en disant amen ! ajouta Lise, sans remarquer son trouble.

C'était la troisième fois qu'elle employait l'expression « là-bas » pour désigner un ailleurs mythique, paré de toutes les vertus.

— Quand le Mur est tombé, le mur de Berlin, reprit-elle, il s'est senti perdu. Depuis des années, il passait la moitié de son temps en vadrouille entre Vladivostok et Gdansk, et ses reportages étaient de plus en plus complaisants. Même avec la meilleure volonté du monde, ici, plus personne ne voulait, ne pouvait y croire. Seulement voilà, là-bas, il avait pris l'habitude de vivre dans des hôtels de luxe, de côtoyer les nantis, de leur manger les zakouskis dans la main, de laper le caviar dans leur gamelle, de boire leur vodka dans leur écuelle. Alors à force, ça use. Et fatalement, un beau jour, le *tapis rouge* s'est dérobé sous ses pieds.

Lise ne put retenir un petit ricanement cynique à l'énoncé de cette dernière remarque. Elle se leva, fouilla dans la bibliothèque et en extirpa un livre bien mal en point. *Le Rêve brisé.* Qu'elle tendit à Rovère

— Ça, c'est son père qui l'a écrit. Un faire-part de rupture. En 48. Après une tournée là-bas. En 48. Pas en 78, ni en 88. En 48. Tout y était annoncé. Il aurait suffi d'un minimum de lucidité pour faire le point, seulement voilà, comme on dit, il n'y a pas de pire aveugle que celui qui ne veut pas voir, non ? Gardez-le si vous le voulez, j'en ai tout un paquet à la cave ! Inutile de préciser qu'à l'époque, ça ne s'est pas vendu !

Rovère feuilleta l'ouvrage. Il se garda bien de dire à Lise Dolléans que d'autres avaient compris, et hurlé dans le désert, bien avant 48. Elle se tut un long moment et emplit de nouveau les verres, cette fois-ci à ras bord.

— Nous nous sommes séparés quand il s'est rendu de plus en plus souvent en Roumanie, poursuivit-elle, ça a commencé par des week-ends, puis ça durait des semaines entières. Notre divorce est intervenu plus tard, mais ça, ç'a été le véritable point de rupture. Il a fini par s'installer à plein temps à Bucarest. La « belle vie » a continué. Il a gagné sa pitance à photographier les fêtes données par la famille Ceaucescu. Ou les rassemblements enthousiastes du bon peuple soudé comme un seul homme derrière le Conducator bien-aimé ! Il traînait dans les soirées du fils Ceaucescu, Nicu ! Le genre play-boy avec toute une collection de voitures de luxe, vous avez entendu parler ? Des filles faciles pendues à ses basques, des partouzes à n'en plus finir, des flots de whisky. Et les sbires de la Securitate qui torturaient à l'étage du dessous. Et puis une nouvelle fois, l'idole s'est brisée, il a fallu battre en retraite. Rentrer en France. Voilà.

Rovère n'avait pas tressailli à l'annonce de ce dernier épisode. Dimitriescu, Vlad, tous deux roumains. Et, *in fine*, le séjour de Verqueuil à Bucarest : les pièces du puzzle pouvaient s'imbriquer les unes aux autres d'une simple chiquenaude.

— Quand il est revenu à Paris, il était complètement paumé, poursuivit Lise. Il avait cinquante ans, ne croyait plus à rien, et se sentait coincé. Un goût de cendres dans la bouche. Sa seule obsession, c'était de gagner du fric. Il ne parlait que de ça ! Au fil du temps, il s'était constitué un petit carnet d'adresses dans les milieux de l'art, les peintres, les sculpteurs, vous voyez ? Des types qu'il avait connus à Moscou, à Berlin ou à Varsovie, toute une flopée d'intellectuels que le pouvoir en place persécutait gentiment et qui avaient émigré aux États-Unis. Il se donnait bonne conscience à les fréquenter. Ou peut-être livrait-il des renseignements les concernant… Quand il s'est retrouvé dans la panade, il les a contactés, et il a commencé à travailler dans le milieu des galeries, entre Londres, New York et Paris. Il photographiait les expos, aidait les peintres à se constituer un book… il bricolait comme ça. Je ne l'ai pas revu depuis l'an dernier, quand notre divorce a été définitivement prononcé. Il me faisait pitié. Il était vidé. Et moi, j'ai continué à militer, parce que je ne peux pas supporter les SDF au coin des rues, les villes entières condamnées au RMI, les gosses qui souffrent de saturnisme aux portes de Paris à force de vivre dans des immeubles insalubres ! Retour à la case départ, mais cette fois, sans illusions. Parce qu'il n'y a pas d'autre issue.

Rovère eut le sentiment que son interlocutrice était soulagée de s'être livrée à cette confession dont la sincérité ne pouvait être mise en doute. Il la remercia de sa franchise par un sourire qu'il voulut chaleureux.

— C'est comme ça, insista-t-elle, je ne sais pas vivre autrement. Tant que je tiendrai debout, vous me trouverez devant la station de métro, avec mon paquet de tracts, mon seau de colle et mes affiches.

Rovère tenta de lui arracher encore quelques renseignements. Lise n'avait aucune idée de l'endroit où pouvait se trouver Verqueuil. Mieux valait la croire. Il s'en alla, le *Rêve brisé* sous le bras.

4

Charlie gigota, couvert de sueur au fin fond de ses couvertures qui empestaient le moisi. Il ouvrit un œil, le referma, à plusieurs reprises, avant de se décider à consulter sa montre. Il était plus de midi. Il se leva, sortit de son repaire, pissa du haut de la coursive, contempla le jet qui atterrissait sur le sol bétonné du hangar, dix mètres plus bas. Il ébouriffa ses cheveux, se racla les joues qu'une barbe drue commençait à envahir. Il rentra dans sa tanière, avala un coup de blanc sec, versa quelques litres d'eau d'un jerrican dans une cuvette de plastique, y trempa sa tête, puis se rasa soigneusement.

Il s'était couché très tard la veille au soir. Jusqu'au milieu de la nuit, il avait traîné sur les rives du canal de l'Ourcq, à fumer cigarette sur cigarette. Il s'était assis sur un talus, près de l'endroit où il avait jeté le corps d'Héléna dans les eaux noires. Depuis qu'il avait vu les petits corps qui se consumaient dans le pavillon de la Chapelle, dix jours plus tôt, son existence jusqu'alors si morne avait basculé dans un tourbillon qu'il redoutait de ne pouvoir maîtriser. Héléna, Dimitriescu, Vlad… Charlie se prit la tête entre les mains et resta figé face au miroir ébréché, cloué au mur, qui lui renvoyait sa propre image. Il eut l'impression angoissante d'avoir affaire à un étranger. Voilà que ça recommençait.

Au Val-de-Grâce, le docteur Taillade l'avait longuement interrogé à ce sujet. Au cours de ces séances de discussion à bâtons rompus, dans le bureau du psychiatre, les mêmes thèmes revenaient sans cesse sur le tapis. Charlie expliquait volontiers qu'il lui semblait que le soldat qui conduisait le bulldozer, devant la fosse où s'entassaient les cadavres, à Goma, était quelqu'un d'autre que lui-même. Une personne très familière, pourtant, une sorte de double, de jumeau dont on lui avait jusqu'alors dissimulé l'existence. Chaque fois que Charlie évoquait l'existence de cet alter ego sur lequel il s'efforçait de rejeter toutes ses fautes, ses doutes, ses souffrances, Taillade fronçait les sourcils, l'air vivement intéressé. Peu à peu, Charlie comprit qu'il lui fallait se méfier de ce compagnon à la présence aussi impalpable qu'obsédante. Il apprit à l'enfermer dans un recoin de sa tête, à le maintenir dissimulé sous une épaisse couche d'autres souvenirs, plus heureux, du temps de son enfance, ou de son séjour à la caserne, avec les potes de la section, Fred, Steph et Nono, des souvenirs d'un temps où l'irréparable ne s'était pas encore produit.

Figé devant son miroir, ce matin-là, Charlie fixa l'étranger qui l'épiait et le somma de retourner là d'où il venait. De s'en aller croupir dans les tréfonds les plus crasseux de sa cervelle fatiguée. Et plus vite que ça. L'étranger obéit sans trop rechigner. Charlie retrouva le sourire. Tout était clair. Limpide. À chacun son dû. C'est l'étranger qui avait piloté le bulldozer dont les chenilles broyaient les chairs des cadavres empilés en tas grossiers devant la fosse de Goma, mais c'est Charlie qui avait sauvé Héléna. Enfin, tenté de la sauver.

Charlie haussa les épaules. Au petit jeu de qui-a-fait-quoi, l'étranger risquait bien de l'embrouiller. À qui demander des comptes ? Et pourquoi demander des comptes, d'ailleurs ? Pour la mort de Dimitriescu ? Pour celle de Vlad ? À ce train-là on pouvait demander des comptes à n'importe qui, à ces petits salauds du village de Flavigny, par exemple, ces braves gens qui avaient laissé végéter le père Cochu tout seul dans sa cabane. Chaque fois qu'il allait livrer le Gros René, Charlie rendait visite au pauvre vieux. La cabane était un endroit tranquille, un véritable paradis au fond duquel on pouvait oublier tout le reste. La bonne odeur du bois fraîchement scié, le chuchotis de la rivière qui s'écoulait tout près de là, le chant des grillons, les soirs d'été. Charlie y avait passé de longues heures, à rêvasser couché à même le sol, parmi les copeaux. Puis le père Cochu s'était effondré un beau matin sur la place du village, devant l'église.

Après avoir capturé Vlad, grâce aux renseignements fournis par Dimitriescu, Charlie s'était dit que la cabane était l'endroit idéal pour une petite conversation avec le Roumain. Personne ne risquait de l'entendre crier. Charlie avait cogné fort pour contraindre Vlad à s'allonger dans le coffre de la voiture que Dimitriescu lui avait cédée. Au petit matin, il l'avait surpris dans une rue déserte, près de Pigalle, à la sortie d'un bar à putes. Vlad remontait la rue Frochot d'un pas titubant, une bouteille de champagne à moitié vide dans la main. Il s'arrêtait tous les cinq pas pour en boire une gorgée. Le coup de cric, assené dans le creux de ses reins, était venu à bout de ses réticences.

À présent, Charlie devait aller jusqu'au bout de sa mission. Sans commettre d'impair. Il avait découpé dans le journal la photo de la petite juge chargée de l'enquête et l'avait scotchée sur un des murs de son perchoir. Cette Nadia Lintz à qui il avait adressé ses lettres. Une jolie femme.

— Tu la baiserais bien, hein, salaud ? chuchota une voix, au fond de sa tête.

— Et comment que je la baiserais bien ! rétorqua Charlie, à voix haute. Ta gueule, ça te regarde pas !

Depuis son retour de Goma, on l'avait tellement bourré de médicaments que Charlie ne s'était quasiment plus posé la question. Quand le docteur Taillade l'autorisait à quitter le Val-de-Grâce pour une ou deux heures de vadrouille dans les rues toutes proches du quartier Latin, il matait les cuisses des petites étudiantes qui buvaient un pot à la terrasse des cafés, sans parvenir à éprouver une quelconque excitation. À sa demande, Taillade s'était lancé dans une longue explication à propos des effets secondaires des neuroleptiques. Et puis, plus tard, après sa cavale hors des murs de l'hôpital, il avait rencontré Anita. Une fille qui traînait au marché aux Puces et dormait parfois dans le stand du Gros René. L'expérience n'avait pas été concluante. Charlie secoua la tête. Est-ce que ça valait la peine de se torturer les méninges avec des questions inutiles ? Il leva de nouveau les yeux vers le miroir. C'était bien le moment de penser à des histoires de cul, avec tout le boulot qui l'attendait !

Il grignota quelques gâteaux secs en buvant une tasse de Nescafé, et examina avec anxiété l'appareil téléphonique portable confisqué à Vlad. Une fois allongé sur l'établi du père Cochu, les vertèbres lombaires brisées, celui-ci semblait accorder à cet appareil des vertus insoupçonnées. Il suppliait Charlie de ne pas le laisser crever là, d'appeler d'urgence l'hôpital. Charlie ne s'était pas montré avare de promesses. Ni Vlad de confidences…

Oui, il avait cru pouvoir arnaquer Dimitriescu en ne lui refilant que la moitié de l'argent prévu pour la livraison de la marchandise, ce qui avait été à l'origine de toutes les complications… Tout cela, Charlie le savait déjà. Tout comme il savait qu'Héléna, venue clandestinement de Bucarest deux ans plus tôt, vivait sous la coupe de Dimitriescu, lequel en usait à sa guise. Mais Charlie apprit surtout que Vlad s'était procuré les gosses de la Chapelle pour le compte d'un troisième homme, un certain Verqueuil, propriétaire de la maison ! Il comptait les y héberger pour quarante-huit heures à peine.

— Avant d'en faire quoi ? demanda Charlie.

Vlad n'en savait rien. Il le jura en roulant des yeux fous quand Charlie lui eut expédié un coup de poing dans les reins, à l'endroit où le cric lui avait brisé les os. Vlad avait connu ce Verqueuil en Roumanie, à Bucarest, où il vivait en trafiquant dans les « sphères de la haute ». Charlie ne s'était jamais beaucoup intéressé à la marche du monde. Quand il logeait encore chez ses parents, il regardait les infos de la Une sans trop y prêter attention. Il se souvenait pourtant du procès très expéditif à l'issue duquel Ceaucescu et sa mégère s'étaient retrouvés devant le peloton d'exécution.

Vlad souffrait tant que ses propos perdirent de leur cohérence. Charlie comprit qu'il avait affaire à une sorte de flic, un type mouillé jusqu'au cou dans les combines qui s'étaient tramées là-bas. S'il s'était exilé en France, c'était parce que quelques-uns de ses compatriotes avaient une sacrée dent contre lui. Dans la poche de son pardessus se trouvait le portable. Vlad donna à Charlie un numéro de téléphone où il pourrait joindre Verqueuil, après quoi, une dernière fois, il le supplia d'appeler l'hôpital. Charlie quitta la cabane du père Cochu sans ajouter un mot, ni s'émouvoir de ses hurlements.

Le portable reposait à présent sur la table de camping, dans le perchoir de Charlie. Celui-ci n'avait jamais utilisé un appareil de ce genre mais ça ne devait pas être d'un maniement plus compliqué que les talkies dont on se servait dans la section, lors des manœuvres, et plus tard en opération. Après avoir effectué quelques essais, il appela le numéro que lui avait confié Vlad et qu'il était seul à connaître. À peine eut-il appuyé sur la dernière touche qu'une voix lui répondit.

— Vlad, qu'est-ce tu fous, nom de Dieu, pourquoi t'as pas appelé depuis deux jours ? Vlad ?

Le correspondant se méfiait. Il prononça quelques phrases en roumain, espérant ainsi s'assurer de l'identité de son interlocuteur.

— C'est pas Vlad ! avoua Charlie qui s'attendait à une parade de ce genre. Il m'a chargé de vous contacter, il a des emmerdes. Il veut vous voir de toute urgence !

— Qui êtes-vous ?

— Un copain à lui, je dois vous conduire jusqu'à sa planque.

— Pourquoi Vlad ne m'appelle-t-il pas lui-même ? rétorqua Verqueuil, très méfiant.

— Vous lui demanderez quand vous le verrez ! Mais c'est à propos des gosses, de la livraison ! Vlad a réfléchi, il a peut-être une autre solution. Moins foireuse qu'avec Dimitriescu, cette fois !

Charlie avait parlé d'un ton assuré. L'allusion aux enfants tout comme la mention du nom de Dimitriescu rassurèrent Verqueuil. Seul Vlad, ou l'un de ses mandataires, pouvait être au courant de tout cela. Un mandataire sérieux, puisque Vlad s'était décidé à le mettre dans la confidence.

— OK, ça fait dix jours que je tourne en rond entre les quatre murs de ma chambre d'hôtel, il faut bien trouver une issue… admit-il.

5

Quand Rovère arriva au Quai des Orfèvres, en début d'après-midi, il croisa Sandoval, qui l'accueillit avec un ricanement.

— Votre concours nous aurait été précieux, ce matin, grinça le commissaire, mais fort heureusement, nous avons progressé en nous passant de vos lumières !

— Vous avez réussi à remonter la piste des pédophiles ? s'étonna Rovère, agréablement surpris.

— Non, mais nous en savons un peu plus sur Charlie ! Vos adjoints interrogent un témoin, rejoignez-les si ça ne vous dérange pas trop, moi, je vais déjeuner !

Rovère renonça à relater à son supérieur ce qu'il avait appris concernant Verqueuil, et poursuivit son chemin. À peine eut-il fait quelques pas qu'il entendit retentir la voix de stentor de Dimeglio. Sa voix des grands jours, des grandes colères.

— Tu me les brises, René, il fait beau, à l'heure qu'il est je pourrais me balader en forêt avec mes gosses, et toi, tu me fais perdre mon temps !

Choukroun, qui était parti au ravitaillement et revenait les bras chargés de sandwichs et de canettes de bière, mit brièvement Rovère au courant. Celui-ci jugea que puisque l'affaire était en de bonnes mains, il pouvait s'accorder quelques moments de répit. Il s'installa dans son bureau, dont les fenêtres s'ouvraient sur la Seine, et se mit à parcourir l'ouvrage du père de Verqueuil, *Le Rêve brisé*. Le ton était un peu emphatique, mais sincère. La description de la vie quotidienne à Moscou, le chapitre sur le coup de Prague, l'évocation de la terreur qui s'abattait sur les opposants partout derrière le Rideau de Fer. Rovère se souvint des soirées enfiévrées lors desquelles Claudie et ses copains complotaient en rêvant de bousculer le vieux monde. Il s'était toujours tenu à l'écart de leurs discussions. Plus par modestie que par méfiance. Claudie ne lui en avait jamais tenu rigueur. L'exemplaire du livre que lui avait offert Lise Dolléans comportait de nombreuses pages non coupées et il dut en trancher les feuillets à l'aide d'un cutter. La dédicace qui figurait en exergue le laissa songeur : *À mon fils, pour qu'il s'arme de lucidité…*

— Le témoin ! Dimeglio lui a fait cracher le morceau ! annonça Choukroun en faisant soudain irruption dans la pièce. Vous venez ?

— Je te suis, soupira Rovère.

Dans le bureau voisin, le Gros René sanglotait comme un gosse, tassé sur sa chaise. Dimeglio lui tapotait affectueusement l'épaule.

— Allez, allez, René, te bile pas, ça peut arriver à tout le monde, on a tous nos moments de faiblesse, grogna-t-il en mordant à pleines dents dans son sandwich.

— Alors ? demanda Rovère.

— On a peut-être une chance de retrouver Charlie !

— Tu me la fais courte ?

Dimeglio leva les yeux au ciel, la bouche pleine ; un filet de gras de jambon lui pendait à la commissure des lèvres.

— Charlie avait une petite copine, expliqua Dansel. Une pauvre gosse qui tapine dans les environs du marché aux Puces et sur les périphs. Rien de bien original. Une demoiselle Anita, que monsieur René, le témoin ici présent, a « contrainte » à plusieurs reprises à lui faire une petite gâterie. Ce qui n'a pas plu à Charlie.

— J'm'en foutais, de cette môme, protesta le Gros René, tous les week-ends, elle traînait autour du magasin, j'savais qu'elle zonait à droite à gauche, alors une fois ou deux, je l'ai autorisée à pioncer dans ma boutique, c'est tout ! Une fois ou deux, pas plus !

— Ta gueule ! éructa Dimeglio en lui expédiant une claque entre les deux épaules. Pardon, monsieur le témoin, excusez ce geste déplacé, je vous prierais simplement de ne plus interrompre mon collègue.

— D'après ce que nous dit monsieur, reprit Dansel, imperturbable, Anita aurait dans les dix-huit, dix-neuf ans. Son port d'attache pour ses activités professionnelles se situerait sur les boulevards extérieurs, dans le secteur de la Chapelle. Charlie aurait menacé de molester le témoin s'il persistait dans ses intentions d'abuser d'elle.

— Des conneries de jeunot ! murmura piteusement le Gros René. Charlie m'a agrippé par le col, un soir où Anita traînait dans mon magasin, moi, qu'est-ce que vous voulez, je l'ai envoyé paître, j'allais pas me battre pour des conneries pareilles, hein ? Mais la gosse, Charlie avait l'air d'en pincer pour elle ! Pauvre Charlie, elle se piquait, cette môme, ça crevait les yeux, ça valait pas le coup de s'attacher à elle.

— Ça remonte à quand, cette petite romance ? demanda Rovère.

— Un an, à peu près.

— Anita, vous pourriez la reconnaître ?

— Elle a pu changer, depuis ! Vous savez, les filles qui se piquent, elles prennent vite un coup de vieux ! J'en vois suffisamment au marché !

— Monsieur est un connaisseur, ricana Dimeglio. Cette fille a déjà dû se faire coffrer, il faut consulter les fichiers…

Il embarqua le Gros René dans les locaux des collègues de la répression du proxénétisme. Deux heures plus tard, il en revint bredouille. Le témoin n'avait pas reconnu Anita parmi les photographies des jeunes femmes qui lui avaient été présentées.

— Tant qu'à faire, il aurait aussi fallu jeter un œil du côté des toxicos, mais là on en a pour la semaine, soupira Dansel.

— Eh bien, conclut Rovère, en attendant mieux, on va tenter la méthode Sandoval : le coup de chalut !

Lorsque le commissaire revint de son déjeuner au restaurant, au milieu de l'après-midi, il lui annonça le programme.

— Pas d'objection ! approuva Sandoval. Vous voyez bien que j'avais raison d'insister à propos des Puces de Clignancourt !

— Si vous le dites.

— Je vous sens très motivé, Rovère, je vous fais totalement confiance ! Je vous aurais volontiers accompagné, mais j'ai des obligations familiales. Vous ferez pour le mieux ! Je serai de retour lundi matin. Vous me rendrez compte.

6

Serge Vilsner grelottait, allongé sur un matelas de toile grossière. Il s'était éveillé avec un furieux mal de crâne et éprouvait quelque peine à rassembler ses souvenirs. Il gisait dans une pièce vide, probablement une cave, aux parois de béton poussiéreuses. Une ampoule pendait du plafond et jetait dans le réduit une lueur jaunâtre. Il n'y avait que deux issues, un soupirail haut perché, garni de barreaux, et une porte équipée d'une serrure aux dimensions imposantes. Vilsner frissonna, hébété. Il ne parvenait pas à comprendre ce qui lui était arrivé. Un samedi matin très ordinaire, le trajet en voiture de la place Léon-Blum jusqu'à Bry, les quelques mots échangés avec le petit retraité qui s'occupait de la maintenance des bateaux remisés toute la semaine dans le hangar, puis le départ en solitaire à bord du skiff, vers Champigny. La Marne était haute, le courant assez fort. Et un trou noir concernant la suite. Il consulta sa montre qui indiquait deux heures vingt. Il était resté inconscient plus de douze heures.

Il remarqua alors le sac de plastique qui reposait près du matelas. Il l'ouvrit et constata qu'il contenait une serviette-éponge, ainsi qu'un ensemble de jogging et une paire d'espadrilles. Vilsner ôta le short et le tee-shirt trempés qu'il portait jusqu'alors, se passa la serviette sur le corps et enfila les vêtements secs, les chaussures, avec des gestes saccadés. Assis en tailleur sur le matelas, il prit son pouls. 75, rien que de très normal. En se tâtant le crâne, il s'aperçut qu'il portait une vilaine bosse, sur l'occipital. Pas de douleur, cependant. Il se sentait calme, détendu, lucide. Nullement angoissé par la situation paradoxale dans laquelle il se trouvait. Une vague démangeaison lui irritait la saignée du coude, à droite. Il releva sa manche et constata une trace de piqûre, un hématome discret, en forme d'étoile. Il comprit alors qu'on lui avait injecté une quelconque drogue pour s'assurer de sa passivité. Il chercha désespérément à se persuader qu'il devait avoir peur, très peur, mais n'y parvint pas.

7

Rovère conduisait la voiture de tête. À l'arrière était assis le Gros René, sous la garde bienveillante de Dimeglio. Choukroun et Dansel suivaient, à bord de la seconde voiture. Rovère aurait pu décider de mobiliser un effectif plus important, mais c'était le meilleur moyen de voir les filles qui tapinaient près des périphs se volatiliser comme une nuée de moineaux à l'arrivée de l'escouade. Par chance, un match opposait le PSG à un quelconque club espagnol et la nuit risquait d'être agitée. Comme d'habitude en pareil cas, les supporters ne résisteraient pas à une petite virée à la sortie du stade, avant de se disperser au fin fond de leurs banlieues. De la Chapelle au cours de Vincennes, on s'apprêtait à satisfaire leur libido malmenée par l'absorption de quelques litres de bière.

Rovère longeait prudemment les trottoirs. Les filles étaient embusquées entre des semi-remorques à l'arrêt, la plupart du temps par grappes de trois ou quatre, tandis que certaines d'entre elles préféraient attendre le client en solo.

— René, concentre-toi, Anita, c'est pas la blonde, là, avec la minijupe et les bottes ? Ou la grande brune, avec les cuissardes ? demandait Dimeglio chaque fois que la voiture dépassait un carrefour. Celle-là, regarde, elle a une bouche de suceuse, on sait que t'apprécies, alors ?

— Non, je me souviens pas bien… bredouillait le Gros René. Anita était plutôt petite. Une petite rousse. Maigrichonne. Vous la retrouverez pas, il a pu lui arriver n'importe quoi, depuis le temps !

— On perd rien à continuer ! Allez, ouvre grands tes quinquets !

Le Gros René écarquillait les yeux et balayait du regard les trottoirs encombrés de poubelles. Rovère fit deux fois le trajet entre la Chapelle et le cours de Vincennes, sans résultat. De temps à autre, les filles s'approchaient de la voiture, mais leur instinct les poussait aussitôt à rebrousser chemin.

— On empeste la flicaille, on arrivera à rien, comme ça ! bougonna Dimeglio. Et puis merde, il a raison, depuis le temps, si ça se trouve, la môme Anita, elle a calanché d'une overdose, ou alors elle a rencontré le prince charmant et elle s'est tirée à Abou Dhabi ! Dans un harem !

Rovère hocha la tête. Mieux valait changer de tactique. Il stoppa à un feu rouge, près de la porte des Lilas, serra le frein à main et se retourna vers le Gros René.

— Foutez le camp, lui dit-il. On vous lâche pour ce soir, mais on n'en a pas fini avec vous pour autant ! Vous revenez lundi matin au Quai. Vous vous présentez au poste de garde et vous me demandez. Et ne vous amusez pas à nous poser un lapin, sinon… Allez, dehors !

Le Gros René agrippa la poignée de la portière et jaillit hors de l'habitacle avec une vélocité que sa corpulence n'aurait pas laissé soupçonner. Il s'éloigna en se dandinant vers une station de taxis voisine. Choukroun, qui conduisait la seconde voiture, vint se garer à côté de Rovère.

— Les cars de Médecins du Monde, annonça celui-ci. Ils sont garés tous les soirs du côté de Château-Rouge ou place de la Nation, près du cours de Vincennes. Ils distribuent des seringues et des médicaments aux filles. On peut tenter le coup, non ?

Dimeglio, Dansel et Choukroun gardèrent le silence un long moment. Dimeglio reprit la parole le premier.

— Les types qui s'appuient ce boulot de dingue peuvent pas nous encadrer, souligna-t-il. Faut les comprendre, la plupart du temps, dès qu'ils s'installent quelque part, on leur colle un bataillon de CRS au cul, et quand les toxicos sortent du car, avec leurs seringues neuves et leur flacon d'eau de Javel, ils se font alpaguer !

— Je sais, je sais, concéda Rovère. Mais on peut essayer, non ? Dansel, qu'est-ce que t'en penses ?

— Pas grand-chose. On n'a même pas une photo de la gosse à leur montrer. Juste un prénom. Un vague prénom. Des Anita, il peut s'en présenter par paquets de douze !

— Et toi, Choukroun ?

— Je suis vanné, la vérité !

— OK, on met les voiles, acquiesça Rovère.

— Non, c'est trop con, protesta Dimeglio, on essaie encore un coup. Il est deux heures, qu'est-ce qu'on risque ? Hein ? Même si on se plante !

— Il a raison. On se retrouve aux Halles, devant Le Pied de Cochon d'ici une heure et demie, d'accord ? proposa Dansel. La soirée est foutue, de toute façon...

*

L'expédition ne donna aucun résultat. Rovère et Dimeglio s'étaient rendus à Château-Rouge, tandis que Dansel et Choukroun interrogeaient les médecins et les assistantes sociales qui passaient la nuit à bord de leur car, au cours de Vincennes. On les avait reçus poliment, sans enthousiasme. Ils laissèrent leurs coordonnées, à tout hasard. Puis ils se retrouvèrent comme convenu près de l'église Saint-Eustache, devant Le Pied de Cochon, où un groupe de touristes japonais se régalaient de tripous, andouillettes et autres têtes de veau ravigote. Dimeglio fit grise mine en étudiant le menu placardé sur un panneau à l'entrée du restaurant.

— Je viens de régler mon tiers aux impôts, s'excusa-t-il, c'est pas la joie, et puis ma femme me tanne pour qu'on change la caravane, alors si je commence à sacrifier le bas de laine, je suis bon pour mettre la clé sous la porte !

Choukroun bâillait à s'en décrocher la mâchoire. Dansel glissa son index sous le col serré de sa chemise, aspira une goulée d'air frais et rassura tout le monde.

— Bon, passe encore pour cette fois, dit-il, c'est moi qui régale.

— Ton héritage, tu l'as pas encore complètement claqué ? s'étonna Rovère.

— C'est qu'on voudrait pas abuser, ajouta timidement Choukroun.

Le numéro était parfaitement au point, réglé comme du papier à musique.

— Tss, tss... je vous en prie, messieurs ! Ne nous égarons pas dans de sordides comptes d'apothicaire !

Cela étant dit, Dansel, hautain, pénétra dans la salle où s'affairaient les chefs de rang. On lui désigna une table, à l'abri du tohu-bohu généré par les piaillements des clients nippons. Dimeglio suivit, Rovère sur ses talons, Choukroun en serre-file.

— Ça me la coupe, son histoire d'héritage, murmura Dimeglio, voilà quand même deux ans qu'il nous fait le coup ! À force, j'aurais presque des scrupules, non, pas vous ?

— Allez, avance, fais pas de chichis, tu pourrais le vexer ! chuchota Rovère.

Le fameux héritage, dont personne n'était parvenu à percer le secret, alimentait bien des rumeurs à la brigade. Rovère savait que, depuis des lustres, Dansel vivait en célibataire dans un petit appartement de la rue Saint-Sulpice, qu'il collectionnait les livres rares, et ne manquait jamais un concert de musique sacrée à Notre-Dame ou à Saint-Germain-l'Auxerrois le dimanche, quand il n'était pas de permanence au Quai. Des ragots sordides couraient sur sa vie affective. Rovère se sentait prêt à casser la gueule à quiconque se serait risqué à ironiser à ce sujet.

Ils mangèrent de bon appétit, y compris Choukroun, que les plats de cochonnaille, à cette heure avancée de la nuit, n'effrayaient même plus.

— Bon, ce soir, on s'est bien plantés, maugréa-t-il en touillant son café. Le coup de chalut, ça marche jamais !

— Et alors, ça serait pas la première fois que ça nous arrive, non ? bougonna Dimeglio.

— C'est vrai, approuva Dansel, vous vous souvenez, l'histoire de la rue de Rome ? Le notaire flingué à domicile, on avait tous les éléments, Pluvinage s'était défoncé sur l'autopsie, et on n'a jamais retrouvé le coupable !

— Et l'éboueur de la porte de Vanves ? ajouta Choukroun, où ça en est ? Ça dort dans un tiroir ! On a pourtant retrouvé le couteau dans la benne à ordures, avec les empreintes du chauffeur sur le manche, mais il court toujours, celui-là ! La vérité !

Rovère se passa la main sur le visage. Des ratages de ce genre, il aurait pu en citer à la pelle.

– Bon, on est tous crevés, il faudrait lever le camp, vous pensez pas ? conclut-il sans amertume.

Ils se séparèrent devant l'église Saint-Eustache. Chacun s'en alla de son côté.

DIMANCHE

1

Comme tous les dimanches matin, Nadia Lintz se leva de bonne heure et fila aux Buttes-Chaumont, toutes proches de son domicile, pour s'y livrer aux joies du jogging. Elle se perdit dans le flot des coureurs vêtus de survêtements fluo et s'infligea plusieurs tours du parc à petites foulées. Après quoi, elle rentra chez elle, fourbue mais délassée. Le coup de téléphone de Rovère la surprit sous la douche. Il voulait simplement l'avertir des dernières démarches entreprises pour remonter jusqu'à Charlie. Nadia le remercia et insista pour qu'il la rappelle s'il le jugeait utile. Elle se souvint alors du message d'Isy qui l'avait invitée à déjeuner. Elle savait qu'il avait sans doute réservé une table dans un des restaurants des hauteurs de Belleville, comme à son habitude, mais elle n'avait pas le cœur à accepter. Elle se sécha, s'habilla et remonta la rue de Belleville sur quelques centaines de mètres, pour se rendre chez le vieil homme.

Chaque fois qu'elle pénétrait dans l'appartement, dont la porte était toujours entrouverte, elle humait avec délectation les odeurs de colle, de cuir, d'essence de térébenthine, de peinture à l'huile, tous ces ingrédients dont Isy se servait pour entretenir ses automates.

Il en possédait toute une collection, fabriqués de ses mains. À sa sortie de prison, il avait gagné sa vie en les proposant aux commerçants qui en ornaient leur vitrine. Peu à peu, les clients s'étaient raréfiés, si bien que Szalcman avait remisé son attirail. Seuls quelques collectionneurs faisaient encore appel à lui pour réparer les spécimens qu'ils détenaient. Nadia traversa le séjour et s'avança dans la petite pièce qui servait d'atelier. Isy se tenait penché sur un mécanisme complexe, une loupe d'horloger vissée à son œil, les manches de sa chemise retroussées.

— Je t'attendais, murmura-t-il, sans se redresser de son ouvrage, on m'a promis un bar au fenouil dont tu me diras des nouvelles ! On y va dès que j'ai réparé cette saloperie de roue crantée, je ne comprends pas comment elle a pu se déboîter ! Ah, ben la voilà, l'explication, c'est ce picot qui était rouillé !

Nadia secoua la tête, navrée, et lui annonça qu'elle ne déjeunerait pas avec lui. Elle lui apprit le suicide de Marianne Quesnel. Isy se redressa et ôta la loupe qu'il portait, coincée entre ses paupières tel un monocle. Il déposa la petite pince qu'il avait utilisée pour démonter l'engrenage et éteignit la lampe qui éclairait sa table de travail.

— Allons bon, telle que je te connais, tu vas encore me dire que tu y es pour quelque chose si cette cinglée a jugé préférable de passer l'arme à gauche !

— Pas du tout, protesta Nadia, je dois simplement rendre visite au médecin qui s'occupe de la petite, c'est bien le minimum.

— Un dimanche ?

— Oui, un dimanche. Qu'est-ce que ça peut faire ?

Isy quitta son tabouret, se redressa en se massant les reins et posa ses deux mains sur les épaules de Nadia. Elle le sentit prêt à se lancer dans une de ces tirades dont il était coutumier, mais il renonça. Il se contenta de lui tapoter la joue.

— Va, après tout, c'est toi qui as raison, murmura-t-il.

À peine s'était-elle retournée pour faire un pas en direction de la sortie qu'il la rappela.

— Au fait, ton collègue, comment il s'appelle, Colignac ?

— Montagnac !

— Oui, c'est ça, tu lui diras que le boulot est prêt et qu'il peut venir prendre le colis !

Nadia le fixa, intriguée. Isy désigna une housse de soie grise qui recouvrait un objet d'une cinquantaine de centimètres de hauteur.

— Tu lui as donné mes coordonnées, alors il m'a apporté cette jolie petite pièce à réparer ! Il l'a trouvée dans une brocante. Il a dû la payer une petite fortune !

Dès qu'il eut ôté la housse, Nadia put voir une nonne au visage de porcelaine surmonté d'une cornette et dont les pommettes étaient peintes en rose. Isy remonta la clé du mécanisme et s'écarta. La nonne se mit à cligner de l'œil en retroussant sa robe de bure, faisant ainsi apparaître des dessous affriolants.

— C'est un amateur éclairé, ton copain ! gloussa le vieil homme. Tu devrais lui faire le coup ! En cinq sec, ce serait réglé !

— Mais je lui ai fait le coup ! assura Nadia.

*

Elle retrouva Vauguenard dans son bureau, à l'hôpital Trousseau, en fin de matinée.

— Le dimanche matin, c'est toujours très tranquille, ici, dit-il en lui serrant la main. Je viens profiter du calme pour réfléchir aux dossiers les plus problématiques.

— Comment va la petite ?

— Très bien. Pas de nouvelle crise, évidemment. Elle est gaie, elle a pu se lever et aller faire un tour en fauteuil dans le parc avec une infirmière.

— Elle ne sait pas encore ? demanda Nadia.

— Non… j'étais justement en train de répéter mon petit numéro. Je veux dire que je cherchais les mots pour lui apprendre la nouvelle. Elle aimait beaucoup sa mère, ça ne va pas être facile. Je ne sais pas si je dois attendre un peu, le temps qu'elle se rétablisse complètement. Qu'est-ce que vous en pensez ?

— Mais… vous devez avoir plus l'habitude que moi… je…

Nadia se passa la main sur le visage, désemparée.

— Ah non, pas du tout, d'ordinaire, c'est à la situation inverse à laquelle je me trouve confronté : apprendre à des parents que leur enfant est mort ou va bientôt mourir, mais là, j'avoue que je sèche !

— Si je peux vous aider, dites-moi comment.

— Non, c'est à moi de le faire. C'est ma responsabilité. Si j'avais été un peu plus vigilant, tout ça ne serait pas arrivé, alors, n'est-ce pas, quand le vin est tiré…

Ils restèrent silencieux durant quelques secondes.

— Vous savez, reprit Vauguenard, j'ai une fille d'une vingtaine d'années, c'est amusant, elle vous ressemble un peu. Elle fait son droit. D'ici à quelques années, vous la croiserez peut-être dans les couloirs du Palais, la magistrature l'attire beaucoup.

— Avec un père tel que vous, elle n'a pas choisi médecine ? s'étonna Nadia.

— Avec un père comme moi ? Je suis passé complètement à côté d'elle ! Je l'ai vue grandir, de loin, sans avoir le temps de m'en occuper. J'ai dû la dégoûter de tout ce qui ressemblait à une blouse blanche. Du coup, elle a opté pour la robe noire.

— Je ne sais pas si elle a gagné au change !

— Ah au fait, je voulais vous avertir, j'ai reçu un fax du laboratoire où ont été expédiés les prélèvements du pancréas de Valérie. Vous en aurez sans doute une copie dès demain à votre cabinet. Regardez !

Nadia parcourut la feuille que lui tendait le médecin. Elle n'y comprit strictement rien. Il était question de densité volumique des cellules B et D, du « range » des noyaux, du « crowding » nucléaire et du rapport pro-insuline/insuline évalué à 5.50 !

— Le dernier paragraphe, précisa Vauguenard, il est très instructif.

Nadia le lut à haute voix.

— *En conclusion, nous dirons que la discordance des différents critères est tout à fait inhabituelle et qu'elle reste fort difficile à expliquer.* Eh bien, qu'est-ce que ça signifie ?

— C'est un médecin qui écrit, et il est tout à fait surpris de ce qu'il découvre. Mais il ne veut pas mettre son confrère, c'est-à-dire moi-même, dans l'embarras. À mots couverts, il affirme cependant qu'il n'existe aucun argument raisonnable en faveur de la pancréatectomie. A posteriori. Les experts que vous désignerez ne pourront pas s'y tromper : cette gamine n'avait rien ! Si vous en doutiez encore !

— Je n'en doutais pas !

— Je sais ! Pour vous, ça n'a pas grande importance. Mais moi, je vais traîner cette histoire comme un boulet jusqu'à la fin de ma carrière ! Et ne venez pas me dire que le suicide de Marianne règle tout !

— Dans une certaine mesure, si !

— Je ne crois pas, reprit Vauguenard, elle n'a rien avoué, détrompez-vous ! Depuis des années, elle jouait au jeu du chat et de la souris avec la médecine. En utilisant son propre corps, puis celui de sa fille, elle avait bâti un petit décor de théâtre dans lequel elle donnait sempiternellement la même pièce, celle de la maladie. Quand le décor s'est écroulé, je veux dire quand nous l'avons démasquée, elle a compris que les spectateurs bouderaient désormais son répertoire, mais elle n'a pas pour autant été capable de rejoindre le monde réel. C'est sur la scène de son délire qu'elle nous a fait ses adieux. Dans un flot de sang, fatal, volontaire, délibéré. Pas à la cour d'assises, où elle aurait eu à se plier à une tout autre dramaturgie. Elle nous a échappé, à vous comme à moi, reconnaissez-le !

Nadia ne put s'empêcher de sourire, à la fois séduite et irritée par la démonstration.

— C'est désagréable, n'est-ce pas, un coupable qui se dérobe ? insista Vauguenard. Il y a les preuves, et pourtant… C'est comme une tumeur, finalement. Repérée, identifiée, elle vous crève les yeux, mais vous êtes incapable d'en venir à bout. Excusez-moi, je divague.

2

Le Gros René avait passé une nuit très agitée, sans pouvoir fermer l'œil. Il savait pertinemment que les flics ne le lâcheraient plus tant qu'ils n'auraient pas retrouvé la trace de Charlie et qu'au cas où ils n'y parviendraient pas, le retour de bâton serait inévitable. Sous un prétexte quelconque, on fermerait ses stands. Sa comptabilité bidon pouvait tenir le coup face à un inspecteur du fisc pas trop sourcilleux, mais si on mettait sérieusement le nez dedans, il avait bien du souci à se faire… Les petites combines telles que celle qu'il avait mise au point avec Charlie et d'autres, le droit de cuissage exercé envers quelques filles paumées qui traînaient aux Puces, tout cela n'était pas très grave. Ce que redoutait le Gros René était bien pire : son stand au marché Malik abritait un commerce plus lucratif que celui des surplus de l'armée.

Aux premières heures de la matinée, il se rendit sur place, et guetta l'arrivée de Khaled et de ses rabatteurs. Il fallait à tout prix les intercepter avant que les flics ne les repèrent. Le Gros René était persuadé que si Rovère l'avait laissé partir la veille au soir après la tournée des périphs, il n'avait pas pour autant renoncé à le faire surveiller.

Avant d'investir les lieux avec la marchandise, Khaled envoyait toujours un de ses seconds couteaux en éclaireur. Les mains dans les poches, celui-ci flânait dans le marché, pénétrait dans le stand, tripotait quelques objets, et partait au rapport. Si tout allait bien, Khaled débarquait alors et planquait la dope dans une courette à laquelle on accédait par l'arrière du stand. Durant la journée, les clients arrivaient un à un, faisaient mine de s'intéresser à la camelote étalée en devanture, puis passaient dans « l'arrière-boutique ». Khaled empochait les billets froissés qu'ils lui tendaient et, sur un signe, envoyait un de ses sbires dans la courette pour aller chercher une dose. Ou plusieurs. Les flics des stups qui rôdaient à l'entrée du marché, sous les ponts du périphérique et dans les cafés de la porte de Clignancourt n'avaient jamais repéré le manège. En cas de pépin, le Gros René n'avait pas grand-chose à craindre. La dope n'était pas dans son magasin, au pire elle ne pouvait être saisie que dans la poche des « clients ». Il n'y avait jamais eu de pépin. Khaled était excessivement prudent. Avant d'acheminer un acheteur jusqu'au stand, il le faisait suivre, s'assurait qu'il n'y avait rien à craindre et, une fois la transaction effectuée, priait le consommateur de déguerpir au plus vite. En échange de son hospitalité, Khaled refilait chaque week-end quelques billets de cinq cents francs au Gros René.

L'éclaireur arriva vers neuf heures trente. Un gamin d'une douzaine d'années qui circulait en rollers. Le Gros René l'agrippa par le bras.

— Va avertir Khaled qu'il faut se tenir peinards, souffla-t-il. Je le retrouve d'ici trois quarts d'heure au tabac, devant le métro Simplon, allez, dégage, vite !

Le gosse accueillit la nouvelle avec flegme et avala un chamallow avant de déguerpir. Le Gros René traîna un peu dans le stand, passa le relais à un de ses vendeurs, et s'éloigna à son tour. À la porte de Clignancourt, il descendit dans le métro, monta dans une rame, la quitta à Barbès, arpenta le boulevard jusqu'à Château-Rouge, bifurqua sur la droite, enfila la rue des Poissonniers, afin de s'assurer qu'il n'était pas suivi. Quand il en fut certain, il regagna le boulevard Ornano sur la droite et aboutit au tabac, près de la station Simplon. Cinq gamins juchés sur des skates sillonnaient innocemment le trottoir, de part et d'autre du carrefour. Tous aussi jeunes que l'éclaireur qui était passé en reconnaissance au stand. Khaled l'attendait au fond de la salle. C'était un type d'une trentaine d'années, au visage émacié, aux yeux perpétuellement aux aguets.

— Des ennuis, René ? demanda-t-il en pressant une rondelle de citron dans un reste de Perrier.

Le Gros René s'assit face à lui et essuya son front couvert de sueur. Il ne savait par quel bout aborder le problème.

— On m'a déjà averti que je ne pourrais pas travailler aujourd'hui, reprit Khaled, avec une pointe d'irritation dans la voix.

— Ni aujourd'hui ni demain, c'est fini Khaled, j'ai les flics au cul !

— Je te croyais prudent…

— Écoute, j'ai besoin que tu me rendes service !

— Dis-moi d'abord quelle connerie tu as bien pu faire.

Le ton, doucereux, était lourd de menaces. Le Gros René dut se résigner à passer aux aveux. En quelques phrases, il résuma la dispute avec Charlie à propos d'Anita. Khaled ne connaissait pas Charlie. Il secoua la tête, irrité.

— René, je suis très déçu ! Il ne faut jamais avoir d'embrouilles avec les junkies, c'est de la racaille, et tu le sais bien ! Tu avais envie d'une fille ? Tu m'aurais demandé, je te fournissais ! Tu as confondu les histoires de cul et le business, c'est pas bon, ça, René, c'est pas bon… Tu parlais d'un service à te rendre ?

— Anita, cette petite salope, il faut que je la retrouve ! Elle sait peut-être où se planque Charlie ! Les flics veulent à tout prix le serrer ! Tant qu'ils ne lui auront pas mis la main dessus, ils sont capables de m'emmerder, et crois-moi, ceux que j'ai vus, c'est pas des petits merdeux, c'est des bons ! Tu dois bien savoir où elle est, Anita, hein, Khaled ? Les filles des périphs, c'est toi qui les ravitailles, tu les connais toutes ! Khaled, aide-moi, merde !

Khaled plissa les yeux pour simuler un effort de réflexion.

— Je ne vois pas de qui tu veux parler, finit-il par soupirer.

Le Gros René fourra la main dans la poche de sa salopette et en sortit une enveloppe de papier kraft.

— Il y a deux bâtons là-dedans, Khaled, c'est tout ce que j'avais en liquide, on est dimanche et les banques sont fermées ! Demain lundi, je peux t'en donner autant, mais bordel de merde, retrouve-moi cette fille !

Khaled posa ses longs doigts sur l'enveloppe, l'entrouvrit du bout des ongles et compta les billets.

— Un week-end de business en moins, plus le temps que je risque de perdre à retrouver la meuf, le compte y est pas, René !

— D'accord, d'ici ce soir, je peux taper des tas de gens, sur les marchés, tout le monde me fait confiance, ça, plus la recette du stand, en fin d'après-midi, j'en aurai autant, mais me laisse pas tomber !

— Je vais voir ce que je peux faire, acquiesça Khaled. Ce soir, à dix heures, ici ! Tu auras des nouvelles d'Anita, enfin, peut-être...

Il rafla l'enveloppe, se leva et adressa un signe de tête à deux types qui buvaient un café au comptoir. Puis il sortit du bar et appela les gamins qui zigzaguaient sur les trottoirs, juchés sur leurs skates. Il y eut un bref conciliabule. Les gosses se dispersèrent à toute vitesse, avec un bel entrain. René commanda un cognac, à demi soulagé.

3

Vilsner avait passé toute la nuit à somnoler, assis contre la paroi de béton du réduit où il était enfermé. Au petit matin, quand il ouvrit les paupières, il aperçut un mince filet de lumière qui pointait à travers le soupirail. Il n'entendit que des chants d'oiseaux, et en tendant l'oreille, tout au loin, peut-être, l'écho d'une circulation automobile, très étouffée. Il ne se sentait plus aussi calme que la veille au soir, lors de son premier réveil. Il se massa la saignée du coude, comprenant que l'effet de l'injection qu'il avait subie commençait à s'estomper. Peu à peu, il se sentit gagné par une panique irrésistible. Il eut envie de crier, de marteler les murs de ses poings mais parvint à se maîtriser. Il se recroquevilla dans un coin de la pièce, la tête entre les mains, et resta ainsi, prostré, à retenir les sanglots qui lui montaient dans la gorge. Quand la porte du réduit s'ouvrit, quelques minutes plus tard, il hésita à se redresser.

— Monsieur Vilsner, j'espère que vous me pardonnerez, murmura une voix qu'il tarda tout d'abord à reconnaître.

— Haperman ? bredouilla-t-il en clignant les yeux.

Son « patient » se tenait devant lui. Vilsner le dévisagea, la bouche pendante, pétrifié. Un filet de salive lui dégoulina le long du menton. Haperman s'agenouilla pour porter son visage près du sien.

— C'était très désagréable, mais je n'avais pas d'autre solution, croyez-moi.

Il lui tendit un Kleenex pour qu'il s'essuie.

— Haperman, je vais vous aider, vous allez voir, tout va très bien se passer, murmura Vilsner en claquant des dents.

— Bien sûr que vous allez m'aider. C'est pour ça que je vous ai choisi.

— Nous allons discuter, je... comprends qu'en fonction de votre passé, vous puissiez être amené à réagir d'une façon un peu trop vive à certaines situations, mais tout est affaire de patience, vous verrez, je n'ai peut-être pas su vous écouter d'une oreille assez attentive, mais maintenant...

— Tss, tss, tss, calmez-vous, monsieur Vilsner, vous m'avez très bien écouté. Vous m'avez même parfaitement entendu. Et à présent, dans les jours qui viennent, vous allez m'être d'un grand secours. Il ne sera plus question du passé, mais de l'avenir. De la trace que je vais laisser ici-bas avant de disparaître.

Vilsner fit une tentative pour se lever. Haperman lui agrippa fermement le poignet et le força à s'asseoir de nouveau. Vilsner n'eut pas la force de résister. Sans parvenir à préciser si cette incapacité résultait d'un état physique ou de la terreur que lui inspirait son interlocuteur.

— Pourquoi pensez-vous que j'ai fait appel à vous, monsieur Vilsner ?

— Mais... parce que je suis psychia... psychanalyste !

— Les lapsus, monsieur Vilsner, je ne vais pas vous faire un cours à ce propos, ce serait déplacé ! Parce que vous êtes *psychiatre.* Et plus précisément psychiatre spécialisé en pédiatrie. Vous travaillez avec des enfants, le plus clair de votre temps. Votre cabinet d'analyste, pour l'instant, n'est guère florissant. Par contre, vous avez une grande habitude de la souffrance des enfants. À l'hôpital Trousseau, dans le service où vous effectuez des vacations, vous avez été amené à vous pencher sur le problème de la douleur. Comment les enfants la ressentent, comment ils la combattent. Parfois avec bien plus de courage, d'abnégation que les adultes. Vous avez même produit une excellente contribution sur cette question.

Vilsner se souvint d'un colloque auquel il avait participé six mois plus tôt, et dont les actes avaient été publiés dans une revue de pédiatrie. Son intervention avait été remarquée. Il s'était longuement attardé sur la symptomatologie de la douleur chez l'enfant. À l'inverse de l'adulte qui n'hésite pas à s'insurger contre l'indifférence des soignants, à réclamer sans cesse des antalgiques, celui-ci se réfugie le plus souvent dans le mutisme, mutisme qu'il convient de ne pas confondre avec la résignation. Voire avec l'absence de souffrance.

— C'est pour cette raison que je vous ai choisi, monsieur Vilsner, ajouta Haperman. Uniquement pour cette raison ! Bien que par ailleurs vous me soyez très sympathique, cela va sans dire.

LUNDI

1

Le Gros René obéit scrupuleusement aux recommandations de Rovère. À neuf heures tapantes, il se présenta dans les locaux de la Brigade criminelle. Ce fut Choukroun qui l'accueillit et le conduisit jusqu'à Sandoval.

— Je sais comment retrouver Anita ! annonça-t-il d'une voix forte, où perçaient à la fois la fierté et le soulagement.

— Anita ? s'étonna Sandoval, qu'est-ce que c'est encore ?

Il lui fallut quelques instants pour comprendre. Choukroun avait filé jusqu'au coin du couloir, où Rovère et Dimeglio discutaient près du distributeur automatique de café. Il les mit brièvement au courant.

— Son adresse, vite ! beugla Dimeglio en pénétrant dans le bureau du commissaire.

— Elle est chez les dingues, dans les Yvelines, à Plaisir. Charcot, c'est comme ça que ça s'appelle, l'hosto ! expliqua le Gros René, effrayé par le poing que Dimeglio brandissait devant son visage, tel un battoir prêt à écraser un paquet de linge sale.

— Comment tu l'as appris ? Samedi soir, tu te souvenais à peine d'elle.

— J'ai fait le maximum pour vous aider. J'ai demandé à des tas de gens, aux Puces, et fatalement, quelqu'un était au parfum, c'est tout ! Y a pas de mystère ! J'vous le jure !

— Fatalement, mon cul, grogna Dimeglio.

— Du calme, on y va tout de suite ! décréta Rovère. Vous, vous pouvez foutre le camp !

Le Gros René s'éclipsa tandis que Rovère consultait rapidement un plan de la banlieue parisienne pour décider de la route la plus rapide pour se rendre à Plaisir. Sandoval enfila à la hâte son veston et suivit le mouvement, ainsi que Dansel, qui venait d'arriver.

*

Dimeglio observait du coin de l'œil un type d'une cinquantaine d'années, pieds nus, aux cheveux si longs qu'ils lui tombaient sur les reins, occupé à jouer au baby-foot, tout seul. Il tournait les manettes, suivait le trajet de la balle, puis changeait de camp, pour aller la réceptionner de l'autre côté, avant de l'expédier vers les buts adverses. Et ainsi de suite, jusqu'à ce que la balle, par le simple effet du hasard, atteigne enfin son objectif. Le jeu, vidé de tout sens, pouvait durer une éternité.

Un autre pensionnaire s'approcha, demanda calmement du feu et alluma sa cigarette au briquet que Dansel lui tendit. Il était bien plus jeune que le joueur de baby-foot.

— Ici, on a le droit de cloper, chuchota-t-il, mais faut pas trop ébruiter tout ça, pigé ? Consigne de sécurité. À Orly, ils sont sévères avec les bagages. J'ai qu'un conseil à vous donner, c'est de vous méfier. Nègres, Juifs, bicots, bougnoules, aviation civile ! Faites gaffe, les mecs !

L'inconnu s'éloigna avec circonspection, se retournant à maintes reprises.

— Les cinglés, j'ai jamais apprécié, chuchota Dimeglio. C'est plus fort que moi, ça me fout les jetons !

— À moi aussi... soupira Choukroun. Sans compter que je me suis déjà coltiné les vioques, ça commence à faire beaucoup, la vérité !

Dès leur arrivée à l'hôpital psychiatrique, on les avait dirigés vers une sorte de brasserie, située au centre du parc où s'alignaient quelques pavillons agrémentés de tonnelles fleuries. Une petite rivière artificielle sillonnait la verdure, bordée de rochers et de bosquets de lilas. Quelques carpes nonchalantes s'y prélassaient. Plus loin, on pouvait même apercevoir un couple de paons qui folâtraient dans les roseaux, près d'une cascade. Sandoval et Rovère étaient partis s'entretenir avec les médecins qui s'occupaient d'Anita. Ils se morfondaient depuis plus d'une demi-heure, assis sur des banquettes de moleskine, au fond de la salle de ce bistrot étrange où soignants et pensionnaires, que rien ne permettait de distinguer de prime abord, venaient discuter autour d'une table. On leur avait servi une bière sans alcool et un assortiment de cacahuètes et d'olives pimentées. Le joueur de baby-foot, sans doute lassé de mener son combat désespéré, abandonna la partie. Il s'accroupit contre un mur et ne tarda pas à s'assoupir.

Choukroun, soulagé, aperçut soudain la silhouette longiligne de Rovère qui sortait d'un des pavillons proches de la brasserie. Sandoval le suivait, ainsi qu'une jeune fille à la démarche flottante. Elle était vêtue d'un jean et d'un poncho de laine aux couleurs criardes. Ils se levèrent pour les rejoindre.

Dimeglio dévisagea Anita avec un mélange d'effroi et de curiosité. Son visage d'une extrême pâleur ne reflétait aucune expression, et ses yeux, d'un gris délavé, fixaient le vide avec une obstination que rien ne semblait pouvoir contrarier. Tout en marchant, elle releva la manche de son chemisier pour se gratter. Dimeglio eut la chair de poule en apercevant les abcès qui lui couvraient tout l'avant-bras.

*

Il était à peine onze heures quand ils arrivèrent porte d'Aubervilliers, à deux pas de la Cité des sciences. Durant le trajet, Anita s'était montrée assez coopérante. Elle avait répondu sans trop de réticence aux questions que lui posait Rovère. Sa version des faits correspondait avec celle qu'en avait donnée le Gros René. Anita, qui était alors mineure et en fugue de chez ses parents, « zonait » dans le secteur des Puces. À plusieurs reprises, elle s'était vu offrir l'hospitalité dans le stand du Gros René, contre rémunération en nature. Elle se souvenait parfaitement de Charlie, dont elle donna une description assez précise. Quand Rovère lui montra sa photo, elle n'hésita pas une seule seconde à le reconnaître. Il s'était senti investi d'un rôle de protecteur et n'avait pas tardé à user de la menace pour dissuader le Gros René de l'emmerder de nouveau.

— Il était gentil, Charlie, con, mais gentil, expliqua-t-elle d'une voix traînante en se grattant de nouveau l'avant-bras. Il en a chié, mais alors vraiment chié, et pourtant, ça l'a pas rendu pourri.

Rovère réprima une grimace de dégoût devant ses ongles rougis de sang qui s'acharnaient sur ses croûtes purulentes.

— Au début, quand je suis arrivée à Paris, je faisais la manche dans le métro, à Porte-de-Clignancourt, je savais pas où crécher, alors hein, le Gros René, il avait pas à se gêner ! Ça l'a foutu en rogne, Charlie !

— Il a proposé de t'héberger ? insista Rovère.

— Ouais, il était un peu naze, quand même. Qu'estce qu'il croyait ? Qu'on allait se la couler douce tous les deux ? Il voulait se la jouer style romantique, c'était n'importe quoi ! J'suis quand même restée deux ou trois jours dans sa planque !

— Il ne t'a pas demandé de le…

— De le quoi ? ricana Anita. C'est moi qui lui ai proposé. Il m'a expliqué qu'avec tous les médicaments qu'il avait pris, il pouvait plus… voilà. Et puis pas longtemps après, j'suis tombée dans la dope, et j'ai commencé à faire la pute sur le périph. C'était le plus simple. Tant qu'à y aller, non, vous croyez pas ? Sucer gratos des ordures comme le Gros René ou se faire carrément de la thune au tapin, y avait pas à hésiter ! Charlie, y m'faisait pitié, je l'ai plus revu.

— Bon, tu veux bien continuer de nous aider ? poursuivit Rovère. Charlie, on lui veut pas de mal, crois-moi Anita, mais le mieux pour lui, c'est qu'on le coince vite fait, tu comprends ?

— Allez, vas-y, me prends pas la tête, j'ai qu'une envie, c'est de retourner à l'hosto. Et qu'on me foute la paix.

La jeune femme cligna les yeux en montrant la piste cyclable qui longeait le quai du canal de l'Ourcq, au-delà de la Cité des sciences.

— C'était par là, dit-elle. Deux trois fois, Charlie m'a transportée sur sa mob', on arrivait ici quand on voulait rentrer dans Paris. C'est pas très loin, on mettait à peine dix minutes…

Elle avait déjà décrit le hangar et surtout le « perchoir » dans lequel Charlie l'avait fait monter. Mais elle ne pouvait donner plus de précisions.

— On va rigoler, maugréa Dimeglio, des hangars, il y en a à perte de vue ! Et c'est pas tout, je connais le coin, faut se taper le chemin à pied, il y a des endroits où on peut pas passer en bagnole !

— Qu'est-ce qu'on fait ? demanda Rovère.

— On y va, non ? suggéra Sandoval en se grattant la tête. Si Charlie est dans sa planque, on peut lui mettre la main dessus ! Pourquoi attendre ?

— J'aurais préféré y aller seul avec Anita, repérer les lieux, et revenir vous chercher ! Et appeler des gars en renfort. On connaît pas l'endroit, il peut y avoir des tas d'astuces pour se tirer en douceur. Et Charlie a oublié d'être bête !

— Nous sommes cinq, ça me paraît parfaitement suffisant ! trancha Sandoval.

Ils s'engagèrent à pied sur la piste cyclable. Anita marchait d'un pas lent et s'arrêtait fréquemment pour se gratter les bras. Ils arrivèrent bientôt dans le secteur où la ligne de métro qui filait vers Bobigny longeait le canal, sur l'autre rive. Bientôt, quelques gamins qui traînaient dans les parages, intrigués par la curieuse petite troupe qui entourait Anita, s'amusèrent à les suivre. Dimeglio fit demi-tour et se dirigea droit sur eux. Ce qui suffit à calmer leur curiosité. Ils se dispersèrent.

— Bravo la discrétion, remarqua Choukroun, d'ici une demi-heure, toute la racaille du coin sera au courant.

— Répète-le plus fort, Sandoval n'a pas entendu ! ricana Dansel.

*

Une heure plus tard, après bien des hésitations, la jeune fille parvint à localiser l'endroit. Rovère la confia à la garde de Choukroun et s'avança d'un pas prudent. Il leva les yeux vers le « perchoir », ces anciens bureaux arrimés en encorbellement tout en haut d'une des parois du hangar.

— C'est dingue, murmura-t-il. C'est aussi imprenable qu'un château fort !

Dimeglio hocha la tête. Il s'était mis à l'abri derrière la rampe de béton qui permettait de charger les camions, à l'époque où les entrepôts fonctionnaient encore.

— À votre avis, il est là-haut ? demanda Sandoval.

— Comment voulez-vous qu'on le sache ? répondit Dimeglio. De toute façon on n'a plus le choix. Choukroun avait raison, on a été aussi discrets qu'un troupeau d'éléphants. Si on n'y va pas maintenant, Charlie, à son retour, risque bien d'être averti de notre petite visite !

— Charlie ! hurla Rovère, en restant à couvert.

Son cri fut répercuté par l'écho. Il gueula de nouveau, sans résultat. Il hésita un instant, puis se risqua à découvert. Dimeglio suivit. Ils marchèrent jusqu'à la paroi qui supportait le perchoir.

— S'il est là-haut et qu'il nous attende, il peut nous balancer n'importe quoi quand on va essayer de monter, nota Rovère. La fille parlait d'une échelle de corde planquée dans le coin. Si elle est en bas, c'est que Charlie est absent.

Rovère appela Dansel et lui demanda d'aller chercher Anita. Sandoval les avait rejoints et se tordait le cou en arrière pour scruter la coursive qui longeait les bureaux, à une dizaine de mètres au-dessus de leurs têtes. Anita ne se souvenait plus du tout de l'endroit où Charlie dissimulait son échelle.

— Bon, allez, on cherche, et vite ! ordonna Rovère, agacé. À moins que Charlie soit maso, il ne doit pas la planquer bien loin !

Ce fut Choukroun qui mit la main dessus, dix minutes plus tard, après avoir pris le risque de farfouiller derrière des fûts rouillés et ornés d'une tête de mort entourée d'un cercle rouge. Il siffla entre ses doigts pour rameuter ses collègues, qui s'étaient quelque peu dispersés. Il leur montra fièrement l'objet, accompagné du grappin qui permettait de l'accrocher à la rambarde de la coursive.

— J'essaie ? demanda-t-il en le manipulant.

Rovère acquiesça. Choukroun fit tournoyer le crochet et l'expédia vers sa cible. Qu'il rata. Il recommença la manœuvre, à trois reprises, sans parvenir à l'atteindre. Il passa le relais à Rovère, qui ne fit pas mieux.

— C'est ridicule, on a vraiment l'air con ! s'esclaffa Dimeglio.

— Je ne vous le fais pas dire ! rétorqua Sandoval en s'emparant à son tour du grappin.

Nouvelle tentative infructueuse.

— Vous voulez tenter votre chance ? demanda-t-il à Dimeglio.

La situation prenait une tournure cocasse. Anita s'était assise en tailleur sur le sol bétonné et se tenait les côtes.

— D'ici à ce que Charlie débarque et nous donne un cours, il n'y a pas loin ! remarqua Dansel. Personnellement, je n'essaierai pas, je suis trop maladroit.

Après trois lancers ratés, Dimeglio parvint à coincer enfin le grappin sur la rambarde. Il s'épongea le front, satisfait.

— Je monte pas, dit-il, je suis pas certain que ça soit assez solide pour supporter mon poids. En plus, j'ai le vertige !

Sandoval empoigna l'échelle de corde et commença à gravir les barreaux. Quand il fut arrivé à destination, Rovère l'imita.

— Vous, restez où vous êtes, cria-t-il à ses adjoints. Et surveillez les alentours, on ne sait jamais.

Il pénétra dans la tanière de Charlie. Sandoval en avait commencé la fouille. Ils virent aussitôt la photo de Nadia Lintz que Charlie avait découpée dans un journal et punaisée contre un mur. Sandoval vida les sacs de vêtements, mit la main sur les maigres souvenirs de Charlie, ses photos de régiment, ses papiers ainsi que les brouillons des lettres qu'il avait adressées à la juge. Rovère retrouva le cahier sur lequel Héléna s'était appliquée à raconter son aventure en dessinant, et le feuilleta.

— Bon, soupira Sandoval, il ne reste plus qu'à mettre une équipe en faction dans les parages, et à attendre que notre oiseau regagne son nid !

— Ah oui, vous croyez ? Charlie a dû récupérer pas mal d'argent en s'attaquant à Vlad. La dernière fois qu'on l'a aperçu à son cercle de jeu, il en est reparti plein aux as ! Charlie a les moyens de se cacher ailleurs et il sait pertinemment qu'on le piste. Je crains fort qu'il ne remette plus les pieds ici !

Ils redescendirent du perchoir après avoir enfourné les objets les plus intéressants pour la poursuite de l'enquête dans un sac. Choukroun et Dansel furent désignés pour commencer à monter la garde dans les parages, avant d'être relevés par d'autres inspecteurs du groupe.

— Bon courage, les gars, je dirai aux copains d'apporter de la bouffe ! s'écria joyeusement Dimeglio avant de s'éloigner.

Anita suivait Sandoval et Rovère qui avaient repris la route en sens inverse. Il leur fallut trois quarts d'heure pour rejoindre leur voiture. À peine Sandoval s'était-il installé au volant que la radio lança un appel d'urgence. Depuis la fin de la matinée, Nadia Lintz cherchait à joindre Rovère.

2

— C'est ma greffière qui a pris la communication, expliqua-t-elle quand il pénétra dans son cabinet. J'étais à une réunion, au secrétariat de l'instruction. Elle a tout noté. J'ai préféré vous attendre avant d'appeler.

Elle montra à Rovère une feuille de papier où étaient alignés quelques chiffres.

— C'est un numéro de portable, Charlie a dû le piquer à Vlad... soupira-t-il. Inutile de chercher à le repérer, il peut être n'importe où.

— Qu'est-ce que je fais ?

— Eh bien, vous l'appelez, s'il l'a demandé, il faut lui donner satisfaction ! Vous avez une touche d'enregistrement de la conversation, sur votre poste ?

Nadia confirma. D'une main tremblante, elle composa le numéro.

— S'il vous questionne à propos de l'enquête, dites-lui la vérité, souffla Rovère, tandis que la sonnerie retentissait.

Une voix masculine répondit aussitôt.

— Nadia Lintz à l'appareil, annonça-t-elle sans trop savoir quel ton adopter.

Rovère lui fit signe de prendre tout son temps.

— Je vous parle avec le portable de Vlad, ça sert à rien d'essayer de me repérer avec des tables d'écoute ou je sais pas quoi, vous pouvez pas ! Vous êtes toute seule ?

— Non, Charlie, je suis avec un inspecteur de la Brigade criminelle.

— Je m'en balance, c'est avec vous que je veux discuter. Vous croyez que je suis dingue ?

— Je pense que vous avez vécu des événements qui vous ont profondément affecté. Je n'appelle pas ça être fou.

— C'est ça, « affecté », comme vous dites, je parie que vous avez vu Taillade, au Val-de-Grâce, il a dû vous expliquer, hein ?

Nadia confirma.

— Écoutez, ça me fait vraiment plaisir de parler avec vous, reprit Charlie, parce que je suis sûr que vous allez me comprendre. J'ai tout raté, mais alors tout, dans ma vie, jusque-là, mais maintenant, je vais me rattraper.

— Vous me l'avez déjà expliqué, dans votre lettre.

— Ouais, finalement, vous devriez être contente, c'est moi qui me tape le boulot à votre place. J'ai eu Dimitriescu, j'ai eu Vlad, j'ai eu Verqueuil, vous voulez que je vous dise où vous pouvez le retrouver, celui-là ?

— Bien sûr, Charlie. Je vous écoute.

— Je l'ai laissé sous un pont, le long du Grand Morin, entre Crécy-la-Chapelle et Couilly-Pont-aux-Dames, c'est dans la direction de Meaux. Vous pouvez pas le louper. J'ai eu une petite explication avec lui. Ses affaires, vous pouvez les trouver dans un hôtel, à Paris, avenue du Maine, au 153. C'est là qu'il s'est planqué quand il a appris que Dimitriescu avait fait cramer les gosses, dans la maison de son père. Ils sont pas bien malins, vos inspecteurs, hein ? Ils l'ont rencontré tout de suite après et ils ont même pas pensé à le cuisiner un peu, cette ordure !

— D'accord, Charlie, acquiesça Nadia, j'ai pris note.

— Et vous ? À part le docteur Taillade, qui vous avez retrouvé ?

Sur un signe d'encouragement de Rovère, Nadia lui apprit que sa planque avait été visitée. Et comment.

— Bravo, ça a pas traîné… de toute façon je m'en tape. J'ai plein de fric, et aussi une bagnole, celle de Dimitriescu. Vous voyez, j'ai pas à me plaindre !

— Bien, Charlie, nous pouvons peut-être faire le point, maintenant ? Dimitriescu, Vlad, Verqueuil, sans oublier l'accordéoniste, il est peut-être temps de vous calmer ?

— Me calmer ? Vous me prenez pour un agité ? Pour un barjot ? C'est Taillade qui vous a bourré le mou ? Vous oubliez ce que ces types-là ont fait aux gosses ? s'emporta Charlie, furieux.

Nadia fixa Rovère, désemparée. Il tenta de la rassurer d'un geste apaisant et l'encouragea à reprendre aussitôt la parole.

— Je n'oublie rien, Charlie, je n'oublie rien. J'ai vu les photos des autopsies, j'ai aussi vu celles qui étaient chez l'accordéoniste, celles de la petite Héléna.

Charlie s'apprêtait à répondre, mais sa voix s'étrangla. Nadia l'écouta sangloter longuement.

— Ça va mieux, Charlie ? demanda-t-elle ensuite. Parlez-moi d'Héléna, vous l'aimiez beaucoup, n'est-ce pas ? Dans votre lettre, vous ne m'avez pas expliqué comment elle est morte.

— Vous voulez vraiment savoir ?

— C'est à vous de décider. Si vous avez cherché à me joindre, c'est pour parler, non ?

Charlie se confia. Il raconta la soirée dans le perchoir, la colère de la fillette quand il lui avait expliqué qu'il n'y avait aucune chance de retrouver Dimitriescu. Et la chute de la petite du haut de la coursive.

— J'ai fait le con, ce soir-là, ajouta-t-il, alors après, j'avais plus le choix. Fallait aller jusqu'au bout !

— Vous l'avez enterrée quelque part ? poursuivit Nadia, émue par ce récit.

— Non, j'aurais bien voulu, mais c'était risqué. Je l'ai jetée dans le canal. Qu'est-ce que ça change ?

— Rien, Charlie, rien... Et à présent, qu'est-ce que vous comptez faire ?

— Dimitriescu, Vlad, Verqueuil... on n'en parle plus, puisque c'est réglé. Ces trois-là, c'était que de la rigolade. Il reste le plus gros morceau. Le vrai coupable. Celui qui a contacté Verqueuil pour avoir des gosses, qui lui a filé du fric ! Verqueuil s'est rabattu sur Vlad, et Vlad a fait appel à Dimitriescu, un Roumain, comme lui... Des mômes, il pouvait en trouver à la pelle, ce salaud. Il est allé les chercher en Roumanie ! Les quatre que vous avez retrouvés dans le pavillon, à la Chapelle. Vous savez, madame Lintz, à Bucarest, cet hiver il a fait très froid, c'est Vlad qui m'a expliqué ça. Là-bas, il y a des bandes de gosses paumés qui couchent dans la rue, qui font la manche. En janvier, ils ont commencé à crever à cause du gel tellement ça caillait. Vous savez ce qu'ils ont fait, les gens de la mairie, ou les ministres, je sais pas comment ça s'appelle, ces types-là. Vous savez ?

— Je ne sais pas, Charlie.

— Ils ont donné des ordres pour qu'on ouvre les égouts.

— Les égouts ?

— Ouais, ça pue, mais il fait chaud, dans les égouts, ricana Charlie. Alors les gosses pouvaient s'y abriter pour pas se peler le cul ! Vous avez bien compris ?

— Oui, Charlie, acquiesça Nadia, effarée.

— Où elle est la justice, là-dedans, vous pouvez me le dire ? Ils ont même pas ouvert une école, ou une caserne, ils ont ouvert les égouts. Salauds ! La vie d'un môme, ça vaut rien, pour eux, ça vaut rien nulle part. J'en ai vu crever des milliers, des petits négros, à Goma. Quand je conduisais mon bull pour les pousser dans les fosses, j'en ai charrié des cadavres et des cadavres, des filles, des garçons, des bébés, même si on faisait gaffe, on en ramassait sous les chenilles ! Alors aujourd'hui, j'en ai ma claque, madame Lintz. Personne peut plus me raconter de salades.

— Il faut qu'on se rencontre, Charlie.

— C'est ça, pour me coincer et me coller au trou ! Vous m'aurez pas. Pas vivant, en tout cas ! Si vous me prenez pour un tocard, vous avez tort.

— Ça suffit, Charlie ! s'écria Nadia. Arrêtez de vous conduire comme un gamin qui veut défier le pion dans la cour du collège ! Vous êtes très jeune, vous avez toute la vie devant vous, je veux bien admettre que vous ayez beaucoup souffert, mais il faut que vous réalisiez que vous avez tué quatre hommes ! Vu leur profil et les circonstances dans lesquelles vous avez été amené à les rencontrer, vous pouvez encore vous en sortir ! D'autant plus que le témoignage d'Anita plaidera en votre faveur. Vous n'êtes pas un salaud, Charlie, vous êtes un type bien, et moi je ne demande qu'à essayer de vous aider !

Elle se tut, essoufflée après cette tirade débitée d'une voix saccadée mais ferme. Rovère applaudit en silence.

— Je vous recontacterai ce soir, à vingt-trois heures, je vous dirai où on peut se retrouver. Prévoyez de me donner un numéro de portable, à ce moment-là, précisa Charlie, avant d'interrompre la communication.

— Et merde, bredouilla Nadia, il m'a filé entre les pattes.

— Il l'avait décidé dès le début.

— Alors, qu'est-ce qu'on fait ?

— Le ménage. On va aller chercher Verqueuil et visiter sa chambre d'hôtel. Et on va attendre vingt-trois heures. Je ne vois pas quoi faire d'autre. À moins que vous n'ayez une idée ?

Nadia ne répondit pas immédiatement. Rovère ouvrit le boîtier du répondeur et récupéra la cassette contenant l'enregistrement de la conversation.

— Taillade, suggéra Nadia, on pourrait le contacter et lui demander conseil ? Lui, il saurait peut-être parler à Charlie ? Enfin, mieux que moi ?

Rovère haussa les épaules.

— Quand Charlie rappellera, ce sera pour nous dire où se trouve le cinquième cadavre. Taillade ne nous sera alors d'aucune utilité.

— L'attente va être longue, conclut Nadia après avoir consulté sa montre.

3

À dix-sept heures, Sandoval réunit tout son groupe. Dansel et Choukroun, revenus de l'entrepôt puisque leur présence là-bas ne servait plus à rien, participèrent à la réunion. Une petite escouade s'était rendue sous le pont surplombant le Grand Morin, près de Crécy-la-Chapelle, et y avait effectivement localisé le corps de Guy Verqueuil, lardé de coups de poignard. Dimeglio, quant à lui, avait perquisitionné l'hôtel de l'avenue du Maine. Il en avait rapporté un sac contenant quelques vêtements.

Sandoval le vida sur une grande table où s'étalaient déjà tous les objets saisis depuis le début de l'enquête et placés sous scellés. Les cahiers d'Héléna, le dossier d'hospitalisation de Charlie, l'agenda de Vlad, etc. Il repassa pour la cinquième fois la bande du répondeur. Les inspecteurs présents écoutèrent la voix du caporal Grésard. Il n'y avait rien d'autre à apprendre qu'ils ne sachent déjà.

— Il doit bien y avoir une faille, s'entêta le commissaire. On a réussi à retrouver sa planque, on doit pouvoir continuer !

Comme d'habitude en pareil cas, Rovère avait pris place près d'une fenêtre et contemplait les péniches et les bateaux-mouches qui remontaient la Seine en direction de Notre-Dame.

— Rovère, vous vous désintéressez de la question ? ironisa Sandoval. Ou bien vous n'osez pas dire que vous n'en avez rien à foutre ? Parce que vous espérez voir Charlie continuer sa sale besogne ? C'est ça, hein ? Il tue des salauds, des assassins d'enfants, alors vous approuvez ? Il faudrait peut-être vous souvenir qu en principe, nous sommes là pour empêcher les cinglés de son espèce de jouer aux justiciers !

Rovère se retourna. Le sang reflua peu à peu de son visage. Il se leva avec lenteur, marcha droit sur Sandoval, le contourna et quitta la pièce.

— Je crois qu'on est tous comme lui, murmura Choukroun. On aimerait coincer Charlie, seulement voilà, on voudrait que ça se passe bien. Ce type n'a plus rien à perdre. Il est capable de nous la jouer style Fort Chabrol juste pour se faire flinguer ! Il a qu'une envie, au fond, c'est de se suicider.

— C'est un point de vue respectable, admit Sandoval, à contrecœur.

*

À vingt-deux heures trente, tout le groupe prit place à bord des voitures de service. Rovère et Sandoval traversèrent les couloirs séparant les locaux de la Brigade criminelle du palais de justice, totalement désert, et se rendirent au cabinet de Nadia Lintz. Elle avait prévenu le standard. Quand la sonnerie du téléphone retentit, à vingt-deux heures cinquante-cinq, elle avait déjà la main posée sur le combiné.

— Charlie ? s'écria-t-elle.

— Vous pouvez venir me retrouver. À Anet-sur-Marne. C'est tout près de Lagny.

— À quelle adresse ?

— Quelle adresse ? Ah ouais, ça recommence ?

Cherchez pas à me coincer ! Vous avez pensé au portable ?

Nadia lui dicta le numéro du GSM que Rovère venait de lui remettre.

— Alors à tout à l'heure. Il vous faut plus d'une demi-heure pour arriver. Je vous rappellerai à ce moment-là.

Et Charlie raccrocha.

— La gendarmerie locale, il faut les alerter tout de suite ! s'écria Sandoval.

— Charlie doit s'en douter, protesta Nadia, ça risque de tout faire louper !

— Les gendarmes ! Ben voyons. Ils doivent avoir deux pékins de garde dans leur guérite, ajouta Rovère. Si on les réveille, ils vont sonner le branle-bas de combat et semer le chambard dans tout le village, avec gyrophare et concert de sirène, c'est plus fort qu'eux, ils ne peuvent pas s'en empêcher ! Et qu'est-ce qu'ils pourraient bien faire ? Si ça se trouve, une fois qu'on sera arrivés là-bas, Charlie nous indiquera une autre destination ! Vous ne comprenez pas qu'il nous mène par le bout du nez et que nous n'y pouvons rien ?

Sandoval adressa un regard angoissé à Nadia.

— On y va, trancha-t-elle.

*

Peu avant vingt-trois heures trente, après avoir emprunté l'autoroute depuis Aulnay, ils arrivèrent aux abords d'Anet, un gros village cossu, plongé dans l'obscurité. Dimeglio, qui conduisait la voiture de tête, s'arrêta sur la place, près de l'église. Les autres véhicules se garèrent à proximité. Une pluie fine s'était mise à tomber. Nadia, installée à l'arrière en compagnie de Sandoval, tenait à la main le précieux GSM. Rovère, assis à côté de Dimeglio, tambourinait sur le tableau de bord. Seul le couinement de l'essuie-glace sur le pare-brise venait rompre le silence.

— Il n'appelle pas, souffla Nadia. Il nous a bluffés ?

— Non. Il tourne dans le secteur depuis ce matin, répondit Rovère, en consultant une carte. Regardez, le pont de Crécy-la-Chapelle, là où il a abandonné le cadavre de Verqueuil, est à peine à vingt kilomètres. À l'armée, on a dû lui apprendre à étudier une carte, à prendre des repères…

Le GSM se mit soudain à bourdonner. Nadia sursauta et porta l'écouteur à son oreille.

— Charlie, nous sommes là, il faut en finir, maintenant…

— Comme vous dites ! Dirigez-vous vers Claye-Souilly, à la sortie nord d'Anet. À huit kilomètres, vous trouverez une petite route goudronnée, sur la droite. Vous la suivez et vous arrivez à une grande propriété entourée d'un mur, avec des tessons de bouteilles. Il y a une grille, et tout au fond du parc, une grande maison. Avec la roue d'un moulin, sur la rivière !

Dimeglio embraya. Sandoval baissa la vitre et scruta le ciel noir, encombré de nuages.

— Avec un temps pareil, ça va être coton de se repérer ! maugréa-t-il.

Dimeglio peina quelque peu à trouver la route. Il s'engagea malencontreusement dans une voie sans issue qui menait à un lotissement, avec la petite caravane des autres voitures à ses trousses. Il fallut cinq minutes pour se dégager de cette impasse et s'orienter correctement. Il roula à vitesse réduite pour ne pas risquer de rater l'embranchement signalé par Charlie.

— Ça a l'air de coller, s'écria Sandoval, en désignant le toit d'une bâtisse que l'on voyait émerger au-dessus du mur d'enceinte, effectivement garni de nombreux tessons de bouteilles.

Tous les inspecteurs du groupe descendirent de voiture en prenant soin de ne pas faire claquer les portières. Chacun d'entre eux était muni d'une torche électrique qu'ils gardèrent éteinte.

— Choukroun, souffla Rovère, tu prends soin de Mme Lintz. Et tu fais gaffe. Tu restes en retrait.

— On va escalader ça ? s'inquiéta Dimeglio.

Il désignait les multiples éclats de verre enchâssés dans le ciment, au sommet du mur d'enceinte, et que la pluie faisait briller sous la pâleur d'un maigre quartier de lune. Rovère se dirigea vers la grille, actionna la lourde serrure et sentit aussitôt le battant céder sous la pression.

— Je suis toujours très pessimiste, s'excusa Dimeglio.

Rovère, courbé en deux, s'avança dans l'allée tapissée de gravier. À sa suite, toute l'équipe se déploya dans le parc. Ils marchèrent vers la maison, dont seul l'étage supérieur était éclairé. Nadia et Choukroun suivirent, à quelques pas de distance. L'inspecteur avait sorti son arme et ne quittait pas la jeune femme d'une semelle.

— Vous éloignez pas de moi et tout se passera bien ! chuchota-t-il, l'air concentré.

— Je n'en avais pas l'intention…

— Y a pas de lézard, faut garder son calme et ça va aller ! insista Choukroun, d'une voix presque inaudible.

— Je l'espère, mais je préférerais que vous fassiez attention avec ça !

Elle effleura du bout des ongles le canon de l'arme que Choukroun braquait droit sur sa poitrine.

Rovère et Sandoval s'accroupirent derrière un bosquet de troènes, les sens aux aguets. Il n'y avait aucun signe d'agitation. Ni dans la maison, ni aux alentours. Ils entendirent le chuchotis d'une rivière et les grincements de la roue d'un moulin à aube qui tournoyait à quelques mètres de là.

— Alors ? demanda Rovère.

— Qu'est-ce que vous en dites ?

— Rien. On ne va pas moisir toute la nuit ici, non ?

— Vous pensez que Charlie est là-dedans ? Et qu'il peut nous canarder ?

— Je ne pense pas, c'est à vous de penser. Vous vous souvenez ? Je me « désintéresse » de la question.

— Rovère, vous me faites chier ! Mais vraiment chier ! grinça Sandoval, les mâchoires serrées.

— Tss, tss… reprenez-vous. C'est contre-indiqué de perdre son sang-froid dans un moment pareil !

— Bon, on en reparlera plus tard. Il faut repérer les entrées, non ? Qui j'envoie ? Dimeglio ?

— Dimeglio a deux gosses. J'y vais. Avec Dansel.

Sans attendre la réponse, Rovère se retourna et claqua des doigts. L'intéressé s'approcha.

*

Les deux hommes s'avancèrent prudemment vers le perron de la maison. Alors qu'ils allaient l'atteindre, un hurlement retentit. Un appel au secours désespéré. En provenance des sous-sols. Rovère sentit son cuir chevelu se rétrécir. La trouille au ventre, il se plaqua contre le mur de pierre meulière de la façade et s'approcha d'un soupirail, d'où le cri semblait avoir jailli. Il souleva le battant de tôle rouillée et couvert de mousse qui l'obstruait, avant de braquer le faisceau de sa torche droit vers les profondeurs de la cave. Il aperçut un type aux cheveux ébouriffés, vêtu d'un survêtement, et qui, aveuglé par le faisceau de la torche, se couvrit le visage de ses deux mains.

— Qui êtes-vous ? demanda Rovère.

— Vite, vite, tirez-moi de là, je suis enfermé ! Ils ont crié, là-haut, tout à l'heure ! Il y a eu des coups de feu, je vous en supplie, je vous en supplie…

Le prisonnier tendit désespérément les mains vers le soupirail.

— OK, on va venir ! Essayez de vous calmer et taisez-vous !

Dansel s'était immobilisé près des premières marches du perron. Rovère se glissa près de lui.

— Je passe le premier ! dit-il en désignant la porte.

*

Il s'avança, torche en main, dans un vaste hall vide de tout meuble. Il aperçut un chevalet, des palettes, des pinceaux, et quantité de tubes de peinture qui jonchaient le parquet. Le halo jaunâtre de sa lampe électrique balaya les toiles de grande envergure qui reposaient pêle-mêle en appui contre les murs. Passant furtivement de l'une à l'autre, il ne put distinguer que quelques fragments des motifs représentés. Le peu qu'il en vit suffit à le faire frémir. Dansel l'imita.

— Nom de Dieu… s'exclama-t-il.

— *No comment !* rétorqua Rovère.

Il se dirigea vers un escalier aux dimensions impressionnantes dont les marches dallées de marbre s'étalaient en éventail au fond de la salle. Après avoir déposé sa torche sur le sol, il les gravit une à une, serrant son arme des deux poings, cran de sécurité levé. Il déboucha dans un salon meublé de canapés poussiéreux, aux murs couverts de tentures pourpres, défraîchies, rongées de moisissures, et qui, par endroits, s'effilochaient en lambeaux. Quelques appliques en forme de bougie, à demi arrachées de leur support, diffusaient leur clarté pâlotte dans ce décor sinistre. Rovère s'immobilisa. Il lui sembla entendre un bruit ténu, un raclement à peine perceptible.

— Au fond à droite ! s'écria Dansel d'une voix chevrotante.

Rovère s'avança vers l'extrémité du salon. De la pointe du pied, il poussa le battant d'une porte sous le seuil de laquelle pointait un rayon de lumière bien plus vif que celui qui lui avait permis de progresser jusqu'alors. Il s'abrita à l'angle du mur d'entrée de cette nouvelle pièce, risqua un regard sans trop se découvrir et aperçut une main qui reposait sur le sol. Les doigts se tendaient vers la crosse d'un revolver de fort calibre. Sans parvenir à l'atteindre. L'index, le majeur, l'annulaire se recroquevillaient après chaque tentative, griffaient les lattes du plancher, et revenaient à la charge, animés d'un tremblement spasmodique. Le pouce ballottait, incliné dans une posture qui n'avait plus rien d'anatomique. Le doigt, désarticulé, suivait simplement le mouvement, inerte, luxé en arrière le long de l'axe radial.

Rovère fit un nouveau pas en avant. Son champ de vision s'élargit. Il aperçut le corps d'un homme d'une soixantaine d'années, allongé sur un tapis. Il se précipita pour donner un coup de pied sur le revolver que celui-ci cherchait désespérément à atteindre et l'envoya valdinguer jusque sous une commode située à l'autre bout de la pièce.

— Dansel, bordel de merde, tu es toujours là ? demanda-t-il en faisant demi-tour.

C'est alors qu'il vit Charlie, accroupi près d'un piano, dans un angle que le battant de la porte lui avait masqué jusqu'à présent. Charlie. La poitrine perforée par une vaste plaie aux berges mousseuses. Le menton pendant sur le sternum. Les yeux grands ouverts, écarquillés dans une dernière réaction de surprise, d'incrédulité face à la mort qui était enfin venue à sa rencontre.

— Ça n'a pas dû être de la tarte, murmura Dansel.

— Comme tu dis, approuva Rovère.

La pièce, un bureau encombré de livres d'art, de catalogues de galeries, d'esquisses de tableaux, ressemblait à un champ de ruines, après le combat que s'y étaient livré Charlie et l'homme qui agonisait sur le tapis. Les mouvements saccadés qui agitaient sa main droite quelques secondes auparavant cessèrent.

— Il est rectifié ? Tu vérifies, s'il te plaît ? proposa Rovère.

— Y a plus rien, confirma Dansel après avoir tenté de prendre le pouls à la carotide, sans résultat.

Un tisonnier gisait le long d'une cheminée où rougeoyaient encore quelques braises.

— C'est avec ça qu'il l'a massacré, tu crois ? demanda Rovère.

— J'en sais rien. C'est plus que probable, vu les blessures. Pauvre Charlie. Il l'a réduit en bouillie, et au dernier moment, il lui a laissé saisir son revolver ?

— On n'en saura jamais rien ! File prévenir Sandoval que la voie est libre, moi, je descends à la cave !

*

Quand Nadia pénétra dans la maison, Dimeglio venait tout juste d'actionner les commutateurs électriques. Le hall du rez-de-chaussée était éclairé par une série de rampes halogènes de forte puissance. Elle resta bouche bée devant les toiles dont Rovère et Dansel n'avaient aperçu que des fragments.

— La vie d'ma mère, c'est pas possible, bredouilla Choukroun, stupéfait.

Il ferma les yeux, un bref instant, comme pour se persuader que cette vision de cauchemar n'était qu'une illusion, mais quand il les rouvrit, il dut accepter sa réalité.

— Bon, après tout c'est rien que des peintures, finalement, murmura-t-il pour se rassurer. Y a pas de quoi baliser !

— Où est Rovère ? demanda Nadia.

— À la cave, il y a un type qui y était enfermé ! annonça Dimeglio. Sandoval est dèjà descendu. Vous... vous voulez voir les corps ?

— Ça me paraît incontournable.

Dimeglio lui désigna la direction à prendre. Elle gravit l'escalier et déboucha bientôt dans le bureau. Nadia se força à affronter le regard de Charlie mais détourna les yeux du second cadavre. Elle tourna les talons et rejoignit le rez-de-chaussée. Rovère et Sandoval soutenaient par les aisselles un jeune homme vêtu d'un survêtement, qui claquait des dents et parvenait à peine à mettre un pied devant l'autre. Ils l'entraînèrent au fond d'un couloir où se trouvait une cuisine et l'assirent sur une chaise. Il resta hébété, les yeux exorbités, la mâchoire inférieure agitée d'un tremblement convulsif. Rovère fouilla dans les placards, mit la main sur une bouteille de cognac à moitié vide, saisit un verre, l'emplit à ras bord.

— Vous allez avaler ça, ça va vous secouer !

Il dut lui soutenir le menton tant l'opération s'avéra délicate.

— Comment vous appelez-vous ? demanda-t-il ensuite.

— Vil... Vilsner, Serge Vilsner. Je... je suis psychiatre ! Il m'a kidnappé. Où... où est-il ?

— Il est mort, rassurez-vous. Comment s'appelait-il ?

— Haperman. Maximilien Haperman. Il est mort, vous êtes certain ?

— Oui, c'est fini, vraiment fini, vous n'avez plus rien à craindre.

— Et les enfants, qu'est-ce qu'il a fait des enfants ? Il me disait tout le temps qu'ils allaient bientôt venir !

— Les enfants n'arriveront pas.

Vilsner fixa tous les inconnus qui l'entouraient avec une incrédulité mêlée d'un reste de terreur.

*

Une demi-heure plus tard, une équipe du SAMU arriva sur les lieux. Les médecins examinèrent Vilsner, lui firent une injection de tranquillisants et, au vu du stress intense auquel il avait été soumis, insistèrent pour qu'il soit placé en observation dans une unité psychiatrique. Nadia le fit transférer à Paris, au CPOA de l'hôpital Sainte-Anne. Une ambulance le prit en charge.

— Je vais l'accompagner, décida Nadia. Si son état permet de l'interroger dans les heures qui viennent, autant ne pas perdre de temps.

— Il n'y a plus d'urgence, nota Sandoval.

— Effectivement, admit-elle, mais j'ai la responsabilité du dossier et j'aimerais conclure au plus vite. Rovère, vous m'accompagnez.

Ils quittèrent la villa, abandonnant tout le reste de l'équipe qui n'avait plus rien d'autre à faire que d'attendre l'arrivée des techniciens de l'Identité judiciaire.

*

Vilsner retrouva peu à peu son calme. La chambre où on l'avait installé était exiguë. Après plus d'une heure d'attente à l'issue de laquelle les médecins de garde leur donnèrent le feu vert, Rovère et Nadia purent prendre place dans des fauteuils, de part et d'autre du lit. Vilsner ne demandait qu'une chose : parler. Parler et parler encore. Pour évacuer son angoisse. Il était difficile de suivre son récit. Traumatisé par sa capture, et plus encore par son incarcération, il s'attarda longuement sur son séjour dans la cave de la villa d'Haperman. Puis, d'une voix qui s'affermit de plus en plus, il évoqua sa première rencontre avec celui-ci, les débuts de la pseudo-cure analytique qu'il avait entamée. Il détailla avec précision les expériences « corporelles » de son patient.

— Vous avez pu en voir quelques échantillons dans son atelier, tout à l'heure, bredouilla-t-il, soudain gagné par un nouvel accès de tremblement. Il ne m'avait pas choisi au hasard, mais bien parce que je travaille dans un service hospitalier où l'on accueille des enfants gravement malades, et confrontés à une grande souffrance. C'est ça qui l'intéressait, qui l'obsédait, la souffrance. La douleur.

Vilsner résuma de façon chaotique le parcours artistique d'Haperman. Sa fascination pour Edvard Munch et notamment pour *Le Cri*, son œuvre la plus célèbre. Rovère et Nadia évitèrent de l'interrompre, préférant le laisser reconstituer le fil de l'histoire à sa guise.

— Ce qu'il voulait, avant de mourir, c'était laisser un tableau d'une force équivalente à celle du *Cri*. Une représentation paroxystique de la souffrance. Un absolu du désespoir, une sorte de manifeste, de testament visuel dans lequel on aurait pu lire toute la plainte éperdue du monde. Un cri infini, démesuré. Capté dans un regard d'enfant. Son chef-d'œuvre à lui, en quelque sorte. Il était pressé par le temps, sa vue déclinait inexorablement. Je ne sais pas comment il est parvenu à se convaincre qu'il n'y avait que le spectacle de la souffrance d'un enfant qui pouvait l'aider à synthétiser toutes les visions qu'il s'était précédemment déjà forgées dans son imaginaire. Il m'a affirmé qu'il s'était procuré des… des cobayes qu'on allait bientôt lui livrer. Des gosses. Il en attendait quatre. Âgés de huit à dix ans, c'est ce qu'il disait. Au début, je ne voulais pas le croire, mais petit à petit, j'ai bien été obligé d'accepter l'idée qu'il ne mentait pas.

— Excusez-moi, balbutia Rovère.

Nadia le vit se lever et quitter la pièce.

— C'est difficile à croire, n'est-ce pas ? souligna Vilsner. Haperman avait perdu tout contact avec la réalité. Il avait tellement souffert lui-même lors des exhibitions auxquelles il se livrait qu'il en était arrivé à considérer la souffrance comme une sorte de... de matériau, une pâte à travailler, une couleur dont il pouvait parfaire les moindres nuances. À l'infini. Avec des enfants. Il comptait les... comment dire, les mettre en condition lui-même. Et moi, je n'étais là que pour l'assister. Pour prendre en charge ses « modèles » après chaque séance de pose. Pour les soigner, les réconforter. Après tout, c'est bien ce que je fais tous les jours à l'hôpital. Enfin, je m'y emploie. Haperman considérait qu'il n'y avait là qu'une question de degré, d'intensité. Un crescendo dont il fallait accepter le rythme. J'ai tenté de le raisonner, en vain. Il n'était accessible à aucun argument rationnel. Quand j'essayais d'éveiller en lui un sentiment de compassion envers ses futures victimes, il éclatait de rire, me citait des statistiques effroyables sur le nombre d'enfants réduits en esclavage en Afrique, ou victimes de mines au Cambodge, ou encore contaminés par les radiations de Tchernobyl et condamnés à une mort atroce. Enfin, vous voyez ?

— Quatre de plus, qu'est-ce que ça pouvait faire ? acquiesça Nadia.

— Exactement. Il m'a affirmé qu'il n'était pas un monstre. Que je lui ressemblais en tout point. Que mon indifférence à l'égard de ces enfants-là ne m'autorisait ni à m'opposer à son projet ni à lui donner des leçons de morale. À la fin, il m'aurait tué. Ou laissé partir, une fois sa toile achevée. Qui sait ? Dites-moi, qui est venu pour en finir avec lui ?

Nadia raconta le parcours de Charlie. Du caporal Grésard.

— C'est complètement fou qu'ils aient fini par se rencontrer, Haperman et lui, vous ne pensez pas ?

— Je ne suis plus en état de penser à quoi que ce soit, soupira Vilsner, exténué.

— Dès que vous serez en condition pour vous prêter à la séance, vous devrez répéter votre déposition dans mon cabinet, au palais de justice, afin qu'elle y soit archivée. Quelques feuillets de papier pelure que vous parapherez et auxquels personne ne prêtera attention !

Elle quitta la chambre et retrouva Rovère, qui grillait une cigarette, assis sur un banc, dans le parc de l'hôpital.

— Nous n'avons servi à rien, tout s'est joué sans nous, constata-t-elle. C'est difficile à encaisser.

— Ne remuez pas le couteau dans la plaie. Le jour s'est levé, allez, venez, je vais vous raccompagner chez vous.

Durant le trajet en voiture, la ville s'anima peu à peu. Les immeubles qu'ils croisèrent s'illuminaient, étage après étage, d'une tour à l'autre, d'un carrefour au suivant. Derrière ces fenêtres, des milliers de gens se brossaient les dents, avalaient un café ou, pour les plus chanceux d'entre eux, faisaient l'amour.

MYGALE

NOUVELLE ÉDITION
RÉVISÉE PAR L'AUTEUR

PREMIÈRE PARTIE

L'ARAIGNÉE

1

Richard Lafargue arpentait d'un pas lent l'allée tapissée de gravier qui menait au mini-étang enchâssé dans le bosquet bordant le mur d'enceinte de la villa. La nuit était claire, une soirée de juillet, le ciel parsemé d'une pluie de scintillements laiteux.

Embusqué derrière un bosquet de nénuphars, le couple de cygnes dormait d'un sommeil serein, le cou replié sous l'aile, la femelle, gracile, douillettement blottie contre le corps plus imposant du mâle.

Lafargue cueillit une rose, huma un instant cette odeur douceâtre, presque écœurante, avant de revenir sur ses pas. Au-delà de l'allée bordée de tilleuls, la maison se dressait, masse compacte et sans grâce, trapue. Au rez-de-chaussée, l'office, où Line — la femme de chambre — devait prendre son repas. Un jet plus clair vers la droite, et un ronronnement feutré : le garage où Roger — le chauffeur — était occupé à faire tourner le moteur de la Mercedes. Le grand salon enfin, dont les rideaux sombres ne laissaient filtrer que de minces rais de lumière.

Lafargue leva les yeux vers le premier étage et son regard s'attarda sur les fenêtres de l'appartement d'Ève. Une lueur délicate, une persienne entrouverte d'où s'échappaient les notes d'une musique timide, un piano, les premières mesures de cet air, *The Man I Love…*

Lafargue réprima un geste d'agacement et, d'une démarche brusque, pénétra dans la villa, claquant la porte, courant presque jusqu'à l'escalier, grimpa les marches en bloquant sa respiration. Parvenu à l'étage, il dressa le poing puis se contint et se résigna à frapper doucement de l'index recourbé.

Il tourna les trois verrous qui, de l'extérieur, bloquaient la porte d'entrée de l'appartement où vivait celle qui s'obstinait à rester sourde à son appel.

Sans faire de bruit, il referma la porte et s'avança dans le boudoir. La pièce baignait dans l'obscurité, seule la lampe à abat-jour posée sur le piano dispensait un éclairage tamisé. Tout au fond de la chambre jouxtant le boudoir, le néon cru de la salle de bains ponctuait d'une tache blanc vif l'extrémité de l'appartement.

Dans la pénombre, il se dirigea vers la chaîne et coupa le son, interrompant les premières notes de la mélodie qui, sur le disque, suivait *The Man I love*.

Il domina sa colère avant de murmurer d'un ton neutre, exempt de reproches, une remarque pourtant acerbe sur la durée raisonnable d'une séance de maquillage, du choix d'une robe, de la sélection des bijoux convenant au type de soirée à laquelle lui et Ève étaient conviés…

Il s'avança ensuite jusqu'à la salle de bains et étouffa un juron lorsqu'il vit la jeune femme se prélasser dans un épais cocon de mousse bleutée. Il soupira. Son regard croisa celui d'Ève ; le défi qu'il lui sembla y lire le fit ricaner. Il secoua la tête, presque amusé par ces enfantillages, avant de quitter l'appartement…

De retour dans le grand salon, au rez-de-chaussée, il se servit un scotch au bar installé près de la cheminée et but le verre d'une traite. L'alcool lui brûla l'estomac et son visage s'anima de tics. Il se dirigea alors vers l'interphone relié à l'appartement d'Ève, appuya sur la touche et se racla la gorge avant de hurler, la bouche écrasée contre la grille de plastique :

— Je t'en supplie, dépêche-toi, ordure !

Ève sursauta violemment quand les deux baffles de 300 watts encastrées dans les cloisons du boudoir répercutèrent à pleine puissance le hurlement de Richard.

Elle frissonna avant de sortir sans hâte de l'immense baignoire circulaire pour enfiler un peignoir de tissu-éponge. Elle vint s'asseoir devant la coiffeuse et entreprit de se maquiller, maniant le crayon à paupières à petits gestes vifs.

Conduite par Roger, la Mercedes quitta la villa du Vésinet pour gagner Saint-Germain. Richard observait Ève, indolente à ses côtés. Elle fumait avec nonchalance, portant avec régularité le fume-cigarette d'ivoire à ses lèvres fines. Les lumières de la ville pénétraient par flashes intermittents à l'intérieur de la voiture et accrochaient des traits de brillance éphémère à la robe-fourreau de soie noire.

Ève se tenait le cou rejeté en arrière et Richard ne pouvait voir son visage, seulement éclairé par le rougeoiement bref de la cigarette.

*

Ils ne s'attardèrent pas à cette garden-party organisée par un quelconque affairiste tenant ainsi à signifier son existence à l'aristocratie des environs. Ils déambulèrent — Ève au bras de Richard — parmi les invités. Un orchestre installé dans le parc distillait une musique douce. Des groupes se formaient à proximité des tables et des buffets disséminés le long des allées.

Ils ne purent éviter une ou deux sangsues mondaines et durent boire quelques coupes de champagne en portant des toasts en l'honneur du maître de maison. Lafargue rencontra certains confrères parmi lesquels un membre du Conseil de l'Ordre ; il se fit complimenter pour son dernier article dans *La Revue du praticien*. Au détour de la conversation, il promit même sa participation pour une conférence sur la chirurgie réparatrice du sein lors des futurs entretiens de Bichat. Plus tard, il se maudit de s'être ainsi laissé piéger alors qu'il aurait pu opposer un refus poli à la demande qui lui était faite.

Ève se tint à l'écart, et semblait rêveuse. Elle savourait les regards concupiscents que quelques convives se risquaient à lui adresser et se délectait à y répondre par une moue de mépris, presque imperceptible.

Elle quitta Richard un instant pour s'approcher de l'orchestre et demander que l'on joue *The Man I Love*. Lorsque les premières mesures, suaves et langoureuses, retentirent, elle était de retour auprès de Lafargue. Un sourire narquois naquit sur ses lèvres quand la douleur se fit jour sur le visage du médecin. Il la prit délicatement par la taille pour l'entraîner un peu à l'écart. Le saxophoniste entama un solo plaintif et Richard dut se contenir pour ne pas gifler sa compagne.

Ils saluèrent enfin leur hôte, vers minuit, et regagnèrent la villa du Vésinet. Richard accompagna Ève jusqu'à sa chambre. Assis sur le sofa, il la regarda se dévêtir, d'abord machinalement, puis avec langueur, lui faisant face, le dévisageant avec ironie.

Les poings sur les hanches, les jambes écartées, elle se planta face à lui, la toison du pubis à la hauteur de son visage. Richard haussa les épaules et se leva pour aller chercher un coffret nacré rangé sur un rayonnage de la bibliothèque. Ève s'allongea sur une natte posée à même le sol. Il s'accroupit en tailleur auprès d'elle, ouvrit le coffret et en sortit la longue pipe ainsi que le papier d'argent contenant les petites boules graisseuses.

Il bourra délicatement la pipe et fit grésiller une allumette contre le fourneau avant de la tendre à Ève. Elle tira de longues bouffées. L'odeur fade se répandit dans la pièce. Couchée sur le côté, lovée en chien de fusil, elle fumait en fixant Richard. Bientôt son regard se troubla et devint vitreux... Déjà, Richard préparait une autre pipe.

Une heure plus tard, il la quittait après avoir fermé à double tour les trois verrous de l'appartement. De retour dans sa chambre, il se déshabilla à son tour et contempla longuement son visage grisonnant dans le miroir. Il sourit à son image, à ses cheveux blancs, aux rides nombreuses et profondes qui creusaient sa face. Il tendit devant lui ses mains ouvertes, puis il ferma les yeux et esquissa le geste de déchirer un objet imaginaire. Couché enfin, il se retourna de longues heures dans son lit avant de s'endormir au petit matin.

2

Line, la femme de chambre, était de congé, et ce fut Roger qui, ce dimanche, prépara le petit déjeuner. Il frappa longuement à la porte de la chambre de Lafargue avant d'obtenir une réponse.

Richard mangea de bon appétit, mordant à pleines dents les croissants frais. Il se sentait d'humeur joyeuse, presque badine. Il passa un jean, une chemise de toile légère, chaussa des mocassins et sortit faire un tour dans le parc.

Les cygnes nageaient de long en large du plan d'eau. Ils s'approchèrent de la rive lorsque Lafargue apparut dans le bosquet de lilas. Il leur lança quelques croûtons de pain, s'accroupit pour leur donner à manger dans sa main.

Puis il marcha dans le parc ; les massifs de fleurs coloraient de taches vives l'étendue verte du gazon fraîchement tondu. Il se dirigea vers la piscine, un bassin d'une vingtaine de mètres aménagé tout au fond du parc. La rue, et même les villas alentour étaient dissimulées au regard par un mur faisant le tour complet de la propriété.

Il alluma une cigarette blonde, tira une bouffée avant de ricaner longuement, et revint vers la maison. À l'office, Roger avait disposé sur la table le plateau du petit déjeuner destiné à Ève. Dans le salon, Richard pressa la touche de l'interphone et, à pleins poumons, hurla : PETIT DÉJEUNER ! DEBOUT !

Puis il monta à l'étage.

Il déverrouilla la porte et s'avança dans la chambre ; Ève dormait encore, dans le grand lit à baldaquin. Son visage émergeait à peine des draps et sa chevelure brune, épaisse et bouclée formait une tache noire sur le satin mauve.

Lafargue s'assit au bord du lit, déposa le plateau auprès d'Ève. Elle trempa le bout des lèvres dans le verre de jus d'orange, et attaqua d'une dent morne une biscotte nappée de miel.

— Nous sommes le 27… dit Richard. C'est aujourd'hui le dernier dimanche du mois. L'auriez-vous oublié ?

Ève secoua faiblement la tête, sans regarder Richard. Ses yeux étaient vides.

— Bien, reprit-il, nous partons d'ici trois quarts d'heure !

Il quitta l'appartement. De retour dans le grand salon, il s'approcha de l'interphone, pour crier :

— J'ai dit trois quarts d'heure, tu as compris ?

Ève s'était figée pour subir la voix amplifiée par les baffles.

*

La Mercedes avait roulé trois heures avant de quitter l'autoroute pour emprunter une petite départementale sinueuse. La campagne normande croulait de torpeur sous le soleil d'été. Richard se servit un soda glacé et proposa un rafraîchissement à Ève qui sommeillait les yeux mi-clos. Elle refusa le verre qu'il lui tendait. Il referma la porte du petit frigo.

Roger conduisait vite mais avec maîtrise. Il gara bientôt la Mercedes à l'entrée d'un château situé à la lisière d'un petit village. Un bout de forêt très dense entourait le domaine dont quelques dépendances, protégées par une grille, se rapprochaient des premières maisons du village. Assis sur le parvis, des groupes de promeneurs savouraient le soleil. Des femmes en blouse blanche circulaient parmi eux, les bras encombrés de plateaux chargés de gobelets de plastique multicolores.

Richard et Ève montèrent la volée de marches menant à l'entrée puis se dirigèrent vers le guichet d'accueil derrière lequel trônait une imposante hôtesse. Elle sourit à Lafargue, serra la main d'Ève et héla un infirmier. À sa suite, Ève et Richard prirent un ascenseur qui stoppa au troisième étage. Un long couloir étalait une perspective rectiligne entrecoupée de renfoncements logeant des portes munies d'un judas rectangulaire de plastique translucide. L'infirmier, sans un mot, ouvrit la septième porte à gauche en partant de l'ascenseur. Il s'effaça pour laisser entrer le couple.

*

Une femme était assise sur le lit, une femme très jeune, malgré ses rides et ses épaules voûtées. Elle offrait le spectacle pénible d'un vieillissement prématuré, venu creuser de profonds sillons dans un visage par ailleurs encore enfantin. Les cheveux en désordre formaient une tignasse épaisse, hérissée d'épis. Les yeux, exorbités, roulaient en tous sens. La peau était parsemée de croûtes noirâtres. La lèvre inférieure tremblait spasmodiquement, et le torse se balançait lentement, d'avant en arrière, régulier, tel un métronome. Elle ne portait qu'une chemise de toile bleue, sans poche. Ses pieds nus flottaient dans des mules à pompons.

Elle ne semblait pas avoir remarqué l'entrée des visiteurs. Richard s'assit auprès d'elle et lui prit le menton pour tourner son visage vers lui. La femme était docile, mais rien dans son expression ni dans ses gestes ne laissa transparaître ne fût-ce que l'esquisse d'un sentiment ou d'une émotion.

Richard passa un bras autour de ses épaules et l'attira contre lui. Le balancement cessa. Ève, debout près du lit, regardait le paysage au travers de la fenêtre au vitrage renforcé.

— Viviane, murmura Richard, Viviane, ma douce…

Soudain, il se leva, saisit Ève par le bras. Il la contraignit à se tourner vers Viviane, qui avait repris son balancement, l'œil hagard.

— Donne-lui… dit-il dans un souffle.

Ève ouvrit son sac à main pour en tirer une boîte de chocolats fourrés. Elle se pencha et tendit la boîte à cette femme, Viviane.

Avec des gestes désordonnés, Viviane s'en empara, arracha le couvercle et, goulûment, se mit à dévorer les chocolats, tous, l'un après l'autre. Richard l'observait, hébété.

— Bien, c'est suffisant… soupira Ève.

Et elle poussa Richard doucement hors de la chambre. L'infirmier attendait dans le couloir ; il referma la porte, tandis qu'Ève et Richard se dirigeaient vers l'ascenseur.

Ils revinrent au guichet d'accueil pour échanger quelques mots en compagnie de l'hôtesse. Puis Ève fit signe au chauffeur qui, adossé à la Mercedes, lisait *L'Équipe*. Richard et Ève prirent place à l'arrière et la voiture s'engagea sur la départementale menant à l'autoroute, afin de regagner la région parisienne et la villa du Vésinet, enfin.

*

Richard avait bouclé Ève dans l'appartement du premier étage et congédié les domestiques pour le restant de la journée. Il se relaxa dans le salon, grignotant les plats froids qu'avait servis Line avant de s'en aller. Il était près de dix-sept heures lorsqu'il s'installa au volant de la Mercedes et fila vers Paris.

Il se gara près de la Concorde et pénétra dans un immeuble de la rue Godot-de-Mauroy. Son trousseau de clés à la main, il grimpa trois étages d'un pas rapide. Il ouvrit la porte d'un studio spacieux. Le centre de la pièce était occupé par un grand lit rond recouvert de draps de satin mauve, et les murs ornés de quelques gravures érotiques.

Sur la table de chevet était posé un combiné téléphonique équipé d'un répondeur automatique. Richard enclencha la cassette et écouta les appels. Il y en avait eu trois durant les deux derniers jours. Des voix rauques, au souffle court : des voix d'hommes laissant un message destiné à Ève. Il nota les heures de rendez-vous proposées. Il sortit du studio, descendit rapidement dans la rue et remonta en voiture. De retour au Vésinet, il se dirigea vers l'interphone et, d'une voix doucereuse, appela la jeune femme.

— Ève, tu m'entends ? Trois ! Ce soir !

Il monta à l'étage.

Elle était dans le boudoir, occupée à peindre une aquarelle. Un paysage serein, charmant, une clairière inondée de lumière et, au centre de la toile, dessiné au fusain noir, le visage de Viviane. Richard partit d'un grand éclat de rire, attrapa un flacon de vernis à ongles rouge sur la coiffeuse, et en versa le contenu sur l'aquarelle.

— Vous ne changerez donc jamais ? susurra-t-il.

Ève s'était levée et, méthodique, rangeait les pinceaux, les couleurs, le chevalet. Richard l'attira contre lui, le visage touchant presque le sien, il murmura :

— Je vous remercie, du fond du cœur, de cette docilité qui vous amène à vous plier à mon désir…

Les traits d'Ève se crispèrent ; de sa gorge, une longue plainte jaillit, sourde et grave. Puis une lueur de colère dans son regard.

— Lâche-moi, saloperie de maquereau !

— Ah ! Très drôle ! Si ! Je vous assure, vous êtes charmante, dans vos moments de révolte..

Elle s'était dégagée de son étreinte. Elle remit sa chevelure en place, ajusta ses vêtements.

— Bien, dit-elle, ce soir ? Vous le voulez vraiment ? Quand partons-nous ?

— Mais… tout de suite !

Ils n'échangèrent pas une parole durant le trajet. Toujours sans un mot, ils se retrouvèrent dans le studio de la rue Godot-de-Mauroy.

— Préparez-vous, ils ne devraient plus tarder, ordonna Lafargue.

Ève ouvrit un placard et se déshabilla. Elle rangea ses vêtements avant de se déguiser à l'aide de longues cuissardes noires, d'une jupe de cuir et de bas résille. Elle se farda le visage — poudre blanche, rouge à lèvres écarlate — et s'assit sur le lit.

Richard sortit du studio pour entrer dans le studio mitoyen. Sur l'un des murs, une glace sans tain permettait d'observer secrètement ce qui se passait dans la pièce où attendait Ève.

Le premier client, un commerçant à la soixantaine poussive, rouge d'apoplexie, arriva un peu plus d'une demi-heure plus tard. Le deuxième, vers vingt et une heures seulement, un pharmacien provincial qui venait visiter Ève à intervalles réguliers et se contentait de la voir déambuler nue dans l'espace étroit de la pièce. Le troisième enfin, qu'Ève dut faire patienter, après qu'il eut demandé à venir, tout essoufflé au téléphone. Il s'agissait d'un fils de bonne famille, homosexuel refoulé, qui s'agitait tout en marchant, proférant des insultes, se masturbant tandis qu'Ève l'accompagnait dans ses déplacements en lui donnant la main.

Richard, derrière le miroir, exultait de ce spectacle, riant en silence, se balançant dans un rocking-chair, applaudissant à chaque grimace de dégoût de la jeune femme.

Quand tout fut terminé, il la rejoignit. Elle abandonna ses vêtements de cuir pour revêtir un tailleur de coupe sobre.

— C'était parfait ! Vous êtes toujours parfaite… Merveilleuse et patiente ! Venez, murmura Richard.

Il lui prit le bras pour l'emmener souper dans un restaurant slave. Il abreuva de billets les musiciens de l'orchestre tzigane agglutinés autour de leur table, les billets récupérés sur la table de chevet après que les clients d'Ève les eurent déposés en échange du service accompli.

*

… Souviens-toi. C'était un soir d'été. Il faisait une chaleur abominable, moite, un fardeau insupportable. Un orage qui tardait à venir. Tu as pris ta moto, pour filer dans la nuit. L'air de la nuit, pensais-tu, me fera du bien.

Tu roulais vite. Le vent emplissait ta chemise, en soulevait des pans qui claquaient. Des insectes s'écrasaient sur tes lunettes, sur ton visage, mais tu n'avais plus chaud.

Il a fallu bien du temps avant que tu ne t'inquiètes de la présence de ces deux phares blancs, trouant l'obscurité dans ton sillage. Deux yeux électriques, braqués sur toi, qui ne te quittaient plus. Inquiet, tu as poussé à fond le moteur de la 125, mais la voiture qui te filait était puissante. Elle n'eut aucune peine à se maintenir derrière toi.

Tu zigzaguais dans la forêt, anxieux tout d'abord, puis paniqué devant l'insistance de ce regard qui ne t'abandonnait pas. Dans ton rétro, tu as pu voir que le conducteur était seul. Il ne semblait pas vouloir t'approcher.

L'orage est venu, enfin. Une pluie d'abord fine, battante, ensuite. De virage en virage, la voiture réapparaissait. Dégoulinant d'eau, tu as frissonné. La jauge d'essence de la 125 s'est mise à clignoter dangereusement. Il n'y en avait plus que pour quelques kilomètres. À tourner et encore tourner dans la forêt, tu t'étais perdu. Tu ne savais plus quelle direction prendre pour regagner le village le plus proche.

La chaussée était glissante, tu as ralenti. D'un bond, la voiture s'est approchée, te dépassant presque, en tentant de te faire déraper vers le bas-côté.

Tu as freiné, la moto a fait un tête-à-queue. En relançant le moteur pour repartir en sens inverse, tu as entendu le crissement de ses freins : lui aussi avait viré et te suivait toujours. Il faisait nuit noire et les trombes d'eau qui tombaient du ciel t'empêchaient de distinguer la route devant toi.

Soudain, tu as engagé la roue avant à l'assaut d'un talus, espérant couper à travers les sous-bois, mais la boue t'a fait déraper. La 125 était couchée sur le côté, et le moteur a calé. Tu as tenté de la redresser, ce n'était pas facile.

De nouveau en selle, tu as actionné le kick, mais il n'y avait plus d'essence. Une torche puissante a éclairé les sous-bois. Le pinceau de lumière t'a surpris alors que tu courais te mettre à l'abri d'un tronc d'arbre. Dans la tige de ta botte droite, tu as palpé la lame de la dague, ce poignard de la Wehrmacht que tu portais toujours sur toi…

Oui, la voiture avait elle aussi pilé sur la route et tu as senti ton ventre se nouer, en apercevant cette silhouette massive épauler un fusil. Le canon était tourné vers toi. La détonation s'est mêlée aux coups de tonnerre. La torche était posée sur le toit de la voiture. Elle s'est éteinte.

Tu as galopé, à perdre haleine. Tu te déchirais les mains à écarter les broussailles pour libérer le passage. De temps à autre, la torche se rallumait, un flash de lumière jaillissait de nouveau, derrière toi, éclairant ta fuite. Tu n'entendais plus rien, ton cœur battait très fort ; une croûte de boue, sur tes bottes, alourdissait ta course. Dans ton poing, tu serrais la dague.

Combien de temps la poursuite a-t-elle duré ? Le souffle court, tu bondissais par-dessus les troncs abattus, dans le noir. Une souche couchée par terre t'a fait trébucher et tu t'es étalé sur le sol détrempé.

Allongé dans la boue, tu as entendu ce cri : un feulement. Il a sauté sur ton poignet, t'écrasant la main du talon de sa botte. Tu as lâché la dague. Puis il s'est abattu sur toi, ses mains se sont plaquées sur tes épaules, l'une remontant vers ta bouche, l'autre enserrant ton cou tandis que son genou te heurtait les reins. Tu as tenté de mordre la paume de sa main, mais tes dents n'ont rencontré qu'une motte de terre.

Il te tenait cambré contre lui. Vous êtes restés ainsi, soudés l'un à l'autre, dans l'obscurité… La pluie a cessé.

3

Alex Barny reposait sur le lit-cage, dans la chambre mansardée. Il ne faisait rien, rien d'autre qu'attendre. Le chant des cigales, emplissant la garrigue, provoquait un vacarme lancinant. Par la fenêtre, Alex apercevait les silhouettes biscornues des troncs d'oliviers, se tordant dans la nuit, figés dans des poses saugrenues ; de la manche de sa chemise, il épongea son front où perlait une sueur aigre.

L'ampoule nue, suspendue à un fil, attirait des nuées de moustiques ; tous les quarts d'heure, Alex prenait un accès de rage, et aspergeait les insectes d'un nuage de fly-tox. Sur le sol cimenté, une large auréole noirâtre de cadavres écrasés s'étalait, parsemée de minuscules points rouges.

Alex se leva péniblement et, tout en boitillant, appuyé sur une canne, il sortit de la chambre pour se diriger vers la cuisine du mas, perdu dans la campagne, quelque part entre Cagnes et Grasse.

Le frigo était rempli de victuailles diverses. Alex prit une boîte de bière, arracha la capsule et but. Il rota puissamment, décapsula une seconde boîte et sortit de la maison. Au loin, en contrebas des collines hérissées d'oliviers, la mer brillait au clair de lune, étincelant sous un ciel dépourvu de nuages.

Alex fit quelques pas, précautionneusement. Sa cuisse le fit souffrir, de brefs élancements douloureux. Le pansement lui comprimait la chair. Depuis deux jours, il n'y avait plus de pus ; mais la blessure tardait à se refermer. La balle avait traversé les masses musculaires, épargnant par miracle l'artère fémorale et l'os.

Alex s'appuya d'une main contre un tronc d'olivier et urina, aspergeant de son jet une colonne de fourmis occupées à déménager un effarant tas de brindilles.

Il se remit à boire, tétant la boîte de bière, se gargarisant de mousse, recracha. Il s'assit sur le banc de la véranda, soufflant, rotant de nouveau. De la poche de son short, il tira un paquet de Gauloises. La bière avait éclaboussé son tee-shirt, déjà crasseux de graisse et de poussière. À travers le tissu, il se pinça le ventre, saisissant un pli de peau entre le pouce et l'index. Il grossissait. Depuis ces trois semaines d'oisiveté forcée, uniquement occupé à se reposer et à manger, il grossissait.

Du pied, il écrasa la surface de papier d'un journal datant de plus de quinze jours. Le talon de la pataugas recouvrit le visage qui s'étalait en première page. Le sien. Un texte d'une colonne de caractères épais, d'où se détachaient des majuscules encore plus larges : son nom. Alex Barny.

Une autre photo, plus petite, un type au bras passé autour des épaules d'une femme, un bébé dans les bras. Alex se racla la gorge et cracha sur le journal. La salive, emportant au passage quelques brins de tabac, vint s'étaler sur le visage du bébé. Alex cracha de nouveau et cette fois-ci, ne manqua pas sa cible, le visage du flic souriant à sa petite famille. Ce flic aujourd'hui mort...

Il vida le reste de bière sur le journal, l'encre se dilua, nappant de flou la photo, boursouflant le papier. Il s'absorba dans la contemplation des traînées de liquide qui tachaient peu à peu la page. Puis il la déchira avec les pieds, dans un trépignement

Une bouffée d'angoisse l'envahit. Ses yeux s'embuèrent mais les larmes ne vinrent pas ; les sanglots qui naissaient dans sa gorge se tarirent, le laissant désemparé. Il lissa la bande de son pansement, arrangeant le pli, resserrant le tout en changeant l'épingle à nourrice de place.

Les mains à plat sur les genoux, il resta là, à regarder la nuit. Les premiers jours, quand il était arrivé au mas, il avait eu un mal fou à s'habituer à la solitude. Sa blessure infectée lui donnait un peu de fièvre, ses oreilles bourdonnaient, une sensation désagréable se mêlant au chant des cigales. Il scrutait la garrigue, et souvent il lui semblait voir un tronc remuer ; les bruits de la nuit l'inquiétaient. Il avait toujours son revolver dans la main, ou, lorsqu'il était allongé, posé sur son ventre. Il eut peur de devenir fou.

Le sac contenant les billets était au pied du lit. Il laissait un bras pendre par-dessus le montant de fer et plongeait la main dans les liasses, les retournait, les palpait, jouissant de ce contact.

Il avait des moments d'euphorie, éclatant soudain de rire, se disant qu'après tout, rien ne pouvait lui arriver. On ne le retrouverait pas. Ici, il était à l'abri. Il n'y avait pas de maison voisine, à moins d'un kilomètre. Des touristes hollandais ou allemands qui avaient acheté des mas en ruine et passaient là leurs vacances. Ou bien des hippies à troupeaux de chèvres. Un potier… Rien à craindre ! Durant la journée, il observait parfois la route et les alentours, à la jumelle. Les touristes faisaient de grandes balades à pied, cueillaient des fleurs. Les enfants étaient étonnamment blonds, deux petites filles, un garçon plus âgé. Leur mère prenait des bains de soleil, nue sur le toit plat de la maison, là-bas. Alex l'épiait, se pétrissant l'entrejambe en maugréant…

Il rentra dans la salle à manger pour se préparer une omelette. Il la mangea à même la poêle, sauçant les résidus baveux avec du pain. Puis il joua aux fléchettes, mais les allées et venues nécessaires pour récupérer les projectiles après chaque tir le fatiguèrent bien vite. Il y avait aussi un flipper, qui fonctionnait au début de son séjour, mais il était tombé en panne depuis une semaine.

Il brancha la télé. Il hésita entre un western sur FR3 et une émission de variétés sur la première chaîne. Le western racontait l'histoire d'un truand qui était devenu juge, après avoir terrorisé tout un village. Ce type-là était fou, il se baladait avec un ours, et sa tête avait une position étrange, penchée de côté : le bandit-juge avait survécu à une pendaison… Alex coupa le son.

Un juge, un vrai, avec sa robe rouge et son espèce de col de fourrure blanche, il en avait vu un, une fois. C'était au palais de Justice de Paris. Vincent l'y avait traîné pour assister à un procès d'assises. Il était un peu fou, Vincent, son seul copain, à lui, Alex.

Aujourd'hui, Alex était dans le pétrin. Dans une telle situation, pensait-il, Vincent saurait quoi faire… Comment sortir de ce trou sans se faire prendre par les flics, comment écouler les billets, à coup sûr répertoriés, comment gagner un pays étranger, s'y débrouiller pour se faire oublier. Vincent parlait anglais, espagnol…

Et puis d'abord, Vincent ne se serait pas laissé piéger aussi bêtement ! Il aurait prévu le flic, la caméra dissimulée dans le plafond, qui avait filmé les exploits d'Alex. Et quels exploits ! L'arrivée dans l'agence en hurlant, le revolver braqué sur le caissier…

Vincent aurait eu l'idée de dénombrer les clients habitués du lundi, ce flic notamment, toujours de repos ce jour-là, qui venait à 10 heures retirer du liquide avant d'aller faire ses courses au Carrefour voisin. Vincent aurait mis une cagoule, tiré dans la caméra... Alex avait une cagoule, mais le flic la lui avait arrachée. Vincent n'aurait pas attendu pour descendre ce type qui avait voulu jouer les héros. Tant qu'à mourir...

Mais c'était Alex – pétrifié de stupeur, l'espace d'un instant, une fraction de seconde avant de prendre la décision : faire feu tout de suite ! – Alex qui s'était laissé surprendre, Alex qui avait pris cette balle dans la cuisse, Alex qui s'était traîné dehors, ruisselant de sang, son sac plein de billets à la main, non, vraiment, Vincent s'en serait mieux tiré !

Vincent n'était plus là. Personne ne savait où il se cachait. Peut-être était-il mort ? En tout cas, son absence s'était avérée désastreuse.

Pourtant Alex avait appris. Après la disparition de Vincent, il s'était fait de nouveaux amis qui lui avaient fourni des faux papiers et cette planque perdue dans la garrigue provençale. Depuis presque quatre ans que Vincent avait disparu, Alex s'était transformé. La ferme de son père, le tracteur, les vaches, c'était bien loin. Il était devenu videur dans une boîte de nuit, à Meaux. Ses mains en battoirs faisaient parfois des ravages, le samedi soir, parmi les clients avinés et turbulents. Alex avait de beaux habits, une grosse bague, une voiture. Presque un monsieur !

Et, à force de cogner pour le compte des autres, il s'était dit qu'après tout, s'il cognait pour son propre compte, ce ne serait pas si mal. Alex avait cogné, cogné, cogné. Le soir, tard, à Paris, dans les beaux quartiers, à la sortie des boîtes, des restaurants... Une véritable moisson de portefeuilles, plus ou moins bien garnis, des

Cartes Bleues, si pratiques pour régler les factures de sa garde-robe maintenant imposante.

Puis Alex en avait eu assez, de cogner si fort, si souvent, pour un rendement somme toute dérisoire. En une seule fois, à la banque, en cognant très fort, il pourrait se dispenser de cogner pour le restant de sa vie.

Il était avachi dans un fauteuil, le regard rivé sur l'écran de télé à présent vide. Une souris passa en couinant le long d'une plinthe, tout près de sa main. D'un geste vif, il allongea le bras, la paume ouverte, et ses doigts se refermèrent sur le petit corps velu. Il sentait battre le cœur minuscule, affolé. Il se rappela les champs, les roues du tracteur qui débusquaient les rats, les oiseaux cachés dans les haies.

Il approcha la souris de son visage et commença à serrer doucement. Ses ongles s'enfonçaient dans le poil soyeux. Les couinements se firent plus aigus. Alors, il revit la page de journal, les caractères gras, sa photo prisonnière des colonnes de baratin des journalistes.

Il se leva, revint vers le perron de la maison, et, de toutes ses forces, lança au loin la souris dans la nuit.

*

… Il y avait ce goût de terre moisie dans ta bouche, toute cette boue visqueuse sous toi, ce contact tiède et doux contre ton torse — ta chemise s'était déchirée — des odeurs de mousse, de bois pourri. Et puis l'étau de ses mains, autour de ton cou, sur ton visage, des doigts crispés qui te tenaient prisonnier, ce genou arc-bouté contre tes reins et sur lequel il pesait de tout son poids, comme s'il avait voulu t'enfoncer dans le sol, pour t'y faire disparaître.

Il haletait, reprenait son souffle. Toi, tu ne bougeais

plus ; attendre, simplement attendre. Le poignard était là, dans l'herbe, quelque part sur la droite. Il faudrait bien, d'ici quelques secondes, qu'il relâche son étreinte. Alors, d'un coup de rein, tu pourrais le désarçonner, le faire basculer, t'emparer de la dague, et le tuer, le tuer, lui ouvrir le ventre, à ce salaud !

Qui était-il ? Un fou ? Un sadique draguant dans la forêt ? Depuis de longues secondes vous gisiez tous les deux, douloureusement enlacés dans la boue, guettant votre souffle dans la nuit. Voulait-il te tuer ? Te violer avant ?

La forêt était totalement silencieuse, inerte, comme vidée de toute vie. Il ne disait rien, respirait plus calmement. Tu attendais un geste. Sa main se dirigeant vers ton bas-ventre ? Quelque chose de ce genre… Peu à peu tu étais parvenu à dominer ta terreur, tu te savais prêt à lutter, à lui enfoncer tes doigts dans les yeux, à chercher sa gorge pour mordre. Mais rien ne venait. Tu étais là, sous lui, à attendre.

Alors, il a ri. D'un petit rire joyeux, sincère, puéril. Un rire de gosse à qui l'on vient de donner son cadeau de Noël. Le rire s'est tari. Tu as entendu sa voix, posée, neutre.

— Ne crains rien, petit, ne bouge pas, je ne vais pas te faire de mal…

Sa main gauche a quitté ton cou, pour allumer la torche. Le poignard était bien là, planté dans l'herbe, à peine à vingt centimètres. Mais, de son pied, il a poussé encore plus fort sur ton poignet, avant de lancer au loin la dague. Ta dernière chance…

Il a posé la torche sur le sol et, t'agrippant par les cheveux, il a tourné ton visage vers le rayon de lumière jaune. Tu étais aveuglé. Il a parlé, de nouveau.

— Oui… c'est bien toi !

Son genou pesait de plus en plus dans ton dos. Tu as crié, mais il a plaqué un chiffon odorant sur ta face. Tu as lutté pour ne pas sombrer, mais, lorsqu'il a peu à peu dégagé son étreinte, tu étais déjà engourdi. Un grand torrent noir, bouillonnant, venait vers toi.

Tu as mis très longtemps à émerger de ta torpeur. Tes souvenirs étaient flous. Tu avais fait un cauchemar, un rêve hideux, dans ton lit ?

Non, tout était noir, comme la nuit du sommeil, mais à présent, tu étais bel et bien éveillé. Tu as hurlé, longuement. Tu as tenté de remuer, de te redresser.

Mais des chaînes entravaient tes poignets, tes chevilles, ne leur accordant qu'une liberté de mouvement très réduite. Dans l'obscurité, tu as palpé le sol sur lequel tu étais allongé. Un sol dur, recouvert d'une espèce de toile cirée. Et derrière, un mur, rembourré de mousse. Les chaînes y étaient scellées, solidement. Tu as tiré dessus, en posant un pied contre le mur, mais elles auraient pu résister à une traction bien plus forte.

C'est alors, seulement, que tu as pris conscience de ta nudité. Tu étais nu, totalement nu, attaché à un mur, par des chaînes. Tu as palpé ton corps, fébrile, à la recherche de plaies dont la douleur serait restée muette. Mais ta peau, fine, était lisse, indolore.

Il ne faisait pas froid, dans cette pièce obscure. Tu étais nu, mais tu n'avais pas froid. Tu as appelé, crié, rugi… Puis tu as pleuré, tapant des poings contre le mur, secouant tes chaînes, hurlant de rage impuissante.

Il t'a semblé que tu criais depuis des heures. Tu t'es assis par terre, sur la toile. Tu as pensé qu'on t'avait drogué, que tout cela, ce n'était qu'hallucinations, délire… Ou que tu étais mort, cette nuit, sur la route, en moto, le souvenir de ta mort t'échappait pour l'instant, mais peut-être reviendrait-il ? Oui, c'était cela, la mort, être enchaîné dans le noir, à ne plus rien savoir…

Mais non, tu vivais. Tu as hurlé, de nouveau. Le sadique t'avait capturé dans la forêt ; pourtant, il ne t'avait fait aucun mal, non, aucun.

Je suis devenu fou… C'est ce que tu as pensé, aussi. Ta voix était faible, cassée, éraillée, ta gorge sèche, tu ne pouvais plus crier.

Alors, tu as eu soif.

Tu as dormi. Au réveil, la soif était là, tapie dans le noir, à t'attendre. Elle avait veillé, patiente, sur ton sommeil. Elle te serrait la gorge, tenace et perverse. Une poussière râpeuse, épaisse, qui tapissait ta bouche, dont les grains crissaient sous tes dents ; non pas une simple envie de boire, non, bien autre chose, que tu n'avais jamais connu et dont le nom, sonore et clair, claquait comme un coup de fouet : la soif.

Tu as essayé de penser à autre chose. Tu t'es récité des poèmes, mentalement. De temps à autre, tu te dressais pour appeler au secours, en frappant sur le mur. Tu hurlais — j'ai soif — puis tu murmurais — j'ai soif — enfin, tu ne pouvais plus que penser : j'ai soif ! En geignant, tu as imploré, supplié qu'on te donne à boire. Tu as regretté d'avoir uriné, au début, tout au début. Tu avais tiré au maximum sur les chaînes, pour pisser au loin, afin que le coin de toile posé sur le sol qui te servait de grabat reste propre. Je vais crever de soif, j'aurais dû boire ma pisse…

Tu as dormi, encore. Des heures, ou seulement quelques minutes ? Impossible de te rendre compte, nu, dans le noir, sans repère.

Il s'était écoulé beaucoup de temps. Soudain, tu as compris : il y avait une erreur ! On t'avait pris pour quelqu'un d'autre, ce n'était pas toi que l'on voulait tor-

turer ainsi. Alors, tu as rassemblé tes dernières forces pour hurler :

— Monsieur, je vous en supplie ! Venez, vous vous êtes trompé ! Je suis Vincent Moreau ! Vous vous trompez ! Vincent Moreau ! Vincent Moreau !

Alors, tu t'es souvenu de la torche, dans la forêt. Le pinceau de lumière jaune sur ton visage, et sa voix, sourde, qui avait dit : c'est bien toi !

C'était donc bien toi.

DEUXIÈME PARTIE

LE VENIN

1

Richard Lafargue se leva de bonne heure ce lundi matin. Sa journée allait être chargée. Au saut du lit, il fit quelques brasses dans la piscine et déjeuna dans le parc, goûtant le soleil matinal, tout en parcourant d'un œil distrait les titres de la presse du jour.

Roger l'attendait, au volant de la Mercedes. Avant de partir, il alla saluer Ève, encore endormie. Il la gifla doucement pour la réveiller. Elle se dressa d'un bond, stupéfaite. Le drap avait glissé et Richard observa la courbe gracieuse de ses seins. Du bout de l'index il la caressa, remontant de la peau des côtes au sommet de l'aréole.

Elle ne put s'empêcher de rire, elle saisit sa main et la dirigea vers son ventre. Richard eut un mouvement de recul. Il se leva et quitta la chambre. Sur le pas de porte, il se retourna. Ève avait complètement rejeté le drap et lui tendait les bras. Ce fut à son tour de rire.

— Abruti ! siffla-t-elle, tu en crèves d'envie !

Il haussa les épaules, tourna les talons et disparut.

Une demi-heure plus tard, il était à l'hôpital, au centre de Paris. Il dirigeait un service de chirurgie plastique de renommée internationale. Mais il ne passait là que ses matinées, réservant ses après-midi à la clinique lui appartenant, à Boulogne.

Il s'enferma dans son bureau pour étudier le dossier de l'intervention prévue ce jour-là. Ses assistants l'attendaient impatiemment. Après s'être donné le temps nécessaire à la réflexion, il passa ses vêtements stériles et pénétra dans le bloc.

La salle était surmontée d'un amphithéâtre en gradins, séparée du bloc par une vitre. Les spectateurs, médecins et étudiants, attendaient en nombre ; ils écoutèrent la voix de Lafargue, déformée par le haut-parleur, exposer le cas.

— Bien, nous avons, sur le front et les joues, de larges placards chéloïdiens : il s'agit d'une brûlure par explosion d'une « bouillotte chimique », la pyramide nasale est pratiquement inexistante, les paupières sont détruites, vous voyez donc ici une indication typique de traitement par lambeaux cylindriques… Nous allons mettre à contribution le bras ainsi que l'abdomen…

À l'aide d'un scalpel, Lafargue incisait déjà de larges rectangles de peau sur le ventre du patient. Au-dessus de lui, les visages des spectateurs se pressaient contre la vitre. Une heure plus tard, il pouvait montrer un premier résultat : des lambeaux de peau, cousus en cylindre, partaient du bras de l'opéré et de son ventre pour venir se rattacher à son visage ravagé par les brûlures. Leur double amarrage permettrait de régénérer le revêtement facial, totalement délabré.

On emportait déjà l'opéré au-dehors. Lafargue arracha son masque et termina ses explications.

— Dans ce cas, le plan opératoire était conditionné par la hiérarchie des urgences. Il va de soi que ce type d'intervention devra être réitéré à plusieurs reprises avant d'obtenir un résultat satisfaisant.

Il remercia son auditoire pour son attention et quitta le bloc. Il était plus de midi. Lafargue se dirigea vers un restaurant proche ; sur le chemin, ses pas croisèrent une parfumerie. Il entra pour acheter un flacon de parfum qu'il comptait offrir à Ève le soir même.

Après le repas, Roger le conduisit jusqu'à Boulogne. La consultation démarrait à quatorze heures. Lafargue fit défiler ses patients rapidement : une jeune mère de famille amenant son fils atteint d'un bec-de-lièvre, une brassée de nez — le lundi était le jour des nez : nez cassés, nez proéminents, nez déviants… Lafargue palpait le visage de part et d'autre des cloisons nasales, montrait des photos « avant/après ». Les femmes étaient en majorité, mais quelques hommes venaient aussi.

Lorsque la consultation fut terminée, il travailla seul, compulsant les dernières revues américaines. Roger vint le chercher à dix-huit heures.

De retour au Vésinet, il frappa à la porte d'Ève, tourna les verrous. Elle était assise au piano, nue, et jouait une sonate, sans sembler s'apercevoir de la présence de Richard. Elle lui tournait le dos, assise sur le tabouret. Ses cheveux noirs et bouclés voletaient mèche par mèche sur ses épaules, elle dodelinait de la tête en frappant le clavier. Il admirait son dos, charnu et musclé, les fossettes de ses reins, ses fesses… Soudain, elle interrompit la sonate, légère et onctueuse, pour attaquer les premières mesures de ce morceau que Richard haïssait. Elle fredonna, d'une voix rauque, forçant les graves. *Some day, he'll come along, The Man I love…* Elle plaqua un accord dissonant, interrompant le morceau, et fit pivoter le tabouret d'un mouvement de reins. Elle se tenait assise face à Richard, les cuisses écartées, les poings sur les genoux, dans une pose de défi obscène.

Il ne put, durant quelques secondes, détacher ses yeux de la toison brune qui masquait son pubis. Elle fronça les sourcils, et, avec lenteur, écarta encore plus les jambes, plongea un doigt dans la fente de son sexe, écartant les lèvres, tout en gémissant.

— Assez ! cria-t-il.

Avec gaucherie, il lui tendit le flacon de parfum acheté le matin. Elle le toisa d'un air ironique. Il déposa le paquet sur le piano et lui lança un peignoir en lui ordonnant de se couvrir.

Elle se leva d'un bond et, tout sourire, vint se plaquer contre lui, après avoir rejeté le peignoir. Elle passa les bras autour de son cou et frotta sa poitrine contre le torse de Richard. Il dut lui tordre les poignets pour se dégager.

— Préparez-vous ! ordonna-t-il. La journée a été magnifique. Nous allons sortir.

— Je m'habille putain ?

Il bondit sur elle et, de sa main, lui enserra le cou, la maintenant à distance. Il répéta son ordre. Elle suffoquait sous la douleur, si bien qu'il dut la lâcher sans tarder.

— Pardonnez-moi, bredouilla-t-il. Je vous en prie, habillez-vous.

Il redescendit au rez-de-chaussée, anxieux. Il décida de se calmer en examinant son courrier. Il détestait avoir à se pencher sur les détails matériels de la gestion de la maison mais depuis la venue d'Ève, il avait été amené à congédier la personne qu'il chargeait auparavant de ces menus travaux de secrétariat.

Il calcula les heures supplémentaires dues à Roger, les prochains congés payés de Line, se trompa dans les taux horaires, dut recommencer. Il était encore penché sur sa paperasserie lorsque Ève parut au salon.

Elle était resplendissante, dans une robe décolletée de lamé noir ; un collier de perles agrémentait son cou. Elle se pencha vers lui et il reconnut sur sa peau blême l'odeur du parfum qu'il venait de lui offrir.

Elle lui sourit et le prit par le bras. Il s'installa au volant de la Mercedes et roula quelques minutes avant d'entrer dans la forêt de Saint-Germain encombrée par de nombreux promeneurs, attirés par la douceur du soir.

Elle marchait à ses côtés, la tête appuyée contre son épaule. Ils restèrent sans parler tout d'abord, puis il lui raconta son opération de la matinée.

— Tu m'emmerdes... chantonna-t-elle.

Il se tut, à demi vexé. Elle lui avait pris la main et l'observait, l'air amusé. Elle voulut s'asseoir sur un banc.

— Richard ?

Il semblait absent, elle dut l'appeler de nouveau. Il vint auprès d'elle.

— Je voudrais voir la mer... Il y a si longtemps. J'adorais nager, tu sais. Une journée, une seule, voir la mer. Je ferai ce que tu voudras, ensuite...

Il haussa les épaules, expliqua que le problème n'était pas là.

— Je te promets que je ne m'enfuirai pas...

— Vos promesses ne valent rien ! Et vous faites déjà ce que je veux !

Il eut un geste d'agacement, puis lui demanda de se taire. Ils marchèrent encore un peu jusqu'au bord de l'eau. Des jeunes gens faisaient de la planche à voile sur la Seine.

Elle s'écria tout d'un coup « j'ai faim ! » et attendit la réponse de Richard qui proposa de l'emmener souper tout près de là, dans un restaurant.

Ils s'installèrent sous une tonnelle, un serveur vint prendre la commande. Elle mangea de bon appétit ; lui ne touchait presque pas aux plats. Elle s'énerva à décortiquer une queue de langouste et, n'y parvenant qu'à grand-peine, prit des mimiques d'enfant. Il ne put s'empêcher de rire. Elle rit également, et les traits de Richard se figèrent. Mon Dieu, pensa-t-il, à certains moments, elle semble presque heureuse ! C'est incroyable, injuste !

Elle avait saisi le changement d'attitude de Lafargue et décida donc d'exploiter la situation. Elle lui fit signe de se pencher vers elle, et chuchota à son oreille…

— Richard, écoute. Le serveur, là-bas, il ne me quitte pas des yeux depuis le début du repas. Je peux m'arranger pour plus tard…

— Taisez-vous !

— Mais si, je vais aux toilettes, je lui donne rendez-vous, et je me fais mettre tout à l'heure, dans un buisson.

Il s'était écarté d'elle, elle continua de chuchoter, plus fort, en ricanant.

— Non, tu ne veux pas ? En te cachant, tu pourras tout voir, je me débrouillerai pour me rapprocher de toi. Regarde-le, il en bave d'envie…

Il lui souffla la fumée de sa cigarette en plein visage. Mais elle ne se taisait toujours pas.

— Non ? Vraiment ? Comme ça, à la va-vite, en retroussant ma robe, tu aimais bien, pourtant, au début ?

« Au début », en effet, Richard amenait Ève dans les bois — Vincennes ou Boulogne — et la contraignait à se livrer aux passants de la nuit, observant sa déchéance, caché dans un taillis. Puis, par crainte d'une rafle de police qui aurait été catastrophique, il avait loué le studio de la rue Godot-de-Mauroy. Depuis, il prostituait Ève à intervalles réguliers deux ou trois fois par mois. Cela suffisait à apaiser sa haine.

— Aujourd'hui, dit-il, vous avez décidé d'être insupportable… Vous me feriez presque pitié !

— Je ne te crois pas !

Elle me provoque, pensa-t-il, elle veut me faire croire qu'elle s'est installée confortablement dans la fange où je la fais vivre, elle veut me faire croire qu'elle prend plaisir à s'avilir…

Elle poursuivait son jeu, risquant même un clin d'œil éloquent en direction du serveur qui rougit jusqu'aux oreilles.

— Venez, nous partons ! Tout cela a assez duré. Si vous tenez tant à me « faire plaisir », nous irons demain soir relever vos rendez-vous, ou peut-être vous demanderai-je de traîner un peu sur les trottoirs…

Ève sourit et lui prit la main pour ne pas perdre contenance ; il savait combien toutes ces étreintes tarifées lui étaient pénibles et combien elle souffrait à chaque fois qu'il la forçait à se vendre : parfois, lors de ces moments, il voyait, au travers du miroir sans tain du studio, ses yeux s'embuer de larmes, son visage se tordre de douleur contenue. Et il jubilait alors de cette souffrance qui était son seul réconfort…

Ils revinrent à la villa du Vésinet. Elle courut dans le parc, se dévêtit prestement et plongea dans la piscine en criant de joie. Elle s'ébattait dans l'eau, disparaissant sous la surface pour de rapides apnées.

Lorsqu'elle sortit du bassin, il l'enveloppa d'une grande serviette-éponge et la frictionna vigoureusement. Elle se laissait faire en regardant les étoiles. Puis il la raccompagna jusqu'à son appartement où, comme tous les soirs, elle s'allongea sur la natte. Il prépara la pipe, les boules d'opium, et lui tendit la drogue.

— Richard, murmura-t-elle, tu es vraiment le plus grand salaud que j'aie jamais vu…

Il veilla à ce qu'elle termine sa dose quotidienne. Il n'avait pas besoin de l'y contraindre, elle ressentait le manque, depuis longtemps déjà…

*

Après la soif est venue la faim. Au dessèchement de ta gorge, à ces cailloux aux arêtes saillantes qui te déchiraient la bouche, sont venues se joindre des douleurs profondes, diffuses, dans ton ventre ; des mains qui te tordaient l'estomac, l'emplissant d'aigreurs et de crampes…

Depuis des jours, oh oui, pour avoir si mal, il fallait bien qu'il se soit écoulé tant de temps, depuis des jours tu croupissais dans ce réduit. Un réduit ? Non… il te semblait à présent que la pièce où tu étais détenu était assez vaste, sans que tu puisses l'affirmer avec certitude. L'écho de tes cris sur les murs, tes yeux habitués à l'obscurité te faisaient presque « voir » les parois de ta prison.

Tu délirais sans cesse, au fil des heures interminables. Avachi sur ton grabat, tu ne te levais plus. Par moments, tu enrageais contre tes chaînes, tu mordais le métal avec de petits grognements de bête sauvage.

Un jour, tu avais vu un film, un documentaire sur la chasse, des images pitoyables d'un renard à la patte prise dans un piège, et qui s'était rongé la chair, l'arrachant par lambeaux, jusqu'à ce que l'étreinte du piège devienne lâche. Alors, l'animal avait pu s'enfuir, mutilé.

Toi, tu ne pouvais mordre tes poignets ou tes chevilles. Ils étaient pourtant ensanglantés, à cause du frottement incessant de la peau contre le métal. C'était chaud et enflé. Si tu avais pu encore penser, tu aurais eu peur de la gangrène, de l'infection, de la pourriture qui allait t'envahir, remontant de tes membres.

Mais tu ne rêvais que d'eau, de torrent, de pluie, de n'importe quoi pourvu qu'on puisse le boire. Tu n'uri-

nais plus qu'à grand-peine ; les douleurs dans les reins, à chaque miction, se faisaient de plus en plus violentes. Une longue brûlure descendant dans ton sexe, libérant quelques gouttes chaudes. Tu te vautrais dans tes excréments, séchés en croûte sur ta peau.

Ton sommeil, étrangement, était serein. Tu dormais lourdement, assommé de fatigue, mais le réveil était atroce ; peuplé d'hallucinations. Des créatures monstrueuses te guettaient dans le noir, prêtes à bondir sur toi, pour te mordre. Tu croyais entendre des raclements de pattes griffues sur le ciment, des rats, attendant dans le noir, t'épiant de leurs yeux jaunes.

Tu appelais Alex, et ce cri se réduisait à un raclement de gorge. S'il avait été là, il aurait arraché les chaînes, il aurait su comment faire. Alex aurait trouvé une solution, une ruse de paysan. Alex ! Il devait te chercher, depuis ta disparition. Depuis quand ? QUAND ?

Et Il est venu. Un jour ou une nuit, impossible de savoir. Une porte, là-bas, droit devant toi, s'est ouverte. Un rectangle de luminosité qui t'a tout d'abord aveuglé.

La porte s'est refermée, mais Il était entré, Sa présence emplissait l'espace de la prison.

Tu retenais ton souffle, guettant le moindre bruit, accroupi contre le mur, affolé comme un cafard surpris en pleine lumière. Tu n'étais plus qu'un insecte prisonnier d'une araignée repue, qui te gardait en réserve pour un repas à venir. Elle t'avait capturé pour te savourer en toute quiétude, quand l'envie lui viendrait de goûter ton sang. Tu imaginais ses pattes velues, ses gros yeux globuleux, implacables, son ventre mou, gorgé de viande, vibrant, gélatineux, et ses crocs venimeux, sa bouche noire qui allait te sucer la vie.

Brusquement, un projecteur puissant t'a aveuglé. Tu étais là, seul acteur sur la scène de ta mort prochaine, paré pour jouer le dernier acte. Tu distinguais une silhouette assise dans un fauteuil, à trois ou quatre mètres devant toi. Mais le contre-jour du faisceau du projecteur t'interdisait de discerner les traits du monstre. Il avait croisé les jambes, joint ses mains sous le menton, et te contemplait, inerte.

Tu as fait un effort surhumain pour te redresser et, à genoux, en faisant le geste de la prière, tu as demandé à boire. Les mots s'entrechoquaient dans ta bouche. Les bras tendus vers lui, tu implorais.

Il n'a pas bougé. Tu as balbutié ton nom : Vincent Moreau, erreur, Monsieur, il y a erreur, je suis Vincent Moreau. Et tu t'es évanoui.

Lorsque tu as repris conscience, il avait disparu. Alors, tu as su ce qu'était le désespoir. Le projecteur était toujours allumé. Tu as vu ton corps, les boutons sur ta peau, gorgés de pus, les striures de crasse, les éraflures causées par les chaînes, les plaques de merde séchée qui collaient à tes cuisses, tes ongles démesurément longs.

La lumière violente et blanche te faisait pleurer. Il s'est encore écoulé beaucoup de temps avant qu'il ne revienne. De nouveau, il s'est assis dans le fauteuil, face à toi. À ses pieds il avait déposé un objet que tu as reconnu tout de suite. Une cruche… D'eau ? Tu étais à genoux, à quatre pattes, la tête basse. Il s'est approché. Il a versé l'eau de la cruche sur ta tête, d'un seul coup. Tu as lapé la mare, sur le sol. Tu as lissé tes cheveux de tes mains tremblantes pour en faire couler l'eau que tu léchais sur tes paumes.

Il est allé chercher une autre cruche, que tu as bue d'un trait, avidement. Alors, dans ton ventre, une violente douleur s'est frayé un chemin ; et tu as fait sous toi, un long jet de diarrhée liquide. Il te regardait. Tu ne t'es pas tourné contre le mur, pour échapper à ses yeux. Accroupi à ses pieds tu t'es soulagé, heureux d'avoir bu. Tu n'étais plus rien, rien qu'une bête assoiffée, affamée et meurtrie. Une bête qui s'était appelée Vincent Moreau.

Il a ri, de ce rire enfantin que tu avais déjà entendu dans la forêt.

Il est revenu souvent pour te donner à boire. Il te semblait immense, dans le contre-jour du projecteur et son ombre envahissait la pièce, énorme et menaçante. Mais tu n'avais plus peur, puisqu'il te donnait à boire ; c'était là, pensais-tu, le signe qu'il comptait te garder en vie.

Plus tard, il a apporté une gamelle de fer-blanc, remplie d'une bouillie rougeâtre, où flottaient des boulettes de viande. Il a plongé sa main dans la gamelle, a saisi tes cheveux pour cambrer ta tête en arrière. Tu as mangé dans sa main, sucé ses doigts dégoulinant de sauce. C'était bon. Il t'a laissé continuer ton repas, à plat ventre, la face à demi plongée dans l'écuelle. Tu n'as rien laissé de la pâtée que ton maître venait de te donner.

Au fil des jours, la bouillie était toujours la même. Il venait dans ta prison, te donnait l'écuelle et la cruche, et te regardait bâfrer. Puis il s'en allait, toujours en riant.

Tu reprenais des forces, peu à peu. Tu économisais un peu d'eau pour te laver et tu faisais tes besoins au même endroit, à droite de la toile cirée.

L'espoir était revenu, insidieusement : le maître tenait à toi...

*

Alex sursauta violemment. Un bruit de moteur venait troubler le silence de la garrigue. Il regarda sa montre : sept heures du matin. Il bâilla, la bouche pâteuse, la langue alourdie par l'alcool — bière et ensuite gin — ingurgité durant la nuit afin de trouver le sommeil.

Il saisit les jumelles et les braqua sur la route. La famille de touristes hollandais s'était entassée au grand complet dans une land-rover, les enfants portaient des pelles et des épuisettes… Une journée à la mer en perspective. La jeune mère de famille était en bikini et ses seins lourds tendaient le tissu fin du maillot de bain. Alex souffrait d'une érection matinale… Depuis combien de temps n'avait-il pas eu de femme ? Au moins six semaines ? Oui, la dernière était une fille de ferme. C'était loin, déjà.

Elle s'appelait Annie, une copine d'enfance. Il la revoyait, avec ses cheveux roux, ses nattes, dans la cour de l'école. Dans une autre vie, presque oubliée, celle d'Alex le pécore, d'Alex le plouc. Peu avant d'attaquer la banque, il avait fait une visite à ses parents, toujours bouseux, eux !

Il était entré dans la cour de la ferme, un après-midi pluvieux, avec sa voiture, une Ford au moteur ronflant. Son père l'attendait sur le perron de la maison. Alex était fier de ses habits, de ses chaussures, de sa mise d'homme neuf, débarrassé de l'odeur incommodante de la terre.

Il boudait bien un peu, le père. Ce n'est pas un métier propre, de faire le fort du village dans les night-clubs. Mais ça devait bien rapporter : il en avait une allure, le fils ! Et ses mains, aux ongles manucurés, ça l'avait épaté, le père. Il s'était fendu d'un sourire accueillant.

Ils s'étaient assis tous les deux, face à face, dans la grande salle. Le père avait sorti le pain, le saucisson, le pâté et le litre de rouge, puis il avait commencé à manger. Alex s'était contenté d'allumer une cigarette, délaissant le canon servi dans un verre à moutarde. La mère les regardait, debout, en silence. Il y avait aussi Louis et René, les garçons de ferme. De quoi pouvaient-ils parler ? Du temps qu'il faisait, du temps qu'il allait faire ? Alex se leva, vint frapper affectueusement sur l'épaule du père, avant de sortir dans la grand'rue du village. Aux fenêtres des maisons, les rideaux remuaient furtivement : sournoisement, on guettait le passage du voyou, le fils Barny…

Alex entra dans le *Café des Sports* et, pour épater la galerie, offrit une tournée générale. Quelques vieux jouaient aux cartes, en cognant fort du poing sur la table pour abattre leur jeu, et deux ou trois gamins s'escrimaient sur un flipper. Alex était fier de sa réussite. Il serra des mains, but un coup à la santé de tout le monde.

Dans la rue, il croisa Mme Moreau, la mère de Vincent. C'était une belle femme, grande, élancée, élégante, auparavant. Mais depuis la disparition de son fils, elle s'était brusquement affaissée, ratatinée, ne se vêtait plus que grossièrement. Le dos voûté, la démarche traînante, elle faisait ses courses au Familistère.

Toutes les semaines, elle ne manquait pas sa visite rituelle à la gendarmerie de Meaux, pour demander où en étaient les recherches à propos de son fils. Depuis quatre ans, il n'y avait plus d'espoir. Elle avait fait passer des avis, avec la photo de Vincent, dans d'innombrables journaux, sans effet. Les gendarmes le lui avaient dit : des disparitions, il y en avait des milliers, en France, chaque année, et bien souvent, on ne retrouvait jamais rien. La moto de Vincent était dans le garage, les gendarmes l'avaient rendue, après l'avoir examinée. Les empreintes étaient celles de Vincent. On avait retrouvé l'engin gisant sur un talus, la roue avant voilée, sans essence… Dans la forêt, on n'avait relevé aucun indice…

Alex avait passé la nuit au village. Le soir, il y avait bal, c'était un samedi. Annie était là, toujours aussi rousse, un peu épaisse ; elle travaillait à la conserverie de haricots, au village voisin… Alex avait dansé un slow avec elle, avant de l'emmener dans le bois tout proche. Ils avaient fait l'amour dans sa voiture, allongés inconfortablement sur les sièges inclinables.

Le lendemain, Alex était parti, après avoir embrassé les vieux. Huit jours plus tard, il attaquait la succursale du Crédit Agricole et tuait le flic. Au village, tout le monde devait avoir gardé la page du journal, avec la photo d'Alex à la Une et celle du flic en famille.

Alex défit le pansement ; la cicatrice était chaude, les berges de la plaie rouge vif. Il aspergea sa cuisse de la poudre que lui avait donnée son copain puis refit le pansement en serrant bien fort la compresse, après l'avoir changée.

Sa verge était toujours dressée, presque douloureuse elle aussi. Rageusement, il se masturba en pensant à Annie. Il n'en avait jamais eu beaucoup, des filles. Il fallait qu'il les paie. Quand Vincent était encore là, tout allait mieux. Vincent tombait les nanas par tombereaux. Ils allaient souvent au bal, tous les deux. Vincent dansait, invitait toutes les minettes des environs. Alex s'installait au bar et buvait de la bière. Il regardait Vincent opérer. Vincent souriait aux filles, de son beau sourire. On lui aurait donné le bon Dieu sans confession. Il avait un mouvement de la tête, gentil, une sorte d'invite, et ses mains couraient le long de leur dos, des hanches aux épaules, caressantes. Il les ramenait au bar pour les présenter à Alex.

Quand tout allait bien, Alex passait après Vincent, mais ça ne marchait pas toujours. Certaines ne pouvaient s'empêcher de jouer les mijaurées. Elles ne voulaient pas d'Alex, si fort, poilu comme un ours, costaud, solide… Non, elles préféraient Vincent, malingre et glabre, fragile, Vincent et sa belle gueule !

Alex se masturbait, perdu dans ses souvenirs. Sa mémoire, vacillante et laborieuse, lui faisait voir, en un défilé accéléré, toutes les filles qu'ils avaient ainsi partagées. Et Vincent, pensait-il, Vincent ce salaud m'a abandonné ; il est peut-être en Amérique, à se taper des actrices de cinéma !

Une photographie de femme nue — une illustration de calendrier — garnissait le mur peint à la chaux, à côté du lit. Alex ferma les yeux et le sperme coula dans sa main, chaud et crémeux. Il s'essuya avec une compresse et descendit à la cuisine pour préparer un café qu'il fit très fort. Tandis que l'eau chauffait, il se passa la tête sous le robinet en écartant les piles d'assiettes sales qui encombraient l'évier.

Il but lentement le bol fumant, en mâchonnant un reste de sandwich. Au-dehors, la chaleur était étouffante, le soleil déjà haut dans le ciel. Alex brancha la radio, R.T.L., pour écouter les jeux, « La Valise », avec Drucker. Il s'en foutait de la Valise mais c'était amusant d'entendre ces paumés qui ne savaient pas répondre à la question et perdaient ainsi l'argent promis et convoité…

Il s'en foutait, parce que lui n'avait pas perdu l'argent. Dans sa valise — ce n'était pas une valise, mais un sac — il y avait quatre millions. Une fortune. Il avait compté et recompté les liasses, les billets neufs, craquants. Dans le dictionnaire, il avait regardé qui étaient ces gens, au visage dessiné sur les billets. Voltaire, Pascal, Berlioz, c'était bizarre d'avoir sa photo sur un billet ; devenir soi-même un bout de fric, en quelque sorte !

Il s'allongea sur le canapé et reprit son jeu, un puzzle de plus de deux mille pièces. Un château de Touraine, Langeais. Il serait bientôt fini. Dans le grenier, le premier jour, il avait trouvé plusieurs boîtes de maquettes

Heller. Avec la colle, la peinture, les décalcomanies, il avait fabriqué les Stukas, les Spitfire, une voiture aussi : une Hispano Suiza 1935. Elles étaient là, sur le plancher, posées sur leur support de plastique, soigneusement peintes. Ensuite, comme il n'y avait plus de maquettes, Alex avait construit la ferme de ses parents, les deux bâtiments, les dépendances, la grille… Les allumettes collées les unes aux autres formaient une réplique maladroite, naïve et touchante. Il ne manquait que le tracteur : Alex le découpa dans un morceau de carton. Puis, en fouillant mieux dans le grenier, il avait trouvé le puzzle.

Le mas où il se cachait appartenait à un de ses amis, rencontré dans la boîte de nuit dont il était videur. On pouvait y passer plusieurs semaines sans crainte de visite intempestive d'un quelconque voisin curieux. L'ami avait aussi fourni une carte d'identité, mais le visage d'Alex, désormais célèbre, devait être affiché dans tous les commissariats de l'hexagone, avec une mention spéciale. Les flics détestent que l'on tue l'un des leurs.

Les pièces du puzzle refusaient obstinément de s'imbriquer les unes dans les autres. C'était un morceau de ciel, tout bleu, très difficile à reconstituer. Les tourelles du château, le pont-levis, tout cela était facile, mais le ciel ? Vide et serein, trompeur… Alex s'énerva, mélangeant maladroitement les pièces, recommençant sans cesse son assemblage avant de le détruire.

Sur le plancher, tout près de la plaque de bois sur laquelle il avait installé le jeu, une araignée se promenait. Une araignée trapue, répugnante. Elle choisit un coin de mur et entreprit de tisser sa toile. Le fil coulait régulièrement de son abdomen rebondi. Elle allait et venait, attentive et laborieuse. Avec une allumette Alex brûla le morceau de toile qu'elle venait de fabriquer. L'araignée paniqua, observant les parages, guettant l'arrivée d'un éventuel ennemi, puis, le concept d'allumette n'étant pas inscrit dans ses gènes, se remit au travail.

Elle tissait, infatigable, nouant son fil, l'amarrant aux aspérités du mur, utilisant chaque écharde du bois. Alex ramassa un cadavre de moustique sur le plancher et le lança dans la toile toute neuve. L'araignée se précipita, tourna autour de l'intrus mais le dédaigna. Alex comprit la raison de cette indifférence : le moustique était mort. En boitillant, il sortit sur le perron et, délicatement, captura un papillon de nuit caché sous une tuile. Il le jeta dans la toile.

Englué dans les fils, le papillon se débattit. L'araignée reparut sans tarder et, de ses grosses pattes, retourna sa proie avant de tisser un cocon, enfermant l'insecte pour le ranger dans une anfractuosité du mur, en prévision d'un festin futur.

*

Ève était assise devant sa coiffeuse et contemplait son visage dans le miroir. Un visage enfantin, aux grands yeux tristes, en amande. De l'index, elle effleura la peau de sa mâchoire, perçut la dureté de l'os, la pointe du menton, le relief des dents à travers la masse charnue des lèvres. Les pommettes étaient saillantes, le nez en trompette, un nez à la courbe parfaite, délicatement modelé.

Elle tourna légèrement la tête, inclina le miroir, s'étonna de cette expression étrange que suscitait son image. Un trop-plein de perfection, une sensation de malaise due à un charme si éclatant. Elle n'avait vu aucun homme résister à son attrait, aucun rester indifférent à son regard. Non, aucun homme n'était capable de percer son mystère : une aura indéfinissable qui accompagnait chacun de ses gestes, les nappant d'un nuage d'incertitude envoûtante. Elle les attirait tous vers elle, captant leur attention, éveillant leur désir, jouant de leur trouble dès qu'ils se trouvaient en sa présence.

L'évidence de cette séduction l'emplissait d'une quiétude ambivalente : elle aurait voulu les repousser, les faire fuir, les détacher d'elle, provoquer la répugnance, et pourtant la fascination qu'elle exerçait sans le vouloir était sa seule vengeance ; dérisoire dans son infaillibilité.

Elle se maquilla puis sortit le chevalet de peinture de son étui, déploya les couleurs, les pinceaux, et se remit au travail sur la toile qu'elle avait en cours. Il s'agissait d'un portrait de Richard, lourd et grossier. Elle l'avait représenté assis sur un tabouret de bar, les cuisses écartées, travesti en femme, un fume-cigarette aux lèvres, vêtu d'une robe rose, les jambes parées d'un porte-jarretelles et de bas noirs ; des chaussures à hauts talons lui comprimaient les pieds…

Il souriait béatement, l'air plutôt niais. Ses seins, faux et ridicules, rembourrés de chiffons, pendaient lamentablement sur son ventre flasque. Son visage, peint avec une précision maniaque, était marqué de couperose… À voir la toile, on ne pouvait qu'imaginer la voix de ce personnage grotesque, pitoyable, une voix éraillée, voilée, une voix de poissarde fatiguée…

*

Non, ton maître ne t'avait pas tué, mais tu l'as regretté, ensuite. Il te traitait mieux, à présent. Il venait te donner des douches au jet. Il t'aspergeait d'eau tiède avec un tuyau d'arrosage, t'octroyant même un morceau de savon.

Le projecteur était allumé en permanence. Tu avais échangé la nuit pour un jour aveuglant, un jour artificiel, froid, interminable.

De longues heures durant, le maître venait te voir, s'asseyait dans un fauteuil, en face de toi, et il scrutait le moindre de tes gestes.

Au début de ces séances « d'observation », tu n'osais rien dire, de peur de réveiller sa colère, de peur que la nuit, la soif et la faim ne viennent de nouveau te punir de cette faute dont tu ignorais toujours la nature et qu'il te fallait, semblait-il, expier.

Puis tu t'es enhardi. Timidement tu as demandé quelle était la date, pour savoir depuis combien de temps tu étais enfermé ici. Il t'a répondu, sans attendre, en souriant : 23 octobre… Il te tenait prisonnier depuis plus de deux mois. Deux mois ici, à avoir faim, soif, et combien de temps à manger dans sa main, à laper la gamelle, étendu à ses pieds, à te faire doucher au jet ?

Tu as pleuré, demandé pourquoi il te faisait tout ça. Cette fois, il est resté muet. Tu voyais son visage impénétrable, couronné de cheveux blancs, un visage d'où se dégageait une certaine noblesse, un visage que, peut-être, tu avais déjà aperçu quelque part.

Il venait dans ta prison et restait là, assis, impassible. Il disparaissait pour revenir plus tard. Tes cauchemars du début de détention te laissaient en paix. Peut-être dissolvait-il des calmants dans la pâtée. Bien sûr, l'angoisse demeurait, mais elle s'était déplacée : tu étais certain de rester en vie, sinon, pensais-tu, il t'aurait déjà tué… Son but n'était pas de te faire agoniser, dépérir, racornir jusqu'à la mort. Il était autre.

Quelque temps après, le rituel de tes repas a été lui aussi modifié. Le maître disposait devant toi une table pliante et un tabouret. Il te donnait une fourchette, un couteau de plastique, comme ceux que l'on utilise dans les avions. Une assiette a remplacé l'écuelle. Et de vrais repas n'ont pas tardé à suivre : des fruits, des légumes, des fromages. Tu prenais un plaisir immense à manger, ressassant les souvenirs des premiers jours…

Tu étais toujours enchaîné mais le maître soignait les irritations provoquées par le frottement du métal sur tes poignets. Tu enduisais les plaies d'une pommade avant qu'il ne noue une bande élastique sur ta peau, sous le bracelet de fer.

Tout allait mieux, mais il ne disait rien. Toi, tu racontais ta vie. Il écoutait, intéressé au plus haut point. Tu ne pouvais supporter son silence. Il te fallait parler, répéter les histoires, les anecdotes sur ton enfance, t'abrutir de paroles afin de te prouver, de lui prouver, que tu n'étais pas un animal !

Plus tard encore, ton régime alimentaire s'est d'un coup amélioré. Tu avais droit au vin, à des mets raffinés qu'il devait faire livrer de chez un traiteur. La vaisselle était luxueuse. Enchaîné à ton mur, nu sur ton tabouret, tu t'empiffrais de caviar, de saumon, de sorbets et de gâteaux.

Il s'asseyait à tes côtés, te servant les plats. Il apportait un poste lecteur de cassettes et vous écoutiez Chopin, Liszt.

Quant au chapitre humiliant de tes besoins, il s'était là aussi montré plus humain. Un seau hygiénique était à ta disposition, à portée de main.

Un jour enfin, il t'a permis de quitter le mur, à certaines heures. Il défaisait tes chaînes et te promenait dans la cave, en te tenant en laisse. Tu tournais en rond, d'une démarche lente, autour du projecteur.

Pour que le temps passe plus vite, le maître est venu avec des livres. Les classiques : Balzac, Stendhal… Au lycée, tu détestais, mais là, seul dans ton trou, tu as dévoré ces ouvrages, assis en tailleur sur le grabat de toile cirée ou accoudé à la table pliante.

Peu à peu, tes loisirs s'étoffaient. Le maître prenait soin de varier les plaisirs. Une chaîne Hi-Fi, des disques, un jeu d'échecs électronique, même : le temps filait vite. Il avait réglé l'intensité du projecteur pour que la lumière ne t'aveugle plus. Une pièce de tissu tamisait l'éclair du spot, et la cave s'emplissait d'ombres : la tienne, multipliée.

Avec tous ces changements, devant l'absence de brutalité de la part du maître, ce luxe qui peu à peu venait soulager ta solitude, tu avais oublié ou tout du moins occulté ta peur. Ta nudité, les chaînes qui te liaient semblaient incongrues.

Et les promenades en laisse continuaient. Tu étais une bête cultivée, intelligente. Tu souffrais de trous de mémoire, à certains moments tu ressentais de façon aiguë l'irréalité de ta situation, son côté absurde. Oui, tu brûlais d'envie de questionner le maître, mais il n'encourageait pas tes interrogations, se bornant à s'inquiéter de ton confort. Que désirais-tu pour le souper, ce disque te plaisait-il ?

Où étaient le village, ta mère ? On devait te rechercher ? Les visages de tes amis s'estompaient dans tes souvenirs pour se fondre dans un brouillard dense. Tu ne pouvais plus te rappeler les traits d'Alex, la couleur de ses cheveux… Tu parlais à voix haute, seul, tu te surprenais à fredonner des mélodies enfantines, ton passé lointain revenait par bouffées violentes et confuses ; des images de ton enfance depuis longtemps oubliées resurgissaient soudain, étonnamment nettes pour s'évanouir à leur tour dans une brume floue. Le temps se dilatait, se rétractait, tu ne savais plus : une minute, deux heures, dix ans ?

Le maître a perçu ce malaise et pour l'endiguer t'a donné un réveil. Tu as compté les heures, observant avec ravissement la course des aiguilles. Le temps était fictif : était-il dix heures ou vingt-deux heures, mardi ou dimanche ? Cela n'avait pas d'importance ; de nouveau tu pouvais régulariser ta vie, à midi j'ai faim, à minuit sommeil. Un rythme, quelque chose à quoi se raccrocher

Plusieurs semaines s'étaient écoulées. Dans les cadeaux du maître tu as trouvé un bloc de papier, des crayons, une gomme. Tu as dessiné, maladroitement au début, puis ton habileté ancienne est revenue. Tu brossais des portraits sans visage, des bouches, des paysages chaotiques, la mer, des falaises immenses, une main gigantesque faisait naître des vagues. Tu scotchais les dessins sur le mur, pour oublier le ciment nu.

Dans ta tête, tu avais donné un nom au maître. Tu n'osais l'employer en sa présence, bien entendu. Tu l'appelais « Mygale », en souvenir de tes terreurs passées. Mygale, un nom à consonance féminine, un nom d'animal répugnant qui ne cadrait pas à son sexe ni au raffinement extrême qu'il savait montrer dans le choix de tes cadeaux…

Mais Mygale car il était telle l'araignée, lente et secrète, cruelle et féroce, avide et insaisissable dans ses desseins, caché quelque part dans cette demeure où il te séquestrait depuis des mois, une toile de luxe, un piège doré dont il était le geôlier et toi le détenu.

Tu avais renoncé à pleurer, à te lamenter. Ta nouvelle vie n'avait, matériellement, plus rien de pénible. À cette époque de l'année — février ? mars ? — tu aurais dû être au lycée, pour la dernière année, et tu étais là, captif dans ce cube de béton. Et cette nudité était devenue une habitude. La pudeur s'était éteinte. Seules les chaînes étaient insupportables.

C'est probablement dans le courant de mai, à en croire ton décompte personnel, mais peut-être était-ce plus tôt, que s'est produit un événement étrange.

Sur ton réveil il était deux heures trente. Mygale est descendu te voir. Il s'est assis dans le fauteuil, comme à l'accoutumée, pour t'observer. Tu dessinais. Il s'est levé, est venu vers toi. Tu t'es redressé pour lui faire face, debout.

Vos deux visages se touchaient presque. Tu voyais ses yeux bleus, seuls éléments mobiles dans une face impénétrable, figée. Mygale a levé la main pour la poser sur ton épaule. Les doigts tremblants, il a remonté le long du cou. Il a palpé tes joues, ton nez, te pinçant doucement la peau.

Ton cœur battait la chamade. Sa main, chaude, est redescendue vers ta poitrine, elle s'est faite douce et agile pour courir sur tes côtes, ton ventre. Il tâtait tes muscles, ta peau lisse et glabre. Tu t'es mépris sur le sens de ses gestes. Gauchement tu as esquissé une caresse, toi aussi, sur son visage. Mygale t'a giflé violemment, en serrant les dents. Il t'a ordonné de te tourner et son observation s'est poursuivie, méthodiquement, durant plusieurs minutes.

Lorsque ce fut terminé, tu t'es assis, en massant ta joue encore cuisante du coup qu'il t'avait donné. Il a hoché la tête en riant et t'a passé la main dans les cheveux. Tu as souri.

Mygale est sorti. Tu ne savais que penser de ce contact nouveau, une véritable révolution dans vos rapports. Mais cet effort de réflexion était angoissant et aurait exigé une dépense d'énergie mentale dont tu ne disposais plus depuis longtemps.

Tu as repris ton dessin, sans plus songer à rien.

2

Alex avait abandonné son puzzle. Il était sorti dans le jardin et sculptait un morceau de bois, une racine d'olivier. Le couteau érodait la masse sèche, élaborant peu à peu, copeau après copeau, une forme gauche mais de plus en plus précise, celle d'un corps de femme. Il portait un grand chapeau de paille pour se protéger du soleil. Une bière sous la main, il oubliait sa blessure, absorbé par ce travail minutieux. Alex, pour la première fois depuis bien longtemps, était détendu.

La sonnerie du téléphone le fit sursauter violemment. Il manqua se blesser avec la pointe de son Opinel, laissa tomber sa racine d'olivier et écouta, médusé. La sonnerie continuait. Incrédule, Alex courut vers le mas et se planta devant le combiné, les bras ballants : qui pouvait savoir qu'il était là ?

Il saisit son revolver, le colt qu'il avait pris sur le cadavre du flic après l'avoir descendu. L'arme était plus sophistiquée que celle qu'il possédait… En tremblant, il décrocha. Peut-être était-ce un commerçant du village, les P.T.T., quelque chose d'anodin, ou mieux : une erreur de numéro ! Il connaissait la voix. Celle de l'ex-légionnaire chez qui il s'était réfugié après l'attaque de la succursale du Crédit Agricole. En échange d'une somme rondelette, le type s'était débrouillé pour soigner Alex. Il n'y avait pas eu besoin d'extraire la balle qui était ressortie à l'arrière de la cuisse après avoir traversé le quadriceps. Il avait fourni les antibiotiques et les pansements. Une suture de la plaie à la va-vite :

Alex avait souffert, mais le légionnaire avait juré que son expérience permettait de se dispenser des services d'un médecin ! De plus, Alex, fiché par la police, devait bien en passer par là pour s'en sortir : une consultation en bonne et due forme dans un service hospitalier n'était même pas envisageable.

La conversation fut brève, hachée : le propriétaire du mas venait de tomber dans une sombre histoire de prostitution et une perquisition en règle était à craindre dans les heures qui allaient suivre. Alex devait déguerpir au plus vite…

Il acquiesça, en balbutiant de nouveaux remerciements. Son correspondant raccrocha. Alex tourna en rond, le colt à la main. Il sanglotait de rage. Tout allait recommencer… la fuite, la traque, la terreur de la capture, les cheveux qui se hérissent à la vue du moindre képi.

Il rangea ses affaires à la hâte, transvasant son argent dans une valise. Il s'habilla en utilisant un costume de toile trouvé dans une armoire. La taille était un peu ample mais quelle importance ? Le pansement sur sa cuisse formait une bosse sous le tissu. Rasé de frais, il enfourna un sac dans le coffre de la voiture. Quelques vêtements de rechange, des affaires de toilette. Normalement, le signalement du véhicule ne devait pas encore figurer dans les fiches des flics. Il s'agissait d'une CX de location, réservée pour un mois, par le légionnaire qui avait affirmé que tout était en règle de ce point de vue.

Le colt rangé dans la boîte à gants, Alex démarra, laissant grandes ouvertes les grilles de la propriété entourant le mas. Sur la route, il croisa la famille hollandaise de retour de la plage.

Les grands axes grouillaient de voitures de touristes et des gendarmes embusqués derrière le moindre bosquet guettaient les éventuels contrevenants.

Alex suait à grosses gouttes. Ses faux papiers ne résisteraient pas à un examen un tant soit peu sérieux puisque sa photo était répertoriée dans les fichiers de recherche.

Il lui fallait remonter à Paris sans tarder. Là-bas, il lui serait plus facile de trouver une autre planque en attendant que la hargne policière se calme et que sa blessure soit totalement cicatrisée. Puis il faudrait envisager le moyen de quitter le territoire sans se faire pincer à la frontière. Pour aller où ? Alex l'ignorait… Il se rappelait les conversations furtives entendues lors des rencontres avec ses « amis ». L'Amérique latine, paraît-il, est un endroit sûr. Mais il fallait se méfier de tout le monde. Sa fortune pouvait tenter bien des gens : affaibli, blessé, paniqué, entraîné dans une aventure qui dépassait ses possibilités, il pressentait confusément que l'avenir risquait bien de ne pas être rose !

Il était terrorisé à la simple pensée de la prison. Ce jour où Vincent l'avait traîné au palais de Justice de Paris pour assister à un procès d'assises lui laissait un souvenir des plus angoissants qui le poursuivait implacablement : le prévenu s'était dressé dans le box à l'annonce du verdict et avait poussé un long hurlement plaintif à l'audition de la peine. Alex revoyait ce visage dans ses cauchemars, un visage tordu par la douleur et l'incrédulité. Il se jura de garder une balle pour lui-même, au cas où il viendrait à se faire prendre.

Il regagna Paris par de petites routes départementales, évitant les autoroutes et les grands axes à coup sûr quadrillés par les C.R.S., en cette période de vacances.

Il n'avait qu'un point de chute : l'ex-légionnaire — devenu gestionnaire d'une société de surveillance privée — qui l'avait déjà secouru lors de sa cavale désespérée consécutive au fiasco de la banque. Alex ne se faisait aucune illusion sur le désintéressement de son sauveur : il lorgnait sur le fric mais n'était pas trop pressé de le récupérer. Si les affaires d'Alex s'arrangeaient, si les billets s'avéraient négociables, tout devenait possible…

Il savait pertinemment qu'Alex était à sa merci, tant pour les suites de sa blessure que pour son départ à l'étranger. Perdu dans sa nouvelle vie, Alex ne traverserait pas la frontière pour se jeter à l'aveuglette dans les pattes d'Interpol…

Il n'était en contact avec aucune filière internationale offrant les garanties de sécurité nécessaires. Et il voyait venir le moment où son mentor annoncerait le tarif pour une disparition propre, un passeport crédible et une destination tranquille et discrète : un fort pourcentage du butin du hold-up !

Alex nourrissait une haine sans appel pour tous ces gens à l'aise dans leurs vêtements de bonne coupe, élégants, sachant parler aux femmes : il était resté un plouc, un pécore que l'on pouvait manipuler.

Il échoua dans un petit pavillon de banlieue, à Livry-Gargan, dans une des zones résidentielles de la Seine-Saint-Denis. Après l'y avoir installé, le légionnaire lui ordonna de ne pas bouger et Alex, comme lors de son arrivée au mas, trouva un congélateur rempli à ras bord, un lit, un poste de télé.

Il s'installa le plus confortablement qu'il put, n'utilisant qu'une seule pièce. Les pavillons voisins étaient pour une part inoccupés — en instance de location — ou habités par des employés de banque à la vie rangée, se levant tôt le matin et ne rentrant qu'en début de soirée. De plus, la période estivale avait dépeuplé la banlieue, dès le début du mois d'août. Alex prit ses aises, à demi rasséréné par le vide qui l'entourait. Le légionnaire insista pour qu'il reste cloîtré. Lui-même partait pour quelques semaines à l'étranger. Il ne reverrait son protégé qu'à son retour. Qu'Alex se tienne donc tranquille en attendant septembre. Télévision, préparation des repas congelés, siestes et réussites, telles étaient ses seules occupations…

3

Richard Lafargue recevait le représentant d'une firme pharmaceutique japonaise ayant mis au point un nouveau type de silicone couramment utilisé en chirurgie plastique lors de la mise en place de prothèses de seins. Il écoutait attentivement le petit bureaucrate vantant son produit, selon lui plus facile à injecter, plus maniable… Le bureau de Lafargue était encombré de dossiers d'interventions chirurgicales, les murs « ornés » de photos de plasties réussies… Le Japonais s'agitait en parlant.

On appela Richard au téléphone. Son visage s'assombrit, sa voix devint sourde, tremblante. Il remercia son correspondant de son appel, puis s'excusa auprès du représentant, qu'il était contraint de congédier. Ils fixèrent un nouveau rendez-vous, pour la journée du lendemain.

Lafargue quitta sa blouse et courut jusqu'à sa voiture. Roger l'attendait, mais il le renvoya chez lui, préférant conduire lui-même.

À vive allure, il se dirigea vers le périphérique et gagna le tronçon d'autoroute menant en Normandie. Il fonçait, klaxonnant rageusement quand une voiture ne se rangeait pas assez vite sur la file de droite alors qu'il voulait la doubler. Il mit moins de trois heures pour rejoindre l'institution psychiatrique où vivait Viviane.

Arrivé au château, il bondit hors de la Mercedes, escalada les marches menant à la réception. L'hôtesse partit chercher le psychiatre responsable du traitement de Viviane.

En sa compagnie, Richard monta dans l'ascenseur, se retrouva devant la porte de la chambre. Le psychiatre eut un geste pour lui indiquer le judas de plexiglas.

Viviane était en crise. Elle avait déchiré sa blouse et trépignait en hurlant, se griffant le corps, déjà marqué de raies sanglantes.

— Depuis quand ? souffla Richard.

— Ce matin… Nous lui avons fait une injection de calmants, qui ne devraient pas tarder à agir.

— Il… il ne faut pas la laisser comme ça. Doublez la dose, pauvre gosse…

Ses mains tremblaient convulsivement. Il s'appuya à la porte de la chambre, y posa son front, en se mordant la lèvre supérieure.

— Viviane, ma petite… Viviane… Ouvrez, je vais entrer.

— Ce n'est pas recommandé : la vue d'autrui l'excite encore davantage, risqua le psychiatre.

Épuisée, ahanant, accroupie dans un coin de la chambre, Viviane se labourait la face de ses ongles pourtant courts, y faisant perler le sang. Richard entra, vint s'asseoir sur le lit et, presque en murmurant, appela Viviane. Elle se remit à hurler, mais ne bougea plus. Elle était essoufflée et ses yeux fous roulaient en tous sens, elle retroussait ses lèvres, sifflait entre ses dents. Peu à peu, elle se calma, tout en restant consciente. Son souffle se fit plus régulier, moins heurté. Lafargue put la prendre dans ses bras pour la recoucher. Assis auprès d'elle, il lui tenait la main, lui caressait le front, l'embrassait sur les joues. Le psychiatre se tenait à l'entrée de la chambre, les mains dans les poches de sa blouse. Il s'approcha de Richard, lui prit le bras.

– Venez… dit-il, il faut la laisser seule.

Ils redescendirent au rez-de-chaussée et côte à côte firent quelques pas dans le parc.

– C'est terrible… balbutiait Lafargue.

– Oui… Vous ne devriez pas venir si souvent ; ça ne sert à rien et vous souffrez.

– Non ! Il faut… je dois venir !

Le psychiatre secoua la tête, ne comprenant pas l'acharnement de Richard à assister à ce spectacle lamentable.

– Oui… s'obstinait Lafargue, je viendrai ! À chaque fois ! Prévenez-moi, n'est-ce pas ?

Sa voix s'était brisée, il pleurait. Il serra la main du médecin et se dirigea vers sa voiture.

*

Richard roula encore plus vite pour regagner la villa du Vésinet. L'image de Viviane le poursuivait. Une image de corps meurtri et souillé : un cauchemar réel qui lui torturait la mémoire… Viviane ! Tout avait commencé par un long hurlement, couvrant la musique de l'orchestre, et Viviane était apparue, les vêtements déchirés, les cuisses dégoulinantes de sang, les yeux hagards…

Line était de congé. Là-haut, au premier étage, il entendit le piano. Il éclata de rire, vint se coller contre l'interphone et, à pleins poumons, hurla :

– Bonsoir ! Prépare-toi, tu vas me distraire ! cria-t-il.

Les baffles encastrées dans les parois du boudoir vibrèrent puissamment. Il avait mis le son au maximum. Le vacarme était insoutenable. Ève hoqueta de surprise. Cette sonorisation maudite demeurait la seule perversion de Lafargue à laquelle elle n'avait pu s'habituer.

Il la trouva affalée sur le piano, les mains serrées contre les oreilles encore douloureuses. Il se tenait dans l'embrasure de la porte, un sourire éclatant aux lèvres, un verre empli de scotch à la main.

Elle se tourna vers lui, horrifiée. Elle connaissait la signification de ces crises qui l'amenaient à surgir ainsi : depuis un an, Viviane avait eu trois accès d'agitation et d'automutilation. Richard, blessé à vif, ne pouvait le supporter. Il lui fallait apaiser sa souffrance. Ève n'existait que pour remplir cette mission.

— Allez, viens, saloperie !

Il lui tendit le verre de scotch, puis, devant sa réticence à le saisir, agrippa les cheveux de la jeune femme pour lui tordre la tête en arrière. Elle dut ingurgiter le verre d'une traite. Il la prit par le poignet, la traîna jusqu'au rez-de-chaussée, la projeta à l'intérieur de la voiture.

Il était vingt heures quand ils entrèrent dans le studio de la rue Godot-de-Mauroy. Il l'expédia sur le lit d'un coup de pied dans les reins.

— Déshabille-toi, vite !

Ève se mit nue. Il avait ouvert le placard et déballait les vêtements, les jetant pêle-mêle sur la moquette. Debout face à lui, elle pleurait doucement. Il lui tendit la jupe de cuir, le corsage, les bottes. Elle s'habilla. Il lui montra le téléphone.

— Appelle Varneroy !

Ève eut un mouvement de recul, un hoquet de dégoût, mais le regard de Richard était terrible, démoniaque ; elle dut prendre le combiné et faire le numéro.

Après un moment d'attente, Varneroy répondit. Il reconnut aussitôt la voix d'Ève. Richard se tenait derrière elle, prêt à frapper.

— Chère Ève, roucoula la voix nasillarde, vous êtes remise de notre dernière rencontre ? Et vous avez besoin d'argent ? Comme c'est gentil de faire appel à ce vieux Varneroy !

Ève lui donna rendez-vous. Joyeux, il annonça sa venue, dans moins d'une demi-heure. Varneroy était un fou qu'Ève avait « levé » une nuit, boulevard des Capucines du temps où Richard la contraignait encore à recruter ses clients sur le trottoir. Depuis, ils étaient suffisamment nombreux pour meubler la séance bimensuelle que réclamait Lafargue ; et parmi ceux qui téléphonaient au studio, Richard pouvait puiser de quoi satisfaire son besoin d'avilir la jeune femme.

— Tâchez d'être à la hauteur… ricana-t-il.

Il disparut, claquant la porte. Elle savait qu'il la guettait à présent, de l'autre côté du miroir sans tain.

Le traitement que lui infligeait Varneroy ne permettait pas de faire se succéder les visites à intervalles trop rapprochés. Ève ne l'appelait donc qu'à la suite des crises de Viviane. Varneroy admettait parfaitement les réticences de la jeune femme et, à plusieurs reprises éconduit à la suite de ses appels empressés, il s'était résigné à laisser un numéro où Ève pouvait le joindre lorsqu'elle était prête à se livrer à ses caprices.

Varneroy arriva tout guilleret. C'était un petit homme rose, bedonnant et soigné, affable. Il ôta son chapeau, rangea soigneusement sa veste et embrassa Ève sur les deux joues avant d'ouvrir sa sacoche contenant le fouet.

Richard assistait à cette mise en scène, satisfait, les mains crispées sur les bras du rocking-chair, le visage secoué de tics.

Sous la direction de Varneroy, Ève exécutait un pas de danse grotesque. Le fouet claqua. Richard battait des mains. Il riait aux éclats, mais soudain, pris de nausée, il ne put supporter davantage ce spectacle. La souffrance d'Ève, qui lui appartenait, dont il avait modelé le destin, façonné la vie, l'emplit de dégoût et de pitié. La face ricanante de Varneroy le traumatisa si violemment qu'il bondit et fit irruption dans le studio mitoyen.

Stupéfait de cette apparition, Varneroy demeura bouche bée, le bras en l'air. Lafargue lui arracha le fouet, le saisit au col et l'expulsa dans le couloir. Le fou écarquillait les yeux, ne comprenant plus rien, et, muet de surprise, dévala les escaliers sans demander son reste.

Richard et Ève restèrent seuls. Elle était tombée à genoux. Richard l'aida à se redresser et à se laver. Elle remit le sweat-shirt et le jean qu'elle portait quand il l'avait surprise en hurlant dans l'interphone.

Sans un mot, il la reconduisit à la villa, la déshabilla, avant de l'étendre sur le lit. Avec des gestes très doux, prévenant, il enduisit ses blessures de pommade et lui prépara un thé brûlant.

Il la tenait contre lui, amenant à ses lèvres la tasse qu'elle buvait à petites gorgées. Puis il rabattit le drap sur sa poitrine, caressa ses cheveux. Un somnifère était dissous dans le thé : elle s'endormit aussitôt.

Il quitta la chambre, sortit dans le parc et se dirigea vers le plan d'eau. Les cygnes dormaient côte à côte, le cou replié sous l'aile, la femelle, gracile, douillettement blottie contre le corps plus imposant du mâle.

Il admirait leur quiétude, enviant cette sérénité lénifiante. Il pleura à chaudes larmes. Il avait tiré Ève des mains de Varneroy et comprenait à présent que cette pitié — il appela cela pitié — venait de briser net sa haine, une haine sans limite, sans retenue. Et la haine était sa seule raison de vivre.

*

Mygale jouait souvent aux échecs avec toi. Il réfléchissait longuement avant de risquer un coup auquel tu ne t'attendais jamais. Parfois, il improvisait des attaques sans souci de protection de son jeu, impulsif, mais infaillible.

Un jour, il supprima les chaînes pour installer un canapé à la place de ton grabat. Tu y dormais, tu t'y prélassais toute la journée, allongé parmi les coussins soyeux. La lourde porte de la cave restait solidement cadenassée…

Mygale t'offrait des sucreries, des cigarettes de tabac blond, il se renseignait sur tes goûts musicaux. Vos conversations avaient un ton badin. Un babillage mondain. Il t'avait offert un magnétoscope et apportait des films que vous regardiez ensemble. Il préparait du thé, te servait des tisanes ou, quand il te sentait dépressif, débouchait une bouteille de champagne. Les coupes à peine bues, il les remplissait de nouveau.

Tu n'étais plus nu : Mygale t'avait offert un châle brodé, une pièce magnifique enveloppée dans un paquet somptueux. De tes doigts fins, tu avais défait le papier pour découvrir l'écharpe, et ce cadeau t'avait procuré un grand plaisir.

Emmitouflé dans le châle, tu te pelotonnais sur les coussins, fumant ces cigarettes américaines ou suçant des bonbons mielleux, pour attendre la visite quotidienne de Mygale qui ne venait jamais les mains vides.

Sa générosité à ton égard ne semblait plus avoir de limites. Un jour, la porte de la cave s'est ouverte. Il a poussé un colis énorme, monté sur roulettes, devant lui, en peinant. Il souriait en regardant le papier de soie, le ruban rose, le bouquet de fleurs…

Devant ton étonnement, il t'a rappelé la date : 22 juillet. Oui, il y avait dix mois que tu étais prisonnier. Tu avais vingt et un ans… Avec affectation, tu tournais autour de ce colis volumineux, tu applaudissais en riant. Mygale t'a aidé à dénouer le ruban. Tu as reconnu sans tarder la forme d'un piano : un Steinway !

Assis sur le tabouret tu as joué, après avoir dégourdi tes doigts hésitants. Ce n'était guère brillant, mais tu pleurais de joie…

Et toi, toi, Vincent Moreau, l'animal de compagnie de ce monstre, toi, le chien de Mygale, son singe ou sa perruche, toi qu'il avait brisé, toi, oui, toi, tu as embrassé sa main, en riant à gorge déployée.

Pour la seconde fois, il t'a giflé.

*

Alex se morfondait dans sa planque. Gavé de sommeil, les yeux bouffis, il passait ses journées devant la télé. Il préférait ne plus songer à son avenir et s'occupait comme il pouvait. À l'inverse de son séjour au mas, il faisait le ménage, la vaisselle, avec un soin maniaque. Tout était d'une propreté irréprochable. Il passait des heures à astiquer le parquet, à récurer des casseroles.

Sa cuisse ne le faisait presque plus souffrir. La cicatrisation provoquait quelques démangeaisons irritantes mais la blessure n'était plus douloureuse. Une simple compresse avait remplacé le pansement.

Alex était installé depuis une dizaine de jours lorsqu'un soir il eut une idée de génie, ou, tout du moins, s'en persuada. Il regardait un match de foot à la télé. Le sport ne l'avait jamais beaucoup intéressé, à l'exception du karaté. Les seuls journaux qu'il lisait d'ordinaire étaient des revues spécialisées dans les arts martiaux. Il suivait néanmoins les pérégrinations du ballon rond consciencieusement malmené par les joueurs... Sommeillant devant ce spectacle, il sirotait un reste de vin. Il ne se leva pas pour éteindre le poste quand le match prit fin. Suivait une « médicale » sur la chirurgie plastique.

Le présentateur commentait un reportage sur les liftings, la chirurgie faciale. Suivait une interview du responsable d'un service spécialisé, à Paris : le professeur Lafargue. Alex écoutait, médusé.

— Le second temps, expliquait Lafargue en s'aidant d'un croquis, consiste en ce que nous appelons la « rugination » du périoste. Il s'agit d'une étape importante. Son but est, comme vous le voyez ici, de laisser le périoste adhérer à la face profonde de la peau afin de matelasser celle-ci...

Sur l'écran défilaient des photos de visages transformés, remodelés, sculptés, embellis. Les patients étaient méconnaissables. Alex suivit attentivement les explications, s'irritant de ne pas comprendre certains termes... Quand passa le générique, Alex nota le nom du médecin — Lafargue — et celui du service où il travaillait.

La photo, sur sa carte d'identité, l'hospitalité intéressée de son ami le légionnaire, son argent caché dans le grenier du pavillon, lentement mais sûrement, tout s'imbriquait !

Le type de la télé avait soutenu qu'une réfection du nez était une opération bénigne, ainsi que la résorption des tissus graisseux sur certains points du visage... Une ride ? Le scalpel pouvait l'effacer comme une gomme !

Alex courut jusqu'à la salle de bains, se regarda dans la glace. Il palpait son visage, cette bosse sur le nez, les joues trop pleines, le double menton...

Tout était simple ! Le médecin avait dit deux semaines — en deux semaines, on refait un visage ! — on efface et on recommence. Non, rien n'était simple : il faudrait convaincre ce chirurgien de l'opérer, lui Alex, truand recherché par les flics... Trouver un moyen de pression suffisamment fort pour le forcer à se taire, mener à bien l'opération et le laisser partir sans avertir la police. Un moyen de pression... Peut-être Lafargue avait-il des enfants, une femme ?

Alex lisait et relisait le morceau de papier sur lequel il avait inscrit le nom de Richard, les références du service hospitalier... Plus il y réfléchissait, plus son idée lui semblait excellente : sa dépendance vis-à-vis du légionnaire se verrait considérablement réduite si son visage se transformait. La police rechercherait un fantôme, un Alex Barny inexistant ; la sortie du territoire serait plus facile à négocier !

Alex ne dormit pas cette nuit-là. Le lendemain, il se leva aux aurores, fit une toilette rapide, se coupa les cheveux, repassa soigneusement le costume et la chemise qu'il avait rapportés du mas. La CX était dans le garage...

*

Mygale était adorable. Ses visites se faisaient plus longues. Il t'apportait les journaux, prenait souvent ses repas avec toi. Il faisait une chaleur suffocante dans la cave — c'était le mois d'août — et il a installé un frigo qu'il ravitaillait quotidiennement en jus de fruits. En plus du châle, ta garde-robe s'était étoffée d'une robe de chambre légère et de mules.

À l'automne, Mygale a commencé les piqûres. Il est descendu te voir, sa seringue à la main. Suivant son ordre, tu t'es allongé sur le canapé, découvrant tes fesses. L'aiguille s'est enfoncée d'un coup sec dans le gras de tes reins. Tu avais vu ce liquide translucide, légèrement rosé, dans le réservoir de la seringue, et à présent, il était en toi.

Mygale était très délicat et prenait soin de ne pas te blesser, mais le liquide te faisait mal, après l'injection. Puis il se diluait dans ta chair et la douleur disparaissait.

Tu n'as pas questionné Mygale sur ce traitement. Tout ton temps était occupé par le dessin, le piano et cette intense activité artistique te comblait. Peu importaient les piqûres, Mygale était si gentil.

Tu faisais des progrès rapides en musique. Mygale, empressé, passait des heures à fouiller les boutiques spécialisées à la recherche de partitions. Dans la cave s'empilaient les manuels et les livres d'art qui te servaient de modèle.

Un jour, tu lui as avoué ce surnom inquiétant. C'était à la fin d'un repas pris en sa compagnie. Le champagne t'avait un peu tourné la tête. Rouge de confusion, bégayant, tu lui as confié ta faute — tu as dit « ma faute » — et il a souri, indulgent.

Les piqûres se succédaient, régulières. Mais ce n'était qu'un faible désagrément dans ta vie oisive.

Pour ton vingt-deuxième anniversaire il a installé des meubles dans la cave ; le projecteur a disparu, remplacé par des abat-jour à la lumière douce. Au divan se sont ajoutés des fauteuils, une table basse, des poufs. Une moquette épaisse est venue couvrir le sol.

Depuis longtemps Mygale avait monté une douche pliante dans un coin de la cave. Un lavabo de camping a complété l'installation, ainsi qu'un siège hygiénique équipé d'un broyeur. Mygale a même pensé à un rideau, respectant ta pudeur. Tu as essayé le peignoir et boudé devant la couleur des serviettes de toilette. Mygale les a changées.

Confiné dans l'espace clos de la cave, tu rêvais d'espace, de vent. Tu as peint des fenêtres en trompe-l'œil sur les murs. À droite, un paysage montagneux apparaissait, gorgé de soleil et du blanc étincelant des neiges éternelles. Un spot halogène braqué vers les cimes nappait d'une clarté aveuglante cette ouverture factice sur la vie extérieure. À gauche, tu as enduit le béton d'un crépi bleu, imitant les vagues écumantes. Tout au fond, les rouges orangés d'un crépuscule flamboyant, très réussi, te remplissaient d'orgueil.

En plus des piqûres, Mygale te faisait avaler des médicaments multiples, des gélules multicolores, des pastilles sans saveur, des ampoules buvables. Les étiquettes avaient été arrachées des boîtes d'emballage… Mygale t'a questionné : étais-tu inquiet ? Tu as haussé les épaules et répondu que tu avais confiance. Mygale a caressé ta joue. Tu as alors saisi sa main pour y déposer un baiser, au creux de la paume. Il s'est raidi, l'espace d'un instant tu as cru qu'il allait de nouveau te frapper, mais ses traits se sont radoucis, et il t'a abandonné sa main. Tu t'es retourné pour ne pas lui laisser voir ces larmes de joie qui perlaient au coin de tes paupières…

Tu avais le teint pâle, à vivre ainsi privé de la lumière du jour. Alors Mygale a installé chez toi un banc surmonté d'une rampe lumineuse et tu as pris des bains de soleil. Tu étais heureux de voir ton corps acquérir une si jolie couleur cuivrée, un bronzage intégral, et tu montrais ces modifications spectaculaires de ton teint à ton ami, heureux lorsqu'il laissait lui aussi deviner sa satisfaction.

Les jours, les semaines, les mois coulaient, monotones en apparence, mais en fait riches de plaisirs multiples et intenses : la jouissance que tu éprouvais au piano ou en dessinant te comblait de joie.

Tout désir sexuel s'était éteint en toi. Tu as questionné Mygale à ce propos, très gêné. Il t'a avoué que ta nourriture contenait des substances amenant cet effet. C'était, disait Mygale, pour ne pas te tourmenter, puisque tu ne voyais personne en dehors de lui. Oui… tu comprenais très bien. Il t'a promis que bientôt, lors de ta sortie prochaine, avec une nourriture débarrassée de ces produits, tu éprouverais de nouveau le désir.

La nuit, seul dans la cave, tu caressais parfois ton sexe flasque, mais le dépit que tu ressentais s'évanouissait à la pensée de ta « sortie » prochaine. Mygale l'avait promis, tu n'avais donc pas à t'inquiéter…

4

Alex roula prudemment jusqu'à Paris ; il prenait garde à ne pas commettre la moindre infraction. Il avait bien pensé à se déplacer en bus et en métro, mais cette idée était mauvaise : Lafargue, lui, utilisait à coup sûr une voiture, et il ne pourrait pas le suivre.

Alex s'installa en face de l'entrée de l'hôpital. Il était très tôt. Alex se doutait bien que le médecin ne venait pas prendre son service aux aurores, mais il lui fallait repérer les lieux auparavant, sentir le terrain… Sur un mur, tout près de la grille d'entrée, un grand panneau indiquait les services dont disposait l'hôpital, avec le nom des médecins. Lafargue figurait bien dans la liste.

Alex se promena dans la rue, serrant dans la poche de sa veste la crosse du colt du flic. Il s'assit ensuite à la terrasse d'un café d'où il était facile de guetter l'entrée du personnel de l'hôpital.

Vers dix heures enfin, une voiture s'arrêta au feu rouge, à quelques mètres de la terrasse où attendait Alex : une Mercedes conduite par un chauffeur. Alex reconnut immédiatement Lafargue, assis à l'arrière, lisant un journal.

La Mercedes patienta au feu rouge puis s'engagea dans l'allée menant au parking de l'hôpital. Alex vit Lafargue descendre. Le chauffeur resta un peu dans la voiture, puis, comme il faisait très chaud, il vint lui aussi s'installer à la terrasse du café.

Roger commanda un demi. Aujourd'hui, son patron avait une intervention importante et quitterait le service aussitôt après, pour gagner sa clinique de Boulogne où avait lieu une réunion.

La voiture de Lafargue était immatriculée 78, les Yvelines. Alex connaissait par cœur tous les numéros des départements ; d'ailleurs, lors de son isolement au mas, il s'amusait ainsi à se remémorer ces numéros, commençant par le 01, se les récitant dans l'ordre, jouant à se poser des colles ; dans le journal, on raconte qu'un vieillard de 80 ans s'est remarié : 80 ? 80, c'est la Somme…

Le chauffeur ne semblait pas pressé. Accoudé à la table de la terrasse, il faisait ses mots croisés, l'attention totalement absorbée par la grille. Alex régla sa consommation et pénétra dans le bureau de poste qui jouxtait l'hôpital. Il ne voyait plus la grille d'entrée, mais ce serait bien le diable, pensa-t-il, si le toubib se sauvait durant le quart d'heure suivant !

Il compulsa un bottin alphabétique. Lafargue est un nom courant, il y en avait des pages entières… Des Lafargue avec un s, sans s, avec un f, un seul… Les L-A-F-A-R-G-U-E avec un seul F et sans S étaient moins nombreux. Et les Lafargue médecins plus rares. Trois, sur le département 78 ; l'un d'eux habitait à Saint-Germain, l'autre à Plaisir, le troisième au Vésinet. Le bon Lafargue était l'un des trois. Alex nota les trois adresses.

De retour au café, il constata que le chauffeur était toujours là. Lorsque midi arriva, le garçon prépara des tables pour le repas. Il semblait bien connaître le chauffeur puisqu'il lui demanda s'il déjeunait là aujourd'hui.

Roger répondit par la négative. Aujourd'hui, le Patron fonçait à Boulogne, tout de suite en sortant du bloc opératoire.

Effectivement, le chirurgien apparut bientôt. Il monta dans la Mercedes et le chauffeur prit place au volant. Alex suivit la voiture. Ils quittèrent le centre de Paris pour rejoindre Boulogne. La filature n'était pas trop compliquée. Alex connaissait en gros la destination.

Roger se gara devant une clinique et reprit ses mots croisés. Alex nota le nom de la rue sur un bout de papier. Il se méfiait de sa mémoire. L'attente fut longue. Alex faisait les cent pas autour du carrefour voisin en tâchant de ne pas trop se faire remarquer. Puis, assis dans un square, il continua d'attendre, sans quitter la Mercedes des yeux. Il avait laissé la portière de sa voiture ouverte, de façon à pouvoir démarrer sans retard en cas d'apparition intempestive du médecin.

La réunion de prévision des prochaines interventions dura un peu plus d'une heure. Richard ne desserra presque pas les dents. Il avait le teint blafard, les joues émaciées. Depuis la séance avec Varneroy, il vivait comme un automate.

Alex était entré dans un tabac pour se réapprovisionner en cigarettes quand Roger, apercevant Lafargue dans le hall de la clinique, ouvrit la portière arrière de la

Mercedes. Il rejoignit la CX et démarra en se maintenant à bonne distance. Quand il vit que la direction prise était manifestement celle du Vésinet, il abandonna. Il était inutile de prendre le risque de se faire repérer alors qu'il avait l'adresse en poche…

Plus tard, il s'y rendit. La villa de Lafargue était imposante, ceinte d'un mur qui en masquait la façade. Alex inspecta les maisons alentour. La rue était déserte. Il ne pouvait s'attarder davantage. Il nota que les volets des villas voisines étaient clos. Le Vésinet s'était vidé de sa population pour le mois d'août… Il était seize heures, et Alex hésita. Il comptait inspecter la demeure du chirurgien le soir même, mais ne savait que faire en attendant. Faute de mieux, il se résolut à se promener dans la forêt de Saint-Germain, toute proche.

Il revint au Vésinet vers vingt et une heures et gara la CX à bonne distance de la rue où vivait Lafargue. La nuit commençait à tomber mais on y voyait encore clair. Il escalada le mur d'enceinte d'une villa proche afin d'observer le parc entourant celle de Lafargue. Il s'assit à califourchon sur le mur, à demi camouflé par le feuillage épais d'un marronnier dont les branches prospéraient en tous sens. De loin, on ne pouvait le voir, et, si des passants venaient à surgir dans la rue, il s'enfouirait complètement dans les branches.

Il aperçut le parc, l'étang, les arbres, la piscine. Lafargue soupait au-dehors, en compagnie d'une femme. Alex sourit. C'était un bon point de départ. Peut-être y avait-il des enfants ? Non… ils mangeraient avec leurs parents ! Ou bien ils étaient en vacances. Des enfants en bas âge, déjà couchés ? Lafargue était âgé d'une cinquantaine d'années, et ses enfants, s'il en avait, devaient au moins avoir atteint l'adolescence… Ils ne seraient pas au lit, à dix heures, un soir d'été ! D'ailleurs, aucune lumière n'était allumée ni au rez-de-chaussée ni à l'étage. Un lampadaire de jardin diffusait une clarté assez faible près de la table autour de laquelle le couple avait pris place.

Satisfait, Alex quitta son perchoir et sauta sur le trottoir. Il grimaça : sa cuisse encore fragile encaissait mal les chocs. Il retourna à la CX pour attendre l'obscurité complète. Il fuma nerveusement, allumant une nouvelle cigarette au mégot de la précédente. À vingt-deux heures trente, il revint vers la villa. La rue était toujours aussi vide. Au loin, un klaxon retentit.

Il longea le mur de la propriété de Lafargue. Tout au bout, il trouva sur le trottoir une grosse caisse de bois contenant des pelles, des râteaux, les outils des employés de la voirie municipale. Il y grimpa, se hissa sur le mur, opéra un rétablissement puis, en calculant sa chute, il atterrit dans le parc. Accroupi dans un bosquet, il attendit : s'il y avait un chien, il ne tarderait pas à se manifester. Aucun aboiement… Il scruta les arbustes autour de lui, tout en progressant contre le mur d'enceinte. Il cherchait un point d'appui praticable à l'intérieur du parc pour pouvoir escalader le mur en sens inverse, au retour… Près du plan d'eau, une fausse grotte de béton servait d'abri aux cygnes pour la nuit. Construite en appui contre le mur elle montait à plus d'un mètre. Alex sourit, et fit un essai. C'était un jeu d'enfant de sauter de nouveau dans la rue. Rassuré, il s'avança dans le parc et dépassa la piscine. Lafargue était rentré, les abords de la villa déserts. À l'étage, la lumière filtrait au travers des volets clos.

Une musique légère s'échappait des fenêtres. Du piano… Ce n'était pas un disque : le morceau s'arrêtait, revenait en arrière. De l'autre côté de la maison, d'autres fenêtres étaient éclairées. Alex se coula contre le mur, à l'abri du lierre qui masquait la façade : accoudé à l'une des balustrades de l'étage, Lafargue regardait le ciel. Alex retint son souffle. Plusieurs minutes s'écoulèrent ainsi et enfin, le médecin ferma la fenêtre.

Alex hésita longuement : fallait-il oui ou non prendre le risque d'entrer dans la maison ? Oui : il tenait à repérer les lieux, au moins vaguement, pour savoir où il mettrait les pieds quand il viendrait kidnapper la femme du chirurgien.

La maison était grande, et toutes les fenêtres de l'étage laissaient passer la lumière. Lafargue devait faire chambre à part d'avec sa femme. Alex savait cela : les bourgeois ne couchent pas toujours ensemble !

Le colt au poing, il grimpa les marches du perron, tourna le bouton de la porte ; il n'y eut pas de résistance. Il poussa le battant, doucement.

Il s'avança d'un pas. Une grande pièce, à gauche, une autre, à droite, séparées par un escalier… La chambre de la femme était à droite.

Une bourgeoise, ça ne se lève pas tôt le matin. Elle devait faire la grasse matinée tous les jours, cette garce ! Alex devrait guetter le départ de Lafargue et se précipiter pour la surprendre encore endormie.

Il referma la porte, sans bruit. Il courut sans bruit vers le plan d'eau, escalada la grotte et bascula pardessus le mur. Tout était parfait. Il marchait à grands pas vers sa voiture. Mais non ! Tout n'était pas parfait : Roger, le chauffeur… celui-là faisait le larbin auprès de Lafargue, mais s'il y avait une bonne ? Une bonniche venant faire le ménage, ce serait désastreux de tomber sur elle !

Alex roulait vers le périphérique, toujours aussi respectueux du code de la route. Il était minuit quand il fut de retour dans son pavillon de Livry-Gargan.

*

De bonne heure le lendemain matin, il retourna au Vésinet. Dévoré d'inquiétude, il guetta la maison de Lafargue, persuadé de voir arriver un domestique supplémentaire. Il fallait capturer la femme de Lafargue sans témoins : le chirurgien capitulerait devant le chantage — ou tu me refais la gueule, ou je tue ta femme — mais si quelqu'un assistait au rapt, un larbin quelconque, un jardinier, n'importe qui, il avertirait les flics sans tarder et le beau plan d'Alex tomberait à l'eau !

Alex avait de la chance. Lafargue employait bien une femme de chambre : Line était partie en congé deux jours plus tôt. Sur les cinq semaines que lui octroyait annuellement le médecin, elle en prenait trois en été, pour aller chez sa sœur dans le Morvan, et le reste en hiver.

Personne ne se présenta chez Lafargue, de toute la matinée. À demi rassuré, Alex fila vers Paris. Il tenait à vérifier les horaires du chirurgien. Peut-être ne travaillait-il pas tous les jours ? S'il s'accordait un jour de repos dans la semaine, autant le savoir tout de suite ! Alex comptait se renseigner auprès du secrétariat de son service, en utilisant un prétexte quelconque.

Le chauffeur attendait son patron, comme tous les jours, à la terrasse de la brasserie, en face de l'hôpital. Alex, assoiffé, commanda un demi au bar, et s'apprêtait à le savourer lorsqu'il vit Roger se lever précipitamment. Lafargue était sur le parking et appelait son chauffeur. Ils eurent une conversation rapide, à la suite de laquelle Roger donna les clefs de la Mercedes au chirurgien, avant de se diriger en maugréant vers le métro tout proche. Alex était déjà au volant de sa CX.

Lafargue roulait comme un fou. Il ne prenait pas la direction de Boulogne. Affolé, Alex le vit obliquer en direction du périphérique et de l'autoroute.

La perspective d'une filature sur une longue distance ne l'enchantait pas trop. Sans quitter des yeux les feux arrière de la Mercedes, il réfléchissait… Lafargue a des gosses, se dit-il. Oui, ils sont en vacances, il vient de recevoir des mauvaises nouvelles, l'un d'eux est malade, il va le voir ? Pourquoi était-il sorti de son boulot plus tôt que d'habitude, renvoyant son larbin ? Ce salaud a peut-être une maîtresse ? Oui, ce doit être ça… Une maîtresse qu'il va voir comme ça, en pleine journée ? Que signifiait ce micmac ?

Lafargue fonçait, slalomant entre les voitures. Alex s'accrochait, suant de trouille à l'idée d'un contrôle de C.R.S., lors d'un péage… La Mercedes avait quitté l'autoroute. Une départementale sinueuse — qui ne l'amenait pas à ralentir l'allure — défilait à présent… Alex était près d'abandonner, de peur de se faire repérer, mais Lafargue ne jetait pas un seul coup d'œil sur son rétroviseur. Viviane était de nouveau en crise : le psychiatre avait appelé, comme promis. Richard savait ce que signifiait cette visite — la seconde en moins d'une semaine — à sa fille… Ce soir, lorsqu'il serait de retour au Vésinet, il ne demanderait pas à Ève d'appeler Varneroy… Ce n'était plus possible, après ce qui s'était produit ! Alors, comment se consolerait-il ?

La Mercedes se gara à l'entrée d'un château. Un panneau discret indiquait qu'il s'agissait d'une institution psychiatrique. Alex se gratta la tête, perplexe.

Richard monta sans attendre le psychiatre jusqu'à la chambre de Viviane. Le même spectacle l'attendait : sa fille en proie à une agitation désordonnée, trépignant, cherchant à se mutiler. Il n'entra pas dans la chambre. Le visage collé contre le judas, il sanglotait doucement.

Le psychiatre, prévenu de son arrivée, vint le rejoindre. Il soutint Lafargue pour redescendre au rez-de-chaussée. Ils s'isolèrent dans un bureau.

— Je ne reviendrai plus, dit Lafargue. C'est trop dur. Insupportable, vous comprenez ?

— Je comprends…

— Elle n'a besoin de rien ? Du linge… Je ne sais pas…

— De quoi voulez-vous qu'elle ait besoin ? Ressaisissez-vous, monsieur Lafargue ! Votre fille ne sortira jamais de cet état ! Ne croyez pas que je sois insensible : vous devez l'accepter ainsi. Elle végétera longtemps, sa vie sera entrecoupée de crises comme celle à laquelle nous venons d'assister… Nous pouvons lui donner des calmants, l'assommer de neuroleptiques, mais, au fond des choses, nous ne pouvons rien tenter de sérieux, et vous le savez : la psychiatrie n'est pas la chirurgie. Nous ne pouvons pas modifier les apparences. Nous ne disposons pas d'outils « thérapeutiques » aussi précis que les vôtres…

Richard s'était apaisé. Il se reprit peu à peu, redevint distant.

— Oui… Vous avez sans doute raison.

— Je… je voudrais que vous me donniez votre accord : permettez-moi de ne plus vous prévenir, quand Viviane…

— Oui, coupa Richard, n'appelez plus…

Il se leva, salua le psychiatre et remonta dans sa voiture. Alex le vit sortir du château. Il ne démarra pas. Il y avait 99 % de chances pour que Lafargue rentre au Vésinet, à Boulogne ou à l'hôpital.

*

Alex partit déjeuner au village voisin. La place était encombrée de manèges forains en cours de montage. Il réfléchissait. Qui vivait dans ce trou à rats, là-bas, chez les fous ? Si c'était un gamin, Lafargue devait l'aimer, pour courir le visiter comme ça, à l'improviste, en abandonnant son boulot ?

Alex s'enhardit brusquement, repoussa son assiette encore à demi remplie de frites huileuses, demanda l'addition. Il acheta un gros bouquet de fleurs, une boîte de bonbons, et se rendit chez les fous.

L'hôtesse l'accueillit dans le hall.

— Une visite pour un malade ? demanda-t-elle.

— Heu… oui !

— Quel nom ?

— Lafargue.

— Lafargue ?

Au visage stupéfait de l'hôtesse, Alex crut qu'il avait gaffé. Il s'imaginait déjà Lafargue ayant une infirmière pour fous comme maîtresse…

— Mais… vous n'êtes jamais venu voir Viviane ?

— Non, c'est la première fois… Je suis un cousin.

L'hôtesse le dévisageait avec surprise. Elle hésita un moment.

— Ce n'est pas possible de la voir aujourd'hui. Elle ne va pas bien. Monsieur Lafargue ne vous a pas prévenu ?

— Non, je devais, enfin, ma visite était pourtant prévue depuis longtemps…

— Je ne comprends pas : c'est idiot, le père de Viviane était là il y a moins d'une heure…

— Il n'a pas pu m'avertir : je suis parti depuis ce matin.

L'hôtesse hocha la tête, haussa les épaules. Elle s'empara des fleurs et des bonbons, les déposa sur son bureau.

— Je lui donnerai tout ça plus tard, aujourd'hui ce n'est pas la peine. Venez.

Ils prirent l'ascenseur. Alex la suivait, les bras ballants. Arrivée devant la chambre, elle lui désigna le judas. Alex sursauta en voyant Viviane. Elle gisait dans un coin de la chambre et fixait la porte d'un air mauvais.

— Je ne peux pas vous laisser entrer… Vous comprenez ?

Alex comprenait. Il avait les paumes moites et la nausée. Il observa encore la folle et pensa l'avoir déjà vue quelque part. Mais c'était sans doute une illusion.

Il quitta rapidement la maison des fous. Même si Lafargue adorait cette dingue, il ne la kidnapperait jamais ! Autant se jeter tout de suite dans les bras des flics. Et puis comment faire ? Prendre le château d'assaut ? Comment ouvrir la cellule ? Non… Ce serait la femme de Lafargue qui servirait d'otage.

Il regagna la région parisienne en roulant sagement. Il était déjà tard quand il fut de retour dans sa planque, à Livry-Gargan.

*

Le lendemain matin, il reprit sa faction près de la villa de Lafargue. Il était tendu, anxieux, mais n'avait pas vraiment peur. Toute la nuit, il avait ruminé son projet, imaginant les conséquences de la transformation de son visage.

Roger arriva à huit heures, seul, à pied, *L'Équipe* sous le bras. Alex était garé à cinquante mètres de la grille d'entrée. Il savait qu'il allait encore lui falloir attendre ; Lafargue avait l'habitude de se rendre à l'hôpital pour dix heures.

Vers neuf heures trente, la Mercedes stoppa devant la grille. Roger descendit pour l'ouvrir, fit sortir la voiture, s'arrêta de nouveau pour fermer le battant, le claqua. Alex poussa un profond soupir en voyant Lafargue s'éloigner.

L'idéal était de surprendre la garce en plein sommeil. Il était nécessaire d'agir sans tarder. Alex n'avait vu aucun autre domestique durant les jours précédents, mais on n'est jamais sûr de rien... Il démarra et vint se garer juste en face de chez Lafargue. Il actionna la poignée de la grille et, le plus naturellement du monde, s'avança dans le parc.

Il marchait vers la maison, la main dans la poche, le poing crispé sur la crosse du colt. Les volets de l'appartement de droite étaient clos et Alex s'étonna d'un détail qu'il n'avait jusqu'alors pas remarqué : ils étaient fermés de l'extérieur, comme si les fenêtres étaient condamnées. Pourtant, c'était bien là qu'il avait vu de la lumière, de là que s'échappait la musique du piano.

Il haussa les épaules et continua son inspection. Il avait fait le tour complet de la villa et se trouvait à présent face au perron. Il inspira profondément et ouvrit la porte. Le rez-de-chaussée était bien tel qu'il l'avait vu la veille au soir : un grand salon, une bibliothèque-bureau, et au centre, l'escalier menant à l'étage. Il escalada les marches, en retenant son souffle, le colt à la main.

On entendait chantonner de l'autre côté de la porte, cette porte close par trois verrous ! Alex, incrédule, pensa que le chirurgien était fou d'enfermer sa femme... Ah non, c'était peut-être une salope, il avait raison de se méfier... Avec délicatesse, il fit jouer le premier verrou. La femme chantonnait toujours. Le deuxième verrou... Le troisième. Et si la serrure était fermée à clé ? Le cœur battant, il tourna le pêne. La porte s'ouvrit lentement, sans faire grincer les gonds.

La garce, assise devant sa coiffeuse, se maquillait. Alex se plaqua contre le mur, pour ne pas apparaître dans le miroir. Elle lui tournait le dos, nue, l'attention absorbée par son maquillage. Elle était belle, sa taille était fine, ses fesses – écrasées sur le tabouret – musclées. Alex se baissa pour poser son colt sur la moquette et, d'un bond, se jeta sur elle en abattant son poing sur la nuque penchée.

Il avait dosé la force, en expert. À Meaux, dans la boîte de nuit dont il était le videur, il y avait fréquemment des esclandres. Il calmait rapidement les fauteurs de troubles. Un coup sec, assené sur le crâne, et il ne restait plus qu'à traîner les joyeux drilles sur le trottoir.

Elle gisait, inerte, sur le tapis. Alex tremblait. Il tata le pouls, eut envie de la caresser, mais ce n'était vraiment pas le moment. Il redescendit l'escalier. Au bar, il s'empara d'une bouteille de scotch et but une longue rasade, au goulot.

Il sortit de la villa, ouvrit grande la grille et, maîtrisant son envie de galoper, rejoignit la CX qu'il fit démarrer. Il la gara dans le parc, juste devant le perron de la villa. Il courut jusqu'à la chambre. La femme n'avait pas bougé. Il la ligota soigneusement avec une cordelette qu'il avait rapportée du coffre de la CX et la bâillonna avec du sparadrap, avant de l'envelopper dans le couvre-lit.

Il la prit dans ses bras pour la descendre au rez-de-chaussée et l'enferma dans le coffre. Il but une seconde fois à la bouteille, qu'il abandonna, vide, par terre. Installé au volant, il démarra. Dans la rue, un couple âgé promenait un chien, mais ils ne prêtèrent aucune attention à lui.

Il prit la route de Paris, qu'il traversa d'ouest en est pour regagner Livry-Gargan. Il fixait son rétro ; personne ne le suivait.

Arrivé chez lui, il ouvrit le coffre et transporta Mme Lafargue à la cave, toujours enveloppée dans le couvre-lit. Pour plus de sûreté, il relia la cordelette à un antivol de moto, une grosse chaîne gainée de plastique, et enroulée autour d'une canalisation d'eau.

Il éteignit la lumière et quitta la cave pour revenir peu de temps après, avec une casserole remplie d'eau glacée qu'il versa sur la tête de la jeune femme. Elle se mit à gigoter mais ses mouvements étaient entravés par la corde. Elle gémissait, sans pouvoir crier. Alex sourit dans le noir. Elle n'avait pas vu son visage et ne pourrait donc pas le décrire lorsqu'il la relâcherait. S'il la relâchait. Oui, après tout, le chirurgien le verrait, lui, son visage. Il pourrait en faire un portrait-robot, une fois l'opération terminée. Lafargue pourrait dépeindre le nouveau visage d'Alex… Alex qui avait tué un flic et kidnappé la femme du professeur Lafargue ! Bien, se dit Alex, l'important pour l'instant, c'est de forcer ce type à m'opérer, ensuite, on verra. Il faudrait sans doute tuer Lafargue et sa femme, ensuite.

Il remonta dans sa chambre, heureux de la réussite de la première partie de son plan. Il attendrait le soir, le retour de Lafargue au Vésinet, sa surprise devant la disparition de la garce pour rejoindre le chirurgien et lui annoncer le marché. Il faudrait jouer serré ! Ils allaient voir, tous ces porcs, qui était Alex !

Il se servit un verre de vin, claqua la langue après avoir bu. Et puis la garce, il comptait bien se la faire, hein, pourquoi pas ? Autant joindre l'utile à l'agréable !

Patience, se dit-il, occupe-toi d'abord de Lafargue, ensuite, tu verras, pour la gaudriole…

TROISIÈME PARTIE

LA PROIE

1

C'est horrible ! Tout recommence… Tu ne comprends rien, ou plutôt, tu crains de trop bien comprendre : cette fois, Mygale va te tuer !

Depuis trois jours, il ne t'a pas adressé la parole. Il t'apportait tes repas dans la chambre, évitant même de te regarder… Lorsqu'il avait fait irruption dans le studio pour mettre fin aux coups de fouets que t'assenait ce fou de Varneroy, tu en étais restée stupéfaite. Il craquait, c'était la première fois qu'il montrait sa pitié. En rentrant au Vésinet, il était tendre, attentif à tes souffrances. Il a enduit les plaies de pommade et tu as vu, interloquée, ses yeux s'embuer de larmes…

Puis, ce matin, tu l'as entendu partir à l'hôpital. Et il est revenu, sans te prévenir, a bondi sur toi, t'a assommée et te voilà de nouveau prisonnière, dans la cave, enchaînée dans le noir.

L'enfer va revenir, exactement comme il y a quatre ans, après ta capture dans la forêt.

Il va te tuer, ce Mygale devenu fou, encore plus fou qu'avant. Oui, Viviane a eu une nouvelle crise, il est allé la voir en Normandie ; et il n'a pas supporté. Il ne lui suffit plus de te prostituer. Que va-t-il inventer ?

Pourtant, ces derniers mois, il avait beaucoup changé. Il n'était plus aussi méchant. Bien sûr, il hurlait toujours dans son maudit interphone, pour te surprendre…

Après tout, mieux vaut mourir. Tu n'as jamais eu le courage de te suicider. Il a anéanti en toi toute velléité de révolte. Tu es devenu sa chose ! Tu es devenue sa chose ! Tu n'es plus rien !

Tu rêvais souvent de te sauver, mais pour aller où, dans un tel état ? Revoir ta mère, tes amis ? Alex ? Qui te reconnaîtrait ? Mygale a réussi.. Il t'a liée à lui pour toujours.

Tu espères que ce toujours aura une fin rapide. Qu'il en finisse, qu'il cesse de te manipuler !

Il a solidement noué la corde, tu ne peux pas bouger. Le ciment de la cave t'écorche la peau. La corde t'irrite les seins et les comprime. Ils sont douloureux.

Tes seins..

*

Tes seins… Il avait mis un soin fou à les faire naître. Quelque temps après le début des piqûres, ils ont commencé à pousser. Tu n'y as pas pris garde au début, attribuant l'apparition de ces amas graisseux à la vie indolente que tu connaissais. Mais, à chacune de ses visites, Mygale palpait ta poitrine, et hochait la tête. Il n'y avait pas de doute. Horrifié, tu as vu ta poitrine gonfler, prendre forme. Jour après jour tu épiais la progression de cette croissance de tes mamelons et tu étreignais ton sexe toujours aussi désespérément flasque. Tu pleurais souvent. Mygale te rassurait. Tout allait bien. Te manquait-il quelque chose ? Que pouvait-il t'offrir que tu n'avais déjà ? Oui, il était si gentil, si prévenant.

Tu as cessé de pleurer. Pour oublier, tu peignais, tu

passais de longues heures au piano. Rien ne changeait, Mygale venait de plus en plus souvent. C'était ridicule. Vous vous connaissiez depuis deux ans, il avait anéanti ta pudeur ; au début de ton enfermement, tu faisais tes besoins devant lui et ces seins, tu les lui cachais. Tu rajustais constamment ta robe de chambre pour diminuer l'échancrure du décolleté. Mygale t'a fait essayer un soutien-gorge. Il était inutile : tes mamelons, durs, fermes, pouvaient s'en passer. Mais c'était mieux ainsi. Un soutien-gorge, un corsage : tu étais plus à l'aise.

Comme les chaînes, la cave, les piqûres, l'habitude de ce nouveau corps s'est peu à peu installée, jusqu'à te devenir familière. Et puis, à quoi bon penser ?

Et tes cheveux… Au début, Mygale te les coupait. Ensuite, il les a laissés pousser. Était-ce l'effet des piqûres, des gélules, des ampoules ? Ils avaient gonflé, Mygale te donnait des shampooings, il t'a offert un nécessaire à brushing. Tu as pris plaisir à les soigner. Tu essayais diverses coiffures, le chignon, la queue-de-cheval, enfin tu les a fait boucler et depuis tu les portes ainsi.

Il va te tuer. Il fait chaud dans la cave, voilà la soif qui revient… Tout à l'heure, il t'a aspergée d'eau glacée mais tu n'as pas pu boire.

Tu attends la mort ; plus rien n'a d'importance. Tu te souviens le lycée, le village, les filles-les filles… Ton copain Alex. Tu ne reverras plus jamais tout cela, tu ne reverras jamais plus rien. Tu t'étais habitué à la solitude : ton seul compagnon était Mygale. Par moments, tu avais des bouffées de nostalgie, des accès de dépression. Il te donnait des calmants, te couvrait de cadeaux, le salaud, tout ça pour t'amener là…

Pourquoi attend-il ? Il doit mijoter des raffinements de cruauté, une mise en scène de ton assassinat… Va-t-il te tuer lui-même ou te livrer aux mains d'un quelconque Varneroy ?

Non ! Il ne peut plus supporter que d'autres te touchent, t'approchent, tu l'as bien vu quand il a frappé ce fou de Varneroy ! Il te faisait mal, avec son fouet.

Peut-être est-ce ta faute ? Tu te moquais de lui, ces derniers temps... Dès qu'il entrait dans la chambre, si tu étais installée au piano, tu lui jouais The Man I love, *cet air qu'il hait. Ou bien, et c'était plus pervers, tu le provoquais. Il vit seul, depuis de longues années. Peut-être avait-il une maîtresse ? Non... il est incapable d'amour.*

Tu as remarqué ce trouble qui le gagnait lorsqu'il te voyait nue. Tu es certaine qu'il avait envie de toi mais qu'il répugnait à te toucher, évidemment, il faut le comprendre. N'empêche, il te désirait. Tu restais tout le temps nue dans ta chambre, une fois, tu t'es tournée vers lui, assise sur le tabouret pivotant du piano, tu as écarté les cuisses, lui ouvrant ton sexe. Tu as vu sa pomme d'Adam s'agiter, il a rougi. C'est ça, qui l'a rendu encore plus fou : d'avoir envie de toi, après tout ce qu'il t'a fait. D'avoir envie de toi, en dépit de ce que tu es !

Combien de temps va-t-il te laisser pourrir dans cette cave ? La première fois, après la poursuite dans la forêt, il t'a laissé huit jours, seul, dans l'obscurité. Huit jours ! Il te l'a avoué par la suite.

Oui, si tu n'avais pas joué de son désir, peut-être ne se vengerait-il pas ainsi, aujourd'hui ?

Mais si, c'est absurde, de penser cela... C'est à cause de Viviane, Viviane folle à lier depuis quatre ans... Plus le temps passe, plus l'évidence de son incurabilité s'impose... Et il ne peut s'y résoudre. Il ne peut admettre que cette loque soit sa fille. Quel âge a-t-elle, à présent ? Elle avait seize ans, elle en a vingt. Et toi, tu en avais vingt, tu en as vingt-quatre...

Mourir à vingt-quatre ans, ce n'est pas juste. Mourir ? Mais tu es déjà mort, il y a deux ans. Vincent est mort il y a deux ans. Le fantôme qui lui survit n'a pas d'importance.

Ce n'est qu'un fantôme, mais il peut encore souffrir, à l'infini. Tu ne veux plus qu'il te tripote, oui, c'est le mot, tu es lasse de ces manœuvres, de ces manipulations malsaines. Tu vas encore souffrir. Dieu sait ce qu'il est capable de manigancer ! C'est un expert en torture, il te l'a prouvé.

Tu trembles, tu as envie de fumer. L'opium te manque, hier, il t'en a donné, tu l'as pris. Ce moment, toujours le soir, où il vient te voir, prépare les pipes, c'est un de tes grands plaisirs. La première fois, tu as vomi, écœuré. Mais il a insisté. C'était le jour où tu n'as pu reculer devant l'évidence : tes seins poussaient ! Il t'a surpris, seul dans la cave, à pleurer. Pour te consoler, il t'a proposé un nouveau disque. Mais tu lui as montré tes seins, la gorge nouée, tu ne pouvais plus parler. Il est sorti pour revenir quelques minutes plus tard avec le nécessaire : la pipe, les petites boules graisseuses. Un cadeau empoisonné. Mygale est une araignée au venin multiple. Tu t'es laissé convaincre et depuis c'est toi qui lui réclames la drogue, s'il en vient à oublier ce rituel quotidien. Ton dégoût des premiers jours devant l'opium est bien loin. Un jour, après avoir fumé, tu t'es endormi dans ses bras. Tu exhalais les dernières bouffées de la pipe ; il te tenait contre lui, assis à tes côtés sur le sofa. Machinalement, il te caressait la joue. Sa main flattait ta peau lisse. Involontairement, tu l'avais aidé à te transformer : tu n'avais jamais eu de barbe. Quand vous étiez gamins, toi et Alex, vous guettiez la venue de poils, d'un duvet sur la lèvre. Très vite, Alex a pu faire pousser une moustache, d'abord éparse puis plus fournie. Toi, tu restais totalement glabre. Un détail de moins à régler, pour

Mygale. Mais, il te l'a dit, ça n'avait aucune importance ! Les injections d'œstrogène t'auraient de toute façon rendu imberbe. Malgré tout, tu t'en voulais de répondre si bien à son attente, avec ta belle gueule de fille, comme disait Alex…

Et ce corps si fin, aux attaches frêles, a rendu fou Mygale. Il t'a demandé, un soir, si tu étais homosexuel, aussi. Tu n'as pas compris le « aussi ». Non, tu n'étais pas homo. Non pas que la tentation, parfois, ne t'ait pas effleuré, mais non, ça ne s'était pas fait vraiment. Mygale ne l'était pas, lui, comme tu l'avais tout d'abord cru. Oui… ce jour où il est venu vers toi, pour te palper. Tu as confondu examen et caresses. Tu étais encore enchaîné, rappelle-toi, c'était tout au début. Timidement, tu as tendu la main vers lui. Et il t'a frappé !

Tu en es resté interloqué. Pourquoi te tenait-il captif, sinon pour se servir de toi, t'utiliser comme jouet sexuel ? C'était la seule explication que tu avais trouvée à ce traitement qu'il te fallait subir… Un sale pédé maniaque voulant disposer d'un mignon apprivoisé ! La rage t'a saisi à cette pensée, puis tu t'es dit : peu importe, je jouerai le jeu, qu'il me fasse ce qu'il veut, un jour, je m'enfuirai, je reviendrai avec Alex, et on lui éclatera la gueule !

Mais c'est un autre jeu que tu as joué, petit à petit, à ton insu. Celui dont Mygale avait fixé les règles : le jeu de l'oie de ta déchéance… Une case/souffrance, une case/cadeau, une case/piqûres, une case/piano… Une case/Vincent, une case/Ève !

*

Lafargue avait eu un après-midi épuisant : une intervention de plusieurs heures, un enfant brûlé à la face dont la peau du cou s'était rétractée et à qui il fallait greffer patiemment des lambeaux.

Il congédia Roger à sa sortie de l'hôpital et rentra seul au Vésinet, s'arrêtant en chemin chez un fleuriste auquel il fit confectionner une gerbe magnifique.

Quand il vit la porte grande ouverte, à l'étage, l'entrée de l'appartement d'Ève déverrouillée, il en laissa tomber ses fleurs et courut jusqu'au premier, affolé. Le tabouret du piano était renversé, un vase brisé. Une robe et des sous-vêtements traînaient par terre, le couvre-lit avait disparu. Des chaussures à hauts talons, l'une à demi écrasée, avaient été oubliées là, près du lit.

Richard se souvint d'un détail étonnant : la grille d'entrée était grande ouverte, alors que, le matin, Roger l'avait refermée. Un livreur ? Line avait sans doute dû faire des commandes, avant de partir en vacances… Mais l'absence d'Ève ? Elle s'était enfuie… Le livreur était arrivé, trouvant la maison vide et, sous l'insistance d'Ève, avait ouvert les verrous.

Richard tournait en rond, paniqué. Pourquoi n'avait-elle pas mis les vêtements qu'elle avait visiblement préparés, rangés sur le lit. Et le couvre-lit absent ? Tout cela, cette histoire de livreur, ne tenait pas debout. Pourtant, cela avait bien failli se produire, une fois, un an auparavant, lors d'un congé de Line, précisément. Par chance, Richard était revenu chez lui juste à ce moment, pour entendre Ève supplier, derrière la porte ; il avait rassuré le livreur : tout était normal, sa femme était en pleine dépression, c'était là la raison de la présence des verrous…

Quant à Line et Roger, cette prétendue « folie » d'Ève suffisait à évacuer leurs interrogations : d'ailleurs, Richard se montrait affectueux avec la jeune femme et, depuis un an, lui permettait de sortir de plus en plus souvent… Elle dînait parfois au rez-de-chaussée. La folle passait ses journées à jouer du piano ou à peindre. Line faisait le ménage dans l'appartement, indifférente.

Rien ne semblait anormal. Ève était comblée de cadeaux. Line avait un jour soulevé le tissu blanc qui recouvrait le chevalet ; et, voyant ce tableau représentant Richard, déguisé en travesti, assis devant un comptoir de boîte de nuit, elle s'était dit qu'effectivement ça ne tournait pas bien rond dans la tête de la patronne ! Monsieur avait bien du mérite de tolérer cette situation : il ferait mieux de la mettre à l'hôpital mais, n'est-ce pas, ça la fichait mal, pensez donc, la femme du Professeur Agrégé Lafargue chez les fous ! Déjà que sa fille y était !

*

Richard se laissa tomber sur le lit, désespéré. Il tenait la robe dans ses mains et secouait la tête.

Le téléphone sonna. Il se précipita au rez-de-chaussée pour décrocher. Il ne reconnut pas la voix.

— Lafargue ? Je tiens ta femme…

— Combien voulez-vous, dites tout de suite, je paie…

Richard avait crié, d'une voix brisée.

— T'affole pas, c'est pas ce que je veux, le fric, je m'en fous ! Enfin, on verra si tu peux m'en donner aussi…

— Je vous en supplie, dites-moi, elle est vivante ?

— Évidemment !

— Ne lui faites pas de mal…

— T'inquiète, je vais pas l'esquinter…

— Alors ?

— Il faut que je te voie. Pour causer.

Alex donna rendez-vous à Lafargue : le soir même, à 22 heures, devant le drugstore Opéra.

— Comment vous reconnaîtrai-je ?

— T'occupe pas ! Moi, je te connais… Viens seul et fais pas l'andouille, sinon, elle va passer un sale quart d'heure.

Richard acquiesça. Le correspondant avait déjà raccroché.

Richard eut le même geste qu'Alex, quelques heures auparavant. Il prit une bouteille de scotch et en but une longue rasade au goulot. Il descendit à la cave pour vérifier que rien n'avait été dérangé. Les portes étaient fermées, tout allait donc bien de ce côté.

Qui était ce type ? Un truand, sans doute. Pourtant il ne demandait pas de rançon, du moins pas immédiatement. Il voulait autre chose : quoi ?

Il n'avait rien dit à propos d'Ève. Durant les premiers temps de la détention de Vincent, il prenait garde à ne rien laisser transparaître de sa présence. Il avait d'ailleurs renvoyé les deux domestiques prédécesseurs de Line et Roger, embauchés longtemps après, une fois la situation avec Ève en partie « normalisée ». Il redoutait que la police ne retrouve sa trace. Les parents de Vincent ne désespéraient pas des recherches, il le savait par la lecture des journaux locaux… Bien sûr, tout s'était bien passé, il avait coincé Vincent en pleine nuit, loin de tout, fait disparaître les indices, mais qui sait ? Lui-même ayant porté plainte, au sujet de Viviane, un rapprochement dû à un hasard facétieux demeurait possible.

Puis le temps avait passé. Six mois, un an, bientôt deux, aujourd'hui quatre… L'affaire était enterrée.

Et si le type avait su qui était Ève, il n'aurait pas parlé ainsi, n'aurait pas dit « ta femme ». Il croyait qu'Ève et Richard étaient mariés. Lafargue s'affichait quelquefois avec elle et l'on pensait alors qu'il avait séduit une jeune maîtresse… Depuis quatre ans il avait rompu tout contact avec ses anciens amis qui mirent cette soudaine retraite sur le compte de la folie de Viviane. Ce pauvre Richard ! se dirent-ils, le voilà de nouveau atteint : sa femme morte dans un accident d'avion il y a dix ans et sa fille, à l'hôpital psychiatrique, le pauvre ..

Les gens à qui il montrait Ève n'étaient que des relations de travail, des confrères, personne ne s'étonnait de la présence d'une femme à ses côtés, durant les rares réceptions auxquelles il se rendait. Les murmures admiratifs qui accompagnaient alors l'apparition de cette « maîtresse » le comblaient d'aise et d'orgueil... professionnel !

Ce truand ignorait donc tout de Vincent. C'était évident. Mais que voulait-il ?

*

Lafargue arriva en avance au rendez-vous d'Alex. Il piétina sur le trottoir, bousculé par les gens qui entraient et sortaient du drugstore. Il lançait un coup d'œil sur sa montre toutes les vingt secondes. Alex l'aborda enfin, après s'être assuré que le médecin était bien seul.

Richard détailla le visage d'Alex, un visage carré, brutal.

— Tu es en voiture ?

Richard montra la Mercedes, garée tout près.

— On y va...

Alex lui fit signe de s'installer au volant et de démarrer. Il avait sorti son colt de sa poche pour le poser sur ses genoux. Richard épiait ce type, espérant découvrir une faille dans sa conduite. Alex ne parla tout d'abord pas. Il se contentait de dire « tout droit », « à gauche », « à droite » ; la Mercedes s'éloigna du quartier de l'Opéra pour décrire un long périple dans Paris, de la Concorde aux Quais, de Bastille à Gambetta... Alex ne quittait pas le rétro des yeux. Quand il fut certain que Richard n'avait pas prévenu les flics, il se décida à entamer le dialogue.

— T'es chirurgien ?

— Oui... Je dirige le service de chirurgie réparatrice à...

— Je sais, t'as aussi une clinique à Boulogne. Ta fille est dingue, elle est enfermée dans un truc de fous, en Normandie, tu vois, je te connais bien... Et ta femme, elle est pas mal, pour l'instant, elle est attachée à un radiateur, dans une cave, alors écoute-moi bien, sinon, tu la reverras pas... Je t'ai vu, l'autre jour, à la télé !

— Oui, j'ai donné une interview, il y a un mois, acquiesça Richard.

— T'as causé de comment tu refais les nez, comment tu rends bien lisse la peau fripée des vieilles et tout... poursuivit Alex.

Richard avait déjà compris. Il soupira. Ce type n'en voulait pas à Ève, mais uniquement à lui-même.

— Moi, la police me cherche. J'ai buté un flic. Je suis cuit, à moins que je change de gueule. Et c'est toi qui vas t'en occuper... À la télé, t'as dit qu'il fallait pas bien longtemps. Je suis seul, personne n'est avec moi, dans ce coup. J'ai plus rien à perdre ! Si tu cherches à prévenir les flics, ta femme crèvera de faim dans sa cave. Ne me fais pas d'entourloupe, j'ai rien à perdre, je répète. Je me vengerai sur elle. Si tu me fais prendre, je dirai jamais aux flics où c'est qu'elle est et elle crèvera de faim, c'est pas une belle mort...

— C'est entendu, j'accepte.

— T'es sûr...

— Évidemment, du moment que vous me promettez de ne pas lui faire de mal.

— Tu l'aimes, hein ? constata Alex.

Richard, la voix blanche, s'entendit répondre « oui ».

— Comment on va faire ? Tu me fais entrer dans ton hôpital, non, hein, dans ta clinique, c'est mieux...

Richard conduisait les mains crispées sur le volant. Il allait falloir convaincre ce type de venir au Vésinet. Visiblement, il n'avait pas inventé la poudre. La naïveté de sa démarche le démontrait. L'idée qu'une fois livré à l'anesthésie il devenait totalement manipulable ne l'avait même pas effleuré. Un imbécile, ce n'était qu'un imbécile ! Il croyait s'en tirer en détenant Ève. Ridicule, totalement ridicule ! Oui, mais il devait accepter de venir au Vésinet : à la clinique, Lafargue ne pouvait rien faire, et son plan stupide risquait bien de réussir, puisque Richard, jamais au grand jamais, ne ferait appel à la police…

— Écoutez, dit-il, nous allons gagner du temps. Une opération se prépare longtemps à l'avance. Il faut faire des examens, vous savez cela ?

— Me prends quand même pas pour un con…

— Oui… Si vous venez à la clinique, comme ça, on se posera des questions, les interventions sont prévues, il y a un planning…

— C'est pas toi le patron ? murmura Alex, surpris.

— Si, mais si vous êtes recherché, avouez que moins de gens vous rencontreront, mieux cela vaudra pour vous.

— Exact, alors ?

— Nous allons chez moi, je vais vous montrer ce que je peux faire, le dessin d'un nouveau nez, vous avez un double menton, on peut le supprimer, tout cela…

Alex était méfiant, mais il accepta. Tout semblait démarrer impeccablement : le toubib avait la trouille pour sa nana.

Arrivé au Vésinet, Lafargue invita Alex à s'asseoir confortablement. Ils étaient dans le bureau ; Richard défit des dossiers de photos et trouva celle d'un homme qui ressemblait vaguement à Alex ; avec un feutre blanc il effaça peu à peu le nez pour en dessiner un nouveau contour, en noir. Alex le regardait faire, fasciné. Puis Lafargue fit de même avec le double menton. À main levée, il brossa un rapide portrait d'Alex, tel qu'il était, face et profil, et un autre, représentant le futur Alex.

— Super ! Si tu me réussis comme ça, t'as pas à t'inquiéter pour ta femme…

Alex s'était emparé du premier dessin et le déchira.

— T'irais pas faire un portrait-robot aux flics, hein, après l'opération ? demanda-t-il, inquiet.

— Ne soyez pas ridicule, tout ce qui m'importe, c'est de revoir Ève !

— Elle s'appelle Ève ? Ouais… De toute façon, je prendrai mes précautions…

Lafargue n'était pas dupe : le type avait bel et bien l'intention de le tuer si l'opération avait lieu. Quant à Ève…

— Écoutez, autant ne pas perdre de temps. Je dois faire des examens avant de tenter cette opération. J'ai ici, au sous-sol, un petit laboratoire aménagé et nous pouvons nous y mettre immédiatement.

Alex fronça les sourcils.

— Ici ?

— Mais oui, répliqua Richard, en souriant, je travaille souvent en dehors de l'hôpital !

Ils se levèrent tous deux, et Richard montra le chemin du sous-sol. La cave était très grande, il y avait plusieurs portes. Lafargue en ouvrit une, alluma la lumière et entra. Alex suivit. Il écarquilla les yeux, étonné de ce spectacle : une longue paillasse, comportant une foule d'appareils, une armoire vitrée remplie d'instruments. Son colt à la main, il fit le tour de ce mini-bloc opératoire qu'avait installé Richard.

Il s'arrêta devant la table, examina l'énorme spot, éteint, qui trônait au-dessus, saisit le masque d'anesthésie, inspecta les bonbonnes. Il ignorait ce qu'elles contenaient.

— C'est quoi, tout ça ? demanda-t-il, éberlué...

— Mais... c'est mon laboratoire...

— Mais t'opères pas des gens, ici ?

Alex montrait la table, le grand spot. Il reconnaissait en gros le matériel vu dans ce reportage médical à la télé.

— Oh non ! Mais, vous savez, nous sommes contraints de faire des expériences... sur des animaux.

Richard sentait la sueur perler sur son front, son pouls s'affolait, mais il essayait de ne rien laisser paraître de sa peur.

Alex hocha la tête, perplexe. C'était vrai, il le savait bien, quand même, les médecins font des tas d'expériences avec des singes et tout...

— Mais alors, dis donc, y a pas besoin que j'aille à la clinique. T'as qu'à m'opérer ici. Non ? Si y a tout ce qu'y faut ! proposa-t-il.

Les mains de Lafargue tremblaient. Il les enfouit dans ses poches.

— Tu réfléchis, y a un problème ? reprit Alex.

— Non... peut-être me manquera-t-il un ou deux produits.

— Combien de temps je dois rester au lit, après l'opération ?

— Oh, très peu ! Vous êtes jeune, robuste, et ce n'est pas une intervention très traumatisante

— Et je pourrai tout de suite enlever les pansements ?

— Ah non ! Il faudra attendre au moins huit jours, assura Richard.

Alex arpentait la pièce, songeur, tripotant les appareils.

— Si tu fais ça ici, y a pas de risque ?

Lafargue écarta les bras avant de répondre non, en fait, aucun risque…

— Dis donc, tu seras tout seul, t'auras pas d'infirmière ?

— Oh, ça n'a pas d'importance, je peux m'occuper de tout. Il suffit de prendre son temps.

Alex éclata de rire et assena une grande claque dans le dos du médecin.

— Tu sais ce qu'on va faire ? dit-il. Je vais m'installer chez toi, et dès que tu peux, tu m'opères… Demain ?

— Oui… demain, si vous voulez… Mais, durant votre, enfin, votre « convalescence », qui s'occupera d'Ève ?

— Te bile pas, elle est entre de bonnes mains…

— Je croyais que vous étiez seul ?

— Non, pas tout à fait, te bile pas, on lui fera pas de mal… Tu m'opères demain. Et on reste tous les deux ici pendant huit jours. Ta bonne est en vacances, tu vas téléphoner à ton chauffeur pour qu'il ne vienne pas demain… On ira tous les deux chercher les produits qui te manquent. Faut que tu te mettes en vacances de l'hôpital. Allez, viens…

Ils remontèrent au rez-de-chaussée. Alex demanda à Richard d'appeler Roger chez lui. Lorsque Richard eut fini de téléphoner, Alex lui montra la chambre du premier.

Il le fit entrer dans l'appartement d'Ève.

— Elle est pas bien, ta femme ? Pourquoi tu l'enfermes ?

— Elle… enfin, elle a des attitudes bizarres…

— Comme ta fille ?

— Un peu, parfois…

Alex ferma les trois verrous en souhaitant une bonne nuit à Lafargue. Il inspecta l'autre chambre et sortit faire un tour dans le parc « Ève » devait commencer à trouver le temps long, là-bas à Livry-Gargan, mais tout marchait bien… Dans dix jours, après avoir enlevé les pansements, Alex tuerait Lafargue, et bonsoir tout le monde ! Dix jours, Ève serait morte, peut-être ? Quelle importance ?

Le lendemain matin, Alex réveilla Richard de bonne heure. Il le trouva allongé sur le lit, habillé. Alex prépara un petit déjeuner qu'ils prirent ensemble.

— On va aller à ta clinique pour prendre ce que t'as besoin. Tu peux m'opérer cet après-midi ? demanda-t-il.

— Non… il faut faire des examens, une prise de sang.

— Ah ouais, les analyses d'urine et tout !

— Et quand je connaîtrai les résultats, nous pourrons commencer. Disons, demain matin…

Alex était satisfait. Le toubib avait l'air régulier. Ce fut lui qui s'installa au volant de la Mercedes pour aller à Boulogne. Il déposa Lafargue devant la clinique.

— Tarde pas trop… je suis méfiant !

— Ne vous inquiétez pas, je n'en ai que pour une minute.

Richard entra dans son bureau. La secrétaire fut surprise de le voir arriver si tôt. Il lui demanda d'avertir l'hôpital qu'il n'assisterait pas à la consultation du matin. Puis il fouilla dans un tiroir, prit deux flacons au hasard, réfléchit un instant et partit chercher une boîte de scalpels, pensant que ce détail impressionnerait davantage Alex, le convaincrait mieux de la sincérité de sa « participation ».

Quand il l'eut rejoint dans la voiture, Alex lut l'étiquette des médicaments, ouvrit l'étui contenant les lames et rangea le tout avec soin dans la boîte à gants. De retour au Vésinet, ils descendirent au laboratoire.

Lafargue fit une prise de sang au truand. Penché sur un microscope, il examina vaguement la plaquette, mélangea au hasard quelques gouttes de réactifs, et enfin interrogea Alex sur ses maladies antérieures.

Alex était aux anges. Il observait Lafargue, regardait par-dessus son épaule et posa même un instant son œil sur le microscope.

— Bien, dit Richard, tout va très bien. Nous n'aurons pas besoin d'attendre demain. Vous êtes en excellente santé ! Vous allez vous reposer toute la journée. Vous ne mangerez pas ce midi, et, dans la soirée, je vous opérerai !

Il s'approcha d'Alex, lui palpa le nez, le cou. Alex sortit de sa poche le croquis de son nouveau visage et le déplia.

— Comme ça ? demanda-t-il en montrant le dessin.

— Oui… comme ça ! confirma Lafargue.

Allongé sur le lit de Lafargue, bouclé dans l'autre chambre, Alex se prélassa durant plusieurs heures. Il avait envie de boire un peu, mais c'était interdit. À 18 heures, il partit chercher le chirurgien. Il était tendu : l'idée de se retrouver sur une table d'opération l'avait toujours effrayé. Richard le rassura, le fit se déshabiller. Alex abandonna son colt avec réticence.

— N'oublie pas ta femme, toubib… murmura-t-il en s'allongeant.

Richard alluma le grand spot. La lumière blanche était aveuglante. Alex cligna des yeux. Peu de temps après Lafargue apparut à ses côtés, vêtu de blanc, masqué. Alex sourit, rassuré

— On y va ? demanda Lafargue.

— On y va… Et fais pas le con sinon tu revois pas ta femme !

Richard ferma la porte du bloc, saisit une seringue, s'approcha d'Alex.

— Cette piqûre va vous détendre… Ensuite, d'ici un quart d'heure, je vous endormirai…

— Ouais… Fais pas le con !

La pointe de l'aiguille s'enfonça délicatement dans la veine. Alex voyait, au-dessus de lui, le chirurgien sourire.

— Fais pas le con ! Hein, fais pas le con…

Brusquement, il sombra dans le sommeil. Lors de sa dernière seconde de conscience, il comprit que quelque chose d'anormal venait de se produire.

Richard arracha le masque, éteignit le spot et hissa le truand sur son dos. Il ouvrit la porte du bloc, sortit dans le couloir et marcha en titubant jusqu'à l'autre porte qui s'ouvrait dans les sous-sols.

Après avoir tourné la clé, il porta Alex jusqu'au mur rembourré de mousse. Le sofa, les fauteuils étaient toujours là, ainsi que d'autres affaires ayant appartenu à Vincent. Il enchaîna Alex à ce mur, resserra les liens en supprimant quelques maillons. Il revint au bloc, prit un cathéter dans un tiroir et le fixa dans une veine de l'avant-bras : Alex, une fois réveillé, même entravé, trouverait toujours le moyen de gigoter un peu, pour empêcher Richard de le piquer de nouveau… Lafargue était bien persuadé que ce type, désespéré et traqué par la police, trouverait la force suffisante pour résister à une torture « classique », du moins un certain temps. Et Richard était pressé… Il ne restait plus qu'à attendre.

Il abandonna sa blouse sur le sol. Il monta chercher la bouteille de scotch ainsi qu'un verre. Puis il revint s'installer dans un fauteuil, face à Alex. Le dosage de l'anesthésique était très faible, son prisonnier ne tarderait pas à s'éveiller.

2

Alex émergea lentement du sommeil. Lafargue attendait, guettant sa réaction. Il se leva pour le gifler vigoureusement, afin de le ramener plus vite à la conscience.

Alex vit les chaînes, cette cave encombrée d'un fouillis de meubles, ces drôles de fenêtres en trompe-l'œil, la mer, la montagne... Il ricana. Tout était fini. Il ne dirait pas où était la garce, on pouvait le torturer, la mort l'indifférait...

Le médecin l'observait, assis dans le fauteuil, sirotant un verre. Du whisky : la bouteille était posée sur le sol. Quel salaud ! Il l'avait bien eu, s'était bien foutu de sa gueule. C'était un sacré mec, il ne s'était pas démonté, avait bien bluffé... Oui, Alex avouait, s'avouait être un minable.

— Alors comme ça... dit Lafargue, Ève est dans une cave, enchaînée à un radiateur. Seule.

— Elle va crever... Tu sauras pas où qu'elle est ! bredouilla Alex.

— Vous l'avez brutalisée ?

— Non... J'ai eu envie de me la faire, mais j'ai préféré remettre à plus tard ; j'aurais dû, hein ? Note bien, plus personne la sautera, maintenant. Plus jamais... Personne ne viendra là où qu'elle est avant deux semaines ! Elle va crever de faim, de soif. Par ta faute... Un jour, tu verras peut-être son squelette... Elle baisait bien, au moins ?

— Taisez-vous, murmura Lafargue, en serrant les dents. Vous allez me dire où elle est...

— Mais non, hé, ducon, tu peux me découper en morceaux, je dirai rien ! Je vais y passer. Et si tu me tues pas, les flics m'auront : je suis cuit, j'en ai plus rien à foutre.

— Mais si, pauvre abruti, vous allez parler…

Richard s'approcha d'Alex qui lui cracha au visage. Il lui avait plaqué le bras contre le mur, la paume de la main en avant, le poignet enchaîné, et de larges lanières de chatterton ultra-fort scotchées sur le béton empêchaient tout mouvement du membre.

— Regarde ! dit Richard.

Il désignait le cathéter enfoncé dans la veine. Alex sua, se mit à sangloter. Le salaud, il allait l'avoir comme ça… Avec un médicament.

Richard lui montrait une seringue, qu'il relia au cathéter. Doucement, il appuya sur le piston. Alex hurlait, tentait de tirer sur les chaînes, en vain.

Le produit était à présent en lui, coulant dans son sang. Il fut pris de nausée, un flou cotonneux lui embrouilla peu à peu l'esprit. Il cessa de crier, de s'agiter. Ses yeux vitreux distinguaient toujours le visage de Lafargue, souriant, l'œil mauvais.

— Comment tu t'appelles ?

Richard lui tirait sur la tignasse, maintenant sa tête, qui s'était affaissée.

— Barny… Alex.

— Tu te rappelles ma femme ?

— Oui…

Au bout de quelques minutes, Alex donna l'adresse du pavillon de Livry-Gargan.

*

Au ras du sol, un souffle d'air frais se fraye un chemin. Tu te contorsionnes pour te tourner sur le côté, tu appuies ta joue sur le sol, et tu goûtes cette parcelle de fraîcheur. Ta gorge est douloureuse, sèche. Le sparadrap sur tes lèvres tire sur la peau.

La porte s'ouvre. La lumière s'allume. C'est Mygale. Il se précipite sur toi. Pourquoi a-t-il cet air bouleversé ? Il te prend dans ses bras, arrache doucement le sparadrap du bâillon, te couvre le visage de baisers, t'appelle « ma petite », il s'attaque à présent aux cordes, les dénoue. Tes membres gourds sont douloureux, la circulation du sang revient brusquement, sans entraves.

Mygale te tient dans ses bras, il te presse contre lui. Sa main court dans tes cheveux, caresse ta tête, ta nuque. Il te soulève du sol, t'entraîne hors de cette cave.

Vous n'êtes pas au Vésinet, mais dans une autre maison… Que signifie tout cela ? Mygale ouvre une porte, d'un coup de pied. C'est une cuisine. Sans te déposer, il prend un verre, le remplit d'eau, te fait boire, lentement, à petites gorgées…

Il te semble que tu avais avalé des kilos de poussière ; et cette eau dans ta bouche, jamais tu n'as connu si agréable sensation.

Mygale te porte dans un salon, meublé grossièrement. Il t'assoit dans un fauteuil, se met à genoux devant toi, pose son front contre ton ventre, de ses mains enserre ta taille.

Tu assistes à tout cela d'ailleurs, spectatrice d'un jeu absurde. Mygale a disparu. Il revient avec le couvre-lit qu'il avait laissé dans la cave ; il t'en enveloppe et te porte au-dehors. Il fait nuit.

La Mercedes attend, dans la rue. Mygale t'installe à ses côtés, puis prend le volant.

Il te parle, racontant une histoire folle, invraisemblable. Tu l'écoutes à peine. Un truand t'a enlevée, pour le faire chanter… Pauvre Mygale, il est fou, il ne sait plus discerner la réalité de ses mises en scène. Non… Malgré cette douceur dont il fait preuve, tu sais bien qu'il va te faire souffrir, pour te punir… À un feu rouge, il se tourne vers toi. Il sourit, te caresse de nouveau les cheveux.

Arrivé au Vésinet, il te porte dans le salon, t'installe sur un sofa. Il court jusqu'à ta chambre, revient avec un peignoir ; il te le met puis disparaît de nouveau… Il réapparaît avec un plateau : à manger, à boire… Il te donne quelques cachets, tu ne sais de quoi, ça n'a pas d'importance.

Il te fait manger, insiste pour que tu avales un yaourt, des fruits.

Lorsque tu as fini, tes yeux se ferment, tu es épuisée. Il t'emmène à l'étage, te couche dans ton lit ; avant de t'endormir tu as vu qu'il s'était assis près de toi, qu'il te prenait la main.

Tu t'éveilles… Il y a une clarté diffuse, c'est sans doute le petit matin. Mygale est là, près de toi, dans un fauteuil, il dort, la porte de ta chambre est grande ouverte.

Tes jambes sont encore douloureuses, le garrot des cordes était très fort. Tu te mets de côté, pour mieux regarder Mygale. Tu repenses à cette histoire rocambolesque qu'il t'a racontée… Une histoire de gangster ? Ah oui… un truand en fuite qui voulait que Mygale lui modifie le visage ! Et toi, tu étais l'otage !

Tu ne sais plus… Le sommeil revient. Un sommeil entrecoupé de cauchemars. À chaque fois les mêmes images : Mygale ricanant, tu es allongé sur cette table, le spot, énorme, t'aveugle. Mygale porte une blouse blanche, un tablier de chirurgien, un calot blanc, il assiste à ton réveil, rit à gorge déployée.

Tu entends ce rire, démultiplié, il te casse les oreilles, tu voudrais encore dormir, mais non, l'anesthésie est terminée… C'est long, tu reviens d'autre part, les images de tes rêves sont encore vivaces, et Mygale rit… Tu tournes la tête, ton bras est attaché, non, tes bras, sont attachés…

Une aiguille entre dans la saignée de ton coude, elle est reliée à ce tube, le goutte-à-goutte tombe de la bouteille de sérum, qui se balance doucement au-dessus de ta tête là-haut… Tu as le vertige, mais, peu à peu, une douleur violente te vient par élancements, là, plus loin, vers ton bas-ventre, et Mygale rit.

Tes cuisses, elles sont écartées, tu as mal. Tes genoux sont attachés à des montants, des tubes d'acier… Oui… Comme ces tables qu'utilisent les gynécologues, pour examiner le… Ah ! Cette douleur, vers ton sexe, elle remonte dans la région abdominale, tu essaies de redresser la tête, pour voir ce qui se passe, et Mygale rit toujours.

— Attends, mon petit Vincent… je vais t'aider…

Mygale a saisi un miroir, il te tient la nuque, place la glace entre tes jambes. Tu ne vois rien, rien qu'un amas de compresses sanguinolentes, et deux tuyaux, reliés à des bouteilles…

— Bientôt, te dit Mygale, tu verras mieux ! et il s'étrangle de rire.

Oui… tu sais ce qu'il t'a fait. Les piqûres, tes seins qui ont poussé, et maintenant, ça.

Quand l'effet de l'anesthésie s'est totalement éteint, quand tu es redevenu pleinement conscient, tu as hurlé, hurlé, longuement. Il t'avait laissé là, dans le bloc, à la cave, allongé, ligoté sur la table.

Il est venu. S'est penché sur toi. Il ne semblait pas vouloir s'arrêter de rire.

Il avait apporté un gâteau, un petit gâteau, avec une bougie. Une seule bougie.

— Mon cher Vincent, nous allons fêter le premier anniversaire de quelqu'un que tu vas bien connaître : Ève !

Il montrait ton ventre.

— Là, il n'y a plus rien ! Je t'expliquerai. Tu n'es plus Vincent. Tu es Ève.

Il a découpé le gâteau, en a pris une part, et te l'a écrasée sur le visage. Tu n'avais même plus la force de crier. En souriant, il mangeait l'autre part. Il a débouché une bouteille de champagne, rempli deux flûtes. Il a bu la sienne, et t'a versé l'autre sur la tête.

— Alors, ma petite Ève, c'est tout ce que vous trouvez à me dire ?

Tu as demandé ce qu'il t'avait fait. C'était très simple. Il a poussé la table vers l'autre partie de la cave, celle où tu avais vécu jusqu'alors.

— Ma chère amie, je n'ai pas pu prendre de clichés de l'intervention que je viens de pratiquer sur vous… Néanmoins, ce type d'opération étant très courant, je vais vous l'expliquer à l'aide de ce petit film.

Il a mis en marche un projecteur… Sur l'écran tendu contre un mur, une salle d'opération est apparue. Quelqu'un disait le commentaire, mais ce n'était pas Mygale.

« Après un traitement hormonal étalé sur deux ans, nous allons pouvoir pratiquer une vaginoplastie, sur Monsieur X, avec lequel nous avons eu de nombreux entretiens préalables.

Nous commençons donc, après anesthésie, par la taille d'un lambeau de gland de 1,2 cm, puis nous décollons la totalité de la peau de la verge jusqu'à sa racine. Nous disséquons le pédicule, jusqu'à la racine, également… Manœuvre identique en ce qui concerne le pédicule vasculo-nerveux dorsal de la verge. Il s'agit d'emmener le feuillet antérieur des corps caverneux jusqu'à la racine de la verge… »

Tu ne pouvais détacher tes yeux de ce spectacle, de ces hommes aux mains gantées qui maniaient le scalpel et les pinces, taillant dans la chair, tout comme Mygale avait fait pour toi.

« Le temps suivant consiste en une incision scroto-périnéale en restant à 3 cm de l'anus en arrière ; extériorisation de la verge à travers cette incision et poursuite de la dissection de la peau et du lambeau de gland.

On aboutit ainsi à l'individualisation de l'urètre et à la séparation des corps caverneux sur la ligne médiane. »

Mygale riait, riait… Il se levait de temps à autre pour régler l'image, et revenait vers toi, tapotant ta joue.

« Le troisième temps est la création d'un néo-vagin entre d'une part le plan urétral en avant, et le rectum en arrière, avec un doigt intra rectal pour contrôler le décollement.

Voici le décollement du néo-vagin, mesurant 4 cm de large sur 12 à 13 cm de profondeur… ici, la fermeture de l'extrémité antérieure du fourreau de la verge et invagination de la peau de la verge dans le néo-vagin…

Le lambeau de gland est extériorisé de façon à créer un néo-clitoris. La peau des bourses, que nous avons conservée très mince est elle-même reséquée : elle viendra former les grandes lèvres.

Vous voyez ici le même patient, plusieurs mois plus tard. Le résultat est fort satisfaisant : le vagin est de bonne taille et tout à fait fonctionnel, le clitoris est bien vivant et sensible, l'orifice urétral en bonne place et sans complications urinaires… »

Le film était terminé. Tu sentais une démangeaison, au sein de la douleur, dans ton bas-ventre. Tu avais envie d'uriner. Tu l'as dit à Mygale… Il t'avait posé une sonde, et cette sensation étrange, cette nouvelle perception de ton sexe est venue ainsi. Tu as encore crié…

C'était affreux, tu ne pouvais trouver le sommeil. Mygale t'injectait des calmants. Plus tard, il t'a détachée pour te faire mettre debout. À petits pas tu as marché, en tournant en rond. La sonde balançait entre tes jambes et ces tubes également, reliés à des bouteilles sous vide qui aspiraient les sécrétions. Mygale en tenait une, l'autre était fourrée dans la poche de ta robe de chambre... Tu étais sans force. Mygale t'a fait quitter la cave pour t'installer dans un petit appartement. Il y avait un boudoir, une chambre... Tu étais aveuglée. C'était la première fois depuis deux ans que tu quittais ta prison. Le soleil t'a inondé le visage. C'était agréable.

Ta « convalescence » a duré longtemps. La sonde avait disparu, les bouteilles aussi. Il ne restait rien que ce trou, là, entre tes jambes. Mygale te forçait à porter un mandrin, enfoncé dans ton vagin. C'était indispensable, disait-il, sinon, la peau allait se refermer. Tu l'a porté des mois, des mois. Il y avait un point très sensible, là, en haut : ton clitoris.

La porte de la chambre restait toujours fermée. Par les volets clos, tu voyais un parc, un petit étang, des cygnes. Mygale venait te voir tous les jours, de longues heures. Vous parliez de ta nouvelle vie. De ce que tu étais devenu... Devenue.

Tu as repris le piano, la peinture... Puisque tu avais des seins et ce trou, là, entre les cuisses, il te fallait bien jouer le jeu. T'enfuir ? Retourner chez toi après tant de temps ? Chez toi ? Était-ce vraiment chez toi, cet endroit où Vincent avait vécu ? Que diraient ceux qu'il avait connus ? Tu n'avais pas le choix. Le maquillage, les toilettes, les parfums... Et un jour, Mygale t'a emmenée dans une allée du bois de Boulogne. Plus rien ne pouvait t'atteindre.

Aujourd'hui, cet homme dort près de toi. Il doit être mal à l'aise, tassé dans le fauteuil. Quand il t'a trouvée dans la cave, il t'a embrassée, t'a prise dans ses bras. La porte est ouverte. Que veut-il, à présent ?

*

Richard ouvrit les yeux. Il avait mal aux reins. Une sensation étrange : toute cette nuit à veiller sur Ève, puis quelque chose, un froissement de tissu – le drap – ou bien Ève éveillée, le guettant dans la lumière du matin... Elle est là. Là dans le lit, elle a les yeux grands ouverts. Richard sourit, se lève, s'étire, vient s'asseoir au bord du lit. Il parle, reprend ce vouvoiement absurde, instauré par lui, avec ces césures ordurières lors de ses bouffées de haine.

– Vous allez mieux, dit-il. Tout est fini. Je... enfin, c'est terminé, vous pourrez partir, je m'arrangerai pour les papiers, ta nouvelle identité, ça se fait, tu sais ? Tu iras voir la police, pour leur dire...

Richard n'en finissait plus, pitoyable, d'avouer sa défaite. Une défaite totale et humiliante qui arrivait trop tard pour punir une haine déjà éteinte.

Ève se leva, prit un bain et s'habilla. Elle descendit au salon. Richard la retrouva au bord de l'étang. Il arrivait avec des miettes de pain qu'il lança aux cygnes. Elle s'accroupit au bord de l'eau, appela les animaux en sifflant. Ils vinrent manger dans sa main en tordant leur cou pour avaler les croûtons.

Il faisait un temps radieux. Ils revinrent tous deux vers la villa et s'assirent côte à côte dans la balancelle, près de la piscine. Ils restèrent ainsi longtemps, proches l'un de l'autre, sans échanger une parole.

– Richard ? dit enfin Ève. Je veux voir la mer...

Il se tourna vers elle, la contempla de son regard immensément triste et acquiesça. Ils revinrent vers la maison, Ève partit chercher un sac, y entassa quelques affaires. Richard l'attendait dans la voiture.

Ils prirent la route. Elle abaissa la vitre latérale et joua à lutter contre le vent, maintenant sa main à l'extérieur de la portière. Il lui recommanda de cesser à cause des insectes, des cailloux, qui pourraient la blesser.

Richard roulait vite, avalant les virages avec une sorte de rage. Elle lui demanda de ralentir. Les falaises du bord de mer apparurent bientôt.

La plage de galets d'Étretat était noire de monde. Les touristes s'entassaient au bord de l'eau. La marée était basse. Ils se promenèrent sur la corniche qui serpente le long de la roche et se termine par un tunnel débouchant sur une autre plage, celle où se dresse l'Aiguille creuse.

Ève demanda à Richard s'il avait lu le roman de Leblanc, cette histoire folle de bandits cachés dans une grotte creusée à l'intérieur du pic. Non, Richard n'avait pas lu… Il dit en riant, avec une nuance d'amertume dans la voix, que son métier ne lui laissait que peu de loisirs. Elle insista, voyons, Arsène Lupin, tout le monde connaît !

Ils reprirent leur promenade en sens inverse pour regagner la ville. Ève avait faim. Ils prirent place à une terrasse d'un restaurant de fruits de mer. Elle dégusta un plateau chargé d'huîtres, de bulots. Richard goûta une pince d'araignée de mer et la laissa terminer son repas seule.

— Richard, demanda-t-elle, cette histoire de gangster, qu'est-ce que c'est ?

Il lui raconta de nouveau, son retour au Vésinet, la chambre vide, les verrous défaits, son angoisse devant sa disparition. Comment il l'avait retrouvée, enfin.

— Et le truand, tu l'as laissé partir ? insista-t-elle, méfiante, incrédule.

— Non, il est attaché dans la cave.

Il avait répondu à voix basse, d'un ton monocorde. Elle manqua s'étouffer.

— Richard ! Mais il faut aller là-bas, tu ne peux pas le laisser crever comme ça !

— Il t'a fait mal, c'est tout ce qu'il mérite !

Elle frappa du poing sur la table pour le ramener à la réalité. Elle avait l'impression de jouer une scène absurde, le vin blanc dans son verre, un reste de tourteau, et ce dialogue inconvenant à propos de ce type moisissant dans les sous-sols de la maison du Vésinet ! Il regardait ailleurs, absent. Elle insista pour rentrer. Il accepta aussitôt. Elle eut le sentiment que si elle lui demandait de se jeter du haut de la falaise, il obéirait sans rechigner.

*

Il était déjà tard lorsqu'ils pénétrèrent dans la propriété. Il la précéda dans l'escalier menant à la cave. Il ouvrit la porte, alluma la lumière. Le type était bien là, à genoux, les bras écartelés par ces chaînes qu'elle connaissait si bien. Quand Alex releva la tête, elle poussa un long cri, une plainte d'animal blessé qui ne peut comprendre ce qui lui arrive.

Cassée en deux, le souffle coupé, elle désignait du doigt le prisonnier. Elle se précipita dans le couloir, tomba à genoux, et vomit. Richard l'avait rejointe et la soutenait en lui tenant le front.

*

Ainsi donc, c'était ça, le dernier acte ! Mygale avait imaginé cette histoire de gangster, ce roman délirant, pour endormir ta méfiance. Il t'avait amadouée par sa tendresse, cédant à ce caprice, voir la mer, pour te faire chuter dans une horreur sans fond !

Et cette ruse pour te faire découvrir Alex prisonnier lui aussi, comme toi quatre ans plus tôt, n'avait pour but que de te briser un peu plus, de te rapprocher encore — était-ce possible ? — de la folie…

Oui, c'était ça, son plan ! Non pas de t'humilier en te prostituant, après t'avoir châtré, charcuté, abîmé, après avoir détruit ton corps pour t'en construire un autre, un jouet de chair. Non, tout cela, ce n'était qu'un jeu, les prémices de son véritable projet : te faire basculer dans la folie, comme sa fille… Puisque tu avais résisté à toutes les épreuves, il faisait monter les enchères !

D'étape en étape, il t'avait rabaissée, il t'enfonçait la tête dans des eaux noires et, de temps à autre, te rattrapait par les cheveux, t'empêchant de te noyer complètement, pour finalement te porter le coup fatal : Alex !

Mygale n'était pas fou : c'était un génie. Qui d'autre aurait pu imaginer une progression aussi savamment étudiée ? Le salaud, il fallait le tuer !

Alex, il n'en tirerait rien, il devait bien le savoir… Il n'espérait certainement pas lui faire subir les mêmes tourments. Alex était un gros lourdaud, une brute, il t'avait amusé, autrefois tu en faisais ce que tu voulais, il t'aurait suivi partout, comme un chien !

Avec lui, Mygale ne pourrait rien faire : les raffinements que tu avais connus ne pouvaient lui être destinés. Peut-être allait-il te contraindre à le… Oui, il était enchaîné, nu comme un ver, c'était ça que voulait Mygale !

Il ne s'était pas assez repu d'un seul, il lui fallait les deux à sa merci. Quatre ans, Mygale avait mis quatre ans à retrouver Alex… Alex, qu'était-il devenu ? Mais surtout, pourquoi Mygale avait-il pu le capturer ? Tu n'avais jamais rien dit !

Mygale était là, près de toi. Il te soutenait. La flaque de vomissure s'étalait sur le béton. Mygale murmurait des mots tendres, ma douce, ma petite, il s'empressait, essuyant ta bouche à l'aide d'un mouchoir…

La porte de l'autre pièce était ouverte. Tu as bondi d'un coup, vers le bloc, et, sur la paillasse, tu as pris un scalpel, et tu es revenue à pas lents vers Mygale, la lame pointée vers lui.

3

Ils étaient là, face à face dans ce sous-sol bétonné, éclairé d'un néon cru. Elle avançait calmement, le scalpel à la main. Richard ne bougeait plus. Dans la cave, Alex se mit à crier. Il avait vu Ève tomber à genoux, se traîner hors de sa vue et, à présent, dans l'entrebâillement de la porte, il la voyait progresser, un couteau à la main.

— Mon revolver, petite ! hurla-t-il, mon revolver, viens ici, il l'a laissé là.

Ève pénétra de nouveau dans la cave, s'empara de l'arme d'Alex, effectivement abandonnée sur le sofa. Richard n'avait même pas tressailli, il se tenait debout dans le couloir mais ne reculait plus devant le canon du colt pointé vers son torse. Et il eut un mot incroyable.

— Ève, je t'en supplie, explique-moi !

Elle s'arrêta, ébahie. C'était encore une ruse de Mygale, sans doute, cette stupeur feinte. Mais le salaud ne s'en tirerait pas comme ça !

— T'en fais pas, Alex ! cria-t-elle, on va l'avoir, cette ordure !

Alex, lui non plus, ne comprenait plus grand-chose. Elle connaissait son nom ? Oui, Lafargue le lui avait peut-être cité ? Ah oui : tout était simple… Lafargue tenait sa femme cloîtrée et elle saisissait aujourd'hui l'occasion de se débarrasser de son mari !

— Ève, tue-moi si tu veux, mais dis-moi ce qui se passe !

Richard s'était laissé tomber à terre, glissant le long du mur. Il gisait, assis.

— Tu te fous de moi ! Tu te fous de moi ! Tu te fous de moi !

Elle avait commencé par un murmure pour terminer par un hurlement. Les muscles de son cou faisaient saillie, elle avait le regard exorbité, tremblait violemment.

— Ève, je t'en supplie, explique-moi...

— Alex ! Alex Barny ! Il était avec moi, lui aussi... Il l'a violée, Viviane, il l'a même enculée, pendant... pendant que je la tenais ! Tu as toujours cru que j'étais seul, je ne t'ai jamais rien dit, je ne voulais pas que tu le recherches, lui aussi... C'est autant de sa faute que de la mienne si ta fille est folle, espèce de salaud ! Et c'est moi qui ai tout pris !

Alex écoutait cette femme. Qu'est-ce qu'elle racontait ? Tous les deux, pensa-t-il, ils me jouent un sale tour, ils veulent me rendre dingue... Puis il observa attentivement la femme de Lafargue, la bouche, les yeux...

— Ah ! tu ne savais pas qu'on était deux ? reprit Ève. Mais si, Alex, c'était mon copain ! Le pauvre, il ne s'en faisait pas beaucoup, des filles... Il fallait que je serve de... de rabatteur. Avec ta gamine, ça a été plus dur, elle ne voulait rien savoir ! Se faire peloter, embrasser, ça lui plaisait bien, mais, dès que je mettais la main sous sa jupe, terminé ! Alors il a fallu la forcer un peu.

Richard secouait la tête, incrédule, abattu par les cris d'Ève, par sa voix aiguë qui hurlait toujours.

— C'est moi qui suis passé le premier. Alex la tenait, elle résistait... Vous, dans l'auberge, vous étiez en train de bâfrer, ou de danser, hein ? Ensuite, j'ai cédé la place à Alex. Il s'est bien amusé, tu sais, Richard ? Elle gémissait, elle avait mal… Moins que moi, après tout ce que tu m'as fait. Je vais te tuer, Mygale, je vais te tuer !

*

Non, Mygale n'avait jamais rien su. Tu ne lui avais jamais dit. Quand il t'a avoué pourquoi il t'avait mutilé — ce viol de Viviane qui était devenue folle — tu avais décidé de te taire. Ta seule vengeance c'était de protéger Alex. Mygale ne savait pas que vous étiez deux.

Tu étais là, allongée sur la table du bloc et il t'a raconté cette soirée de juillet, deux ans auparavant. Un samedi. Tu traînais au village, en compagnie d'Alex, désœuvré. Les vacances scolaires venaient tout juste de commencer. Tu allais partir en Angleterre, et lui, Alex, resterait à la ferme de son père pour travailler aux champs.

Vous avez traîné, fait la tournée des cafés, des baby-foot, des flippers, puis vous êtes montés tous les deux sur la moto. Il faisait doux. À Dinancourt, un gros bourg voisin d'une trentaine de kilomètres, il y avait un bal, une fête foraine. Alex a tiré à la carabine sur des ballons. Toi, tu regardais les filles. Elles étaient nombreuses. C'est vers la fin de l'après-midi que tu as vu la gamine. Elle était jolie. Elle marchait au bras d'un type, un vieux, enfin, beaucoup plus qu'elle. Ce devait être son père. Elle portait une robe d'été bleu clair. Ses cheveux étaient bouclés, blonds, et son visage encore enfantin ne portait pas de maquillage. Ils se promenaient en compagnie d'autres gens et, à leur mise, on voyait tout de suite que ce n'étaient pas des paysans.

Ils se sont attablés à la terrasse d'un café. La fille a continué son tour de la fête seule. Tu l'as abordée, gentiment, comme toujours. Elle s'appelait Viviane. Oui, c'était bien son père, le type aux cheveux blancs.

Le soir, il y avait bal sur la place du village. Tu as demandé à Viviane de t'y rejoindre. Elle voulait bien, mais il y avait le père ! Ils étaient venus là, à l'auberge, pour un mariage. L'auberge était installée dans un ancien château, un peu à l'écart des maisons, et on y donnait souvent des réceptions, des fêtes, dans le parc. Elle devait aller au repas de mariage. Tu l'as persuadée : le soir, elle viendrait ici, près de la baraque à frites. C'était une gamine, un peu nunuche, mais si jolie.

Au cours de la soirée, tu es passé plusieurs fois dans les parages du château. Les richards avaient fait venir un orchestre, oh, pas de bouseux avec un accordéon, non, un véritable orchestre, les types jouaient du jazz, ils étaient vêtus d'un smoking blanc. Les fenêtres de l'auberge étaient fermées, pour protéger les riches des flonflons lourdauds du bal musette.

Vers dix heures, Viviane est sortie. Tu lui as offert à boire. Elle a pris un coca, toi, un scotch. Tu as dansé, Alex t'observait. Tu lui as fait un clin d'œil. Pendant un slow, tu as embrassé Viviane. Tu sentais son cœur qui battait, fort, contre ta poitrine. Elle ne savait pas embrasser. Elle fermait les lèvres, fort. Puis, quand tu lui as montré comment faire, voilà qu'elle s'est mise à pousser tant qu'elle pouvait avec sa langue ! Une gourde. Elle sentait bon, un parfum sucré, discret, pas comme les filles du coin, avec leur eau de Cologne dont elles s'aspergeaient par litres entiers. Tout en dansant, tu caressais son dos nu, sa robe était échancrée.

Vous vous êtes promenés dans les rues du village. Dans une porte cochère, tu l'as de nouveau embrassée. C'était mieux, elle avait un peu appris. Tu as glissé ta main sous sa robe, longeant l'intérieur de la cuisse jusqu'au slip. Elle était excitée, mais elle s'est dégagée. Elle avait peur de se faire disputer par son père si elle s'absentait trop. Tu n'as pas insisté. Vous étiez revenus vers la place. Le père était sorti de l'auberge pour chercher sa fille. Il vous a vus tous les deux, tu as tourné la tête et tu as continué ton chemin.

De loin, tu les as observés qui discutaient. Il semblait en colère, mais il a ri, est rentré de nouveau dans l'auberge. Viviane est revenue vers toi. Son père lui accordait encore un peu de temps.

Vous avez dansé. Elle se collait contre toi. Dans la pénombre, tu caressais ses seins. Une heure plus tard, elle a voulu rentrer. Tu as fait signe à Alex, accoudé au bar près de la piste de danse, une canette de bière à la main. Tu as dit à Viviane que tu allais la raccompagner. Main dans la main, vous avez fait le tour du château. En riant, tu l'as entraînée dans les buissons, au fond du parc. Elle protestait en riant. Elle avait très envie de rester avec toi.

Vous vous êtes appuyés contre un arbre. Elle embrassait tout à fait bien, à présent. Elle t'a laissé retrousser sa robe, un peu. Brusquement, tu as saisi son slip pour le déchirer, après avoir plaqué ta main sur sa bouche. Alex était tout près, il lui a pris les mains, rabattant ses bras derrière le dos, en l'allongeant par terre. Il la maintenait solidement tandis que tu t'agenouillais entre ses jambes. Alex te regardait faire.

Puis c'est toi qui as maintenu Viviane, à quatre pattes dans l'herbe pendant qu'Alex se plaçait derrière elle. Alex ne s'est pas contenté de ce que tu lui avais déjà fait subir. Il en voulait plus. En la pénétrant, il lui a fait trop mal, elle s'est débattue avec la force du désespoir, s'est dégagée. Elle hurlait. Tu l'as poursuivie, la retenant par le pied. Tu es parvenu à l'immobiliser. Tu as voulu la gifler mais ta main s'est resserrée alors que tu assenais le coup, et c'est ton poing qu'elle a reçu en pleine face. Sa nuque est allée heurter le tronc d'arbre près duquel vous vous teniez. Elle s'est évanouie, le corps agité de soubresauts.

Mygale te l'a dit, plus tard. Lorsqu'il a entendu les hurlements, l'orchestre de l'auberge jouait The Man I Love. *Il est sorti dans le parc en courant. Il t'a vu, à genoux dans l'herbe, tentant d'agripper la cheville de Viviane, de la rattraper pour l'empêcher de crier.*

Alex, lui, avait fui sans attendre, en s'enfonçant dans les sous-bois. Viviane a continué sur sa lancée. Il te fallait déguerpir. Tu as galopé tout droit devant toi, avec ce type derrière toi. Il sortait d'un repas plantureux, et tu l'as semé sans peine. Alex t'attendait à l'autre bout du village, près de la moto.

Les jours suivants, tu étais très inquiet. Le type t'avait vu, près de la buvette, et dans le pré derrière l'auberge, tu as hésité une fraction de seconde avant de choisir la direction que tu devais prendre… Mais tu n'étais pas de ce village qui était loin de chez toi. Peu à peu, ton inquiétude s'est calmée. Tu es parti en Angleterre la semaine suivante, pour ne revenir qu'à la fin août. Et puis, avec Alex, ce n'était pas la première fois qu'une tuile vous arrivait !

Mygale a cherché longtemps. Il connaissait ton âge approximatif. Ton visage, de façon imprécise… Il n'a pas fait appel à la police. Il te voulait pour lui seul. Il a écumé la région, élargissant peu à peu le cercle des villages alentour, guettant à la sortie des usines, puis des lycées.

Trois mois plus tard, il t'a vu, dans un café, en face du lycée de Meaux. Il t'a suivi, épié, a noté tes habitudes, jusqu'au soir de la fin septembre où il s'est jeté sur toi dans la forêt.

Il ignorait l'existence d'Alex, il ne pouvait savoir… Voilà pourquoi il est là, devant toi, à bout de souffle, à ta merci…

*

Richard était abasourdi. Ève, agenouillée, pointait le colt vers lui ; les bras tendus, son index blêmissait en serrant la détente. Elle psalmodiait — je vais te tuer — d'une voix sourde.

— Ève. Je ne savais pas… C'est injuste !

Elle fut ébranlée par ce remords incongru et fléchit un peu sa garde. Richard guettait ce moment. Il lança son pied dans les avant-bras de la jeune femme qui lâcha l'arme en poussant un cri de douleur. Il bondit, s'empara du colt, se rua dans la pièce où Alex était enchaîné. Il fit feu, à deux reprises. Alex s'effondra, touché au cou et au cœur.

Puis Richard revint dans le couloir, se pencha sur Ève, l'aida à se redresser, s'agenouilla lui-même et lui tendit le colt.

En titubant, elle se remit totalement debout, inspira profondément, et, les jambes écartées, visa, approchant l'extrémité du canon de la tempe de Lafargue.

Il la fixait, son regard ne laissait rien filtrer de ses sentiments, comme s'il avait voulu atteindre la neutralité qui permettrait à Ève de faire abstraction de toute pitié, comme s'il avait voulu redevenir Mygale, Mygale et ses yeux froids, impénétrables.

Ève le vit, amoindri, annihilé. Elle laissa tomber le colt.

Elle remonta au rez-de-chaussée, courut dans le parc, stoppa sa course, essoufflée, devant la grille d'entrée. Il faisait beau, des reflets dansaient sur l'eau bleue de la piscine.

Alors, Ève revint sur ses pas, pénétra dans la villa, monta jusqu'à l'étage. Elle entra dans sa chambre, s'assit sur le lit. Le chevalet était là, couvert d'une pièce de tissu. Elle l'arracha, contempla longuement ce tableau ignoble, Richard en travesti, le visage aviné, la peau fripée, Richard en vieille prostituée.

À pas lents, elle redescendit à la cave. Le corps d'Alex était toujours pendu aux chaînes. Une large flaque de sang s'était répandue sur le ciment. Elle souleva la tête d'Alex, soutint un instant le regard de ses yeux morts, puis sortit de la prison.

Richard était encore assis dans le couloir, les bras le long du corps, les jambes raides. Un léger tic secouait sa lèvre supérieure. Elle s'assit près de lui et lui prit la main. Elle laissa sa tête reposer contre son épaule.

À voix basse, elle souffla :

— Viens… il ne faut pas laisser le cadavre ici…

LA BÊTE ET LA BELLE

Pour Solange

Il était une fois, dans une forêt profonde, un palais merveilleux où vivait une Bête, amoureuse d'une Belle. Et ce palais, le plus merveilleux qu'on puisse imaginer…

H-A-L-T-E ! ! !

… ça ne s'est pas ex-ac-te-ment passé comme dans l'histoire. Pas du tout, même !

Il y a bien :

— 1) une Bête.

— 2) un Palais.

— 3) une Belle…

Mais des trains sillonnent la forêt, arasent les collines, éventrent les sous-bois. La Belle minaude, la Bête ricane. Le Palais ? Ah, n'en parlons pas !

Tout était là pour réussir un joli conte. Seulement voilà : on s'est emmêlé les pieds en rajoutant un petit page, une sorcière et un boucher ! Quand ce n'est pas la grève, la Fée Électricité illumine le Palais. La Belle cotise à la Sécu, et la Bête ferait bien de s'inscrire à la SPA.

Tout fout le camp.

LA BÊTE

10 janvier…

Les cordes crissaient sur le bois du petit cercueil. Les deux employés municipaux se tenaient de chaque côté de la fosse et hissaient la charge en cadence. Après deux ou trois mouvements, le cercueil fut posé sur le sol, près de la plaque tombale de granit.

— Alors ? demanda l'un des employés. Il s'essuya le front du revers de la manche, rejetant sa casquette en arrière.

Rolland Gabelou eut un instant de passage à vide. Il ne regardait pas la tombe ouverte, la terre remuée, ni les croix des autres sépultures alentour. Le cimetière était minuscule, situé sur la falaise, et dominait la mer. Gabelou observait la houle, le vol des mouettes au-dessus des vagues ; il humait l'odeur du large.

— Alors, commissaire ? insista celui des employés qui semblait être le chef.

Gabelou se retourna. Le médecin légiste était resté au chaud dans sa voiture, à l'entrée du cimetière. Gabelou lui fit signe de venir. Puis il s'adressa à l'adjudant de gendarmerie qui avait lui aussi assisté à l'ouverture de la tombe.

— Mettez-le là-bas… dit le gendarme, en désignant un appentis de brique rouge, construit contre le mur d'enceinte qui séparait les sépultures des premières maisons du village. C'était une espèce de cabane rudimentaire dans laquelle les employés de la voirie rangeaient leurs outils.

Les deux fossoyeurs posèrent le cercueil sur une grosse brouette et poussèrent le tout vers la cabane. La roue de la brouette, cerclée de fer à demi rouillé, grinçait sur le gravier. Dans les allées, l'herbe était encore couverte de gelée blanche.

Le médecin légiste attendait, les mains frileusement enfoncées dans les poches de son pardessus. Il était venu de Paris en voiture avec Gabelou, mais, durant les trois heures du voyage, c'est tout juste s'ils avaient échangé deux mots.

Les fossoyeurs installèrent le cercueil sur deux tréteaux et commencèrent à dévisser le couvercle. Gabelou s'adressa alors à un jeune homme, qui attendait en compagnie de l'adjudant de gendarmerie.

— Vous insistez vraiment pour rester ? demanda-t-il.

Le jeune homme hocha la tête. Pour lui, cette matinée tournait à l'épreuve… Âgé d'à peine vingt ans, il était le frère de la victime. « Ne dites pas victime, on n'en sait rien… » avait grogné Gabelou lorsqu'il s'était présenté à son bureau, la veille.

— Oui… répondit le jeune homme, je veux rester.

Gabelou haussa les épaules. Il se doutait que les parents faisaient pression sur lui pour qu'il soit là. Eux n'en auraient jamais eu le cran.

— Je vous préviens… soupira Gabelou, ça risque d'être dégueulasse !

— Non… murmura le médecin légiste. Il y a moins d'un mois, le cercueil est de bonne qualité, et regardez la terre : ce n'est pas de la glaise, mais c'est quand même assez étanche…

— Ah ? fit bêtement le jeune homme en déglutissant bruyamment.

Et puis il y avait l'autre. L'Emmerdeur. Il était resté à l'entrée du cimetière et se réchauffait en sautillant sur place. Gabelou s'énerva en le voyant, mais il n'y avait rien à faire. Une sangsue. Qu'est-ce qu'il croyait ? songea Gabelou. Qu'on allait faire semblant, ouvrir un autre cercueil ? Et il avait amené avec lui quelques journalistes. Oh, pas la crème, bien entendu : de vagues plumitifs de ces torchons qui font leur beurre sur la fesse macabre… Deux ou trois photographes battaient la semelle devant les grilles, fermées et gardées par des gendarmes. Et, inévitablement, la présence des voitures, les appareils photo commencèrent à attirer les villageois. Les gosses, d'abord : c'était mercredi. Puis quelques mémés et enfin le boulanger, qui faisait sa tournée dans une fourgonnette, le boucher idem… Les regards étaient hostiles — ce n'est pas très chrétien d'aller ouvrir une tombe — mais tout le monde se tenait tranquille.

L'Emmerdeur discutait avec un gendarme. Gabelou avait été très ferme. Pas question de le laisser entrer. On lui remettrait un double du rapport d'autopsie, à la rigueur, mais pas plus…

*

Le jeune homme quitta précipitamment l'appentis. Son teint avait viré au vert, et il disparut derrière un tas de planches couvertes de neige, pour vomir.

— Et voilà… marmonna Gabelou.

Le médecin légiste avait tombé le pardessus, la veste, et travaillait les manches de chemise retroussées, les mains protégées par des gants de caoutchouc ultra-fin.

— Alors ? demanda Gabelou.

— Alors, rien… ils ont fait embaumer le gosse. Même s'il y avait eu quelque chose, ce serait coton de trouver, maintenant !

— Violences sexuelles ?

— Néant. Le collègue qui a signé le permis d'inhumer avait vérifié, à tout hasard. Eh, regardez ce boulot…

Gabelou se pencha au-dessus du cercueil. Le visage de l'enfant n'était absolument pas détérioré, la peau semblait encore bien élastique. Les cheveux avaient continué de pousser après la mort et la petite face livide était nappée d'un nuage blond. Par chance on avait habillé le cadavre d'une simple chemise de nuit à dentelles, ce qui facilitait le travail.

En retroussant le tissu, le médecin examinait la peau du torse, légèrement parcheminée ; il secoua la tête.

— Rien ? insista Gabelou.

— Non, enfin, si, il y a la marque à la fesse droite, mais c'était dans le premier rapport. C'est quand il a glissé sur le marchepied, avant de basculer dans le vide.

— Mais ça pourrait être un coup de pied ?

— Il faudrait qu'on ait tapé très fort…

Il souleva le cadavre sur le côté, et Gabelou put distinguer une tache plus sombre parmi les marbrures qui parsemaient toute la peau du dos et des membres inférieurs. Puis il le reposa. Gabelou observa le visage, les yeux clos, l'expression sereine. Le légiste tapota sur la joue.

— Beau boulot, la restauration, hein ? Ils ont mis des contreforts de caoutchouc : ça donne de la rondeur…

— Et ça ? demanda Gabelou, en désignant, sur la peau des épaules, deux stries, une à droite, une à gauche, qui barraient perpendiculairement la clavicule. À cet endroit, l'épiderme était brunâtre et se craquelait nettement.

— Ce n'est rien, c'était aussi dans le premier rapport.

Ce sont les bretelles du cartable : il le portait sur le dos, comme un sac, et, quand il a glissé du marchepied, le cartable s'est pris dans un renfoncement de la porte, ça a tiré un coup sec, à soixante à l'heure, c'est déjà pas mal. Une ecchymose, bien nette... Vous croyez que ça vaut le coup de continuer ?

Il avait soulevé la tête, avec délicatesse, et déplaçait du plat de la main la masse des cheveux, pour faire apparaître l'énorme trou, en arrière du crâne. Là encore, le thanatopracteur s'était donné bien du mal. Une grosse balle de mousse enfoncée à l'intérieur de la boîte crânienne évidée restituait le volume normal, remplaçant tout l'occipital, et même une partie des pariétaux, fracassés lors de la chute, arrachés par le pylône.

— Bon, on arrête les frais... dit enfin Gabelou.

Le légiste remit tout en place, puis se lava les mains à un robinet d'eau glacée en grimaçant. Un petit courant d'air fit voleter des embruns de mousse de savon jusqu'au couvercle du cercueil que, déjà, les deux fossoyeurs revissaient.

*

Le jeune homme attendait au-dehors. Il eut un regard interrogatif vers Gabelou, qui secoua la tête. Non... il n'y avait rien de nouveau.

— Dites à vos parents d'oublier tout cela... ils se tourmentent pour rien. Il a glissé du marchepied du train, c'est tout. Un accident de gosse, c'est triste, mais on pourrait rouvrir le cercueil cent fois de suite, on ne trouverait rien, et ça ne ferait pas revivre le petit, hein ? Vous rentrez tout de suite à Paris ?

— Non, pas aujourd'hui, je passe la nuit, ici, chez la grand-tante.

Gabelou le vit s'éloigner, les épaules voûtées. Il le

plaignit. La tactique de la Compagnie paraissait cousue de fil blanc : l'Emmerdeur, qui n'avait rien trouvé à propos du Commis-Boucher, ou de la Vieille, s'acharnait en désespoir de cause sur la famille du Gamin. Des gens assez modestes : le père était contremaître à l'usine Citroën. Quand l'Emmerdeur était arrivé, on l'avait regardé en biais. Puis on s'était mis à réfléchir... Oh, la somme qu'il proposait n'était pas mirobolante, mais il avait fallu payer toutes les fournitures scolaires pour les deux sœurs, une boîte d'outils neufs pour le frère en apprentissage, les impôts, et voilà que l'aîné, celui qui était au cimetière, venait de perdre son boulot... Alors le père avait cédé, la mère s'était tue. Et on avait délégué le grand pour assister à « ça »... L'Emmerdeur s'était sans doute frotté les mains de sa petite victoire.

Il patientait, devant les grilles, lorsque Gabelou quitta le cimetière en compagnie du légiste. Il agrippa le commissaire par la manche et le toisa d'un air interrogatif.

— Allez vous faire foutre... cracha Gabelou. Il n'y a rien. Laissez ces pauvres gens, ne leur montez plus la tête !

Puis Gabelou s'éloigna. Il marcha vers la place du village, un petit bled perdu, près d'Étretat. Le légiste avait faim et Gabelou lui-même sentait venir un petit creux. Ils s'installèrent côte à côte dans la salle de l'unique brasserie, face à la mairie, et commandèrent un casse-croûte copieux, arrosé de cidre pour céder à la touche locale.

*

Gabelou fut de retour dans les locaux de la PJ parisienne au milieu de l'après-midi. Il gagna aussitôt son bureau et fit taper un bref compte rendu du rapport d'autopsie, résumant par avance les conclusions que le légiste lui ferait communiquer par la voie officielle un peu plus tard.

Puis il soupira bruyamment. Gabelou était un homme de forte corpulence. Il approchait tranquillement la soixantaine et avait décroché son grade de divisionnaire cinq ans plus tôt. Il était sorti du rang, à la suite de débuts difficiles, en pèlerine, et n'avait pas oublié les patrouilles à vélo sur les grands boulevards, dans les années de l'après-guerre. C'était du passé. Son nom faisait toujours tiquer les curieux. Gabelou ? Comme les gabelous de la Gabelle ? Oui, exactement, répondait-il alors, pas étonnant, avec un nom pareil, que je sois devenu flic ? Non ?

À seize heures, il avait rendez-vous avec le responsable du commissariat d'Altay-II. On disait « Altay-I » pour désigner la vieille ville. Un gros village de banlieue, une poussière de pavillons de meulière où erraient mémères à chats et fonctionnaires en retraite.

Altay-II ne ressemblait guère à son ancêtre… D'anciens champs de blé hérissés d'immeubles déjà usés, tassés en quinconce autour du centre commercial Carrefour ; bordés par la ligne du RER, logeant à 80 % les familles dont les éléments mâles travaillaient à l'usine Citroën… Gabelou était allé y faire un tour le dimanche précédent. Le CES de préfabriqué, le Centre Culturel désert, la Cafétéria du supermarché squattée par des loubards désœuvrés, les bandes de gosses jouant au foot dans les parkings souterrains : un mauvais cliché.

Il s'en foutait, Gabelou. Il ne faisait pas dans le social. Sa maison de campagne, au pied du Ventoux, c'était autre chose. On ne demande pas à un flic de soixante ans de refaire le monde. Il ne faut pas se tromper de registre.

On annonça le commissaire d'Altay-II. Un jeune gars en costume et gabardine sombre.

Il se rongeait les ongles et trépignait dans le couloir. Gabelou le mit tout de suite à l'aise.

– Vous bilez pas, mon vieux, on va pas vous coller l'IGS sur le râble !

Il avait signé les permis d'inhumer sans trop se préoccuper des détails. Le montant de la vacation mortuaire réglementaire, porté depuis un mois à 70 francs en accord avec le maire de la commune, lui tombait dans la poche. Pour la Vieille, le Gamin et le Commis, il ne s'était pas déplacé et avait envoyé un vague sous-brigadier s'acquitter de la corvée en échange d'arrangements concernant ses congés. Théoriquement, ça n'aurait pas dû se passer comme ça, mais, entre les délinquants, les accidents de la voie publique, les cambriolages… et les permis d'inhumer, on ne sait plus où donner de la tête : fatalement, les responsabilités se diluent. Gabelou avait devant lui les trois feuillets incriminés.

– Vous avez trouvé quelque chose, ce matin ? demanda le type d'Altay, qui était au courant de la démarche de Gabelou.

– Non… Rien pour le moment.

– C'est absurde, vous n'allez pas porter crédit aux radotages d'un fou ?

– Moi non… soupira Gabelou. Mais d'autres, oui ! Les journaux, et la compagnie d'assurances du Boucher, qui a porté plainte. Si c'est un assassinat, ils ne veulent plus payer. Vous le connaissiez ?

– Le boucher ? Oui… c'est le seul correct, alors ma femme se fournit là.

– Et la Vieille ?

– Oh, elle a été cambriolée l'an passé, je l'ai vue pour une confrontation avec des suspects, une bande qu'on a coincée, c'est tout.

— Vous avez un avis ? poursuivit Gabelou.

— Non… vraiment pas.

Gabelou congédia son collègue, après s'être fait remettre une pile de documents — contraventions, plaintes pour factures impayées, d'autres salades un peu sordides — concernant la Vieille et le Commis. Mais il pensait que dans cette paperasse, il n'y aurait assurément pas de quoi faire taire l'Emmerdeur. Et encore moins de quoi faire parler le Vieux Léon. Qui savait tout…

*

Je sais tout, je sais tout, c'est vite dit… S'ils comptent sur moi pour les aider, les flics peuvent toujours s'accrocher ! Je ne ferai pas le moindre geste ! Tant pis pour tout le monde. Parce que c'est mon copain. Le seul que j'aie jamais eu dans ma sale vie. Et le Gabelou, je le regarde s'agiter sans broncher. Il voudrait bien savoir, pourtant. Mais la Vieille, le Gamin, le Commis, et le Visiteur, je m'en tape, moi…

Je suis là, tassé dans mon coin, assis dans un fauteuil à côté du bureau de Gabelou qui est parti en vadrouille je ne sais où. Je moisis ici depuis cinq jours… Le Visiteur et le Coupable, on les a retrouvés le 2 janvier, ah les Joyeuses Fêtes ! Cinq jours… ça n'en finit plus. Les flics, ça les énerve, de me voir patienter sans m'énerver. Ils ne vont pas me torturer, ça servirait à rien. Je suis pas responsable. Juste un peu pour le Visiteur, mais c'est bien tout.

Le Coupable, c'est mon copain, mon pote, mon n'importe quoi, mettez le nom que vous voudrez là-dessus, c'est ce qui fait que je vais pas le trahir, quelque chose de plus fort que toutes leurs salades et il n'y a rien à ajouter. Ah, ils ont essayé, pourtant. Et mon Vieux

Léon par-ci, et mon Vieux Léon par-là, la pommade, les compliments, le baratin, total : néant, c'est tout juste si je leur fais un petit signe de la tête quand ils m'apportent à manger. Un mur. Ils auraient mieux fait de s'adresser à un mur, à une vieille godasse perdue dans un tas d'ordures…

Ils sont là, les flics, tout autour de moi ; à me lancer des regards vachards, comme dans les films, avec la lampe braquée dans la gueule, leurs gros bras poilus, et de temps en temps, en prime, ils se foutent de moi. « Vieux Léon, qu'ils braillent, dis-nous tout, t'es le seul à avoir tout vu… » Et ça les fait rire. Je collaborerai pas. Je me le suis juré sur ce qu'il me reste de dignité. Et ça les étonne, ça, la dignité. Eux. S'imaginent du haut de leurs certitudes que tout leur est dû, eh bien, non, moi, Vieux Léon, je les envoie sur les roses.

Le Gabelou, c'est rien encore, le pire, c'est l'Emmerdeur. Un vrai poison, ce gars-là, rusé, roublard, flatteur, toujours à guetter le moment de faiblesse, l'instant où on s'avachit, abruti par le manque de sommeil…

C'est lui qui m'a coincé le premier. J'avais filé en douce, c'est naturel, après toutes ces histoires, j'avais la trouille que ça me retombe dessus, pourtant, je n'y suis pour rien, mais allez leur faire comprendre ça.

Gabelou, lui, il a compris. Mais ça ne l'empêche pas de me garder prisonnier. Il a donné des ordres pour que je sois bien traité. Au début, ça y allait, les beignes, les coups de pied, les engueulades, puis Gabelou a dit à ses sbires : foutez la paix au Vieux Léon, vaut mieux le ménager, après tout, c'est le seul témoin… Tout le monde s'est marré.

Mais l'Emmerdeur, c'est une autre paire de bretelles ! Vieux Léon, comment c'était, vous deux ? Dis donc, Léon, tu la connaissais bien, la Vieille ? Et t'étais copain avec le Gamin ? Et le Commis-Boucher aussi, il te connaissait, t'allais faire les courses…

Il voulait plus me lâcher ! Je suis allé trouver Gabelou et je lui ai fait sentir que s'il souhaitait une collaboration franche et sincère de ma part, il fallait qu'il me tire des griffes de l'Emmerdeur. Gabelou, il n'a pas un mauvais fond. Il a pigé tout de suite.

Au début, ils m'étaient tous tombés dessus, le neveu de la Vieille, les parents du Gamin, le patron boucher — celui-là, il a une sale histoire avec l'assurance, d'après ce que j'ai compris, c'est pour ça que l'Emmerdeur est sur le coup — j'ai eu un mal fou à m'en sortir, de leurs questions…

La Vieille ? Je la connaissais de vue, pas plus, on se croisait dans l'escalier. Le Commis ? Pareil, quand j'allais en commissions… Et le Gamin ? Oh, je l'ai entrevu une ou deux fois dans la cité, et pourtant, l'Emmerdeur voudrait à tout prix que je l'aie bien connu.

Mais, que voulez-vous ? Ça jase, ça jase, tout ce petit monde, et ça finit par ne plus discerner le vrai du faux, le bon grain de l'ivraie, comme disait mon ancien patron, un paysan…

L'Emmerdeur n'est pas très malin, mais il est obstiné, coriace. Il ne faut pas le prendre pour une truffe, c'est un dégourdi, sous ses airs de bravache. Méfiance. Il arriverait bien à me mouiller. À force de combine et de blablabla… Je n'ai jamais desserré les dents, à chacune de ses visites. Il était là, tout miel tout sucre devant moi, à me passer la brosse à reluire, mais je le tenais à l'œil !

Toute cette méfiance, ça me vient de mes origines paysannes. Les citadins, ce sont de gros nigauds, dressés par la télé. Ils y perdraient les pédales, dans tout ce micmac. Pas moi, Vieux Léon, je suis un type de la campagne.

C'est comme ça, on n'y peut rien. L'Emmerdeur se croit supérieur, avec ses bobards éventés, ses coups tordus, ses ruses de maquignon… Vieux Léon, c'est d'une autre trempe que ce gourgandin ! Des de mon acabit, on n'en fabrique plus. Et c'est dommage, parce que le monde est sur une sale pente, et la sagesse rurale, si vous m'en croyez, ça contribue à endiguer les désastres. C'est ce que j'ai toujours pensé !

Ah oui, je n'ai pas eu une vie toujours rose. Pas si rose que le teint de soiffard de l'Emmerdeur, gorgé de vinasse et de gnôle ; moi, j'ai longtemps vécu au pain sec et à l'eau, à la dure, en somme.

Lui, le Coupable, je l'ai rencontré sur mes vieux jours. Dès le premier instant, j'ai bien senti qu'il était au bout du rouleau. Oh, ça ne se voyait pas à sa mise, très soignée, à ses manières, polies et prévenantes… Non, son bout du rouleau, c'était autre chose, un rien dans la démarche, la fatigue qui suait de tous ses gestes, à grosses gouttes, pas la fatigue d'une journée de travail aux champs, comme nous autres les paysans. Non, la fatigue du fond du bonhomme, celle qui fait grincer la carcasse, crisser les mécaniques, et on se dit : ce gars-là a besoin d'une goutte d'huile dans les rouages, mais voilà, personne n'a la burette qui permettrait de mettre un peu de graisse dans l'engrenage, et le lascar termine à la casse avant d'avoir fini de servir.

Et moi, me direz-vous, j'y étais pas, au bout du rouleau ? À mon âge ? Dans quel état elle était, ma carcasse, usée par les travaux de la ferme ?

Allez, Vieux Léon, t'abaisse pas à te plaindre… C'est ce que je pense toujours, la fierté, les crachats des autres s'y usent comme sur du galet !

Je suis né là… à Altay. Avant, on ne disait pas Altay-I ou Altay-II, c'est tout juste si on disait. C'était une étendue de champs de blé, de pâturages, au loin, il y avait des maisons, derrière les bois. Moi, tout gosse, je ne m'étais jamais aventuré au-delà des bois, j'étais trop trouillard.

Né à la ferme, j'y avais grandi, et tout d'un coup, me voilà adulte, avec la quéquette qui me travaillait, et je ne savais pas quoi en faire. La journée, je gardais les bêtes, dans les champs, et le soir, avec les copains, on rentrait à la ferme, hop, tous à dormir à côté de l'étable, et la quéquette qui nous travaillait tous. Pas facile de trouver un coin douillet pour la mettre ! Eh oui, ça fait rigoler, maintenant, c'est plus pareil… Aujourd'hui, la mienne, elle est toute rabougrie, toute plissée, ridée, elle demande plus rien, mais au temps de ma jeunesse, cré nom de nom ! Même l'Emmerdeur, il en aurait été jaloux… Parce qu'il faut le voir, celui-là, avec les dames, tiens, dans la cage d'escalier de l'immeuble, il en perd pas une, à zyeuter le dessous des ménagères quand elles montent les étages, ah le gaillard ! Il m'a tout raconté… C'est quand il venait fouiner chez nous, pour l'affaire, le Commis-Boucher, la Vieille et le Gamin…

Eh Vieux Léon ! qu'il s'écriait, tu dois en savoir, des choses… Me regarde pas comme ça, montre-moi un indice, et t'auras une vie de pacha !

De pacha ! Comme si j'étais le genre de gars à mener une vie de roi… À la dure, j'ai toujours vécu, à la dure. Au cul des vaches, tout gamin, dans le froid, la neige… Et puis Altay a changé. Au début c'était presque rien, des gars avec des drôles de voitures, qui sillonnaient les champs, armés de lunettes pour voir loin…

Ils arpentaient nos terres, faisaient peur aux bêtes à coups de klaxon, et disparaissaient pour revenir six jours plus tard. Planter un poteau. Déposer une borne.

Comme une vache ses bouses… Mais leur merde à eux n'enrichissait pas la culture, ah non, ils en ont coupé des arbres, rasé le bois où j'allais me balader avec mon Eulalie, celle qu'est devenue mienne… Et ils amenaient des camions, des bennes, déplaçaient la terre, creusaient des trous, des fosses. C'est venu petit à petit. Avant, il y avait que le clocher qui dépassait de la plaine, et puis, pof, une tour, une grue, un pylône. Nous, les ruraux, on a rebroussé chemin tant qu'on a pu. On a mené nos bêtes de l'autre côté, histoire de montrer notre cul à leurs grues… Vieux Léon, il me disait, l'Emmerdeur, t'es un pécore rustique, une espèce disparue…

Le Coupable, c'est le rayon de soleil de l'amitié, venu réchauffer mes vieux jours. Je sais pas bien expliquer, ça fait un peu ronflant, mais c'est du solide, de l'enraciné, de l'enfoui profond, plus que leurs pylônes !

Ah, les pylônes, moi et mon Eulalie, on les regardait pousser, le soir, quand nos bêtes étaient couchées. Et l'Eulalie est morte en couches, un vrai drame. Je me suis senti perdu, plus de goût à rien. Les patrons de la ferme ont été indulgents, ils ont compris que c'était pas réparable, la douleur qui me frappait. Mes mômes, j'en avais trois, sont partis, à droite à gauche, dans d'autres fermes. J'étais incapable de m'occuper d'eux. De bonnes âmes s'en sont chargées. J'ai continué de travailler, mais le cœur n'y était plus, je faisais tout mécanique : les bêtes, le pâturage, l'étable, et rebelote l'étable, le pâturage, les bêtes…

Lui, le Coupable, son Eulalie à lui, c'est une autre histoire. Une garce, ça l'a foutu en l'air. C'est peut-être ce qui nous a réunis, notre malheur, notre plus-de-goût-à-rien. Mais lui, il la cachait bien, sa sale affaire.

La première fois où on s'est rencontrés, lui et moi, c'était l'an dernier, en mars. Devant un bistrot. Lui il en sortait, moi, je n'osais pas y entrer, pensez donc, un vieux tel que moi ! C'était à Altay-II, avec toutes ces familles, ça grouillait de gosses partout, alors, il a fallu installer un collège, où le Coupable travaillait. Le bistrot était en face du collège, pas bien loin du centre Carrefour, mais attention : pas un troquet minable, du luxe, avec un néon bleu qui clignotait « Altay-Club ». Il y allait souvent, le Coupable. Mais c'était point un ivrogne. Un soir, on s'est croisés, donc, aux premiers beaux jours de l'an dernier. Le soleil se couchait dans un fouillis de pylônes, de grues et de bétonneuses, brusquement immobiles dans la nuit qui tombait, comme les insectes que le patron de la ferme clouait sur une planche, avant de les ranger dans une vitrine prévue exprès pour, du temps de ma jeunesse… Il n'y avait pas encore de bitume partout, et on pataugeait dans la boue des chantiers, pire que dans les champs avec les pluies d'automne. Les chaussures du Coupable en étaient toutes crottées.

Il m'a regardé de son air las, mais au fond de ses yeux, j'ai vu la lueur qui trompe pas — j'en cause pour ceux qui l'ont déjà vue, cette lueur-là, les autres tant pis — et c'était là, entre nous, un gros bloc compact d'envie de rester ensemble, parce que lui aussi, dans mes yeux chassieux, il l'avait discernée, la foutue lueur…

Depuis, ça a été entre nous à la va-comme-je-te-pousse, pour le pire et le meilleur, des potes, et aujourd'hui, il faut que Gabelou me retienne prisonnier pour m'empêcher d'être à son chevet, à lui remonter le moral.

Neuf mois, on a bourlingué tous les deux. Jusqu'à la semaine dernière, où Gabelou l'a arrêté…

J'étais libre, sans boulot, et je pouvais quand même rendre de petits services, alors, ça s'est pas fait d'un coup, mais petit à petit, je me suis installé chez lui, à la mi-avril… Avec sa garce, ça a chauffé… S'il avait su, ce que c'était, avec mon Eulalie… Oh, ça lui aurait fait trop de peine, d'apprendre qu'une telle félicité était possible…

Le Coupable et moi, on reste des heures ensemble, sans bouger, sans un bruit. Et nos deux silences se tiennent la main.

*

Si, après la petite séance du cimetière, Gabelou avait regagné Paris, l'Emmerdeur, lui, était resté dans les parages du village normand où le Gamin reposait désormais.

Il avait entraîné une journaliste dans un restaurant, à quelques kilomètres de là, et, cigare au bec, il pérorait, à demi avachi sur la table chargée des reliefs du repas qu'ils venaient de s'offrir, aux frais de la rédaction… Les carcasses de crabes, encore encroûtées de chair, servaient à présent de cendrier.

– Non… vous comprenez, disait l'Emmerdeur, c'est trop facile, il suffirait de signer un formulaire, et tout serait fini, hop, enterré, plus de cadavre, qu'est-ce que ça veut dire, un boulot pareil ? Pas de preuves, pas de preuves, allons donc, si on en veut, on en trouve !

– Ils prétendent qu'il est vraiment fou, qu'il a tout lu dans le journal communal… risqua la journaliste.

– Des bobards pour amuser les gogos, tonna l'Emmerdeur, en allumant un autre cigare. Pensez donc !

– Mais l'autopsie du Gamin n'a rien donné ?

– Ouais… et dire que j'ai fait des pieds et des mains pour convaincre la famille, oh des braves gens ! Notez bien, pour le Gamin, je ne dis pas, après tout, c'est du beau boulot : la porte ouverte, un coup de pied dans le cul et tagadac, c'est rectifié. De la petite chair tendre contre un pylône de béton, voyez ça d'ici, mmh ? Mais la Vieille, il doit bien y avoir des traces, des coups ?

— Oh, ça date de deux mois de plus que le Gamin, et le cadavre, à ce qu'on dit, c'est pas jojo…

— Pas jojo ? 'videmment, au gaz ! C'est jamais bien ragoûtant, les poumons qui se racornissent, en plus, c'était une sacrée fumeuse, 'se roulait du gros gris, voyez ça d'ici ! Ils ont charcuté là-dedans, mais c'est autour, qu'il fallait regarder… Elle s'est peut-être défendue ?

La serveuse du restaurant leur apporta deux cognacs et l'Emmerdeur leva son verre en pleine lumière afin d'admirer la robe mordorée de l'alcool.

— Et où est-elle, la Vieille ?

— Au cimetière de Thiais. On a porté plainte, un petit neveu, que j'ai décidé in extremis, mais ça ne sert à rien…

— Mais vous, la Vieille et le Gamin, ça ne vous regarde pas ?

— Et tiens donc… si on trouve quelque chose, du coup, crac, mon Commis-Boucher il n'est plus net ! La Compagnie ne veut pas payer !

— Forcément, forcément… murmura la journaliste.

— Non… alors j'en suis à remuer la boue : le commissaire d'Altay-II qui signe des permis d'inhumer sans faire d'enquête ! Pouvez inscrire ça dans votre canard, y a plus à se gêner, on file un coup de butane dans les bronches de la mémé, on touche l'héritage, et c'est classé !

— Oui… sauf que là, il n'y avait pas d'héritage !

— Je disais ça pour l'exemple ! Une supposition, que cette idée vous vienne à l'esprit, vous avez une grand-mère, vous ?

— Les deux sont mortes…

— Eh ? Enfin, pour mon Commis-Boucher, je lâche pas. Le cadavre d'accord, il est net : le thorax écrasé, le cœur enroulé autour des vertèbres, les poumons mousseux, rien à redire, un choc, un seul, mais le vélo !

– Le vélo ?

– Il est complètement foutu. Alors s'il n'y a eu qu'un choc, pourquoi le vélo est-il plié en quatre, hein ? En deux, passe encore, de plein fouet, je veux bien être large, mais en quatre ? Plus de selle – éjectée – les rayons tordus dans tous les sens, comme si on avait roulé dessus en s'acharnant…

Brusquement essoufflé, l'Emmerdeur se tut. Il trempa les lèvres dans son verre, et fit claquer sa langue joyeusement. La journaliste griffonnait machinalement sur son carnet. Il lui avait garanti une interview exclusive en échange de la mention du nom de la Compagnie, en caractères gras… Le deal était correct. L'Emmerdeur avait dit ça : « le deal ». « T'as ton papier, moi je me redore le blason vis-à-vis de la Compagnie, j'en ai bien besoin. »

L'Emmerdeur était un grand type efflanqué à l'œil maussade. Il n'avait pas vu passer la trentaine et s'était jusqu'à présent nourri au râtelier de combines approximatives – rachats de magasins en faillite ou cabinets de psychologues-conseil pour entreprises en voie de naufrage – avant d'aboutir à la Compagnie… Un vautour de la Crise.

La journaliste, elle, était une petite poule pimpante. Ils quittèrent le restaurant et se retrouvèrent sur la plage, où s'égaillaient les mouettes. L'Emmerdeur ramassa quelques galets qu'il lança au loin, sans parvenir à faire des ricochets.

Puis ils remontèrent dans la voiture de l'Emmerdeur, une vieille Maserati à bout de souffle, afin de regagner Paris.

– Au fait… qu'est-ce que vous pensez du Vieux Léon ? demanda la journaliste, après quelques minutes de silence.

— Ah, celui-là, s'il parlait, on saurait tout ! Mais je t'en fous, rien à en tirer !

Puis l'Emmerdeur, tout en conduisant, se tourna vers sa passagère, et, glissant une main sur son genou, lui demanda s'il pouvait avoir confiance en elle. Totalement confiance en elle, voulait-il dire. Elle acquiesça.

— Vous savez, reprit-il, j'ai été le premier à rentrer dans l'appartement... Pas vraiment le premier, mais presque. Et vous avez entendu parler des cassettes ? Bien... j'en ai volé une, avant que la police n'arrive.

Elle fit des yeux ronds. Mais l'Emmerdeur eut une moue de dépit.

— Oh... dit-il, j'en ai pris une, au hasard. Je n'ai pas pu écouter toutes celles que Gabelou a raflées.

— C'était vraiment un journal... enfin une confession ?

— Si on veut, celle que j'ai, ça ne ressemble à rien. Tenez. Écoutez.

Il avait sorti une boîte de la poche de sa veste et l'enclencha dans l'autoradio. Il y eut un blanc, puis la voix du Coupable résonna dans l'habitacle de la voiture. Au-dehors, la pluie tombait, dégoulinant sur les vitres...

Ah ah, Vieux Léon, on peut être fiers de nous, hein ? La retrouveront jamais, la poison, la mégère, le fléau, la peste. Bouche cousue, hein, Léon ? Juré promis, on crache par terre, serment du sang, on est deux frères !

Bon, pour ce soir, projet grandiose : aménagement de la zone sud. Excavatrice, grand chantier. Faut déblayer, Léon, faut déblayer. Droit devant, direction salle de bains-living, voie express, TGV, t'as vu la qualité ? Du dernier modèle, trois wagons, plus la motrice, et les signaux, on va tracer la voie, allez aide-moi. T'as soif ? Non, t'as assez bu comme ça.

Fais-moi penser à racheter des sacs. Allez, le train doit passer, c'est le progrès. Tu crois qu'elle nous entend, la poison ? Allez, oui, c'est ça, creuse jusqu'au canapé.

Hé, Léon, si quelqu'un vient quand je ne suis pas là, silence et bouche cousue, motus et tutti quanti, morituri te salutant, ah, t'as pas fait de latin, toi, Léon ?

Ah la garce, elle voulait que je m'y remette, au latin, la garce. Pour le concours d'Inspecteur. Tu me vois, à mon âge ? Refaire des versions et des thèmes, Carthago delenda est, dicitur Homerus caecus fuisse, non, je te jure, elle en avait, de ces idées… On a bien fait de la buter.

Note bien, j'étais bon, en latin, mais pour le concours, c'était mieux que je fasse histoire/géo, en option. Au lieu de latin. Tu dors, Léon ?

Léon, t'es le bon bougre, mais t'es pas très culturel…

— Voilà, dit l'Emmerdeur, après avoir coupé le son. Et ça dure des heures. Il branchait son magnéto en rentrant chez lui et c'était parti pour la soirée…

La Vieille et le Gamin dormaient donc à poings fermés dans leur tombe respective, ainsi que le Commis-Boucher, que l'on était venu déranger lui aussi, dans son sommeil éternel, lors de l'autopsie qui précéda celle de la Vieille.

Il n'en était pas de même pour le Visiteur, dont le cadavre attendait qu'on veuille bien lui demander ce qu'il avait à dire, allongé dans un tiroir réfrigéré, au second sous-sol de la morgue du quai de la Rapée.

Depuis une semaine, il patientait, disponible pour tous les examens et interrogatoires à coups de scalpel, de trépan et d'autres instruments encore plus persuasifs.

Gabelou ne croyait certes pas que le ventre — à la peau tendue sur des abandons de viscères bourgeonnant de mucosités fétides — pût s'ouvrir tout à coup et énoncer une vérité immédiatement traduisible en termes juridiques... mais il le contemplait avec étonnement, comme s'il s'était malgré tout préparé à de tels aveux, jaillissant par surprise de cette nudité tranquille, là, dans les sous-sols de l'Institut médico-légal.

Tous les tiroirs portaient une petite étiquette blanche indiquant un nom ou, à défaut, un numéro. Gabelou était fasciné par ce classement méticuleux de la mort et de ses accessoires : dans une pièce voisine, on trouvait les vêtements, soigneusement pliés dans des sachets de plastique, dûment étiquetés.

Il y avait de tout, ou presque. Un véritable magasin de carnaval. Des tenues de soirée, des uniformes militaires, une soutane voisinant avec un porte-jarretelles, vestige d'on ne sait quelle orgie démoniaque, et des vêtements ordinaires, dont la banalité confinait au pathétique, tant leur trivialité refusait de se conformer à la magie glacée qui hantait les lieux… Gabelou effleura du doigt le carton agrafé au sac recelant les effets du Visiteur. L'inventaire était laconique :

Costume tergal bleu nuit portant l'étiquette de la « Camif » / mocassins idem / sous-vêtements, slip et tricot idem / Une ceinture lombaire anti-rhumatismale du docteur Scholl / à noter : l'état du pantalon et du slip, fortement détériorés aux deux fesses, au mollet droit.

Les veilleurs de la Morgue étaient habitués aux visites tardives du commissaire Gabelou. Ils le voyaient prendre seul l'ascenseur menant aux sous-sols…

Mais, le soir où il revint de Normandie après l'exhumation du corps du Gamin, un terrible accident d'avion se produisit à Orly : la sarabande des ambulances le dérangea dans son pèlerinage mortuaire. Et, à en juger par le contenu des premiers sacs que livrait le SAMU, « ça allait salement décoiffer », comme l'aurait dit le neveu de Gabelou, élève de seconde au lycée Henri-IV.

Le commissaire quitta donc l'endroit, trop agité, et longea en marchant à grandes enjambées les rives de la Seine, vers le Quartier Latin. La neige qui tombait depuis le soir avait déjà recouvert les trottoirs désertés par les promeneurs. Il faisait froid et, au fin fond des couloirs d'un des étages du quai des Orfèvres, l'inspecteur chargé de garder le Vieux Léon contemplait avec mélancolie les toits de Paris.

Il effaçait du revers de sa manche les traces de buée que son haleine avait créées contre la vitre de la fenêtre grillagée, lorsque Gabelou pénétra dans le bureau.

*

— Alors Léon, comment va ? s'écria Gabelou.

Le bureau était une pièce assez vaste encombrée d'un fouillis invraisemblable. Léon, au milieu de ce fatras de dossiers, de vêtements, avait tout juste l'air d'un accessoire, assis dans son fauteuil, le front bas, l'œil buté. Il avait à peine sursauté quand Gabelou était entré. Son regard inexpressif demeurait fixé sur une table de camping, où s'empilaient des modèles réduits ferroviaires, et des cassettes de magnétophone.

— Sacré Léon, reprit Gabelou, toujours aussi silencieux !

— Il a pas bougé de là… raconta l'inspecteur qui avait assuré la permanence durant toute la soirée.

Gabelou s'assit face à lui, et, les deux mains sous le menton, le dévisagea longuement. Puis il prit une cassette, de bonne qualité, au dioxyde de chrome. Et la voix du Coupable retentit lorsqu'il appuya sur la touche play…

… te bile pas, Vieux Léon, la garce, elle a payé, maintenant, on va être tranquilles, tous les deux, hein, t'es d'accord ? Fais pas cette tête-là ! Aucun risque qu'on la retrouve…

C'est pas moral, mais moi, je souffrais trop, on ne peut pas faire souffrir quelqu'un comme ça. Vieux Léon, tu dois savoir ça, non ? Elle la mettra plus, sa jupe fendue, pour me faire envie, et au dernier moment, pas touche, minable, c'est pas pour toi, la peau soyeuse de la belle Irène !

Hein, Léon, t'es d'accord ? J'en bavais, d'elle, à n'en plus finir, et tintin pour moi, tout le temps ! Sauf deux trois fois par an, à mon anniversaire, à Noël, et au 15 août, pourquoi le 15 août, je te demande ? Je me demande, enfin, le 15 août. Et le reste de l'année, non, toujours non... Minable, la belle Irène disait que j'étais un minable, Vieux Léon, mais c'est fini, on va être bien, tous les deux, sans elle.

T'approche pas de là, Léon, je veux pas. Elle est là, et il faut l'oublier. On va la cacher, faire du bruit, tiens, et d'une, je vais m'acheter une locomotive.

Elle voulait plus que j'achète mes trains, tu te rends compte ? À Carrefour, ils ont un rayon, c'est pas terrible, mais c'est bien, juste pour le petit matériel, le ballast, l'éclairage, les fils.

Pour les trains, les wagons, les maisons, je vais ailleurs, à Paris. Tchh, tchh, tchh, Léon, on va bien rire, tous les deux, avec les trains ! T'as une tête de chef de gare, Léon. Tu la connais, la chanson, il est cocu, le chef de gare, il est cocu le chef...

Bah Léon ? Elle te fait de la peine, ma chanson ? Non ! Plus à ton âge... Tu peux plus être cocu, toi...

Moi si, oh là là... Justement, il n'y a que le train qui ne lui est pas passé dessus. Le surveillant de la cantine, au CES, et le chef de la division des examens et concours, à l'Inspection Académique, et peut-être même mes anciens élèves, pourquoi pas ?

Et l'Inspecteur, celui-là c'est certain, je les ai vus, le jour de la fin des classes. Il y avait un pot, au CES. Tout le monde était un peu rond, d'accord. Justement, avec le coordinateur des profs de gym, je suis allé à la réserve, chercher quelques autres bouteilles de pastis, et, dans le bureau du surgé, ils étaient là, elle, avec sa jupe fendue, lui, sa grosse main sous la jupe, et leurs bouches qui ne pouvaient plus se décoller !

Pour ne pas avoir l'air bête devant le coordinateur des profs de gym, j'ai ri, en lançant « alors les tourtereaux, c'est la saison des amours ? » et j'ai vite refermé la porte. Le coordinateur était tout émoustillé, c'était la jupe d'Irène, sans doute, et je te jure, Léon, là, dans cette pièce, ça sentait l'amour, les foins, le printemps, le rut : tout ce qu'elle me refuse. J'ai fait un clin d'œil au coordinateur, en lui expliquant que nous étions un couple « libéré ». On est revenus dans le réfectoire avec nos bouteilles de pastis, et pour garder contenance, j'ai pincé les fesses de la prof de musique. Elle en est restée soufflée, j'ai filé. Le coordinateur m'avait vu, la fable du couple « libéré » pouvait tenir...

Après, le soir, à la maison, huit jours avant que tu n'arrives, je l'ai traitée de traînée, de roulure, de paillasse à soldat, de fille à cent sous... Elle m'a écouté en silence, sans desserrer ses jolies lèvres. Elle a haussé les épaules, comme toujours, l'air de dire : tout ce que tu racontes, c'est moins qu'un pet de lapin...

Et, en se retournant, alors qu'elle se dirigeait vers la salle de bains, peut-être sans le faire exprès ? elle a écrasé ma maquette de la gare de triage ! Deux cents pièces que j'avais assemblées tous les soirs de la semaine, collées une à une, j'avais commandé les couleurs pour la peindre, les décalcomanies en lettres gothiques, elle devait aller dans mon circuit allemand, celui qui est sous le canapé du salon, vissé à une plaque d'aggloméré. Il est trop grand pour que je le sorte en permanence...

... Son pied nu dans une mule à pompon, je n'aime pas ça, ça fait vulgaire, une femme comme Irène, des mules à pompon, enfin... ! Son pied s'est posé juste sur le bâtiment principal, il y en a trois, en étoile, le plastique s'est écrasé... j'ai crié.

Vite, j'ai poussé son pied, pour estimer les dégâts. On ne pouvait pas sauver grand-chose, je devais racheter les trois quarts des pièces...

J'étais là, désemparé, avec les bouts de plastique écrasés dans la main, et alors, elle a été comme toujours dans ces cas-là, gentille et prévenante, elle s'est agenouillée auprès de moi, a passé les bras autour de mon cou ; c'était bon, Vieux Léon, ce baiser-là, et le lendemain, elle est allée dans un magasin à Paris, elle a racheté la maquette de la gare de triage, en pièces détachées ; dans un paquet cadeau, en plus, elle avait mis la dernière nouveauté d'Hornby H. O., une loco-vapeur de la série américaine, la Grant 302, celle qui manquait dans mon circuit de la Guerre de Sécession.

Une machine ravissante, toute noire, luisante, j'avais déjà les wagons, mais j'attendais le paiement des heures de permanence du dernier trimestre — l'intendant du collège est toujours en retard — pour l'acheter. Je l'ai fait rouler tout de suite, elle faisait son effet, tu sais, Léon, en grimpant mes petites collines de polystyrène, avec mes soldats bleus…

Irène, c'était ça, la douche écossaise en permanence, la vacherie la plus déloyale et hop, dans la seconde qui suit, bisous-câlins mon chéri.

Oui, c'était vraiment ça, parce que le dimanche suivant, juste avant le départ en vacances, elle a préparé un petit repas, le midi, j'étais content, mais il y avait un invité : l'Inspecteur. Tu vois, Léon, c'était bien une garce…

*

Hé oui, l'Irène, il avait raison, c'était pas du gâteau. Je ne l'ai pas beaucoup connue, mais avec les femmes, j'ai toujours eu du flair et aussi sûr que mon Eulalie était une crème, celle-là, son Irène, c'était plutôt de la soupe au vinaigre.

Mais la chair est faible, on se laisse aveugler par une

descente de reins un peu trop bien galbée ou des paroles tendres, et crac dedans, le piège se referme.

La première fois que je l'ai vue, son Irène, elle m'a glissé une de ces œillades, que j'en ai eu froid dans le dos ! Le soir où on s'était rencontrés, lui et moi, devant l'Altay-Club, on avait marché tous les deux, du côté des terrains vagues, en face du CES, et on s'était quittés. Plusieurs soirs de suite, je l'ai retrouvé au même endroit, alors voilà, un soir, je me suis laissé inviter chez lui. Pas de mal à ça.

Eh bien, son Irène, elle a pas bien réagi. Elle l'a engueulé, lui, en lui demandant si c'était ça — c'est-à-dire moi, Vieux Léon — ses nouvelles fréquentations, et ce ne serait pas en s'acoquinant avec des loques comme moi qu'il réussirait son concours pour devenir Inspecteur… J'ai pas voulu insister et j'ai filé, en restant poli tout de même.

En descendant l'escalier, j'ai tendu l'oreille, mais c'était à n'y rien comprendre, dans leurs cris. Je n'ai pas bien apprécié, parce que moi, avec mon Eulalie, ça nous arrivait de nous chamailler, mais on le faisait pas devant les autres…

On se revoyait tous les soirs devant l'Altay-Club, et c'était pas bien compliqué de deviner que chez lui, ça tournait de moins en moins rond.

Puis, brusquement, pendant plusieurs jours, je ne l'ai plus vu. J'attendais, en traînant dans les parages du CES, de toute façon, j'avais rien d'autre à faire, et c'est la fatalité qui me poussait, en me disant que ce gars-là et moi, on était faits pour nous entendre, ah ça oui !

Et quand je l'apercevais, il était avec ses collègues ; pour ne pas le gêner, j'allais pas l'aborder devant eux. Il me faisait la gueule ou quoi ?

Enfin, une semaine s'était écoulée sans le voir, et hop, il radine devant l'Altay-Club en faisant des grands gestes, il me file des claques dans le dos en m'appelant son Vieux Léon ; il était en pleine forme, et, dans sa voiture, il me montre ce qu'il avait acheté pour préparer un gueuleton pour nous deux.

Alors nous voilà chez lui. J'ai posé mes vieilles fesses sur le rebord d'un fauteuil, en attendant la gueulante de son Irène, quand elle allait me voir là, dans son salon à elle, la dernière fois, j'avais mis un peu de boue sur la moquette…

J'avais la trouille, mais comme plusieurs jours venaient de s'écouler sans que j'aie avalé un repas correct, pas la peine de mentir, j'étais décidé à faire le dos rond sous le regard de la mégère pourvu que je m'en mette plein la lampe !

Mais tout était silencieux, et lui il s'affairait à servir à boire ; à mon air surpris, il a bien vu que j'avais deviné quelque chose d'anormal.

Et il a rigolé en disant que je n'avais pas à me trémousser comme ça, rien à craindre. J'ai refroidi Irène, a-t-il dit. Re-froi-di. Moi, dans ma tête, j'essaie toujours d'accommoder les choses pour avoir le moins d'ennuis possible et j'ai cru qu'Irène avait la grippe, ce qui était bizarre pour la saison, mais bon, elle avait froid.

Fais pas semblant de pas comprendre, Vieux Léon, a-t-il insisté, t'es pas né de la dernière pluie, j'ai buté la mégère !

J'ai claqué des dents parce que j'étais là avec lui, chez eux, et je voyais venir les complications. J'ai dû avoir l'air de demander pourquoi il avait fait ça, puisqu'il a soupiré en disant « pourquoi… pourquoi… » Il ne savait pas pourquoi il ne l'avait pas fait plus tôt, pourquoi maintenant, et peut-être était-ce à cause du papier qu'il me montrait, là dans l'enveloppe, sur la petite table du salon.

J'ai encore loupé le concours d'Inspecteur, a-t-il dit, et Irène s'est foutue de moi, alors ç'a été plus fort que tout, allez, je l'ai butée.

J'ai fait le tour de l'appartement, pour voir où elle était. Il avait déménagé toutes ses affaires à elle. Dans la salle de bains, toutes ses crèmes et ses trucs de bonne femme avaient disparu et la penderie était à moitié vide, c'était déjà bon signe, il avait au moins supprimé les traces de son existence passée, mais le principal, c'était le cadavre. À voir mon regard interrogatif, il s'est marré, en sifflant un autre verre de pastis.

Tu voudrais savoir où elle est, hein ? Vieux salaud de Léon ? Il a fait un geste avec son pouce, en arrière, pour montrer la cuisine. J'ai jeté un coup d'œil, mais il n'y avait rien.

Dans le congélateur, a-t-il dit, elle est dans le congélateur. C'était un gros, presque aussi gros que celui de l'Altay-Club, où ils mettent les gigots, et les poulets…

Pour être soufflé, j'étais soufflé ! Du coup je me suis assis. Il avait nettoyé toutes les traces de sang, c'était propre, et là, au moins, dans le congélateur de la Camif, elle nous foutrait la paix, la garce !

De le voir si joyeux, ça m'a mis de bonne humeur. Alors on a fait un gueuleton avec tout ce qu'il avait acheté, on s'en est collé plein la panse, on a roté, pété comme deux larrons en foire. C'était la plus belle soirée de ma vie. Enfin, depuis la mort de ma pauvre Eulalie.

Dès le lendemain, je me suis installé chez lui. J'avais mon coin, lui le sien, on se gênait pas. Comme je ne savais pas où loger, j'ai écrasé le coup du congélateur. Il se méfiait un peu de moi, mais je ne lui en veux pas. Il a mis une grosse chaîne au-dessus du couvercle, des sacs de poubelles par-dessus, et on n'entrait plus dans la cuisine. Il fallait faire la vaisselle dans le lavabo de la salle de bains. On était les rois. Personne ne nous dérangeait. Le voisin d'à côté, un collègue du Coupable, s'était un peu trop fait chahuter par ses élèves et ça lui avait porté sur le ciboulot, à la longue. Il était chez les fous, à la campagne.

On a vécu heureux, mon copain et moi, pendant à peu près six mois. Je me suis installé en avril, et jusqu'en septembre, tout allait bien. On est pas partis en vacances, et le Coupable a fait les centres aérés pour gagner plus de sous, en juillet-août.

Oui, jusqu'à la rentrée, c'était peinard, c'est après que ça s'est brusquement gâté.

*

Gabelou s'était donné beaucoup de mal à classer les bandes dans un ordre chronologique. Il les avait toutes écoutées, patiemment, à la recherche d'une preuve de la culpabilité du Coupable.

On les lui avait amenées en vrac, dans un sac de toile, sitôt le ménage fait. Il ne pouvait se douter que l'Emmerdeur était parvenu à en faucher une. À présent, il en connaissait certaines presque par cœur. Celles du début, où les phrases restaient structurées. Et il imaginait le Coupable, travaillant à construire ses maquettes, déblatérant devant son magnéto, sous l'œil indifférent du Vieux Léon.

Car jamais l'on entendait Léon. À croire qu'il avait assisté à tout cela sans broncher, sans rechigner.

*

Sans rechigner, sans rechigner, et pourquoi donc je me serais plaint ? J'étais bien traité. Pauvre flic, il voudrait bien que je l'aide. Je l'aime bien. C'est lui qui m'a tiré des griffes de l'Emmerdeur. C'est l'Emmerdeur qui a tout vu le premier. Enfin, pas vraiment le premier, le deuxième. Avant, il y a eu le gardien du bloc.

On était là, tous les trois, le Coupable, moi, et le Visiteur quand le gardien a enfoncé la porte. Il a fait un pas chez nous, et zou, il est tombé dans les pommes. Il y avait un autre gars avec lui, qui a juste passé la tête dans l'entrebâillement de la porte, et qui s'est mis à hurler, en se sauvant.

Moi, je me suis caché dans le Canyon. C'est comme ça que le Coupable appelait le couloir de ma chambre. Et j'ai entendu un bruit de cavalcade. L'Emmerdeur est arrivé ; avec un mouchoir qu'il tenait sur son nez. Il était là, sur le palier, et il secouait la tête en disant « c'est pas possible, c'est pas possible ». Il a vu le magnétophone et les cassettes, et hop, d'un geste rapide, il en a fauché une, au pif. Pour la vendre aux journalistes, sans doute. Et il est retourné sur le palier en criant « les pompiers, faut appeler les pompiers ! »

Alors moi, j'en ai profité pour filer. J'ai enjambé le gardien, toujours évanoui, et j'ai couru jusqu'au dernier étage, pour grimper sur la terrasse du toit, par la sortie de secours ! De là, je suis arrivé au-dessous de l'immeuble voisin : les bâtiments se touchent. Dans la rue, en bas, j'ai vu les pompiers, les flics, et des bonnes femmes qui gueulaient que c'était pas croyable.

J'étais à demi soulagé. Tout le monde dans la cité savait que je vivais chez le Coupable, mais personne ne m'avait vu dans l'appartement avec le Visiteur, donc on ne pouvait pas m'accuser !

Les gendarmes, je les avais déjà vus, quelques années plus tôt. À la ferme. Il y avait eu des poules volées et un salaud n'avait rien trouvé de mieux à dire que c'était peut-être moi ! Ils n'avaient même pas fait attention à tous ces racontars, mais je sais bien qu'il faut se tenir à carreau, avec eux…

*

Gabelou se servit un café. En le buvant à petites gorgées, il écoutait la voix du Coupable, retransmise par le haut-parleur. Le son n'était pas d'une qualité exceptionnelle. Il n'y avait que deux boutons, l'un pour l'intensité, l'autre pour les graves/aigus.

– Il est fou, hein, Léon… ? marmonna Gabelou.

Il était presque décidé à refermer tous les dossiers, à laisser le juge d'instruction se débrouiller avec les bandes. Ce qui le chagrinait, c'étaient les trains. Qu'allaient-elles devenir, ces maquettes ? Il y en avait pour une fortune. On ne pouvait pas en faire cadeau au collège où travaillait le Coupable, ni les lui laisser en prison, s'il s'en sortait. Elles auraient pris trop de place dans une cellule. Gabelou, en douce, s'était déjà approprié la Grant 302, du circuit américain. Elle trônait dans sa bibliothèque. Un modèle réduit magnifique. La cheminée était munie d'un orifice dans lequel on pouvait glisser de petites pastilles fumigènes… L'illusion était parfaite, pourvu que l'on accepte de voir les dimensions de l'espace se réduire.

Je dois parler. J'ai tout dit à Léon, mais il est vieux, peut-être mourra-t-il bientôt, et sa pauvre tête n'est de toute façon pas très solide.

Je dois parler, me confesser, avouer. Je suis heureux. Je l'ai tuée. Elle me harcelait, sans cesse m'empêchait de vivre, voulait que je passe ce concours, pour gagner plus d'argent, et surtout pour que je devienne un personnage plus important.

Pourtant, je suis très satisfait de ma vie, au collège.

J'ai ma classe, une quinzaine de gamins, tout va bien. C'est une CPPN, une classe dépotoir.

Irène, elle, était documentaliste, et avec sa jupe fendue, elle aguichait l'Inspecteur, et aussi le chef de la division des examens à l'Académie, et le pion boutonneux de la cantine.

Elle n'avait pas à se plaindre : on m'a donné un appartement de fonction ; en économisant le loyer, j'envisageais d'acheter une caravane, pour les vacances, à la Camif, les prix sont très avantageux.

Elle n'ira plus en vacances avec la caravane de la Camif, puisque je l'ai tuée. Oh, bien sûr la vie à Altay n'est pas très joyeuse, nous sommes coincés entre le collège et l'usine Citroën, mais il y a pire. Notre petit confort aurait dû lui suffire, elle qui était comme moi, originaire d'un milieu modeste, mais tant pis, elle est bien punie, maintenant.

*

Ah, oui, je me rappelle bien, ce soir-là, quand il a commencé son journal. Il disait son journal, mais comme il avait tout le temps les mains occupées avec ses maquettes, toujours à rafistoler, à souder, à peinturlurer, il ne pouvait pas écrire, alors il parlait.

Et ce soir-là, quand il disait qu'il avait tué Irène et que les économies de la Camif pour la caravane pourraient servir à racheter des tas de locos, il était très absorbé à monter une petite église en plastique, avec son tube de colle. Il mettait une espèce de gros truc sur l'œil, comme les horlogers, et ça lui faisait une drôle de tête que j'aimais pas beaucoup.

Il faisait bien attention de parler lentement, au début, et après, quand ça s'est corsé, il est devenu moins ordonné.

*

De ma classe, je vois le bureau qu'occupait Irène, avant que je la tue, pour la punir. J'ai mis des rangées de plantes vertes sur le rebord du muret, et un de mes élèves est spécialement responsable de mettre de l'eau. J'ai un responsable pour tout : Ahmed pour les plantes, Frédéric pour la craie, Julien qui essuie le tableau, Pédro qui ramasse les cahiers, et Youssef qui va porter le courrier ou les circulaires administratives au Principal. Derrière les fenêtres, je vois la cour. Le ciment est tout bosselé, et les arbustes n'en peuvent plus. Le bureau du rez-de-chaussée, avec les rideaux bleus, c'est la salle de documentation, celle d'Irène. De ma classe, je pouvais voir le pion de la cantine, et le surgé lui faire des visites. Elle est punie, aujourd'hui.

Elle voulait que je devienne inspecteur. C'est elle qui m'a poussé à passer le concours interne. J'ai échoué à trois reprises. Il y a longtemps que j'ai arrêté les études, et je me retrouvais dans les épreuves avec des jeunes sortant de la faculté. Sans compter que la pédagogie a beaucoup évolué, et, même si Irène me faisait lire des livres sur Summerhill, je ne pouvais pas m'accrocher indéfiniment. Les devoirs de psychologie : voilà le plus pénible. On s'occupe plus de ce qui est censé agiter la tête des enfants que de leur donner des bases solides : grammaire, calcul. Irène se moquait de moi, de ma blouse, de mes cahiers, avec trois carreaux de marge, on souligne la date en bleu, et le titre de la leçon en vert… n'empêche, ça a fait ses preuves. Et puis je ne me vois pas Inspecteur. Bien sûr, le salaire, je ne cracherais pas dessus. Mais depuis qu'on m'a attribué le logement de fonction, tout va mieux.

Les fenêtres donnent d'un côté sur le collège, les bâti-

ments des ateliers, et de l'autre, après la pelouse, sur l'usine Citroën. Et ça ne lui suffisait pas, à Irène. Alors j'ai dû la punir. Trois petites pièces, pour nous deux, c'était bien suffisant, pourtant. Oh, ça ne valait pas le pavillon de l'Inspecteur, en plein cœur d'Altay I, mais quand même, pourquoi tout le temps des goûts de luxe ?

Elle pouvait comparer, ne serait-ce qu'avec les gens travaillant à l'usine. Pas les ouvriers, je ne dis pas, ce serait exagéré, mais les contremaîtres, les agents de maîtrise. Il y en a plusieurs qui habitent notre immeuble. Eh bien, moi, j'ai la sécurité de l'emploi, les vacances, je suis bien défendu par le syndicat, sans compter les autres avantages : la Camif, la mutuelle, les comptes d'épargne populaire… J'avais ouvert une retraite complémentaire, à nos deux noms, eh bien voilà, elle est punie, puisqu'il n'y a que moi qui en profiterai, maintenant.

Au début, elle était gentille, jamais je ne l'aurais punie, puis tout s'est gâté, au bout de quatre ans. Elle avait la folie des grandeurs, que je gagne des sous, que je commande à tout le monde…

Ce n'était pas mon but dans la vie. Je me contente de peu, je suis modeste. Alors elle se vengeait. Comment ? Eh bien, nous faisions chambre à part… Elle était bien contente de la trouver, la Camif, quand il a fallu aménager une deuxième chambre ; ça en a coûté, des sous. Heureusement, j'avais fait des heures d'étude, plus que d'habitude, mais tout y est passé. Et elle voulait des vêtements, toujours plus. Au lieu de jeter un coup d'œil dans le catalogue de la Camif, c'est quand même moins cher, elle allait à Paris, dépenser, et encore dépenser. Il ne me restait plus rien pour mes trains, et j'étais obligé de donner des cours particuliers. Et plus elle dépensait, plus je devais travailler — faire la cantine, le samedi après-midi les cours particuliers, pendant les vacances les centres aérés — moins j'avais de temps à consacrer à la prépara-

tion du concours d'Inspecteur, ce qui prouve bien que quelque chose ne tournait pas rond dans sa tête, sinon, elle aurait moins dépensé. Parce que, elle, elle ne faisait pas la cantine, ni rien, elle n'était pas fatiguée par les gosses qui hurlent sans arrêt. Toute seule, bien tranquille dans sa salle de documentation à roucouler avec les pions, la garce, j'ai bien fait de la punir. Personne ne s'est aperçu de rien, ne me demande rien. Elle est « partie », je leur dis qu'elle est retournée dans sa famille.

J'ai revendu son lit, sa commode, et son appareil à faire de la gymnastique, un vélo sans roue qui avait encore coûté une petite fortune. J'ai mis l'argent sur mon compte d'épargne : à Pâques de l'année prochaine, ce coup-ci, je ne vais pas rater le Salon international du modélisme, à Stuttgart.

*

Gabelou était allé visiter la classe du Coupable. Il avait vu les plantes grasses un peu anémiques, les photos scotchées sur les murs, toutes extraites de *La Vie du rail* : des paysages verdoyants où fonçaient des trains « corail », des coupes de moteur, des motrices rutilantes… Les cahiers des enfants étaient soigneusement empilés, protégés par des plastiques de couleurs différentes, suivant la matière. Gabelou en avait parcouru quelques-uns, annotés par le Coupable. Son écriture était fine et droite, il n'utilisait qu'un porte-plume, et, sur le bureau, trônait la grosse bouteille d'encre rouge Waterman. Le Coupable traçait des pleins et des déliés, grondant ses élèves ou les félicitant quand ils avaient réussi. La blouse grise était suspendue au portemanteau, les poches pleines de morceaux de craie blanche. Dans les tiroirs du bureau, on trouvait le registre d'appel rigoureusement tenu, des objets confisqués — pistolets à eau, bandes dessinées, canifs — ainsi que des fournitures scolaires. Près de la porte, à côté de l'emploi du temps, un calendrier de la SNCF : à la date de Pâques, dans la marge, le Coupable avait tracé une croix rouge, et inscrit « Stuttgart », en grosses lettres gothiques.

Gabelou s'était promené dans la cour du collège, nostalgique. Ce collège-là ne ressemblait en rien à celui de son enfance, une lourde bâtisse de pierre, cerclée d'arcades, avec une verrière, des marronniers, une grosse cloche pour annoncer les récréations... Là, on comptait deux bâtiments, disposés pour former un T. Ce n'était que saloperie de tubulures métalliques hachurant des alignements de vitres sales ; une grille faisait le tour de la cour, et, près de la loge du concierge, une sculpture anémique de béton armé, représentant un gros poisson, n'en finissait plus d'agoniser en silence, la bouche grande ouverte...

Gabelou avait secoué la tête, en songeant que ce n'était pas avec une horreur pareille que les gosses, une fois adultes, pourraient sombrer dans des nostalgies d'enfance...

Les bâtiments de la cité faisaient face au collège. Couverts d'affiches syndicales qui protestaient contre les licenciements de l'usine Citroën, ils étaient tous semblables, alternativement crépis d'ocre ou de bleu.

*

Oh, bien sûr, ça n'a l'air de rien. Mais c'est une grande responsabilité, les enfants. Irène n'a jamais compris ça. Elle passait son temps à faire des photocopies pour le Principal ou à commander des fournitures.

Surtout aujourd'hui, c'est de plus en plus difficile, ils se droguent à quatorze ans, on se demande où ça va fi-

nir. Ils mettent de la colle dans un sac de Carrefour, et ils respirent ça. Après, vous pouvez toujours leur demander 8 fois 8… Ils ne comprennent pas cet aspect des choses, ceux qui font passer le concours d'Inspecteur. À Summerhill, on ne doit jamais avoir vu de tube de colle. Ils ne font que de la théorie, et moi, je suis un praticien. J'ai commencé avec une classe de quarante-cinq gamins, alors bien sûr, on ne faisait pas le détail…

Irène voyait ça comme une intellectuelle. C'est l'Inspecteur qui lui montait la tête. Avec ses conférences pédagogiques. C'est elle qui préparait le compte rendu, elle savourait tous les grands mots ronflants, et croyait que je n'étais pas capable d'en faire autant, ou même de comprendre.

Et à la maison, elle ne s'occupait de rien. Je devais repasser mes chemises tout seul, porter mes costumes au pressing, alors que madame était à sa gym tonic, à sa danse ou à sa poterie, au Centre Culturel. Et je préfère ne pas imaginer ce que ça devait donner, avec le moniteur barbu que j'ai rencontré une fois, pour la fête du modèle réduit, à la Maison pour Tous… L'Inspecteur, le pion de la cantine, et le bureaucrate de l'Académie, j'en suis certain, mais le barbu, je ne donnerais pas ma main à couper. Et moi, tintin. Elle fermait la porte de la salle de bains, quand elle prenait une douche, et, si par hasard j'entrais au mauvais moment dans sa chambre, elle disait que je devais frapper !

Quand on écoutera ces confessions, si on les écoute un jour, on comprendra que j'ai agi en conscience, qu'elle méritait le châtiment. Maintenant, ce soir, je vais me coucher, parce que je suis très fatigué, et demain, c'est la journée des compositions. Bonne nuit, mon Vieux Léon…

*

Moi qu'est-ce que vous voulez, ça me fait de la peine, de l'entendre comme ça. Et de voir Gabelou qui tripote les locomotives avec ses gros doigts — tout à l'heure, il en a fait tomber une par terre — ça me met en colère, mais je ne le fais pas sentir. Ah, lui, le Coupable, il fallait le voir, avec ses trains : ses yeux qui brillaient quand ça roulait, quand la micheline passait l'aiguillage, quand le TGV filait dans le canyon, vers ma chambre, il était comme un gosse, et ça, Gabelou n'a pas l'air de comprendre.

J'étais content, il riait comme un petit fou, de temps en temps, je jetais un coup d'œil vers la cuisine, vers le congélateur où il avait casé la mégère, et il me donnait une grande claque dans le dos en me disant : te fais pas de mouron, Léon, elle nous emmerdera plus !

Et c'est venu petit à petit. Un sac, puis un autre, une bouteille vide, un mégot. Il mettait tout ça dans la cuisine. Sur la table, ou par terre, sur le carrelage. C'étaient des sacs bleus, avec une petite ficelle pour faire un nœud. Quand il y avait trop de fouillis, il prenait la pelle, le balai, et il remplissait un sac. Au bout de quinze jours, le congélateur, on le voyait plus, il y avait trop de sacs, autour. Une petite montagne toute bleue. Après, il a dû y avoir quelque chose à Carrefour, les sacs bleus, ils en avaient plus, c'était des rouges. Du coup, ça égayait, c'était moins monotone.

De toute façon, à cette époque-là, ça m'a pas trop inquiété parce que c'était le début de la grève à Citroën et ça commençait à drôlement chauffer partout, je faisais attention de pas trop traîner dans la rue, à mon âge, on a vite pris un mauvais coup. Et avec la grève des voitures à Citroën, les éboueurs ont croisé les bras aussi, dans les rues, il y avait plein de tas de sacs bleus et rouges, comme chez nous. Des voyous y mettaient le feu, de temps en temps, on voyait des nuages de fumée toute noire, ça prenait à la gorge.

Un matin, le 15 mai, j'ai bien failli me faire avoir dans la rue, parce que ceux de Citroën faisaient une manif, et les flics sont venus dans la cité. Les gamins leur jetaient des sacs d'ordures, ils étaient beaux à voir, tiens, avec des coquilles d'œufs sur la tête et du marc de café plein les épaules.

Mais ça pouvait pas durer trop longtemps, et les éboueurs ont tout ramassé, seulement voilà, lui, le Coupable, il entassait encore de nouveaux sacs contre la montagne de la cuisine, et du coup, il aurait fallu être devin pour savoir qu'il y avait un congélateur avec une garce dedans, derrière tous ces sacs bleus et rouges.

Un jour que je regardais les sacs, inquiet, parce que je savais bien qu'on aurait des ennuis, tous les deux, à force, il m'a dit : allez Léon, on n'y pense plus. Et il a fermé la porte de la cuisine, en clouant des planches dessus. T'es content comme ça, Léon ? C'était déjà ça, on ne voyait plus rien. Il a construit un petit pont en plastique, pour le circuit américain, en parlant à son magnétophone, mais moi, je suis allé me coucher dans ma chambre, fatigué ; j'avais passé toute la journée autour de Citroën, à regarder l'animation, et à mon âge, on récupère pas bien vite.

Le lendemain soir, il a mis un nouveau sac, un rouge, devant la porte clouée, en haussant les épaules.

*

… l'important, mon Vieux Léon, c'est de rester propre. Voilà ma morale, à moi. Je sais que ça peut porter à sourire, mais rira bien qui rira le dernier. On n'en fait plus, des leçons de morale, à l'école, évidemment. C'est

démodé. Peut-être que nous sommes démodés, nous deux, Vieux Léon ?

Rester propre, c'est-à-dire ne rien devoir à personne, ne pas avoir de compte à rendre, à qui que ce soit, pouvoir marcher la tête haute, à la face du monde, fier de soi, de sa vie, même si c'est une petite vie rangée. Et ce n'est pas si facile à mener, une vie, ça tire à droite et à gauche, ça vous secoue, ça se cabre, la vie, ça renâcle, ça ne veut pas aller où on voudrait, ça résiste. Rester propre, c'est ne pas avoir besoin des autres, ne rien quémander, subvenir soi-même à ses besoins... Moi, même quand je serai vieux, personne ne pourra rien me reprocher, j'ai cotisé à la caisse de retraite complémentaire, j'aurai mes économies.

Toi, Léon, oh, je ne te reproche rien, tu as mené une existence de patachon, mais c'était différent. Et j'accepte de te secourir, parce que je suis bon. Mais mon Irène, c'était du gâchis, on croque la pomme, deux bouchées, et on la jette, sans se demander le prix de la pomme. Ce n'est pas pour les pommes que je dis ça, c'est une image.

Il faut être propre, net, ne pas provoquer l'envie, mais ne pas y céder, voilà ma ligne de conduite. Regarde-moi, je vais faire ma classe, est-ce que j'ai besoin de porter un costume ? Non, puisque de toute façon, je mets une blouse, à cause de la poussière de la craie, et de l'encre, aussi. Eh bien, malgré tout, j'ai toujours des vêtements impeccables, on ne peut pas m'accuser de négligence.

Ce n'est pas comme le pion de la cantine, on dirait un clochard, celui-là, ce n'est pas parce que l'on est étudiant qu'on doit se laisser aller.

Et mon costume, il n'est pas d'aussi bonne qualité que celui de l'Inspecteur, peut-être, il n'est pas très à la mode, mais je te jure, Léon, qu'il est mieux repassé, et jamais je ne mets la même chemise deux jours de suite. C'est ma dignité, je suis peut-être très bas dans l'échelle, mais je suis impeccable. On ne m'a jamais vu boire plus qu'un petit verre, on n'a jamais eu le moindre reproche à m'adresser, et la preuve en est que je suis très bien noté.

Au pot de Noël, il en tenait une bonne, l'Inspecteur. Môssieu l'Inspecteur ! Ah oui, ça se donne de grands airs, ça prend des mines de gens supérieurs, et total, ça se montre soûl en public, c'est du joli. Et Irène gobait tout ça, sans avoir honte. Comme si la vie qu'elle menait avec moi ne lui avait rien apporté.

Et si tu veux savoir, les enfants le sentent, ils me respectent à cause de ça. Je n'ai jamais de chahut, tout le monde m'aime bien, et quand je vois les jeunes avec leur pédagogie moderne, qui ont toujours du bruit dans leur classe, ça me fait bien rigoler, mais je ne dis rien, puisque l'Inspecteur trouve ça très convenable. Tout part à vau-l'eau, mon pauvre Léon, je sens que tout s'effiloche, mais il faut résister…

Gabelou somnolait à demi, en écoutant la bande. Il se leva de son fauteuil, s'étira et sortit dans le couloir chercher un autre café. Léon s'était assoupi ; dans le sommeil, il paraissait encore plus vieux. Gabelou prit une couverture qui traînait sur un classeur et en couvrit Léon, qui tressauta sans toutefois s'éveiller.

Tout était là, sur le bureau, les modèles réduits, les cassettes, la hache, et Gabelou en avait par-dessus la tête. Il suffisait d'appuyer sur une touche pour entendre cette voix raconter son enfer, tout était si simple, carré, « net et propre » comme aurait dit le Coupable, tout s'imbriquait.

À quoi bon lui en coller d'autres sur le dos, à ce pauvre type ? On en savait assez pour lui faire terminer sa vie dans une prison, ou peut-être dans un département de psychiatrie un peu musclé, alors pourquoi fouiller dans les ordures ?

Mais tout le monde voulait savoir, en avoir le cœur net, l'Emmerdeur en premier lieu, avec la Compagnie sur ses talons, la Compagnie et son fric qu'elle ne se résignait pas à lâcher. Gabelou était près de céder à l'écœurement, à la pitié et à sa propre fatigue.

Il téléphona à la salle Cusco, à l'Hôtel-Dieu. Mais la ligne était encombrée, il ne put obtenir de réponse. Alors il se décida à sortir. Il réveilla le planton de garde, avachi sur une chaise au coin du couloir, et lui recommanda d'ouvrir l'œil sur le Vieux Léon. Celui-là, il ne savait pas, mais alors pas du tout, ce qu'on allait en faire.

Gabelou descendit les étages, son manteau jeté sur les épaules ; il quitta les Orfèvres, traversa le pont. Dans la nuit neigeuse, la lourde silhouette de Notre-Dame se dressait, incongrue, hérissée de ses gargouilles. Gabelou frissonna.

À l'entrée de l'Hôtel-Dieu, un fourgon de Police-Secours attendait, le gyrophare lançait ses éclairs bleutés, illuminant les flocons de neige par intermittence. La barrière des urgences s'ouvrit enfin, et le car disparut. Gabelou pénétra à son tour dans l'hôpital, saluant au passage les infirmiers de garde. On s'affairait autour d'une civière. Des ombres vêtues de blanc sillonnaient les couloirs sous l'œil indifférent du néon des veilleuses. Un ou deux malades insomniaques erraient, d'un pas lent, emmitouflés dans leur robe de chambre.

Gabelou se présenta à l'entrée de la salle Cusco. Le Coupable était passé au bloc opératoire dans l'après-midi et, jusqu'à présent, ne s'était pas réveillé de l'anesthésie. Deux flics en civil discutaient en compagnie des plantons qui gardaient la salle, mitraillette en bandoulière. La veille, deux braqueurs s'étaient fait surprendre devant une succursale de la BNP, et ils avaient passé un sale quart d'heure. Eux aussi s'étaient retrouvés sur le billard ; on les avait délestés des balles tirées lors de la fusillade.

Le Coupable était tout au fond de la salle, dans un petit box. Des perfusions lui pénétraient la saignée des coudes, et il avait sur le nez, enfoncés dans les narines, des tubes à oxygène.

Il était méconnaissable, ainsi grimé. Gabelou avait vu des photos, dans le dossier. C'était un type au visage un peu mou, sans barbe ni moustache, et au front dégarni, déjà, malgré ses trente-cinq ans. Chez lui, on avait retrouvé, dans le fouillis, des capsules de produits censés lutter contre la chute des cheveux…

Il respirait lentement, allongé sur le dos, les bras le long du corps. L'interne de garde vint voir Gabelou. Il n'y avait rien de nouveau, le cœur tenait bon, mais pour le reste, on ne pouvait pas savoir.

Gabelou soupira en songeant qu'il suffisait peut-être de tirer un coup sec sur les tuyaux pour avoir la paix. Au bout du compte, vie foutue pour vie foutue… Et au moins, tout serait réglé ! Mais on ne fait pas des choses pareilles, ou alors, exceptionnellement…

L'un des deux braqueurs de la BNP venait tout juste de s'éveiller et commençait à râler. C'était insupportable. Gabelou remercia l'interne et quitta la salle Cusco.

Sur le parvis de l'hôpital, il hésita, se demandant s'il pouvait rentrer chez lui, laisser le Vieux Léon tout seul, là-haut.

D'un pas lourd, il revint vers la bâtisse du quai des Orfèvres. Léon n'était plus dans le bureau.

LE PALAIS

Gabelou courut jusqu'au bout du couloir, et heurta de plein fouet le planton.

– Où est Léon ? hurla-t-il.

– Léon ? bredouilla le planton, il a demandé à pisser, alors je l'ai accompagné, mais il est revenu dans votre bureau, après !

Gabelou agrippa le type et ils coururent tous deux jusque dans la cour.

– Bon, dit Gabelou, ça fait moins de cinq minutes, il ne doit pas être loin, il ne marche pas vite. Allez, on cherche !

Il rameuta deux autres gardiens, en les prévenant que s'ils ne retrouvaient pas Léon, il y aurait de la mutation vers la lointaine banlieue dans l'air…

Ils se dispersèrent, en étoile, vers le Palais de Justice, la place Dauphine, Notre-Dame. Gabelou, lui, s'était élancé sur le pont, en direction de la place Saint-Michel.

Il était près de 3 heures du matin, et les passants n'affluaient pas. Une bande de clochards, affalés sur les grilles d'aération du métro, devant Gibert-Jeune, saluèrent Gabelou à grand renfort de refrains paillards. Ils devaient avoir touché le gros lot, à en juger par l'orgie de bouteilles de mauvais vin qui gisaient auprès d'eux. La neige tombait dru, recouvrant le trottoir, les voitures en stationnement. Gabelou dérapait sur ses semelles glissantes.

— C'est trop con, pensait-il, il suffit qu'il cavale dans une rue que je ne vois pas, et il va disparaître…

Des fêtards surgirent sur le boulevard, l'un d'eux jouait de la trompette, un autre soufflait dans un saxo. Ils devaient sortir d'un club de jazz, et buvaient du champagne à la bouteille, tétant le goulot à tour de rôle. Une femme très éméchée, en robe de lamé noir et hauts talons, glissa juste devant Gabelou et faillit s'étaler de tout son long sur une rangée de poubelles alignées contre la devanture d'une gargote grecque. Mais le commissaire détourna la tête, se haussa sur la pointe des pieds pour apercevoir l'enfilade de la rue de la Huchette. Léon n'y était pas. Peut-être se terrait-il dans le renfoncement d'une porte cochère… Ou bien courait-il sur le boulevard, plus haut, vers Cluny ?

La fêtarde ivre se redressa en protestant contre le manque de prévenance de Gabelou ; des insultes fusèrent. Gabelou leur fit un bras d'honneur, à elle et à ses compagnons, et les bouscula pour descendre la rue Saint-Séverin. Au hasard. Mais il n'y avait pas de Léon en vue. Alors, d'un pas lent, il revint vers les quais, face à Notre-Dame. Au loin, il aperçut son planton, celui qui était responsable de l'évasion de Léon, là-bas, de l'autre côté du pont. Le type avançait en tapant fort des pieds, afin de lutter contre le froid. Ils se rejoignirent sur le parvis de la cathédrale, et, brusquement, en réprimant une quinte de toux, le gardien désigna du doigt le square qui borde Notre-Dame. La silhouette du Vieux Léon filait dans la nuit ourlée de blanc, bondissant de bosquet en bosquet.

— Nom de Dieu… souffla Gabelou.

Déjà il enjambait la rambarde et courait silencieusement à la poursuite de Léon, qui l'aperçut enfin alors qu'il atteignait l'autre extrémité du square.

— Fais pas le con, Léon ! cria Gabelou. De toute façon, je vais te rattraper... Arrête-toi là ! Hein ? Où tu vas aller ? Fais pas le con, bouge plus...

Gabelou l'avait presque rejoint, et ils se dévisageaient, à deux pas l'un de l'autre. Je ne vais quand même pas sortir mon flingue, songea Gabelou, c'est ridicule... Le pauvre vieux ! Léon tourna la tête, pour juger de la distance le séparant du carrefour, des ruelles de l'île Saint-Louis. Il apprécia la hauteur du parapet puis se décida à capituler. Il avança vers Gabelou.

Il y avait une borne d'appel toute proche, et moins de cinq minutes plus tard, un car de Police-Secours venait les chercher. Gabelou aida Léon à monter, puis, arrivé au Quai, il le reconduisit dans son bureau.

Sans un geste de protestation, avec une lassitude infinie, Léon reprit sa place, s'asseyant dans le fauteuil. Il se remit à dévisager Gabelou de son regard inexpressif, à tel point que l'on pouvait se demander s'il se sentait concerné par tout cela. Oui, sans doute, puisqu'il avait tenté de s'évader. Gabelou l'engueula :

— Recommence plus, Léon, ou ça va chauffer ! On te dit de rester là, et tu restes là, t'entends ? C'est moi qui décide. Bon. Je suis allé le voir, à l'hôpital. Il ne va pas très bien. Je t'emmènerai demain, si tu veux, tu pourras lui dire bonjour. Mais ne cherche pas à filer. J'ai besoin de toi, moi...

*

Et voilà, je me suis fait de nouveau coincer. Oh, il n'a pas à en tirer de la gloire, le Gabelou. C'est plus à mon âge, avec mes douleurs dans les reins, que j'aurais pu faire la course. Et puis il neigeait et ça glissait drôlement par terre, sans compter que j'étais perdu, moi, dans ce quartier. J'ai jamais fréquenté ces coins-là. Et je le voyais déjà sortir son pétard, le Gabelou, me mettre en joue, oh, c'est pas que ma vieille carcasse mérite d'être ménagée, mais de là à se faire tirer dessus, merci bien. À Altay, je me suis fait canarder, une fois, par les copains de Gabelou, ceux qui se mettent tout en bleu avec des casques et des boucliers, des fusils et des matraques. C'était pendant les grèves à l'usine de voitures, et tous les gars étaient dans les rues, à crier et tout d'un coup, ça a valsé, les boulons, les pavés, et les autres, ils n'ont pas attendu la fin de la pluie, pan, ils ont donné leur fumée qui fait pleurer. Moi, je regardais tout ça, d'un peu plus loin, et j'ai reçu une boîte de conserve avec du gaz dedans. J'ai filé aussi vite que j'ai pu, mais je ne pouvais pas rentrer chez nous parce que le Coupable fermait à clé. J'étais coincé. Alors je suis allé devant les fenêtres de sa classe, au collège, et il m'a vu. Il est sorti, avec sa blouse, en abandonnant ses garnements pour venir m'ouvrir. J'avais eu chaud. Du coup, les autres manifs, après, je les regardais de derrière la fenêtre, bien à l'abri.

Alors je sais ce que c'est, de se faire tirer dessus, et même si Gabelou n'est pas le mauvais bougre, allez donc savoir ce qui peut passer dans la tête des gens. Il m'aurait rectifié, comme ça, au petit matin, dans la neige, et personne ne serait venu se plaindre. On m'aurait jeté dans un trou, ni vu ni connu, oublié, Léon. Même, Gabelou aurait pu dire que je lui avais sauté dessus, que j'étais un vrai enragé ; il faut se méfier.

Donc je me suis rendu, et je n'ai pas honte. Dans ma vie, j'ai toujours eu à courber la tête. Et voilà que j'apprends que ce pauvre Coupable est toujours dans son lit d'hôpital, tout seul, malheureux…

Ah, pourtant, il n'a plus de soucis à se faire, tout est réglé. À la maison, ils ont tout déménagé, il leur a fallu du temps. C'est des petits jeunes, il paraît, qui vont venir s'installer chez nous.

Parce que le Coupable, il n'aura plus besoin d'appartement, Gabelou va lui en dégotter un tout chaud. Nourri, logé, peut-être qu'il y aura une petite place pour moi ?

Et si Gabelou trouve encore des preuves, pour la Vieille, le Commis-Boucher et le Gamin, on dira que le Coupable est un super-coupable, moi un super-complice, et on aura droit à un traitement de faveur ? Alors, il faut peut-être avouer, en bloc, leur dire mais oui, c'est nous, on est des salauds, des pires-que-tout, crac, foutez-nous dedans ! Puisque le Visiteur, apparemment, ça ne suffit pas…

Pourtant, il leur raconte tout, dans ses bandes, le Coupable, Gabelou, c'est un scrupuleux. Il veut du concret. Doit avoir des origines de la campagne, cet homme-là.

*

Oui, Gabelou a de grosses mains de paysan. Il n'a pas travaillé la terre longtemps, seulement durant les années de sa jeunesse, avant de venir s'installer à Paris. Mais, de cette époque, il a conservé la démarche pesante, les gestes économes, le silence têtu. Et les mains : épaisses, solides, velues, creusées de cicatrices, de gerçures. Quand il retourne chez lui, au pied du Ventoux, il travaille à retaper la maison familiale et s'écorche en entassant les pierres qui servent à construire les murets jalonnant ses terres. Les doigts sont trapus, l'ongle est large et ce n'est pas ce type de main qui est requis pour manier le papier pelure ultra-fin des archives de la PJ.

Gabelou a ouvert le dossier de la Vieille, il s'énerve à séparer les feuillets où sont consignés les témoignages, se salit en tripotant les doubles de carbone.

Le dossier n'est pas très épais. Il y a une photographie de la victime, morte le 5 octobre. Un compte rendu d'autopsie, plus quelques ragots recueillis auprès des voisins, concernant ses rapports avec l'entourage. La première pièce, cependant, n'est autre que le rapport laborieusement tapé — si l'on en juge par les fautes de frappe et d'orthographe qui émaillent consciencieusement le texte — par le brigadier Dufour, en poste au commissariat d'Altay-II :

Dufour Jean Gabriel. Brigadier. Mle 67 843.

XXX — constatons que ce présentent devant nous ce jour Latros Emilio néx le 18/7/34 à Sétubal (portugal) lequel, ne parlant français qu'imparfaitement déclare être gardien de bloc à la cité dite des Lilas Bleus.

— le susnommé nous dit alors avoir accomplit à la demande d'une habitante de l'immeuble n° 12 rue de la Libération Madame (veuve) Louisette Mulier une inspection dans l'appartement de Mademe Petit Mélanie habitant au 12 mais n'étant pas venue au club du troisième âge de la maison pour tous ce, deouis trois jours.

11me BT. — le susnommé nous dit alors avoir découvert le corps de Madame Petit Mélanie dans la chaxmbre, et aussi tot averti les pompiers.

— nous nous sommes alors rendu sur place pour constater le décès de Petit Mélanie, par suite d'un suicide par le moyen du gaz. D'autres voisins confirment avoir appelé EDF pour des odeurs dans l'immeuble, mais sans réponse jusqu'à la découverte du corps.

— avons alors transmis le dossier à Mr le Commissaire après avoir mis sous garde l'entrée de l'apprtement de Mme Patit.

DUFOUR JEAN GABRIEL.

Gabelou savait que le dossier n'était pas remonté jusqu'au commissaire, et que, probablement, le brigadier avait lui-même délivré le permis d'inhumer. La photo de la Vieille était récente ; la « Maison pour Tous » d'Altay-II avait organisé un banquet du troisième âge au cours duquel la gazophile s'était fait tirer un portrait, d'ailleurs paru dans la gazette municipale. Deux ou trois relevés bancaires agrafés à la photo montraient que la petite vieille, sans pour autant rouler sur l'or, n'avait pas d'inquiétude à nourrir quant à ses moyens de subsistance. La pension de son mari décédé, plus sa retraite de surveillante aux Galeries Lafayette pourvoyaient largement à ses maigres besoins, ainsi qu'avait pu le confirmer le neveu de Mme Petit, seul membre de la famille encore en vie.

Gabelou relut le compte rendu d'examen pratiqué par le médecin, appelé par le brigadier Dufour. Il se bornait à constater la mort à la suite d'inhalation de gaz de ville, et précisait par ailleurs que la suicidée était en assez bonne santé.

Ensuite, après le cirque provoqué par l'Emmerdeur, Gabelou s'était décidé à faire pratiquer une autopsie, et il y eut une scène semblable à celle de l'exhumation du cercueil du Gamin. Il ne fut cependant pas nécessaire de se déplacer trop loin, Mme Petit dormant sous une solide pierre tombale du cimetière de Thiais.

On avait bien fait les choses, ouvrant à l'envi, charcutant sans vergogne, sans rien trouver d'autre que des poumons aux alvéoles saccagées par le gaz. Pas de traces de coups, aucune marque pouvant évoquer une lutte.

Et pourtant, le Coupable n'en finissait plus de ricaner, sur cette bande, la n° 12, que Gabelou mit en route. Ce qui réveilla Léon, profondément endormi et ronflant calmement.

*

Ah Léon, Léon, Léon… Elle a bien failli nous avoir, la carne, la pourriture, la charogne. Mais on l'a eue, on l'a eue, on est les plus forts, mon pote ! Elle ne m'a jamais plu, d'abord. Même du temps d'Irène, elle me jetait un sale œil. Peut-être que c'était une sorcière ? Tu vois ça, si elle avait des poupées avec des aiguilles enfoncées dedans pour la magie noire… Et le soir, elle s'envolait sur son balai, au-dessus de l'usine Citroën, ça secouait ses vieilles jupes, on voyait ses cannes pleines de varices. Tu me crois pas, Léon ? T'as raison, je dis ça pour rire. Il faut bien s'amuser un peu ? La vie, après tout, ce n'est pas la tristesse, c'est la joie. Vois, nous deux, depuis qu'on a refroidi la poison, l'Irène, comme on est tranquilles. À la tienne Étienne, à la tienne Léon, à la tienne, mon vieux, sans ces garces de femmes nous serions tous des frères… Tu connais la chanson. N'empêche, la Veuve Petit, elle était surveillante au rayon épicerie fine des Galeries Lafayette : allez Léon, on chante : L'épicière, l'épicière est une sorcière.

Je l'ai vue, je l'ai vue,

à cheval sur son balai. Attends, Léon, attends…

Sur la bande surgissaient soudain des bruits divers, et bientôt la voix de Charles Trénet retentit dans la pièce, chantant « l'épicière » tandis que le Coupable continuait à converser avec Léon.

Filant droit au rendez-vous, où le Diable,
je vous l'avoue, l'attendait !

Ouais, Léon, le Diable, tu te souviens de ses yeux jaunes, de ses mains crochues, à la Vieille ?

... Il y avait au fond d'un gouffre
des morts brûlant dans du soufre...

... jamais plus elle ne nous épiera, la diablesse... C'était une copine d'Irène, évidemment. Elle est venue prendre le thé, deux ou trois fois. Irène lui a même donné des petits travaux de couture. Elle a tripoté mes chemises avec ses vieux ongles crasseux, ah ah, Léon, et si ça se trouve, avec ces ongles-là, elle fourrageait dans la crinière de Belzébuth. Allez, Léon, fais pas cette tête-là, chante !

... Je l'ai vue dans un placard, en soutane et fichu noir
Et tirant devant un bougeoir, une grosse langue !
Je l'ai vue par temps de bise,
quand elle rit au fond d'l'église
quand elle grimpe en haut des tours,
elle comprend ce que lui disent
les vautours !

Oh, Léon, tu m'attristes, à bouder dans ton coin. Elle est morte, je te dis, la Vieille... Tu aurais voulu venir avec moi ? C'est ça ? mais c'était impossible Léon, il fallait agir très discrètement. Déjà, quand je suis sorti de chez elle, quelqu'un a failli me voir, une autre mémé, la présidente du club des vieux. Elle m'a regardé d'un drôle d'air. J'espère qu'elle n'ira pas radoter. Heureusement, j'ai une excellente réputation ! Alors, si tu étais venu avec moi pour rectifier la charogne, on aurait fait du bruit, surtout toi, excuse-moi, mais tu n'es pas très dégourdi. Et puis le gaz, ça te fait peur, je le sais bien. Oh, elle ne s'est rendu compte de rien.

Bonjour, Madame Petit… oui, c'est moi, je viens vous apporter un pantalon, il faudrait me faire un ourlet. La vache, elle m'a demandé si ce n'était pas trop dur de vivre sans Irène. Si elle avait pu savoir, cette andouille, ce que j'en ai fait de la poison, avec qui il faisait « si bon vivre ». Ah ah ah, oh, Léon, arrête de regarder tout le temps vers la cuisine. J'ai mis des clous, on ne peut pas ouvrir. Dans le congélateur, elle doit être comme une reine. Sa belle peau si douce doit s'être couverte de petits cristaux de glace : une parure de princesse ! Ce qui est bien avec le congélateur, tu vois, Léon, c'est que ça conserve. Un jour, peut-être, j'aurai envie de la revoir ? Oh, ça sera pas demain la veille, là, tu as raison. Mais ça me fait plaisir de savoir que je l'ai toujours à ma disposition. Tout intacte, d'un seul bloc.

Ah la mère Petit, avec sa vieille peau ridée, elle ne valait pas la peine que je me donne du mal, hein Léon ? Et puis, il n'y a plus de place dans le congélateur, déjà, ça n'a pas été facile de caser Irène, j'ai dû forcer, je crois bien que je lui ai cassé une jambe. Ah non, en plus, il aurait fallu tout déblayer, autour de la cuisine. T'aurais voulu qu'on la garde, toi Léon ?

Ah, tu veux savoir comment j'ai fait ? Eh bien, je te dis, je lui ai monté une histoire d'ourlet de pantalon, et, une fois chez elle, allez donc, une baffe sur sa caboche, je l'attrape, je l'allonge sur son lit, je lui mets la photo de son mari entre les mains, et c'était fini, il n'y avait plus qu'à aller ouvrir le gaz.

> *Pom pom pom sur son balai*
> *et le Diable, tout là-haut,*
> *l'attendait !*

Ne crains rien, mon Vieux Léon… Elle n'a rien dit à personne, je crois. Oh tu as l'air bien morose, ce soir. C'est parce que je fais l'andouille ? Tu veux que je sois sérieux ? Bon.

Oui, j'avoue, je me confesse, j'ai tué Mme Petit, pour qu'elle ne vienne plus mettre son sale nez chez moi. On ne peut plus être tranquille dans son foyer, alors, je me suis fait justice. Je suis allé chez la Petit, je l'ai assommée, et j'ai ouvert le robinet de gaz, en grand. Je suis coupable.

Mais si tout le monde faisait comme moi, ça irait mieux, la situation économique, parce que les vieux, qui les nourrit ? La population active ! Et moi par exemple, je cotise à une caisse de retraite complémentaire, pour n'être à la charge de personne, plus tard.

Ne sois pas triste, Léon, je ne dis pas ça pour toi. Toi, tu as travaillé toute ta vie, à la ferme, mais sans cotiser, personne ne s'est jamais occupé de toi. C'est mal fait. Et puis, tu n'es pas inutile, tu me rends beaucoup de petits services.

La Vieille, elle, non seulement se faisait nourrir par la population active, mais, en plus, elle bouffait les sous de la municipalité, toujours à gaspiller les subventions du club du troisième âge. Où est la morale, Léon, dans tout ça ? Toi, pauvre vieillard sans ressources, sans foyer, et elle, l'Épicière, la Sorcière, cousue d'or, aux frais de la princesse. Où est la justice, Léon, je te le demande ?

Tiens, tu vas m'aider, on va déblayer le Canyon. Admire un peu mon village ! Douze maisons, avec les arbustes, le passage à niveau, la mairie. Il manque un peu de personnages, non ? Samedi après-midi, j'irai à Paris en acheter deux ou trois boîtes. Tu viendras avec moi. Allez, on pousse tout ça.

Regarde-moi cette merveille. Avec les autres, ça fait une véritable petite ville, hein, Léon ? Je vais clouer des planches, pour tenir les sacs bien droits, parce que sinon, ils vont finir par tomber sur les trains. Pousse-toi Léon, je lance l'express, ça file, ça file, magnifique ! Attention ! tu marches sur un rail, voilà, hop, il revient.

Fais-moi penser à acheter des clous, il faut étayer un peu dans le couloir, sinon, tout va s'effondrer. Et puis du sopalin aussi, je vais le marquer pour m'en souvenir, parce que ça suinte un peu le long du papier peint. Il ne faudrait pas que ça ronge le plâtre, quand même. J'essuierai tout ça demain…

*

Gabelou ouvrit une grosse chemise pleine de photos. Des clichés pris dans l'appartement du Coupable, avant que les services sanitaires ne nettoient tout. La ville de maquettes que le Coupable avait installée dans le Canyon était très belle. Un fouillis de ruelles de plastique, des petites voitures, des camions, et même un système d'éclairage composé de minuscules lampadaires. Tout cela était agencé autour de la gare : les trains s'y arrêtaient automatiquement, dirigés depuis le salon où le Coupable avait installé les transformateurs, le poste de commande régissant la circulation de ce réseau dont les ramifications s'étendaient à travers tout l'appartement.

Les lampadaires de la ville ne fonctionnaient plus. Les sacs d'ordures suppuraient et l'un d'eux s'était fendu, déversant sur les fils un jus fétide qui avait rongé les gaines de protection.

L'une des photos cadrait tout le couloir — ce que le Coupable appelait pompeusement le « Canyon » — en enfilade. Il n'y avait plus qu'un tunnel d'une hauteur de soixante centimètres, sous lequel les trains filaient, et où Léon devait ramper pour gagner sa chambre. Le Coupable avait sans doute lui aussi emprunté ce boyau puisque le « réseau américain », dans la chambre de Léon, portait des traces de réparations très récentes. La paroi supérieure du tunnel était faite de planches, fixées au mur ou étayées sur une poutre courant contre le mur, tout le long du couloir. Au-dessus, jusqu'au plafond, s'entassaient les sacs. Sous le toit du tunnel, à distance régulière, des ampoules maintenaient un éclairage suffisant pour voir évoluer les trains. Là aussi, les derniers temps, des suintements s'étaient produits, provoquant de petits courts-circuits. Gabelou classa les photos puis revint au rapport d'autopsie concernant Mme Mélanie Petit.

— « Des traces de coups sont décelables sur le sommet du crâne, ou dans la région voisine. La partie supérieure du pariétal droit porte la marque d'un choc, mais il est impossible de préciser le degré d'antériorité — plusieurs jours ou quelques heures (voire minutes ?) — de cette contusion par rapport au décès. Ces réserves sont à mettre au compte de la date fort tardive à laquelle l'autopsie a été pratiquée, et résultent de l'état de décomposition avancée du cadavre... »

— Eh ben, Léon, on est bien avancés, hein ? Alors, d'après ce qu'il dit, il n'a pas voulu t'emmener chez la Vieille... Tu voulais y aller toi ? Tu pourrais me l'avouer, ça n'aggraverait pas ton cas...

... fois chez elle, allez donc, une baffe sur sa caboche, je l'attrape, je l'allonge...

Gabelou rembobina la bande pour la faire se dévider encore une fois.

... une histoire d'ourlet de pantalon, et, une fois chez elle, allez donc, une baffe sur sa caboche, je l'attrape, je l'allonge sur son lit, je lui mets la photo de son mari entre les mains...

Évidemment, songea Gabelou, c'était bien tentant. On ne pouvait rêver d'aveux plus ronflants, plus tonitruants. Mais ça ne suffisait pas, malheureusement.

Gabelou jeta un coup d'œil sur les témoignages des copines de Mme Petit, toute la bande de retraités assidus des après-midi de la Maison pour Tous.

Il y en avait un plein dossier. C'était très répétitif, ces radotages, à croire qu'ils s'étaient réunis pour mettre un communiqué au point !

Question : Mme Petit était-elle dépressive ?

M. Jingrat *(secrétaire du club)* : Oh non ! Y avait pas besoin de lui remonter le moral…

Question : Pourtant, elle avait fait une tentative, dix ans plus tôt ?

M. Jingrat : Mais c'était oublié, tout ça… Du passé !

Question : Selon vous, elle ne se serait pas suicidée ?

M. Jingrat : Ah non, c'est l'autre salaud qui a fait le coup, c'est certain !

Question : Votre avis sur le suicide de Mme Petit ?

Mme Louisette Mulier : Suicide ? Des histoires ! Quand je ne l'ai plus vue au club, je suis allée prévenir le gardien du bloc, le Portugais, pour lui dire que ce n'était pas normal…

Question : Mais vous saviez qu'elle avait fait une autre tentative ?

Mme Mulier : Oh mais c'est vieux, tout ça. C'était il y a dix ans. Elle n'aurait jamais recommencé, jamais ; c'est le fou, qui l'a tuée, c'est lui !

Tout ce petit monde se déchaînait en imprécations contre le Coupable. Mais on n'avait découvert le cadavre du Visiteur que très récemment. Et la mort de Mme Petit remontait à plus de trois ans. À cette époque, personne ne se doutait de rien, personne n'avait bronché en apprenant le suicide de la Vieille. Ce n'est que rétrospectivement que les habitants du quartier se mirent à se souvenir, trouvant, enfouis bien profond dans un repli douteux de leur mémoire, une anecdote, un détail, un rien destiné à charger un peu plus le Coupable. Comme toujours. Restaient les séquelles d'un traumatisme à la tête... Mais la Vieille pouvait fort bien s'être fait une bosse en se cognant dans un mur trois jours avant son « suicide ».

*

Ah ça, parole de paysan, il faut se méfier des cancans, des on-dit, des mécréants qui jacassent, toujours prêts à s'exciter contre celui qu'est pas comme eux. J'en connais un rayon à ce propos, moi, Léon, qui ai toujours beaucoup souffert de la méchanceté des hommes.

Surtout que les vieux du club, il faudrait raconter comment il les cajolait, l'Emmerdeur. Il voulait les faire témoigner dans son sens, alors il leur soufflait les pires menteries dans l'oreille, à propos de nous. Soi-disant, Gabelou ne savait pas tout, on était des vrais diables, jamais on ne pourrait dire avec certitude combien de gens on avait tués, alors, au moins pour la Vieille, le Commis-Boucher et le Visiteur, fallait nous faire payer... À l'échafaud, à l'abattoir ! Ils en bavaient de rage, les vieux du club. Et quand ils me voyaient traîner dans les parages (parce que Gabelou ne m'a pas fait coffrer tout de suite, il a d'abord dit que j'étais irresponsable), dans la cité, ils me lançaient des pierres en hurlant que j'étais maudit. Un pauvre vieux comme moi. Je leur ressemble, pourtant. On est tous aussi moches, quand on vieillit. C'est pas ceux qui ont des sous qui se retrouvent les plus beaux. D'accord, moi, je ne suis vraiment plus très présentable, mais il faut voir la vie que j'ai menée.

J'étais pas confit dans le luxe, moi, j'y ai jamais été admis, au rayon épicerie fine des Galeries Lafayette.

Je traînais, je n'avais plus d'abri, et quelqu'un aurait bien fini par me faire un sort, alors Gabelou a dit à ses sbires : « Hop, embarquez Léon. »

Ce n'est pas parce que Gabelou a été correct envers moi que je vais l'aider dans son enquête, quand même. Je le laisse se débrouiller avec ses paperasses.

Et puis, la Vieille, je ne l'aimais pas beaucoup. Oh, ce n'était pas de la haine, mais prétendre qu'on était ami-ami, ce serait raconter des craques. Elle me regardait de haut, elle aussi. Avec sa bouche en cul-de-poule et ses ongles vernis. Je comprends qu'il se soit énervé, le Coupable. C'était une vraie provocation, cette vieille-là. Je la connaissais d'avant, quand le Coupable et moi on n'était pas encore copains. Elle a toujours vécu à Altay et je me rappelle bien sa tête, quand je faisais la manche dans la rue, pour avoir un peu à manger.

C'est pas elle qui m'aurait fait cadeau d'un quignon de pain, l'était bien trop radine. Quand je suis venu habiter chez le Coupable, forcément, on est devenus voisins. Nous on logeait au dernier étage, au cinquième, et elle, elle occupait l'appartement de gauche, au troisième…

Je la croisais dans l'escalier, elle ne m'a jamais dit bonjour, moi, je desserrais pas les dents ! Une fois, je l'ai bousculée sans faire exprès, et elle m'a donné une volée de coups de canne en geignant que je lui avais réveillé sa douleur au genou — de l'arthrose — à la rudoyer comme un voleur ! Non, je vous jure…

Enfin, bref. J'arrête de m'énerver contre elle, parce qu'on pourrait bien finir par croire que c'est de moi qu'est venue l'idée de la supprimer.

Eh bien pas du tout. C'est du Coupable. C'est lui qui a tout fait. Il le dit lui-même. Lui non plus ne la portait pas dans son cœur et ça datait du temps de la belle Irène, cette rancœur.

La Vieille était intriguée, elle ne voyait plus la mégère, la poison. La compagnie de la vipère lui manquait, sans doute. La vie de célibataire du Coupable, voilà qui était intéressant au plus haut point ! Surtout depuis qu'il m'avait recruté comme acolyte ! La Vieille s'imaginait peut-être tout un cinéma, dans sa caboche ? Qu'on passait des nuits à faire la fête, qu'on ramenait des gueuses chez nous et qu'on les troussait hardi hardi, et ran et ran ! C'est des idées qui peuvent germer dans la cervelle rabougrie d'une vieille chouette, ça. Le dimanche, je la voyais, du balcon, partir pour la messe, avec son petit chapeau couvert de raisins en bois et de feuilles d'églantine en tissu, son livre de prières sous le bras, sa démarche rapide, les fesses bien serrées, des fois qu'on allait lui mordre l'arrière-train !

Bref, nos rapports se détérioraient. À la fin, quand je la rencontrais dans l'escalier, pfoutt, j'envoyais un gros pet bien musclé, juste en passant devant elle. Elle me traitait de vieux dégueulasse, mais sa canne, je n'y ai eu droit qu'une seule fois, la première, et après, on peut me faire confiance, elle pouvait toujours l'agiter au bout de son bras, je savais l'éviter.

Donc, elle nous espionnait de derrière ses rideaux, quand on sortait se balader tous les deux, le Coupable et moi. Elle lui faisait quand même des sourires sucrés, mon bon monsieur par-ci, mon bon monsieur par-là…

Et elle est venue chez nous, un jour que le Coupable était absent… Il était allé à une réunion de son syndicat, pour soutenir les grévistes de l'usine Citroën. Forcément, il était très en retard. Chez nous, c'était déjà assez important, le problème. Les sacs s'étaient d'abord entassés devant la porte clouée de la cuisine, puis ils étaient remontés jusque dans le salon, on en avait mis plein ma chambre, en laissant une petite place pour que je puisse dormir, et pour que le train passe facilement. Et le Coupable avait commencé à construire le pont de bois, dans le Canyon. Ce qui lui avait coûté tout un samedi et tout un dimanche d'efforts à grosses gouttes. Moi, à ce moment-là, j'étais un peu patraque et j'ai dû dormir pour récupérer. Le Coupable était très inquiet, car il craignait que la boîte de conserve pleine de gaz que j'avais reçue sur la tête pendant la manifestation n'ait causé des dégâts chez moi. Et le dimanche soir, quand le pont a été terminé, on a fait un petit gueuleton pour fêter ça. Ensuite, on a monté toute une montagne de sacs bleus et rouges, jusqu'au plafond. C'était très réussi. Le pont nous a bien aidés pendant deux ou trois semaines, mais après, les sacs sont devenus envahissants, de nouveau. Ils venaient jusque dans le salon, ces salauds-là !

Enfin, ce n'était pas encore la catastrophe que c'est devenu par la suite, mais ça l'annonçait, déjà. Je me disais que je devais raisonner le Coupable, à propos des sacs, le pousser à en descendre quelques-uns au moins, oh pas tous, bien sûr, ce qui aurait représenté un gros travail, mais enfin, deux ou trois par-ci par-là. Moi, j'avais bien essayé, une fois, mais il s'était mis en colère, en me criant dessus. « Où veux-tu en venir, Léon, hein ? » qu'il hurlait. « Tu veux tout enlever pour qu'on revoie la garce ? C'est ça… » Enfin, des trucs de ce genre-là, alors, j'ai préféré ne pas insister. On allait pas se fâcher, tous les deux, pour une histoire de sacs et de femme morte.

Alors voilà, le Coupable était à sa réunion pour aider les grévistes, et on sonne à la porte. J'étais bien embêté. Il faut dire que chez nous, on entrait dans un vestibule, et toutes les pièces donnaient dedans, sauf la salle de bains, qui s'ouvrait dans la chambre du Coupable. Le vestibule restait propre, il n'y avait pas de sacs, le seul fouillis, c'étaient les maquettes, les rails et les étagères pour les locomotives et les wagons, mais que voulez-vous, on ne pouvait pas les mettre avec les sacs.

Alors on sonne, je vais voir. Et j'entends la Vieille qui papotait toute seule sur le palier. Elle trépignait, agacée, je le sentais à sa voix. Alors, malheur de malheur, voilà que l'idée lui vient de pousser la poignée, et la porte s'ouvre. Nez à nez, tous les deux, on s'est retrouvés nez à nez. J'ai fait les gros yeux, et elle s'est sauvée. J'ai repoussé la porte. Elle est revenue. Mais elle n'a pas insisté, je devais lui avoir foutu la trouille, et elle a simplement glissé un papier sous la porte. Je l'ai entendue qui s'en allait dans l'escalier, ses talons aiguilles trottinaient en cadence, à un moment elle a glissé sur une marche, et j'ai bien rigolé. Quand le Coupable est rentré de soutenir les grévistes, je lui ai montré le papier, il a tout de suite compris que c'était la Vieille du troisième qui l'avait apporté. Elle fait la commission dans notre immeuble, pour les quittances de loyer, à la place du gardien du bloc.

Je ne pouvais pas savoir ce que disait le papier, car je ne sais pas lire, et à mon âge, il est bien tard…

*

Donc la Vieille est venue… Ah Léon, apporte-moi mes lunettes s'il te plaît, oui, là sur le fauteuil. Merci. Ah la carne. Elle voulait voir Irène, dans son congélateur, j'avais raison de vouloir la cacher avec les sacs… Sinon, elle l'aurait vue. J'interdis à quiconque de voir Irène. Elle est très bien là où elle est. Enfin, Léon, tu as bien fait de la chasser. Oh, mon bon monsieur, m'a-t-elle dit, je suis allée chez vous, mais j'ai vu Léon, alors je ne suis pas rentrée, pensez donc, il me fait peur ! Tu te rends compte, Léon, elle a peur de toi ! Ah ah ah, sacré vieux gaillard, tu n'aurais pas essayé de la... Vieux fêtard, va !

Bien, bien, bien, alors, elle est venue...

*

Gabelou avait noté le témoignage du gardien du bloc, le natif de Sétubal, Latros Emilio, confirmant que Mme Petit l'aidait dans sa tâche qui consistait, entre autres, à collecter les chèques du loyer.

L'hypothèse se tenait : la Vieille était venue chez le Coupable, elle avait vu les monceaux d'ordures et, craignant des ennuis, il l'avait supprimée en maquillant un suicide.

– C'est bien vrai, ça, Léon ? demanda Gabelou. Il a buté la Vieille ? Tu sais, il n'y a aucune preuve, on n'a rien volé chez elle, et rien n'oblige à penser qu'on ait dû l'assommer avant d'ouvrir le robinet du gaz. Attendre qu'elle soit endormie ? Allons donc, elle fermait toujours la porte...

L'Emmerdeur ne se laissait pas démonter par cet argument. Il affirmait que le Coupable avait un double des clés. D'ailleurs, les amis de la Vieille, au Club, disaient qu'elle les perdait souvent. Le trousseau était sur la table de chevet, à côté d'elle, lorsqu'on l'avait découverte. Mais cela ne permettait pas d'affirmer que la serrure avait été fermée de l'intérieur par Mme Petit, ou de l'extérieur par le Coupable, qui possédait des dons manuels importants, comme le prouvait la minutie avec laquelle il confectionnait les maquettes. Fabriquer un passe grossier était à sa portée...

*

C'est un soir, que tout s'est détraqué. Il avait fini sa classe, alors on était allés faire une petite balade tous les deux, et en rentrant, qu'est-ce qu'il voit dans le hall de l'immeuble ? Des flics, partout ! Je sentais venir les ennuis à cause du congélateur, mais non, l'affaire se tenait au troisième, la Vieille s'était suicidée…

On est montés chez nous, et là, le Coupable a éclaté de rire en m'envoyant des grandes claques dans le dos. Il a sorti de la bibine pour arroser l'événement. Je ne comprenais pas très bien. La Vieille morte, elle n'irait certainement pas raconter de vilenies à propos de ce foutu congélateur… un point pour nous. « Justement, Léon, justement » a dit mon copain, « j'ai pris les devants ! » Il avait bien vu à mon air étonné que je ne saisissais pas tout le sel de la situation.

« Une histoire d'ourlet de pantalon, Léon, et, une fois chez elle, une baffe sur sa caboche, je l'attrape, je l'allonge sur son lit, je lui mets la photo de son mari entre les mains… »

J'étais à la fois heureux et inquiet. Plus de Vieille, plus de coups de canne, tant mieux. Mais il fallait que le Coupable continue d'être aussi malin. Il faisait des progrès. Pour Irène, il n'avait pas trouvé mieux que le congélateur, et les sacs pour cacher le congélateur, mais là, pour la Vieille, bravo ! Personne ne viendrait réclamer. Ce qui me plaisait pas beaucoup, c'était ses séances avec son magnéto. Il devait se confesser, que ça reste quand on serait morts tous les deux… Moi, je voulais bien être large, mais ça me paraissait pas très prudent, d'avouer comme ça…

Gabelou entendit un vacarme de cavalcade, de portes que l'on claque, des cris. Le silence de la nuit, au Quai des Orfèvres, venait d'être rompu, et Léon s'était brusquement réveillé. Le pauvre vieux en était à se demander s'il pourrait encore dormir une seule nuit en paix, avant sa mort…

— Bouge pas de là, Léon… dit Gabelou, je descends voir ce que c'est !

Les cow-boys de la brigade antigang rentraient d'expédition en territoire apache. Blousons de cuir, jeans effrangés, mèches en bataille, et le flingue glissé sous la ceinture, c'était un autre folklore. La chasse avait été bonne. Les inspecteurs poussaient devant eux toute une flopée de demi-sels, avançant les bras levés.

Gabelou les regarda passer, l'un après l'autre, en hochant la tête. Il n'avait plus l'âge de jouer à ce genre de pantalonnades. Un de ses collègues commissaires l'aperçut, adossé à un coin de couloir.

— Alors Gabelou… comment va Léon ? lui lança-t-il.

Tout le monde était au courant de l'étrange complicité qui liait le commissaire et son témoin. Chacun avait vu Gabelou, les bras chargés de victuailles destinées à Léon, s'enfermer dans son bureau en sa compagnie. On savait qu'il réécoutait sans cesse les cassettes du Coupable et son enquête était largement commentée de service en service, après les torrents d'accusations d'incompétence que l'Emmerdeur était parvenu à susciter dans la presse...

— Léon va bien. Léon va même très bien... bougonna Gabelou, en tournant le dos à toute cette agitation.

De retour dans son bureau, il vit immédiatement que Léon n'allait pas si bien que ça. Comme si l'évocation de son état de santé avait agi de façon néfaste : une histoire de mauvais œil, un sort jeté par la sorcière, aurait dit le Coupable !

Léon respirait avec peine. Sous la couverture, sa poitrine se soulevait avec des frémissements louches, sa gorge émettait un sifflement rauque à chaque expiration.

Gabelou soupira profondément. Les autres flics, à l'étage du dessous, se coltinaient avec la pègre, et lui moisissait dans son bureau avec Léon... En guise de truand dangereux, il devait se contenter d'un témoin cacochyme et souffreteux. Qu'il avait de surcroît pris en affection.

Léon remua faiblement, ouvrit une paupière et fixa Gabelou de son regard glauque. Alors le commissaire frissonna. La vieillesse de Léon, ses traits décharnés, son mutisme borné d'ancêtre hostile et déjà à demi détaché de la vie l'emplirent d'un malaise diffus. Léon n'était que l'ambassadeur du temps passé, venu relever le compteur des années écoulées, avant que le rideau tombe... Flétri, décrépit, rouillé, délavé par l'usure, Léon avait la patience fière des vieux qui, assis sur leur banc, regardent le sablier se vider, en guettant le dernier grain.

— Bah... grogna Gabelou.

Puis il ouvrit le placard où l'on rangeait les bouteilles restantes, après chaque pot. Un fond de cognac avait survécu au départ en retraite de Redotat, un collègue. Il s'en servit une large rasade, dans le gobelet de plastique où séjournait un fond de café. C'était faire injure au cognac, de l'affadir ainsi en le coupant de quelques gouttes de l'insipide breuvage sécrété par la machine embusquée au coin du couloir, mais Gabelou avait la flemme d'aller jusqu'au bureau voisin chercher un vrai verre. Il but cul sec et toussa violemment. C'était du raide, du vrai-de-vrai. Il s'en servit une autre ration, qu'il sirota à petites gorgées, cette fois. Il voulut le faire sentir à Léon, qui rechigna, se détournant du gobelet d'un air dédaigneux.

— Ah oui, j'oubliais, dit Gabelou, t'es abonné au gros rouge, exclusivement. Bouge pas, je reviens !

Il s'en fut déranger une fois de plus le planton, pour lui demander si, par hasard, lui ou l'un de ses collègues n'aurait pas, traînant dans un recoin, un reste de vin. Le planton hésita avant de protester, et se ravisa. Il avait commis la bourde de laisser filer le témoin deux heures plus tôt et cette négligence avait mis le Patron dans tous ses états : mieux valait obtempérer ! Il partit, d'une démarche traînante, quérir une bouteille de Préfontaines, dans la salle de repos réservée aux gardiens affectés à la faction de nuit.

Gabelou présenta un bol à demi rempli à Léon, qui huma le fumet du pinard avec infiniment plus de bienveillance… Il fronça le nez, son œil s'éclaira quelque peu, et enfin il se décida à goûter le nectar. Il grimaça tout d'abord en raison de l'acidité, puis, quand le vin eut coulé jusqu'aux tréfonds de ses entrailles, il rota de satisfaction, éperdu de reconnaissance envers Gabelou. Qui remplit derechef le bol, à ras bord.

*

C'est le Coupable, qui m'a fait devenir alcoolique. Avant, jamais une goutte, pas ça, même quand j'étais à la ferme ! C'est grâce à ma sobriété que j'ai pu vivre si vieux en gardant bon pied bon œil !

Un soir, le premier où je me suis installé chez lui après qu'on ait buté la mégère, le voilà qui se met à se servir du whisky, de grands verres et glou et glou, il avale en se mettant à chanter « il est des nô-ôtres, il se soûle la gueule comme les au-autres » ! Léon ! me dit-il, bois avec moi… Je voulais pas parce que je savais bien où mène l'alcool. J'ai eu le gosse de mon frère qui a été écrasé par le tracteur du patron de la ferme où il était, à cause de la cuite que le gars tenait. J'étais tout jeune et ça m'avait marqué, ce pauvre petit corps tout chaud embouti par le gros pneu. Dans la chair, on voyait l'empreinte du caoutchouc… Et du coup ça m'avait dégoûté du vin. Mais ce soir-là, le Coupable a tant et tant insisté, que j'ai fini par m'y mettre, et c'est devenu un vice de vieux… J'ai jamais picolé durant toute ma jeunesse, mais aujourd'hui, je crache pas sur un canon par-ci, par-là. À mon âge, je ne risque plus grand-chose, et puis maintenant que je vais peut-être finir mes jours en prison, ce serait rudement balourd de faire le difficile devant une petite joie.

Ah qu'est-ce qu'on s'en est mis, avec le Coupable ! Lui, il essayait de se mesurer, parce qu'une fois qu'il avait un coup dans le nez, il tremblotait des mains et pour ses maquettes, ce n'était guère pratique. Il collait tout de travers, il se trompait dans les peintures et c'est tout petit tout ça, faut garder l'œil perçant et la main ferme, sinon, on sabote l'ouvrage.

Enfin je m'y suis habitué, à ma ration quotidienne,

ça chasse le vague à l'âme. Plus je voyais monter les sacs, d'abord d'un mètre, puis de deux, jusqu'au plafond, et la cuisine, et le salon, et ma chambre, et bientôt celle du Coupable — il ne nous restait plus grand-chose pour circuler — plus j'y tenais, à mon pinard. Avec un bon litron dans les tripes, je ne pensais plus trop au moment où il faudrait bien ouvrir la porte, tout déblayer, et ouvrir le congélateur…

Le Coupable, lui, il buvait aussi, mais en restant raisonnable. C'est un type très raisonnable. Ordonné, propre et raisonnable. Son pinard à lui c'est ses maquettes, ses locomotives et ses wagons… J'espère qu'en prison il pourra au moins conserver un petit circuit, sinon, il va craquer, je le sais…

Mais moi, forcément, je n'allais pas me mettre aux trains. Alors j'ai picolé. Surtout que quand j'avais le nez dans le verre, je ne sentais pas les sacs. Au début, c'est resté étanche, voyez-vous. Mais après, quand la matière a fermenté, quand tout a bien macéré pendant des semaines et des semaines, ça a donné des gaz. Et le Coupable avait beau ficeler les sacs à double tour, au bout du compte, les émanations se frayaient toujours un chemin à travers le sac. C'est comme le purin qu'on avait dans la cour de la ferme, une fois qu'il y en a trop, il y en a trop, l'odeur pénètre partout.

Je picolais mon pinard et je regardais passer les trains. Au début j'étais plutôt indifférent, mais ensuite, le Coupable a réussi à me faire partager sa passion. On regardait le circuit fonctionner, assis tous les deux, l'un à côté de l'autre, par terre. Les convois de voyageurs, les trains de marchandises, avec tous les wagons, les blancs, les rouges… Les rails filaient entre les sacs, en zigzaguant. Le Coupable les couvrait avec des posters de paysages de montagne, dans le grand Canyon, juste avant ma chambre, on pouvait voir la mer, enfin, au début, parce qu'après, il a construit le tunnel, qui était très pratique pour entasser les sacs. Ah c'est beau, les trains… J'ai pris le train une seule fois, moi. J'étais jeune. Le RER, je l'ai pris souvent, avec mon copain le Coupable, quand je l'accompagnais à Paris, acheter des peintures ou des décalcomanies pour les wagons, ou des nouveaux aiguillages… Si on s'était pas fait pincer, on aurait été à Stuttgart, tous les deux, à Pâques, pour le Salon international des maquettes. Il me l'avait promis. Mais il ne pourra pas m'emmener… Que voulez-vous, je n'irai jamais tout seul.

Il est là-bas, à l'hôpital, à souffrir dans son lit, et moi, je bois le pinard de Gabelou, ah, je suis un salaud, tout est de ma faute, c'est ce que je pense de temps en temps… Oui, pour la Vieille, on ne peut pas me jeter la pierre ! Mais, à propos du Commis-Boucher, je ne suis pas fier de moi.

*

Question : Léon venait souvent faire les courses ?

M. Bandret (patron boucher) : Souvent, très souvent. On s'était habitués à lui, il venait tard le soir.

Question : Vous le serviez, vous, personnellement ?

M. Bandret : Oh, moi, ou ma femme, ou le Commis. De toute façon, c'était pas compliqué. Il prenait toujours deux steaks, dans l'araignée ou la bavette. Un pour Léon, et un pour l'autre salopard…

Gabelou compulsa au hasard le dossier du Commis. Dans la chronologie, il arrivait bien en seconde position : après la Vieille, avant le Gamin. Une photo, un portrait d'identité. Dix-huit ans, un peu gras, rougeaud, nourri à la bonne viande, et un petit air de ne pas avoir inventé l'eau tiède, telle était l'impression ressentie au premier abord.

Ce n'était probablement pas une lumière, ce jeune homme, mais peut-être se serait-il amélioré en vieillissant, si on lui en avait laissé le temps. Il était mort exactement un mois après la Vieille : le 5 novembre…

— Hein Léon, s'écria Gabelou, il aurait sans doute pris de la bouteille, le jeunot ? Tu veux encore un coup de pinard ? Attention Léon, tu bois trop. J'ai jamais vu ça…

Les photos accompagnant le rapport d'autopsie étaient des plus éloquentes. La voiture l'avait cueilli à l'instant où, accroupi devant son vélo, il était occupé à mettre ses pinces à pantalon ou encore à régler le dérailleur, on ne savait pas exactement.

Le Commis avait terminé son boulot à la boucherie vers 19 h 45 et devait rentrer chez lui. Il habitait chez un de ses oncles, en plein cœur du vieil Altay. Tous les matins, tous les soirs, il pédalait tout au long du trajet, qu'il vente ou qu'il pleuve.

Le pare-chocs avait heurté le bras à mi-hauteur de l'humérus, puis, sur la même horizontale, s'était encastré dans le thorax, emboutissant les côtes avec violence au point de leur donner une incurvation concave. Le vélo était coincé contre un muret et le Commis se retrouva pris en sandwich. La pédale pénétra dans la région lombaire, déchirant le rein gauche, écrasant au passage la bordure supérieure de l'os iliaque. La voiture avait ensuite fait marche arrière, mais le bloc de chair et de métal formé par la bicyclette et son propriétaire était resté accroché à la calandre, avant d'être éjecté sur le bitume. C'était un vélo de course. Le Commis partait le dimanche matin pour de longues randonnées. Au cadre, une gourde de plastique pendait, serrée par deux arceaux. En repartant, l'avant de la voiture écrasa le vélo, et les rayons des roues ne supportèrent pas ce traitement. Au moment de l'accident, la gourde de plastique était remplie de Fanta orange. Le Commis reçut une giclée sucrée en plein visage, sans que l'on puisse dire si cela avait adouci son agonie, au demeurant fort brève.

Le bitume du virage précédant la boucherie était zébré de traînées noirâtres. Les pneus avaient gémi lors du freinage, juste avant que le conducteur ne fonce contre le muret. Le gendarme de la prévention routière à qui l'on confia le dossier déclara, après une longue observation des traces de pneu, que le véhicule roulait au moins à cent à l'heure et qu'il avait embouti le Commis à environ soixante.

L'affaire fut plus ou moins classée, jusqu'à ce qu'on découvre le Coupable à demi conscient, Léon très mal en point, et le Visiteur totalement refroidi, dans l'appartement de la cité des Lilas Bleus. L'Emmerdeur avait dérobé une cassette, et, de surcroît, l'un des adjoints de Gabelou révéla à la presse qu'il en existait beaucoup d'autres. On se mit à bavarder à propos du contenu de ces bandes. L'Emmerdeur, sans plus attendre, hurla à la victoire. Il représentait l'assurance du patron boucher. Si c'était un accident de la circulation, survenu lors du trajet du Commis entre le lieu de travail et le domicile, il n'y avait plus qu'à casquer… Mais s'il s'agissait d'un meurtre, la Compagnie se retranchait derrière la clause 38 bis, celle qui figurait en bas de la quatrième page des contrats, et stipulait qu'en cas d'assassinat, d'émeute, de révolution ou autre cataclysme de ce type, on ne pouvait compter sur elle pour éponger toute la misère de ce bas-monde…

Avant la mise au jour du tas d'ordures où s'était replié le Coupable, rien de tout cela ne fut envisagé. La version officielle soutenait que le conducteur s'était affolé et avait préféré s'enfuir, abandonnant le corps disloqué du Commis sur la chaussée. Les époux Bandret, qui venaient juste de refermer le rideau de fer de leur échoppe, eurent tout le loisir d'entendre le ronflement du moteur, le hurlement du caoutchouc écrasé sur le goudron, et enfin la cacophonie de tôle et de tubulures froissées, mêlée au bruit de la chair déchirée par le pare-chocs, le fracas des os, le chuintement des veines et des artères se vidant de leur sang. Le temps de relever le rideau et de courir sur le trottoir pour tenter d'apercevoir la voiture, il était déjà trop tard ; le chauffard avait disparu dans un panache de fumée noire. La boucherie était située en plein milieu du marché, mais c'était un lundi, les autres boutiques étaient fermées, à l'exception de celle du boulanger, qui se trouvait de l'autre côté de chez le fleuriste, donc trop loin pour voir quoi que ce soit…

Et l'Emmerdeur s'acharnait à faire en sorte que l'on prenne pour argent comptant le délire du Coupable, glapissant ses aveux soir après soir, cassette après cassette, seul face au Vieux Léon. L'Emmerdeur avait un atout : le témoignage du concierge lusitanien, qui affirmait que le Commis, un soir, était bien venu le trouver dans sa loge pour lui demander où habitait le Coupable. Cela deux jours avant « l'accident ».

La thèse de la vengeance prenait donc consistance.

– Si c'est vrai, Léon, ton pote était une belle ordure ! dit Gabelou.

*

Ah, Léon, mon cher Vieux Léon, je t'offre à boire, et tiens, moi aussi je me sers un verre. Je ne t'avais rien dit pour te faire la surprise, mais voilà, écoute : « Horrible accident hier soir à Altay-II devant la boucherie Bandret. Le jeune commis, qui quittait son travail et s'apprêtait à rentrer chez son oncle, rue du 18-Juin à Altay-I, a péri broyé par le véhicule d'un chauffard, qui a lâchement pris la fuite sans même s'inquiéter de l'état de la victime »… et blablabla, Léon, c'est un jour de fête ! Tu peux être fier de moi. Ah, tu aurais vu sa face de bovin stupide, quand j'ai débouché du virage, ses yeux de vache, vlan, je lui ai massacré la gueule ! Tu vois, Léon, ta bêtise est réparée, ah ah ah, ne te fais plus de souci, mais la prochaine fois, attention, je ne peux quand même pas les tuer tous…

*

Alors là, oui, pour sûr, à propos du Commis, j'avais honte, je n'aurais jamais dû commettre une bêtise pareille sans l'avertir. C'est à cause de la monnaie que tout est arrivé. C'est moi qui allais faire les courses à la boucherie, oui. Oh, c'était un magasin bien propre et moi je suis un peu crasseux, alors je restais sur le pas de la porte, avec mon panier et le porte-monnaie dedans. J'attendais qu'on veuille bien s'occuper d'un pauvre vieux comme moi. Et le Commis disait : « Tiens, voilà Léon, et deux bavettes, deux ! » Il mettait les bavettes dans mon panier, et il prenait lui-même les sous, parce que je ne sais pas compter.

Je rentrais chez nous, avec nos deux steaks, et c'était les seules courses que je faisais : à Carrefour, il y a plein de lumières, des tas de rayons, des chariots à roulettes, des étiquettes partout, de la musique, plein de monde, enfin, bref, comment voulez-vous que moi, Léon, j'aille acheter quelque chose là-dedans ?

Le Coupable faisait toutes les autres courses le samedi après-midi, mais pour la viande, il préférait du super frais, de l'extra-tendre de chez le boucher, je suis bien d'accord avec lui, les bavettes en barquettes de plastique de Carrefour ne valent pas celles de M. Bandret. Et à mon âge on est sensible à la qualité de la viande, je n'ai plus les dents de ma jeunesse, si on me donne un steak dur et plein de nerfs, j'en laisse la moitié.

Alors tout allait bien avec le Commis, bonjour Léon, au revoir Léon, brave Léon. Mais un jour, oh, à peine un mois après la Vieille, je rentre des courses, le Coupable et moi on se met à table. À cette époque-là on mangeait dans le vestibule, déjà. Il y avait encore un peu de place dans la salle à manger, mais plus beaucoup et pour manger, malgré tout, les sacs, c'était pas très ragoûtant, alors on se mettait dans le vestibule, sur une table de camping. La grande table de la salle à manger, les chaises, la télé, toutes ces conneries-là, le Coupable les avait déménagées et données à Emmaüs, pour en faire cadeau aux grévistes de Citroën, qui étaient très nécessiteux, comme ça, sans travailler.

On était donc là, comme des papes, le Coupable et moi, avec nos steaks bien tendres, bien rouges, et on sonne ! Je savais bien que c'était pas la Vieille, pardi ! Qui pouvait s'intéresser à nous ? Le Coupable m'a fait « chut » avec ses doigts, et on a retenu notre souffle. Mais, ce n'est pas ma faute, j'ai éternué, mon assiette est tombée, et le quelqu'un, derrière la porte, a dit : « Oh ? il vous est arrivé quelque chose, répondez, répondez, vous êtes là. »

Ah, on était dans une de ces situations ! Si on n'ouvrait pas, il allait peut-être chercher le concierge, ça s'était déjà vu, un coup pareil, avec la Vieille et le gaz. Et le gars qui continue : « Oh, mais ça sent une drôle d'odeur… »

Alors là, le Coupable a paniqué, il a cru qu'on allait enfoncer la porte, tout déblayer, et fatalement, pas moyen d'y échapper, on retrouverait la mégère, congelée dans la cuisine. D'un geste brusque il a entrouvert la porte. C'était le Commis qui s'était trompé dans la monnaie qu'il devait me donner, et il s'en était aperçu.

« J'ai pas voulu qu'il y ait de malentendu, m'sieu » a-t-il dit. « C'est rien, c'est rien, merci et au revoir ! » a dit mon copain, en prenant l'argent. Il a refermé la porte aussi sec. Et il m'a engueulé, mais engueulé… Je ne savais plus où me mettre ! « Fallait faire attention, bougre d'andouille, je vais te foutre dehors, moi, tu finiras sous les ponts, t'es qu'un clochard… ! » Tout y est passé. À la fin de sa colère, il s'est aperçu que le mal était fait, et que je regrettais sincèrement. Et voilà.

L'ennui, c'est que le Commis avait jeté un coup d'œil dans le vestibule, il avait sans doute aperçu la table de camping, nos deux assiettes… ça devait paraître suspect, qu'on s'installe pour manger dans l'entrée, une entrée minuscule dans un appartement de trois pièces… Le Commis avait vu nos volets fermés, comme tout le monde. Le Coupable ne mettait pas de sacs sur le balcon, et le soir, de temps en temps, on y prenait l'air, quand l'odeur devenait insupportable dans le Canyon.

Le Commis avait senti l'odeur, puisqu'il l'avait dit. Ah, on a passé une bien mauvaise nuit ; par ma faute. Le lendemain, le Coupable a descendu un sac, pour conjurer le mauvais sort. Mais je le sentais nerveux, tendu, inquiet, plus du tout le gai luron que j'avais connu. J'étais prêt à faire quelque chose pour réparer ma gaffe, mais quoi ? Ah ?

Il est rentré du collège, le soir suivant, il s'est assis sur sa chaise de camping, dans le vestibule. Il ne bougeait pas. Vers minuit, il s'est réveillé, il a fait marcher son circuit. On a admiré le TGV qui fonçait dans le Canyon, mais il riait mécaniquement. J'étais triste, si triste… on ne peut pas imaginer. Je suis allé dans ma chambre, il ne me restait plus qu'un petit couloir, contre la fenêtre, avec un filet d'air frais qui passait par un trou, et j'ai essayé de dormir. Dans la nuit, très tard, je l'ai entendu, lui, qui rampait dans le tunnel du Canyon. Il est venu me voir, en éclairant avec une pile, parce qu'on ne pouvait plus pousser le bouton, il y avait trop de sacs, et le lustre aussi était derrière les sacs. Il s'est accroupi près de moi et il m'a dit : « On est foutus, Léon, on est cuits… ils vont venir ! » J'ai essayé de lui remonter le moral, mais c'était pas de la tarte. Et il est reparti dans le vestibule, s'asseoir sur sa chaise. Le lendemain, je l'ai trouvé comme ça. Je voulais qu'il aille au boulot, sinon on s'inquiéterait, et là, on viendrait chez nous à coup sûr voir ce qui se passait, mais il n'avait pas l'air de comprendre ce que je racontais. Il a ouvert une boîte de sardines, et on a mangé un peu. Ensuite, il a décroché son costume, qu'il mettait contre la porte des W.-C., à un cintre, avec sa chemise, sa cravate, et ses chaussettes, dans une boîte. Il s'est habillé, je l'ai vu partir, la tête basse. Je suis retourné pousser un petit roupillon, sur le balcon : dans ma chambre, ça sentait trop.

Enfin, ça a été comme ça deux jours durant, et puis après, il a repris le dessus, il est allé régler son compte au Commis-Boucher. C'était risqué, mais radical.

Il m'a dit qu'il avait pris sa voiture, qu'il savait bien à quelle heure le Commis quittait son travail ; il rentrait en vélo chez lui, et crac, dans la gueule. Tout était vrai, il était fier de lui, il a mis l'article où on racontait tout ça sur le mur des W.-C., avec un morceau de scotch.

Après ce passage difficile, on a repris notre petite vie pépère. Nos trains, mon pinard, nos repas en tête à tête, du coup, c'est lui qui allait chercher les steaks chez M. Bandret.

Pour les sacs, ça devenait critique. Il a jeté tout ce qui restait dans le placard, l'aspirateur, des vieilles frusques, des livres. L'espace était maigre, en tassant fort, à peine quarante sacs. Il a eu une idée malencontreuse, c'est de tasser, justement. Il est arrivé un soir avec une grosse pelle, et il m'a dit « tu vas voir ce que tu vas voir »... Il est allé dans ma chambre, en rampant dans le Canyon, je l'ai suivi, et il s'est mis à cogner sur les sacs, avec le plat de la pelle, et vlan et vlan : ça a pas traîné, en dix minutes il avait gagné deux mètres... L'ennui, c'est que les sacs éclataient, ça coulait partout, et la fosse à purin, dans la ferme où j'ai passé ma jeunesse, c'était le paradis en comparaison de ce qu'on a respiré. Terrible, c'était terrible, ce qui sortait des sacs, une bouillie de toutes les couleurs, pleine de jus. Il toussait, comme moi. C'était tout liquide, cette saloperie-là.

Il a foncé à Carrefour, et il est revenu avec des grandes éponges, du papier pour absorber, il a fallu boire toute la sauce des sacs par les éponges et les rouleaux de papier, ça a pris du temps. Ensuite, il a mis les éponges dans des sacs, et les papiers aussi. Les nouveaux sacs sont allés rejoindre les autres, le bénéfice était maigrichon, mais enfin, on ne peut pas dire, j'avais plus de place pour m'allonger. De ce jour-là, il a renoncé à tasser.

Et pour qu'il se nettoie, c'était pas de la tarte. Il était couvert de jus, ça avait giclé dans tous les sens, en cognant sur les sacs avec la pelle ! La baignoire était remplie, aussi. Il ne restait que les W.-C. Il s'est mis à genoux, et, en tirant la chasse, il s'est nettoyé.

C'est à cause de ça qu'il s'est rendu compte que la salle de bains était superflue. Il fallait juste l'eau pour se nettoyer, et la cuvette des W.-C. était suffisante. Comme quoi on dit le luxe et tout, eh bien, lorsqu'on est coincé, on revient à une conception plus saine de la valeur des choses.

Mais il est vrai que la propreté devenait un problème aigu. Dans le vestibule, il avait ses deux costumes, qu'il faisait nettoyer au pressing, à tour de rôle, pour être impeccable à son travail. Après on n'a pas eu de chance, quand les W.-C. sont tombés en panne. Et lui, ce grand nigaud de bricoleur qui vous fait des merveilles de petits trains avec ses doigts de fée, il n'y connaît rien en plomberie ! Heureusement, c'était presque les vacances et puis de toute façon on s'est fait prendre à cause du Visiteur…

Bien évidemment, on avait fait expertiser la voiture du Coupable. Une Ford d'un modèle assez ancien. L'avant, la calandre et le pare-chocs ne portaient pas de traces d'accident, mais le Coupable avait eu tout le loisir de réparer, ou de faire réparer. Une enquête détaillée auprès des garagistes de la région ne donna aucun élément. L'Emmerdeur s'excitait en postillonnant que le Coupable, certes fou à lier, n'était cependant pas naïf au point de se rendre dans un garage d'Altay ou des environs afin de procéder à une remise à neuf de son véhicule.

Gabelou lui avait balancé un rapport d'expert démontrant que les blessures du Commis ne pouvaient avoir été causées par un pare-chocs de Ford, celui-ci étant trop bas pour frapper là où l'on avait frappé. L'Emmerdeur ne se laissa pas démonter et produisit un contre-rapport, basé sur les conclusions de l'expert officiel : les traces de pneus sur l'asphalte indiquaient la vitesse de cent kilomètres à l'heure avant freinage et de soixante, après. À cette allure, le véhicule avait de toute façon heurté la bordure du trottoir, et l'avant s'était soulevé pour percuter le Commis. Gabelou lut le papier, agrémenté de plusieurs croquis et de calculs — un vrai problème de physique pour classe de seconde — et reconnut, penaud, que l'Emmerdeur venait de marquer un point.

Et c'était à cause du Commis que tout avait démarré. Sans cela, sans l'acharnement de l'Emmerdeur, sans l'avarice de la Compagnie, il eût été facile d'écraser le coup, de ne retenir que le meurtre passionnel…

Gabelou jeta un coup d'œil à la pendule. Il était 5 h 30. À l'étage du dessous, l'agitation s'était un peu calmée. La neige, au-dehors, s'amoncelait en une couche tout à fait respectable. Sur le rebord de la fenêtre, à l'extérieur, le thermomètre indiquait moins cinq. Gabelou se passa une main sur le visage. Cette nuit de veille l'avait éreinté, mais il savait qu'il n'aurait pas trouvé le sommeil. Cette salade l'agaçait au plus haut point, il n'avait qu'une envie, partir au plus vite chez lui, là-bas, au pied du Ventoux. Il devait y faire un froid de canard, mais l'air n'y puait pas le cadavre.

– Bon… Léon, on s'est assez emmerdés comme ça, tous les deux ! Allez, viens, on va casser une petite graine ! Allez, debout, vieux salaud…

Ils descendirent jusque dans la cour. Gabelou eut beaucoup de difficultés à faire démarrer sa voiture. Il avait oublié de mettre de l'antigel et s'inquiétait. Le moteur tourna enfin, non sans avoir rechigné durant de longues minutes. Gabelou s'énervait, sous le regard perpétuellement indifférent de Léon.

Il conduisit à petite vitesse jusqu'au Châtelet, et tourna rue des Halles. Les premiers passants se hâtaient vers les bouches de métro, en remontant le col de leur pardessus. Enfin Gabelou se gara devant un bistrot où les derniers bouchers du quartier viennent se restaurer. La salle était enfumée ; les blouses tachées de sang y voisinaient avec les tenues plus élégantes mais froissées de joyeux drilles venus terminer la nuit dans cet endroit, manger une soupe à l'oignon. Les visages convergèrent vers le commissaire et son ami Léon. Ils prirent place dans un recoin de la salle, Gabelou s'affalant sur la banquette, Léon se contentant de la chaise, en face de lui.

– Qu'est-ce qu'on va prendre, hein, Léon ? Deux petits salés, hein ? Va pour deux petits salés. Et un bol de rouge pour Léon !

Le serveur toisa le Vieux Léon d'un air hautain, mais il en avait vu d'autres ; il nota la commande.

Gabelou attaqua la viande à bonnes dents, encourageant Léon à en faire autant.

– T'es crevé, mon pauvre vieux. Mange, ça va te requinquer. Non ? t'as pas faim ?

*

Holà, c'est plus de mon âge, de vadrouiller comme ça. Ils ont fait du raffut toute la nuit, ces flics, à courir dans les couloirs, et quand c'était pas eux, c'était Gabelou qui me serinait avec ses cassettes, je peux pas suivre, moi. Surtout avec le pinard que j'ai bu.

Il m'avait promis qu'on irait voir le Coupable, et nous voilà attablés pour bâfrer ! J'ai plus faim. J'ai sommeil. Je ne sais pas ce qu'il cherche, le Gabelou, si c'est me faire tourner la tête ou quoi, mais j'en ai marre. De toute manière, il sait tout, ça ne sert à rien de nier. Quand le Coupable se réveillera, ils le feront avouer, en le tenant comme moi dans leurs bureaux plusieurs jours de suite, et lui, c'est pas comme moi, c'est un émotif, il voudra leur expliquer pourquoi il a fait tout ça, au lieu de la boucler, et ça ne servira qu'à l'enfoncer davantage. Il ne pourra pas se taire, c'est certain, c'est un bavard, une pipelette. Et provocateur avec ça. Quand il va les voir, tous autour de lui, il sera très content de leur tenir le crachoir, de les faire tourner en rond… Rendez-vous compte qu'il a eu le culot d'aller à l'enterrement du Gamin ! Oui, oui, oui… ça c'était gonflé ! Il le connaissait bien, et aussi les parents, mais quand même, est-ce qu'on va tenter le diable juste histoire de rigoler ?

Il est allé là-bas, en Normandie, avec la voiture qui avait servi à tuer le Commis !

Moi aussi, je le connaissais, le Gamin. Il était gentil avec moi, lui, au moins, pas comme la Vieille. Je le voyais au club de modélisme, à la Maison pour Tous. Le Coupable donnait un cours, tous les mardis soir. Il y avait une quinzaine de gosses, qui venaient, les uns avec des avions, les autres avec des bateaux, ou des trains, et même des tracteurs avec des piles et une antenne, et ils commandaient ça avec une boîte, de loin.

Le Coupable aimait bien que je l'accompagne. Oh, je me mêlais pas des maquettes, pour sûr. Je m'asseyais dans un coin et je les regardais faire. Ils papotaient tous ensemble, s'échangeaient leurs outils, leurs pinces, leurs loupes. La séance durait plus de deux heures. Les gosses demandaient au Coupable comment faire une soudure, et quelle peinture il fallait pour le bois, sur le bateau, avant de le mettre dans l'eau, enfin, des tas de conneries comme ça, et ils avaient l'air de s'amuser comme des fous.

Moi, quand j'étais gosse, j'ai jamais eu de jouets. Si, un seul : une espèce de petite poupée qui faisait du bruit, mais elle a pas fait long feu, je l'ai bousillée tout de suite. Je crois bien que je m'en rappelle encore : un gros nounours bleu et rouge, comme nos sacs, tiens. Je ne sais pas comment j'avais eu ça, parce qu'à la campagne, de mon temps, on n'avait pas ce genre de cadeau, nous autres.

Alors le Coupable répondait à chacune de leurs questions, et prêtait ses outils à lui ; les gosses lui rendaient jamais, il râlait et en fin de compte il en rachetait d'autres. Tout ça, c'est pour dire que c'est pas un monstre, mon copain. Au procès, s'agirait pas de l'oublier. On aura fort à faire, avec les témoignages des vieux du Club, de l'Emmerdeur, et le Patron Boucher, et peut-être les parents du Gamin…

Il a fait ses cours jusqu'au bout. Après, c'était les vacances de Noël. Il faisait froid. Heureusement, parce qu'on redoutait la chaleur, à cause des sacs. Je passais mes nuits à chasser les mouches. Des œufs éclos qui dataient de l'été. Le Coupable se ruinait avec des produits contre cette vermine, il aspergeait tout avec de la poudre, ça me faisait tousser. Mais la poudre ne suffisait pas. Alors il en est revenu aux bonnes vieilles méthodes campagnardes : le papier collant ! Il en mettait partout, ça pendait dans tous les coins, un vrai massacre. Tous les soirs, on comptait des centaines de mouches, des à-merde.

Le Gamin, il y venait, au cours de modélisme. Il voulait même que le Coupable l'emmène à Stuttgart, mais ses parents auraient jamais eu le pognon pour payer le voyage. Mon copain l'avait, lui, en économisant les sous de la cantine.

La maquette du gosse, c'était un gros bateau. Il n'avait pas encore mis la cabine et tout, juste la coque en bois, avec un moteur qui faisait un sacré raffut, même que le Gamin aimait bien le faire tourner pour rigoler, et le Coupable l'engueulait en disant que ça abîmait l'hélice de la faire ronfler quand elle était pas dans l'eau. Je t'en fous s'il écoutait, le garnement, dès qu'on avait le dos tourné, vroumm et vroumm, des bêtises de gosse, quoi !

Et puis les cours ont fini à cause de Noël. Le Coupable dormait presque toute la journée, chez nous. Dans le vestibule. À la fin, on n'avait plus que le vestibule où se mettre, parce qu'il avait bien fallu fermer les W.-C., complètement cassés. Ils fuyaient, mais si un plombier était venu, gare à la catastrophe… ! On fermait la porte, pour l'odeur. Le Coupable utilisait les W.-C. de l'Altay-Club, quand on était de sortie, mais la nuit, il n'allait quand même pas se retenir, hein ?

Moi, de ce point de vue-là, j'avais pas trop de problème. Je dormais plus dans ma chambre, c'était plus possible, surtout qu'on avait encore mis des sacs, il restait tout juste la place pour le train. Alors je faisais dans le fond, près de la fenêtre. Ou bien au-dehors, en balade. Mais le Coupable, lui, ne voulait pas faire comme moi, il a trouvé une autre solution : les bouteilles de Contrex, en plastique. Avec un gros goulot. Un litre et demi chacune, on a le temps de voir venir… Une fois la bouteille remplie, il la rangeait dans les W.-C., comme ça, ils continuaient de servir, malgré tout. Il remettait bien le bouchon, avant de la ranger. On était tranquilles pour un bon moment, parce que les bouteilles, ça se range bien mieux que les sacs. Et c'est plus solide. Jamais elles n'ont lâché.

On mangeait plus sur la table, non plus. Avant, il y avait une table dans le salon, où étaient installés les transfos des trains, les commandes des aiguillages, toute la partie technique. Mais la table prenait trop de place, et le Coupable l'a refilée à Emmaüs. Il a installé toute la technique sur la table de camping, dans le vestibule. Il dormait dessous, le matelas calait bien la table.

Quand on arrivait sur notre palier, au dernier étage, ça sentait. Honnêtement, ça sentait. Heureusement que le voisin était chez les fous, sinon je crois qu'il aurait fini par se plaindre. On avait tout calfeutré pour empêcher l'odeur d'aller dehors. Le Coupable avait cloué une couverture roulée tout autour de la porte, pour bien protéger, mais les derniers jours, ça ne suffisait plus.

Des gens du dessous, on n'avait pas grand-chose à craindre. À droite, c'est un type de l'usine Citroën, il travaille la nuit, et rentre au petit matin. Il a les yeux tout petits, l'air pas heureux, ce gars-là. Son boulot c'est de mettre la peinture sur les autos. Il a les cheveux tout gris. Alors vous pensez que son nez ne renifle plus rien d'autre que la peinture et le gas-oil à la rigueur. À gauche, c'est des jeunes de l'usine aussi, mais pas de la peinture. Des drôles de loulous qui ont déjà eu affaire à la police pour la drogue. Ils filent dans les escaliers sans regarder personne, et couchent dehors la plupart du temps ; ce qui se passe dans l'immeuble, ils s'en foutent.

Le Gamin, lui, il habitait dans un immeuble pas loin. Le Coupable le ramenait chez lui, le soir, après le modélisme, parce que les parents aimaient pas le voir traîner dans la rue. Ils disaient qu'autour de l'Altay-Club c'était plein de truands qui volent des mobylettes et on ne sait jamais avec cette racaille-là…

Aujourd'hui, ils disent que c'est nous, le Coupable et moi, la racaille, ils s'en foutent, des voleurs de mobylettes !

Alors pour le Gamin, c'est pas compliqué. C'est ces conneries de gosse. Il avait emprunté plein d'outils au Coupable, pour son chalutier, et c'était les vacances, il allait partir en colonie. Le père lui a dit d'aller les rendre…

Il est venu un soir, mais on était prévenus, quand il a frappé, il n'y avait plus de bruit, et j'ai pas éternué, ni fait tomber mon assiette, comme le jour du Commis. On l'a laissé frapper, le Gamin. Mais il avait la trouille que son père le gronde pour les outils, et au lieu de les déposer devant la porte, ça lui a pris, une idée de gosse, il est passé par chez le voisin… Le fou est chez les fous pour longtemps, alors on a tout déménagé chez lui, parce que les voyous ont cambriolé plusieurs fois. La porte n'est même pas fermée et le Gamin est entré, il est allé jusqu'au balcon, qui touche presque le nôtre.

Et tout à coup, voilà qu'on entend du bruit du côté de ma chambre. C'était le gamin qui mettait les outils contre le volet fermé... On a vite rampé jusque là-bas pour écouter, et puis on est revenus jusqu'au vestibule, tout essoufflés, le Coupable et moi, avec le trouillomètre à zéro, la belle affaire !

Et le Coupable a attrapé le Gamin sur le palier. Il lui a passé un savon, et même mis une baffe, mais il avait l'habitude, le salopiau, d'en recevoir, des torgnoles, avec toutes les bêtises qu'il faisait.

« Pourquoi vous avez pas répondu, quand j'ai frappé ? » Le Coupable ne s'est pas dégonflé, il a tout de suite trouvé la réponse : « Je dormais », a-t-il dit. « Ah ? » a fait le Gamin. Puis le Coupable lui a caressé la joue en disant que c'était pas bien grave, mais qu'il ne recommence pas, sinon, il dirait tout à ses parents !

On l'a regardé descendre l'escalier, tous les deux. Je savais ce que ça voulait dire. Je n'étais pas d'accord, mais si le Gamin racontait tout, on allait se retrouver dans la panade, et quelqu'un finirait bien par ouvrir le congélateur !

Deux jours plus tard, le Gamin partait en colonie. On l'a vu passer dans la rue, avec sa valise et son cartable sur le dos. Dans le cartable, il avait mis ses jouets, pour pouvoir rigoler avec ses copains.

« Où tu vas comme ça ? » lui a demandé le Coupable. Le gamin nous a dit qu'il allait prendre le car jusqu'au RER, et ensuite le RER jusqu'à Paris. Personne ne l'accompagnait, tout le monde était au boulot. Après la grève des voitures, s'agissait pas de perdre du temps, mieux valait gagner des sous.

Quand il a disparu au coin de la rue, ce petit bonhomme avec son cartable et sa valise, j'ai bien senti qu'il allait encore arriver une drôle de tuile. On est rentrés chez nous, le Coupable a un peu joué avec son train, cinq minutes, puis il m'a dit qu'il partait faire des courses. Il est revenu une heure plus tard, avec deux beaux steaks pour faire la fête.

On était à table quand on a entendu les hurlements. Elle gueulait tant qu'elle pouvait, la mère, pour qu'on puisse l'entendre de chez nous ! On est descendus vite fait jusque devant chez le Gamin.

Il y avait des flics, et la mère qui pleurait dans les bras du brigadier.

Le Coupable secouait la tête, il a serré la main du père qui rentrait de l'usine, parce qu'on l'avait appelé. On est restés une bonne dizaine de minutes avec eux, mais le Coupable en a eu assez, et puis il avait faim.

On est revenus chez nous pour casser la croûte. Le malheur des autres, ça va bien cinq minutes, mais gare aux abus. Moi, par exemple, personne n'a jamais pleuré sur mon sort, et pourtant, je mérite, avec tout ce que j'ai souffert.

Je mangeais ma bavette, toujours aussi bonne, et le Coupable ricanait dans son coin, en appuyant sur les boutons du transformateur, les trains se mettaient en route, et il ricanait encore.

Il a donné des sous pour la couronne, avec tous les gens de la cité. Une belle couronne pleine de fleurs blanches, ça sentait bon, une véritable bénédiction, on l'a gardée une nuit chez nous, puisque c'est lui qui l'a emportée dans sa voiture jusqu'en Normandie, pour l'enterrement.

Cette nuit-là, on a dormi tous les deux dans le vestibule, l'un à côté de l'autre, comme deux frères, les pieds vers les W.-C., et la tête presque contre la couronne. Et ça parfumait notre chez-nous, sans réussir à chasser l'odeur du reste, mais un peu, quand même…

Le lendemain matin, il s'est levé de bonne heure, il s'est habillé avec le costume qui revenait de chez le pressing à côté de l'Altay-Club, et il est parti en chantant, avec la couronne dans les bras. J'ai regardé la voiture tourner au coin de la rue. J'étais bougrement inquiet : d'ici qu'il aille faire le fanfaron au cimetière, et nous voilà dans la mélasse !

Toute la journée, j'ai tourné en rond dans la cité, autour du CES, je suis allé voir le changement d'équipe à l'usine Citroën, ce qui me distrait beaucoup d'habitude, mais là, rien, j'étais trop anxieux. L'usine, ça me plaît à cause de la trogne des gars qui sortent après leur boulot. Ils tirent tous une drôle de bobine, avec leur air fatigué. C'est ça qui me remonte le moral à moi, Vieux Léon, parce que cette tête-là, je l'ai jamais eue, même si ma foutue vie a pas toujours été de la tarte, ah ça pour sûr que non !

Bref j'ai passé une mauvaise journée, le samedi de l'enterrement. Et puis le soir, j'étais sur un banc, au bout de notre rue, tout à coup j'entends un grand bruit de klaxon, des cris joyeux, c'était lui qui revenait. Il portait des paquets plein les bras, et on a fait une sacrée fête avec le gigot et la pintade, chez nous. Il m'a raconté comment les gens pleuraient, là-bas, au bord de la mer. Il se tordait de rire, ce qui ne lui arrive pas souvent, mais là, on aurait dit qu'il se rattrapait !

Ce soir-là, en m'endormant — il était tard, on a fait rouler les trains jusqu'à 2 heures du matin —, j'étais gonflé à bloc. Il suffisait qu'il déblaye un peu quelques sacs, la nuit par exemple, plusieurs soirs de suite, pour que tout redevienne vivable. Il aurait pu les mettre dans une rue voisine, personne ne se serait rendu compte. Mais non. Alors voilà où nous en sommes. Lui à l'hôpital, et moi, entre les pattes de Gabelou !

LA BELLE

Avec un grognement de satisfaction, Gabelou repoussa son assiette. Le reste de brie qui s'y étalait n'était pas assez séduisant pour qu'il cède à la tentation. Il commanda un café serré. Léon avait boudé son petit salé, mais, Gabelou l'ignorait, il n'aimait que la bavette, l'araignée. La hampe à la rigueur.

— Alors Léon, dit Gabelou, qu'est-ce qu'on va faire de toi ? Si je te laisse retourner à Altay, les gens de la cité vont te faire un sort. Et puis tu ne peux pas rester tout le temps avec nous ! Où est-ce qu'on va te mettre ? À ton âge, personne ne veut de toi…

Léon scrutait la salle, autour de lui, le comptoir, les serveurs qui s'activaient avec leurs plats. Il n'avait prêté qu'une oreille distraite à ce que racontait Gabelou.

— Parce que, tu sais, reprit Gabelou, c'est fini, le cirque. Je classe, moi, je rends le dossier. Plus question que je m'esquinte !

Gabelou se leva et repoussa la table afin de gagner le comptoir, pour régler son addition. Puis il sortit. Léon le rejoignit sur le trottoir.

— Viens, lui dit Gabelou, on va faire un tour…

Ils se réinstallèrent côte à côte dans la voiture et Gabelou roula vers le boulevard Sébastopol, qu'il remonta jusqu'au Magenta, en direction de la porte de Clignancourt. Les passants étaient plus nombreux et avançaient prudemment. La glace recouvrait la chaussée et les trottoirs, perfidement tapie sous la neige. Léon frissonna et se tassa davantage dans son fauteuil.

— T'as froid, dit Gabelou, attends, je vais mettre plus de chauffage…

Ils étaient arrivés sur le périphérique, que Gabelou prit en direction de l'est, vers Altay. La banlieue défilait sous leurs yeux, encore indolente dans le petit matin ; çà et là, des lumières s'allumaient, imprimant une tache claire sur la noirceur des façades. En alternance, Gabelou croisait des cités-clapiers, des zones industrielles, et de maigres enclaves pavillonnaires, oubliées là comme par négligence.

Les panneaux indicateurs d'Altay apparurent sur les portiques qui surplombent l'autoroute. Gabelou décrivit une large boucle pour éviter Altay-I. Après un bref no man's land sans maisons, ni arbres, ni usine, les premiers bâtiments d'Altay-II devinrent visibles, au loin. Il y avait une large bande de terre séparant les deux voies de la route. Des carcasses de voitures ou d'ustensiles ménagers finissaient d'y rouiller, et, de part et d'autre du terre-plein, on avait creusé un fossé afin d'empêcher les gitans d'installer leurs caravanes à l'entrée de la ville nouvelle. L'enseigne rouge et or de Carrefour clignotait dans la nuit, démesurée. Les voitures étaient rares, mais Gabelou se laissait doubler par les nombreux cars amenant les ouvriers droit dans la gueule béante de l'usine Citroën, tout là-bas, au fond, cachée derrière les collines artificielles parsemées d'arbustes. Les blocs d'immeubles devenaient plus serrés à mesure que Gabelou roulait. Avec des gestes saccadés, des zombies chevauchant des mobylettes traversaient la route. Les lampes jaunes des réverbères jetaient une lueur étrange sur les allées enneigées, où des négresses en boubou trottinaient vers on ne sait quelle besogne.

Gabelou contourna le CES et ses bâtiments de préfabriqué pour pénétrer dans la cité des Lilas Bleus. Le Coupable habitait tout au fond. Bordant la cité, le bar Altay-Club était déjà ouvert, et toute une humanité laborieuse devait y être accoudée devant des cafés ou, beaucoup plus probablement, devant des ballons de calva, des chopes de bière, breuvages plus énergétiques. L'enseigne de néon bleu battait de l'aile et ne s'illuminait que par intermittence.

Gabelou claqua sa portière en grelottant. Il faisait plus froid qu'à Paris, et, de la plaine voisine, une bise sournoise soufflait en rafales, faisant tournoyer les flocons de neige.

Gabelou s'engagea dans le hall, le Vieux Léon sur les talons. Les noms des locataires étaient affichés sur les boîtes aux lettres, à côté d'un panneau où l'on pouvait lire quelques informations municipales. La section Troisième Âge de la Maison pour Tous organisait un séjour à la montagne, courant février. Les Modélistes préparaient, quant à eux, une exposition-concours pour la fin de l'année scolaire… En somme, la vie continuait.

Ils montèrent les étages avec lenteur, Gabelou précédant Léon qui ne semblait pas très heureux de revenir chez lui. Il fallait bien appeler ça chez lui. Le service d'hygiène de la municipalité avait fait le nécessaire et les ordures n'empestaient plus l'appartement. L'incinérateur qui voisinait avec le CES s'en était donné à cœur joie, dévorant à pleines flammes les monceaux de sacs que l'on extrayait du logis du Coupable. À la fin, il émit un gros rot, crachant avec délices une bouffée de fumée noire de ses entrailles rassasiées…

Sitôt les repérages policiers terminés, on s'était mis au travail, charriant les sacs éventrés à travers les escaliers. Puis, la tâche devenant trop pénible, on s'était rabattu sur une grande chaussette de bâche plastique, accrochée au balcon et se déversant directement dans une benne, garée en face de l'immeuble. Les ouvriers travaillaient d'arrache-pied, suant sous leur masque à gaz. L'office des HLM, magnanime, leur versa une prime pour que disparaissent au plus vite les traces de la décharge qui avait commencé, de l'intérieur, à ronger la cité.

Les voisins assistaient au nettoyage, béats d'admiration devant les quantités titanesques d'immondices qu'ils voyaient défiler sous leurs yeux. Au début, Gabelou avait fait poser des scellés sur la porte, et des gardiens du commissariat se relayaient pour préserver l'antre à déchets. Puis c'était devenu superflu, une fois le travail d'enquête terminé. Alors, la nuit, des clochards étaient venus touiller la fange, à la recherche d'un impossible butin. L'Emmerdeur n'était pas resté sur la touche. Armé d'un appareil photo, il avait mitraillé l'appartement-poubelle, zoomant à qui mieux mieux dans le « Canyon », fixant sur sa pellicule les entassements de bouteilles Contrex remplies à ras bord d'excréments, les collines de sacs rouges et bleus, à présent violacés sous l'effet des macérations.

Il y eut un épisode cocasse : l'arrivée du représentant d'une firme fabriquant des sacs-poubelle. Il cherchait dans la masse des détritus des emballages produits par son usine, afin de vérifier s'ils avaient mieux résisté à l'entassement et à la putréfaction que ceux mis en vente par les concurrents… et c'était vrai ! Il fut question d'un spot publicitaire utilisant le « fait divers d'Altay-II » comme support d'une démonstration « in vivo », mais l'on recula devant l'énormité du propos, craignant que l'exemple ainsi donné n'incite les gens, non pas à stocker, mais du moins à se débarrasser moins régulièrement de leurs déchets domestiques.

L'appartement voisin de celui du Coupable était toujours vide ; son locataire se plaisait beaucoup à l'HP, et ne tenait pas à affronter de nouveau une classe de gamins déchaînés ou hagards à force de sniffs de mauvaise colle. L'Office HLM avait d'ailleurs fait une croix sur le dernier étage, renonçant à le louer pour au moins quelques mois, avant que l'oubli ou un autre fait divers ne vînt effacer ce pénible souvenir de la mémoire de la cité.

Gabelou ouvrit d'une simple poussée la porte de l'appartement. Il pénétra dans le vestibule. Léon, méfiant, était resté sur le palier et se penchait pour suivre le commissaire des yeux.

— Allez, viens, dit Gabelou, personne ne va te sauter dessus !

Alors Léon, d'un pas hésitant, se décida lui aussi à franchir le seuil. Du vestibule, il partit dans la cuisine, tournant sur lui-même, hébété.

Une forte odeur de désinfectant flottait dans l'air. Des seaux traînaient dans les coins, remplis de boîtes de détergent et de brosses. Dans la cuisine, le sol avait été soigneusement nettoyé, et de larges dépôts de poudre à récurer obstruaient les rainures du carrelage.

Les murs du salon et de la chambre étaient à nu, le papier arraché. Sur le plâtre, des taches noirâtres s'étalaient. Les sacs déchirés avaient déversé leur pourriture, corrosive et pénétrante. Gabelou trouva une chaise sur laquelle étaient rangés des vêtements blancs d'ouvrier plâtrier. Ses outils reposaient sur le rebord d'une fenêtre. On sentait la lessive, le plâtre frais, l'enduit, le crésyl, mais, derrière tout cela, Gabelou eut l'impression que d'autres effluves venaient lui titiller l'odorat… Il se dit que c'était sans doute une illusion.

— Quel carnage vous avez fait, hein, Léon ? murmura-t-il en débarrassant la chaise des vêtements qu'elle supportait. Il s'y assit. Léon était dans le vestibule, appuyé contre la porte des W.-C. Il fixait sur le lino la marque, tracée à la craie, du cadavre du Visiteur. Les ouvriers avaient balayé, et le transport des sacs avait lui aussi contribué à effacer le dessin, mais il restait encore net. Jambes et bras écartés, allongé dans le vestibule, la tête vers les W.-C., la main droite tendue vers la porte, les doigts crispés, dans un geste désespéré. Léon ne pouvait détacher son regard de cette silhouette vide, recroquevillée sur le sol. Il avait peur que tout à coup elle se mette à gigoter de nouveau, pour l'agripper…

*

Ah la saleté, ah la vermine ! C'est que j'en rêve la nuit, moi, de ce salaud-là ! Je ne crois pas aux fantômes, mais de le voir comme ça, par terre, ça me flanquerait presque la trouille. Oh, il peut faire le malin, Gabelou, à fumer son cigare au beau milieu du salon en me narguant… Tiens si le Coupable était là, il ferait disparaître le Gabelou sous une montagne de sacs, on le verrait plus ! À l'endroit où il est assis, il suffirait de revenir deux semaines en arrière, il étoufferait sous la saleté…

Aujourd'hui tout est net. Le Coupable serait content, lui, il aime, quand tout est net, et propre. Ils ont tout vidé, de fond en comble, et les inspecteurs ont piqué plein de trains, Gabelou a un gros carton avec des rails et des maisons dans son bureau, mais c'est maigre, ce qui reste après la razzia. Respectent pas le bien d'autrui, ces gens-là.

*

Gabelou s'était levé, il remit les affaires du plâtrier sur la chaise, et, son cigare en bouche, il revint vers le vestibule.

– Quel carnage, hein Léon, répéta-t-il, non mais, quel carnage !

Léon quitta l'appartement le premier, et descendit rapidement les escaliers. Il attendit Gabelou au-dehors, près de la voiture.

*

M'énerve, celui-là. Qu'est-ce qu'il essaye de faire ? De créer un choc psychologique en me ramenant sur les lieux du crime ? Pour me troubler ? Ils font des coups de ce genre-là, des fois, les flics. J'avais vu ça dans un film à la télé, avec le Coupable. Mais moi, ils m'auront pas. Même en me montrant la trace de craie du Visiteur par terre, comme si il allait remuer ! D'abord c'est bien fait pour lui, à çui-là. S'il était pas venu chez nous, nous casser les pieds, rien ne lui serait arrivé. Les a bien cherchés, les coups de hache !

Ah, il a pas été déçu du voyage, le Visiteur ! Et si il était resté chez lui au lieu de venir chez nous, le Coupable et moi, on serait pas là où on en est, lui à l'hôpital, et moi avec Gabelou.

On lui avait rien demandé, d'abord. On l'a pas appelé. C'est lui qui a cherché la bagarre. Nous, on s'est défendus. Et le Coupable, quand il a reconnu sa voix à travers la porte, il lui a dit de foutre le camp, de dégager de là, sinon ça allait mal finir. Mais le Visiteur a insisté.

Le Coupable était très fatigué. C'était les vacances, mais il ne bougeait presque pas de chez nous, sauf pour aller chez le boucher. Il ne mettait plus ses deux costumes, comme pour travailler. Il avait un survêtement bleu qui lui plaisait beaucoup parce qu'il ne l'avait pas payé très cher, grâce à la Camif. Un matin, lui et moi, on est partis à la gare d'Altay, avec une valise où le Coupable avait rangé ses deux beaux costumes, pour ne pas les salir avec les sacs, chez nous. Il a mis la valise à la consigne, comme ça, ils restaient bien propres et bien nets, les costumes.

Oui, il était vraiment fatigué. Il bricolait ses trains d'un air morne, et ce qui l'attristait, c'est que tout partait en eau de boudin, à cause des sacs qui fuyaient de partout, sur les rails, sur les fils électriques, sur les wagons. Il avait beau faire des soudures et des réparations dans le Canyon, le lendemain tout était à recommencer. Alors il s'énervait contre les sacs, il donnait des grands coups de pied dedans, mais ça les crevait, et c'était encore pire. On dormait presque tout le temps. En fin d'après-midi, on partait faire un tour à l'Altay-Club, ou à Carrefour pour acheter mon pinard. Mais le cœur n'y était plus, parce qu'on savait que pour les sacs, il y aurait une fin.

Et un soir, le Visiteur a frappé. Nous, comme d'habitude, on n'a pas bougé d'un poil. Mais le Visiteur a crié, derrière la porte : « Vous êtes là, je vous ai vu à l'Altay-Club, je vous ai appelé, vous n'avez pas répondu… Ouvrez ! » « Fous-moi le camp, ordure ! » a crié le Coupable. « Hé, mais ça pue, ici ! » a dit le Visiteur. « Pas tant que toi, saloperie ! » a répondu mon copain, du tac au tac ! À pas de loup il s'est approché de la porte, il l'a ouverte en grand en prenant le Visiteur par le col de sa veste, pour l'attirer dans le vestibule. J'ai poussé la porte, qui a claqué.

« Ah, tu veux me voir, hurlait le Coupable, eh bien regarde ce que je suis devenu ! »

Alors là, je ne peux pas raconter la tête du Visiteur… Il roulait des yeux en répétant que c'était pas croyable. Il a toussé à s'en étouffer ; et il a pris un mouchoir pour se le mettre sur le nez. Il s'est penché pour voir le tunnel du Canyon.

« Attends, salaud, tu vas voir comme c'est beau », s'est écrié mon copain. Et il a fait partir le TGV à toute allure, c'est vrai que ça avait de la gueule. Le Visiteur a pas aimé ; il faisait toujours ses yeux de fou en répétant : « C'est pas vrai, c'est pas vrai ! » « Il te plaît pas, mon train ? » a dit le Coupable. Le Visiteur n'a pas répondu parce qu'il vomissait. Il n'en pouvait plus. Il se tenait la gorge, suffoquait.

« Ah, ce n'est pas convenable du tout, d'être sale chez les gens », a grondé le Coupable. Il s'est approché du Visiteur, par-derrière. Et il lui a botté le cul de toutes ses forces, avant de lui prendre les cheveux et de le forcer à s'accroupir, pour lui frotter le nez dans son vomi. « Ce n'est pas convenable du tout, oh non ! ça ne se fait pas, mais où donc avez-vous été élevé, monsieur l'Inspecteur ? On ne vous a pas appris les bonnes manières ? Même mon ami Léon se tient mieux que vous… »

Alors le Visiteur s'est dégagé en donnant des coups de poing partout, sur mon copain, et dans les sacs, ça faisait un bruit mou. Il n'était pas beau à voir, essoufflé, et très sale. Le Coupable avait mal après les coups de poing, mais il grondait toujours le Visiteur, comme on fait pour les enfants, avec les gros yeux : « Ce n'est pas convenable, pas convenable du tout ! »

« Laissez-moi sortir ! » a hurlé le Visiteur. Il essayait de se diriger vers la porte, mais on lui barrait la route, moi et mon copain. « Poussez-vous ! Je veux partir ! » J'ai senti que ça allait chauffer, et je me suis réfugié dans le Canyon. À mon âge, on ne peut plus se battre.

« Pousse-toi, je te dis de te pousser… » grognait le Visiteur. Alors le Coupable lui est tombé dessus, en cognant, et l'autre s'est affalé au beau milieu des sacs qui craquaient de partout en éclaboussant. Jusque-là, tout était correct, mais ça a mal tourné quand le Visiteur a vu la hachette que le Coupable utilisait pour tailler le bois servant à étayer le tunnel du Canyon. Il a bondi pour attraper la hache, mais il a glissé sur une flaque de pourriture, pour arriver à plat ventre devant le Canyon. Il tenait quand même la hachette.

« Et en plus, vous abîmez mon circuit ! » a dit mon copain, pas content du tout en voyant un wagon écrasé et des rails tordus…

Le Coupable lui a sauté dessus, ils se sont battus. Mon copain tenait le poignet de l'autre, qui serrait la hache de toutes ses forces. Ils roulaient par terre, vers le salon, en défonçant de plus en plus de sacs. Les collines rouges et bleues, que le Coupable avait eu tant de mal à arranger, s'effondraient les unes après les autres. Un vrai cirque.

D'abord, le Visiteur a eu le dessus. C'était un gars costaud. Il a repoussé mon copain en lui enfonçant la tête dans un sac, et, l'arme à la main, il s'est traîné vers la porte.

Le Coupable reprenait son souffle, et juste avant que l'ennemi n'ouvre la porte, il lui a balancé un grand coup de pied dans le dos et il a tourné la clé dans la serrure.

« Vous êtes fou… laissez-moi ! » le Visiteur pleurait. Mon copain a pris la clé, et il l'a lancée tout au bout du salon dans les sacs. La hache à la main, le Visiteur a crié : « Pousse-toi, je vais démolir la porte ! »

« Ah ? on vient chez les autres faire le sale et après on veut tout casser, ce n'est guère convenable, ça ne se fait pas ! » a murmuré le Coupable. Il a ramassé un sac et l'a lancé au visage du Visiteur. C'était un bleu, assez vieux, qui a crevé. Le Visiteur était couvert de saletés, aveuglé.

Ensuite, je ne sais plus très bien ce qui s'est passé, parce que j'étais caché au fond du Canyon, je les entendais grogner. Toujours est-il qu'au bout d'un moment, j'ai vu le Visiteur qui rampait vers la porte, avec du sang partout sur la tête, ses cheveux qui dégoulinaient de rouge, mêlés au jus d'ordure, qui, lui, est plutôt noir. Il avait aussi une blessure au bras. Il essayait de se redresser pour atteindre la poignée, ce qui prouve bien qu'il n'était pas malin, puisque la serrure était bouclée ! Je tremblais comme un fou au fond du tunnel.

Il a levé le bras, et a eu une sorte de crise. Il s'agitait par terre, des petits soubresauts désordonnés, et crac, plus rien, il était mort. Alors je suis sorti de mon trou et j'ai vu mon copain allongé dans le salon, sur les sacs, avec une grosse plaie dans le ventre.

« On l'a eu, Léon, on l'a eu, ce salaud ! » m'a-t-il dit. J'étais très inquiet. J'ai pleuré. « Pleure pas, Léon, pleure pas, plus personne viendra nous emmerder, maintenant… » chuchotait-il. Je suis resté à côté de lui, les larmes aux yeux, et de temps en temps, je jetais un coup d'œil vers l'endroit où il avait lancé la clé. Elle était tombée dans la pourriture, jamais on ne pourrait la retrouver… Et il s'est évanoui. Ils étaient là, tous les deux, pleins de sang, couverts de saloperie, et il y avait un bruit qui m'énervait, c'était le TGV. Il roulait toujours, celui-là… Quand ils s'étaient battus, ils avaient cassé des wagons et la gare de triage, mais à ce moment-là le TGV était dans ma chambre, et avant de revenir au vestibule, il a tourné longtemps. Alors il roulait toujours, revenant dans le Canyon, pour faire un virage et passer à deux doigts de la jambe du Visiteur qui était allongée contre les rails… J'ai vite oublié le bruit parce que je ne savais pas comment faire pour arrêter le courant. J'ai secoué le Coupable. Sa blessure avait une sale allure, avec le jus des sacs qui coulait dessus, c'était pas bon, tout ça. Alors j'ai eu un moment de désespoir. Je voyais pas de solution. Et ça me fait souvent ça quand je suis inquiet : je m'endors. Au réveil, j'avais une de ces faims… Le Coupable râlait, et je ne voulais pas appeler au secours, des fois qu'on découvre le Visiteur, les sacs, et la surprise au fond de la cuisine, dans le congélateur ! La tête me tournait, ce n'est plus de mon âge, toutes ces complications. Les sacs troués dégageaient une drôle de vapeur, ce qui n'arrangeait rien. Je suis resté deux jours comme ça, avec eux deux, dans les sacs. Le Coupable tenait le coup, mais il allait y rester, à ce régime-là. Et le TGV qui roulait toujours ! J'avais faim, de plus en plus faim. Me remplir l'estomac : ça devenait une obsession ! La tête me tournait, ma panse se crispait, tordue par les crampes. Je fermais les yeux, ou bien je fixais mon regard sur les sacs, sur les trains. De temps en temps, le Coupable remuait un peu. Le Visiteur, lui, devenait de plus en plus raide, il paraît que c'est normal.

J'allais de l'un à l'autre, et je m'enfonçais dans le Canyon pour ne plus les voir. Le Visiteur a commencé à sentir au bout du premier jour. Vous me direz, comment je faisais pour renifler quelque chose de plus, avec le festival de puanteurs qui infestaient l'atmosphère, chez nous ? Eh bien si, cette odeur-là, on la sent toujours, au milieu de tas d'autres, plus fortes, pourtant.

Et cette foutue porte qui était fermée… Ah, c'était pas beau à voir ! À la fin, c'était trop, la faim me donnait le vertige. Alors, que voulez-vous, je sais que c'est pas des choses à faire, bon, j'ai commencé à manger le Visiteur.

La fesse droite, en premier, du bout des dents. De la vraie carne, mais à la troisième bouchée, je m'y suis habitué. Il n'y avait pas le choix… À la guerre comme à la guerre. Après, j'ai attaqué les mollets : encore plus dur !

Mais ce repas m'a requinqué, je ne voyais plus tout en noir. Le Coupable respirait encore, et tant qu'il y a de la vie, il y a de l'espoir. C'est ce qu'on dit dans les cas désespérés. J'ai dormi.

Au réveil, j'ai encore mordu dans la fesse du Visiteur. Et je me suis décidé à appeler à l'aide. Tant pis pour le congélateur… !

De toutes mes forces, j'ai hurlé, hurlé. À la mort…

Le premier témoignage était celui du gardien du bloc, Latros Emilio. Il avait enfoncé la porte à coups de masse, entendant les hurlements désespérés de Léon. Emilio, valeureux mais asthmatique, ne put résister à la pestilence épouvantable qui lui sauta au visage quand il se fut rué dans l'appartement. Il s'écroula sans plus attendre. Par chance, son cousin Eusébio, venu passer quelques jours à Altay, l'avait accompagné jusqu'au dernier étage, après la demande formulée par une locataire du second. Eusébio, à la vue du cadavre du Visiteur affalé dans un écrin d'immondices, battit en retraite en appelant à l'aide.

L'Emmerdeur passait dans la rue, avec sa petite serviette de cuir bourrée de dossiers. Il enquêtait sur un cas litigieux, un cambriolage maquillé, tout au bout de la rue.

Il vit le teint verdâtre d'Eusébio, qui reprenait son souffle en désignant les fenêtres du Coupable, obturées par les volets coulissants. Il escalada les marches quatre à quatre, jusqu'au palier, où, telle une bouffée échappée d'un charnier mal entretenu, la pourriture lui prit la gorge. Il se contrôla malgré tout, fouilla dans ses poches à la recherche d'un mouchoir, et, ainsi masqué, pénétra dans le vestibule.

Il crut que le Coupable était mort, tout comme le Visiteur. Par la suite, il ne put s'expliquer pourquoi il avait dérobé une cassette, d'un geste impulsif. La hiérarchie de la Compagnie lui fit verser une bonification exceptionnelle pour cette rapine intuitive.

Dix minutes plus tard, le brigadier Dufour arrivait sur les lieux, à la tête d'une escouade de gardiens de la paix. Ils procédèrent à l'évacuation de l'immeuble. Entre-temps, Léon avait filé… Puis l'on entendit le martèlement caractéristique des bottes des pompiers, suant sous leur lourde vareuse de cuir. La grande échelle était superflue, de même que les tuyaux. On emporta le Coupable à l'hôpital d'Altay. Pendant la bagarre avec le Visiteur, le tranchant de la hache lui avait perforé l'abdomen, s'enfonçant dans les intestins, dont le contenu se répandit sur la civière au cours du transport. Les sacs éventrés sur lesquels il s'était vautré avaient laissé filtrer leur suc empoisonné et la plaie était infectée au-delà de tout ce qu'on pourra jamais lire dans les revues médicales. Une septicémie vigoureuse lui rongeait la chair, mais le Coupable résistait à l'infection. Bouillonnant de pus comme les escargots plongés dans l'eau salée dégorgent de bave, il avait repoussé la mort, miraculeusement. Du bloc opératoire d'Altay, on le transféra à l'Hôtel-Dieu, salle Cusco, dès que son état le permit. Par l'énorme plaie qui lui fendait le ventre s'échappait toute une kyrielle de drains multicolores reliés à des bonbonnes de verre. Du fond de sa torpeur, il recrachait d'abondantes sécrétions, aspirées par le vide que l'infirmière créait toutes les heures, en branchant les bonbonnes à une pompe murale.

Et Gabelou attendait depuis quelques jours son retour à la conscience. Il s'était dépêtré tant bien que mal des auditions de témoins, avait classé les pièces à conviction, les rapports d'autopsie, alors que l'interrogatoire bien mené du Coupable aurait résolu tous les problèmes. Dans l'intervalle, Gabelou se consolait en cajolant Léon. Il l'avait soustrait à la vindicte populaire, qui tolérait les meurtres et l'entassement des ordures, mais ne pouvait se résoudre à voir déambuler dans les rues d'Altay celui qui s'était rendu responsable de l'horrible péché : manger de la chair humaine... Léon essuyait les injures avec placidité, fuyant dès que le ton des invectives grimpait d'un cran. Il reçut des coups de bâton, des crachats, et les gosses de la rue, fiers d'arborer cette veulerie que revêt parfois l'enfance pour mieux singer le monde des adultes, lui jetaient des pierres dès qu'il se montrait aux abords de la cité. Le pauvre vieux traînait dans le terrain vague, autour du CES ou dans les parages de l'usine Citroën. Las de ce spectacle pitoyable, auquel il assistait au cours de ses démarches, Gabelou décida de le prendre sous sa protection et de le garder au Quai. Après tout, c'était le témoin N° 1 !

Léon semblait déprimé. Il ne réagissait pas à cette marque d'affection. Puis, par hasard, au cours du pot donné à l'occasion du départ en retraite de Redotat, le collègue de Gabelou, Léon démontra son attirance pour le vin rouge : on le servit dans un bol. Dès lors tout alla pour le mieux. Le pour-le-mieux de la vie de Léon n'était guère brillant, certes. C'était un pour-le-mieux de misère et de malchance, de crainte des coups et de joies pauvres. Il observait les allées et venues des adjoints du commissaire, l'air blasé. Parfois, ses yeux se mettaient à pétiller d'intérêt lorsqu'il était question du Coupable...

C'était à se demander comment ils avaient pu s'entendre, tous les deux, durant ces neuf longs mois qu'avait duré la folie. Le Coupable était un personnage trouble, double. Côté pile, cette bonhomie respectable relatée par tous les témoins, nourrie par un train-train de vie somnolent, ce respect des interdits, cette docilité totale face aux reniements, aux déchirements qu'impliquait son délire, étayée par une aptitude hors du commun à courber l'échine, à digérer les minuscules défaites d'une existence minée d'humiliations…

Côté face, un laisser-aller sans bornes, un jeu incessant de faux-fuyants, pire : une fuite, un écoulement, une liquéfaction, un gargouillement de mille lâchetés, s'exprimant dans une fascination irrépressible pour le sale, le douteux, le gluant, le puant… Chez Léon, rien de tout cela : un horizon bien délimité, jalonné de steaks et de bols de vin mais aussi de tendresse, d'œillades amoureuses, de soupirs, en somme un bonheur terre à terre, naïf et ignorant, qui n'acceptait la bassesse et les calculs sordides que harcelé par la nécessité.

Tout cela était bien décelable dans son regard un peu perdu. Il voyait défiler, au travers des vitres embuées de la voiture de Gabelou, la succession des virages de l'autoroute, qui s'insinuait entre des falaises de béton, avant de plonger dans des tunnels à l'atmosphère empoisonnée par les gaz d'échappement…

*

Ben mon vieux, peuvent bien se plaindre des odeurs qui partaient de chez nous ! Sont pas gênés, avec leur saloperie de gas-oil. C'est que ça me fait tousser. Quand j'étais jeune, mes poumons se sont habitués à l'air pur, et voilà qu'aujourd'hui, je m'esquinte à humer le super. Enfin, je suis trop vieux pour râler. Bientôt je quitterai cette terre de souffrance. Je suis plus très adapté à toutes ces singeries. Le Gabelou, je sais plus trop où il veut en venir, à me trimbaler comme ça, à droite et à gauche. Je m'en serais bien passé de la petite visite chez nous… Même si le Coupable s'en sort un jour, et que je peux venir le chercher à la prison, je crois bien qu'on aurait bon nez de ne pas remettre les pieds à Altay, parce qu'on traîne une sacrée casserole, tous les deux… Là, avec Gabelou, je risquais rien, j'étais protégé de tous ces teigneux… Et puis il était très tôt, heureusement, tout le monde roupille encore, le matin, on marche au radar, d'étage en étage on entend les lits grincer, c'est le mâle qui besogne un petit coup sa femelle avant de partir au turbin. Une demi-heure plus tard, il y a de la cavalcade dans les escaliers parce qu'on est en retard, et le car klaxonne déjà au coin de la rue. Avant, j'aimais bien écouter les bruits du matin. Je restais là, les yeux fermés, les oreilles dressées, grandes ouvertes, et allez donc, la marmaille qui encaisse les baffes, la cafetière qui tombe par terre, le type du deuxième qu'arrive pas à faire démarrer sa voiture…

Bah, c'est du passé, tout ça, j'y goûterai plus jamais. Je retournerai plus à Altay. Fini, classé. Des pierres, ils me lançaient, ces connards de mômes, du gros caillou qui sert à faire les remblais de l'autoroute, bien pointu, acéré, j'avais des plaies sur tout le dos. Et c'est pas les glaviots que je récoltais en prime de la part des parents qui auraient pu m'aider à cicatriser mes blessures, ah vous parlez d'un onguent, leurs crachats malsains, mousseux, pleins de brins de tabac, parfumés au pastis, tout ça parce que je m'étais pour ainsi dire taillé une bavette dans l'arrière-train du Visiteur. Pas de quoi fouetter un chat, comme ils disent…

Je leur demandais rien, moi, je m'étais sauvé de chez nous par le toit, en vitesse, dès que l'Emmerdeur avait disparu. Du coin de la rue, caché sous un camion garé en face de la Maison pour Tous, j'ai vu les flics arriver, les pompiers, l'attroupement, le cirque. Et Gabelou, qui est venu dans la soirée, l'air brave et pas excité comme les autres. Ils ont sorti le Coupable sur une civière, et j'ai eu envie d'approcher, mais prudence, j'ai pas bougé de dessous mon camion.

Il faisait pas bien chaud dehors, et je claquais des dents. Sitôt les flics partis, voilà que les déménageurs d'ordures sont venus. Ils portaient des sacs, et des sacs, et encore des sacs. Je redoutais le moment où ils ouvriraient la cuisine, et là, attention à la catastrophe. Mais c'est pas le premier soir que ça s'est passé. La nuit est tombée, je suis allé faire un tour du côté de l'Altay-Club, sans trop oser me montrer. Dans un caniveau j'ai trouvé un reste de poulet, et un bout de sandwich enveloppé dans du papier, ça m'a fait mon repas... Ensuite, je me suis couché dans le cagibi à poubelles de la Maison pour Tous. C'est une combine que j'avais d'il y a bien longtemps : le concierge ne ferme jamais la porte, et tout au fond du réduit, la colonne d'air qui chauffe les étages dégage une douce brise tiède. Tassé là-dedans, j'ai dormi jusqu'au petit matin.

J'attendais l'arrivée des ouvriers qui déblayaient. Ils sont venus avec leurs masques, et là, le deuxième jour, ils avaient compris la combine... au lieu de descendre sac par sac en se pinçant le nez, ils ont tout foutu par la fenêtre, dans une benne. C'était plus rapide. Il y avait plein de mémés qui regardaient ça, en secouant la tête... Je guettais le moment où ils décloueraient les planches de la cuisine, ça allait gueuler encore plus fort que pour le Visiteur ! Et c'est là que j'ai été imprudent, de ne pas rester sous un camion, comme la veille. Bêtement, je me suis avancé et des gosses m'ont vu. Ils ont fait la ronde autour de moi en chantant « Léon-dégueulasseu-Léon-dégueulasseu » sur l'air des lampions, et au bout de cinq minutes j'ai pris la première boule de neige, et toute une cascade d'autres, et l'ambiance montait, montait, « pourri », « fumier », « galeux », « y a qu'à le crever » qu'ils gueulaient, les mômes… J'en menais pas large, parce que l'année précédente, ils avaient coincé un autre vieux comme moi, un que je connaissais un peu, Gustave ; à plusieurs, ils l'avaient entraîné dans une cave, et là, crac, que je t'enfonce un bâton dans le cul. Avant de l'enfoncer, le bâton, ils l'avaient trempé dans de la sauce à couscous, toute rouge, de l'harissa ça s'appelle, et le pauvre Gustave, ensuite, il faisait peine à voir, dans la cité, à marcher de travers comme un crabe.

Je serrais déjà les fesses en pensant à la sauce rouge, mais ils étaient plus méchants encore. Les mémés qui regardaient les ouvriers décharger les ordures m'ont vu, elles aussi. Elles ont fait le signe de croix en criant « Jésus ! Jésus ! » et la plus vieille s'est mise à glapir « il est maudit, il est maudit ! il a mangé de l'homme ». Les gosses il en fallait pas plus pour les encourager, et c'est là que j'ai reçu les pierres. J'ai couru aussi vite que j'ai pu vers l'usine Citroën et ils me cavalaient après en me jetant leurs cailloux. Je connaissais un coin près de l'entrée où le grillage est déchiré, hop, j'ai disparu dans le trou, ils me voyaient bien encore courir sur la pelouse, mais la distance devenait trop grande pour les pierres…

Mais ça me démangeait trop de voir les ouvriers avec le congélateur. Quand la marmaille s'est calmée et a disparu, je suis retourné dans la cité. Prudence-prudence, je courais de voiture en voiture, je m'abritais contre les pots d'échappement, bien caché derrière les roues, pour pas qu'on me trouve.

Et je les ai vus. Ils étaient deux, des tout noirs, vachement costauds, qui portaient le congélateur, dans leurs bras. Ils l'ont mis sur une camionnette, et ils ont discuté parce qu'ils n'avaient pas d'ordre. La table de camping, et le congélateur, c'est tout ce qui subsistait des meubles du Coupable, tout le reste, il l'avait bazardé… À la fin, ils ont dit qu'ils portaient tout chez Emmaüs, près de là. J'ai foncé chez Emmaüs, moi aussi, pour les attendre. Et M. Emmaüs leur a dit merci, très bien, il a ouvert le congélateur, satisfait, et voilà. Moi, j'étais soufflé. Soit Gabelou avait déjà trouvé la mégère et on l'avait emmenée sans que je m'en rende compte, soit le Coupable l'avait planquée ailleurs, mais ça m'étonnait, il me l'aurait dit ! Une fois que M. Emmaüs a tourné le dos, j'y suis même monté, dedans le congélateur. Vide, nickel. J'ai reniflé partout. Rien de rien.

J'étais un peu paumé, sans nouvelles du Coupable ! Qui aurait eu la délicatesse de me prévenir au cas où il mourrait, je vous le demande ? Monde de sauvages.

Je traînais dans la cité. Où aller ? Je fouillais tous les soirs dans les poubelles de l'Altay-Club. J'ai croisé Gabelou à plusieurs reprises. Une fois, il m'a coincé contre une porte, menaçant, en demandant « c'est lui, Léon ? » à la locataire du premier qui a dit oui. « C'est lui qui allait chez le boucher ? » « Oui, a dit la vieille, avec son panier et le porte-monnaie dedans, il était très rigolo… »

À mon âge, « rigolo », non mais, je vous jure… Gabelou discutait le coup avec moi à chaque fois qu'on se rencontrait. Quand il était là, je sortais de sous les voitures, et puis au bout de quelques jours, il a vu comment les gosses me traitaient, et on m'a coffré pour m'embarquer au Quai des Orfèvres. Témoin N° 1, complice du meurtrier, et tout.

Mon vieux cœur en avait déjà pris un sacré coup quand le père Emmaüs a ouvert le congélateur, mais c'était rien à côté de la fois où Irène, la poison, la mégère, la garce, est entrée dans le bureau du commissaire !

*

Gabelou roulait lentement. La circulation se faisait plus dense, sur l'autoroute, aux entrées de Paris. Autour de lui, les conducteurs étaient hargneux, ils accéléraient avec brusquerie, déboîtant de leur file au petit bonheur la chance, l'air buté, sans doute excités par le flash d'informations de 7 h 30, annonçant de nouvelles hausses du prix du carburant. Gabelou se tourna vers Léon, que les klaxons, les accélérations soudaines, les coups de frein inopinés ne semblaient même plus troubler.

– On va voir ton copain, Léon… dit Gabelou. T'es content ?

*

Mais Léon n'écoutait le commissaire que d'une oreille distraite. Il était perdu dans la brume épaisse de ses souvenirs. Il ne savait plus où il en était. Le Coupable était-il seulement encore en vie ? Il en doutait. Depuis quelque temps, on ne lui racontait que des histoires.

La mégère était morte, et voilà qu'elle venait de refaire surface, deux jours plus tôt, plus pimpante que jamais, dans ses vêtements de deuil, bas noirs à couture, tailleur moulant, voilette coquine et sanglots de circonstance… Gabelou voulut l'interroger dès la découverte du corps du Visiteur, mais c'était impossible : on la disait prostrée, accablée de douleur… Gabelou attendit donc, avant de pouvoir la convoquer.

Puisque les cadavres ressuscitaient, pourquoi la Vieille, le Commis et le Gamin ne viendraient-ils pas, eux aussi, en visite au Quai des Orfèvres ? Non, Léon ne comprenait plus. Il l'avait crue rectifiée, la poison, douillettement blottie dans le congélateur, nichée dans son écrin glacé, rendue inoffensive à jamais… Mais elle était réapparue, chez Gabelou, hautaine comme toujours, et elle le vit, lui, tassé dans son fauteuil, recouvert d'un plaid à carreaux. L'idée d'une parole gentille l'aurait-elle effleurée ?

— Tiens, il est là, celui-là ? C'est tout ce qu'elle avait trouvé à dire, en toisant le pauvre vieux du haut de son mépris, présentement juché sur les quelques centimètres du piédestal de ses hauts talons.

— Oui… avait répliqué Gabelou, je l'ai recueilli, que voulez-vous, on se laisse attendrir…

Irène avait pincé les lèvres dans une moue de dégoût, puis s'était assise face au commissaire. Machinalement, elle prit une locomotive sur la table qui supportait le fouillis rescapé de chez le Coupable. Elle la tint dans ses doigts fins, aux ongles ourlés d'un vernis pourpre, tout droit issu du coffret « Jouez à la femme fatale ».

— Bien, dit Gabelou, je voudrais avoir votre sentiment. Votre mari était-il, selon vous, capable de tuer tous ces gens ?

— Bien sûr, riposta-t-elle, c'était un vrai maniaque, sous ses dehors d'instituteur sage. D'ailleurs, il l'a prouvé en assassinant mon…

— Depuis combien de temps étiez-vous partie vivre avec lui ? l'interrompit Gabelou.

— Eh bien, depuis le début du mois d'avril ! Neuf mois.

Gabelou hocha la tête, tandis que Léon s'étirait sous sa couverture. Il se tourna contre le mur, certainement incommodé par le spectacle qu'offrait Irène.

— Vous l'avez revu, depuis ?

— Non… je ne travaillais plus au collège. Mais d'ex-collègues m'ont dit qu'il semblait aller bien.

— Vous ne vous doutiez pas de ce qui se passait au domicile conjugal ?

— Absolument pas, il était toujours aussi tiré à quatre épingles, ses pantalons repassés, ses chemises immaculées. Il ne parlait que de ses trains, et du Salon de Stuttgart, auquel il devait se rendre, à Pâques.

— Votre liaison avec l'Inspecteur, ça datait de combien de temps ?

Irène rougit violemment, sous sa voilette. Le rose de ses joues ressortait agréablement, hachuré par le tulle. Du bout des doigts, elle porta un kleenex à ses narines frémissantes.

— Un an et demi…

— Et, hhmm, grommela Gabelou, les autres, le surveillant de la cantine, le… le monsieur de l'Inspection Académique, enfin, tout ce dont votre mari vous accuse, sur les bandes, c'était vrai ?

— Non ! s'écria-t-elle. Il se faisait des idées…

— Est-il exact que vous le poussiez à passer le concours d'Inspecteur ?

— Mais non… c'est lui qui ne rêvait que de ça ! Je l'aidais à réviser, mais il n'y arrivait pas !

— Moui… et il se doutait que vous le trompiez avec l'Inspecteur, justement.

— Oui, il nous a surpris. Il était très peiné…

Gabelou garda le silence. Il tapotait de l'index sur le plateau de son bureau. Alors Irène éclata en sanglots, tout à fait authentiques, cette fois.

— Mais qu'est-ce que vous me reprochez, à la fin ? ! hurla-t-elle. C'était un médiocre, un jaloux, un petit ! Je n'allais pas gâcher ma vie à regarder ce minable roucouler devant son train électrique !

— Calmez-vous, Madame… dit Gabelou. Personne ne vous reproche rien. Pourquoi votre… amant est-il allé rendre visite à votre mari ?

— C'est moi qui ai voulu. J'avais des affaires à récupérer. Et je n'osais y aller moi-même. Je lui ai demandé de faire un tour chez lui… Et voilà, il l'a tué, il l'a tué…

Elle s'était effondrée, le front appuyé contre le rebord du bureau, le corps secoué de spasmes.

À cet instant, Léon se leva et vint rôder autour d'Irène. Gabelou lui fit signe de se tenir tranquille.

— Et, Léon, vous n'en vouliez pas chez vous… ? demanda-t-il doucement.

Irène se redressa, se tourna vers le vieux, qui l'épiait d'un œil mauvais.

— Non mais, vous l'avez vu ? sanglota Irène. Ses trains lui suffisaient bien assez, sans qu'il ait besoin de s'amouracher de ça…

Vexé, Léon repartit se vautrer dans son fauteuil. Il reprit sa position initiale, dédaignant Gabelou et la poison, renfrogné, pelotonné dans son plaid.

— Bien, soupira Gabelou, revenons au point de départ. Vous le quittez, il devient à moitié fou, s'imagine vous avoir assassinée afin de se satisfaire d'une explication moins humiliante pour lui que votre départ chez votre amant, et en bout de course, tue son rival dans un accès de désespoir. Jusque-là tout le monde est d'accord. Mais les autres ? Il fabule ou il les a vraiment tués ?

— Ça n'a aucune importance…

— Ça dépend pour qui. Ma question était : le croyez-vous capable d'avoir commis tous ces assassinats ?

— Non parce que c'est un moins que rien, et oui parce que la haine l'a rendu fou.

— Eh bien, on est avancés. Vous êtes allée le voir, à l'hôpital ?

— Non… murmura Irène. Je ne veux plus le rencontrer, mais j'espère qu'il va vivre ! Pour payer ! Oui, il les a tués, j'en suis persuadée, c'est un sadique, un malade !

Elle s'était brusquement emportée, rejetant la voilette de dessus son visage, et, blême comme la mort, pointait son index accusateur tour à tour vers Léon et Gabelou.

— Ça suffit ! cria celui-ci… C'est fini. Vous pouvez partir.

La colère d'Irène tomba comme elle était venue. Elle tourna les talons et quitta le bureau d'un pas vif ; ses chevilles tremblaient, mal assurées de leur équilibre sur la pointe fine des hauts talons.

Gabelou la vit disparaître au coin du couloir. Il referma la porte et vint donner une tape amicale sur le dos de Léon.

— Ben mon vieux, dit-il, je commence à saisir…

Léon, lui, venait tout juste d'y renoncer.

*

Gabelou pesta contre les embouteillages. Il était entré dans Paris par la porte de Bagnolet et la file de voitures roulait au pas, aux abords de la place Gambetta. Il était 8 h 15. La neige continuait de tomber, mais moins dense, presque déjà fondue en touchant le sol. La chaussée ruisselait d'une boue noire, qui giclait sur les passants marchant sur le trottoir quand les voitures accéléraient.

— Allez Léon, dit Gabelou, réveille-toi. On approche. Ton copain se sera sans doute réveillé. Cette nuit, il roupillait comme un bienheureux ! Il sera content de te voir…

Il lui fallut encore une demi-heure pour gagner le centre de Paris, et dix minutes supplémentaires pour trouver une place où se garer. Il descendit enfin, Léon sur ses talons, qui s'ébrouait pour chasser sa torpeur et grognait contre la boue dans laquelle il pataugeait.

Gabelou s'arrêta devant la façade de l'Hôtel-Dieu. Il sermonna le vieillard.

— Motus et bouche cousue, hein, Léon ? Tu fais pas de raffut, sinon je serai forcé de te faire attendre ici… T'as compris ? Et si tu vois une infirmière, tu te planques.

Léon acquiesça d'un signe de tête. Gabelou emprunta le couloir menant à la salle Cusco. Quelques journalistes patientaient, espérant photographier au débotté les braqueurs de la BNP hospitalisés depuis la nuit précédente.

Les deux sentinelles armées de mitraillettes venaient d'être relevées. Gabelou montra patte blanche et fit une dernière fois la leçon à Léon avant de pénétrer dans la salle.

Puis il rejoignit la partie cloisonnée de boxes où l'on avait mis le Coupable. Celui-ci dormait toujours, entouré d'une foule d'appareils qui enregistraient le moindre tressaillement de son corps épuisé. Les bonbonnes où aboutissaient les drains étaient posées par terre et n'attendaient que leur ration de pus. Une grosse machine mystérieuse, foisonnant de cadrans électroniques, émettait un bip-bip monotone, et deux aiguilles s'agitaient en cadence, scandant on ne sait quelle pulsation ténue. Une bande de papier remplie de courbes disgracieuses s'écoulait de la machine, en un long serpentin dont les tortillons se répandaient sur le carrelage.

Léon observait tout cela, stupéfait. Il n'avait d'yeux que pour le visage blafard, qui émergeait des draps verts, aux tempes masquées par du sparadrap maintenant les tuyaux dont l'extrémité s'enfonçait dans les narines.

Le Coupable respirait lentement, avec un bruit rauque. Léon se mit à gémir.

— Chut… ou je te fous dehors ! chuchota Gabelou.

Mais Léon n'écoutait pas. Sa plainte était modulée, lancinante. Les protestations de Gabelou n'y firent rien. Il frotta sa joue contre la main droite du Coupable, allongée sur le drap, maigre, aux veines saillantes.

Un infirmier entendit Léon et s'approcha du box, surpris.

— Voyons, commissaire, c'est interdit ! dit-il.

Gabelou haussa les épaules. Il marmonna que c'était sans importance. Puis la machine qui écoutait le rythme de la vie du Coupable s'emballa soudain. Les aiguilles s'affolèrent, s'agitant de façon désordonnée, sans respecter le tempo. L'appareil éructa en émettant un bourdonnement sourd, tandis que l'orifice latéral crachait sa bande de papier avec des hoquets de plus en plus rapprochés. Le dessin des courbes devenait fou, oscillant entre les montagnes russes et la plaine la plus plate. Léon gémissait de plus en plus fort.

Le bourdonnement attira quelques blouses blanches, qui arrivèrent en courant. On bouscula Gabelou, et Léon se fit presque piétiner. Les blouses blanches s'agitaient autour du lit. Le drap était à présent défait ; la longue carcasse du Coupable semblait offerte en pâture à un essaim de frelons pâles.

L'agitation cessa d'un coup. On rabattit le drap sur le visage du Coupable. Un médecin se tourna vers Gabelou et écarta les bras avec fatalisme.

Alors Léon hurla à la mort. Assis sur son arrière-train, la gorge nouée par sa plainte aiguë, les yeux clos, il faisait résonner son sinistre cri jusque dans les couloirs. Gabelou tenta de le calmer, en vain. Les blouses blanches débranchaient la machine, arrachaient les perfusions, libéraient le nez des tubes qui s'y nichaient. Léon hurlait de plus en plus fort. Gabelou essayait de l'entraîner au-dehors, mais le vieillard parvenait toujours à se libérer et reprenait sa position, près du lit, fidèle, comme s'il avait voulu que le Coupable entende son chant de douleur, qui était son dernier cri d'amour.

Un aide-soignant arriva dans la salle, poussant devant lui un gros chariot qui ressemblait comme un frère aux landaus d'enfant. Une lourde capote noire se déployait au-dessus de la couche. Un infirmier aida à la manœuvre, et le corps du Coupable fut hissé dans le landau, flasque, les bras retombant, la tête pendant en arrière. La carriole disparut, Gabelou dut maintenir fermement Léon qui griffait le sol pour la suivre…

— Léon, mon vieux Léon, calme-toi, ça sert à rien de te mettre dans un état pareil… murmura Gabelou. Allez viens, on ne peut pas rester ici, c'est un hôpital, tu n'as pas le droit, viens, je te dis.

Il dut le porter jusqu'au-dehors. Léon s'abandonna dans les bras du commissaire, sans pour autant tarir son ululement. Tout le monde se retournait sur l'étrange couple. Au-dehors, la neige avait cessé, le ciel était gris sale. Gabelou déposa Léon sur le trottoir. Il se tut enfin.

— Ça y est ? C'est fini ? Tu sais, ça vaut mieux comme ça, sinon, on l'aurait collé en taule, et de toute façon, tu ne l'aurais jamais revu, hein ?

Léon, mal assis sur son séant, regardait Gabelou en sanglotant. Un petit attroupement s'était formé autour d'eux. Léon affalé par terre, Gabelou accroupi face à lui…

— Ne restez pas là, dit Gabelou aux badauds, circulez, circulez, allez, ouste !

Mais les gens ne partaient pas. Léon les dévisageait, sans comprendre leur intérêt soudain pour lui, si incongru, si inattendu après une vie de coups de pied au cul.

Et brusquement il se redressa pour filer entre leurs jambes.

— Léon ! fais pas le con ! s'écria Gabelou, comme s'il avait déjà compris.

Léon galopait vers la chaussée, ventre à terre, exigeant un ultime effort de ses muscles exténués.

— Léon ! cria de nouveau Gabelou. Viens ici !

Il ferma les yeux ; jamais il n'aurait cru cela possible.

Il ramassa le petit corps meurtri dans le caniveau. Le conducteur du camion ne s'était rendu compte de rien.

Léon respirait encore. Sa truffe était brûlante. Le portant dans ses bras, Gabelou s'éloigna du cercle de curieux qui déjà se dispersaient, déçus par ce non-événement…

La roue avait broyé la colonne vertébrale du vieillard dont l'arrière-train pendait lamentablement, formant un angle paradoxal avec le thorax.

Gabelou, désemparé, caressait le poil demi-ras, rongé par la pelade en de nombreux endroits. Sur le col, ses doigts rencontrèrent des tiques.

– Léon, murmura-t-il, pourquoi t'as fait ça ? Je t'aurais emmené chez moi, dans le Ventoux, c'est plus beau qu'Altay, tu verras, on en boira, tous les deux, des coups de rouge…

Les yeux de Léon se plissèrent. Une larme perla à sa paupière, que Gabelou essuya de son gros doigt malhabile. Dans un spasme, les pattes s'agitèrent, une griffe accrocha une maille du pull de Gabelou, qui étreignit une dernière fois le col à la fourrure mitée par on ne sait trop quel parasite, secoua la petite tête, qui dodelinait, inerte dans sa main…

*

Ainsi se termine notre histoire.

*

Personne ne se maria, personne n'eut beaucoup d'enfants.

Le crapaud resta crapaud, aucune jeune fille ne s'étant proposée pour lui donner un baiser, en dépit des nombreuses annonces parues dans les revues spécialisées.

Le Petit Poucet, perdu dans la jungle des villes, devint contremaître chez Citroën.

Les sept nains terminèrent leur vie dans un centre de gériatrie.

Le petit canard ne devint jamais cygne : il retourna au pays avec le million pour les immigrés.

Le Chat Botté fut capturé par les rabatteurs d'un laboratoire pharmaceutique où l'on pratique la vivisection…

*

Tout fout le camp.

*

Mais, du fond de sa retraite, là-bas, au pied du Ventoux, Gabelou raconte une étrange histoire : alors qu'il remontait la rue, le cadavre de Léon dans les bras, dans les boutiques des animaliers qui se jouxtent l'une l'autre le long du quai de la Mégisserie, voisin de celui des Orfèvres, mille chiens, derrière les barreaux de leur cage, face à des gamelles remplies d'une bouillie insipide, mille chiens hurlèrent à la mort, en hommage à Léon…

*

Bien évidemment, il radote.

POSTFACE

Noir, c'est noir

Thierry, tu nous as joué un très sale tour en partant comme ça, et jamais je n'aurais pensé devoir écrire ce que je suis en train d'écrire. J'essaie d'imaginer ce que tu aurais jeté sur le papier si ç'avait été moi. Sûr que tu m'aurais engueulé pareil, en pestant dans ta barbe, ah le con ! Et en tirant sur ta pipe pour masquer ta peine. Mais bon, je ne vais pas faire parler les morts, j'ai ça en horreur. Je vais juste me rappeler l'ami, l'écrivain. Celui qui a fait de moi un romancier, à force de me botter les fesses, de me pousser dans mes retranchements — « Si tu fais moins de trois cents pages avec une histoire pareille, je ne t'adresse plus la parole », ou encore : « C'est pas mal, si tu l'envoies comme ça, tu seras publié, mais pourquoi est-ce que tu ne commences pas par le milieu ? » Dans ces moments-là, tu étais le genre de copain qu'on déteste, d'autant plus qu'on sait qu'il a raison et qu'on se traite de tous les noms de n'y avoir pas songé plus tôt. De ceux qu'on aime d'avoir eu la dent si dure, mais si juste. Si généreuse, au fond. Des souvenirs de toi, il y en a des caisses. Évidemment, en vingt-quatre ans d'amitié… Tiens, on pourrait jouer à : « Je me souviens ».

Je me souviens qu'on s'est rencontrés en 1984. J'animais alors une émission hebdomadaire sur le polar et le blues pour une radio justement baptisée « Be Bop ».

C'était le temps où les radios étaient libres. Désormais, elles sont privées. On se demande de quoi. Bref, avec une bande de potes, nous préparions un festival, « Jazz et Polar ».

Je me souviens qu'affectueusement tu appelais les copines « Créatures ! ».

Je me souviens de ton émotion à la naissance de ta fille, Elsa, de ta fierté à l'annonce que *La Bête et la Belle* porterait le numéro 2000 de la Série Noire. Je me souviens de nos convictions, de nos indignations partagées. Des baignades en Bretagne. De tes bouteilles de plongée. Nous avions en commun l'amour des croquenots déformés par la marche, symboles de modestie dont j'étais devenu l'un de tes pourvoyeurs. De la chanson réaliste, et du film itou. Du jazz, les voix, surtout : Billie Holiday, les Double Six. Nous avions aussi en commun l'humilité de nos origines, une affection particulière pour la banlieue, celle des jardins ouvriers, des guinguettes, une banlieue vivable, à hauteur d'homme. Celle des gens de peu. Je t'avais entraîné à La Roseraie, « Chez Moustique », à Champigny-sur-Marne. En ces années-là, le « Killer de la Bastille », tout de cuir à franges vêtu, se roulait par terre en chantant *Lucille*. Un hédonisme de bon aloi, selon tes propres mots. Bien sûr, tout le monde parle de ton caractère bougon. Je tiens à dire que tu riais beaucoup. Nous riions beaucoup, échangeant des blagues douteuses, toujours avant d'avoir bu, de façon que personne ne vienne mettre notre mauvais goût sur le compte de l'alcool. Une façon de conjurer le désespoir. La mouise, celle que tu savais décrire comme pas deux.

C'est ainsi que, un jour de 1991, nous nous sommes retrouvés entassés dans une 205 bringuebalante privée de banquette arrière, direction Oświęcim, plus tristement connue sous le nom d'Auschwitz. Tu te rendais sur place pour les besoins d'un roman à venir : *Les orpailleurs*. L'un de tes plus beaux. Tu ne conduisais pas, et tu m'avais demandé de t'accompagner. Nous sommes partis de Lyon. À Munich, je n'en pouvais plus. Nous avons voulu nous arrêter pour dormir. Les rues étaient pleines d'hommes en culottes de peau occupés à vomir dans les caniveaux. *Oktoberfest*. Nous avons décidé de continuer et nous nous sommes finalement arrêtés dans une petite bourgade de la frontière autrichienne. Épuisés, nous nous sommes finis devant une blonde sans faux col dans un *Biergarten*. Involontairement, nous avions échoué à Braunau ! Je ne connais qu'une seule personne capable d'aller enquêter à Auschwitz et de finir dans la ville natale d'Hitler : toi. La tête des clients du bar quand, nous rendant compte de la chose, nous trinquâmes en échangeant un tonitruant « *Lechaïm*[1] *!* ». Mort de rire.

Comme lors de notre halte au *Kemik Hotel*[2] d'Olomouc (je le jure solennellement, nous ne le fîmes pas exprès) auquel tu voulais consacrer une ode. Ou lors de notre séjour à l'*Auschwitz Hotel*, établissement sinistre à la réception tendue de voilages mauves et noirs, tenu par une préposée revêche que tu ne tardas point à surnommer « *Frau Blücher*[3] », tandis que je hennissais chaque fois que tu prononçais son nom.

Oui, mort de rire, pour ne pas pleurer, sans doute. Car tu avais mal, mal au monde. Cela, je le sentis plus

1. Lechaïm : équivalent de « Santé ! » en hébreu et en yiddish.
2. Kemik Hotel : littéralement « Hôtel Chimique » ou « Hôtel de la Chimie ». Olomouc est un centre très actif de l'industrie chimique.
3. Frau Blücher : nom de la gouvernante revêche du film *Frankenstein Junior* de Mel Brooks, dont la simple prononciation suffisait à provoquer la panique chez les chevaux.

que jamais alors que nous arpentions les allées de l'Holocauste en fulminant contre la stupidité des cloches du carmel installé dans le camp, et qui nous tiraient immanquablement de nos cauchemars dès cinq heures du matin, nous projetant dans une aube grise et sale. Je te revois grondant de colère alors que tu contemplais la fresque de la cathédrale d'Arka Pana, près de Cracovie, une saloperie montrant les Juifs occupés à se disputer des hardes dans la neige tandis que les nazis crucifiaient le Christ. Pestant contre moi, enfin, qui avais raté la photo de toi debout devant le passage où errait le *Dibouk*[1], dans les ruelles de Kazimierz, le vieux ghetto de Kraków. La seule photo que tu m'aies jamais demandée, toi qui fuyais les objectifs, et que, comme un idiot, je foirais. Je n'ai pas oublié ce verre de vodka que nous bûmes dans un caboulot cracovien, à la mémoire de Miles Davis dont nous avions appris la disparition le matin même.

Je me souviens de ta fascination effrayée pour les corps, l'immortalité. Je me souviens que tu voulais écrire un roman sur les vampires. Les corps voués à la torture, les esprits à l'éternité.

Oui, comme tu avais mal au monde. Tu me racontais les horreurs entrevues dans les couloirs de la justice, alors que tu travaillais à l'écriture de *Moloch*. Et aussi les misères des sans-abri à qui tu étais allé si discrètement servir des repas aux côtés des bénévoles de la soupe populaire, quand tu préparais *Mon vieux*. Salauds de pauvres ! Janvier ! Janvier !

1. Dibouk : *Le Dibouk* fut un roman de Sholem An-Ski inspiré d'une légende juive, une histoire de fantôme cracovien. Il fut adapté au théâtre et devint une œuvre emblématique de l'expressionnisme d'Europe centrale avant d'être porté à l'écran en 1938 par Michal Waszynsky. C'est l'un des rares films du répertoire yiddish à nous être parvenu.

Avril, plutôt. Je me souviens que mon téléphone a sonné le 21 avril 2002, et je me souviens de notre conversation affligée à propos du résultat de la présidentielle.

Je me souviens beaucoup de ton amour pour Solange, pour Elsa, pour David. En fallait-il, pour te séparer d'eux l'espace d'un festival ! Combien de fois au sortir de ces week-ends de signatures ne t'ai-je pas rejoint tandis que tu patientais, arpentant nerveusement le trottoir, rongeant les poils de ta barbe. Anxieux d'un éventuel ratage du train. Rageant des précieuses minutes volées au temps passé près des tiens. Je me souviens de ton bonheur, la première fois qu'un éditeur te permit, avec *Le secret du rabbin*, de passer plusieurs mois à écrire. Et aussi de ton angoisse à l'idée que ton salaire vienne à manquer à la maison. Et si l'écriture n'allait pas nourrir son homme ? Tu as foncé, pourtant, tête baissée. Et je n'ai pas oublié ce trac qui te prenait comme une pelade quand l'un de tes romans sortait en librairie. Bourré de talent, tu l'étais, pourtant. Et cette piaule où tu passais tes après-midi à écrire, jusqu'à l'érosion, à chercher à voix haute les mots justes pour les coucher sur le papier. Le gueuloir. Le « flippoir ». Ainsi avais-tu surnommé ton atelier de douleur du monde.

N'allez pas croire, pourtant, que Thierry Jonquet était un homme triste. J'ai souvenir d'une partie de pêche à la truite, sur l'Aubrac, il n'y a pas si longtemps, de nos silhouettes de moines ployées sous les ponchos de plastique dans la brume… Des parties de rigolade dans l'île des Loups, à Nogent, où tu plantas quelques scènes de certain roman. De quelques pique-niques au bord du canal de l'Ourcq.

Enfin, je me souviens de la dernière blague que tu m'as envoyée, et que j'ai retrouvée après ta mort dans le foutoir de mes e-mails : une histoire drôle parce que idiote, comme nous les aimions. Un jeu de mots sur la jeunesse envolée. Je me souviens d'avoir pensé alors que, vraiment, tu allais bien. En la relisant, à la veille de tes funérailles, j'ai ri jaune. Normal, tes blagues provoquaient souvent ce genre de sourire. Mal au monde, je vous dis.

C'était compter sans l'Ankou qui, en bon Breton, te collait aux fesses. Sauf que toi, l'auteur de polars averti, tu connaissais les ruses, alors tu as réussi à lui poser un sacré lapin, à l'Ankou, à lui échapper. Une simple fuite qui avait duré des mois avait en effet accumulé goutte après goutte des tonnes d'eau au-dessus de la salle d'examen d'un hôpital parisien. Le piège n'attendait plus que toi. Pris d'un malaise, tu as été amené là pour examen. Mais quand le poids a enfin fait céder le plafond de la pièce, tu avais quitté les lieux depuis moins de deux minutes, échappant de justesse à la mort. Un vrai roman.

Mais un roman noir, au final. L'Ankou n'a pas renoncé. Il t'a rattrapé juste un peu plus tard, rue Rambuteau. L'Ankou, avec sa sale gueule, à qui on ne la fait pas.

Noir, c'est noir. Ta dédicace préférée.

Pourtant, tu es parti dans un cercueil rouge. Parce que *Rouge, c'est la vie.*

À la vie, à la mort, donc, Thierry.

Ceux que nous aimons ne reposent pas dans la terre des cimetières.

Nous sommes les cimetières de ceux que nous aimons…

Patrick Bard

DU MÊME AUTEUR

Aux Éditions Gallimard

Dans la collection Série Noire

MYGALE, *n° 1949*, Folio Policier, *n° 52*. Édition révisée par l'auteur en 1995.

LA BÊTE ET LA BELLE, *n° 2000*, Folio Policier, *n° 106*.

LE MANOIR DES IMMORTELLES, *n° 2006*, Folio Policier, *n° 287*.

LES ORPAILLEURS, *n° 2313*, Folio Policier, *n° 2*.

LA VIE DE MA MÈRE !, *n° 2364*, Folio, *n° 3585*.

MÉMOIRE EN CAGE, *n° 2397*. Nouvelle édition, Folio Policier, *n° 119*.

MOLOCH, *n° 2489*, Folio Policier, *n° 212*.

Dans la collection Folio Policier

ROMANS NOIRS, *n° 580*, incluant en un seul volume *Les orpailleurs, Moloch, Mygale* et *La Bête et la Belle*.

Dans la collection Page Blanche

UN ENFANT DANS LA GUERRE. *Illustrations de Johanna Kang, Folio Junior édition spéciale, n° 761.*

Dans la Bibliothèque Gallimard

LA BÊTE ET LA BELLE. Texte et dossier pédagogique par Michel Besnier, *n° 12*.

Dans la collection Folio 2 €

LA FOLLE AVENTURE DES BLEUS..., Folio, *n° 3966*.

Dans la collection Folio Junior

LAPOIGNE À LA FOIRE DU TRÔNE, *n° 1416*.

LAPOIGNE ET LA FIOLE MYSTÉRIEUSE, *collection Histoire courte.*

LAPOIGNE ET LA CHASSE AUX FANTÔMES, *n° 1396.*

LAPOIGNE ET L'OGRE DU MÉTRO, *n° 1389.*

Chez d'autres éditeurs

ILS SONT VOTRE ÉPOUVANTE ET VOUS ÊTES LEUR CRAINTE, *Seuil*, 2006.

DU PASSÉ FAISONS TABLE RASE. Dessins de Chauzy, *Casterman, 2006.*

MON VIEUX, *Point Seuil Policier.*

JOURS TRANQUILLES À BELLEVILLE, *Point Seuil.*

LE BAL DES DÉBRIS, *Librio.*

LE SECRET DU RABBIN, *L'Atalante*, repris en Folio Policier, *n° 199.*

COMEDIA, *Payot*, repris en Folio Policier, *n° 390.*

TRENTE-SEPT ANNUITÉS ET DEMIE, *Le Dilettante.*

LE PAUVRE NOUVEAU EST ARRIVÉ, *Méréal.*

L'ENFANT DE L'ABSENTE, *Point Seuil.*

ROUGE C'EST LA VIE, *Point Seuil.*

LA VIGIE, *L'Atalante.*

AD VITAM AETERNAM, *Point Seuil.*

DU PASSÉ FAISONS TABLE RASE, Albin Michel 1982, Babel Noir 1998, Folio Policier, *n° 404.*